KB193799

7차 교육과정에 수록된 작품 선정

수능·내신에 꼭 필요한 필독서

한국 현대 단편 소설

김동인 외 32인 지음 | 신영재·임성옥·채대일 편집

33

수능 · 내신에 꼭 필요한 필독서

한국 현대 단편 소설 33

찍은날 ▮ 2008년 12월 10일
펴낸날 ▮ 2008년 12월 17일

지은이 ▮ 김동인 외 32인
꾸민이 ▮ 신영재 · 임성옥 · 채대일
펴낸이 ▮ 조 명 숙
펴낸곳 ▮ 동화 맑은창
등록번호 ▮ 제16-2083호
등록일자 ▮ 2000년 1월 17일

주소 ▮ 서울 · 금천구 가산동 771 두산 112-502
전화 ▮ (02) 851-9511
팩스 ▮ (02) 852-9511
전자우편 ▮ hannae21@korea.com

ISBN 978-89-86607-67-3 43810

값 15,000원

• 잘못된 책은 바꾸어드립니다.

7차 교육과정에 수록된 작품 선정

수능·내신에 꼭 필요한 필독서

한국 현대 단편 소설

김동인 외 32인 지음 | 신영재·임성옥·채대일 편집

33

도서출판 맑은창

편집자의 말

학창 시절. 놀기도 바쁜데 부모님도 선생님도 독서를 많이 하란다.

큰 맘 먹고 서점에 가 보니 수많은 책에 놀랄 뿐, 무슨 종류의 책을 어떻게 읽어야 할지 생각이 나지 않는다. 우선 교과서에서 본 작품은 만만해 보이고…… 수능에 출제된 작품은 어렵게만 느껴지고…….

도대체 어떤 작품을 읽어야 하는지 도무지 판단할 수가 없다.

근대화 110년. 벌써 한국 현대문학도 100여 년이 지났다. 1년에 한 작품만 읽어도 100편이 넘는 방대한 분량이 현대소설이다. 다다익선多多益善, 많이 읽을수록 좋다지만 우리의 현실은 녹록치 않다. 그렇다고 줄거리 요약만 탐독하는 어리석음은 없어야 한다. 독서는 단순히 시험을 보기 위한 수단이 아니다. 글을 읽고, 학문을 함에 있어, 독서는 자신의 생각을 체계적으로 정리하고 논리력을 기르는 학습이다. 지루하고 귀찮더라도 전문全文을 차분하게 읽으면서 자신의 사고를 창의적으로 정리할 수 있는 능력을 기르는 게 독서다. 그만큼 독서는 체계적으로 논리력과 창의력을 기를 수 있는 생각의 과정이기에 차분한 필독이 무엇보다 우선되어야 한다.

　학창 시절은 언제나 바쁘다. 하는 일이 없어도 시간이 없는 게 학생이다. 그러나 큰 맘 먹고 독서를 하려고 계획을 세웠다면 망설이지 말고 행동하기 바란다. 짧은 시간에 많이만 읽으려고 하지 말고, 한 작품을 읽어도 자신의 생각을 정리하면서 읽기를 바란다.

　이 책이 학생들의 창의력 향상에 조금이나마 도움이 되었으면 한다.

2005년 10월

일러두기

- -

이 책에 '현대소설'은 총 33편의 작품이 수록되어 있다. 이 책을 엮으면서 가장 중점을 두었던 기준은 크게 셋이다.

▌첫째, 모두가 공감하는 작품을 수록했다.

▌한 번 읽고 나면 쉽게 잊혀져 버린 작품이 아닌 독자의 기억에 오래 남는 작품을 대상으로 했다. 직장인과 대학생을 대상으로 한 조사에서 '내게 감동을 준 소설'을 우선 순위에 두었으며, 그 다음 교과서 작품과 국어 관련(문학, 논술) 선생님들의 추천작을 엄선하여 구성했다.

▌둘째, 문제는 논리력과 창의력을 중시했다.

▌소설은 줄거리만 읽고서 체계적인 정리를 할 수 없는 장르이다. 또한 일반화되어 있는 객관식 문제는 오히려 독자의 창의력을 저하시킬 우려가 있다. 이 책은 정독을 전제로 주관식 문제를 중시했다. 단답형, 서술형, 논

술형으로 이어지는 체계적인 문항을 풀면서 구술 면접과 논술에 도움을 주고자 했다.

셋째, 분권分券의 효과를 극대화했다.

문제를 보면 우선 답안지부터 확인하려는 암기 위주의 학습은 사고력 향상에 도움이 되지 않는다. 이런 현상은 오히려 조급함만 팽배해 생각하는 자체를 싫어하는 결과를 가져온다. 답이 틀리더라도 좋다. 우선 충분히 자기 생각부터 정리하는 습관을 가져야 한다. 답안지부터 확인하려는 성급한 학생들을 위해 해답은 문제와 분리하였다. 무엇보다 문제를 풀 때 해답을 보지 말고 자신의 생각부터 쓰기 바란다. 절대 해답을 맹신하지 말라. 어쩌면 해답이 틀리고 자신의 생각이 정답일 수도 있다.

연대별 문학 배경

1910년대부터 광복까지

일제 시대 소설문학은 1910년대부터 1920년대까지를 전기 1930년대 이후 해방까지를 후기로 나누어 살펴볼 수 있다.

전기 문학은 개화기 시대의 계몽적 성향에서 벗어나기는 했지만 3·1운동 실패라는 암울한 시대 현실을 그리고 있다. 많은 동인지 발간은 문학 발전에 토대가 되었다. 또한 신경향파 소설의 등장은 궁핍한 노동자, 민중의 삶을 현실적으로 보여주었다. 후기 문학은 일제의 탄압에 의해 카프문학이 해체되고 순수문학이나 역사소설, 풍자소설이 많이 나타나게 되었다.

김동인 – 배따라기	현진건 – 운수 좋은 날	전영택 – 화수분
최학송 – 홍염	김유정 – 봄봄	이 상 – 날개
이효석 – 메밀꽃 필 무렵	계용묵 – 백치 아다다	나도향 – 벙어리 삼룡이
채만식 – 치숙	이태준 – 돌다리	황순원 – 별
정비석 – 성황당	김정한 – 사하촌	김동리 – 역마
이무영 – 제1과 제1장	박영준 – 모범 경작생	

해방 직후부터 1950년대 소설

이 시기는 식민지 삶을 극복하고 새로운 민족 문화 건설을 위한 노력이 활발했던 격동의 시기이다. 해방 후 혼란한 시대 상황을 사실적으로 그린 작품들이 창작되었다. 또한 현실 속에서 변해 가는 인간의 모습, 분단 문제 등을 형상화한 작품들이 발표되었다.

우리 민족의 최대 비극인 한국전쟁은 우리 민족을 한 민족 두 나라라는 분단국가로 만들어 놓았다. 이 시기의 소설들은 전쟁의 부조리한 현실을 폭로하면서 우리 민족 공동체 의식의 회복을 통해 반전 의식을 고취하는 작품들이 많이 창작되었다.

　염상섭 – 두 파산　　　손창섭 – 비 오는 날　　박경리 – 불신시대

　하근찬 – 수난 이대　　이범선 – 오발탄　　　전광용 – 꺼삐딴 리

　이호철 – 닳아지는 살들

1960년대 이후의 문학

문학은 현실을 떠나 존재할 수 없다는 것을 보여주는 시기이다. 자유당의 부정 부패에 맞선 4·19정신은 1960년대 이후 문학의 정신적 밑바탕이 되었다.

　전쟁의 아픔과 빈곤의 현실, 그리고 근대화라는 과정들이 이 시기에 창작된 주된 소재가 되었다.

　이후에는 산업화에 바탕을 둔 현실 고발적인 요소의 작품들이 많이 나타난다. 또한 빈부의 격차 등에 나타난 사회 모순이 소설을 통해 폭넓게 보여진다.

　강신재 – 젊은 느티나무　김승옥 – 서울, 1964년 겨울　이청준 – 눈길

　황석영 – 삼포 가는 길　　조세희 – 뫼비우스의 띠　　박완서 – 그 여자네 집

　이문열 – 우리들의 일그러진 영웅　양귀자 – 한계령　김소진 – 자전거 도둑

차례

1

배따라기, 김동인

김동인(金東仁, 1900~1951) ●● 평양에서 토호였던 아버지의 후처 소생으로 태어났다. 유복한 생활을 하다 14세 때 단신 도일(渡日)하여 문학공부를 했다. 주요한으로부터 많은 영향을 받았고, 나중에 그와 함께 〈창조〉를 발간했다. 그의 작품은 유미주의와 자연주의로 나타난다. 유미주의는 참다운 예술을 위해서는 살인도 불사할 수 있다는 극단의 경향을 띤다. 〈광화사〉, 〈광염 소나타〉와 같은 것이 대표적 작품이다. 그는 자연주의를 형식적 측면에서보다 내용면에서 구현했는데, 인간의 생리적, 물질적 조건을 중시하는 인간관을 소설화했다. 〈감자〉〈태형〉에서 그런 세계가 구현되고 있다.

대표작으로는 1919년 등단 작품인 〈약한 자의 슬픔〉을 비롯하여, 〈마음이 옅은 자여〉〈명문〉〈젊은 그들〉〈발가락이 닮았다〉〈붉은 산〉〈운현궁의 봄〉〈김연실전〉〈대수양〉 등 수많은 작품들이 있다.

1

배따라기, 김동인

좋은 일기이다.

좋은 일기라도, 하늘에 구름 한 점 없는 – 우리 '사람'으로서는 감히 접근 못할 위엄을 가지고, 높이서 우리 조그만 '사람'을 비웃는 듯이 내려다보는, 그런 교만한 하늘은 아니고, 가장 우리 '사람'의 이해자인 듯이 낮추 뭉글뭉글 엉기는 분홍빛 구름으로서 우리와 서로 손목을 잡자는 그런 하늘이다. 사랑의 하늘이다.

나는 잠시도 멎지 않고, 푸른 물을 황해로 부어 내리는 대동강을 향한, 모란봉 기슭 새파랗게 돋아나는 풀 위에 뒹굴고 있었다.

이 날은 삼월 삼질, 대동강에 첫 뱃놀이하는 날이다. 까맣게 내려다보이는 물 위에는, 결결이 반짝이는 물결을 푸른 놀잇배들이 타고 넘으며, 거기서는 봄 향기에 취한 형형색색의 선율이, 우단보다도 부드러운 봄공기를 흔들면서 날아온다. 그리고 거기서 기생들의 노래와 함께 날아오는 조선 아악(雅樂)은 느리게, 길게, 유창하게, 부드럽게, 그리고 또 애처롭게, 모든 봄의 정다움과 끝까지 조화하지 않고는 안 두겠다는 듯이, 대동강에 흐르는 시커먼 봄물, 청류벽에 돋아나

는 푸르른 풀어음, 심지어 사람의 가슴 속에 봄에 뛰노는 불붙는 핏줄기까지라
도, 습기 많은 봄공기를 다리 놓고 떨리지 않고는 두지 않는다.

봄이다. 봄이 왔다.

부드럽게 부는 조그만 바람이, 시커먼 조선 솔을 꿰며, 또는 돋아나는 풀을 스
치고 지나갈 때의 그 음악은, 다른 데서는 듣지 못할 아름다운 음악이다.

아아, 사람을 취케 하는 푸르른 봄의 아름다움이여! 열다섯 살부터의 동경(東
京) 생활에, 마음껏 이런 봄을 보지 못하였던 나는, 늘 이것을 보는 사람보다 곱
이상의 감명을 여기서 받지 않을 수 없다.

평양성 내에는, 겨우 툭툭 터진 땅을 헤치면 파릇파릇 돋아나는 나무새기와
돋아나려는 버들의 어음으로 봄이 온 줄 알 뿐 아직 완전히 봄이 안 이르렀지만,
이 모란봉 일대와 대동강을 넘어 보이는 가나안[1] 옥토를 연상시키는 장림(長林)
에는 마음껏 봄의 정다움이 이르렀다.

그러고 또 꽤 자란 밀보리들로 새파랗게 장식한 장림의 그 푸른 빛. 만족한 웃
음을 띠고 그 벌에 서서 내다보는 농부의 모양은 보지 않아도 생각할 수가 있다.

구름은 자꾸 하늘을 날아다니는 모양이다. 그 밀 위에 비치었던 구름의 그림
자는 그 구름과 함께 저편으로 물러가며, 거기는 세계를 아까 만들어 놓은 것 같
은 새로운 녹빛이 퍼져 나간다. 바람이나 조곰 부는 때는 그 잘 자란 밀들은 물결
같이 누웠다 일어났다 일록일청(一綠一靑)으로 춤을 춘다. 그리고 봄의 한가함
을 찬송하는 솔개들은, 높은 하늘에서 동그라미를 그리면서 더욱더 아름다운 봄
에 향기로운 정취를 더한다.

"다스한 봄정에 솟아나리다. 다스한 봄정에 솟아나리다."

나는 두어 번 소리나게 읊은 뒤에 담배를 붙여 물었다. 담뱃내는 무럭무럭 하
늘로 올라간다.

하늘에도 봄이 왔다.

하늘은 낮았다. 모란봉 꼭대기에 올라가면 넉넉히 만질 수가 있으리만큼 하늘
은 낮다. 그리고 그 낮은 하늘보담은 오히려 더 높이 있는 듯한 분홍빛 구름은 뭉
글뭉글 엉기면서 이리저리 날아다닌다.

1) 여호와가 아브라함에게 약속한 이상향(canaan)

나는 이러한 아름다운 봄경치에 이렇게 마음껏 봄의 속삭임을 들을 때는 언제든 유토피아를 아니 생각할 수 없다. 우리가 시시각각으로 애를 쓰며 수고하는 것은, 그 목적은 무엇인가. 역시 유토피아 건설에 있지 않을까. 유토피아를 생각할 때는 언제든 그 '위대한 인격의 소유자'며 '사람의 위대함을 끝까지 즐긴' 진나라 시황(秦始皇)을 생각지 않을 수 없다.

우리가 어쩌면 죽지를 아니할까 하여, 소년 삼백을 배에 태워 불사약을 구하려 떠나보내며, 예술의 사치를 다하여 아방궁을 지으며, 매일 신하 몇천 명과 잔치로써 즐기며, 이리하여 여기 한 유토피아를 세우려던 시황은, 몇만의 역사가가 어떻다고 욕을 하든, 그는 참말로 인생의 향락자이며 역사 이후의 제일 큰 위인이라고 할 수가 있다. 그만한 순전한 용기 있는 사람이 있고야 우리 인류의 역사는 끝이 날지라도 한 '사람'을 가졌었다고 할 수 있다.

"큰사람이었었다."

하면서 나는 머리를 흔들었다.

이때다, 기자묘 근처에서 무슨 슬픈 음률[2]이 봄공기를 진동시키며 날아오는 것이 들렸다.

나는 무심코 귀를 기울였다.

'영유 배따라기'다. 그것도 웬만한 광대나 기생은 발꿈치에도 및지 못하리만큼, 그만큼 그 배따라기의 주인은 잘 부르는 사람이었다.

비나이다, 비나이다.
산천후토 일월성신 하나님전 비나이다.
실낱 같은 우리 목숨 살려 달라 비나이다.
에 – 야, 어그여지야.

여기까지 이르렀을 때에 저편 아래 물에서 장고(長鼓) 소리와 함께 기생의 노래가 울리어 오며 배따라기는 그만 안 들리게 되었다.

나는 이 년 전 한여름을 영유서 지내 본 일이 있다. 배따라기의 본고장인 영유

2) 소리와 음악의 가락

를 몇 달 있어 본 사람은 그 배따라기에 대하여 언제든 한 속절없는 애처로움을 깨달을 것이다.

영유, 이름은 모르지만 ×산에 올라가서 내다보면 앞은 망망한 황해이니, 그곳 저녁때의 경치는 한번 본 사람은 영구히 잊을 수가 없으리라. 불덩이 같은 커다란 시뻘건 해가 남실남실 넘치는 바다에 도로 빠질 듯 도로 솟아오를 듯 춤을 추며, 거기서 때때로 보이지 않는 배에서 '배따라기'만 슬프게 날아오는 것을 들을 때엔 눈물 많은 나는 때때로 눈물을 흘렸다. 이로 보아서, 어떤 원의 아내가 자기의 모든 영화를 낡은 신같이 내어던지고 뱃사람과 정처없는 물길을 떠났다 함도 믿지 못할 말이랄 수가 없다.

영유서 돌아온 뒤에도 그 '배따라기'는 내 마음에 깊이 새겨져 잊으려야 잊을 수가 없었고, 언제 한 번 다시 영유를 가서 그 노래를 한번 더 들어 보고 그 경치를 다시 한 번 보고 싶은 생각이 늘 떠나지를 않았다.

장고 소리와 기생의 노래는 멎고 배따라기만 구슬프게 날아온다. 결결이 부는 바람으로 말미암아 때때로는 들을 수가 없으되, 나의 기억과 곡조를 종합하여 들은 배따라기는 이 대목이다.

강변에 나왔다가
나를 보더니만
혼비백산하여
꿈인지 생시인지
와르륵 달려들어
섬섬옥수[3]로 부쳐잡고
호천망극[4]하는 말이
'하늘로서 떨어지며
땅으로서 솟아났나
바람결에 묻어 오고

3) 가냘프고 고운 여자의 손 4) 끝없는 하늘과 부모의 은혜가 크다

구름길에 쌔여 왔나'
이리 서로 붙들고 울음 울 제
인리 제인이며
일가 친척이 모두 모여
昊天罔極
隣里諸人

여기까지 들은 나는 마침내 참지 못하고 벌떡 일어서서 소나무 가지에 걸었던 모자를 내려 쓰고, 그곳을 찾으러 모란봉 꼭대기에 올라섰다. 꼭대기는 좀더 노랫소리가 잘 들린다. 그는, 배따라기의 맨 마지막, 여기를 부른다.

밥을 빌어서
죽을 쑬지라도
제발 덕분에
뱃놈 노릇은 하지 마라
에?야 어그여지야

그의 소리로써 방향을 찾으려던 나는 그만 그 자리에 섰다.
"어딘가? 기자묘? 혹은 을밀대(乙密臺)?"
그러나 나는 오래 서 있을 수가 없었다. 어떻든 찾아보자 하고, 현무문으로 가서 문 밖에 썩 나섰다. 기자묘의 깊은 솔밭은 눈앞에 쫙 퍼진다.
"어딘가?"
나는 또 물어 보았다.
이때에 그는 또다시 배따라기를 시초부터 부른다. 그 소리는 왼편에서 온다.
왼편이구나 하면서, 소리나는 곳을 더듬어서 소나무 틈으로 한참 돌다가, 겨우, 기자묘치고는 그 중 하늘이 넓고 밝은 곳에 혼자서 뒹굴고 있는 그를 찾아내었다. 나의 생각한 바와 같은 얼굴이다. 얼굴, 코, 입, 눈, 몸집이 모두 네모나고 그의 이마의 굵은 주름살과 시커먼 눈썹은 고생 많이 함과 순진한 성격을 나타낸다.
그는 어떤 신사가 자기를 들여다보는 것을 보고 노래를 그치고 일어나 앉는다.

"왜? 그냥 하지요."

하면서 나는 그의 곁에 가 앉았다.

"머……."

할 뿐 그는 눈을 들어서 터진 하늘을 쳐다본다.

좋은 눈이었다. 바다의 넓고 큼이 유감없이 그의 눈에 나타나 있다. 그는 뱃사람이라 나는 짐작하였다.

"고향이 영유요?"

"예, 머, 영유서 나기는 했디만 한 이십 년 영유 가 보디두 않았시요."

"왜, 이십 년씩 고향엘 안 가요?"

"사람의 일이라니 마음대로 됩데까?"

그는, 왜 그러는지, 한숨을 짓는다.

"거저, 운명이 데일 힘셉디다."

운명의 힘이 제일 세다는 그의 소리는 삭이지 못할 원한과 뉘우침이 섞여 있다.

"그래요?"

나는 다만 그를 건너다볼 뿐이다.

한참 잠잠하니 있다가 나는 다시 말하였다.

"자, 노형의 경험담이나 한번 들어 봅시다. 감출 일이 아니면 한번 이야기해 보소."

"머, 감출 일은……."

"그럼, 어디 들어 봅시다그려."

그는 다시 하늘을 쳐다보았다. 그러나 좀 있다가,

"하디요."

하면서 내가 담배를 붙이는 것을 보고 자기도 담배를 붙여 물고 이야기를 꺼낸다.

"닞히디두 않는 십구 년 전 팔월 열하룻날 일인데요."

하면서 그가 이야기한 바는 대략 이와 같은 것이다.

그의 살던 마을은 영유 고을서 한 이십 리 떠나 있는, 바다를 향한 조그만 어촌이다. 그의 살던 조고만 마을(서른 집쯤 되는)에서는 그는 꽤 유명한 사람이었다.

그의 부모는 모두 열댓 세 났을 때 돌아갔고, 남은 사람이라고는 곁집에 딴살림하는 그의 아우 부처와 그 자기 부처뿐이었다. 그들 형제가 그 마을에서 제일 부자이고 또 제일 고기잡이를 잘하였고 그 중 글이 있었고 배따라기도 그 마을에서 빼나게 그 형제가 잘 불렀다. 말하자면 그 형제가 그 동네의 대표적 사람이었다.

팔월 보름은 추석 명절이다. 팔월 열하룻날 그는 명절에 쓸 장도 볼 겸, 그의 아내가 늘 부러워하는 거울도 하나 사올 겸, 장으로 향하였다.

"당손네 집에 있는 것보다 큰 것이요. 닛디 말구요."

그의 아내는 길까지 따라나오면서 잊지 않도록 부탁하였다.

"안 닛어."

하면서. 그는 떠오르는 새빨간 햇빛을 앞으로 받으면서 자기 마을을 나섰다.

그는 아내를(이렇게 말하기는 우습지만) 고와 했다. 그의 아내는 촌에는 드물도록 연연하고도 예쁘게 생겼다.(그는 나에게 이렇게 말하였다.)

"성내(평양) 덴줏골(갈보촌)을 가두 그만한 거 쉽디 않갔시요."

그러니까 촌에서는, 그리고 그 당시에는 남에게 우습게 보이도록 그 내외의 새는 좋았다. 늙은이들은 계집에게 혹하지 말라고 흔히 그에게 권고하였다.

부처의 새는 좋았지만 – 아니 오히려 좋으므로 그는 아내에게 샘을 많이 하였다. 그러고 그의 아내는 시기를 받을 일을 많이 하였다. 품행이 나쁘다는 것이 아니라, 그의 아내는 대단히 천진스럽고 쾌활한 성질로서 아무에게나 말 잘 하고 애교를 잘 부렸다.

그 동네에서는 무슨 명절이나 되면, 집이 그 중 정결함을 평계삼아 젊은이들은 모두 그의 집에 모이고 하였다. 그 젊은이들은 모두 그의 아내에게 '아즈마니'라 부르고, 그의 아내는 '아즈바니 아즈바니' 하며 그들과 지껄이고 즐기며, 그 웃기 잘 하는 입에는 늘 웃음을 흘리고 있었다. 그럴 때마다 그는 한편 구석에서 눈만 힐근거리며 있다가 젊은이들이 돌아간 뒤에는 불문곡직하고 아내에게 덤벼들어 발길로 차고 때리며, 이전에 사다 주었던 것을 모두 걷어올린다. 싸움을 할 때에는 언제든 곁집에 있는 아우 부처가 말리러 오며, 그렇게 되면 언제든 그는 아우 부처까지 때려 주었다.

그가 아우에게 그렇게 구는 데는 이유가 있었다. 그의 아우는, 시골 사람에게는 쉽지 않도록 늠름한 위엄이 있었고, 맨날 바닷바람을 쏘였지만 얼굴이 희었다. 이것뿐으로도 시기가 된다 하면 되지만, 특별히 아내가 그의 아우에게 친절히 하는 데는, 그는 속이 끓어 못 견디었다.

그가 영유를 떠나기 반 년 전쯤 – 다시 말하자면 그가 거울을 사러 장에 갈 때부터 반 년 전쯤 그의 생일날이었다. 그의 집에서는 음식을 차려서 잘 먹었는데, 그에게는 괴상한 버릇이 있었으니, 맛있는 음식은 남겨 두었다가 좀 있다 먹고 하는 것이 습관이었다. 그의 아내도 이 버릇은 잘 알 터인데 그의 아우가 점심때쯤 오니까, 아까 그가 아껴서 남겨 두었던 그 음식을 아우에게 주려 하였다. 그는 눈을 부릅뜨고 '못 주리라'고 암호하였지만 아내는 그것을 보았는지 못 보았는지 그의 아우에게 주어 버렸다. 그는 마음 속이 자못 편치 못하였다. '트집만 있으면 이년을……' 그는 마음먹었다.

그의 아내는 시아우에게 상을 준 뒤에 물러오다가 그만 그의 발을 조금 밟았다.

"이년!"

그는 힘껏 발을 들어서 아내를 냅다 찼다. 그의 아내는 상 위에 거꾸러졌다가 일어난다.

"이년, 사나이 발을 짓밟는 년이 어디 있어!"

"거 좀 밟아서 발이 부러졌쉐까?"

아내는 낯이 새빨개져서 울음 섞인 소리로 고함친다.

"이년! 말대답이……."

그는 일어서서 아내의 머리채를 휘어잡았다.

"형님! 왜 이리십니까."

아우가 일어서면서 그를 붙잡았다.

"가만 있거라, 이놈의 자식."

하며 그는 아우를 밀친 뒤에 아내를 되는 대로 내리쫓었다.

"죽일 년, 이년! 나가거라!"

"죽에라, 죽에라! 난, 죽어도 이 집에선 못 나가!"

"못 나가?"

"못 나가디 않구. 뉘 집이게……."

이때다. 그의 마음에는 그 '못 나가겠다'는 아내의 마음이 푹 들이 박혔다. 그 이상 때리기가 싫었다. 우두커니 눈만 흘기고 있다가 그는,

"망할 년, 그럼 내가 나갈라."

하고 그만 문 밖으로 뛰어나와서,

"형님, 어디 갑니까."

하는 아우의 말에는 대답도 안 하고, 곁동네 탁주집으로 뒤도 안 돌아보고 가서, 거기 있는 술 파는 계집과 술상 앞에 마주 앉았다.

그날 저녁 얼근히 취한 그는 아내를 위하여 떡을 한 돈어치 사 가지고 집으로 돌아왔다.

이리하여 또 서너 달은 평화가 이르렀다. 그러나 이 평화가 언제까지든 계속될 수가 없었다. 그의 아우로 말미암아 또 평화는 쪼개져 나갔다.

오월 초승부터 영유 고을 출입이 잦던 그의 아우는, 오월 그믐께부터는 고을서 며칠씩 묵어 오는 일이 많았다. 함께, 고을에 첩을 얻어두었다는 소문이 퍼졌다. 이 소문이 있은 뒤는 아내는 그의 아우가 고을 들어가는 것을 벌레보다도 더 싫어하고, 며칠 묵어나 오는 때면 곧 아우의 집으로 가서 그와 담판을 하며 심지어 동서 되는 아우의 처에게까지 못 가게 하지 않는다고 싸우는 일이 있었다. 칠월 초승께 그의 아우는 고을에 들어가서 열흘쯤 묵어 온 일이 있었다. 이때도 전과 같이 그의 아내는 그의 아우며 제수와 싸우다 못하여, 마침내 그에게까지 와서 아우가 그런 못된 데를 다니는 것을 그냥 둔다고, 해보자 한다. 그 꼴을 곱게 보지 않았던 그는 첫마디로 고함을 쳤다.

"네게 상관이 무에가? 듣기 싫다."

"못난둥이. 아우가 그런 델 댕기는 걸 말리디두 못하구!"

분김에 이렇게 그의 아내는 고함쳤다.

"이년, 무얼?"

그는 벌떡 일어섰다.

"못난둥이!"

그 말이 채 끝나기 전에 그의 아내는 악 소리와 함께 그 자리에 거꾸러졌다.

"이년! 사나이에게 그따윗 말버릇 어디서 배완!"

"에미네 때리는 건 어디서 배왔노! 못난둥이."

그의 아내는 울음 소리로 부르짖었다.

"상년 그냥? 나갈, 우리집에 있디 말구 나갈."

그는 내리찧으면서 부르짖었다. 그리고 아내를 문을 열고 밀쳤다.

"나가디 않으리!"

하고 그의 아내는 울면서 뛰어나갔다.

"망할년!"

토하는 듯이 중얼거리고 그는 그 자리에 주저앉았다.

그의 아내는 해가 져서 어두워져도 돌아오지 않았다. 일단 내어쫓기는 하였지만 그는 아내의 돌아옴을 기다리고 있었다. 어두워져서도 그는 불도 안 켜고 성이 나서 우들우들 떨면서 아내의 돌아오기를 기다렸다. 그러나 그의 아내의 참기쁜 듯이 웃는 소리가 그의 아우의 집에서 밤새도록 울리었다. 그는 움쩍도 안 하고 그 자리에 앉아서 밤을 새운 뒤에, 새벽 동터 올 때 아내와 아우를 죽이려고 부엌에 가서 식칼을 가지고 들어와서 문을 벌컥 열었다.

그의 아내로서 만약 근심스러운 얼굴을 하고 그 문 밖에 우두커니 서서 문을 들여다보고 있지 않았다면, 그는 아내와 아우를 죽이고야 말았으리라.

그는 아내를 보는 순간 마음에 가득 차는 사랑을 깨달으면서, 칼을 내던지고 뛰어나가서 아내의 머리채를 휘어잡고, 이년 하면서 들어와서 뺨을 물어뜯으면서 함께 이리저리 자빠져서 뒹굴었다.

그런 이야기를 다 하려면 끝이 없으되 다만 '그' '그의 아내' '그의 아우' 세 사람의 삼각 관계는 대략 이와 같았다.

각설 —

거울은 마침 장에 마음에 맞는 것이 있었다. 지금 것과 대보면 어떤 때는 코도 크게 보이고 입이 작게도 보이는 것이지만, 그 당시에는, 그리고 그런 촌에서는 둘도 없는 귀물이었다.

거울을 사가지고 장을 본 뒤에 그는 이 거울을 아내에게 주면 그 기뻐할 모양을 생각하며, 새빨간 저녁 햇빛을 받는 넘치는 듯한 바다를 안고, 자기 집으로, 늘 들러 오던 탁주집에도 안 들러서 돌아왔다.

그러나 그가 그의 집 방 안에 들어설 때에는 뜻도 안 하였던 광경이 그의 눈에 벌이어 있었다.

방 가운데는 떡상이 있고, 그의 아우는 수건이 벗어져서 목 뒤로 늘어지고 저고리 고름이 모두 풀어져 가지고 한편 모퉁이에 서 있고, 아내도 머리채가 모두 뒤로 늘어지고 치마가 배꼽 아래 늘어지도록 되어 있으며, 그의 아내와 아우는 그를 보고 어찌할 줄을 모르는 듯이 움쩍도 안 하고 서 있었다.

세 사람은 한참 동안 어이가 없어서 서 있었다. 그러나 좀 있다가 마침내 그의 아우가 겨우 말했다.

"그놈의 쥐 어디 갔니?"

"흥! 쥐? 훌륭한 쥐 잡댔구나!"

그는 말을 끝내지도 않고 짐을 벗어던지고 뛰어가서 아우의 멱살을 그러잡았다.

"형님! 정말 쥐가ㅡ."

"쥐? 이놈! 형수하고 그런 쥐 잡는 놈이 어디 있니?"

그는 아우를 따귀를 몇 대 때린 뒤에 등을 밀어서 문 밖에 내어던졌다. 그런 뒤에 이제 자기에게 이를 매를 생각하고 우들우들 떨면서 아랫목에 서 있는 아내에게 달려들었다.

"이년! 시아우와 그런 쥐 잡는 년이 어디 있어!"

그는 아내를 거꾸러뜨리고 함부로 내리짖었다.

"정말 쥐가…… 아이 죽겠다."

"이년! 너두 쥐? 죽어라!"

그의 팔다리는 함부로 아내의 몸 위에 오르내렸다.

"아이, 죽갔다. 정말 아까 적온이(시아우)가 왔기에 떡 먹으라구 내놓았더니……."

"듣기 싫다! 시아우 붙은 년이, 무슨 잔소릴……."

"아이, 아이, 정말이야요. 쥐가 한 마리 나……."

"그냥 쥐?"

"쥐 잡을래다가……."

"샹년! 죽어라! 물에래두 빠데 죽얼!"

그는 실컷 때린 뒤에, 아내도 아우처럼 등을 밀어 내어쫓았다. 그 뒤에 그의 등으로,

"고기 배때기에 장사해라!"

하고 토하였다.

분풀이는 실컷 하였지만, 그래도 마음 속이 자못 편치 못하였다. 그는 아랫목으로 가서 바람벽을 의지하고 실신한 사람같이 우두커니 서서 떡상만 들여다보고 있었다.

한 시간…… 두 시간…….

서편으로 바다를 향한 마을이라 다른 곳보다는 늦게 어둡지만, 그래도 술시(戌時)쯤 되어서는 깜깜하니 어두웠다. 그는 불을 켜려고 바람벽에서 떠나서 성냥을 찾으러 돌아갔다.

성냥은 늘 있던 자리에 있지 않았다. 그래서 여기저기 뒤적이노라니까, 어떤 낡은 옷뭉치를 들칠 때에 문득 쥐 소리가 나면서 무엇이 후덕덕 뛰어나온다. 그리하여 저편으로 기어서 도망한다.

"역시 쥐댔구나."

그는 조그만 소리로 부르짖었다. 그리고 그만 그 자리에 맥없이 덜썩 주저앉았다.

아까 그가 보지 못한 때의 광경이 활동사진과 같이 그의 머리에 지나갔다.

아우가 집에를 온다. 아우에게 친절한 아내는 떡을 먹으라고 아우에게 떡상을 내놓는다. 그때에 어디선가 쥐가 한 마리 뛰어나온다. 둘(아우와 아내)이서는 쥐를 잡노라고 돌아간다. 한참 성화시키던 쥐는 어느 구석에 숨어 버린다. 그들은 쥐를 찾느라고 뒤룩거린다. 그럴 때에 그가 집에 들어선 것이다.

"샹년, 좀 있으믄 안 들어오리……."

그는 억지로 마음먹고 그 자리에 드러누웠다.

그러나 아내는 밤이 가고 날이 밝기는커녕 해가 중천에 올라도 돌아오지를 않았다. 그는 차차 걱정이 나서 찾아보러 나섰다.

아우의 집에도 없었다. 동네를 모두 찾아보아도 본 사람도 없다 한다.

그리하여, 낮쯤 한 삼사 리 내려가서 바닷가에서 겨우 아내를 찾기는 찾았지만 그 아내는 이전 같은 생기로 찬 산 아내가 아니요, 몸은 물에 불어서 곱이나 크게 되고, 이전에 늘 웃음을 흘리던 예쁜 입에는 거품을 잔뜩 문, 죽은 아내였다.

그는 아내를 업고 집으로 돌아오기까지 정신이 없었다.

이튿날 간단하게 장사를 하였다. 뒤에 따라오는 아우의 얼굴에는,

"형님, 이게 웬일이오니까."

하는 듯한 원망이 있었다.

장사를 지낸 이튿날부터 아우는 그 조그만 마을에서 없어졌다. 하루 이틀은 심상히 지냈지만, 닷새 엿새가 지나도 아우는 돌아오지 않았다. 그래서 알아보

니까, 꼭 그의 아우같이 생긴 사람이 오륙 일 전에 멧산자 보따리를 하여 진 뒤에 시뻘건 저녁해를 등으로 받고 더벅더벅 동쪽으로 가더라 한다. 그리하여 열흘이 지나고 스무 날이 지났지만 한번 떠난 그의 아우는 돌아올 길이 없고, 혼자 남은 아우의 아내는 매일 한숨으로 세월을 보내게 되었다.

그도 이것을 잠자코 보고 있을 수가 없었다. 그 불행의 모든 죄는 죄다 그에게 있었다.

그도 마침내 뱃사람이 되어, 적으나마 아내를 삼킨 바다와 늘 접근하며 가는 곳마다 아우의 소식을 알아보려고, 어떤 배를 얻어 타고 물길을 나섰다.

그는 가는 곳마다 아우의 이름과 모습을 말하여 물었으나, 아우의 소식은 알 수가 없었다.

이리하여 꿈결같이 십 년을 지내서 구 년 전 가을, 탁탁히 낀 안개를 꿰며 연안(延安) 바다를 지나가던 그의 배는, 몹시 부는 바람으로 말미암아 파선을 하여, 벗 몇 사람은 죽고, 그는 정신을 잃고 물 위에 떠돌고 있었다.

그가 겨우 정신을 차린 때는 밤이었었다. 그리고 어느덧 그는 뭍 위에 올라와 있었고 그를 말리느라고 새빨갛게 피워 놓은 불빛으로 자기를 간호하는 아우를 보았다.

그는 이상히도 놀라지도 않고 천연하게 물었다.

"너, 어딯게 여기 완?"

아우는 잠자코 한참 있다가 겨우 대답하였다.

"형님, 거저 다 운명이외다."

따뜻한 불기운에 깜빡 잠이 들려다가 그는 화닥닥 깨면서 또 말했다.

"십 년 동안에 되게 파랬구나."

"형님, 나두 변했거니와 형님두 몹시 늙으셨쉐다."

이 말을 꿈결같이 들으면서 그는 또 혼혼히 잠이 들었다. 그리하여 두어 시간, 꿀보다도 단 잠을 잔 뒤에 깨어 보니, 아까같이 새빨간 불은 피어 있지만 아우는 어디로 갔는지 없어졌다. 곁엣사람에게 물어보니까, 아우는 형의 얼굴을 물끄러미 한참 들여다보고 있다가 새빨간 불빛을 등으로 받으면서 터벅터벅 아무 말 없이 어둠 가운데로 스러졌다 한다.

이튿날 아무리 알아보아야 그의 아우는 종적이 없어지고 알 수 없으므로 그는 하릴없이 다른 배를 얻어 타고 또 물길을 떠났다. 그리하여 그의 배가 해주에 이르렀을 때, 그는 해주 장에 들어가서 무엇을 사려다가 저편 맞은편 가게에 걸핏 그의 아우 같은 사람이 있으므로 뛰어가서 보니 그는 벌써 없어졌다. 배가 해주에는 오래 머물지 않으므로 그의 마음은 해주에 남겨 두고 또다시 바닷길을 떠났다.

그 뒤 삼 년을 이리저리 돌아다녔어도 아우는 다시 볼 수가 없었다.

그리하여 삼 년을 지내서 지금부터 육 년 전에, 그의 탄 배가 강화도를 지날 때에, 바다를 향한 가파로운 뫼켠에서 바다를 향하여 날아오는 '배따라기'를 들었다. 그것도 어떤 구절과 곡조는 그의 아우 특식으로 변경된, 그의 아우가 아니면 부를 사람이 없는, 그 '배따라기'이다.

배가 강화도에는 머무르지 않아서 그저 지나갔으나, 인천서 열흘쯤 머무르게 되었으므로, 그는 곧 내려서 강화도로 건너가 보았다. 거기서 이리저리 찾아다니다가 어떤 조그만 객주집에서 물어 보니, 이름도 그의 아우요 생긴 모습도 그의 아우인 사람이 묵어 있기는 하였으나, 사나흘 전에 도로 인천으로 갔다 한다. 그는 곧 돌아서서, 인천으로 건너와서 찾아보았지만, 그 조그만 인천서도 그의 아우를 찾을 바가 없었다.

그 뒤에 눈 오고 비 오며 육 년이 지났지만, 그는 다시 아우를 만나 보지 못하고 아우의 생사까지도 알 수가 없다.

말을 끝낸 그의 눈에는 저녁해에 반사하여 몇 방울의 눈물이 반득인다.

나는 한참 있다가 겨우 물었다.

"노형 계수는?"

"모르디요. 이십 년을 영유는 안 가봤으니깐요."

"노형은 이제 어디루 갈 테요?"

"것두 모르디요. 덩처가 있나요? 바람 부는 대로 몰려댕기디요."

그는 다시 한 번 나를 위하여 배따라기를 불렀다. 아아, 그 속에 잠겨 있는 삭이지 못할 뉘우침, 바다에 대한 애처로운 그리움.

노래를 끝낸 다음에 그는 일어서서 시뻘건 저녁해를 잔뜩 등으로 받고 을밀대로 향하여 더벅더벅 걸어간다. 나는 그를 말릴 힘이 없어서 멀거니 그의 등만 바라보고 앉아 있었다.

그날 밤, 집에 돌아와서도 그 배따라기와 그의 숙명적 경험담이 귀에 쟁쟁히 울리어서 잠을 못 이루고, 이튿날 아침 깨어서 조반도 안 먹고 기자묘로 뛰어가서 또다시 그를 찾아보았다. 그가 어제 깔고 앉았던, 풀은 모두 한편으로 누워서 그가 다녀감을 기념하되, 그는 그 근처에 보이지 않았다. 그러나, 그러나 배따라기는 어디선가 쟁쟁히 울리어서 모든 소나무들을 떨리지 않고는 안 두겠다는 듯이 날아온다.

"모란봉(牧丹峰)이다. 모란봉에 있다."

하고 나는 한숨에 모란봉으로 뛰어갔다. 모란봉에는 사람이 하나도 없다. 부벽루(浮壁樓)에도 없다.

"을밀대다."

하고 나는 다시 을밀대로 갔다. 을밀대에서 부벽루를 연한, 지옥까지 연한 듯한 골짜기에 물 한 방울을 안 새이리라고 빽빽히 난 소나무의 그 모든 잎잎은 떨리는 배따라기를 부르고 있지만, 그는 여기도 있지 않다. 기자묘의, 하늘을 향하여 퍼져 나간 그 모든 소나무의 천만의 잎잎도, 그 아래쪽 퍼진 천만의 풀들도, 모두 그 배따라기를 슬프게 부르고 있지만, 그는 이 조고만 모란봉 일대에서 찾을 수가 없었다.

강가에 나가서 알아보니 그의 배는 오늘 새벽에 떠났다 한다.

그 뒤에 여름과 가을이 가고 일년이 지나서 다시 봄이 이르렀으되, 잠깐 평양을 다녀간 그는 그 숙명적 경험담과 슬픈 배따라기를 남겨 두었을 뿐, 다시 조고만 모란봉에 나타나지 않는다.

모란봉과 기자묘에 다시 봄이 이르러서, 작년에 그가 깔고 앉아서 부러졌던 풀들도 다시 곧게 대가 나서 자줏빛 꽃이 피려 하지만, 끝없는 뉘우침을 다만 한날 '배따라기'로 하소연하는 그는, 이 조고만 모란봉과 기자묘에서 다시 볼 수가 없었다. 다만 그가 남기고 간 '배따라기'만 추억하는 듯이 기념하는 듯이 모든 잎잎이 속삭이고 있을 따름이다.

 해답

1. 남편으로부터 받은 의심을 풀려고 2. 거울 3. 옷매무새가 심하게 흐트러지고 머리도 산발을 한 채 방 안에 아우와 둘만 있었다. 4. 회한의 정을 더욱 깊게 한다.

2

운수 좋은 날, 현진건

현진건(玄鎭健, 1900~1943) ●● 대구에서 태어났다. 1920년 〈개벽〉에 〈희생화〉를 발표하며 등단하였다. 1936년 베를린 올림픽 금메달리스트 손기정 선수의 일장기 말살 사건의 주역으로 1년간 복역했다. 그는 1920년대 한국 문학을 주도했던 최고의 작가로 평가를 받았다. 지식인이 세계와 조화되지 못해 방황하는 모습을 그린 작품이 많고, 경제적 궁핍에 시달리는 소시민의 아픔을 그린 것 등의 작품이 많았다.

대표작에 〈술 권하는 사회〉 〈고향〉 〈운수 좋은날〉 〈할머니의 죽음〉 〈빈처〉 〈무영탑〉 〈B사감과 러브레터〉 등이 있다.

2

운수 좋은 날, 현진건

새침하게 흐린 품이 눈이 올 듯하더니 눈은 아니 오고 얼다가 만 비가 추적추적 내리는 날이었다.

이날이야말로 동소문 안에서 인력거[1]꾼 노릇을 하는 김 첨지에게는 오래간만에도 닥친 운수 좋은 날이었다. 문안에(거기도 문 밖은 아니지만) 들어간답시는 앞집 마마님을 전찻길까지 모셔다 드린 것을 비롯으로 행여나 손님이 있을까 하고 정류장에서 어정어정하며 내리는 사람 하나하나에게 거의 비는 듯한 눈길을 보내고 있다가 마침내 교원인 듯한 양복쟁이를 동광학교(東光學校)까지 태워다 주기로 되었다.

첫번에 삼십 전, 둘째 번에 오십 전 – 아침 댓바람에 그리 흉치 않은 일이었다. 그야말로 재수가 옴 붙어서 근 열흘 동안 돈 구경도 못한 김 첨지는 십 전짜리 백동화 서 푼, 또는 다섯 푼이 찰깍 하고 손바닥에 떨어질 제 거의 눈물을 흘릴 만큼 기뻤다. 더구나 이 날 이 때에 이 팔십 전이라는 돈이 그에게 얼마나 유용한

1) 사람을 태우고 사람이 끄는 두 개의 큰 바퀴가 달린 수레

지 몰랐다. 컬컬한 목에 모주[2] 한 잔도 적실 수 있거니와 그보다도 앓는 아내에게 설렁탕 한 그릇도 사다 줄 수 있음이다.

그의 아내가 기침으로 쿨룩거리기는 벌써 달포[3]가 넘었다. 조밥도 굶기를 먹다시피 하는 형편이니 물론 약 한 첩 써 본 일이 없다. 구태여 쓰려면 못 쓸 바도 아니로되 그는 병이란 놈에게 약을 주어 보내면 재미를 붙여서 자꾸 온다는 자기의 신조(信條)에 어디까지 충실하였다. 따라서 의사에게 보인 적이 없으니 무슨 병인지는 알 수 없으되 반듯이 누워 가지고 일어나기는 새로 모로도 못 눕는 걸 보면 중증은 중증인 듯. 병이 이대도록 심해지기는 열흘 전에 조밥을 먹고 체한 때문이다. 그때도 김 첨지가 오래간만에 돈을 얻어서 좁쌀 한 되와 십 전짜리 나무 한 단을 사다 주었더니 김 첨지의 말에 의하면 그 오라질 년[4]이 천방지축(天方地軸)으로 냄비에 대고 끓였다. 마음은 급하고 불길은 달지 않아 채 익지도 않은 것을 그 오라질 년이 숟가락은 고만두고 손으로 움켜서 두 뺨에 주먹덩이 같은 혹이 불거지도록 누가 빼앗을 듯이 처박질하더니만 그날 저녁부터 가슴이 땡긴다, 배가 켕긴다고 눈을 흡뜨고 지랄병을 하였다. 그때 김 첨지는 열화와 같이 성을 내며,

"에이, 오라질 년, 조랑복은 할 수가 없어, 못 먹어 병, 먹어서 병! 어쩌란 말이야! 왜 눈을 바루 뜨지 못해!"

하고 앓는 이의 뺨을 한 번 후려갈겼다. 흡뜬 눈은 조금 바루어졌건만 이슬이 맺히었다. 김 첨지의 눈시울도 뜨끈뜨끈하였다.

이 환자가 그러고도 먹는 데는 물리지 않았다. 사흘 전부터 설렁탕 국물이 마시고 싶다고 남편을 졸랐다.

"이런 오라질 년! 조밥도 못 먹는 년이 설렁탕은. 또 처먹고 지랄병을 하게."라고 야단을 쳐보았건만, 못 사 주는 마음이 시원치는 않았다.

인제 설렁탕을 사 줄 수도 있다. 앓는 어미 곁에서 배고파 보채는 개똥이(세살 먹이)에게 죽을 사줄 수도 있다 — 팔십 전을 손에 쥔 김 첨지의 마음은 푼푼하였다.

그러나 그의 행운은 그걸로 그치지 않았다. 땀과 빗물이 섞여 흐르는 목덜미

2) 밑술 / 약주를 거르고 난 찌끼술 3) 한 달쯤 무렵
4) '오라를 묶여 갈'이란 뜻으로 상대를 부르는 말 앞에 욕하는 뜻으로 씀

를 기름 주머니가 다 된 왜목 수건으로 닦으며, 그 학교 문을 돌아 나올 때였다. 뒤에서 "인력거!" 하고 부르는 소리가 난다. 자기를 불러 멈춘 사람이 그 학교 학생인 줄 김 첨지는 한 번 보고 짐작할 수 있었다. 그 학생은 다짜고짜로,

"남대문 정거장까지 얼마요?"

라고 물었다. 아마도 그 학교 기숙사에 있는 이로 동기 방학을 이용하여 귀향하려 함이리라. 오늘 가기로 작정은 하였건만 비는 오고, 짐은 있고 해서 어찌할 줄 모르다가 마침 김 첨지를 보고 뛰어나왔음이리라. 그렇지 않으면 왜 구두를 채 신지 못해서 질질 끌고 비록 고구라 양복일망정 노박이로 비를 맞으며 김 첨지를 뒤쫓아 나왔으랴.

"남대문 정거장까지 말씀입니까?"

하고 김 첨지는 잠깐 주저하였다. 그는 이 우중에 우장도 없이 그 먼 곳을 철벅거리고 가기가 싫었음일까? 처음것 둘째것으로 고만 만족하였음일까? 아니다 결코 아니다. 이상하게도 꼬리를 맞물고 덤비는 이 행운 앞에 조금 겁이 났음이다. 그리고 집을 나올 제 아내의 부탁이 마음이 켕기었다. 앞집 마마님한테서 부르러 왔을 제 병인은 그 뼈만 남은 얼굴에 유일의 생물 같은 유달리 크고 움푹한 눈에 애걸하는 빛을 띠며,

"오늘은 나가지 말아요. 제발 덕분에 집에 붙어 있어요. 내가 이렇게 아픈 데……."

라고 모기 소리같이 중얼거리고 숨을 걸그렁걸그렁하였다. 그때에 김 첨지는 대수롭지 않은 듯이,

"아따, 젠장맞을 년, 별 빌어먹을 소리를 다 하네. 맞붙들고 앉았으면 누가 먹여 살릴 줄 알아."

하고 훌쩍 뛰어나오려니까 환자는 붙잡을 듯이 팔을 내저으며,

"나가지 말라도 그래, 그러면 일찍이 들어와요."

하고 목메인 소리가 뒤를 따랐다.

정거장까지 가잔 말을 들은 순간에 경련적으로 떠는 손, 유달리 큼직한 눈, 울 듯한 아내의 얼굴이 김 첨지의 눈앞에 어른어른하였다.

"그래 남대문 정거장까지 얼마란 말이요?"

하고 학생은 초조한 듯이 인력거꾼의 얼굴을 바라보며 혼잣말같이,

"인천 차가 열한 점에 있고, 그 다음에는 새로 두 점이든가."

라고 중얼거린다.

"일 원 오십 전만 줍시오."

이 말이 저도 모를 사이에 불쑥 김 첨지의 입에서 떨어졌다. 제 입으로 부르고도 스스로 그 엄청난 돈 액수에 놀랐다. 한꺼번에 이런 금액을 불러라도 본 지가 그 얼마 만인가! 그러자 그 돈 벌 용기가 병자에 대한 염려를 사르고 말았다. 설마 오늘 내로 어떠랴 싶었다. 무슨 일이 있더라도 제일 제이의 행운을 곱친 것보다도 오히려 갑절이 많은 이 행운을 놓칠 수 없다 하였다.

"일 원 오십 전은 너무 과한데."

이런 말을 하며 학생은 고개를 기웃하였다.

"아니올시다. 릿수로 치면 여기서 거기가 시오 리가 넘는답니다. 또 이런 진날은 좀 더 주셔야지요."

하고 빙글빙글 웃는 차부의 얼굴에는 숨길 수 없는 기쁨이 넘쳐흘렀다.

"그러면 달라는 대로 줄 터이니 빨리 가요."

관대한 어린 손님은 이런 말을 남기고 총총히 옷도 입고 짐도 챙기러 갈 데로 갔다.

그 학생을 태우고 나선 김 첨지의 다리는 이상하게 거뿐하였다. 달음질을 한다느니보다 거의 나는 듯하였다. 바퀴도 어떻게 속히 도는지 구른다느니보다 마치 얼음을 지쳐 나가는 스케이트 모양으로 미끄러져 가는 듯하였다. 언 땅에 비가 내려 미끄럽기도 하였지만.

이윽고 끄는 이의 다리는 무거워졌다. 자기 집 가까이 다다른 까닭이다. 새삼스러운 염려가 그의 가슴을 눌렀다. "오늘은 나가지 말아요. 내가 이렇게 아픈데" 이런 말이 잉잉 그의 귀에 울렸다. 그리고 병자의 움쑥 들어간 눈이 원망하는 듯이 자기를 노리는 듯하였다. 그러자 엉엉 하고 우는 개똥이의 곡성을 들은 듯싶다. 딸국딸국 하고 숨 모으는 소리도 나는 듯싶다.

"왜 이리우, 기차 놓치겠구먼."

하고 탄 이의 초조한 부르짖음이 간신히 그의 귀에 들어왔다. 언뜻 깨달으니 김 첨지는 인력거를 쥔 채 길 한복판에 엉거주춤 멈춰 있지 않은가.

"예, 예."

하고, 김 첨지는 또다시 달음질하였다. 집이 차차 멀어 갈수록 김 첨지의 걸음에는 다시금 신이 나기 시작하였다. 다리를 재게 놀려야만 쉴 새 없이 자기의 머리에 떠오르는 모든 근심과 걱정을 잊을 듯이.

정거장까지 끌어다 주고 그 깜짝 놀란 일 원 오십 전을 정말 제 손에 쥠에 제 말마따나 십 리나 되는 길을 비를 맞아 가며 질퍽거리고 온 생각은 아니하고 거저나 얻은 듯이 고마웠다. 졸부나 된 듯이 기뻤다. 제 자식뻘밖에 안 되는 어린 손님에게 몇 번 허리를 굽히며,

"안녕히 다녀옵시오."

라고 깍듯이 재우쳤다.

그러나 빈 인력거를 털털거리며 이 우중에 돌아갈 일이 꿈 밖이었다. 노동으로 하여 흐른 땀이 식어지자 굶주린 창자에서, 물 흐르는 옷에서 어슬어슬 한기가 솟아나기 비롯하매 일 원 오십 전이란 돈이 얼마나 괜찮고 괴로운 것인 줄 절절히 느끼었다. 정거장을 떠나는 그의 발길은 힘 하나 없었다. 온몸이 옹송그려지며 당장 그 자리에 엎어져 못 일어날 것 같았다.

"젠장맞을 것, 이 비를 맞으며 빈 인력거를 털털거리고 돌아를 간담. 이런 빌어먹을 제 할미를 붙을 비가 왜 남의 상판을 딱딱 때려!"

그는 몹시 화증을 내며 누구에게 반항이나 하는 듯이 게걸거렸다. 그럴 즈음에 그의 머리엔 또 새로운 광명이 비쳤나니 그것은 '이러구 갈 게 아니라 이 근처를 빙빙 돌며 차 오기를 기다리면 또 손님을 태우게 되는지도 몰라'란 생각이었다. 오늘 운수가 괴상하게도 좋으니까 그런 요행이 또 한번 없으리라고 누가 보증하랴. 꼬리를 굴리는 행운이 꼭 자기를 기다리고 있다고 내기를 해도 좋을 만한 믿음을 얻게 되었다. 그렇다고 정거장 인력거꾼의 등쌀이 무서우니 정거장 앞에 섰을 수는 없었다. 그래 그는 이전에도 여러 번 해본 일이라 바로 정거장 앞 전차 정류장에서 조금 떨어지게 사람 다니는 길과 전찻길 틈에 인력거를 세워 놓고 자기는 그 근처를 빙빙 돌며 형세를 관망하기로 하였다. 얼마 만에 기차는 왔고 수십 명이나 되는 손이 정류장으로 쏟아져 나왔다. 그 중에서 손님을 물색하는 김 첨지의 눈엔 양머리에 뒤축 높은 구두를 신고 망토까지 두른 기생 퇴물인 듯, 난봉 여학생인 듯한 여편네의 모양이 띄었다. 그는 슬근슬근 그 여자의 곁으로 다가들었다.

"아씨, 인력거 아니 타실랍시오."

그 여학생인지 뭔지가 한참은 매우 태깔을 빼며 입술을 꼭 다문 채 김 첨지를 거들떠보지도 않았다. 김 첨지는 구걸하는 거지나 무엇같이 연해연방 그의 기색

을 살피며,

"아씨, 정거장 애들보담 아주 싸게 모셔다 드리겠습니다. 댁이 어디신가요."

하고 추근추근하게도 그 여자의 들고 있는 일본식 버들고리짝에 제 손을 대었다.

"왜 이래, 남 귀찮게."

소리를 벽력같이 지르고는 돌아선다. 김 첨지는 어랍시오 하고 물러섰다.

전차는 왔다. 김 첨지는 원망스럽게 전차 타는 이를 노리고 있었다. 그러나 그의 예감(豫感)은 틀리지 않았다. 전차가 빡빡하게 사람을 싣고 움직이기 시작하였을 제 타고 남은 손 하나가 있었다. 굉장하게 큰 가방을 들고 있는 걸 보면 아마 붐비는 차 안에 짐이 크다 하여 차장에게 밀려 내려온 눈치였다. 김 첨지는 대어 섰다.

"인력거를 타실랍시오."

한동안 값으로 승강이를 하다가 육십 전에 인사동까지 태워다 주기로 하였다. 인력거가 무거워지매 그의 몸은 이상하게도 가벼워졌고 그리고 또 인력거가 가벼워지니 몸은 다시금 무거워졌건만 이번에는 마음조차 초조해 온다. 집의 광경이 자꾸 눈앞에 어른거리어 인제 요행을 바랄 여유도 없었다. 나무 등걸이나 무엇 같고 제 것 같지도 않은 다리를 연해 꾸짖으며 질팡갈팡 뛰는 수밖에 없었다. 저놈의 인력거꾼이 저렇게 술이 취해 가지고 이 진땅에 어찌 가노, 라고 길 가는 사람이 걱정을 하리만큼 그의 걸음은 황급하였다. 흐리고 비 오는 하늘은 어둠침침하게 벌써 황혼에 가까운 듯하다. 창경원 앞까지 다다라서야 그는 턱에 닿은 숨을 돌리고 걸음도 늦추잡았다. 한 걸음 두 걸음 집이 가까워 갈수록 그의 마음조차 괴상하게 누그러웠다. 그런데 이 누그러움은 안심에서 오는 게 아니요 자기를 덮친 무서운 불행을 빈틈없이 알게 될 때가 박두한 것을 두리는 마음에서 오는 것이다. 그는 불행에 다닥치기 전 시간을 얼마쯤이라도 늘이려고 버르적거렸다. 기적(奇蹟)에 가까운 벌이를 하였다는 기쁨을 할 수 있으면 오래 지니고 싶었다. 그는 두리번두리번 사면을 살피었다. 그 모양은 마치 자기 집 ― 곧 불행을 향하고 달아가는 제 다리를 제 힘으로는 도저히 어찌할 수 없으니 누구든지 나를 좀 잡아다고, 구해다고 하는 듯하였다.

그럴 즈음에 마침 길가 선술집에서 그의 친구 치삼이가 나온다. 그의 우글우글 살찐 얼굴에 주홍이 덧는 듯, 온 턱과 뺨을 시커멓게 구레나룻이 덮였거늘 노르탱탱한 얼굴이 바짝 말라서 여기저기 고랑이 패이고 수염도 있대야 턱밑에만 마치 솔잎 송이를 거꾸로 붙여 놓은 듯한 김 첨지의 풍채하고는 기이한 대상을 짓고 있었다.

"여보게 김 첨지, 자네 문안 들어갔다 오는 모양일세그려. 돈 많이 벌었을 테니 한잔 빨리게."

뚱뚱보는 말라깽이를 보던 맡에 부르짖었다. 그 목소리는 몸집과 딴판으로 연하고 싹싹하였다. 김 첨지는 이 친구를 만난 게 어떻게 반가운지 몰랐다. 자기를 살려 준 은인이나 무엇같이 고맙기도 하였다.

"자네는 벌써 한잔 한 모양일세그려. 자네도 오늘 재미가 좋아 보이."

하고 김 첨지는 얼굴을 펴서 웃었다.

"아따, 재미 안 좋다고 술 못 먹을 낸가. 그런데 여보게, 자네 왼몸이 어째 물독에 빠진 새앙쥐 같은가. 어서 이리 들어와 말리게."

선술집은 훈훈하고 뜨뜻하였다. 추어탕을 끓이는 솥뚜껑을 열 적마다 뭉게뭉게 떠오르는 흰 김 석쇠에서 뻐지짓뻐지짓 구워지는 너비아니구이며 제육이며 간이며 콩팥이며 북어며 빈대떡…… 이 너저분하게 늘어놓은 안주 탁자에 김 첨지는 갑자기 속이 쓰러서 견딜 수 없었다. 마음대로 할 양이면 거기 있는 모든 먹음 먹이를 모조리 깡그리 집어삼켜도 시원치 않았다 하되 배고픈 이는 위선 분량 많은 빈대떡 두 개를 쪼이기로 하고 추어탕을 한 그릇 청하였다. 주린 창자는 음식 맛을 보더니 더욱더욱 비어지며 자꾸자꾸 들이라 들이라 하였다. 순식간에 두부와 미꾸리 든 국 한 그릇을 그냥 물같이 들이켜고 말았다. 셋째 그릇을 받아 들었을 제 데우던 막걸리 곱빼기 두 잔이 더웠다. 치삼이와 같이 마시자 원원히 비었던 속이라 찌르르 하고 창자에 퍼지며 얼굴이 화끈하였다. 눌러 곱빼기 한 잔을 또 마셨다.

김 첨지의 눈은 벌써 개개 풀리기 시작하였다. 석쇠에 얹힌 떡 두 개를 숭덩숭덩 썰어서 볼을 불룩거리며 또 곱빼기 두 잔을 부어라 하였다.

치삼은 의아한 듯이 김 첨지를 보며,

"여보게 또 붓다니, 벌써 우리가 넉 잔씩 먹었네, 돈이 사십 전일세."

라고 주의시켰다.

"아따 이놈아, 사십 전이 그리 끔찍하냐. 오늘 내가 돈을 막 벌었어. 참 오늘 운수가 좋았느니."

"그래 얼마를 벌었단 말인가."

"삼십 원을 벌었어, 삼십 원을! 이런 젠장맞을 술을 왜 안 부어……. 괜찮다 괜찮다, 막 먹어도 상관이 없어. 오늘 돈 산더미같이 벌었는데."

"어, 이 사람 취했군, 그만두세."

"이놈아, 그걸 먹고 취할 내냐, 어서 더 먹어."

하고는 치삼의 귀를 잡아 치며 취한 이는 부르짖었다. 그리고 술을 붓는 열다섯 살 됨직한 중대가리[5]에게로 달려들며,

"이놈, 오라질 놈, 왜 술을 붓지 않어."

라고 야단을 쳤다. 중대가리는 희희 웃고 치삼을 보며 문의하는 듯이 눈짓을 하였다. 주정꾼이 이 눈치를 알아보고 화를 버럭 내며,

"에미를 붙을 이 오라질 놈들 같으니, 이놈 내가 돈이 없을 줄 알고."

하자마자 허리춤을 훔칫훔칫하더니 일 원짜리 한 장을 꺼내어 중대가리 앞에 펄쩍 집어던졌다. 그 사품에 몇 푼 은전이 잘그랑 하며 떨어진다.

"여보게 돈 떨어졌네, 왜 돈을 막 끼었나."

이런 말을 하며 일변 돈을 줍는다. 김 첨지는 취한 중에도 돈의 거처를 살피는 듯이 눈을 크게 떠서 땅을 내려다보다가 불시에 제 하는 짓이 너무 더럽다는 듯이 고개를 소스라치자 더욱 성을 내며,

"봐라 봐! 이 더러운 놈들아, 내가 돈이 없나, 다리 뼉다구를 꺾어 놓을 놈들 같으니."

하고 치삼이 주워 주는 돈을 받아,

"이 원수엣 돈! 이 육시[6]를 할 돈!"

하면서 풀매질을 친다. 벽에 맞아 떨어진 돈은 다시 술 끓이는 양푼에 떨어지며 정당한 매를 맞는다는 듯이 쨍 하고 울었다.

곱빼기 두 잔은 또 부어질 겨를도 없이 말려 가고 말았다. 김 첨지는 입술과 수염에 붙은 술을 빨아들이고 나서 매우 만족한 듯이 그 솔잎 송이 수염을 쓰다듬으며,

"또 부어, 또 부어."

5) 중처럼 빡빡 깎은 머리 또는 그렇게 깎은 사람을 속되게 이르는 말
6) 옛날 죽은 사람의 목을 베던 일, 또는 그 형벌

라고 외쳤다.

또 한 잔 먹고 나서 김 첨지는 치삼의 어깨를 치며 문득 껄껄 웃는다. 그 웃음소리가 어떻게 컸던지 술집에 있는 이의 눈은 모두 김 첨지에게로 몰리었다. 웃는 이는 더욱 웃으며,

"여보게 치삼이, 내 우스운 이야기 하나 할까. 오늘 손을 태우고 정거장에 가지 않았겠나."

"그래서."

"갔다가 그저 오기가 안됐데그려. 그래 전차 정류장에서 어름어름하며 손님 하나를 태울 궁리를 하지 않았나. 거기 마침 마마님이신지 여학생이신지(요새야 어디 논다니와 아가씨를 구별할 수가 있던가) 망토를 잡수시고 비를 맞고 서 있겠지. 슬근슬근 가까이 가서 인력거 타시랍시오 하고 손가방을 받으랴니까 내 손을 탁 뿌리치고 홱 돌아서더니만 '왜 남을 이렇게 귀찮게 굴어!' 그 소리야말로 꾀꼬리 소리지, 허허!"

김 첨지는 교묘하게도 정말 꾀꼬리 같은 소리를 내었다. 모든 사람은 일시에 웃었다.

"빌어먹을 깍쟁이 같은 년, 누가 저를 어쩌나, '왜 남을 귀찮게 굴어!' 어이구 소리가 처신도 없지, 허허."

웃음소리들은 높아졌다. 그러나 그 웃음소리들이 사라지기 전에 김 첨지는 훌쩍훌쩍 울기 시작하였다.

치삼은 어이없이 주정뱅이를 바라보며,

"금방 웃고 지랄을 하더니 우는 건 또 무슨 일인가."

김 첨지는 연해 코를 들이마시며,

"우리 마누라가 죽었다네."

"뭐, 마누라가 죽다니, 언제?"

"이놈아 언제는, 오늘이지."

"예끼 미친놈, 거짓말 말아."

"거짓말은 왜, 참말로 죽었어, 참말로…… 마누라 시체를 집에 뻐들쳐 놓고 내가 술을 먹다니, 내가 죽일 놈이야, 죽일 놈이야."

하고 김 첨지는 엉엉 소리를 내어 운다.

치삼은 흥이 조금 깨어지는 얼굴로,

"원 이 사람이, 참말을 하나 거짓말을 하나. 그러면 집으로 가세, 가."

하고 우는 이의 팔을 잡아당기었다.

치삼의 끄는 손을 뿌리치더니 김 첨지는 눈물이 글썽글썽한 눈으로 싱그레 웃는다.

"죽기는 누가 죽어."

하고 득의가 양양.

"죽기는 왜 죽어, 생때같이 살아만 있단다. 그 오라질 년이 밥을 죽이지. 인제 나한테 속았다."

하고 어린애 모양으로 손뼉을 치며 웃는다.

"이 사람이 정말 미쳤단 말인가. 나도 아주먼네가 앓는단 말은 들었는데."

하고 치삼이도 어느 불안을 느끼는 듯이 김 첨지에게 또 돌아가라고 권하였다.

"안 죽었어, 안 죽었대도 그래."

김 첨지는 화증을 내며 확신 있게 소리를 질렀으되 그 소리엔 안 죽은 것을 믿으려고 애쓰는 가락이 있었다. 기어이 일 원 어치를 채워서 곱빼기 한 잔씩 더 먹고 나왔다. 궂은 비는 의연히 추적추적 내린다.

김 첨지는 취중에도 설렁탕을 사 가지고 집에 다다랐다. 집이라 해도 물론 셋집이요 또 집 전체를 세든 게 아니라 안과 뚝 떨어진 행랑방 한 칸을 빌려 든 것인데 물을 길어 대고 한 달에 일 원씩 내는 터이다. 만일 김 첨지가 주기를 띠지 않았던들 한 발을 대문에 들여놓았을 제 그곳을 지배하는 무시무시한 정적(靜寂) — 폭풍우가 지나간 뒤의 바다 같은 정적에 다리가 떨렸으리라. 쿨룩거리는 기침 소리도 들을 수 없다. 그르렁거리는 숨소리조차 들을 수 없다. 다만 이 무덤 같은 침묵을 깨뜨리는 — 깨뜨린다느니보다 한층 더 침묵을 깊게 하고 불길하게 하는 빽빽 하는 그윽한 소리, 어린애의 젖 빠는 소리가 날 뿐이다. 만일 청각(聽覺)이 예민한 이 같으면 그 빽빽 소리는 빨 따름이요, 꿀떡꿀떡 하고 젖 넘어가는 소리가 없으니 빈 젖을 빤다는 것도 짐작할는지 모르리라.

혹은 김 첨지도 이 불길한 침묵을 짐작했는지도 모른다. 그렇지 않으면 대문에 들어서자마자 전에 없이,

"이 난장맞을 년, 남편이 들어오는데 나와 보지도 않아, 이 오라질 년."

이라고 고함을 친 게 수상하다. 이 고함이야말로 제 몸을 엄습해 오는 무시무시한 증을 쫓아 버리려는 허장성세(虛張聲勢)[7]인 까닭이다.

하여간 김 첨지는 방문을 왈칵 열었다. 구역을 나게 하는 추기 — 떨어진 삿자리 밑에서 나온 먼지내, 빨지 않은 기저귀에서 나는 똥내와 오줌내, 가지각색 때가 켜켜이 앉은 옷내, 병인의 땀 썩은 내가 섞인 추기가 무딘 김 첨지의 코를 찔렀다.

방 안에 들어서며 설렁탕을 한구석에 놓을 사이도 없이 주정꾼은 목청을 있는 대로 다 내어 호통을 쳤다.

"이런 오라질 년, 주야장천(晝夜長川)[8] 누워만 있으면 제일이야. 남편이 와도 일어나지를 못해."

라는 소리와 함께 발길로 누운 이의 다리를 몹시 찼다. 그러나 발길에 채이는 건 사람의 살이 아니고 나무등걸과 같은 느낌이 있었다. 이때에 빽빽 소리가 응아 소리로 변하였다. 개똥이가 물었던 젖을 빼어 놓고 운다. 운대도 온 얼굴을 찡 그려 붙여서 운다는 표정을 할 뿐이다. 응아 소리도 입에서 나는 게 아니고 마치 뱃속에서 나는 듯하였다. 울다가 울다가 목도 잠겼고 또 울 기운조차 시진한 것 같다.

발로 차도 그 보람이 없는 걸 보자 남편은 아내의 머리맡으로 달려들어 그야 말로 까치집 같은 환자의 머리를 꺼들어 흔들며,

"이년아, 말을 해, 말을! 입이 붙었어, 이 오라질 년!"

"……"

"으응, 이것 봐, 아무 말이 없네."

"……"

"이년아, 죽었단 말이냐, 왜 말이 없어."

"……"

"으응, 또 대답이 없네. 정말 죽었나 버이."

이러다가 누운 이의 흰 창을 덮은 위로 치뜬 눈을 알아보자마자,

"이 눈깔! 이 눈깔! 왜 나를 바라보지 못하고 천장만 보느냐, 응."

하는 말 끝엔 목이 메었다. 그러자 산 사람의 눈에서 떨어진 닭의 똥 같은 눈물이 죽은 이의 뻣뻣한 얼굴을 어룽어룽 적시었다. 문득 김 첨지는 미친 듯이 제 얼

7) 실속은 없으면서 허세로 떠벌림   8) 밤낮으로 쉬지 않고 잇달아서 늘

2

현진건

───

운수 좋은 날

굴을 죽은 이의 얼굴에 한데 비비대며 중얼거렸다.

　"설렁탕을 사다 놓았는데 왜 먹지를 못하니, 왜 먹지를 못하니……. 괴상하게
도 오늘은! 운수가, 좋더니만……."

 해답

───

　2. 설렁탕　**3.** 일제시대 노동자 계층　**4.** 암울한 분위기를 조성하며 주인공에게 다가올 불
행을 암시　**5.** 하층민의 생활상을 생동감 있게 표현하며 사실감을 부여하고 있다.

3

화수분, 전영택

전영택(田榮澤, 1894~1968) ●● 평양에서 태어났다. 김동인, 주요한과 더불어 〈창조〉의 동인으로 활동하였다. 그는 기독교주의의 박애 정신에 토대를 둔 인도주의 작풍을 띠었으며, 초기에는 자연주의 계열의 작품을 주로 발표했다. 그러나 그의 자연주의는 완벽한 것이 아니었으며, 초기의 자연주의 소설에서도 인도적인 성격이 두드러진 것으로 보아 인도주의 문학이 그의 바탕이었다고 하겠다.

대표작에 〈독약을 마시는 여인〉 〈흰 닭〉 〈크리스마스 전야〉 〈소〉 등이 있다.

3
화수분, 전영택

1.

　　첫겨울 추운 밤은 고요히
깊어 간다. 뒤뜰 창 바깥에 지나가는 사람 소리도 끊어지고 이따금씩 찬바람 부
는 소리가 휘익 우수수 하고 바깥의 춥고 쓸쓸한 것을 알리면서 사람을 위협하
는 듯하다.

　"만주노 호야 호오야."

　길게 그리고도 힘없이 외치는 소리로 보지 않아도 추워서 수그리고 웅크리고
가는 듯한 사람이 몹시 처량하고 가엾어 보인다. 어린애들은 모두 잠들고 학교
다니는 아이들은 눈에 졸음이 잔뜩 몰려서 입으로만 소리를 내어 글을 읽는다.
나는 누워서 손만 내놓아 신문을 들고 소설을 보고, 아내는 이불을 들쓰고 어린
애 저고리를 짓고 있다.

　"누가 우나?"

　일하던 아내가 말하였다.

　"아니야요. 그 절름발이가 지나가며 무슨 소리를 지껄이면서 그러나 보아요."

　공부하던 애가 말한다. 우리들은 잠시 그 소리를 들으려고 귀를 기울였으나
다시 각각 그 하던 일을 계속하여 다시 주의도 하지 아니하였다. 그러다가 우리

는 모두 잠이 들어 버렸다.

나는 자다가 꿈결같이 ㅇㅇㅇㅇㅇㅇ 하는 소리를 들었다. 잠깐 잠이 반쯤 깨었으나 다시 잠들었다. 잠이 들려고 하다가 또 깜짝 놀라서 깨었다. 그리고 아내에게 물었다.

"저게 누구 울지 않소?"

"아범이구려."

나는 벌떡 일어나서 귀를 기울였다. 과연 아범의 우는 소리다. 행랑에 있는 아범의 우는 소리다.

'어찌하여 우는가, 사나이가 어찌하여 우는가. 자기 시골서 무슨 슬픈 상사의 기별을 받았나? 무슨 원통한 일을 당하였나?'

나는 생각하였다. 어이어이 느껴 우는 소리를 들으면서 아내에게 물었다.

"아범이 왜 울까?"

"글쎄요, 왜 울까요?"

2.

아범은 금년 구월에 그 아내와 어린 계집애 둘을 데리고 우리 집 행랑방에 들었다. 나이는 한 서른 살쯤 먹어 보이고 머리에 상투가 그냥 달라붙어 있고 키가 늘씬하고 얼굴은 기름하고 누르퉁퉁하고 눈은 좀 큰데 사람이 퍽 순하고 착해 보였다. 주인을 보면 어느 때든지 그 방에서 고달픈 몸으로 밥을 먹다가도 얼른 일어나서 허리를 굽혀 절한다. 나는 그것이 너무 미안해서 그러지 말라고 이르려고 하면서 늘 그냥 지내었다. 그 아내는 키가 자그마하고 몸이 똥똥하고, 이마가 좁고, 항상 입을 다물고 아무 말이 없다. 적은 돈은 회계할 줄 알아도 '원'이나 '백냥' 넘는 돈은 회계할 줄 모른다.

그리고 어멈은 날짜 회계할 줄을 모른다. 그러기에 저 낳은 아이들의 생일을 아범이 그 전날 내일이 생일이라고 일러주지 않으면 모른다고 한다. 그러나 결코 속일 줄을 모르고 무슨 일이든가 하라는 대로 하기는 하나 얼른 대답을 시원히 하지 않고 꾸물꾸물 오래 하는 것이 흠이다. 그래도 아침에는 일찍이 일어나서 기름을 발라 머리를 곱게 빗고 빨간 댕기를 드려 쪽을 찌고 나온다.

그들에게는 지금 입고 있는 단벌 홑옷과 조그만 냄비 하나밖에 아무 것도 없다. 세간도 없고 물론 입을 옷도 없고 덮을 이부자리도 없고 밥 담아 먹을 그릇도 없고 밥 먹을 숟가락 한 개가 없다. 있는 것이라고는 보기 싫게 생긴 딸 둘과 작은애를 업는 홑누더기와 띠, 아범이 벌이하는 지게가 하나 — 이것뿐이다. 밥은 우선 주인집에서 내어간 사발과 숟가락으로 먹고 물은 역시 주인집 어린애가 먹고 비운 가루 우유통을 갖다가 떠먹는다.

아홉 살 먹은 큰 계집애는 몸이 좀 뚱뚱하고 얼굴은 컴컴한데 이마는 어미 닮아서 좁고 볼은 아비 닮아서 축 늘어졌다. 그리고 이르는 말은 하나도 듣는 법이 없다. 그 어미가 아무리 욕하고 때리고 하여도 볼만 부어서 까딱없다. 도리어 어미를 욕한다. 꼭 서서 어미보고 눈을 부르대고 '조 꺽정이가 왜 야단야단이야.' 하고 욕을 한다. 먹을 것이 생기면 자식 먹이고 남편 대접하고 자기는 늘 굶는 어미가 헛입 노릇이라도 하는 것을 보게 되면 '저 망할 계집년이 무얼 혼자만 처먹어?' 하고 욕을 한다. 다만 자기 어미나 아비의 말을 아니 들을 뿐 아니라, 주인 마누라나 주인 나리가 무슨 말을 일러도 아니 듣는다. 먼 데 있는 것을 가까이 하려면 손수 붙들어 와야 하고, 가까이 있는 것을 비키게 하려면 붙들어다 치워야 한다.

다음에 작은 계집애는 돌을 지나 세 살을 먹은 것인데 눈이 커다랗고 입술이 삐죽 나오고 걸음은 겨우 빼뚤빼뚤 걷는다. 그러나 여태 말도 도무지 못하고 새벽부터 하루 종일 붙들어 매여 끌려가는 돼지 소리 같은 크고 흉한 소리를 내어 울어서 해를 보낸다.

울지 않는 때라고는 먹는 때와 자는 때뿐이다. 그러나 먹기는 썩 잘 먹는다. 먹을 것이라도 눈앞에 보이기만 하면 죄다 빼앗다가 두 다리 사이에 넣고 다리와 팔로 웅크리고 웅웅 소리를 내면서 혼자서 먹는다. 그렇게 심술 사나운 큰 계집애도 다 빼앗기고 졸연해서 얻어먹지 못한다. 이렇기 때문에 작은 것은 늘 어미 뒷잔등에 업혀 있다. 만일 내려놓아 버려두면 땅바닥을 벗은 몸으로 두 다리를 턱 내뻗치고 묶여 가는 돼지 소리로 동리가 요란하도록 냅다 지른다.

그래서 어멈은 밤낮 작은 것을 업고 큰 것과 싸움을 하면서 얻어먹지도 못하고, 물긷고 걸레질하고 빨래하고 서서 돌아간다. 작은 것에게는 젖을 먹이고 큰 것의 욕을 먹고 성화받고 사나이에게 웅얼웅얼하는 잔말을 듣는다. 밥 지을 쌀도 없는데 밥 안 짓는다고 욕을 한다. 그리고 아범은 밝기도 전에 지게를 지고 나갔다가 밤이 어두워서 들어오지만 하루에 두 끼니를 못 끓여 먹고 대개는 벌이가 없어서 새벽에 나갔다가도 오정 때나 되면 돌아온다. 들어와서는 흔히 잔다.

이런 때는 온종일 그 이튿날 아침까지 굶는다. 그때마다 말없던 어멈이 옹알옹알 바가지 긁는 소리가 들린다. 어멈이 그 애들 때문에 그렇게 애쓰고, 그들의 살림이 그렇게 어려운 것을 보고 나는 이따금 이렇게 생각하였다.

아내에게도 말을 한다.

"저 애들을 누구를 주기나 하지."

위에 말한 것은 아범과 그 식구의 대강한 정형이다. 그러나 밤중에 그렇게 섧게 운 까닭은 무엇인가?

3.

그 이튿날 아침이다. 마침 일요일이기 때문에 내게는 한가한 틈이 있어서 어멈에게 그 내용을 들을 기회가 있었다.

"지난밤에 아범이 왜 그렇게 울었나?"

하는 아내의 말에 어멈의 대답은 대강 이러하였다.

"어멈이 늘 쌀을 팔러 댕겨서 저 뒤의 쌀가게 마누라를 알지요. 그 마누라가 퍽 고맙게 굴어서 이따금 앉아서 이야기도 했어요. 때때로 그 애들을 데리고 어떻게나 지내나 하고 물어요. 그럴 적마다 '죽지 못해 살지요.' 하고 아무 말도 아니했어요. 그러는데 한 번은 가니가 큰애를 누구를 주면 어떠냐고 그래요. 그래서 '제가 데리고 있다가 먹이면 먹이고 죽이면 죽이고 하지, 제 새끼를 어떻게 남을 줍니까? 그리고 워낙 못생기고 아무 철이 없어서 에미 애비나 기르다가 죽이더래도 남은 못 주어요. 남이 가져갈 게 못 됩니다. 그것을 데려 가시는 댁에서는 길러 무엇합니까. 돼지면 잡아서 먹지요.' 하고 저는 줄 생각도 아니 했어요. 그래도 그 마누라는 '어린것이 다 그렇지 어떤가 어서 좋은 댁에서 달라니 보내게. 잘 길러 시집보내 주신다네. 그리고 젊은이들이 벌어먹고 살아야 애들을 다 데리고 있다가 인제 차차 날도 추워 오는데, 모두 한꺼번에 굶어 죽지 말고……' 하시면서 여러 말로 대구 권하셔요. 말을 들으니까 그랬으면 좋을 듯도 하기에 '그럼 저의 아범보고 말을 해 보지요.' 했지요. 그랬더니 그 마누라가 부쩍 달라붙어서 '내일 그 댁 마누라가 우리집으로 오실 터이니 그 애를 데리고 오게.' 하셔요. 해서 '글쎄요.' 하고 돌아 왔지요. 돌아와서 그날 밤에, 그젯밤이올시다. 그젯밤 아니라 어제 아침이올시다. 요새 저는 정신이 하나도 없어요. 그래 밤에는 들어와서 반찬이 없다고 밥도 안 먹고 곤해서 쓰러져 자길래 그런 말을 못하고 어제 아침에야 그 이야기를 했지요. 그랬더니 '내가 아나, 임자 마음대로 하게 그려.' 그리고 일어서 지게를 지고 나가 버리겠지요. 그리고는 저 혼자서 온종일 이리저리 생각을 해보았지요. 아무러나 제 자식을 남을 주고 싶지는 않지만 어떻게 합니까. 아씨 아시듯이 이제 새끼 또 하나 생깁니다 그려. 지금도 어려운데 어떻게 둘씩 셋씩 기릅니까. 그래서 차마 발길이 안 나가는 것을 오정 때가 되어서 데리고 갔지요. 짐승 같은 계집애는 아무런 것도 모르고 따라 나서요. 앞서 가는 것을 뒤로 보면서 생각을 하니까 어째 마음이 안되었어요."

하면서 어멈은 울먹울먹한다. 눈물이 핑 돈다.

"그런 것을 데리고 갔더니 참말 알지 못하는 마누라님이 앉아 계서요. 그 마누라가 이걸 호떡이라 군밤이라 감이라 먹을 것을 사다 주면서 '나하고 우리 집에 가 살자. 이쁜 옷도 해주고 맛난밥도 먹고 좋지. 나하고 가자. 가자.' 하시니까 이것은 먹기에 미쳐서 대답도 아니하고 앉았어요."

이 말을 들을 때에 나는 그 계집애가 우리 마루 끝에 서서 우리집 어린애가 감 먹는 것을 바라보다가 내버린 감꼭지를 쳐다보면서 집어 가지고 나가던 것이 생각났다.

어멈은 다시 이야기를 이어,

"그래, 제가 어쩌나 보려고 '그럼 너 저 마님 따라가 살련? 나는 집에 갈 터이니.' 했더니 저는 본체만체 하고 머리를 끄덕끄덕 해요. 그래도 미심해서 '정말 갈 테야, 가서 울지 않을 테야?' 하니까, 저를 한 번 흘끗 노려보더니 '그래, 걱정 말고가요.' 하겠지요. 하도 어이가 없어서 내버리고 집으로 돌아왔지요. 그리고 돌아와서 저 혼자 가만히 생각하니까, 아범이 또 무어라고 할런지 몰라, 어째 안되겠어요. 그래 바삐 아범이 일하러 댕기는 데를 찾아갔지요. 한 번 보기나 하랄려고 염천교 다리로 남대문 통으로 아무리 찾아야 있어야지요. 몇 시간을 애써 찾아댕기다가 할 수 없이 그 댁으로 도루 갔지요. 갔더니 계집애도그 마누라도 벌써 떠나가 버렸겠지요. 그댁 마님 말씀이 저녁 여섯 시 차에 광핸지 광한지로 떠났다고 하서요. 가시면서 보고 싶으면 설 때에나 와 보고 와 살려면 농사짓고 살라고 하셨대요. 그래 하는 수가 있습니까. 그냥 돌아왔지요. 와서 아무 생각이 없어서 아범 저녁 지어 줄 생각도 아니하고 공연히 밖에 나가서왔다갔다 돌아댕기다가 들어왔지요. 저는 눈물도 안 나요. 그러다가 밤에 아범이 들어왔기에 그 말을 했더니 아무 말도 하지 아니하고 그렇게 통곡을 했답니다. 여북하면 제 자식을 꿈에도 보지 못하던 사람에게 주겠어요. 할 수가 없어서 그렇지요. 집에 두고 굶기는 것보다 나을까 해서 그랬지요. 아범이 본래는 저렇게는 못 살지 않았답니다. 저희 아버지 살았을 때에는 몇백 석이나 하고 양평 시골서 남부럽지 않게 살았답니다. 이름들도 모두 좋지요. 맏형은 '장자'요, 둘째는 '거부'요, 아범이 셋쨀 '화수분'[1]이랍니다. 그런 것이 제가 간 후부터 시아버님이 돌아가시고 그리고 맏아들이 죽고 농사 밑천인 소 한 마리를 도적 맞고 하더니 차차 못 살게 되기 시작해서 종내 저렇게 거지가 되었답니다. 지금도 시골 큰댁엘 가면 굶지나 아니할 것을 부끄럽다고 저러고 있지요. 사내 못생긴 건 할 수 없어요."

우리는 이제야 비로소 아범이 어제 울던 까닭을 알았고 이때에 나는 비로소 아범의 이름이 '화수분'인 것을 알았고, 양평 사람인 줄도 알았다.

4.

그런 지 며칠이 지난 어느 날 아침이다. 화수분은 새옷을 입고 갓을 쓰고 길 떠날 행장을 차리고 안으로 들어온다. 그것을 보니까 지난밤에 아내에게서 들은 말이 생각난다. 시골 있는 형 거부가 일하다가 발을 다쳐서 일을 못하고 누워 있기 때문에 가뜩이나 흉년인 데다가 일을 못해서 모두 굶어 죽을 지경이니, 아범을 오라고 하니 가 보아야 하겠다는 말을 듣고 나는 "가 보아야겠군." 하니까, 아내는 "김장이나 해 주고 가야 할 터인데." 하기에 "글쎄, 그럼 그렇게 이르지." 한 일이 있었다. 아범은 뜰에서 허리를 한 번 굽히고 말한다.

"나리, 댕겨오겠습니다. 제 형이 일하다가 도끼로 발을 찍어서 일을 못하고 누웠다니까 가 보아야겠습니다. 가서 추수나 해 주고는 곧 오겠습니다. 거저 나리 댁만 믿고 갑니다."

나는 어떻게 대답을 했으면 좋을지 몰라서

"잘 댕겨오게."

하였다.

아범은 다시 한 번 절을 하고,

"안녕히 계십시오."

1) 안에다 온갖 물건을 넣어두면 새끼를 쳐서 끝이 없이 나오는 보물단지라는 뜻으로 재물이 자꾸 생겨서 아무리 써도 줄지 않음을 이르는 말

하면서 돌아서 나갔다.

"저렇게 내버리고 가면 어떡합니까? 우리도 살기 어려운데 어떻게 불 때 주고 먹이고 입히고 할 테요? 그렇게 곧 오겠소?"

이렇게 걱정하는 아내의 말을 듣고 나는 바삐 나가서 화수분을 불러서,

"곧 댕겨오게, 겨울을 나서는 안 되네."

하였다.

"암, 곧 댕겨옵지요."

화수분은 뒤를 돌아보고 이렇게 대답을 하고 달아난다.

5.

화수분은 간 지 일주일이 되고 열흘이 되고 보름이 지나도 아니 온다. 어멈은 아범이 추수해서 쌀말이나 가지고 돌아오기를 밤낮 기다려도 종내 오지 아니하였다. 김장때가 다 지나고 입동이 지나고 정말 추운 겨울이 되었다. 하루 저녁은 바람이 몹시 불고 그 이튿날 새벽에는 하얀 눈이 펑펑 내려 쌓였다.

아침에 어멈이 들어와서 화수분의 동네 이름과 번지 쓴 종잇조각을 내어놓으면서 오지 않으면 제가 가겠다고 편지를 써 달라고 하기에 곧 써서 부쳐까지 주었다.

그 다음날부터는 며칠 동안 날이 풀려서 꽤 따뜻하였다. 그래도 화수분의 소식은 없다. 어멈은 본래 어린애가 딸려서 일을 잘 못하는 데다가 다릿병이 있어 다리를 잘 못 쓰고 더구나 며칠 전에 손가락을 다쳐서 일을 하지 못하는 것을 퍽 미안하게 생각한다.

그리고 추운 겨울에 혼자 살아갈 길이 막연하여 종내 아범을 따라 시골로 가기로 결심을 한 모양이다.

"그만 아씨, 시골로 가겠습니다."

"몇 리나 되나?"

"몇 린지 사나이들은 일찍 떠나면 하루에 간다고 해두 저는 이틀에나 겨우 갈걸요."

"혼자 가겠나?"

"물어 가면 가기야 가지요."

아내와 이런 문답이 있은 다음날 아침 바람 불고 추운 날 아침에 어멈은 어린

것을 업고 돌아볼 것도 없는 행랑방을 한번 돌아보면서 아창아창 떠나갔다.

그날 밤에도 몹시 추웠다. 우리는 문을 꼭꼭 닫고 문틈을 헝겊으로 막고 이불을 둘씩 덮고 꼭꼭 붙어서 일쩍 잤다.

나는 자면서, 잘 갔나, 얼어 죽지나 않았나, 하는 생각이 났다.

화수분도 가고 어멈도 하나 남은 것을 업고 간 뒤에는 대문간은 깨끗해지고 시꺼먼 행랑방 방문은 닫혀 있었다. 그리고 우리 집에는 다시 행랑 사람도 안 들이고 식모도 아니 두었다. 그래서 몹시 추운 날, 아내는 손수 어린것을 등에 지고 이웃집의 우물에 가서 배추와 무를 썻어서 김장을 대강 하였다. 아내는 혼자서 김장을 하면서 눈물을 흘리고 어멈 생각을 하였다.

6.

김장을 다 마친 어떤 날, 추위가 풀려서 따뜻한 날 오후에 동대문 밖에 출가해 사는 동생 S가 오래간만에 놀러 왔다. S에게 비로소 화수분의 소식을 듣고 우리는 놀랐다. 그들은 본래 S의 시댁에서 천거해 보낸 것이다. 그 소식은 대강 이렇다.

화수분이 시골 간 후에 형 거부는 꼼짝 못하고 누워 있기 때문에 형 대신 겸 두 사람의 일을 하다가 몸이 지쳐 몸살이 나서 넘어졌다. 열이 몹시 나서 정신없이 앓으면서도 귀동이(서울서 강화 사람에게 준 큰 계집애)를 부르며 늘 울었다.

"귀동아, 귀동아, 어델 갔니? 잘 있니……."

그러다가는 흐득흐득 느끼면서,

"그렇게 먹고 싶어하는 사탕 한 알 못 사 주고 연시 한 개 못 사주고……."

하고 소리를 내어 어이어이 운다.

그럴 때에 어멈의 편지가 왔다. 뒷집 기와집 진사 댁 서방님이 읽어 주는 편지 사연을 듣고,

"아이구, 옥분아(작은 계집애를 이름), 옥분이 에미!"

하고 또 어이어이 운다. 울다가 벌떡 일어나서 서울서 넝마전에서 사 입고 간 새옷을 입고 갓을 썼다. 집안 사람들이 굳이 말리는 것을 뿌리치고 화수분은 서울을 향하여 어멈을 데리러 떠났다. 싸리문 밖에를 나가 화수분은 나는 듯이 달아났다.

화수분은 양평서 오정이 거의 되어서 떠나서, 해가 질 즈음 해서 백 리를 거의

와서 어떤 높은 고개에 올라섰다. 칼날 같은 바람이 뺨을 친다. 그는 고개를 숙여 앞을 내려다보다가, 소나무 밑에 희끄무레한 사람의 모양을 보았다. 그것을 곧 달려가 보았다. 가 본즉 그것은 옥분과 그의 어머니다. 나무 밑 눈 위에 나뭇가지를 깔고, 어린것 업은 헌 누더기를 쓰고 한끝으로 어린것을 꼭 안아 가지고 웅크리고 떨고 있다. 화수분은 왁 달려들어 안았다. 어멈은 눈을 떴으나 말은 못한다. 화수분도 말을 못한다. 어린것을 가운데 두고 그냥 껴안고 밤을 지낸 모양이다.

이튿날 아침에 나무장사가 지나가다가, 그 고개에 젊은 남녀의 껴안은 시체와, 그 가운데 아직 막 자다 깨인 어린애가 등에 따뜻한 햇볕을 받고 앉아서 시체를 툭툭 치고 있는 것을 발견하여 어린것만 소에 싣고 갔다.

해답

1. 물건을 넣어 두면 새끼를 쳐서 끝이 없이 나온다는 전설적인 보물 단지 2. 반어적 표현
3. 일제 강점기 농촌 공동체의 붕괴로 인해 도시로 올라온 하층민들의 삶의 고통

4

홍염, 최학송

최학송(崔鶴松, 1901~1932) ●● 함북 성진에서 태어났다. 호는 서해(曙海). 그는 간도
를 떠돌아다니며 곤궁한 생활을 하였고, 몇 차례나 결혼을 하는 등 순탄치 못한 생활을 하
였다. 1924년 〈토혈〉이 〈동아일보〉에 연재되었으며, 〈고국〉이 〈조선문단〉에 추천되어 문
학 활동을 시작했다. 이듬해에는 방인근의 집에 기거하며 〈탈출기〉 〈살려는 사람〉 〈기아와
살육〉 〈방황〉 〈보석 반지〉 〈기아〉 〈큰물 진 뒤〉를 계속 발표하며 각광받는 작가로 부상하
였다. 그는 하층민의 궁핍한 생활을 고발하면서 구체적이고 직접적인 항거를 행동화하여
보여 준다.
위에서 언급한 작품 외에 〈폭군〉 〈쥐 죽인 뒤〉 〈낙백불우〉 〈전아사〉 〈서막〉 등 많은 작품
이 있다.

4
홍염, 최학송

1.

겨울은 이 가난한 – 백두산 서북편 서간도 한 귀퉁이에 있는 이 가난한 촌락 '빼허(白河)'에도 찾아들었다. 겨울이 찾아들면 조그마한 강을 앞에 끼고 큰 산을 등진 빼허는 쓸쓸히 눈 속에 묻혀서 차디찬 좁은 하늘을 쳐다보게 된다.

눈보라는 북국의 특색이라. 빼허의 겨울에도 그러한 특색이 있다. 이것이 빼허의 생령들을 괴롭게 하는 것이다.

오늘도 눈보라가 친다.

북극의 얼음세계나 거쳐 오는 듯한 차디찬 바람이 우 – 하고 몰려오는 때면 산봉우리와 엉성한 가지 끝에 쌓였던 눈들이 한꺼번에 휘날려서 이 좁은 산골은 뿌연 눈안개 속에 들게 된다. 어떤 때는 강골 바람으로 빙판에 덮였던 눈이 산봉우리로 불리게 된다. 이렇게 교대적으로 산봉우리의 눈이 들로 내리고 빙판의 눈이 산봉우리로 올리 달려서 서로 엇바뀌는 때면 그런 대로 관계치 않으나, 하늬[北風]와 강바람이 한꺼번에 불어서 강으로부터 올리닫는 눈과 봉우리로부터 내리닫는 눈이 서로 부딪치고 어우러지게 되면 눈보라와 바람 소리에 빼허의 좁은 골짜기는 터질 듯한 동요를 받는다.

등진 산과 앞으로 낀 강 사이에 게딱지처럼 끼어 있는 것이 이 빼허의 촌락이다. 통틀어서 다섯 호밖에 되지 않는 집이나마 밭을 따라서 이리저리 흩어져 있다. 모두 커다란 나무를 찍어다가 우물 정(井)자로 틀을 짜 지은 집인데 여기 사람들은 이것을 '귀틀집'이라 한다. 지붕은 대개 조짚이요, 혹은 나무 껍질로도 이었다. 그 꼴은 마치 우리 내지(간도서는 조선을 내지라 한다)의 거름집[堆肥舍]과 같다. 심하게 말하는 이는 도야지굴과 같다고 한다.

이것이 남부여대로 서간도 산골을 찾아들어서 사는 조선 사람의 집들이다. 빼허의 집들은 그러한 좋은 표본이다.

험악한 강산, 세찬 바람과 뿌연 눈보라 속에 게딱지처럼 붙어서 위태위태하게 침묵을 지키고 있는 이 모든 집에도 언제든지 공도(公道)가 – 위대한 공도가 어그러지지 않으면, 언제든지 꼭 한때는 따뜻한 봄볕이 지나리라. 그러나 이렇게 눈발이 날리고 바람이 우짖으면 그 어설궂은 집 속에 의지 없이 들어박힌 넋들은 자기네로도 알 수 없는 공포에 몸을 부르르 떨게 된다.

이렇게 몹시 춥고 두려운 날 아침에 문 서방은 집을 나섰다. 산산이 흐트러진 머리카락을 뿌연 상투에 휘휘 거둬 감고 수건으로 이마를 질끈 동인 위에 까맣게 그을은 대팻밥 모자를 끈 달아 썼다. 부대처럼 툭툭한 토수래(베실을 삶아서 짠 것이다) 바지저고리는 언제 입은 것인지 뚫어지고 흙투성이가 되었는데 바람에 무겁게 흩날린다.

"문 서뱅이 발써 갔소?"

문 서방은 짚신에 들막을 단단히 하고 마당에 내려서려다가 부르는 소리에 머리를 돌렸다. 펄쩍 문을 열면서 때가 찌덕찌덕한 늙은 얼굴을 내미는 것은 한관청(韓官廳 : 관청은 직함)이었다.

"왜 그러시우?"

경기 말씨가 그저 남아 있는 문 서방은 한 발로 마당을 밟고 한 발로 흙마루를 밟은 채 한관청을 보았다.

"엑, 바름두! 저, 엑 흑……."

한관청은 몰아치는 바람이 아즈러운지 연방 흑흑 느끼면서,

"저 일절 욕을 마오! 그게…… 엑, 워쩐 바름이 이런구! 그게 되놈[胡人]인데, 부모두 모르는 되놈인데……."

하는 양은 경험 있는 늙은 사람의 말을 깊이 들으라는 어조이다.

"나는 또 무슨 말씀이라구! 아 그늠이 이번두 그러면 그저 둔단 말이오?"

문 서방의 소리는 좀 분개하였다.

눈을 몰아치는 바람은 또 몹시 마당으로 몰아들었다. 그 판에 문 서방은 바람을 등지고 돌아서고 한관청의 머리는 창문 안으로 자라목처럼 움츠렸다.

"글쎄 이 늙은 거 말을 듣소! 그늠이 제 가새비(장인)를 잘 알겠소! 흥⋯⋯."

한관청은 함경도 사투리로 뇌면서 다시 머리를 내밀었다.

"염려 마슈! 좋게 하죠."

문 서방은 더 들을 말 없다는 듯이 바람을 안고 휙 돌아섰다.

"그새 무슨 일이나 없을까?"

밭 가운데로 눈을 헤갈면서 나가던 문 서방은 주춤하고 돌아다보면서 혼자 뇌었다.

눈보라 때문에 눈도 뜰 수 없거니와 지척을 분간할 수 없이 되어서 집은커녕 산도 보이지 않았다.

"그새 무슨 일이 날라구!"

그는 또 이렇게 혼자 뇌고 저고리 섶을 단단히 여미면서 강가로 내려가다가 발을 돌려서 언덕길로 올라섰다. 강얼음을 타고 가는 것이 빠르지만 바람이 심하면 빙판에서 걷기가 거북하여 언덕길을 취하였다. 하 다니던 길이니 짐작으로 걷지 눈에 묻히어서 길이 보이지 않았다.

언덕길에 올라서니 바람은 더 심하였다. 우와 하고 가슴을 치어서 뒤로 휘딱 자빠질 것은 고사하고 눈발에 아츠럽게 낯을 치어서 눈도 뜰 수 없고 숨도 바로 쉴 수 없었다. 뻣뻣하여 가는 사지에 억지로 힘을 주어 가면서 이를 악물고 두 마루턱이나 넘어서 '달리소' 강가에 이르니 가슴에서는 잔나비가 뛰노는 것 같고 등골에는 땀이 흘렀다. 그는 서리가 뿌연 수염을 씻으면서 빙판을 건너간다. 빙판에는 개가죽 모자 개가죽 바지에 커단 '울레(신)'를 신은 중국 파리(썰매)꾼들이 기다란 채쭉을 휘휘 두르면서,

"뚜 ─ 어, 뚜 ─ 어, 딱딱."

하고 말을 몰아 간다.

"꺼울리 날춰(저 조선 거지 어디 가나)?"

중국 파리꾼들은 문 서방을 보면서 욕을 하였으나 문 서방은 허둥허둥 빙판을 건너서 높다란 바위 모롱이를 지나 언덕에 올라섰다.

여기가 문 서방이 목적하고 온 달리소라는 땅이다. 이 땅 주인은 '인(殷)'가라는 중국 사람인데 그 인가는 문 서방의 사위이다. 저편 밭 가운데 굵은 나무로 울타리를 한 것이 인가의 집이다. 그 밖으로 오륙 호나 되는 게딱지 같은 귀틀집은 지팡살이(소작인)하는 조선 사람들의 집이다. 문 서방은 바위 모롱이를 돌아 언덕에 오르니 산이 서북을 가리어서 바람이 좀 잠즉하여 좀 푸근한 느낌을 받았으나, 점점 인가 – 사위의 집 용마루가 보이고 울타리가 보이고 그 좌우에 같은 조선 사람의 집이 보이니 스스로 다리가 움츠러지면서 걸음이 떠지었다.

"엑, 더러운 되놈! 되놈에게 딸 팔아먹은 놈!"

그것은 자기 스스로 한 일은 아니지만 어디선지 이런 소리가 귀청을 징징 치는 것 같은 동시에 개기름이 번지르하여 핏발이 올올한 눈을 흉악하게 굴리는 인가 – 사위의 꼴이 언뜻 눈앞에 떠올라서 그는 발끝을 돌릴까말까 하고 주저거렸다. 그러다가도,

"여보, 용례(딸의 이름)가 왔소? 용례 좀 데려다주구려!"

하고 죽어 가는 아내의 애원하는 소리가 귓가에 울려서 다시 앞을 향하였다.

"이게 문 서방이! 또 딸 집을 찾아가옵느마?"

머리를 수굿하고 걷던 문 서방은 불의의 모욕이나 받는 듯이 어깨를 툭 떨어뜨리면서 머리를 들었다. 그것은 길 옆에서 도야지 우리를 손질하던 지팡살이꾼의 한 사람이었다.

"네! 아아니……."

문 서방은 대답도 아니요 변명도 아닌 이러한 말을 하고는 얼른얼른 인가의 집으로 향하였다. 온 동리가 모두 나서서 자기의 뒤를 비웃는 듯해서 곁눈질도 못 하였다.

여기는 서북이 가리어서 빼허처럼 바람이 심하지 않았다. 흐릿하나마 볕도 엷게 흘렀다.

2.

"여보! 저 인가가 또 오는구려!"

가을볕이 쨍쨍한 마당에서 깨를 떨던 아내는 남편 문 서방을 보면서 근심스럽게 말하였다.

"오면 어쩌누? 와도 허는 수 없지!"

뒤줏간 앞에서 옥수수 껍질을 바르던 문 서방은 기탄없이 말하였다.

"엑, 그 단련을 또 어찌 받겠소?"

아내의 찌푸린 낯은 스르르 흐리었다.

"참 되놈이란 오랑캐……."

"여보 여기 왔소."

문 서방의 높은 소리를 주의시키던 아내는 뒤줏간 저편을 보면서,

"아, 오셨소!"

하고 어색한 웃음을 웃었다.

"예 왔소! 장구재(주인) 있소?"

지주 인가는 어설픈 웃음을 지으면서 마당에 들어서다가 뒤줏간 앞에 앉은 문 서방을 보더니,

"웅 저기 있소!"

하고 손가락질을 하면서 그 앞에 가 수캐처럼 쭈그리고 앉았다.

서천에 기운 태양은 인가의 이마에 번지르르 흘렀다.

"어디 갔다 오슈?"

문 서방은 의연히 옥수수를 바르면서 하기 싫은 말처럼 힘없이 끄집어내었다.

"문 서방! 그래 올에두 비들(빚을) 못 가프겠소?"

인가는 문 서방 말과는 딴전을 치면서 담뱃대를 쌈지에 넣는다.

"허허, 어제두 말했지만 글쎄 곡식이 안 된 거 어떡하오?"

"안 돼! 안 돼! 곡식이 자르 되구 모 되구 내가 알으오? 오늘은 받아 가지구야 가갔소!"

인가는 담배를 피우면서 버티려는 수작인지 땅에 펑덩 들어앉았다.

"내년에는 꼭 갚아 드릴게 올만 참아 주오! 장구재도 알지만 흉년이 되어서 되지두 않은 이것(곡식)을 모두 드리면 우리는 어떻게 겨울을 나라우? 웅! 자, 내년에는 꼭…… 하하."

인가를 보면서 넋없는 웃음을 치는 문 서방의 눈에는 애원하는 빛이 흘렀다.

"안 되우! 안 돼! 퉁퉁(모두) 디 주! 모두두 많이 많이 부족이오!"

"부족이 돼두 하는 수 없지. 글쎄 뻔히 보시면서 어떡하란 말이오! 휴."

"어째 어부소? 웅 늬디 어째 어부소 마리해! 울리 쌀리디, 울리 소금이디, 울리

강냉이다…… 늬디 입이(그는 입을 가리키면서)디 안 먹어? 어째 어부소? 응."

인가는 낯빛이 거무락푸르락해서 소리를 고래고래 질렀다. 문 서방은 더 말이 나오지 않았다.

언제나 이놈의 소작인 노릇을 면하여 볼까? 경기도에서도 소작인 십 년에 겨죽만 먹다가 그것도 자유롭지 못하여 남부여대로 딸 하나 앞세우고 이 서간도로 찾아들었더니 여기서도 그네를 맞아 주는 것은 지팡살이였다. 이름만 달랐지 역시 소작인이다. 들어오던 해는 풍년이었으나 늦게 들어와서 얼마 심지 못하였고 그 이듬해에는 흉년으로 말미암아 일 년 내 꾸어 먹은 것도 있거니와 소작료도 못 갚아서 인가에게 매까지 맞고 금년으로 미뤘더니 금년에도 흉년이 졌다. 다른 사람들도 빚을 지지 않은 바가 아니로되 유독 문 서방을 조르는 것은 음흉한 인가의 가슴속에 문 서방의 딸 용례(금년 열일곱)가 걸린 까닭이었다. 문 서방은 벌써 그 눈치를 알아채었으나 차마 양심이 허락지 않았다. 인가의 욕심만 채우면 밭맥(1맥은 10일경(日耕) = 1일경은 약 천 평)이나 단단히 생겨서 한평생 기탄이 없을 것을 모르지는 않지만 무남독녀로 고이 기른 딸을 되놈에게 주기는 머리에 벼락이 내릴 것 같아서 죽으면 그저 굶어 죽었지 차마 할 수 없었다. 그는 그런 것 저런 것 생각할 때마다 도리어 내지(조선)가 그리웠다. 쪼들려도 나서 자란 자기 고향에서 쪼들리던 옛날이 – 삼 년 전의 그 옛날이 그리웠다. 그러나 그것도 한 꿈이었다. 그 꿈이 실현되기에는 그네의 경제적 기초가 너무도 어줄이 없었다. 빈 마음만 흐르는 구름에 부쳐서 내지로 보낼 뿐이었다.

"어째서 대답이 어부소, 응? 그래 울리 비디디 안 가파? 창우니! 빠피야(이놈 껍질 벗긴다)."

인가는 담뱃대를 꽁무니에 찌르면서 일어나 앉더니 팔을 걷는다. 그것을 본 문 서방 아내는 낯빛이 파랗게 질려서 부들부들 떨면서 이편만 본다. 문 서방도 낯빛이 까맣게 죽었다.

"자, 그러면 금년 농사는 온통 드리지요!"

문 서방의 목소리는 힘없이 떨렸다. 마치 종아리채를 든 초학 훈장 앞에 엎드린 어린애의 소리처럼…….

"부요우(일없다)…… 퉁퉁디…… 모모 모두 우리 가져가두 보미(옥수수) 쓰단(4石), 쎄옌(소금) 얼씨진(20斤), 쏘미(좁쌀)디 빠단(8石)디 유아(있다)…… 니디 자리 알라 있소! 그거 안 줘?"

검붉은 인가의 뺨은 성난 두꺼비 배처럼 불떡불떡하였다.

"나머지는 내년에 갚지요!"

문 서방은 머리를 뚝 떨어뜨렸다.

"슴마(무엇)? 창우니 빠피야!"

인가의 억센 손이 문 서방의 멱살을 잡았다. 문 서방은 가만히 받았다. 정신이 아찔하였다.

"에구, 장구재…… 흑흑…… 장구재…… 제발 살려 줍쇼! 제발 살려 주시면 뼈를 팔아서라두 갚겠습니다. 장구재 제발!"

문 서방의 아내는 부들부들 떨면서 인가의 팔에 매달렸다. 그의 애걸하는 소리는 벌써 울음에 떨렸다.

"내 보미 워디 소금이 낼라! 아니 줬소? 아니 줬소? 어 어째서 아니 줬소?"

인가의 주먹은 문 서방의 귓벽을 울렸다.

"아이구!"

문 서방은 땅에 쓰러졌다.

"엑 에구…… 웅웅웅…… 에구 장구재! 제발 제제…… 흑 제발 좀 살려 줍쇼…… 웅웅."

쓰러지는 문 서방을 붙잡던 아내는 인가를 보면서 땅에 엎드려서 손을 비빈다.

"이 상느므 샛지(상놈의 자식)…… 늬듸 로포(아내) 워디(내가) 가져가!"

하고 인가는 문 서방을 차더니 엎디어서 손이야 발이야 비는 문 서방의 아내의 손목을 잡아끌었다.

"늬듸 울리 집이 가! 오늘리부터 늬듸 울리 에미네(아내)!"

"장구재…… 제발…… 에이구 웅웅."

"에구, 엄마!"

집 안에서 바느질하던 용례가 내달았다. 인가는 문 서방의 아내를 사정없이 끌고 자기 집으로 향한다.

"나를 잡아가라! 나를!"

쓰러졌던 문 서방은 인가의 팔을 잡았다.

"타마나!"

하는 소리와 같이 인가의 발길은 문 서방의 불거름으로 들어갔다. 문 서방은 거꾸러졌다.

"아이구 어머니! 왜 울 어머니를 잡아가요? 응응…… 흑."

용례는 어머니의 팔목을 잡은 중국인의 손을 물어뜯었다. 용례를 본 인가는 문 서방 아내는 놓고 문 서방의 딸 용례를 잡았다.

"이 개새끼야! 이것 놔라…… 응응 흑…… 아이구 아버지…… 엄마!"

억센 장정 인가에게 티끌같이 끌려가는 연연한 처녀는 몸부림을 하면서 발악을 하였다.

"용례야! 아이구 우리 용례야!"

"에이구 응…… 너를 이 땅에 데리구 와서 개같은 놈에게……."

문 서방의 내외는 허둥지둥 달려갔다.

낯빛이 파랗게 질린 흰옷 입은 사람들은 쭉 나와서 섰건마는 모두 시체같이 서 있을 뿐이었다. 여편네 몇몇은 치맛자락으로 눈물을 씻었다.

의연히 제 걸음을 재촉하는 볕은 서산 위에 뉘엿뉘엿하였다. 앞강으로 올라오는 찬바람은 스르르 스쳐가는데 석양에 돌아가는 까마귀 울음은 의지 없는 사람의 넋을 호소하는 듯 처량하였다.

"에구 용례야! 부모를 못 만나서 네 몸을 망치는구나! 에구 이놈에 돈이 우리를 죽이는구나!"

문 서방 내외는 그 밤을 인가의 집 울타리 밖에서 새었다. 누구 하나 들여다보지도 않는데 인가의 집에서 내놓은 개들은 두 내외를 잡아먹을 듯이 짖으며 덤벼들었다.

이리하여 용례는 영영 인가의 손에 들어갔다. 며칠 후에 인가는 지금 문 서방이 있는 빼허에 땅날갈이나 있는 것을 문 서방에게 주어서 그리로 이사시켰다. 문 서방은 별별 욕과 애원을 하였으나 나중에 인가는 자기 집 일꾼들을 불러서 억지로 몰아내었다. 이리하여 문 서방은 차마 생목숨을 끊기 어려워서 원수가 주는 땅을 파먹게 되었다. 그것이 작년 가을이었다. 그 뒤로 인가는 절대로 용례를 밖으로 내보내지 않을 뿐만 아니라 그 어버이 되는 문 서방 내외에게도 보이지 않았다.

"용례는 매일 밥도 안 먹고 어머니 아버지만 부르고 운다."

하는 희미한 소식을 인가의 집에 가까이 드나드는 중국인들에게서 들을 때마다 문 서방은 가슴을 치고 그 아내는 피를 토하였다.

이리하여 문 서방의 아내는 늦은 여름부터 아주 병석에 드러누웠다. 그는 병석에서 매일 용례만 부르고 용례만 보여 달라고 졸랐다. 그래서 문 서방은 벌써 세 번이나 인가를 찾아가서 말했으나 효과가 없었다.

이번까지 가면 네 번째다. 이번은 어떻게 성사가 될는지? (간도 있는 중국인들은 조선 여자를 빼앗아 가든지 좋게 사 가더라도 밖에 내보내지도 않고 그 부모에게까지 흔히 면회를 거절한다. 중국인은 의심이 많아서 그런다고 들었다.)

3.

문 서방은 울긋불긋한 채필로 '관운장'과 '장비'를 무섭게 그려 붙인 집 대문 앞에 섰다. 문 밖에서 뼈다귀를 핥던 얼룩개 한 마리가 웡웡 짖으면서 달려들더니 이구석 저구석에서 개 무리가 우아 하고 덤벼들었다. 어떤 놈은 으르렁 으르고, 어떤 놈은 뒷다리 사이에 바싹 끼면서 금방 물 듯이 송곳 같은 이빨을 악물었고, 어떤 놈은 대어들었다가는 뒷걸음을 치고 뒷걸음을 쳤다가는 대어들면서 산천이 무너지게 짖고, 어떤 놈은 소리도 없이 코만 실룩실룩하면서 달려들었다. 그 여러 놈들이 문 서방을 가운데 넣고 죽 돌아서서 각각 제 재주대로 날뛴다. 그러지 않아도 지금 개 때문에 대문 밖에서 기웃거리던 문 서방은 이 사면초가를 어떻게 막으면 좋을지 몰랐다. 이러는 판에 한 마리가 획 들어와서 문 서방의 바짓가랑이를 물었다.

"으악…… 꺼우디(개를)!"

문 서방이 소리를 치면서 돌멩이를 찾느라고 엎드리는 것을 보더니 개들은 일시에 뒤로 물러났으나 다시 덤벼들었다.

"창우니 타마나가비(상소리다)!"

안에서 개가죽 모자를 쓰고 뛰어나오는 일꾼은 기다란 호밋자루를 두르면서 개를 쫓았다. 개들은 몰려가면서도 몹시 짖었다.

문 서방은 조짚 수수깡이 지저분하게 널려 있는 마당을 지나서 왼편 일꾼들 있는 방문으로 들어갔다. 누릿하고 퀴퀴한 더운 기운이 후끈 낯을 스칠 때 얼었던 두 눈은 뿌연 더운 안개에 스르르 흐려서 어디가 어딘지 잘 분간할 수 없었다.

"윈따야 랠라마(문 영감 오셨소)?"

캉(구들)에서 지껄이던 중국인 중에서 누군지 첫인사를 붙였다.

"에헤 랠라 장구재 유(있소)?"

문 서방은 어색한 웃음을 지었다. 얼었던 몸은 차츰 녹고 흐리었던 눈앞도 점점 밝아졌다.

"쌍캉바(구들로 올라오시오)!"

구들 위에서 나는 틱틱한 소리는 인가였다. 그는 일꾼들과 무슨 의논을 하던 판인가? 지껄이던 일꾼들은 고요히 앉아서 담배를 피우면서 호기심에 번득이는 눈을 인가와 문 서방에게 보내었다.

어느 천년에 지은 집인지? 거미줄이 얼키설키 서린 천장과 벽은 아궁이 속같이 꺼먼데 벽에 붙여 놓은 삼국풍진도(三國風塵圖)며 춘야도리원도(春夜桃李園圖)는 이리저리 찢기고 그을었다. 그을음과 담배 연기에 싸여서 눈만 반짝반짝하는 무리들은 아귀도(餓鬼道)[1]를 생각게 한다. 문 서방은 무시무시한 기분에 몸을 부르르 떨었다.

"치엔바(담배 잡수시오)!"

인가는 웬일인지 서투른 대로 곧잘 하던 조선말은 하지 않고 알아도 못 듣는 중국말을 쓰면서 담뱃대를 문 서방 앞에 내밀었다.

"여보 장구재! 우리 로포가 딸(용례)을 못 봐서 죽겠으니 좀 보여 주, 응……."

문 서방은 담뱃대를 받으면서 또 전처럼 애걸하였다. 인가는 이마를 찡그리면서 볼을 불렸다.

"저게(아내) 마지막 죽어가는데 철천지 한이나 풀어야 하지 않겠소, 응! 한 번만 보여 주! 어서 그러우! 내가 용례를 만나면 꾀일까 봐…… 그럴 리 있소! 이렇게 된 밧자에…… 한 번만…… 낯이나…… 저 죽어가는 제 에미 낯이나 한 번 보게 해주! 네? 제발……."

"안 되우! 보내지 모하겠소. 우리 지비 문 바께 로포(아내) 나갔소. 재미 어부소."

배짱을 부리는 인가의 모양은 마치 전당포 주인과 같은 점이 있었다. 문 서방의 가슴은 죄었다. 아쉽고 안타깝고 슬픔이 어우러지더니 분한 생각이 났다. 부뚜막에 놓은 낫을 들어서 인가의 배를 왁 긁어놓고 싶었으나 아직도 행여나 하

1) 불교 용어, 죽어서도 굶주린 영혼

는 바람과 삶에 대한 애착심이 그 분을 제어하였다.

"그러지 말고 제발 보여 주오! 그러면 내 아내를 데리고 올까? 아니 바람을 쏘여서는…… 엑 죽어두 원이나 끄고 죽게 내가 데리고 올게 낯만 슬쩍 보여 주오…… 네…… 혹…… 꼭…… 제발……."

이십 년 가까이 손끝에서 자기 힘으로 기른 자기 딸을 억지로 빼앗긴 것도 원통하거든 그나마 자유로 볼 수 없이 되는 것을 생각하니…… 더구나 그 우악한 인가에게 가슴과 배를 사정없이 눌리는 연연한 딸의 버둥거리는 그림자가 눈앞에 언뜻하여 가슴이 꽉 막히고 사지가 부르르 떨리면서 주먹이 쥐어졌다. 그러나 뒤따라 병석의 아내가 떠오를 때 그의 주먹은 풀리고 머리는 숙었다.

"낼리 또 왔소 이얘기하오! 오늘리디 울리디 일이디 푸푸디! 많이 있소!"

인가는 문 서방을 어서 가라는 듯이 자기 먼저 캉에서 내려섰다.

"제발 이러지 말구! 으흑 흑…… 제제…… 제발 단 한 번만이라두 낯만…… 으흑흑 응!"

문 서방은 인가를 따라서 밖으로 나오면서 울었다. 등뒤에서는 웃음소리가 들렸다. 그러나 그 웃음소리는 이때의 문 서방에게는 아무러한 자극도 주지 못하였다.

"자, 이게 적지만!"

마당에 한참이나 서서 무엇을 생각하던 인가는 백 조(百吊)짜리 관체(官帖 : 돈)석 장을 문 서방의 손에 쥐었다. 문 서방은 받지 않으려고 했다. 더러운 놈의 더러운 돈을 받지 않으려 하였다. 그러나 지금 부쳐 먹는 밭도 인가의 밭이다. 잠깐 사이 분과 설움에 어리어서 튀기던 돈은 – 돈 힘은 굵고 헐벗은 문 서방을 누르지 않을 수 없었다. 그는 못 이기는 것처럼 삼백 조를 받아 넣고 힘없이 나오다가,

'저 속에는 용례가 있으려니!'

생각하면서 바른편에 놓인 조그마한 집을 바라볼 때 자기도 모르게 발길이 도로 돌아섰다. 마치 거기서는 용례가 울면서 자기를 부르는 것 같았다. 그러나 인가는 문 서방을 문 밖에 내보내고 문을 닫아 잠갔다.

문 밖에 나서니 천지가 아득하였다. 발길이 돌아가지 않았다. 사생을 다투는 아내를 생각하면 아니 가진 못할 일이고 이 울타리 속에는 용례가 있거니 생각하면 눈길이 다시금 울타리로 갔다.

그가 바위 모롱이 빙판에 올 때까지 개들은 쫓아나와 짖었다. 그는 제 분김에 한 마리 때려잡는다고 얼른 돌멩이를 집어 들었다가, 작년 가을에 어떤 조선 사람이 어떤 중국 사람의 개를 때려죽이고 그 사람이 주인에게 총 맞아 죽은 일이 생각나서 들었던 돌멩이를 헛뿌렸다.

돌아 떨어지는 겨울해는 어느 새 강 건너 봉우리 엉성한 가지 끝에 걸렸다. 바람은 좀 자고 날씨는 맑으나 의연히 추워서 수염에는 우물가처럼 얼음 보쿠지가 졌다.

4.

눈옷 입은 산봉우리 나뭇가지 끝에 남았던 붉은 석양볕이 스르르 자취를 감추고 먼 동쪽 하늘가에 차디찬 연자줏빛이 싸르르 돌더니 그마저 스러지고 쌀쌀한 하늘에 찬 별들이 내려다보게 되면서부터 어둑한 황혼빛이 빼허의 좁은 골에 흘러들어서 게딱지 같은 집 속까지 흐리기 시작하였다.

꺼먼 서까래가 드러난 수수깡 천장에는 그을은 거미줄이 흐늘흐늘 수없이 드리우고, 빈대 죽인 자리는 수묵으로 댓잎[竹葉]을 그린 듯이 흙벽에 빈틈이 없는데 먼지가 수북한 구들에는 구름깔개(참나무를 엷게 밀어서 결은 자리)를 깔아 놓았다. 가마 저편 바당(부엌)에는 장작개비가 흩어져 있고 아궁이에서는 벌건 불이 훨훨 붙는다.

뜨끈뜨끈한 부뚜막에는 문 서방의 아내가 누덕 이불에 싸여 누웠고 문 앞과 윗목에는 이웃집 사람들이 모여 앉았는데 지금 막 달리소 인가의 집에서 돌아온 문 서방은 신음하는 아내의 가슴에 손을 얹고 앉았다.

등꽂이에 켜놓은 등(삼대에 겨를 올려서 불 켜는 것)불은 환하게 이 실내의 이 모든 사람을 비췄다.

"용례야! 용례야! 용례야!"

고요히 누웠던 문 서방의 아내는 마지막 소리를 좀 크게 질렀다. 문 서방은 아내의 가슴을 지그시 눌렀다.

"에구! 우리 용례! 우리 용례를 데려다주구려!"

그는 눈을 번쩍 뜨면서 몸을 흔들었다.

"여보, 왜 이러우. 용례가 지금 와요! 금방 올걸!"

어린애를 달래듯 하면서 땀때가 께저분한 아내의 얼굴을 내려다보는 문 서방의 눈은 흐렸다.

"에구, 몹쓸늠(인가)두! 저런 거 모르는 체하는가? 음!"

윗목에 앉은 늙은 부인은 함경도 사투리로 구슬피 뇌었다.

"허, 그러게 되놈이라지! 그놈덜께 인륜이 있소?"

문 앞에 앉았던 한관청은 받아 치었다.

"용례야! 용례야! 홍 저기저기 용례가 오네!"

문 서방의 아내는 쑥 꺼진 두 눈을 모들떠서 천장을 뚫어지게 보면서 보기에 아츠러운 웃음을 웃었다.

"어디? 아직은 안 오! 여보, 왜 이리우? 정신을 채리우, 웅!"

문 서방의 목소리는 떨렸다.

"저기 엑…… 용…… 용례……."

그는 눈을 더 크게 뜨고 두 뺨의 근육을 경련적으로 움직이면서 번쩍 일어났다. 문 서방은 아내의 허리를 안았다. 그는 또 정신에 착각을 일으켰는지 창문을 바라보고 뛰어나가려고 하면서,

"용례야! 용례 용례…… 저 저기저기 용례가 있네! 용례야, 어디 가니? 용례야! 네 어디 가느냐? 으웅."

고함을 치고 눈물 없는 울음을 우는 그의 눈에서는 퍼런 불빛이 번쩍하였다. 좌중은 모진 짐승의 앞에나 앉은 듯이 모두 숨을 죽이고 손을 들었다. 문 서방은 전신의 힘을 내어서 아내의 허리를 안았다.

"하하하(그는 이상한 소리를 내어 웃다가 다시 성을 잔뜩 내면서)……용례! 용례가 저리로 가는구나! 으웅…… 저놈이 저놈이 웬 놈이냐?"

하면서 한참 이를 악물고 창문을 노려보더니,

"저 저…… 이놈아! 우리 용례를 놓아라! 저 되놈이, 저 되놈이 용례를 잡아가네! 이놈 놔라! 이놈 모가지를 빼놓을 이 이."

그의 눈앞에는 용례를 인가에게 빼앗기던 그때가 떠올랐는지? 이를 빡 갈면서 몸을 번쩍 일어 창문을 향하고 내달았다.

"여보, 정신을 차리오! 여보, 왜 이러우! 아이구! 웅."

쫓아 나가면서 아내의 허리를 안아서 뒤로 끌어들이는 문 서방의 소리는 눈물에 젖었다.

"이놈아! 이게 웬 놈이 남을 붙잡니? 응 으윽."

그는 두 손으로 남편의 가슴을 밀다가도 달려들어서 남편의 어깨를 물어뜯으면서,

"이것 놔라! 에그 용례야, 저게 웬 놈이…… 에구구…… 저놈이 용례를 깔고 앉네!"

하고 몸부림을 탕탕 하는 그의 눈엔 핏발이 서고 낯빛은 파랗게 질렸다.

이때 한관청 곁에 앉았던 젊은 사람은 얼른 일어나서 문 서방을 조력하였다. 끌어들이려거니 뛰어나가려거니 하여 밀치고 당기는 판에 등꽂이가 넘어져서 등불이 펄렁 죽어 버렸다. 방 안이 갑자기 깜깜하여지자 창문만 히슥하였다.

"조심들 하라니! 엑 불두!"

한관청은 등대를 화로에 대고 푸푸 불면서 툭덕툭덕하는 사람들께 주의를 시켰다. 불은 번쩍 하고 켜졌다.

"우우 쏴? 스르륵."

문을 치는 바람 소리가 요란하였다.

"엑, 또 바람이 나는 게로군! 날쎄두 페릅(괴상)다."

한관청은 이렇게 뇌면서 등꽂이에 등대를 꽂고 몸부림하는 문 서방 내외와 젊은 사람을 피하여 앉았다.

"이것 놓아 주오! 아이구! 우리 용례가 죽소! 저 흉한 되놈에게 깔려서…… 엑, 저 저 저…… 저것 봐라! 이놈 네 이놈아! 에이구 용례야! 용례야! 사람 살려 주오! (소리를 더욱 높여서) 우리 용례를 살려 주! 응으윽 에엑웅……."

그는 마지막으로 오장육부가 쏟아지게 소리를 지르다가 검붉은 핏덩어리를 왈칵 토하면서 앞으로 거꾸러졌다.

"으윽!"

"응 끔직두 한 게!"

하면서 여러 사람들은 거꾸러진 문 서방의 아내 앞에 모여들었다.

"여보! 여보! 아이구 정신 좀……."

떨려 나오는 문 서방의 소리는 절반이나 울음으로 변하였다.

거불거불하는 등불 속에 검붉은 피를 한 말이나 토하고 쓰러진 그는 낯이 파랗게 되어서 숨결이 없었다.

"허! 잡싱(雜神)이 붙었는가? 으흠 웅! 으흠 웅! 각황제방, 심미기, 두우열로 구

슬벽……."

여러 사람들과 같이 문 서방의 아내를 부뚜막에 고요히 뉘어 놓은 한관청은 귀신을 쫓는 경문이라고 발음도 바로 못 하는 이십팔수를 줄줄줄 읽었다.

"으응응…… 흑흑…… 여, 여보!"

문 서방의 목메인 울음을 받는 그 아내는 한관청의 서투른 경문 소리를 듣는지 마는지? 손발은 점점 식어 가고 낯은 파랗게 질렸는데, 무엇을 보려고 애쓰던 눈만은 멀거니 뜨고 그저 무엇인지 노리고 있다. 경문을 읽던 한관청은,

"엑, 인제는 늙어 가는 사람이 울기는? 우지 마오! 이내 살아날껴!"

하고 문 서방을 나무라면서 문 서방의 아내 앞에 다가앉았더니 주머니에서 은동침(어느 때에 얻어 둔 것인지?)을 내어서 문 서방 아내의 인중(人中)을 꾹 찔렀다. 그러나 점점 식어 가는 그는 이마도 찡그리지 않았다. 다시 콧구멍에 손을 대어 보았으나 숨결은 없었다.

바람은 우우 쏴? 하고 문에 눈을 들이쳤다. 여러 사람은 약속이나 한 듯이 두려운 빛을 띤 눈으로 창을 바라보았다.

"으응 에이구! 여보! 끝끝내 용례를 못 보고 죽었구려…… 잉잉…… 흑."

문 서방은 울기 시작하였다. 그 울음 소리는 고요한 방 안 불빛 속에 바람 소리와 함께 처량하게 흘렀다.

"에구 못된놈(인가)두 있는 게!"

"에구 참 불쌍하게두!"

"흥 우리두 다 그 신세지!"

무시무시한 기분에 싸여서 낯빛이 푸르러 가는 여러 사람들은 각각 한마디씩 뇌었다. 그 소리는 모두 갈데없는 신세를 호소하는 듯하게 구슬프고 힘없었다.

5.

문 서방의 아내가 죽던 그 이튿날 밤이었다. 그날 밤에도 바람이 몹시 불었다. 그 바람은 강바람이어서 서북에 둘린 산 때문에 좀한 바람은 움쩍도 못 하던 달리소(문 서방의 사위 인가의 땅)까지 범하였다. 서북으로 산을 등지고 앞으로 강 건너 높은 절벽을 대하여 강골밖에 터진 데 없는 달리소는 강바람이 들어차면 빠질 데는 없고 바람과 바람이 부딪쳐서 흔히 회오리바람이 일게 된다. 이날 밤

에도 그 모양으로, 달리소에는 회오리바람이 일어서 낟가리가 날리고 지붕이 날리고 산천이 울려서 혼돈이 배판할 때 빙세계나 트는 듯한 판이라 사람은커녕 개와 도야지도 굴 속에서 꿈쩍 못 하였다.

밤이 썩 깊어서였다.

차디찬 별들이 총총한 하늘 아래, 우렁찬 바람에 휘날리는 눈발을 무릅쓰고 달리소 앞 강 빙판을 건너서 달리소 언덕으로 올라가는 그림자가 있다. 모진 바람이 스치는 때마다 혹은 엎드리고 혹은 우뚝 서기도 하면서 바삐바삐 가던 그 그림자는 게딱지 같은 지팡살이집 근처에서부터 무엇을 꺼리는지 좌우를 슬몃슬몃 보면서 자취를 숨기고 걸음을 느리게 하여 저편으로 돌아가 인가의 집 높은 울타리 뒤로 돌아간다.

"으르릉 웡웡."

하자 어느 구석에선지 개가 한 마리, 두 마리, 세 마리, 네 마리 뒤이어 나와서 짖으면서 그 그림자를 쫓아간다. 그 개소리는 처량한 바람소리 속에 싸여 흘러서 건너편 산을 즈르릉즈르릉 울렸다.

"꽝! 꽝꽝!"

인가의 집에서는 개짖음에 홍우재(마적)나 몰아오는가 믿었던지 헛총질을 너댓 방이나 하였다. 그 소리도 산천을 울렸다. 그 바람에 슬근슬근 가던 그림자는 휙 돌아서서 손에 들었던 보자기를 개 앞에 던졌다. 보자기는 터지면서 둥글둥글한 것이 우르르 쏟아졌다. 짖으면서 달려오던 개들은 짖음을 그치고 거기 모여들어서 서로 물고 뜯고 빼앗아 먹는다. 그러는 사이에 그림자는 인가의 울타리 뒤에 산같이 쌓아 놓은 보릿짚더미에 가서 성냥을 쭉 긋더니 뒷산으로 올리닫는다.

처음에는 바람 속에서 팔득팔득하던 불이 삽시간에 그 산 같은 보릿짚더미에 붙었다.

"훠쓰(불이야)!"

하고 고함과 같이 사람의 소리는 요란하였다. 모진 바람에 하늘하늘 일어서는 불길은 어느새 보릿짚더미를 살라 버리고 울타리를 살라 버리고 울타리 안에 있는 집에 옮았다.

"푸우 우루루루루 쏴아……."

동풍이 몹시 이는 때면 불기둥은 서편으로, 서풍이 몹시 부는 때면 불기둥은

동으로 쓸려서 모진 소리를 치고 검은 연기를 뿜다가도 동서풍이 어울치면 축융〔火神〕의 붉은 혓발은 하늘하늘 염염이 타올라서 차디찬 별? – 억만년 변함이 없을 듯하던 별까지 녹아 내릴 것같이 검은 연기는 하늘을 덮고 붉은빛은 깜깜하던 골짜기에 차 흘러서 어둠을 기회로 모여들었던 온갖 요귀를 몰아내는 것 같다. 불을 질러 놓고 뒷숲속에 앉아서 내려다보던 그 그림자 – 딸과 아내를 잃은 문 서방은,

"하하하."

시원스럽게 웃고 가슴을 만지면서 한 손으로 꽁무니에 찼던 도끼를 만져 보았다.

일 동리 사람들과 인가의 집 일꾼들은 불붙는 데 모여들었으나 모두 어쩔 줄을 모르고 떠들고 덤비면서 달려가고 달려올 뿐이었다.

그러는 사이에 울타리는 물론 울타리 속에 엉큼히 서 있던 큰 집 두 채도 반이나 타서 쓰러졌다.

이런 불 속으로부터 여러 사람이 오고 가는 밭 가운데로 튀어나가는 두 그림자가 있었다. 하나는 커다란 장정이요, 하나는 작은 여자이다. 뒷산 숲에서 이것을 본 문 서방은 그 두 그림자를 향하고 내리뛰었다. 그는 천방지방 내리뛰었다. 독살이 잔뜩 올라서 불빛에 번쩍이는 그의 눈에는 이 두 그림자밖에는 아무것도 보이지 않았다.

"으윽 끅."

문 서방이 여러 사람을 헤치고 두 그림자 앞에 가 섰을 때, 앞에 섰던 장정의 그림자는 땅에 거꾸러졌다. 그때는 벌써 문 서방의 손에 쥐었던 도끼가 장정 인가의 머리에 박혔다. 도끼를 놓은 문 서방의 품에는 어린 여자의 그림자가 안겼다. 용례가……

그 바람에 모여 섰던 사람들은 혹은 허둥지둥 뛰어 버리고 혹은 뒤로 자빠져서 부르르 떨었다. 용례도 거꾸러지는 것을 안았다.

"용례야! 놀라지 마라! 나다! 아버지다! 용례야!"

문 서방은 딸을 품에 안으니 이때까지 악만 찼던 가슴이 스르르 풀리면서 독살이 올랐던 눈에서 뜨거운 눈물이 떨어졌다. 이렇게 슬픈 중에도 그의 마음은 기쁘고 시원하였다. 하늘과 땅을 주어도 그 기쁨을 바꿀 것 같지 않았다.

그 기쁨! 그 기쁨은 딸을 안은 기쁨만이 아니었다. 작다고 믿었던 자기의 힘이

철통 같은 성벽을 무너뜨리고 자기의 요구를 채울 때 사람은 무한한 기쁨과 충동을 받는다.

불길은 – 그 붉은 불길은 의연히 모든 것을 태워 버릴 것처럼 하늘하늘 올랐다.

해답

1. 불은 지배계급의 착취와 억압에 대한 민중의 저항 의지를 상징하는 것으로 강렬하고 굳센 이미지를 가진다. 2. 인가에 대한 징벌(바람이 달리 소로 접근했다는 것은 인가에 대한 징벌을 의미한다.)

5

봄봄, 김유정

김유정(金裕貞, 1908~1937) ●● 서울에서 태어나 춘천과 서울을 오가며 성장하였다. 김유정은 지독한 말더듬이였는데, 이것이 문학적인 성과를 이루어 낸 바탕이 됐는지도 모른다는 점에서 흥미를 준다. 폐결핵으로 고생하다가 요절했다. 1932년 〈심청〉을 시작으로 〈산골 나그네〉〈총각과 맹꽁이〉〈소낙비〉 등을 발표했으며, 1935년 〈조선일보〉 신춘문예에 〈소낙비〉가 당선되었다. 그의 작품은 농민이나 도시 서민들의 애환과 풍속을 잘 묘사하고 있는데, 이는 현실 인식의 예리함과 깊이 때문이다. 절대 가난에 허덕이고 있는 사람들의 삶을 그리면서도 그것을 처절하게 그리지 않고 웃음이 넘치는 생활감으로 포착한 것은 매우 독특한 성과로 기록된다. 토속적인 해학의 세계, 토속어의 자유자재한 구사 등이 돋보인다.

대표작으로는 〈동백꽃〉〈봄봄〉〈금따는 콩밭〉〈만무방〉 등이 있다.

5

봄봄, 김유정

"장인님! 인젠 저……."

내가 이렇게 뒤통수를 긁

고, 나이가 찼으니 성례[1] 를 시켜 줘야 하지 않겠느냐고 하면 대답이 늘,

"이 자식아! 성례구 뭐구 미처 자라야지!"

하고 만다.

이 자라야 한다는 것은 내가 아니라 장차 내 아내가 될 점순이의 키 말이다.

내가 여기에 와서 돈 한 푼 안 받고 일하기를 삼 년하고 꼬박이 일곱 달 동안을 했다. 그런데도 미처 못 자랐다니까 이 키는 언제야 자라는 겐지 짜장 영문 모른다. 일을 좀더 잘해야 한다든지 혹은 밥을(많이 먹는다고 노상 걱정이니까) 좀 덜 먹어야 한다든지 하면 나도 얼마든지 할 말이 많다. 하지만 점순이가 아직 어리니까 더 자라야 한다는 여기에는 어째 볼 수 없이 그만 벙벙하고 만다.

이래서 나는 애초 계약이 잘못된 걸 알았다. 이태면 이태, 삼 년이면 삼 년, 기한을 딱 작정하고 일을 했어야 할 것이다. 덮어놓고 딸이 자라는 대로 성례를 시

1) 혼인의 예식

5

김유정

봄봄

켜 주마 했으니 누가 늘 지키고 섰는 것도 아니고 그 키가 언제 자라는지 알 수 있는가. 그리고 난 사람의 키가 무럭무럭 자라는 줄만 알았지 붙박이 키에 모로만 벌어지는 몸도 있는 것을 누가 알았으랴. 때가 되면 장인님이 어련하랴 싶어서 군소리 없이 꾸벅꾸벅 일만 해왔다. 그럼 말이다, 장인님이 제가 다 알아차려서,

"어 참, 너 일 많이 했다. 고만 장가들어라."

하고 살림도 내주고 해야 나도 좋을 것이 아니냐. 시치미를 딱 떼고 도리어 그런 소리가 나올까 봐서 지레 펄펄 뛰고 이 야단이다. 명색이 좋아 데릴사위[2] 지 일하기에 싱겁기도 할 뿐더러 이건 참 아무것도 아니다.

숙맥[3]이 그걸 모르고 점순이의 키 자라기만 까맣게 기다리지 않았나.

언젠가는 하도 갑갑해서 자를 가지고 덤벼들어서 그 키를 한번 재 볼까 했다마는, 우리는 장인님이 내외를 해야 한다고 해서 마주 서 이야기도 한마디 하는 법 없다. 우물길에서 언제나 마주칠 적이면 겨우 눈어림으로 재보곤 하는 것인데 그럴 적마다 나는 저만치 가서,

"제 에미 키두!"

하고 논둑에다 침을 퉤, 뱉는다. 아무리 잘 봐야 내 겨드랑(다른 사람보다 좀 크긴 하지만) 밑에서 넘을락 말락 밤낮 요 모양이다.

개돼지는 푹푹 크는데 왜 이리도 사람은 안 크는지, 한동안 머리가 아프도록 궁리도 해 보았다. 아하, 물동이를 자꾸 이니까 뼈다귀가 움츠러드나 보다, 하고 내가 넌짓이 그 물을 대신 길어도 주었다. 뿐만 아니라 나무를 하러 가면 서낭당에 돌을 올려놓고,

"점순이의 키 좀 크게 해줍소사. 그러면 담엔 떡 갖다 놓고 고사드립죠니까."

하고 치성도 한두 번 드린 것이 아니다. 어떻게 돼먹은 킨지 이래도 막무가내니……. 그래 내 어저께 싸운 것이지 결코 장인님이 밉다든가 해서가 아니다.

모를 붓다가 가만히 생각을 해 보니까 또 싱겁다. 이 벼가 자라서 점순이가 먹고 좀 큰다면 모르지만 그렇지도 못할 걸 내 심어서 뭘 하는 거냐. 해마다 앞으로 축 불거지는 장인님의 아랫배(너무 먹은 걸 모르고 냇병이라나, 그 배)를 불리기

2) 처가에서 데리고 사는 사위   3) 숙맥불변의 줄임말 / 어리석고 못난 사람을 비유

위하여 심곤 조금도 싫지 않다.

"아이구 배야!"

난 물 붓다 말고 배를 쓰다듬으면서 그대로 논둑으로 기어올랐다. 그리고 겨
드랑에 꼈던 벼 담긴 키를 그냥 땅바닥에 털썩 떨어치며 나도 털썩 주저앉았다.
일이 암만 바빠도 나 배 아프면 고만이니까. 아픈 사람이 누가 일을 하느냐. 파릇
파릇 돋아 오른 풀 한 숲을 뜯어 들고 다리의 거머리를 쓱쓱 문대며 장인님의 얼
굴을 처다보았다.

논 가운데서 장인님이 이상한 눈을 해가지고 한참을 날 노려보더니,

"너 이 자식, 왜 또 이래 웅?"

"배가 좀 아파서유!"

하고 풀 위에 슬며시 쓰러지니까 장인님은 약이 올랐다. 저도 논에서 철벙철
벙 둑으로 올라오더니 잡은 참 내 멱살을 움켜잡고 뺨을 치는 것이 아닌가.

"이 자식아, 일허다 말면 누굴 망해 놀 속셈이냐, 이 대가릴 까놀 자식?"

우리 장인님은 약이 오르면 이렇게 손버릇이 아주 못됐다. 또 사위에게 이자
식 저자식 하는 이놈의 장인님은 어디 있느냐. 오죽해야 우리 동리에서 누굴 물
론하고 그에게 욕을 안 먹는 사람은 명이 짜르다 한다. 조그만 아이들까지도 그
를 돌아세워 놓고 욕필이(본 이름이 봉필이니까) 욕필이 하고 손가락질을 할 만
치 두루 인심을 잃었다. 하나 인심을 정말 잃었다면 욕보다 읍의 배참봉 댁 마름[4]
으로 더 잃었다. 본디 마름이란 욕 잘 하고 사람 잘 치고 그리고 생김 생기길 호
박개 같아야 쓰는 거지만 장인님은 외양에 똑 됐다. 장인께 닭 마리나 좀 보내지
않는다든가 애벌논 때 품을 좀 안 준다든가 하면 그해 가을에는 영락없이 땅이
뚝뚝 떨어진다. 그러면 미리부터 돈도 먹고 술도 먹고 안달재신으로 돌아치던
놈이 그 땅을 슬쩍 돌아앉는다. 이 바람에 장인님 집 외양간에는 눈깔 커다란 황
소 한 놈이 절로 엉금엉금 기어들고, 동리 사람들은 그 욕을 다 먹어 가면서도 그
래도 굽신굽신하는 게 아닌가?

그러나 내겐 장인님이 감히 큰소리할 계제가 못 된다. 뒷생각은 못 하고 뺨 한
개를 딱 때려 놓고는 장인님은 무색해서 덤덤히 쓴 침만 삼킨다. 난 그 속을 퍽

---

4) 지주의 위임을 받아 소작지를 관리하던 사람

잘 안다. 조금 있으면 갈도 꺾어야 하고, 모도 내야 하고, 한창 바쁜 때인데 나 일 안 하고 우리 집으로 그냥 가면 고만이니까.

작년 이맘때도 트집을 좀 하니까 늦잠 잔다고 돌멩이를 집어던져서 자는 놈의 발목을 삐게 해놨다. 사날씩이나 건숭 끙끙 앓았더니 종당에는 거반 울상이 되지 않았는가.

"얘, 그만 일어나 일 좀 해라. 그래야 올 갈에 벼 잘 되면 너 장가들지 않니."

그래 귀가 번쩍 띄어서 그날로 일어나서 남이 이틀 품 들일 논을 혼자 삶아 놓으니까 장인님도 눈깔이 커다랗게 놀랐다. 그럼 정말로 가을에 와서 혼인을 시켜 줘야 원 경우가 옳지 않겠나. 볏섬을 척척 들여 쌓아도 다른 소리는 없고 물동이를 이고 들어오는 점순이를 담배통으로 가리키며,

"이 자식아 미처 커야지. 조걸 무슨 혼인을 한다고 그러니 원!"

하고 남 낯짝만 붉게 해주고 고만이다. 골김[5]에 그저 이놈의 장인님, 하고 댓돌에다 메꽂고 우리 고향으로 내뺄까 하다가 꾹꾹 참고 말았다.

참말이지 난 이 꼴 하고는 집으로 차마 못 간다. 장가를 들러 갔다가 오죽 못났어야 그대로 쫓겨 왔느냐고 손가락질을 받을 테니까.

논둑에서 벌떡 일어나 한풀 죽은 장인님 앞으로 다가서며,

"난 갈 테야유, 그 동안 사경[6] 쳐내슈."

"너 사위로 왔지 어디 머슴 살러 왔니?"

"그러면 얼쩐 성례를 해줘야 안 하지유. 밤낮 부려만 먹구 해준다 해준다……."

"글쎄 내가 안 하는 거냐? 그년이 안 크니까……."

하고 어름어름 담배만 담으면서 늘 하는 소리를 또 늘어놓는다.

이렇게 따져 나가면 언제든지 늘 나만 밑지고 만다. 이번엔 안 된다 하고 대뜸 구장님[7]한테로 판단 가자고 소맷자락을 내끌었다.

"아 이 자식아, 왜 이래 어른을."

안 간다고 뻗디디고 이렇게 호령은 제 맘대로 하지만 장인님 제가 내 기운은 못 당한다. 막 부려먹고 딸은 안 주고 게다 땅땅 치는 건 다 뭐야…….

5) 골이 난 김 / 홧김 6) 새경 / 농가에서 일 년 동안 일해 준 대가로 주인이 머슴에게 주는 곡물이나 돈 7) 옛날 시·읍·면 등에 딸렸던 구의 장 / 지금의 통장, 이장

그러나 내 사실 참 장인님이 미워서 그런 것은 아니다.

그 전날 왜 내가 새고개 맞은 봉우리 화전밭을 혼자 갈고 있지 않았느냐. 밭 가생이로 돌 적마다 야릇한 꽃내가 물컥물컥 코를 찌르고 머리 위에서 벌들은 가끔 붕, 붕, 소리를 친다. 바위 틈에서 샘물 소리밖에 안 들리는 산골짜기니까 맑은 하늘의 봄볕은 이불 속같이 따스하고 꼭 꿈꾸는 것 같다. 나는 몸이 나른하고 (몸살을 아직 모르지만) 병이 나려고 그러는지 가슴이 울렁울렁하고 이랬다.

"이러이! 말이! 맘 마 마······."

이렇게 노래를 하며 소를 부리면 여느 때 같으면 어깨가 으쓱으쓱한다. 웬일인지 밭을 반도 갈지 않아서 온몸의 맥이 풀리고 대고 짜증만 난다. 공연히 소만 들입다 두들기며,

"안야! 안야! 이 망할자식의 소(장인님의 소니까) 대리를 꺾어 줄라."

그러나 내 속은 정말 안야 때문이 아니라 점심을 이고 온 점순이의 키를 보고 울화가 났던 것이다.

점순이는 뭐 그리 썩 예쁜 계집애는 못 된다. 그렇다구 개떡이냐 하면 그런 것도 아니고, 꼭 내 아내가 돼야 할 만치 그저 툽툽하게 생긴 얼굴이다. 나보다 십 년이 아래니까 올해 열여섯인데 몸은 남보다 두 살이나 덜 자랐다. 남은 잘도 휜칠히들 크건만 이건 위아래가 몽툭한 것이 내 눈에는 헐없이 감참외 같다. 참외 중에는 감참외가 제일 맛 좋고 예쁘니까 말이다. 둥글고 커단 눈은 서글서글하니 좋고 좀 지쳐 찢어졌지만 입은 밥술이나 톡톡히 먹음직하니 좋다. 아따 밥만 많이 먹게 되면 팔자는 고만 아니냐. 한데 한 가지 파가 있다면 가끔가다 몸이(장인님은 이걸 채신이 없이 들까분다고 하지만) 너무 빨리빨리 논다. 그래서 밥을 나르다가 때없이 풀밭에서 깻박을 쳐서 흙투성이 밥을 곧잘 먹는다. 안 먹으면 무안해할까 봐서 이걸 씹고 앉았노라면 으적으적 소리만 나고 돌을 먹는 겐지 밥을 먹는 겐지······.

그러나 이날은 웬일인지 성한 밥째로 밭머리에 곱게 내려놓았다. 그리고 또 내외를 해야 하니까 저만큼 떨어져 이쪽으로 등을 향하고 웅크리고 앉아서 그릇 나기를 기다린다. 내가 다 먹고 물러섰을 때 그릇을 와서 챙기는데, 그런데 난 깜짝 놀라지 않았느냐. 고개를 푹 숙이고 밥함지에 그릇을 포개면서 날더러 들으라는지 혹은 제 소린지,

"밤낮 일만 하다 말 텐가!"

하고 혼자 좋알거린다. 고대 잘 내외하다가 이게 무슨 소린가, 하고 난 정신이 얼떨떨했다. 그러면서도 한편 무슨 좋은 수가 있는가 싶어서 나도 공중을 대고 혼자말로,

"그럼 어떡해?"

하니까,

"성례시켜 달라지 뭘 어떡해……."

하고 되알지게 쏘아붙이고 얼굴이 발개져서 산으로 그저 도망질을 친다.

나는 잠시 동안 어떻게 되는 셈판인지 맥을 몰라서 그 뒷모양만 덤덤히 바라보았다.

봄이 되면 온갖 초목이 물이 오르고 싹이 트고 한다. 사람도 아마 그런가 보다 하고 며칠 내에 부쩍(속으로) 자란 듯싶은 점순이가 여간 반가운 것이 아니다. 이런 걸 멀쩡하게 안직 어리다구 하니까…….

우리가 구장님을 찾아갔을 때 그는 싸리문 밖에 있는 돼지우리에서 죽을 퍼주고 있었다. 서울엘 좀 갔다 오더니 사람은 점잖아야 한다고 웃쇰이(얼른 보면 지붕 위에 앉은 제비 꼬랑지 같다) 양쪽으로 뾰족이 뻗치고 그걸 에헴, 하고 늘 쓰다듬는 손버릇이 있다. 우리를 멀뚱히 쳐다보고 미리 알아챘는지,

"왜 일들 허다 말구 그래?"

하더니 손을 올려서 그 에헴을 한번 후딱 했다.

"구장님! 우리 장인님과 츰에 계약하기를……."

먼저 덤비는 장인님을 뒤로 떠다밀고 내가 허둥지둥 달려들다가 가만히 생각하고,

"아니 우리 빙장님[8]과 츰에."

하고 첫번부터 다시 말을 고쳤다. 장인님은 빙장님 해야 좋아하고 밖에 나와서 장인님 하면 괜스레 골을 내려 든다. 뱀두 뱀이래야 좋으냐구, 창피스러우니 남 듣는 데는 제발 빙장님, 빙모님, 하라구 일상 당조짐을 받아 오면서 난 그것도 자꾸 잊는다. 당장도 장인님 하다 옆에서 내 발등을 꾹 밟고 곁눈질을 흘기는 바람에야 겨우 알았지만…….

8) 장인의 높임말

구장님도 내 이야기를 자세히 듣더니 퍽 딱한 모양이었다. 하기야 구장님뿐만 아니라 누구든지 다 그럴 게다. 길게 길러 둔 새끼 손톱으로 코를 후벼서 저리 탁 튀기며,

"그럼 봉필 씨! 얼른 성례를 시켜 주구려, 그렇게까지 제가 하구 싶다는 걸……."

하고 내 짐작대로 말했다. 그러나 이 말에 장인님은 삿대질로 눈을 부라리고,

"아 성례구 뭐구 계집애년이 미처 자라야 할 게 아닌가?"

하니까 고만 멀쑥해서 입맛만 쩍쩍 다실 뿐이 아닌가.

"그것두 그래!"

"그래, 거진 사 년 동안에도 안 자랐다니 그 킨 은제 자라지유? 다 그만두구 사경 내슈……."

"글쎄, 이 자식아! 내가 크질 말라구 그랬니, 왜 날 보구 떼냐?"

"빙모님은 참새만한 것이 그럼 어떻게 앨 낳지유?(사실 장모님은 점순이보다도 귀때기 하나가 작다.)"

장인님은 이 말을 듣고 껄껄 웃더니(그러나 암만해두 돌 씹은 상이다) 코를 푸는 척하고 날 은근히 골리려고 팔꿈치로 옆 갈비께를 퍽 치는 것이다. 더럽다. 나도 종아리의 파리를 쫓는 척하고 허리를 구부리며 그 궁둥이를 콱 떼밀었다. 장인님은 앞으로 우찔근하고 싸리문께로 쓰러질 듯하다 몸을 바로 고치더니 눈총을 몹시 쏘았다. 이런 상년의 자식! 하곤 싶으나 남의 앞이라서 차마 못 하고 섰는 그 꼴이 보기에 퍽 쟁그라웠다.

그러나 이 밖에는 별반 신통한 귀정[9]을 얻지 못하고 도로 논으로 돌아와서 모를 부었다. 왜냐면 장인님이 뭐라고 귓속말로 수군수군하고 간 뒤다. 구장님이 날 위해서 조용히 데리고 아래와 같이 일러 주었기 때문이다.(뭉태의 말은 구장님이 장인님에게 땅 두 마지기 얻어 부치니까 그래 꾀었다고 하지만 난 그렇게 생각 않는다.)

"자네 말두 하기야 옳지, 암 나이찼으니까 아들이 급하다는 게 잘못된 말은 아니야. 허지만 농사가 한창 바쁜 때 일을 안 한다든가 집으로 달아난다든가 하면

---

9) 그릇된 일이 바른 길로 돌아옴

5
김유정

봄봄

손해죄루 그것두 징역을 가거든!(여기에 그만 정신이 번쩍 났다.) 왜 요전에 삼포 말서 산에 불 좀 놓았다구 징역 간 거 못 봤나? 제 산에 불을 놓아도 징역을 가는 이맨데 남의 농사를 버려 주니 죄가 얼마나 더 중한가. 그리고 자넨 정장을(사경 받으러 정장 가겠다 했다) 간대지만 그러면 괜시리 죄를 들쓰고 들어가는 걸세. 또 결혼두 그렇지, 법률에 성년이란 게 있는데 스물하나가 돼야 비로소 결혼을 할 수 있는 걸세. 자넨 물론 아들이 늦을 걸 염려하지만 점순이루 말하면 이제 겨우 열여섯이 아닌가. 그렇지만 아까 빙장님의 말씀이 올 갈에는 열일을 제치고라두 성례를 시켜 주겠다 하니 좀 고마울 겐가. 빨리 가서 모 붓던 거나 마저 붓게, 군소리 말구 어서 가."

그래서 오늘 아침까지 끽소리 없이 왔다.

장인님과 내가 싸운 것은 지금 생각하면 뜻밖의 일이라 안 할 수 없다. 장인님으로 말하면 요즈막 작인들에게 행세를 좀 하고 싶다고 해서 '돈 있으면 양반이지 별게 있느냐!' 하고 일부러 아랫배를 툭 내밀고 걸음도 뒤틀리게 걷고 하는 이 판이다. 이까짓 나쯤 두들기다 남의 땅을 가지고 모처럼 닦아 놓았던 가문을 망친다든지 할 어른이 아니다. 또 나로 논지면 아무쪼록 잘 뵈서 점순이에게 얼른 장가를 들어야 하지 않느냐.

이렇게 말하자면 결국 어젯밤 뭉태네 집에 마슬 간 것이 썩 나빴다. 낮에 구장님 앞에서 장인님과 내가 싸운 것을 어떻게 알았는지 대고 빈정거리는 것이 아닌가.

"그래 맞구두 그걸 가만둬?"

"그럼 어떡허니?"

"임마 봉필일 모판에다 거꾸로 박아 놓지 뭘 어떡해?"

하고 괜히 내 대신 화를 내가지고 주먹질을 하다 등잔까지 쳤다. 놈이 본시 괄괄은 하지만 그래 놓고 날더러 석윳값을 물라고 막 지다위[10]를 붓는다. 난 어안이 벙벙해서 잠자코 앉았으니까 저만 연방 지껄이는 소리가,

"밤낮 일만 해주구 있을 테냐?"

"……"

10) 남에게 등을 대어 기대거나 떼를 씀 / 제 허물을 남에게 덮어 씌움

"영득이는 일 년을 살구도 장갈 들었는데 난 사 년이나 살구두 더 살아야 해."

"……"

"네가 세 번째 사윈 줄이나 아니? 세 번째 사위."

"……"

"남의 일이라두 분하다 이 자식아, 우물에 가 빠져 죽어."

나중에는 겨우 손톱으로 목을 따라고까지 하고 제 아들같이 함부로 혹닥이었다. 별의별 소리를 다 해서 그대로 옮길 수는 없으나 그 줄거리는 이렇다.

우리 장인님이 딸이 셋이 있는데 맏딸은 재작년 가을에 시집을 갔다. 정말은 시집을 간 것이 아니라 그 딸도 데릴사위를 해 가지고 있다가 내보냈다. 그런데 딸이 열 살 때부터 열아홉, 즉 십 년 동안에 데릴사위를 갈아 들이기를, 동리에선 사위 부자라고 이름이 났지마는 열 놈이란 참 너무 많다. 장인님이 아들은 없고 딸만 있는 고로 그 담 딸을 데릴사위를 해올 때까지는 부려먹지 않으면 안 된다. 물론 머슴을 두면 좋지만 그건 돈이 드니까, 일 잘하는 놈을 고르느라고 연방 바꿔 들였다. 또 한편 놈들이 욕만 줄창 퍼붓고 심히도 부려먹으니까 밸이 상해서 달아나기도 했겠지. 점순이는 둘째딸인데 내가 일테면 그 세 번째 데릴사위로 들어온 셈이다. 내 담으로 네 번째 놈이 들어올 것을 내가 일도 참 잘하고 그리고 사람이 좀 어수룩하니까 장인님이 잔뜩 붙들고 놓질 않는다. 셋째딸이 인제 여섯 살, 적어두 열 살은 돼야 데릴사위를 할 테므로 그 동안은 죽도록 부려먹어야 된다. 그러니 인제는 속 좀 차리고 장가를 들여 달라구 떼를 쓰고 나자빠져라, 이것이다.

나는 건성으로 엉, 엉, 하며 귓등으로 들었다. 뭉태는 땅을 얻어 부치다가 떨어진 뒤로는 장인님만 보면 공연히 못 먹어서 으릉거린다. 그것도 장인님이 저 달라고 할 적에 제 집에서 위한다는 그 감투(예전에 원님이 쓰던 것이라나, 옆구리에 뽕뽕 좀먹은 걸레)를 선뜻 주었더라면 그럴 리도 없었던 걸…….

그러나 나는 뭉태란 놈의 말을 전수이 곧이듣지 않았다. 꼭 곧이들었다면 간밤에 와서 장인님과 싸웠지 무사히 있었을 리가 없지 않은가. 그러면 딸에게까지 인심을 잃은 장인님이 혼자 나빴다.

실토이지, 나는 점순이가 아침상을 가지고 나올 때까지는 오늘은 또 얼마나 밥을 담았나, 하고 이것만 생각했다. 상에는 된장찌개하고 간장 한 종지, 조밥 한 그릇, 그리고 밥보다 더 수부룩하게 담은 산나물이 한 대접, 이렇다. 나물은 점순이가 틈틈이 해오니까 두 대접이고 네 대접이고 멋대로 먹어도 좋으나 밥은 장인님이 한 사발 외엔 더 주지 말라고 해서 안 된다. 그런데 점순이가 그 상을 내 앞에 내놓으며 제 말로 지껄이는 소리가,

"구장님한테 갔다 그냥 온담 그래!"

하고 엊그제 산에서와 같이 되우 쫑알거린다. 딴은 내가 더 단단히 덤비지 않고 만 것이 좀 어리석었다, 속으로 그랬다. 나도 저쪽 벽을 향하여 외면하면서 내 말로,

"안 된다는 걸 그럼 어떡헌담!"

하니까,

"쇰을 잡아 채지 그냥 둬, 이 바보야!"

하고 또 얼굴이 빨개지면서 성을 내며 안으로 샐죽하니 튀들어 가지 않느냐. 이때 아무도 본 사람이 없었게망정이지 보았다면 내 얼굴이 어미 잃은 황새새끼처럼 가엾다, 했을 것이다.

사실 이 때만치 슬펐던 일이 또 있었는지 모른다. 다른 사람은 암만 못생겼다 해도 괜찮지만 내 아내 될 점순이가 병신으로 본다면 참 신세는 따분하다. 밥을 먹은 뒤 지게를 지고 일터로 가려 하다 도로 벗어던지고 바깥 마당 공석 위에 드러누워서 나는 차라리 죽느니만 같지 못하다 생각했다.

내가 일 안 하면 장인님 저는 나이가 먹어 못 하고 결국 농사 못 짓고 만다. 뒷짐으로 트림을 꿀꺽 하고 대문 밖으로 나오다 날 보고서,

"이 자식아! 너 왜 또 이러니?"

"관격[11]이 났어유, 아이구 배야!"

"기껀 밥 처먹고 나서 무슨 관격이야, 남의 농사 버려 주면 이 자식아 징역 간다 봐라!"

"가두 좋아유, 아이구 배야!"

참말 난 일 안 해서 징역 가도 좋다 생각했다. 일후 아들을 낳아도 그 앞에서 바보 바보 이렇게 별명을 들을 테니까 오늘은 열 쪽이 난대도 결정을 내고 싶었다.

장인님이 일어나라고 해도 내가 안 일어나니까 눈에 독이 올라서 저편으로 횡

11) 한방에서 음식이 급하게 체하여 먹지도 못하고 대소변도 못 보며 정신을 잃는 위급한 병

하게 가더니 지게 막대기를 들고 왔다. 그리고 그걸로 내 허리를 마치 돌 떠넘기듯이 쿡 찍어서 넘기고 넘기고 했다. 밥을 잔뜩 먹고 딱딱한 배가 그럴 적마다 통겨지면서 밸창이 꼿꼿한 것이 여간 켕기지 않았다. 그래도 안 일어나니까 이번에는 배를 지게 막대기로 위에서 쿡쿡 찌르고 발길로 옆구리를 차고 했다. 장인님은 원체 심청이 궂어서 그렇지만 나도 저만 못하지 않게 배를 채웠다. 아픈 것을 눈을 꽉 감고 넌 해라 난 재밌단 듯이 있었으나 볼기짝을 후려 갈길 적에는 나도 모르는 결에 벌떡 일어나서 그 수염을 잡아챘다마는 내 골이 난 것이 아니라 정말은 아까부터 부엌 뒤 울타리 구멍으로 점순이가 우리들의 꼴을 몰래 엿보고 있었기 때문이다.

가뜩이나 말 한 마디 똑똑히 못 한다고 바보라는데 매까지 잠자코 맞는 걸 보면 짜장 바보로 알 게 아닌가. 또 점순이도 미워하는 이까짓 놈의 장인님 나하곤 아무것도 안 되니까 막 때려도 좋지만 사정 보아서 수염만 채고(제 원대로 했으니까 이때 점순이는 퍽 기뻤겠지) 저기까지 잘 들리도록,

"이걸 까셀라 부다!"

하고 소리를 쳤다.

장인님은 더 약이 바짝 올라서 잡은 참 지게 막대기로 내 어깨를 그냥 내리갈겼다. 정신이 다 아찔하다. 다시 고개를 들었을 때 그때엔 나도 온몸에 약이 올랐다. 이 녀석의 장인님을, 하고 눈에서 불이 퍽 나서 그 아래 밭 있는 넝 아래로 그대로 떠밀어 굴려 버렸다. 조금 있다가 장인님이 씩, 씩, 하고 한번 해 보려고 기어오르는 걸 얼른 또 떠밀어 굴려 버렸다.

기어오르면 굴리고, 굴리면 기어오르고, 이러길 한 너덧 번을 하며 그럴 적마다,

"부려만 먹구 왜 성례 안 하지유!"

나는 이렇게 호령했다. 하지만 장인님이 선뜻, 오냐 낼이라두 성례시켜 주마, 했으면 나도 성가신 걸 그만두었을지 모른다. 나야 이러면 때린 건 아니니까 나중에 장인 쳤다는 누명도 안 들을 터이고 얼마든지 해도 좋다.

한번은 장인님이 헐떡헐떡 기어서 올라오더니 내 바짓가랑이를 요렇게 노리고서 단박 움켜잡고 매달렸다. 악, 소리를 치고 나는 그만 세상이 다 팽그르 도는 것이,

"빙장님! 빙장님! 빙장님!"

5

김유정

봄봄

"이 자식! 잡아먹어라. 잡아먹어!"

"아! 아! 할아버지! 살려 줍쇼, 할아버지!"

하고 두 팔을 허둥지둥 내절 적에는 이마에 진땀이 쭉 내솟고 인젠 참으로 죽나 보다 했다. 그래도 장인님은 놓질 않더니 내가 기어이 땅바닥에 쓰러져서 거진 까무러치게 되니까 놓는다. 더럽다 더럽다. 이게 장인님인가, 나는 한참을 못 일어나고 쩔쩔맸다. 그러다, 얼굴을 드니(눈에 참 아무것도 보이지 않았다) 사지가 부르르 떨리면서 나도 엉금엉금 기어가 장인님의 바짓가랑이를 꽉 움키고 잡아나꿨다.

내가 머리가 터지도록 매를 얻어맞은 것이 이 때문이다. 그러나 여기가 또한 우리 장인님이 유달리 착한 곳이다. 여느 사람이면 사경을 주어서라도 당장 내쫓았지 터진 머리를 볼솜으로 손수 지져 주고, 호주머니에 희연 한 봉을 넣어 주시고 그리고,

"올 갈엔 꼭 성례를 시켜 주마. 암말 말구 가서 뒷골의 콩밭이나 얼른 갈아라."

하고 등을 뚜덕여 줄 사람이 누구냐.

나는 장인님이 너무나 고마워서 어느덧 눈물까지 났다. 점순이를 남기고 이젠 내쫓기려니, 하다 뜻밖의 말을 듣고,

"빙장님! 인제 다시는 안 그러겠어유."

이렇게 맹세를 하며 부랴부랴 지게를 지고 일터로 갔다.

그러나 이때는 그걸 모르고 장인님을 원수로만 여겨서 잔뜩 잡아당겼다.

"아! 아! 이놈아! 놔라, 놔."

장인님은 헛손질을 하며 솔개미에 챈 닭의 소리를 연해 질렀다. 놓긴 왜, 이왕이면 호되게 혼을 내주리라, 생각하고 짓궂이 더 댕겼다마는 장인님은 땅에 쓰러져서 눈에 눈물이 피잉 도는 것을 알고 좀 겁도 났다.

"할아버지! 놔라, 놔, 놔, 놔놔."

그래도 안 되니까,

"애 점순아! 점순아!"

이 악장에 안에 있었던 장모님과 점순이가 헐레벌떡하고 단숨에 뛰어나왔다.

나의 생각에 장모님은 제 남편이니까 역성을 할는지도 모른다. 그러나 점순이는 내 편을 들어서 속으로 고소해하겠지……. 대체 이게 웬 속인지(지금까지도 난 영문을 모른다) 아버질 혼내 주기는 제가 내래 놓고 이제 와서는 달겨들며,

"에그머니! 이 망할 게 아버지 죽이네!"

하고 내 귀를 뒤로 잡아당기며 마냥 우는 것이 아니냐. 그만 여기에 기운이 탁 꺾이어 나는 얼빠진 등신이 되고 말았다. 장모님도 덤벼들어 한쪽 귀마저 뒤로 잡아채면서 또 우는 것이다.

이렇게 꼼짝도 못하게 해놓고 장인님은 지게 막대기를 들어서 사뭇 내려조졌다. 그러나 나는 구태여 피하려지도 않고 암만해도 그 속 알 수 없는 점순이의 얼굴만 멀거니 들여다보았다.

"이 자식! 장인 입에서 할아버지 소리가 나오도록 해?"

해답

1. 데릴사위 2. 교활하고 욕심이 많음 3. 감, 참외 4. 더럽다. 더럽다. 이게 장인님인가?

6

날개, 이 상

이상(李箱, 1910~1937) ●● 시인, 소설가. 원래는 고등 공업학교(지금의 공대) 출신의 건축 기사였지만 1930년대 초부터 초현실주의 계열의 시를 발표하면서 시인이 되었다. 박태원, 김기림, 김유정과 더불어 모더니즘 문학 운동 단체인 구인회의 핵심 회원이었다. 주요 작품으로는 〈날개〉 〈종생기〉 등을 비롯한 소설과 다수의 시, 수필 등을 창작했다.

날개, 이상

'박제(剝製)가 되어 버린 천재'를 아시오? 나는 유쾌하오. 이런 때 연애까지가 유쾌하오.

육신이 흐느적흐느적하도록 피로했을 때만 정신이 은화(銀貨)처럼 맑소. 니코틴이 내 횟배[1] 앓는 뱃속으로 스미면 머릿속에 으레 백지가 준비되는 법이오. 그 위에다 나는 위트와 패러독스를 바둑 포석처럼 늘어놓소. 가증할 상식의 병(病)이오.

나는 또 여인과 생활을 설계하오. 연애 기법에마저 서먹서먹해진 지성의 극치를 흘깃 좀 들여다본 일이 있는, 말하자면 일종의 정신분일자(精神奔逸者) 말이오. 이런 여인의 반(半)―그것은 온갖 것의 반이오―만을 영수하는 생활을 설계한다는 말이오. 그런 생활 속에 한 발만 들여놓고 흡사 두 개의 태양처럼 마주 쳐다보면서 낄낄거리는 것이오. 나는 아마 어지간히 인생의 제행(諸行)이 싱거워

1) 회충으로 인한 배앓이

서 견딜 수가 없게끔 되고 그만둔 모양이오. 굿바이.

굿바이, 그대는 이따금 그대가 제일 싫어하는 음식을 탐식(貪食)하는 아이러니를 실천해 보는 것도 좋을 것 같소. 위트와 패러독스와……

그대 자신을 위조하는 것도 할 만한 일이오. 그대의 작품은 한 번도 본 일이 없는 기성품에 의하여 차라리 경편(輕便)²⁾하고 고매(高邁)하리라.

19세기는 될 수 있거든 봉쇄하여 버리오. 도스토예프스키 정신이란 자칫하면 낭비인 것 같소. 위고를 불란서의 빵 한 조각이라고는 누가 그랬는지 지언(至言)인 듯싶소. 그러나 인생 혹은 그 모형에 있어서 디테일 때문에 속는다거나 해서야 되겠소? 화(禍)를 보지 마오. 부디 그대께 고하는 것이니……
(테이프가 끊어지면 피가 나오. 생채기도 머지않아 완치될 줄 믿소. 굿바이.)

감정은 어떤 포즈(그 포즈의 소(素)만을 지적하는 것이 아닌지나 모르겠소) 그 포즈가 부동자세에까지 고도화할 때 감정은 딱 공급을 정지합네다.

나는 내 비범한 발육을 회고하여 세상을 보는 안목을 규정하였소.
여왕봉(女王蜂)³⁾과 미망인 ─ 세상의 하고 많은 여인이 본질적으로 이미 미망인 아닌 이가 있으리까? 아니! 여인의 전부가 그 일상에 있어서 개개 '미망인'이라는 내 논리가 뜻밖에도 여성에 대한 모독이 되오? 굿바이.

그 33번지라는 것이 구조가 흡사 유곽⁴⁾이라는 느낌이 없지 않다. 한 번지에 18가구가 죽 ─ 어깨를 맞대고 늘어서서 창호가 똑같고 아궁이 모양이 똑같다. 게다가 각 가구에 사는 사람들이 송이송이 꽃과 같이 젊다. 해가 들지 않는다. 해가 드는 것을 그들이 모른 체하는 까닭이다. 턱살 밑에다 철줄을 매고 얼룩진 이부자리를 널어 말린다는 핑계로 미닫이에 해가 드는 것을 막아 버린다. 침침한

2) 가볍고 편리함 3) 여왕벌 4) 창녀들이 손님을 맞아 매음하는 집 / 창녀촌

방 안에서 낮잠들을 잔다. 그들은 밤에는 잠을 자지 않나? 알 수 없다. 나는 밤이나 낮이나 잠만 자느라고 그런 것은 알 길이 없다. 33번지 18가구의 낮은 참 조용하다.

조용한 것은 낮뿐이다. 어둑어둑하면 그들은 이부자리를 걷어 들인다. 전등불이 켜진 뒤의 18가구는 낮보다 훨씬 화려하다. 저물도록 미닫이 여닫는 소리가 잦다. 바빠진다. 여러 가지 내음새가 나기 시작한다. 비웃[5] 굽는 내, 탕고도란 내[6], 뜨물내, 비눗내…….

그러나 이런 것들보다도 그들의 문패가 제일로 고개를 끄덕이게 하는 것이다. 이 18가구를 대표하는 대문이라는 것이 일각이 져서 외따로 떨어지기는 했으나 있다. 그러나 그것은 한 번도 닫힌 일이 없는 한길이나 마찬가지 대문인 것이다. 온갖 장사아치들은 하루 가운데 어느 시간에라도 이 대문을 통하여 드나들 수 있는 것이다. 이네들은 문간에서 두부를 사는 것이 아니라 미닫이만 열고 방에서 두부를 사는 것이다. 이렇게 생긴 33번지 대문에 그들 18가구의 문패를 몰아다 붙이는 것은 의미가 없다. 그들은 어느 사이엔가 각 미닫이 위 백인당(百忍堂)이니 길상당(吉祥堂)이니 써붙인 한결에다 문패를 붙이는 풍속을 가져 버렸다.

내 방 미닫이 위 한 결에 칼표딱지를 넷에다 낸 것만한 내, 아니! 내 아내의 명함이 붙어 있는 것도 이 풍속을 좇은 것이 아닐 수 없다.

나는 그러나 그들의 아무와도 놀지 않는다. 놀지 않을 뿐만 아니라 인사도 않는다. 나는 내 아내와 인사하는 외에 누구와도 인사하고 싶지 않았다.

내 아내 외의 다른 사람과 인사를 하거나 놀거나 하는 것은 내 아내 낯을 보아 좋지 않은 일인 것만 같이 생각이 들었기 때문이다. 나는 이만큼까지 내 아내를 소중히 생각한 것이다.

내가 이렇게까지 내 아내를 소중히 생각한 까닭은 이 33번지 18가구 가운데서 내 아내가 내 아내의 명함처럼 제일 작고 제일 아름다운 것을 안 까닭이다. 18가구에 각기 별러 든 송이송이 꽃들 가운데서도 내 아내가 특히 아름다운 한 떨기

---

5) 청어 6) 탕 끓는 냄새

6

이
상

의 꽃으로 이 함석지붕 밑 볕 안 드는 지역에서 어디까지든지 찬란하였다. 따라서 그런 한 떨기 꽃을 지키고, 아니 그 꽃에 매달려 사는 나라는 존재가 도무지 형언할 수 없는 거북살스러운 존재가 아닐 수 없었던 것은 물론이다.

날개

나는 어디까지든지 내 방이 ─ 집이 아니다. 집은 없다 ─ 마음에 들었다. 방 안의 기온은 내 체온을 위하여 쾌적하였고, 방 안의 침침한 정도가 또한 내 안력[7]을 위하여 쾌적하였다. 나는 내 방 이상의 서늘한 방도, 또 따뜻한 방도 희망하지 않았다. 이 이상으로 밝거나 이 이상으로 아늑한 방을 원하지 않았다. 내 방은 나 하나를 위하여 요만한 정도를 꾸준히 지키는 것 같아 늘 내 방에 감사하였고 나는 또 이런 방을 위하여 이 세상에 태어난 것만 같아서 즐거웠다.

그러나 이것은 행복이라든가 불행이라든가 하는 것을 계산하는 것은 아니었다. 말하자면 나는 내가 행복되다고도 생각할 필요가 없었고, 그렇다고 불행하다고도 생각할 필요가 없었다. 그냥 그날그날을 그저 까닭 없이 편둥편둥 게으르고만 있으면 만사는 그만이었던 것이다.

내 몸과 마음에 옷처럼 잘 맞는 방 속에서 뒹굴면서, 축 처져 있는 것은 행복이니 불행이니 하는 그런 세속적인 계산을 떠난, 가장 편리하고 안일한, 말하자면 절대적인 상태인 것이다. 나는 이런 상태가 좋았다.

이 절대적인 내 방은 대문간에서 세어서 똑 일곱째 칸이다. 럭키 세븐의 뜻이 없지 않다. 나는 이 일곱이라는 숫자를 훈장처럼 사랑하였다. 이런 이 방이 가운데 장지로 말미암아 두 칸으로 나뉘어 있었다는 그것이 내 운명의 상징이었던 것을 누가 알랴?

아랫방은 그래도 해가 든다. 아침결에 책보만한 해가 들었다가 오후에 손수건만해지면서 나가 버린다. 해가 영영 들지 않는 윗방이 즉 내 방인 것은 말할 것도 없다. 이렇게 볕 드는 방이 아내 방이요, 볕 안 드는 방이 내 방이오 하고 아내와 나 둘 중에 누가 정했는지 나는 기억하지 못한다. 그러나 나에게는 불평이 없다.

아내가 외출만 하면 나는 얼른 아랫방으로 와서 그 동쪽으로 난 들창을 열어

7) 시력

놓고, 열어 놓으면 들이비치는 볕살이 아내의 화장대를 비쳐 가지각색 병들이
아롱이 지면서 찬란하게 빛나고 이렇게 빛나는 것을 보는 것은 다시없는 내 오
락이다. 나는 쪼끄만 '돋보기'를 꺼내 가지고 아내만이 사용하는 지리가미(휴
지)를 끄실려 가면서 불장난을 하고 논다. 평행 광선을 굴절시켜서 한 초점에 모
아 가지고 그 초점이 따끈따끈해지다가, 마지막에는 종이를 끄실리기 시작하고
가느다란 연기를 내면서 드디어 구멍을 뚫어 놓는 데까지에 이르는 고 얼마 안
되는 동안의 초조한 맛이 죽고 싶을 만치 내게는 재미있었다.

이 장난이 싫증이 나면 나는 또 아내의 손잡이 거울을 가지고 여러 가지로 논
다. 거울이란 제 얼굴을 비출 때만 실용품이다. 그 외의 경우에는 도무지 장난감
인 것이다.

이 장난도 곧 싫증이 난다. 나의 유희심은 육체적인 데서 정신적인 데로 비약
한다. 나는 거울을 내던지고 아내의 화장대 앞으로 가까이 가서 나란히 늘어놓
인 고 가지각색의 화장품 병들을 들여다본다. 고것들은 세상의 무엇보다도 매력
적이다. 나는 그 중의 하나만을 골라서 가만히 마개를 빼고 병구멍을 내 코에 가
져다 대이고 숨죽이듯이 가벼운 호흡을 하여 본다. 이국적인 센슈얼한(관능적
인) 향기가 폐로 스며들면 나는 저절로 스르르 감기는 내 눈을 느낀다. 확실히 아
내의 체취의 파편이다. 나는 도로 병마개를 막고 생각해 본다. 아내의 어느 부분
에서 요 내음새가 났던가를…… 그러나 그것은 분명치 않다. 왜? 아내의 체취는
여기 늘어섰는 가지각색 향기의 합계일 것이니까.

아내의 방은 늘 화려하였다. 내 방이 벽에 못 한 개 꽂히지 않은 소박한 것인
반대로 아내 방에는 천장 밑으로 쫙 돌려 못이 박히고 못마다 화려한 아내의 치
마와 저고리가 걸렸다. 여러 가지 무늬가 보기 좋다. 나는 그 여러 조각의 치마에
서 늘 아내의 동(胴)체[8] — 와 그 동체가 될 수 있는 여러 가지 포즈를 연상하고
연상하면서 내 마음은 늘 점잖지 못하다.

그렇건만 나에게는 옷이 없었다. 아내는 내게는 옷을 주지 않았다. 입고 있는
코르덴 양복 한 벌이 내 자리옷이었고 통상복과 나들이옷을 겸한 것이었다. 그

---

8) 몸체

6

이
상

날
개

리고 하이 넥의 스웨터가 한 조각 사철을 통한 내 내의다. 그것들은 하나같이 다 빛이 검다. 그것은 내 짐작 같아서는 즉 빨래를 될 수 있는 데까지 하지 않아도 보기 싫지 않도록 하기 위한 것이 아닌가 한다. 나는 허리와 두 가랑이 세 군데 다 고무 밴드가 끼어 있는 부드러운 사루마다⁹⁾를 입고 그리고 아무 소리 없이 잘 놀았다.

어느덧 손수건만해졌던 볕이 나갔는데 아내는 외출에서 돌아오지 않는다. 나는 요만 일에도 좀 피곤하였고 또 아내가 돌아오기 전에 내 방으로 가 있어야 될 것을 생각하고 그만 내 방으로 건너간다. 내 방은 침침하다. 나는 이불을 뒤집어쓰고 낮잠을 잔다. 한 번도 걷은 일이 없는 내 이부자리는 내 몸뚱이의 일부분처럼 내게는 참 반갑다. 잠은 잘 오는 적도 있다. 그러나 또 전신이 까칫까칫하면서 영 잠이 오지 않는 적도 있다. 그런 때는 아무 제목으로나 제목을 하나 골라서 연구하였다. 나는 내 좀 축축한 이불 속에서 참 여러 가지 발명도 하였고 논문도 많이 썼다. 시도 많이 지었다. 그러나 그것들은 내가 잠이 드는 것과 동시에 내 방에 담겨서 철철 넘치는 그 흐늑흐늑한 공기에 다 비누처럼 풀어져서 온데간데가 없고 한참 자고 깬 나는 속이 무명 헝겊이나 메밀 껍질로 띵띵 찬 한 덩어리 베개와도 같은 한 벌 신경이었을 뿐이고 뿐이고 하였다.

그러기에 나는 빈대가 무엇보다도 싫었다. 그러나 내 방에서는 겨울에도 몇 마리씩의 빈대가 끊이지 않고 나왔다. 내게 근심이 있었다면 오직 이 빈대를 미워하는 근심일 것이다. 나는 빈대에게 물려서 가려운 자리를 피가 나도록 긁었다. 쓰라리다. 그것은 그윽한 쾌감에 틀림없었다. 나는 혼곤히 잠이 든다.

나는 그러나 그런 이불 속의 사색생활에서도 적극적인 것을 궁리하는 법이 없다. 내게는 그럴 필요가 대체 없었다. 만일 내가 그런 좀 적극적인 것을 궁리해 내었을 경우에 나는 반드시 내 아내와 의논하여야 할 것이고 그러면 반드시 나는 아내에게 꾸지람을 들을 것이고 ― 나는 꾸지람이 무서웠다느니보다도 성가셨다. 내가 제법 한 사람의 사회인의 자격으로 일을 해보는 것도, 아내에게 사설 듣는 것도 나는 가장 게으른 동물처럼 게으른 것이 좋았다. 될 수만 있으면 이 무

9) 일본어, 허드레 옷 / 잠옷

의미한 인간의 탈을 벗어 버리고도 싶었다.

나에게는 인간 사회가 스스러웠다. 생활이 스스러웠다. 모두가 서먹서먹할 뿐이었다.

아내는 하루에 두 번 세수를 한다. 나는 하루 한 번도 세수를 하지 않는다. 나는 밤중 세 시나 네 시 해서 변소에 갔다 달이 밝은 밤에는 한참씩 마당에 우두커니 섰다가 들어오곤 한다. 그러니까 나는 이 18가구의 아무와도 얼굴이 마주치는 일이 거의 없다. 그러면서도 나는 이 18가구의 젊은 여인네 얼굴들을 거반 다 기억하고 있었다. 그들은 하나같이 내 아내만 못하였다.

열한시쯤 해서 하는 아내의 첫 번 세수는 좀 간단하다. 그러나 저녁 일곱시쯤 해서 하는 두 번째 세수는 손이 많이 간다. 아내는 낮에보다도 밤에 더 좋고 깨끗한 옷을 입는다. 그리고 낮에도 외출하고 밤에도 외출하였다.

아내에게 직업이 있었던가? 나는 아내의 직업이 무엇인지 알 수 없다. 만일 아내에게 직업이 없었다면, 같이 직업이 없는 나처럼 외출할 필요가 생기지 않을 것인데 – 아내는 외출한다. 외출할 뿐만 아니라 내객이 많다. 아내에게 내객이 많은 날은 나는 온종일 내 방에서 이불을 쓰고 누워 있어야만 된다. 불장난도 못한다. 화장품 내음새도 못 맡는다. 그런 날은 나는 의식적으로 우울해하였다. 그러면 아내는 나에게 돈을 준다. 오십 전짜리 은화다. 나는 그것이 좋았다. 그러나 그것을 무엇에 써야 옳을지 몰라서 늘 머리맡에 던져 두고 두고 한 것이 어느결에 모여서 꽤 많아졌다. 어느 날 이것을 본 아내는 금고처럼 생긴 벙어리[10]를 사다 준다. 나는 한 푼씩 한 푼씩 고 속에 넣고 열쇠는 아내가 가져갔다. 그 후에도 나는 더러 은화를 그 벙어리에 넣은 것을 기억한다. 그리고 나는 게을렀다. 얼마 후 아내의 머리 쪽에 보지 못하던 누깔잠[11]이 하나 여드름처럼 돋았던 것은 바로 그 금고형 벙어리의 무게가 가벼워졌다는 증거일까. 그러나 나는 드디어 머리맡에 놓였던 그 벙어리에 손을 대지 않고 말았다. 내 게으름은 그런 것에 내 주의를 환기시키기도 싫었다.

---

10) 저금통 11) 비녀의 일종

6

이
상

날
개

아내에게 내객[12]이 있는 날은 이불 속으로 암만 깊이 들어가도 비 오는 날만큼 잠이 잘 오지는 않았다. 나는 그런 때 아내에게는 왜 늘 돈이 있나 왜 돈이 많은가를 연구했다.

내객들은 장지 저쪽에 내가 있는 것을 모르나 보다. 내 아내와 나도 좀 하기 어려운 농을 아주 서슴지 않고 쉽게 해 내던지는 것이다. 그러나 아내의 내객 가운데 서너 사람의 내객들은 늘 비교적 점잖았다고 볼 수 있는 것이 자정이 좀 지나면 으레 돌아들 갔다. 그들 가운데는 퍽 교양이 옅은 자도 있는 듯싶었는데 그런 자는 보통 음식을 사다 먹고 논다. 그래서 보충을 하고 대체로 무사하였다.

나는 우선 내 아내의 직업이 무엇인가를 연구하기에 착수하였으나 좁은 시야와 부족한 지식으로는 이것을 알아내기 힘이 든다. 나는 끝끝내 내 아내의 직업이 무엇인가를 모르고 말려나 보다.

아내는 늘 진솔 버선[13]만 신었다. 아내는 밥도 지었다. 아내가 밥 짓는 것을 나는 한 번도 구경한 일은 없으나 언제든지 끼니때면 내 방으로 내 조석밥을 날라다 주는 것이다. 우리집에는 나와 내 아내 외에 다른 사람은 아무도 없다. 이 밥은 분명히 아내가 손수 지었음에 틀림없다.

그러나 아내는 한 번도 나를 자기 방으로 부른 일이 없다. 나는 늘 윗방에서 나 혼자서 밥을 먹고 잠을 잤다. 밥은 너무 맛이 없었다. 반찬이 너무 엉성하였다. 나는 닭이나 강아지처럼 말없이 주는 모이를 넙죽넙죽 받아 먹기는 했으나 내심 야속하게 생각한 적도 더러 없지 않다. 나는 안색이 여지없이 창백해 가면서 말라들어 갔다. 나날이 눈에 보이듯이 기운이 줄어들었다. 영양 부족으로 하여 몸뚱이 곳곳이 뼈가 불쑥불쑥 내밀었다. 하룻밤 사이에도 수십 차를 돌쳐눕지 않고는 여기저기가 배겨서 나는 배겨 낼 수가 없었다.

그렇기 때문에 나는 내 이불 속에서 아내가 늘 흔히 쓸 수 있는 저 돈의 출처를 탐색해 보는 일변 장지 틈으로 새어 나오는 아랫방의 음식은 무엇일까를 간단히 연구하였다. 나는 잠이 잘 안 왔다.

깨달았다. 아내가 쓰는 돈은 그, 내게는 다만 실없는 사람들로밖에 보이지 않

12) 내방객 / 손님   13) 새버선

는 까닭 모를 내객들이 놓고 가는 것에 틀림없으리라는 것을 나는 깨달았다. 그러나 왜 그들 내객은 돈을 놓고 가나, 왜 내 아내는 그 돈을 받아야 되나 하는 예의(禮儀) 관념이 내게는 도무지 알 수 없는 것이었다.

그것은 그저 예의에 지나지 않는 것일까 그렇지 않으면 혹 무슨 대가일까 보수일까. 내 아내가 그들의 눈에는 동정을 받아야만 할 가엾은 인물로 보였던가.

이런 것들을 생각하노라면 으레 내 머리는 그냥 혼란하여 버리곤 하였다. 잠들기 전에 획득했다는 결론이 오직 불쾌하다는 것뿐이었으면서도 나는 그런 것을 아내에게 물어 보거나 한 일이 참 한 번도 없다. 그것은 대체 귀찮기도 하려니와 한잠 자고 일어나면 나는 사뭇 딴사람처럼 이것도 저것도 다 깨끗이 잊어버리고 그만두는 까닭이다.

내객들이 돌아가고, 혹 밤외출에서 돌아오고 하면 아내는 경편한 것으로 옷을 바꾸어 입고 내 방으로 나를 찾아온다. 그리고 이불을 들치고 내 귀에는 영 생동생동한 몇 마디 말로 나를 위로하려 든다. 나는 조소도 고소도 홍소도 아닌 웃음을 얼굴에 띄우고 아내의 아름다운 얼굴을 쳐다본다. 아내는 방그레 웃는다. 그러나 그 얼굴에 떠도는 일말의 애수를 나는 놓치지 않는다.

아내는 능히 내가 배고파하는 것을 눈치챌 것이다. 그러나 아랫방에서 먹고 남은 음식을 나에게 주려 들지는 않는다. 그것은 어디까지든지 나를 존경하는 마음일 것임에 틀림없다. 나는 배가 고프면서도 적이 마음이 든든한 것을 좋아했다. 아내가 무엇이라고 지껄이고 갔는지 귀에 남아 있을 리가 없다. 다만 내 머리맡에 아내가 놓고 간 은화가 전등불에 흐릿하게 빛나고 있을 뿐이다.

고 금고형 벙어리 속에 고 은화가 얼마큼이나 모였을까. 나는 그러나 그것을 쳐들어 보지 않았다. 그저 아무런 의욕도 기원도 없이 그 단추 구멍처럼 생긴 틈사구니로 은화를 떨어뜨려 둘 뿐이었다.

왜 아내의 내객들이 아내에게 돈을 놓고 가나 하는 것이 풀 수 없는 의문인 것같이 왜 아내는 나에게 돈을 놓고 가나 하는 것도 역시 나에게는 똑같이 풀 수 없는 의문이었다. 내 비록 아내가 내게 돈을 놓고 가는 것이 싫지 않았다 하더라도 그것은 다만 고것이 내 손가락에 닿는 순간에서부터 고 벙어리 주둥이에서 자취를 감추기까지의 하잘것없는 짧은 촉각이 좋았달 뿐이지 그 이상 아무 기쁨도 없다.

6
이
상

날
개

어느 날 나는 고 벙어리를 변소에 갖다 넣어 버렸다. 그때 벙어리 속에는 몇 푼이나 되는지는 모르겠으나 고 은화들이 꽤 들어 있었다.

나는 내가 지구 위에 살며 내가 이렇게 살고 있는 지구가 질풍신뢰의 속력으로 광대무변의 공간을 달리고 있다는 것을 생각했을 때 참 허망하였다. 나는 이렇게 부지런한 지구 위에서는 현기증도 날 것 같아서 한시바삐 내려 버리고 싶었다.

이불 속에서 이런 생각을 하고 난 뒤에는 나는 고 은화를 고 벙어리에 넣고 넣고 하는 것조차도 귀찮아졌다. 나는 아내가 손수 벙어리를 사용하였으면 하고 희망하였다. 벙어리도 돈도 사실에는 아내에게만 필요한 것이지 내게는 애초부터 의미가 전연 없는 것이었으니까 될 수만 있으면 그 벙어리를 아내는 아내 방으로 가져갔으면 하고 기다렸다. 그러나 아내는 가져가지 않는다. 나는 내가 아내 방으로 가져다 둘까 하고 생각하여 보았으나 그 즈음에는 아내의 내객이 원체 많아서 내가 아내 방에 가볼 기회가 도무지 없었다. 그래서 나는 하는 수 없이 변소에 갖다 집어넣어 버리고 만 것이다.

나는 서글픈 마음으로 아내의 꾸지람을 기다렸다. 그러나 아내는 끝내 아무 말도 나에게 묻지도 하지도 않았다. 않았을 뿐 아니라 여전히 돈은 돈대로 내 머리맡에 놓고 가지 않나? 내 머리맡에는 어느덧 은화가 꽤 많이 모였다.

내객이 아내에게 돈을 놓고 가는 것이나 아내가 내게 돈을 놓고 가는 것이나 일종의 쾌감 — 그 외의 다른 아무런 이유도 없는 것이 아닐까 하는 것을 나는 또 이불 속에서 연구하기 시작하였다. 쾌감이라면 어떤 종류의 쾌감일까를 계속하여 연구하였다. 그러나 그것은 이불 속의 연구로는 알 길이 없었다. 쾌감 쾌감, 하고 나는 뜻밖에도 이 문제에 대해서만 흥미를 느꼈다.

아내는 물론 나를 늘 감금하여 두다시피 하여 왔다. 내게 불평이 있을 리 없다. 그런 중에도 나는 그 쾌감이라는 것의 유무를 체험하고 싶었다.

나는 아내의 밤 외출 틈을 타서 밖으로 나왔다. 나는 거리에서 잊어버리지 않고 가지고 나온 은화를 지폐로 바꾼다. 오 원이나 된다. 그것을 주머니에 넣고 나는 목적을 잃어버리기 위하여 얼마든지 거리를 쏘다녔다. 오래간만에 보는 거리는 거의 경이에 가까울 만치 내 신경을 흥분시키지 않고는 마지않았다. 나는 금시에 피곤하여 버렸다. 그러나 나는 참았다. 그리고 밤이 이슥하도록 까닭을 잊어버린 채 이거리 저거리로 지향없이 헤매었다. 돈은 물론 한 푼도 쓰지 않았다. 돈을 쓸 아무 엄두도 나서지 않았다. 나는 벌써 돈을 쓰는 기능을 완전히 상실한 것 같았다.

나는 과연 피로를 이 이상 견디기가 어려웠다. 나는 가까스로 내 집을 찾았다. 나는 내 방으로 가려면 아내 방을 통과하지 아니하면 안 될 것을 알고 아내에게 내객이 있나 없나를 걱정하면서 미닫이 앞에서 좀 거북살스럽게 기침을 한번 했더니 이것은 참 또 너무 암상스럽게14) 미닫이가 열리면서 아내의 얼굴과 그 등 뒤에 낯선 남자의 얼굴이 이쪽을 내다보는 것이다. 나는 별안간 내어쏟아지는 불빛에 눈이 부셔서 좀 머뭇머뭇했다.

나는 아내의 눈초리를 못 본 것은 아니다. 그러나 나는 모른 체하는 수밖에 없었다. 왜? 나는 어쨌든 아내의 방을 통과하지 아니하면 안 되니까…….

나는 이불을 뒤집어썼다. 무엇보다도 다리가 아파서 견딜 수가 없었다. 이불 속에서는 가슴이 울렁거리면서 암만해도 까무러칠 것만 같았다. 걸을 때는 몰랐더니 숨이 차다. 등에 식은땀이 쭉 내배인다. 나는 외출한 것을 후회하였다. 이런 피로를 잊고 어서 잠이 들었으면 좋겠다. 한잠 잘 자고 싶었다.

얼마 동안이나 비스듬히 엎드려 있었더니 차츰차츰 뚝딱거리는 가슴 동기(動氣)가 가라앉는다. 그만해도 우선 살 것 같았다. 나는 몸을 돌쳐 반듯이 천장을 향하여 눕고 쭉 다리를 뻗었다.

그러나 나는 또다시 가슴의 동기를 피할 수 없게 되었다. 아랫방에서 아내와 그 남자의 내 귀에도 들리지 않을 만치 옅은 목소리로 소곤거리는 기척이 장지 틈으로 전하여 왔던 것이다. 청각을 더 예민하게 하기 위하여 나는 눈을 떴다. 그리고 숨을 죽였다. 그러나 그때는 벌써 아내와 남자는 앉았던 자리를 툭툭 털며 일어섰고 일어서면서 옷과 모자 쓰는 기척이 나는 듯하더니 이어 미닫이가 열리고 구두 뒤축 소리가 나고 그리고 뜰에 내려서는 소리가 쿵 하고 나면서 뒤를 따르는 아내의 고무신 소리가 두어 발자국 찍찍 나고 사뿐사뿐 나나 하는 사이에 두 사람의 발소리가 대문간 쪽으로 사라졌다.

---

14) 샘을 잘 내고 심술부리다

6 이 상

날개

 나는 아내의 이런 태도를 본 일이 없다. 아내는 어떤 사람과도 결코 소곤거리는 법이 없다. 나는 윗방에서 이불을 쓰고 누웠는 동안에도 혹 술이 취해서 혀가 잘 돌아가지 않는 내객들의 담화는 더러 놓치는 수가 있어도 아내의 높지도 얕지도 않은 말소리를 일찍이 한 마디도 놓쳐 본 일이 없다. 더러 내 귀에 거슬리는 소리가 있어도 나는 그것이 태연한 목소리로 내 귀에 들렸다는 이유로 충분히 안심이 되었다.

 그렇던 아내의 이런 태도는 필시 그 속에 여간하지 않은 사정이 있는 듯싶이 생각이 되고 내 마음은 좀 서운했으나 그러나 그보다도 나는 좀 너무 피곤해서 오늘만은 이불 속에서 아무것도 연구치 않기로 굳게 결심하고 잠을 기다렸다. 잠은 좀처럼 오지 않았다. 대문간에 나간 아내도 좀처럼 들어오지 않았다. 그러는 동안에 흐지부지 나는 잠이 들어 버렸다. 꿈이 얼쑹덜쑹 종을 잡을 수 없는 거리의 풍경을 여전히 헤맸다.

 나는 몹시 흔들렸다. 내객을 보내고 들어온 아내가 잠든 나를 잡아 흔드는 것이다. 나는 눈을 번쩍 뜨고 아내의 얼굴을 쳐다보았다. 아내의 얼굴에는 웃음이 없다. 나는 좀 눈을 비비고 아내의 얼굴을 자세히 보았다. 노기가 눈초리에 떠서 얇은 입술이 바르르 떨린다. 좀처럼 이 노기가 풀리기는 어려울 것 같았다. 나는 그대로 눈을 감아 버렸다. 벼락이 내리기를 기다린 것이다. 그러나 쌔근 하는 숨소리가 나면서 푸시시 아내의 치맛자락 소리가 나고 장지가 여닫히며 아내는 아내 방으로 돌아갔다. 나는 다시 몸을 돌쳐 이불을 뒤집어쓰고는 개구리처럼 엎드리고, 엎드려서 배가 고픈 가운데서도 오늘 밤의 외출을 또 한번 후회하였다.

 나는 이불 속에서 아내에게 사죄하였다. 그것은 네 오해라고…….

 나는 사실 밤이 퍽으나 이슥한 줄만 알았던 것이다. 그것이 네 말마따나 자정 전인 줄은 나는 정말이지 꿈에도 몰랐다. 나는 너무 피곤하였었다. 오래간만에 나는 너무 많이 걸은 것이 잘못이다. 내 잘못이라면 잘못은 그것밖에는 없다. 외출은 왜 하였느냐고?

 나는 그 머리맡에 저절로 모인 오 원 돈을 아무에게라도 좋으니 주어 보고 싶었던 것이다. 그뿐이다. 그러나 그것도 내 잘못이라면 나는 그렇게 알겠다. 나는 후회하고 있지 않나?

 내가 그 오 원 돈을 써 버릴 수가 있었던들 나는 자정 안에 집에 돌아올 수 없었을 것이다. 그러나 거리는 너무 복잡하였고 사람은 너무도 들끓었다. 나는 어느 사람을 붙들고 그 오 원 돈을 내주어야 할지 갈피를 잡을 수가 없었다. 그러는 동안에 나는 여지없이 피곤해 버리고 말았던 것이다.

나는 무엇보다도 좀 쉬고 싶었다. 눕고 싶었다. 그래서 나는 하는 수 없이 집으로 돌아온 것이다. 내 짐작 같아서는 밤이 어지간히 늦은 줄만 알았는데 그것이 불행히도 자정 전이었다는 것은 참 안된 일이다. 미안한 일이다. 나는 얼마든지 사죄하여도 좋다. 그러나 종시 아내의 오해를 풀지 못하였다 하면 내가 이렇게까지 사죄하는 보람은 그럼 어디 있나? 한심하였다.

한 시간 동안을 나는 이렇게 초조하게 굴지 않으면 안 되었다. 나는 이불을 홱 젖혀 버리고 일어나서 장지를 열고 아내 방으로 비칠비칠 달려갔던 것이다. 내게는 거의 의식이라는 것이 없었다. 나는 아내 이불 위에 엎드러지면서 바지 포켓 속에서 그 돈 오 원을 꺼내 아내 손에 쥐어 준 것을 간신히 기억할 뿐이다.

이튿날 잠이 깨었을 때 나는 내 아내 방 아내 이불 속에 있었다. 이것이 이 33번지에서 살기 시작한 이래 내가 아내 방에서 잔 맨 처음이었다.

해가 들창에 훨씬 높았는데 아내는 이미 외출하고 벌써 내 곁에 있지는 않다. 아니! 아내는 엊저녁 내가 의식을 잃은 동안에 외출한 것인지도 모른다. 그러나 나는 그런 것을 조사하고 싶지 않았다. 다만 전신이 찌뿌드드한 것이 손가락 하나 꼼짝할 힘조차 없었다. 책보보다 좀 작은 면적의 볕이 눈이 부시다. 그 속에서 수없는 먼지가 흡사 미생물처럼 난무한다. 코가 칵 막히는 것 같다. 나는 다시 눈을 감고 이불을 폭 뒤집어쓰고 낮잠을 자기에 착수하였다. 그러나 코를 스치는 아내의 체취는 꽤 도발적이었다. 나는 몸을 여러 번 여러 번 비비 꼬면서 아내의 화장대에 늘어선 고 가지각색 화장품 병들과 고 병들의 마개를 뽑았을 때 풍기던 내음새를 더듬느라고 좀처럼 잠은 들지 않는 것을 나는 어찌하는 수도 없었다.

견디다 못하여 나는 그만 이불을 걷어차고 벌떡 일어나서 내 방으로 갔다. 내 방에는 다 식어 빠진 내 끼니가 가지런히 놓여 있는 것이다. 아내는 내 모이를 여기다 주고 나간 것이다. 나는 우선 배가 고팠다. 한 숟갈을 입에 떠넣었을 때 그 촉감은 참 너무도 냉회[15]와 같이 써늘하였다. 나는 숟갈을 놓고 내 이불 속으로 들어갔다. 하룻밤을 비워 버린 내 이부자리는 여전히 반갑게 나를 맞아 준다. 나는 내 이불을 뒤집어쓰고 이번에는 참 늘어지게 한잠 잤다. 잘······.

　내가 잠을 깬 것은 전등이 켜진 뒤다. 그러나 아내는 아직도 돌아오지 않았나 보다. 아니! 들어왔다 또 나갔는지도 알 수 없다. 그러나 그런 것을 삼고(三考)[16] 하여 무엇 하나?

　정신이 한결 난다. 나는 지난밤 일을 생각해 보았다. 그 돈 오 원을 아내 손에 쥐어 주고 넘어졌을 때에 느낄 수 있었던 쾌감을 나는 무엇이라고 설명할 수가 없었다. 그러니 내객들이 내 아내에게 돈 놓고 가는 심리며 내 아내가 내게 돈 놓고 가는 심리의 비밀을 나는 알아낸 것 같아서 여간 즐거운 것이 아니다. 나는 속으로 빙그레 웃어 보았다. 이런 것을 모르고 오늘까지 지내 온 나 자신이 어떻게 우스꽝스러워 보이는지 몰랐다. 나는 어깨춤이 났다.

　따라서 나는 또 오늘 밤에도 외출하고 싶었다. 그러나 돈이 없다. 나는 엊저녁에 그 돈 오 원을 한꺼번에 아내에게 주어 버린 것을 후회하였다. 또 고 벙어리를 변소에 갖다 처넣어 버린 것도 후회하였다. 나는 실없이 실망하면서 습관처럼 그 돈이 들어 있던 내 바지 포켓에 손을 넣어 한번 휘둘러 보았다. 뜻밖에도 내 손에 쥐어지는 것이 있었다. 이 원밖에 없다. 그러나 많아야 맛은 아니다. 얼마간이고 있으면 된다. 나는 그만한 것이 여간 고마운 것이 아니었다.

　나는 기운을 얻었다. 나는 그 단벌 다 떨어진 코르덴 양복을 걸치고 배고픈 것도 주제 사나운 것도 다 잊어버리고 활갯짓을 하면서 또 거리로 나섰다. 나서면서 나는 제발 시간이 화살 닫듯 해서 자정이 어서 휙 지나 버렸으면 하고 조바심을 태웠다. 아내에게 돈을 주고 아내 방에서 자보는 것은 어디까지든지 좋았지만 만일 잘못해서 자정 전에 집에 들어갔다가 아내의 눈총을 맞는 것은 그것은 여간 무서운 일이 아니었다. 나는 저물도록 길가 시계를 들여다보고 들여다보고 하면서 또 지향없이 거리를 방황하였다. 그러나 이날은 좀처럼 피곤하지는 않았다. 다만 시간이 좀 너무 더디게 가는 것만 같아서 안타까웠다.

　경성역 시계가 확실히 자정을 지난 것을 본 뒤에 나는 집을 향하였다. 그날은 그 일각대문에서 아내와 아내의 남자가 이야기하고 섰는 것을 만났다. 나는 모

15) 싸늘하게 식은 재　16) 세 번 생각함

른 체하고 두 사람 곁을 지나서 내 방으로 들어갔다. 뒤이어 아내도 들어왔다. 와
서는 이 밤중에 평생 안 하던 쓰레질을 하는 것이다. 조금 있다가 아내가 눕는 기
척을 엿듣자마자 나는 또 장지를 열고 아내 방으로 가서 그 돈 이 원을 아내 손에
덥석 쥐어 주고 그리고—하여간 그 이 원을 오늘 밤에도 쓰지 않고 도로 가져온
것이 참 이상하다는 듯이 아내는 내 얼굴을 몇 번이고 엿보고—아내는 드디어 아
무 말도 없이 나를 자기 방에 재워 주었다. 나는 이 기쁨을 세상의 무엇과도 바꾸
고 싶지는 않았다. 나는 편히 잘 잤다.

　이튿날도 내가 잠이 깨었을 때는 아내는 보이지 않았다. 나는 또 내 방으로 가
서 피곤한 몸이 낮잠을 잤다.
　내가 아내에게 흔들려 깨었을 때는 역시 불이 들어온 뒤였다. 아내는 자기 방
으로 나를 오라는 것이다. 이런 일은 또 처음이다. 아내는 끊임없이 얼굴에 미소
를 띠고 내 팔을 이끄는 것이다. 나는 이런 아내의 태도 이면에 엔간치 않은 음모
가 숨어 있지나 않은가 하고 적이 불안을 느끼지 않을 수 없었다.
　나는 아내의 하자는 대로 아내 방으로 끌려갔다. 아내 방에는 저녁 밥상이 조
촐하게 차려져 있는 것이다. 생각하여 보면 나는 이틀을 굶었다. 나는 지금 배고
픈 것까지도 긴가민가 잊어버리고 어름어름하던 차다.
　나는 생각하였다. 이 최후의 만찬을 먹고 나자마자 벼락이 내려도 나는 차라
리 후회하지 않을 것을. 사실 나는 인간 세상이 너무나 심심해서 못 견디겠던 차
다. 모든 일이 성가시고 귀찮았으나 그러나 불의의 재난이라는 것은 즐거웁다.
　나는 마음을 턱 놓고 조용히 아내와 마주 이 해괴한 저녁밥을 먹었다. 우리 부
부는 이야기하는 법이 없었다. 밥을 먹은 뒤에도 나는 말이 없이 그냥 부스스 일
어나서 내 방으로 건너가 버렸다. 아내는 나를 붙잡지 않았다. 나는 벽에 기대어
앉아서 담배를 한 대 피워 물고 그리고 벼락이 떨어질 테거든 어서 떨어져라 하
고 기다렸다.
　오 분! 십 분!
　그러나 벼락은 내리지 않았다. 긴장이 차츰 늘어지기 시작한다. 나는 어느덧
오늘 밤에도 외출할 것을 생각하고 있었다. 돈이 있었으면 하고 생각하고 있었
다.
　그러나 돈은 확실히 없다. 오늘은 외출하여도 나중에 올 무슨 기쁨이 있나. 나

는 앞이 그냥 아뜩하였다. 나는 화가 나서 이불을 뒤집어쓰고 이리 뒹굴 저리 뒹굴 굴렀다. 금시 먹은 밥이 목으로 자꾸 치밀어 올라온다. 메스꺼웠다.

하늘에서 얼마라도 좋으니 왜 지폐가 소낙비처럼 퍼붓지 않나, 그것이 그저 한없이 야속하고 슬펐다. 나는 이렇게밖에 돈을 구하는 아무런 방법도 알지는 못했다. 나는 이불 속에서 좀 울었나 보다. 돈이 왜 없냐면서…….

그랬더니 아내가 또 내 방에를 왔다. 나는 깜짝 놀라 아마 인제서야 벼락이 내리려나 보다 하고 숨을 죽이고 두꺼비 모양으로 엎디어 있었다. 그러나 떨어진 입을 새어 나오는 아내의 말소리는 참 부드러웠다. 정다웠다. 아내는 내가 왜 우는지를 안다는 것이다. 돈이 없어서 그러는 게 아니냐다. 나는 실없이 깜짝 놀랐다. 어떻게 저렇게 사람의 속을 환?하게 들여다보는구 해서 나는 한편으로 슬그머니 겁도 안 나는 것은 아니었으나 저렇게 말하는 것을 보면 아마 내게 돈을 줄 생각이 있나 보다, 만일 그렇다면 오죽이나 좋은 일일까. 나는 이불 속에 뚤뚤 말린 채 고개도 들지 않고 아내의 다음 거동을 기다리고 있으니까, 옜소—하고 내 머리맡에 내려뜨리는 것은 그 가뿐한 음향으로 보아 지폐에 틀림없었다. 그리고 내 귀에다 대고, 오늘일랑 어제보다도 좀더 늦게 들어와도 좋다고 속삭이는 것이다. 그것은 어렵지 않다. 우선 그 돈이 무엇보다도 고맙고 반가웠다.

어쨌든 나섰다. 나는 좀 야맹증이다. 그래서 될 수 있는 대로 밝은 거리를 골라서 돌아다니기로 했다. 그리고는 경성역 일이등 대합실 한겻 티룸에를 들렀다. 그것은 내게는 큰 발견이었다. 거기는 우선 아무도 아는 사람이 안 온다. 설사 왔다가도 곧 가니까 좋다. 나는 날마다 여기 와서 시간을 보내리라 속으로 생각하여 두었다.

제일 여기 시계가 어느 시계보다도 정확하리라는 것이 좋았다. 섣불리 서투른 시계를 보고 그것을 믿고 시간 전에 집에 돌아갔다가 큰코를 다쳐서는 안 된다.

나는 한 부스에 아무것도 없는 것과 마주 앉아서 잘 끓은 커피를 마셨다. 총총한 가운데 여객들은 그래도 한 잔 커피가 즐거운가 보다. 얼른얼른 마시고 무얼 좀 생각하는 것같이 담벼락도 좀 쳐다보고 하다가 곧 나가 버린다. 서글프다. 그러나 내게는 이 서글픈 분위기가 거리의 티룸들의 그 거추장스러운 분위기보다는 절실하고 마음에 들었다. 이따금 들리는 날카로운 혹은 우렁찬 기적 소리가 모차르트보다도 더 가깝다. 나는 메뉴에 적힌 몇 가지 안 되는 음식 이름을 치읽고 내리읽고 여러 번 읽었다. 그것들은 아물아물한 것이 어딘가 내 어렸을 때 동무들 이름과 비슷한 데가 있었다.

거기서 얼마나 내가 오래 앉았는지 정신이 오락가락하는 중에, 객이 슬며시 뜸해지면서 이구석 저구석 걷어치우기 시작하는 것을 보면 아마 닫을 시간이 된 모양이다. 열한시가 좀 지났구나, 여기도 결코 내 안주의 곳은 아니구나, 어디 가서 자정을 넘길까, 두루 걱정을 하면서 나는 밖으로 나섰다. 비가 온다. 빗발이 제법 굵은 것이 우비도 우산도 없는 나를 고생을 시킬 작정이다. 그렇다고 이런 괴이한 풍모를 차리고 이 홀에서 어물어물하는 수는 없고, 에이 비를 맞으면 맞았지 하고 나는 그냥 나서 버렸다.

대단히 선선해서 견딜 수가 없다. 코르덴 옷이 젖기 시작하더니 나중에는 속속들이 스며들면서 처근거린다. 비를 맞아 가면서라도 견딜 수 있는 데까지 거리를 돌아다녀서 시간을 보내려 하였으나 인제는 선선해서 이 이상은 더 견딜 수가 없다. 오한이 자꾸 일어나면서 이가 딱딱 맞부딪는다.

나는 걸음을 재우치면서 생각하였다. 오늘 같은 궂은 날도 아내에게 내객이 있을라구, 없겠지, 하는 생각이 드는 것이다. 집으로 가야겠다. 아내에게 불행히 내객이 있거든 내 사정을 하리라. 사정을 하면 이렇게 비가 오는 것을 눈으로 보고 알아주겠지.

부리나케 와보니까 그러나 아내에게는 내객이 있었다. 나는 그만 너무 춥고 척척해서 얼떨김에 노크하는 것을 잊었다. 그래서 나는 보면 아내가 좀 덜 좋아할 것을 그만 보았다. 나는 감발 자국 같은 발자국을 내면서 덤벙덤벙 아내 방을 디디고 그리고 내 방으로 가서 쭉 빠진 옷을 활활 벗어 버리고 이불을 뒤썼다. 덜덜덜덜 떨린다. 오한이 점점 더 심해 들어온다. 여전 땅이 꺼져 들어가는 것만 같았다. 나는 그만 의식을 잃어버리고 말았다.

이튿날 내가 눈을 떴을 때 아내는 내 머리맡에 앉아서 제법 근심스러운 얼굴이다. 나는 감기가 들었다. 여전히 으스스 춥고 또 골치가 아프고 입에 군침이 도는 것이 씁쓸하면서 다리 팔이 척 늘어져서 노곤하다.

아내는 내 머리를 쓱 짚어 보더니 약을 먹어야지 한다. 아내 손이 이마에 선뜩한 것을 보면 신열이 어지간한 모양인데, 약을 먹는다면 해열제를 먹어야 하고 속생각을 하자니까 아내는 따뜻한 물에 하얀 정제약 네 개를 준다. 이것을 먹고 한잠 푹 자고 나면 괜찮다는 것이다. 나는 널름 받아 먹었다. 씁싸름한 것이 짐작 같아서는 아마 아스피린인가 싶다. 나는 다시 이불을 쓰고 단번에 그냥 죽은 것처럼 잠이 들어 버렸다.

나는 콧물을 훌쩍훌쩍하면서 여러 날을 앓았다. 앓는 동안에 끊이지 않고 그 정제약을 먹었다. 그러는 동안에 감기도 나았다. 그러나 입맛은 여전히 소태처럼 썼다.

나는 차츰 또 외출하고 싶은 생각이 났다. 그러나 아내는 나더러 외출하지 말라고 이르는 것이다. 이 약을 날마다 먹고 그리고 가만히 누워 있으라는 것이다. 공연히 외출을 하다가 이렇게 감기가 들어서 저를 고생을 시키는 게 아니냐. 그도 그렇다. 그럼 외출을 하지 않겠다고 맹세하고 그 약을 연복(連服)하여 몸을 좀 보해 보리라고 나는 생각하였다.

나는 날마다 이불을 뒤집어쓰고 밤이나 낮이나 잤다. 유난스럽게 밤이나 낮이나 졸려서 견딜 수가 없는 것이다. 나는 이렇게 잠이 자꾸만 오는 것은 내가 몸이 훨씬 튼튼해진 증거라고 굳게 믿었다.

나는 아마 한 달이나 이렇게 지냈나 보다. 내 머리와 수염이 좀 너무 자라서 후틋해서 견딜 수가 없어서 내 거울을 좀 보라고 아내가 외출한 틈을 타서 나는 아내 방으로 가서 아내의 화장대 앞에 앉아 보았다. 상당하다. 수염과 머리가 참 산란하였다. 오늘은 이발을 좀 하리라 생각하고 겸사겸사 고 화장품 병들 마개를 뽑고 이것저것 맡아 보았다. 한동안 잊어버렸던 향기 가운데서는 몸이 배배 꼬일 것 같은 체취가 전해 나왔다. 나는 아내의 이름을 속으로만 한번 불러 보았다. '연심(蓮心)이' 하고…….

오래간만에 돋보기 장난도 하였다. 거울 장난도 하였다. 창에 든 볕이 여간 따뜻한 것이 아니었다. 생각하면 오월이 아니냐.

나는 커다랗게 기지개를 한번 켜보고 아내 베개를 내려 베고 벌떡 자빠져서는 이렇게도 편안하고도 즐거운 세월을 하느님께 흠씬 자랑하여 주고 싶었다. 나는 참 세상의 아무것과도 교섭을 가지지 않는다. 하느님도 아마 나를 칭찬할 수도 처벌할 수도 없는 것 같다.

그러나 다음 순간, 실로 세상에도 이상스러운 것이 눈에 띄었다. 그것은 최면약 아달린 갑이었다. 나는 그것을 아내의 화장대 밑에서 발견하고 그것이 흡사 아스피린처럼 생겼다고 느꼈다. 나는 그것을 열어 보았다. 똑 네 개가 비었다.

나는 오늘 아침에 네 개의 아스피린을 먹은 것을 기억하고 있었다. 나는 잤다.

어제도 그제도 그끄제도 – 나는 졸려서 견딜 수가 없었다. 나는 감기가 다 나았는데도 아내는 내게 아스피린을 주었다. 내가 잠이 든 동안에 이웃에 불이 난 일이 있다. 그때에도 나는 자느라고 몰랐다. 이렇게 나는 잤다. 나는 아스피린으로 알고 그럼 한 달 동안을 두고 아달린을 먹어 온 것이다. 이것은 좀 너무 심하다.

별안간 아뜩하더니 하마터면 나는 까무러칠 뻔하였다. 나는 그 아달린을 주머니에 넣고 집을 나섰다. 그리고 산을 찾아 올라갔다. 인간 세상의 아무것도 보기가 싫었던 것이다. 걸으면서 나는 아무쪼록 아내에 관계되는 일은 일체 생각하지 않도록 노력하였다. 길에서 까무러치기 쉬우니까다. 나는 어디라도 양지가 바른 자리를 하나 골라서 자리를 잡아 가지고 서서히 아내에 관하여서 연구할 작정이었다. 나는 길가의 돌창, 핀 구경도 못 한 진개나리꽃, 종달새, 돌멩이도 새끼를 까는 이야기, 이런 것만 생각하였다. 다행히 길가에서 나는 졸도하지 않았다.

거기는 벤치가 있었다. 나는 거기 정좌하고 그리고 그 아스피린과 아달린에 관하여 연구하였다. 그러나 머리가 도무지 혼란하여 생각이 체계를 이루지 않는다. 단 오 분이 못 가서 나는 그만 귀찮은 생각이 번쩍 들면서 심술이 났다. 나는 주머니에서 가지고 온 아달린을 꺼내 남은 여섯 개를 한꺼번에 질겅질겅 씹어 먹어 버렸다. 맛이 익살맞다. 그리고 나서 나는 그 벤치 위에 가로 기다랗게 누웠다. 무슨 생각으로 내가 그 따위 짓을 했나? 알 수가 없다. 그저 그러고 싶었다. 나는 게서 그냥 깊이 잠이 들었다. 잠결에도 바위 틈을 흐르는 물소리가 졸졸 하고 귀에 언제까지나 어렴풋이 들려 왔다.

내가 잠을 깨었을 때는 날이 환 – 히 밝은 뒤다. 나는 거기서 일주야를 잔 것이다. 풍경이 그냥 노 – 랗게 보인다. 그 속에서도 나는 번개처럼 아스피린과 아달린이 생각났다.

아스피린, 아달린, 아스피린, 아달린, 맑스, 말사스, 마도로스, 아스피린, 아달린.

아내는 한 달 동안 아달린을 아스피린이라고 속이고 내게 먹였다. 그것은 아내 방에서 이 아달린 갑이 발견된 것으로 미루어 증거가 너무나 확실하다.

무슨 목적으로 아내는 나를 밤이나 낮이나 재웠어야 됐나?

나를 밤이나 낮이나 재워 놓고 그리고 아내는 내가 자는 동안에 무슨 짓을 했나?

나를 조금씩 조금씩 죽이려던 것일까?

그러나 또 생각하여 보면, 내가 한 달을 두고 먹어 온 것은 아스피린이었는지도 모른다. 아내는 무슨 근심되는 일이 있어서 밤이면 잠이 잘 오지 않아서 정작 아내가 아달린을 사용한 것이나 아닌지, 그렇다면 나는 참 미안하다. 나는 아내에게 이렇게 큰 의혹을 가졌다는 것이 참 안됐다.

나는 그래서 부리나케 거기서 내려왔다. 아랫도리가 홰홰 내어저이면서 어찔어찔한 것을 나는 겨우 집을 향하여 걸었다. 여덟시 가까이였다.

나는 내 잘못된 생각을 죄다 일러바치고 아내에게 사죄하려는 것이다. 나는 너무 급해서 그만 또 말을 잊어버렸다.

그랬더니 이건 참 너무 큰일났다. 나는 내 눈으로는 절대로 보아서 안 될 것을 그만 딱 보아 버리고 만 것이다. 나는 얼떨결에 그만 냉큼 미닫이를 닫고 그리고 현기증이 나는 것을 진정시키느라고 잠깐 고개를 숙이고 눈을 감고 기둥을 짚고 섰자니까 일 초 여유도 없이 홱 미닫이가 다시 열리더니 매무새를 풀어헤친 아내가 불쑥 내밀면서 내 멱살을 잡는 것이다. 나는 그만 어지러워서 게서 그냥 나동그라졌다. 그랬더니 아내는 넘어진 내 위에 덮치면서 내 살을 함부로 물어뜯는 것이다. 아파 죽겠다. 나는 사실 반항할 의사도 힘도 없어서 그냥 넙죽 엎디어 있으면서 어떻게 되나 보고 있자니까 뒤이어 남자가 나오는 것 같더니 아내를 한아름에 덥석 안아 가지고 방으로 들어가는 것이다. 아내는 아무 말 없이 다소곳이 그렇게 안겨 들어가는 것이 내 눈에 여간 미운 것이 아니다. 밉다.

아내는 너 밤새워 가면서 도둑질하러 다니느냐, 계집질하러 다니느냐고 발악이다. 이것은 참 너무 억울하다. 나는 어안이 벙벙하여 도무지 입이 떨어지지를 않았다.

너는 그야말로 나를 살해하려던 것이 아니냐고 소리를 한번 꽥 질러 보고도 싶었으나 그런 긴가민가한 소리를 섣불리 입 밖에 내었다가는 무슨 화를 볼는지 알 수 있나. 차라리 억울하지만 잠자코 있는 것이 우선 상책인 듯싶이 생각이 들길래 나는 이것은 또 무슨 생각으로 그랬는지 모르지만 툭툭 털고 일어나서 내 바지 포켓 속에 남은 돈 몇 원 몇십 전을 가만히 꺼내서는 몰래 미닫이를 열고 살며시 문지방 밑에다 놓고 나서는 그냥 줄달음박질을 쳐서 나와 버렸다.

여러 번 자동차에 치일 뻔하면서 나는 그대로 경성역을 찾아갔다. 빈자리와 마주 앉아서 이 쓰디쓴 입맛을 거두기 위하여 무엇으로나 입가심을 하고 싶었다.

커피. 좋다. 그러나 경성역 홀에 한걸음을 들여놓았을 때 나는 내 주머니에는 돈이 한푼도 없는 것을, 그것을 깜빡 잊었던 것을 깨달았다. 또 아뜩하였다. 나는 어디선가 그저 맥없이 머뭇머뭇하면서 어쩔 줄을 모를 뿐이었다. 얼빠진 사람처럼 그저 이리 갔다 저리 갔다 하면서…….

나는 어디로 어디로 들입다 쏘다녔는지 하나도 모른다. 다만 몇 시간 후에 내가 미쓰꼬시 옥상에 있는 것을 깨달았을 때는 거의 대낮이었다.

나는 거기 아무 데나 주저앉아서 내 자라 온 스물여섯 해를 회고하여 보았다. 몽롱한 기억 속에서는 이렇다는 아무 제목도 불그러져 나오지 않았다.

나는 또 나 자신에게 물어 보았다. 너는 인생에 무슨 욕심이 있느냐고. 그러나 있다고도 없다고도, 그런 대답은 하기가 싫었다. 나는 거의 나 자신의 존재를 인식하기조차도 어려웠다.

허리를 굽혀서 나는 그저 금붕어나 들여다보고 있었다. 금붕어는 참 잘들도 생겼다. 작은 놈은 작은 놈대로 큰 놈은 큰 놈대로 다 싱싱하니 보기 좋았다. 내리비치는 오월 햇살에 금붕어들은 그릇 바탕에 그림자를 내려뜨렸다. 지느러미는 하늘하늘 손수건을 흔드는 흉내를 낸다. 나는 이 지느러미 수효를 헤어 보기도 하면서 굽힌 허리를 좀처럼 펴지 않았다. 등허리가 따뜻하다.

나는 또 회탁의 거리를 내려다보았다. 거기서는 피곤한 생활이 똑 금붕어 지느러미처럼 흐늘흐늘 허비적거렸다. 눈에 보이지 않는 끈적끈적한 줄에 엉켜서 헤어나지들을 못한다. 나는 피로와 공복 때문에 무너져 들어가는 몸뚱이를 끌고 그 회탁의 거리 속으로 섞여 들어가지 않는 수도 없다 생각하였다.

나서서 나는 또 문득 생각하여 보았다. 이 발길이 지금 어디로 향하여 가는 것인가를…….

그때 내 눈앞에는 아내의 모가지가 벼락처럼 내려 떨어졌다. 아스피린과 아달린.

우리들은 서로 오해하고 있느니라. 설마 아내가 아스피린 대신에 아달린 정량을 나에게 먹여 왔을까? 나는 그것을 믿을 수가 없다. 아내가 대체 그럴 까닭이 없을 것이니 그러면 나는 날밤을 새면서 도적질을, 계집질을 하였나? 정말이지

---

17) 변명 / 해명

6
이
상

날
개

아니다.

우리 부부는 숙명적으로 발이 맞지 않는 절름발이인 것이다. 내가 아내나 제 거동에 로직(논리)을 붙일 필요는 없다. 변해(辯解)[17]할 필요도 없다. 사실은 사실대로 오해는 오해대로 그저 끝없이 발을 절뚝거리면서 세상을 걸어가면 되는 것이다. 그렇지 않을까?

그러나 나는 이 발길이 아내에게로 돌아가야 옳은가 이것만은 분간하기가 좀 어려웠다. 가야 하나? 그럼 어디로 가나?

이때 뚜? 하고 정오 사이렌이 울렸다. 사람들은 모두 네활개를 펴고 닭처럼 푸드덕거리는 것 같고 온갖 유리와 강철과 대리석과 지폐와 잉크가 부글부글 끓고 수선을 떨고 하는 것 같은 찰나, 그야말로 현란을 극한 정오다.

나는 불현듯이 겨드랑이가 가렵다. 아하 그것은 내 인공의 날개가 돋았던 자국이다. 오늘은 없는 이 날개, 머릿속에서는 희망과 야심의 말소된 페이지가 딕셔너리(사전) 넘어가듯 번뜩였다.

나는 걷던 걸음을 멈추고 그리고 어디 한번 이렇게 외쳐 보고 싶었다.

날개야 다시 돋아라.

날자. 날자. 날자. 한 번만 더 날자꾸나.

한 번만 더 날아 보자꾸나.

해답

1. 나와 아내의 방은 장지문으로 구분되어 있으며 나는 아내의 방을 통과해야 방으로 들어갈 수 있다. 아내의 방에는 창문이 있고 나의 방에는 사철 펼쳐진 이부자리뿐이다. 2. 나는 내성적이고 아내는 외향적이다. 나는 생활력이 없고 아내는 생활력이 있다.

7

메밀꽃 필 무렵, 이효석

이효석(李孝石, 1907~1942) ●● 강원도 평창에서 태어났다. 1925년 〈매일신보〉에 시 〈봄〉을 발표, 같은 신문에 콩트 〈여인〉을 발표했다. 1928년 〈조선지광〉에 〈도시와 유령〉을 발표하면서 정식으로 문단에 등단하였다. 소위 동반자 작가였던 그는 초기에는 프롤레타리아 문학을 기웃거렸다. 그러나 그의 소설에 구현된 프로 문학은 그 본질에 있어서 다른 프로 문학과는 이질적이었다. 카프가 해체된 뒤에까지 프로 문학적 성향을 버리지 않았지만, 그의 소설에서 중시되는 점은 역시 자연과 인간의 혼용된 삶이라고 하겠는데, 〈메밀꽃 필 무렵〉에서 그것이 구현되고 있다. 성과 자연, 인간이 어우러진 서정의 세계를 구축한 것은 그의 탁월한 성과가 아닐 수가 없다.

대표작에 〈노령 근해〉〈북극 점경〉〈화분〉 등이 있다.

1.

여름장이란 애시당초에 글러서, 해는 아직 중천에 있건만 장판은 벌써 쓸쓸하고 더운 햇발이 벌려 놓은 전 휘장 밑으로 등줄기를 훅훅 볶는다. 마을 사람들은 거지반 돌아간 뒤요, 팔리지 못한 나무꾼패가 길거리에 궁싯거리고들 있으나 석유병이나 받고 고깃마리나 사면 족할 이 축들을 바라고 언제까지든지 버티고 있을 법은 없다. 춤춤스럽게 날아드는 파리 떼도 장난꾼 각다귀들도 귀치않다. 얼금뱅이요 왼손잡이인 드팀전[1]의 허생원은 기어코 동업의 조선달을 낚아 보았다.

"그만 걸을까?"

"잘 생각했네. 봉평 장에서 한 번이나 흐뭇하게 사 본 일 있었을까. 내일 대화 장에서나 한몫 벌어야겠네."

"오늘 밤은 밤을 새서 걸어야 될걸."

"달이 뜨렷다."

1) 피륙을 파는 가게

　절렁절렁 소리를 내며 조선달이 그 날 산 돈을 따지는 것을 보고 허생원은 말뚝에서 넓은 휘장을 걷고 벌여놓았던 물건을 거두기 시작하였다. 무명 필과 주단바리가 두 고리짝에 꼭 찼다. 멍석 위에는 천 조각이 어수선하게 남았다.

　다른 축들도 벌써 거진 전들을 걷고 있었다. 약빠르게 떠나는 패도 있었다. 어물장수도 땜장이도 엿장수도 생강장수도 꼴들이 보이지 않았다. 내일은 진부와 대화에 장이 선다. 축들은 그 어느 쪽으로든지 밤을 새며 육칠십 리 밤길을 타박거리지 않으면 안 된다. 장판은 잔치 뒷마당같이 어수선하게 벌어지고 술집에서는 싸움이 터져 있었다. 주정꾼 욕지거리에 섞여 계집의 앙칼진 목소리가 찢어졌다. 장날 저녁은 정해 놓고 계집의 고함소리로 시작되는 것이다.

　"생원, 시침을 떼두 다 아네…… 충줏집 말야."

　계집 목소리로 문득 생각난 듯이 조선달은 비죽이 웃는다.

　"화중지병이지. 연소패들을 적수로 하구야 대거리가 돼야 말이지."

　"그렇지두 않을걸. 축들이 사족을 못 쓰는 것두 사실은 사실이나, 아무리 그렇다곤 해두 왜 그 동이 말일세, 감쪽같이 충줏집을 후린 눈치거든."

　"무어 그 애숭이가? 물건 가지고 놚었나 부지. 착실한 녀석인 줄 알았더니."

　"그 길만은 알 수 있나…… 궁리 말구 가보세나그려. 내 한턱 씀세."

　그다지 마음이 당기지 않는 것을 좇아갔다. 허생원은 계집과는 연분이 멀었다. 얼금뱅이 상판을 쳐들고 대어 설 숫기도 없었으나 계집 편에서 정을 보낸 적도 없었고, 쓸쓸하고 뒤틀린 반생이었다. 충줏집을 생각만 하여도 철없이 얼굴이 붉어지고 발밑이 떨리고 그 자리에 소스라쳐 버린다. 충줏집 문을 들어서 술좌석에서 짜장 동이를 만났을 때에는 어찌 된 서슬엔지 발끈 화가 나버렸다. 상위에 붉은 얼굴을 쳐들고 제법 계집과 농탕치는 것을 보고서야 견딜 수 없었던 것이다. 녀석이 제법 난질꾼인데 꼴사납다. 머리에 피도 안 마른 녀석이 낮부터 술 처먹고 계집과 농탕이야. 장돌뱅이 망신만 시키고 돌아다니누나. 그 꼴에 우리들과 한몫 보자는 셈이지. 동이 앞에 막아서면서부터 책망이었다. 걱정두 팔자요 하는 듯이 빤히 처다보는 상기된 눈망울에 부딪칠 때, 결김에 따귀를 하나 갈겨 주지 않고는 배길 수 없었다. 동이도 화를 쓰고 팩하게 일어서기는 하였으나, 허생원은 조금도 동색하는 법 없이 마음먹은 대로는 다 지껄였다 – 어디서 주워 먹은 선머슴인지는 모르겠으나, 네게도 아비 어미 있겠지. 그 사나운 꼴 보면 맘 좋겠다. 장사란 탐탁하게 해야 되지, 계집이 다 무어야, 나가거라, 냉큼 꼴

치워.

그러나 한마디도 대거리하지 않고 하염없이 나가는 꼴을 보려니, 도리어 측은히 여겨졌다. 아직도 서름서름한 사인데 너무 과하지 않았을까 하고 마음이 섬뜩해졌다. 주제도 넘지, 같은 술손님이면서도 아무리 젊다고 자식 낳게 되는 것을 붙들고 치고 닦아 세울 것은 무어야, 원. 충줏집은 입술을 쫑긋하고 술 붓는 솜씨도 거칠었으나, 젊은애들한테는 그것이 약이 된다나 하고 그 자리는 조선달이 얼버무려 넘겼다. 너 녀석한테 반했지? 애숭이를 빨면 죄 된다. 한참 법석을 친 후이다. 담도 생긴 데다가 웬일인지 흠뻑 취해 보고 싶은 생각도 있어서 허생원은 주는 술잔이면 거의 다 들이켰다. 거나해짐을 따라 계집 생각보다도 동이의 뒷일이 한결같이 궁금해졌다. 내 꼴에 계집을 가로채서는 어떡할 작정이었누하고 어리석은 꼬락서니를 모질게 책망하는 마음도 한편에 있었다. 그러기 때문에 얼마나 지난 뒤인지 동이가 헐레벌떡거리며 황급히 부르러 왔을 때에는, 마시던 잔을 그 자리에 던지고 정신없이 허덕이며 충줏집을 뛰어나간 것이었다.

"생원 당나귀가 바를 끊구 야단이에요."

"각다귀들 장난이지 필연코."

짐승도 짐승이려니와 동이의 마음씨가 가슴을 울렸다. 뒤를 따라 장판을 달음질하려니 거슴츠레한 눈이 뜨거워질 것 같다.

"부락스런 녀석들이라 어쩌는 수 있어야죠."

"나귀를 몹시 구는 녀석들은 그냥 두지는 않는걸."

반평생을 같이 지내 온 짐승이었다. 같은 주막에서 잠자고, 같은 달빛에 젖으면서 장에서 장으로 걸어다니는 동안에 이십 년의 세월이 사람과 짐승을 함께 늙게 하였다. 까스러진 목 뒤 털은 주인의 머리털과도 같이 바스러지고, 개진개진 젖은 눈은 주인의 눈과 같이 눈꼽을 흘렸다. 몽당비처럼 짧게 쓸리운 꼬리는, 파리를 쫓으려고 기껏 휘저어 보아야 벌써 다리까지는 닿지 않았다. 닳아 없어진 굽을 몇 번이나 도려내고 새 철을 신겼는지 모른다. 굽은 벌써 더 자라나기는 틀렸고 닳아 버린 철 사이로는 피가 빼짓이 흘렀다. 냄새만 맡고도 주인을 분간하였다. 호소하는 목소리로 야단스럽게 울며 반겨한다.

어린아이를 달래듯이 목덜미를 어루만져 주니 나귀는 코를 벌름거리고 입을 투르르거렸다. 콧물이 튀었다. 허생원은 짐승 때문에 속도 무던히는 썩였다. 아이들의 장난이 심한 눈치여서 땀 밴 몸뚱어리가 부들부들 떨리고 좀체 흥분이

식지 않는 모양이었다. 굴레가 벗어지고 안장도 떨어졌다. 요 몹쓸 자식들, 하고 허생원은 호령을 하였으나 패들은 벌써 줄행랑을 논 뒤요 몇 남지 않은 아이들 이 호령에 놀라 비슬비슬 멀어졌다.

"우리들 장난이 아니우. 암놈을 보고 저 혼자 발광이지."

코흘리개 한 녀석이 멀리서 소리를 쳤다.

"고 녀석 말투가……."

"김첨지 당나귀가 가버리니까 왼통 흙을 차고 거품을 흘리면서 미친 소같이 날뛰는걸. 꼴이 우스워 우리는 보고만 있었다우. 배를 좀 보지."

아이는 앵돌아진 투로 소리를 치며 깔깔 웃었다. 허생원은 모르는 결에 낯이 뜨거워졌다. 뭇 시선을 막으려고 그는 짐승의 배 앞을 가리워 서지 않으면 안 되 었다.

"늙은 주제에 암샘을 내는 셈야, 저놈의 짐승이."

아이의 웃음 소리에 허생원은 주춤하면서 기어코 견딜 수 없어 채찍을 들더니 아이를 쫓았다.

"쫓으려거든 쫓아 보지. 왼손잡이가 사람을 때려."

줄달음에 달아나는 각다귀에는 당하는 재주가 없었다. 왼손잡이는 아이 하나 도 후릴 수 없다. 그만 채찍을 던졌다. 술기도 돌아 몸이 유난스럽게 화끈거렸다.

"그만 떠나세. 녀석들과 어울리다가는 한이 없어. 장판의 각다귀들이란 어른 보다도 더 무서운 것들인걸."

조선달과 동이는 각각 제 나귀에 안장을 얹고 짐을 싣기 시작하였다. 해가 꽤 많이 기울어진 모양이었다.

드팀전 장돌이를 시작한 지 이십 년이나 되어도 허생원은 봉평 장을 빼논 적 은 드물었다. 충주 제천 등의 이웃 군에도 가고, 멀리 영남지방도 헤매이기는 하 였으나 강릉쯤에 물건하러 가는 외에는 처음부터 끝까지 군내를 돌아다녔다. 닷 새만큼씩의 장날에는 달보다도 확실하게 면에서 면으로 건너간다. 고향이 청주 라고 자랑삼아 말하였으나 고향에 돌보러 간 일도 있는 것 같지는 않았다. 장에 서 장으로 가는 길의 아름다운 강산이 그대로 그에게는 그리운 고향이었다. 반 날 동안이나 뚜벅뚜벅 걷고 장터 있는 마을에 거지반 가까웠을 때, 거친 나귀가 한바탕 우렁차게 울면 – 더구나 그것이 저녁녘이어서 등불들이 어둠 속에 깜박거릴 무렵이면 늘 당하는 것이건만 허생원은 변치 않고 언제든지 가슴이 뛰놀았다.

젊은 시절에는 알뜰하게 벌어 돈푼이나 모아 본 적도 있기는 있었으나, 읍내에 백중이 열린 해 호탕스럽게 놀고 투전을 하여 사흘 동안에 다 털어 버렸다. 나귀까지 팔게 된 판이었으나 애끓는 정분에 그것만은 이를 물고 단념하였다. 결국 도로아미타불로 장돌이를 다시 시작할 수밖에는 없었다. 짐승을 데리고 읍내를 도망해 나왔을 때에는 너를 팔지 않기 다행이었다고 길가에서 울면서 짐승의 등을 어루만졌던 것이었다. 빚을 지기 시작하니 재산을 모을 염은 당초에 틀리고 간신히 입에 풀칠을 하러 장에서 장으로 돌아다니게 되었다.

호탕스럽게 놀았다고는 하여도 계집 하나 후려 보지는 못하였다. 계집이란 쌀쌀하고 매정한 것이었다. 평생 인연이 없는 것이라고 신세가 서글퍼졌다. 일신에 가까운 것이라고는 언제나 변함없는 한 필의 당나귀였다.

그렇다고는 하여도 꼭 한 번의 첫 일을 잊을 수는 없었다. 뒤에도 처음에도 없는 단 한 번의 괴이한 인연! 봉평에 다니기 시작한 젊은 시절의 일이었으나 그것을 생각할 적만은 그도 산 보람을 느꼈다.

"달밤이었으나 어떻게 해서 그렇게 됐는지 지금 생각해도 도무지 알 수는 없어."

허생원은 오늘 밤도 또 그 이야기를 끄집어내려는 것이다. 조선달은 친구가 된 이래 귀에 못이 박히도록 들어 왔다. 그렇다고 싫증을 낼 수도 없었으나 허생원은 시침을 떼고 되풀이할 대로는 되풀이하고야 말았다.

"달밤에는 그런 이야기가 격에 맞거든."

조선달 편을 바라는 보았으나 물론 미안해서가 아니라 달빛에 감동하여서였다. 이지러는 졌으나 보름을 가제 지난 달은 부드러운 빛을 흐뭇이 흘리고 있다. 대화까지는 칠십 리의 밤길, 고개를 둘이나 넘고 개울을 하나 건너고 벌판과 산길을 걸어야 된다. 달은 지금 긴 산허리에 걸려 있다. 밤중을 지난 무렵인지 죽은 듯이 고요한 속에서 짐승 같은 달의 숨소리가 손에 잡힐 듯이 들리며, 콩포기와 옥수수 잎새가 한층 달에 푸르게 젖었다. 산허리는 온통 메밀밭이어서 피기 시작한 꽃이 소금을 뿌린 듯이 흐뭇한 달빛에 숨이 막힐 지경이다. 붉은 대궁이 향기같이 애잔하고 나귀들의 걸음도 시원하다. 길이 좁은 까닭에 세 사람은 나귀를 타고 외줄로 늘어섰다. 방울 소리가 시원스럽게 딸랑딸랑 메밀밭께로 흘러간다. 앞장선 허생원의 이야기 소리는 꽁무니에 선 동이에게는 확적히는 안 들렸으나, 그는 그대로 개운한 제 멋에 적적하지는 않았다.

"장 선 꼭 이런 날 밤이었네. 객줏집 토방이란 무더워서 잠이 들어야지. 밤중은 돼서 혼자 일어나 개울가에 목욕하러 나갔지. 봉평은 지금이나 그제나 마찬가지나 보이는 곳마다 메밀밭이어서 개울가가 어디 없이 하얀 꽃이야. 돌밭에 벗어도 좋을 것을, 달이 너무도 밝은 까닭에 옷을 벗으러 물방앗간으로 들어가지 않았나. 이상한 일도 많지. 거기서 난데없는 성서방네 처녀와 마주쳤단 말이네. 봉평서야 제일 가는 일색이었지…… 팔자에 있었나 부지."

아무렴 하고 응답하면서 말머리를 아끼는 듯이 한참이나 담배를 빨 뿐이었다. 구수한 자줏빛 연기가 밤기운 속에 흘러서는 녹았다.

"날 기다린 것은 아니었으나 그렇다고 달리 기다리는 놈팽이가 있는 것두 아니었네. 처녀는 울고 있단 말야. 짐작은 대고 있으나 성서방네는 한창 어려워서 들고날 판인 때였지. 한집안 일이니 딸에겐들 걱정이 없을 리 있겠나. 좋은 데만 있으면 시집도 보내련만 시집은 죽어도 싫다지…… 그러나 처녀란 울 때같이 정을 끄는 때가 있을까. 처음에는 놀라기도 한 눈치였으나 걱정 있을 때는 누그러지기도 쉬운 듯해서 이럭저럭 이야기가 되었네…… 생각하면 무섭고도 기막힌 밤이었어."

"제천인지로 줄행랑을 놓은 건 그 다음날이렸다?"

"다음 장도막에는 벌써 온 집안이 사라진 뒤였네. 장판은 소문에 발끈 뒤집혀 고작해야 술집에 팔려가기가 상수라고 처녀의 뒷공론이 자자들 하단 말이야. 제천 장판을 몇 번이나 뒤졌겠나. 하나 처녀의 꼴은 꿩 궈 먹은 자리야. 첫날 밤이 마지막 밤이었지. 그때부터 봉평이 마음에 든 것이 반평생을 두고 다니게 되었네. 반평생인들 잊을 수 있겠나."

"수 좋았지. 그렇게 신통한 일이란 쉽지 않어. 항용 못난 것 얻어 새끼 낳고, 걱정 늘고 생각만 해두 진저리나지…… 그러나 늘그막바지까지 장돌뱅이로 지내기도 힘드는 노릇 아닌가? 난 가을까지만 하구 이 생애와두 하직하려네. 대화쯤에 조그만 전방이나 하나 벌이구 식구들을 부르겠어. 사시장철 뚜벅뚜벅 걷기란 여간이래야지."

"옛 처녀나 만나면 같이나 살까…… 난 거꾸러질 때까지 이 길 걷고 저 달 볼 테야."

산길을 벗어나니 큰길로 틔어졌다. 꽁무니의 동이도 앞으로 나서 나귀들은 가로 늘어섰다.

"총각두 젊겠다, 지금이 한창 시절이렷다. 충줏집에서는 그만 실수를 해서 그 꼴이 되었으나 섧게 생각 말게."

"천만에요. 되려 부끄러워요. 계집이란 지금 웬 제격인가요. 자나깨나 어머니 생각뿐인데요."

허생원의 이야기로 실심해한 끝이라 동이의 어조는 한풀 수그러진 것이었다.

"아비 어미란 말에 가슴이 터지는 것도 같았으나 제겐 아버지가 없어요. 피붙이라고는 어머니 하나뿐인걸요."

"돌아가셨나?"

"당초부터 없어요."

"그런 법이 세상에."

생원과 선달이 야단스럽게 껄껄들 웃으니, 동이는 정색하고 우길 수밖에는 없었다.

"부끄러워서 말하지 않으려 했으나 정말예요. 제천 촌에서 달도 차지 않은 아이를 낳고 어머니는 집을 쫓겨났죠. 우스운 이야기나, 그러기 때문에 지금까지 아버지 얼굴도 본 적 없고, 있는 고장도 모르고 지내 와요."

고개가 앞에 놓인 까닭에 세 사람은 나귀를 내렸다. 둔덕은 험하고 입을 벌리기도 대견하여 이야기는 한동안 끊겼다. 나귀는 건듯하면 미끄러졌다. 허생원은 숨이 차 몇 번이고 다리를 쉬지 않으면 안 되었다. 고개를 넘을 때마다 나이가 알렸다. 동이 같은 젊은 축이 그지없이 부러웠다. 땀이 등을 한바탕 쭉 씻어 내렸다.

고개 너머는 바로 개울이었다. 장마에 흘러 버린 널다리가 아직도 걸리지 않은 채로 있는 까닭에 벗고 건너야 되었다. 고의를 벗어 띠로 등에 얽어매고 반벌거숭이의 우스꽝스런 꼴로 물 속에 뛰어들었다. 금방 땀을 흘린 뒤였으나 밤 물은 뼈를 찔렀다.

"그래, 대체 기르긴 누가 기르구?"

"어머니는 하는 수 없이 의부를 얻어 가서 술장사를 시작했죠. 술이 고주래서 의부라고 전망나니예요. 철들어서부터 맞기 시작한 것이 하룬들 편할 날 있었을까. 어머니는 말리다가 채이고 맞고 칼부림을 당하곤 하니 집 꼴이 무어겠소. 열

여덟 살 때 집을 뛰어나와서부터 이 짓이죠."

"총각 낫세론 심이 무던하다고 생각했더니 듣고 보니 딱한 신세로군."

물은 깊어 허리까지 찼다. 속 물살도 어지간히 센데다가 발에 채이는 돌멩이도 미끄러워 금시에 홀칠 듯하였다. 나귀와 조선달은 재빨리 거의 건넜으나 동이는 허생원을 붙드느라고 두 사람은 훨씬 떨어졌다.

"모친의 친정은 원래부터 제천이었던가?"

"웬걸요, 시원스리 말은 안 해주나 봉평이라는 것만은 들었죠."

"봉평? 그래 그 아비 성은 무엇이구?"

"알 수 있나요. 도무지 듣지를 못했으니까."

"그, 그렇겠지."

하고 중얼거리며 흐려지는 눈을 까물까물하다가 허생원은 경망하게도 발을 빗디디었다. 앞으로 고꾸라지기가 바쁘게 몸째 풍덩 빠져 버렸다. 허위적거릴수록 몸을 걷잡을 수 없어 동이가 소리를 치며 가까이 왔을 때에는 벌써 퍽이나 흘렀었다. 옷째 쫄딱 젖으니 물에 젖은 개보다도 참혹한 꼴이었다. 동이는 물 속에서 어른을 해깝게 업을 수 있었다. 젖었다고는 하여도 여윈 몸이라 장정 등에는 오히려 가벼웠다.

"이렇게까지 해서 안됐네. 내 오늘은 정신이 빠진 모양이야."

"염려하실 것 없어요."

"그래 모친은 아비를 찾지는 않는 눈치지?"

"늘 한번 만나고 싶다고는 하는데요."

"지금 어디 계신가?"

"의부와도 갈라져 제천에 있죠. 가을에는 봉평에 모셔오려고 생각중인데요. 이를 물고 벌면 이럭저럭 살아갈 수 있겠죠."

"아무렴, 기특한 생각이야. 가을이랬다?"

동이의 탐탁한 등허리가 뼈에 사무쳐 따뜻하다. 물을 다 건넜을 때에는 도리어 서글픈 생각에 좀더 업혔으면도 하였다.

"진종일 실수만 하니 웬일이오, 생원."

조선달이 바라보며 기어코 웃음이 터졌다.

"나귀야. 나귀 생각하다 실족을 했어. 말 안 했던가. 저 꼴에 제법 새끼를 얻었단 말이지. 읍내 강릉집 피마에게 말일세. 귀를 쫑긋 세우고 달랑달랑 뛰는 것이

나귀 새끼같이 귀여운 것이 있을까. 그것 보러 나는 일부러 읍내를 도는 때가 있다네."

"사람을 물에 빠치울 젠 딴은 대단한 나귀 새끼군."

허생원은 젖은 옷을 웬만큼 짜서 입었다. 이가 덜덜 갈리고 가슴이 떨리며 몹시도 추웠으나 마음은 알 수 없이 둥실둥실 가벼웠다.

"주막까지 부지런히들 가세나. 뜰에 불을 피우고 훗훗이 쉬어. 나귀에겐 더운 물을 끓여 주고. 내일 대화장 보고는 제천이다."

"생원도 제천으로?"

"오래간만에 가보고 싶어. 동행하려나, 동이?"

나귀가 걷기 시작하였을 때 동이의 채찍은 왼손에 있었다. 오랫동안 아둑신이같이 눈이 어둡던 허생원도 요번만은 동이의 왼손잡이가 눈에 띄지 않을 수 없었다.

걸음도 해깝고 방울소리가 밤 벌판에 한층 청청하게 울렸다.

달이 어지간히 기울어졌다.

 해답

1. 아버지가 누구인지도 모른 채 태어나서 술주정뱅이 의붓아버지의 학대에 견디지 못하여 집을 뛰쳐나온 후 장터를 돌아다니는 장돌뱅이로 살고 있다. 2. 왼손잡이 3. 허생원과 동이 4. 낮 - 장터 - 주인공의 현실적 삶, 밤 - 산길 추억과 환상의 세계

8

백치 아다다, 계용묵

계용묵(桂鎔默, 1904~1961) ●● 평북 선천에서 태어났다. 1925년 〈상환〉이 당선되고, 1928년 〈인두지주〉를 발표함으로써 등단. 처음에는 경향파적인 작품을 발표하기도 했으나, 인간주의에 바탕을 두면서 예술성을 중시했다.
대표작은 〈백치 아다다〉이다. 이후 삶에 있어서의 진실과 멋이 무엇인지를 생각하는 작품을 많이 발표했다.
대표작에 〈바람은 그냥 불고〉 〈벨을 헨다〉 〈청춘도〉 〈병풍에 그린 닭이〉 등이 있다.

8

백치 아다다, 계용묵

질그릇이 땅에 부딪치는 소리가 났다고 들렸는데 마당엔 아무도 없다. 부엌에 쥐가 들었나? 샛문을 열어 보려니까,

"아 아아 아이 아아 아야!"

하는 소리가 뒤란 곁으로 들려 온다. 샛문을 열려던 박씨는 뒷문을 밀었다.

장독대 밑 비스듬한 켠 아래 아다다가 입을 헤 벌리고 납작하니 엎뎌져 두 다리만을 힘없이 버지럭거리고 있다.

그리고, 머리 편으로 한 발쯤 나가선 깨어진 동이 조각이 질서 없이 너저분하게 된장 속에 묻혀 있다.

"아이구메나! 무슨 소린가 했더니! 이년이 동애를 또 잡았구나! 이년아, 너더러 된장 푸래든! 푸래?"

어머니는 딸이 어딘가 다쳤는지 일어나지도 못하고 아파하는 데 가는 동정심보다 깨어진 동이만이 아깝게 눈에 보였던 것이다.

"어 어마! 아다아다 아다 아다……."

모닥불을 뒤집어쓰는 듯한 끔직한 어머니의 음성을 또다시 듣게 되는 아다다는 겁에 질려 얼굴에 시퍼런 물이 들며 넘어진 연유를 말하여 용서를 빌려는 기색이나 말이 되지를 않아 안타까워한다.

아다다는 벙어리였던 것이다. 말을 하렬 때에는 한다는 것이 아다다 소리만이 연거푸 나왔다. 어찌 어찌하다가 말이 한마디씩 제법 되어 나오는 적도 있었으나 그것은 쉬운 말에 그치고 만다.

그래서, 이것을 조롱삼아 확실이라는 뚜렷한 이름이 있음에도 불구하고 누구나 그를 부르는 이름은 아다다였다. 그리하여 이것이 자연히 이름으로 굳어져 그 부모네까지도 그렇게 부르게 되었거니와, 그 자신조차도 '아다다!' 하고 부르면 마땅히 들을 이름인 듯이 대답을 했다.

"이년까타나 끝이 세구나! 시켠엘 못 가갔으문 오늘은 어드메든지 나가서 뒈디고 말아라, 이년아! 이년아! 이년아!"

어머니는 눈알을 가로세워 날카롭게도 흰자위만으로 흘기며 성큼 문턱을 넘어선다.

아다다는 어머니의 손길이 또 자기의 끌채[1]를 감아 쥘 것을 연상하고 몸을 겨우 뒤채 비꼬아 일어서서 절룩절룩 굴뚝 모퉁이로 피해 가며 어쩔 줄을 모르고 일변 고개를 좌우로 돌려 살피며 아연하게도,

"아다 어 어마! 아다 어마! 아다다다다!"

하고 부르짖는다. 다시는 일을 아니 저지르겠다는 듯, 그리고 한번만 용서를 하여 달라는 듯싶게. 그러나 사정을 모르는 채 기어코 쫓아간 어머니는,

"이년! 어서 뒈데라. 뒈디기 싫긴 시집으로 당장 가거라. 못 가간?"

그리고 주먹을 귀 뒤에 넌지시 얼메고 마주선다.

순간, 주먹이 떨어지면? 하는 두려운 생각에 오싹 하고 끼치는 소름이 튀해 논 닭 같이 전신에 돋아나는 두드러기를 느끼는 찰나, 턱 하고 마침내 떨어지는 주먹은 어느새 끌채를 감아쥐고 갈짓자로 흔들어 댄다.

"아다 어어 어마! 아 아고 어 어마!"

그러나 소용이 없다. 한번 손을 댄 어머니는 그저 죽어 싸다는 듯이 자꾸만 흔들어 댄다. 하니, 그렇지 않아도 가꾸지 못한 텁수룩한 머리는 물결처럼 흔들리며 구름같이 피어나선 얼클어진다.

1) 수레 양쪽에 매는 채 / 머리채

그래도 아다다는 그저 빌 뿐이요, 조금도 반항하려고는 않는다. 이런 일을 거의 날마다 지나 보는 것이기 때문에 한대야 그것은 도리어 매까지 사는 것이 됨을 아는 것이다. 집에 일이 아무리 밀려 돌아가더라도 나 모르는 채 손 싸매고 들어앉았으면 오히려 이런 봉변은 아니 당할 것이, 가만히 앉았지는 못했다.

선천적으로 타고난 천치에 가까운 그의 성격은 무엇엔지 힘에 부치는 노력이 있어야 만족을 얻는 듯했다. 시키건 안 시키건, 헐하나 힘차나 가리는 법이 없이 하여야 될 일로 눈에 띄기만 하면 몸을 아끼는 일이 없이 하는 것이 그였다. 그래서 집안의 모든 고된 일은 실은 아다다가 혼자서 치워놓게 된다.

그러나 어머니는 그것이 반갑지 않았다. 둔한 지혜로 마련 없이 뼈가 부러지도록 몸을 돌보지 않고, 일종 모험에 가까운 짓을 하게 되므로, 그 반면에 따르는 실수가 되려 일을 저질러 놓게 되어 그릇 같은 것을 깨쳐 먹는 일은 거의 날마다 있다 하여도 옳을 정도로 있었다.

그래도 아다다의 힘을 빌지 않고는 집안 일을 못 치겠다면 모르지만 그는 참례2)를 하지 않아도 행랑에서 차근차근히 다 해줄 일을 쓸데없이 가로맡아선 일을 저질러 놓고 마는 데에 그 어머니는 속이 상했다.

본시 시집을 보내기 전에도 그 버릇은 지금이나 다름이 없이, 벙어리인데다 행동까지 그러하였으므로 내용 아는 인근에서는 그를 얻어 가려는 사람이 없었다. 그리하여 열아홉 고개를 넘기도록 처문어 두고 속을 태우다 못해 깃부로 논 한 섬지기를 처넣어 똥 치듯 치워 버렸던 것이 그만 오 년이 멀다 다시 쫓겨와 시집에는 아예 갈 생각도 아니하고 하루 같은 심화를 올렸다. 그래서 어머니는 역겨운 미움에 아다다가 실수를 할 때마다 주릿대3)를 내리고 참례를 말라건만 그는 참는다는 것이 그 당시뿐이요, 남이 일을 하는 것을 보면 속이 쏘는 듯이 슬그머니 나와서 곁을 슬슬 돌다가는 손을 대고 만다.

바로 사흘 전엔가도 무명 빔을 할 때, 활짝 단 솥뚜껑을 마련 없이 맨손으로 열다가 뜨거움을 참지 못해 되는 대로 집어 엎는 바람에 그만 자배기를 하나 깨쳐서 욕과 매를 한바탕 겪고 났건만 어제 저녁 행랑 색시더러 오늘은 묵은 된장을 옮겨 담아야 되겠다고 이르는 말을 어느 겨를결에 들었던지 아다다는 아침밥

─────
2) 예식에 참여함 / 참견 3) 주리를 트는 막대기 / 매

이 끝나자 어느새 나가서 혼자 된장을 퍼 나르다가 그만 또 실수를 한 것이었다.

"못 가간? 시집이! 못 가간? 이년! 못 가갔음 죽어라!"

움켜쥐었던 머리를 힘차게 휙 두르며 밀치는 바람에 손에 감겼던 머리카락이 끊어지는지 빠지는지 무뚝 묻어나며 아다다는 비칠비칠 서너 걸음 물러난다.

순간, 아찔해진 아다다는 넘어지지 않으려고 애써 버지럭거리며 삐치는 다리에 겨우 진정을 얻어 세우자,

"아다 어마! 아다 어마! 아다 아다!"

하고, 다시 달려들 듯이 눈을 흘기고 섰는 어머니를 향하여 눈물 글썽한 눈을 끔벅 한 번 감아 보이고, 그리고 북쪽을 손가락질하여 어머니의 말대로 시집으로 가든지 그렇지 않으면 죽어라도 버리겠다는 뜻으로 고개를 주억이며 겁에 질려 어쩔 줄을 모르고 허청허청 대문 밖으로 몸을 이끌어 냈다.

나오기는 나왔으나 갈 곳이 없는 아다다는 마당 귀를 돌아서선 발길을 더 내놓지 못하고 우뚝 섰다.

시집으로 간다고 하였으나, 아무리 생각해도 남편의 매는 어머니의 그것보다 무섭다. 그러면 다시 집으로 들어가나? 이번에는 외상 없는 매가 떨어질 것 같다. 어디로 가야 하나? 갈 곳 없는 갈 곳을 뒤짜 보자니 눈물이 주는 위로밖에 쓸데없는 오 년 전 그 시집이 참을 수 없이 그립다.

추울세라, 더울세라, 힘이 들까, 고단할까, 알뜰살뜰히 어루만져 주던 시부모, 밤이면 품속에 꼭 껴안아 피로를 풀어 주던 남편, 아! 얼마나 시집에서는 자기를 위하여 정성을 다하던 것인가?

참으로 아다다가 처음 시집을 가서의 오 년 동안은 온 집안의 사랑을 한몸에 받아 왔던 것이 사실이다.

벙어리라는 조건이 귀에 들어맞는 것이 아니었으나, 돈으로 아내를 사지 아니하고는 얻어 볼 수 없는 처지에서 스물여덟 살에 아직 장가를 못 들고 있는 신세로 목구멍조차 치기 어려운 형세이었으므로 아내를 얻게 되기의 여유를 기다리기까지에는 너무도 막연한 앞날이었다. 벙어리나마 일생을 먹여 줄 것까지 가지고 온다는 데 귀가 번쩍 띄어 그 자리를 앗기울까 두렵게 혼사를 치렀던 것이니, 그로 의해서 먹고살게 되는 시집에서는 아다다를 아니 위할 수가 없었던 것이다. 그러한 가운데 또한 아다다는 못하는 일이 없이 일 잘하고, 고분고분 말 잘

듣고, 조금도 말썽을 부리는 일이 없었다. 그래서 생활고가 주는 역겨움이 쓸데 없이 서로 눈독을 짓게 하여 불쾌한 말만으로 큰 소리가 끊일 새 없이 오고가던 가족은 일시에 봄비를 맞은 동산같이 화락한웃음의 꽃을 피웠다.

원래 바른 사람이 못 되는 아다다에게는 실수가 없는 것이 아니었으나, 그로 인해서 밥을 먹게 된 시집에서는 조금도 역겹게 안 여겼고, 되레 위로를 하고 허 물을 감추기에 서로 힘을 썼다.

여기에 아다다가 비로소 인생의 행복을 느끼며, 시집가기 전 지난날 어머니 아버지가 쓸데없는 자식이라는 구실 밑에, 아니, 되레 가문을 더럽히는 앙화 자 식이라고 사람으로서의 푼수에도 넣어 주지 않고 박대하던 일을 생각하고는 어 머니 아버지를 원망하는 나머지 명절 목이나 제향 때이면 시집에서는 그렇게도 가 보라는 친정이었건만 이를 악물고 가지 않고, 행복 속에 묻혀 살던 지나간 그 날이 아니 그리울 수가 없었다.

그러나 그날은 안타깝게도 다시 못 올 영원한 꿈속에 흘러가고 말았다.

해를 거듭하며 생활의 밑바닥에 깔아 놓았던 한 섬지기라는 거름이 차츰 그들 을 여유한 생활로 이끌어, 몇백 원이란 돈이 눈앞에 굴게 되니, 까닭 없이 남편 되는 사람은 벙어리로서의 아내가 미워졌다.

조그만 실수가 있어도 눈을 흘겼다. 그리고 매를 내렸다. 이 사실을 아는 아버 지는 그것은 들어오는 복을 차 버리는 짓이라고 타이르나, 듣지 않았다. 그리하 여 부자간에 충돌이 때로는 일어났다. 이럴 때마다 아버지에게는 감히 하고 싶 은 행동을 못 하는 아들은 그 분을 아내에게로 돌려 풀기가 일쑤였다.

"이년, 보기 싫다! 네 집으로 가거라."

그리고 다음에 따르는 것은 매였다. 그러나 아다다는 참아 가며 아내로서의, 며느리로서의 임무를 다했다.

이것이 시부모로 하여금 더욱 아다다를 귀엽게 만드는 것이어서 아버지에게 서는 움직일 수 없는 며느리인 것을 깨닫게 된 아들은 가정적으로 불만을 느끼 게 되어 한 해의 농사를 지은 추수를 온통 팔아 가지고 집을 떠나서 마음의 위안 을 찾아 돌다가 주색에 돈을 다 탕진하고 동무들과 물거품 같이 밀리어 안동현 (安東縣)으로 건너갔다.

그리하여 이 투기적 도시에서 뒹굴며 노동의 힘으로 밑천을 얻어선 '양화' 4)와 '은떼루' 5)에 투기하여 황금을 꿈꾸어 오던 것이 기적적으로 맞아나기 시작하여 이태 만에는 이만 원에 가까운 돈을 손에 쥐게 되었다. 그리하여 언제나 불만이던 완전한 아내로서의 알뜰한 사랑에 주렸던 그는 돈에 따르는 무수한 여자 가운데서 마음대로 골라 가지고 집으로 돌아왔다.

그리고는, 새로운 살림을 꿈꾸는 일변 새로이 가옥을 건축함과 동시에 아다다를 학대함이 전에 비할 정도가 아니었다. 이에는, 그 아버지도 명민하고 인자한 남부끄럽지 않은 뻐젓한 새 며느리에게 마음이 쏠리는 나머지, 이미 생활은 걱정이 없이 되었으니, 아다다의 깃부로서가 아니라도 유족한 앞날의 생활을 돌아볼 때 아들로서의 아다다에게 대하는 태도는 소모도 마음에 걸리는 것이 없었다. 그리하여 시부모의 눈에서까지 벗어나게 된 아다다는 호소할 곳조차 없는 사정에 눈감은 남편의 매를 견디다 못해 집으로 쫓겨 오게 되었던 것이니, 생각만 하여도 옛 매 자리가 아픈 그 시집은 죽으면 죽었지 다시는 찾아갈 생각이 없었던 것이다.

그래서 집에 있게 되니 그것보다는 좀 헐할망정 어머니의 매도 결코 견디기에 족한 것이 아니다. 그리고 그것은, 날마다 더 심해만 왔다. 오늘도 조금만 반항이 있었던들, 어김없이 매는 떨어지고 말았을 것이다.

그러나 어디로 가나? 아무리 생각을 해보아야 그저 이 세상에서는 수롱이네 집밖에 또 찾아갈 곳이 없었다.

수롱은 부모 동생조차 없는 삼십이 넘은 총각으로, 누구보다도 자기를 사랑하여 준다고 믿는 단 한 사람이었다. 그리하여 쫓기어 날 때마다 그를 찾아가선 마음의 위안을 얻어 오던 것이다.

아다다는 문득 발걸음을 떼어 아지랑이 얼른거리는 마을 끝 산턱 아래 떨어져 박힌 한 채의 오막살이를 향하여 마당귀를 꺾어 돌았다.

수롱은 벌써 일 년 전부터 아다다를 꾀어 왔다. 시집에서까지 쫓겨난 벙어리였으나, 김초시의 딸이라, 스스로도 낮추 보이는 자신으로서는 거연히 염을 내지 못하고 뜻있는 마음을 건너 볼 길이 없어 속을 태워 가며 눈치만 보아 오던 것이, 눈치에서보다는 베풀어진 동정이 마침내 아다다의 마음을 사게 된 것이었다.

4) 서양 물건   5) 사재기

아이들은 아다다를 보기만 하면 따라다니며 놀렸다. 아니, 어른까지라도 '아다다, 아다다' 하고 골을 올려서, 분하나 말을 못 하고 이상한 시늉을 하며 두덜거리는 것을 보므로 좋아라고 손뼉을 치며 웃었다.

그래서 아다다는 사람을 싫어하였다. 집에 있으면 어머니의 욕과 매, 밖에 나오면 뭇사람들의 놀림, 그러나 수룡이만은 자기를 사랑하는 것이었다. 아이들이 따라다닐 때에도 남 아니 말려 주는 것을 그는 말려 주고, 그리고 매에 터질 듯한 심정을 풀어 주는 것이었다.

그리하여 아다다는 마음이 불편할 때마다 수룡을 생각해 오던 것이, 얼마전부터는 찾아다니게까지 되어 동네의 눈치에도 이미 오른 지 오래였다.

그러나 아다다의 집에서도 그 아버지만이 지처를 가지기 위하여 깔맵게 아다다의 행동을 경계하는 듯하고, 그 어머니는 도리어 수룡이와 배가 맞아서 자기 눈앞에 보이지 아니하고 어디로든지 달아났으면 하는 눈치를 알게 된 수룡이는 지금에 와서는 어느 정도까지 내어놓다시피 그를 사귀어 온다.

아다다는 제 집이나처럼 서슴지도 않고 달리어 오자마자 수룡이네 집 문을 벌컥 열었다.

"아, 아다다!"

수룡은 의외에 벌떡 일어섰다.

"너 또 울었구나."

울었다는 것이 창피하긴 하였으나, 숨길 차비가 아니다. 호소할 길 없는 가슴속에 꽉 찬 설움은 수룡이의 따뜻한 위무가 어떻게도 그리웠는지 모른다.

방안에 들어서기가 바쁘게 쫓기어 난 이유를 언제나 같이 낱낱이 말했다.

"그러기 이젠 아야, 다시는 집으로 가지 말구 나하구 둘이서 살아, 웅?"

그리고 수룡은 의미 있는 웃음을 벙긋벙긋 웃어 가며, 아다다의 등을 척척 두드려 달랬다. 오늘은 어떻게 해서든지 자기의 것을 영원히 만들어 보고 싶은 욕망에 불탔던 것이다.

그러나 아다다는.

"아다 무 무서! 아바 무 무서! 아다아다다다!"

하고, 그렇게 한다면 큰일난다는 듯이 눈을 둥그렇게 뜬다. 집에서 학대를 받고 있느니보다는 수룡의 사랑 밑에서 살았으면 오죽이나 행복되랴! 다시 집으로는 아니 들어가리라는 생각이 없었던 바도 아니었으나 정작 이런 말을 듣고 보

백
치
아
다
다

니, 무엇엔지 차마 허하지 못할 것이 있는 것 같고, 그렇지 않은지라 눈을 부릅뜨
고 수롱이한테 다니지 말라는 아버지의 말이 연상될 때 어떻게도 그 말은 엄한
것이었다.

"우리 둘이 달아났음 그만이디, 무섭긴 뭐이 무서워?"

"······."

아다다는 대답이 없다.

딴은 그렇기도 한 것이다. 당장 쫓기어난 몸이 갈 곳이 어딘고? 다시 생각을 더
듬어 볼 때 어머니의 매는 아버지의 그 눈총보다도 몇 배나 더한 두려움으로 견
딜 수 없이 아픈 것이다. 그러마고 대답을 못하고 거역한 것이 금시 후회스러웠
다.

"안 그래? 무서울 게 뭐야. 이젠 아야 집으로 가지 말구 나하구 있어, 응?"

"응, 아다 이 있어, 아다 아다."

하고, 아다다는 다시 있자는 수롱이의 말이 나오기나 기다렸다는 듯이 그리고
살길을 찾았다는 듯이 한숨과 같이 빙긋 웃으며 있겠다는 뜻을 명백히 보이기
위하여 고개를 주억이며 삿바닥을 손으로 툭툭 뚜드려 보인다.

"그렇지 그래, 정 있어야 돼, 응?"

"응, 이서 이서 아다 아다."

"정말이야?"

"으, 응 저 정 아다 아다."

단단히 강문을 받고 난 수롱이는 은근히 솟아나는 미소를 금할 길이 없었다.

벙어리인 아다다가 흡족할 이치는 없었지만 돈으로 사지 아니하고는 아내라
는 것을 얻어 볼 수 없는 처지였다. 그저 생기는 아내는 벙어리였어도 족했다. 그
저 자기의 하는 일이나 도와주고 아들딸이나 낳아 주었으면 자기는 게서 더 바
랄 것이 없었다. 아내를 얻으려고 십여 년 동안을 불피풍우[6] 품을 팔아 궤 속에
꽁꽁 묶어 둔 일백 오십원이란 돈이 지금에 와서는 아내 하나를 얻기에 그리 부
족할 것은 아니나, 장가를 들지 아니하고 아다다를 꼬여 온 이유도 아다다를 꼬

6) 비바람을 무릅쓰고 일을 함

임으로 돈을 남겨서 그 돈으로 살림의 밑천을 만들어 가정의 마루를 얹자는 데서였던 것이다. 이제 계획이 은근히 성공에 가까워 오매자기도 남과 같이 가정을 이루어 보게 되누나 하니 바라지도 못하였던 인생의 행복이 자기에게도 찾아오는 것 같았다.

"우리 아다다."

수롱이는 아다다의 등에 손을 얹으며 빙그레 웃었다.

"아다 다다."

아다다도 만족한 듯이 히쭉 입이 벌어졌다.

그날 밤을 수롱의 품안에서 자고 난 아다다는 이미 수롱의 아내 되기에 수줍음조차 잊었다. 아니, 집에서 자리를 받들어 들인다 하더라도 수롱을 떨어져서는 살 수 없으리만큼 마음은 굳어졌다. 수롱이가 주는 사랑은 이 세상에서는 더 찾을 수 없는 행복이라 느끼었던 것이다.

그러나 영원한 행복을 위하여 이 자리에 그대로 박혀서는 누릴 수 없을 것이 다음에 남은 근심이었다. 수롱이와 같이 살자면 첫째 아버지가 허하지 않을 것이요, 동네 사람도 부끄럽지 않은 노릇이 아니다. 이것은 수롱이도 짐짓 근심이었다. 밤이 깊도록 의논을 하여 보았으나 동네를 피하여 낯모르는 곳으로 감쪽같이 달아나는 수밖에 다른 묘책이 없었다.

예식 없는 가약을 그들은 맹세하고 그날 새벽으로 그 마을을 떠나 신미도라는 섬으로 흘러가서 그곳에 안주를 정하였다. 그러나 생소한 곳이므로 직업을 찾을 길이 없었다. 고기를 잡아먹고 사는 섬이라 뱃놀음을 하는 것이 제길이었으나, 이것은 아다다가 한사코 말렸다. 몇 해 전에 자기 동네에서도 농토를 잃은 몇몇 사람이 이 섬으로 들어와 첫 배를 타다가 그만 풍랑에 몰살을 당하고 만 일이 있었던 것을 잊지 못하는 때문이었다.

그렇지 않은지라, 수롱이조차도 배에는 마음이 없었다. 섬으로 왔다고는 하지만 땅을 파서 먹는 것이 조마구 빨 때부터 길러 온 습관이요, 손익은 일이었기 때문에 그저 그 노릇만이 그리웠다.

그리하여 있는 돈으로 어떻게 밭날갈이나 사서 조 같은 것이나 심어 가지고 겨울의 시탄과 양식을 대게 하고 짬짬이 조개나 굴, 낙지, 이런 것들을 캐어서 그날 그날을 살아갔으면 그것이 더할 수 없는 행복일 것만 같았다.

그렇지 않아도 삼십 반생에 자기의 소유라고는 손바닥만한 것조차 없어, 어떻게도 몽매에 그리던 땅이었는지 모른다. 완전한 아내를 사지 아니하고 아다다를 꼬여 온 것도, 이 소유욕에서였다. 아내가 얻어진 이제, 비록 많지는 않은 땅이나마 가져 보고 싶은 마음도 간절하였거니와 또는 그만한 소유를 가지는 것이 자기에게 향한 아다다의 마음을 더욱 굳게 하는 데도 보다 더한 수단일 것 같았기 때문이다.

그런데다, 본시 뱃놀음판인 섬인데, 작년에 놀구지가 잘 되었다 하여 금년에 와서 더욱 시세를 잃은 땅은 비록 때가 기경시[7]라 하더라도 용이히 살 수까지 있는 형편이었으므로, 그렇게 하리라 일단 마음을 정하니 자기도 땅을 마침내 가져 보느냐 하는 생각에 더할 수 없는 행복을 느끼며 아다다에게도 이 계획을 말하였다.

"우리 밭을 한 뙈기 사자, 그래두 농살 허야 사람 사는 것 같다. 내가 던답을 살라구 묶어 둔 돈이 있거든!"

하고 수롱이는 봐라는 듯이 시렁 위에 얹힌 석유통 궤 속에서 지전 뭉치를 뒤져 내더니 손끝에다 침을 발라 가며 팔딱팔딱 뒤져 보인다.

그러나 이 돈을 본 아다다는 어쩐지 갑자기 화기가 줄어든다.

수롱이는 그것이 이상했다. 돈을 보면 기꺼워할 줄 알았던 아다다가 도리어 화기를 잃은 것이다. 돈이 있다니 많은 줄 알았다가 기대에 틀림으로써인가?

"이거 봐. 그래봬두 일천 오백 냥(일백오십 원)이야. 지금 시세에 이천 평은 한참 놀다가두 떡 먹 두룩 살 건데!"

그래도 아다다는 아무 대답이 없다. 무엇 때문엔지 수심의 빛까지 역연히 얼굴에 떠오른다.

"아니 밭이 이천 평이문 조를 심는다 하구 잘만 가꿔 봐. 조가 열 섬에 조 짚이 백여 목 날 터이야. 그래 이걸 개지구 겨울 한동안이야 못 살아? 그럭허구 둘이 맞붙어 몇 해만 벌어 봐. 그적엔 논이 또 나오는 거야. 이건 괜히 생……."

아다다는 말없이 머리를 흔든다.

"아니, 내레 이게 거즈뿌레기야? 아 열섬이 못 나?"

7) 농사철

아다다는 그래도 머리를 흔든다.

"아니, 고롬 밭은 싫단 말인가?"

"아다 시 싫어."

아다다는 수롱이에게 돈이 있다 해도 실로 그렇게 많은 돈이 있는 줄은 몰랐다. 그래서 그 많은 돈으로 밭을 산다는 소리에 지금까지 꿈꾸어 오던 모든 행복이 여지 없이도 일시에 깨어지는 것만 같았던 것이다. 돈으로 인해서 그렇게 행복할 수 있던 자기의 신세는 남편(전남편)의 마음을 약하게 만듦으로, 그리고 시부모의 눈까지 가리는 것이 되어, 필야엔 쫓겨나지 아니치 못하게 되던 일을 생각하면 돈 소리만 들어도 마음은 좋지 않던 것인데, 이제 한 푼 없는 알몸인 줄 알았던 수롱이에게도 그렇게 많은 돈이 있어, 그것으로 밭을 산다고 기꺼워하는 것을 볼 때, 그 돈의 밑천은 장래 자기에게 행복을 가져다 주기보다는 몽둥이를 가져다주는 데 지나지 못하는 것 같았고, 밭에다 조를 심는다는 것은 불행의 씨를 심는다는 것만 같았기 때문이다.

아다다는 그저 섬으로 왔거니 조개나 굴 같은 것을 캐어서 그날 그날을 살아가야 할 것만이 수롱의 사랑을 받는 데 더할 수 없는 살림인 줄만 안다. 그래서 이러한 살림이 얼마나 즐거우랴! 혼자 속으로 축복을 하며 수롱을 위하여 일층 벌기에 힘을 써야 할 것을 생각해 오던 것이다.

"고롬 논을 사재나? 밭이 싫으문."

수롱은 아다다의 의견이 알고 싶어 이렇게 또 물었다.

그러나 아다다는 그냥 힘없는 고개만 주억거릴 뿐이었다. 논을 산대도 그것은 똑같은 불행을 사는 데 있을 것이다. 돈이 있는 이상 어느 것이든지 간에 사기는 반드시 사고야 말 남편의 심사이었음에 머리를 흔들어 대봤자 소용이 없을 것이었다. 그리하여 그 근본 불행인 돈을 어찌할 수 없는 이상엔 잠시라도 남편의 마음을 거슬림으로 불쾌하게 할 필요는 없다고 아는 때문이었다.

"흥! 논이 좋은 줄은 너두 아누나! 그러나 가난한 놈에겐 밭이 논보다 나앗디 나아."

하고, 수롱이는 기어이 밭을 사기로 그달음에 거간[8]을 내세웠다.

---

8) 중개인

그날 밤.

아다다는 자리에 누웠으나 잠이 오지 않았다.

남편은 아무런 근심도 없는 듯이 세상 모르고 씩씩 초저녁부터 자 내건만 아다다는 그저 돈 생각을 하면 장차 닥쳐올 불길한 예감에 잠을 이룰 수가 없었다. 이불을 붙안고 밤새도록 쥐어틀며 아무리 생각을 해야 그 돈을 그대로 두고는 수룡의 사랑 밑에서 영원한 행복을 누릴 수 있으리라고는 믿지 않았다.

짧은 봄밤은 어느덧 새어 새벽을 알리는 닭의 울음소리가 사방에서 처량히 들려 온다.

밤이 벌써 새누나 하니 아다다의 마음은 더욱 조급하게 탔다. 이 밤으로 그 돈에 대한 처리를 하지 못하는 한 내일은 기어이 거간이 밭을 흥정하여 가지고 올 것이다. 그러면 그 밭에서 나는 곡식은 해마다 돈을 불려 줄 것이다. 그때면 남편은 늘어 가는 돈에 따라 차차 눈은 어둡게 되어 점점 정은 멀어만 가게 될 것이다. 그 다음에는? 그 다음에는 더 생각하기조차 무서웠다.

닭의 울음소리에 따라 날은 자꾸만 밝아 온다. 바라보니 어느덧 창은 희끄스름하게 비친다. 아다다는 더 누워 있을 수가 없었다. 옆에 누운 남편을 지그시 팔로 밀어 보았다. 그러나 움쩍하지도 않는다. 그래도 못 믿기는 무엇이 있는 듯이 남편의 코에다 가까이 귀를 가져다 대고 숨소리를 엿들었다. 씨근씨근 아직도 잠은 분명히 깨지 않고 있다. 아다다는 슬그머니 이불 속을 새어 나왔다. 그리고 시렁 위의 석유통을 휩쓸어 그 속에다 손을 넣었다. 그리하여 마침내 지전뭉치를 더듬어서 손에 쥐고는 조심조심 발자국 소리를 죽여 가며 살그머니 문을 열고 부엌으로 내려갔다.

그리고는 일찍이 아침을 지어 먹고 나무새기를 뽑으러 간다고 바구니를 끼고 바닷가로 나섰다. 아무도 보지 못하게 깊은 물 속에다 그 돈을 던져 버리자는 것이다.

솟아오르른 아침 햇발을 받아 붉게 물들며 잔뜩 밀린 조수는 거품을 부걱부걱 토하며 바람결조차 철썩철썩 해안을 부딪친다.

아다다는 바구니를 내려놓고 허리춤 속에서 지전뭉치를 쥐어 들었다. 그리고는 몇 겹이나 쌌는지 알 수 없는 헝겊 조각을 둘둘 풀었다. 헤집으니 일 원짜리, 오 원짜리, 십 원짜리, 무수한 관 쓴 영감들이 나를 박대해서는 아니된다는 듯이 모두들 마주 바라본다. 그러나 아다다는 너 같은 것을 버리는 데는 아무런 미련도 없다는 듯이 넘노는 물결 위에다 휙 내어 뿌렸다. 세찬 바닷바람에 채인 지전은 바람결 좇아 공중으로 올라가 팔랑팔랑 허공에서 재주를 넘어가며 산산이 헤어져 멀리 그리고 가깝게 하나씩 하나씩 물 위에 떨어져서는 넘노는 물결 좇아 잠겼다 떴다 소꾸막질⁹⁾을 한다.

어서 물 속으로 가라앉든지 그렇지 않으면 흘러 내려가든지 했으면 하고 아다다는 멀거니 서서 기다리나 너저분하게 물 위를 덮은 지전 조각들은 차마 주인의 품을 떠나기가 싫은 듯이 잠겨 버렸는가 하면 다시 기웃거리며 솟아올라서는 물위를 빙글빙글 돈다.

하더니, 썰물이 잡히자부터야 할 수 없는 듯이 슬금슬금 밑이 떨어져 흐르기 시작한다.

아다다는 상쾌하기 그지없었다. 밀려 내려가는 무수한 그 지전 조각은 자기의 온갖 불행을 모두 거두어 가지고 다시 돌아올 길이 없는 끝없는 한바다로 내려갈 것을 생각할 때 아다다는 춤이라도 출 듯이 기꺼웠다.

그러나 그 돈이 완전히 눈앞에 보이지 않게 흘러 내려가기까지에는 아직도 몇 분 동안을 요하여야 할 것인데, 뒤에서 허덕거리는 발자국 소리가 들리기에 돌아다보니 뜻밖에도 수롱이가 헐떡이며 달려오는 것이 아닌가.

"야! 야! 아다다야! 너, 돈 돈 안 건새핸? 돈, 돈 말이야 돈?"

청천의 벽력같은 소리였다.

아다다는 어쩔 줄을 모르고 남편이 이까지 이르기 전에 어서어서 물결은 휩쓸려 돈을 모두 거둬 가지고 흘러 버렸으면 하나 물결은 안타깝게도 그닐그닐 한가히 돈을 이끌고 흐를 뿐 아다다는 그 돈이 어서 자기의 눈앞에서 자취를 감추어 버리는 것을 보기 위하여 거덜거리고 있는 돈 위에다 쏘아 박은 눈을 떼지 못하고 쩔쩔매는 사이, 마침내 달려오게 된 수롱의 눈에도 필경 그 돈은 띄고야 말았다.

뜻밖에도 바다 가운데 무수하게 지전 조각이 널려서 앞서거니 뒤서거니 둥둥 떠내려가는 것을 본 수롱이는 아다다에게 그 연유를 물을 필요도 없이 미친 듯이 옷을 훨훨 벗고 첨버덩 물 속으로 뛰어들었다.

---

9) 숨었다 나타났다 함

8

계용묵

백
치
아
다
다

그러나 헤엄을 칠 줄 모르는 수롱이는 돈이 엉키어 도는 한복판으로는 들어갈 수가 없었다. 겨우 가슴패기 잠기는 깊이에서 더 들어가지 못하고 흘러 내려가는 돈더미를 안타깝게도 바라보며 허우적 허우적 달려갔다. 차츰 물결은 휩쓸려 떠내려가는 속력이 빨라진다. 돈들은 수롱이더러 어디 달려와 보라는 듯이 획획 소꾸막질을 하며 흐른다. 그러나 물결이 세어질수록 더욱 걸음발은 자유로 놀릴 수가 없게 된다. 더퍽더퍽 물과 싸움이나 하듯 엎어졌다가는 일어서고, 일어섰다가는 다시 엎어지며 달려가나 따를 길이 없다. 그대로 덤비다가는 몸조차 물 속으로 휩쓸려 들어갈 것 같아, 멀거니 서서 바라보니 벌써 지전 조각들은 가물가물하고 물거품인지도 분간할 수 없으리만큼먼 거리에서 흐르고 있다. 그러나 그것도 한순간이었다. 눈앞에선 아무것도 보이는 것이 없다. 획획 하고 밀려 내려가는 거품진 물결뿐이다.

수롱이는 마지막으로 돈을 잃고 말았다고 아는 정도의 물결 위에 쏘아진 눈을 돌릴 길이 없이 정신 빠진 사람처럼 그냥그냥 바라보고 섰더니, 쏜살같이 언덕 켠으로 달려오자 아무런 말도 없이 벌벌 떨고 섰는 아다다의 중동을 사정없이 발길로 제겼다.

'흥앗!'

소리가 났다고 아는 순간, 철썩 하고 감탕[10]이 사방으로 뛰자 보니 벌써 아다다는 해안의 감탕판에 등을 지고 쓰러져 있었다.

"이 — 이! — 이……"

수롱이는 무슨 말인지를 하려고는 하나, 너무도 기에 차서 말이 되지 않는 듯 입만 너불거리다가 아다다가 움찔하는 것을 보더니, 아직도 살았느냐는 듯이 번개같이 쫓아 내려가 다시 한 번 발길로 제겼다.

푹!

하는 소리와 함께 아다다는 가파른 언덕을 떨어져 덜덜덜 굴러서 물 속에 잠긴다.

한참만에 보니 아다다는 복판도 한복판으로 밀려가서 솟구어 오르며 두 팔을 물 밖으로 허우적거린다. 그러나 그 깊은 파도 속을 어떻게 헤어나랴! 아다다는

10) 곤죽이 된 진흙

그저 물 위를 둘레둘레 굴며 요동을 칠 뿐, 그러나 그것도 한순간이었다. 어느덧 그 자체는 물 속에 사라지고 만다.

주먹을 부르쥔 채 우상같이 서서 굼실거리는 물결만 그저 뚫어져라 쏘아보고 서 있는 수롱이는 그 물 속에 영원히 잠들려는 아다다를 못 잊어 함인가? 그렇지 않으면 흘러 버린 그 돈이 차마 아까워서인가?

짝을 찾아 도는 갈매기 떼들은 눈물겨운 처참한 인생 비극이 여기에 일어난 줄도 모르고 끼약끼약하며 흥겨운 춤에 훨훨 날아다니는 깃[翎]치는 소리와 같이 해안의 풍경만 돕고 있다.

해답

1. 황금 만능주의에 대한 비판 **2.** 돈과 사랑이 배타적임을 아다다는 경험으로 안다. 사랑을 지속하기 위해서 그녀는 돈을 몰래 버린다.

9

벙어리 삼룡이, 나도향

나도향(羅稻香, 1902~1926) ● ● 서울에서 태어났다. 1921년 〈배제학보〉에 처녀작 〈출학〉을 발표로 작품 활동을 시작하였다. 이상화, 박종화 등과 함께 〈백조〉 창간을 하면서 〈별을 안거든 울지나 말지〉〈젊은이의 시적〉〈옛날 꿈은 창백하더이다〉 등을 발표했다. 이어 장편 〈환희〉를 〈동아일보〉에 연재하였다. 짧은 기간에 많은 작품을 발표하였으나 병으로 숨지고 말았다.

대표작에 〈여이발사〉〈행랑자식〉〈화염에 싸인 원한〉 등의 작품이 있다.

벙어리 삼룡이, 나도향

1.

내가 열 살이 될락말락
한 때이니까 지금으로부터 십사오 년 전 일이다.

지금은 그곳을 청엽정(靑葉町)이라 부르지만 그때는 연화봉(蓮花峰)이라고
이름하였다. 즉 남대문에서 바로 내려다보면은 오정포(午正砲)가 놓여 있는 산
등성이가 있으니 그 산등성이 이쪽이 연화봉이요, 그 새에 있는 동네가 역시 연
화봉이다.

지금은 그곳에 빈민굴이라고 할 수밖에 없이 지저분한 촌락이 생기고 노동자
들밖에 살지 않는 곳이 되어 버렸으나 그때에는 자기네 딴은 행세한다는 사람들
이 있었다.

집이라고는 십여 호밖에 있지 않았고 그곳에 사는 사람들은 대개 과목밭을 하
고, 또는 채소를 심거나, 아니면 콩나물을 길러서 생활을 하여 갔었다.

여기에 그 중 큰 과목밭을 갖고 그 중 여유 있는 생활을 하여 가는 사람이 하나
있었는데, 그의 이름은 잊어버렸으나 동네 사람들이 부르기를 오생원(吳生員)[1)
이라고 불렀다.

얼굴이 동탕하고 목소리가 마치 여름에 버드나무에 앉아서 길게 목늘여 우는

매미 소리같이 저르렁저르렁하였다.

 그는 몹시 부지런한 중년 늙은이로 아침이면 새벽 일찍이 일어나서 앞뒤로 뒷짐을 지고 돌아다니며 집안일을 보살피는데 그 동네에는 그가 마치 시계와 같아서 그가 일어나는 때가 동네 사람이 일어나는 때였다. 만일 그가 아침에 돌아다니며 잔소리를 하지 않으면 동네 사람들이 이상하여 그의 집으로 가보면 그는 반드시 몸이 불편하여 누웠었다. 그러나 그와 같은 때는 일년 삼백육십 일에 한번 있기가 어려운 일이요, 이태나 삼 년에 한 번 있거나 말거나 하였다.

 그가 이곳으로 이사를 온 지는 얼마 되지는 아니하나 언제든지 감투를 쓰고 다니므로 동네 사람들은 양반이라고 불렀고, 또 그 사람도 동네 사람들에게 그리 인심을 잃지 않으려고 섣달이면 북어쾌, 김톳을 동네 사람에게 나눠 주며 농사 때에 쓰는 연장도 넉넉히 장만한 후 아무 때나 동네 사람들이 쓰게 하므로 그 동네에서는 가장 인심 후하고 존경을 받는 집인 동시에 세력 있는 집이다.

 그 집에는 삼룡(三龍)이라는 벙어리 하인 하나가 있으니 키가 본시 크지 못하여 땅딸보로 되었고 고개가 빼지 못하여 몸뚱이에 대강이를 갖다가 붙인 것 같다. 거기다가 얼굴이 몹시 얽고 입이 크다. 머리는 전에 새꼬랑지 같은 것을 주인의 명령으로 깎기는 깎았으나 불밤송이 모양으로 언제든지 푸 하고 일어섰다. 그래 걸어다니는 것을 보면, 마치 옴두꺼비가 서서 다니는 것같이 숨차 보이고 더디어 보인다. 동네 사람들이 부르기를 삼룡이라고 부르는 법이 없고 언제든지 '벙어리' '벙어리'라고 하든지 그렇지 않으면 '앵모' '앵모' 한다. 그렇지만 삼룡이는 그 소리를 알지 못한다.

 그도 이 집 주인이 이리로 이사를 올 때에 데리고 왔으니 진실하고 충성스러우며 부지런하고 세차다. 눈치로만 지내 가는 벙어리지마는 듣는 사람보다 슬기로운 적이 있고 평생 조심성이 있어서 결코 실수한 적이 없다.

 아침에 일어나면 마당을 쓸고, 소와 돼지의 여물을 먹이며, 여름이면 밭에 풀을 뽑고 나무를 실어 들이고 장작을 패며, 겨울이면 눈을 쓸며 장 심부름과 진일 마른일 할 것 없이 못 하는 일이 없다.

 그럴수록 이 집 주인은 벙어리를 위해 주며 사랑한다. 혹시 몸이 불편한 기색

1) 조선시대 나이 많은 선비를 대접하여 이르는 말 / 소과의 종장에 급제한 사람

이 있으면 쉬게 하고, 먹고 싶어하는 듯한 것은 먹이고, 입을 때 입히고 잘 때 재운다.

그런데 이 집에는 삼대 독자로 내려오는 그 집 아들이 있다. 나이는 열일곱 살이나 아직 열네 살도 되어 보이지 않고 너무 귀엽게 기르기 때문에 누구에게든지 버릇이 없고 어리광을 부리며 사람에게나 짐승에게 잔인 포악한 짓을 많이 한다.

동네 사람들은,

"후레자식! 아비 속상하게 할 자식! 저런 자식은 없는 것만 못해."

하고 욕들을 한다. 그래서 그의 어머니는 아들이 잘못할 때마다 그의 영감을 보고,

"그 자식을 좀 때려 주구려. 왜 그런 것을 보고 가만두?"

하고 자기가 대신 때려 주려고 나서면,

"아뇨, 아직 철이 없어 그렇지. 저도 지각이 나면 그렇지 않을 것이 아뇨."

하고 너그럽게 타이른다.

그러면 마누라는 왜가리처럼 소리를 지르며,

"철이 없긴 지금 나이가 몇이오. 낼 모레면 스무 살이 되는데, 또 며칠 아니면 장가를 들어서 자식까지 날 것이 그래 가지고 무엇을 한단 말이오."

하고 들이대며,

"자식은 꼭 아버지가 버려 놓았습니다. 자식 귀여운 것만 알았지 버릇 가르칠 줄은 모르니까……."

이렇게 싸움만 시작하려 하면 영감은 아무 말도 하지 않고 바깥으로 나가 버린다.

그 아들은 더구나 벙어리를 사람으로 알지도 않는다. 말 못 하는 벙어리라고 오고 가며 주먹으로 허구리를 지르기도 하고 발길로 엉덩이도 찬다.

그러면 그 벙어리는 어린것이 철없이 그러는 것이 도리어 귀엽기도 하고 또는 그 힘없는 팔과 힘없는 다리로 자기의 무쇠 같은 몸을 건드리는 것이 우습기도 하고 앙증하기도 하여 돌아서서 방그레 웃으면서 툭툭 털고 다른 곳으로 몸을 피해 버린다.

어떤 때는 낮잠자는 벙어리 입에다가 똥을 먹인 때도 있었다. 또 어떤 때는 자는 벙어리 두 팔 두 다리를 살며시 동여매고 손가락과 발가락 사이에 화승불[2]을 붙여 놓아 질겁을 하고 일어나다가 발버둥질을 하고 죽으려는 사람처럼 괴로워

하는 것을 보고 기뻐하였다.

이러할 때마다 벙어리의 가슴에는 비분한 마음이 꽉 들어찼다. 그러나 그는 주인의 아들을 원망하는 것보다도 자기가 병신인 것을 원망하였으며 주인의 아들을 저주한다는 것보다 이 세상을 저주하였다.

그러나 그는 결코 눈물을 흘리지 않았다. 그의 눈물은 나오려 할 때 아주 말라붙어 버린 샘물과 같이 나오려 하나 나오지를 아니하였다. 그는 주인의 집을 버릴 줄 모르는 개 모양으로 자기가 있어야 할 곳은 여기밖에 없고 자기가 믿을 것도 여기 있는 사람들밖에 없을 줄 알았다. 여기서 살다가 여기서 죽는 것이 자기의 운명인 줄밖에 알지 못하였다. 자기의 주인 아들이 때리고 지르고 꼬집어뜯고 모든 방법으로 학대할지라도 그것이 자기에게 으레 있을 줄밖에 알지 못하였다. 아픈 것도 그 아픈 것이 으레 자기에게 돌아올 것이요, 쓰린 것도 자기가 받지 않아서는 안 될 것으로 알았다. 그는 이 마땅히 자기가 받아야 할 것을 어떻게 해야 면할까 하는 생각을 한 번도 하여 본 일이 없었다.

그가 이 집에서 떠나가려거나 또는 그의 생활 환경에서 벗어나려는 생각은 한번도 해보지 못하였다 할지라도 그는 언제든지 그 주인 아들이 자기를 학대하고 또는 자기를 못살게 굴 때 그는 자기의 주먹과 또는 자기의 힘을 생각하여 보았다.

주인 아들이 자기를 때릴 때 그는 주인 아들 하나쯤은 넉넉히 제지할 힘이 있는 것을 알았다.

어떠한 때는 아픔과 쓰림이 자기의 몸으로 스미어들 때면 그의 주먹은 떨리면서 어린 주인의 몸을 치려 하다가는 그것을 무서운 고통과 함께 꽉 참았다.

그는 속으로,

'아니다, 그는 나의 주인의 아들이다. 그는 나의 어린 주인이다.'

하고 꾹 참았다.

그리고는 그것을 얼핏 잊어버렸다. 그러다가도 동넷집 아이들과 혹시 장난을 하다가 주인 아들이 울고 들어올 때에는 그는 황소같이 날뛰면서 주인을 위하여 싸웠다. 그래서 동네에서도 어린애들이나 장난꾼들이 벙어리를 무서워하여 감

2) 화약을 터뜨리기 위해 불을 붙이는데 쓰던 노끈 / 화약 심지

히 덤비지를 못하였다. 그리고 주인 아들도 위급한 경우에는 언제든지 벙어리를 찾았다. 벙어리는 얻어맞으면서도 기어드는 충견 모양으로 주인의 아들을 위하여 싫어하지 않고 힘을 다하였다.

2.

벙어리가 스물세 살이 될 때까지 그는 물론 이성과 접촉할 기회가 없었다. 동네의 처녀들이 저를 '벙어리' '벙어리' 하며 괴상한 손짓과 몸짓으로 놀려먹음을 받을 적에 분하고 골나는 중에도 느긋한 즐거움을 느끼어 본 일은 있었으나 그가 결코 사랑으로써 어떠한 여자를 대해 본 일은 없었다.

그러나 정욕을 가진 사람인 벙어리도 그의 피가 차디찰 리는 없었다. 혹 그의 피는 더욱 뜨거웠을는지도 알 수 없었다. 뜨겁다 뜨겁다 못하여 엉기어 버린 엿과 같을지도 알 수 없었다. 만일 그에게 볕을 주거나 다시 뜨거운 열을 준다면 그의 피는 다시 녹을는지도 알 수 없었다.

그가 깜박깜박하는 기름 등잔 아래에서 밤이 깊도록 짚신을 삼을 때면 남모르는 한숨을 아니 쉬는 것도 아니지마는 그는 그것을 곧 억제할 수 있을 만큼 정욕에 대하여 벌써부터 단념을 하고 있었다.

마치 언제 폭발이 되는지 알지 못하는 휴화산 모양으로 그의 가슴속에는 충분한 정열을 깊이 감추어 놓았으나 그것이 아직 폭발될 시기가 이르지 못한 것이었다. 비록 폭발이 되려고 무섭게 격동함을 벙어리 자신도 느끼지 않는 바는 아니지마는 그는 그것을 폭발시킬 조건을 얻기 어려웠으며 또는 자기가 여태까지 능동적으로 그것을 나타낼 수가 없을 만큼 외계의 압축을 받았으며, 그것으로 인한 이지가 너무 그에게 자제력을 강대하게 하여 주는 동시에 또한 너무 그것을 단념만 하게 하여 주었다.

속으로 '나는 벙어리다', 자기가 생각할 때 그는 몹시 원통함을 느끼는 동시에 나는 말하는 사람들과 똑같은 자유와 똑같은 권리가 없는 줄 알았다. 그는 이와 같은 생각에서 언제든지 단념 않으려야 단념하지 않을 수 없는 그 단념이 쌓이고 쌓이어 지금에는 다만 한 개의 기계와 같이 이 집에 노예가 되어 있으면서도 그것을 자기의 천직으로 알고 있을 뿐이요, 다시는 자기가 살아갈 세상이 없는 것같이밖에 알지 못하게 된 것이다.

3.

그 해 가을이다. 주인의 아들이 장가를 들었다. 색시는 신랑보다 두 살 위인 열
아홉 살이다. 주인이 본시 자기가 언제든지 문벌[3]이 얕은 것을 한탄하여 신부를
구할 때에 첫째 조건이 문벌이 높아야 할 것이었다. 그러나 문벌 있는 집에서는
그리 쉽게 색시를 내놓을 리가 없었다. 그러므로 하는 수 없이 그 어떠한 영락한 양
반의 딸을 돈을 주고 사오다시피 하였으니, 무남독녀의 딸을 둔 남촌 어떤 과부
를 꿀을 발라서 약혼을 하고 혹시나 무슨 딴소리가 있을까 하여 부랴부랴 성례
식을 시켜 버렸다.

혼인할 때의 비용도 그때 돈으로 삼만 냥을 썼다. 그리고 아들의 처갓집에 며
느리 뒤 보아 주는 바느질삯, 빨랫삯이라는 명목으로 한 달에 이천오백 냥씩을
대어 주었다.

신부는 자기 아버지가 돌아가기 전까지 상당히 견디기도 하고 또는 금지옥엽
같이 기른 터이라, 구식 가정에서 배울 것 읽힐 것 못 하는 것이 없고 게다가 또
는 인물이라든지 행동거지에 조금도 구김이 있지 아니하다.

신부가 오자 신랑의 흠절[4]이 생기기 시작하였다.

"신부에게다 대면 두루미와 까마귀지."

"아직도 철딱서니가 없어."

"색시에게 쥐여 지내겠지."

"신랑에겐 과하지."

동넷집 말 좋아하는 여편네들이 모여 앉으면 이렇게 비평들을 한다. 어떠한
남의 걱정 잘 하는 마누라님은 간혹 신랑을 보고는 그대로 세워 놓고,

"글쎄, 인제는 어른이 되었으니 셈이 좀 나요, 저리구 어떻게 색시를 거느려
가누. 색시방에 들어가기가 부끄럽지 않담."

하고 들이대다시피 하는 일이 있다.

이럴 적마다 신랑의 마음은 그 말하는 이들이 미웠다. 일부러 자기를 부끄럽
게 하려고 하는 것 같아서 그 후에 그를 만나면 말도 안 하고 인사도 하지 아니한
다.

3) 대대로 내려오는 집안의 지체, 가벌, 세벌 4) 잘못된 점 / 모자라는 점

또 그의 고모 되는 이가 와서 자기 조카를 보고,

"인제는 어른이야. 너도 그만하면 지각이 날 때가 되지 않았니. 네 처가 부끄럽지 아니하냐."

하고 타이를 적마다 그의 마음은 그 말하는 사람이 부끄럽다는 것보다도 자기를 이렇게 하게 한 자기 아내가 더욱 밉살머리스러웠다.

"여편네가 다 무엇이냐? 저 빌어먹을년이 들어오더니 나를 이렇게 못살게들 굴지."

혼인한 지 며칠이 못 되어 그는 색시방에 들어가를 않았다. 집안에서는 야단이 났다. 마치 돼지나 말 새끼를 혼례시키려는 것같이 신랑을 색시방으로 집어넣으려 하나 막무가내였다. 그럴 때마다 신랑은 손에 닥치는 대로 집어 때려서 자기의 외사촌 누이의 이마를 뚫어서 피까지 나게 한 일이 있었다. 집안 식구들이 하는 수가 없어 맨 나중에는 아버지에게 밀었다. 그러나 그것도 소용이 없을 뿐더러 풍파를 더 일으키게 하였다. 아버지께 꾸중을 듣고 들어와서는 다짜고짜로 신부의 머리채를 쥐어 잡아 마루 한복판에 태질을 쳤다.

그리고는,

"이년, 네 집으로 가거라. 보기 싫다. 내 눈 앞에는 보이지도 마라."

하였다. 밥상을 가져오면 그 밥상이 마당 한복판에서 재주를 넘고, 옷을 가져오면 그 옷이 쓰레기통으로 나간다.

이리하여 색시는 시집오던 날부터 팔자 한탄을 하고서 날마다 밤마다 우는 사람이 되었다.

울면 요사스럽다고 때린다. 또 말이 없으면 빙충맞다고 친다. 이리하여 그 집에는 평화스러운 날이 하루도 없었다.

이것을 날마다 보는 사람 가운데 알 수 없는 의혹을 품게 된 사람이 하나 있으니 그는 곧 벙어리 삼룡이였다.

그렇게 예쁘고 유순하고 그렇게 얌전한, 벙어리의 눈으로 보아서는 감히 손도 대지 못할 만큼 선녀 같은 색시를 때리는 것은 자기의 생각으로는 도저히 풀 수 없는 의심이었다.

보기에도 황홀하고 건드리기도 황홀할 만큼 숭고한 여자를 그렇게 하대한다는 것은 너무나 세상에 있지 못할 일이다. 자기는 주인 새서방에게 개나 돼지같이 얻어맞는 것이 마땅한 이상으로 마땅하지마는, 선녀와 짐승의 차가 있는 색

시와 자기가 똑같이 얻어맞는 것은 너무 무서운 일이다. 어린 주인이 천벌이나
받지 않을까 두렵기까지 하였다.

어떠한 달밤, 사면은 고요적막하고 별들은 드문드문 눈들만 깜박이며 반달이
공중에 뚜렷이 달려 있어 수은으로 세상을 깨끗하게 닦아낸 듯이 청명한데, 삼
룡이는 검둥개 등을 쓰다듬으며 바깥 마당 멍석 위에 비슷이 드러누워 하늘을
쳐다보며 생각하여 보았다.

주인 색시를 생각하면 공중에 있는 달보다도 더 곱고 별들보다도 더 깨끗하였
다. 주인 색시를 생각하면 달이 보이고 별이 보였다. 삼라만상을 씻어 내는 은
빛보다도 더 흰 달이나 별의 광채보다도 그의 마음이 아름답고 부드러운 듯하였
다. 마치 달이나 별이 땅에 떨어져 주인 새아씨가 된 것도 같고 주인 새아씨가 하
늘에 올라가면 달이 되고 별이 될 것 같았다.

더구나 자기를 어린 주인이 때리고 꼬집을 때 감히 입 벌려 말은 하지 못하나
측은하고 불쌍히 여기는 정이 그의 두 눈에 나타나는 것을 다시 생각할 때 그는
부들부들한 개 등을 어루만지면서 감격을 느꼈다. 개는 꼬리를 치며 자기를 귀
여워하는 줄 알고 벙어리의 손을 핥았다.

삼룡이의 마음은 주인 아씨를 동정하는 마음으로 가득 찼다. 또는 그를 위하
여서는 자기의 목숨이라도 아끼지 않겠다는 의분에 넘치었다. 그것은 마치 살구
를 보면 입 속에 침이 도는 것같이 본능적으로 느껴지는 감정이었다.

4.

새댁이 온 뒤에 다른 사람들은 자유로운 안 출입을 금하였으나 벙어리는 마치
개가 맘대로 안에 출입할 수 있는 것같이 아무 의심 없이 출입할 수가 있었다.

하루는 어린 주인이 먹지 않던 술이 잔뜩 취하여 무지한 놈에게 맞아서 길에
자빠진 것을 업어다가 안으로 들여다 누인 일이 있었다. 그때에 아무도 안에 있
지 않고 다만 새색시 혼자 방에서 바느질을 하고 있다가 이 꼴을 보고 벙어리의
충성된 마음이 고마워서, 그 후에 쓰던 비단 헝겊조각으로 부시 쌈지[5] 하나를
만들어 준 일이 있었다.

5) 부싯돌을 넣는 쌈지

이것이 새서방님의 눈에 띄었다. 그래서 색시는 어떤 날 밤 자던 몸으로 마당 복판에 머리를 푼 채 내동댕이가 쳐졌다. 그리고 온몸에 피가 맺히도록 얻어맞았다.

이것을 본 벙어리는 또다시 의분의 마음이 뻗쳐 올라왔다. 그래서 미친 사자와 같이 뛰어들어가 새서방님을 내어던지고 새색시를 둘러메었다. 그리고 나는 수리[6]와 같이 바깥 사랑 주인 영감 있는 곳으로 뛰어가 그 앞에 내려놓고 손짓과 몸짓을 열 번 스무 번 거푸 하며 하소연하였다.

그 이튿날 아침에 그는 주인 새서방님에게 물푸레로 얼굴을 몹시 얻어맞아서 한쪽 뺨이 눈을 얼러서 피가 나고 주먹같이 부었다. 그 때릴 적에 새서방의 입에서 나오는 말은,

"이 흉측한 벙어리 같으니, 내 여편네를 건드려!"

하고 부시 쌈지를 빼앗아 갈가리 찢어서 뒷간에 던졌다.

"그리고 이놈아! 인제는 주인도 몰라보고 막 친다. 이런 것은 죽여야 해!"

하고 채찍으로 그의 뒷덜미를 갈겨서 그 자리에 쓰러지게 하였다.

벙어리는 다만 두 손으로 빌 뿐이었다. 말도 못 하고 고개를 몇백 번 코가 땅에 닿도록 그저 용서해 달라고 빌기만 하였다. 그러나 그의 가슴에는 비로소 숨겨 있던 정의감이 머리를 들기 시작하였다. 그는 아픈 것을 참아 가면서도 북받치는 분노(심술)를 억제하였다.

그때부터 벙어리는 안방에 들어가지 못하였다. 이 들어가지 못하는 것이 더욱 벙어리로 하여금 궁금증이 나게 하였다. 그 궁금증이라는 것이 묘하게 빛이 변하여 주인 아씨를 뵈옵고 싶은 심정으로 변하였다. 뵈옵지 못하므로 가슴이 타올랐다. 몹시 애상의 정서가 그의 가슴을 저리게 하였다. 한 번이라도 아씨를 뵈올 수가 있으면 하는 마음이 나더니 그의 마음의 넋을 느끼기를 시작하였다. 센티멘틀[7]한 가운데에서 느끼는 그 무슨 정서는 그에게 생명 같은 희열을 주었다. 그것과 자기의 목숨이라도 바꿀 수 있을 것 같았다. 어떤 때는 그대로 대강이로 담을 뚫고 들어가고 싶도록 주인 아씨를 뵈옵고 싶은 것을 꾹 참을 때도 있었다.

그 후부터는 밥을 잘 먹을 수가 없었다. 일도 손에 잡히지 않았다. 틈만 있으면

---

6) 수리과의 맹금류 (예) 독수리   7) sentimental / 감상적인

안으로만 들어가고 싶었다.

주인이 전보다 많이 밥과 음식을 주고 더 편하게 하여 주었으나 그것이 싫었다. 그는 밤에 잠을 자지 않고 집 가장자리를 돌아다녔다.

5.

하루는 주인 새서방님이 술이 취하여 들어오더니 집안이 수선수선하여지며 계집 하인이 약을 사러 갔다 들어오는 것을 보고 그 계집 하인을 붙잡았다. 그리고 무엇이냐고 물었다.

계집 하인은 한 주먹을 뒤통수에 대고 얼굴을 쓰다듬으며 둘째손가락을 내밀었다. 그것은 그 집 주인은 엄지손가락이요, 둘째손가락은 새서방이라는 뜻이요, 주먹을 뒤통수에 대는 것은 여편네라는 뜻이요, 얼굴을 문지르는 것은 예쁘다는 뜻으로 벙어리에게 쓰는 암호다.

그런 뒤에 다시 혀를 내밀고 눈을 뒤집어쓰는 형상을 하고 두 팔을 싹 벌리고 뒤로 자빠지는 꼴을 보이니, 그것은 사람이 죽게 되었거나 앓을 적에 하는 말 대신의 손짓이다.

벙어리는 눈을 크게 뜨고 계집 하인에게 한 발자국 가까이 들어서며 놀라는 듯이 멀거니 한참이나 있었다.

그의 가슴은 무섭게 격동하였다. 자기의 그리운 주인 아씨가 죽었다는 말이나 아닌가, 그는 두 주먹을 마주 치며 한숨을 쉬었다. 그리고는 자기 방에서 무엇을 생각하는 것처럼 두어 시간이나 두 눈만 껌벅껌벅하고 앉았었다.

그는 밤이 깊어 갈수록 궁금증 나는 사람처럼 일어섰다 앉았다 하더니 두시나 되어서 바깥으로 나가서 뒤로 돌아갔다.

그는 도둑놈처럼 조심스럽게 바로 건넌방 뒤 미닫이 앞 담에 서서 주저주저하더니 담을 넘었다. 가까이 창 앞에 서서 문 틈으로 안을 살피다가 그는 진저리를 치며 물러섰다.

어두운 밤에 그의 손과 발이 마치 그 뒤에 서 있는 감나무 잎같이 떨리더니 그대로 문을 박차고 뛰어들어갔을 때, 그의 팔에는 주인 아씨가 한 손에는 기다란 명주 수건을 들고서 한 팔로 벙어리의 가슴을 밀치며 뻗디디었다. 벙어리는 다만 눈이 뚱그래서 '에헤' 소리만 지르고 그 수건을 뺏으려 애쓸 뿐이다.

집안이 야단났다.

"집안이 망했군!"
"어디 사내가 없어서 벙어리를!"
"어떻든 알 수 없는 일이야!"
하는 소리가 이 구석 저 구석에서 수군댄다.

6.

그 이튿날 아침에 벙어리는 온몸이 짓이긴 것이 되어 마당에 거꾸러져 입에서 피를 토하며 신음하고 있었다. 그 곁에서는 새서방이 쇠줄 몽둥이를 들고서 문초[8]를 한다.

"이놈!"

하고는 음란한 흉내는 모조리 하여 가며 건넌방을 가리킨다. 그러나 벙어리는 손을 내저을 뿐이다. 또 몽둥이에는 살점이 묻어 나왔다. 그리고 피가 흘렀다.

벙어리는 타들어가는 목으로 소리도 못 내며 고개만 내젓는다. 그는 피를 토하며 거꾸러지며 이마를 땅에 비비며 고개를 내흔든다. 땅에는 피가 스며든다. 새서방은 채찍 끝에 납뭉치를 달아서 가슴을 훔쳐 갈겼다가 힘껏 잡아 뽑았다. 벙어리는 그대로 거꾸러지며 말이 없었다.

새서방은 그래도 시원치 못하였다. 그는 어제 벙어리가 새로 갈아 놓은 낫을 들고 달려왔다. 그는 그 시퍼렇게 날선 낫을 번쩍 들었다. 그래서 벙어리를 찌르려 할 때 벙어리는 한 팔로 그것을 받았고, 집안 사람들은 달려들었다. 벙어리는 낫을 뿌리쳐 저리로 내던졌다.

주인은 집안이 망하였다고 사랑에 누워서 모든 일을 들은 체 만 체 문을 닫고 나오지를 아니하며, 집안에서는 색시를 쫓는다고 야단이다. 그날 저녁에 벙어리는 다시 끌려 나왔다. 그때에는 주인 새서방이 그의 입던 옷과 신짝을 주며 눈을 부릅뜨고 손을 멀리 가리키며,

"가! 인제는 우리집에 있지 못한다."

하였다. 이 소리를 듣는 벙어리는 기가 막혔다. 그에게는 이 집 외에 다른 집이 없다. 살 곳이 없었다. 자기는 언제든지 이 집에서 살고 이 집에서 죽을 줄밖에

8) 죄인을 심문함

몰랐다. 그는 새서방님의 다리를 껴안고 애걸하였다. 말도 못 하는 것을 몸짓과 표정으로 간곡한 뜻을 표하였다. 그러나 새서방님은 발길로 지르고 사람을 불렀다.

"이놈을 좀 내쫓아라."

벙어리가 죽은 개 모양으로 끌려 나갔다. 그리고 대갈빼기⁹⁾를 개천 구석에 들이박히면서 나가 곤드라졌다가 일어서서 다시 들어오려 할 때에는 벌써 문이 닫혀 있었다. 그는 문을 두드렸다. 그의 마음으로는 주인 영감을 찾았으나 부를 수가 없었다. 그가 날마다 열고 날마다 닫던 문이 자기가 지금은 열려 하나 자기를 내어쫓고 열리지를 않는다. 자기가 건사하고 자기가 거두던 모든 것이 오늘에는 자기의 말을 듣지 않는다. 어려서부터 지금까지 모든 정성과 힘과 뜻을 다하여 충성스럽게 일한 값이 오늘에는 이것이다.

그는 비로소 믿고 바라던 모든 것이 자기의 원수란 것을 알았다. 그는 모든 것을 없애 버리고 자기도 또한 없어지는 것이 나은 것을 알았다.

그날 저녁 밤은 깊었는데 멀리서 닭이 우는 소리와 함께 개 짖는 소리만이 들린다. 난데없는 화염이 벙어리 있던 오생원 집을 에워쌌다. 그 불을 미리 놓으려고 준비하여 놓았는지 집 가장자리 쪽 돌아가며 흩어 놓은 풀에 모조리 돌라붙어 공중에서 내려다보면 집의 윤곽이 선명하게 보일 듯이 타오른다.

불은 마치 피 묻은 살을 맛있게 잘라 먹는 요마(妖魔)¹⁰⁾의 혓바닥처럼 날름날름 집 한 채를 삽시간에 먹어 버렸다. 이와 같은 화염 속으로 뛰어들어가는 사람이 하나 있으니 그는 다른 사람이 아니라 낮에 이 집을 쫓겨난 삼룡이다. 그는 먼저 사랑에 가서 문을 깨뜨리고 주인을 업어다가 밭 가운데 놓고 다시 들어가려 할 제 그의 얼굴과 등과 다리가 불에 데어 쭈그러져 드는 것을 알지 못하였다.

그는 건넌방으로 뛰어들었다. 그러나 색시는 없었다. 다시 안방으로 뛰어들었다. 그러나 또 없고 새서방이 그의 팔에 매달리어 구원하기를 애원하였다. 그러나 그는 그것을 뿌리쳤다. 다시 서까래에 불이 시뻘겋게 타면서 그의 머리에 떨어졌다. 그러나 그는 그것을 몰랐다. 부엌으로 가보았다. 거기서 나오다가 문설주가 떨어지며 왼팔이 부러졌다. 그러나 그것도 몰랐다. 그는 다시 광으로 가보

9) 머리의 속된 말 10) 요사스러운 마귀

왔다. 거기도 없었다. 그는 다시 건넌방으로 들어갔다. 그때야 그는 색시가 타죽으려고 이불을 쓰고 누워 있는 것을 보았다. 그는 색시를 안았다. 그리고는 길을 찾았다. 그러나 나갈 곳이 없었다. 그는 하는 수 없이 지붕으로 올라갔다. 그는 비로소 자기의 몸이 자유롭지 못한 것을 알았다. 그러나 그는 자기가 여태까지 맛보지 못한 즐거운 쾌감을 자기의 가슴에 느끼는 것을 알았다. 색시를 자기 가슴에 안았을 때 그는 이제 처음으로 살아난 듯하였다. 그는 자기의 목숨이 다한 줄 알았을 때, 그 색시를 내려놓을 때는 그는 벌써 목숨이 끊어진 뒤였다. 집은 모조리 타고 벙어리는 색시를 무릎에 뉘고 있었다. 그의 울분은 그 불과 함께 사라졌을는지! 평화롭고 행복스러운 웃음이 그의 입 가장자리에 엷게 나타났을 뿐이다.

해답

----

1. 사랑의 성취 **2.** 부시 쌈지 **3.** 죽음을 통한 구원, 즉 삼룡의 죽음은 모든 부정적인 것의 종말이다. 그러므로 죽음은 재생의 의미를 갖는다. 죽음은 사랑의 성취이며 신분적 억압에서 벗어나는 계기가 되므로 죽음은 비극이 아닌 행복이다.

10

치숙, 채만식

채만식(蔡萬植, 1902~1950) ●● 전북 옥구에서 태어났다. 1924년 〈조선문단〉에 〈세 길로〉를 발표하면서 등단하였다. 그의 소설의 특징이 되고 있는 아이러니와 해학의 세계는 웃음과 함께 예리한 현실 비판의 모습을 잘 보여준다. 문체에 있어서도 판소리와 탈춤의 문체를 계승 발전시킨 것도 큰 의의라 할 수 있다.

주요 작품에는 〈탁류〉〈태평천하〉《레디 메이드 인생》《논 이야기》《민족의 죄인》 등이 있다.

10
치숙, 채만식

우리 아저씨 말이지요?

아따 저 거시기, 한참 당년에 무엇이냐 그놈의 것, 사회주의라더냐, 막걸리라더냐, 그걸 하다 징역 살고 나와서 폐병으로 시방 앓고 누웠는 우리 오촌 고모부(姑母夫) 그 양반…….

머, 말도 마시오. 대체 사람이 어쩌면 글쎄……, 내 원! 신세 간 데 없지요.

자, 십 년 적공(積功), 대학교까지 공부한 것 풀어 먹지도 못했지요, 좋은 청춘 어영부영 다 보냈지요, 신분에는 전과자(前科者)라는 붉은 도장 찍혔지요. 몸에는 몹쓸 병까지 들었지요. 이 신세를 해가지굴랑은 굴 속 같은 오두막집 단칸 셋방 구석에서 사시장철 밤이나 낮이나 눈 따악 감고 드러누웠군요.

재산이 어디 집 터전인들 있을 턱이 있나요. 서 발 막대 내저어야 짚 검불 하나 걸리는 것 없는 철빈(鐵貧)[1]인데.

우리 아주머니가, 그래도 그 아주머니가, 어질고 얌전해서 그 알량한 남편 양반 받드느라 삯바느질이야, 남의 집 품빨래야, 화장품 장사야, 그 칙살스런 벌이

1) 몹시 가난함

를 해다가 겨우겨우 목구멍에 풀칠을 하지요.

어디로 대나 그 양반은 죽는 게 두루 좋은 일인데 죽지도 아니해요. 우리 아주 머니가 불쌍해요. 아, 진작 한 나이라도 젊어서 팔자를 고치는 게 아니라, 무슨 놈의 우난 후분[2]을 바라고 있다가 그 고생을 하는지.

근 이십 년 소박을 당했지요. 이십 년을 설운 청춘 한숨으로 보내고서 다 늦게 야 송장 여대치게 생긴 그 양반을 그래도 남편이라고 모셔다가는 병 시중 들랴, 먹고 살랴, 애자진하고 다니는 걸 보면 참말 가엾어요.

그게 무슨 죄다짐이람? 팔자 팔자 하지만 왜 팔자를 고치지를 못하고 그래요. 우리 죄선 구식 부인네들은 다 문명을 못 하고 깨지를 못 해서 그러지. 그 양반이 한시바삐 죽기나 했으면 우리 아주머니는 차라리 신세 편하리다. 심덕 좋겠다, 솜씨 얌전하겠다 하니, 어디 가선들 자기 일신 몸 가누고 편안히 못 지내요?

가만있자, 열여섯 살에 아저씨네 집으로 시집을 갔다니깐 그게 내가 세 살 적 이니 꼬박 열여덟 해로군. 열여덟 해면 이십 년 아니오.

그때 우리 아저씨 양반은 나이 어리기도 했지만 공부를 한답시고 서울로, 동 경으로 십여 년이나 돌아다녔고, 조금 자라서 색시 재미를 알 만하니까는 누가 이쁘달까 봐 이혼하자고 아주머니를 친정으로 쫓고는 불고(不顧)[3]를 하고…….

공부를 다 마치고 오더니만 그 담에는 그놈의 짓에 들입다 발광해 다니면서 명색 학생 출신이라는 딴 여편네를 얻어 살았지요. 그 여편네는 나도 몇 번 보았 지만 쌍판대기라고 별반 출 수도 없이 생겼습디다. 그 인물로 남의 첩이야? 일색 소박은 있어도 박색 소박은 없다더니, 사실 소박맞은 우리 아주머니가 그 여편 네게다 대면 월등 이뻤다우.

그래 그 뒤에, 그 양반은 필경 붙들려 가서 오 년이나 전중이[4]를 살았지요. 그 동안에 아주머니는 시집이고 친정이고 모두 폭 망해서 의지가지없이 됐지요.

그러니 어떻게 해요? 자칫하면 굶어 죽을 판인데.

할 수 없이 얻어먹고 살기도 해야 하려니와, 또 아저씨 나오는 것도 기다려야 한다고 나를 반연 삼아 서울로 올라왔더군요. 그게 그러니까 아저씨가 나오던 그 전 해로군.

2) 늙어서의 운수   3) 돌아보지 않음   4) 징역꾼의 속어

그때 내가 나이는 어려도 두루 날뛴 보람이 있어서 이내 구라다상네 식모로 들어갔지요.

그 무렵에 참 내가 아주머니더러 여러 번 권면[5]을 했지요. 그러지 말고 개가 (改嫁)를 가라고. 글쎄 어린 소견에도 보기에 퍽 딱하고 민망합디다. 계제에 마침 또 좋은 자리가 있었고요. 미네상이라고 미쓰꼬시 앞에서 바나나 다다기우리를 하는 인데 사람이 퍽 좋아요. 우리 집 다이쇼(主人)도 잘 알고 하는데, 그이가 늘 나더러 죄선 오깜(아내)상하고 살았으면 좋겠다고 중매 서 달라고 그래 쌌어요.

돈은 모아 둔 게 없어도 다 벌어먹고 살 만하니까 그런 사람 만나서 살면 아주머니도 신세 편할 게 아니라구요. 그런 걸 글쎄 몇 번 말해야 숭헌 소리 말라고 들덜 않는 걸 어떡하나요.

아무튼 그런 것 말고라도 참, 흰말이 아니라 이날 이때까지 내가 그 아주머니 뒤도 많이 보아주었다우. 또 나도 그럴 만한 은공이 없잖아 있구요.

내가 일곱 살에 부모를 잃었지요. 그리고 나서 의탁할 곳이 없이 됐는데 그때 마침 소박을 맞고 친정살이를 하는 그 아주머니가 나를 데려다가 길러 주었지요. 그때만 해도 그 집이 그다지 군색하게 지내진 않았으니깐요. 아주머니도 아주머니지만 증조할머니며 할아버지도 슬하에 딴 자손이 없어서 나를 퍽 귀애하셨지요. 열두 살까지 그 집에서 자랐군요. 사 년이나마 보통학교도 다녔고.

아마 모르면 몰라도 그 집안이 그렇게 치패하지만 않았으면 나도 그냥 붙어 있어서 시방쯤은 전문학교까지는 다녔으리라. 이런 은공이 있으니까 나도 그걸 저버리지 않고, 그래서 내 깜냥에는 갚을 만치 갚노라고 갚은 셈이지요.

하기야 요새도 간혹 아주머니가 찾아와서 양식 없다는 사정을 더러 하곤 하는데 실토정 말이지 좀 성가시기는 해요. 그러는 족족 그 수응을 하자면 내 일을 못하겠는걸. 그래 대개 잘라 떼기는 하지요.

그렇지만 그 밖에, 가령 양 명절 때면 고깃근이라도 사 보낸다든지, 또 오며가며 들러 이야기 낱이라도 한다든지, 그런 건 결단코 범연히 하진 않으니까요.

아무튼 그래서, 아주머니는 꼬박 일 년 동안 구라다상네 집 오마니로 있으면

---

5) 권하고 격려함

서 월급 오 원씩 받는 걸 그대로 고스란히 저금을 하고, 또 틈틈이 삯바느질을 맡아다가 조금씩 벌어 보태고, 또 나을 무렵에 구라다상네 양주가 퍽 기특하다고 돈 칠 원을 상급으로 주고, 그런 게 이럭저럭 돈 백 원이나 존존히 됐지요.

그 돈으로 방 한 칸 얻고 살림 나부랭이도 조금 장만하고, 그래 놓고서 마침 그 알량꼴량한 서방님이 뇌어 나오니까 그리로 모셔들였지요.

뇌어 나는 날 나도 가서 보았지만, 가막소 문 앞에 막 나서자 아주머니가 기다리고 있으니까 그래도 눈물이 핑 돌던데요. 전에 그렇게도 죽을 둥 살 둥 모르고 좋아하던 첩년은 꼴도 안 뵈구요. 남의 첩년이란 건 다 그런 거지요, 뭐.

우리 아저씨 양반은 혹시 그 여편네가 오지 않았나 하고 사방을 휘휘 둘러보던데요. 속이 그렇게 없다니까. 여편네는커녕 아주머니하고 나하고 그 외는 어리친 개새끼 한 마리 없더라.

그래 막 자동차에 올라타려다가 피를 토했지요. 나중에 들었지만 가막소 안에서 달포 전부터 토혈을 했다나 봐요. 그래 다 죽어 가는 반송장을 업어 오다시피 해다가 뉘어 놓고, 그날부터 아주머니가 불철주야로 할 짓 못할 짓 다해 가면서 부스대고 날뛴 덕에 병도 차차로 차도가 있고, 그러더니 인제는 완구히 살아는 났지요. 뭐 참 시방은 용꼴인걸요, 용꼴.

부인네 정성이 무서운 겝디다! 꼬박 삼 년이군. 나 같으면 돌아가신 부모가 살아오신대도 그 짓 못 해요. 자, 그러니 말이지요. 우리 아저씨라는 양반이 작히나 양심이 있고 다 그럴 양이면, 어어허, 내가 어서 바삐 몸이 충실해져서, 어서 바삐 돈을 벌어다가 저 아내를 편안히 거느리고 이 은공과 전날의 죄를 갚아야 하겠구나……, 이런 맘을 먹어야 할 게 아닌가요? 아주머니의 은공을 갚자면 발에 흙이 묻을세라 업고 다녀도 참 못다 갚지요.

그러고저러고 간에 자기도 이제는 속 차려야지요. 하기야 속을 차려서 무얼 하재도 전과자니까 관리나, 회사 같은 데는 들어가지 못하겠지만, 그야 자기가 저지른 일인 걸 누구를 원망할 일도 아니고, 그러니 막 벗어붙이고 노동이라도 해야지요. 대학교 출신이 막벌이 노동이란 게 꼴 가관이지만 그래도 할 수 없지, 뭐.

그런 걸 보고 가만히 나를 생각하면, 만약 우리 증조할아버지네 집이 그렇게 치패를 안 해서 나도 전문학교나 대학교를 졸업을 했으면, 혹시 우리 아저씨 모양이 됐을지도 모를 테니, 차라리 공부 많이 않고서 이 길로 들어선 게 다행이다……, 이런 생각이 들어요.

사실 우리 아저씨 양반은 대학교까지 졸업하고도 이제는 기껏 해 먹을 거란 막벌이 노동밖에 없는데, 보통학교 사 년 겨우 다니고서도 시방 앞길이 환히 트인 내게다 대면 고쓰카이〔小使〕만도 못하지요.

아, 그런데 글쎄 막벌이 노동을 하고 어쩌고 하기는커녕 조금 바스스 살아날 만하니까 이 주책꾸러기 양반이 무슨 맘보를 먹는고 하니, 내 참 기가 막혀!

아아니, 그놈의 것하고는 무슨 대천지 원수가 졌단 말인지, 어쨌다고 그걸 끝끝내 하지 못해서 그 발광인고? 그나마 그게 밥이 생기는 노릇이란 말인지, 명예를 얻는 노릇이란 말인지? 필경은 붙잡혀 가서 징역 사는 놀음?

아마 그놈의 것이 아편하고 꼭 같은가 봐요. 그렇길래 한번 맛을 들이면 끊지를 못하지요.

그렇지만 실상 알고 보면 그게 그다지 재미가 난다거나 맛이 있다거나 그런 것도 아니더군 그래요. 불한당 패던데요. 하릴없이 불한당 패들입디다.

저어 서양 어디선가, 일하기 싫어하는 게으름뱅이 몇 놈이 양지쪽에 모여 앉아서 놀고 먹을 궁리를 했더라나요. 우리 집 다이쇼가 다 자상하게 이야기를 해 줍디다.

게, 그 녀석들이 서로 구론을 하기를, 자, 이 세상에는 부자가 있고 가난한 사람이 있고 하니 그건 도무지 공평한 일이 아니다. 사람이란 건 이목구비하며 사지육신을 꼭 같이 타고났는데, 누구는 부자로 잘살고 누구는 가난하다니 그게 될 말이냐. 그러니 부자가 가진 것을 우리 가난한 사람들하고 다 같이 고르게 나눠 먹어야 경우가 옳다.

야, 그거 옳은 말이다. 야, 그 말 좋다. 자, 나눠 먹자.

아, 이렇게 설도를 해 가지고 우 하니 들고 일어났다는군요. 아니, 그러니 그게 생 날불한당놈의 짓이 아니고 무어요?

사람이란 것은 제가끔 분지복[6]이 있어서 기수를 잘 타고 나든지 부지런하면 부자가 되는 법이요, 복록을 못 타고 나든지 게으른 놈은 가난하게 사는 법이요, 다 이렇게 마련인데, 그거야말로 공평한 천리인 것을, 딥다 불공평하다게 될 말

6) 타고난 복 / 분복(分福)

이오? 그리고서 억지로 남의 것을 뺏어 먹자고 들다니 그놈들이 불한당이지 무어요.

짓이 불한당 짓일 뿐 아니라, 또 만약에 그러기로 들면 게으른 놈은 점점 더 게으름만 부리고 쫓아다니면서 부자 사람네가 가진 것만 뺏어 먹을 테니 이 세상은 통으로 도적놈의 판이 될 게 아니오? 그나마, 부자 사람네가 모아 둔 걸 다 뺏기고 더는 못 먹여 내는 날이면 그때는 이 세상 망하는 날이 아니오?

저마다 남이 농사 지어 놓으면 그걸 뺏어 먹으려고 일 않고 번둥번둥 놀 것이고, 남이 옷감 짜 놓으면 그걸 뺏어다가 입으려고 번둥번둥 놀 것이고, 그럴 테니 대체 곡식이며 옷감이며 그런 것이 다 어디서 나올 데가 있어야지요. 세상 망할밖에!

글쎄 그놈의 짓이 그렇게 세상 망쳐 놀 장본인 줄은 모르고서 가난한 놈들, 그 중에도 일하기 싫은 게으름뱅이들이 위선 당장 부자 사람네 것을 뺏어 먹는다니까 거기 혹해 가지굴랑 너도나도 와 하니 참섭을 했다는구려.

바로 저 아라사[7]가 그랬대요.

그래서 아나 다를까 농군들이 곡식을 안 만들기 때문에 사람이 수만 명씩 굶어 죽는다는구려. 빠안한 이치지 뭐.

위선 먹기는 곶감이 달다고 그 지랄들을 했다고 잘코사니야!

아 그런데, 그 못된 놈의 풍습이 삽시간에 동서양 각국 안 간 데 없이 퍼져 가지굴랑 한동안 내지에도 마구 굉장히 드세게 돌아다녔고, 내지가 그러니까 멋도 모르는 죄선 영감상들도 덩달아서 그 숭내를 냈다나요.

그렇지만 시방은 그새 나라에서 엄하게 밝히고 금하고 한 덕에 많이 너끔해졌고 그런 마음 먹는 사람은 별반 없다나 봐요.

그럴 게지 글쎄. 아, 해서 좋을 양이면야 나라에선들 왜 금하며 무슨 원수가 졌다고 붙잡다가 징역을 살리나요. 좋고 유익한 것이면 나라에서 도리어 장려하고, 잘할라치면 상급도 주고 그러잖아요.

활동사진이며 스모며 만자이며 또 왓쇼이왓쇼이랄지 세이레이 낭아시랄지 라디오 체조랄지 그런 건 다 유익한 일이니까 나라에서 설도도 하고 그러잖아요.

7) 러시아

나라라는 게 무언데? 그런 걸 다 잘 분간해서 이럴 건 이러고 저럴 건 저러라고 지시하고, 그 덕에 백성들이 제각기 제 분수대로 편안히 살도록 애써 주는 게 나라 아니오?

그놈의 것 사회주의만 하더라도 나라에서 금하질 않고 저희가 하는 대로 두어두었어 보아? 시방쯤 세상이 무엇이 됐을지……. 다른 사람들도 낭패 본 사람이 많았겠지만, 위선 나만 하더라도 글쎄 어쩔 뻔했어! 아무 일도 다 틀리고 뒤죽박죽이지.

내 이상과 계획은 이렇거든요.

우리 집 다이쇼가 나를 자별히 귀여워하고 신용을 하니깐 인제 한 십 년만 더 있으면 한 밑천 들어서 따로 장사를 시켜 줄 그런 눈치거든요. 그렇거들랑 그것을 언덕 삼아 가지고 나는 삼십 년 동안 예순 살 환갑까지만 장사를 해서 꼭 십만 원을 모을 작정이지요. 십만 원이면 죄선 부자로 쳐도 천석꾼이니, 뭐 떵떵거리고 살 게 아니라고요?

그리고 우리 다이쇼도 한 말이 있고 하니까, 나는 내지인 규수한테로 장가를 들래요. 다이쇼가 다 알아서 얌전한 자리를 골라 중매까지 서 준다고 그랬어요. 내지 여자가 참 좋지요.

나는 죄선 여자는 거저 주어도 싫어요. 구식 여자는 얌전은 해도 무식해서 내지인하고 교제하는 데 안 되고, 신식 여자는 식자나 들었다는 게 건방져서 못 쓰고, 도무지 그래서 죄선 여자는 신식이고 구식이고 다 제바리여요.

내지 여자가 참 좋지 뭐. 인물이 개개 일자로 이쁘겠다, 얌전하겠다, 상냥하겠다, 지식이 있어도 건방지지 않겠다, 좀이나 좋아!

그리고 내지 여자한테 장가만 드는 게 아니라 성명도 내지인 성명으로 갈고 집도 내지인 집에서 살고, 옷도 내지 옷을 입고, 밥도 내지식으로 먹고, 아이들도 내지 이름을 지어서 내지인 학교에 보내고…….

내지인 학교래야지 죄선 학교는 너절해서 아이들 버려 놓기나 꼭 알맞지요. 그리고 말도 죄선말은 싹 걷어치우고 내지어만 쓰고요.

이렇게 다 생활 법식부터도 내지인처럼 해야만 돈도 내지인처럼 잘 모으게 되거든요.

내 희망이며 계획은 이래서 그 십만 원짜리 큰부자가 바로 내다뵈고, 그리로 난 길이 환하게 트이고 해서 나는 시방 열심으로 길을 가고 있는데, 글쎄 그 미쳐

살미 든 놈들이 세상 망쳐 버릴 사회주의를 하려 드니, 내야 소름이 끼칠 게 아니라구요? 말만 들어도 끔찍하지!

세상이 망해서 뒤집히면 그래 나는 어쩌란 말인고? 아무것도 다 허사가 될 테니 그런 억울할 데가 있더람?

머 참, 우리 집 다이쇼 말이 일일이 지당해요. 여느 절도나 강도나 사기나 그런 죄는 도적이면 도적을 해 가는 그 당장, 그 돈만 축을 내니까 오히려 죄가 가볍지만, 그놈의 것 사회주의인지 지랄인지는 온 세상을 뒤죽박죽을 만들어 놓고 나라를 통째로 소란하게 하니까 도저히 용서할 수가 없어요.

용서라니! 나 같으면 그런 놈들은 모조리 쓸어다가 마구 그저 그냥…….

그런 일을 생각하면, 털어놓고 말이지 우리 아저씬지 그 양반도 여간 불측스러 뵈질 않아요. 사실 아주머니만 아니면 내가 무슨 천주학이라고 나쁜 병까지 앓는 그 양반을 찾아다니나요. 죽는대도 코도 안 풀어 붙일걸.

그러나마 전자의 죄상을 다 회개를 하고 못된 마음을 씻어 버렸을 새 말이지, 뭐 헌 개꼬리 삼년이라더냐, 종시 그 모양일걸요.

그러니깐 그게 밉살머리스러워서, 더러 들렀다가 혹시 마주앉아도 위정 뼈끝 저린 소리나 내쏘아 주고 말을 따잡아 가지굴랑 꼼짝 못하게시리 몰아세워 주곤 하지요. 저번에도 한번 혼을 단단히 내주었지요. 아, 그랬더니 아주머니더러 한다는 소리가, 그 녀석 사람 버렸더라고, 아무짝에도 못 쓰게 길이 들었더라고 그러더라나요.

내 원, 그 소리를 듣고 하도 어처구니가 없어서!

대체 사람도 유만부동이지, 그 아저씨가 날더러 사람 버렸느니 아무짝에도 못 쓰게 길이 들었느니 하더라니, 원 입이 몇 개나 되면 그런 소리가 나오는 구멍도 있누?

죄선 벙어리가 다 말을 해도 나 같으면 할 말 없겠더구만서도, 하면 다 말인 줄 아나 봐?

이를테면 그게 명색 훈계 비슷한 거렷다? 내게다가 맞대 놓고 그런 소리를 하다가는 되잡혀서 혼이 날 테니까 슬며서 아주머니더러 이르란 요량이던 게지?

기가 막혀서…… 하느님이 사람의 콧구멍을 두 개로 마련하기 참 다행이야. 글쎄 아무려면 내가 자기처럼 다 공부는 못하고 남의 집 고조〔小僧〕 노릇으로, 반또〔番頭〕 노릇으로 이렇게 굴러먹을 값에 이래 보여도 표창을 두 번이나 받은 모범 점원이요, 남들이 똑똑하고 재주 있고 얌전하다고 칭찬이 놀랍고, 앞길이 환히 트인 유망한 청년인데, 그래 자기 눈에는 내가 버린 놈이고 아무짝에도 못 쓰게 길이 든 놈으로 보였단 말이지?

하하, 오옳지! 거 참 그렇겠군. 자기는 자기 하는 짓이 옳으니까 남이 하는 짓은 다 글렀단 말이렷다? 그러니까 나도 자기처럼 그놈의 것 사회주의인지 급살 맞을 것인지나 하다가 징역이나 살고 전과자나 되고 폐병이나 앓고, 다 그랬더라면 사람 버리지도 않고 아무짝에도 못 쓰게 길든 놈도 아니고 그럴 뻔했군그래!

흥! 참……. 제 밑 구린 줄 모르고서 남더러 어쩌구저쩌구 한다는 게, 꼭 우리 아저씨 그 양반을 두고 이른 말인가 봐.

그날도 실상 이랬더라우. 혼을 내주었더니, 아주머니더러 그런 소리를 하더란 그날 말이오. 그날이 마침 내가 쉬는 날이기에 아주머니더러 할 이야기도 있고 해서 아침결에 좀 들렀더니, 아주머니는 남의 혼인집으로 바느질을 해주러 갔다고 없고, 아저씨 양반만 여전히 아랫목에 가서 드러누웠어요.

그런데 보니깐, 어디서 모두 뒤져 냈는지, 머리맡에다가 헌 언문 잡지를 수북이 쌓아 놓고는 그걸 뒤져요. 그래 나도 심심 삼아 한 권 집어 들고 떠들어 보았더니, 뭐 읽을 맛이 나야지요. 대체 죄선 사람들은 잡지 하나를 해도 어찌 모두 그 꼬락서니로 해 놓는지.

사진도 없지요, 망가(만화)도 없지요. 그리고는 맨판 까탈스런 한문 글자로다가 처박아 놓으니 그걸 누구더러 보란 말인고? 더구나 우리 같은 놈은 언문도 그런 대로 뜯어보기는 보아도 읽기에 여간만 폐롭지가 않아요.

그러니 어려운 언문하고 까다로운 한문하고를 섞어서 쓴 글을 뜻을 몰라 못 보지요. 언문으로만 쓴 것은 소설 나부랭인데, 읽기가 힘이 들 뿐 아니라 또 죄선 사람이 쓴 소설이란 건 재미가 있어야죠. 나는 죄선 신문이나 죄선 잡지하구는 담쌓고 남 된 지 오랜걸요.

잡지야 뭐 《킨구》나 《쇼넹쿠라부》 덮어먹을 잡지가 있나요. 참 좋아요. 한문 글자마다 가나를 달아 놓았으니 어떤 대문을 척 펴들어도 술술 내려읽고 뜻을 횅하니 알 수가 있지요.

그리고 어떤 대문을 읽어도 유익한 교훈이나 재미나는 소설이지요.

소설 참 재미있어요. 그 중에도 기쿠치 캉 소설……! 어쩌면 그렇게도 아기자

10
채
만
식

치
숙

기하고도 달콤하고도 재미가 있는지. 그리고 요시가와 에이지, 그의 소설은 진 쩐바라바라 하는 지다이모노(역사물)인데 마구 어깻바람이 나고요.

소설이 모두 그렇게 재미가 있지요. 망가[8]가 많지요. 사진이 많지요. 그리고 도 값은 좀 헐하나요. 십오 전이면 바로 그 전달 치를 사 볼 수 있고, 보고 나서는 오 전에 도로 파는데요. 잡지도 기왕 하려거든 그렇게나 해야지, 죄선 사람들은 젠장 큰소리는 곧잘 하더구먼서도 잡지 하나 반반한 거 못 만들어 내니!

그 날도 글쎄 잡지가 그 꼴이라, 아예 글은 볼 멋도 없고 해서 혹시 망가나 사진이라도 있을까 하고 책장을 후르르 넘기노라니깐 마침 아저씨 이름이 있겠나 요! 하도 신통해서 쓰윽 펴들고 보았더니, 제목이 첫줄은 경제, 사회…… 무엇 어 쩌고 쇠눈깔씩만한 글자로 박아 놓고 그 옆에다가는 사회…… 무엇 어쩌고 잔주[9]를 달아 놨겠지요.

그것만 보아도 벌써 그럴 듯해요. 경제는 아저씨가 대학교에서 경제를 배웠다 니까 경제 속은 잘 알 것이고, 또 사회는 그것 역시 사회주의를 했으니까 그 속도 잘 알 것이고, 그러니까 경제하고 사회주의하고 어떻게 서로 관계가 되는 것이 며 어느 편이 옳다는 것이며 그런 소리를 썼을 게 분명해요.

뭐, 보나 안 보나 속이야 빤하지요. 대학교까지 가설랑 경제를 배우고도 돈 모 을 생각은 않고서 사회주의만 하고 다닌 양반이라 경제가 그르고 사회주의가 옳 다고 우겨 댔을 거니까요.

아무튼 아저씨가 쓴 글이라는 게 신기해서 좀 보아 볼 양으로 쓰윽 훑어봤지 요. 그러나 웬걸 읽어 먹을 재주가 있나요. 글자는 아주 어려운 자만 아니면 대강 알기는 알겠는데, 붙여 보아야 대체 무슨 뜻인지를 알 수가 있어야지요. 속이 상 하길래 읽어 보자던 건 작파하고서 아저씨를 좀 따잡고 몰아 세울 양으로 그 대 목을 차악 펴 놨지요.

"아저씨?"

"왜 그러니?"

"아저씨가 여기다가 경제 무어라구 쓰구, 또 사회 무어라구 썼는데, 그러면 그 게 경제를 하란 뜻이오? 사회주의를 하란 뜻이오?"

8) 만화 9) 각주 / 해석

"뭐?"

못 알아듣고 뚜렛뚜렛해요. 자기가 쓰고도 오래 돼서 다 잊어버렸거나, 혹시 내가 말을 너무 까다롭게 내기 때문에 섬뻑 대답이 안 나왔거나 그랬겠지요. 그래 다시 조곤조곤 따졌지요.

"아저씨! 경제란 것은 돈 모아서 부자 되라는 거 아니오? 그런데 사회주의란 것은 모아 둔 부자 사람의 돈을 뺏어 쓰는 거 아니오?"

"이애가 시방!"

"아니, 들어 보세요."

"너, 그런 경제학, 그런 사회주의 어디서 배웠니?"

"배우나마나, 경제란 건 돈 많이 벌어서 아껴 쓰구 나머지 모아 두는 게 경제 아니오?"

"그건 보통 경제한다는 뜻으로 쓰는 경제고, 경제학이니 경제적이니 하는 건 또 다르다."

"다를 게 무어요? 경제는 돈 모으는 것이고, 그러니까 경제학이면 돈 모으는 학문이지요."

"아니란다. 혹시 이재학(理財學) 10) 이라면 돈 모으는 학문이라고 해도 근리 (近理)할지 모르지만 경제학은 그런 게 아니란다."

"아니, 그렇다면 아저씨, 대학교 잘못 다녔소. 경제 못 하는 경제학 공부를 오 년이나 육 년이나 했으니 그게 무어란 말이오? 아저씨가 대학교까지 다니면서 경제 공부를 하고도 왜 돈을 못 모으나 했더니, 인제 보니깐 공부를 잘못해서 그랬군요!"

"공부를 잘못했다? 허허, 그랬을는지도 모르겠다. 옳다, 네 말이 옳아!"

이거 봐요 글쎄. 담박 꼼짝 못하잖나. 암만 대학교를 다니고, 속에는 육조를 배포했어도 그렇다니깐 글쎄……

"아저씨?"

"왜 그러니?"

"그러면 아저씨는 대학교를 다니면서 돈 모아 부자되는 경제 공부를 한 게 아

10) 재물을 모으는 학문

니라 모아 둔 부자 사람네 돈 뺏어 쓰는 사회주의 공부를 했으니 말이지요……."

"너는 사회주의가 무얼로 알고서 그러냐?"

"내가 그까짓 걸 몰라요?"

한바탕 주욱 설명을 했지요. 내 얼굴만 물끄러미 올려다보고 누웠더니 피씩 한번 웃어요. 그리고는 그 양반이 하는 소리가요,

"그게 사회주의냐? 불한당이지."

"아아니, 그럼 아저씨도 사회주의가 불한당인 줄은 아시는구려?"

"내가 언제 사회주의가 불한당이랬니?"

"방금 그러잖었어요?"

"글쎄, 그건 사회주의가 아니라 불한당이란 그 말이다."

"거 보시우! 사회주의란 것은 그렇게 날불한당이어요. 아저씨도 그렇다고 하면서 아니시래오?"

"이 애가 시방 입심 겨룸을 하재나!"

이거 봐요. 또 꼼짝 못하지요? 다 이래요 글쎄…….

"아저씨?"

"왜 그러니?"

"아저씨도 맘 달리 잡수시오."

"건 어떻게 하는 말이야?"

"걱정 안 되시우?"

"나 같은 사람이 걱정이 무슨 걱정이냐? 나는 네가 걱정이더라."

"나는 뭐 버젓하게 요량이 있는걸요."

"어떻게?"

"이만저만한가요!"

또 한바탕 주욱 설명을 했지요. 이 얘기를 다 듣더니 그 양반 한다는 소리 좀 보아요.

"너두 딱한 사람이다!"

"왜요?"

"……."

"아아니, 어째서 딱하다고 그러시우?"

"……."

"네? 아저씨?"

"……."

"아저씨?"

"왜 그래?"

"내가 딱하다구 그러셨지요?"

"아니다. 나 혼자 한 말이다."

"그래도……."

"이 애."

"네?"

"사람이란 것은 누구를 물론허구 말이다, 아첨하는 것같이 더러운 게 없느니라."

"아첨이오?"

"저…… 위로는 제왕, 밑으로는 걸인, 그 모든 사람이 위선 시방 이 제도의 이 세상에서 말이다, 제가끔 제 분수대로 살아가는 데 있어서 말이다, 제 개성을 속여 가면서꺼정 생활에다가 아첨하는 것같이 더러운 것이 없고, 그런 사람같이 가련한 사람은 없느니라. 사람이란 건 밥 두 그릇이 하필 밥 한 그릇보다 더 배가 부른 건 아니니까."

"그건 무슨 뜻인데요?"

"네가 일본인 여자와 결혼을 해서 성명까지 갈고 모든 생활 법도를 일본화하겠다는 것이 말이다."

"네, 그게 좋잖아요?"

"그것이 말이다, 진실로 깊은 교양이나 어진 지혜의 판단에서 우러나온 것이라면 그도 모를 노릇이겠지. 그렇지만 나는 네가 그런다는 것은 다른 뜻으로 그러는 것 같다."

"다른 뜻이라니요?"

"네 주인의 비위를 맞추고 이웃의 비위를 맞추고 하자고……."

"그야 물론이지요! 다이쇼 신용을 받아야 하고, 이웃 내지인들하고도 좋게 지내야지요. 그래야 할 게 아니겠어요?"

"……."

"아저씨는 아직도 세상 물정을 모르시오. 나이는 나보담 많구 대학교 공부까

지 했어도 일찌감치 고생살이를 한 나만큼 세상 물정은 모릅니다. 시방이 어느
세상인데 그러시우?"

"이 애!"

"네?"

"네가 방금 세상 물정이랬지?"

"네."

"앞길이 환하니 틔었다고 그랬지?"

"네."

"환갑까지 십만 원 모은다고 그랬지?"

"네."

"네가 말하는 세상 물정하고 내가 말하려는 세상 물정하고 내용이 다르기도
하지만, 세상 물정이란 건 그야말로 그리 만만한 게 아니다."

"네?"

"사람이란 건 제 아무리 날고 뛰어도 이 세상에 형적 없이, 그러나 세차게 주
욱 흘러가는 힘 – 그게 말하자면 세상 물정이겠는데 – 결국 그놈의 지배하에서
그것을 따라가지, 별수가 없는 거다."

"네?"

"쉽게 말하면 계획이나 기회를 아무리 억지루 만들어 놓아도 결과가 뜻대로는
안 된단 말이다."

"젠장, 아저씨두…… 아 요전 《킨구》라는 잡지에도 보니깐 나폴레옹이라는 서
양 영웅이 그랬답디다. 기회는 제가 만든다구. 그리고 불가능이란 말은 바보의
사전에서나 찾을 글자라고요. 아 자꾸자꾸 계획하고 기회를 만들고 해서 분투
노력해 나가면 이 세상 일 안 되는 일이 어디 있나요? 한 번 실패하거든 갑절 용
기를 내가지고 다시 일어서지요. 칠전팔기 모르시오?"

"나폴레옹도 세상 물정에 순응할 때는 성공했어도, 그것에 거슬리다가 실패를
했더란다. 너는 칠전팔기해서 성공한 몇 사람만 보았지, 여덟 번 일어섰다가 아
홉 번째 가서 영영 쓰러지고는 다시 일지 못한 숱한 사람이 있는 건 모르는구
나?"

"그래도 두고 보시우. 나는 천하 없어도 성공하고 말 테니……. 아저씨는 그래
서 더구나 못써요. 일 해 보기도 전에 안 될 줄로 낙심 먼저 하고……."

"하늘은 꼭 올라가 보구래야만 높은 줄 아니?"

원 마지막에 가서는 할 소리가 없으니깐 동에도 닿지 않는 비유를 가져다 둘러대는 걸 보아요. 그게 어디 당한 말인고? 안 올라가 보면 뭐 하늘 높은 줄 모를 천하 멍텅구리도 있을까?

그만해 두려다가 심심하길래 또 말을 시켰지요.

"아저씨?"

"왜 그래?"

"아저씨는 인제 몸 다 충실해지면 어떡허실려우?"

"무얼?"

"장차……."

"장차?"

"어떡허실 작정이세요?"

"작정이 새삼스럽게 무슨 작정이냐?"

"그럼 아저씨는 아무 작정 없이 살아가시우?"

"없기는?"

"있어요?"

"있잖구?"

"무언데요?"

"그새 지내 오던 대로……."

"그러면 저 거시기, 무엇이냐 도로 또 그걸……?"

"그렇겠지."

"아저씨?"

"……."

"아저씨?"

"왜 그래?"

"인젠 그만두시우."

"그만두라고?"

"네."

"누가 심심소일로 그러는 줄 아느냐?"

"그렇잖고요?"

"……"

"아저씨?"

"……"

"아저씨?"

"왜 그래?"

"아저씨 올에 몇이지요?"

"서른셋."

"그러니 인제는 그만큼 해두고 맘 잡어서 집안일 할 나이도 아니오?"

"집안일은 해서 무얼 하나?"

"그렇기로 들면 그 짓은 해서 또 무얼 하나요?"

"무얼 하려고 하는 게 아니란다."

"그럼, 아무 희망이나 목적이 없으면서 그래요?"

"목적? 희망?"

"네, 네."

"개인의 목적이나 희망은 문제가 다르니까……. 문제가 안 되니까……."

"원, 그런 법도 있나요?"

"법?"

"그럼요!"

"법이라……."

"아저씨?"

"……"

"아저씨?"

"왜 그래?"

"아주머니가 고맙잖습디까?"

"고맙지."

"불쌍하지요?"

"불쌍? 그렇지, 불쌍하다면 불쌍한 사람이지!"

"그런 줄은 아시누만?"

"알지."

"알면서 그러시우?"

"고생을 낙으로, 그 쓰라린 맛을 씹고 씹고 하면서 그놈에서 단맛을 알아내는 사람도 있느니라. 사람도 있는 게 아니라, 사람마다 무슨 일에고 진정과 정신을 꼬박 거기다가만 쓰면 그렇게 되는 법이니라. 그러니까 그쯤 되면 그때는 고생이 낙이지. 너의 아주머니만 두고 보더래도 고생이 고생이면서 고생이 아니고 고생하는 게 낙이란다."

"그렇다고 아저씨는 그걸 다행히만 여기시우?"

"아 – 니."

"그렇거들랑 아저씨도 아주머니한테 그 은공을 더러는 갚아야 옳을 게 아니오?"

"글쎄, 은공을 모르는 건 아니지만……."

"그러니 인제 병이나 확실히 다아 나신 뒤엘라컨……."

"바빠서 원……."

글쎄 이 한다는 소리 좀 보지요? 시치미 뚜욱 떼고 누워서 바쁘다는군요!

사람 속 차릴 여망 없어요. 그저 어디로 대나 손톱만치도 쓸모는 없고 남한데 사폐만 끼치고, 세상에 해독만 끼칠 사람이니, 뭐 하루바삐 죽어야 해요. 죽어야 하고, 또 죽어서 마땅해요. 그런데 글쎄 죽지를 않고 꼼지락꼼지락 도로 살아나니 성화라구는, 내…….

해답

- -

1. 아저씨의 어리석음과 무능함을 비판하고 냉소적으로 바라본다.　**2.** 과거에는 부모 잃은 나를 길러주고 남에게 도움을 받지 않을 정도로 살았지만 결혼 후 아저씨의 사회주의 운동으로 폐인이 되어가면서 생활을 책임지는 가장 노릇을 하고 있다.

11

돌다리, 이태준

이태준(李泰俊, 1904~?) ● ● 강원 철원에서 태어났다. 1920년 〈시대일보〉에 〈오몽녀〉를 발표하며 활동을 시작하였다. 박태원, 이효석, 정지용 등과 '구인회'를 결성하여 활동. 해방 후 월북하였다가 숙청되어 고철 장수 등을 전전하다 숨졌다고 한다.
그의 작품은 향토적이며 서정적인 세계에 어울리는 문체, 세태의 변화에 밀려가는 소외된 자의 잔잔한 아픔이 서정적으로 그려진 것이 특징이다.
소설뿐 아니라 동화, 희곡도 다수 발표하였으며, 많은 평론이 있다.
대표작에는 〈아무 일도 없소〉 〈불우 선생〉 〈돌다리〉 〈산월이〉 〈영월 영감〉 〈까마귀〉 〈농군〉 〈해방 전후〉 〈꽃나무는 심어 놓고〉 〈마부와 교수〉 〈딸 삼형제〉 등이 있다.

11

돌다리, 이태준

정거장에서 샘말 십 리 길을 내려오노라면 반이 될 락말락한 데서부터 샘말 동네보다는 그 건너편 산기슭에 놓인 공동묘지가 먼저 눈에 뜨인다.

창섭은 잠깐 걸음을 멈추고까지 바라보았다.

봄에 올 때 보면, 진달래가 불붙듯 피어 올라가는 야산이다. 지금은 단풍철도 지나고 누르테테한 가닥나무들만 묘지를 둘러, 듣지 않아도 적막한 버스럭 소리만 울릴 것 같았다. 어느 것이라고 집어 낼 수는 없어도, 창옥의 무덤이 어디쯤이라고는 짐작이 된다. 창섭은 마음으로 '창옥아' 불러 보며 묵례를 보냈다.

다만 오뉘뿐으로 나이가 훨씬 떨어진 누이였었다. 지금도 눈에 선―하다. 자기가 마침 방학으로 와 있던 여름이었다. 창옥은 저녁 먹다 말고 갑자기 복통으로 뒹굴었다. 읍으로 뛰어들어가 의사를 청해 왔다. 의사는 주사를 놓고 들어갔다. 그러나 밤새도록 열은 내리지 않았고 새벽녘엔 아파하는 것도 더해 갔다. 다시 의사를 데리러 갔으나 의사는 바쁘다고 환자를 데려오라 하였다. 하라는 대로 환자를 데리고 들어갔으나 역시 오진(誤診)을 했었다. 다시 하루를 지나 고름이 터지고 복막(腹膜)이 절망적으로 상해 버린 뒤에야 겨우 맹장염(盲?炎)인 것을 알아낸 눈치였다.

그때 창섭은, 자기도 어른이기만 했으면 필시 의사의 멱살을 들었을 것이었다. 이런, 누이의 허무한 주검에서 창섭은 뜻을 세워, 아버지가 권하는 고농(高農)을 마다하고 의전(醫專)으로 들어갔고, 오늘에 이르러는, 맹장 수술로는 서울서도 정평이 있는 한 권위가 된 것이다.

'창옥아, 기뻐해 다구. 이번에 내 병원이 좋은 건물을 만나 커지는 거다. 개인 병원으론 제일 완비한 수술실이 실현될 거다! 입원실 부족도 해결될 거다. 네 사진을 크게 확대해 내 새 진찰실에 걸어 노마 ……'

창섭은 바람도 쌀쌀할 뿐 아니라 오후 차로 돌아가야 할 길이라 걸음을 재우쳤다.

길은 그전보다 넓어도졌고 바닥도 평탄하였다. 비나 오면 진흙에 헤어날 수 없었는데 복판으로는 자갈이 깔리고 어떤 목은 좁아서 소바리[1]가 논으로 미끄러져 들어가기 십상이었는데 바위를 갈라 내어서까지 일매지게[2] 넓은 길로 닦아졌다. 창섭은, '이럴 줄 알았더면 정거장에서 자전거라도 빌려 타고 올걸' 하였다.

눈에 익은 정자나무 선 논이며 돌각담을 두른 밭들도 나타났다. 자기 집 논과 밭들이었다. 논둑에 선 정자나무는 그전부터 있는 것이나 밭에 돌각담들은 아버지께서 손수 쌓으신 것이다.

창섭의 아버지는 근검(勤儉)으로 근방에 소문난 영감이다. 그러나 자기 대에 와서는 밭 하루갈이도 늘쿠지는 못한 것으로도 소문난 영감이다. 곡식값보다는 다른 물가들이 높아졌을 뿐 아니라 전대(前代)에는 모르던 아들의 유학이란 것이 큰 부담인데다가,

"할아버니와 아버니께서 나를 부자 소린 못 들어도 굶는단 소린 안 듣고 살도록 물려주시구 가셨다. 드럭드럭 탐내 모아선 뭘 허니, 할아버니께서 쇠똥을 맨손으로 움켜다 넣시던 논, 아버니께서 멍덜을 손수 이룩허신 밭을 더 건 논으로 더 기름진 밭이 되도록, 닦달만 해가기에도 내겐 벅찬 일일 게다."

하고 절용해 쓰고 남는 돈이 있으면 그 돈으로는 품을 몇씩 들여서까지 비뚠

1) 소에 짐을 나르는 일   2) 고르고 가지런하게

논배미를 바로잡기, 밭에 돌을 추려 바람맞이로 담을 두르기, 개울엔 둑막이하기, 그리다가 아들이 의사가 된 후로는, 아들 학비로 쓰던 몫까지 들여서 동네 길들은 물론, 읍길과 정거장 길까지 닦아 놓았다. 남을 주면 땅을 버린다고 여간 근실한 자국이 아니면 소작을 주지 않았고, 소를 두 필이나 매고 일꾼을 세 명씩이나 두고 적지 않은 전답을 전부 자농(自農)으로 버티어 왔다. 실속이 타작(打作)만 못하다는 둥, 일꾼 셋이 저희 농사 해 가지고 나간다는 둥 이해만을 따져 비평하는 소리가 많았으나 창섭의 아버지는 땅을 위해서는 자기의 이해만으로 타산하려 하지 않았다. 이와 같은 임자를 가진 땅들이라 곡식은 거둔 뒤 그루만 남은 논과 밭이되, 그 바닥들의 고름, 그 언저리들의 바름, 흙의 부드러움이 마치 시루떡 모판이나 대하는 것처럼 누구의 눈에나 탐스럽게 흐뭇해 보였다.

이런 땅을 팔기에는, 아무리 수입은 몇 배 더 나은 병원을 늘쿠기 위해서나 아버지께 미안하지 않을 수 없었다. 그러나 잡히거나 해가지고는 삼만 원 돈을 만들 수가 없었고, 서울서 큰 양관(洋館)[3]을 손에 넣기란 돈만 있다고도 아무 때나 될 일이 아니었다.

'아버지께선 내년이 환갑이시다! 어머니께선 겨울이면 해마다 기침이 도지신다. 진작부터 내가 모셔야 했을 거다. 그런데 내가 시골로 올 순 없고, 천생 부모님이 서울로 가시어야 한다. 한동네서도 땅을 당신만치 못 거둘 사람에겐 소작을 주지 않으셨다. 땅 전부를 소작을 내어맡기고는 서울 가 편안히 계실 날이 하루도 없으실 게다. 아버님의 말년을 편안히 해드리기 위해서도 땅은 전부 없애버릴 필요가 있는 거다!'

창섭은 샘말에 들어서자 동구에서 이내 아버지를 뵐 수가 있었다. 아버지는, 가에는 살얼음이 잡힌 찬물에 무릎까지 걷고 들어서서 동네 사람들을 축추겨 돌다리를 고치고 계시었다.

"어떻게 갑재기 오느냐?"

"네 좀 급히 여쭤 봐야 할 일이 생겼습니다."

"그래? 먼저 들어가 있거라."

동네 사람 수십 명이 쇠고삐 두 기장은 흘러내려간 다릿돌을 동아줄에 얽어

3) 서양식 건물

끌어올리고 있었다. 개울은 동네 복판을 흐르고 있어 아래위로 징검다리는 서너 군데나 놓였으나 하룻밤 비에도 일쑤 넘치어 모두 이 큰 돌다리로 통행하던 것이었다. 창섭은 어려서 아버지께 이 큰 돌다리의 내력을 들은 것이 아직도 기억에 남아 있다.

"너이 증조부님 돌아가시어서다. 산소에 상돌을 해오시는데 징검다리로야 건네올 수가 있니? 그래 너이 조부님께서 다리부터 이렇게 넓구 튼튼한 돌루 노신 거란다."

그 후 오륙십 년 동안 한 번도 무너진 적이 없었는데 몇 해 전 어느 장마엔 어찌 된 셈인지 가운데 제일 큰 장이 내려앉아 떠내려갔던 것이다. 두께가 한 자는 실하고 폭이 여섯 자, 길이는 열 자가 넘는 자연석 그대로라 여간 몇 사람의 힘으로는 손을 댈 엄두부터 나지 못하였다. 더구나 불과 수십 보 이내에 면(面)의 보조를 얻어 난간까지 달린 한다한 나무다리가 놓인 뒤에 일이라 이 돌다리는 동네 사람들에게 완전히 잊혀진 채 던져져 있던 것이었다.

집에 들어가니, 어머니는 다리 고치는 사람들 점심을 짓느라고, 역시 여러 명의 동네 여편네들과 허둥거리고 계시었다.

"웬일인데 어째 혼자만 오느냐?"

어머니는 손자아이들부터 보이지 않음을 물으신다.

"오늘루 가야겠어서 아무두 안 데리구 왔습니다."

"오늘루 갈 걸 뭘 허 오누?"

"인전 어머니서껀 서울로 모셔 갈 채빌 허러 왔다우."

"서울루! 제발 아이들허구 한데서 살아 봤음 원이 없겠다."

하고 어머니는 땅보다, 조상님들 산소나 사당보다 손자아이들에게 더 마음이 끌리시는 눈치였다. 그러나 아버지만은 그처럼 단순히 들떠질 마음이 아니었다.

아버지는 아들의 뒤를 쫓아 이내 개울에서 들어왔다. 아들은, 의사인 아들은, 마치 환자에게 치료방법을 이르듯이, 냉정히 차근차근히 이야기를 시작하였다. 외아들인 자기가 부모님을 진작 모시지 못한 것이 잘못인 것, 한집에 모이려면 자기가 병원을 버리기보다는 부모님이 농토를 버리시고 서울로 오시는 것이 순리인 것, 병원은 나날이 환자가 늘어 가나 입원실이 부족되어 오는 환자의 삼분지 일밖에 수용 못 하는 것, 지금 시국에 큰 건물을 새로 짓기란 거의 불가능의 일인 것, 마침 교통 편한 자리에 삼층 양옥이 하나 난 것, 인쇄소였던 집인데 전체가 콘크리트여서 방화 방공으로 가치가 충분한 것, 삼층은 살림집과 직공들의 합숙실로 꾸미었던 것이라 입원실로 변장하기에 용이한 것, 각층에 수도·가스가 다 들어온 것, 그러면서도 가격은 염한 것, 염하기는 하나 삼만 이천 원이라, 지금의 병원을 팔면 일만 오천 원쯤은 받겠지만 그것은 새 집을 고치는 데와, 수술실의 기계를 완비하는 데 다 들어갈 것이니 집값 삼만 이천 원은 따로 있어야 할 것, 시골에 땅을 둔대야 일년에 고작 삼천 원의 실리가 떨어질지 말지 하지만 땅을 팔아다 병원만 확장해 놓으면, 적어도 일년에 만 원 하나씩은 이익을 뽑을 자신이 있는 것, 돈만 있으면 땅은 이담에라도, 서울 가까이라도 얼마든지 좋은 것으로 살 수 있는 것…… 아버지는 아들의 의견을 끝까지 잠잠히 들었다. 그리고,

"점심이나 먹어라. 나두 좀 생각해 봐야 대답허겠다."

하고는 다시 개울로 나갔고, 떨어졌던 다릿돌을 올려놓고야 들어와 그도 점심상을 받았다.

점심을 자시면서였다.

"원, 요즘 사람들은 힘두 줄었나 봐! 그 다리 첨 놀 제 내가 어려서 봤는데 불과 여남은이서 거들던 돌인데 장정 수십 명이 한나잘을 씨름을 허다니!"

"나무다리가 있는데 건 왜 고치시나요?"

"너두 그런 소릴 허는구나. 나무가 돌만허다든? 넌 그 다리서 고기 잡던 생각두 안 나니? 서울루 공부 갈 때 그 다리 건너서 떠나던 생각 안 나니? 시쳇사람들은 모두 인정이란 게 사람헌테만 쓰는 건 줄 알드라! 내 할아버니 산소에 상돌을 그 다리로 건네다 모셨구, 내가 천잘 끼구 그 다리루 글 읽으러 댕겼다. 네 어미두 그 다리루 가말 타구 내 집에 왔어. 나 죽건 그 다리루 건네다 묻어라…… 난 서울 갈 생각 없다."

"네?"

"천금이 쏟아진대두 난 땅은 못 팔겠다. 내 아버님께서 손수 이룩허시는 걸 내 눈으루 본 밭이구, 내 할아버님께서 손수 피땀을 흘려 모신 돈으루 장만허신 논들이야. 돈 있다고 어디가 느르지논 같은 게 있구, 독시장밭 같은 걸 사? 느르지 논둑에 선 느티나문 할아버님께서 심으신 거구, 저 사랑마당엣은행나무는 아버님께서 심으신 거다. 그 나무 밑에를 설 때마다 난 그 어른들 동상(銅像)이나 다름없이 경건한 마음이 솟아 우러러보군 헌다. 땅이란 걸 어떻게 일시 이해를 따

져 사구 팔구 허느냐? 땅 없어 봐라, 집이 어딨으며 나라가 어딨는 줄 아니? 땅이란 천지만물의 근거야. 돈 있다구 땅이 뭔지두 모르구 욕심만 내 문서쪽으로 사모기만 하는 사람들, 돈놀이처럼 변리만 생각허구 제 조상들과 그 땅과 어떤 인연이란 건 도시 생각지 않구 헌신짝 버리듯 하는 사람들, 다 내 눈엔 괴이한 사람들루밖엔 뵈지 않드라."

"......."

"네가 뉘 덕으루 오늘 의사가 됐니? 내 덕인 줄만 아느냐? 내가 땅 없이 뭘루? 밭에 가 절하구 논에 가 절해야 쓴다. 자고로 하눌 하눌 허나 하눌의 덕이 땅을 통허지 않군 사람헌테 미치는 줄 아니? 땅을 파는 건 그게 하눌을 파나 다름없는 거다."

"......."

"땅을 밟구 다니니까 땅을 우섭게들 여기지? 땅처럼 응과(應果)⁴⁾가 분명헌 게 무어냐? 하눌은 차라리 못 믿을 때두 많다. 그러나 힘들이는 사람에겐 힘들이는 만큼 땅은 반드시 후헌 보답을 주시는 거다. 세상에 흔해 빠진 지주들, 땅은 작인들헌테나 맽겨 버리구, 떡 도회지에 가 앉어 소출은 팔어다 모다 도회지에 낭비해 버리구, 땅 가꾸는 덴 단돈 일 원을 벌벌 떨구, 땅으루 살며 땅에 야박한 놈은 자식으로 치면 후레자식 셈이야. 땅이 말을 할 줄 알어 봐라? 배가 고프단 땅이 얼마나 많을 테냐? 해마다 걷어만 가구, 땅은 자갈밭이 되니 아나? 둑이 떠나가니 아나? 거름 한번을 제대로 넣나? 정 급허게 돼 작인이 우는 소리나 해야 요즘 너이 신의들 주사침 놓듯, 애꿎인 금비(藥品肥料)만 갖다 털어넣지. 그렇게 땅을 홀댈 허군 인제 죽어서 땅이 무서서 어디루들 갈 텐구!"

창섭은 입이 얼어 버리었다. 손만 부비었다. 자기의 생각은 너무나 자기 본위였던 것을 대뜸 깨달았다. 땅에는 이해를 초월한 일종 종교적 신념을 가진 아버지에게 아들의 이단적(異端的)인 계획이 용납될 리 만무였다. 아버지는 상을 물리고도 말을 계속하였다.

"너루선 어떤 수단을 쓰든지 병원부터 확장허려는 게 과히 엉뚱헌 욕심은 아닐 줄두 안다. 그러나 욕심을 부런 못쓰는 거다. 의술은 예로부터 인술(仁術)이

4) 상응되는 결과

라지 않니? 매살 순탄허게 진실허게 해라."

"……."

"네가 가업을 이어나가지 않는다군 탄허지 않겠다. 넌 너루서 발전헐 길을 열었구, 그게 또 모리지배(謀利之輩)의 악업이 아니라 활인(活人)허는 인술이구나! 내가 어떻게 불평을 말허니? 다만 삼사 대 집안에서 공들여 이룩해 논 전장을 남의 손에 내맡기게 되는 게 저윽 애석헌 심사가 없달 순 없구……."

"팔지 않으면 그만 아닙니까?"

"나 죽은 뒤에 누가 거두니? 너두 이제두 말했지만 너두 문서쪽만 쥐구 서울 앉어 지주 노릇만 허게? 그따위 지주허구 작인 틈에서 땅들만 얼말 곯는지 아니? 안 된다. 팔 테다. 나 죽을 임시엔 다 팔 테다. 돈에 팔 줄 아니? 사람헌테 팔 테다. 건너 용문이는 우리 느르지논⁵⁾ 같은 건 한 해만 부쳐 보구 죽어두 농군으로 태났던 걸 한허지 않겠다구 했다. 독시 장밭을 내논다구 해봐라, 문보나 덕길이 같은 사람은 길바닥에 나앉드라두 집을 팔아 살려구 덤빌 게다. 그런 사람들이 땅임자 안 되구 누가 돼야 옳으냐? 그러니 아주 말이 난 김에 내 유언(遺言)이다. 그런 사람들 무슨 돈으로 땅값을 한몫 내겠니? 몇몇 해구 그 땅 소출을 팔아 연년이 갚어 나가게 헐 테니 너두 땅값을랑 그렇게 받어 갈 줄 미리 알구 있거라. 그리구 네 모가 먼저 가면 내가 묻을 거구, 내가 먼저 가게 되면 네 모만은 네가 서울루 그때 데려가렴. 난 샘말서 이렇게 야인(野人)으로나 죄 없는 밥을 먹다 야인인 채 묻힐 걸 흡족히 여긴다."

"……."

"자식의 젊은 욕망을 들어 못 주는 게 애비 된 맘으루두 섭섭허다. 그러나 이 늙은이헌테두 그만 신념쯤 지켜 오는 게 있다는 걸 무시하지 말어 다구."

아버지는 다시 일어나 담배를 피우며 다리 고치는 데로 나갔다. 옆에 앉았던 어머니는 두 눈에 눈물을 쭈루루 흘리었다.

"너이 아버지가 여간 고집이시냐?"

"아뇨, 아버지가 어떤 어룬이신 건 오늘 제가 더 잘 알았습니다. 우리 아버진 훌륭헌 인물이십니다."

5) 기름진 논

11
이태준

돌다리

그러나 창섭도 코허리가 찌르르하였다. 자기가 계획하고 온 일이 실패한 것쯤은 차라리 당연하게 생각되었고, 아버지와 자기와의 세계가 격리되는 일종의 결별의 심사를 체험하는 때문이었다.

*

아들은 아버지가 고쳐 놓은 돌다리를 건너 저녁차를 타러 가버리었다. 동구밖으로 사라지는 아들의 뒷모양을 지키고 섰을 때, 아버지의 마음도, 정말 임종에서 유언이나 하고 난 것처럼 외롭고 한편 불안스러운 심사조차 설레었다.

아버지는 종일 개울에서 허덕였으나 저녁에 잠도 달게 오지 않았다. 젊어서 서당에서 읽던 백낙천(白樂天)[6]의 시가 다 생각이 났다. 늙은 제비 한 쌍을 두고 지은 노래였다. 제 뱃속이 고픈 것은 참아 가며 입에 얻어 문 것은 새끼들부터 먹여 길렀으나, 새끼들은 자라서 나래에 힘을 얻자 어디로인지 저희 좋을 대로 다 날아가 버리어, 야위고 늙은 어버이 제비 한 쌍만 가을 바람 소슬한 추녀끝에 쭈그리고 앉았는 광경을 묘사하였고, 나중에는, 그 늙은 어버이 제비들을 가리켜, 새끼들만 원망하지 말고, 너희들이 새끼 적에 역시 그러했음도 깨달으라는 풍자(諷刺)의 시였다.

'흥!'

노인은 어두운 천장을 향해 쓴웃음을 짓고 날이 밝기를 기다려 누구보다도 먼저 어제 고쳐 놓은 돌다리를 보러 나왔다.

흙탕이라고는 어느 돌틈에도 남아 있지 않았다. 첫곬으로도, 가운뎃곬으로도 끝엣곬으로도 맑기만 한 소담한 물살이 우쭐우쭐 춤추며 빠져 내려갔다. 가운뎃장으로 가 쾅 굴러 보았다. 발바닥만 아플 뿐 끄떡이 있을 리 없다. 노인은 쭈루루 집으로 들어와 소금 접시와 낯수건을 가지고 나왔다. 제일 낮은 받침돌에 내려앉아 양치를 하고 세수를 하였다. 나중에는 다시 이가 저린 물을 한입 물어 마시며 일어섰다. 속에 모든 게 씻기는 듯 시원하였다. 그리고 수염에 물을 닦으며 이렇게 생각하였다.

'비가 아무리 쏟아져도 어떤 한정을 넘는 법은 없다. 물이 분수없이 늘어 떠내

6) 중국 당나라 때 시인

려갔던 게 아니라 자갈이 밀려 내려와 물구멍이 좁아졌든지, 그렇지 않으면, 어느 받침돌의 밑이 물살에 궁굴러 쓰러졌던 그런 까닭일 게다. 미리 바닥을 치고 미리 받침돌만 제대로 보살펴 준다면 만년을 간들 무너질 리 없을 게다. 그저 늘 보살펴야 허는 거다. 사람이란 하눌 밑에 사는 날까진 하루라도 천리(天理)에 방심을 해선 안 되는 거다······.'

해답

1. 서울에서 부모님을 모시겠다는 것 2. 땅에 대한 아버지의 확고한 태도를 확인했기 때문에 3. 단순한 다리가 아니라 아버지의 추억과 노력이 담긴 귀중한 전통의 의미를 지닌다. 4. 땅이란 천지 만물의 근거야.

12

별, 황순원

황순원(黃順元, 1915~2000) ● ● 평남 대동에서 태어났다. 1931년 '동광'지에 〈나의 꿈〉을 발표하여 문단에 등단한 후 〈별〉 등의 소설을 쓰기 시작했다. 그의 작품의 특성은 소설을 시적으로 제작하였다는 점이다. 이 서정주의의 힘은 휴머니즘이라는 주제와 맞물리면서 리얼리즘보다 더한 힘을 발휘했다. 전쟁 체험을 소설화한 단편들에서도, 일시적인 이념 대립의 모순을 민족애와 같은 끈끈한 정으로 치유하고 있는 휴머니티가 넘치고 있다. 그의 대표작에는 〈어둠 속에 찍힌 판화〉〈학〉〈너와 나만의 시간〉〈소나기〉〈독짓는 늙은이〉〈목넘이 마을의 개〉《별과 같이 살다》《카인의 후예》《나무들 비탈에 서다》 등이 있다.

12

별, 황순원

　　　　　　　　　　　　　　　　　　　동네 애들과 노는 아이를
　　　　　　　　　　　　　　　　　한동네 과수[1] 노파가 보
고, 같이 저자에라도 다녀오는 듯한 젊은 여인에게 무심코, 쟈 동복 누이[2]가 꼭
죽은 쟈 오마니 닮았디 왜, 한 말을 얼김에 듣자 아이는 동무들과 놀던 것도 잊어
버리고 일어섰다. 아이는 얼핏 누이의 얼굴을 생각해 내려 하였으나 암만해도
떠오르지 않았다. 집으로 뛰면서 아이는 저도 모르게, 오마니 오마니, 수없이 외
었다. 집뜰에서 이복동생을 업고 있는 누이를 발견하고 달려가 얼굴부터 들여다
보았다. 너무나 엷은 입술이 지나치게 큰 데 비겨 눈은 짭짤하니 작고, 그 눈이
또 늘 몽롱히 흐려 있는 누이의 얼굴. 아홉 살 난 아이의 눈은 벌써 누이의 그런
얼굴 속에서 기억에는 없으나 마음 속으로 그렇게 그려 오던 돌아간 어머니의
모습을 더듬으며 떨리는 속으로 찬찬히 누이를 바라보았다. 참으로 오마니는 이
누이의 얼굴과 같았을까. 그러자 제법 어른처럼 갓난 이복동생을 업고 있던 열
한 살잡이 누이는 전에없이 별나게 자기를 자세히 들여다보는 동복 남동생에게

---

1) 과부　2) 한어머니에게서 난 누이 / 친누나

마치 어머니다운 애정이 끓어오르기나 한 듯이 미소를 지어 보였을 때, 아이는 누이의 지나치게 큰 입 새로 드러난 검은 잇몸을 바라보며 누이에게서 돌아간 어머니의 그림자를 찾던 마음은 온전히 사라지고, 어머니가 누이처럼 미워서는 안 된다고 머리를 옆으로 저었다. 우리 오마니는 지금 눈앞에 있는 누이로서는 흉내도 못 내게스레 무척 이뻤으리라. 그냥 남동생이 귀엽다는 듯이 미소를 짓고 있는 누이에게 아이는 처음으로 눈을 흘기며 무서운 상을 해 보였다. 미운 누이의 얼굴이 놀라 한층 밉게 찌그러질 만큼. 생각다 못해 종내 아이는 누이가 꼭 어머니 같다고 한 동네 과수 노파를 찾아 자기 집에서 왼편 쪽으로 마주난 골목 막다른 집으로 갔다. 마침 노파는 새로 지은 저고리 동정에 인두질³⁾을 하고 있었다. 늘 남에게 삯바느질을 시켜 말쑥한 옷만 입고 다녀 동네에서 이름난 과수 노파가 제 손으로 인두질을 하다니 웬일일까. 그러나 아이를 보자 과수 노파는 아이보다도 더 의아스러운듯한 눈치를 하면서 인두를 화로에 꽂는다. 아이는 곧 노파에게, 아니 우리 오마니하구 우리 뉘하구 같이 생겼단 말은 거짓말이디요? 했다. 노파는 더욱 수상하다는 듯이 아이를 바라보다가 그러나 남의 일에는 흥미없다는 얼굴로, 왜 닮았디, 했다. 아이는 떨리는 입술로 다시, 아니 우리 오마니 입하구 뉘 입하구 다르게 생기디 않았이요? 하고 열심히 물었다. 노파는 이번에는 화로에 꽂았던 인두를 뽑아 자기 입술 가까이 갖다 대어 보고 나서, 반만큼 세운 왼쪽 무릎 치마에 문대고는 일감을 잡으며 그저, 그러구 보믄 다르든 것 같기두 하군, 했다. 아이는 인두질하는 과수 노파의 손 가까이로 다가서며 퍼뜩 과수 노파의 손이 나이보다는 젊고 고와 보인다는 생각을 하면서, 우리 오마니 닛몸은 우리 뉘 닛몸터럼 검디 않구 이뻤디요? 했다. 과수 노파는 아이가 가까이 다가와 어둡다는 듯이 갑자기 인두 든 손으로 아이를 물러나라고 손짓하고 나서 한결같이 흥없이, 그래앤, 했다. 그러나 아이만은 여기서 만족하여 과수 노파의 집을 나서 그달음으로 자기 집까지 뛰어오면서, 그러면 그렇지 우리 오마니가 뉘처럼 미워서야 될 말이냐고 속으로 수없이 되뇌었다. 안뜰에 들어서자 누이가 안 보임을 다행으로 여기며 방 안으로 들어갔다. 그리고 책상 앞으로 가 란도셀 속에서 산수책을 꺼내다가 그 속에 인형을 발견하고 주춤 손을 거두었다. 누이

---

3) 다림질

가 비단 색형겊을 모아 만들어 준 낭자를 튼 예쁜 각시인형이었다. 그리고 아이가 언제나 란도셀 속에 넣어 가지고 다니는 인형이었다. 과목은 요일을 따라 바뀌었으나 항상 란도셀 속에 이 인형만은 변함없이 들어 있었다. 아이는 인형을 꺼내 들었다. 그러나 지금 아이는 이 인형의 여태까지 그렇게 이쁘던 얼굴이 누이의 얼굴이나처럼 미워짐을 어쩔 수 없었다. 곧 아이는 인형을 내다버려야 한다는 걸 느꼈다. 그걸 품에 품고 밖으로 나섰다. 저녁 그늘이 내린 과수 노파가 사는 골목을 얼마 들어가다 아이는 주위에 사람 없는 것을 살피고 나서 주머니에서 칼을 꺼냈다. 칼 끝으로 땅을 파 가지고 거기에다 품 속의 인형을 묻었다. 그리고는 그곳을 떠났다. 인형인가 누이인가 분간 못 할 서로 얽힌 손들이 매달리는 것 같음을 아이는 느꼈다. 그러나 아이는 어머니와 다른 그 손들을 쉽사리 뿌리칠 수 있었다. 골목을 다 나온 곳에서 달구지를 벗은 당나귀가 아이의 아랫도리를 찼다. 아이는 굴러 나가동그라졌다. 분하다. 일어난 아이는 당나귀 고삐를 쥐고 달구지채로 해서 당나귀 등에 올라탔다. 당나귀가 제 꼬리를 물려는 듯이 돌다가 날뛰기 시작했다. 아이는, 그럼 우리 오마니가 뉘터럼 생겼단 말이가? 뉘터럼 생겼단 말이가? 하고 당나귀가 알아나 듣는 것처럼 소리를 질렀다. 당나귀가 더 날뛰었다. 아이의, 뉘터럼 생겼단 말이가 하는 소리가 더 커졌다. 그러다가 별안간 뒤에서 누이의 데련! 하는 부르짖음 소리를 듣고 당나귀 등에서 떨어지고 말았다. 땅에 떨어진 아이는 다리 하나를 약간 삔 채로 나자빠져 있었다. 누이가 분주히 달려왔다. 그러나 아이는 누이가 위에서 굽어보며 붙들어 일으키려는 것을 무지스럽게 손으로 뿌리치고는 혼자 벌떡 일어나, 삔 다리를 예사롭게 놀려 집으로 돌아왔다.

갓난 이복동생을 업어 주는 것이 학교 다녀온 뒤의 나날의 일과가 되어 있는 누이가, 하루는 아이의 거동에서 자기를 꺼리고 있다는 것을 눈치채고는 그런 동생을 기쁘게 해 주려는 듯이, 업은 애의 볼기짝을 돌려 대더니 꼬집기 시작했다. 물론 누이의 손은 힘껏 꼬집는 시늉만 했고, 그럴 적마다 그 작은 눈을 힘주는 듯이 끔쩍끔쩍하였지만, 결국은 애가 울지 않을 정도로 조심하면서 꼬집어 대는 것이었다. 사실 줄곧 누이에게만 애를 업히는 의붓어머니에게 슬그머니 불평 같은 것이 가고 누이에게는 동정이가던 아이었다. 그러나 이날 아이는 자기를 기껍게나[4] 해 주려는 듯이 이복동생의 볼기짝을 힘껏 꼬집는 시늉을 하는 누

이에게 재미있다는 생각이 일기는커녕 도리어 밉고, 실눈을 끔쩍일 적마다 흉하
게만 여겨졌다. 아이는 문득 누이를 혼내어 줄 계교가 생각났다. 그는 날렵하게
달려가 이복동생의 볼기짝을 진짜로 꼬집어 댔다. 그리고 업힌 애가 울음을 터
뜨리는 걸 보고야 꼬집기를 멈추고 골목으로 뛰어가 숨었다. 이제 턱이 밭은 의
붓어머니가 달려나와, 왜 애를 그렇게 갑자기 울리느냐고 누이를 꾸짖으리라.
아이는 골목에서 몰래 의붓어머니가 나오기만 기다렸다. 사실 곧 의붓어머니는
나왔다. 그리고 또 어김없이 누이를 내려다보면서, 앨 왜 그렇게 갑자기 울리니,
했다. 아이는 재미나하는 장난스런 미소를 떠올렸다. 그러나 다음 순간 아이는
누이의 대답이 어떨까 하는 생각이 들면서, 이번에는 저도 모르게 미소가 걷히
고 귀가 기울어졌다. 그렇게 자기들에게 몹쓸게 굴지는 않는다고 생각되면서도
어딘가 어렵고 두렵게만 여겨지는 의붓어머니에게 겁난 누이가 그만 자기가 꼬
집어서 운다고 바로 이르거나 하면 어쩌나. 그러나 누이는 의붓어머니가 어렵고
힘들고 두렵게 생각되지도 않는지 대담스레 고개를 들고, 아마 내 등을 빨다가
울 젠 배가 고파 그런가 봐요, 하지 않는가. 아, 기묘한 거짓말을 잘 돌려댄다. 그
러나 지금 대담하게 의붓어머니에게 거짓말을 하여 자기를 감싸 주는 누이에게
서 어머니의 애정 같은 것이 풍기어 오는 듯함을 느끼자 아이는, 우리 오마니가
뉘 같지는 않았다고 속으로 부르짖으며 숨었던 골목에서 나와 의붓어머니에게
로 걸어갔다. 그리고는, 난 또 애 업구 어디 넘어디다나 않았나 했군, 하면서 누
이의 등에서 어린애를 풀어 내고 있는 의붓어머니에게 아이도 이번에는 겁내지
않고, 이자 내가 애 엉뎅일 꼬집었어요, 했다.

　아이는 옥수수를 좋아했다. 옥수수를 줄줄이 다음다음 뜯어먹는 게 참 재미있
었다. 알이 배고 줄이 곧은 자루면 엄지손가락 쪽의 손바닥으로 되도록 여러 알
을 한꺼번에 눌러 밀어 얼마나 많이 붙은 쌍동아를 떼낼 수 있나 누이와 내기하
기도 했다. 물론 아이는 이 내기에서 누이한테 늘 졌다. 누이는 줄이 곧지 않은
옥수수를 가지고도 꽤는 잘 여러 알 붙은 쌍동이를 떼내곤 했다. 그렇게 떼낸 쌍
동이를 누이가 손바닥에 놓아 내밀어 아이는 맛있게 그걸 집어먹기도 했었다.

4) 속마음에 썩 바쁘게

그러나 이날 아이는 누이가, 우리 누가 많이 쌍동이를 만드나 내기할까? 하는 것을 단박에, 싫어! 해 버렸다. 누이는 혼자 아이로서는 엄두도 못 낼 긴 쌍동이를 떼냈다. 아이는 일부러 줄이 곧게 생긴 옥수수자루인데도 쌍동이를 떼내지 않고 알알이 뜯어먹고만 있었다. 누이는 금방 뜯어 낸 쌍동이를 아이에게 내주었다. 그러나 아이는 거칠게, 싫어! 하고 머리를 도리질하고 말았다. 누이가 새로 더 긴 쌍동이를 뜯어 내서는 다시 아이에게 내밀었다. 그러나 누이가 마치 어머니나처럼 굴 적마다 도리어 돌아간 어머니가 누이와 같지 않다는 생각으로 해서 더 누이에게 냉정할 수 있는 아이는, 내민 누이의 손을 쳐 쌍동이를 떨궈 버리고 말았다. 그러던 어떤 날 저녁, 어둑어둑한 속에서 아이가 하늘의 별을 세며 별은 흡사 땅 위의 이슬과 같다고 생각하고 있는데, 누이가 조심스레 걸어오더니 어둑한 속에서도 분명한 옥수수 한 자루를 치마폭 밑에서 꺼내어 아이에게 쥐어 주었다. 그러나 아이는 그것을 먹어 볼 생각도 않고 그냥 뜨물항아리 있는 데로 가 그 속에 떨구듯 넣어 버렸다.

아이는 또 땅바닥에 갖가지 지도 같은 금을 그으며 놀기를 잘했다. 바다를 모르는 아이는 바다 아닌 대동강을 여러 개 그리고, 산으로는 모란봉을 몇 개고 그리곤 했다. 그러다가 동무가 있으면 땅따먹기도 했다. 상대편의 말을 맞히고 뼘을 재어 구름이 피어오르는 듯한 땅과 무성한 나무 같은 땅을 만드는 게 재미있었다. 그날도 아이는 옆집 애와 길가에서 땅따먹기를 하고 있었다. 옆집 애의 땅한테 아이의 땅이 거의 잠식당하고 있었다. 한쪽 금에 붙어 꼭 반달처럼 생긴 땅과 거기에 붙은 한 뼘 남짓한 땅이 남았을 뿐이었다. 그것마저 옆집 애가 새로 말을 맞히고 한 뼘 재먹은 뒤에는 반달에 붙은 땅이 또 줄었다. 이번에는 아이가 칠 차례였다. 옆집 애가 말을 놓았다. 그것은 아이의 반달땅 끝에서 한껏 먼 곳이었다. 그러나 아이는 기어코 반달 끝에다 자기의 말을 놓았다. 옆집 애는 아이의 반달땅에 달린 다른 나머지 땅에서가 자기의 말이 제일 가까운데 왜 하필 반달 끝에서 치려는지 이상히 여기는 눈치였다. 사실 아이의 어디까지나 반달 끝에다 한 뼘 맘껏 둘러재어 동그라미를 그어 놓았으면 얼마나 아름다울지 모르겠다는 계획을 옆집 애는 알 턱 없었다. 아이는 반달 끝에서 옆집 애의 말까지의 길을 닦았다. 이번에는 꼭 맞혀 이 반달 위에 무지개같은 동그라미를 그어 놓으리라. 아이의 입은 꼭 다물어지고 눈은 빛났다. 뒤이어 아이는 옆집 애의 말을 겨누어 엄지손가락에 버텼던 장가락을 퉁기었다. 그러나 아이의 장가락 손톱에 맞은 말은 옆집 애의 말에서 꽤 먼 거리를 두고 빗나갔다. 옆집 애가 됐다는 듯이 곧 자기의 말을 집어들며 아이가 아무리 먼 곳에 말을 놓더라도 대번에 맞혀 버리겠다는 득의의 미소를 떠올렸다. 그러면서 아이의 말 놓기를 기다리다가 흐려지지도 않은 경계선을 사금파리 말을 세워 그었다. 아이의 반달 끝이 이지러지게 그어졌다. 아이가, 이건 왜 이르캐? 하고 고함쳤다. 옆집 애는 곧 다시 고쳐 금을 그었다. 옆집 애는 아이가 자기의 땅을 줄게 그어서 그러는 줄로 알았는지, 이번에는 반달의 등이 약간 살찌게 그어 놓았다. 아이는 그래도, 것두 아냐! 했다. 그러는데 어느 새 왔었는지 누이가 등 뒤에서 옆집 애의 말을 빼앗아서는 동생을 도와 반달의 배가 부르게 긋기 시작했다. 그러나 아이는 누이가 채 다 긋기도 전에 손바닥으로 막 지워 버리면서, 이건 더 아냐! 이건 더 아냐! 하고 소리질렀다.

하루는 아이가 뜰안에서 혼자 땅바닥에다 지도 같은 금을 그으며 놀고 있는데, 바깥에서 누이가 뒷집 계집애와 싸우는 소리가 들려, 마침 안의 어른들이 듣지 못하고 있는 것을 다행으로 열린 대문 새로 내다보았다. 아이가 늘 이쁘다고 생각해 오던 뒷집 계집애의 내민 역시 이쁜 얼굴에서, 그래 안 맞았단 말이가? 하는 말소리가 빠른 속도로 계속되는 대로, 또 누이의 내민 밉게 찌그러진 얼굴에서는, 안 맞디 않구, 하는 소리가 같은 속도로 계속되고 있었다. 땅따먹기 하다가 말이 맞았거니 안 맞았거니 해서 난 싸움이 분명했다. 어느 편이 하나 물러나는 법 없이 점점 더 다가들면서 내민 입으로 자기의 말소리를 좀더 이악스레[5] 빠르게들 하고 있는데, 저쪽에서 뒷집 계집애의 남동생이 달려오더니 다짜고짜로 누이에게 흙을 움켜 뿌리는 것이 아닌가. 그러자 뒷집 계집애의 이쁜 얼굴이 더 내밀어지며, 그래 안 맞았단 말이가? 하는 소리가 더 날카롭게 빠르게 계속되는 한편, 누이는 먼저 한 걸음 물러나며, 안 맞디 않구 하는 소리도 떠져 갔다. 뒷집 계집애의 남동생이 또 흙을 움켜 뿌렸다. 뒷집 계집애의 남동생이 흙을 움켜 뿌릴 적마다 이쪽 누이는 흠칫흠칫 물러나며 말소리가 줄고, 뒷집 계집애의 말소리는 더욱 잦아갔다. 그러자 아이는 저도 깨닫지 못하고 대문을 나서 그리로 걸어갔

5) 달라붙는 기세가 굳세고 끈덕지게

다. 아이를 보자 뒷집 계집애의 남동생이 우선 흙 뿌리기를 멈추고, 다음에 뒷집 계집애가 다가오기를 멈추고, 다음에 계집애의 말소리가 늦추어지고, 다음에 누이가 뒷걸음치던 걸음을 멈추었다. 그리고 누이는 뒷집 계집애의 남동생처럼 자기의 남동생도 역성을 들러 오는 것으로만 안 모양이어서 차차 기운을 내어 다가나가며, 안 맞디 않구, 안 맞디 않구, 하는 소리를 점점 빠르게 회복하고 있었다. 거기 따라 뒷집 계집애는 도로 물러나며 점차, 그래 안 맞았단 말이가? 하는 소리를 늦추고 있고, 뒷집 계집애의 남동생도 한 옆으로 아이를 피하고 있었다. 그러나 아이는 싸움터로 가까이 가자 누이의 흥분된 얼굴이 전에 없이 더 흉하게 느껴지면서, 어디 어머니가 저래서야 될 말이냐는 생각에, 냉연하게 그곳을 지나쳐 버리고 말았다. 그리고 등 뒤로 도로 빨라 가는 뒷집 계집애의 말소리와 급작스레 떠 가는 누이의 말소리를 들으면서도 아이는 누이보다 이쁜 뒷집 계집애가 싸움에 이기는 게 옳다고 생각하며 저만큼 골목 어귀에서 여물을 먹고 있는 당나귀에게로 걸어갔다.

열 네 살의 소년이 된 아이는 뒷집 계집애보다 더 이쁜 소녀와 알게 되었다. 검고 맑고 깊은 눈하며, 개끗하고 건강한 볼, 그리고 약간 노란 듯한 머리카락에서 풍기는 숫한 향기. 아이는 소녀와 함께 있으면서 그 맑은 눈과 건강한 볼과 머리카락 향기에 온전히 홀린 마음으로 그네를 바라보기만 하면 그만이었다. 그러나 소녀 편에서는 차차 말없이 자기를 처다보기만 하는 아이에게 마음 한구석으로 어떤 부족감을 느끼는 듯했다. 하루는 아이와 소녀는 모란봉 뒤 한 언덕에 대동강을 등지고 나란히 앉아 있었다. 언덕 앞 연보랏빛 하늘에는 희고 산뜻한 구름이 빛나며 떠 가고 있었다. 아이가 구름에 주었던 눈을 소녀에게로 돌렸다. 그리고는 소녀의 얼굴을 언제까지나 들여다보기 시작했다. 소녀의 맑은 눈에도 연보랏빛 하늘이 가득 차 있었다. 이제 구름도 피어나리라. 그러나 이때 소녀는 또 자기만 말끄러미 바라보고 있는 아이에게 느껴지는 어떤 부족감을 못 참겠다는 듯한 기색을 떠올렸는가 하면, 아이의 어깨를 끌어당기면서 어느 새 자기의 입술을 아이의 입에다 갖다 대고 비비었다. 아이는 저도 모르게 피하는 자세를 취하였으나 서로 입술을 비비고 난 뒤에야 소녀에게서 물러났다. 벌떡 일어났다. 그리고 아이는, 거친 숨을 쉬면서 상기돼 있는 소녀를 내려다보았다. 이미 소녀는 아이에게 결코 아름다운 소녀는 아니었다, 얼마나 추잡스러운 눈인가. 이 소녀도 어머니가 아니라는 생각이 불현듯 떠올랐다. 아이는 소녀에게서 돌아섰다. 소녀는 실망과 멸시[6]로 찬 아이의 기색을 느끼며 아이를 붙들려 했으나 아이는 쉽게 그네를 뿌리치고 무성한 여름의 언덕길을 뛰어내릴 수 있었다.

　하늘에 별이 별나게 많은 첫가을 밤이었다. 아이는 전에 땅 위의 이슬같이만 느껴지던 별이 오늘 밤엔 그 어느 하나가 꼭 어머니일 것 같은 생각이 들어, 수많은 별을 뒤지고 있었다. 그러나 아이는 곧 안에서 누구를 꾸짖는 듯한 아버지의 음성에 정신을 깨치고 말았다. 아이는 다시 하늘로 눈을 부었으나 다시는 어느 별 하나가 어머니라는 환상을 붙들 수는 없었다. 아쉬웠다. 다시 어버지의 누구를 꾸짖는 듯한 음성이 들려 나왔다. 아이는 아쉬운 마음으로 아버지의 음성이 들려 오는 창 가까이로 갔다. 안에서는 아버지가 두 번 다시 그런 눈치만 뵀단 봐라, 죽여 없애구 말 테니, 꼭대기 피두 안 마른 년이 누굴 망신 시킬려구, 하는 품이 누이 때문에 여간 노한 게 아닌 것 같았다. 좀한 일에는 노하는 일이 없는 아버지가 이렇도록 노함에는 심상치 않은 일이 일어났음에 틀림없었다. 의붓어머니의 조심스런 음성으로, 좌우간 그편 집안을 알아보시구레, 하는 말이 들려 나왔다. 이어서 여전히 아버지의, 알아보긴 쥐뿔을 알아봐! 하는 노기찬 음성이 뒤따랐다. 이번엔 누이의 나직이 떨리는 음성이 한 번, 동무의 오래비야요, 했다. 이젠 학교두 고만둬라, 하는 아버지의 고함에, 누이 아닌 아이가 등골이 서늘해짐을 느꼈다. 그러면서 얼마 전에 누이가 호리호리한 키에 흰 얼굴을 한 청년과 과수 노파가 살고 있는 골목 안에 마주 서 있는 것을 본 일이 생각났다. 그때 누이는 청년이 한반 동무의 오빠인데 심부름을 왔었다고 변명하듯 말했고, 아이는 아이대로 그저 모른 체하고 있었으나, 속으로는 누이 같은 여자와 좋아하는 청년의 마음을 정말 모르겠다고 생각했었다. 그 청년과 누이가 만나는 것을 집안에서도 알았음에 틀림없었다. 지금 안에서 의붓어머니의 낮으나 힘이 든 음성으로, 얘 넌 또 웬 성냥 장난이가! 하는 것만은 이제는 유치원에 다니게 된 이복동생을 꾸짖는 소리리라. 요사이 차차 의붓어머니가 어렵고 두렵기만 한 게 아니고 진정으로 자기네를 골고루 위해 주고 있다는 것을 깨닫게 된 아이는, 동복인

---

6) 업신여김 / 깔봄 / 무시

누이의 일로 의붓어머니를 걱정시키는 것이 아버지에게보다 더 안됐다고 생각됐다. 다시 의붓어머니의 조심성 있고 은근한 음성으로, 넌두 생각이 있갔다만 이제 네게 잘못이라두 생기믄 땅 속에 있는 너의 어머니한테 어떻게 내가 낯을 들겠니, 자 이젠 네 방으루 건너가그라, 함에 아이는 이번에는 의붓어머니의 애정에 얼굴이 달아오르면서, 정말 누이가 돌아간 어머니까지 들추어내게 하는 일을 저질렀다가는 용서 않는다고 절로 주먹이 쥐어졌다. 어디서 스며오듯 누이의 흐느끼는 소리가 들려 왔다. 두 번 다시 그런 일만 있었단 봐라, 초매(치마)루 묶어서 강물에 집어 넣구 말디 않나, 하는 아버지의 약간 노염은 풀렸으나 아직 엄한 음성에, 아이는 이번에는 또 밤바람과 함께 온몸을 한 번 부르르 떨었다.

   꽤 쌀쌀한 어떤 날 밤이었다. 의붓어머니가 아버지에게 애걸하다시피 하여 학교만은 그냥 다니게 된 누이보고 아이가, 우리 산보가, 했다. 누이는 먼저 뜻하지 않았던 일에 놀란 듯 흐린 눈을 크게 떠 보이고 나서 곧 아이를 따라 나섰다. 밖은 조각달이 달려 있었다. 그리고 수많은 별들이 빛나고 있었다. 싸늘한 바람이 불어 왔다. 바람이 불어 올 적마다 별들은 빛난다기보다 떨고 있는 것만 같았다. 아이는 앞서 대동강 쪽으로 난 길을 접어들었다. 누이는 그저 아이를 따랐다. 어둑한 속에서도 이제 누이를 놀래어 주리라는 계교 때문에 아이의 얼굴은 미소가 떠올라 있었다. 강둑을 거슬러 오르니까 더 써느러웠다[7]. 전에 없이 남동생이 자기를 밖으로 이끌어 낸 것을 의아하게 여기는 눈치로, 그러나 즐거운 듯이 누이가 아이에게, 춥디 않니? 했다. 아이는 거칠게 머리를 옆으로 저었다. 젓고 나서 어둠으로 해서 누이가 자기의 머리 저음을 분간치 못했으리라고 깨달았으나 아이는 그냥 잠자코 말았다. 누이가 돌연 혼잣말처럼, 사실 나 혼자였다믄 벌써 죽구 말았어, 죽구 말디 않구, 살믄 멀하노……. 그래두 네가 있어 그렇디, 둘이 있다 하나가 죽으믄 남는 게 더 불쌍할 것 같애서……, 난 정말 그래, 하며 바람 때문인지 약간 느끼는 듯했다. 아이는 혹시 집에서 누이의 연애 사건을 알게 된 것이 자기가 아버지나 의붓어머니에게 고자질한 것으로 잘못 알고 있지나 않나 하는 생각이 들자, 누이를 쓸어안고 변명이나 할 듯이 획 돌아섰다. 누이도 섰다.

_____
7) 써느렇다 / 서늘하다

그러나 아이는 계획해 온 일을 실현할 좋은 계기를 바로 붙잡았음을 기뻐하며 누이에게, 초매 벗어라! 하고 고함을 치고 말았다. 뜻밖에 당하는 일로 잠시 어쩔 줄 모르고 섰다가 겨우 깨달은 듯이 누이는 어둠 속에서 조용히 저고리를 벗고 어깨치마를 머리 위로 벗어 냈다. 아이가 치마를 빼앗아 땅에 길게 폈다. 그리고 아이는 아버지처럼 엄하게 가루 눠라! 했다. 누이는 또 곧 순순히 하라는 대로 했다. 그러나 아이는 치마로 누이를 묶어 강물에 집어 넣는 차례에 이르러서는 자기의 하는 일이면 누이가 죽는 한이 있더라도 아무 항거 없이 도리어 어머니다운 애정으로 따라 할 것만 같은 생각이 들며, 누이가 돌아간 어머니와 같은 애정을 베풀어서는 안 된다고 치마 위에 이미 죽은 듯이 누워 있는 누이를 그대로 남겨 둔 채 돌아서 그곳을 떠나고 말았다.

누이는 시내 어떤 실업가의 막내아들이라는 작달막한 키에 얼굴이 검푸른, 누이의 한반 동무의 오빠라는 청년과는 비슷도 안 한 남자와 아무 불평 없이 혼약을 맺었다. 그리고 나서 얼마 안 되어 결혼하는 날, 누이는 가마 앞에서 의붓어머니의 팔을 붙잡고는 무던하나 슬프게 울었다. 아이는 골목에 몸을 숨기고 있었다. 누이는 동네 아낙네들이 떼어 놓는 대로 가마에 오르기 전에 젖은 얼굴을 들었다. 자기를 찾고 있음에 틀림없다고 생각하면서도, 아이는 그냥 몸을 숨기고 있었다. 그리고 누이가 시집간 지 또 얼마 안 되는 어느 날, 별나게 빨간 놀이 진 늦저녁때 아이네는 누이의 부고를 받았다. 아이는 언뜻 누이의 얼굴을 생각해 내려 하였으나 도무지 떠오르지가 않았다. 슬프지도 않았다. 그러다가 아이는 지난날 누이가 자기에게 만들어 주었던, 뒤에 과수 노파가 사는 골목 안에 묻어 버린 인형의 얼굴이 떠오를 듯함을 느꼈다. 아이는 골목으로 뛰어갔다. 거기서 아이는 인형 묻었던 자리라고 생각키우는 곳을 손으로 팠다. 흙이 단단했다. 손가락을 세워 힘껏힘껏 파 댔다. 없었다. 짐작되는 곳을 또 파 보았으나 없었다. 벌써 썩어 흙과 분간치 못하게 된 지가 오래리라. 도로 골목을 나오는데 전처럼 당나귀가 매어 있는 게 눈에 띄었다. 그러나 전처럼 당나귀가 아이를 차지는 않았다. 아이는 달구지채에 올라서지도 않고 전보다 쉽사리 당나귀 등에 올라탔

8) 죽였어 9) 저런

다. 당나귀가 전처럼 제 꼬리를 물려는 듯이 돌다가 날뛰기 시작했다. 그리고 아이는 당나귀에게나처럼, 우리 널 왜 쥑엔[8]! 왜 쥑엔! 하고 소리질렀다. 당나귀가 더 날뛰었다. 당나귀가 더 날뛸수록 아이의, 왜 쥑엔! 왜 쥑엔! 하는 지름소리가 더 커갔다. 그러다가 아이는 문득 골목 밖에서 누이의, 데런![9] 하는 부르짖음을 들은 거로 착각하면서, 부러 당나귀 등에서 떨어져 굴렀다. 이번에는 어느 쪽 다리도 삐지 않았다. 그러나 아이의 눈에는 그제야 눈물이 괴었다. 어느 새 어두워지는 하늘에 별이 돋아났다가 눈물 괸 아이의 눈에 내려왔다. 아이는 지금 자기의 오른쪽 눈에 내려온 별이 돌아간 어머니라고 느끼면서, 그럼 왼쪽 눈에 내려온 별은 죽은 누이가 아니냐는 생각에 미치자 아무래도 누이는 어머니와 같은 아름다운 별이 되어서는 안 된다고 머리를 옆으로 저으며 눈을 감아 눈 속의 별을 내몰았다.

해답

1. 누이가 죽은 엄마를 닮았다는 것 때문에 2. 죽은 엄마 (별은 세상에서 가장 아름다운 존재라 생각하기 때문) 3. 누이의 진정한 사랑을 깨닫게 해 주었다.

13

성황당, 정비석

정비석(鄭飛石, 1911~1991) ●● 평북 의주에서 태어났다. 본명은 서죽. 1936년 〈동아일보〉에 〈졸곡제〉 입선, 1937년 〈조선일보〉에 〈성황당〉이 당선되어 등단하였다. 그의 작품 세계는 한국 문학사에서 매우 특이한 것으로 기록된다. 그는 대중 소설가로서의 명성을 더 얻었던 자로, 문단의 주류와는 약간 어긋난 듯이 인정됨과 동시에 초기작의 경우 그 문학적 높이에 의해 본격 작가로 인정되는 이중성을 지니고 있다.

그는 1954년 〈서울신문〉에 〈자유부인〉을 연재함으로써 그 사회적 파장을 일으키기도 했다.

주요 작품으로 〈파계승〉〈청춘 산맥〉〈황진이〉〈연산군〉〈애정 무한〉〈소설 손자병법〉 등이 있다.

13

성황당, 정비석

"제어길, 뭘 허구 송구
안 와!"

순이는 저녁밥 짓는 불을 다 때고 나서, 부지깽이로 닫힌 부엌문을 열어 젖히
며, 눈 아래 언덕길을 내려다보았다. 그러나 아래로 뻗은 길에는 사람은커녕 개
새끼 하나 얼씬하는 것이 없었다.

한참 멍하니 내려다보고 있던 순이는 다시 아까와 같이 중얼거리면서 부엌 바
닥을 대강대강 쓸어, 검부러기를 아궁이에 지펴 넣는다. 그리고 나서 이번에는
빗자루를 든 채 뜰 아래로 나서더니, 천마령(天摩嶺) 위에 걸린 해를 쳐다본다.
산골의 해는 저물기 쉬웠다. 아침해가 앞산 위에 떴나 보다 하면, 벌써 뒷산에서
는 해가 저물기 시작하였다.

그러기로 신새벽에 집을 나갈 때에 그렇게나 신신당부를 했으니, 어느 장날보
다는 좀 일찍 돌아와야 할 것이고, 그러니까 이맘때에는 으레 돌아왔어야 할 텐
데 – 하여간 순이는 기다리기가 몹시도 안타까웠다.

하긴 여느때 마련하면 아직도 돌아올 무렵이 멀긴 했지마는 순이는 공연히 마
음이 초조했다. 그도 그럴 것이, 붉은 고사댕기 한감과 흰 고무신 한 켤레를 가져
볼 생각을 하면 금방도 어깨춤이 덩실덩실 나왔고, 이제 보름만 있으면 붉은 댕

기에 흰 고무신을 신고, 오 리 밖에 있는 큰 마을에 그네 뛰러 갈 것을 생각하면 금시로 엉덩이가 절로 들썩거려졌다.

어느덧 밥이 바지직바지직 잦는다. 순이는 솥뚜껑을 열어 보고 나서는 또 밖으로 나와 언덕 아래를 내려다보았다. 아직도 아무것도 보이지 않았다. 순이는 이맛살을 찌푸렸다. 순이는 아까 집을 나갈 때의 남편의 말을 생각해 보지 않을 수 없었던 것이다.

"올 수리(단오)날이 송구[1] 보름이 남았는데, 벌써부터 댕긴 사다 뭘해? 그럴 돈이 있으문 술이나 사 먹지! 참, 오늘은 강냉이 한 말 사구, 남는 돈은 술이나 한 잔 사 먹어야겠군!"

하던 현보(賢輔)의 말에 순이는,

"흥! 그래만 보갔디! 난 아예 달아나고 말걸!"

하고 대꾸를 하며 남편을 따라 웃고 말았지마는 아직도 돌아오지 않는 것을 보면 그때 현보의 말이 노상 농담만도 아니었던 것 같다.

정말 현보는 남은 돈으로 술을 사 먹는 것이나 아닐까? 술을 그렇게 좋아하는 현보의 일이니, 사실 그럴는지도 모른다고 순이는 점점 불안스러워져서, 이제는 집 뒤 언덕으로 기어올라 더 멀리를 바라보았다. 그래도 아무것도 보이지 않는다. 그래 순이는 집 앞에 있는 느티나무 아래 성황당에 돌을 던져서, 제발 남편이 신발과 댕기를 사 오기를 축수하고 나서, 짜장 댕기와 고무신을 사오지 않으면 사생결단으로 싸워 보리라 마음먹었다.

그래도 마음은 놓이지 않았다. 가만있자, 현보가 술 먹어 본 지가 한 달…… 아니 허 좌상네 제사 때 먹은 것이 마지막이었으니, 장근 두 달이나 되었다. 정말 오늘은 댕기 살 돈으로 술을 사 먹을는지 모른다. 그러기에 아직도 안 오는 게지. 숯 두 섬 팔아서 강냉이 한 말하고 댕기 한 감에 신 한 켤레 사기는 잠깐일 것이 아니냐? 술만 안 먹는다면 벌써 돌아온 지 오래였을 것이다.

저녁 해가 천마령 너머로 잠기고 말았다. 산골짜기에는 산들바람이 불었다. 나뭇잎이 설렁설렁 갈리고, 그런 저녁이면 으레 뒷산 숲에서는 부엉이가 운다. 순이는 차차 불안스러웠다.

1) 아직

밥을 담아 놓기까지 부엌 문턱이 닳도록 드나들었건만 아무런 소용도 없었다.

밥을 담아 놓고는 가만히 서 기다릴 수가 없어, 휭하니 언덕길을 내려간다. 언덕길을 다 내려가 다시 이번에는 맞은편 언덕길을 추어 올라야 한다. 이 언덕이라는 것이 이른바 삼 천마[2] - 귀성 천마(龜城天摩), 삭주(朔州) 천마, 의주(義州) 천마라는 큰 재(嶺)였다. 이 재를 경계로 하여 귀성, 삭주, 의주의 세 고을로 나뉘어진 것이다. 이 재의 꼭대기까지 오르자면 시오리는 넉넉히 되었다.

순이는 가쁜 숨을 쉬일 새도 없이 두 활개를 치면서 올랐고, 꾸부러진 굽이를 돌 때마다 고개를 들어 머리 위에 보이는 길을 쳐다보곤 한다. 장꾼도 이제는 거근해서 간혹 한두 사람씩 보일 뿐이었고, 멀리서 두런거리며 걸어오는 발소리가 들릴 때마다 행여 현보가 아닌가 하고 가슴을 졸였으나, 막상 마주치고 보면 생면부지의 남들이었다. 그런때면 순이는 가만히 한숨을 쉬면서 맥 풀리는 다리를 거누며 언덕을 올랐다. 언덕을 오르기만 하면 내림길 시오리는 한 눈에 바라볼 수 있었다. 순이는 점점 골이 났다. 제길! 만나기만 하면 댓바람에 멱살을 부여잡고 악다구리를 치리라 하였다.

어느덧 황혼이 짙었다. 깊은 산골짜기에서 피어나기 시작한 황혼은, 나무를 에워싸고 개울을 덮고 산허리로 해서 야금야금 산마루로 뻗기 시작하였다. 바람이 어느 때보다 차갑게 불었다. 갓 나온 떡갈나무 잎이 바람을 맞아 사르륵사르륵 소리를 내고 있었다. 길 옆 속에서는 금방 범이나 산돼지가 튀어나오지 않을까 싶게 굴 속같이 캄캄하였다.

그러나 순이는 그런 것은 조금도 무섭지 않았다. 산에서 나서 산에서 자란 순이였다. 순이는 현보가 붉은 고사댕기와 흰 고무신을 사 가지고 올 것을 생각하면 아무것도 두렵지 않았다. 그는 다시 발을 빨리 놀렸다.

순이가 시오 리 고개를 다 올랐을 때, 저편에서 흥어리 타령을 하며 오는 사람이 있었다. 그 음성은 틀림없는 현보였다. 그것이 현보인 것을 알자, 대뜸 순이의 가슴은 덜컥 내려앉았다.

산골에 귀물은 머루나 다래

_____

2) 불교에 나오는 마왕의 이름

인간의 귀물은 우리 임 허리

이것은 현보가 아는 단 하나의 노래였고, 그리고 현보는 으레 술이 얼근히 취해야만 이 노래를 부르는 것이 아니었던가?

순이는 그 노래를 듣자, 댕기도 고무신도 '허양낭창'[3]이로구나 생각하니, 가슴 밑바닥에서부터 끓어오르는 분노를 참을 수 없어, 길가에 딱 버티고 서며, 주먹을 불끈 쥐고 어둠 속에서 가까이 오는 현보를 노려보았다. 현보는 등에 짐을 걸머진 채 흥얼거리며 그대로 지나가려다가 다시 한 번 쳐다보더니, 그제야 순이를 알아보고 깜짝 놀라며,

"순인가? 너 어떻게 여기까지 왔네? 옳지. 내 마중 왔구나. 응?"

하고 얼근히 취한 혀를 굴리며 순이의 어깨를 붙잡으려 하였다.

"그래 신은 사 오는 거요?"

순이는 현보의 팔을 뿌리치며 독기 있는 말로 톡 쏘았다.

"뭐? 그럼 날 마중 나온 게 아니구, 신 사 오는가 해서 여기꺼정 왔구나, 응? 허허, 신 사 오구말구! 쌔헌 고무신, 순이 신을 고무신, 말쑥한 하이칼라 신, 사 오구말구!"

하며 현보는 다시 순이의 치맛자락을 붙잡았다. 순이는 천만 뜻밖에도 신을 사왔다는 바람에, 담박 감정이 풀리며 반갑기만 해서 아무 반항도 하지 않았다.

"정말 사 오우?"

"그럼 안 사 올까, 원! 순이 고무신을 내래 안 사다 주문 누구래 사다 준다구!"

"어디 좀 봅시다."

순이가 채근하기 전에 현보는 진작 부스럭부스럭하더니, 고무신 한 켤레를 등짐에서 끄집어내어 순이에게 주면서,

"여기서 한 번 신어 보련?"

하는 현보의 말에,

"글세, 좀 쉬어 갑수다."

둘은 덜 저문 줄도 모르고 길섶 풀밭 위에 나란히 주저앉았다. 순이는 얼른 종

3) 소망이 깨짐

이를 풀고 어둠 속에서도 눈처럼 흰 고무신을 보자, 입이 헤작해지며 다 헤어진 짚신을 벗고 새 고무신을 신어 본다.

"맞디?"

"웅! 아니, 좀 크우다래! 겨냥보다 큰 걸 사왔수다래."

"좀 큰 편이 날 것 같아서……."

"그래도 과히 큰가 봐."

"좀 큰 편이 낫대두 그래! 올 한 해만 신을 것두 아니구…… 발은 크지 않나 원!"

"크문 돈두 더허지 않갔소?"

"돈은 같애! 아따 같은 값이면 처녀라고, 돈이 같기에 큰 걸 사 왔디."

"돈은 같요? 그름 큰 거 낫디 뭐……. 참, 댕긴?"

순이는 그제야 생각난 듯이 댕기 독촉을 하였다.

"댕기 생각두 났지만, 댕긴 시집 올 때 디리구 온 거 있잖은가?"

"아구만나! 시집 올 땐 웬 댕기래 있났나, 뭐? 시집 오던 날 디리구 온 건 놈해래 돼서 사흘 만에 도루 돌려주디 않았소!"

"아, 그랬던가? 난 또 시집 올 때 디리구 온 댕기 생각이 나기에 옳다. 잘됐다. 오늘은 댕기 값이 남았으니, 술 먹을 돈이 생겼다구 막걸리 몇 잔 걸티구 왔디! 난 참 그런 줄은 깜빡 잊었드랬구먼, 허어 그러니 헐 수 있나. 다음 당(장)에는 꼭 사다 주디."

"여보, 그렇게야 놈의 생각을 못해 주갔소?"

"아니! 생각을 못헌 게 아니라. 있는 댕기야 또 사 올 거 없갔기 그랬디. 내가 님자 댕기 사 오는 거 아까워 그랬간나? 그렇지 않어? 웅, 순이!"

하며 현보는 순이의 허리를 껴안았다. 순간 술냄새가 물씬 얼굴에 끼쳐졌다.

"아이구 망칙해라!"

"망칙은 무슨 망칙, 아무두 보는 사람 없는데!"

하고 현보는 성난 범처럼 덤벼들었다. 순이는 고무신 사다 준 것만도 다행으로 여겨, 아무 반항도 하지 않았다,

어느덧 열여드렛 달이 천마재 위에 비죽이 솟았다. 산속은 괴괴하다. 나무 사이로 세차게 흐르는 달빛이 더욱 적막을 돋우었다. 숲 위에서 반짝이는 별들만이 순이와 현보를 지키고 있었다. 어디선가 간혹 접동새 울음이 들려왔고, 그것

이 그치면 알지 못할 산짐승이 짝을 찾는 듯, 구슬프게 우는 소리뿐이었다.

순이는 밤새도록 자지 않고 신만 신었다 벗었다 하였다. 신코가 뾰족한 것도 신기롭거니와, 휘어잡으면 한 움큼 되었다가도 손을 놓으면 팔딱 제 모양대로 돌아가는 것이 퍽은 재미스럽다. 순이는 버선 위에도 신어 보고 맨발에도 신어 보았다. 그는 참말 별안간에 하늘에 올라간 것만큼이나 기뻤다. 이런 신은 아무리 돈 많은 사람이라도 함부로 신을 것이 못 되어 보였다. 아랫마을에도 흰 고무신 신은 여편네라고는 구장댁 한 사람뿐인 것만 보아도 알 것이라고, 순이는 등잔을 끄고 그만 자리라고 자리에 누웠다가도 다시 불을 켜고는 고무신을 어루만져 본다. 그리고 이런 모든 것이 성황님의 은덕이라고 믿는 것이었다. 순이는 시집 올 때에 성황당 앞에서 배례하고 배필이 되기로 맹세한 것을 새삼스러이 행복되게 생각하는 것이었다. 순이는 이세상 모든 재앙과 영광은 성황님께서 주장하는 줄로만 믿는다.

순이가 처음 시집 왔을 때 시어머니는,

"우리 집 일은 무엇이나, 앞에 계신 성황님께 빌면 순순히 되는 줄만 알아라."

하고 타이르던 것과, 시증조부모 때에 한 번 성황님께 불공 안했다가, 집이 도깨비불에 타고 말았다는 말까지도 잊혀지지 않는다.

순이는 지금 고무신을 신게 된 것도 틀림없는 성황님의 은덕이라고 믿는다.

이튿날 아침 순이는 먼동이 트기 전에 일어나서, 신을 또 한 번 신어 보고는 밖으로 나와 이리저리 돌아가며, 돌을 주워 들고 성황당 앞으로 가 공손히 던졌다.

순이는 성황당에 돌을 던질 때가 가장 행복스러웠다. 돌을 여남은 개 던지고 나서는, 고개를 수그려 합장 배례하고 잠깐 섰다가 집으로 돌아왔다. 그러자 현보도 잠이 깨어 옷을 걸치며 마당으로 나왔다. 숯가마에 일하러 가는 것이었다.

"곤허갔는데, 좀더 자구 가구래."

순이는 고무신 사다 준 것이 생각할수록 고마워서 현보를 보고 발쭉 웃었다.

"괜찮어! 어서 가 보야디."

현보도 순이를 보고 히쭉 마주 웃고 나서, 눈을 비비며 집 뒤 등마루로 올라간다. 숯가마는 고개 너머 산골짜기에 있었다. 현보가 한창 고개를 올라가노라니까 순이는 생각난 듯이 큰 소리로,

"여보! 여보!"

하고 급히 쫓아오며 현보를 불렀다.

"와 그래?"

"좀 왔다 가우! 왔다 가라구요!"

하고 순이는 소리를 질렀다. 이윽고 현보는,

"와 그루? 와 그래?"

하며 순이에게로 되돌아왔다.

"인자 갈 때 성황님께 비는 것 잊어버렸디요?"

"난 또 큰 변 났다구!"

"그럼, 큰 변 아니구요! 성황님께 불공 안했다간 큰 변 나는 줄 모르우?"

하면서 순이는 벌써 돌을 열 개나 남짓 모아다가 현보에게 주면서 던지라고 하였다.

현보는 돌을 받아서 공손히 던졌다. 그러고 나서 합장하였다. 현보는 다시 순이를 쳐다보며 웃고 나서 집을 떠날 때에 퍽 행복스러웠다. 나이 스물여덟이 되어서야 겨우 색시랍시고 코를 질질 흘리는 열네 살짜리 순이를 데려온 것이 어제 일 같은데, 순이는 벌써 열여덟이 되어서, 이제는 제법 아내 꼴이 박혔고, 게다가 기특하게도 남편에게 재앙이 없도록 성황님께 축수하기를 잊어버리지 않는 것을 보고는, 현보는 그지없이 마음이 흐뭇하였다.

현보에게는 이 천마령과 순이만이 온 천하의 모든 것이었다. 순이만 있으면 현보는 조금도 외로울 것이 없었다. 그리고 또 이 천마령에 있는 동안에는 잡나무(雜木)도 끝이 없을 것이요, 그러고 보면 숯구이도 끝이 없을 것이니, 먹기 걱정은 영 없었다. 세상이야 어떻게 변동되건, 어떤 풍파가 일어나건, 그런 것은 현보에게 아무런 상관도 없었다. 세상 일로서 현보와 관계되는 것이 있다면, 그것은 오직 숯값 내리는 것뿐이었다. 그러나 그것도,

'제길! 제 아무리 멋하기로니 제놈들이 숯이야 안 쓰구 배겨날 수 있나 원!'

하고 생각하면, 그것조차 걱정할 것이 없었다. 현보는 그저 행복스러웠다.

전나무, 잣나무, 박달나무, 물푸레나무, 떡갈나무, 소용나무…… 아름드리 나무, 나무들이 기운차게 활기를 쭉쭉 뻗고 별 곁듯 서 있는 숲 속을 거닐면서 현보는 다시 빙그레 웃었다.

무성한 나무 나무! 그것은 얼마나 친근한 현보의 벗이었으리요!

순이도 떼어 버리고는 살 수 없을 만큼 사랑스럽다. 그러나 현보에게는 이 나무들도 순이보다 조금도 못하지 않게 사랑스러웠다.

봄이 오면 나뭇잎이 싱싱하게 생겨나고, 그래야만 현보의 마음에도 봄이 오는 것이었다. 친근하기로 말하자면 산은 말할 필요조차 없다. 온갖 나무를 키워 주고 온갖 풀을 키워주는 것이 산이 아니더냐? 현보를 낳아 준 것도 산이었고, 현보를 먹여 살리는 것도 산이었고, 현보의 어머니가 마지막으로 돌아간 곳도 역시 산이 아니더냐? 현보는 산 없는 곳에서는 하루도 살지 못할 것 같았다. 이런 생각을 하는 사이에 어느덧 현보는 숯가마에 다다랐다.

숯가마 속에는 그저께 차곡차곡 모아 놓은 나무들이 그대로 있었다. 현보는 옆에 쌓여 있는 불나무〔火木〕를 도끼로 패기 시작했다. 도끼를 번쩍 들어 뒤로 견줄 때마다 틱 버그러진 구리쇠빛 앞가슴의 근육이 불끈 내솟았다가는, 도끼를 탁 내리갈기면 어깻죽지가 불쑥 부풀어오르고, 그와 동시에 장작이 팡 하고 두 갈래로 갈라지는 것이었다. 이렇게 한 번 한 번 내리갈길 때마다 도끼 소리는 쩌르렁 산에 울리고, 조금 있으면 또 쩌르렁 하고 맞은 편 산에서 메아리가 들려오는 것이었다. 그리하여 현보는 혼자이면서도 장단 맞추어 둘이 일하는 때와 꼭 같이 조금도 힘이 들지 않았다.

한참 패고 나서는 하늘을 우러러본다. 해는 조반때가 훨씬 겨웠다. 아침 해는 벌써 천마령 꼭대기를 벗어났다. 현보는 이번에는 언덕길을 올려다보았다. 아직도 순이가 조반을 가져오는 것이 보이지 않는다. 패던 장작을 마저 패고 허리를 펴며 일어서니, 이제껏 안 보이던 순이가 어느 틈에 눈앞에 나타났다.

"아아니, 금방 안 보이더니 어느 틈에 왔어?"

"쳐다보기에 나무 그늘에 숨었드랬어. 히히!"

"요 앙큼한 것이……."

하고 현보는 때려갈길 듯이 을러메며 싱글 웃는다.

"힝."

순이는 입술을 배죽 내밀어 보이고 나서, 현보를 따라 풀밭에 주저앉더니 바구니를 연다. 바구니 속에서는 강냉이밥 두 그릇과 산나물이 나왔다. 그리고 맨 마지막으로 삶은 감자 다섯 개가 나왔다.

"웅! 웬 감잔구?"

"궐 자시라구 삶아 왔디, 히히힝!"

하고 순이는 연방 싱글싱글하였다.

"감자가 송구 남아 있었던가?"

"요것뿐야! 퀼 생일날 쓰려던 걸 오늘 삶아 왔어!"

하고 순이는 수줍은 듯이 고개를 비꼰다.

현보는 눈물이 핑 돌도록 고마웠다.

조반을 마치자, 현보는 지게를 지고 나무하러 산 속으로 들어가고, 순이는 숯가마에 불을 때기 시작하였다. 순이는 불나무를 한 아궁이 그득히 지펴 넣고는 바구니를 끼고 나물하러 나섰다.

겨울이 어제 같더니 어느덧 산에는 맛나물이 두 치나 자랐다. 이윽고 고사리도 돋아나리라고 생각하면서, 순이는 눈에 띄는 대로 맛나물, 알바꾸기, 소리채, 민들레…… 이런 것을 캐어서는 바구니에 넣곤 한다. 그러다가는 다시 숯가마에 와서 불이 스러지지 않도록 나무를 지펴 넣었다.

해는 중낮이 되었다. 별 겯듯 빽빽이 서 있는 나무 숲 속도 훤히 밝았다. 겹겹이 쌓인 숲 속에서는 졸졸졸 얼음 녹은 물이 흐르고 있다.

온 산은 적막 속에 잠겼다. 산새도 울지 않았다. 다만 보이지 않는 곳에서 종달새 소리가 들려올 뿐이었고, 그것마저 구름 속에 잠겨지자, 생각난 듯이 미라부리가 한 곡조 부르면서 멀리로 날아갈 뿐이었다. 순이는 나물을 캐다 말고, 미라부리가 사라진 먼 하늘을 고요히 우러러보고 있었다. 그런 때에는 순이도 자연의 한 부분에 지나지 않았다.

산 속의 봄은 유난히 짧다. 뻐꾸기가 울어서 봄이 왔나 보다 하고 한겨울의 칩거(蟄居)에서 해방되어 산으로 오르기 시작하면, 벌써 두견새와 꾀꼬리가 노래를 부르고, 뒤이어 매미가 맴맴맴 맴맴맴 하고 한가로운 산 속의 여름 날을 돕는다. 그러기에 산사람들에게는 봄보다도 여름이 더욱 친근하였다. 하루하루 산은 무성하는 나뭇잎으로 무거워가고, 각색 새들의 노래노래에 산사람의 마음은 흔들겨간다.

할미꽃, 앉은뱅이, 진달래가 한물 지나고, 도라지꽃, 제비꽃, 학이꽃, 범부채, 물구지, 소리채……가 먼저 다투어 필 무렵이면, 쓰러졌던 잔디밭에서도 새싹이 머리를 들고, 그러노라면 풀밭에서는 밈총이, 식세리,[4] 귀뚜라미가 노래를 부른다.

---

4) 곤충의 일종

토끼가 춤을 추고, 여우, 노루가 양지 쪽에서 낮잠을 자는 것도 그런 때이다.

한나절이 되자 날은 점점 무더워 왔다. 사방이 병풍으로 휘두른 듯 산으로 감싸여 있었고, 게다가 나무가 들어차서, 바람 한 점 얻을 수 없었다. 순이는 아궁이 속을 한참 휘저어 불을 되살리고 나니, 얼굴이 활활 달아오르고 전신에 땀이 물 흐르듯 하였다.

벌거벗은 윗통에서도 젖가슴 사이로 땀방울이 줄줄 흘렀다.

순이는 나무를 듬뿍 지피고 나서는 저고리를 벗어든 채 개울가로 내려왔다. 첨벙 물 속으로 뛰어들었다. 산골 물은 옥구슬처럼 맑고 얼음처럼 차가웠다. 순이는 젖통까지 물 속에 잠겨서, 두 손으로 물을 앙구어 세수를 하고 나서는 어깨와 목덜미에 물을 끼얹고 그리고는 앞가슴을 씻었다. 한참 미역을 감고 나니 몸은 날 듯이 가벼워졌다.

순이는 물에서 나와 몸을 말리고 나서 옷을 입으려고 바위에 앉으려니, 바위가 몹시도 따가워 찬물을 두어 번 끼얹고 앉았다.

이제껏 맑던 하늘에 어느새 검은 구름이 한두 점 나타났다. 소나기가 오려는가 하고 고개를 드니, 천마령 위에서는 먹장 갈아 부은 가마에 나무를 듬뿍 지펴넣어야겠다고 생각하면서 부산히 옷 둔 곳으로 달려와 보니, 분명히 돌 위에 놓아 둔 옷이 없어졌다. 혹시 딴 데 놓지 않았나 하고 벌거숭이 채로 이리저리 아무리 찾아도 보이지 않는다.

'숯가마에 벗어 놓구 왔나?'

하면서도 분명히 숯가마에는 벗어 두지 않아서 아래 위로 샅샅이 찾아보아도 보이지 않았다. 순이는 '귀신이 곡을 할 노릇'이라고 혼자 안타까워 돌아가노라니까 저편 숲 속에서,

"하하하하하!"

별안간 커다란 웃음소리가 들려왔다. 순이는 깜짝 놀라 본능적으로 아래를 가리며 맞은편 언덕을 쳐다보니, 숲 속에서 당꼬바지 입은 산림 간수 김 주사가 자지러지게 웃으면서 순이의 옷을 쳐들어 보이고 있었다.

'제길! 망할 쌍놈어 새끼!'

순이는 속으로 이렇게 욕하며,

"입성 갖다 달라요 거!"

하고 커다란 소리로 고함쳤다.

"이거 입성 아니가! 갯다 입갔디! 누구래 입딜 말래나?"

하고 김 주사는 여전히 빙글빙글 웃었다.

"놈은 입성은 와 개갔소, 와 개가시오?"

"내래 개왔나, 뭐."

"고름 누구래 개가구? 날래 갓다 달라구요, 여보!"

"개다 입갔디, 누구래 갯다꺼정 줄꼬글?"

"글디 말구 갓다 주구래, 여보!"

"자, 이놈어 송화(성화)야 받어 주냐?"

하고 김 주사는 순이의 옷을 들고 개울가로 내려온다.

"싫어요! 오디 말라요! 아이고 망칙해 죽갔다!"

김 주사가 가까이 오자 순이는 돌아서며 발을 동동 굴렀다.

"자, 이런 성화가 있나! 입성 갯다 달라기 개져가문 또 오디 말라구 그럼, 난 몰루?"

하고 김 주사는 풀밭에 옷을 던진다.

"거기 놔두구, 더어기 멀리루 가라구요!"

"가구 안 가구야 내 맘이디 머!"

"글디 말구, 어서 더어기 가라구요. 점단은 양반이 거 뭘 그루."

"허, 이거 참!"

하며 김 주사는 숯가마 쪽으로 몇 걸음 걸어간다. 김 주사가 옷 있는 곳에서 멀리 간 다음에 순이는 얼른 옷을 입으려고 뛰어갔다. 그러자 그와 동시에 김 주사는 순이에게로 달려오면서,

"뒤어 뒤어 이놈어 멧돼지 봐라! 뒤어 뒤!"

하고 무슨 산짐승이라도 몰라 쫓듯이 두 팔로 휘얼휠 활개를 치며 달려왔다.

순이가 재빠르게 바지를 추서입자, 달려온 김 주사는 순이의 저고리를 빼앗아 들었다.

"글디 말라요, 여보! 점단은 양반이 거 뭘 그루!"

"난 점단티 못해!"

"조고리 날래 달래요, 여보!"

"멀 줘! 길에서 얻은 조고릴 내래 와 줄꼬?"

"어서 달라구요!"

하고 순이는 짜증을 내면서 웃통을 벗은 채 김 주사에게 덤벼들었다.

"글쎄 못 준대두."

하고 김 주사는 저고리를 등뒤로 돌리면서 연적처럼 토실토실하고 고무공처럼 탄력있는 순이의 젖통을 검측스러운 눈으로 바라본다.

"어서 달래는데 그래요!"

"그럼 줄 테니, 내 말 듣간나?"

"말은 무슨 말이라고 그루…… 어서 달라요!"

"글쎄, 내 말 듣가서?"

"웅! 들을 거니 조고린 주구래!"

"정말 듣디?"

"웅! 들어."

"거짓부리 아니디?"

"정말 들을 거니 조고린 달라요!"

김 주사는 그제야 만족한 듯이 빙그레 웃으면서 순이에게 저고리를 건네주었다. 순이는 저고리를 다 입고 나서,

"흥! 개떡 같다. 누구래 말을 들을 줄 알구!"

하고 홱 돌아서더니 숯가마께로 힝하니 달아난다.

"순이! 정말 이러기야?"

하고 김 주사는 잠깐 멍하니 선 채 순이의 두 시 모양을 바라보다가 별안간 순이 뒤를 따라 온다. 순이는 숯가마에 다 닿자 쑴쓸하니 시치미를 떼고 아궁이에 장작을 몰아넣는다.

아까부터 퍼지기 시작한 검은 구름이 이제는 하늘을 휘덮고, 써늘한 바람이 홱 지나간다. 굵은 빗방울이 드문드문 떨어진다. 산에서는 별안간 나뭇잎 갈리는 소리가 소란하였다.

덮눌러 온 김 주사는 순이에게로 와락 달겨들더니 가쁜 숨으로,

"순이! 정말 말 안 들을 테야?"

"누구래 말을 듣갔다기 추근추근 이래?"

"분홍 갑사[5] 저고리 사 줄 테니 말 들어. 웅!"

---

5) 품질이 좋은 비단

"싫어, 글쎄! 분홍 갑사 저고리 누구래 입갔대기! 흥!"

하면서도 아닌 게 아니라, 순이는 분홍 갑사 저고리가 입고 싶지 않은 것은 아니었다.

그러나 순이는 김 주사의 행실머리가 아니꼬웠다.

현보네 집에 늘 놀러 오는 사람 중에 순이를 눈에 걸고 있는 사람이 둘이 있었다. 하나는 김 주사이고, 또 한 사람은 산너머 광산에서 일하는 칠성이였다.

칠성이는 돈벌이는 김 주사만 못해도 생긴 품은 김 주사 열 갑절 잘생겼다. 그러기에 순이는 마음을 허하자면 김 주사보다는 오리려 칠성이 편이었다. 칠성이에게 오늘처럼 이런 곳에서 시달린다면…… 하고 생각하다가, 순이는 속으로 고개를 설레설레 흔들었다.

'칠성인 다 뭐레. 현보가 있는데.'

김 주사는 잠깐 궁리하다가,

"정말 싫으니?"

"정말 싫어요!"

소나기는 내리붓기 시작하였다. 거기 따라 순이의 마음도 점점 굳세어 갔다. 순이와 김 주사는 숲 속으로 들어가서 비를 그었다.

"너 나허구 틀렸다가는 큰일날 줄 모르니?"

"흥! 난 그까짓 큰일 무섭디 않아!"

"정말? 너의 현보가 오늘두 소나무 찍는 것을 내 눈으루 보구왔는데두?"

"그래, 소나무 찍었으문 와 어때?"

"너, 올 봄부터 허가 없이 소나무를 찍었다가는 징역 가는 법이 생긴 줄 모르니?"

"알문 어때? 빌어먹을! 다 성황님이면 고만이지 뭘 그래!"

순이는 순이대로 김 주사가 엄포할수록 저도 뻗대였다. 법이라는 것이 은근히 무섭지 않은 것도 아니지마는, 그렇다고 김 주사 따위에게 슬슬 기고 싶지는 않았다. 그까짓 것 성황당에 축수만 하면 그만이 아니냐 싶었던 것이다.

"순이! 그러지 말어! 내가 모르는 체하고 눈 감아 줄 테니 내 말 한 번만 들어!"

"난 싫대두 그래!"

"그럼, 현보 징역 가두 좋은가?"

"징역을 와 가? 뭣 때문에? 힝!"

순이는 입술을 비쭉 내밀어 보였다. 그러자 김 주사는 하도 예뻐 못참겠다는 듯이 순이에게로 달려들어 허리를 휘어 감으려 하였다. 순이는 그 순간 날쌔게 몸을 비끼었다.

비는 체굽으로 받듯 내리쏟았다. 숲 속에도 빗방울이 떨어지기 시작하였다. 김 주사는 또 잠깐 겸연쩍은 듯이 가만히 서 있다가,

"정말 안 들을 테냐? 똑똑히 말해 봐!"

그렇게 다지는 두 눈은 쌍심지를 낀 듯 몹시 충혈되었다. 음성은 와살스럽고도 거칠었다. 그러나 순이는 법을 보고도 놀라지 않고 자라난 탓으로 아무렇지도 않은 듯이,

"글쎄 백 번 그래야 소용없대두."

하고 도리질을 하였다. 그 말을 듣자, 김 주사는 성난 표범처럼 순이에게로 덤벼들어 순이를 휘어넘기려 하였다. 순이는 휘끈 뒤로 자빠지려던 다리에 힘을 주어 떡 버티고 서며, 붙잡힌 저고리 소매를 낚아채려 하는 순간에, 벌써 사내의 뜨거운 입술이 이마로 와 닿았다. 순이는 더 참을 수 없어,

"쌍 개 같은 놈이……."

하면서 눈알이 빠져라고 사내의 면판을 휘갈리고, 제비같이 날쌔게 숲 속으로 뛰어나와 체굽 받듯하는 비를 맞으며 언덕길을 확확 달리어 집으로 돌아온다. 숲 속에서는 뺨 맞은 사내가 달아나는 순이의 뒷모양을 노려보면서,

"이년, 두고 보자!"

할 뿐이었다.

비는 좍좍 내리쏟았다. 비안개에 싸여, 산도 하늘도 보이지 않았다. 만산이 한참 흐드러지게 웃는 것처럼 나뭇잎 와슬렁거리는 소리뿐이었다. 한참 언덕을 오르던 순이는 사내가 따라오지 않는 것을 알자, 발을 멈추고 코로 입으로 흐르는 빗물을 씻었다. 그리고 나서 상그레 웃으며 뒤를 돌아보고는 다시 언덕을 추어 오른다.

순이는 비가 좀더 퍼부었으면 싶었다. 비가 퍼부면 퍼불수록 마음이 튼튼해질 것 같았다. 고개를 다 올랐을 때에는 순이는 모든 것을 깡그리 잊어버리고, 집에 가면 흰 고무신 신어 볼 생각에 마음은 날뛰었다. 발부리에서 메추리가 포드드드 날아갔다. 비는 자꾸만 자꾸만 퍼부었다.

이틀이 지나, 산림 간수 김 주사가 읍내 순경과 함께 현보를 잡으러 왔다. 현보
는 아무 말도 못하고 얼빠진 사람처럼 한참을 발부리만 내려보고 있었고, 따라
온 김 주사만이 뜻있는 웃음을 벙글벙글 순이에게 건네고 있었다. 순이는 어안
이 벙벙하였다.

"날래 가! 빨리 빨리!"

하는 순경의 재촉에 마지못하여 현보는 무거운 발길을 옮겨 놓으면서, 글썽글
썽 눈물 괸 눈으로 순이를 돌아다본다. 순이는 현보와 눈이 마주치자 울음이 복
받쳐 올랐다. 그럴 줄 알더면 김 주사 말을 들어주었던 편이 더 좋았을 걸 하고
후회하였다. 그러나 그보다 더 큰 후회는 그저께 그 길로 돌아오면서 성황님께
빌기를 잊어버린 것이었다.

그때 성황님께 한 번만이라도 빌었더면 오늘 같은 일은 일어나지 않았을 것이
아니냐?

현보는 도살장으로 끌려가는 늙은 소 모양으로 고개를 수그리고 앞서서 읍으
로 걸어간다. 순이는 참다 못해서,

"언제쯤 돌아올까요?"

하고 순경에게 간신히 물었다.

"한 십 년 있다 올 줄 알아!"

하고 순경은 혼자 싹 웃는다. 순이는 순경이 웃을 적에는 대단한 죄는 아니라
고 짐작은 하면서도, 십 년이라는 말에 눈앞이 아뜩하였다.

"너 이젠 또 시집가야갔구나!"

김 주사는 몹시 비꼬는 웃음을 보내며 지껄인다. 순이는 아무 대꾸도 않고 입
속으로,

'이놈, 두고 보아라! 내래 성황당님께 빌어서 네 놈을 망덕으로 허게 헐 적
을…….'

하고 중얼거렸다.

순이는 현보가 보이지 않을 때까지 집 앞에 서 있었다. 마침내 현보의 뒷모양
이 안개에서 사라지자, 순이는 참았던 울음보가 탁 터져서 목을 놓아 통곡하였
다.

단둘이 살던 살림에 현보가 잡혀갔으니 누구를 믿고 살 것이랴. 순이는 맘껏
맘껏 울었다. 이런 때에는 아이라도 하나 있었으면 하고 생각하니, 새삼스러이

현보 잡혀간 것이 슬펐다. 그러나 잡혀간 것은 하는 수 없는 일이고, 이제부터는 몇 해 만에 나오든지 나오는 날까지 혼자서 벌어 먹어야 할 것을 생각하고, 순이는 한낮이 겹자 숯가마로 갔다. 순이는 전에 현보가 하던 모양대로 도끼를 들어 장작을 패고, 틈틈이 겨울 준비로 도라지, 고사리 같은 산나물도 캐 모았다. 순이는 다른 날보다 퍽 늦어서야 집에 돌아왔다. 집에 와 보니 김 주사가 능청맞게 아랫목에 자빠져서 기다리고 있었다.

"순이 인제 오는 게야? 오늘은 늦었구먼!"

하고 사내는 현보를 잡아갈 때와는 딴판으로 다정한 태도를 보인다. 순이는 속으로,

'이자식이 왜 왔어?'

하면서도 행여 현보의 소식을 알 수 있을까 싶어서,

"벌써 읍내까지 갔던 거요?"

하고 공손히 물었다.

"아니, 난 읍엔 안 갔어!"

"그럼, 우리 쥔은 어떻게 됐소?"

"경찰서까지 가게 되었디."

"언제쯤 나오게 될까요?"

"그야 내 말에 달렸디!"

하고 김 주사는 순이를 빤히 쳐다본다.

순이는 속말로 '네까짓거!' 하고 아니꼽게 생각하면서도 잠자코 있었다. 김 주사는 몇 날 전에 산에서 한 짓을 사죄하라는 것과, 그리고 이제라도 제 말을 들으라는 것쯤은 순이로서도 눈치챌 수 있었지마는 행차 뒤에 나팔 격으로, 이제는 일이 글러지고 말았으므로, 순이는 자꾸 엇나가고 싶었다.

"정말 순이가 안타깝다면 현보를 내일이래두 내보내 줄까?"

김 주사는 순이가 저만 보면 슬슬 길 줄 알았는데 뜻밖에도 쓴 도라지 보듯 하니까, 적지않이 실망하는 모양이었다.

그래 저편에서 먼저 수작을 붙이는 것이었다.

"난 괜찮아요. 근심 말구, 거저 십 년이구 이십 년이구 맘대로 둬둬 주."

"허! 말룬 그래두 속에서는 불이 날 터이지?"

"불커녕 화두 안 나우다."

"순이! 그래디 말어 웅! 내가 말 잘해서 니어 내보게 주게 하디."

"……."

그 말엔 순이도 대꾸를 않았다.

한참 침묵이 계속되었다. 바깥은 차차 캄캄해 왔다. 하늘에는 별이 총총 떠서 열어 놓은 문으로 북두칠성이 마주 보였다. 바로 집뒤에서는 접동새가,

"접동 접동 해오라비 접동!"

하고 처량히 울었다.

순이는 김 주사가 현보를 고자질한 것을 생각하면 이에 신물이 돌아서 공알 주먹으로 목덜미를 한 대 줘박고 싶지마는, 열도깨비 복은 못 주어도 화는 준다고, 그러다가 또 어떤 작폐를 부리는지 몰라 어름어름해 두었다. 그랬더니 사내는 좀처럼 돌아갈 생각을 아니하고 진기를 쓰고 있어 순이는 점점 울화가 치밀었다. 그까짓 김 주사 같은 사내 하나쯤 덤벼든대야 조금도 겁날 것은 없지마는, 저편에서 덤벼드는 판이면 순이도 가만 있을 수 없으니 그것이 성가시었다.

"현보가 나오구 못 나오구는 내 말 한 마디면 그만인데, 순인 와그리 고집을 부리누?"

김 주사는 다시 수작을 붙였으나 순이는 건으로 잠자코 있었다.

"순이! 현볼 내일 놔 주도록 해 줄까?"

하며 김 주사는 순이의 치마폭을 슬며시 잡아당겼다.

"인 놔요!"

순이는 치마를 낚아 채었다.

"흥! 내말 안 들어야 순이에게 손해 될 것밖에 있나?"

사내는 점쩍김 싱글 웃고 나서 담배를 피워 문다. 순이는 덤덤히 앉아 있었다. 여름밤은 덧없이 깊어 갔다. 순이는 사내가 어서 가 주었으면 싶었다. 현보가 없기 때문에 이런 작자가 염치없게도 밤중에 와서 지근덕대는구나 생각하니, 새삼스러이 현보가 그리워지며 울화가 치밀었다.

"인전 잘래요! 어서 가라우요?"

순이는 사내에게 톡 쏘아 붙었다.

"이 오밤중에 가긴 어딜 가란 말야?"

"못 가면 어쩔 테요?"

"여기서 순이허구 자구 가야갔는걸!"

"흥, 비위탁이 삼 백은 살겠다. 어서 가우!"

"이 캄캄한 밤에 어딜 가란 말야, 글쎄?"

"궐네네 집으루 가라요!"

"그럼, 순이 데려다 주겠나?"

"흥! 별꼴 다 보갔다."

순이는 사내에게 눈을 흘겨 보이고는 밖으로 달아나왔다.

순이는 어둠 속에서 돌을 주워 가지고 또 성황당 앞으로 가, 성황님께 현보가 속히 나오게 해 달라고 빌었다. 그는 몇 번이고 허리를 굽신거리며 큰절을 하였다. 그러는 동안에 어둠 속에서 발소리가 나더니, 문득 "에헴!" 하는 기침 소리가 들려 왔다.

칠성이가 현보 잡혀갔다는 소리를 듣고 산 너머에서 찾아온 것이었다. 순이는 김 주사의 농락을 받고 있는 지금에, 칠성이가 찾아와 준 것을 퍽 다행하게 여겨서, 이내 방으로 데리고 들어왔다. 김 주사는 순이가 이제나 들어올까 저제나 들어올까 하고 눈이 감도록 기다리던 판에 웬 낯선 사내를 데리고 들어오니까, 일변 실망하고 일변 겁을 집어먹으며 눈만 껌벅이고 있었다.

"혹깨(픽) 어둡디요?"

하고 순이는 김 주사 보란 듯이 칠성이에게 상냥히 말을 걸었다. 그러나 칠성이는 칠성이대로 알지 못하는 사내가 방에 혼자 앉아 있는 데 놀래어, 얼른 대답을 못하고 멍하니 앉아 있었다. 허나 다음 순간 칠성이는 직각적으로 눈치를 채자 모진 눈으로 김 주사를 노려보았다. 칠성이가 들어오자, 김 주사가 침 먹은 지네가 되는 것을 보고, 순이는 웃음을 참지 못하였다.

산 속의 밤은 접동새의 울음 속에 깊어 갔다. 무한한 적막이 깃들어 있는 깊은 산이건마는, 그러나 순이를 에워싸고 희미한 등잔 밑에 마주앉아 있는 두 사내 사이에 오고가는 시선은 각일각으로 일촉즉발의 위기를 띠어갔다. 아연같이 무거운 공기 속에서 칠성이와 김 주사는 제각기 눈앞에 폭풍을 깨달으면서 호흡까지 죽이고 있었다.

"웬 사람이오?"

드디어 김 주사는 질식할 긴장을 이겨낼 수가 없어 혼잣말 비슷이 중얼거리며, 순이와 칠성이를 번갈아 보았다.

"산 너머 있는 칠성이네야요."

하고 순이는 칠성이를 쳐다보면서 대답을 가로막았다. 김 주사는 칠성이가 쭈
그리고 겁먹은 듯이 앉아 있는 것을 보자 한층 깔보았는지.

"무슨 일이 있어 왔나? 이 밤중에⋯⋯?"

하고 제법 위엄있게 반말로 대들었다.

"일은 무슨 일이 갔소? 거저 마을돌이 왔디요!"

이번에도 순이가 가로맡아 대답해 주었다.

"일두 없이 밤중에 남으 여편에 혼자 있는데를 와?"

하고 김 주사 어조는 더 한층 높았다.

"대관절 당신은 어떤 사람인데?"

마침내 잠자코 있던 칠성이가 약간 떨리는 목소리로 침착히 반문하였다. 싸움
을 사려는 말투였다. 칠성의 주먹은 어느덧 굳게 쥐어져 있었다. 칠성이가 별안
간 큰소리를 치고 나서는 바람에, 김 주사는 잠시 찔끔해 있다가.

"나? 난 산림 간수야! 현보가 산림 법칙을 위반해서, 조사할 것이 있어 왔어."

"산림 간수는 남으 여편네 혼자 있는 밤중에 조사를 해야 맛인가?"

칠성이는 가슴을 약간 앞으로 솟구며 따지고 들었다.

"그야 조사할 필요만 있으면 언제든지 조사하는 것이 규칙이지⋯⋯."

"세상에 그런 빌어먹을 규칙이 어디 있단 말이냐?"

이번에는 칠성이가 정면으로 김 주사를 노려본다. 순이는 꼼짝 않고 앉아 있
었다.

"에끼, 고약한 놈! 그런 말버르장머리가 어딨늬? 아무리 불학무식한 놈이기로
니!"

"이 자식아! 뭐 어때? 유식헌 놈은 똥이 관을 쓰구 나오니?"

칠성이는 상반신을 일으켜 김 주사 앞으로 다가갔다.

"이놈아!"

김 주사는 고함을 치며 칠성의 따귀를 번개같이 때려 갈겼다. 그와 동시에,

"이 간나새끼 어디 보자!"

하기가 무섭게 칠성이도 김 주사 멱살을 추켜잡았다. 김 주사도 칠성이를 맞
잡았다. 다음 순간 둘은 서로 엎치락뒤치락 뒤채었다. 그 바람에 등잔불이 홱 꺼
졌다. 별안간에 방안은 수라장이 되었다.

"아이구머니!"

순이는 외마디 소리를 부르짖으면서 밖으로 뛰어나왔다.

"아코!"

"에이, 쌍!"

"아코, 아고고……."

하는 비명이 방안에서 연방 들려 나왔지마는, 순이는 그 목소리가 누구인지도 분간하지 못하였다. 순이는 어쩔 줄을 몰라 발만 동동 구르며,

"아이구테나! 아니구테나!"

하다가, 문득 성황당 생각이 나서 느티나무 밑으로 부리나케 달려오더니,

"성황님! 성황님! 데 쌈을 좀 말려 주십사! 데 쌈을 좀 말려 주십사!"

하고 두 손을 싹싹 비비었다.

방안에서는 아직도

"에이 쌍, 에이 쌍!"

하는 소리가 연방 들려 나왔다.

이틀이 지나도, 사흘이 지나도 현보는 돌아오지 않았다.

칠성이는 저번 날 김 주사와 싸우고 가서는 나흘째 오지 않았다. 떠도는 말에 의하면 칠성이는 김 주사의 머리에 상처를 입혔기 때문에 그날 밤으로 어디론지 도망을 치고 말았다 한다.

순이는 낮이면 산나물을 하였고, 밤이면 성황당에서 치성을 드리면서 그날그날을 보내었다. 현보가 잡혀간 뒤로는 숯은 한 가마를 구웠을 뿐이었다. 순이는 저녁에 집에 돌아올 때처럼 쓸쓸한 적이 없었다. 다른 때 같으면 현보와 함께 돌아와서 저녁도 마주앉아 먹을 터인데, 이제는 혼자 오도카니 앉아 먹자니 밥이 목구멍을 넘어가지 않았다. 순이는 나물을 하다가도 숲 속에서 장끼와 까투리가 서로 꾸둑거리며 희롱하는 것을 보고는, 문득 현보 생각이 머리에 떠올라 한참은 우두커니 서서 지나간 일을 회고해 보는 것이었다.

그러나 숲 속에서 꾀꼬리가 울고, 뻐꾸기가 울고, 마라부리가 울고 할 때에는 순이의 마음은 평화스러웠고, 도끼를 드는 팔에도 힘이 넘쳤다.

산에만 오면 순이는 어머니 품 속에 안긴 것처럼 마음이 듬뿍하며, 온갖 새들과 함께 노래 부르고 싶었다. 새들의 노래를 들을 때에는 순이의 마음에는 슬픔이라고는 손톱만큼도 없었다. 나무가 무성히 자라고 새들이 노래 부르는데, 순

이의 가슴에 검은 구름이 있을 턱 없었다. 그런 때에는 순이는 현보가 성황님 덕택에 이내 나올 것을 굳게 믿는 것이었다.

그러나 해가 저물고 산골짜기가 어둠에 잠기면 순이의 마음도 어두워졌다. 제 둥지로 돌아가는 까마귀가 어쩌다가 순이네 집 위에서,

"까우! 까우!"

하고 울 때면, 순이의 마음은 납덩이같이 무서워졌다. 옛날부터 저녁 까마귀가 울면 집안이 불길하다는 것을 순이도 알기 때문이었다. 순이는 현보가 내일도 돌아오지 못하려는가, 정말 십 년씩이나 갇혀 있게 될 것인가 하고, 머리를 쥐어짜며 생각하다가, 마침내는 벌떡 일어나서 성황당으로 달려간다.

그런 때면 순이는 성황당 앞에 엎드려 오래오래 치성을 드리는 것이었다. 순이는 모제시(샛별)가 서편 하늘에 퍽 기울어진 때에야 잠자리에 누웠다. 허나 어쩐지 잠이 오지 않았다. 눈을 감고 있노라니 현보와 칠성이와 김 주사의 얼굴이 제각기 나타났다. 순이는 아까 산에서 장끼와 까투리가 장난치던 것을 생각하고, 이내 언젠가 현보가 장에서 고무신 사 오던 날, 저녁 일이 기억에 떠올랐다. 그래서,

'이번에 나오면, 현보허구 둘이서 성황님께 아들 낳게 해달라구 빌어야지.'

하고 혼자 궁리하다가 씩 웃었다.

괴괴한 밤이었다. 순이는 끙 하고 돌아눕다가 문득 귀결에,

"응응응응응……."

하는 소리를 듣고 머리를 번쩍 들었다.

'여우가 울어?'

순이는 가슴이 또 철렁 내려앉았다. 여우가 울 때에, 그 입을 향한 곳에는 반드시 흉사가 있다기에, 순이는 벌떡 일어나서 문 밖으로 뛰어나와 어딜 향해 우는지 알아보려 하였다. 그러나 토방에 서서 귀를 기울였지마는, 울음소리만 듣고는 어딜 향하고 우는지 알 수가 없었다. 그저 꼭 순이네를 향하고 우는 것만 같았다.

'현보가 영 못 나오려나?'

순이의 가슴은 점점 미어져 왔다. 순이는 성황님께 무슨 죄를 지었던가 스스로 생각해 보았다. 그리고 역시 성황님께 정성이 부족한 탓에 까마귀가 울고, 여우가 방정을 떠는 것이라고 믿었다. 까마귀나 여우나 모두가 성황님의 마음대로

되는 것이라고 순이는 믿었던 것이다. 그래 순이는 다시 성황님으로 모신 느티나무 아래에 와서 무릎을 꿇고 앉아 손을 비비었다. 순이는 참된 마음으로 성황님께 사죄를 하였다. 한 시간이 지나고, 두 시간, 세 시간이 지났건만 순이의 마음에는 오히려 부족하여, 그는 하룻밤을 치성으로 꼬박이 밝혔다. 그랬더니, 이튿날 아침 순이의 마음은 도로 명랑하여졌다.

아침볕에 무르녹은 녹음을 보면, 순이의 마음은 옥구슬같이 맑아진다. 순이가 막 집을 나서 숯가마로 가려는데, 난데없이 까치 두 마리가 순이네 지붕 위에 날아와 앉더니,

"까까까까까……."

하고 열성스럽게 짖었다.

"옳다, 됐다!"

순이의 눈은 기쁨에 이글이글 빛났다. 아침 까치가 짖으면 손님이 온다는데, 아마 오늘은 현보가 돌아오려나 보다 싶었다. 현보가 오면 무엇부터 이야기할까? 김 주사 이야기, 까마귀 이야기, 여우 이야기, 장끼와 까투리가 놀던 이야기…… 모두 신기로운 이야기 재료 같았다. 아니 그보다도 성황님이 얼마나 신령하시다는 것을 말해서 둘이서 아이를 점지해 주도록 축수를 하리라 하였다.

순이는 기쁨에 일이 손에 붙지 않았다. 개금아리가 갈갈갈갈 하기만 하여도 고래를 들고 멍하니 섰곤 한다. 그러다가는 현보가 오지 않나 하고 언덕길을 내려다보곤 한다.

한낮이 겹자 더위는 찌는 듯하였다. 순이는 웃통을 벗은 채 나물을 하다 말고, 그늘진 풀밭에 펄썩 주저앉았다. 바로 머리 위에서 산 비둘기가 '구우구우' 하고 울었다. 순이는 고개를 들어 비둘기를 찾았다.

소나무 가지에서는 두 마리의 비둘기가 서로 주둥이를 맞대 보기도 하고, 머리를 비비기도 한다. 순이는 멀거니 그것을 쳐다보고 있노라니, 가슴은 공연히 쓸쓸하였다. 오늘도 현보가 돌아오지 않으려는가 싶어 한숨을 쉬면서 먼 하늘을 우러러보았다. 바로 그때,

"순이!"

하고 어디선가 부르는 소리가 들렸다. 순이는 꿈인가 놀라며 성큼 일어서니, 맞은편 숲 속에 칠성이가 서 있었다.

"아! 칠성이네! 어디로 도망을 갔다더니?"

순이는 반가웠다. 그렇지 않아도 저희 때문에 칠성이가 죄를 짓고 도망을 갔 대서 미안히 여기던 판이었는데, 뜻밖에 만나니 참말 반가웠던 것이다.

"나 말이야, 순이! 그동안 한 삼백 리 되는 곳에 도망을 갔드랬어! 그 자식 대가 리를 깨뜨려 주었거든! 그래서 도망을 가기는 갔지만, 암만해두 순이 생각을 잊 을 수가 있어야지. 그래 순이를 데리러 왔어!"

하고 사내는 순이에게로 가까이 다가왔다. 순이는 저고리를 입으면서,

"아이구 망칙해라! 내래 와 칠성이넬 따라갈꼬!"

말은 그러나, 저를 생각해 주는 마음씨가 노상 싫지는 않았다.

"안 가믄 어쩌누? 현보는 언제 나올지도 모르는 걸 ……."

"와 몰라! 오늘은 나올 텐데!"

"오늘? …… 흥! 적어두 삼 년은 있어야 해!"

"삼 년?"

이번에는 순이가 놀랐다.

"그러티! 삼 년은! 그러나 그동안 순이 혼자 어떻게 사누? 그러기 현보 나올 동 안 나허구 같이 가 있자구."

"……."

"그뿐인가. 인제 현보가 나온대두 다른 벌이를 해야지, 숯구이는 못하거든!"

"와 어드래서요?"

"숯두 말야, 이제부터는 검사를 하거든, 법에 가서 검사를 하지 않고는 못 팔 아먹는데, 그 검사가 오줄기 어렵다구!"

"누구래 그룹더까?"

"누군 누구야! 다 그러는데! 발쎄 신문에두 났다는걸."

순이는 점점 안타까워서,

"그까짓 법이 뭐기! 성황님께 빌면 그만이지."

하고 혼자 짜증을 내었다.

"성황님! …… 흥, 어디 잘 빌어 봐. 되나 안 되나!"

순이는 어찌 할 도리를 몰랐다.

"순이! 내래 발쎄 순이 입성 다 해 가지고 왔어. 이것 좀 봐."

하고 칠성이는 손에 들었던 보퉁이를 풀기 시작한다.

순이는 잠자코 보퉁이만 쳐다본다. 보퉁이 속에서 분홍 항라적삼[6]과 수박색 목메린스[7] 치마가 나오는 것을 보고, 순이는 눈이 휘둥그래진다.

"이거 다 순이 입을 거야!"

하고 칠성이가 순이 앞에 옷을 내미는 순간. 순이는 기쁨을 참을 수 없어 빙그레 웃으면서 집에 있는 흰 고무신을 생각해 보았다. 그것을 다 갖추어 입고 나서면 그까짓 장끼 지체쯤 어림도 없어 보였다.

"어서 입어 보라구!"

그 말에 순이는 치마 저고리를 입었다. 순이는 기쁨에 날뛰었다. 산속이 갑자기 환해지는 것 같았다.

"순인 참 절색이야!"

하고 감탄하며 칠성이는 순이의 손을 끌어당겼다. 순이는 가만히 생글생글 웃기만 하였다.

"구우구우구우!"

산비둘기가 또 울었다. 지금 순이에게는 칠성이가 현보와 꼭 같이 정답게 보였다.

"구우구우!"

산비둘기가 울 때마다 순이의 가슴은 화로 위의 눈덩이처럼 슬슬 녹아 내렸다.

그날 저물녘에 순이는 칠성이를 따라 먼 길을 떠났다. 머리에는 붉은 댕기를 다리고, 게다가 분홍 항라적삼과 수박색 치마를 떨쳐입고, 흰 고무신까지 받쳐 신고 나서니, 순이는 세상에 부러울 것이 없었다. 발을 옮겨 놓을 때마다 걸음걸음에 치마폭 너풀거리는 것이 제가 보기에도 무지개보다도 고왔다.

"빨리 가자구! 어둡기 전에 백 리는 내대어야겠는데……."

칠성이는 걸음을 재촉하였다. 순이와 칠성이는 저녁때에야 삼백리 길을 떠나게 되었던 것이다. 밤길이 불편은 하지마는, 낮에는 아차 잘못하여 김 주사 눈에 띄면 큰일이기 때문에 일부러 밤을 택하였다. 순이는 가벼운 걸음으로 삼십 리

6) 여름 옷감으로 만든 홑저고리   7) 얇은 모직물 / 모슬린

는 언뜻 걸었다. 그러나, 천마령 고개를 다 넘고 들길로 접어들자, 순이의 마음은
점점 불안스러워 왔다.

"엉야! 좀 쉬어 가자구요!"

순이는 애원하듯 말하였다.

"다리가 아픈가 머?"

"아니! …… 그래두……."

"쉬어 가디! 순인 그래두 풀밭에 마구 앉진 마라! 입성에 풀물 오르믄 안 돼!"

"그럼, 어떡하노?"

"그래도 서서 쉬어야디."

'칠성이를 따라가는 것이 옳을까?'

순이는 풀밭에 주저앉고 싶었다. 그러나 풀밭에 주저앉으면 안 된다구 하여
순이는 불안스러웠다. 장차 알지도 못하는 지방으로 가는 것이 더더구나 불안스
러웠다.

"이제 가는 데두 산이 많은가요?"

하고 순이는 물었다.

"산이 머야! 들판이디! 그까짓 산 댈까!"

"그럼 노루나 꿩 같은 건 없갔구만요?"

"없구말구!"

"부엉이랑 뻐꾸기 같은 것두?"

"그따우두 다 없어! 그래두 사람은 많디! 살기 좋은 곳인 줄만 알갔디!"

"고사리, 도라지 같은 산나물은 있나?"

"산이 없는데 그런 게 어떻게 있누! 글쎄 근심 마러! 썩 좋은 데 데리고 갈 터이
니."

그러나 순이는 기분이 내키지 않았다. 가는 곳이 아무리 좋다 해도 산이 없고
나무가 없다면, 그 허허벌판에서 무엇에 마음을 의탁하고 살아간단 말인가? 더
구나 공연히 사람만 많이 모여서 복작복작 들끓는다는 그런 곳에 가서…….

사람만 많은 곳에 가서 지금처럼 고운 저고리에 고운 치마를 입고 마음대로
주저앉지도 못하고 새색시처럼 곱다랗게 앉아 있어야만 한다면 무슨 재미로 살
아간다는 말인가?

순이는 문득 천마령 안골짜기 자기 집이 그리웠다. 오막살이일망정 고대광실

부럽지 않게 정다운 그 집이었다. 지금쯤 앞산 뒷산에서 부엉이, 접동새가 울고 있으리라 생각하니, 삼십 리밖에 떨어지지 않은 여기부터가 싫었다. 순이는 고운 옷 입은 기쁨도 사라졌다.

그는 불현듯 현보가 그리웠다. 성황님께 어젯밤 그만큼이나 치성을 올렸고, 또 오늘 아침에 까치도 지저귀었으니 지금쯤은 현보가 집에 돌아왔을지도 모르리라 싶었다.

"현보가 왔다면 나를 얼마나 기다릴까?"

현보와 둘이서 나무하고 숯 굽던 장면이 문득 떠올랐다. 아무리 생각해도 순이는 천마령과 현보를 떠나서는 살아갈 재미도 없거니와 살지도 못할 것 같았다. 더구나 죄를 지으면 성황님의 벌을 준다는데, 삼백 리가 멀다고 벌 못 주랴 싶어, 순이는 고대 집으로 돌아가지 않고서는 안 될 것 같았다.

"자아 또 떠나 보자구!"

하고 칠성이가 성큼 일어섰다.

"나 나, 뒤 좀 보고 갈 거니 슬근슬근 먼저 가라요."

순이는 간신히 입을 열었다.

"뒤? 그럼, 더기서 기다릴 거니, 이내 오라구!"

"응."

순이는 선대답을 하고 숲 속으로 들어갔다.

숲 속으로 들어가자, 순이는 얼른 치마와 저고리를 벗어 나뭇가지에 걸었다. 그까짓 입고 주저앉지도 못하는 옷이라고 생각하니, 조금도 애착이 없었다. 고무신은 벗어 들었다. 순이는 옷을 나무에 걸어 놓고, 고무신을 든 채 아까 오던 길을 되돌아 서서 힝하니 달음질을 치기 시작하였다. 캄캄한 산길이건마는, 순이는 익숙하게 달렸다. 얼마를 달려오니까 그제야.

"접동접동 접접동……."

하고 접동새 우는 소리가 들렸다. 순이의 마음은 가벼워졌다. 이제야 제가 살 곳을 옳게 찾아온 것 같았다. 고개에 올라서서 굽어보니, 마주 건너다 보이는 순이네 집에 빨간 불이 비치었다.

"아, 현보가 왔구나!"

순이는 기쁨에 설레이는 가슴을 안고 쏜살같이 고개를 달음질쳐 내려왔다. 다시 언덕을 추어서 집을 향해 올라올 때 순이는,

"성황님! 성황님!"

하고 부르짖었다.

모든 것이 성황님의 덕택 같았다.

집 앞에까지 다다랐을 때에 문득,

"에헴!"

하는 귀에 익은 현보의 기침소리가 들려왔다.

"아! 성황님! 성화님!"

순이는 다시 한 번 그렇게 부르짖으며, 느티나무 밑으로 달려왔다.

접동새가 울었다. 부엉이도 울었다.

늘 듣던 울음 소리였다.

그러나 오늘밤 따라 새소리는 순이의 가슴을 파고드는 듯이 정다웠다.

해답

----

1. 성황님, 산 **2.** 순이는 산골을 떠나 살 수 없다. 순이에게 산은 그녀의 삶의 전부이기 때
문에 결국 발길을 돌린다. **3.** 항라 적삼과 수박색 치마

14

사하촌, 김정한

김정한(金廷漢, 1908~1996) ● ● 부산에서 태어났다. 1932년 동경 유학중 귀향했다가 양산 농민 봉기 사건에 연루되어 학업을 중단하였다. 그 해에 〈그물〉 발표, 1936년 〈조선 일보〉 신춘문예에 〈사하촌〉이 당선되었다. 이를 시작으로 〈옥심이〉〈기로〉 등을 발표했다. 일제의 탄압이 극에 달하던 무렵 한동안 붓을 꺾고 있다가 1966년 〈모래톱 이야기〉를 발표하면서 다시 재개하였다. 〈수라도〉〈인간 단지〉〈사밧재〉 등의 작품을 발표했다.

초기부터 농민 문학에 관심을 기울여 일제하에서 핍박받는 농민의 서러운 삶과 그것을 극복하려는 의지를 소설화하였다.

대표작으로는 〈모래톱 이야기〉〈수라도〉 등이 있다.

14
사하촌, 김정한

1.

타작마당 돌가루 바닥같
이 딱딱하게 말라붙은 뜰 한가운데, 어디서 기어들었는지 난데없는 지렁이가 한
마리, 만신에 흙고물 칠을 해 가지고 바동바동 굴고 있다. 새까만 개미 떼가 물어
뗄 때마다 지렁이는 한층 더 모질게 발버둥질을 한다. 또 어디선지 죽다 남은 듯
한 쥐 한 마리가 튀어나오더니 종종걸음으로 마당 복판을 질러서 돌담 구멍으로
쏙 들어가 버린다.

군데군데 좀구멍이 나서 썩어 가는 기둥이 비뚤어지고, 중풍 든 사람의 입처
럼 문조차 돌아가서 – 북쪽으로 사정없이 넘어가는 오막살이 앞에는, 다행히 키
는 낮아도 해묵은 감나무가 한 주 서 있다. 그러나 그거라야, 모를 낸 후 비 같은
비 한 방울 구경 못한 무서운 가뭄에 시달려 그렇지 않아도 쪼그라졌던 고목 잎
이 볼 모양 없이 배배 틀려서 잘못하면 돌배나무로 알려질 판이다. 그래도 그것
이 구십 도가 넘게 쩌 내리는 팔월의 태양을 가리어, 누더기 같으나마 밑둥치에
는 제법 넓은 그늘을 지웠다. 그걸 다행으로 깔아 둔 낡은 삿자리 위에는 발가벗
은 어린애가 파리똥 앉은 얼굴에 땟물을 조르르 흘리며 울어댄다. 언제부터 울
었는지 벌써 기진맥진해서 울음소리조차 잘 안 나왔다. 그 곁에 퍼뜨리고 앉은

치삼 노인은, 신경통으로 퉁퉁 부어오른 두 정강이 사이에 깨어진 뚝배기를 끼우고 중얼거려 댄다.

"요게 왜 이렇게 안 죽을까? 요리조리 매끈거리기만 하고……. 예끼!"

그는 식칼 자루로써 뚝배기 밑바닥을 탁 내려 찧었다. 뻑! 하고 미꾸라지는 또 가장자리로 튀어 내뺀다. 신경통에 찧어 바르면 좋다고 해서, 딸애 덕아가 아침 일찍부터 나가서 잡아 온 미꾸라지다. 그것이 남의 정성도 모르고!

"요 망할 놈의 짐승!"

치삼 노인은 다시 식칼로 겨누었으나, 갑작스레 새우처럼 몸을 꼽치고는 기침만 연거푸 콩콩 한다. 그럴 때마다 부어오른 다리의 관절이 쥐어뜯는 듯이 아프며, 명줄이 한 치씩이나 줄어드는 것 같았다. 그예, 그의 허연 수염 사이에서 커다란 핏덩어리가 하나 툭 튀어나왔다.

"에구 가슴이야…… 귀신도 왜 이다지 잡아가지 않을꼬?"

노인은 물 부른 콩껍질같이 쪼그라진 눈에 고인 눈물을 뼈다귀 손으로 썩 씻었다.

곁에 누운 손자 놈은 땀국에 쪽 젖어 있다. 노인은 손자놈의 입이며, 눈이며, 콧구멍에 벌 떼처럼 모여드는 파리 떼를 쫓아 버리면서 달라붙은 고추를 어루만진다.

"응, 그래 그래, 울지 말아. 자장자장 우리 애기…… 네 에미는 왜 여태 오잖을까? 입안이 이렇게 바싹 말랐고나. 그놈의 집에서는 무슨 일을 끼니때도 모르고 시킬꼬! 에헴, 에헴……."

노인은 억지 힘을 내 가지고, 어린 걸 움켜 안고는 게다리처럼 엉거주춤 뻗디디고 일어섰다.

그럴 때 마침, 아들이 볕살에 얼굴을 벌겋게 구워 가지고 들어왔다. 들어서면서부터 퉁명스럽게,

"다들 어디 갔어요?"

"일 나갔지."

"무슨 일요?"

"진수네 무명밭 매러 간다고 했지, 아마."

들깨는 잠자코 윗통을 훌쩍 벗어서 감나무 가지에 걸쳐 놓고는 늙은 아버지로부터 어린것을 받아 안았다. 치삼 노인은 뽕나무 잎이 반이나 넘게 섞인 담배를

장죽에 한 대 피워 물면서 아들을 위로하듯이, 그러나 대답은 두려워하며 물었다.

"논은 어떻게 돼 가니?"

"어떻게라니요. 인젠 다 틀렸어요. 풀래야 풀물도 없고, 병아리 오줌만한 봇물도 중들이 죄다 가로막아 넣고, 제에기……."

"꼭 기사년 모양 나겠군 그래."

"기사년에는 그래도 냇물은 조금 안 있었나요?"

"그랬지. 지금은 그놈의 수돗바람에……."

"그것도 원래 약속을 할 때는, 농사철에는 냇물은 아니 막아 가기로 했다는데, 제에기, 면장 녀석은 색주가 갈보 놀릴 줄이나 알았지, 어디 백성 죽는 건 알아야죠."

들깨는 열을 바짝 더 냈다.

"할 수 없이 이곳엔 인제 사람 못살 거야."

"참 아니꼽지요. 더군다나 전과 달라 중놈들까지 덤비는 꼴을 보면……."

아들의 불퉁스러운 어조에는, 거칠 대로 거칠어진 농민의 성미가 뚜렷이 엿보였다. 가물은 그들의 신경을 더욱 날카롭게 하였던 것이다.

치삼 노인은 '중놈'이란 바람에 가슴이 섬뜩하였다. ─ 그것은 자기들이 부치고 있는 절논 중에서 제일 물길 좋은 두 마지기가, 자기가 젊었을 때 자손 대대로 복 많이 받고 또 극락가리라는 중의 꾐에 속아서 그만 불전에, 아니 보광사(普光寺)에 시주한 것이기 때문이다. 멀쩡한 자기 논을 괜히 중에게 주어 놓고 꿍꿍 소작을 하게 되고 보니, 싱겁기도 짝이 없거니와, 딱한 살림에 아들 보기에 여간 미안스러운 일이 아니었다.

"뭘 허구 인제 와? 소 같은 년!"

들깨는 화살을 방금 돌아오는 아내에게로 돌렸다. 그리고 이 꼴 보라는 듯이 물에서 막 건져낸 듯한, 그러나 울어울어 입 안이 바짝 마른 어린것을 아내의 젖가슴에 내던지듯 했다. 아내는 잠자코 그것을 받아 안기가 바쁘게 부엌으로 들어가더니, 머리에 쓴 수건을 벗어 물에 축여 가지고 어린것의 얼굴을 닦으면서 일변 젖을 물렸다.

"소 같은 년, 어서 밥 안 가져와?"

남편의 벼락같은 소리다. 아내는 부지중 눈물이 핑 돌았다. 들깨는 아내의 귀퉁이라도 한번 올려붙일 듯이 더펄더펄 부엌으로 들어갔으나 한 팔로 애기를 부둥켜안고 허둥대는 아내의 울상에 그만 외면하고는 미처 다 차리지도 않은 밥상을 얼른 들고 나왔다. 그러나 다른 때 같으면 곧잘 넘어가는 보리밥도 그날은 첫술부터 목에 탁 걸렸다.

2.

우르르르, 쐐─.

이글이글 달아 있는 폭양 아래 난데없는 홍수 소리다. 물벌레, 고기 새끼가 죄다 말라져 죽고, 땅거미가 줄을 치고, 개미 떼들이 장을 벌였던 봇도랑에 둔덕이 넘게 벌건 황톳물이 우렁차게 쏟아져 내린다. 빨갛게 타져 죽은 곡식이야 인제와서 물인들 알랴마는, 그래도 타다 남은 벼와 시든 두렁콩들은 물소리만 들어도 생기를 얻은 듯이 우쭐 우쭐 춤을 추는 것 같다. 행길 양옆을 흘러가는 봇도랑가에는 흰 옷, 누른 옷, 혹은 검정 치마가 미친 듯이 부산하게 떠들며 오르내린다.

수도 저수지(貯水池)의 물을 터놓은 것이다. 성동리 농민들이 밤낮 없이 떼를 지어 몰려가서 애원에, 탄원에 두 손발이 닳도록 빌기도 하고, 불평도 하고, 나중에는 밤중에 수원지 울안에까지 들어가서 물을 달리 돌려내려고 했기 때문에, T시 수도 출장소에서도 작년처럼 또 폭동이나 일어날까 두려워서, 저수지 소제도할 겸 제이(第二) 저수지의 물을 터놓게 된 것이다.

그러나 고까짓 저수지의 물로써 넓은 들을 구한다는 건 되지도 않는 말이고─물을 보게 된 것이 차라리 없을 때보다 더 한층 시끄럽고 싸움만 벌어질 판이다.

들깨는 논이 봇꼬리에 달렸기 때문에 몇 번이나 저수지 물구멍까지 올라가지 않으면 아니 되었다. 그러나 그렇게 봇머리까지 가서 물을 조금 달아 가지고 오면, 도중에서 이리저리 다 떼이고 자기 논까지는 잘 오지도 않았다.

이렇게 수삼차 오르내리고 보니, 꾹 눌러 오던 화가 그만 불끈 치밀었다.

"여보, 노장님!"

들깨는 오던 걸음을 되돌려서, 소리를 치며 비탈길을 더우잡았다.

"제에기, 논을 떼었으면 떼었지, 인젠 할 수 없다!"

그는 급기야 이를 악물었다. 어느 앞이라고, 만약 한 번이라도 점잖은 중에게 섣불리 반항을 했다가는 두말 없이 절 논이라고는 뚝딱 떼이고 마는 것이다.

노승은 들은 체 만 체, 들깨가 가까이 가도 양산을 받은 그대로 물을 가로막고 있었다.

"여보, 이게 무슨 짓이요. 밑엣사람은 굶어 죽어도 좋단 말이요?"

들깨는 커다란 '샤벨'로써 노승의 장난감 같은 삽가래를 뗏장과 함께 찍어 당겼다.

물은 다시 쐐 — 하고 밑으로 흘러내린다.

"이 사람이 버릇없이 왜 이럴까?"

노승은 짐짓 점잖은 체하고 나무라면서도, 눈에는 시뻐하는 빛과 독기가 얼씬거린다.

"살고 봐야 버릇도 있겠지요."

"아하, 이 사람이 아주 환장을 했군. 아서라 그렇게 하는 법이 아니다."

노승은 다시 물을 막으려고 들었다.

"천만에요! 우리도 살아야겠어요. 물을 좀 가릅세다. 노장님까지 이래서야……."

들깨는 제 손으로 갈랐다. 그리고 몇 걸음 못 가서, 또 어떤 논 귀퉁이에서 조그마한 애새끼 한 놈이 쏙 나오더니 물을 가로막고는 언덕 밑으로 숨어 버린다.

"예끼, 쥐새끼 같은 놈!"

들깨는 골 안이 울리도록 고함을 내지르며 쫓아가서, 그 놈의 물꼬에다 아름이 넘는 돌을 하나 밀어다 붙이었다.

길 저편에서도 싸움이 벌어졌다. — 갈갈이 낡아 미어진 헌옷에, 허리 쯤만 남은 — 남방 토인들의 나무 껍데기 치마 같은 몽당치마를 걸친 가동 할멈이 봇도랑 한복판에 펑퍼져 앉아서 목을 놓고 울어댄다.

"에구 날 죽여 놓고 물 다 가져가오."

"이 망할 놈의 늙은이, 남이 일껏 끌고 온 물만 대고 앉았네. 어디 아가리만 벌리고 앉았지 말구 너도 한 번 물이나 끌고 와 봐!"

경찰관 주재소의 고자쟁이로 알려져 있는 이 시봉이란 젊은 놈의 꽹이는 더펄머리를 풀어헤치고 악을 쓰는 늙은 과부 할멈의 허벅살에 시퍼런 멍울을 남겨놓고 갔다.

들깨는 보릿대 모자를 부채 삼아 내흔들면서, 쥐꼬리만한 물을 달고 내려가다가, 철한이란 놈하고 봉구란 놈이 아주 논 가운데서 곰처럼 별로 말도 없이 이리 밀치락 저리 밀치락 싸움을 하고 있는 것을 보았으나 말려 볼 생각도 않고 제 논으로만 갔다. 그의 논으로 뚫린 물꼬는 으레 또 꽉 봉해져 있었다.

"어느 놈이 이렇게 지독허게⋯⋯."

막힌 물꼬를 냉큼 터놓고서, 막 논두덕 위에 올라서자니까, 자기 논 아래로 슬그머니 피해 가는 오촌 아저씨가 보인다. 아저씨도 환장이 되었구나 싶었다. 새벽부터 나돌며 날뛰어도 반 마지기도 채 적시지 못한 것을 돌아보고는 들깨는 그만 낙심이 되어서 논두덕 위에 털썩 주저앉았으나, 그 쥐꼬리만한 물줄기가 끊어지자 그는 다시금 그곳을 떠났다.

철한이와 봉구란 놈은 아직도 싸우고 있었다.

"이,이, 이놈의 자식이 사람을 아주 낮보고서."

봉구란 놈이 벋니를 내 물고서 악을 쓴다.

"글쎄, 정말 이걸 못 놓겠니?"

철한이란 놈이 아무리 제비 손을 넣으려고 애를 써도, 워낙 떡심 센 놈이 돼서 봉구는 달싹도 않고, 되려 철한이란 놈의 턱밑을 쥐고 자꾸 밀기만 했다.

그러던 놈들이, 들깨가 한번 소리를 치자 서로 잡았던 손을 흐지부지 놓고서 논두덕 위로 올라왔다.

"예끼 싱거운 녀석들! 물도 없애 놓고 무슨 물싸움들이야! 분풀이할 곳이 그렇게도 없던가 온!"

들깨의 이 말에 그들은 쥐꼬리만한 봇물조차 끊어지고 만 빈 도랑만 내려다볼 뿐이었다.

이윽고 세 사람은 봇목을 향해서 나란히 발을 떼어놓았다. 대사봉(大師峰) 위로 해가 뉘엿뉘엿 기울고, 네 시를 아뢰는 보광사의 큰종 소리가 꽝꽝 울려 왔다. 절에 있는 사람들은 제각기 저녁 밥쌀을 낼 때다. 그러나 그 절 밑 마을 — 성동리 앞 들판에 나도는 농민들은 해가 기울수록 마음이 더욱 달떴다. 게다가 모처럼 터놓은 저수지의 봇목에 논을 가지고서도, '유아독존'식으로 날뛰는 절 사람들의 세도에 눌려 흘러오는 물조차 맘대로 못 대인 곰보 고서방은 마침내 딴은 큰 맘을 먹고 자기 논물꼬를 조금 더 터놓았다. 그러자 그걸 본 한 양반이 빽 소리를 내지르며 달려왔다. 오더니 다짜고짜로,

"왜 또 손을 대요?"

"인제 물도 다 돼 가고 하니 나두 좀 대야지요."

하다가 고서방은 자기 말이 너무 비겁한 것 같아 한 마디 더 보태었다.

"그리고 당신 논에는 물이 철철 넘고 있지 않소."

"뭐? 넘어? 어디 넘어? 이 양반이 눈이 있나 없나?"

하며 그는 곰보 논 물꼬를 봉하려고 들었다.

"안 돼요!"

곰보는 물꼬를 아까보다 더 크게 열면서, "위에 있는 논은 한 번 적시지도 못하게 하고 아랫논만 두렁이 넘게 물을 실으려는 건 너무 심하잖소?"

"무어 –?"

"그렇게 노려보면 어쩔 테요?"

"야, 이 친구가 밥줄이 제법 톡톡한 모양이로군!"

그는 비쭉 냉소를 했다.

"이 친구? 네 집에는 그래 애비도 삼촌도 없니? 누굴 보고 이 친구 저 친구 해?"

"뭐가 어째? 야, 이 녀석이 제법 꼴값을 하는군. 어디 상판대기에 빵꾸를 좀 내줄까?"

"이놈 – 개 같은 놈! 아무리 세상이 뒤바뀌어졌기로서니……."

"야, 이 녀석 좀 봐. 세상이 뒤바뀌어졌다구? 하 하 하……."

그는 다른 사람도 다 들으라는 듯이 소리를 높이더니,

"예끼 건방진 녀석!"

그리고 제보다 몸피가 훨씬 큰 곰보의 뺨을 한 대 갈겼다.

"이게 뭘 믿고서……."

곰보가 하도 어처구니가 없어서, 그 자의 멱살을 불끈 졸라 쥐니깐, 그 근방에 있던 같은 패들이 벌떼처럼 우 – 몰려왔다. 그러자 아까 가동 늙은이를 상해 놓던 고자쟁이 이시봉이가 풋볼 차던 형식으로 곰보의 아랫배 짬을 확 질렀다. 곰보는 악! 하며 그 자리에 쓰러졌다. 쓰러진 놈을 여러 놈들이 밟고 치고…… 그러다가 나중에는 뻗어져 누운 놈을 끌고 주재소에까지 가자고 야단이다. 곰보는 그 말이 무엇보다도 무서워서 잘못했다고 빌지 않을 수가 없었다.

들깨가 곁에 가도, 곰보는 넋잃은 사람처럼 논두렁에 멍하니 앉아 있었다. 왼편 눈 밑이 퍼렇게 부어 올랐다.

저수지의 물은 그예 끊어졌다. 물 끊어진 수문을 우두커니 들여다보는 농민들은 하도 억울해서 말도 욕도 아니 나오고, 그만 그곳에 주저앉았다. 그와 동시에 온종일 수캐처럼 쫓아다닌 피로까지 엄습해서 일어날 생각이 없었다.

그러나 한편 물을 흐뭇이 대인 보광리 사람들은, 제 논물이 행여 아랫논으로 넘어 흐를세라, 돋우어 둔 물꼬와 논두렁 낮은 짬을 한층 더 단단히 단속하느라고 몹시 바빴다.

고서방은 분도 분이지만, 그보다 내년 봄엔 영락없이 그 절논 두 마지기가 떨어지고 말 것을 생각하면, 앞으로 살아 나갈 일이 꿈같이 암담하였다. 아무런 흠이 없어도 물길 좋은 봇목 논은 살림하는 중들에게 모조리 떼이는 이즈음에, 아무리 독농가로 신임을 받아 오던 고서방일지라도 오늘 저지른 일로 보아서, 논은 으레 빼앗긴 논이라고, 실망하지 않을 수가 없었다.

그는 문득 지난 봄의 허서방이 생각났다. ― 부처 오던 절 논을 무고히 떼이고 살길이 막혀서, 동네 뒤 소나무 가지에 목을 매어 시퍼런 혀를 한 자나 빼물고 늘어져 죽은 허서방이 별안간 눈에 선하였다. 곰보는 몸서리를 으쓱 쳤다. 이왕 못 살 판이면 제에기 처자야 어떻게 되든지 자기도 그만 그렇게 죽어 버릴까…… 자기가 앉은 논두렁이 몇 천 길이나 땅 속으로 쾅 둘러 꺼졌으면 싶었다.

이튿날 아침 들깨와 철한이는 오랜만에 논에 물을 한 번 실어 놓고는, 허출한 속에 식은 보리밥이나마 맘 놓고 퍼 넣었다. 그때까지도 저수지 밑 봇목 들녘과 내 건너 보광리 ― 최근에 생긴 중마을 ― 에는, 빌어서 얻은 계집이라도 잃어버린 듯이, 중들의 아우성 소리가 끊이지 않았다. 그도 그럴 것이 지난 하룻밤 동안에 논두렁을 몇 토막이나 내이고 물 도둑을 맞은 사람이 많았기 때문이다.

고서방은 중들의 발악 소리를 속시원하게 들으면서, 군데군데 커다란 콩낱이 박힌 보리밥, 아니 보릿겨 밥을 맛나게 먹었다.

"누가 간 크게 그랬을까요?"

아내는 숭늉을 떠오며 짜장 통쾌한 듯이 물었다.

"그야 알 놈이 있을라구, 사람이 하두 많은데."

고서방은 궁둥이를 툭툭 털면서 일어나 섰다. 담배 한 대 재어 물 여가도 없이 고동 바로 허리춤을 졸라매고 이 주사 댁 논을 매러 막 집을 나서려고 할 즈음에 뜻밖에도 주재소 순사 하나가 게딱지만한 뜰안에 썩 들어섰다.

"당신이 고서방이오?"

눈치가 수상하다.

"예, 그렇소."

"잠깐 주재소까지 좀 갑시다."

"무슨 일입니까?"

고서방은 금방 상이 노래졌다.

"가면 알 테지."

말이 차차 험해진다.

"난 주재소 불려 갈 일이 없습니다. 죄지은 일은 없습니다."

고서방이 뒤로 물러서니깐,

"이놈이 무슨 잔소리냐? 가자면 암말 말고 갔지 그저."

순사는 고서방의 어깻죽지를 한 대 갈기더니, 어느새 포승을 꺼내 가지고 묶는다.

"아이구 이게 무슨 일유? 나리 제발 그러지 마세요. 이분은 죄 지은 일 없읍네다. 나구서 개구리 한 마리도 죽인 일 없다는데, 지난 밤에는 새두룩 이 마당에서 같이 잤는데…… 아이구 이게 무슨 일유?"

학질에 시난고난하면서도 미친 듯이 매달리는 고 서방네를 몰강스럽게 떠밀어 버리며 순사는 기어이 고 서방을 끌고 갔다.

3

한 포기가 열에 벌여,

– 에이여허 상사뒤야.

한 자국에 열 말씩만,

– 에이여허 상사뒤야.

앞 노래에 응해 가며 성동리 농군들은 보광리 앞뜰에서 쇠다리 주사댁 논을 매고 있다.

백 도가 넘게 끓는 폭양 밑! 암모니아 거름을 얼마나 많이 넣었는지 사람이 아니 보이게 자란 볏 속! 논바닥에서는 불길 같은 더운 김이 확확 솟아오르고, 게다가 썩어 가는 밑거름 냄새까지 물컥 물컥 치미는 바람에는 두말 없이 그저 질색이다. 그래도 숨이 아니 막힌다면 그놈은 항우(項羽)다.

14

김정한

사하촌

몽둥이에 맞아 죽다 남은 개새끼처럼 혀를 빼물고 하 – 하 – 하는 놈, 벼 잎사귀에 찔려 한쪽 눈을 못 쓰고 꽈악 감은 놈 – 그들은 마치 기계와 같다. 다른 점이 있다면 앞잡이의 노래에 맞춰서 '에이여 허 상사뒤야'를, 속이 시원해지는 듯이 가슴이 벌어지게 내뽑는 것쯤일까.

한 놈이 슬쩍 봉구의 머리에다 궁둥이를 돌려 대더니, 아기 낳는 산모 모양으로 힘을 쭉 준다.

"예, 예끼, 추 – 추한 자식!"

봉구는 그놈의 종아리를 썩 긁어 버린다.

"이따, 이놈아, 약값이나 내놔!"

그놈이 되려 봉구를 놀리려고 드니까, 곁에 있던 철한이란 놈이 얼른 그 말을 받는다 –.

"약값? 야 이놈아 참 네가 약값을 내놔야겠다. 생무 먹은 트림 냄새도 분수가 있지 온……."

"아닌 게 아니라, 냄새가 좀 이상한걸. 이 사람, 자네 똥구멍 썩잖았나?"

또 한 놈이 욱대긴다.

"여 – 역놈의 대밭에 마, 말다리 썩는 냄새도 부,부, 분수가 있지!"

봉구란 놈이 제법 큰소리를 친다. 그러면서도 자기는 입은 그대로 제 옷에 오줌을 질질 싸고 있다.

"하 – 하 – 끙 – 끙……!"

"어이구 이놈 죽는다!"

철한이란 놈이 속이 답답해서 앞으로 몇 걸음 쑥 빠져 나간다.

"쉿! 쇠다리 온다."

들깨란 놈이 주의를 시킨다.

쇠다리 주사가 뒤에서 논두렁을 타고 왔다. 한 손에는 양산, 한 손으론 부채를 흔들면서, 쇠다리 주사가 뭐냐고? 그렇다. 옳게 부르면 이 주사다. 그러나 속에 똥만 든 그가 돈냥 있던 덕분으로 이조 말년에 그 고을 원님에게 쇠다리 하나 올리고서 얻은 '주사'란 것이 오늘날 와서는 세상이 달라진 만큼 그만 탄로가 나고 말았기 때문에 모두를 그를 그렇게 불렀다. 물론 안 듣는 데서만이지만.

"모두들 욕보네. 허 – 날이 자꾸 끓이기만 하니 온!"

어느 새 쇠다리가 뒤에 와 선다.

"그런데 조금 늦더래도 이 논배미는 마자 매고 참을 먹어야겠군. 자, 바짝 – 팔대에 힘을 넣어서. 저런, 봉구 뒤에는 벼가 더러 부러졌군, 아뿔싸!"

쇠다리 주사는 혀를 쯧쯧 차며 부채를 방정맞게 흔들어 댔다.

일꾼들은 잠자코 풀 죽은 팔에 억지 힘을 모았다. 거친 볏줄기에 스친 팔뚝에는 금방 핏방울이 배어 나올 듯했다. 그러나 그들은 눈을 질끈 감고, 대고동을 해 낀 갈퀴 같은 손으로, 어지러운 벼 포기 사이를 썩썩 긁어 댔다.

흐 – 흐 – 끙 – 끙……!

얼굴마다 콩낱 같은 땀방울이 뚝뚝 떨어지고, 놀란 메뚜기 떼들이 파드닥 파드닥 줄도망질을 친다. 노래는 간 곳 없고! 나머지 열 자국! – 그들은 아주 숨쉴 새도 없이 서둘렀다.

"요놈의 짐승!"

제일 먼저 맨 철한이란 놈이, 뒤쫓겨 나온 뱀 한 마리를 냉큼 잡아 올려 가지고는 핑핑 서너 번 내두르더니 홀쩍 저편으로 날려 버린다.

고대하던 쉴 참이 왔다. 농부들은 어서 목을 좀 추겨 보겠다고 포플라나무 그늘에 갖다 둔 막걸리통 곁으로 모여 갔다.

우선 쇠다리 주사부터 한 잔 했다.

"어 – 그 술맛 좋 – 군!"

쇠다리 주사는 잔을 일꾼들에게 돌려주고, 구레나룻을 휘휘 틀어 올리더니,

"그런데 참 술이 한 잔씩밖에 안 돌아갈는지 모르겠군. 그저 점심때 쌀밥(쌀이 사분지 일 될까?) 먹은 생각하구 좀 참지. 그놈의 건 잘못 먹으면 일 못하기보다 괜히 사람 축나거든. 더군다나 오늘같이 더운 날에는……."

그러나 농부들은 사발 바닥이 마르도록 빨아 넘기고는, 고추장이 벌겋게 묻은 시래기 덩어리를 넙죽넙죽 집어넣는다. 목도 말랐거니와 배도 허출했다.

그럴 때 마침 뿡 – 하고, 자동차 한 대가 그들이 쉬는 데까지 먼지를 뒤집어씌우고 달아나더니 보광리 앞에서 덜컥 머물었다. 거기서 내린 것은 – 해수욕을 갔다 오는 보광리 젊은 사람들이었다. 일본으로, 서울로 유학을 하고 있는 팔자 좋은 젊은이들이었다. 물론 계집애들도 섞여 있었다. 성동리 농부들은 한참 동안 그들을 바라보았다. 그들 가운데 섞여 있던 고자쟁이 이시봉이 웬일인지 차에서 내리자 바른쪽으로 주재소로 들어갔다.

술을 잘 못하기 때문에 식은 밥만 두어 술 뜨고 난 들깨는 눈이 주재소 문에 가

박혔다. 얼마 뒤에 시봉이가 나왔다.

"고서방은 어찌 됐을까?"

부지중 중얼거린 들깨. 묵묵히 이마에 석삼자를 깊게 지우는 철한이 ― 우리 때문에 무고한 고서방이……! 그들은 그대로 가만히 있는 자기들이 그지없이 부끄럽고 맘이 괴로왔다.

세상을 모르는 봉구란 놈은 제 발바닥의 상처만 풀어헤쳐 놓고, 그 속에 들어간 뻘을 꺼내고 있다. 다른 농군들은 행려(行旅)의 시체처럼, 거무데데한 뱃가죽을 내놓고 길바닥 위로, 잔디 위로 그늘을 찾아서 여기저기 나자빠졌다. 어떤 친구는 어느새 코까지 쿨쿨 골고, 어떤 친구는 불개미한테 거기라도 물렸는지 지렁이처럼 자던 몸을 꿈틀꿈틀한다. 매미란 놈들이, 잎사귀 하나 까딱 아니하는 높다란 포플라 나무에서, 그 밑에 누워 있는 농군들을 비웃는 듯 구성지게 매암 매암매 ― 한다.

모기 속에서 저녁을 치르고 나면 마을 사람들은 게딱지같은 집을 떠나서 모두 냇가로 나온다. 아무런 가뭄이라도 바위 틈에서 새어 나오는 물이 군데군데 제법 웅덩이를 만들었다. 냇가의 달밤은 시원하였다.

먼동이 트면 곧 죽고 싶은 마음
저녁밥 먹고 나니 천년이나 살고 싶네.

어느새 벌써 달려 나와서 반석 위에 번듯 누워 하늘을 쳐다보며 읊조리는 쇠다리 주사댁 머슴 강 도령의 노래다.

반달같이 생긴 다리 아래편 백사장에는 애새끼들이 송사리처럼 모여서, 노래로 장난으로 혹은 반딧불 쫓기로 부산하게 떠들고 뛴다. 비를 기다리는 하늘에서는 구름 한점 없이 달만 밝고, 달빛 속에 묻힌 성동리 집집에서는 구름인 듯 다투어 모기 연기만 피워 산으로 기어오르고 들로 내려갈려 연긴가 달빛인가 알수도 없다.

남자들의 뒤를 이어 여자들도 떼를 지어 다리를 건너왔다.

다리 위편이 남자들의 자리다. 그들은 나오는 대로 멱을 감고는 여기저기 반석을 찾아가기가 바쁘다. 가는 곳이 그들의 그날 밤잠자리다. 그리도 못 하는 놈은 ― 행인지 불행인지 아직도 제 논에 풀물이 있어서 봇목으로 물 푸러 가는 놈!

그러나 물푸개 석유통을 옆에 둔 채 어느새 지쳐 한잠이 든 봉구는, 밤중이 넘어서 공동 묘지 입구까지 물 푸러 갈 것인지 코만 쿨쿨 골아 댄다.

그래도 남은 놈들은 이야기에 꽃이 핀다.

"들깨, 자네 누이동생은 어쩔 텐가?"

"어쩌긴 무얼 어째?"

"키 보니 넉넉히 시집갈 때가 됐던걸."

"키는 그래도, 나인 인제 겨우 열일곱이야. 열일곱에 혼사 못할 건 없지만 어디 알맞은 자리가 쉬 있어야지."

"아따 이 사람 염려 말라구. 그만한.인물이면야 정승의 집 며느리라도 버젓하겠데. 자리가 왜 없을라구!"

"이 사람이 왜 또…… 괜히 얼굴만 믿고 지나친 데 보냈다가 사흘도 못 돼서 쫓겨오게! 천한 사람은 그저 천한 사람끼리 맞춰야지……."

"암 그렇구말구!"

가만히 듣고만 있던 철한이란 놈이 뜻밖에 한 마디 보태었다.

그럴 때 마침 다리 아랫목에서 멱을 감고 있던 여자들이 킥킥거리며, 또는 욕설을 하면서, 남자들이 노는 위편으로 자리를 옮겨 간다. 그걸 본 강도령,

"위에 가면 안 되오. 왜 밑에서 허잖구 -?"

"보광리 새끼들 때문에 밑에선 못하겠다우."

아낙네들의 대답이다. 남자들의 시선은 일제히 다리 아래편으로 쏠렸다. 하늘 높게 백양목이 줄지어 선 곳 -.

사랑으로 여위었느니 어쨌느니 하는 레코드에 맞춰서 반벙어리 축문 읽는 듯한 노래 소리가 들려 왔다.

"유성기는 또 누구를 홀리려고 가지고 다닐까. 저것들이 곧잘 여자들이 멱감는 곳만 찾아다닌단 말야."

강도령이 남 먼저 욕지거리를 내놓는다.

"예끼 더런 자식들! 듣기 싫다. 집어치우고 가거라, 가!"

동네 젊은 녀석들은 모두 바위에서 일어나서 욕을 한바탕씩 해 주고는 얼른 논두렁으로 올라가서 진흙을 가득가득 움켜 냇물 속에 펑펑 내던졌다.

보광리 만무방들이 돌아간 뒤, 농부들은 머리에서 수건을 풀어 제각기 얼굴을 가리기가 바쁘게 너럭바위 위에 휘뚝휘뚝 쓰러졌다. 쓰러지자 곧 쿨쿨.

14
김정한

사하촌

적막한 농촌의 밤이다. 다만 어디선지 놋그릇을 땅땅 두드리며 '남의 집 며느리 낮에는 잠자고 밤에는 일하네.' 하고 학질 주문(呪文)을 외고 다니는 소리만 그쳤다 이었다 할 뿐. 길쌈하는 아낙네들의 노란 등잔불도 꺼지기가 바쁘다.

4.

가뭄은 오래오래 계속되었다. 아침 저녁으로는 제법 거무스름한 구름장이 모여들다가도, 해만 지면 그만 어디로 사라져 버렸다. 꼭 거짓말같이…… 보광사 절골을 살며시 넘어다보는 그놈도 알고 보면 얄미운 가물 구름[1].

뒷 산성 용구렁에 안개가 자욱해도 헛일. 아침놀, 물밑 갈바람은 더군다나 말도 안 되고. 어쨌든 농부들은 수백 년째 전해 오고 믿어 오던 골짜지 천기조차 온통 짐작을 못할 만큼 되었다. 날마다 불볕만 쨍쨍 - 그들의 속을 태웠다. 콧물 만한 물이라도 있는 곳에는 아직도 환장한 사람들이 와글거리고, 풀물도 없어진 곳에는 강아지 새끼도 한 마리 안 보였다. 물 놓던 성동들도 삼 년 전 소위 수도 수원지(水源池)가 생기고는 해마다 이 모양 - 여기저기 탱고리수염[2] 같은 벼포기가 벌써 발갛게 모깃불감이 되고, 마을 앞 정자나무 밑에는 떡심 풀린 농부들의 보람없는 걱정만이 늘어갈 뿐이었다.

걱정 끝에 하룻밤에는, 작년에도 속은 그놈의 기우제(祈雨祭)를 또 다시 벌였다. 앞산 봉우리에 다 장작불을 피워 놓고 성동리 사람들은 목욕 재계를 하고 어떤 위인은 낡은 두루마기, 또 어떤 위인은 제법 몽당 도포까지를 걸치고서 쭉 늘어섰다. 구장, 들깨, 갓이 비뚤어진 봉구……. 옛날 훈장 노릇을 하던 노인이 쥐꼬리보다 작은 상투를 숙이고서 제문을 읽자 농부들은 일제히 하늘을 우러러보고 절을 하며 비를 빌었다.

"만 인간을 지켜 주시는 천상의 옥황상제 님이시여……!"

그들은 몇 번이나 코가 땅에 닿도록 절을 하였다. 이글이글 타오르는 불길을 따라 그들의 축원도 천상에 통하는 듯하였다.

기우제는 끝났다.

1) 비가 내리지 않는 구름   2) 동그랗게 말아올린 수염

"깽무깽깽 쿵덕쿵덕, 깽무깽깽 쿵덕쿵덕……."

농부들은 풍물을 울리면서 산을 내려왔다.

동네 앞 타작마당에서 그들은 짐짓 태평 성대를 맞이한 듯 소고를 내두르며 한바탕 멋지게 놀았다. 조그만 아이놈들도 호박꽃에 반딧불을 넣어 들고서 어른들을 따라 우쭐거렸다.

"구, 구, 구장 어른, 저, 저, 구 – 름 좀 봐요!"

봉구란 놈이 무슨 엄청난 발견이라도 한 듯이 엉덩춤을 추면서 외쳤다. 아닌 게 아니라 거무스름한 구름장 하나가 달을 향해서 둥실둥실 떠왔다.

"얼씨구 좋다! 쿵덕쿵덕!"

농부들은 마치 벌써 비나 떨어진 듯이 껑충껑충 뛰어댔다. 그러나 그것도 모두 헛일 – 하루, 이 틀, 비는커녕 안개도 내리지 않고, 되려 마음만 졸였다. 불안은 각각으로 커져만 갔다.

그러한 하룻날 보광사 농사 조합에서 성동리의 유력자 – 쇠다리 주사와 면서기며 농사조합 평의원인 진수를 청해 갔다. 그래서 그들이 저쪽의 의논에 응하고 가져온 소식 – 그것은, 오는 백중날 보광사에서 기우 불공을 아주 크게 올릴 예정이니까, 성동리에서는 한 집에 한 사람씩 참례를 하는 것이 좋겠다고, 기우 불공이라니 고마운 일이다.

"허지만 우리 같은 것 그리 많이 모아서 뭘 헌담? 불공은 중들이 헐 텐데……."

농민들은 무슨 영문인지 잘 몰랐다. 그러나 안 갔으면 가만히 안 갔지, 보광사의 논을 부쳐먹고 사는 그들이라 싫더라도 반대는 할 수 없는 처지였다. 이왕이면 괘불(掛佛)까지 내걸어 달라고 마을 사람 측에서도 한 가지 청했다. 괘불을 내어 달면 아무리 어려운 일이라도 소원 성취된다는 말을 어릴 때부터 종종 들어온 그들이었다.

하지만 절 측에서는 경비가 너무 많이 든다고 첨에는 뚝 잡아떼었다. 고까짓 일에 무슨 경비가 그리 날 겐가? 어디, 과연 영험이 있나 없나 보자! – 마을 사람들은 꽤 큰 호기심을 품고서 간곡히 청했다. 구장이 두어 번 헛걸음을 한 뒤, 쇠다리 주사가 나가서 겨우 승낙을 얻어 왔다. 그래서 칠 월 백중날! 보광사에서는 새벽부터 큰종이 꽝꽝 울렸다.

성동리 사람들은 – 농사조합 평의원인 진수와 구장과 그 다음 몇 사람 빼놓고는 대개 중년이 넘은 아낙네들과 쓸데없는 아이들 놈뿐이었지만 – 장꾼같이 떼를 지어 절로 절로 올라갔다.

천여 년의 역사를 가지고 무려 백여 명의 노소승(老少僧)이 우글거리는 선찰 대본산 보광사에는 벌써 백중 불공차 이곳 저곳에서 모여든 여인들이 들끓었다.

오색 단청이 찬란한 대웅전을 비롯하여, 풍경 소리 그윽한 명부전, 팔상전, 오백나한전……. 부처 모신 방마다 웬만한 따위는 발도 잘 못 들여놓을 만큼 사람들이 꽉꽉 들어찼다. 그들은 엉덩이 혹은 옆구리를 서로 맞대고 비비대기를 치며, 두 손을 높게 들어 머리 위에서부터 합장을 하고 나붓이 중절을 하였다. 아들딸 복 많이 달라는 둥, 허리 아픈 것 어서 낫게 해 달라는 둥…… 제각기 소원들을 은근히 빌면서. 잠자리 날개보다 더 엷은 생노방주[3] 옷에 모두 제가 잘난 체 부처님 무릎 앞에 놓인 커다란 희사함(喜捨函)[4]에 아낌없이 돈들을 척척 넣고 가는 그들! 얼핏 보면 죄다 만석꾼의 부인, 알고 보면 태반은 빚내어 온 이들.

성동리 아낙네들은 명부전 뒤 으슥한 구석에서 잠깐 땀을 거두고서, 대웅전 앞으로 슬슬 나왔다.

자기들 딴에는 기껏 차려 봤겠지만, 앉으려는 겐지 섰는 겐지 분간을 못할 만큼 풀이 뻣뻣한 삼베 치마 따위로선 그런 자리에 어울릴 리가 만무하였다. 다른 분들과 엄청나게 차가 있는 자기들의 몸차림을 못내 부끄러워하는 듯, 어름어름 차례를 기다리고 섰다.

그러자, 며칠 전부터 와 있던 진수 어머니가 어디서 봤는지 쫓아왔다. 아주 반가운 듯한 얼굴을 하고,

"여태 어디들 처박혀 있었어? 아까부터 아무리 찾아두 온…… 다들 부처님 참배는 했나?"

자기는 벌써 보살님이나 된 셈치는 어투였다.

"아직 못 봤수. 웬걸 돈이 있어야지!"

이 얼마나 천부당 만부당한 대답일까?

"그럼, 시주돈도 없이 절에는 뭘 하러들 왔수?"

진수 어머니는 입을 삐쭉하더니,

'이것들 곁에 있다가는 괜히 큰 망신하겠군!'

3) 아름답고 비싼 옷   4) 예불하는 이의 보시를 받는 궤짝

할 듯한 표정을 하고는 어디론지 핑 가 버린다.

베치마 패들은 잠깐 주저주저하다가, '돈 적으면 복 적게 받지 뭐.' 하고는, 남편이나 아들들이 끼니를 굶어 가며 나뭇짐이나 팔아서 마련한 돈들을, 빚의 끝돈도 못 갚게 알뜰살뜰히도 부처님 앞에 바치고 나온다. 더러는 내고 보니 꽤 아까운 듯이 돌아다보기도 했다.

법당 뒤 조그마한 칠성각 안에는, 아기 배려고 백일 기도한다는 젊은 아낙네. 지리하지도 않은지 밤낮으로 바깥 난리는 본체만체하고, 곁에 선 중의 목탁 소리에 맞춰 무릎이 닳도록 절만 하고 있다. 자기 말만 잘 들으면 틀림없다는 그 중의 말이 영험할진대 하마나 아기도 뱄을 것이다.

꽝! 뗑뗑, 둥둥둥, 똑똑, 촤르르!

종각의 큰북 소리를 따라 각전 각방의 종, 북, 바라며 목탁들이 한꺼번에 모조리 발광을 하자, 허주지의 지휘를 좇아 이빠진 노화상(老和尙)의 독경 소리와 함께 엄숙하게 불문이 삑삑삑 열리고, 새빨간 가사의 서른두 젊은 중의 어깨에 고대하던 괘불(掛佛)이 메여 나와, 대웅전 앞 넓은 뜰 한가운데 의젓이 세워졌다. 삼십여 장의 비단에 그려진 커다란 석가 불상!

장삼 가사를 펄럭이는 중들은 말할 것도 없고, 모여든 구경꾼들까지 상감님 잔치에라도 참례한 듯이 놀라울 만큼 엄숙해졌다.

공양상이 나오자, 주지를 비롯하여 각방 노승들이 참배를 드리고, 다음으로 젊은 중, 강당 학인(學人), 그 밖에 애기중들, 그리고 중 마누라와 보살계에 든 여인들, 맨 나중이 일반 손님들의 차례였다. 중들을 빼놓고는 모두 앞을 다투어 돈들을 내걸고 절을 하며 소원 성취를 빌었다.

"어서 물러 나와요. 다른 사람도 좀 보게."

진수 어머니는 다 같은 보살 계원을 밀어내고 들어서더니, 자기는 돈을 얼마나 냈는지 절을 열 번도 더 했다. 주지 부인을 보고, 어머니 어머니하고 섰던 진수도, 남 먼저 좇아 나가서 대가리를 땅에 처박았다.

성동리 아낙네들은 이미 주머니가 빈지라, 부러운 듯이 곁에서 남이 하는 구경만 하고 있었다.

이러한 거추장스런 일이 다 끝난 뒤에야 겨우 기우 불공이 시작되었다. 괘불 앞에는 큰북이 나오고, 바라가 나오고, 목탁이 나오고…… 성동리 구장이 동네서 긁어 온 돈을 내걸자 기도는 비로소 시작되었다.

"딱딱 딱딱, 나무아미타불, 관세음살, 꽝, 둥, 촬, 딱 다글!"

목탁 소리와 함께 독경 소리가 높아지고 경문의 구절마다 꽹과리, 북, 바라, 큰 목탁이 언제나 꼭 같은 장단을 짚는다.

성동리 사람들은 중들의 기도를 따라서 자기들도 절을 하였다. 중들의 궁둥이를 향해서. 어떤 중은 이리저리 돌아다니면서 무지막지한 촌뜨기들의 가지각색의 절들을 통일시키기 위하여, 불갓절을 모르는 위인들의 몸에 함부로 손을 대가며 합장 절을 가르쳤다. 이번에는 물론 삼베 치마들도 한 몫 들었다. 그러나 그들의 절이란 어울리기는커녕 우습기가 한량없었다.

기도의 한 토막이 끝나려 할 즈음 잦은 고개를 넘는 경문, 신이 나서 어깨를 우쭐거리는 장단꾼, 청천백일 아래서 이마를 땅에 대고 제발 덕분에 비오기를 비는 농부들과 그들의 어머니며 아내들…….

기도가 쉴 참에 성동리 사람들은 어마어마한 강당 안을 버릇없이 들여다보았다. 아마 여든도 훨씬 넘었을 듯한, 수염까지 허연 법사(法師)가 높다란 법탑 위에 평좌를 하고 앉아서, 옹이가 툭툭 불거진 법장(法杖)을 울리면서 방안이 빽빽하게 들어앉은, 한다한 보살 계원들을 앞에 두고 방금 설법의 삼매경(三昧境)에 빠진 모양이었다.

"보광산하 십자로, 무설노고 호손귀."

라고, 맑은 목청으로 외우더니 가만히 눈을 감는다. 눈썹 하나 까딱 안 하는 모습이 마치 산부처 같았다. 뒷벽에는 '합장의 생활'이라고 어마어마하게 쓴, 설교 제목이 걸려 있었다. 방안은 죽은 듯이 조용하다.

"꽝!"

법사는 마침내 법장을 들어 법탁을 여무지게 울리면서 다시 눈을 번쩍 뜨더니, 청중을 한번 휘둘러보고는 설법을 계속한다.

"……보광산 밑 네 갈래 길에서, 혀 없는 늙은 할머니가 손자를 부르며 돌아간다 — 는 말씀입니다. 혀 없는 할머니가 어떻게 손자를 부를까요? 얼핏 생각하면 말도 아닌 것 같지만, 여기에 정작 우리 불교의 깊은 진리가 숨어 있거든요. 알고 보면 무궁무진한 뜻이 있지요……."

청중은 무슨 소린지 알 바 없어 그저 장바닥에 갖다 둔 촌닭처럼 눈만 끔벅끔벅할 뿐이었다. 하기야 진수 어머니처럼 몰라도 아는 체하는 여걸이 없는 바는 아니지만, 그러나 그건 보통 사람이 못할 짓, 어떤 이는 벌써 방앗공이 마냥 끄덕 끄덕 졸고만 있다.

다시 바깥 기도가 시작되었다. 기도중들은 장삼 가사가 담뿍 젖도록 땀을 흘려 가며 경문을 외고, 목탁, 꽹과리를 때려치며, 북, 바라를 요란스럽게 울려 댔다. 괘불과 불경 영험이 있어야 할 테니까. 그래서 – 기도는 꽤 장시간, 경문이 늦은 고개, 잦은 고개를 오르내린 다음에 마침내 엄숙한 긴장 속으로 들어갔다. '나무아미타불'의 느린 합창 소리에 대웅전 앞 넓은 뜰은 모래알까지 소르르 떨리는 듯싶었다.

5.

최후로 믿었던 괘불조차 영험이 없고 가뭄은 끝끝내 계속됐다. 들판에는 반 이상 모가 뽑히고 메밀 등속의 댓곡식이 뿌려졌으나, 끓는 폭양 아래서는 싹도 잘 아니 날 뿐더러, 설령 났더라도 말라지기가 바쁠 지경이었다.

빨리 쌀밥 맛 좀 보자고 심었던 올벼도 말라져 버리고, 남은 놈이래야 필 염도 안 먹고, 새벽마다 성동리 골목 골목에는 보리 능기는 절구질 소리만 힘없이 들렸다. 학교라도 갔던 놈들은 수업료를 못 내서 떼를 지어 쫓겨 왔다. 쫓겨오지 않고 끌려오기로서니 없는 돈이 어디서 나오랴! 부모들의 짜증이 무서워서 오다가 되돌아서는 놈은, 만일 탄로만 나고 보면 – 거짓말은 도둑놈 될 장본이라고, 여린 뺨이 터지도록 얻어맞곤 하였다.

"없는 놈의 자식이 먹는 것도 장하지 학교는 무슨 학교야?"

이 집에서도 퇴학, 저 집에서도 퇴학이다. 이런 처지에는 추석도 도리어 원수다. 해마다 보광리 새 장터에서 열리는 소위 면민 대운동회에 출장은커녕, 쇠다리 주사이나 진수네 집 사람, 그 밖에 는 간에 바람든 계집애나 나팔에 미친 불강아지 같은 애새끼들밖에는 성동리에서는 구경도 잘 아니 나갔다. 그러나, 그래도 명절이라 해서, 사내들은 낡은 두루마기들을 꺼내 입고서 이집 저집 늙은 이들을 뵈러 다니면서, 오래간만에 시금털털한 밀주(密酒)잔이나 얻어 마시고는 아무 데나 툭툭 나자빠져 잤다.

쇠다리 주사 댁 안뜰에는 제법 널뛰기까지 벌어졌으나, 아낙네들은 별로 보이지 않고 거의 다 마을의 젊은 처녀들이었다. 들깨의 누이동생 덕아도 저녁에는 한바탕 뛰었다. 그러나 그들도 마치 무슨 의논이나 한 듯이 죄다 곧 흐지부지 흩어졌다. 중추 명월이야 옛날과 조금도 다를 바 없고, 네 활개를 활짝 펴고 높이 솟아 보는 아찔한 재미야 잊었을 리 만무하되, 원수의 가난과 흉년은 이 동네로부터 청춘의 기쁨과 풍속의 아름다움마저 뺏아 가고 말았다.

싱거운 추석이 지난 뒤, 성동리 사람들은 모두 산으로 올라가기 시작했다. 남자는 지게를 지고, 여자들은 바구니를 들고서.

그러한 어느 날, 성동리 여자들은 보광사의 대사봉 중턱에서 버섯을 따고 있었다. 가동 늙은이를 비롯하여 화젯댁, 곰보네, 들깨 마누라, 덕아…… 그 중 제일 익숙한 것은 역시 가동댁이었다. 그는 어릴 적부터 까투리처럼 그 산을 싸다닌 만큼, 어디는 어떻고, 어디는 무슨 버섯이 난다는 것을 환히 알기 때문에 언제든지 남의 앞장을 서 다니면서 값나가는 송이라든가, 참나무 버섯 따위부터 쏙쏙 곧잘 뽑아 담았다. 다른 여자들은 부러운 듯이 그의 뒤를 따라다니며, 한 광주리 가득 채워 이고 이십 리나 넘어 걸어야 겨우 한 이십 전 받을 둥 말 둥한, 소케버섯, 싸리버섯 등속을 딸 뿐이었다.

하늘을 가리운 소나무와 늙은 잡목 그늘은 음침하고도 축축하였다. 지나간 이백 십일풍에 부러진 느티나무 가지는 위태롭게 머리 위에 달려 있고, 이따금 솔잎에서는 차디찬 물방울이 뚝뚝 떨어졌다. 억새랑 인동덩굴이 우거진 짬은 발 한 번 잘못 들여놓다간 고놈의 독사 바람에 또 순남네처럼 억울하게 죽을 판. 하지만 가동 늙은이의 말이 옳지, 가뭄 탓으로 그 해는 버섯조차 귀했다.

덕아와 같은 젊은 계집애들은 악착스럽게 무서운 절벽 끝에 붙어 있었다. 아찔아찔 내둘려서 밑을랑 내려다보지도 못하고, 놀란 참새처럼 가슴만 볼록거렸다. 석양 받은 단풍잎에 비쳐 얼굴은 한층 더 붉어 오나 밉도록 부지런히 썩어 빠진 버섯만 보살피고 있는 것이었다. 재 너머 나무터에서는 초군들의 긴 노래가 구슬프게 들려 왔다.

지리산천 가리 갈가마귀야,
이내 속 그 뉘 알꼬……!

낫을 들면 으레 나오는 노래다.
그러자 얼마 지나지 않아서, 여자들이 싸대던 비탈 위에서 갑자기 사람 소리가 나고 조그마한 애새끼놈들이 까치집만큼씩한 삭정이를 해서 지고는, 선불 맞은 산돼지 새끼처럼 혼을 잃고 쫓겨 왔다.

맨 처음에 선 놈이 차돌이, 그 다음은 개똥이…… 제일 꽁무니에 처져서 밑빠진 고무신을 벗어 들고 허둥대는 놈은 그 해 가을에 퇴학당한 상한이란 놈이다.

"예끼 요놈의 새끼들! 가면 몇 발이나 갈 줄 아니?"

악치듯한 소리와 함께 보광사 산지기 수염쟁이가 뒤따라 나타났다.

"아이구머니!"

여자들도 겁을 먹고 도망질이다. 잡히면 버섯을 빼앗기고 혼이 날 판. 그루터기에 걸려서 넘어지는 이, 솔가지에 치마폭을 찢기는 이, 그러나 바구니만은 버리지 않고 내달린다.

화젯댁은 제 도망질보다 쫓겨가는 아이들의 뒤를 따르느라고, 몇 번이나 바구니를 내던질 뻔하면서 곤두박질을 쳤다.

"아이구 차돌아, 그만 잡히려무나!"

그래도 아이들은 돌아보지도 않고 달아만 난다. 자갈비탈에서 지게를 진 채 자빠지는 놈, 엎어지는 놈, 그러다가 갑자기 옴츠리고 앉는 놈은 응당 날카로운 그루터기에 발바닥을 찔렸을 것이다.

산지기는 그 애의 나뭇짐을 공치듯이 차서 굴리어 버리고는, 다시 벗나무 몽둥이를 내두르며 앞 엣놈을 쫓는다. 그러자 의상 대사의 공부터라는 바위 밑으로 쫓겨 가던 아이들은 갑자기 무춤하고 발을 멈췄다. ― 동무 하나가 헛디디어 헌 누더기 날리듯 낭떠러지 아래로 떨어졌기 때문이다.

아이들이 놀라고 선 영문을 알게 된 산지기는 부릅떴던 눈을 별안간 가늘게 웃기며,

"예끼 이놈들, 왜 있으라니까 듣지 않고 자꾸만 달아나더니 결국 이런 변을 일으키지 않나?"

마치 그들이 동무를 밀어뜨리기나 한 듯이 나무랐다.

화젯댁이 미친 듯이 날아왔다. 다행히 차돌이가 있는 것을 보고는 다소 마음이 놓이는 모양이었다.

"어머니, 상한이가 떨어졌어요!"

화젯댁은 대답도 않고서, 번개같이 비탈 아래로 미끄러지듯이 내려갔다. 모두 그의 뒤를 따랐다.

14

상한이는 망태기를 진 양으로 험한 바위틈에 내려박혀 있었다. 화젯댁은 바구니를 내던지고서, 상한이를 안아 내었다. 숨은 ─ 벌써 그쳐 있었다. 얼굴은 알아보지 못하게 부서져서 피투성이가 된 위에, 한쪽 광대뼈가 불쑥 튀어나와 있었다. 그리고 그가 죽은 자리에는, 이상하게도 그때까지 지니고 있었던 밑 빠진 고무신이 한 짝 엎어져 있었다. 화젯댁은 한동안 넋을 잃었다. 그러나 우두커니 서 있는 산지기의 얼굴을 노려본 그녀의 눈에는 점점 살기가 떠올랐다.

"당신은 자식이 없소?"

칼로 찌르듯 뼈물었다.

"있든 없든 무슨 상관이야. 흐 ─ ! 참! 없다면 하나 낳아 줄 건가?"

산지기는 뻔뻔스럽게, 털에 쌓인 입만 비쭉할 뿐이었다.

"뭐라구요? 액 여보, 절에 있다구 너무 하오. 아무리 산이 중하기로서니 남의 자식의 목숨을 그렇게 안단 말유?"

화젯댁은 그 자의 거만스러운 상판대기에 똥이라도 집어씌우고 싶었다.

"야, 이 여편네 좀 봐! 아주 누굴 막 살인죄로 몰려구 드는군. 건방진 년 같으니, 천지를 모르고서 괜 ─ 히. 왜 이따의 새끼 도둑놈들을 빠뜨렸느냐 말야? 이년이 저부터 요런 도둑질을 함부로 하면서 뻔뻔스럽게 ─."

산지기는 화젯댁의 버섯 바구니를 힘대로 걷어찼다. 그리고는 어디론지 핑 가 버렸다. 초동들의 죄는, 결코 그 산지기의 핑계말과 같이, 돈주고 사지 않은 구역에서 땔나무를 한 것이 아니었다. 그들은 그 까치집만큼씩한 삭정이 한 꾸러미를 목표로, 식은 밥 한 덩어리씩을 싸들고는 어른들을 따라 이십 리도 더 되는, 동네서 사 놓은 나무터까지 정말 갔던 것이다. 구태여 트집을 잡는다면, 돌아오던 길에 철부지한 마음으로 떨어진 밤을 주우려고 길가 잡목 숲 속에 잠깐 발을 들여 놓은 것뿐이었다.

얼마 뒤에 죽은 아이의 할머니가 파랗게 되어 달려왔다. 가동 할머니다. 그녀는 곁엣 사람은 본체만체 바보처럼 우두커니 서서, 늘어진 손자만을 눈이 빠지도록 노려보더니, 그만 하하 웃어 댔다.

"정말 죽었구나! 너가 정말 죽었구나! 죽인 중놈은 어딜 갔니……?"

그녀는 넋두리를 하는 무녀(巫女)처럼 한바탕 떠들더니 또 다시 '하하하!' 한다.

가동 늙은이는 완전히 실신을 하였다. 물 건너로 품팔이간 아들은 죽었는지 살았는지 십 년이 가깝도록 이렇닷 소식이 없고, 며느리조차 달아난 뒤로는, 그 손자 하나만을 천금같이 믿고 살아온 것이었다.

이윽고 산지기는 보광사 파출소에서 순사 한 사람을 데리고 왔다.

가동 할멈은 한참 동안 산지기를 노려보더니, '예끼 모진 놈!' 하고 이를 덜덜 갈며 발악을 시작했다.

"고라 고라! 안 대겠소. 나무 산에 도둣지리 보낸 단신 자리 몬 했소. 이 얀반 사라미 아니 주깃소!"

순사는 와락 덤벼드는 가동 할멈을 우악스럽게 물리쳤다. 그러나 밀리면서도, "아이구 이 모진 놈아, 천벌을 맞을 놈아! 내 자식 살려 내라, 살려 내ㅡ."

"고론 말이 하문 안 대겠소!"

순사는 눈을 잔뜩 부릅뜨고 노파를 막아섰다.

"여보, 나리까지도 그러시우ㅡ?"

가동 할멈은 장승같이 눈을 흘기더니 갑자기 또 하하하! 미친 듯이 웃음을 친다.

"아이구 상한아! 상한아! 귀신도 모르게 죽은 내 새끼야ㅡ."

하고 할머니는 마치 노래나 하는 듯이,

"어허야 상사뒤여, 지리산 갈까마귀를 따라 너 갔느냐? 잘 죽었다. 내 손자야, 명산 대지에서 너 잘 죽었구나. 하하하……."

이렇게 가동 늙은이는 그만 영영 미쳐 버리고 말았다.

6.

은하수가 남북으로 돌아쳐도 성동 들은 가을답지 않았다. 전 같으면 들이차게 익어 가는 누른 곡식에, 농부들의 입에서도 저절로 너털웃음이 흘러나오고, 아낙네들은 가끔 햅쌀 되나 마련해서 장 출입도 더러 할 것이로되, 그 해는 거친 들을 싱겁게 지키는 허수아비처럼 모두들 맥없이 말라빠졌다. 보광사로부터 산 땔나무터에도 인제는 더 할 것이 없고, 또 기한이 지나자 사내들은 별반 할 일이 없었다. 간혹 도둑 나무를 하러 다니는 사람이 있지만 붙잡히면 혼이 나곤 했다.

첫여름에 무단히 경찰서로 끌려간 고서방은, 남의 논두렁을 잘랐다는 얼토당토 않은 죄에 몰려 괜히 몇 달간 헛고생을 하다가 추석 지난 뒤에 겨우 놓여 나왔으나, 분풀이는커녕 타고난 천성이라 도둑 나무도 못해 오고 꼬박꼬박 사방 공사 품팔이나 다녔다. 길이 워낙 멀고 보니 그나마 닭 울자 집을 나서야 되고, 삯이라곤 또 온종일 허둥대야 겨우 삼십 전 될락말락. 그러나 이렇게 다니는 것은 물론 고서방만이 아니었다.

아낙네들은 버섯 철이 지나자 인젠 멧도라지나 캐고, 그렇지 않으면 콩잎 따기가 일이었다. 그것도 자기 산 없고, 자기 밭 적은 그들은 욕 얻어먹기가 일쑤였다.

마침내 군청에서 주사 나리까지 출장을 나와서, 소위 가뭄으로 인한 피해 상태의 실지조사를 하고 가더니, 달포가 지나도록 아무런 소식은 없고, 동네 안에는 다만 주림과 불안만이 떠돌 뿐이었다. 그래도 보광사에서는 갑자기 간평(看坪)을 나왔다. 고자쟁이 이 시봉과 본사 법무원(法務院)에서 셋 ― 도합 네 사람이 나왔다.

간평! 소작료! 농민들에게는 이 말이 무엇보다도 무섭고 또 분했다. 그러나 그날 절논 소작인으로서는 물론 하나도 출타를 않고 기다렸다. 농사 조합의 평의원이 되어 있는 진수도 그날은 면소 일을 제쳐놓고 중들을 맞이하였다.

그래서, 진수의 집 사랑에서는 일찍부터 술상이 벌어졌다. 미리 마련해 두었던 밀주와 술안주가 이내 모자랐던지, 머슴 놈이 보광리 상점으로 종종걸음을 치고 쇠고기 굽는 냄새가 흐뭇이 새어 나오는 통에, 대문 밖에 죄인처럼 쭈그러뜨리고 앉은 소작인들은 괜히 헛침만 꿀떡꿀떡 삼키었다. 작인들은 간평원들의 미움이나 받을까 저어했음인지 차례로 안으로 들어가서는 오시느라고 수고했다고 공손히 수인사를 하고 나왔다. 고 서방은 지난 여름 당한 일을 생각하면 이가 절로 갈렸지만 그래도 시봉의 앞에 무릎을 꿇지 않을 수가 없었다.

"에헴, 에헴, 에 ― 헴!"

치삼 노인도, 듣는 사람의 가슴까지 걸릴 기침 소리를 연거푸 뽑으면서 기다란 지팡이를 끌고 대문 안으로 들어갔다. 그리고 자식 같은 사람들 앞에 절을 하고서는, 그러지 말라던 아들의 말을 듣지 않고서, 그에 자기 집농사 사정을 여쭈어 보려고 했다.

"여보 노인, 그런 소리는 할 필요 없소. 메밀을 갈았으면 메밀을 간 세만 내면 되지 않겠소?"

이 시봉은 거만스런 반말로써 사정없이 쏘았다.

치삼 노인은 다시 말해 볼 여지가 없었다.

"여보, 그런 말은 이런 데서 하는 법이 아니오. 괜히 남 술맛 떨어지게!"

곁에 앉은 중 하나가 뒤를 따라 핀잔을 하는 바람에 화가 더 치밀었으나 진수의 권하는 말에 치삼 노인은 다행히(!) 무사하게 밖으로 나왔다. 그러나

"허 참, 복받겠다고 멀쩡한 자기 논 시주해 놓고 저런 설움을 받다니 온!"

하는 젊은 사람들의 말도 들은 체 만 체, 뼈만 왈왈 떨리는 다리를 끌고 자기 집으로 돌아갔다.

다른 사람들은 그래도 진수네 집 대문 밖에, 노 우거지상을 하고 앉아서 어서 술이 끝나기를 기다렸다. 그러다가 더러는 투덜거리며 돌아가고, 잡담이나 하고 고누나 두던 뉵은 친구들도 나중에는 역시 불평이 나왔다.

"제에기, 간평을 나온 겐가, 술을 먹으러 나온 겐가? 아무 작정을 모르겠군."

머리끝이 희끔희끔한 친구가 이렇게 불퉁하니깐, 곁에 있던 까만 딱지가,

"글쎄 말야, 이것들이 또 논을랑 둘러보지도 않고 앉아서만 소작료를 정할 것 아닌가?"

"제에기, 우, 우리 논에는 또 안 − 가겠군. 자, 작년에도 앉아서 세만 자 − 자 잔뜩 매더니……."

봉구란 놈도 한 마디 보태었다.

"설마 자기들도 사람인 이상 금년만은 무슨 생각이 있을 테지!"

한 시절 보천교에 미쳐서 정감록이 어떠니 하고 다니던 최 서방의 말이다. 삼십을 겨우 지난 놈이 아직도 상투를 달고, 거짓말 싱거운 소리라면 '소신장의(蘇秦張儀)[5]'라도 못 따를 것이고, 한동안 보천교에 반했을 때는 '육조판서'가 곧 된다고 허풍을 치던 위인이다.

"이 사람 판서, 설마가 사람 죽이는 걸세. 생각은 무슨 생각! 자네 판서나 마찬가지지 뭐."

툭 쏘는 놈은, 일본서 탄광밥 먹다 온 까만 딱지 또쭐이었다.

이윽고 술이 끝났다. 모가지 짬까지 벌겋도록 취해서 나서는 간평원[6]들! 금테 안경을 쓴 진수 아내가 사립 밖까지 나와서 배웅을 하자, 그들은 인도하는 진수의 뒤를 따라서 단장과 함께 비틀거렸다. 그러한 그들의 뒤에는 얼굴이 노랗고

5) 말솜씨가 좋은 사람   6) 농작물의 작황을 살피는 사람

여윈 소작인들이 마치 유형수(流刑囚)처럼 묵묵히 따랐다.

　술취한 양반들에게 옳은 간평이 될 리 없었다. ─그거 작인들의 말은 마이동풍 격으로, 논두렁에도 바특이 들어서 보는 법도 없이 다만 진수하고 알아듣지도 못할 왜말을 주절거리면서, 그야말로 처삼촌 산소 벌초하듯이 흐지부지 지나갈 뿐이었다. 그러면서도 짐짓 성실한 듯이 이따금 단장을 쳐들어 여기저기를 가리키기도 하고, 혹은 수첩에 무엇인가를 적어 넣으면서.

　그렇게 허수아비처럼 흐느적거리며 들깨의 논 곁을 지날 때였다.

　"왜 메밀을 갈았소?"

　시봉은 들깨의 수인사 대답으로 이렇게 물었다.

　"헐 수 있어야죠. 마른 모포기 기다렸댔자 열음 않을 게고……."

　들깨는 한 손에는 콩대, 한 손에는 낫을 든 채 열적게 대답했다.

　"메밀은 잘 됐구먼."

　"뭘요. 이것도 늦게 뿌려서……."

　들깨는 시봉의 다음 말을 두려워하는 태도였다.

　다른 사람들은 슬금슬금 앞두렁으로 걸어갔다. 거기서는 아기를 등에 업은 들깨의 아내와 누이동생이 바쁘게 두렁콩을 베고 있었다. 덕아는 열일곱의 처녀로서는 놀랄 만큼 어깻죽지가 벌어지고, 돌아앉은 뒷모습이 한결 탐스러웠다. 자기 뒤에 가까이 낯설은 사내들이 와선 것을 깨닫자, 푹 눌러 쓴 수건 밑으로 엿보이는 두 볼이 저으기 붉어진 듯은 하나, 낫을 든 손은 여전히 쉴 새가 없었다.

　"오빠! 왜 암 말도 못 했소?"

　간평꾼들이 물러가자, 덕아는 시무룩해 가지고 돌아오는 들깨를 안타까운 듯이 쳐다보았다.

　"말은 무슨 말을 해?"

　"세 좀 매지 말라구……."

　"그놈들 제멋대로 매는 걸 어떻게."

　"그럼 오빠는 이까짓 메밀 간 세도 바치려네?"

　덕아는 자못 서글퍼 하는 말씨였다.

　"글쎄, 먹고 남으면 바치지!"

　들깨는 픽 웃었다. 그는 최근에 와서 갑자기 무던히 배짱이 커졌다.

　덕아는 오빠의 말에 확실히 일종의 미더움을 느꼈다. 그러나 허리에 낫을 여

전히 꽂은 채 담배만 빡빡 피우고 앉은 오빠의 마음속은 결코 그리 후련한 것은
아니었다. 그렇다고 해서 메밀밭 위를 바삐 나는 고추잠자리처럼 조급하지도 않
았지만.

이튿날 저녁, 동네 사람들은 진수의 집 사랑에 불려 가서, 진수의 입으로부터
제각기 소작료를 들어 알았다. 그리고 그 무서운 결정에 다들 놀랐다.

그러나 가장 현대적 마름인 소위 평의원 앞에서, 버릇없이 덤뻑 불평을 늘어
놓다가는 어느 수작에 어떻게 될지 모르는 형편이라, 작인들은 내남없이,

"허 참! 톡톡 다 떨어 봐두 그렇게 될 둥 말 둥한데……?"

따위의 떡심 풀린 걱정 말이나 중얼거릴 뿐 모두 맥없이 돌아갔다.

들깨와 철한이들 - 이 동네 교풍 회장인 쇠다리 주사의 말을 빌면 동네서 제일
콧등이 세고 어긋한 놈들은, 벌써 버릇이 되어서, 미리 의논이라도 한 듯이, 그날
밤에도 진수의 집에서 나오자 슬슬 야학당으로 모여들었다. 어느 새 왔는지 곰
보 고 서방도 작은 방 한쪽 구석에 다른 때보다 한풀 더 힘없이 쭈그리고 앉아 있
었다. 이윽고 불강아지 새끼 같은 야학생들을 죄 돌려보내고는, 까만 딱지 또쭐
이가 큰방으로부터 돌아왔다. 더펄더펄 자란 머리털 위에 분필 가루를 허옇게
쓰고. - 서른세 살로는 엄청나게 늙어 보이는 얼굴이었다.

이렇게 소위 콧등이 센 놈들은 저녁마다 야학당에 모여서, 그날 그날의 피로
를 잊어 가며 잡담도 하고 농담들도 하다가는, 또쭐이로부터 일본의 탄광 이야
기도 듣고, 또 이곳 저곳에서 일어나는 소작쟁의 얘기도 들었다. 더구나 소작쟁
의에 관한 이야기는 마치 자기들의 일같이 눈을 꿈벅거리며, 혹은 입을 다물고
들었다.

그날 밤에도 그들은 이슥토록 거기 모여서 놀았다. 그러다가 마침내, 나올 곳
없는 그 해 소작료를 어떻게 할까 하는 말이 누구의 입에선지 나오게 되었다.

7.

쇠다리 주사 댁 감나무에 알감이 주렁주렁 달리고, 여물어진 박들이 희뜩희뜩
드러난 잿빛 지붕들에 고추가 발갛게 널리자 가을은 깊을 대로 깊었다.

그러나 농민들 생활은 서리맞은 나뭇잎같이 점점 오그라져서, 밤이면 야학당
에 모여드는 친구가 부쩍 늘어갔다. 하룻밤에는 몇 사람이 쇠다리 주사댁 감을

14 김정한

사 하 촌

따왔다.

"빨리들 먹게!"

또쭐이는 뒷일이 떠름했지만, 다른 친구는 오히려 고소한 듯한 표정을 하였다.

"아따, 개똥이 저놈, 나무 재주는 아주 썩 잘 해! 그저 이 가지 저 가지 휘뚝휘뚝 타고 다니는 것이 꼭 귀신 같대."

철한이는 먹기보다 감 따던 이야기를 더 재미있게 했다.

"먹고 싶어 먹었다. 체하지는 말어라!"

한 놈이 벌써부터 두 가슴을 두드린다. 그러면서도 또 한 개를 골라 든다. 사실, 퍼런 콩잎이랑 고춧잎 따위에 물린 그들의 입에, 감은 확실히 일종의 별미였다.

"제에기, 또 연설 마다나 있겠지?"

또쭐이가 담배를 피워 물며 두덜대니깐, 바로 곁에 있던 고 서방이,

"연설 아니라, 무릎을 꿇고 빌어도 하는 수 없지!"

자칫하면 동네 집회소 – 이 야학당에다 사람들을 모아 놓고, 소위 사상 선도의 연설이 있곤 하였다. 그러나, 연설만으로써 어떻게 될 리는 만무하였다. 더구나 속이 빤히 들여다보이는 교풍 회장 쇠다리 주사나 진흥회장 진수 따위가 씨부렁대는 설교에는 인제 속을 사람은 없었다.

지금은 누가 뭐라고 하더라도 농민들은 결국 자기들대로 하는 수밖에 없었다. 소작료도, 빚도 인젠 전과 같지는 두렵지가 않았다. 그저 제가 지은 곡식이면 모조리 떨어다 먹었다. 뿐만 아니라 가다가는 남의 것에도 손이 갔다. 그러할수록 동네의 소위 유산자인 쇠다리 주사와 진수의 신경은 극도로 날카로워졌다.

이튿날 아침, 철한이는 안골 논에서 콧노래를 흥얼거리면서 바쁘게 낫을 휘둘렀다. 찬물 내기가 되어서 거기만은 겨우 가뭄을 덜 타고, 제법 벼이삭이 고개를 숙였다. 그는 잇달아 흥타령을 부르면서, 지난 밤 어머니에게서 처음으로 들은 자기의 혼사말을 문득 생각하였다. 상대자는 성동리에서 제일 얌전하다는 덕아였다. 한동안 치삼 노인이 쇠다리 주사의 꿀떡 같은 말에 꾀였을 때는, 쇠다리의 첩으로 가게 되느니 어쩌느니 하는 소문이 퍼져서 울고 불고 하던 덕아가 결국 자기에게 오련다는 것이었다. 물론 그 이면에는 오빠 들깨의 숨은 힘이 크리라는 것을 생각하면, 오빠가 한없이도 고마웠다. 철한이의 머릿속에는 자꾸만 덕아가 떠올랐다. 한동네에 살면서도 자기와 마주치면 곧잘 귀밑을 붉히며 지나가

던 덕아! 또렷한 콧잔등에 무엇을 노 생각는 듯한 두 눈! 그리고! 그렇다. 지난 봄 덕아가 바로 그 논에 모내기를 왔을 때 본 그 희고 건강한 팔다리! — 예까지 생 각하다가 철한이는 혼자서 픽 웃으며 머리를 절절 흔들어 공상을 흩어 버리고 는, 베어 둔 볏단을 주섬주섬 안아서 지게에 얹었다.

그걸 해 지고, 총총히 자기 집 돌담을 돌아올 때, 그는 갑자기 발을 무춤 멈추 었다.

안에서 뜻밖에 아버지의 고함 소리가 새어 나왔기 때문이다.

"미친 소리 말어! 이런 엉쇠판[7]에 뭐 자식 장가?"

철한이는 그 말에, 일껏 가졌던 희망이 덜컥 무너지는 것 같았다. 그리고 그 자 리에 서 있는 것이 행여 누가 볼까 부끄럽기도 했지만, 잠깐 더 어름댔다.

"자식을 두었으면 으레 장가를 들여야지, 그럼 살기 딱하다고 언제까지 나……."

어머니의 눈물겨운 대꾸가 들렸다.

"그래도 곧 잘했다는 게로군. 앙큼한 년 같으니!"

"어디 종년으로 아시우? 늙어 가며 툭하면 이년 저년 하게."

"저런 죽일 년 좀 봐!"

"죽일려든 죽여 줘요. 나는 임자에게 와서 스무 해가 넘도록 종노릇도 무던히 해 주고 자식도 장가들 나인데, 인젠 이년 저년 하는 소린 더 듣기 싫어요."

"저년이 누구 앞에서 곧장 대꾸를 종종거리는 거야! 예끼 미친 년 죽어라 죽 어!"

아버지의 벼락같은 호통과 함께 질그릇 부서지는 소리가 나더니, 이내 어머니 의 외마디 소리까지 들렸다.

철한이는 부리나케 집으로 들어갔다. 아버지는 어느 새 어머니의 머리채를 움 켜쥐고 있었다.

"제발, 이것 좀 놔요. 잘못했소. 내 잘못했소."

어머니는 머리를 얼싸쥐고 빌었다.

---

7) 어수선한 형국

"아버지! 이거 노세요. 아무리 짜증이 나시더라도 이게 무슨 꼴이에요. 이웃 사람 웃으리다."

아들이 뒤에서 안고 말리니까, 아버지는 못 이기는 듯이 떨어졌다. 허나 분을 못 참고서,

"이 죽일 년아, 나는 여태 누구 종노릇을 해 왔기에? 너희들이 들어서 내 뼉다귀까지 깎아 먹지 않았나? 응, 이 소견머리 없는 년아!"

그러면서 부들부들 떨었다.

싸움 바람에 식겁을 한 막내 아들놈은 아침밥도 얻어먹지 못하고서 눈물만 그렁그렁해 가지고 학교로 떠났다.

어머니는 한참 동안 넋잃은 사람처럼 되어서 뒤꼍 치자나무 앞에 앉아 있었다. 외양간 앞으로 돌아가 혼자 울가망하게 서서 홧담배만 피워 대는 아버지의 손아귀에는, 바칠 기한이 지난 세금 고지서와 함께 농사 조합에서 빌어 쓴 비료 대금 독촉장이 꾸겨져 들려 있었다. 그는 문득 외양간 안으로 쑥 들어가더니, 순순히 서 있는 쇠등을 슬쩍 쓰다듬어 본다. 그것이 마치 악착한 생활에 함께 부대낀 자기의 아내나 되는 듯이…… 긴 눈썹 사이로 움푹 들어간 그의 눈에는 어느새 웬 눈물까지 고여 있었다.

철한이의 결혼은, 그리고 약 한 달 뒤에 행례가 있었다.

8.

"아이고, 어느 도둑놈이 그 벼를 베어 갔을까? 생벼락을 맞아 죽 을 놈! 그 벼를 먹고 제가 살 줄 알아…… 창자가 터질꺼여 터져!"

하며 봉구 어머니가 몽당치마 바람으로 이 골목 저 골목 외고 다니고, 호세 징수를 나온 면서기가 그녀를 찾아다니던 날, 성동리에서는 구장 이외 고 서방, 들깨, 또쫄이들 사오 인이 대표가 되어 보광사 농사 조합으로 나갔다. 그들의 하소연은, 자기들이 봄에 빌어 쓴 소위 저리자금(低利資金) 의 ─ 대부분은 비료 대금이지만 ─ 지불 기한을 조금 더 연기해 달라는 것이었다.

보광사 소작인들은 해마다 소작료와 또 소작료 매석에 대해서 너 되씩이나 되는 조합비와 비료 대금과 그것에 따른 이자를 바쳐야만 되었다. 그리고 비료 대금은 갚는 기한이 해마다 호세와 같았다.

의젓하게 교의에 기댄 채 인사도 받는 양 마는 양하는 이사(理事)님은, 빌 듯이 늘어놓은 구장의 말일랑 귀 밖으로, 한참 '씨끼시마' 껍데기에 낙서만 하고 있더니 문득 정색을 하고는,

"그런 귀찮은 논은 부치지 않는 게 어때요?"

해 던졌다.

"……."

"해마다 이게 무슨 짓들이요? 나두 인젠 그런 우는소리는 듣기만이라도 귀찮소. 호세만 내고 버티겠거든 어디 한 번 버티어들 보시구려!"

"누가 어디 조합 돈은 안 내겠다는 겁니까. 조금만 연기를 해 달 라는 거지요."

이번에는 또쭐이가 말을 받았다.

"내든 안 내든 당신들 입맛대로 해 보시오. 난 이 이상 더 당신들과는 이야기 않겠소."

이사님은 살결 좋은 얼굴에 적이 노기를 띄우더니, 그들 틈에 끼여 있는 곰보를 힐끗 보고는,

"고 서방 당신은 또 뭘 하러 왔소? 작년 것도 못 다 내고서 또 무슨 낯으로 여기 오우?"

매섭게 꼬집었다. 그리고 그는 다시 장부를 뒤적거리면서, 하던 일을 계속했다. 일행은 허탕을 치고 밖으로 나왔다.

그리고 며칠 뒤, 저수지 밑 고 서방의 논을 비롯하여 여기저기에, 그예 입도차압(立稻差押)[8]의 팻말이 붙기 시작했다.

농민들은 알아보지도 못하는 그 차압 팻말을 몇 번이나 들여다보고, 또 들여다보았다. ─ 피땀을 흘려 가면서 지은 곡식에 손도 못 대다니? 그들은 억울하고 분하기보다 꼼짝없이 인젠 목숨을 빼앗긴다는 생각이 앞섰다.

고 서방은 드디어 야간 도주를 하고 말았다.

"이렇게 비가 오는데, 그 어린것들을 데리고 어디로 갔을까?"

이튿날 아침, 동네 사람들은 애터지는 말로써 그들의 뒤를 염려했다.

무심한 가을비는 진종일 고 서방이 지어 두고 간 벼이삭과 차압 팻말을 휘두

8) 작물이 익기전에 압류함

들겼다.

무슨 불길한 징조인지 새벽마다 당산 등에서 여우가 울어 대고, 외상 술도 먹을 곳이 없어진 농민들은 저녁마다 야학당이 터지게 모여들었다.

그리하여 하루 아침, 깨어진 징소리와 함께 성동리 농민들은 일제히 야학당 뜰로 모였다. 그들의 손에는 열음 못한 빈 짚단이며 콩대, 메밀대가 잡혀 있었다.

이윽고 그들은 긴 줄을 지어 가지고 차압 취소와 소작료 면제를 탄원해 보려고 묵묵히 마을을 떠났다. 아낙네들은 전장에나 보내는 듯이 돌담 너머로 고개를 내가지고 남정들을 보냈다. 만약 보광사에서 들어주지 않는다면…… 하고 뒷일을 염려했다.

그러나 또쭐이, 들깨, 철한이, 봉구 – 이들 장정을 선두로 빈 짚단을 든 무리들은 어느 새 벌써 동네 뒤 산길을 더위잡았다. 철없는 아이들도 행렬의 꽁무니에 붙어서 절 태우러 간다고 부산히 떠들어댔다.

해답

1. 가뭄 2. 불을 지를 수도 있다는 위협의 의미

15

역마, 김동리

김동리(金東里, 1913~1995) ●● 경북 경주에서 태어났다. 1934년 〈조선일보〉 신춘 문예에 시 〈백로(白鷺)〉가 입선, 1935년 〈중앙일보〉에 〈화랑의 후예〉가 당선되었다. 그는 〈무녀도〉〈바위〉와 같은 문제작을 발표하면서 한국적 샤머니즘의 세계를 심도있게 표현하였는데, 토속성과 함께 그 정신주의의 신비성을 소설화하는 데 성공을 거두었다.

해방 후에는 순수 문학을 옹호하는 평론을 쓰면서 많은 작품을 발표했다. 이 시기에는 〈역마〉〈등신불〉〈밀다원 시대〉 같은 우수작이 쏟아져 나왔는데, 김동리 문학의 주류는 아무래도 인간의 운명 문제를 다룬 데서 드러난다고 하겠다.

대표작에는 〈황토기〉〈무녀도〉〈사반의 십자가〉〈까치소리〉 등이 있다.

15

역마, 김동리

「화개장터」의 냇물은 길과 함께 흘러서 세 갈래로 나 있었다. 한 줄기는 전라도 구례(求禮) 쪽에서 오고 한 줄기는 경상도 쪽 화개협(花開峽)에서 흘러내려, 여기서 합쳐서, 푸른 산과 검은 고목 그림자를 거꾸로 비치인 채, 호수같이 조용히 돌아, 경상 전라 양도의 경계를 그어주며, 다시 남으로 남으로 흘러내리는 것이, 섬진강(蟾津江) 본류(本流)였다.

하동(河東), 구례, 쌍계사(雙磎寺)의 세 갈래 길목이라 오고가는 나그네로 하여, 「화개장터」엔 장날이 아니라도 언제나 홍성거리는 날이 많았다. 지리산(智異山) 들어가는 길이 고래로 허다하지만, 쌍계사 세이암(洗耳岩)의 화개협 시오리를 끼고 앉은 「화개장터」의 이름이 높았다. 경상 전라 양 도 접경이 한두 군데일 리 없지만 또한 이 「화개장터」를 두고 일렀다. 장날이면 지리산 화전민(火田民)[1]들의 더덕, 도라지, 두릅, 고사리들이 화갯골에서 내려오고 전라도 황아 장수들의 실, 바늘, 면경, 가위, 허리끈, 주머니끈, 족집게 골백분 들이 또한 구렛길

1) 산이나 들에 불을 질러 밭을 만들어 일구고 사는 이

에서 넘어오고 하동길에서는 섬진강 하류의 해물 장수들이 김, 미역, 청각, 명태, 자반 조기, 자반 고등어들이 올라오곤 하여 산협(山峽)²⁾치고는 꽤 성한 장이 서는 것이기도 했으나, 그러나 「화개장터」의 이름은 장으로 하여서만 있는 것이 아니었다.

장이 서지 않는 날일지라도 인근(隣近) 고을 사람들에게 그곳이 그렇게 언제나 그리운 것은, 장터 위에서 화갯골로 뻗쳐 앉은 주막마다 유달리 맑고 시원한 막걸리와 펄펄 살아 뛰는 물고기의 회를 먹을 수 있기 때문인지도 몰랐다. 주막 앞에 늘어선 능수버들 가지 사이사이로 사철 흘러나오는 그 한(恨) 많고 멋들어진 춘향가 판소리 육자배기들이 있기 때문인지도 몰랐다. 게다가 가끔 전라도 지방에서 꾸며 나오는 남사당 여사당 협률(協律)³⁾ 창극 광대들이 마지막 연습 겸 첫공연으로 여기서 으레 재주와 신명을 떨고서야 경상도로 넘어간다는 한갓 관습과 전례(傳例)⁴⁾가 「화개장터」의 이름을 더욱 높이고 그립게 하는 것인지도 몰랐다.

가운데도 옥화(玉花)네 주막은 술맛이 유달리 좋고 값이 싸고 안주인 – 즉 옥화 – 의 인심이 후하다 하여 화개장터에서는 가장 이름이 들난 주막이었다, 얼마 전에 그 어머니가 죽고 총각 아들 하나와 단두 식구만으로 안주인 옥화가 돌아올 길 망연한 남편을 기다리며 살아간다는 것이라 하여 그들은 더욱 호의와 동정을 기울이는 것인지도 몰랐다. 혹 노자가 딸린다거나 행장이 불비할 때 그들은 으레⁵⁾ 옥화네 주막을 찾았다.

"나 이번에 경상도서 돌아올 때 함께 회계⁶⁾하지라오."

그들은 예사로 이렇게들 말하곤 하였다.

늘어진 버드가지가 강물에 씻기우고, 저녁놀에 은어가 번득이고 하는 여름철 석양 무렵이었다.

나이 예순도 훨씬 더 넘어 뵈는 늙은 체장수 하나가, 쳇바퀴와 바닥 감들을 어깨에 걸머진 채 손에는 지팡이와 부채를 들고 옥화네 주막을 찾아왔다. 바로 그 뒤에는 나이 열 대여섯 살쯤 나 뵈는 몸매가 호리호리한 소녀 하나가 조그만 보따리를 옆에 끼고 서 있었다. 그들은 무척 피곤해 보였다.

2) 산속 골짜기 3) 이곳저곳을 떠돌며 연극, 노래, 춤 공연을 하는 예술단체의 일종
4) 전해지는 법 5) 당연히 / 두말할것 없이 6) 한데 몰아서 셈함

"저 큰애기까지 두 분입니까?"

옥화는 노인보다 '큰애기'의 얼굴을 바라보며 이렇게 물었다. 노인은 조용히 고개를 끄덕였다.

그날 밤 저녁상을 물린 뒤 노인은 옥화에게 인사를 청했다. 살기는 구례에 사는데 이번엔 경상도 쪽으로 벌이를 떠나온 길이라 하였다. 본시 여수(麗水)가 고향인데 젊어서 친구를 따라 한때 구례에 와서도 살다가, 그 뒤 목포로 광주로 전전하였고, 나중 진도(珍島)로 건너가 거기서 열 일여덟해 사는 동안 그만 머리털까지 세어져서는, 그래 몇 해 전부터 도로 구례에 돌아와 사는 것이라 하였다. 그렇지만 저런 큰애기를 데리고 어떻게 다니느냐고 옥화가 묻는 말에 그렇잖아도 이번에는 죽을 때까지 아무 데도 떠나지 않으려고 했던 것인데 떠나지 않고는 두 식구가 가만히 굶을 판이라 할 수 없었던 것이라 하겠다.

"그럼, 저 큰애기는 하라부지 딸입니까?"

옥화는 '남포불' 그림자가 반쯤 비낀 바람벽 구석에 붙어 앉아 가끔 그 환한 두 눈으로 이쪽을 바라보곤 하는 소녀의 동그스름한 어깨를 바라보며 이렇게 물었다.

노인은 또 고개를 끄덕였다. 그리 평생 객지로만 돌아다니고나니 이제 고향 삼아 돌아온 곳(求禮)이래야 또한 객지라 그들 아비 딸이 어디다 힘을 입고 살아가야 하는지 아무데도 의탁할 곳이 없다고 그들의 외로운 신세를 한탄도 했다

"나도 젊었을 때는 노는 것을 좋아했지라오. 동무들과 광대도 꾸며 갖고 댕겨 봤는듸 젊어서 한 번 바람들어 놓게 평생 못 가기 마련이랑게…… 그것이 스물네 살 때 정초닝게 꼭 서른 여섯 해 전일 것이여, 바로 이 장터에서도 하룻밤 논 일이 있었지라오."

노인은 조용히 추억의 실마리를 더듬는 듯, 방안을 두리번거리며 살펴보곤 하는 것이었다.

"어이유! 참 오래 전일세!"

옥화는 자못 놀라운 시늉이었다.

이튿날은 비가 왔다.

화개장날만 책전을 펴는 성기(性騏)는 내일 장 볼 준비도 할 겸 하루를 앞두고 절에서 마을로 내려오고 있었다.

쌍계사에서 화개장터까지는 시오리가 좋은 길이라 해도, 굽이굽이 벌어진 물

과 돌과 산협의 장려한 풍경이 언제 보다 그에게 길덜미[7]를 내지 않게 하였다.

처음엔 글을 배우러 간다고 할머니에게 손목을 끌리다시피 하여 간 곳이 절이었고, 그 다음엔 손윗 동무들의 사랑에 끌려다니다시피쯤 하여 왔지만 이즘 와서는 매일같이 듣는 북소리, 목탁 소리, 그리고 그 경을 치게 회맑은 은행나무, 염주나무(菩提樹), 이런 것까지 모두 싫증이 났다.

당초부터 어디로 훨훨 가 보고나 싶던 것이 소망이었지만, 그러나 어디로 간다는 건 말만 들어도 당장에 두 눈이 시뻘개져서 역정을 내는 어머니였다.

"서방이 있나, 일가친척이 있나, 너 하나만 믿고 사는 이년의 팔자에 너조차 밤낮 어디로 간다고만 하니 난 누굴 믿고 사냐?"

어머니의 넋두리는 인제 귀에 못이 박일 정도였다.

이러한 어머니보다도 차라리, 열 살 때부터 절에 보내어 중질을 시켰으니, 인제 역마살(驛馬煞)[8]도 거진다 풀려 갈 것이라고 은근히 마음을 느꾸시는 편이던 할머니는, 성기가 세살 났을 때 보인 그의 사주에 시천역(時天驛)[2]이 들었다 하여 한때는 얼마나 낙담을 했던 것인지 모른다. 하동 산다는 그 키가 나지막한 명주 치마저고리를 입은 할머니가 혹시 갑자을축을 잘못 짚지나 않았나 하여, 큰 절(쌍계사를 가리킴)에 있는 어느 노장에게도 가 물어 보고 지리산 속에서 도를 닦아 나오던 어떤 키 큰 영감에게도 다시 뵈어 봤지만 시천역엔 조금도 요동이 없었다.

"천성 제 애비 팔자를 따라갈려는 게지."

할머니가 어머니를 좀 비꼬아 하는 말이었으나 거기 깊은 원망이 든 것도 아니었다. 그러나 이런 말엔 각별나게 신경을 쓰는 옥화는,

"부모 안 닮는 자식 없단다. 근본은 다 엄마 탓이지."

도리어 어머니에게 오금을 박고 들었다.

"이년아 에미한테 너무 오금박지 마라. 남사당을 붙었음, 너를 버리고 내가 그 놈을 찾아갔냐, 너더러 찾아 달라 성화를 댔냐?"

그러나 서른 여섯 해 전에 꼭 하룻밤 놀다 갔다는 젊은 남사당의 진양조 가락

7) 길멀미   8) 이리저리 떠돌아 다니게된 액운

에 반하여 옥화를 배게 된 할머니나, 구름같이 떠돌아다니는 중과 인연을 맺어 성기를 가지게 된 옥화나 다같이 「화개장터」주막에 태어났던 그녀들로서는 별로 누구를 원망할 턱도 없는 어미 딸이었다. 성기에게 역마살이 든 것은 어머니가 중 서방을 정한 탓이요, 어머니가 중 서방을 정한 것은 할머니가 당사당에게 반했던 때문이라면 성기의 역마운도 결국은 할머니가 장본이라, 이에 할머니는 성기에게 중질을 시켜서 살을 때우려고도 서둘러 보았던 것이고, 중질에서 못다 푼 살을, 이번에는 옥화가 그에게 책장사라도 시켜서 풀어 보려는 속셈인 것이었다. 성기로서도 불경(佛經)보다는 암만해도 이야기책에 끌리는 눈치요, 중질보다는 차라리 장사라도 해보고 싶다는 소청이기도 하여, 그러나 옥화는 꼭 화개장만 보기로 다짐까지 받은 뒤, 그에게 책전을 내어 주기로 했던 것이었다.

성기가 마루 앞 축대 위에 올라서는 것을 보자 옥화는 놀란 듯이 자리에서 일어나 앉으며,

"더운데 왜 인저사 내려오냐?"

곁에 있던 수건과 부채를 집어 그에게 주었다.

지금까지 옥화에게 이야기책을 읽어 들려주고 있은 듯한 낯선 계집애는, 책 읽던 것을 멈추고 얼굴을 들어 성기를 바라보았다. 갸름한 얼굴에 흰자위 검은 자위가 꽃같이 선연한 두눈이었다. 순간, 성기는 가슴이 찌르르하며 갑자기 생기 떠어진 눈으로 집 앞에 늘어선 버들가지를 바라보았다.

얼마 뒤, 계집애는 안으로 들어가고, 옥화는 성기의 점심상을 차려 들고 나와서,

"체장수 딸이다."

하였다. 어머니도 즐거운 얼굴이었다.

"체장수라니?"

성기는 밥상을 받은 채, 그러나 얼른 숟가락을 들지도 않고, 그의 어머니의 얼굴을 쳐다보았다.

"구례 산다더라. 이번에 어쩌면 하동으로 해서 진주 쪽으로 나가 볼 참이라는데 어제 저녁에 화갯골로 들어갔다."

그리고 저 딸아이는 그 체장수의 무남 독녀인데 영감이 화갯골 쪽으로 들어갔다. 나와서, 하동 쪽으로 나갈 때 데리고 가겠다고, 하도 간청을 하기에 그 동안 좀 맡아 있어 주기로 했다면서, 옥화는 성기의 눈치를 살피듯 그의 얼굴을 물끄

러미 바라보았다.

"화갯골에서는 며칠이나 있겠다던고?"

"들어가 보고 재미나면 지리산 쪽으로 깊이 들어가 볼 눈치더라."

그리고 나서, 옥화는 또,

"그래도 그런 사람의 딸같이는 안 뵈지?"

하였다. 계연(契妍)이란 이름이었다.

성기는 잠자코 밥숟가락을 들었다. 그러나 밥은 반도 먹지 않고, 상을 물려 버렸다.

이튿날 성기가 책전에 있으려니까, 그 체장수 딸이 그의 점심을 이고 왔다. 집에서 장터까지래야 소리 지르면 들릴 만한 거리였지만, 그래도 전날 늘 이고 다니던 '상돌엄마'가 있을 터인데 이렇게 벌써 처녀티가 나는 남의 큰애기더러 이런 사환을 시켜 미안하단 생각이 들었다. 그러나 정작 그녀 쪽에서는 그러한 빛도 없이, 그 꽃송이같이 화안한 두 눈에 웃음까지 담은 채, 그의 앞에 밥함지를 공손스레 놓고는, 떡과 엿과 참외들을 팔고 있는 음식전 쪽으로 곧장 눈을 팔고 있었다.

"상돌엄만 어디 갔는듸?"

성기는 계연의 그 아리따운 두 눈에서 흥건한 즐거움을 가슴으로 깨달으며, 그러나 고개는 엉뚱한 방향으로 돌린 채, 차라리 거칠은 음성으로 이렇게 물었다.

"손님이 마루에 가뜩 찼는듸 상돌엄마가 혼자사 바삐 서두닝께 어머니가 지더러 갖고 가라 했어요."

그동안 거의 입을 열어 말하는 일이 없었던 계연은, 성기가 묻는 말에, 의외로 생경한 전라도 쪽 토음(土音)[9]으로 이렇게 말했다. 그 가냘프고 갸름한 어깨와 목며, 어디서 그렇게 힘차고 괄괄한 음성이 울려 나오는 것인지 알 수가 없었다. 한줌이나 될 듯한 가느다란 허리와 호리호리한 몸매에 비하여 발달된 팔다리와 토실토실한 두 손등과 조그맣게 도톰한 입술을 가진 탓인지도 몰랐다.

"계연아, 오빠 세숫물 놔 드려라."

9) 그 지방 발음

이튿날 아침에도 옥화는 상돌엄마를 부엌에 둔 채 역시 계연에게 성기의 시중을 들게 하였다. 세숫물을 놓는 일뿐 아니라 숭늉 그릇을 들고 다니는 것이나 밥상을 차려 오는 것이나 수건을 찾아 주는 것이나 성기에 따른 시중은 모조리 그녀로 하여금 들게 하였다. 그리고는,

"아이가 맘이 컴컴치 않고, 인정이 있고, 얄미운 데가 없어."

옥화는 자랑 삼아 이런 말도 하였다

"저의 아버지는 웬일인지 반 억지 비슷하게 거저 곧장 나만 믿겠다고, 아주 양딸처럼 나한테다 맡기구 싶은 눈치더라만……."

"옥화는 잠깐 말을 끊어서 성기의 낯빛을 살피고 나서 다시, 그래 너한테도 말을 들어 봐야겠고 해서 거저 대강 들을 만하고 있었잖냐…… 언제 한번 데리고 가서 칠불(七佛) 구경이나 시켜 줘라."

하는 것이, 흡사 성기의 동의를 구하는 모양 같기도 하였다.

그리고 나서 옥화는 계연의 말을 옮겨, 구례 있는 저의 집이래야 구례읍에서 외따로 떨어진 무슨 산기슭 밑에 이웃도 없이 있는 오막살인가 보더라고도 하였다.

"그럼 살림은 어쩌고 나왔을까?"

"살림이래야 그까짓 거 머 방문에 자물쇠 채워 두었으면 그만 아냐, 허지만 그보다도 나그넷길에 데리고 나선 계연이가 걱정이지."

이러한 옥화의 말투로 보아서는 체장수 영감이 화갯골에서 나오는 대로 계연을 아주 양딸로 정해 둘 생각인 듯이도 보였다. 다만 성기가 꺼릴까 보아 이것만을 저어하는 눈치 같았다. 지금까지 몇번이나 옥화는 성기더러 장가를 들라고 권했으나 그는 응치 않았고, 집에 술 파는 색시를 몇 차례나 두어도 보았지만 색시 쪽에서 간혹 성기에게 말썽을 내인 적은 있어도 성기가 색시에게 그러한 마음을 두는 일은 한번도 있은 적이 없어, 이러한 일들로 해서, 이번에도 옥화는 그녀로 하여금 성기의 미움이나 받지 않게 할 양으로 그녀의 좋은 점만 이야기하는 듯한 눈치 같기도 하였다.

아랫집 실과 가게에서 성기가 짚신 한 켤레를 사들고 오려니까 옥화는 비죽이 웃는 얼굴로 막걸리 한 사발을 그에게 떠 주며,

"오늘 날씨가 너무 덥잖냐?"

고 하였다. 술 거를 때 누구에게나 맛뵈기 떠 주기를 잘하는 옥화였다. 계연이

는 방에서 옷을 갈아입고 있었다.

"계연아, 너도 빨리 나와, 목마를 텐데 미리 좀 마시고 가거라."

옥화는 방을 향해서도 이렇게 소리를 질렀다.

항라 적삼에 가는 삼베 치마를 갈아입고 나오는 계연은 그 선연한 두 눈의 흰 자위 검은자위로 인하여 물에 어리인 한 송이 연꽃이 떠오르는 듯하였다.

"꼭 스무 해 전에 내가 입었던 거다."

옥화는 유감(有感)한 듯이 계연의 옷맵시를 살펴 주며 말했다.

"어제 꺼내서 품을 좀 줄여 놨더니만 청승스리 맞는고나, 보기 보단 품을 여간 많이 입잖는다, 이앤…… 자, 얼른 마셔라, 오빠 있음 무슨 내외할 사이냐?"

그러자 계연은 웃는 얼굴로 술잔을 받아 들고 방으로 들어가 마시고 나오는 모양이었다.

성기는 먼저 수양 버드나무 밑에 와서 새 신발에 물을 축이었다. 계연이도 곧 뒤를 따라나섰다. 어저께 성기가 칠불암(七佛庵)까지 책값 수금 관계로 좀 다녀올 일이 있다고 했더니, 옥화가 그러면 계연이도 며칠 전부터 산나물을 캐러 간다고 벼르는 중이고, 또 칠불암 구경은 어차피 한번 시켜 주어야 할 게고 하니, 이왕이면 좀 데리고 가잖겠느냐고 하였다.

성기는 가슴도 좀 뛰고, 그래서, 나물을 내가 어떻게 아느냐고, 싫다고 했더니 너더러 누가 나물까지 캐라느냐고, 앞에서 길만 끌어 주면 되잖느냐고 우기어, 기승한 어머니에게 성기는 더 항변을 못하고 말았던 것이다.

성기는 처음부터 큰길을 버리고, 사람이 잘 다니지 않는, 수풀 속 산길을 돌아가기로 하였다. 원체가 지리산 밑이요, 또 나뭇길도 본디부터 똑똑히 나 있지 않는 곳이라, 어려서부터 자라난 고장이라곤 하지만 울울한 수풀 속에서 성기는 몇번이나 길을 잃은 채 해매곤 하였다.

쳐다보면 위로는 하늘을 찌를 듯한 높은 산봉우리요, 내려다보면 발아래는 바다같이 뿌우연 수풀뿐, 그 위에 흰 햇살만 물줄기처럼 내리 퍼붓고 있었다. 머루, 다래, 으름은 이제 겨우 파랗게 메아리 쳐 있고, 가지마다 새빨간 복분자(나무딸기), 오디(산뽕나무의 열매)는 오히려 철이 겨운 듯 한 머리 까맣게 먹물이 돌았다.

성기는 제 손으로 다듬은 퍼런 아가위나무 가지로 앞에서 칡덩굴을 헤쳐 가며 가고 있는데, 계연은 뒤에서, 두릅을 꺾는다, 딸기를 딴다, 하며 자꾸 혼자 처지곤 하였다.

"빨리 오잖고 뭘 하나?"

성기가 걸음을 멈추고 서서 나무라면 계연은 딸기를 따다 말고, 두릅을 꺾다 말고, 그 조그맣고 도톰한 입술을 꼭 다물고는 뛰어오는 것인데, 한참만 가다 보면 또 뒤에 떨어지곤 하였다.

"아이고머니 어쩔꺼나!"

갑자기 뒤에서 계연이가 소리를 질렀다. 돌아다보니 떡갈나무 위에서, 가지에 치맛자락이 걸려 있다. 하필 떡갈나무에는 뭣하러 올라갔을까고, 곁에 가 쳐다보니, 계연의 손이 닿을 만한 위치에 그 아래쪽 딸기나무 가지가 넘어와 있다. 딸기나무에는 가시가 있고 또 비탈에서 있어 올라갈 수가 없으니까, 그 딸기나무와 가지가 서로 얽힌 떡갈나무 쪽으로 올라간 모양이었다. 몸을 구부려 손으로 치맛자락을 벗기려면 간신히 잡고 서 있는 윗 가지에서 손을 놓아야 하겠고, 손을 놓았다가는 당장 나무에서 떨어질 형편이다. 나무 아래서 쳐다보니 활짝 걷어 올려진 베치다 속에, 정강마루까지를 채 가리지 못한 짤막한 베고의[10]가 훤한 햇살을 받아 그 안의 뽀오얀 것을 그대로 보여 주고 있었다.

성기는 짚고 있던 생나무 지팡이로 치맛자락을 벗겨 주려 하였으나, 지팡이가 짧아서 그렇겠지만 제 자신도 모르게, 지팡이 끝은 계연의 그 발가스레하고 매초롬한 종아리만을 자꾸 건드리고 있었다.

"아이 싫어! 나무에서 떨어진당게!"

계연은 소리를 질렀다. 게다가 마침 다람쥐란 놈까지 한 마리 다래 넌출[11] 위로 타고 와서, 지금 막 계연이가 잡고 서 있는 떡갈나무 가지 위로 건너뛰려 하고 있다.

"아 곧 떨어진당게! 그 막대로 저 다램이나 때려줬음 쓰겠는듸."

계연은 배 아래를 거진 햇살에 훤히 드러내인 채 있으면서도 다래 넌출 위에서 이쪽을 건너다보고 그 요망스런 턱주가리를 쫑긋거리고 있는 다람쥐가 더 안타까운 모양으로 또 이렇게 소리를 질렀다.

"요놈의 다램이가……."

---

10) 베로 만든 남자의 여름 바지 11) 식물의 줄기

15
김동리

역마

  성기는 같은 나무 밑둥치에까지 올라가서야 겨우 계연의 치맛자락을 벗겨 주
고, 그러고는 막대로 다시 조금 전에 다람쥐가 앉아 있던 다래 넌출도 한번 툭 쳤
다. 이 소리에 놀랐는지 산비둘기 몇 마리가 「푸드득」하고 아래쪽 머루 넌출 위
로 날아갔다.

  "샘물이 있어야 쓰겠는듸."

  계연은 치맛자락을 걷어 올려 이마의 땀을 씻으며 이렇게 말했다.

  모롱이를 돌아 새로운 산줄기를 탈 때마다 연방 더 우악스런 멧부리요, 어두
운 수풀을 지나 환하게 열린 하늘을 내다볼 때마다 바다같이 질편한 골짜기에
차 있느니 머루, 다래 넌출이오, 딸기, 칡의 햇덩굴이다. 산속으로 들어갈수록 여
기저기서 난장판으로 뻐꾸기들은 울고, 이따금씩 낄낄거리고 골을 건너 날아가
는 꿩 울음소리마저 야지의 가을 벌레 소리 듣는 듯 신산을 더했다.

  해는 거진 하늘 한가운데를 돌아 바야흐로 머리에 불을 끼었고, 어두운 숲 그늘
속에는 해삼 같은 시꺼먼 달팽이들이 허연 진물을 토한 채 땅에 붙어 늘어졌다.

  햇살이 따갑고, 땀이 흐르고, 목이 마를수록 성기들은 자꾸 넌출 속으로만 들
짐승들처럼 파묻히었다. 나무딸기, 덤불 딸기, 산 복숭아, 아가위, 오디, 손에 닿
는 대로 따서 연방 입에 가져가지만 입에 넣으면 눈 녹듯 녹아질 뿐, 떨적지근한
침을 삼키면 그만이었다. 간혹 이에 걸린다는 것이 아직 익지 않은 산 복숭아, 아
가위 따위인데, 딸기 녹은 침물로는 그 쓰고 떫은 볼에까지 묻어졌다. 먹을수록
목이 마른 딸기를 계연은 그 새파란 산복숭아서껀, 둥그런 칡잎으로 하나 가득
따서 성기에게 주었다. 성기는 두 손바닥 위에다 그것을 받아서는 고개를 수그
려 물을 먹듯 입을 대어 먹었다. 먹고 난 칡잎은 아무렇게나 넌출 위로 던져 버린
채 칡넌출이 담뿍 감겨 있는 다래 덩굴 위에 비스듬히 등을 대이고 누웠다.

  계연은 두 번째 또 칡잎의 것을 성기에게 주었다. 성기는 성가신 듯이 그냥 비
스듬히 누운 채 그것을 그대로 입에 들이부어 한입 가득 물고는 나머지를 그냥
넌출 위로 던졌다. 그리고 그는 곧 코를 골기 시작하였다.

  세 번째 칡잎에다 딸기 알 머루 알을 골라 놓은 계연은 그러나 성기가 어느덧
잠이 들어 있음을 보자 아까 성기가 하듯 하여 이번엔 제가 먹어 치웠다.

  "참 잘도 잔당게."

  계연은 혼잣말로 중얼거리며 자기도 다래 덩굴에 등을 대이고 비스듬히 드러
누워 보았으나 곧 재채기가 났다. 목이 몹시 말랐다. 배도 고팠다.

갑자기 뻐꾸기 소리가 무서웠다.

"동굴 속에는 샘물이 없는가?"

계연은 덩굴을 헤치고 한참 들어가다 무득 모과나무 가지에 이리저리 얽히고 주렁주렁 열린 으름 덩굴을 발견하였다.

"이것이 익어 있음 쓰것는듸."

계연은 이렇게 중얼거리며 아직도 파아란 오이를 만지듯 딴딴하고 우들우들한 으름을 제일 큰 놈으로만 세 개를 골라 따 쥐었다. 그리하여 한나절 동안 무슨 열매든지 손에 닿는 대로 마구 따 입에 넣곤 하던 버릇으로 부지중 입에 가져가 한 번 덥석 물어떼었더니 이내 비릿하고 떫직스레한 풀 같은 것이 입에 하나 가득 끼었다.

"아, 풋내 나!"

계연은 입안의 것을 뱉고 나서 성기 곁으로 갔다. 해는 벌써 점심때도 겨운 듯 갈증과 함께 시장기도 들었다.

"일어나 샘물 찾아가장게."

계연은 성기의 어깨를 흔들었다.

성기는 눈을 떴다.

계연은 당황하여, 쥐고 있던 새파란 으름 두 개를 성기의 코끝에 내어 밀었다. 성기는 몸을 일으켜 그녀의 둥그스름한 어깨와 목덜미를 껴안았다. 그리고는 입술이 포개졌다.

그녀의 조그맣고 도톰한 입술에서는 한나절 먹은 딸기, 오디, 산 복숭아, 으름들의 달짝지근한 풋내와 함께, 황토 흙을 찌는 듯한 향긋하고 고수한 고기(肉) 냄새가 느껴졌다.

까악까악하고 난데없는 가마귀 한 마리가 그들의 머리 위로 울며 날아갔다.

"칠불은 아직 멀지라?"

계연은 다래덩굴에 걸어 두었던 점심을 벗겨 들었다.

화갯골로 들어간 체장수 영감은 보름이 넘도록 돌아오지 않았다. 떠날 때 한 말도 있고 하니 지리산 속으로 아주 들어간 모양이라고, 옥화와 계연은 생각하고 있었다.

"산중에서 아주 여름을 내시는 갑네."

옥화는 가끔 이런 말도 하였다. 그리고 그들은 끈기 있게 이야기책을 들고 앉곤 하였다. 계연의 약간 구성진 전라도 지방 토음은 날이 갈수록 점점 더 맑고 처량한 노래 조를 띠어 왔다.

그동안 옥화와 계연의 사이에 생긴 새로운 사실이 있다면, 옥화가 계연의 왼쪽 귓바퀴 위에 있는 조그만 사마귀 한 개를 발견한 것쯤이었다.

어느 날 아침, 그녀의 머리를 빗어 땋아 주고 있던 옥화는 갑자기 정신을 잃은 사람처럼 참빗 쥔 손을 부들부들 떨고 있었다.

"어머니 왜 그리여?"

계연이 놀라 물었으나 옥화는 그녀의 두 눈만 멀거니 바라보고 있을 따름 말이 없었다.

"어머니 왜 그러시여."

계연이 또 한번 물었을 때, 옥화는 겨우 정신이 돌아오는 듯, 긴 한숨을 내쉬며,

"아무것도 아니다."

하고, 다시 빗질을 시작하는 것이었다.

계연은 속으로 이상한 생각이 들었으나 아무것도 아니라는 옥화에게 다시 더 캐어 물을 도리도 없었다.

이튿날 옥화는 악양(岳陽)에 볼일이 좀 있어 다녀오겠노라면서 아침 일찌기 머리를 빗고 떠났다. 성기는 큰방에서 낮잠을 자고 있었다. 소나기가 왔다. 계연이가 밖에서 빨래를 걷어안고 들어오면서,

"어쩔 거나, 어머니 비 만나시겠는듸!"

하였다. 그녀의 치맛자락은 바깥의 신선한 비바람을 묻혀다 성기의 자는 낯을 스쳐 주었다. 성기는 눈을 뜨는 결로 손을 뻗쳐 그녀의 치맛자락을 거머잡았다. 그녀는 빨래를 안은 채 고개를 홱 돌이켜 성기의 얼굴을 가만히 바라보았다. 그녀의 두볼에 바야흐로 조그만 보조개가 패이려 할 때, 밖에서 인기척이 났다.

"어머니 옷 다 젖겠는듸!"

또 한번 이렇게 말하며, 계연은 마루로 나갔다. 성기는 어느덧 또 코를 골기 시작하였다.

성기가 다시 잠이 깨었을 때는, 손님들이 마루에서 막걸리를 마시고 있었다. 계연은 그들의 치다꺼리를 해주고 있는 모양으로 부엌에서

"명태랑 풋고추밖엔 안주가 없는듸!"

하고 소리가 났다.

나중 손님들이 돌아간 뒤, 성기는 그녀더러,

"어머니 없을 땐 손님 받지 말라고."

약간 볼멘 소리로 이런 말을 하였다.

"허지만 오늘 해 넘김, 이 술은 시어질 것인듸, 그냥두면 어머니 오셔서 화내시지 않을 것이오?"

계연은 성기에게 타이르듯이 이렇게 말했다. 조금뒤 그녀는 다시 웃는 낯으로 성기 곁에 다가서며,

"오빠, 날 면경 하나만 사 주시오. 똥그란 놈이 꼭 한 개만 있었음 쓰겠는듸.

하였다. 이튿날이 마침 장날이라 성기는 점심을 가지고 온 그녀에게 미리 사 두었던 조그만 면경 하나와 찰떡을 꺼내 주었다.

"아이고머니!"

면경과 찰떡을 보자, 계연은 놀란 듯이 소리를 질렀다. 그녀는 그 꽃 같은 두 눈에 웃음을 담북 담은 채 몇 번이나 면경을 들여다보곤 하더니, 그것을 품속에 넣고는 성기가 점심을 먹고 있는 곁에 돌아앉아 어느덧 짝짝 소리까지 내며 찰떡을 먹고 있었다.

성기는 남이 보지 않게 전 앞에 사람 그림자가 얼씬할 때마다 자기의 몸을 이리저리 움직여서 그것을 가리워 주었다. 딴은 떡뿐 아니라 참외고 복숭아고 엿이고 유과고 일체 군것을 유달리 좋아하는 그녀의 성미인 듯하였다. 집 앞으로 혹 참외 장수나 엿장수가 지나가는 것을 보면 계연은 골무를 깁거나 바늘겨레를 붙이다 말고, 튀어 일어나 그것들이 시야에서 사라질 때까지 멀거니 바라보며 섰곤 하였다.

한번은 성기가 절에서 내려오려니까, 어머니는 어디 갔는지 눈에 띄지 않고, 그녀만이 마루 끝에 걸터앉은 채 이웃 주막의 놈팡이 하나와 더불어 함께 참외를 먹고 있었다. 성기를 보자 좀 무안스러운 듯이 얼굴을 약간 붉히며 곧 일어나 반가운 표정을 지어 보였다.

"아, 오빠!"

"……."

그러나 성기는 그러한 그녀를 거들떠도 보지 않고 그대로 자기의 방으로만 들

어가 버렸다. 계연은 먹던 참외도 마루 끝에 놓은 채 두 눈이 휘둥그래서 성기의 뒤를 따라왔다.

"오빠 왜?"

"……"

"응 왜 그리여?"

"……"

그러나 성기는 아무런 대꾸도 없었다. 그녀가 두 팔을 성기의 어깨 위에 얹어, 그의 목을 껴안으려 했을 때, 성기는 맹렬히 몸을 뒤틀어 그녀의 팔을 뿌리치고는 돌연히 미친 것처럼 뛰어들어 따귀를 때리기 시작하였다.

처음 그녀는,

"오빠, 오빠!"

하고 찡그린 얼굴로 성기를 쳐다보며 두 손을 내어밀어 그의 매질을 막으려 하였으나, 두 차례 세 차례 철썩철썩하고, 그의 손이 그녀의 얼굴에 와 닿자 방구석에 가 얼굴을 쿡 처박은 채 얼마든지 그의 매질에 몸을 맡기듯이 하고 있었다.

이튿날 장에 점심을 가지고 온 계연은 그 작고 도톰한 입술을 꼭 다문 채, 말이 없었으나, 그의 꽃같이 선연한 두 눈엔 어저께의 일에 깊은 적의도 원한도 품어 있지 않는 듯하였다.

그날 밤 그녀가 혼자 강가에 나와 있는 것을 보고, 성기는 그녀의 뒤를 쫓아 나갔다. 하늘엔 별이 파랗게 빛나고 있었으나 나무 그늘은 강가를 칠야같이 뒤덮어 있었다.

"오빠."

계연은 성기가 바로 그녀의 곁에까지 왔을 때 일어나 성기의 턱 앞으로 바싹 다가 들어서며 낮은 목소리로 이렇게 불렀다.

"오빠, 요즘은 어쩌자고 만날 절에만 노 있는 것이여?"

그 몹시도 굴곡이 강렬한 전라도 지방 토음이 이렇게 속삭이었다.

그즈음 성기는 장을 보러 오는 날 이외에는 절에서 일체 내려오지를 않았다. 옥화가 악양명도에게 갔다 소나기에 젖어돌아온 뒤부터는, 어쩐지 그와 그녀의 사이를 전과 달리 경계하는 듯한 눈치라, 본래 심장이 약하고 남의 미움 받기를 유달리 싫어하는 그는, 그러한 어머니에 대한 노여움도 있고 하여 기어코 절에서 배겨내려 했던 것이었다.

이날 밤만 해도 계연의 물음에, 성기가 무어라고 대답도 채 하기 전에, '계연아, 계연아!' 하는, 옥화의 목소리가 또 어느덧 들려오고 있었다. 성기는 콧잔등을 찌푸리며 말을 하려다 말고 입을 다물어 버렸다.

'아, 어머니도 어쩌면 저다지 야속할까?'

성기는 갑자기 목이 뿌듯해졌다.

반딧불이 지나갔다. 계연은 돌 위에 걸터앉아, 손으로 여뀌 풀을 움켜잡으며, 혼잣말같이, 또 무어라 속삭이는 것이었으나 냇물 소리에 가리어 잘 들리지 않았다.

이튿날 아침 일찌기 성기가 방안으로, 부엌으로 누구를 찾으려는 듯 기웃기웃하다가 좀 실망한 듯한 낯으로 그냥 절로 올라가고 말았을 때, 그녀는 역시 이 여뀌풀 있는 냇물 가에서 걸레를 빨고 있었던 것이다.

사흘 뒤에 성기가 다시 절에서 내려오니까, 체장수 영감은 마루 위에서 막걸리를 마시고 있고, 계연은 고개를 떨어버린 채 마루 끝에 걸터앉아 있었다. 머리를 감아 빗고 새옷 – 새옷이래야 전날의 그 항라 적삼을 다시 빨아 다린 것 – 을 갈아입고, 조그만 보따리 하나를 곁에 두고, 슬픔에 잠겨 있던 계연은, 성기를 보자 그 꽃같이 선연한 두 눈에 갑자기 기쁨을 띄며 허리를 일으켰다. 그러나 바로 그 다음 순간, 그 노기를 띤 듯한 도톰한 입술은 분명히 그들 사이에 일어난 어떤 절박하고 불행한 사실을 전하고 있었다.

막걸리 사발을 들어 영감에게 권하고 있던 옥화는 성기를 보자,

"계연이가 시방 떠난단다."

대번에 이렇게 말했다.

옥화의 말을 들으면, 영감은 그날, 성기가 절로 올라가던 날 저녁때에 돌아왔었더라는 것이었다. 그 이튿날이니까, 즉 어저께, 영감은 그녀를 데리고 떠나려고 하는 것을 하루 더 쉬어 가라고 만류를 해서, 그래 오늘 아침엔 일찌기 떠난다고 이렇게 막 행장을 차려서 나서는 길이라 하였다.

그러나 이것은 실상 모두 나중 다시 들어서 알게 된 것이었고, 처음은 그저 쇠뭉치로 돌연히 머리를 얻어맞은 것같이 골치가 띵하며, 전신의 피가 어느 한 곳으로 쫙 모이는 듯한, 양쪽 귀가 머리 위로 쫑긋이 당기어 올라가는 듯한, 혀가 목구멍 속으로 말려 들어가는 듯한, 눈언저리에 퍼어런 불이 번쩍번쩍 일어나는 듯한, 어지러움과 노여움과 조마로움이 한데 뭉치어 발끝에서 머리끝까지의 그

의 전신을 어디로 휩쓸어 가는 듯만 하였다. 그는 지금껏 이렇게까지 그녀에게 마음이 가 있어 떨어질 수 없게 되었으리라고는 너무도 뜻밖이었다. 그것이 이제 영원히 헤어지려는 이 순간에 와서야 갑자기 심지에 불을 켜듯 확 타오를 마련이던가, 하는 것이 자꾸만 꿈과 같았다. 자칫하면 체면도 염치도 다 놓고 엉엉 울음이 터질 것만 같이 목이 징징 우는 것을, 그러는 중에서도 이 얼굴을 어머니에게 보여서는 아니 된다는 의식에서 떨리는 입술을 깨물며, 마루 끝에 궁둥이를 찧듯 털썩 앉아 버렸다.

"아들이 참 잘 생겼소."

영감은 분명히 성기를 두고 하는 말인 모양이었다. 그러나 성기는 그쪽으로 고개를 돌려보지 않은 채, 그들에게 무슨 적의나 품은 듯이 앉아 있었다.

옥화는 그동안 또 성기에게 역시 그 체장수 영감의 이야기를 전해 들려주고 있는 모양이었다. 지리산 속에서 우연히 옛날 고향 친구의 아들이 된다는 낯선 젊은이 하나를 만났다. 그는 영감의 고향인 여수에서 큰 공장을 경영하는 실업가로, 지리산 유람을 들어왔다가 이야기 끝에 우연히 서로 알게 되었다. 그는 영감에게 함께 고향으로 돌아가 살자고 했다. 영감은 문득 고향 생각도 날 겸 그 청년의 도움으로 어떻게 형편이 좀 필 것 같이도 생각되어 그를 따라 여수로 돌아가기로 결정을 하고 나오는 길이라―, 옥화가 무어라고 한참 하는 이야기는 대개 이러한 의미인 듯하였으나, 조마롭고 어지럽고 노여움으로 이미 두 귀가 멍멍하여진 그에게는 다만 벌떼처럼 무엇이 왕왕거릴 뿐 아무것도 분명히 들리지 않았다.

"막걸리 맛이 어찌나 좋은지 배가 부르당게."

그동안 마지막 술잔을 들이키고 난 영감은 부채와 지팡이를 집어들며 이렇게 말했다.

"여수 쪽으로 가시게 되면 영영 못 보게 되겠구만요."

옥화도 영감을 따라 일어서며 이렇게 말했다.

"사람 일을 누가 알간듸, 인연 있음 또 볼 터이지."

영감은 커다란 미투리에 발을 끼며 말했다.

"아가, 잘 가거라."

옥화는 계연의 조그만 보따리에다 돈이 든 꽃주머니 하나를 정표로 넣어 주며 하직을 하였다.

계연은 애걸하듯 호소하듯한 붉은 두 눈으로 한참 동안 옥화의 얼굴을 쳐다보고만 있었다.

"또 오너라."

옥화는 계연의 머리를 쓸어 주며 다만 이렇게 말하였고, 그러자 계연은 옥화의 가슴에다 얼굴을 묻으며 엉엉 소리를 내어 울기 시작하였다.

옥화가 그녀의 그 물결같이 흔들리는 둥그스름한 어깨를 쓸어 주며,

"그만 울어, 아버지가 저기 기다리고 계신다."

하는 음성도 이젠 아주 풀이 죽어 있었다.

"그럼 편히 계시요."

영감은 옥화에게 하직을 하였다.

"하라부지 거기 가 보시고 살기 여의찮거든 여기 와서 우리하고 같이 삽시다."

옥화는 또 한번 이렇게 당부하는 것이었다.

"오빠, 편히 사시오."

계연은 이미 시뻘겋게 된 두 눈으로 성기의 마지막 시선을 찾으며 하직 인사를 했다.

성기는 계연의 이 말에 꿈을 깬 듯, 마루에서 벌떡 일어나, 계연의 앞으로 당황히 몇 걸음 어뜩 어뜩 걸어오다간, 돌연히 다시 정신이 나는 듯 그 자리에 화석처럼 발이 굳어 버린 채, 한참 동안, 장승같이 계연의 얼굴만 멍하게 바라보고 있었다.

"오빠, 편히 사시오."

이렇게 두 번째 하직을 하는 순간까지도, 계연의 그 시뻘건 두 눈은 역시 성기의 얼굴에서 그 어떤 기적과도 같은 구원만을 기다리는 것이었고 그러나, 성기는 그 자리에 그냥 주저앉아 버릴 뻔하던 것을 겨우 버드나무 가지를 움켜잡을 수 있었을 뿐이었다.

계연의 시뻘겋게 상기된 얼굴은, 옥화와 그녀의 아버지가 그녀들을 지켜보고 있다는 것도 잊은 듯이 성기의 얼굴만 뚫어지게 바라보고 있었으나, 버드나무에 몸을 기대인 성기의 두 눈엔 다만 불꽃이 활활 타오를 뿐, 아무런 새로운 명령도 기적도 나타나지 않았다.

"오빠, 편히 사시오."

하고, 거의 울음이 다 된, 마지막 목소리를 남기고 돌아선 계연의 저만치 가고

15

있는 항라 적삼을, 고운 햇빛과 늘어진 버들가지와 산울림처럼 울려오는 뻐꾸기 울음 속에, 성기는 우두커니 지켜보고 있을 뿐이었다.

성기가 다시 자리에서 일어나게 된 것은 이듬해 우수(雨水)[12] 경칩(驚蟄)[13]도 다 지나, 청명(淸明)[14] 무렵의 비가 질금거릴 즈음이었다. 주막 앞에 늘어선 버들가지는 다시 실같이 푸르러지고 살구, 복숭아, 진달래들이 골목 사이로 산기슭으로 울긋불긋 피고 지고 하는 날이었다.

아들의 미음 상을 차려 들고 들어온 옥화는 성기가 미음 그릇을 비우는 것을 보자, 이렇게 물었다.

"아직도 너, 강원도 쪽으로 가 보고 싶냐?"

"……."

성기는 조용히 고개를 돌렸다.

"여기서 장가들이 나랑 같이 살겠냐?"

"……."

성기는 역시 고개를 돌렸다.

─ 그해 아직 봄이 오기 전, 보는 사람마다 성기의 회춘을 거의 다 단념하곤 하였을 때, 옥화는 이왕 죽고 말 것이라면, 어미의 맘속이나 알고 가라고 그래, 그 체장수 영감은, 서른 여섯 해 전 남사당을 꾸며 와 이 「화개장터」에 하룻밤을 놀고 갔다는 자기의 아버지임에 틀림이 없었다는 것과, 계연은 그 왼쪽 귓바퀴 위의 사마귀로 보아 자기의 동생임이 분명하더라는 것을, 동정하노라면서, 자기의 왼쪽 귓바퀴 위의 같은 검정 사마귀까지를 그에게 보여 주었다.

"나도 처음부터 영감이 '서른 여섯 해 전'이라고 했을 때 가슴이 섬짓하긴 했다. 그렇지만 설마 했지, 그렇게 남의 간을 뒤집어 놀 줄이야 알았나. 하도 아슬해서 이튿날 악양으로 가 명도[15]까지 불러 봤더니 요것도 남의 속을 빤히 디려다나 보는 듯이 재줄 대는구나, 차라리 망신을 했지."

옥화는 잠깐 말을 그쳤다. 성기는 두 눈에 불을 켠 듯한 형형한 광채를 띠고,

12) 24절기의 하나(양력 2월 19일경) ─ 봄비가 내리기 시작한다고 함
13) 24절기의 하나(양력 3월 5일경) ─ 겨울잠 자던 벌레가 깨어난다고 함
14) 24절기의 하나(양력 4월 5일경) ─ 봄 날씨가 시작된다고 함
15) 무당이 신으로 받드는 청동거울

그 어머니의 얼굴을 쳐다보고 있었다.

"차라리 몰랐으면 또 모르지만 한번 알고 나서야 인륜이 있는듸 어쩌겠냐."

그리고 부디 에미 야속타고나 생각지 말라고 옥화는 아들의 뼈만 남은 손을 눈물로 씻었다. 옥화의 이 마지막 하직같이 하는 통정 이야기에 의외로도 성기는 도로 힘을 얻은 모양이었다. 그 불타는 듯한 형형한 두 눈으로 천장을 한참 바라보고 있던 성기는 무슨 새로운 결심이나 하듯 입술을 지그시 깨물고 있었다.

아버지를 찾아 강원도 쪽으로 가 볼 생각도 없다. 집에서 장가들어 살림을 할 생각도 없다, 하는 아들에게, 그러나, 옥화는 이제 전과 같이 고지식한 미련을 두는 것도 아니었다.

"그럼 어쩔랴냐? 너 좋을 대로 해라."

"……"

성기는 아무런 말도 없이 도로 자리에 드러 누워 버렸다.

그리고 나서 한 달포나 넘어 지난 뒤였다.

성기가 좋아하는 여러 가지 산나물이 화갯골에서 연달아 자꾸 내려오는 이른 여름의 어느 장날 아침이었다. 두릅회에 막걸리 한 사발을 쭉 들이키고 난 성기는 옥화더러,

"어머니 나 엿판 하나만 마춰 주."

하였다.

"……"

옥화는 갑자기 무엇으로 머리를 얻어 맞은 듯이 성기의 얼굴을 멍하니 바라보고 있었다.

그런 지도 다시 한 보름이나 지나, 뻐꾸기는 또다시 산울림처럼 건드러지게 울고, 늘어진 버들가지엔 햇빛이 젖어 흐르는 아침이었다. 새벽녘에 잠깐 가는비가 지나가고, 날은 다시 유달리 맑게 개인 「화개장터」 삼거리 다리 위에서, 성기는 그 어머니와 하직을 하고 있었다. 갈아입은 옥양목 고의 적삼에, 명주 수건까지 머리에 질끈 동여매고 난 성기는, 새로 마춘 새하얀 나무 엿판을 걸빵해서 느직하게 엉덩이 즈음에다 걸었다. 윗목 판에는 새하얀 가락엿이 반 넘어 들어 있었고, 아랫목판에는 팔다 남은 이야기책 몇 권과 간단한 방물이 좀 들어 있었다.

그의 발 앞에는, 물과 함께 갈리어 길도 세 갈래로 나 있었으나, 화갯골 쪽엔 처음부터 등을 지고 있었고, 동남으로 난길은 하동, 서남으로 난 길이 구례, 작년

이맘 때도 지나 그려가 울음 섞인 하직을 남기고 체장수 영감과 함께 넘어간 산 모퉁이 고갯길은 퍼붓는 햇빛 속에 지금도 하동 장터 위를 굽이돌아 구례 쪽을 향했으나, 성기는 한참 뒤 몸을 돌렸다. 그리하여 그의 발은 구례 쪽을 등지고 해 동 쪽을 향해 천천히 옮겨졌다.

한 걸음, 한 걸음, 이 발을 옮겨 놓을수록 그의 마음은 한결 가벼워져. 멀리 버 드나무 사이에서 그의 뒷모양을 바라보고서 있을 어머니의 주막이 그의 시야에 서 완전히 사라져갈 무렵하여서는, 육자배기 가락으로 제법 콧노래까지 흥얼거 리며 가고 있는 것이었다.

해답

1. 옥화는 아들 성기가 사랑하는 여인인 계연이 자신의 이복 동생임을 알게 되면서 계연을 체장수 영감을 따라가도록 한다. 2. 체장수 영감 3. 장 터, 세 갈래 길 4. 계연과 어머니와의 인연을 뒤로 하고 자신의 운명에 순응하며 앞으로는 자신의 삶을 살아가겠다는 의지의 표현

16
제1과 제1장, 이무영

이무영(李無影, 1908~1960) ● ● 충북 음성에서 태어났다. 문학에 뜻을 두고 일본으로 건너가 일본 작가 가토 다케오의 집에서 기숙하며 작가 수업을 쌓았다. 〈의지 없는 청춘〉 과 〈폐허의 울음〉을 간행한 뒤 귀국했지만, 문학적 명성을 날리지는 못했다.
〈제1과 제1장〉〈흙의 노예〉와 같은 작품으로 농촌 소설의 대표작가로 자리를 잡았다. 농촌 소설은 1954년의 〈농민〉에까지 이어진다. 그 이후에는 도시 서민의 삶과 애정을 다루는 경향으로 바뀌어 갔다.
주요 작품으로 〈지축을 돌리는 사람〉〈흙을 그리는 마음〉〈먼동이 틀 때〉〈청기와집〉〈난 류〉 등이 있다.

16

제1과 제1장, 이무영

1.

덜크덕덜크덕 —

퍼언한 신작로에 소마차 바퀴 소리가 외로이 울린다. 사양(斜陽)[1]에 키만 멀쑹하니 된 가로수 포플러의 그림자가 느른하니 길을 가로막고 있을 뿐 행인도 별로 없는 호젓한 신작로다. 동리 앞에는 곰방대를 문 영감님이 발가숭이 손자 놈을 데리고 앉아서 돌 장난을 시키고 있다. 약삭빠른 계절에 뒤떨어진 매미 소리는 마치 남의 나라에 갇힌 공주의 탄식처럼 청승맞다.

"이러 이 소 쯔쯔!"

안반짝 같은 소 엉덩이에 철썩 물푸레 회초리[2]가 운다. 소란 놈은 파리를 날려 주어 고맙게 여길 정도인지 아무런 반응도 없다. 그저 뚜벅뚜벅 앞만 내다보고 걸을 뿐이다. 소 마차가 동리 앞을 지날 때마다 주막집 뜰팡에 멍석을 깔고 땀을 들이던 일꾼들의 눈이 일시에 마차 짐으로 옮겨진다. 이삿짐을 처음 보아서가 아니라 그들의 눈에는 이 우차 위에 실려진 가구며 세간이 진기한 모양이다.

1) 서쪽으로 기울어진 해 또는 그 햇빛 2) 물푸레나무로 만든 회초리

항아리니 독이니 메주덩이 바가지짝 — 이런 세간은 한 개도 볼 수 없고 농짝은
분명히 농짝이나 생김생김도 그러려니와 시골서는 볼 수 없는 허들겁스러운 큰
장이다. 이모 저모에 가마니 짝을 대서 전부는 보이지 않으나마 넘어가는 햇빛
을 받아 거울이 번쩍 한다. 함짝 대신에 화류단층장 버들상자도 큰 것이 네모 반
듯하다. 뭣에 쓰이는 것인지 알 길도 없는 혼란스러운 갓이며 검고 붉은 빛이 도
는 가죽가방, 면장 나리나 무슨 주임 나리나가 놓고 있는 그런 책상에 걸상도 화
려하다.

"뉘 첩 살림인 게군."

키만 멀쑥하니 여덟팔자 노랑수염이 담숭담숭 난 하릴없이 노름꾼처럼 생긴
한 친구가 이렇게 운을 뗀다.

"토 ㅅ 자에 ㄱ 했네."

누군지가 이렇게 받자,

"토 ㅅ자에 ㄱ도 트 ㅅ 자에 ㄹ일세. 어디루 보니 저게 첩살림 같은가. 첩살림
이면야 자개장이 번득이면 번득였지 사물상이 당한 겐가. 저 임자들을 보지!"

이삿짐에서 여남은 간쯤 뒤떨어져서 곤색 저고리에 흰 바지를 받쳐 입은 청년
이 하나 따라섰다. 아직 햇살이 따가우련만 모자도 단정히 썼다. 나이는 삼십사
오 세쯤 되었을까…… 청년은 한 손으로 양장을 한 오류 세 된 계집아이의 손을
잡고 그 옆에는 청년보다도 열 살이나 차이가 있음직한 젊은 여인이 역시 양복
을 입힌 머스마의 손을 잡고 간다. 한 너덧 살 되었음직한 토실토실하게 생긴 아
이다. 과자 주머니인지 바른손에는 새빨간 주머니를 늘였다.

"아빠 아직두 멀었우?"

말소리까지 타박타박하다.

"인저 조금만 더 가면 된다. 에 — 참 우리 철이 착하다."

청년은 담배에 불을 붙여 물고 덤덤히 마차 뒤를 따라간다.

"화신상회만큼 되우?"

어린 것은 몹시 지친 모양이다.

"그래 그만큼 가면 되어."

하고 안타까운 듯이 젊은 여인이 대신 대답을 하자니까 어린것이 고개를 반짝
들고서 항의를 한다.

"뭘 엄만 아나? 엄마두 첨이라면서."

"그래두 난 알아. 그렇죠 아빠?"

청년과 여인은 어린것을 번갈아 업기도 하고 안기도 하다가 몇 걸음 걸려도 보고 몹시 거추장스러우련만 별로 그런 티도 없다. 소에 끌려가는 이삿짐처럼 그저 묵묵히 끌려가고만 있다.

"거 어디루 가는 이삿짐요?"

동리 앞을 지날 때마다 소보고 묻듯 한다. 마찻군은

「나는 소 아니요!」

하고 퉁명을 부리듯,

"샌터 짐요!"

하고 돌아다보지도 않고 대답할 뿐이다.

"샌터 뉘 집 짐요?"

"난두 모르오!"

하고는 소 엉덩이에다 매 질을 한다.

"이러 이 소! 대꾸하기 귀찮다. 어서 가자."

동리를 빠져 나오더니 청년도 여인네도 뒤를 한 번씩 돌아다본다. 무슨 감시의 군역에서 벗어나기나 한 때처럼 여인네는 가벼운 안도를 얼굴에 나타내기까지 한다.

"인저 내가 좀 물어 봐야겠군. 아직두 멀었어요?"

"인저 얼마 안돼. 전에 다닐 때 얼마 안되던 것 같았는데 왜 이리 멀까."

혼잣말에 우찻군이 받아 넘긴다.

"여름이라 길두 늘어나 그렇지요."

얼마 안 가니 조그만 실개천이 흐른다. 청년 – 수택은 어려서 수수미꾸리 잡던 기억도 새로웠고 땀도 돌릴 겸 길목 포플러 그늘에서 참을 들이기로 했다. 이 개천을 건너서 한 십분이면 그의 고향인 샌터에 다다르는 것을 알기 때문이기도 했다.

"영감두 쉬어 같이 갑시다. 자 담배 한 개 피슈."

"고약두 있으십니까?"

"고약이라게?"

"이런 담밸 피구 입술이 성할 수가 있을라구요."

이렇게 재미있는 늙은인 줄 알았더면 정거장에서부터 말벗을 해왔더면 오는 줄 모르게 왔을 걸…… 하고 수택은 오늘 처음으로 웃었다. 수택은 차를 먼저 가게 하고 천천히 세수도 하고 발도 벗고 씻었다. 아내가 핸드백에서 조그만 면경[3]을 꺼내어 화장을 하는 동안에 어린것들도 벗기고 말끔히 씻어 주었다. 물에 손을 잠그고 있으려니 어려서 물장난하던 기억이며 그동안 세파와 싸운 삼십 년간의 생활이 추억되어 덜크덕덜크덕 멀어져 가는 이삿짐 소리도 한층 더 서글펐다.

"패배자."

그는 가만히 이렇게 자기를 불러 본다. 시냇물은 조약돌이 옹기종기 몰려 있는 수택의 발 밑을 지날 때마다 뭐라고인지 종알대고 흘러간다. 이 물소리를 해득[4]만 한다면 여러 가지 의미가 포함되었으리라, 그러나 지금의 수택으로서는 이 속삭이는 물소리보다도 지난날의 추억보다도 패배자의 짐을 싣고 가는 마차 바퀴 소리만이 과장이 돼서 울리는 것이었다.

"패배자? 어째서 패배자냐? 오랫동안 동경해 오던 이상 생활의 첫출발이지."

누가 있어 자기를 패배자라고 부르기나 했던 것처럼 그는 분명히 이렇게 반항을 해본다.

2.

사실 이번 길은 수택의 일생에 있어서 커다란 분기점이었다. 그것이 희망의 새 출발이 될지 패배가 될지는 그가 타고난 운명(?)에 맡기려니와 현재 그의 가슴에 채워진 감회도 이 둘 중 어느것인지 그 자신도 모르고 있는 터다. 그가 농촌 생활을 꿈꾸고 이른 봄 〈사아지〉 안을 두둑하게 넣은 춘추복 안 주머니에 넣어 두었던 사직원이 이중봉투를 석 장이나 갈갈이 피우고 여름을 났을 때는 그래도 '패배자'란 감정이 없을 때였다. 일금 오십 원의 샐러리 맨, 그리 적은 봉급도 아니었다.

회사 총무부 주임 말마따나 이런 자리를 노리는 대학 출신의 이력서가 기백장 서랍 속에서 신음을 하고 있는 터다. 사변으로 해서 갑자기 물가가 고등해 진 터라 이 정도의 수입만 가지고는 도저히 도회에서 생활을 유지하기가 어렵기는 하

3) 손거울 4) 깨우쳐 앎

나 그렇다고 전혀 수입이 없는 것보다 나은 것은 주먹구구까지도 필요치 않은 것이었다. 그의 계획을 듣고 친구의 대부분이 ― 아니 거의 전부가 반대를 한 것도 실로 이 단순한 타산에서였다. 너 굴러든 복 바가지를 차 버리고 어쩔테냐는 듯싶은 총무부 주임의 눈치나, 철없이 날뛴다고 가련해 하는 눈으로 보는 동료들의 말투가 그의 결심에 되려 기름을 쳐 준 것도 사실이기는 하나 수택의 계획은 그네들이 보듯이 그렇게 근거가 적은 것도 아니다.

그의 계획이 무모함을 충고하는 친구와 동료들의 거의 전부가 생활난에 중점을 둔 것이다. 그러나 일찍이 수택 만큼 생활고를 겪어 온 사람도 그만한 낯세로는 드무리라. 열두 살에 고향을 떠나서 중학교를 고학으로 마쳤고 열일곱에 동경으로 가서 C대학 전문부를 마치는 동안도 식당에서 벗겨 내버린 식빵 껍질과 먹다 내버리는 밥덩이를 사다 먹고 살아 온 그였고 일정한 직업이 없이 오륙 년 동안 동경서 구르는 동안에도 공중식당일망정 버젓하니 밥 한 끼 사 먹어 보지 못한 채 삼십 줄에 접어든 그였다. 조선에 나와서도 지금의 ×신문사 사회부 기자라는 직업을 얻기까지의 삼 년간을 십전짜리 상밥으로 연명을 해 온 그였고 직업이라고 얻어서 결혼을 한 후도 고기 한 칼 떳떳이 사 먹어 보지 못한 그였다.

더우기 십 개월이란 긴 동안 신문이 정간을 당하고 푼전의 수입이 없었을 때도 세 끼나 밥을 못 끓이고 인왕산 중허리 같은 배를 끌어안고 숨까지 가관하는 아내와 만 하루를 얼굴만 쳐다보고 시간을 보낸 쓰라린 경험도 갖고 있는 그였다. 이십 개월 동안에 그는 평상시 오고가던 친구들도 수입이 끊어지는 날로 거래가 끊어지는 것도 경험했고 쌀 말이나 설렁탕 한 그릇도 월급봉투가 없이는 대주지 않는 것도 잘 아는 터였다.

"인전 널 것도 없지?"

하고 물을 때,

"입은 것밖에……."

하고 대답하던 아내의 우울한 음성도 아직 귀에 새로웠고 십여 장이나 되는 전당표를 삼개년 계획으로 찾아내던 쓰라린 경험도 아직 기억에 새로운 터였다. 바로 신문이 해간되던 바로 그 전 달이었지만 막역지간이라고 사양해 온 M이라는 친구한테 마침 그 날이 월급일이라서(아니 월급날을 일부러 택한 것이었지만) 삼원 돈을 취대하러 갔다가 거절을 당하고 분김에 욕를 하고 돌아온 사실을 기록해 둔 일기가 아직도 그의 책상 어느 구석에 끼워져 있을 것이다. 이 수택이가 선선히 사직원을 내놓고 나선 것이니 놀랄만한 사실임에 틀림은 없다.

"그래 갑자기 회살 그만 두면?"

마지막으로 사직원을 접수한 R씨가 이렇게 말했을 때 그는 금후의 생활설계를 설명하는데 조금도 불안을 느끼지 않았던 것이었다. 다행히 고향에 가면 십여 두락의 땅이 있겠고 생활수준이 얕아질 것이요 고료 수입도 다소 있을 것이요…… 마치 R씨까지로 유인해서 끌고 나갈 듯이 호기가 있었던 것이다.

"좀더 신중히 하지?"

호의에서 나온 이런 말에도 그는 적의나 있는 듯이,

"그럴 필요 없지요."

하고 그 자리서 내 찼던 것이다. 사직 이유는 병이었다. 간부측에서 병? 하고 반문했을 만큼 그는 그렇게 말 못된 병자는 물론 아니다. 병이라면 그것은 생리적인 병보다도 정신적인 병이 더 위기에 가까웠었다. 의사들이 폐가 어떠니 늑막이 위험하니 할 때도 한 편 겁은 내면서도 또 한 편으로는 속 짐작이 있기는 했었다. 그와 같이 소설을 써 오던 H가 자기와 같은 자신으로 버티다가 쓰러진 그 길로 끝을 막은 무서운 사실에 잠시 '아차' 하는 생각도 없지는 않았지만은 그러나 그렇다고 해서 직업을 버릴 만큼 약해진 터도 아니었다. 이른 봄 그가 아내도 몰래 사직원을 쓰고 도장까지 단정히 눌러 가진 것은 그의 조그만 영웅심에서였다. 수택은 동경서부터 소설을 써 왔다.

장방형도 아니요 삼각형도 아니요 그렇다고 똑 떨어진 원도 아니다. 세상에서는 그를 혹은 스타일리스트라고 불렀고 한때 경향문학이 성할 때는 혼은 반동 또 혹은 동반자라고 또는 허무주의자라고 야유도 했다. 그러나 기실은 그 중 어느 것도 아니었다. 그 자신 자기의 특징이 어디 있는지를 모르는 작가였다. 소설가로서 차차 알려질 임시해서 – 아니 그 덕택이 있겠지만은 – 그는 취직을 했었다. 그것이 그의 작가캘활의 마지막이었다.

〈저널리즘〉이란 문학의 매개체를 통해서 그 갓난애 숨길만한 잔명을 근근히 유지해 왔다. 첫 월급을 타던 기쁨은 '지난 ×일 밤 자정도 가까워 바야흐로 삼라만상이 잠들려 할 때 ××동 ××번지 근방에서 뜻 아니한 비명이 주위의 정적을 깨뜨렸다. 이제 탐문한 바에 의하면……' 이런 식의 기사를 쓸 때마다 희미해 졌고 그것이 거듭되기 1 년이 못되어 그는 자기가 문학도였다는 의식까지도 완전히 잃어 버리고 말았던 것이다. 경찰서를 드나들며 강절도, 밀매음, 사기 등

속의 사건 전말을 듣는 것이 무슨 문학수업의 좋은 찬스인 것처럼 생각하던 것
도 일시적이었고 악을 폭로해서 써 민중의 좋은 시준[5]이 되게 한다던 의협심도
기실 자기 위안의 좋은 방패 이외의 아무 것도 아니라는 것을 깨달은 후부터는
그는 완전히 기계였던 것이다. 아침이면 나와서 종일 돌아 다니다가 저녁─대개
는 밤에 집이라고 찾아든다. 친구에 휩쓸려 술 잔도 마시고 회합에서 늦어 이차
회가 벌어지고 이러구러 하루가 가고 이틀이 가고 달이 바뀌고 연도가 갈리었
다. 그러기를 5년─그 동안에 수택이가 얻은 것은 허영과 태만이다.

　그 에 얻은 것이 있다면 지기가 아닌 이런 사회에서의 독특한 존재인 이르는
바 친구─아니 지인(知人)이다. 그리고 잃은 것은 얻은 것에 비해서 너무나 많았
다. 그는 적어도 세 사람의 친구는 가졌던 사람이다. 그러나 그가 한 해 두 해 지
내는 동안에 세 친구도 없어졌고 문학도로서 쌓았던 조그만 탑도 출판기념회나
무슨 축하회의 발기인[6] 란에서나 겨우 발견하는 그런 존재가 되고 말았다.

　동료들이 그달 그달 발표하는 작품을 읽을 때마다 그는 우울했다. 우두커니
맞은편 흰 회벽을 건너다본다. 성급한 전화 종소리도 그를 깨우쳐 주지 못할 때
가 한두 번이 아니다. "받잖을 전환 뭣하러 맸나요." 문득 고개를 들면 천리안이
라고 소문난 편집장의 두 줄 시선이 쏜다. 아무것 하나 얻을 것도 없는 회합에서
늦도록 붙잡혔다가 홀로 막차에 앉은 때의 그 공허, 허무감 그것도 비길 데 없는
것이다. 어떤 때는 그 큰 전차간에 동그라니 혼자 앉아 갈 때가 있었다. 그럴 때
면 저도 모르게 눈 속이 뜨끈해 지는 일도 있었고 얼근히 술이 취했다가 깰 무렵
에 집에 돌아가면 문득 숫보가 덮인 책상이 눈에 뜨인다. 펜까지 꽂혀 있는 잉크
스탠드, 한 달 가야 한 번 건드려 주지도 않는 원고지가 마치 영원히 돌아오지 못
할 주인을 기다리고 망망한 대해에 떠 있는 목선처럼 애처로워진다. 다소 술 기
운이 작용을 했겠지만은 그대로 책상에 엎드려 통곡을 하는 것이었다.

　"아니다! 낼부터는 나도 단연 공부를 하리라!"

　이렇게 1년을 별러서 시작한 것이 「소설 못 쓰는 소설가」라는 단편이었다. 한
소설가가 취직을 했다. 박쥐처럼 해를 못 보는 생활이 계속된다. 무서운 정열로
창작욕을 흥분시켜 주기는 하나 구상이 아물어지기도 전에 출근이다. 잡다한 사

　5) 망원경의 축을 목표물을 정확하게 관찰할 수 있도록 조정하는 일
　6) 어떤 새로운 일을 시작한 사람

무에 얽매여 허덕이는 동안에 해가 지고 오뉴월 엿가래처럼 늘어진 몸을 이끌고 회합이다, 이차회다, 야근이다를 계속한다. 이런 슬픈 이야기를 짜던 그는 자기도 모르게 내일 형사들을 녹여 내어 재료를 얻어낼 계획이며 안(案)의 진행방법 등을 공상하고 있는 자신을 발견한다. 그리고 운다. 그러나 이 소설도 끝끝내 소설이 못되고 말았다. 그것은 몹시 무더운 날 밤이었다. 그는 소학생처럼 벽에다 좌우명을 써 붙였다. 一, 조기할 것. 二, 퇴사 즉시로 귀가할 것. 三, 독서, 혹은 창작할 것. 四, 일찍 취침할 것. 그러나 이 좌우명은 이튿날로 권위를 잃고 말았다. 이튿날은 사회부 부회가 밤 아홉 시까지나 계속되었다. 갑론을박의 삼, 사 시간을 겪은 그는 돌아오는 길로 쓰러져 자고 말았다. 이튿날은 신문사 주최인 축구대회 기사로 야근을 했고 다음날은 부득이한 회합이 있어 역시, 거기서 다시 이차 삼차를 거듭해서 집에 돌아온 것은 새벽 세시였다.

"도대체 나는 뭣 때문에 사는 걸까. 누구를 위해서 사는 걸까. 문화사업? 흥!"

이러한 반문을 해본다는 것은 벌써 한 전설이 되어 있었다. 이러한 수택은 또 한 가지 위대한 발견을 했다. 그것은 적어도 자기는 신문기자가 아니라는 것이다. 과거나 현재 아닐 뿐만 아니라 영원히 신문기자로서 성공하기 어렵다는 사실을 발견했던 것이다. 아니 신문기자로서의 성공이 곧 문학적으로 그를 파멸시키는 것이라는 것을 그제서야 발견했던 것이었다. 그것은 희극 – 아니 비극[7]이었다.

3.

수택이가 하루 이틀 쉬기 시작한 것도 이때부터다. 그는 하는 일없이 교외[8]를 빈들빈들 돌아 다니었다. 하루는 S라는 동료를 유인[9]해 가지고 청량리로 나갔다. 전부는 아니나 그만둘 계획만을 이야기하고 생계로 이야기가 옮아 갔을 때다. 그도 처음에는 그것이 무슨 냄새인지 몰랐었다. 매쾌한 냄새가 코를 꼭 찌른다. 그 냄새는 코를 통해서 심장으로 깊이깊이 기어 들어가는 것 같았다. – 흙내였다. 그것이 흙내라는 것을 인식한 순간 일찍이 그가 어렸을 때 듣던 아버지의

7) 희극 : 사람을 웃길만한 일 ↔ 비극 : 매우 비참한 사건
8) 도시나 마을 주변의 들이나 논밭이 많은 곳 9) 꾀어내다

음성이 바로 귓전에서 울리는 것을 느끼었다. 사람은 흙내를 맡아야 산다. 너도
공불 하고 나선 아비와 같이 와서 농사를 짓자. – 학문? 학문도 좋긴 하다. 허지
만 학문이 짐이 될 때도 있으리라. 그때 그는 아버지를 비웃었다. 흙에서 헤어나
지를 못하면서도 흙에 대한 미련을 버리지 못하는 아버지가 가엾기까지 했었다.
그러나 조소[10]하던 그 말이 지금 그의 마음을 사로잡는 것이다.

"집으로 가자. 흙을 만지자."

수택의 로맨틱한 계획은 이리하여 세워진 것이었다. 그의 첫 계획은 그동안
장만했던 가구를 전부 팔아 버리리라 한 것이나 아내가 너무 섭섭해 하기도 했
지만은 그들이 상상한 것의 절반도 못되었다. 이백 원 남짓한 퇴직금이 그들의
유일한 재산이었다. 소꼴지게와 함께 수택의 일행이 쪽대문 안에 들어서자 흰둥
이란 놈이 컹 하고 물어 박는다. 빈 집처럼 찬 바람이 휘 돈다. 남의 집으로 잘못
들어온 모양이다. 수택은 부리나케 나와 문패를 보니 분명히 자기 집이다.

"짐이 들어왔으니까 마중들을 나가신 모양이군요."

아내가 들어가도 나오도 못하고 있는데,

"오빠!"

소리가 나며 와 – 들 몰려든다. 십 년 가까이 못 본 늙은 아버지도 설명을 듣지
않고는 모를 아이들 속에 끼었었다. 뒤미처 찢어진 고무신짝을 집어든 고모도
왔고 폭 늙은 어머니도 뒤따라 왔다.

"그래 이 몹쓸 것아 그렇게두……."

하고 막 어머니의 원망이 나오자 그는 사랑으로 나갔다. 이간 장방은 새에 장
지를 질러 웃방은 남에게 세를 주었는지 주판 소리가 댈그락거린다.

"저 밖엣게 너들 짐이냐."

"네."

"그래? 헌데 갑자기 이게 웬일이냐."

"차차 말씀 드리겠습니다."

수택은 안으로 들어왔다. 안채 웃쪽으로 달린 골방이 치워졌다. 바람이 잔뜩
든 벽하며 벽 흙을 안고 자빠진 종잇장이며 비워 두었던 탓인지 곰팡내가 펄썩

10) 비웃음

난다. 색지를 붙인 궤짝이며 주둥이도 없는 단지, 도깨비라도 나와 멱살을 잡을 듯싶은 방이다. 횃대에 걸린 헌 옷은 흡사 죽은 사람같이 늘어졌다. 수택의 그 아름다운 농촌생활의 첫 꿈이 깨진 것은 이 방에서였다.

그의 공상에서는 방부터가 이렇게 허무하지는 않았다. 그날 밤 아버지와 아들은 오래간만에 자리를 마주 했다. 웃방에서 주판알을 튕기던 장사치도 갔고 단둘만이 호젓이 앉았다. 고향으로 내려오기로 하기는 하면서도 기실 수택은 집안에 대한 지식이 전혀 없다. 자기가 집을 나갈 때는 논이 한 이십여 두락에 밭이 여남은 갈이나 있었다. 그 후 동경서 나와서 들렀을 때는 논 닷말 지기가 줄었고 밭이 하루갈이 남의 손에 넘어 갔다. 그런지 칠 년 그동안 거의 딴 남처럼 서신도 별로 없이 지내온 아버지와 아들이다. 물론 이렇다는 원인이 있는 것은 아니다. 의식적으로 그런 것도 물론 아니다. 다만 이 문화인인 아들은 원시인 그대로인 아버지를 경멸했고 아버지는 또 아버지대로 너무나 문화한 아들을 경이원지[11] 했을 뿐이다.

"흙 냄새를 싫어하는 것이 사람이냐. 그깟 놈 눈만 다락 같이 높았지."

그는 이렇게 자기 아들을 조소했다. 아들은 무엇보다도 아버지의 흙투성이가 되어 사는 꼴이 싫다 했다. 흙에서 나서 흙을 만지며 컸고 흙을 먹고 사는 아버지 - 옷에까지 흙투성이가 되어 사는 흙인지 사람인지 모를 한낱 평범한 농부에게 털끝 만한 존경도 갖지 못했다. 당당한 문화인인 아들은 흙투성이인 김영감을 내 아버지노라고 내세우기조차 꺼려했다. 이러한 아버지를 가졌다는 것은 자기의 큰 치욕이라고까지 생각해 온 터다. 결혼을 하면서도 자기 아버지를 청하지 않은 것도 그 자신은 친구나 동료들한테 달리 변명을 했겠지만은 기실[12] 자기 아버지의 그 흙투성이 꼴을 뵈고 싶지 않다는 허영에서였다. 김영감만 해도 이런 눈치를 못 챌 리는 없었다. 집안에서고 동리에서 왜 며느리 보는데 안 가느냐고 해도,

"아 그 잘난 놈 잔치에 못난 애비가 가? 댕꼴 곽주식이 아들 놈 처럼 제 애빌 보구 누구냐니까 '우리집 머슴'이라고 대답 하더라는데 그런 놈들이 애빌 보구 행랑아범이라구 하지 말란 법이 있다던가?"

11) 경원 / 겉으로는 공경하는체 하면서 가까이 하지않고 멀리함   12) 실제의 사정

이렇게 격분을 했었다. 또 사실 그때의 수택으로서는 응당 그렇게 대답했을지도 모른다. 그러기가 싫으니까 차라리 못 오게 한 것 이었을 것이었다. 이런 아들이 지금 도시에는 얼마나 많을 것인고?

"사람이란 흙내를 맡아야 하느니라. 대처(도회) 사람들이 암만 고량진미[13]로 음식을 만든대도 시골 음식처럼 구수한 맛이 없느니라. 마찬가지야. 사람이란 흙내도 맡고 된장 맛도 나고 해야 구수한 맛이 나는 게지. 음식이나 사람이나 대처 사람들이 맑구 정오(경우)야 밝지! 허지만 사람이란 정오만 가지고 산다더냐! 일테면 말이다, 내가 네 발등을 잘못해서 밟았다고 치자꾸나. 그러면 넌 발끈할 게다. 허지만 우리 시골 사람들은 잘못해 밟았나보다 하군 그만이거든. 정오[14]로 친다면야 남의 발을 밟은 사람이 글지. 그래 이 많은 인총[15]에 정오만 가지고 살려구 들어?"

수택이가 중학교를 다닐 때 고향에 돌아온 것을 붙잡고 김영감은 이렇게 자기의 지론을 폈던 것이다. 그때만 해도 도회물을 먹은 아들은 물론 코웃음을 쳤었다. 몇 핸가 후다. 음력과세[16]를 한다고 고향에 내려온 일이 있었다. 이십 년래의 혹한이니 삼십 년의 추위니 날마다 신문이 떠들어댈 때였다. 그는 겉으로는 하도 오래간만이니 집에 와서 과세를 한다고 꾸몄지만 기실은 근방 읍에까지 출장이 있어서 온김에 들린 것이었다. 그날 밤 수택의 집에는 도둑이 들었다. 벽에서 나는 황토 냄새와 그야말로 된장내처럼 쾨쾨한 냄새로 잠을 못 이루고 있을 때 울 안에서 발소리가 난다. 조금 있더니 누군지 밖에서,

"아무것두 없으니 나오! 나오."

하는 애원 소리가 들린다. 아버지의 음성이었다. 수택은 문구멍으로 가만히 내다봤다. 도둑이 분명하다. 밖에서는 나오라고 하나 나갈 길을 막아선지라 어쩔 줄을 모르는 모양이었다. 황당해 한 도둑은 급기야 애원을 하기 시작했다.

"나갈 길을 좀 틔워줘유!"

이때 그는 벌써 부엌을 돌아서 울 안에 와 있었다. 손에 흉기 하나 들지 않은 좀도둑임을 발견한 그는 억 소리와 함께 덮치어 잡아 나꾸었다. 그는 학생시대에 배운 유도로 도둑을 메었다치고는 제 허리끈으로 두 팔을 꽁꽁 묶었다. 온 집

13) 기름진 고기로 만든 맛있는 음식 14) 틀린것을 바로 잡음
15) 인구 16) 음력설을 쉼

안이 깨고 뒤미처 김영감도 달려들었다. 영감의 손에는 지게작대기가 쥐어져 있었다. 도둑놈도 그랬고 수택이도 그랬고 온 집안 사람들도 다 그렇게 생각했다. 몽둥이에 맞을 사람은 그 도둑이리라고. 그러나 아니었다. 지게작대기에 아랫종아리를 얻어 맞은 것은 아들이었다. 수택 자신도 그랬고 도둑도 그랬을 게고 집안 사람들도 그렇게 생각했었다 – 이것은 영감이 흥분한 나머지 잘못 때린 것이라고– 그렇게 생각했기 때문에 수택은 얼른 피했었다. 피하고는 안심을 했던 것이다. 그러나 아니었다. 김노인의 작대기는 재차 아들에게로 향하고 겨누어졌다.

"이 몰인정한 녀석! 내 물건 도둑 안 맞았으면 그만이지 사람은 왜 친단 말이냐! 응 이 치운 겨울에 도둑질하는 사람은 여북해 하는 줄 아느냐? 우리네 시굴 사람은 그런 법이 없다!"

도둑은 울고 있었다. 도둑의 등에는 쌀 한 말이 짊어지어졌다. 이튿날 수택은 지리할 만큼 긴 설교를 듣지 않으면 안되었다.

"사람이란 법만 가지구 사는 게 아니니라. 법만 가지고 산다면야 오늘날처럼 법이 밝은 세상이 또 어디 있겠니. 법으로만 산다면야 법에 안 걸릴 놈이 또 어디 있단 말이냐. 넌 법에 안 걸리는 일만 하고 사는 상싶지? 그런게 아니니라. 올 갈에두 〈기다무라〉란 사람의 과수원에서 사괄 하나 따먹다가 징역을 갔느니라. 남의 것을 따는 건 나쁘지. 나쁘기야 하지만 그게 징역갈 쬔 아니지. 어젯밤 일을 본다면 너두 네 과밭의 실괄 따면 징역 보낼 사람이 아니냐. 너 어제 그게 누군 줄 아냐? 모르는 체하긴 했다만 내 저 아버진 잘 안다. 알구 보면 아 알만한 사람야. 시굴서야 서루 모르는 사람이 어디 있겠냐. 모두 한 집안 식구거든…… 사람 사는 이치가 다 그런 게란 말야!"

– 이러한 일이란 적어도 도회인의 감정으로는 이해하기 어려운 일이었다. 그러나 수택은 오늘 아버지와 마주 앉아 이야기하는 동안에 막연히나마 이르는 바「흙냄새의 감정」이 이해 되는 것 같이 느껴지는 것이었다. 김영감은 아들의 이 뜻하지 않은 계획을 듣고는 뛸 듯이 기뻐했다. 아들은 논 닷 마지기에 밭 하루 갈이만을 요구했음에도 불구하고 물자리 좋은 논으로만 여덟 마지기도 준다 했고 집도 한 채 세워주마 한다. 나중에야 알았지만 소작권을 이동 받은 것에 불과 했었다. 그의 집안에는 논 닷 마지기와 밭 두어 뙈기가 남아 있을 뿐이란 것도 그제서야 알았다.

"피란 무서운 것인가 보구나. 난 네가 애비 옆으로 와서 이렇게 살게 되리라고
는 꿈에도 생각을 못했더니라! 첨엔 답답하겠지 만은 차차 농사에도 자밀 붙이
구 – 허지만 갸가 이런 구석에서 살려구 허겠느냐?"

"웬걸요. 저 보다둘 제가 서둘러서 한 노릇이니까 별말 없을 겝니다."

"그래? 그럼 됐구나 뭐. 인제 나두 남들한테 떳떳스럽구 –."

버젓이 아들을 둘씩이나 두고도 자식을 거느리고 있지 못한 것이 동리 사람들
보기에 미안타는 것이었다. 그의 형은 딴 뜻을 품고 집을 나간지 십 년이다. 하여
튼 이리해서 수택의 농촌생활은 시작이 된 것이었다.

4.

집은 조그만 동산 밑, 이 동리 면장이 첩 집으로 지었던 것을 일백 삼십 원에
사기로 했다. 퇴직금이었다. 그 앞으로 수택네집 소유인 천여 평의 밭도 있어 거
기에 심었던 무우와 배추도 그대로 수택의 소유로 이전이 되었다. 첩의 집이었
던 만큼 회칠도 했고 조그만 반침도 붙어 있었다. 그러나 아무래도 시골집이다.
수택이네 큰 이불장만은 역시 들어가지를 않아서 봉당에다 받침을 하고 놓기로
했다. 짓다 만 터라 마루가 없어서 그들 부처는 거기다 마루라도 들였으면 했으
나,

"애들아 쓸데없는 소리 말아라. 물가 비싼 세상에 마룬 들여 뭣 한다든? 마루
가 없어 밥을 못 먹진 않는다."

하는 바람에 아내는 실쭉해 하면서도 대꾸만은 없었다. 김영감은 아들 내외가
대처사람인 체하는 것이 마땅치 않았다. 양복대기를 꼬이고 나오는 것도 눈에
가시처럼 대했고 며느리의 트레머리[17]도 못 마땅해 한다. 그래서 그 처는 쪽을
찌었고 수택은 고의 적삼을 장만했다.

"시굴 시굴 해두 난 이런 시굴은 못 봤어요. 산이 하나 변변한가 물 한 줄기가
시원한가. 이런 곳에 와 살 바에야 만주 벌판에 가서 황무지를 일쿠어 먹지."

사실 수택이도 이 아내 말에는 동감이었다. 전에는 무심히 보아 그랬던지 자

17) 가르마를 타지않고 꼭뒤에다 틀어 붙인 머리

연도 다른 곳에 떨어지지 않는다고 생각했었으나 멀쑥한 포플러와 아카시아 숲이 실개천 가에 나 있을 뿐 이렇다는 특징도 없는 산천이다. 장성해서는 가 본 일도 없었지만 어렸을 때의 기억대로라면 그 아카시아 숲 앞에는 상당히 깊은 물도 있었고 큰 고기도 은비늘을 번득이었고 숲에서는 매미며 꾀꼬리도 울었던 것 같이 기억이 되었으나 다시 가깝니 조그만 웅덩이에는 오금에 차는 물이 고였고 가문 탓도 있겠지 만은 송사리 떼가 발소리에 놀라서 쩔쩔맬 뿐이다. 숲 속의 원두막 정취도 그지없이 시적인 듯이 기억이 되었으나 막상 가깝니 그도 평범하기 짝이 없다. 숲 속은 그나마도 습했다. 월여를 두고 가물었다 건만 발을 들여 놀 때마다 지적지적 한다. 꾀꼬리가 울었다고 기억한 것도 그의 착각이었다. 이런 숲에 들어오면 꾀꼬리도 목이 쉬리라 싶었다. 이런 데서도 우는 꾀꼬리가 있다면 필시 청상과부가 된 꾀꼬리리라 했다.

"이렇게 보잘 것 없는 자연이었던가?"

속기나 한 것처럼 허무해서 우두커티 섰으려니까 김영감이 꼴 지게를 지고 나온다.

"옛다, 이건 네거다. 이런데 와 살자면 모두 배워야지!"

숫돌[18] 물이 뿌옇게 그대로 말라붙은 낫이다. 수택은 아무 말없이 받아 들고 따라가다가 자연 말을 했다.

"뭐? 경치? 애 넌 경치만 먹구 살 작정이냐? 여기 경치가 어때? 산이 없나 물이 없나, 숲이 있겠다, 십리만 나가면 수리조합 보가 있겠다……."

"볼 게 뭐 있어요?"

그것이 자기 아버지의 탓이거나 한 것처럼 퉁명스럽게 사방을 두리번거리려니까,

"그래 여기 경치가 서울만 못하단 말이냐."

하기가 무섭게 지게를 벗겨 내던지고는 상스러울 만큼 수택의 목덜미를 잡아 가랑이 속에다 집어 넣는다.

"자 봐라! 먼산이 보이고 저 숲이며 저 물하며 이만하면 되잖느냐!"

수택은 너무 서두는 통에 어리둥절하고만 있었다. 엄한 독선생을 만난 때처럼

18) 칼을 가는 돌

부자유했다.

"그래 보렴. 세상이란 모두 거꾸루 봐야 하는 게다. 경치 경치 하지만 제대루 볼 땐 보잘것 없던 것이 가랭이 밑으로 보니까 희한하잖느냐. 사람 산다는 것두 그러니라. 너들 눈엔 여기 사람들 사는 게 우습지? 허지만 여기 사람들은 상팔자야. 두메로 들어가 보면 조밥이구 보리밥이구 간에 하루 한 낄 제대로 못 얻어 먹는다. 그런 걸 내려다보면 되나. 거꾸로 봐야지! 너들 눈엔 우리가 이러구 사는게 개 돼지같이 뵈겠지만서두 알구 보면 신선야, 신선. 너들 월급쟁이에다 대? 그 연기만 자옥한 들판에서 사는 서울 사람들에다 대? 보렴 네, 여기 사람들이 어떻던? 너들처럼 얼굴이 새하얗진 않지? 그게 신선이 아니구 뭐냐?"

이 급조된 '젊은 신선'은 그 날 해가 지도록 끌려 다니며 왁새에 서뻑서뻑 손을 베며 풀을 베었다. 하면 되리라고 생각한 낫질이 그 좁은 원고지 간에 글자를 써 넣기보다 이렇게 어려우리라고 생각지 못했던 것이었다. 아침에는 새벽같이 끌리어 일어났다. 먼동이 트기가 무섭게 '어험' 소리가 문턱에 난다. 나가 보면 김영감의 삼태기에는 벌써 쇠똥이 그득하게 담겨져 있었다.

"네 봐라. 이 놈이 줄 땐 허리가 아퍼도 논에다 넣두면 베가 그저 시커매지는 구나. 그까짓 암모니아에다 대? 그걸 한 가마에 5원씩 주고 사다 넣느니 이 놈을 며칠 주었으면 돈 벌구 거름 생기구…… 자 어서 차빌 차려라. 네 댁두 깨우구. 해가 똥구멍까지 치밀었는데 몸이 근지러워 어떻게 질편히 눴단 말이냐."

수택의 부처는 처음에는 허영이었다. 대학을 마치고 세숫물까지 떠다 바치라던 수택이와 처가 매일처럼 그 드센 일을 한다 해서 동리에서 한 화제거리가 될 것을 상상만 해도 유쾌한 일이었다. 그리고 사실 수택이가 헌 양복조각을 입고 밭을 맨다거나 삽을 짚고 물꼬를 보러 간다거나 비틀비틀 꼴 지게를 지고 개천을 건너올 때마다 동리 사람들은 경이의 눈으로 그를 맞았던 것이었다. 그의 아내가 물동이를 이고 비탈을 내려가다가 발목을 삐끗해서 동이를 해먹었을 때도 그들은 웃는 대신 동정의 눈으로 보아주었고 호미를 들고 남편 뒤를 따라 나서는 것을 보고는 이웃집 달순이며 앞집 봉녀이를 큰일이나 난 듯이 불러다 구경을 시키고 했던 것이다. 그들은 동리 사람들의 이런 경이의 시선을 등 뒤에 느끼며 일을 했다. 이런 것이 그들에게는 있어서 심지어의 위안이기도 했다. 지금의 그들에게는 잘하는 것이 자랑도 되었지만은 못하는 것도 부끄럼이 되지 않는 유리한 조건에 놓여져 있었던 것이다.

"애 어멈아. 너 그렇게 호밀 깊이 묻으면 배추 뿌리에 바람이 들잖겠냐. 요걸 요렇게 다루어 가지구 살짝 흙을 일으키고 이쪽 손으론 풀을 집어내야지. 허 그래두 그러는구나. 옳지. 옳지."

이렇게 새며느리(실상은 헌 며느리지만)한테 잔소리를 하는가 하면 어느새 수택의 등뒤에 와서 서 있는 것이었다.

"에이끼 미련한 것! 배추밭 매는 걸 밥 먹듯 하는구나. 밥 한 술 떠 넣구 반찬 한 가지 집어 먹구―그 식이 아니냐. 아 이쪽으룬 흙을 이렇게 일으키면서 왼손으룬 풀을 집어 내야지 그걸 어떻게 따루 따루……."

"아직 손에 안 익어 그렇습니다. 아버지."

수택은 이렇게 변명을 하는 도리 밖에 없었다. 밤에는 거적 한 잎이 등에 지워진다. 물꼬를 지키라는 것이었다.

"네게 준 건 난 모른다. 농사 다 지어는 게니까 거둠 세까지 네 손으로 해서 꼭 꼭 챙겨놔야 삼동을 나지!"

동구를 벗어나오니 약간 일그러진 달이 아카시아 숲에 걸렸다. 말복도 지난지 오래건만 아직도 바람은 무더웠다. 천변에는 여기저기 동리 부인네들이 보리밥 먹기에 흘린 땀을 들이고 아이들은 조약돌들을 또닥또닥 두드린다. 실개천 물소리도 제법 여물다. 풀 숲에서 반딧불이 반짝이고 개구리 소리가 으슥히 어울리는 것이 역시 아직도 여름밤이다. 수택은 빨래자리로 놓은 돌 위에 쪼그리고 앉아서 양치를 했다. 아침 저녁으로 반죽한 치엊으로만 닦아온 이가 물로만 웅얼웅얼 해 뱉어도 입안이 환한 것이 이상할 정도다. 그는 삽을 질질 끌고 징검다리를 건너 논길로 들어섰다. 광대 줄타듯 하던 논두덩도 어느 새 평지처럼 평탄해진 것 같고 아랫종아리에 채이는 이슬이 생기있는 감촉을 준다. 아스팔트를 거닐다가 상점에서 뿌린 물이 한 방울만 튀어도 시비를 걸던 일이 마치 옛날 꿈 같았다.

"이만하면 나도 농촌 제 1과는 마친 셈인가?"

구수한 풀내가 코를 통해서 가슴속까지 스며드는 것을 그것이라고 느끼며 수택은 이렇게 혼자 중얼거려 본다. 밤 이슬에 눅눅하니 젖은 샤쓰에서도 차츰차츰 불쾌한 가마촉이 없어져간다. 쫄쫄쫄 윗논배미서 아랫논으로 떨어지는 물꼬 소리에 금시 벼폭이 부쩍부쩍 살이 찌는 것 같이 느끼어지는 것은 벌써 그의 문학적인 감각 때문만이 아닌 것 같다. 여남은 다랑이 건너 도두룩한 밭 모롱이에서 누군지 단소를 처량스러이 불고 있다. 역시 물꼬 보는 사람이리라. 그 맞은편 아카시아가 몇 주 선 둔덕 원두막에서는 젊은이들의 노랫소리가 흘러나온다. 술집 여인들이 놀러 나왔는지 여자들의 웃음 소리가 가끔 섞여 나온다. 수택은 물꼬를 삥 한 번 둘러보고 원두막으로 어슬렁어슬렁 올라갔다. 발소리에 노랫소리가 뚝 그치며 누군지 소리를 딱 지른다.

"누구유!"

"나요!"

"어 서울 서방님이신가. 그래 요샌 꼴지게가 등에 제법 붙든가."

꺼르르 웃음이 터진다. 시골 살면 그야말로 말소리에서도 흙내와 된장내가 나는 겐가…… . 수택은 원두막 사닥다리를 한 층 한 층 올라가며 이렇게 생각해 보는 것이었다.

"네게선 언제부터나 흙냄새가 나려는고…… ."

5.

분명한 울음 소리다. 그도 여자의 – 아니 듣고 있을수록에 그 울음 소리에는 귀가 익다. 누굴까?…… 이런 생각을 하는 동안에 눈이 아주 띄었다. 어느 땐지 멀리 물방아 돌아가는 소리가 어렴풋이 들릴 뿐 어린 것들의 숨소리조차 고요하다. 옆을 더듬어 보니 어린 것들만이 만져지고 응당 그 옆에 누웠어야 할 아내가 없다. 수택은 그대로 죽은 듯이 누워 눈에 정기를 모았다. 또 울음 소리다. 그것은 마치 앵금 줄을 긋는 듯싶은 애절한 울음소리다. – 아내였다.

"여보!"

"…… ."

"여보!"

대답 대신에 울음 소리가 한층 높아진다. 그도 일어나서 아내의 옆으로 갔다.

"왜 그러오?"

"말을 해야 알지. 뉘가 뭐라 그럽디까?"

"아뇨."

"그럼 어디가 아프오?"

또 말이 없다.

"말을 해야 알잖소. 왜 그러오?"

"설사가 나요!"

아내는 이 한 마디를 하고는 그대로 흑흑 느낀다. 그는 어이가 없어 웃음이 탁 터졌다.

"나이 삼십이 된 여자가 설사 난다구 자다 말구 일어나 앉아 운다? <u>흐흐흐흐</u>."

"설사가 자꾸자꾸 나니까 그렇지요."

울음 반 말 반이다. 그는 또 한 번 커다랗게 웃었다.

"그래 설사가 나건 약을 사다 먹든지 밥을 한끼 굶고서……."

하는데 아내는,

"그만둬요. 당신처럼 무심한 이가 어딨어요! 어른이고 아이들이고 오던 날부터 설사 하구 눈이 퀭 하니 들어가도 일언반사가 없으니."

"그러기에 약을 사다 먹으랬지. 내야 집에 붙어 있어야 알지."

아내는 또 모를 소리를 한다.

"이렇게 나는 설사에 약이 무슨 소용야요. 밥을 갈아 먹어야지!"

그제야 수택은 설사 나는 원인을 눈치챘던 것이었다. 그렇게 말을 듣고 생각하니 자기도 오던 이튿날부터 설사가 났다. 갑자기 물을 갈아 먹은 관계려니 했으나 며칠을 두고 설사가 계속되었다. 기실은 아직까지도 소화가 그렇게 좋지는 못한 폭이었다.

"보리 끝이 자꾸 뱃속에 들어가서 장을 꼭꼭 찌르나봐요. 필련이두 자꾸 배가 아프다고 저녁마다 한바탕씩 울고야 잔대요."

"흥, 창자두 흙내를 맡을 줄 알아야 할까보구나……."

그는 아무 말도 못했다. 아직 살림 면모가 갖추어 지지도 못했고 여름에 딴 불을 때느니 밥만은 큰집에서 함께 먹기로 했던 것이다. 그러자니 시골의 이 철은 꽁보리밥으로 신곡[19]을 대는 동안이다. 쌀밥만 먹던 창자에 갑자기 깔깔한 보리쌀만이 들어가니까 문화생활만 해 오던 소화기가 태업[20]을 시작한 것이었다.

"그럼 쌀을 좀 두어 달라지. 기실 나두 늘 배가 쌀쌀 아팠는데 그걸 난 몰랐구려."

19) 새로운 곡식 / 햇곡식 20) 일을 게을리 함

"야단나게요! 아버님이 이번엔 또 창자를 거꾸로 달구 먹으라고 걱정 하잖으시겠어요?"

가랑이 속으로 경치를 본 이야기를 아내는 생각해낸 모양이었다.

"그만 자우. 내 낼 아버님께 말씀해서 당분간은 쌀을 좀 섞어 먹도록 할 게니까."

그는 어린애를 달래듯 아내를 재웠다. 추수만 끝나면 남편이 자유로운 시간을 가질 수 있다는데 유일한 희망을 붙이고 있는 줄을 알고 근 이십 일이나 설사를 하면서도 군말 한 마디 안했다는데 표시는 안했지만 여간 감격한 것이 아니었다. 부디 그런 마음을 버리지 말라 했다. 이튿날부터는 쌀이 반은 섞이어졌다. 아버지의 성미를 잘 아는지라 수택은 용기를 못 내고 필련이란 년을 시켜 할아버지를 조르게 했던 것이다.

"할 수 없구나. 그것들이 창자까지 사람 창잘 못 가졌으니 딱한 노릇이다, 그러시겠지."

딸년은 할아버지의 흉내를 내며 재미나게 웃었다. 그러나 쌀의 분량은 점점 줄어갔다. 그 대신 보리가 늘었고 조가 뛰어들었다. 감자니 기장 같은 잡곡도 간혹 섞였다. 하루 바삐 신곡이 나기를 기다리는 것이 - 지금의 수택 부처와 어린 애들에게 있어서는 유일한 낙이었다. 이때부터 수택의 창작욕도 부쩍 늘어갔다. 오래 전부터 그의 머릿속에서 매대기를 치던 어떤 장편소설의 상이 거의 가다듬어질 무렵에는 수택이가 물꼬를 매고 이듬매기를 해준 벼도 누렇게 익어갔다. 집 앞 텃밭의 배추도 제법 자리를 잡고 토실토실 살쪄 갔다.

사람이란 이렇게 욕심이 많은 겐가 싶었다. 손이라야 몇 번 댄 곡식도 아니건만 야무지게 여문 벼알이며 배추 한 폭에까지 지금까지는 맛보지 못한 그윽한 애정을 느끼는 것이었다. 그것은 그가 일찍이 깨알처럼 씌여진 원고지의 글자를 보는 때의 그 애정 그 감격과도 같은 것이었다. 일년 내 피와 땀을 흘려야 벼 한 톨 얻어먹니 못하고 빈 손만 털고 일어나는 소작인들의 그 애절해 하던 심정도 지금서야 이해되는 것 같았고 매년 그리리라는 것을 빤히 내다보면서도 그 농사를 단념하지 못하는 그네들의 심정도 이해되는 것 같았다.

타작마당에서 벼 한 톨이라도 더 차지할 것을 전제로 할 애정임에는 틀림이 없겠지 만은 단지 그러한 의욕만으로 그처럼이나 벼 한 폭 배추 한 잎을 사랑할 수가 있을까, 그것은 마치 종이 값도 못되는 원고료를 전제한 작품이기는 하지만은 보는 동안에는 그러한 관념이 전혀 없이 그저 맹목적인 정열을 글자 한 자한 자에마다 느끼는 것과 무엇이 다르랴 했다. 애정이란 이해관계를 초월한다는 것을 수택은 또 한 번 생각한다. 이 애정 – 그것으로 인류는 살아가는 것이요, 이 애정으로 도덕을 삼는 데서만 인류는 행복될 것이다 싶었다.

아버지의 늘 말하던 소위 '흙냄새'와 '된장내'란 결국 이런 애정을 의미한 것이 아닐까, 그렇게도 생각해 본다. '대처사람'[21]들에게서는 흙냄새가 안 난다는 그 말을 곧 이 이해를 초월한 애정이 없다는 말이 아닐까. 언젠가 집안에 도둑이 들었을 때 도둑을 잡았다고 자기 아버지는 그를 때렸다. 도둑질은 분명히 악이다. 악을 제지하고 악을 미워하는 것은 선이다. 이것은 사람이 가진 그리고 가져야 할 위대한 정신인 동시에 본능이다. 이 선, 이 본능에 대해서 그의 아버지는 지게작대기로서 예물했다. 그러면 그의 아버지는 도둑질을 악으로서 인정치 않는 것일까 하면 그렇지는 않다. 흙 속에서 나서 흙과 같이 자라고 흙과 더불어 살아온 그에게는 포근포근한 흙의 감정과 김가고 이가고 정가고 간에 씨만 뿌려주면 길러주는 그러한 흙의 애정 속에서 살아온 그는 없어서 남의 것을 훔치는 도둑놈보다도 흙의 냄새를 맡을 줄 모르고 흙의 애정을 유린간 철두철미 「대처사람」인 아들에게 보다 더 증오를 느꼈기 때문이었으리라, 수택은 무서운 정열로 자기의 농작물을 사랑했다.

그것은 자기의 작품을 사랑하던 그 정열이었다. 문득 꺼칠해진 벼폭을 발견하고는 인쇄된 자기 작품에서 전후 뒤바뀐 귀절을 발견할 때와 똑 같이 놀랐다. 그것은 그지없이 불쾌한 순간이었다. 수택은 그대로 논으로 뛰어들었다. 아랫동아리부터 벼폭이 노랗게 말라 든다. 이삭은 알맹이 한 개 안 든 빈 쭉정이었다. 격한 나머지 그는 벼폭을 잡고 나꾸었다. 각충[22]이란 놈이 밑 대궁에 진을 치고 보기좋게 까먹은 것이었다. 그는 삼십여 년의 반생 동안 이처럼 격한 일이 없었다. 이만큼 어떤 물건이나 생물에 대해서 증오를 느껴 본 일이 없다고 생각했다. 그리고 또 자기 혈관 속에 이토록이나 잔인한 피가 흐르고 있었다는 것도 오늘서야 처음 발견했던 것이었다. 그는 벼폭을 발기고 일일이 각충을 잡아냈다.

그래서는 돌 위에다 놓고 짓찧고 있는 자신을 발견하는 것이었다. 그는 일생

21) 도시 사람   22) 강충이 - 벼 줄기를 깎아먹어 벼를 마르게 하는 벌레

처음으로 미움다운 미움을 경험했다고 생각하였다. 수택은 처음 고향에 돌아와서 동리 사람들의 시선에서 차디찬 것을 느끼었었다. 말만 고향이지 눈에 익은 얼굴도 거의 없었다. 파도에 밀린 뱃조각처럼 이리 밀리우고 저리 쫓기어 태반은 타 곳에서 들어온 사람들이다. 그때 그 차디찬 시선에 그는 일종의 반감까지 일으킨 일이 있었으나 지금 가만히 생각하니 그래도 자기 아버지가 아들에게 품고 있던 증오보다는 오히려 나은 것이었다 싶었다.

"그렇다. 하루바삐 나도 대처 사람의 탈을 벗고 흙과 친하자. 그래서 흙의 냄새를 맡을 줄 아는 사람이 되자."

이렇게 자기 자신에게 타이를 때 누군지 귀에다 대고 소리를 꽥지른다.

"그것은 퇴화다!"

그것은 대처 사람인 또 다른 수택이었다. 물방울 한 개만 튀어도 시비를 가리고 파리 한 마리에 상을 찡그리고 백화점에서 한 시간씩이나 넥타이를 고르던 도회인의 반역이었다.

"퇴화? 퇴화 좋다."

"아니 패배이다! 패배자의 역변[23]이다. 도시 생활 — 문명사회에서 생활경쟁에 진 패배자의 자위수단이다. 그것은⋯⋯."

"아무것이든 좋다!"

그는 이렇게 발악을 했다. 이렇게 마음의 투쟁은 날을 거듭할수록에 격렬해 갔다. 수택이가 자기의 피에는 흙의 전통이 흐르고 있다고 생각한 것은 한 착각이었다. 누르면 누를수록에 문화에 주린 도회인의 반항은 억세갔다. 포근포근한 흙을 밟는 평범한 감촉보다도 가죽을 통해서 오는 포도(鋪道)[24]의 감촉이 얼마나 현대적인가 했다. 그것은 마치 필대로 핀 낡은 지폐를 만질 때와 빠작 소리가 그대로 나는 손이 베어질 것 같은 새 지폐를 만질 때의 감촉과의 차이와도 같았다. 사람에게서나 자연에서나 입체적인 선(線)의 미가 그리웠다.

"아니다. 참자. 흙과 친하자!"

수택은 벌떡 일어났다. 참새떼가 와 — 하고 풍긴다. 이 젊은 도회인이 도회의 환상에 사로잡힌 동안 참새떼들은 양양해서 벼 톨을 까먹고 있었던 것이다.

23) 자신의 행동에 대해 설명함
24) 아스팔트 길을 비유적으로 나타냄(鋪 : 늘어 놓을 포, 道 : 길 도)

16

이무영

제
1
과
제
1
장

"우여 우이!"

건너 다랑이로 옮겨 앉는 참새를 쫓으면서 논둑을 달리었다. 참새떼는 적어도 수 백 마리는 되는 것 같았다. 한 마리가 한 알씩만 까 먹었대도 수백 톨을 까 먹었을 것이다. 그는 달리다 말고 벼 이삭에 눈을 주었다. 누렇게 익은 벼폭들이 생기가 없다. 그때 울컥하고 가슴에 치미는 것이 있다. 증오였다. 도시 생활에서 세련이 된 현대인의 증오였다. 이 갖은 정성과 피와 땀으로 가꾼 곡식을 장난하듯 까 먹고 다니는 참새에 대한 증오가 현기증이 날 정도로 머리에 찬다.

"우여! 우이!"

꼼짝도 않고 참새떼는 못 견디어 하는 이삭에 그대로 조롱조롱 매달렸다. 그는 무서운 정열로 기관총을 사모했다. 전쟁 영화에서 보듯이 한 번 빙 둘렀으면 톡톡 소리와 함께 소나기처럼 떨어질 참새떼를 상상하는 것만으로 이 도회인의 감각은 기분간의 위안을 받은 것이었다. 도둑놈을 때릴 때 아버지가 자기에게 느끼던 증오도 이런 것이었을까?

6.

한결 볕이 얇아졌다. 벌레 소리도 훨씬 애조를 띠고 달빛도 감상을 띠었다. 이 집 저 집에서 마당질 소리가 나고 밤이면 다듬이 소리도 여물어 갔다. 수택이네 집에서도 새벽부터 타작이 시작되었다. 한 모로는 벼를 져 나르고 한 모에서는 '때려라' 소리를 연발하며 위세를 올렸다. 한 모에서는 도급기(稻扱機)[25]가 붕붕 하고 돌아간다. 여인네들의 치맛자락에서도 바람이 난다. 수택이도 벗어 붙이고 지게를 졌다. 아직 다리는 허청거리나 그래도 대여섯 묶음씩 져 날랐다. 인제는 벌써 그의 노동을 신성시하는 사람도 없었고 동정하는 사람도 없었다. 그는 명실공히 한 농부였다.

서투른 낫질에 손가락을 두 개나 처맸지만 보는 사람도 그것을 큰 상처로 알지도 않을 정도까지 이르렀다. 아내 역시 호미자루에 터진 손바닥이 아물지를 못한 모양이다. 그렇다고 혼자 일어나 앉아서 밤을 새어가며 울지는 않았다. 아

25) 벼 훑이

프니 자시니 했다가 그 말이 시아버지 귀에 들어가면 동정 대신에 핀잔을 맞을 것을 알기 때문이기도 했을 것이다. 가끔 그에게는 아버지가 남에게만 후하지 자식들한테는 너무 박하다는 불평을 말하는 때도 있었으나 그것은 그가 시인을 하는 정도로써 가라앉았다. 사실 그 자신도 다소 심하지 않은가 하는 불평은 여러 번 품었었다. 손에 익잖은 자식이 서투른 낫질을 하다가 손을 다치어도 먼저 핀잔부터 주었다. 그것은 어떻게 보면 증오와도 같은 것이었다.

그도 부리나케 볏단을 져 날랐다. 이 볏단의 대부분이 – 아니 어쩌면 거의 전부가 낡아빠진 맥고모자를 뒤꼭지에 붙인 되바라진 젊은 친구의 손으로 넘어가리라는 것을 잘 알면서도 수택은 그것을 억지로 생각지 않으려 했다. 그와 아버지도 그 위인이 나와서 버티고 선 후로는 분명히 얼굴에 검은빛을 띠웠다. 자식에게 그런 눈치를 안 보이려고 비상한 노력을 하는 것이 그것이라고 엿보였다. 수택도 아버지의 이 노력에 협조를 했다. 도합 스물두 마지기에서 사십 석이 났다. 사십 석에서 스물 닷 섬이 소작료로 제해졌다. 사십 석에서 스물 닷 섬 – 열 닷 섬. 그의 지식은 처음 긴요하게 쓰여졌다. 그러나 이 지식은 정확성을 갖지 못한 것이었다. 거기서 비료대로 한 섬 두 말이 제해졌고 아내와 계집아이들의 설사를 치료한 쌀값으로 장변리[26]를 쳐서 열두 말이 떼였다. 지세도 또 몇 말인지 떼였다. 그는 말질을 하는 되강구가 바로 지주나 되는 것처럼 그의 손목이 미웠다.

우루루 덤비어 되강구의 목덜미를 잡아 나꾸고 볏더미 속에다 처박고 싶은 충동을 이를 악물고 참는 것이었다. 수택은 아버지를 쳐다보았다. 그 옴팡하니 들어간 눈에서는 황혼을 뚫고 무시무시한 살기 띤 빛이 발하는 것이었다. 그는 방공연습을 할 때의 그 휘황한 몇 줄의 탐조등 광선을 연상하였다. 김영감은 꼼짝도 않고 한 자리에 서 있었다. 볏더미를 보는가 하면 그렇지도 않았다. 사음을 노리는가 하면 그것도 아닌 것 같았다. 영감은 내년 이때까지 살아갈 길을 궁리하는 것이었다.

"자 짊어져라!"

수택은 깜짝 놀랐다. 남은 벼 여남은 섬이 가마니에 채워졌다. 전혀 자신은 없었으나 벼 이백 근을 못 지겠노란 말도 하기 싫어서 지겟발을 디밀었다.

---

26) 장변 / 시장에서 돈을 꿔 주는 이자

"어 – 차." 옆에서는 벌써 지고 일어나서 성큼성큼 걸어간다. 그도 엇차 소리를 쳤다. 땅짐도 않는다. "자 들어 줄께니 – 엇차 –."

그는 있는 힘을 다해서 무릎을 세우려 했다. 그러나 오금은 뜨는 둥 마는 둥 하다가 그대로 똑 꺾인다. 안되겠느니 다른 사람이 지라느니 이론이 분분하다. 그래도 그는 아버지의 명령이 떨어지기까지는 버티었다. 이를 북북 갈며 기를 썼다. 힘을 북 주었다. 오금이 떨어졌다. 그러나 다리가 허청하며 모여 선 사람들의 '저것저것' 소리를 귓결에 들으며 그대로 픽 한 쪽으로 넘어 가고 말았다. 넘어 간 순간,

"에이끼 천치자식."

하는 김영감의 소리와 함께 빗자루가 눈앞에 휙 한다. 머리에 동였던 수건이 벗겨졌다.

"나오게 내 짐세. 나와."

하는 누군지의 말을 영감의 호통 같은 소리가 삼키었다.

"놔 두개! 놔 뒈! 나이 사십이 된 자식이 벼 한 섬 못 지겠는가. 져라 져 어서 일어나!"

그는 이를 악물고 또 힘을 북 주었다. 오금이 번쩍 떴다. 뒤뚝뒤뚝 몇 걸음 옮겨 놓는데 눈과 콧속이 화끈하며 무엇인지가 흘렀다. 그러나 그는 그것이 무엇인지를 몰랐다.

"저 피! 코필 쏟는군. 내려 놓게!"

하는 동리 사람들 소리 끝에,

"놔들 두게! 남이 피땀을 흘리구 지어 논 농살 져다 먹는 세상에 제 손으로 진제 곡식을 못 져다 먹는 놈이 있단 말인가! 놔들 두게."

수택은 눈물과 코피를 확확 쏟아 가면서도 그래도 자꾸 걸었다.

해답

1. 기자 **2.** 흙내 **3.** 도시 생활을 하던 지식인인 수택이 귀향하여 허영에서 벗어나 농촌 생활에 적응해 가는 농민으로서의 첫걸음이다.

17

모범 경작생, 박영준

박영준(朴榮濬, 1911~1976) ●● 호는 만산. 초기 작품은 주로 농촌을 소재로 하였으나, 해방 후에는 시야를 돌려 근대적인 사회 구조를 가직 도시에 사는 지식인 또는 시민의 생활 풍속을 탐구하였다.
주요 작품으로 〈목화씨 뿌릴 때〉 〈풍설〉 〈그늘진 꽃밭〉 등이 있다.

17

모범 경작생, 박영준

"얘 – 나 한 마디 하마."

"얘 – 얘 기억(記憶)이보구 한 마디 하래라. 아까부터 하겠다구 그러던데……."

"기억이 성내겠다. 자아 한 마디 해 보게."

한참 소리를 하는데 이런 말이 나와 일하던 손들이 쥐었던 벼 포기를 놓았고, 모든 눈이 기억의 얼굴로 모이었다.

목청이 남보다 곱지 못하다고 해서 한 차례도 소리를 시키지 않은 것이 화가 났던지 기억이는 권하는 기회를 놓치지 않고, 있는 목소리를 다 빼어 소리를 꺼냈다.

온갖 물은 흘러 나려두
오장[1] 썩은 물 솟아만 오른다.

1) 다섯가지의 내장을 통털어 이르는 말(간장 · 심장 · 비장 · 폐장 · 신장)

같은 논에서 일하던 사람들은 기억의 미나리곡에 합세하여 다시 노래를 주고 받고 하였다.

깔기죽 깔기죽 깔보디 말구
속을 두르러 말해 주렴−.

소리를 하면 흥겨워져서 모르는 사이에 일이 빨리 되어감에 일터에서는 웃는 소리가 아니면 노래가 그치지 않는다.

모시나 전대에 베 전대에
전에나 전대루 놀아나 보자.

성두(成斗)의 논에서 일하던 사람들은 누구 하나 빼논 사람 없이 단 한 번씩이라도 목청을 뽑고 소리를 불렀다.

물소리를 출렁출렁 내며 한 움큼씩 쥐인 볏모를 몇 뿌리씩 떼어 꽂는 그들은 서로 뒤떨어지지 않으려고 입으로 소리를 하면서도 손을 재빠르게 놀리었다.

그러나 열 네 살밖에 안 되는 성두의 동생은 떨어지는 솜씨에 소리를 한 마디 하고 나면 가뜩이나 한 발씩 뒤떨어졌다.

"애 − 너는 소린 그만두고 모나 잘 꽂아라. 잘못하면 너 때문에 일을 못 맞출라."

성두가 그의 동생 몫을 꽂아 주며 하는 말이다.

"얘들아, 이번에는 수심가나 한 마디 하자꾸나. 아마 수심가는 성두가 가장 나을걸."

다 같이 젊은 사람들만이 모이어 일하는 곳이라 그런지 어떤 이가 이렇게 따라 말했다.

"암 − 수심가야 성두지."

"나야 받기나 하지……. 누가 먼저 꺼내 봐."

"공연히 그러지 말고 빨리 해."

성두는 처음엔 사양하려 했으나 두 번 권하는 데는 맷자 소리를 꺼냈다.

그럴 때 마침 옆의 논에서 자동차 온다는 고함 소리가 들려왔다. 그 논에서 일하던 이들이 휘었던 허리를 펴고 달려 오는 자동차를 보고 있었다.

"저 차에 길서(吉徐)가 온대지."

"그러더군……."

이런 말이 나자, 성두 동생은 논에서 밭을 건너 신작로로 뛰어갔다. 옆의 논에서도 몇 사람이 자동차가 머무르는 큰 돌이 놓여 있는 길 가에 모여 서서 수군거리었다.

"팔자 좋다. 어떤 놈은 땀을 흘리며 종일 일만 하는데 어떤 놈은 자동차만 슬슬 굴리누나."

기억이가 자동차 온다는 말에 길서를 생각하며 이렇게 말했다. 그러면서도 길서가 부러운 듯 자동차에서 눈을 떼지 않았다. 자동차는 여름 먼지를 뽀얗게 휘날리면서 동네 앞까지 왔으나 기다리던 사람들 앞에서 머물지를 않고 그냥 달아나 버렸다. 동네 서쪽 조그만 산을 돌아 가물가물 사라질 때까지 모여 섰던 사람들은 다시 수군거리며 제각기 일터로 돌아갔다. 성두 동생이 돌아왔을 때 일꾼들은 남의 일이 아니면 자기들도 신작로까지 나가 보고야 말았으리라고 수군거리며 다시 모를 꽂기 시작했다.

"오늘 온댔으니 꼭 올텐데……."

성두가 못단을 왼손에 쥐며 말했다.

"글쎄…… 꼭 올텐데…… 요새 모를 못 내면 금년에는 상을 못 탈 거 아냐."

기울어지는 햇살을 쳐다보며 진도 아비가 말했다.

"너 원통할 게 무에 있니? 길서가 상을 탄대두 너는 '마꼬'[2] 한 개 못 얻어먹어, 이 자식아!"

기억이가 톡 쏘았다.

"그래도 올랴고 한 날에는 올텐데……."

은근히 기다리던 성두가 다시 말했다.

길서는 그 마을에서 가장 칭찬을 받는 사람이다. 물론 사촌 형 뻘이 되면서도, 기억이 같은 몇 사람은 길서를 시기하고 속으로는 미워까지 했으나, 동네 전체로 보아 소학교 졸업을 혼자 했고, 군청과 면사무소에 혼자서 출입하고, 공부를

2) 예전에 있던 담배의 상표(비유적 표현으로 사소한 것)

많이 한 사람에게도 지지 않으리만큼 동네 사람들을 가르치며 지도했다. 나이 젊은 사람으로 일을 부지런히 해서 돈도 해마다 벌며, 저축을 하여 마을의 진흥회니, 조기회니, 회마다 회장을 도맡고 있는 관계로 무식하고 착한 농부들은 길서를 잘난 위인이라고 생각하지 않을 수 없었다.

더욱이 서울서 모이는 농사 강습회에 군에서 보내는 세 사람 중의 한 사람으로, 한 주일 전에 그리로 떠난 뒤로 길서를 칭찬하는 소리는 더 커졌다. 평양 구경도 못한 마을 사람들이 서울까지 가서 별한 구경을 다 하고 돌아올 그에게서 서울 이야기를 들을 생각을 하니 그의 돌아옴이 기다려지는 것도 할 수 없는 일이었다.

점심을 먹은 뒤, 한 번도 쉬지 못한 성두의 논에서 일하던 사람들은 논두렁으로 올라가 담배를 피우기로 했다. 다른 동네에서는 점심 뒤 한 번 쉬는 참에는 사이를 먹는 것이었으나 이들은 몇 해 전부터 그런 것을 잊어버렸다. 그래서 밥은 못 먹어도 그저 몸이나 쉬는 것이었다.

길서네만 내놓고는 전부가 소작으로 사는 그들이 여름철에는 보리밥도 마음대로 먹을 수가 없는 터에 사이쯤은 물론 생각도 못했다.

"나두 돈이 있으면 죽기 전에 서울 구경이나 한 번 해 봤으면 좋겠다."

진도 아비가 드러누워 풍뎅이로 얼굴을 가리우며 말했다.

"나는 평양이라두 구경해 보구 죽었으문 좋갔다."

신문지 조각으로 회연3)을 말아 침으로 붙이던 성두가 웃었다.

"하늘에서 돈이나 좀 떨어지지 않나……."

풀 위에 엎드려 풀을 손으로 뜯던 기억의 말이다.

여름 하늘은 구름 한 점 없이 말갛고, 곡식의 싹이 돋은 들판은 물들인 것같이 파랗다.

"그런데 금년엔 나두 길서네처럼 금비4)를 사다가 한 번 논에 뿌려 보았으면……. 길서는 밭에다 조합 비료래나…… 암모니아를 친대. 그것을 한 번 해 보았으문 좋겠는데……."

하고 성두가 말할 때 진도 아비는 벌떡 일어나 앉았다.

3) 담배 4) 화학 비료를 이르는 말

"말 말게, 골메(동네 이름)서는 누가 돈을 빚내다가 그것을 했다는데 본전두 못 빼구 빚만 남었다네."

"그럼! 웃동네 니륵이네두 녹았대더라. 설사 잘 된다 한들 우리가 많이 먹을 듯하나? 소작료가 올라가면 그뿐이야ー."

기억이가 성난 것처럼 말했다.

"얼마 전에 지주한테 가니까 니륵이 칭찬을 하며 우리가 금비 안 쓴다는 말을 하던데……."

"글쎄 말이야. 금비라는 게 또 못 살게 하는 거거든. 그것은 어떤 놈이 만들었는지 모르지만 아마 돈 있는 놈들이 만들었을 게야. 빚 안 내고 농사를 지어도 굶을 지경인데 빚까지 내랬니 살 수 있나?"

기억이가 큰 소리를 할 때, 진도 아비는 무엇을 생각하고 있다가 말을 꺼내었다.

"길서야, 돈 있고 제 땅이 있으니 무슨 짓인들 못하리. 또 변(利子) 없이 얼마든지 보통학교에서 돈을 갖다 쓸 수도 있으니까……."

"나두 보통학교나 다녔으면 모범경작생이나 되어 돈을 가져다 그런 것을 한 번 해 보았으문 좋을텐데……. 보통학교란 물도 못 먹었으니……."

성두가 절반이나 거의 꽂힌 모를 둘러다 보며 말했다. 그들은 이런 의미에서도 길서를 부러워했다. 물론 제 땅이 얼마만큼은 있어야 모범생이라도 될 것이나, 보통학교도 다니지 못한 형편에 그런 꿈은 꿀 수도 없고 따라서 길서처럼 서울 구경을 공짜로 할 생각을 못해 보는 것이 억울했다.

"내일은 우리 조밭 세 벌 김매러들 오게."

기억이가 일어서서 기지개를 켜며 말했다.

"나는 내일 장에 가서 돼지 금새를 보구 와야갔네. 그것을 팔아다 지세도 바치고 오월 단오에 의숙이 댕기도 한 감 끊어다 줘야지."

성두가 이 말을 하고 일어날 때는 앉았던 사람들도 논으로 다시 내려갔다.

성두는 말없이 모를 꽂고 있으나 모 이파리에서 곧 벼알이 열리어 익어 주었으면 하고 생각해 보았다. 일 년에 벼를 두 번만이라도 거둘 수 있다면 돼지는 안 팔아도 좋을 것이라 생각키웠던 까닭이다.

기나긴 해도 기울어지기 시작하자 어느 새 쑥 내려갔다. 서산에 넘어가려는 붉은 해를 돌아보고 기억이가 타령조로 소리를 높이었다.

"어서 꽂구 저녁 먹자 –."

다른 사람들도 이 소리를 따라 마지막 춤을 추는 무당처럼 소리를 치며 모를 꽂았다.

어둠이 들을 휩싸고 돌 때 물오리들이 소리치며 떼를 지어 날아갔다.

성두의 논에서 큰 개둑을 넘어 김매러 갔던 그의 손아래 누이 의숙이는 국숫집 딸 얌전이와 같이 모 꽂는 논두렁을 지나갔다.

"의숙아! 빨리 가서 저녁 지어라. 원, 이제야 가니?"

성두의 남동생이 의숙이를 보며 말했다.

"응……."

하며, 외숙이가 고개를 돌리었을 때 기억이가 말을 붙이었다.

"길서가 안 와서 맥이 풀리겠구나."

하며, 다시 얌전이에게 말을 했다.

"오늘 저녁 너의 집에 갈까?"

의숙이와 얌전이는 꼭 같이 눈을 떨구고 길을 걸었으나 의숙이만은 얼굴을 붉히었다.

갯둑에 가리어 자동차를 못 보았으나 그래도 동네에 들어가면 길에서라도 길서가 자기를 불러 줄 것을 은근히 생각하던 의숙이었다.

먼지 묻은 적삼이 등골에 흐른 땀에 뻘개졌고, 장흙을 뭉갠 듯한 치마가 걸을 때마다 너풀거리었다.

"얘, 길서가 안 왔대지?"

얌전이가 말을 꺼냈다.

"글쎄 누가 아니……."

"공연히 그러지 마라. 눈물 나오면 울어라. 그런 때 울지 않구 언제 울겠니? 나 같으면 그까짓 거 막 울겠다."

이름만이 얌전이며, 사실은 동네에서 제일 가는 말괄량이로, 아직 시집도 가기 전에 서방질까지 했다고 하지만 의숙이는 그의 말이 그다지 믿지가 않았다.

하루라도 보지 못하면 가슴이 답답한 듯하여 안타까워하던 길서를 한 주일이나 두고 보지를 못하다가 오늘에야 만나려니 했던 마음을 얌전이만이 알아주는 듯하기도 했다.

"얘, 사랑이라는 게 무어니? 함께 살지두 않으면서 사랑을 할 수 있니? 나는 그래두 기억이를……."

무슨 소리나 가릴 줄 모르는 얌전이는 하지 않아도 좋을 말을 하면서도 전에 없던 진정을 보였다.

"누군 사랑이 뭔지 아니?"

"그래두 너는 길서 오래비하구 사랑한대드구나."

"몰라 얘……."

마을은 조용했다. 어슬어슬해 가는 들에서는 낮에 먹은 더위를 식히고 마시었던 먼지를 토하는 듯 벌레들이 목청을 가다듬어 울고 있었다.

의숙이와 얌전이는 집에다가 호미를 두고는 꼭 같이 우물로 나왔다. 의숙이는 바가지에 물을 떠서 한 손으로 물을 쏟아 얼굴을 씻고, 머리털에 묻은 물방울을 손으로 튀긴 뒤에 흙에 빨개진 고무신과 발을 씻고 있었다.

마침 그때 등이를 옆에 끼고 오던 마을 여편네가 길서가 이제야 온다는 것을 알려 주었다.

"애, 길서 오래비가 온대! 개들이 짖는 데쯤 온게다."

하며 얌전이가 만나 보기나 한 것처럼 말했다.

개소리가 커지며 또 가까워 올수록 의숙의 마음은 들먹거리었다.

고무신도 마저 씻지 못하고 물동이를 이고 집으로 돌아갈 때 그는 혹시 길에서나 만나지 않을까 하여 가슴을 더 졸이었다. 집에 가서 아무 정신없이 돼지죽을 바가지에 담아 가지고 돼지우리로 나갈 때는 설마 길서가 자기 옆에 와 있으려니 했으나, 울국거리는 돼지에게 죽을 쏟아 주고 섭섭히 돌아설 때까지 길서가 자기를 만나러 오지 않음이 원망스러웠다.

그러나 대문으로 돌아 들어가려 할 때, 귀에 익은 기침 소리가 의숙의 발을 멈추게 했다. 역시 길서의 소리가 틀림없었다.

의숙이는 작년 여름, 설레는 가슴으로 길서를 대하게 된 뒤부터 동네에서도 거의 알게쯤 사이가 친했건만 아직까지 어른들에게는 눈을 숨기고 있는 사이라 마당 옆 낟가리 밑에 숨어 길서를 만났다.

"잘 있었니?"

"네……."

"자동차를 타구 올래다가 몇 시간 걸으면 칠십 오전이나 굳는 걸 공연히 타구 오겠든. 빨리 너를 만나구 싶기는 했지만……."

17

의숙이는 아무 대답도 못했다. 울렁거리는 가슴은 그저 널뛰듯 뛰었고, 고개는 들고 있을 수 없게 늘어지기만 했다.

매일같이 만날 때는 어느 틈에라도 웃어 보이었고, 말을 한 마디만 해도 기쁜 생각이 드솟았건만 며칠 떠났다가 만났음인지 공연히 가슴만 떨리었다.

그날 밤, 동네 사람들은 서울 이야기를 들으려고 길서네 마당으로 몰려 들었다. 소 먹이러 갔던 어린애들은 밥술을 놓기 전에 뛰어 와서 멍석을 차지하고 앉았다. 마당에는 빨랫줄에 남포등[5])이 걸리어 금시 꺼질 것처럼 바람에 홀딱거렸다.

윷꾼에게 남포등을 내다 건 것이 길서네로서도 처음인 만큼 마을 사람들도 보통 때의 윷과는 달리 말들을 적게 했다.

불빛이 희미하게 비치는 한 편 옆에 앉은 부인네들도 각기 길서에게 잘 다녀왔느냐는 인사를 했다.

"오래비 잘 다녀왔소?"

특별히 크게 하는 얌전이의 인사는 웅크리고 앉았던 의숙의 고개를 더 숙이게 했다.

"그래 서울 동네가 얼마나 크던가?"

길서 앞에 앉았던 수염 기른 늙은이가 웃으며 물었다.

"서울에는 우리 동네 터보다 더 넓은 자리를 잡고 있는 집이 수 없이 많습니다. 총독부 같은 집에는 수만 명이 살겠든데요."

길서는 서울서 구경한 놀랄 만한 일을 하나도 빼지 않고 이야기했다.

전차는 수백 대나 되며, 자동차가 수천 대나 있어 귀가 아파 다닐 수 없었다는 말까지 했다. 혀를 빼고 멍하니 듣던 사람들이 숨을 몰아 쉬려 할 때, 그는 자리에서 일어서며 강연조로 말을 꺼냈다.

"이제는 강습회에서 배운 것을 조금 말하겠습니다. 농사 짓는 법이란, 제가 보통학교 다니면서 배운 것이며, 지금 내가 채소밭 하는 것과 꼭 같은 것이었으니까 말할 것이 없지요. 하나 새로 배운 것이 있다면, 닭을 칠 때 서울서 '레그혼'이라는 흰 닭을 사다 기르면 그놈이 알을 굉장히 낳는다는 것입니다. 그 밖에는

5) 석유를 원료로하는 서양식 등잔(lamp, 燈)

배운 것이라고 별로 없습니다."

이 말을 끝맺고 다시 말을 이을 때는 기침을 한 번 하고 목청을 올리었다.

"제가 강습회에서도 가장 많이 물은 일입니다마는, 우리가 제일 깨달아야 할
것이 하나 있습니다. 그것은 다름 아니라 가장 어렵고 무서운 시국이라는 것입
니다. 까딱 잘못하다가는 죽을 죄를 짓기 쉽고, 일을 아니하고 놀려고만 생각하
면 농사도 못 짓게 됩니다. 불경기[6] 불경기 하지만 이것이 얼마 오래 갈 것이 아
니며 한 고비만 넘기면 호경기가 온다는 것입니다. 들으니까 요사이에 감옥에
가장 많이 갇힌 죄수들은 일하기가 싫어서 남들까지 일을 못하게 한 놈들이래
요. 말하자면 공산주의자라나요. 공연히 알지도 못하고 그런 놈들의 말을 들었
다가는 부치던 땅까지 못 부치게 될 것이니 결국은 농군들에 손해가 아니겠
소……."

듣고 있던 사람들은 길서의 얼굴만 쳐다보며 멍하니 앉아 있었다.

"또 무슨 전쟁이 일어날 것도 같습니다. 하라는 일을 아니하면 우리가 어떻게
될는지도 모르지요. 그러나 같은 값이면 마음 놓고 하라는 일을 잘 하며 살아야
하겠어요. 에― 우리는 일을 부지런히 합시다. 그러면 굶어 죽는 법이 없으니깐
요. 유명하게 된 사람들은 전부 부지런했던 덕택이었다는 것을 우리는 잘 알지
않습니까!"

이 말을 끝맺고 한참이나 섰다가 앉을 때, 옆에 앉았던 늙은이가 이마를 긁으
며 물었다.

"너 서울 가서 그런 말도 배웠니?"

길서는 그저 웃었다. 의숙이도 재미있게들 듣는 동네 사람들을 볼 때 길서가
더 훌륭한 것같이 생각했다.

"그런데 호경긴가 그것은 언제 온대든?"

아닌 밤중에 홍두깨 내밀 듯 기억이가 한참 동안 잔잔하던 공기를 깨뜨리고
말했다. 대답에 궁했던 길서는 한참이나 생각하다가,

"얼마 안 있으면 온대드라……."

라고 대답했으나 어째서 불경기니, 호경기니 하는 것이 생기느냐고 캐어 물을

6) 경제상황이 나쁜 시기(⟨반⟩ 호경기)

때에는 모르겠다는 솔직한 대답밖에 더 할 수가 없었다. 농민들이 나날이 못 살게 되어가는 것이 불경기 때문만이냐고 묻는다면 자신 있는 말로 그렇다고 대답했을는지 모른다.

"암만 호경기가 온다 해두 팔아 먹을 것이 있어야 호경기지, 팔 거 없는 놈이 호경기는 무슨 소용이냐, 호경기가 되면 쌀이 많이 생기기나 하나……."

이러한 기억의 말은 아무런 생각도 없이 나온 듯했으나 호경기가 쌀을 많이 가져다 주는 것이 아니라는 것을 아는 그들은 길서의 말보다도 더 그럴 듯이 생각했다.

아무리 불경기라 해도 십리 밖 읍내에 있는 지주(地主) 서(徐)재당은 금년에도 맏아들을 분가시키고 고래 같은 기와집을 지어 주었다.

쌀값이 조금 오르면 고무신값이 오르고, 쌀값이 떨어지면 물건값도 떨어지는 것을 잘 아는 그들은 불경기니 호경기니 해도 그것이 그들에게는 아무 관계가 없는 것같이 생각되었으며, 돈 있는 사람들도 불경기에 땅 팔았다는 말을 못 들었으므로 경기라는 것이 무엇인지 참으로 알 수 없었다. 그러나 그러면서도 길서가 힘든 말을 자기들보다 많이 아는 사람같이 생각하며 집으로 돌아갔다.

다음 날, 서울 갈 때 입었던 누런 양복을 벗고 무명 잠방 적삼을 갈아입은 뒤, 논에 나가 모를 꽂고 들어온 길서는 컴컴한 저녁때쯤 해서 의숙의 집 뒤 모퉁이로 의숙이를 찾아갔다.

기쁨을 기쁘다고 말하지 못하던 의숙이도 이날만은 자기도 모르게 웃음이 솟아 오르며 무슨 말이든 가슴이 시원하게 털어 놓고 싶었다. 길서가 서울서 사 왔다고 파란 비누를 손에 쥐어 줄 때 의숙은 진정이 서리운 눈초리로 길서의 손을 듬뿍 잡았다. 비누 세수라고 평생 못해 본 의숙이가 비누 세수를 하면 금시 자기의 탄 얼굴이 희어지며 예뻐질 것 같아 춤을 추고 싶게 기뻤다.

"내 다음 일본 가게 되면 더 좋은 거 사다 줄게."

"언제 또 가세요?"

"가을에는 도에서 세 사람을 뽑아 일본 시찰을 보낸다는데 뽑히거나 할는지 모르지만……."

"뽑히겠지요 뭐……."

자신있는 듯의 의숙이가 말할 때 껌껌한 데서 사람 소리를 들은 강아지가 깡깡 짖으며 뛰어나왔다. 무서운 호랑이나 본 것처럼 그들은 뒤돌아 볼 새도 없이 굴뚝 뒤로 몸을 움츠리었다.

가슴 속에서 뛰는 심장의 고동을 제각기 남의 가슴 속에서 들었다.

"그놈의 개새끼가 사람을 놀라게 하는……."

하며, 숨을 내쉬고 일어설 때 그들의 손은 꼭 잡혀 있었다.

의숙이는 길서를 떠나서 몰래 집안으로 들어가서 비누를 궤 속 깊이 넣었다가 한 번 다시 꺼내 보고는 마당으로 나와 어머니와 오빠와 동생이 앉아 있는 명석으로 갔다. 그러나 길서의 품에 안기었던 생각만이 가슴에서 떠나질 않았다.

"그래 사원 팔십 전을 받고 팔았단 말인가?"

그의 어머니가 성두에게 하는 말이었다.

"그럼 어떡헙니까? 그거라두 팔아서 용돈을 써야지요. 우선 지세두 밀리구 아직 보리 필 때까지 먹을 보리두 사야 하지 않어요. 또 단오 명절두 가까와 오는데 돈 쓸 데가 없어서 그러십니까?"

"아니 그런 줄은 알지만 큰돈을 만들려구 했던 도야지를 너무 일찍 팔았단 말이다."

"누구는 모르나요. 여름에는 풀을 깎아다 주기만 하면 거름을 잘 만들고, 먹일 것도 겨울보다 흔해서 기르기도 쉽구, 그러다가 가을철에 들어 팔면 큰 돈 된 것두 알기는 하지만 어떻게 합니까?"

성두의 얼굴은 푸르럭푸르럭 했다.

"오빠, 오빠의 잔치는 어떻게 합니까? 돼지를 팔구……."

의숙이가 옆에 앉았다가 눈을 흘기는 것 같으면서도 웃는 얼굴로 말을 했다.

"글쎄 말이다. 내 말이 그 말이 아니가?"

어머니는 차마 꺼내지 못했던 말이 나와서 시원한 듯했다.

길서는 새벽에 일어나 감자밭에 나가 벌레를 잡고 뽕나무 묘목밭을 한 번 돌아보고는 서울 갈 때 입었던 누런 양복을 입고 읍내로 들어갔다.

먼저 보통학교 교장에게로 가서 제 손으로 만든 빗자루 다섯 개를 쓰라고 주고, 모를 다 냈으니 비료를 사야겠다고 이십 오원을 취해 가지고는 뽕나무 묘목에 대한 이야기를 하려고 면사무소로 들어갔다.

"리상, 잘 왔소. 한턱 내야지, 오늘은 리상의 점심을 얻어먹어야겠군."

세금 못 낸 사람을 잘 치기로 유명한 뚱뚱한 서기가 길서가 들어서자마자 말을 했다.

"한턱은 점심 때 내기루 하구, 묘목은 언제 가져갑니까? 퍽 자랐는데, 이번에는 돈을 좀 실하게 받아야겠는데요."

"한턱만 내면야 잘 팔아 주지. 내게만 곱게 보이란 말이야. 값을 정해서 갖다 맡기면 그만이니까 누가 무슨 소리를 감히 해 내나……."

면서기는 농담 비슷하게 웃었으나 허리를 구부리고 복종하는 농부들은 절대로 마음대로 할 자신이 있다는 듯한 호걸 웃음을 웃었다.

"일본으로 보내는 사람을 뽑는 때두 면장을 시켜서 잘 말하도록 할 테니 그저 한턱만 내요."

"그것은 염려 마십시오. 술 한 병이면 녹초가 될 걸. 그러면서도 얼마나 먹는 듯이…… 하하하……."

길서는 진정으로 한턱 내고 싶기도 했다. 묘목만 잘 팔아 주면 예산 이외의 돈이 수십원 들어온다는 것을 모를 리 없었다. 그때 뚱뚱한 몸에 맵시 없는 의복을 입은 면장이 들어와서 길서 앞에 섰다. 길서는 인사를 하고 서울 갔던 이야기를 보고했다.

보고를 듣고 수고했다는 말을 한 뒤는 곧장,

"그런데 이번 호세는 자네 동네에서도 조금 많이 부담해야겠네. 보통학교를 육 학급으로 증축해야겠으니까."

하고 길지도 않은 수염을 쓸며 호세 이야기를 했다.

"거야 제가 압니까?"

"아니야, 자네 동네서야 자네만 승낙하면 되는 게니까. 그렇다구 자네에게 해로운 것은 없을 게고……."

"글쎄요."

길서는 면장의 말에 무엇이라고 대답할 수가 없었다. 만약 그에게 조금이라도 재미없는 말을 해서 비위에 거슬리게 하면 자기도 끼니 때를 굶고 지나는 동네 소작인들이나 다름이 없는 생활을 해야 할 것을 잘 알고 있다. 일본은 둘째로 하고라도 묘목도 못 팔아 먹을 것이며 그런 말이 보통학교 교장 귀에 들어가면 돈도 빌어다 쓸 수가 없게 된다.

그러면 묘목 심었던 밭에 조를 심게 되고, 면사무소 사무원과 학교 선생들에게 팔던 감자와 파도 썩어버리게 된다. 삼백 평밖에 안 되는 논에 비료를 많이 내지 않으면 미곡 품평회(米穀品評會)[7]에 출품도 못해 볼 것이며, 그러면 상금을 못 탈 뿐 아니라 벼가 겨우 넉섬밖에 소출[8] 못 날 것이다.

그러면 동네 사람들과 꼭 같이 일년 양식도 부족할 것이 아닌가.

"자네 동네 사람들은 얌전하게 근심 없이 사는 모양이던데."

면장이 다시 말을 꺼낼 때 길서는 곧 대답했다.

"그러문요. 근심이 조금도 없다고야 할 수 없지마는 무던한 편은 됩니다."

벼는 누릇누릇해서 이삭들이 뭉친 것이 황금덩이 같았다. 그러나 얼굴의 주름살을 편 사람이라고는 하나도 없었다.

강충이(벼 줄기를 깎아 먹어 벼를 마르게 하는 벌레)가 먹어 예년에 비해서 절반도 곡식을 거둘 수가 없었기 때문이었다.

길서만이 평양 가서 북어 기름을 통으로 사다가 쳤기 때문에 그의 논만은 작년보다도 더 잘 되었으나 다른 논들은 털 빠진 황소 가죽같이 민숭민숭해졌다.

이 새끼만한 작은 벌레까지가 못 살게 하는 것이 가슴 원통했으나 여름내 땀을 빼고도 제 입으로 들어올 것이 없을 것을 생각하니 눈물이 솟아 오를 지경이었다.

그들은 할 수 없으므로 성두의 말대로 길서를 시켜 읍내 지주 서재당에게 가서 금년만 도지(소작료 : 小作料)를 조금 감해 달래 보자고 했다.

그러나 길서는 자기와 관계가 없을 뿐 아니라 정해 놓은 도지를 곡식이 안 되었다고 감해 달라는 것은 흔히 일어나는 소작쟁의와 같은 당치 않은 짓이라고 해서 거절했다. 그리고는 며칠 있다가 일본 시찰단으로 뽑히어 떠나가 버렸다.

동네 사람들은 어찌 할 줄을 몰랐다. 더구나 금년 겨울에는 기어이 잔치를 하려고 하던 성두는 가끔 우는 얼굴을 하곤 했다. 그들은 할 수 없이 큰마음을 먹고 떼를 지어 읍내로 들어가 서재당에게 사정을 말해 보았으나 물론 들어 주질 않았다. 오히려 아들을 분가시킨 관계로 돈이 몰린다는 근심까지를 들었다.

"너희들 마음대로 그렇게 하려거든 명년부터는 논을 내놓아라."

하는 말에는 더 할 말이 없이, 갈 때보다도 더 기운 없이 돌아왔다. 그들은 돌아가는 길에 길서의 논 앞에 서서「모범경작」이라고 쓴 말뚝을 부럽게 내려다보

---

7) 쌀의 품질을 평가하는 모임   8) 논밭에서 생산되는 곡식의 양

17

왔다.

볏대가 훨씬 큰데 이싹이 한 길만치 늘어선 것이 여간 부럽지 않았다. 그러나 말도 잘 하고 신망도 있다고 해서 대신 교섭⁹⁾을 해 달라고 부탁했음에도 불구하고 못 들은 척 들어 주지 않은 길서가 미웠다.

"나도 내 땅이 있어 비료만 많이 하면 이삼 곱을 내겠다. 그까짓 거……."

기억이가 침을 탁 뱉으며 말했다. 며칠 뒤 그들이 다시 놀란 것은 값도 모르는 뽕나무값이 엄청나게 비싸진 것과, 십삼 등 하던 호세가 십일 등으로 올라간 것이다.

그것보다도 십 등이던 길서네만은 그대로 십등에 있는 것이 너무도 이상했다. 길서네는 그래도 작년에 돈을 모아 빚을 주었으나, 다른 사람들은 흉년까지 만나 먹고 살 수도 없는데 호세만 올랐다는 것이 우스우면서도 기막힌 일이었다. 무엇을 보고 호세를 정하는지 알 수 없었다.

흉년, 그러면서도 도지를 그대로 바쳐야 하는 데다가 호세까지 오른 그들의 세상은 캄캄했다.

'아마 북간도나 만주로 바가지를 차고 떠나야 하는가 보다.'

성두는 혼자 생각했다. 그들은 마을에 대한 애착심도 잊었고, 제 고장이라는 것도 생각하기 싫었다. 다만 못 살 놈의 땅만 같았다.

마을 사람들은 길서의 장난으로 호세까지 올랐다는 것을 다음에야 알고 누구 하나 그를 곱게 이야기하는 이가 없게 되었다. 길서 때문에 동네를 떠나야겠다는 오빠의 말을 들은 의숙이도 눈물을 흘리며 길서가 그렇지 않기를 속으로 바랐다.

길서는 일본서 돌아올 때 우선 자기 논두렁에서 가슴이 서늘함을 느꼈다. 논에 박은 '김 길서'라고 쓴 말패는 간 곳도 없고, '모범경작생'이라고 쓴 말뚝은 쪼개져서 흐트러져 있었다.

심술궂은 애들이 장난을 했는가 하고 생각하려 했으나 그 한 짓으로 보아서 반드시 무슨 일이 일어난 것 같은 예감이 들었다.

동네에 들어섰을 때 동네에는 어른이라고 한 사람도 찾아 볼 수 없었다.

9) 어떤 일을 이루기 위해 상대와 의논함

읍내 서재당 집엘 가서 저녁때가 되도록 아직 돌아오지 않았다는 말을 듣자, 서울 갔다 돌아왔을 때보다도 더 의기 양양해 온 길서의 마음은 쪼박쪼박 깨어지고 말았다.

보지도 못했고, 이름조차 들어 보지 못하던 바나나를 가지고 밤이 이슥했을 무렵 의숙이를 찾아갔건만 그를 본 의숙이도 얼굴을 돌리고 울기만 했다. 길서의 마음은 터지는 듯했다.

뒤에서 몽둥이를 들고 따라오던 사람의 숨소리를 듣는 듯 가슴이 떨리었다. 불길한 징조가 눈에 보이는 듯했다.

성두가 충혈된 얼굴로 아랫문으로 뛰어들었을 때 길서는 들고 왔던 바나나를 들고 뒷문으로 도망쳤다.

해답

1. 일제의 관점 - 순종적이고 부지런한 농군, 농민의 관점 - 지주와 일제의 앞잡이 2. 일제의 기만적 농촌정책에 대한 농민들의 분노 3. 바나나

18

두 파산, 염상섭

염상섭(廉想涉, 1897~1963) ● ● 서울에서 태어났다. 1921년 〈개벽〉에 〈표본실의 청개구리〉를 발표하면서 등단하였다.

염상섭은 누구보다도 산문 정신이 투철했던 작가로 사실주의의 대표적 작가로 꼽힌다. 그는 자연주의에서 출발했지만 그 자연주의는 사실 넓은 의미에서 사실주의 계열에 넣을 만한 것이지 자연주의는 아니었다. 따라서 그의 진면목은 리얼리즘의 정신에서 구현된다. 그런 한편 그는 서울 중산층의 언어를 가장 탁월하게 구사한 작가로 정평이 나 있다.

대표작에 〈전화〉〈제야〉〈타락〉〈초연〉〈삼대〉〈만세전〉〈무화과〉〈취우〉〈지평선〉외에 수많은 작품들이 있다.

18

두 파산, 염상섭

1.

"어머니, 교장 또 오는군
요."

학교가 파한 뒤라 갑자기 조용해진 상점 앞 길을, 열어 놓은 유리창 밖으로 내
다보고 등상에 앉았던 정례가 눈살을 찌푸리며 돌아다본다. 그렇지 않아도 돈
걱정에 팔려서 테이블 앞에 멀거니 앉았던 정례 모친도 저절로 양미간이 짜붓하
여졌다. 점방 안에서 학교를 파해 가는 길에 공짜 만화를 보느라고 아이들이 저
편 구석 진열대에 옹기종기 몰려섰다가, 교장이라는 말에 귀 번쩍하였는지 조그
만 얼굴들을 쳐든다. 그러나, 모시 두루마기 자락을 펄럭이며 우둥퉁한 중늙은
이가 단장을 짚고 쑥 들어오는 것을 보고, 학생들이 저희끼리 눈짓을 하고 킥킥
웃어 버린다. 저희 학교 교장이 나온다는 줄 알았던 모양이다.

"어째 이렇게 쓸쓸하우?"

영감은 언제나 오면 하는 버릇으로 상점 안을 휘휘 둘러보며 말을 건다.

"어서 오십쇼. 아침 한때와 점심 한나절이 한참 붐비죠. 지금쯤이야 다 파해
가지 않았어요."

안주인은 일어나지도 않고 앉은 채 무관히 대꾸를 하였다. 교장은 정례가 앉

왔던 등상을 내어 주니까 대신 걸터앉으며,

"딴은 그렇겠군요. 그래도 팔리는 거는 여전하겠죠?"

하고, 눈이 저절로 테이블 위의 손금고로 갔다. 이 역시 올 때마다 늘 캐어 묻는 말이지마는, 또 무슨 딴 까닭이 있어 붙이는 수작 같아서 정례 어머니는,

"그야 다소 들쭉날쭉야 있죠마는, 원 요새 같아서는⋯⋯."

하고, 시들히 대답을 하여 준다.

"어쨌든 좌처가 좋으니까⋯⋯ 하루에 두어 번쯤 바쁘고 편히 앉아서 네다섯 식구가 뜯어먹구 살면야 아낙네 소일루 그만 장사가 어디 있을까마는, 그래 그리구두 빚에 쫄리다니 알 수 없는 일이로군⋯⋯."

왜 그런지 이 영감이 싫고, 멸시하는 정례는 '누가 해달라는 걱정인감!' 하는 생각에 입이 삐죽하여졌다.

"날마다 쏠쏠히 나가기야 하지만, 원체 물건이 자〔細〕[1]니까 남는 게 변변해야죠?"

여주인은 또 마지못해 늘 하는 수작을 뇌었다. 그러나 오늘은 이 영감이 더 유난히 물건 쌓인 것이며, 진열장에 늘어놓은 것을 눈여겨보는 것이었다. 정례 모녀는 그 뜻을 짐작하겠느니만큼 더욱 불쾌하였다.

여기는 여자 중학교와 국민학교가 길 건너로 마주 붙은 네거리에서 조금 외진 골목 안이기는 하나, 두 학교를 상대로 하고 벌인 학용품 상점으로는 그야말로 좌처[2]가 좋은 셈이다. 원래는 선술집이었다던가 하는 방 한 칸 달린 이 점방을 작년 봄에 팔천 원 월세로 얻어가지고, 이것을 벌이고 앉을 제 국민학교 앞에는 벌써 매점이 있어서 어떨까도 하였으나, 여학교만은 시작하기 전부터 아는 선생을 세워 놓고, 선전도 하고 특약하다시피 하였던 관계인지 이때껏 재미를 보는 편이지, 이 장삿속으로만은 꿀리는 셈속은 아니다.

"이번에 두 달 셈을 한꺼번에 드리쟀더니 또 역시 꿀립니다그려. 우선 밀린 거 한 달치만 받아 가시죠."

정례 어머니는 테이블 위에 놓인 손금고를 땡그렁 열고서 백 원짜리를 척척 센다.

1) 작다 / 값이 싸다   2) 가게 자리

"이번에는 본전까지 될 줄 알았는데 이자나마 또 밀리니…… 장사는 깔쭉없이 잘 되는데 그 원, 어째 그렇단 말씀유?"

하며, 영감은 혀를 찬다. 저편에서 만화를 보며 소근거리던 아이들은 교장이라던 이 늙은이가 본전이니 변리니 하는 소리에 눈들이 휘둥그래서 건너다본다.

"칠천오백 원입니다. 세보십쇼. 그러니, 댁 한 군데야 말이죠. 제일 무거운 짐이 아시다시피 김옥임네 십만 원의 일 할 오 부, 일만 오천 원이죠. 은행 조건 삼십만원의 이자가 또 있죠. 기껏 벌어서 남 좋은 일 하는 거예요. 당신에게 이자 벌어드리고 앉았는 셈이죠."

영감은 옆에서 주인댁이 하는 말은 귀담아듣지도 않고 골똘히 돈을 세더니, 커다란 검정 헝겊 주머니를 허리춤에서 꺼내놓는다. 옆에 섰는 정례는 그 돈이 아깝고 영감의 푸둥푸둥한 손까지 밉기도 하여 가만히 내려다보고 있으려니까,

"그래, 이달치는 또 언제쯤 들르리까? 급히 내가 쓸 데가 있으니까 아무래도 본전까지 해주어야 하겠는데……."

하고, 아까와는 딴판으로 퉁명스럽게 볼멘소리를 하였다. 만화를 들여다보던 아이들은 또 한번 이편을 건너다본다.

보얗고 점잖게 생긴 신수가 딴은 교장 선생 같고, 거기다가 양복이나 입고 운동장의 교단에 올라서면 저희들도 움찔하려니 싶은 생각이 드는데, 이잣돈을 받아들고 나서도 또 조르고 투덜대는 소리를 들으니, 설마 저런 교장이 있으랴 싶어 저희들끼리 또 눈짓을 하였다.

"되는 대로 갖다드리죠. 하지만, 본전은 조금만 더 참아주십쇼. 선생님 같은 어른이 돈 오만 원쯤에 무얼 그렇게 시급히 구십니까?"

정례 어머니는 본전을 해내라는 데에 얼레발[3]을 치며 설설 기는 수작을 한다.

"아니, 이자 안 물구 어서 갚는 게 수가 아니겠나요?"

"선생님두 속 시원하신 말씀두 하십니다."

정례 어머니는 기가 막혀 웃어 보인다.

"참, 그런데 김옥임 여사가 무어라지 않습니까?"

그만 일어설 줄 알았던 교장은 담배를 붙여 새판으로 말을 꺼낸다.

---

3) 엉너리 / 환심을 사려고 서두르는 것

"왜 무어라구 해요?"

정례 모녀는 무슨 말이 나오려는지 벌써 알아차리고 입이 삐죽하여졌다.

"글쎄, 그 이십만 원 조건을 대지루구 날더러 예서 받아가려니, 그래 어떻게들 이야기가 귀정이 났나요?"

영감의 말이 떨어지기가 무섭게 정례는 잔뜩 벼르고 있었던 듯이 모친의 앞장을 서서 가로 탄한다.

"교장 선생님! 그따위 경위 없는 말이 어디 있어요? 그건 요나마 우리 가게를 판들어 먹게 하구 말겠단 말이지 뭐예요?"

"응? 교장이라니? 교장은 별안간 무슨 교장?…… 허허허."

영감은 허청 나오는 웃음을 터뜨리며 저편 아이들을 잠깐 거들떠보고 나서,

"글쎄, 그러니 빤히 사정을 아는 터에 이럴 수도 없고 저럴 수도 없고……."

하며, 말끝을 어물어물해 버린다. 이 영감이 해방 전까지는 어느 시골에선지 오랫동안 보통학교 교장 노릇을 하였다는 말을 옥임에게서 들었기에 이 집에서는 이름은 자세히 모르고 하여 교장, 교장 하고 불러왔던 것이 입버릇으로 급히 튀어나온 말이나, 고리 대금업의 패를 차고 나선 지금에 그것을 내세우기도 싫고, 더구나 저런 소학교 아이들 앞에서는 창피한 생각도 드는 눈치였다.

"교장 선생님이 이럴 수두 없고 저럴 수두 없으실 게 뭐예요? 그 아주머니한테 받으실 건 그 아주머니한테 받으십쇼그려."

정례는 또 모친이 입을 벌릴 새도 없이 퐁퐁 쏘아준다.

"너 왜 이러니?"

모친은 딸을 나무래 놓고,

"그렇게는 못하겠다구 벌써 끝낸 말인데, 또 왜 그럴꾸?"

하며, 말을 잘라 버린다.

"아, 그런데 김씨 편에서는 댁에서 승낙한 듯이 말하던데요?"

영감의 말눈치는 김옥임이 편을 들어서 이십만 원 조건인가를 여기서 받아내려는 생각인 모양이다.

"딴소리, 내가 아무리 어수룩하기루 제 사패[4]만 봐주고 제 춤에만 놀까요!"

4) 임금이 신하에게 노비를 하사하거나 부역을 면제하는 것

정례 어머니는 코웃음을 쳤다.

김옥임이의 이십만 원 조건이라는 것이 요사이 이 두 모녀의 자나깨나의 큰 걱정거리요, 그것을 생각하면 밥맛이 다 떨어질 지경이지만, 자초(自初)[5]는 정례 모녀가 이 상점을 벌이고 나자 장사가 잘 될 성싶으니까, 김옥임이가 저도 한 몫 끼우고자 자청을 하여 십만 원을 들여놓고 들어왔던 것이다. 그리고는, 그 가지고 들어온 동사(同事)[6] 밑천 십만 원의 두 곱을 빼가고도, 또 새끼를 쳐서 오늘에 와서는 이십이만 원까지 달라는 것이다.

2.

정례 모친은 남편을 졸라서 집문서를 은행에 넣고 천신만고하여 삼십만 원을 얻어가지고 부벼쓰고, 당장 급한 것 가리고 한 나머지 이십이삼만 원을 들고 이 가게를 벌였던 것이다. 팔천 원 월세에 보증금 팔만 원은 그만두고라도 점방 꾸미고, 탁자 들이고, 진열대 세 채 들여 놓고 하기에만도 육칠만 원 들었으니, 갖다 놓은 물건이라야 십만 원어치도 못 되는 것이었다. 그러나, 학생 아이들이 차츰 꼬이게 될수록 찾는 것은 많아 가고, 점심 때에 찾는 빵이며 과자라도 벌여 놓고 싶고, 수(繡)실이니 수틀이니 여학교의 수예(手藝) 재료들도 갖추갖추 가져다 놓고는 싶은데, 매일 시나브로 팔리는 것을 가지고는 미처 무더깃돈을 둘러 빼내는 수도 없는데, 짤금짤금 들어오는 그 돈 중에서 조금씩 뜯어서 당장 그날그날 살아가야는 하겠으니, 자연 쫄리는 판에 김옥임이가 한 다리 걸치자고 덤비니, 동사란 애초에 재미없는 일이거니와, 요 조그만 구멍가게를 동사로 해서 뜯어먹을 것이 무에 있겠느냐는 생각도 없지는 않았으나, 당장에 아쉬우니 오만 원씩 두 번에 질러서 십만 원 밑천을 받아들였던 것이다. 그러나, 말이 동사지 이 할(二割) 넘어의 고리(高利)로 십만 원 돈을 쓰거나 다름이 없었다. 빚놀이에 눈이 벌게 다니는 제 벌이가 바빠서도 그렇겠지만 하루 한 번이고, 이틀에 한 번, 저녁 때 슬쩍 들러서 물건 판 치부책이나 떠들어 보고 가는 것밖에는 별로 거드는 일이 없었다. 실상은 그것이 쌩이질[7]이나 하고 불아귀[8]같이 덤비는 것보다는 정례 모녀에게는 편하기도 하였던 것이다. 하여튼, 그러면서도 월말이 되면

18
염상섭

두 파산

이익의 삼분지 일 가량은 되는 이만 원 돈을 꼬박꼬박 따가곤 하였다. 담보물이 있으면 일 할, 신용 대부로 일 할 오푼 변(邊)인데, 동사란 말만 걸고 이 할 — 이 할이 안 될 때도 있었지만은 — 셈속 좋을 때면 이 할 이상의 배당도 차례에 오니, 옥임이 생각에는 사실에 있어서는 이익이 좀 되려니 하는 의심도 없지 않았으나 그래도 별로 힘드는 일을 하는 것도 아니요, 가만히 앉아서 이 할이면 허구한 날 뻘뻘거리고 싸지르면서 긁어들이는 변릿돈보다는 나은 셈이라고 생각하였던 것이다. 하여간, 올 들어서 밑천을 빼가겠다고 하기까지 아홉 달 동안에 이십만 원 가까운 돈을 벌어갔던 것이다.

그러나, 정례 부친이 매일 요 구멍가게에서 용돈을 얻어다 쓰는 것만도 못할 일이라고 작년 겨울에 들어서 마지막 남은 땅뙈기를, 그야 예전과는 달라서 삼칠제(三七制)9)인데다가 세금이니 비료니 하고 부담에 얽매이니까 그렇겠지마는 — 하여간 아버지 전장(소유하는 논밭)으로 물려받은 것의 마지막으로 남은 것을 팔아 가지고, 전래에 없는 눈[降雪]이라고 하여 서울 시내에서 전차가 사흘을 못 통할 동안에 택시를 부리면 땅 짚고 기기라 하여, 하이어를 한 대 사들여 놓고 택시를 부려 보았던 것이지만, 이것이 사흘들이로 말썽을 부려 고장이요, 수선이요 하고 나중에는 이 상점의 돈까지 하루만 돌려라, 이틀만 참아라 하고 만 원, 이만 원 빼내 가고는 시치미를 딱 떼기 시작하니, 점방의 타격은 의외로 큰 것이었다. 이 꼴을 본 옥임이는 에그머니나 하는 생각이 들었던지, 올들어서며부터 제 밑천을 빼어내어 가겠다는 것이었다. 사실 잘못하다가는 자동차가 이 저자터까지 들어먹을 판인데, 별안간 옥임이가 빠져 나간다니 한편으로는 시원하나 십만 원을 모아 빼내 주는 도리가 없었다.

"이렇게 거덜거덜할 바에야 집어치우지."

겨울 방학 때라, 더구나 팔리는 것은 없고 쓸쓸하기도 하였지만, 옥임이는 날마다 십만 원 재촉을 하러 와서는 이런 소리도 하는 것이었다. 남은 집문서를 잡혀서 이거나마 시작해 놓고, 다섯 식구의 입을 매달고 있는 터인데 제 발만 쑥 빼놓았다고 이런 야멸찬 소리를 할 제, 정례 모녀는 얼굴을 빤히 쳐다보곤 하였다.

"세전 보증금이나 빼내구 뉘게 넘겨 버리지. 설비한 것하구 물건 남은 것 얼러

9) 30% 대 70%

서 한 십만 원을 받을까? 그렇다면 내 누구 하나 지시해 줄까?"

이렇게 권하기도 하는 것이었다. 뉘게 넘기게 해서라도 자기의 십만 원 어서 뽑아 가려는 말이겠지마는, 어떻게 들으면 십만 원에 이 점방을 자기가 맡아 잡겠다는 말눈치인 듯싶었다.

"내가 바쁘지만 않으면 통틀어 맡아 가지고 훨씬 확장을 해 놓으면 이 꼴은 안 되겠지만, 어디 내가 틈이 있는 몸이어야지."

이렇게 운자를 떼는 것을 들으면 한 발 들여 놓고 한 발 내 놓는 수작같기도 하였다. 자동차 동티로 밑천을 홀딱 집어먹힐까 보아서 발을 뺀다는 수작이다.

한편으로는 이렇게 한참을 끌리고, 학교들은 방학을 하여 흥정이 없는 이판에, 번연히 나올 구멍이 없는 십만 원을 해 달라고 못살게 굴면, 성이 가시니 상점을 맡아 가라는 말이 나오고 말리라는 배짱같이 보이는 것이었다. 모녀는 그것이 더 분하였다.

"저의 자수로는 엄두두 안 나구 남이 해놓으니까 된 듯 싶어서, 솔개미가 까치집 채어들 듯이 이거나마 뺏어 가지구 저의 판을 만들어 보겠다는 것이지만, 첫째 이런 좋은 좌처를 왜 내놓을라구!"

누구보다도 정례가 바르르 떨었다.

"매사가 그렇지, 될성부르니까 뺏어차구 앉았지. 거덜거덜하면 누가 눈이나 떠본다든!"

정례 모친은 코웃음을 치기만 하였다.

하여간, 이렇게 쫄리기를 반 달쯤이나 하다가 급기야 팔만 원 보증금의 영수증을 옥임이에게 담보로 내주고, 출자금 십만 원은 일 할 오 푼 변의 빚으로 돌라매고 말았다. 옥임이로서는 매삭 이 할 배당의 맛도 잊을 수 없었으나, 이왕 상점을 제 손으로 못 휘두를 바에는 이편이 든든은 하였던 것이다.

그리고는 정례 모친은, 옥임이가 가끔 함께 들러서 알게 된 교장 선생님의 돈 오만 원을 얻어 가지고, 개학 초부터 찌부러져 가던 상점의 만회책(挽回策)을 다시 세웠던 것이다. 그러나, 땅뙈기는 자동차 바람에 날려 보내고, 자동차는 수선비로 녹여 버리고 나니, 상점에서 흘러나간 칠팔만 원이라는 돈을 고스란히 떼 버렸고, 그 보충으로 짊어진 것이 교장의 빚 오만 원이었다. 점점 더 심해가는 물가에, 뜯어먹고 살아야는 하겠고, 내남없이 종이 한 장, 연필 한 자루라도 덜 사겠지 더 팔리지는 않으니, 매삭 두 자국 세 자국의 변리만 꺼가기도 극난이었다.

그러고 보니, 자연 좋지 못한 감정으로 헤어진 옥임이한테 보낼 변리가 한 달, 두 달 밀리기 시작했던 것이다. 팔만 원 증서가 집문서만큼 믿음직하지 못하다고 기어이 일 할 오 푼으로 떼를 써서 제멋대로 내놓은 것이 더 얄미워서, 어디 네가 그 이자를 긁어다가 먹나, 내가 안 내고 배기나 해 보자 하는 뱃심도 정례 모친에 게는 없지 않았다. 옥임이는 역시 제가 좀 과하게 하였다고 뉘우치던지, 또 혹은 팔만 원 증서를 가졌느니만치 마음이 놓여서 그런지, 별로 들르지도 않으려니 와, 들러서도 변리 재촉은 그리 하지 않았다. 도리어, 정례 어머니 편에서 변리가 밀려 미안하다는 말을 꺼내고 그 끝에,

"이 여름 방학이나 지내고 개학 초에 한몫 보면 모두 내리다마는 원체 일 할 오 부야 과한 것이요. 그때 형편에는 한 달 후면 자동차를 팔아서라두 곧 갚겠거 니 해서 아무려나 해둔 것이지만, 벌써 이월서부터 여덟 달이나 됐으니 무슨 수 로 그걸 다 내우. 일 할씩만 해두 팔만 원이구려, 어이구…… 한 번만 깎읍시다."

하고, 슬쩍 비쳐 보면 옥임이도 그럴싸한 듯이,

"아무려나 좋두룩 합시다그려."

하고, 웃어버리곤 하였다. 그러던 것이 개학이 되자, 이 달 들어서 부쩍 재촉하 면서 일 할 오 부 여덟 달치 변리 십이만 원, 아울러서 이십이만 원을 이 교장 영 감에게 치뤄 달라는 것이다. 급한 사정으로 이 영감에게 이십만 원을 돌려 썼는 데, 한 달 변리 일 할에 이만 원을 얹으면 꼭 이십이만 원 부리가 맞으니, 셈치기 도 좋고 마침 잘 되었다고 싱글싱글 웃어가며 조르는 옥임이의 늙어가는 얼굴이 더 모질어 보이고 얄밉상스러워 보였다. 마치 이십이만 원 부리를 채우느라고 그동안 여덟 달을 모른 척하고 내버려 두었던 것 같다. 정례 어머니는 기가 막혀 서 말이 나오지를 않았다. 옥임이에게 속아넘어간 것 같아서 분하였다. 그러나, 분한 것은 고사하고 이러다가는 이 구멍가게나마 들어먹고 집 한 채 남은 것마 저 까부러지지 않을까 하는 생각을 곰곰하면 가슴이 더럭 내려앉는 것이었다. 소학교 적부터 한 반에서 콧물을 흘리며 같이 자라났고, 동경 가서 여자 대학을 다닐 때도 함께 고생하던 옥임이다. 더구나 제가 내놓는 십만 원은 한푼 깔죽도 안 내고 이십만 원 가까운 돈을 벌어 주었으니, 아무리 눈에 돈동록이 슬었기로 제가 설마 내게 일 할 오 푼 변을 다 받으려 들기야 하랴! 한 갑절 얹어서 십육만 원쯤 해 주면 되려니 하는 속셈만 치고 있던 자기가 어리석다고 혼자 어이가 없 어 실소를 하고 말았다. 그런, 십오륙만 원이기로 한꺼번에 빼내는 수는 없으니,

이번에 변리 육만 원만 마감을 하고서 본전은 오만 원씩 두 번에 갚자는 요량이었다. 집안 식구는 조밥에 새우젓 꽁댕이로 우거대더라도, 어떻든지 이 겨울 방학이 돌아오기 전에 그 아니꼬운 옥임이 조건만이라도 끝을 내고야 말겠다고 이를 악무는 판인데 이렇게 둘러대고 보니, 살겠다고 기를 쓰고 기어올라가는 놈의 발목을 아래에서 붙들고 늘어지는 것 같아서 맥이 풀리고, 사는 것이 귀찮게만 생각되는 것이었다. 평생에 빚이라고는 모르고 지냈는데, 편편히 노는 남편만 바라보고 있을 수가 없어서 시작한 노릇이라 은행에 삼십만 원이 그대로 있고, 옥임이에게 이십이만 원, 교장 영감에게 오만 원, 도합 오십칠만 원 빚을 어느덧 짊어지고 앉은 생각을 하면 밤에 잠이 아니오고 앞이 캄캄하여 양잿물이라도 먹고 싶은 요사이의 정례 어머니이다.

"하여간 제게 십만 원 썼으면 썼지, 그걸 못 받을까 봐 선생님을 팔구 선생님더러 받아 오라는 것이지만, 내가 아무리 죽게 되두 제게 떼먹히지는 않을 거니 염려 말라구 하세요."

정례 어머니는 화를 바락 내었다. 해방 덕에 빚놀이를 시작해 가지고 돈 백만 원이나 착실히 잡았고, 깔려 있는 것만도 백만 원 이상은 되리라는 소문인데 이 영감에게 이십만 원 빚을 쓰다니 말이 되는 소린가. 못 받을까 애도 쓰이겠지마는 십이만 원 변리를 본전으로 돌라매어 넣고 변리에 새끼 변리, 손주 변리까지 우려먹자는 수단인 것이 뻔한 노릇이었다. 십만 원에 일 할 오 푼이면 일만 오천 원밖에 안 되나, 이십만 원으로 돌라매어 놓으면 일 할 변만 해도 매삭 이만 이천 원이니, 칠천 원이 더 붙는 것이다.

"그야 내 돈 안 쓴 것을 썼다겠소? 깔려만 있고 회수가 안 되면 피차 돌려도 쓰는 것이지마는, 나 역시 한 자국에 이십만 원씩 모개 내놓고 오래 둘 수는 없으니까, 이렇게 하면 어떻겠소……?"

영감은 무척 생색을 내고 이편 사정은 보아서, 석 달 기한하고 자기 조카의 돈 이십만 원을 돌려 주게 할 터이니, 다시 말하면 조카에게 이십만 원을 일 할로 얻어 줄 터이니, 우수리 이만 원만 현금으로 내놓고 표를 한 장 써 내라는 것이다. 옥임이는 이 영감에게 미루고, 영감은 또 조카의 돈을 돌려 쓴다고 표를 받겠다는 꼴이, 저희들끼리 무슨 꿍꿍이 속인지 알 수가 없으나, 요컨대 석 달 기한의 표를 받아 놓자는 것이요. 그 사품에 칠천 원 변리를 더 받겠다는 수작이다. 특별히 일 할 변인 대신에 석 달 기한이라는 조건을 붙이는 것도 무슨 계교 속인지 알 수가 없다. 석 달 동안에 이십만 원을 만드는 재주도 없지마는, 석 달 후면 마침 겨울 방학이 될 때니, 차차 꿀려 들어가는 제일 어려운 고비일 것이다. 정례 어머니는 이 연놈들이 무슨 원수를 졌다고 이렇게 짜고서들 못살게 구는 것인구? 하는 생각에 한바탕 들이대고 싶은 것을 꾹 참으며,

"선생님께 쓴 돈 아니니, 교장 선생님은 아랑곳 마세요. 옥임이더러 와서 조르든 이 상점을 떼메어 가든 마음대로 하라죠."

하고, 딱 잘라 말을 하여 쫓아 보냈다.

3.

그 후 근 일 주일은 옥임이의 그림자도 보이지 않았다. 정례 모녀는 맞닥뜨리면 말수도 부족하거니와, 아귀다툼하는 것이 싫어서 그날그날 소리없이 넘어가는 것이 다행하나, 어느 때 달려들어서 또 무슨 조건을 내놓고 졸라댈지 불안은 한층 더하였다.

"응, 마침 잘 만났군. 그런데 그만하면 얘기는 끝났을 텐데, 웬 세도가 그리 좋아서 누구를 오너라가거라 허구 아니꼽게 야단야……."

정례 모친이 황토현 정류장에서 차를 기다리며 열 틈에 끼어 섰으려니까, 이곳으로 향하여 오던 옥임이가 옆에 와서 딱 서며 시비를 건다.

"바쁘기야 하겠지만, 좀 못 들를 건 뭐구."

정례 모친은 옥임이의 기색이 좋지는 않아 보이나, 실없는 말이거니 하고 대꾸를 하며 열에서 빠져 나서려니까.

"그래, 그 돈은 갚는다는 거야, 안 갚을 작정야? 넌 세도 좋은 젊은 서방을 믿고, 고 텃세루 남의 돈을 무쪽같이 떼먹으려 드나부다마는, 김옥임이두 그렇게 호락호락하지는 않아……."

원체 예쁘장한 상판이지만, 눈을 곤두세우고 대는 폼이 어려서부터 삼십 년 동안이나 보던 옥임이는 아니다. 전부터 '네 영감은 어째서 점점 더 젊어가니? 거기다 대면 넌 어머니 같구나.' 하고, 새롱새롱 놀리기도 하며, 육십이 넘은 아버지 같은 영감 밑에 쓸쓸히 사는 옥임이는 은근히 부러워도 하는 눈치였지마는, 밑도 끝도 없이 길바닥에서 젊은 서방을 들추어 내는 것을 보고 정례 어머니는 어이가 없었다.

"늙은 영감에 넌더리가 나거든 젊은 서방 하나 또 얻으려무나."

하고, 정례 모친도 비꼬아 주고 싶었으나, 열을 지어 섰는 사람들이 쳐다보며 픽픽웃는 통에,

"이거 미쳐나려나, 이건 무슨 객설10)야?"

하며, 달래며 나무라며 끌고 가려 하였다.

"그래, 내 돈을 곱게 먹겠는가 생각을 해 보렴. 매달린 식솔은 많구, 병들어 누운 늙은 영감의 약값이라두 뜯어 쓰랴구 이렇게 쩔쩔거리고 다니는, 이년의 돈을 먹겠다는 너 같은 의리가 없는 년은 욕을 좀 단단히 봐야 정신이 날 거다마는, 제 사정 보아서 싼 변리에 좋은 자국을 지시해 바친밖에! 그것두 마다니 남의 돈 생으로 먹자는 도둑년 같은 배짱 아니구 뭐야?"

오고가는 사람이 우중우중 서며 구경났다고 바라보는데, 원체 히스테리증이 있는 줄은 짐작하지만, 창피한 줄도 모르고 기가 나서 대든다. 히스테리는 고사하고, 이것도 빚쟁이의 돈 받는 상투 수단인가 싶었다.

"누가 안 갚는 대냐? 돈두 중하지만 이게 무슨 꼬락서니냐 말야."

정례 어머니는 그래도 달래서 뒷골목으로 끌고 들어가려 하였다.

"난 돈밖에 몰라. 내일 모레면 거리로 나앉게 된 년이 체면은 뭐구, 우정은 다 뭐냐? 어쨌든 내 돈만 내놓으면 이러니저러니, 너 같은 장래 대신 부인께 나 같은 년야 감히 말이나 붙여 보려 들겠다든!"

하며, 허청 나오는 코웃음을 친다. 구경꾼은 자꾸 모여드는데, 정례 모친은 생전에 처음 당하는 이런 봉욕11)에 눈앞이 아찔해지고 가슴이 꼭 메어올랐으나, 언제까지나 이러고 섰다가는 예서 더 무슨 창피한 꼴을 볼까 무서워서, 선뜻 몸을 빼어 옆골목으로 줄달음질쳐 들어갔다. 뒤에서 발자국 소리가 없으니 옥임이는 제대로 간 모양이다.

정례 모친은 눈물이 핑 돌았다. 스물예닐곱까지 동경 바닥에서 신여성 운동이네, 연애네, 어쩌네 하고 멋대로 놀다가, 지금 영감의 후실로 들어앉아서 세상 고생을 알까, 아이를 한 번 낳아 보았을까, 사십 전의 젊은 한때를 도지사 대감의 실내 마님으로 떠받들려 제멋대로 호강도 하여 본 옥임이다. 지금도 어디가 사십이 훨씬 넘은 중늙은이로 보이랴?

---

10) 실없는 말   11) 욕된 일을 당함

머리를 곱게 지지고 엷은 얼굴 단장에, 번들거리는 미국제 핸드백을 착 끼고 나선 맵시가 어느 댁 유한 마담으로 알 것이지, 설마 일 할, 일 할 오 푼으로 아귀다툼을 하고, 어려운 예전 동무를 쫓아다니며 울리는 고리대금업자로야 그 누가 짐작이나 할까? 해방이 되자, 고리 대금이 전당국 대신으로 터놓고 하는 큰 생화(장사)가 되었지마는, 옥임이는 반민자(反民者)의 아내가 되리라는 것을 도리어 간판으로 내세우고 불어귀같이 덤빈 것이다. 증경(曾經)[12] 도지사요, 전쟁 말기에는 무슨 군수품 회사의 취체역(取締役)[13]인가 감사역을 지냈으니, 반민법이 국회에서 통과되는 날이면 중풍으로 삼 년째나 누웠는 영감이, 어서 돌아가 주기나 하기 전에야 으레 걸리고 말 것이요, 걸리는 날이면 떠메다가 징역은 시키지 않을지 모르되, 지니고 있는 집칸이며 땅섬지기나마 몰수당할 것이니, 비록 자식은 없을망정 자기는 자기대로 살길을 찾아야 하겠다고 나선 길이 이 길이었다. 상하 식솔을 혼자 떠맡고 영감의 약값을 제 손으로 벌어야 될 가련한 신세같이 우는 소리를 하지마는, 그래야 남의 욕을 덜 먹는 발뺌이 되는 것이다.

옥임이는 정례 모친이 혼쭐이 나서 달아나는 꼴을 그것 보라는 듯이 곁눈으로 흘겨보고는, 입귀를 샐룩하며 비웃고 버젓이 사람 틈을 헤치고 종로편으로 내려갔다. 의기 양양할 것도 없지마는, 가슴 속이 후련하니, 머릿속이고 가슴 속이고 뭉치고 비비꼬이던 것이 확 풀어져 스러지고, 피가 제대로 도는 것같이 기분이 시원하다.

그러나, 그렇게 뭉치고 비비꼬인 것이라는 것이 반드시 정례 어머니에게 대한 악감정은 아니었다. 옥임이가 그 오랜 동무에게 이렇다 할 감정이 있을 까닭은 없었다. 다만, 아무리 요새 돈이라도 이십여 만 원이라는 대금을 받아내려면, 한번 혼을 단단히 내고 제독을 주어야 하겠다고 벼르기는 하였지만, 얼떨결에 나온다는 말이, 젊은 서방을 둔 텃세냐, 무엇이냐고 한 것은 구석 없는 말이었고, 지금 생각하니 우스웠다. 그러나 자기보다도 훨씬 늙어 보이고 살림에 찌든 정례 모친에게는 과분한 남편이라는 생각을 늘 하던 옥임이기는 하였다. 남의 남편을 보고 부럽다거나, 샘이 나거나 하는 그런 몰상식한 옥임이도 아니지만, 자식도 없이 군식구들만 들썩거리는 집에 들어가서 몸도 제대로 가누지 못하는 늙

12) 지나간 / 전직   13) 주식회사의 이사

은 영감의 방을 들여다보면 공연히 짜증이 나고, 정례 어머니가 자식들을 공부시키느라고 어려운 살림에 얽매고 고생하나, 자기보다는 팔자가 좋다는 생각도 나는 것이었다.

내년이면 공과 대학을 나오는 맏아들에, 중학교에 다니는, 어머니보다도 키가 큰 둘째 아들이 있고, 딸은 지금이라도 사위를 보게 다 길러 놓았고, 남편은 번둥번둥 놀며 마누라가 조리차를 하는 용돈이나 받아 쓰고, 자동차로 땅뙈기는 까불었을망정 신수가 멀쩡한 호남자가 무슨 정당이라나 하는 곳의 조직 부장이니 훈련 부장이니 하고 돌아다니니, 때를 만나면 아닌 게 아니라 장래 대신이 되지 말라는 법도 없을 것이다. 팔구 삭 동안 장사를 하느라고 매일 들러보면, 젊은 영감을 등이라도 두드리고 머리를 쓰다듬어 줄 듯이 지성으로 고이는 꼴이란 아닌 게 아니라 옆에서 보기에도 부러운 생각이 들 때가 없지 않았지마는, 결혼들을 처음 했을 예전 시절이나, 도지사(道知事) 관사에 들어서 드날릴 때야 어디 존재나 있던 위인들인가? 그것이 처지가 뒤바뀌어서 관 속에 한 발을 들여 놓은 영감이나마 반민자로 지목이 가다니, 이런 것 저런 것을 생각하면 쭉쭉 뽑아 놓은 자식들과, 한참 활동적인 허위대 좋은 남편에 둘러싸여 재미있고 기운차게 사는 양이 역시 부럽고, 저희만 잘 된다는 것에 시기도 나는 것이었다. 보기 좋게 이년저년을 붙이며 한바탕 해대고 나서 속이 후련한 것도 그러한 은연중의 시기였고, 공연한 자기 화풀이였는지 모른다.

옥임이는 그 길로 교장 영감 집에 들러서,

"혼을 단단히 내주었으니까 이제는 딴 소리 안 할 거외다. 내일 가서 표라도 받아다 주슈."

하고 일러 놓았다.

4.

"오늘은 아귀[14]를 지어주시렵니까? 언제 갚으나 갚고 말 것인데 그걸루 의 상할 거야 있나요?"

이튿날 교장이 슬쩍 들러서 매우 점잖은 수작을 하는 것이었다.

14) 끝 매듭

18

염상섭

두 파 산

"이렇게 말씀드리면 교장 선생님부터가 어떻게 들으실 줄 모르나, 김옥임이가 그렇게 되다니 불쌍해 못 견디겠어요. 예전에 셰익스피어의 원서를 끼구 다니구, 〈인형의 집〉에 신이 나구, 엘렌 케이의 숭배자요 하던 그런 옥임이가, 동냥자루 같은 돈 전대를 차구 나서면 세상이 모두 돈닢으로 보이는지, 어린애 코 문은 돈 바라고 이런 구멍가게에 나와 앉았는 나두 불쌍한 신세이지마는, 난 옥임이가 가엾어서 어제 울었습니다. 난 살림이나 파산 지경이지 옥임이는 성격 파산인가 보더군요……."

정례 어머니는 분하다 할지, 딱하다 할지, 속에 맺히고 서린 불쾌한 감정을 스스로 풀어버리려는 듯이 웃으며 하소연을 하는 것이었다.

"그런 말씀을 하시니 나두 듣기에 좀 괴란쩍습니다마는, 모두 어려운 세상에 살자니까 그런 거죠, 별수 있나요, 그래도, 제 돈 내놓고 싸든 비싸든 이자(利子)라고 명토[15] 있는 돈을 어엿이 받아먹는 것은 아직도 양심이 있는 생활입니다. 입만 가지고 속여 먹고, 등쳐 먹고, 알로 먹고, 꿩으로 먹는 허울좋은 불한당 아니고는 밥알이 올곧게 들어가지 못하는 지금 세상 아닙니까, 허허허."

하고, 교장은 자기 변명인지 옥임이 역성인지를 하는 것이었다.

이날 정례 어머니는 딸이 옆에서 한사코 말리며,

"그 따위 돈은 안 갚아도 좋으니, 정장을 하든 어쩌든 마음대로 하라고 내버려두세요."

하며 팔팔 뛰는 것을 모른 척하고, 이십만 원 표에 이만 원 현금을 얹어서 옥임이에게 갖다 주라고 내놓았다.

정례 모친은 그 후 두 달 걸려서 교장 영감의 오만 원 돈은 갚았으나, 석 달째 가서는 이 상점 주인이 바뀌어 들고야 말았다. 정말 교장 영감의 조카가 나서는가 하였더니, 교장의 딸 내외가 들어앉았다. 상점을 내놓고 만 바에는 자질구레한 셈속을 따진대야 죽은 아이 귀 만져 보기 별수 없지만, 하여튼 이십만 원의 석 달 변리 육만 원이 또 늘어서 이십육만 원인데, 정례 모녀가 사글세의 보증금 팔만 원마저 못 찾고 두 손 털고 나선 것을 보면, 그 팔만 원을 아끼고 남은 십팔만 원이 점방의 설비와 남은 물건 값을 치룬 것이었다. 물론 옥임이가 뒤에 앉아

15) 이름이나 성명   16) 사서 가짐

맡은 것이나, 권리 값으로 오만 원 더 얹어서 교장 영감에게 팔아 넘긴 것이었다. 옥임이는 좀더 남겨먹었을 것이로되, 교장 영감이 그 돈 받아내는 데에 공로가 있었기 때문에 오만 원 얹어 먹고 말았고, 또 교장은 이북에서 내려온 딸 내외에게는 꼭 알맞은 장사라는 생각이 들어서 애초부터 침을 삼키고 눈독을 들이던 것이라, 이 상점을 손에 넣으려고 애도 썼지마는, 매득¹⁶⁾하였다고 좋아하였다.

정례 모녀는 일 년 반 동안이나 죽도록 벌어서 죽 쑤어 개 좋은 일한 셈이라고 절통을 하였으나, 그보다도 정례 모친은 오래간만에 몸이 편해져서 그렇기도 하였겠으나, 몸살 감기에 울화가 터져서 그만 몸져누운 것이 반 달이나 끌었다.

"마누라, 염려 말아요. 김옥임이 돈쯤 먹자고만 들면 삼사십만 원쯤 금시 녹여내지, 가만있어요."

정례 부친은 앓는 마누라 옆에 앉아서 이렇게 위로하였다.

"옥임이 돈을 먹자는 것두 아니지만, 무슨 재주루?"

마누라는 말리는 것도 아니요, 부채질하는 것도 아닌 소리를 하였다.

"김옥임이도 요사이 자동차를 놀려 보구 싶어 한다는데, 마침 어수룩한 자동차 한 대가 나섰단 말이지. 조금만 참아요. 우리 집문서는 아무래두 김옥임 여사의 집으로 찾아가고 말 것이니……."

하며, 정례 부친은 앓는 아내를 위하여 뱃속 유하게 껄껄 웃었다.

해답

1. 정례 모친의 경제적 파산과 김옥임의 정신적 파산을 나타낸다.   2. 처음에는 정례 모친이 시작했으나 김옥임의 손을 거쳐 교장선생님의 딸이 주인이 된다.

19

비 오는 날, 손창섭

손창섭(孫昌涉, 1922~   ) ●● 평양에서 태어났다. 1953년 〈문예〉에 〈사연기(死緣己)〉
〈공휴일〉이 추천되어 등단하였다. 그는 전후 만학의 대표적 작가로서 병적 불구의 인간을
그림으로써 전후의 우울을 사실적으로 표현해 주고 있다.
물질적 결핍과 정신의 황폐함을 통해 소외와 허무의 인간 모습을 보여주었다.
대표작으로 〈혈서〉 〈사제간〉 〈잉여 인간〉 〈길〉 등이 있다.

19
비 오는 날, 손창섭

이렇게 비 내리는 날이면 원구의 마음은 감당할 수 없도록 무거워지는 것이었다. 그것은 동욱 남매의 음산한 생활 풍경이 그의 뇌리를 영사막처럼 흘러가기 때문이었다. 빗소리를 들을 때마다 원구에게는 으레 동욱과 그의 여동생 동옥이 생각나는 것이었다. 그들의 어두운 방과 쓰러져 가는 목조 건물이 비의 장막 저편에 우울하게 떠오르는 것이었다. 비록 맑은 날일지라도 동욱의 오뉘의 생활을 생각하면, 원구의 귀에는 빗소리가 설레이고 그 마음 구석에는 빗물이 스며 흐르는 것 같았다. 원구의 머리 속에 떠오르는 동욱과 동옥은 그 모양으로 언제나 비에 젖어 있는 인생들이었다.

동욱의 거처를 왕방하기 전에 원구는 어느 날 거리에서 동욱을 만나 저녁을 같이 한 일이 있었다. 동욱은 밥보다도 먼저 술을 먹고 싶어했다. 술을 마시는 동욱의 태도는 제법 애주가(愛酒家)였다. 잔을 넘어 흘러내리는 한 방울도 아까워서 동욱은 혀 끝으로 잔굽을 핥았다. 기독교 가정에서 성장했을 뿐 아니라 몇몇 교회에서 다년간 찬양대를 지도해 온 동욱의 과거를 원구는 생각하며, 요즈음은 교회에 나가지 않느냐고 물어 보았다. 동욱은 멋적게 씽긋 웃고 나서 이따만큼 한 번씩 나가노라고 하고, 그런 때는 견딜 수 없는 절망감에 숨이 막힐 것 같은 날이라는 것이었다. 동욱은 소매와 깃이 너슬너슬한 양복 저고리에 교회에서 구제품으로 탄 것이라는, 바둑판처럼 사방으로 검은 줄이 죽죽 간 회색 즈봉을 입고 있었다. 무엇보다도 그의 구두가 아주 명물이었다. 개미 허리처럼 중간이 잘룩한 데다가 코숭이만 주먹만큼 뭉툭 솟아오른 검정 단화(短靴)를 신고 있었다. 그건 꼭 채플린이나 신음직한 괴이한 구두였기 때문에 잔을 주고받으면서도 원구는 몇 번이나 동욱의 발을 내려다보는 것이었다. 그 동안 무얼하며 지냈느냐는 원구의 물음에 동욱은 끼고 온 보자기를 끄르고 스크랩북을 펴 보이는 것이었다. 몇 장 벌컥벌컥 뒤지는 데 보니, 서양 여자랑 아이들의 초상화가 드문드문 붙어 있었다.

그 견본을 가지고 미군 부대를 찾아다니며 초상화의 주문을 맡는다는 것이었다. 대학에서 영문과를 전공한 것이 아주 헛일은 아니었다고 하며 동욱은 닝글닝글 웃었다. 동욱의 그 닝글닝글한 웃음을 원구는 이전부터 몹시 꺼렸다. 상대방을 조롱하는 것 같은 그러면서도 자조적(自嘲的)이요, 어쩐지 친애감조차 느껴지는 그 닝글닝글한 웃음은 원구에게 어떤 운명적인 중압을 암시하여 감당할 수 없이 마음이 무거워지는 것이었다. 대체 그림은 누가 그리느냐니까, 지금 여동생 동옥이와 둘이 지내는데, 동옥은 어려서부터 그림을 좋아하더니 초상화를 곧잘 그린다는 것이다. 동옥이란 원구의 귀에도 익은 이름이었다. 소학교 시절에 동욱이네 집에 놀러 가면 그 때 대여섯 살밖에 안 되는 동옥이가 귀찮게 졸졸 따라다니던 기억이 새로웠다. 동옥은 그 당시 아이들 사이에 한창 유행되었던, '중중 때때중 바랑 메고 어디 가나'를 부르고 다녔다. 그 사이 이십 년이라는 세월이 흐르고 보니 동옥의 모습은 전연 기억도 남지 않았다. 동욱의 말에 의하면 지난번 1·4후퇴 당시 데리고 왔는데, 요새 와서는 짐스러워 후회할 때가 있다는 것이었다. 그의 남편은 못 넘어 왔느냐니까, 뭘 입때 처년데 했다. 지금 몇 살인데 미혼이냐고 묻고 싶었지만, 원구는 혼기가 지난 동욱이나 자기 자신도 아직 독신인 걸 생각하고, 여자도 그럴 수가 있을 거라고 속으로 주억거리며 그는 입을 다물었다. 동욱의 나이가 지금 이십오륙 세가 아닐까 하고 원구는 지나간 세월과 자기 나이에 비추어서 속어림으로 따져보는 것이었다. 술에 취한 동욱은 다자꾸 원구의 어깨를 한 손으로 투덕거리며 동옥이 년이 정말 가엾어, 암만 생각해도 그 총기며 인물이 아까워, 그런 말을 되풀이하는 것이었다. 그러고는 다시 잔을 비우고 나서, 할 수 있나 모두가 운명인 걸 하고 고개를 흔드는 것이었다. 동욱은 머리를 떨어뜨린 채 내가 자네람 주저없이 동옥이와 결혼할 테야 암 장담하구 말구, 혼잣말처럼 그렇게도 중얼거리는 것이었다. 종잡을 수 없는 동욱의 그런 말에 원구는 무슨 영문인지도 모르면서도, 암 그럴테지 하며 동욱의 손을 쥐어 흔드는 것이었다. 동욱은 음식집을 나와 헤어질 무렵에 두 손을 원구의 양 어깨에 얹고 자기는 꼭 목사가 되겠노라고 했다.

그것이 자기의 갈 길인 것 같다고 하며 이제 새 학기에는 신학교에 들어가겠다는 것이었다. 어깨가 축 늘어져서 걸어가는 동욱의 초라한 뒷모양을 바라보고서서 원구는 또 다시 동욱의 과거와 그 집안을 그려 보며, 목사가 되겠노라고 하면서도 술을 사랑하는 동욱을 아껴줘야겠다고 생각하는 것이었다.

그 뒤 원구가 처음으로 동욱을 찾아간 것은 사십 일이나 계속된 긴 장마가 시작된 어느 날이었다. 동래(東萊) 종점에서 전차를 내리자, 동욱이가 쪽지에 그려 준 약도를 몇 번이나 펴 보며 진득진득 걷기 힘든 비탈길을 원구는 조심히 걸어 올라갔다. 비는 여전히 줄기차게 내리고 있었다. 우산을 받기는 했으나 비가 후려치고 흙탕물이 뛰고 해서 정강이 밑으로는 말이 아니었다. 동욱이가 들어 있는 집은 인가에서 뚝 떨어져 외따로이 서 있었다. 낡은 목조 건물이었다. 한 귀퉁이에 버티고 있는 두 개의 통나무 기둥이 모로 기울어지려는 집을 간신히 지탱하고 있었다. 기와를 얹은 지붕에는 두세 군데 잡초가 반 길이나 무성해 있었다. 나중에 들어 알았지만 왜정 때는 무슨 요양원(療養院)으로 사용되어 온 건물이라는 것이었다. 전면(前面)은 본시 전부가 유리 창문이었는데 유리는 한 장도 남아 있지 않았다. 들이치는 비를 막기 위해서 오른편 창문 안에는 가마니때기가 드리워 있었다. 이 폐가(廢家)와 같은 집 앞에 우두커니 우산을 받고 선 채, 원구는 한동안 움직이지 않았다. 이런 집에도 대체 사람이 살고 있을까? 아이들 만화책에 나오는 도깨비 집이 연상됐다.

금시 대가리에 뿔이 돋은 도깨비들이 방망이를 들고 쏟아져 나올 것만 같았다. 이런 집에 동욱과 동옥이가 살고 있다니 원구는 다시 한번 쪽지에 그린 약도를 펴 보았다. 이 집임에 틀림없었다. 개천을 끼고 올라오다가 그 개천을 건너선 왼쪽 산비탈에는 도대체 집이라고는 이 집 한 채뿐이었다. 원구는 몇 걸음 다가서며 말씀 좀 묻겠습니다 하고 인기척을 냈다. 안에서는 아무런 응답이 없었다. 원구는 같은 말을 또 한 번 되풀이했다. 그래도 잠잠하다. 차차 거세가는 빗소리와 도랑물 소리뿐, 황폐한 건물 자체가 그대로 죽음처럼 고요했다. 원구는 좀더 큰 소리로 안녕하십니까? 하고 불러 보았다. 원구는 제 소리에 깜짝 놀랐다. 목에 엉켰던 가래가 풀리며 탁 터져 나오는 음성이 예상 외로 컸던 탓인지, 그것은 마치 무슨 비명처럼 들리었기 때문이다. 그러나 문 안에 친 거적 귀퉁이가 들썩하며, 백지에 먹으로 그린 초상화 같은 여인의 얼굴이 나타난 것이다. 살결이 유달리 희고 눈썹이 남보다 검은 그 여인은 원구를 내다보며 좀처럼 입을 열지 않았다. 저게 동옥인가 보다고 속으로 생각하며 여기가 김동욱 군의 집이냐는 원구의 물음에 여인은 말없이 약간 고개를 끄덕여 보였을 뿐이다. 눈썹 하나 까닥하지 않는 그 태도는 거만해 보이는 것이었다. 동욱 군 어디 나갔습니까? 하고 재차 묻는 말에도 여인은 먼저처럼 고개만 끄덕했다. 그리고 나서 원구를 노려보는 듯하는 그 눈에는 까닭 모를 모멸(侮蔑)과 일종의 반항적 태도까지 서리어 있는 것이었다. 여인은 혹시 자기를 오해하고 있지 않나 싶어 정원구라는 이름을 밝히고 나서 동욱과는 소학교에서 대학까지 동창이었다는 것과, 특히 소학 시절에는 거의 날마다 자기가 동욱이네 집에 놀러가거나, 동욱이가 자기네 집에 놀러왔다는 것을 설명해 주었다.

그래도 여인의 표정에는 별다른 변화가 없었다. 원구는 한층 더 부드러운 음성으로 혹시 동욱군의 여동생 아니십니까? 동옥이라구…… 하고 물었다. 여인은 세 번째 고개를 끄덕여 보인 것이다. 그리고 비로소 그 얼굴에 조소를 품은 우울한 미소가 약간 어리는 것이었다. 동욱이 어디 갔느냐니까, 그제야 모르겠는데요 하고 입을 열었다. 꽤 맑은 음성이었다. 그러면 언제 들어올지 모르겠군요 하니까, 이번에도 동옥은 머리를 끄덕이는 것이었다. 무례한 동옥의 태도에 불쾌한 후회를 느끼면서 원구는 발길을 돌이키는 수밖에 없었다. 동욱이가 돌아오거든 자기가 다녀갔다는 말을 전해 달라고 이르고 돌아서는 원구에게 동옥는 아무러한 인사도 하지 않았다.

물탕에 젖어 꿀쩍거리는 신발 속처럼 자기의 머리는 어쩔 수 없는 우울에 잠뽁 젖어 있는 것이라고 공상하며 원구는 호박 덩굴 우거진 철둑 길을 걸어나갔다. 그 무거운 머리를 지탱하기에는 자기의 목이 지나치게 가는 것같이 여겨졌다. 그것은 불안한 생각이었다. 얼마쯤 가다가 원구는 별생각이 없이 걸음을 멈추고 뒤를 돌아보았다. 안개비 속으로 보이는 창연한 건물은 금방 무서운 비명과 함께 모로 쓰러질 것만 같았다.

자기가 발길을 돌리자 아마 쓰러질는지도 모른다는 생각에, 이제나 저제나 하고 집을 지켜보고 섰던 원구는 흠칫 놀라듯이 몸을 떨었다. 창문 안에 드리운 거적을 캔버스 삼아 그림처럼 선명히 떠올라 있는 흰 얼굴이 눈에 띄었기 때문이었다. 그것은 동옥의 얼굴임에 틀림없었다. 어쩌자고 동옥은 비 뿌리는 창문에 붙어 서서 저렇게 짓궂게 나를 바라보고 있는 것일까? 어려서 들은, 여우가 사람을 홀린다는 얘기가 연상되어 전신에 오한을 느끼며 발길을 돌이키는 원구의 눈앞에 찢어진 지우산을 받고 다가오는 사나이가 있었다. 다행히도 그것은 동욱이었다. 찬거리를 사러 잠깐 나갔다가 오노라는 동욱은, 푸성귀며 생선 토막이 들어 있는 저자구럭을 한 손에 들고 있었다. 이 먼 델 비 맞고 왔다가 그냥 돌아가는 법이 있느냐고 하며 동욱은 원구의 손을 잡아 끄는 것이었다. 말할 기력조차 잃은 사람처럼 원구는 묵묵히 뒤를 따라갔다. 좀전의 동옥의 수수께끼 같은 태도는 더욱 이해할 수 없는 무거운 그림자가 되어 원구의 머리를 뒤집어 씌우는 것이었다. 동욱에게 재촉을 받고 방안에 들어서는 원구를 동옥은 반항적인 태도로 힐끔 쳐다보는 것이었다. 물론 일어서거나 옮겨 앉으려고도 하지 않았다.

비오는 날인데다가 창문까지 거적대기로 가리어서 방안은 굴속같이 침침했다. 다다미 여덟 장 깔리는 방안은 다다미 위에다 시멘트 종이로 장판 바른 듯한 것이었다. 한편 천장에서는 쉴 사이 없이 빗물이 떨어졌다. 빗물 떨어지는 자리에 바께쓰가 놓여 있었다. 촐랑촐랑 쪼르륵 촐랑, 빗물은 이와 같은 연속적인 음향을 남기며 바께쓰 안에 가 떨어지는 것이었다. 무덤 속 같은 이 방안의 어둠을 조금이라도 구해 주는 것은 그래도 빗물 소리뿐이었다. 그러나 그 빗물 소리마저 바께쓰에 차츰 물이 늘어갈수록 우울한 음향으로 변해가는 것이었다.

동욱은 별로 원구와 동옥을 인사시키거나 소개하려 하지 않았다. 동욱은 젖은 옷을 벗어서 걸고 런닝셔츠와 팬츠바람으로 식사 준비를 할 테니 잠깐만 앉아 있으라고 하고 부엌으로 나가는 것이었다. 부엌이라야 따로 있는 것이 아니라 비어 있는 옆방이었다. 다다미는 걷어서 벽 한구석에 기대어 놓아, 판장뿐인 실내에는 여기저기 빗물이 오줌발처럼 쏟아졌다. 거기에는 취사 도구가 너저분하니 널려 있는 것이었다. 연기가 들어간다고 사잇문을 닫아 버리고 나서, 동욱은 풍로에 불을 피우노라고 부채질을 하며 야단이었다. 열 시가 조금 지난 회중 시계를 사잇문 틈으로 꺼내 보이며 도대체 조반이냐 점심이냐는 원구의 질문에, 동욱은 닝글닝글하며 자기들에게는 삼시의 구별이 없다고 했다. 언제든 배고프면 밥을 끓여 먹고 밥 생각이 없는 날은 종일이라도 굶고 지낸다는 것이었다.

　동욱이가 부엌에서 혼자 바삐 돌아가는 동안 동옥은 역시 한 자리에 앉아 꼼짝도 하지 않았다. 동옥은 가끔 하품을 하며 외국에서 온 낡은 화보를 뒤적이고 있었다. 그러한 동옥이와 마주앉아 자기는 도대체 무엇을 생각해야 하며 또한 어떠한 포즈를 지속해야 하는가? 원구는, 이런 무의미한 대좌(對坐)를 감당할 수 없어 차라리 부엌에 나가 풍로에 부채질이나마 거들어 줄까도 생각해 보는 것이었다. 그러나 고만한 행동도 이 상태로는 일종의 비약(飛躍)이라 적지 아니한 용기가 필요했다.

　그러는 동안 원구는 별안간 엉덩이가 척척해 들어옴을 의식하였다. 바께쓰의 빗물이 넘어서 옆에 앉아 있는 원구의 자리로 흘러내린 것이었다. 원구는 젖은 양복바지 엉덩이를 만지며 일어섰다. 그제서야 동옥도 바께쓰의 물이 넘는 줄을 안 모양이다. 그러나 동옥은 직접 일어나서 제 손으로 치려고 하지도 않았다. 앉은 채 부엌 쪽을 향하여, 오빠 물 넘어, 했을 뿐이었다. 동욱은 사잇문을 반쯤 열고 들여다보며 이년아, 네가 좀 치우지 못해? 하고 목에 핏대를 세웠다. 그러자 자기가 나서기에 절호한 기회라고 생각한 원구는 내가 내다 버리지 하고 한 손으로 바께쓰를 들어올렸다. 그러나 한 걸음도 미처 옮겨 놓을 사이도 없이 바께쓰는 철거렁 하는 소리와 함께 한 옆이 떨어지며 물이 좌르르 쏟아졌다. 손잡이의 한쪽 끝갈퀴가 구멍에서 벗겨진 것이었다.

　순식간에 방바닥은 물바다가 되고 말았다. 여지껏 꼼짝도 않고 앉아 있던 동옥도 그제만은 냉큼 일어나 한 걸음 비켜서는 것이었다. 그 순간 동옥의 동작이 예사롭지가 않았다. 원구에게 또 하나 우울의 씨를 뿌려주는 것이었다. 원피스 밑으로 드러난 동옥의 왼쪽 다리가 어린애의 손목같이 가늘고 짧았기 때문이다. 그러한 다리를 옮겨 디디는 순간, 동옥의 전신은 한쪽으로 쓰러질 듯이 기울어지는 것이었다. 동옥은 다시 한 번 그 가늘고 짧은 다리를 옮겨 놓는 일 없이, 젖지 않은 구석자리에 재빨리 주저앉아 버리고 말았다. 그리고는 희다 못해 파랗게 질린 얼굴에 독이 오른 눈초리로 원구를 잡아먹을 듯이 노려보는 것이었다. 동옥의 시선을 피하여 탁류의 대하 가운데 떠 있는 것 같은 공포에 몸을 떨며, 원구는 마지막 기력을 다하여 허위적거리듯 두 발로 물 괸 방을 허위적거려 보는 것이었다.

　그 뒤로는 비가 와서 가게를 벌일 수 없는 날이면 원구는 자주 동욱이네 집을 찾아가는 것이었다. 불구인 신체와 같이 불구적인 성격으로 대해 주는 동옥의 태도가 결코 대견할 리 없으면서도, 어느 얄궂은 힘에 조종당하듯이 원구는 또다시 찾아가지 아니할 수 없는 것이었다. 침침한 방안에 빗물 떨어지는 소리가 듣고 싶어서일까? 동옥의 가늘고 짧은 한쪽 다리가 지니고 있는 슬픔에 중독된 탓일까? 이도 저도 아니면 찾아갈 적마다 차츰 정상적인 데로 돌아오는 동옥의 태도에 색다른 매력을 발견할 탓일까?

정말 동옥의 태도는 원구가 찾아가는 회수에 따라 현저히 부드러워지는 것이었다. 두 번째 찾아갔을 때 동옥은 원구를 보자 얼굴을 붉히었다. 그리고는 고개를 숙였다. 세 번째 찾아갔을 때는 원구를 보자 동옥은 해죽이 웃어 보인 것이었다. 그러나 그것은 우울한 미소였다. 찾아갈 때마다 달라지는 동옥의 태도가 원구에게는 꽤 반가운 것이었다. 인사불성에 빠졌던 환자가 제 정신으로 돌아올 때처럼 고마웠다. 첫 번째 불렀을 때는 눈을 감은 채 아무런 반응도 없던 환자가, 두 번째 부르자 눈을 간신이 떴고, 세 번째 불렀을 때는 제법 완전히 눈을 떠서 좌우를 둘러보다가 물 좀 하고 입을 열었을 경우와 같은 반가움을, 원구는 동옥에게서 경험하는 것이었다.

두 번째 갔을 때에는 지난 번 빗물 쏟아지던 자리에 바께쓰가 놓여 있지 않았다. 그 자리에는 제창 떼꾼히 구멍이 뚫려 있었다. 주먹이 두어 개나 드나들 만한 그 구멍은 다다미에서부터 그 밑의 널판까지 뚫려 있었다. 천장에서 흘러내리는 빗물은 그 구멍을 통과해 널판 밑 흙바닥에 둔탁한 음향을 남기며 떨어졌다. 기실 비는 여러 군데서 새는 모양이었다. 널빤지로 된 천장에는 사방에서 빗물 듣는 소리가 났다. 천장에 떨어진 빗물은 약간 경사진 한쪽으로 오다가 소 눈깔만 한 옹이 구멍으로 새어 흐르는 것이었다.

그날만 해도 원구와 동욱이가 주고받는 말에, 비교적 냉담한 동옥이었다. 그러나 세 번째 갔을 때부터는 원구와 동욱이가 웃을 때는 함께 따라 웃어주는 것이었다. 간혹 한두 마디씩은 말추렴에도 들었다. 그날은 일찌감치 저녁을 얻어 먹고 돌아오려고 하는데 비가 하도 세차게 퍼부어서 자고 오는 수밖에는 없었다. 한 손에 우산을 들고 선 채 회색 장막을 드리운 듯, 비에 뿌애진 창 밖을 내다보며 망설이고 있는 원구의 귀에 고집 피우지 말고 자고 가라는 동욱의 말에 뒤이어, 이런 비에는 앞도랑에 물이 불어서 못 건너십니다. 하는 동옥의 음성이 들린 것이었다.

그날 밤 비로소 원구는 가벼운 기분으로 동옥에게 말을 걸 수가 있었던 것이다. 언제부터 그림 공부를 했느냐니까, 초상화 따위가 뭐 그림인가요, 하고 그 우울한 미소를 지어 보이는 것이었다. 원구는 동옥의 상처를 건드릴 만한 말은 일절 꺼내지 않았다. 어렸을 때 얘기가 나와서 어딜 가나 강아지 새끼처럼 쫓아다니는 동옥이가 귀찮았다는 말을 하고 중중 때때중을 자랑스레 부르고 다녔다니까 동옥의 눈이 처음으로 티없이 빛나는 것이었다. 갑자기 동욱이가 중중 때때중하고 부르기 시작하자 동옥도 가느다란 소리로 따라 부르는 것이었다. 노래 소리가 그치고 나니 방안에는 빗물 떨어지는 소리가 유달리 크게 들렸다. 비가 들이치는 바람에 바깥 벽판장 틈으로 스며드는 물은 실내의 벽 한 구석까지 적시기 시작하는 것이었다.

그런데 이상한 것은 동옥을 대하는 동욱의 태도였다. 대수롭지 않은 일에도 이년 저년하고 욕을 퍼붓는 것이다. 부엌에서 들여보내는 음식 그릇을 한 손으로 받는다고 해서, 이년아 한 손으로 그러다가 또 떨어뜨리고 싶으냐, 하고 눈을 흘겼고 남포에 불을 켜는 데 불이 얼른 댕기지 않아 성냥 알을 두 개비째 꺼내려니까 저년은 밥 처먹구 불두 하나 못 켜, 하고 노려보는 것이었다. 그럴 때마다 동옥은 말없이 마주 눈을 흘겼다. 빨래와 바느질만은 동옥의 책임이지만 부엌일은 언제나 동욱이가 맡아 한다는 것이었다. 동옥이가 변소에 간 틈에, 될 수 있는 대로 위로해 주지 않고 왜 그리 사납게 구느냐니까, 병신 고운 데 없다고 그년 맘 쓰는 게 모두가 틀렸다는 것이다. 우선 그림 값만 하더라도 얼마 전까지는 받아 오면 반씩 꼭 같이 나눠 가졌는데 근자에 와서는 동욱을 신용할 수가 없다고 대소에 따라 한 장에 얼마씩 또박또박 선금을 받고야 그려 준다는 것이었다. 생활비도 둘이 꼭 같이 절반씩 부담한다는 것이다. 동옥은 자기가 병신이기 때문에 부모 말고는 자기를 거두어 오래 돌봐 줄 사람이 없으리라는 것이다. 오빠도 언제든 자기를 버릴 것이 아니겠느냐, 그렇기 때문에 자기는 자기대로 약간이라도 밑천을 장만해 두어야 비참한 꼴을 면하지 않겠느냐고 한다는 것이었다. 그러한 동옥의 심중을 생각할 때 헤어져 있으면 몹시 측은하기도 하지만, 이상하게 낯만 대하면 왜 그런지 안 그러리라 하면서도 동욱은 자꾸 화가 치민다는 것이다.

동옥은 불을 끄고는 외로워서 잠을 이루지 못한다고 했다. 반대로 동욱은 불을 꺼야만 안심하고 잠을 들 수가 있다는 것이었다. 동욱은 어둠만이 유일한 휴식이노라 했다. 낮에는 아무리 가만하고 앉았거나 누워 뒹굴어도 걸레처럼 전신에 배어 있는 피로가 가시지 않는다는 것이었다. 그러한 동욱은 심지를 낮추어서 아랑신하니 켜놓은 불빛에도 화를 내어 이년아, 아주 꺼 버리지 못해 하고 소리를 질렀다. 동옥은 손을 내밀어 심지를 조금 더 낮추었다. 그리고 나서 누가 데려 오랬나, 차라리 어머니하고 거기 있을 걸 괜히 왔지 하고 종알대는 것이었다. 그러자 동욱은 벌떡 일어나며 이년 다시 한 번 그 주둥일 놀려봐라 나두 너 같은 년 끌구 오구 싶지 않았다. 어머니가 하두 애원하시듯, 다 버리구 가더라두 네 년만은 데리구 가라구 하 조르기에 끌구 와 이 꼴이다 하고 골을 내는 것이었다.

동옥은 말없이 저편으로 돌아누웠다. 어렴풋이 불빛이 있음에도 불구하고 어둠이 가슴을 내리누르는 것 같아서 원구는 오래도록 잠을 이룰 수가 없었다. 동욱도 잠이 안 오는 모양이었다. 동옥 역시 필경 잠이 들지 않았으련만 죽은 듯이 가만하고 있었다. 후두둑후두둑 유리 없는 창문으로 들이치는 빗소리를 들으며, 사십 주야를 비가 퍼부어서 산꼭대기에다 배를 묶어 둔 노아네 가족만이 남고 이 세상이 전멸을 해 버렸다는, 구약 성경에 나오는 대홍수를 원구는 생각해 보는 것이었다.

그러다가 어렴풋이 잠이 들려고 하는 때였다. 커다란 적선으로 생각하고 동옥과 결혼할 용기는 없는가 하는 동욱의 음성이 잠꼬대같이 원구의 귀를 스쳤다. 원구는 눈을 떴다. 노려보듯이 천장을 바라보며 그는 반듯이 누워 있었다. 동욱의 입에서 다시 무슨 말이 흘러 나올지도 모른다는 긴장을 느끼면서, 그러나 동욱은 아무 말이 없었다. 빗물 떨어지는 소리만이 여전히 계속되고 있을 뿐이었다.

원구가 또다시 간신히 잠이 들락 할 때였다. 발치 쪽에서 빠드득 하는 이상한 소리가 났다. 원구는 정신을 바짝 차리고 귀를 재웠다. 뱀에게 먹히는 개구리 소리 비슷한 그 소리는 뒷벽 쪽에서 들리는 것이었다. 원구는 이번에는 상반신을 일으키고 앉아 귀를 기울이는 것이었다. 그 바람에 동욱이도 눈을 떴다.

저게 무슨 소리냐고 한 즉, 뒷방의 계집애가 자면서 이 가는 소리라는 것이었다. 이 뒷방에도 사람이 사느냐니까 육순이 넘은 노파가 열 두 살 먹은 손녀를 데리고 산다고 했다. 그 노파가 바로 이집 주인인데 전차 종점 나가는 길목에 하꼬방 가게를 내고 담배, 성냥, 과일, 사탕 같은 것들을 팔아서 근근이 생활해 가고 있다는 것이었다. 뒷집 소녀는 잠만 들면 반드시 이를 간다는 것이었다. 동욱도 처음 며칠 밤은 그 소리에 골치를 앓았지만 요즘은 습관이 되어 괜찮느라고 했

19

손창섭

비 오는 날

다. 이러한 방에서 빗물 떨어지는 소리와 이 가는 소리를 듣고 지나면 아무라도 신경과민이 될 것이라고 생각하며, 원구는 좀전에 동욱이가 잠꼬대처럼 한 말의 의미를 되새겨 보는 것이었다.

사오 일 지나서였다. 오래간만에 비가 그치고 제법 날이 훤해져서 잡화를 가득 벌여 놓은 리어카를 지키고 섰노라니까, 다 저녁때 원구의 어깨를 툭 치는 사람이 있었다. 동욱이었다. 그는 역시 소매와 깃이 다 처진 저고리와 검은 줄이 간 회색 즈봉[1]을 입고 있었다. 옷이라고는 그것밖에 없는 모양이라 비에 젖은 것을 그냥 짜서 말리곤 해서 여기 저기 구김살이 져 있었다. 그보다도 괴이한 채플린 식의 검정 단화의 주먹 같은 코숭이가 말이 아니었다. 장화 대용으로 진창을 막 밟고 다녀서 온통 흙투성이였다. 그러한 동욱의 꼴에 원구는 이상하게 정이 갔다.

리어카를 주인 집에 가져다 맡기고 와서 저녁을 같이 하자고 원구는 동욱의 손을 끌었다. 동욱은 밥보다도 술 생각이 더 간절하다고 했다. 두 가지 다 먹을 수 있는 집으로 원구는 동욱을 안내했다. 술이 몇 잔 들어가 얼근해지자 동욱은 초상화 '주문 도리'를 폐업했노라고 했다. 요즘은 양키들도 아주 약아져서 까딱하면 돈을 잘리거나 농락당하기가 일쑤라는 것이다. 거기에다 패스 없는 사람의 출입을 각 부대가 엄중히 단속하기 때문에 전처럼 드나들 수가 없다는 것이었다. 며칠 전에는 돈 받으러 몰래 들어갔다가 순찰 장교에게 걸려서 하룻밤 몽키 하우스의 신세를 지고 나왔다는 것이다.

더구나 요즘은 국민병 수첩까지 분실했으므로 마음 놓고 거리에 나와 다닐 수도 없다는 것이었다. 분실계를 내고 재교부 신청을 하라니까, 그 때문에 동회로 파출소로 사오 차나 쫓아다녀 봤지만, 까다롭게만 굴고 잘 들어 주지 않는다는 것이다. 까짓거 나중에는 산수갑산엘 갈 망정 내버려 둘 테라고 했다. 그래 차라리 군에라도 들어가 버릴까 싶어, 마침 통역장교를 모집하기에 그 원서를 타러 나왔던 길이노라고 했다. 어디 원서를 좀 구경하자니까 동욱은 능글능글 웃으며 수속이 하두 복잡하고 번거로워 아예 단념하고 말았다는 것이다.

동욱은 한동안 말이 없이 술잔을 빨고 앉았다가, 가끔 찾아와서 동옥을 좀 위

1) 바지

로해 주라는 것이었다. 세상 사람들이 모두 자기를 조소하고 멸시한다고만 생각하고 있는 동옥은, 맑은 날일지라도 일절 바깥 출입을 않고 두더지처럼 방에만 처박혀 산다는 것이다. 그리고 모든 사람에게 반감을 품고 있다는 것이다. 그러한 동옥도 원구만은 자기를 업신여기지 않고 자연스레 대하여 준다고 해서 자주 찾아와 주기를 여간 기다리지 않는다고 했다.

초상화가 팔리지 않게 된 다음부터는 동옥은 초조와 불안 속에서 한층 더 자신의 고독을 주체하지 못해 쩔쩔맨다는 것이었다. 동욱은 그러한 동옥이가 측은해 못 견디겠노라고 했다. 언젠가처럼, 내가 자네람 동옥이와 결혼할 테야, 암 하구 말구 동욱은 고개를 주억거리는 것이었다. 술집을 나와 동욱은 이번에도 원구의 손을 꼭 쥐고 자기는 기어코 목사가 되겠노라고 했다. 동옥을 위해서나 자기 자신을 위해서나 그것만이 이 무거운 짐을 조금이라도 덜 수 있는 유일한 길인 것 같다는 것이었다.

그 뒤에 한 번은 딴 볼일로 동래까지 갔던 길에 동욱이네 집에 잠깐 들른 일이 있었다. 역시 그날도 장마는 구질구질 계속되고 있었다. 우산을 접으며 마루에 올라서도 동욱만이 머리를 내밀고 맞아줄 뿐 동옥의 기척이 없었다. 방에 들어가 보니 동옥은 담요로 머리까지 푹 뒤집어 쓰고 죽은 사람처럼 누워 있었다. 이틀째나 저러고 자빠져 있다고 하며 동욱은 그 까닭을 설명했다. 동옥은 뒷방에 살고 있는 주인 노파에게 동욱이도 모르게 이만 환이나 빚을 주고 있었는데, 노파는 이 집까지도 팔아먹고 귀신같이 도주해 버렸다는 것이다. 어제 아침에 집을 산 사람이 갑자기 이사를 왔기 때문에 그 사실을 알았는데, 이게 또한 어지간히 감때 사나운 자여서 당장 방을 비워 내라고 위협하듯 한다는 것이다. 말을 마치고 난 동욱은 요 맹꽁이 같은 년아, 글쎄 이게 집이라구 믿고 돈을 줘 하고 발길로 동옥의 옆구리를 걷어찼다. 이 년아, 이만 환이면 구화로 얼만 줄 아니, 이백만 환이야, 내 돈을 내가 떼였는데 오빠가 무슨 상관이냐구, 그래, 내가 없으면 네년이 굶어 죽지 않구 살 테냐? 너 같은 병신이 단 한 달을 독력으로 살아? 동욱은 다시 생각해도 악이 받치는 모양이었다.

원구를 위해 동옥은 초밥을 만든다고 분주히 부엌으로 들락날락 했으나 원구는 초밥을 얻어먹자고 그러고 앉아 견딜 수는 없었다. 그보다도 동옥이 이틀 동안이나 아무 것도 먹지 않고 저러고 누워 있다고 하니, 혹시 동옥이가 잠든 틈에라도 몰래 일어나 수면제 같은 것을 먹고 죽어 있지나 않는가 싶어 불안한 생각이 솟았다. 원구는 조금이라도 더 앉아 견디기가 답답해서 자리를 일어서며 아무래도 방을 비워 주어야 하겠거든 자기도 어디 구해 보겠노라고 하니까, 동옥이가 인가(人家) 많은 데를 싫어하기 때문에 이 근처에다 외딴 집을 구하는 수밖에 없다는 동욱의 대답이었다.

그 뒤로는 원구도 생활에 위험을 느끼기 시작했다. 한 달 가까이나 장마로 놀고 보니 자연 시원치 않은 장사 밑천을 그럭저럭 축나게 된 것이다. 원구가 얻어 있는 방도 지리한 비에 습기로 눅눅해졌다. 벗어 놓은 옷가지며 이부자리에까지도 곰팡이가 끼었다. 그의 마음 속까지 곰팡이가 스는 것 같았다. 이런 날, 이런 음산한 방에 처박혀 있자니, 동욱과 동옥의 일이 자연 무겁고 우울하게 떠오르는 것이었다. 점심 때가 되어서 원구는 퍼붓는 비를 무릅쓰고 집을 나섰다. 오늘은 동욱이와 마주 앉아 곰팡이 슨 속을 씻어 내리며, 동옥이도 위로해 줘야겠다고 생각하고 원구는 술과 통조림을 사들고 찾아갔다.

낡은 목조 건물은 전과 마찬가지로 금방 쓰러질 듯 빗속에 서 있었다. 유리 없는 창문에는 거적도 그대로 드리워 있었다. 그러나, 동욱이, 하고 원구가 불렀을 때 곰처럼 마루로 기어 나오는 사나이는 동욱이가 아니었다. 이 집에 살던 젊은 남녀는 어디 갔느냐는 원구의 물음에, 우락부락하게는 생겼으되 맺힌 데가 없이 어딘가 허술해 보이는 사십 전후의 그 사나이는, 아하 당신이 정(丁) 뭐라는 사람이냐고 하고 대답 대신 혼자 머리를 끄덕끄덕하는 것이었다. 원구가 재차 묻는 말에 사나이는 자기가 이 집주인이노라 하고 나서, 동욱은 외출한 채 소식 없이 돌아오지 않게 되었고, 그 뒤 동옥 역시 어디로 가 버렸는지 모르겠다는 것이었다. 동욱이가 안 돌아오는 지는 열흘이나 되었고 동옥은 바로 이삼 일 전에 나갔다는 것이다.

원구는 더 무슨 말이 없이 서 있었다. 한 손에 보자기 꾸러미를 들고 한 손으로는 우산을 받고 선 채, 원구는 사나이의 얼굴만 멍하니 바라보는 것이었다. 원구는 그대로 발길을 돌려 몇 걸음 걸어가다가 되돌아와 보자기에 싼 물건을 끌러 주인 사나이에게 주었다. 이거 원, 하며 주인 사나이는 대뜸 입이 해 벌어졌다. 그리고는 자기 여편네와 아이들이 장사 나갔기 때문에 점심 한 그릇 대접할 수는 없으나 좀 올라와 담배라도 피우고 가라고 권하는 것이었다.

무슨 재미로 쉬어 가겠느냐고 하며, 원구가 돌아서려니까, 주인은 잠깐만 하고 불러 세우고 나서, 대단히 죄송하게 되었노라고 하며 사실은 동옥이가 정(丁)

누구라고 하는 분이 찾아오면 전해 달라고 편지를 맡기고 갔는데, 그만 간수를 잘못해서 아이들이 찢어 없앴다는 것이다. 그래도 아무 말 않고 멍청히 서 있는 원구를 주인 사나이는 무안한 눈길로 바라보며, 동욱은 아마 십중팔구 군대에 끌려나갔을 거라고 하고, 동욱은 아이들처럼 어머니를 부르며 가끔 밤중에 울기에, 뭐라고 좀 나무랐더니, 그 다음날 저녁에 어디론가 나가 버렸다는 것이다.

죽지나 않았을까, 자살을 하든 굶어 죽든…… 하고 혼잣말처럼 중얼거리며 돌아서는 원구의 등에다 대고, 중요한 옷가지랑은 꾸려 갖고 간 모양이니 자살을 할 의사는 없었음이 분명하고, 한편 병신이긴 하지만 얼굴이 고만큼 밴밴하고서야 어디가 몸을 판들 굶어 죽기야 하겠느냐고 주인 사나이는 지껄이는 것이었다. 얼굴이 고만큼 밴밴하고서야 어디 가 몸을 판들 굶어 죽기야 하겠느냐는 말에, 이상하게 원구는 정신이 펄쩍 들어 이놈 네가 동욱을 팔아먹었구나 하고 대들 듯한 격분을 마음속 한 구석에 의식하면서도, 천근의 무게로 내리누르는 듯한 육체의 중량을 감당할 수 없이 그는 말없이 발길을 돌이키었다.

이놈, 네가 동욱을 팔아먹었구나 하는 흥분한 소리가 까마득히 먼 곳에서 자기를 향하고 날아오는 것 같은 착각에 오한을 느끼며, 원구는 호박 덩굴 우거진 밭두둑 길을, 앓고 난 사람 모양 허적거리는 다리로 걸어나가는 것이었다.

해답

----

1. 비 **2.** 신체적 불구로 하루 종일 낡은 집에서 감옥에 갇혀 지낸 신세인 동욱은 사람들이 자신을 멸시하고 있다는 생각 때문에 그렇다.

20

불신 시대, 박경리

박경리(朴景利, 1926~   ) ●● 경남 통영에서 태어났다. 1955년 〈현대문학〉에 〈계산〉이 추천되고 이듬해 〈흑흑백백〉이 추천되면서 등단하였다. 초기에는 여성의 섬세한 심리를 그리는 것에서 점차 사회적 문제로 확대되어 갔다. 26년에 걸친 〈토지〉의 완성은 한국 문학의 한 획을 그었다.

〈김 약국의 딸들〉〈시장과 전장〉〈파시〉 등 많은 장편들이 대표작이다. 1994년에 〈토지〉 16권을 완간하였다.

20
불신 시대, 박경리

9 · 28 수복 전야에 진영의 남편은 폭사했다. 남편은 죽기 전에 경인 도로에서 본 괴뢰군의 임종 이야기를 했다. 아직 나이 어린 소년이었다는 것이다. 그 소년병은 가로수 밑에 쓰러져 있었는데 폭풍으로 터져 나온 내장에 피비린내를 맡은 파리 떼들이 아귀처럼 덤벼들고 있더라는 것이다. 소년병은 물 한 모금 달라고 애걸을 하면서도 꿈결처럼 어머니를 부르더라는 것이다. 그것을 본 행인 한 사람이 노상에 굴러 있는 수박 한 덩이를 돌로 짜개서 그 소년에게 주었더니 채 그것을 먹지도 못하고 숨이 지더라는 것이다.

남편은 마치 자신의 죽음의 예고처럼 그런 이야기를 한 수 시간 후에 폭사하고 만 것이다.

남편을 잃은 진영은 1 · 4 후퇴 때 세 살 먹이 아이를 업고 친정어머니와 같이 제일 마지막에 서울에서 떠났다. 그러나 안양에 이르기도 전에 중공군이 그들을 앞질렀고, 유우엔군의 폭격 밑에 놓였다. 수없는 피난민이 얼음판에 거꾸러졌다. 피난 짐을 끌던 소는 굴레를 찬 채 둑 밑으로 굴렀다. 피가 철철 흐르는 시체 옆에 아이가 울고 있었다. 진영은 눈을 가리고 달아났던 것이다.

악몽과 같은 전쟁이 끝났다.

진영은 아들 문수의 손을 잡고 황폐한 서울로 돌아왔다. 집터는 쑥대밭이 되어 축대조차 찾아볼 수 없었다. 진영은 잡풀 속에 박힌 기왓장 밑에서 물썬 물썬 무너지는 책 한 권을 집어들었다. ≪프랑스 文學의 展望≫이라는 일본 책이었다. 이 책이 책장에 꽂혔을 때- 순간 진영의 머리 속에 그러한 회상이 환각처럼 지난다. 진영은 무심한 아이의 눈동자를 멍하니 언제까지나 바라보고 있었다.

문수가 자라서 아홉 살이 된 초여름 진영은 내장이 터져서 파리가 엉거붙은 소년병을 꿈에 보았다. 마치 죽음의 예고처럼 다음날 문수는 죽어 버린 것이다. 비가 내리는 밤이었다.

일찍부터 홀로 되어 외동딸인 진영에게 붙어서 살아온 어머니는 내가 죽을 것을, 하며 문지방에 머리를 부딪치는 것이었으나 진영은 허공만 바라보고 있었다.

아이는 앓다가 죽은 것이 아니었다. 길에서 넘어지고 병원에서 죽은 것이다. 그러나 그것뿐이라면 차라리 진영으로서는 전쟁이 빚어낸 하나의 악몽처럼 차차 잊어버릴 수 있는 일이었는지도 모른다. 그러나 그것이 아니었다. 의사의 무관심이 아이를 거의 생죽음을 시킨 것이다. 의사는 중대한 뇌수술을 엑스레이도 찍어보지 않고, 심지어는 약 준비조차 없이 시작했던 것이다. 마취도 안한 아이는 도수장 속의 망아지처럼 죽어 갔다. 그렇게 해서 아이를 갖다버린 진영이었다.

바깥 거리에는 쏴아! 하며 밤비가 내리고 있었다.

누워서 멀거니 천정을 바라보고 있는 진영의 눈동자가 이따금 불빛에 번득인다. 창백한 볼이 불그스름해진다. 폐결핵에서 오는 발열이다.

바깥의 빗소리가 줄기차 온다.

아이가 죽은 지 겨우 한 달, 그러나 천 년이나 된 듯한 긴 날이었다. 진영은 가만히 눈을 감는다. 진영의 귀에 조수처럼 밀려오는 것은 수술실 속의 아이의 울음소리였다.

진영은 벌떡 자리에서 일어나 술병을 들이켠다. 잠이 오지 않을 때 마셔 보라고 동무가 보내준 포도주였다.

이불 위에 엎드린 진영은 여울처럼 멀어지는 수술실 속의 아이의 울음소리를 듣는 것이었다.

어떻게 해서 잠이 든다. 진영은 꿈속에서 희미한 길을 마구 쏘다니며 아이를 찾아 헤매다가 붕대를 칭칭 감은 눈도, 코도, 입도, 보이지 않는 아이 모습에 소스라쳐 깬다. 흠씬 땀에 젖은 몸이 가늘게 떨고 있었다.

별안간 무서움이 쭉 끼친다.

비가 멎은 새벽이 창가로부터 서서히 방안으로 스며들고 있었다.

허공을 보고 있는 진영은 왜 무서움을 느끼는지 알 수가 없었다. 아이가 이미 유명의 혼령이기 때문인지도 모른다. 그렇다면 이렇게 서글픈 인간 관계가 어디 있겠는가. 진영은 구역이 나올 정도로 자기 자신이 싫었다.

성당의 종소리가 멀리서 들려온다. 요다음 주일날에는 꼭 나를 성당에 데려가 달라고 갈월동 아주머니에게 부탁을 한 일이 생각난다. 바로 오늘이 그 주일날이다.

갈월동의 아주머니는 약속한 대로 여덟 시가 못 되어서 왔다. 아주머니는 옛날에 죽은 진영의 칠촌 아저씨의 마누라였다. 자식도 없는 그는 아주 독실한 천주교의 신자였으나 근래에 와서 계로 인해서 상당히 말썽을 빚었다. 진영이만 해도 그 짤짤 끓는 돈으로 겨우 다 넣어 온 이십만 환짜리 계를 소롯이 포기하고 말았던 것이다. 그만큼 계주를 한 아주머니의 사정이 핍박했던 것이다.

매미 날개같이 손질을 한 모시옷을 입은 아주머니는 울고불고 하는 어머니를 위로하는데 아주머니가 말할 적에는 금으로 씌운 송곳니가 알른알른 보였다.

어머니는 아는 사람을 보기만 하면 언제나 손을 잡고 손자를 잃은 하소연을 했다. 진영은 그러는 어머니가 싫었지만, 그러나 딸 하나를 믿고 산 어머니가 여러 가지 면으로 서러운 위치에 놓인 것은 사실이다.

"우시지 마세요, 형님. 산 사람 생각도 하셔야지. 진영의 마음이 오죽하겠어요? 이러지 마세요. 그리고 살아 갈 길이나 생각합시다."

진영이 실직을 하고 있는 형편이라 살 길도 막연하긴 했다.

아주머니는 갖가지 말로 어머니를 달래다가 풀어진 고름을 여미여(아주머니는 적삼에도 반드시 고름을 달았다),

"우리 어디 사는 대로 살아 봅시다…… 그리고 나도 생각하고 있었어요, 형님 돈만큼은 돌려드리려고. 원금만이라도……"

어머니의 얼굴이 좀 밝아진다. 진영은 잠자코 양말을 신고 있었다.

세 사람은 거리에 나왔다. 아침이라 가로수가 서늘했다.

본시 불교도인 어머니는 성당으로 가는 것이 마음에 꺼렸으나, 그러나 아무래도 좋았다. 의사는 항상 딸에게 있는 것이었으니까……

아주머니는 진영의 양산 밑으로 바싹 다가오면서 소곤거리기 시작한다.

"천주님이 계신 이상 우리는 불행하지 않다. 천주님이 너를 사랑하기 때문에 이런 기회를 주어 너를 부르신 거야. 모든 것이 다 허망한 인간 세상에 다만 천주 님만이 빛이 된다."

신자이면 누구나 할 수 있는 똑같은 말을 아주머니는 말했다.

진영은 땅을 내려다본 채,

"지가 구원을 받자고 가는 건 아니에요. 천당이 있어서 그곳에 문수가 놀고 있거니, 그렇게 생각하고 싶어서"

"그래, 천당 갔다. 그렇게 착한 아이가…… 아암, 행복하게 꽃동산에서 놀고 있고 말고"

연장자답게 위로하는 것이었으나 말투가 너무 어수룩했다.

"아무리 꽃동산이래도 그 애는 외로울 게요. 엄마 생각이 날 거예요."

진영은 혼자 중얼거리며 하늘을 보았다. 너울처럼 엷은 구름이 가고 있었다.

"그런 소리 말고 영세나 받도록 해. 상배도 영세를 벌써 받았어"

아주머니의 목소리는 먼 지평선에서 울려오는 것 같았다. 진영은 기계적으 로,

"그 무신론자가…… 영세를……?"

"그 애도 요즘 심경이 많이 변했어."

분 냄새가 엷게 풍겨 온다. 진영은 금니가 알른알른 보이는 아주머니의 입매 를 물끄러미 쳐다본다.

상배는 아주머니 댁에 하숙한 대학생이다. 지나간 봄에만 해도 그는

"아주머니요, 예수가 물 위로 걸었다캤능기요. 하핫핫! 아마 예수는 왼발이 빠지기 전에 오른발을 올렸고, 오른발이 빠지기 전에 왼발을 올렸던가 배요. 하 하핫……."

그런 부산 사투리의 조롱이 자기 딴에는 아주 신통했던지 상배는 콧마루를 벌름거리며 웃었던 것이다. 진영이 그것을 생각하는 동안 아주머니는 손수건으 로 땀을 닦으며,

"그 애도 우리 집에서 쉬이 옮기게 될 거야. 아버지가 사업 때문에 서울로 오 신 다니까…… 그래서 나도 그 애가 나가기 전에 영세 받도록 하려고……."

부드러운 목소리였다.

그들이 성당 앞까지 왔을 때 은행나무에 자잘한 햇빛이 부서지고 있었다. 뜰에는 연분홍빛 글라디올러스가 피어 있었는데 진영은 불교의 상징인 연화를 왜 그런지 연상했다. 그리고 엉뚱스럽게 그 꽃들이 자아내는 서양과 동양의 거리를 생각해 보는 것이었다. 막연한 생각이다. 그러나 다음 순간 진영은 얼떨떨하게 자기의 마음을 더듬었다. 문수를 위하여 신을 뵈러 온 마당에서 아무런 경건함도 없이 이렇게 냉정히 사물을 헤아리고 있었다는 것을, 그것을 다만 시각에서 온 하나의 자연 발상이라고만 할 수 있을 것인가. 그렇지 않다면 내 슬픔 속에 그만큼 여유가 있었다는 말인가. 진영은 문수에게 부끄러웠다. 미안했다.

진영은 땀에 젖은 분 냄새가 풍겨오는 아주머니의 젖가슴을 무심히 바라보았다.

나무 그늘 아래 아이들이 모여 있었다. 그 옆에는 중년 남자 한 사람이 십자가, 성경책 같은 것을 노점처럼 벌여놓고 팔고 있었다. 진영은 어느 유역의 이방인인 양 그런 광경을 건너다보았다. 분위기에 싸이지 않는 마음 속에는 쌀쌀한 바람이 일고 있었다.

진영은 성당 안으로 들어갔다. 아주머니는 신발을 책보에 싸면서,

"주로 아이들을 위한 미사시간이 돼서 시끄러워. 다음엔 일찍 와요."

진영은 아주머니의 말보다 거추장스럽게 신발을 싸들고 가는 신자들의 모습에 눈이 따라가는 것이었다. 진영은 문득, 예수 사랑하려고 예배당에 갔더니 눈 감으라 해 놓고 신 도둑질하더라, 그런 야유에 찬 노래를 생각했다. 그러나 진영은 곧 형용할 수 없는 두려움을 느꼈다. 신전(神殿)에서 신을 모독하다니- 그런 죄악 의식에 쫓기며 진영은 아주머니의 뒤를 따랐다.

얼마 후에 미사는 시작되었다.

"가엾은 나의 아들 문수를 위하여 기도를 올리나이다. 진심으로…… 진실로 비나이다. 그 고통으로부터 놓이게 하시고, 어린 영혼에게 평화가 있기를……."

진영은 눈은 감고 그런 말을 중얼거렸다. 그러나 마음 한 구석에 있는 헤살군[1]의 속삭임이 더 집요했다. 헤살군은 속삭인다. 문수는 죽어 버린 것이다. 아주

[1] 헤살군 / 짓궂게 훼방하는 사람

영영 없어진 것이다. 진영은 눈앞이 캄캄해 오는 것을 느낀다. 혜살군은 속삭이다. 칼끝으로 골을 짜개서 죽여 버린 것이다. 무참하게 죽여 버린 것이다.

진영은 눈앞에 시뻘건 불덩어리가 굴러가는 것을 본다. 혜살군은 자꾸만 속삭인다. 어둡고 침침한 명부(冥府)[2]에서 압축한 듯한 목쉰 아이의 울음소리, 진영은 땀을 흘리며, 눈을 떴다. 코 앞에 닿은 어머니의 머리에서 땀내가 뭉클 풍겨 온다. 현기증을 느낀다. 신자들이 머리에 쓴 하얀 미사포가 시계와 의식을 하나로 표백시켜 버리는 것이었다.

얼마 동안이 지났는지 진영은 고개를 돌렸다. 구제품이 정렬한 듯한 성가대의 아이들이 눈앞에 나타났다. 아이들의 각색의 음계가 합한 성가는 바람을 못 마신 오르간의 잡음처럼 진영의 귓가에 울렸다. 이 속에서 무릎을 꿇고 앉았을 을씨년스런 자기 자신의 모습, 진영은 그것이 얼마나 어설픈 위치인가를 깨닫는다.

진영은 다시 눈을 감았다. 그러나 자기 자신이 미웠다. 결코 자기라는 의식을 버리지 못하는 것이 미웠던 것이다. 진영은 어떻게 해서라도 객관적인 자기 의식으로부터 벗어나고 싶었다. 진영은 잃어진 낭만을 찾아보듯이 신과 문수의 죽음이 동렬의 신비라는 것, 그리고 아무도 신과 죽음을 비판할 수 없다는 것, 그것은 사실이라 생각했다.

진영이 처음 성당에 나가려고 결심했을 때 그것이 가공에 설정된 하나의 가장일지라도 다만 문수를 위한다는 명목만으로 자신이야 피에로도 오뚝이도 될 수 있으리라 생각했던 것이다. 그러나 의식적인 맹목은 끝내 맹목일 수 없었다.

미사가 거의 끝날 무렵이었다. 진영은 긴 작대기에다 헌금 주머니를 여민 잠자리채 같은 것이 가슴 앞으로 오는 것을 보았다. 아주머니가 성급하게 돈을 몇 닢 던졌을 때, 잠자리채 같은 연금 주머니는 슬그머니 뒷줄로 옮겨가는 것이었다. 진영은 구경꾼 앞으로 돌아가는 풍각쟁이[3]의 낡은 모자를 생각했다. 그런 생각을 계기로 하여 진영은 밖으로 나와 버렸다.

진영은 나무 밑에 주저앉아서 성당에서 나오는 어머니의 빨간 눈을 보았다. 문수 또래의 아이들이 신발을 신으며 나오는 것도 보았다.

2) 지옥 3) 돌아다니며 해금을 켜고 구걸하는 사람

여름 햇빛 아래 서 있는 성당이 가늘게 요동하고 있는 것같이 진영에게는 느껴졌다.

아침부터 진영은 마루 끝에 멍하니 앉아 있었다. 갑갑하게 그러지 말고 밖에라도 좀 나갔다 오라는 어머니의 말이 도리어 비위에 거슬려 진영은 이맛살을 찌푸리며 머리를 부여안는다.

갑갑한 때문만이 아니다. 진영은 일자리를 찾아 밖에 나가야 하는 것이다.

진영은 머리를 부여안은 채 도대체 어디를 가야 하며 누구에게 매달려 밥자리를 하나 달라고 하겠는가. 더군다나 폐까지 앓고 있는 내가 – 진영은 문수를 생각했다. 살겠다고 버둥대는 어머니와 자기의 모습이 한없이 비루하게 느껴지는 것이었다.

마당에는 대낮 햇빛이 쨍쨍 쏟아지고 있었다. 그늘이 짧아진 쌍나무의 둘레로 잉잉거리고 다니던 파리 떼들이 진영의 얼굴 위에 몰린다. 어머니는 장독대 옆에서 빨래에 풀을 먹이고 있었다. 넓적한 해바라기 잎사귀 사이의 그 찌들은 옆얼굴을 바라보는 진영은 바다에 떼밀려 다니는 해파리를 생각했다. 그렇게 둔하면서도 산다는 본능만은 가진 것, 그저 산다는 것, 진영은 어머니에 대한 잔인한 그런 주시를 더 이상 계속할 수가 없었다. 진영은 성가시게 구는 파리를 쫓으며 마룻바닥에 드러눕는다.

하늘이 파랬다. 구름이 둥둥 떠내려가는 것이었다. 그러나 하늘이 갑자기 바다같이 느껴졌다. 구름은 바다 위로 둥둥 떠내려가는 해파리만 같았다. 진영이 자신이 누워서 하늘을 보는 것이 아니라 어쩌면 엎드려서 바다를 내려다보는지도 모른다는 그러한 착각이 든다.

해가 서쪽으로 좀 기울었다. 쌍나무의 그늘이 두서너 치나 늘어난 것 같다. 진영은 몸을 왼쪽으로 돌려서 마루 밑의 땅을 내려다보고 있었다.

문이 삐걱 하더니 열린다. 땅을 복 있던 진영의 눈에 우선 사람의 그림자가 먼저 들어왔다. 그림자를 따라 천천히 눈을 치떴을 때 그곳에 바랑을 짊어진 신중 4)이 서 있었다. 초현실파의 그림같이 그림자를 밟고 선 신중의 소리 없는 기다

4) 여승

란 모습.

드디어 합장을 하고 있던 신중이 입을 열었다.

"아씨!"

완전히 조화를 깨뜨린 소녀와도 같이 카랑카랑하게 맑은 목소리다. 바랑에 휘인 어깨는 아무래도 사십 고개일 터인데 신중은 부스스 일어나서 가만히 쳐다보고만 있는 진영의 형용할 수 없는 어두운 눈빛에 지친다.

마침 앞치마에 손을 닦으며 나오는 어머니를 본 신중은 잠시 숨을 돌이킨 듯이,

"마나님!"

의연히 맑은 목소리다.

어머니는 마루 끝에 주저앉으며 긴 한숨을 쉰다.

"이날까지 부처님을 섬기고 잘 살 적에는 절마다 불을 켰건만 무슨 소용이 있읍디까. 공든 탑이 무너지지 않는다는 말도 헛말이더군…"

바야흐로 아이가 없어진 하소연이 시작되는 것이다. 판에 박은 듯한 푸념이 언제 그칠지 모르겠다. 눈을 끔벅거리며 말할 기회만 노리던 중이 드디어 어머니의 말허리를 꺾어 버린다.

"…… 아이 딱하기도 해라. 그러게 말이유…… 그렇지만 시주하십사고 온 게 아니라…… 행여 쌀을 살려나 해서…… 아아주 무거워서요……."

그런 구슬픈 이야기보다 빨리 거래부터 하고 싶다는 표정이다. 진영은 값싼 동정까지도 인색해진 세상이 되었다는 생각을 했다. 동정을 바라는 어머니가 밉기보다 딱한 생각이 들었다.

아직도 말이 미진한 어머니는 좀 어리둥절한 얼굴이다.

"무거워서 어디 가져갈 수가 있어야지요. 좀 짐을 덜고 갈려구요."

신중은 마루 끝에 바랑을 내리며 의사를 거듭 표시한다. 그제야 중의 수작을 알아차린 어머니는 여태까지의 감정은 일단 수습하고 치마 밑을 추키며 재빨리 응수다.

"우리도 뒷쌀을 팔아먹으니 기왕이면 사지요. 되나 후히 주세요."

중은 바랑을 끌러 놓고 쌀을 되기 시작한다. 어머니는 몹시 쌀되가 야위다고 보채고 중은 됫박 위에다 쌀을 집어 얹는 어머니의 팔을 떼밀며 그러지 말라고 한다. 그러면서도 그럭저럭 거래는 끝난 모양이다.

셈을 마친 어머니는 인사로,

"시님이 계신 절은 어디지요?"

"네? 아아 네. 바로 학교 뒤에 있는 절이지요."

학교 뒤라면 쌀을 팔고 갈 정도로 먼 곳은 아니다.

중이 가고 난 뒤 어머니는 무슨 생각에 잠긴 듯이 우두커니 서 있었다.

"이애 진영아."

나직이 부른다. 진영은 대답 대신 어머니의 눈을 본다.

"문수를 그냥 둘라니 이리 가슴이 메인다. 이렇게 흔적 없이 두다니…… 절에 올려 주자."

어머니를 쳐다보고 있는 진영의 시선은 그대로 고정되어 있었다.

"절도 가깝고 신당이니 만만하고…… 세상에 너무 가엾어. 아무래도 혼백이 울면서 떠돌아다니는 것 같아 잠이 와야지."

진영은 고개를 돌려 장독대의 해바라기를 바라본다.

한참만에,

"그런데 왜 그리 중을 장삿군 대접을 했어요? 아이를 부탁할 생각을 했으면서……."

진영의 시선은 여전히 해바라기에 있었다. 자기가 하는 말에도 별반 흥미를 느끼고 있는 것 같지 않았다.

"아따, 별소릴 다 하네. 공은 공이고 신은 신이지. 하기야 뭐 시주 받은 쌀 팔고 가는 그게 진짜 중인가?"

진영은 그러는 어머니가 미웠다.

"그럼 왜 그런 중이 있는 절에 갈려구 해요?"

"누가 중보고 절에 가나? 부처님보고 가지"

진영은 잠자코 옳은 말이라 생각했다. 그와 동시에 며칠 전에 아주머니가 우선 쓰라고 돈 이만 환을 주면서 성당에 나가지 않는 진영을 나무라던 일이 생각났다. 이렇게 절에 갈 것을 동의하고 보니, 왜 그런지 아주머니에 대하여 변절을 한 듯 미안하다. 그리고 돈만 하더라도 당연히 받을 돈을 받았건만 다른 사람들에게 베풀지 않았던 호의가 빚이 되는 듯싶다. 훨씬 표현적이다. 적어도 돈만 낸다면 절에서는 문수를 위한 단독적인 행사도 해 주기 마련이다.

진영은 자리에서 후딱 일어섰다.

해가 서산에 아주 기울었다. 거리로 나왔다. 진영은 약국에서 스트렙토마이신 한 개를 사들었다. 내내 다니던 Y병원에는 아무래도 가고 싶지 않았기 때문에 약을 산 것이다. 갈월동의 아주머니는 Y병원의 의사가 같은 신자니 믿고 다니라고 했다. 그러나 여태까지 주사분량인 한 병에서 겨우 삼분지 일만 놓아주고 있었던 것을 알게 되었다. 그것을 안 이상 그 병원에 다시 갈 수는 없었다.

약병을 만지며 길 위에 한 동안 서 있던 진영은 집 근처에 있는 S병원으로 들어갔다. 이웃이기 때문에 의사와 안면쯤은 있었다. 그러나 S병원은 엉터리 병원이었다.

진영은 모든 것이 서툴러 보이는 갓 데려다 놓은 듯한 간호원을 불안스럽게 쳐다보며 약병을 내밀었다. 진찰도 하지 않고 주사만 맞으러 오는 손님을 의사는 언제나 냉대한다. 그래서 진영은 애당초 의사를 보지도 않았다. 그러나 환자를 진찰하고 있던 의사가 뒤로 고개를 돌렸을 때 진영은 놀라지 않을 수가 없었다. 의사가 아니었다. 그 나마도 근처에 사는 건달이었던 것이다. 진자 의사는 그때야 서류 같은 것을 들고 안에서 분주히 나오더니 바쁘게 밖으로 나가 버리는 것이었다. 청진기를 든 건달은 진영의 눈살에 켕겼는지 우물쭈물 해치우더니 간호원에게,

"페니시링[5] 이 그람!"

하고 밖으로 슬그머니 사라진다.

페니실린이라면 병명을 몰라도 만병통치약으로 건달은 알고 있었던 모양이다.

진영이 멍청히 섰는데 간호원은 소독도 안한 손으로 아주 서툴게 마이신을 주사기에다 뽑고 있었다. 진영이 정신을 차렸을 때 주사기에 들어가고 있는 액체가 뿌옇게 보였다. 약이 채 녹기도 전에 주사기에다 뽑은 것이다. 진영은 더 참지 못했다.

"안 돼요, 녹기도 전에. 큰일날려구!"

앙칼지게 소리치며 진영은 약병을 뺏어서 흔들었다.

페니실린을 맞으려고 기다리고 앉았던 낯빛이 노란 할머니가 주사기를 들고

5) 페니실린 항생제

엉거주춤하니 서 있는 간호원을 불안스럽게 보고 있다.

병원 문을 나섰다. 이미 밤이었다.

아까, 〈큰일날려구〉 하면서, 약병을 빼앗던 자신의 모습이 어둠 속에 둥그렇게 그려진다. 참 목숨이란 끔찍이도 주체스럽고 귀중한 것이고 – 몇 번이나 죽기를 원했던 자기 자신이 아니었던가.

진영은 배꼽이 터지도록 밤하늘을 보고 웃고 싶었다. 그러나 웃음이 터지고 마는 순간부터 진영은 미치고 말리라는 공포 때문에 머리를 꼭 감쌌다. 사실상 내가 미쳤는지도 모른다. 모든 일은 미친 내 눈앞의 환각(幻覺)인지도 모른다. 지금은 밤이 아니고 대낮인지도 모른다.

진영은 머리를 꼭 감싼 채 집을 향하여 달음박질을 쳤다.

밀짚모자를 쓴 냉차(冷茶) 장수가 뛰어가는 진영의 뒷모습을 말없이 바라본다.

달무리진 달이 불그스름했다. 비라도 쏟아질 듯이 뭉뭉한 더운 바람이 불어왔다.

진영의 어머니는 쌀을 팔러 온 중이 가고 난 뒤 백중날을 기다렸다. 백중날은 죽은 사람의 시식(施食)을 하기 때문이다.

백중 전날에 어머니는 문수의 사진과 돈 이천 환을 가지고 절에 가서 미리 연락을 해 두었다. 그래서 다음 날 아침에는 날이 훤해지자 진영이도 과실 바구니를 들고 어머니를 따라 집을 나섰던 것이다.

B국민학교를 돌아 약간 비탈진 길을 올라서니 이내 절 안마당이 보였다. 백중맞이를 하느라고 한창 바쁜 절에는 동네 아낙네들이 와서 일을 거들고 있었다.

"아이구 정성도 지극해라. 이렇게 일찍부터……."

어머니는 눈에 손수건부터 가져간다.

"스님, 우리 아이 천도 좀 잘 시켜 주세요. 부탁입니다. 너무 가엾어……."

콧물을 짠다. 어젯저녁에 실컷 어머니의 설움을 들었을 주지 중은 새삼스럽게 그 말이 탐탁해질 리가 없다. 주지 중은 극히 사무적으로,

"그런데 첫째로 하갔다던 서장 부인이 아직두 안 오시니 어떡허나."

잠시 생각에 잠긴다.

무슨 서장인지 알 수는 없으나 이 절에 있어서 대단히 소중한 손님인 모양이

다. 어머니는 비굴한 웃음을 띠면서 주지 중을 쳐다본다.

"시님, 그만 우리 아일 먼저 해 주세요"

주지는 한동안 어머니를 보고 있더니,

"…… 그럼 댁부터 해드릴까……."

주지는 그렇게 작정하고 마침 지나가는 중을 부른다.

"아우님!"

아우님이라고 불린 신중은 돌아본다. 얼굴이 쪼글쪼글 쪼그라진 그 신중은 아직도 팽팽한 주지에 비하여 훨씬 더 늙어 보인다. 게다가 표정마저 앙상하다.

"어젯저녁에 이천 환 낸 분인데 아직 서장 댁이 안 오시니 우선 하나라도 먼저 끝내지요."

주지의 말투는 상대방의 의견을 존중하는 것이었다.

늙은 중은 대답 대신 진영의 모녀를 훑어보더니 돈의 액수가 심에 차지 않아서 무뚝뚝하게 그냥 가 버린다.

진영과 어머니는 법당 옆에 서로 등을 보이고 우두커니 서 있었다.

바라다 보이는 산마루에 막 해가 솟고 있었다. 그 영롱한 아침을 진영은 벽화처럼 감동 없이 대한다.

진영은 최저의 돈을 내고 첫째로 하겠다고 새벽부터 온 것이 얼마나 암통머리 없는 짓이었던가를 생각한다.

공양을 들고 젊은 중이 온다.

"여보세요, 그 키 큰 스님은 안 계시나요?"

어머니는 쌀을 팔러 온 중을 두고 묻는 말이다.

"그이는 절에 잘 붙어 있지 않아요."

젊은 중은 간단히 대답하고 법당으로 들어간다.

곧 시식 불공이 시작되었다. 진영은 늙은 중이 목탁을 두드리며 조는 듯한 염불을 시작하자 적잖게 실망했다. 몸집도 크고 목소리도 우렁찬 주지중이 아니었던 것이 섭섭했던 것이다. 기왕이면 굿 잘하는 무당으로 – 하는 따위의 기분이었다.

중은 염불을 하면서 열심히 절을 하고 있는 어머니 옆에 멍청히 섰는 진영을 흘겨본다.

보라빛깔의 원피스를 입은 진영의 허리는 말할 수 없이 가느다랗다. 핏기 없는 얼굴에는 눈만 검다.

중은 여전히 마땅치 않게 진영을 흘겨본다. 진영은 중의 눈길을 느낄 적마다 재촉을 당한 듯이 어색하게 엎드려 절을 했다. 진영은 중의 마음이 염불에 있지 않고, 잿밥에 있다는 속담같이 지금 저 중의 마음도 염불에 있지 않고 절에 와서 예배를 하지 않는 내 태도에 있다는 것을 생각한다. 진영은 중과 무슨 대결이라도 한 듯이 점점 몸이 피로해지는 것이었다.

얼마 동안이 지난 것 같았다. 주지중이 씨근벌떡거리며 법당으로 쫓아왔다.

"아우님 빨리 하시오. 지금 막 서장 댁이 오셨구려. 대강대강 하시오."

주지는 법당 구석에 걸어둔 먹물들인 모시 장삼을 입으며 서두르는 것이었다. 늙은 중은 불전에서 영전으로 자리를 옮긴다. 제대로 불경이나 끝마쳤는지 의심스러웠다. 아까 공양을 나르던 젊은 중이 이번에는 널따란 그릇을 들고 들어온다. 그는 진영의 모녀를 돌아다보며, 영가[6] 앞으로 오라고 손짓한다.

진영은 문수의 사진이 놓인 앞에 가서 엎드렸다. 차가운 마룻바닥에 처음으로 뜨거운 눈물이 주체할 수 없을 정도로 쏟아지는 것이었다. 문수의 손결이 생생하게 마음 속에 느껴진 것이다.

"문수야, 많이 많이 먹어라. 불쌍한 내 자식아!"

진영은 어머니의 목소리를 이처럼 슬프게 들은 적은 없었다. 어머니는 향을 꽂고 빳빳한 은행에서 갓나온 듯한 십 환짜리 스무 장을 영전에 놓았다. 진영도 일어서서 향을 꽂았다. 그리고 돌아섰을 때 중이 목을 길게 뽑아 가지고 영전에 놓인 돈을 기웃거리고 있는 모습을 보았다. 그 빳빳한 새 돈은 흡사 백 환권으로 보이는 것이었다. 진영은 송구스런 생각에서 고개를 푹 수그리고 말았다.

그릇을 들고 온 젊은 중이 돈을 옆으로 밀어 놓으면서 시무룩하게,

"영가 노자가 너무 적군요. 이 세상이나 저 세상이나 그저 돈이 있어야지 동무하고 쓰고 놀다가 돌아가지 않겠어요?"

진영은 머리 속에 피가 꽉 차 오는 것을 느낀다. 돈을 그렇게밖에 준비하지 못한 어머니의 인색함을 격심히 저주하는 것이었다.

젊은 중은 들고 온 그릇에다 영가 앞에 차린 음식을 조금씩 덜어놓는다. 나물,

---

6) 영혼

떡, 자반, 과실, 그렇게 차례차례 손이 간다. 마침 먹음직스런 약과에 손이 닿자 별안간 목탁을 치던 중이,

"그건 그만두구려!"

바락 소리를 지른다. 젊은 중은 진영을 힐끗 보면서 총총히 바깥 시식들로 음식을 버리러 나가는 것이었다.

진영은 기가 막혔다. 처음부터 거래임에는 이의가 없었다. 그러나 이쯤 되면 어지간한 감정도 폭발 아니할 수 없었다. 진영은 양손으로 얼굴을 푹 쌌다. 울음이 터진 것이다. 누구에게도 향할 수 없는 역정을 그는 울음 속에다 내리 퍼부었다. 울음 속에 그 목을 감던 문수의 손결이 느껴진다. 미칠 듯한 고독과 그리움이 치솟는 것이었다.

음식을 버리고 돌아온 젊은 중은 과실을 모으며,

"이걸 가져가서야지. 보자기를……."

하며, 어머니를 돌아본다. 진영은 새빨갛게 충혈 된 눈으로 젊은 중을 노리며,

"일없소. 그만두시오."

진영의 목소리는 악을 쓰는 것 같았다. 일을 다 미치고 법당 밖에 나온 늙은 중이,

"왜 가져온 걸 안 가져가슈."

쳐다보지도 않는 진영이 대신 어머니가,

"뭐 그걸……."

진영의 얼굴을 어머니는 숨어 본다. 늙은 중은 침을 꿀꺽 삼키며,

"댁 같으면 중이 먹고 살갔수."

진영의 눈이 번득였다.

"조반을 자셔야 할 텐데 너무 일러서 찬이 제대로 안 됐어요. 좀 기다리실까요."

젊은 중은 그런 말을 남기고 가 버린다.

진영은 법당 축돌 위에 주저앉았다. 〈이 세상이나 저 세상이나 그저 돈이 있어야지요〉 하던 말이 되살아온다. 물론 처음부터 거래였다. 그렇다면 화폐의 액수에 따라 문수에 대한 추모의 정이 계산된단 말인가. 진영이 그러한 울분에 젖어 있을 때 말쑥하게 차려 입은 그 서장 부인인 듯싶은 젊은 여인이 주지 중에게 인도되어 법당으로 들어가고 있었다. 잠깐 후 불경 읽는 소리가 쩌렁쩌렁하게

밖으로 흘러 나왔다. 잠들었던 부처님이 처음으로 일어나서 귀를 기울일 만한 뱃속에서 밀어낸 목소리였다. 진영은 발딱 일어선다.

"어머니, 그냥 갑시다."

밥을 얻어먹으러 절에 온 것은 분명히 아니다. 그냥 걸어가는 진영을 만류 못할 것을 아는 어머니는 뜰에 서성거리고 있는 늙은 중에게

"그만 갈랍니다, 시님."

"이크, 아침이나 잡수시지…… 갈려오?"

굳이 잡지는 않았다. 그는 절 문까지 전송을 하며,

"당신네들 같으면 중이 먹고 살갔수."

진영은 울화보다 어처구니가 없었다.

내리막길에서 잡풀을 뽑으며 진영은 말없이 울었다. 여비도 떨어진 낯선 여관방에다 문수를 혼자 두고 가는 것만 같은 생각이 자꾸 드는 것이었다.

진영은 불덩어리 같은 이마를 짚는다.

한여름 내내 진영은 앓았다. 애당초 극히 경미하게 발생한 폐결핵이 전연 방치되었기 때문에 점점 악화되어 갔던 것이다. 뿐만 아니라 다른 병까지 연속적으로 병발하는 것이었다. 찬물만 마셔도 배탈이 났다. 눈병이 나고 입이 부르트고 하는 것은 일쑤였다. 앓다 못해 귀까지 앓았다. 그리고 수년 내로 건드리지 않고 둔 충치가 일시에 쑤시어 밤낮을 가리지 않고 욱신거렸다.

진영은 진실로 하나의 육신이 해체되어 가는 과정 속에서 몸서리치는 무서움을 느꼈다. 그것은 마치 쨍쨍하게 내리쬐는 햇볕 아래 늘어진 한 마리의 지렁이 같은 생명이었다.

이러한 육신과 더불어 정신도 해체되어 가는 과정 속에 진영은 있었다.

밤마다 귓가에 울려오는 아이의 울음소리, 산이, 언덕이, 집이 무너지는 소리, 산산이 바스러진 유리 조각이 수없이 날아와서 얼굴 위에 박히는 환각, 눈을 감으면 내장이 터진 소년병의 얼굴이, 남편의 얼굴이, 아이의 얼굴이, 분홍빛, 노랑빛, 파랑빛, 마지막에는 시꺼먼 빛, 그런 빛깔로 차례차례 뒤덮여 가면은 드디어 무한정한 공간이 안개처럼 진영의 주변을 꽉 싸는 것이었다.

소리와 감각과 색채 이러한 순서로 진영의 신경은 궤도에서 무너져 나갔다.

진영은 그 이상 견딜 수가 없어서 내버려두었던 몸을 끌고 H병원으로 갔다.

그러나 그곳에도 일주일이 멀다고 가는 것을 그만 중지하고 말았던 것이다.

얼마 남지 않은 돈을 생활비에나 써야 한다는 이유도 있었다. 그러나 직접의 동기는 외국제 주사약의 빈 병들을 팔아 버리는 장면을 본 때문이다.

Y병원에서는 주사약의 분량을 속였고, S병원은 엉터리였다. 그리고 H병원에서는 빈 약병을 팔았다.

진영은 간호원이 빈 병을 헤아리고 있을 때 직감적으로 가짜 주사약 생각을 했던 것이다. 그러나 H병원만이 빈 약병을 파는 것은 아니다. 또 그 빈 병만 하더라도, 반드시 가짜 약병으로 사용된다고 말할 수도 없다. 잉크병으로, 물감 병으로, 혹은 후춧가루 병으로 흔히 이용되고 있다. 그렇지만 사실 거리에는 가짜 주사약이 범람하고 있는 것이다. 상인들은 의연히 그런 가짜를 진짜 속의 진짜라고 나팔불었다. 진영은 그것을 생각하니 인술이라는 권위를 지닌 의사가 그런 상인 따위들 같아서 신뢰감이 사라지는 것이었다. 물론 아무리 대수롭잖은 빈 병일지라도 그것은 전연 그 의사의 소유이며, 처분의 자유는 그의 기본 권리에 속한다. 그래도 진영은 그의 기본적 권리보다 무수히 마치 페스트처럼 눈에 보이지 않게 만연되어 가는 가짜 주사약 생각만 하는 것이었다.

해바라기의 꽃이 씨앗을 안았다.

며칠 전에 아주머니가 원금만은 돌려주겠다던 약속대로 마지막 남은 만 환을 가지고 왔다. 이것으로 원금 십만 환은 다 받은 셈인데 조금씩 보내준 돈은 지금 집에 한 푼도 있지 않았다.

아주머니는 돈을 주고 난 다음 가려고 일어서면서 문수의 위패를 절에다 모신 데 대한 불만을 했다. 그리고 왜 그런 우상을 숭배하느냐고 나무라는 것이었다. 진영은 어느 것이면 우상이 아니냐고 말하고 싶었으나, 곧 말하고 싶은 충동을 억눌러 버리고, 그저 멍멍히 아주머니를 쳐다보았던 것이다. 자기 자신이 지닌 모순을 설명할 도리가 없어서 그랬던 것이다.

추석날이었다.

진영은 어머니가 절에 가는 것을 말리지 않았다. 도리어 정성을 들여서 사다 놓은 실과를 바구니에 차곡차곡 넣어 주었다. 배, 사과, 포도, 밤, 대추, 먹음직한 과자도 서너 가지 있었다.

어머니가 바구니를 들고 걸어가는 뒷모습을 문 앞에서 바라보고 섰던 진영은, 〈당신네 같으면 중이 먹고 살갔수〉 하던 말이 문득 생각났다. 문수가 먹을 것을 중이 먹다니 아깝다. 밉살스럽다. 그러나 진영은 다음 순간 부끄럼 때문에 얼굴이 붉어졌다. 이러한 파렴치한 생각을 내가 왜 했던고…….

진영은 문을 걸고 뒷산으로 올라갔다. 울고 싶었고, 외치고 싶은 마음에서였다.

산에는 게딱지만한 천막집이 군데군데 서 있었다. 꽃 한 송이 나무 한 뿌리 볼수 없는 이곳에는 벌써 하나의 빈민굴이 형성되어 말이 산이지 이미 산은 아니었다.

짜짜하게 괸 샘터에서 물을 긷는 거미같이 가는 소녀의 팔, 천막집 속에서 내미는 누렇게 뜬 얼굴들 — 진영은 울고 싶은 마음에서 집을 나와 산으로 올라온 자기 자신이 여기서는 차라리 하나의 사치스런 존재였다는 것을 뉘우친다.

진영은 한참 올라와서 어느 커다란 바위에 가서 앉았다.

산등성이에서 바라다 보이는 시가는 너절했다. 구릉을 지은 곳마다 집들이 마치 진딧물 모양으로 다닥다닥 붙어 있었다. 그 속에는 절이 있고, 예배당이 있고, 그리고 서양적인 것, 동양적인 것이 과도기처럼 있고, 조화를 깨뜨린 잡다한 생활이 있었다.

이러한 도시 속에 꿈이 있다면 그것은 가로수라고나 할까! 보랏빛이 서린 먼 산을 스쳐 가는 구름이라고나 할까.

진영은 얄팍한 턱을 괸다.

꿀벌처럼 도시의 소음이 귓가에 울려오는데 고급 승용차가 산장(山莊)이 있는 고개로 미끄러지고 있었다. 진영은 산등성이에서 그것을 보니 그것은 별것이 아닌 한 마리의 딱정벌레 같은 것이라 생각한다. 꼬불꼬불 기어가는 딱정벌레.

진영은 새삼스레 사방을 두리번거렸다. 무의미하기 짝이 없는 충동들이다. 그래서 어쨌단 말인가. 진영은 이유 없이 자기를 다잡아 보았다. 사실 그러했다. 그래서 어쨌단 말인가, 딱정벌레 같아서 어쨌단 말인가, 진딧물 같고, 가로수, 구름, 그래서…….

진영은 머리를 쓸어올린다.

모든 괴로움은 내 속에 있었다. 모든 모순도 내 속에 있었다. 신도, 문수의 손결도 내 속에 있었다.

그러나 그것은 아무 곳에도 실제 있지는 않았다. 나는 창기처럼 절조 없이 두

신전에 참배했다. 그리고 제물과 돈을 바쳤다. 그러나 그것 역시 문수와 나의 중계를 부탁한 신에게 주는 수수료였는지도 모른다. 그 수수료는 실제에 있어서 중의 몇 끼의 끼니가 되었다. 결국 나는 나를 속이려고 했고, 문수는 아무 곳에도 있지 않았을 것이다.

진영은 이마 위에 흘러내리는 숱한 머리를 다시 쓸어올린다. 파르스름한 손이 투명할 지경이다.

신비라고, 예고라고, 꿈, 아니야 그것은 우연의 일치였지, 문수의 죽음, 그것은 두말할 것도 없이 인위적인 실수 아니었던가. 인간은 누구나 나이 들면 죽는다고? 물론 죽는 게지, 노쇠해서 죽는 거지…… 설령 아이가 그때 이미 죽을 목숨이었다고 치자. 그래도 그렇게 죽이고 싶지는 않았다. 도수장의 망아지처럼…… 사람을, 사람을 좀 미워해야겠다. 있는지도 없는지도 모르는 신을 왜 생각은 해. 아니 아까는 없다고 하고선…… 아니야 모르겠어. 사람을, 사람을 좀 미워해야겠다. 반항을 해야겠다. 모든 약탈적인 살인자를 저주해야겠다.

진영은 술이라도 마신 사나이처럼 두서도 없는 혼잣말을 언제까지나 중얼거리고 있었다.

진영의 해사한 얼굴에 그늘이 진다. 한없이 높은 가을 하늘에 구름이 지나가는 것이었다. 시가에는 마치 색종이를 찢어놓은 것같이 추석 치레가 오가고 있었다.

진영의 열에 들뜬 눈이 그것을 쳐다보며 일어선다. 그에게는 이미 반항 정신도, 아무 것도 없었다.

허황한 마음의 미로가 끝없이 눈앞에 뻗어 있을 뿐이었다.

진영은 버릇처럼 머리를 쓸어 올리며, 산을 내려온다. 천막집에서 누렇게 뜬 얼굴들, 진영은 또다시 이곳에 있어서는 내 자신이 차라리 하나의 사치스런 존재라는 아까의 뉘우침을 되풀이하는 것이었다.

음력 설이 임박해진 추운 날, 갈월동 아주머니가 목도리를 푹 뒤집어쓰고 찾아왔다. 웬일인지 몸가짐이 평소보다 좀 산란해 보였다.

"나 의논할 게 좀 있어서 왔는데…. 참 기가 막혀서……"

"……?"

아주머니는 말을 꺼내기가 거북한 듯이 가만히 앉았다가,

"저, 말이야, 돈을 좀 빌려준 사람이 죽었구나. 어떻게 해?"

진영은 의심스럽게 아주머니를 쳐다본다.

"지난 오월 달에 가져간 돈을 이자 한푼 못 받고 그만……."

진영의 변해 가는 표정을 보고 아주머니는 입을 다물어 버린다. 오월이면 진영의 곗돈을 찾을 달이다. 그리고 계가 끝나는 달이기도 했다. 그것뿐이 아니다. 벌써 몇 달 전부터 곗돈을 받으려고 몸이 달아서 다니던 사람이 몇 명이 있었던 것이다.

"빌려 준 돈이 얼마나 돼요?"

진영은 처음으로 입을 열었다.

"오십만 환이야."

진영은 속으로 놀랐다. 계를 해서 빚만 뒤집어 쓴 줄 알았는데 그런 대금의 비밀 거래를 하고 있었다는 것은 무엇을 의미하는 것일까?

진영은 차갑게 아주머니를 쳐다본다.

아주머니는 눈물을 글썽거리며,

"자식도, 남편도 없는 내겐 그것만이 남겨진 것이었어. 낸들 얼마나 돈을 떼었니? 설마 내가 잘되면 빚이야 갚고 살겠지만, 그때 그 돈마저 내주게 되면 난 아주 영영 파멸이지."

진영은 어디 밑천 든 장사였더냐고 오금을 박아 주고 싶었다.

아주머니는 한참만에 눈물을 닦고 일의 경위를 설명하기 시작한다. 그 내용인즉 죽은 사람은 돈을 쓴 회사의 전무였으며, 오월 달에 빌어 간 오십만 환의 이자라고는 한푼도 받아본 일이 없었다는 것이다. 불안해진 아주머니는 전무에게 원금을 뽑아 달라고 졸랐으나 영 내놓지 않아서 생각다 못해 같은 신자에게 의논을 했더니 그이의 남편인 김씨가 일을 봐 주겠노라 하기에 일을 맡겼다는 것이다. 그 김씨란 사람이 수단이 비상하여 마침내 사장 명의로 된 약속 어음을 받게 되고, 그 며칠 후에 전무는 교통 사고로 죽은 것이라 한다. 사장 명의로 된 약속 어음을 받은 것은 무엇보다도 다행한 일이었으나, 웬 까닭인지 심씨란 사람이 약속 어음을 도무지 주지 않고 무슨 협잡을 하는지 알 수 없다는 것이다. 그렇다고 해서 그를 의심한다거나 비위를 거슬러 놓는다면 돈 준 사람도 없는 지금, 여자인 내가 어떻게 사장이란 사람에게 받아낼 수도 없고, 이렇게 속이 탄다고 하면서 아주머니는 가슴을 치는 것이었다.

이야기를 다 들은 진영은,

"대관절 그 전무란 사람을 어떻게 알고서 그런 대금을 주었어요?"

"저…… 저 왜 그 상배 있잖아, 그 상배 아버지야."

"뭐예요? 영세 받았다는 상배 학생 말이에요?"

아주머니는 얼굴이 빨개진다. 진영은 기가 딱 막혔다. 그리고 보니 사업 때문에 상배 아버지가 서울로 오게 될 거라고 하던 말이 생각났다.

"사뜻하게 종교를 이용했군요."

아주머니는 진영의 눈길이 부신 듯이 눈을 내려 간다.

"글쎄 지금 생각하니 모두가 계획적이었어. 영세 받은 것만 해도……."

"신용 보증으론 종교보다 더 실한 게 있어요?"

아주머니는 비꼬는 진영의 말에 풀이 죽는다. 진영은 풀이 죽는 아주머니로부터 눈을 돌렸다.

영세를 받았기 때문에 믿고 돈을 준 아주머니, 신자이기 때문에 믿고 일을 맡긴 아주머니, 단순했다고 할 수밖에 없다. 그런 생각을 하면서 진영은 다시 아주머니를 쳐다보았다. 그의 약점을 추궁할 마음은 이미 사라지고 없었다.

"그래서 어떡허실 작정이에요?"

"글쎄 말이다. 그래서 의논이지."

"지 생각 같아서는 김씨가 일은 봐 주되 어음은 아주머니가 가지시는 것이 좋을 것 같아요."

"그렇지만 어음을 찾아간다고 일을 안 봐주면?"

"그땐 벌써 그이에게 딴 야심이 있었다고 봐야지요."

"그럼 김씨가 일 안 봐 줄 적에 너가 좀 협조해 줄 수 있을까? 여자 혼자니 아무래도 호락호락 보일 것 같아."

"글쎄……."

그런 일에는 아주 딱 질색이었다. 그러나 진영은 약점을 안 후 거절을 해버리는 것이 무슨 악마 취미 같아서 아무렇지 않는 얼굴로,

"같이 저도 가지요."

그러자 아무 것도 모르는 어머니가 점심을 차려 왔다. 점심을 먹으면서 아주머니는 한결 마음이 후련해졌는지 여러 가지 잡담을 꺼냈다.

"글쎄 돈이 있어도 문제야. 이제 당초에 겁이 나서 남 줄 생각이 없어."

진영은 무표정하게 밥을 삼키고,

"아무 말씀 마시고 돈 찾거든 장사허세요. 체면이고 뭐고…… 저도 자본이나 장만해서 장사할래요."

"너야 뭐 취직하면 되지."

"취직이 그리 쉬운가요? 하다 안되면 거리 빵이라도 구워 팔아야지요."

"너야 공부 많이 했으니까 하려면 취직 못할 것 없잖아? 난 정작 장사라도 해야겠어. 그러나 돈벌이론 계가 제일이야. 힘 안 들고……."

아주머니는 숟갈을 놓고 성냥개비로 이빨을 쑤시면서 말한 것이었다.

진영은 아무럼 그렇겠지. 그런 배짱이면…… 하다 말고 아주머니의 눈을 들여다본다. 아무런 악의 그늘도 없는 맑은 눈이었다.

"아무튼 돈을 벌어야 해. 돈이 제일이야. 세상이 그런 걸……."

이번의 말투에는 어느 사이인지 모르게 저지른 자신의 일에 대한 짜증과 반발 같은 것이 있었다.

"그럼. 옛날 속담 말마따나 자식을 앞세우고 가면 배가 고파도 돈을 지니고 가면 든든하다고 안하던가."

어머니의 맞장구다.

진영은 가벼운 현기증을 느낀다. 시야 속에서 그들의 얼굴을 지워 버리듯이 얼른 고개를 돌린다.

"형님, 이래서 천당 가겠습니까? 돈, 돈 하다가 호호……."

아주머니는 까르르 웃으며 일어서서 장갑을 낀다.

진영은 그 웃음 속에서 또 불안과 저포에 대한 반발을 느낀다. 진영은 고개를 들어 아주머니를 쳐다보았다. 역시 괴롭고 고독한 사람이고…….

아주머니가 가 버린 뒤 진영은 자리에 쓰러졌다. 솜처럼 몸이 풀어진다.

진영은 방안에 피운 구멍탄 스토브에서 가스가 분명히 지금 방에 새고 있는 거라고 생각한다. 방안에 가득히 가스가 차면 나는 죽어 버리는 거라고 생각한다.

어느 새 진영은 괴로운 잠이 드는 것이었다.

내장이 터진 소년병이 꿈에 나타났다. 진영은 꿈을 깨려고 무척 애를 썼다.

"모래가 명절인데 절에도 돈 천 환이나 보내야겠는데……"

어렴풋이 들려오는 어머니의 말소리다. 진영은 몸을 들치며 눈을 떴다.

"귀신이나 사람이나 매한가진데…… 남들은 다 저 몫을 먹는데 우리 문수는 손가락을 물고 에미를 기다릴 거다."

잠이 완전히 깬 진영은 벌떡 자리에서 일어났다. 그는 외투와 목도리를 안고 마루에 나와 그것을 감았다.

진영은 부엌에서 성냥 한 갑을 외투주머니에다 넣고 집을 나갔다.

오랫동안 마음 속에서만 벼르던 일을 오늘에서야말로 해치울 작정인 것이다. 진영은 눈이 사북사북 밟히는 비탈길을 걸어 올라간다. 진영은 고슴도치처럼 바싹 털이 솟은 자신을 느낀다.

목도리와 외투 자락이 바람에 나부낀다. 그러면 참나뭇가지 위에 앉은 눈이 외투 깃에 날아 내리는 것이었다.

진영은 절로 가는 것이다.

진영이 절 마당에 들어갔을 때, '당신네들 같으면 중이 먹고 살갔수' 하던 늙은 중이 막 승방에서 나오는 도중이었다. 절은 괴괴하니 다른 인적기는 통 없었다.

진영은 얼굴의 근육이 경련하는 것을 의식하며, 중 옆으로 다가선다.

"저말이지요, 저희들이 이번에 시골로 가는데 아이 사진과 위패를 가지고 가고 싶어요."

고개를 푹 숙인 채 진영은 나지막하게 말한다. 허옇게 풀어진 눈으로 진영을 쳐다보던 중이 겨우 생각이 난 모양으로,

"이사를 하신다고요? 그럼 어뗘우. 그냥 두구려. 명절에 우편으로라도 잊어버리지 않으면 되지."

진영은 숙인 고개를 발딱 세우더니 옆으로 홱 돌리며,

"참견할 것 없어요. 사진이나 빨리 주시오!"

쏘아붙인다. 중은 좀 어리둥절해 하더니 무엇인지 모르게 중얼중얼 씨부렁거리며 법당으로 간다.

이윽고 중이 문수의 사진과 위패를 가지고 나오자 진영은 그것을 빼앗듯이 받아들고 인사말 한 마디 없이 절문 밖으로 걸어나간다.

화가 난 중은 진영의 뒷모습을 꼬느어보다가 중얼중얼 씨부렁거리며 뒷산으로 간다.

진영은 중에게 화를 낸 것은 아니었다. 다만 진영으로서는 빨리 사진을 받아

가지고 절문 밖으로 나가고 싶었던 것이었다. 그래서 초조했던 것이다.

진영은 비탈길을 돌아 산으로 올라간다. 올라가면서 진영은 이리저리 기웃거린다. 어느 커다란 바위 뒤에 눈이 없는 마른 잔디 옆에 이르자 진영은 그 자리에 주저앉는다. 그리하여 문수의 사진과 위패를 놓고 물끄러미 한동안 쳐다본다.

한참 만에 그는 호주머니 속에서 성냥을 꺼내어 사진에다 불을 그어댄다. 위패는 이내 사르어졌다. 그러나 사진은 타다 말고 불꽃이 잦아진다. 진영은 호주머니 속에서 휴지를 꺼내어 타다 마는 사진 위에 찢어서 놓는다. 다시 불이 붙기 시작한다.

사진이 말끔히 타 버렸다. 노르스름한 연기가 차차 가늘어진다.

진영은 연기가 바람에 날려 없어지는 것을 언제까지나 쳐다보고 있었다.

'내게는 다만 쓰라린 추억이 남아 있을 뿐이다. 무참히 죽어 버린 추억이 남아 있을 뿐이다.'

진영의 깎은 듯 고요한 얼굴 위에 두 줄기 눈물이 흘러내리고 있었다.

겨울 하늘은 매몰스럽게도 맑다. 참나무 가지에 얹힌 눈이 바람을 타고 진영의 외투 깃에 날아 내리고 있었다.

'그렇지. 내는 아직 생명이 남아 있었지. 항거할 수 있는 생명이.'

진영은 중얼거리며 참나무를 휘어잡고 눈 쌓인 언덕을 내려오는 것이었다.

해답

1. 인간의 정신적 편안함을 주어야 하는데 타락한 모습을 보인다. **2.** 중들의 물질주의에 대한 반감을 가짐과 동시에 그런 부정적 가치를 지닌 자들에게 순수한 영혼을 맡기고 싶지 않아서 **3.** 위패와 사진을 태우고 난 뒤 언덕을 내려오면서

21

수난 이대, 하근찬

하근찬(河瑾燦, 1931~   ) ●● 경북 영천에서 태어났다. 1957년 〈한국일보〉 신춘문예에
〈수난 이대〉가 당선되어 등단하였다.
그의 작품은 서민들의 비극적이고 한스러운 삶이 주조를 이룬다. 민족의 수난사와 산업화
과정을 보이면서 작품의 밑바탕에는 삶의 건강성을 옹호하는 휴머니티를 깔고 있다.
주요 작품에 〈흰종이 수염〉〈붉은 언덕〉〈산울림〉〈왕릉과 주둔군〉 등이 있다.

21 수난 이대, 하근찬

진수가 돌아온다. 진수가 살아서 돌아온다. 아무개는 전사했다는 통지가 왔고, 아무개는 죽었는지 살았는지 통 소식이 없는데, 우리 진수는 살아서 오늘 돌아오는 것이다. 생각할수록 어깻바람이 날 일이다. 그래 그런지 몰라도 박만도는 여느 때 같으면 아무래도 한두 군데 앉아 쉬어야 넘어설 수 있는 용머리재를 단숨에 올라 채고 만 것이다. 가슴이 펄럭거리고 허벅지가 뻐근했다. 그러나 그는 고갯마루에서도 쉴 생각을 하지 않았다. 들 건너 멀리 바라보이는 정거장에서 연기가 물씬물씬 피어오르며 삐익―, 기적 소리가 들려왔기 때문이다. 아들이 타고 내려올 기차는 점심때가 가까워 도착한다는 것을 모르는 바 아니다. 해가 이제 겨우 산등성이 위로 한 뼘 가량 떠올랐으니, 오정이 되려면 아직 차례 멀은 것이다. 그러나 그는 공연히 마음이 바빴다. 까짓것, 잠시 앉아 쉬면 뭘 기고. 손가락으로 한쪽 콧구멍을 누르면서 팽! 마른 코를 풀어 던졌다. 그리고 휘청휘청 고갯길을 내려가는 것이다.

내리막은 오르막에 비하면 아무것도 아니었다. 대고 팔을 흔들라치면 절로 굴러 내려가는 것이다. 만도는 오른쪽 팔만을 앞뒤로 흔들고 있었다. 왼쪽 팔은 조끼 주머니에 아무렇게나 쑤셔 넣고 있는 것이다. 삼대 독자가 죽다니 말이 되나.

살아서 돌아와야 일이 옳고말고. 그런데 병원에서 나온다 하니 어디를 좀 다치기는 다친 모양이지만, 설마 나같이 이렇게사 되지 않았겠지. 만도는 왼쪽 조끼 주머니에 꽂힌 소맷자락을 내려다보았다. 그 소맷자락 속에는 아무것도 든 것이 없었다. 그저 소맷자락만이 어깨 밑으로 덜렁 처져 있는 것이다. 그래서 노상 그쪽은 조끼 주머니 속에 꽂혀 있는 것이다. 볼기짝이나 장딴지 같은 데를 총알이 약간 스쳐갔을 따름이겠지. 나처럼 팔뚝 하나가 몽땅 달아날 지경이었다면 그 엄살스런 놈이 견뎌 냈을 턱이 없고말고. 슬며시 걱정이 되기도 하는 듯 그는 속으로 이런 소리를 주워섬겼다.

내리막길은 빨랐다. 벌써 고갯마루가 저만큼 높이 쳐다보이는 것이다. 산모퉁이를 돌아서면 이제 들판이다. 내리막길을 쏘아 내려 온 기운 그대로, 만도는 들길을 잰걸음 쳐 나가다가 개천 둑에 이르러서야 걸음을 멈추었다. 외나무다리가 놓여 있는 조그마한 시냇물이었다. 한여름 장마철에는 들어설라치면 배꼽이 묻히는 수도 있었지마는 요즈막엔 무릎이 잠길 듯 말듯 한 물인 것이다. 가을이 깊어지면서부터 물은 밑바닥이 환히 들여다보일 만큼 맑아져 갔다. 소리도 없이 미끄러져 내려가는 물을 가만히 내려다보고 있으면 절로 잇속이 시려 온다.

만도는 물 기슭에 내려가서 쭈그리고 앉아 한 손으로 고의춤을 뜯어 헤쳤다. 오줌을 찍익―, 갈기는 것이다. 거울면처럼 맑은 물 위에 오줌이 가서 부글부글 끓어오르며 뿌우연 거품을 이루니 여기저기서 물고기 떼가 모여든다. 제법 엄지손가락만씩한 피리도 여러 마리다. 한 바가지 잡아서 회쳐 놓고 한잔 쭈욱 들이켰으면…… 군침이 목구멍에서 꿀꺽했다. 고기 떼를 향해서 마른 코를 팽팽 풀어 던지고, 그는 외나무다리를 조심히 디뎠다.

길이가 얼마 되지 않는 다리였으나 아래로 몸을 내려다보면 제법 아찔했다. 그는 이 외나무다리를 퍽 조심한다. 언젠가 한번, 읍에서 술이 꽤 되어가지고 홍청거리며 돌아오다가, 물에 굴러 떨어진 일이 있었던 것이다. 지나치는 사람이 없었기에망정이지, 누가 보았더라면 큰 웃음거리가 될 뻔했었다. 발목 하나를 약간 접쳤을 뿐, 크게 다친 데는 없었다. 이른 가을철이었기 때문에 옷을 벗어 둑에 널어놓고 말릴 수는 있었으나 여간 창피스런 것이 아니었다. 옷이 말짱 젖었다거나 옷이 마를 때까지 발가벗고 기다려야 한다거나 해서가 아니었다. 팔뚝 하나가 몽땅 잘라져 나간 흉측한 몸뚱이를 하늘 앞에 드러내 놓고 있어야 했기 때문이었다. 지나치는 사람이 있을라치면, 하는 수없이 물 속으로 뛰어 들어가서 얼굴만 내놓고 앉아 있었다. 물이 선뜩해서 아래턱이 덜덜거렸으나, 오그라 붙는 사타구니를 한 손으로 꽉 움켜쥐고 버티는 수밖에 없었다.

"흐흐흐……."

그때 일을 생각하면 지금도 곧 웃음이 터져 나오는 것이다. 하늘로 쳐들린 콧구멍이 연방 벌름거렸다.

개천을 건너서 논두렁 길을 한참 부지런히 걸어가노라면 읍으로 들어가는 한길이 나선다. 도로변에 먼지를 부옇게 덮어 쓰고 도사리고 앉아 있는 초가집은 주막이다. 만도가 읍내 나올 때마다 꼭 한번씩 들르곤 하는 단골집인 것이다. 이 집 눈썹이 짙은 여편네와는 예사로 농을 주고받는 사이다.

술방 문턱을 들어서며 만도가,

"서방님 들어가신다."

하면, 여편네는,

"아이 문둥아, 어서 오느라."

하는 것이 인사처럼 되어 있었다. 만도는 여간 언짢은 일이 있어도 이 여편네의 궁둥이 곁에 가서 앉으면 속이 절로 쑥 내려가는 것이었다.

주막 앞을 지나치면서 만도는 술방 문을 열어 볼까 했으나, 방문 앞에 신이 여러 켤레 널려 있고, 방안에서 웃음소리가 요란하기 때문에 돌아오는 길에 들르기로 했다. 신작로에 나서면 금시 읍이었다. 만도는 읍 들머리에서 잠시 망설이다가, 정거장 쪽과는 반대되는 방향으로 걸음을 옮겼다. 장거리를 찾아가는 것이었다. 진수가 돌아오는데 고등어나 한 손 사가지고 가야 될 거 아닌가, 싶어서였다. 장날은 아니었으나, 고깃전에는 없는 고기가 없었다. 이것을 살까 하면 저것이 좋아 보이고 그것을 사러 가면 또 그 옆의 것이 먹음직해 보이고 그것을 사러 가면 또 그 옆의 것이 먹음직해 보였다. 한참 이리저리 서성거리다가 결국은 고등어 한 손이었다. 그것을 달랑달랑 들고 정거장을 향해 가는데, 겨드랑 밑이 간질간질해 왔다. 그러나 한쪽밖에 없는 손에 고등어를 들었으니 참 딱했다. 어깻죽지를 연방 위아래로 움직거리는 수밖에 없었다.

정거장 대합실에 들어선 만도는 먼저 벽에 걸린 시계부터 바라보았다. 두시 이십분이었다. 벌써 두시 이십분이니 내가 잘못 보나? 아무리 두 눈을 씻고 보아도 시계는 틀림없는 두시 이십분이었다. 한쪽 걸상에 가서 궁둥이를 붙이면서도 곧장 미심쩍어 했다. 두시 이십분이라니, 그럼 벌써 점심때가 겨웠단 말인가? 말

도 아닌 것이다. 자세히 보니 시계는 유리가 깨어졌고 먼지가 꺼멓게 앉아 있었
다. 그러면 그렇지. 엉터리였다. 벌써 그렇게 되었을 리가 없는 것이다.

"여보이소 지금 몇 싱교?"

맞은편에 앉은 양복장이한테 물어 보았다.

"열시 사십 분이오."

"예, 그렁교."

만도는 고개를 굽실하고는 두 눈을 연방 껌벅거렸다. 열시 사십분이라, 보자
그럼 아직도 한 시간이나 나마 남았구나. 그는 안심이 되는 듯 후유 숨을 내쉬었
다. 궐련을 한 개 빼 물고 불을 댕겼다. 정거장 대합실에 와서 이렇게 도사리고
앉아 있노라면, 만도는 곧잘 생각키는 일이 한 가지 있었다. 그 일이 머리에 떠오
르면 등골을 찬 기운이 쫙 스쳐 내려가는 것이었다. 손가락이 시퍼렇게 굳어진
이끼 낀 나무토막 같은 팔뚝이 지금도 저만큼 눈앞에 보이는 듯했다.

바로 이 정거장 마당에 백 명 남짓한 사람들이 모여 웅성거리고 있었다. 그 중
에는 만도도 섞여 있었다. 기차를 기다리고 있는 것이었으나, 그들은 모두 자기
네들이 어디로 가는 것인지 알지를 못했다. 그저 차를 타라면 탈 사람들이었다.
징용에 끌려 나가는 사람들이었다. 그러니까, 지금으로부터 십이삼년 옛날의 이
야기인 것이다.

북해도 탄광으로 갈 것이라는 사람도 있었고 틀림없이 남양군도로 간다는 사
람도 있었다. 더러는 만주로 가면 좋겠다고 하기도 했다. 만도는 북해도가 아니
면 남양군도일 것이고, 거기도 아니면 만주겠지, 설마 저희들이 하늘 밖으로사
끌고 가겠느냐고 아무렇지도 않은 듯이 그 들창코로 담배 연기를 푹푹 내뿜고
있었다. 그러나 마음이 좀 덜 좋은 것은 마누라가 저쪽 변소 모퉁이 벚나무 밑에
우두커니 서서 한눈도 안 팔고 이쪽만을 바라보고 있는 때문이었다. 그래서 그
는 주머니 속에 성냥을 두고도 옆사람에게 불을 빌리자고 하며 슬며시 돌아서
버리곤 했다. 플랫포옴으로 나가면서 뒤를 돌아보니 마누라는 울 밖에 서서 수
건으로 코를 눌러대고 있는 것이었다. 만도는 코허리가 찡했다. 기차가 꽥꽥 소
리를 지르면서 덜커덩! 하고 움직이기 시작했을 때는 정말 덜 좋았다. 눈앞이 뿌
옇게 흐려지는 것을 어쩌지 못했다. 그러나 정거장이 까맣게 멀어져 가고 차창
밖으로 새로운 풍경이 획획 날라들자, 그만 아무렇지도 않아지는 것이었다. 오

히려 기분이 유쾌해지는 것 같기도 했다.

바다를 본 것도 처음이었고, 그처럼 큰 배에 몸을 실어 본 것은 더구나 처음이었다. 배 밑창에 엎드려서 꽥꽥 게워내는 사람들이 많았으나, 만도는 그저 골이 좀 띵했을 뿐 아무렇지도 않았다. 더러는 하루에 두 개씩 주는 뭉치밥을 남기기도 했으나, 그는 한꺼번에 하룻것을 뚝딱해도 시원찮았다. 모두 내릴 준비를 하라는 명령이 떨어진 것은 사흘째 되는 날 황혼때었다. 제가끔 봇짐을 챙기기에 바빴다. 만도도 호박덩이만한 보따리를 옆구리에 덜렁 찼다. 갑판 위에 올라가 보니 하늘은 활활 타오르고 있고, 바닷물은 불에 녹은 쇠처럼 벌겋게 출렁거리고 있었다. 지금 막 태양이 물 위로 뚝딱 떨어져 가는 것이었다. 햇덩어리가 어쩌면 그렇게 크고 붉은지 정말 처음이었다. 그리고 바다 위에 주황빛으로 번쩍거리는 커다란 산이 둥둥 떠 있는 것이었다. 무시무시하도록 황홀한 광경에 모두들 딱 벌어진 입을 다물 줄 몰랐다. 만도는 어깨마루를 버쩍 들어올리면서, 히야 고함을 질러댔다. 그러나, 섬에서 그들을 기다리고 있는 것은 숨막히는 더위와 강제 노동과 그리고, 잠자리만씩이나 한 모기 떼…… . 그런 것뿐이었다.

섬에다가 비행장을 닦는 것이었다. 모기에게 물려 혹이 된 자리를 벅벅 긁으며, 비오듯 쏟아지는 땀을 무릅쓰고, 아침부터 해가 떨어질 때까지 산을 허물어 내고, 흙을 나르고 하기란, 고향에서 농사 일에 뼈가 굳어진 몸에도 이만저만한 고역이 아니었다. 물도 입에 맞지 않았고, 음식도 이내 변하곤 해서 도저히 견디어 낼 것 같지가 않았다. 게다가 병까지 돌았다. 일을 하다가도 벌떡 자빠지기가 예사였다. 그러나 만도는 아침저녁으로 약간씩 설사를 했을 뿐, 넘어지지는 않았다. 물도 차츰 입에 맞아 갔고, 고된 일도 날이 감에 따라 몸에 배어드는 것이었다. 밤에 날개를 차며 몰려드는 모기 떼만 아니면 그냥저냥 배겨내겠는데, 정말 그놈의 모기들만은 질색이었다.

사람의 일이란 무서운 것이었다. 그처럼 험난하던 산과 산 틈바구니에 비행장을 다듬어 내고야 말았던 것이다. 허나 일은 그것으로는 끝나는 것이 아니고, 오히려 더 벅찬 일이 닥치는 것이었다. 연합군의 비행기가 날아들면서부터 일은 밤중까지 계속되었다. 산허리에 굴을 파들어 가는 것이었다. 비행기를 집어 넣을 굴이었다. 그리고 모든 시설을 다 굴 속으로 옮겨야 하는 것이었다.

여기저기 다이너마이트 튀는 소리가 산을 흔들어댔다. 앵앵앵 하고 공습경보가 나면 일을 하던 손을 놓고 모두가 굴 바닥에 납작납작 엎드려 있어야 했다. 비행기가 돌아갈 때까지 그러고 있는 것이었다. 어떤 때는 근 한 시간 가까이나 엎드려 있어야 하는 때도 있었는데 차라리 그것이 얼마나 편한지 몰랐다. 그래서 더러는 공습이 있기를 은근히 기다리기도 했다. 때로는 공습 경보의 사이렌을 듣지 못하고 그냥 일을 계속하는 수도 있었다.

그럴 때는 모두 큰 손해를 보았다고 야단들이었다. 어떻게 된 셈인지 사이렌이 미처 불기 전에 비행기가 산등성이를 넘어 달려드는 수도 있었다. 그럴 때는 정말 질겁을 하는 것이었다. 가장 많은 손해를 입는 것도 그런 경우였다. 만도가 한쪽 팔뚝을 잃어버린 것도 바로 그런 때의 일이었다.

여느 날과 다름없이 굴 속에서 바위를 허물어 내고 있었다. 바위 틈서리에 구멍을 뚫어서 다이너마이트를 장치하는 하는 것이었다. 장치가 다 되면 모두 바깥으로 나가고, 한 사람만 남아서 불을 당기는 것이다. 그리고 그것이 터지기 전에 얼른 밖으로 뛰어나와야 되었다. 만도가 불을 당기는 차례였다. 모두 바깥으로 나가 버린 다음 그는 성냥을 꺼냈다. 그런데 웬 영문인지 기분이 께름직했다. 모기에게 물린 자리가 자꾸 쑥쑥 쑤시는 것이다. 걱즉걱즉 긁어댔으나 도무지 시원한 맛이 없었다. 그는 이맛살을 찌푸리면서 성냥을 득 그었다. 그래 그런지 몰라도, 불은 이내 픽 하고 꺼져 버렸다. 성냥 알맹이 네 개째에사 겨우 심지에 불이 당겨졌다. 심지에 불이 붙는 것을 보자 그는 얼른 몸을 굴 밖으로 날렸다. 바깥으로 막 나서려는 때였다. 산이 무너지는 소리와 함께 사나운 바람이 귓전을 후려갈기는 것이었다. 만도는 정신이 아찔했다. 공습이었던 것이다. 산등성이를 넘어 달려든 비행기가 머리 위로 아슬아슬하게 지나가는 것이었다. 미처 정신을 차리기도 전에 또 한 대가 뒤따라 날아드는 것이 아닌가. 만도는 그만 넋을 잃고 굴 안으로 도로 달려들었다. 달려들어가서 굴 바닥에 아무렇게나 팍 엎드려져 버리고 말았다. 고 순간이었다. 꽝! 굴 안이 미어지는 듯하면서 다이너마이트가 터졌다. 만도의 두 눈에서 불이 번쩍 났다.

만도가 어렴풋이 눈을 떠 보니, 바로 거기 눈 앞에 누구의 것인지 모를 팔뚝이 하나 놓여 있었다. 손가락이 시퍼렇게 굳어져서, 마치 이끼 낀 나무 토막처럼 보이는 것이었다. 만도는 그것이 자기의 어깨에 붙어 있던 것인 줄을 알자, 그만 으아! 하고 정신을 잃어버렸다.

재차 눈을 떴을 때는 그는 폭삭한 담요 속에 누워 있었고, 한쪽 어깻죽지가 못 견디게 쿡쿡 쑤셔댔다. 절단 수술(切斷手術)은 이미 끝난 뒤였다.

째액―, 기차 소리였다. 멀리 산모퉁이를 돌아오는가 보았다. 만도는 앉았던 자리를 털고 벌떡 일어서며, 옆에 놓아 두었던 고등어를 집어들었다. 기적 소리가 가까워질수록 그의 가슴은 울렁거렸다. 대합실 밖으로 뛰어나가 홈이 잘 보이는 울타리 쪽으로 가서 발돋움을 하였다. 째랑째랑 하고 종이 울자, 한참만에 차는 소리를 지르면서 달려들었다. 기관차의 옆구리에서는 김이 픽픽 풍겨 나왔다. 만도의 얼굴은 바짝 긴장되었다. 시꺼먼 열차 속에서 꾸역꾸역 사람들이 밀려 나왔다. 꽤 많은 손님이 쏟아져 내리는 것이었다. 만도의 두 눈은 곧장 이리저리 굴렀다. 그러나 아들의 모습은 쉽사리 눈에 띠지 않았다. 저 쪽 출찰구로 밀려가는 사람의 물결 속에, 두 개의 지팡이를 의지하고 절룩거리며 걸어 나가는 상이 군인이 있었으나, 만도는 그 사람에게 주의를 기울이지는 않았다. 기차에서 내릴 사람은 모두 내렸는가 보다. 이제 미처 차에 오르지 못한 사람들이 플랫폼을 이리저리 서성거리고 있을 뿐인 것이다. 그 놈이 거짓으로 편지를 띄웠을 리는 없을 건데……. 만도는 자꾸 가슴이 떨렸다. 이상한 일이다, 하고 있을 때였다. 분명히 뒤에서.

"아부지!"

부르는 소리가 들렸다. 만도는 깜짝 놀라며, 얼른 뒤를 돌아보았다. 그 순간, 만도의 두 눈은 무섭도록 크게 떠지고 입은 딱 벌어졌다. 틀림없는 아들이었으나, 옛날과 같은 진수는 아니었다. 양쪽 겨드랑이에 지팡이를 끼고 서 있는데, 스쳐가는 바람결에 한쪽 바짓가랑이가 펄럭거리는 것이 아닌가. 만도는 눈앞이 노오래지는 것을 어쩌지 못했다. 한참 동안 그저 멍멍하기만 하다가, 코허리가 찡해지면서 두 눈에 뜨거운 것이 핑 도는 것이었다.

"에라이 이놈아!"

만도의 입술에서 모지게 튀어나온 첫마디였다. 떨리는 목소리였다. 고등어를 든 손이 불끈 주먹을 쥐고 있었다.

"이기 무슨 꼴이고, 이기."

"아부지!"

"이놈아, 이놈아……."

만도의 들창코가 크게 벌름거리다가 훌쩍 물코를 들이마셨다. 진수의 두 눈에서는 어느 결에 눈물이 꾀죄죄하게 흘러내리고 있었다. 만도는 모든 게 진수의 잘못이거나 한 듯 험한 얼굴로,

"가자, 어서!"

무뚝뚝한 한 마디를 내던지고는 성큼성큼 앞장을 서 가는 것이었다. 진수는 입술에 내려와 묻는 짭짤한 것을 혀 끝으로 날름 핥아 버리면서, 절름절름 아버지의 뒤를 따랐다. 앞장 서 가는 만도는 뒤따라오는 진수를 한 번도 돌아보지 않았다. 한눈을 파는 법도 없었다. 무겁디 무거운 짐을 진 사람처럼 땅바닥만을 내려다보며, 이따금 끙끙거리면서 부지런히 걸어만 가는 것이다. 지팡이에 몸을 의지하고 걷는 진수가 성한 사람의, 게다가 부지런히 걷는 걸음을 당해 낼 수는 도저히 없었다. 한 걸음 두 걸음씩 뒤지기 시작한 것이, 그만 작은 소리로 불러서는 들리지 않을 만큼 떨어져 버리고 말았다. 진수는 목구멍을 왈칵 넘어오려는 뜨거운 기운을 꾹 참노라고 어금니를 야물게 깨물어 보기도 하였다. 그리고 두 개의 지팡이와 한 개의 다리를 열심히 움직여대는 것이었다.

앞서 가던 만도는 주막집 앞에 이르자, 비로소 한 번 뒤를 돌아보았다. 진수는 오다가 나무 밑에 서서 오줌을 누고 있었다. 지팡이는 땅바닥에 던져 놓고, 한쪽 손으로는 볼일을 보고, 한쪽 손으로는 나무 둥치를 감싸 안고 있는 모양이 을씨년스럽기 이를 데 없는 꼬락서니였다. 만도는 눈살을 찌푸리며, 으음! 하고 신음 소리 비슷한 무거운 소리를 내었다. 그리고 술방 앞으로 가서 방문을 왈칵 잡아당겼다.

기역자 판 안에 도사리고 앉아서 속옷을 뒤집어 까고 이를 잡고 있던 여편네가 킥 하고 웃으며 후닥딱 옷섶을 여몄다. 그러나 만도는 웃지를 않았다. 방 문턱을 넘어서면서도 서방님 들어가신다는 소리를 지르지 않았다. 아마 이처럼 무뚝한 얼굴을 하고 이 술방에 들어서기란 처음일 것이다. 여편네가 멋도 모르고,

"오늘은 서방님 아닌가배."

하고 킬킬 웃었으나, 만도는 으음! 또 무거운 신음 소리를 했을 뿐 도시 기분을 내지 않았다. 기역자판 앞에 가서 쭈그리고 앉기가 바쁘게,

"빨리 빨리."

재촉을 하였다.

"핫다나, 어지간히도 바쁜가배."

"빨리 꼬빼기로 한 사발 달라니까구마."

"오늘은 와 이카노?"

여편네가 쳐주는 술사발을 받아 들며, 만도는 휴유 – 하고 숨을 크게 내쉬었

다. 그리고 입을 얼른 사발로 가져갔다. 꿀꿀꿀, 잘도 넘어가는 것이다. 그 큰 사발을 단숨에 말려 버리고는, 도로 여편네 눈 앞으로 불쑥 내밀었다. 그렇게 거들빼기로 석 잔을 해치우고사 으으윽! 하고 개트림을 하였다. 여편네가 눈을 휘둥그레져 가지고 혀를 내둘렀다. 빈 속에 술을 그처럼 때려 마시고 보니, 금세 눈두덩이 확확 달아오르고, 귀뿌리가 발갛게 익어 갔다. 술기가 얼큰하게 돌자, 이제 좀 속이 풀리는 성 싶어 방문을 열고 바깥을 내다보았다. 진수는 이마에 땀을 척척 흘리면서 다 와 가고 있었다.

"진수야!"

버럭 소리를 질렀다.

"이리 들어와 보래."

"……."

진수는 아무런 대꾸도 없이 어기적어기적 다가왔다. 다가와서 방 문턱에 걸터 앉으니까, 여편네가 보고,

"방으로 좀 들어오이소."

한다.

"여기 좋심더."

그는 수세미 같은 손수건으로 이마와 코 언저리를 싹싹 닦아냈다.

"마 아무데서나 묵어라. 저 – 국수 한 그릇 말아 주소."

"야."

"꼬빼기로 잘 좀……. 참지름도 치소, 알았능교?"

"야아."

여편네는 코로 히죽 웃으면서 만도의 옆구리를 살짝 꼬집고는, 소쿠리에서 삶은 국수 두 뭉텅이를 집어들었다.

진수가 국수를 훌훌 끌어 넣고 있을 때, 여편네는 만도의 귓전으로 얼굴을 갖다 댔다.

"아들이가?"

만도는 고개를 약간 앞뒤로 끄덕거렸을 뿐, 좋은 기색을 하지 않았다. 진수가 국물을 훌쩍 들어마시고 나자, 만도는,

"한 그릇 더 묵을래?"

한다.

"아니예."

"한 그릇 더 묵지 와."

"고만 묵을랍니더."

진수는 입술을 싹 닦으며 뿌시시 자리에서 일어났다.

주막을 나선 그들 부자는 논두렁길로 접어들었다. 아까와 같이 만도가 앞장을 서는 것이 아니라, 이번에는 진수를 앞세웠다. 지팡이를 짚고 찌긋둥찌긋둥 앞서 가는 아들의 뒷모습을 바라보며, 팔뚝이 하나밖에 없는 아버지가 느릿느릿 따라가는 것이다. 손에 매달린 고등어가 대구 달랑달랑 춤을 추었다.

너무 급하게 들이마셔서 그런지, 만도의 뱃속에서는 우글우글 술이 끓고, 다리가 휘청거렸다. 콧구멍으로 더운 숨을 훅훅 내불어 보니 정신이 아른해서 역시 좋았다.

"진수야!"

"예."

"니 우째다가 그래 됐노?"

"전쟁하다가 이래 안 됐심니꼬. 수류탄 쪼가리에 맞았심더."

"수류탄 쪼가리에?"

"예."

"음."

"얼른 낫지 않고 막 썩어 들어가기 땜에 군의관이 짤라 버립디더. 병원에서예. 아부지!"

"와?"

"이래 가지고 우째 살까 싶습니더."

"우째 살긴 뭘 우째 살아? 목숨만 붙어 있으면 다 사는 기다. 그런 소리 하지 말아."

"……."

"나 봐라. 팔뚝이 하나 없어도 잘만 안 사나. 남 봄에 좀 덜 좋아서 그렇지, 살기사 왜 못 살아."

"차라리 아부지같이 팔이 하나 없는 편이 낫겠어예. 다리가 없어놓니, 첫째 걸어댕기기에 불편해서 똑 죽겠심더."

"야야. 안 그렇다. 걸어댕기기만 하면 뭐 하노, 손을 지대로 놀려야 일이 뜻대로 되지."

"그러까예?"

"그렇다니,, 그러니까 집에 앉아서 할 일은 니가 하고, 나댕기메 할 일은 내가 하고, 그라면 안 대겠나, 그제?"

"예."

진수는 아버지를 돌아보며 대답했다. 만도는 돌아보는 아들의 얼굴을 향해 지 긋이 웃어주었다. 술을 마시고 나면 이내 오줌이 마려워지는 것이다. 만도는 길 가에 아무데나 쭈그리고 앉아서 고기 묶음을 입에 물려고 하였다. 그것을 본 진 수는,

"아부지, 그 고등어 이리 주소."

한다.

팔이 하나밖에 없는 몸으로 물건을 손에 든 채 소변을 볼 수는 없는 것이다. 아 버지가 볼일을 마칠 때까지, 진수는 저만큼 떨어져 서서 지팡이를 한쪽 손에 모 아 쥐고, 다른 손으로 고등어를 들고 있었다. 볼일을 다 본 만도는 얼른 가서 아 들의 손에서 고등어를 다시 받아 든다.

개천 둑에 이르렀다. 외나무 다리가 놓여 있는 그 시냇물이다. 진수는 슬그머 니 걱정이 되었다. 물은 그렇게 깊은 것 같지 않지만, 밑바닥이 모래흙이어서 지 팡이를 짚고 건너가기가 만만할 것 같지 않기 때문이다. 외나무다리는 도저히 건너갈 재주가 없고……. 진수는 하는 수 없이 둑에 퍼지고 앉아서 바짓가랑이 를 걷어 올리기 시작했다. 만도는 잠시 멀뚱히 서서 아들의 하는 양을 내려다보 고 있다가,

"진수야, 그만두고, 자아 업자."

했다.

"업고 건느면 일이 다 되는 거 아니가. 자아, 이거 받아라."

고등어 묶음을 진수 앞으로 내민다.

"……"

진수는 퍽 난처해 하면서, 못 이기는 듯이 그것을 받아들었다. 만도는 등을 아 들 앞에 갖다 대고, 하나밖에 없는 팔을 뒤로 버쩍 내밀며,

"자아, 어서!"

했다.

진수는 지팡이와 고등어를 각각 한 손에 쥐고, 아버지의 등허리로 가서 슬그머니 업혔다. 만도는 팔뚝을 뒤로 돌리면서, 아들의 하나뿐인 다리를 꼭 안았다. 그리고,

"팔로 내 목을 감아야 될 끼다."

했다.

진수는 무척 황송한 듯 한쪽 눈을 찍 감으면서, 고등어와 지팡이를 든 두 팔로 아버지의 굵은 목줄기를 부둥켜안았다. 만도는 아랫배에 힘을 주며, '끙!' 하고 일어났다. 아랫도리가 약간 후들거렸으나 걸어갈 만은 했다.

외나무다리 위로 조심조심 발을 내디디며 만도는 속으로, 이제 새파랗게 젊은 놈이 벌써 이게 무슨 꼴이고. 세상들 잘못 만나서 진수 니 신세도 참 똥이다, 똥. 이런 소리를 주워섬겼고, 아버지의 등에 업힌 진수는 곧장 미안스러운 얼굴을 하며, '나꺼정 이렇게 되다니, 아부지도 참 복도 더럽게 없지, 차라리 내가 죽어 버렸더라면 나았을 낀데…… 하고 중얼거렸다.

만도는 아직 술기가 약간 있었으나, 용케 몸을 가누며 아들을 업고 외나무다리를 조심조심 건너가는 것이었다.

눈앞에 우뚝 솟은 용머리재가 이 광경을 가만히 내려다보고 있었다.

해답

1. 고등어 **2.** 만도는 아들이 돌아온다는 사실에 마냥 기쁘다. 하지만 다른 한편으로는 불안감이 자리잡고 있는 것도 사실이다. 이런 불안감은 그 자신이 한 쪽 팔을 잃은 쓰라린 경험에서 비롯된 것이다. **3.** 비극적인 한국 현대사

22

오발탄, 이범선

이범선(李範宣, 1920~1982) ●● 평남 안주에서 태어났다. 1955년 〈현대문학〉에 〈암표〉
〈일요일〉이 추천되어 등단. 그의 작품은 서정성에 기초한 것과 리얼리즘에 충실한 것들로
대별되는데, 서정성 짙은 작품은 아름다운 세계로의 지향을 담고 있으며, 리얼리즘 계열의
작품은 전후의 경제적 곤궁과 부조리한 사회에 대한 고발성을 담고 있다.
주요 작품에 〈학마을 사람들〉〈갈매기〉〈하오의 무지개〉〈청대문집 개〉〈흰 까마귀의 수기〉
등이 있다.

22

오발탄, 이범선

계리사 [1]사무실 서기 송 철호는 여섯 시가 넘도록 사무실 한구석 자기 자리에 멍청하니 앉아 있었다. 무슨 미진한 사무가 있는 것도 아니었다. 장부는 벌써 집어치운 지 오래고 그야말로 멍청하니 그저 앉아 있는 것이었다. 딴 친구들은 눈으로 시계바늘을 밀어 올리다시피 다섯 시를 기다려 후다닥 나가 버렸다. 그런데 점심도 못 먹은 철호는 허기가 나서만이 아니라 갈 데도 없었다.

"송 선생은 안 나가세요?"

이제 청소를 해야 할테니 그만 나가달라는 투의 사환애의 말에, 철호는 다 낡아빠진 해군 작업복 저고리 호주머니에 깊숙이 찌르고 있던 두 손을 빼내어서 무겁게 책상 위에 올려 놓았다.

"나가야지."

하품 같은 대답이었다.

1) 공인회계사

사환애는 저쪽 구석에서부터 비질을 하기 시작하였다. 먼지가 사정없이 철호의 얼굴로 몰려왔다.

철호는 어슬렁 일어섰다. 이쪽 모서리 창가로 갔다. 바께쓰의 물을 대야에 따랐다. 두 손을 끝에서부터 가만히 물 속에 담갔다. 아직 이른 봄이라 물이 꽤 손끝에 시렸다. 철호는 물 속에 잠긴 두 손을 물끄러미 내려다보고 있었다. 펜대에 시달린 오른손 장지 첫마디에 콩알만한 못이 박혔다. 그 못에서 파란 명주실 같은 것이 사르르 물 속으로 풀려났다. 잉크, 그것은 잠시 대야 밑바닥을 기다 말고 사뿐히 위로 떠올라 안개처럼 연하게 피어서 사방으로 번져 나갔다. 손가락 끝을 중심으로 하고 그 색의 농도가 점점 연해져 나갔다. 맑게 개인 가을 하늘 색으로 대야 가장자리까지 번져 나간 그것은 다시 중심의 손끝을 향해 접어들며, 약간 진한 파랑색으로 달무리 모양 동그란 원을 그렸다.

피! 이건 분명히 피다!

철호는 엉뚱한 생각을 하고 있었다. 슬그머니 물 속에서 손을 빼내었다. 그러자 이번엔 대야 밑바닥에 한 사나이의 얼굴을 보았다. 철호의 눈을 마주 쳐다보는 그 사나이는 얼굴의 온 근육을 이상스레 히물히물 움직이며 입을 비죽거려 웃고 있었다.

이마에 길게 흐트러진 머리카락, 그 밑에 우묵하니 패인 두 눈, 까깡진 볼, 날카롭게 여윈 턱, 송장처럼 꺼멓고 윤기 없는 얼굴 그것은 까마득한 원시인의 한 사나이였다.

몽둥이 끝에, 모난 돌을 하나 칡덩굴로 아무렇게나 잡아매서 들고, 동굴 속에 남겨 두고 나온 식구들을 위하여 온 종일 숲 속을 맨발로 헤매고 다니던 사나이.

곰? 그건 용기가 부족하다.

멧돼지? 힘이 모자란다.

노루? 너무 날쎄어서.

꿩? 그놈은 하늘을 난다.

토끼? 토끼. 그래, 그놈쯤은 꽤 때려 잡음직하다. 그런데 그것마저 요즈음은 몫에 잘 돌아오지 않는다. 사냥꾼이 너무 많다. 토끼보다도 더 많다.

그래도 무어든 들고 들어가야 하는 것이다.

사나이는 바위 잔등에 무릎을 꿇고 앉아 냇물에 손을 씻는다. 파란 물 속에 빨간 노을이 잠겼다. 끈끈하게 사나이의 손에 묻었던 피가 노을빛보다 더 진하게 우러난다.

무엇인가 때려잡은 모양이다. 곰? 멧돼지? 노루? 꿩? 토끼?

그런데 사나이가 들고 일어선 것은 그 어느것도 아니었다. 보기에도 징그러운 내장. 그것이 무슨 짐승의 내장인지는 사나이 자신도 모른다. 사나이는 그 짐승의 머리도 꼬리도 못 보았다. 누군가 숲 속에 끌어내어 버린 것을 주워 오는 것이 었다.

철호는 옆에 놓인 비누를 집어 들었다. 마구 두 손바닥으로 비볐다. 우구구 까닭 모를 울분이 끓어 올랐다.

빈 도시락마저 들지 않은 손이 홀가분해 좋긴 하였지만, 해방촌 고개를 추어 오르기에는 뱃속이 너무 허전했다.

산비탈을 도려내고 무질서하게 주워 붙인 판잣집들이었다. 철호는 골목으로 접어들었다. 레이션 곽을 뜯어 덮은 처마가 어깨를 스칠 만치 비좁은 골목이었다. 부엌에서들 아무 데나 마구 버린 뜨물이, 미끄러운 길에는 구공탄 재가 군데군데 헌데 더뎅이 모양 깔렸다.

저만치 골목 막다른 곳에, 누런 시멘트 부대 종이를 흰 실로 얼기설기 문살에 얽어맨 철호네 집 방문이 보였다. 철호는 때에 절어서 마치 가죽 끈처럼 된 헝겊이 달린 문걸쇠를 잡아당겼다. 손가락이라도 드나들 만치 엉성한 문이면서 찌걱찌걱 집혀서 잘 열리지 않았다. 아래가 잔뜩 잡힌 채 비틀어진 문틈으로 그의 어머니의 소리가 새어 나왔다.

"가자! 가자!"

미치면 목소리마저 변하는 모양이었다. 그것은 이미 그의 어머니의 조용하고 부드럽던 그 목소리가 아니고, 쨍쨍하고 간사한 게 어떤 딴 사람의 목소리였다.

문을 열고 들어서는 철호의 얼굴에 걸레 썩는 냄새 같은 것이 확 풍겨왔다. 철호는 문안에 들어선 채 우두커니 아랫목을 내려다보고 있었다.

중학교 시절에 박물관에서 미이라를 본 일이 있었다. 그건 꼭 솜 누더기에 싸놓은 미이라였다. 흰 머리카락은 한 오리도 제대로 놓인 것이 없었다. 그대로 수세미였다. 그 어머니는 벽을 향해 돌아누워서 마치 딸꾹질처럼 어떤 일정한 사이를 두고, 가자 가자 하는 외마디 소리를 지르고 있었다. 그 해골 같은 몸에서 어떻게, 그런 쨍쨍한 소리가 나오는지 이상하였다.

22

이범선

오발탄

철호는 윗방으로 올라가 털썩 벽에 기대어 앉아 버렸다. 가슴에 커다란 납덩어리를 올려놓은 것 같았다. 정말 엉엉 소리를 내어 울고 싶었다. 눈을 꼭 지리감으며 애써 침을 삼켰다.

두 달 전까지만 해도 철호는 저녁 때 일터에서 돌아오면 어머니야 알아든건 말건 그래도 '어머니 지금 돌아왔습니다.' 하고 인사를 하곤 하였었다. 그러나 요즈음은 그것마저 안하게 되었다. 그저 한참 물끄러미 굽어보고 섰다가 그대로 윗방으로 올라와 버리는 것이었다.

컴컴한 구석에 앉아 있던 철호의 아내가 슬그머니 일어섰다. 담요 바지 무릎을 한쪽은 꺼멍, 또 한쪽은 회색으로 기웠다. 만삭이 되어서 꼭 바가지를 엎어 놓은 것 같은 배를 안은 아내는 몽유병자처럼 철호의 앞을 지나 나갔다. 부엌으로 나가는 것이었다. 분명 벙어리는 아닌데 아내는 말이 없었다.

"아버지."

철호는 누가 꼭대기를 쿡 쥐어박기나 한 것처럼 흠칠했다.

바로 옆에 다섯 살 난 딸애가 눈을 동그랗게 뜨고 철호를 처다보고 있었다. 철호는 어린것에게로 얼굴을 돌렸다. 웃어 보이려는 철호의 얼굴이 도리어 흉하게 이지러졌다.

"나아, 삼춘이 나이롱 치마 사 준댔다."

"응."

"그리구 구두두 사 준댔다."

"응."

"그러면 나 엄마하고 화신[2] 구경간다."

"……."

철호는 그저 어린것의 노랗게 뜬 얼굴을 바라보고 있을 뿐이었다. 철호의 헌 셔츠 허리통을 잘라서 위에 끈을 꿰어 스커트로 입은 딸애는 짝짝이 양말 목달이에다 어디서 주운 것인지 가는 고무줄을 끼었다.

"가자! 가자!"

아랫방에서 또 어머니의 그 저주 같은 소리가 들려왔다. 벌써 칠 년을 두고 들

2) 화신백화점

어와도 전연 모를 그 어떤 딴 사람의 목소리.

철호는 또 눈을 감았다. 머릿속의 넛줄이 팽팽히 헤어졌다. 두 주먹으로 무엇이건 콱 때려부수고 싶은 충동에 철호는 어금니를 바스러져라 맞씹었다.

좀 춥기는 해도 철호는 집안보다 이 바위 잔등이 더 좋았다. 그래 철호는 저녁만 먹으면 언제나 이렇게 집 뒤 산등성이에 있는 바위 위에 두 무릎을 세워 안고 앉아서 하염없이 거리의 등불들을 바라보며 밤 깊기를 기다리는 것이었다. 어느 거리쯤인지 잘 분간할 수 없는 저 밑에서 술 광고 네온사인이 핑그르르 돌고 깜빡 꺼졌다가 또 번뜩 켜지고 핑그르르 돌고는 깜빡 꺼지고 하였다.

철호는 그저 언제까지나 그렇게 그 네온사인을 지켜보고 있었다.

바위 잔등이 차츰차츰 식어 왔다. 마침내 다 식고 겨우 철호가 깔고 앉은 그 부분에만 약간 온기가 남았다. 이제 조그만 더 있으면 밑이 시려올 것이다. 그러면 철호는 하는 수없이 일어서야 하는 것이다.

드디어 철호는 일어섰다. 오래 꾸부려 붙이고 있던 두 다리가 저렸다, 두 손을 작업복 호주머니에 깊숙이 찔렀다. 철호는 밤하늘을 한 번 쳐다보았다. 지금까지 바라보던 밤거리보다 더 화려하게 별들이 뿌려져 있었다. 철호는 그 많은 별들 가운데서 북두칠성을 찾아보았다. 머리를 뒤로 젖혀 하늘을 쳐다보는 채 빙그르르 그 자리에서 돌았다. 거꾸로 달린 물주걱 같은 북두칠성은 쉽사리 찾아낼 수 있었다. 그 북두칠성 앞에 딴 별들보다 좀 크고 빛나는 별, 그건 북극성이었다. 철호는 지금 자기가 서 있는 지점과 북극성을 연결하는 직선을 밤 하늘에 길게 그어 보았다. 그리고 그 선을 눈이 닿는 데까지 연장시켰다. 철호는 그렇게 정북을 향하여 한참이나 서 있었다. 고향 마을이 눈앞에 떠올랐다. 마을의 좁은 길까지, 아니 그 길에 박혀 있던 돌 하나까지도 선히 볼 수 있었다.

으스스 몸이 떨렸다. 한기가 전기처럼 발끝에서 튀어 콧구멍으로 빠져 나갔다. 철호는 크게 재채기를 하였다. 그리고 또 한 번 부르르 몸을 떨며 바위 밑으로 내려왔다.

철호는 천천히 골목 안으로 들어섰다.

"가자!"

철호는 멈칫 섰다. 낮에는 이렇게까지 멀리 들리는 줄은 미처 몰랐던 어머니의 그 소리가 골목 어귀에까지 들려왔다.

"가자!"

그러나 언제까지 그렇게 골목에 서 있을 수도 없는 노릇이었다. 철호는 다시 발을 옮겨 놓았다. 정말 무거운 발걸음이었다. 그건 다리가 저려서만이 아니었다.

"가자!"

철호가 그의 집쪽으로 걸음을 옮겨 놓을 때마다 그만치 그 소리는 더 크게 들려왔다.

가자는 것이었다. 돌아가자는 것이었다. 고향으로 돌아가자는 것이었다. 옛날로 되돌아가자는 것이었다. 그것은 이렇게 정신 이상이 생기기 전부터 철호의 어머니가 입버릇처럼 되풀이하던 말이었다.

삼팔선, 그것은 아무리 자세히 설명을 해주어도 철호의 늙은 어머니에게만은 아무 소용 없는 일이었다.

"난 모르겠다. 암만 해도 난 모르겠다. 삼팔선. 그래 거기에다 하늘에 꾹 닿도록 담을 쌓았단 말이냐 어쨌단 말이냐. 제 고장으로 제가 간다는데 그래 막는 놈이 도대체 누구란 말이야."

죽어도 고향에 돌아가서 죽고 싶다는 철호의 어머니였다. 그리고는,

"이게 어디 사람 사는 게냐. 하루 이틀도 아니고."

하며 한숨과 함께 무릎을 치며 꺼지듯이 풀썩 주저앉곤 하는 것이었다. 그럴 때마다 철호는.

"어머니 그래도 남한은 이렇게 자유스럽지 않아요?"

하고, 남한이니까 이렇게 생명을 부지하고 살 수 있지, 만일 북한 고향으로 간다면 당장에 죽는 것이라고, 자유라는 것이 얼마나 소중한 것인가를 갖은 이야기를 다 예로 들어가며 어머니에게 이해시키기란 삼팔선을 인식시키기보다도 몇 백 갑절 더 힘드는 일이었다. 아니 그것은 거의 불가능한 일이라 했다. 그래 끝내 철호는 어머니에게 자유라는 것을 설명하는 일을 단념하고 말았다. 그렇게 되고 보니 철호의 어머니에게는 아들-지지리 고생을 하면서도 고향으로 돌아갈 생각만은 죽어도 하지 않는 철호가 무슨 까닭인지는 몰라도 늙은 에미를 잡으려고 공연한 고집을 피우고 있는 천하에 고약한 놈으로만 여겨지는 것이었다.

그야 철호에게도 어머니의 심정이 이해되지 않는 것은 아니었다.

무슨 하늘이 알 만치 큰 부자는 아니었지만 그래도 꽤 큰 지주로서 한 마을의 주인격으로 제법 풍족하게 평생을 살아오던 철호의 어머니 눈에는 아무리 그네

가 세상을 모른다고는 해도 산등성이를 악착스레 깎아 내고 거기에다 게딱지 같
은 판잣집을 다닥다닥 붙여 놓은 이 해방촌이 이름 그대로 해방촌일 수는 없는
노릇이었다.

"나두 내 나라를 찾았다게 기뻐서 울었다. 엉엉 울었다. 시집 올 때 입었던 홍
치마를 꺼내 입구 춤을 추었다. 그런데 이꼴 좋다. 난 싫다. 아무래두 난 모르겠
다. 뭐가 잘못 됐건 잘못된 너머 세상이디 그래."

철호의 어머니 생각에는 아무리 해도 모를 일이었던 것이었다. 나라를 찾았다
면서 집을 잃어버려야 한다는 것은, 그것은 정말 알 수 없는 일이었던 것이다.

철호의 어머니는 남한으로 넘어온 후로 단 하루도 이 '가자'는 말을 하지 않은
날이 없었다.

그렇게 지내오던 그날, 육이오 사변으로 바로 발밑에 빤히 내려다보이는 용산
일대가 폭격으로 지옥처럼 무너져 나가던 날, 끝내 철호는 어머니를 잃어버리고
말았던 것이었다.

"큰애야 이젠 정말 가자. 데것 봐라. 담이 홈싹 무너뎄는데 삼팔선의 담이 테
렇게 무너뎄는데 야."

그때부터 철호의 어머니는 완전히 정신 이상이었다. 지금의 어머니, 그것은
이미 철호의 어머니는 아니었다. 아무리 따져 보아도 그것이 철호 자기의 어머
니일 수는 없었다. 세상에 아들 딸마저 알아보지 못하는 어머니가 있을 수 있는
것일까? 그날부터 철호의 어머니는.

"가자! 가자!"

하고 저렇게 쨍쨍한 목소리로 외마디 소리를 지를 뿐 그 밖의 모든 것을 완전
히 잃어버리고 있었다. 철호에게 있어서 지금의 어머니는, 말하자면 어머니의
시체에 지나지 않았다. 뚫어진 창호지 구멍으로 그래도 희미한 불빛이 새어나오
고 있었다. 철호는 윗방 문을 열었다. 아랫방과 윗방 사이 문턱에 위태롭게 올려
놓은 등잔이 개똥벌레처럼 가물거리고 있었다. 윗방 아랫목에는 딸애가 반듯이
누워서 잠이 들었다 담요를 몸에다 돌돌 말고 반듯이 누운 것이 꼭 송장 같았다.
그 옆에 철호의 아내가 두 무릎을 꿇고 앉아 있었다. 꺼먼 헝겊과 회색 헝겊으로
기운 담요 바지 무릎 위에는 빨강색 우단으로 만든 조그마한 운동화가 한 켤레
놓여 있었다. 철호가 방안에 들어서자 아내는 그 어린애의 빨간 신발을 모두어
자기 손바닥에 올려 놓아 철호에게 들어보였다.

"삼촌이 사 왔어요."

유난히 속눈썹이 긴 아내의 눈이 가늘게 웃었다. 참으로 오래간만에 보는 아
내의 웃음이었다. 자기가 미인이었다는 것을 잊어버리고 만 지 오랜 아내처럼,
또 오래 보지 못하여 거의 잊어버려 가던 아내의 웃는 얼굴이었다.

철호는 등잔이 놓인 문턱 가까이 가서 앉으며 아내의 손에서 빨간 어린애의
신발을 받아 눈앞에서 아래위를 살펴보았다

"산보 갔었소?"

거기 등잔불을 사이에 두고 윗방을 향해 앉은 철호의 동생 영호가 웃으며 철
호를 쳐다보았다.

"언제 들어왔니?"

"지금 막 들어와 앉는 길입니다."

그리고 보니 영호는 아직 넥타이도 끄르지 않고 있었다.

"형님!"

새삼스레 부르는 동생의 소리에 철호는 손에 들었던 어린애의 신발을 아내에
게 돌리며 영호의 얼굴을 빤히 바라보았다.

"이제 우리두 한번 살아 봅시다. 제길, 남 다 사는데 우리라구 밤낮 이렇게만
살겠소? 근사한 양옥도 한 채 사구, 장기판만한 문패에다 형님의 이름 석자를, 제
길 장님도 보게 써서 대못으로 땅땅 때려박구 한 번 살아봅시다."

군대에서 나온 지 이 년이 넘도록 아직도 직업도 못 잡은 영호가 언제나 술만
취하면 하는 수작이었다.

"그리구 이천만 환짜리 세단 차도 한 대 삽시다. 거기다 똥통이나 싣고 다니
게. 모든 새끼들이 아니꼬와서. 일이야 있건 없건 종일 빵빵 울리면서 동리를 들
락날락해야지. 제길. 하하하."

비스듬히 벽에 기대어 앉은 영호는 벌겋게 열에 뜬 얼굴을 하고 담배 연기를
푸 내뿜었다.

"또 술 마셨구나."

고학으로 고생고생 다니던 대학 삼 학년에서 군대에 들어갔다가 나온 영호로
서는 특별한 기술이 없이 직업을 잡지 못하는 것은 별 도리도 없는 노릇이라 칠
수도 있었지만, 이건 어디서 어떻게 마시는 것인지 거의 저녁마다 이렇게 취해
들어오는 동생 영호가 몹시 못마땅한 철호의 말이었다.

"네, 조금 했습니다. 친구들이……."

그것도 들으나마나 늘 같은 대답이었다. 또 그것이 거짓말이 아니라는 것도 철호는 알고 있었다.

"이제 술 좀 그만 마셔라."

"친구들과 어울리면 자연히 마시게 되는 걸요."

"글쎄 그러니까 그 어울리는 걸 좀 삼가란 말이다."

"그럴 수도 없구요. 하하하."

"그렇다구 언제까지 그저 그렇게 어울려서 술이나 마시면 뭐가 되나?"

"되긴 뭐가 돼요. 그저 답답하니까 만나는 거구. 만나면 어찌 어찌하다 한잔씩 하며 이야기나 하는 거죠 뭐."

"글쎄 그게 맹랑한 일이란 말이다."

"그렇지만 형님, 그런 친구들이라도 있다는 게 좋지 않수. 그게 시시한 친구들이라 해도. 정말이지 그놈들마저 없었더라면 어떻게 살 뻔했나 하고 생각할 때가 많아요. 와팔이, 절름발이 그런 놈들. 무식한 놈들, 참 시시한 놈들이지요. 죽다 남은 놈들. 그렇지만 형님, 그놈들 다 착한 놈들이야요. 최소한 남을 속이지는 않거던요. 공갈을 때릴 망정. 하하하하 전우, 전우."

영호는 고개를 뒤로 젖히고 천장을 향해 후 담배 연기를 바라보며 한 손으로 목의 넥타이를 앞으로 잡아당겨 반쯤 끌러 늦추어 놓았다.

"가자!"

아랫목에서 어머니가 소리를 질렀다.

영호는 슬그머니 아랫목으로 고개를 돌렸다. 한참이나 그렇게 어머니쪽으로 고개를 돌리고 있는 영호는 아무 말도 없이 그저 눈만 껌뻑껌뻑 하고 있었다.

철호는 길게 한숨을 쉬었다. 앞에 놓인 등잔불이 거물거물 춤을 추었다. 철호는 저고리 호주머니에서 담배를 꺼내었다. 꼬기꼬기 구겨진 파랑새 갑 속에서 담배를 한 개비 뽑아내었다. 바삭바삭 마른 담배는 양끝이 반쯤 빠져 나갔다. 철호는 그 양끝을 비벼 말았다. 흡사 비과 모양으로 되었다. 철호는 그 비과 모양의 담배 한 끝을 입에다 물었다.

"이걸 피슈. 형님."

영호가 자기 앞에 놓였던 담배갑을 집어서 철호의 앞으로 내어 밀었다. 빨간색 양담배 갑이었다. 철호는 그 여느 것보다 좀 긴 양담배 갑을 한 번 힐끔 쳐다

보았을 뿐, 아무 소리도 없이 등잔불로 입에 문 파랑새 끝을 가져갔다. 영호는 등
잔불 위에 꾸부린 형 철호의 어깨를 넌지시 바라보고 있었다. 지지지 소리가 났
다. 앞 이마에 하트러져 내렸던 철호의 머리카락이 등잔불에 타며 또르르 말려
올랐다. 철호는 얼굴을 들었다. 한 모금 빨자 벌써 손끝이 따갑게 되어 꽁초가 되
어 버린 담배를 입에서 떼었다. 천천히 연기를 내뿜는 철호의 미간에는 세로 석
줄의 깊은 주름이 패어졌다. 영호는 들었던 담배갑을 도루 방바닥에 내려놓았
다. 그리고 조용히 등잔불로 시선을 떨구었다. 그의 입가에서 야릇한 웃음이 −
애달픈 아니 그 누군가를 비웃는 듯한, 그런 미소가 천천히 흘러 지나갔다.

한참 동안 아무도 말이 없었다.

"가자!"

아랫방 아랫목에서 몸을 뒤채는 어머니가 잠꼬대를 했다. 어머니는 이제 꿈속
에서마저 생활을 잃어버린 모양이었다. 아주 낮은 그 소리는 한숨처럼 느리게
아래 윗방에 가득 차 흘러 사라졌다.

여전히 아무도 말이 없었다.

철호는 꽁초를 손 끝에 꼬집어 쥔 채 넋빠진 사람 모양 가물거리는 등잔불을
지켜보고 있었고, 동생 영호는 비스듬히 벽에 기대어 앉은 채 철호의 손끝에서
타고 있는 담배 꽁초를 바라보고 있었고, 철호의 아내는 잠든 딸애의 머리맡에
가지런히 놓인 빨간 신발을 요리조리 매만지고 있었다.

"가자!"

또 한 번 어머니의 소리가 저 땅 밑에서 새어나오듯이 들려왔다.

"형님은 제가 이렇게 양담배를 피우는 게 못마땅하지요?"

영호는 반쯤 탄 담배를 자기의 눈앞에 가져다 그 빨간 불티를 들여다보며 말
했다.

"분에 맞지 않지."

철호는 여전히 등잔불을 바라보며 대답했다.

"그렇지만 형님, 형님은 파랑새와 양담배 두 가지 중에서 어느 것이 더 좋으
슈?"

"……? 그야 양담배가 좋지. 그래서?"

그래서 너는 보리밥도 못 버는 녀석이 그래 좋은 것은 알아서 양담배를 피우
는거냐 하는 철호의 눈초리가 번뜩 영호의 면상을 때렸다.

"그래서 전 양담배를 택했어요."

"뭐가?"

"형님은 절 오해하시고 계셔요."

"……?"

"제가 무슨 돈이 있어서 양담배를 사서 피우겠어요. 어쩌다 친구들이 사주는 것이니 피우는 거지요. 형님은 또 제가 거의 저녁마다 술을 마시고 또 제법 합승을 타고 들어오는 것도 못마땅하시죠. 저도 알고 있어요. 형님은 때때로 이십오 환 전차값도 없어서 종로서 근 십리를 집에까지 터덜터덜 걸어서 돌아오시는 것을, 그렇지만 형님이 걸으신다고 해서, 한사코 같이 타고 가자는 친구들의 호의, 아니 그건 호의도 채 못 되는 싱거운 수작인지도 모르죠. 어쨌든 그것을 굳이 뿌리치고 저마다 걸어야 할 아무 까닭도 없지 않습니까? 이상한 놈들이죠. 술, 담배는 사주고 합승은 태워줘도 돈은 안 주거든요."

영호는 손 끝으로 뱅글뱅글 비벼 돌리는 담뱃불을 들여다보며 말했다.

"어쨌든 너도 이제 좀 정신 차려 줘야지. 벌써 군대에서 나온 지도 이태나 되지 않니."

"정신 차려야죠. 그렇지 않아도 이달 안으로는 어찌되든 간에 결판을 내구 말 생각입니다."

"어디 취직을 해야지."

"취직이요? 형님처럼요? 전차값도 안 되는 월급을 받고 남의 살림이나 계산해주란 말이지요?"

"그럼 뭐 별 뾰족한 수가 있는 줄 아니."

"있지요. 남처럼 용기만 조금 있으면."

"……?"

어처구니없는 영호의 수작에 철호는 그저 멍청하니 영호의 얼굴을 쳐다보았다. 손끝이 따가왔다. 철호는 비루 깡통[3]으로 만든 재떨이에 담배를 비벼 껐다.

"용기?"

"네. 용기."

3) 버린 깡통

"용기라니?"

"적어도 까마귀만한 용기만이라도 말입니다. 영리할 필요는 없더군요. 우둔해
도 상관 없어요. 까마귀는 도무지 허수아비를 무서워하지 않습니다. 참새처럼
영리하지 못한 탓으로 그놈의 까마귀는 애당초에 허수아비를 무서워할 줄조차
모르거든요."

영호의 입가에는 좀 전에 파랑새 꽁초에다 불을 당기는 철호를 바라보던 때와
같은 야릇한 웃음이 또 소리없이 감돌고 있었다.

"너, 설마 무슨 엉뚱한 계획을 세우고 있는 것은 아니겠지."

철호는 약간 긴장한 얼굴을 하고 영호를 바라보며 꿀꺽하고 침을 삼켰다.

"아니오. 엉뚱하긴 뭐가 엉뚱해요. 그저 우리들도 남처럼 다 벗어 던지고 홀가
분한 몸차림으로 달려보자는 것이죠 뭐."

"벗어 던지고?"

"네, 벗어 던지고 양심이고, 윤리고, 관습이고, 법률이고 다 벗어 던지고 말입
니다."

영호의 큰 두 눈이 유난히 빛나는가 하자 철호의 눈을 정면으로 밀고 들었다.

"양심이고, 윤리고, 관습이고, 법률이고?"

"……."

"너는, 너는……."

"……."

영호는 아무 대답도 하지 않았다. 그러나 눈만은 똑바로 형 철호를 쳐다보고
있었다.

"그렇게나 살자면 이 형도 벌써 잘 살 수 있었다."

철호의 목소리는 떨리고 있었다.

"그렇게나라니요?"

"양심을 버리고, 윤리와 관습을 무시하고, 법률까지도 범하고!"

흥분한 철호의 큰 목소리에 영호는 지금까지 철호의 얼굴에 주었던 시선을 앞
으로 죽 뻗치고 앉은 자기의 발끝으로 떨구었다.

"저도 형님을 존경하고 있어요. 고생하시는 형님을, 용케 이 고생을 참고 견디
는 형님을. 그렇지만 형님은 약한 사람이야요. 용기가 없는 거지요. 너무 양심이
강해요. 아니 어쩌면 사람이 약하면 약한 만치. 그만치 반대로 양심이란 가시는

여물고 굳어지는 것인지도 모르죠."

"양심이란 가시?"

"네. 가시지요. 양심이란 손끝의 가십니다. 빼어 버리면 아무렇지도 않은데 공연히 그냥 두고 건드릴 때마다 깜짝깜짝 놀라는 거예요. 윤리요? 그건 나이롱 빤쯔 같은 것이죠. 입으나 마나 불알이 덜렁 비쳐 보이기는 매한가지죠. 관습이요? 그건 소녀의 머리 위에 달린 리본이라고나 할까요? 있으면 예쁠 수도 있어요. 그러나 없대서 뭐 별일도 없어요. 법률? 그건 마치 허수아비 같은 것입니다. 허수아비. 덜 굳은 바가지에다 되는 대로 눈과 코를 그리고 수염만 크게 그린 허수아비. 누더기를 걸치고 팔을 쩍 벌리고 서 있는 허수아비. 참새들을 향해서는 그것이 제법 공갈이 되지요. 그러나 까마귀쯤만 돼도 벌써 무서워하지 않아요. 아니 무서워하기는커녕 그놈이 상투 끝에 턱 올라 앉아서 썩은 흙을 쑤시던 더러운 주둥이를 쓱쓱 문질러도 별일 없거든요. 흥."

영호는 코웃음을 쳤다. 그리고 거기 문턱 밑에 담배갑에서 새로 담배를 한 개 빼어 물고 지금까지 들고 있던 다 탄 꽁다리에서 불을 옮겨 빨았다.

"가자!"

어머니의 그 소리가 또 들렸다. 어머니는 분명히 잠이 들어 있는 것이었다. 그러면서도 간간이 저렇게 가자, 가자 소리를 지르는 것이었다. 그것은 어쩌면 어머니에게는 호흡처럼 생리화해 버린 것인지도 몰랐다.

철호는 비스듬히 모로 앉은 동생 영호의 옆 얼굴을 한참이나 노려보고 있었다. 영호는 영호대로 퀭한 두 눈으로 깜박이기를 잊어버린 채 아까부터 앞으로 뻗힌 자기의 발끝을 바라보고 있었다. 이윽고 철호는 영호에게서 눈을 돌려 버렸다. 그리고 아랫방과 윗방 사이 칸막이를 한 널쭉에 등을 기대며 모로 돌아앉았다. 희미한 등잔불빛에 잠든 딸애의 조그마한 얼굴이 애처로왔다. 그 어린것 옆에 앉은 철호의 아내는 왼쪽 무릎을 세우고 그 위에 손을 펴 깔고 턱을 괴었다. 아까부터 철호와 영호, 형제가 하는 말을 조용히 듣고만 있는 그네는 무엇을 생각하고 있는지 한쪽 손끝으로, 거기 방바닥에 가지런히 놓은 빨간 어린애의 신발만 몇 번이고 쓸어 보고 있었다.

철호는 고개를 푹 떨구어 턱을 가슴에 묻었다. 영호는 새로 피워 문 담배를 연거푸 서너 번 들이빨았다. 그리고 또 말을 계속하였다.

"저도 형님의 그 생활 태도를 잘 알아요. 가난하더라도 깨끗이 살자는. 그렇지요, 깨끗이 사는 게 좋지요. 그런데 형님 하나 깨끗하기 위하여 치르는 식구들의 희생이 너무 어처구니없이 크고 많단 말입니다. 헐벗고 굶주리고. 형님 자신만 해도 그렇죠. 밤낮 쑤시는 충치 하나 처치 못하시고 이가 쑤시면 치과에 가서 치료를 하거나 빼어 버리거나 해야 할 거 아니야요. 그런데 형님은 그것을 참고 있어요. 낯을 잔뜩 찌푸리고 참는단 말입니다. 물론 치료비가 없으니까 그러는 수밖에 없겠지요. 그겁니다. 바로 그겁니다. 그 돈을 어떻게든가 구해야죠. 이가 쑤시는데 그럼 어떻게 해요. 그걸 형님처럼, 마치 이 쑤시는 것을 참고 견디는 그것이 돈을 – 치료비를 버는 것이거나 한 것처럼 생각하는 것. 안 쓰는 것을 혹 버는 셈이라고는 할 수도 있을 거야요. 그렇지만 꼭 써야 할 데 못 쓰는 것이 버는 셈이라고는 할 수 없지 않아요. 세상에는 이런 세 층의 사람들이 있다고 봅니다. 즉 돈을 모으기 위해서만으로 필요 이상의 돈을 버는 사람과, 필요하니까 그 필요하니 만치의 돈을 버는 사람과 또 하나는 이건 꼭 필요한 돈도 채 못 벌고서 그 대신 생활을 졸이는 사람들. 신발에다 발을 맞추는 격으로 형님은 아마 그 맨 끝의 층에 속하겠지요. 필요한 돈도 미처 벌지 못하는 사람, 깨끗이 살자니까 그럴 수밖에 없다고 하시겠지요. 그래요. 그것은 깨끗하기는 할지 모르죠. 그렇지만 그저 그것뿐이지요. 언제까지나 충치가 쏘아 부은 볼을 싸쥐고 울상일 수밖에 없지요. 그렇지 않습니까? 그야 형님! 인생이 저 골목 안에서 십 환짜리를 받고 코 흘리는 어린애들에게 보여 주는 요지경이라면야 자기가 가지고 있는 돈값만치 구멍으로 들여다보고 말을 수도 있겠지요. 그렇지만 어디 인생이 자기 주머니 속의 돈 액수만치만 살고 그만두고 싶으면 그만둘 수 있는 요지경인가요 어디. 돈만치만 말을 수 있는 그런 편리한 목구멍인가요 어디. 싫어도 살아야 하니까 문제지요. 사실이지 자살을 할만치 소중한 인생도 아니고요. 살자니까 돈이 필요하구요. 필요한 돈이니까 구해야죠. 왜 우리라고 좀더 넓은 테두리, 법률선까지 못 나가란 법이 어디 있어요. 아니 남들은 다 벗어던지구 법률선까지도 넘나들면서 사는데, 왜 우리만이 옹색한 양심의 울타리 안에서 숨이 막혀야해요. 법률이란 뭐야요. 우리들이 피차에 약속한 선이 아니야요?"

영호는 얼굴을 번쩍 들며 반쯤 끌러 놓았던 넥타이를 마저 끌러서 방 구석에 픽 던졌다.

철호는 여전히 턱을 가슴에 푹 묻은 채 묵묵히 앉아 두 짝 다 엄지발가락이 몽땅 밖으로 나온 뚫어진 양말을 내려다보고 있었다. 나일론 양말을 한 켤레 사면

반 년은 무난히 뚫어지지 않고 견딘다는 말은 들었다. 그러나 뻔히 알면서도 번 번이 백 환짜리 무명양말을 사들고 들어오는 철호였다. 칠백 환이란 돈을 단번 에 잘라낼 여유가 도저히 없는 월급이었던 것이다.

"가자!"

어머니는 또 몸을 뒤채었다.

"그건 억설⁴⁾이야."

철호는 천천히 고개를 들었다. 신문지를 바른 맞은편 벽에, 쭈구리고 앉은 아 내의 그림자가 커다랗게 비쳐 있었다. 꼽추처럼 꼬부리고 앉은 아내의 그림자는 헝클어진 머리카락이 괴물스러웠다. 철호는 눈을 감았다. 머리마저 등 뒤 칸막 이 반자에 기대었다.

철호의 감은 눈앞에 십여 년 전 아내가 흰 저고리 까만 치마를 입고 선히 나타 났다. 무대에 나선 그녀는 더욱 예뻤다. E여자대학 졸업음악회였다. 노래가 끝나 자 박수 소리가 그칠 줄을 몰랐다. 그날 저녁 같이 거리를 거닐던 그녀는 정말 싱 싱하고 예뻤었다. 그러나 지금 철호 앞에 쭈그리고 앉은 아내는 그때의 그녀가 아니었다. 무슨 둔한 동물처럼 되어 버린 그녀. 이제 아무런 희망도 가져보려고 하지 않는 아내. 철호는 가만히 눈을 떴다. 그래도 아내의 속눈썹만은 전처럼 까 맣고 길었다.

"가자!"

철호는 흠칠 놀라 환상에서 깨어났다.

"억설이요? 그런지도 모르죠."

한참이나 잠잠하니 앉아 까물거리는 등잔불을 바라보던 영호의 맥빠진 대답 이었다.

"네 말대로 한다면 돈 있는 사람들은 다 나쁜 사람이란 말밖에 더 되나 어디."

"아니죠. 제가 어디 나쁘고 좋고를 가렸어요. 나쁘긴 누가 나빠요? 왜 나빠요. 아, 잘 사는 게 나빠요? 도시 나쁘고 좋고부터 따질 아무런 금도 없지요, 뭐."

"그렇지만 지금 네 말로는 잘 살자면 꼭 양심이고 윤리고 뭐고 다 버려야 한다 는 것이 아니고 뭐야."

---

4) 억지부리는 말

"천만에요. 잘못 이해하신 겁니다. 간단히 말씀드리면 이렇다는 것입니다. 즉, 양심껏 살아가면서 잘 살 수도 있기는 있다. 그러나 그것은 극히 적다. 거기에 비겨서 그 시시한 것들을 벗어 던지기만 하면 누구나 틀림없이 잘 살 수 있다."

"그것이 바로 억설이란 말이다. 마음 한 구석이 어딘가 비틀려서 하는 억지란 말이다."

"글쎄요. 마음이 비틀렸다고요. 그건 아마 사실일는지 모르겠어요. 분명히 비틀렸어요. 그런데 그 비틀리기가 너무 늦었어요. 어머니가 저렇게 미치기 전에 비틀렸어야 했지요. 한강 철교를 폭파하기 전에 말입니다. 하나밖에 없는 누이 동생 명숙이가 양공주가 되기 전에 비틀렸어야 했지요. 환도령이 내리기 전에 하다 못해 동대문 시장에 자리라도 한 자리 비었을 때 말입니다. 그리구 이놈의 배때기에 지금도 무슨 내장이기나 한 것처럼 박혀 있는 파편이 터지기 전에 말입니다. 아니 그보다도 더 전에, 제가 뭐 무슨 애국자나처럼 남들이 다 기피하는 군대에 어머니의 원수를 갚겠노라고 자원하던 그 전에 말입니다."

"……."

"…… 그보다도 더 전에 썩 전에 비틀렸어야 했을지 모르죠. 나면서부터 비틀렸더라면 더 좋았을지도 모르죠."

영호는 푹 고개를 떨구었다. 길게 한숨을 내쉬었다. 그 한숨이 후르르 떨고 있었다. 철호는 한참 동안 아무 말도 하지 않았다. 윗목에 앉아 있던 철호의 아내가 방바닥에 떨어진 눈물을 손끝으로 장난처럼 문지르고 있었다. 영호도 훌쩍훌쩍 코를 들이키고 있었다.

"그렇지만 인생이란 그런 게 아니야. 너는 아직 사람이란 어떻게 살아야만 하는 것인지조차도 모르고 있어."

"그래요. 사람이란 과연 어떻게 살아야 하는 것인지는 정말 모르겠어요. 그렇지만 이제 이 물고 뜯고 하는 마당에서 살자면, 생명만이라도 유지하자면 어떻게 해야 할는지는 알 것 같애요. 허허."

영호는 눈물이 글썽하니 고인 눈을 천장을 향해 쳐들며 자기 자신을 비웃듯이 허허 하고 웃었다.

"가자!"

또 어머니는 가자고 했다. 영호는 아랫목으로 눈을 돌렸다. 철호는 길게 한숨을 쉬었다. 등잔불이 크게 흔들거렸다. 방안의 모든 그림자들이 움직였다. 집 전체가 그대로 기울거리는 것 같았다. 그것뿐 조용했다. 밤이 꽤 깊은 모양이었다. 세상이 온통 잠들고 있었다.

저만치 골목 밖에서부터 딱 딱 딱 딱 구둣발 소리가 뾰족하게 들려왔다. 점점 가까워 왔다. 바로 아랫방 문 앞에서 멎었다. 영호는 문께로 얼굴을 돌렸다. 삐걱 삐걱 두어 번 비틀리던 방문이 열렸다. 여동생 명숙이가 들어섰다. 싱싱한 몸매에 까만 투피스가 제법 어느 회사의 여사무원 같았다.

"늦었구나."

영호가 여전히 두 다리를 쭉 뻗고 앉은 채 고개만 뒤로 젖혀서 명숙을 쳐다보았다.

명숙은 영호의 말에 아무런 대꾸도 없이 돌아서서 문밖에서 까만 하이힐을 집어 올려 아랫방 모서리에 들여놓았다. 그리고 백을 휙 방구석에 던졌다. 겨우 윗저고리와 스커트를 벗어 걸은 명숙은 아랫방 뒷구석에 가서 털썩하고 쓰러지듯 가로누워 버렸다. 그리고 거기 접어 놓은 담요를 끌어다 머리 위에서부터 푹 뒤집어 썼다.

철호는 명숙을 거들떠 보지도 않고 덤덤히 등잔불만 지켜보고 있었다.

철호는 언젠가 퇴근하던 길에 전차 창문 밖으로 본 명숙의 꼴을 생각하고 있는 것이었다.

철호가 탄 전차가 을지로 입구 십사거리에 머물러 신호를 기다리고 있었다. 손잡이를 붙들고 창을 향해 서 있던 철호는 무심코 밖을 내다보았다. 전차 바로 옆에 미군 지프차가 한 대 와 섰다. 순간 철호는 확 낯이 달아올랐다.

핸들을 쥔 미군 바로 옆자리에 색안경을 쓴 한국 여자가 앉아 있었다. 그것이 바로 명숙이었던 것이다. 바로 철호의 턱밑에서였다. 역시 신호를 기다리는 그 지프차 속에서 미군이 한 손을 핸들에 걸치고 또 한 팔로 명숙의 허리를 넌지시 끌어안는 것이었다. 미군이 명숙의 얼굴을 들여다보며 뭐라고 수작을 걸었다. 명숙은 다리를 겹치고 앉은 채 앞을 바라보는 자세 그대로 고개를 까딱거렸다. 그 미군 지프차 저편에 선 택시 조수가 명숙이와 미군을 쳐다보며 피시시 웃었다. 전차 간에서도 마찬가지였다. 철호 바로 옆에 나란히 서 있던 청년 둘이 쑥덕거렸다.

"그래도 멋은 부렸네."

"뭣? 그래 색안경을 썼으니 말이지?"

"장사치곤 고급이지, 밑천 없이."

"저것도 시집을 갈까?"

"흥."

철호는 손잡이를 놓았다. 그리고 반대편 가운데 문께로 가서 돌아서고 말았다. 그것은 분명히 슬픈 감정만은 아니었다. 뭐라고 말할 수조차 없는 숯덩어리 같은 것이 꽉 목구멍을 치밀었다. 정신이 아뜩해지는 것 같았다. 하품을 하고 난 뒤처럼 콧속이 싸하니 쓰리면서 눈물이 징 솟아올랐다. 철호는 앞에 있는 커다란 유리를 꽉 머리로 받아 부수고 싶은 충동을 느끼며, 어금니를 꽉 맞씹었다. 찌르르 벨이 울렸다. 덜커덩 전차가 움직였다. 철호는 문짝에 어깨를 가져다 기대고 눈을 감아 버렸다.

그날부터 철호는 정말 한 마디도 누이동생 명숙이와 말을 하지 않았다. 또 명숙이도 철호를 본체 만체했다.

"자, 우리도 이제 잡시다."

영호가 가슴을 펴서 내어밀며 바로 앉았다.

등잔불을 끄고 두 방 사이의 문을 닫았다.

푹 가라앉는 것같이 피곤했다. 그러면서도 철호는 정작 잠을 이룰 수는 없었다. 밤은 고요했다. 시간이 그대로 흐르기를 멈추어 버린 것같이 조용했다. 철호의 아내도 이제 잠이 들었나 보다. 앓는 소리를 내었다. 철호는 눈을 감았다. 어딘가 아득히 먼 것을 느끼고 있었다. 철호도 잠이 들어가고 있었다.

"가자!"

다들 잠든 밤의 어머니의 그 소리는 엉뚱하게 컸다. 철호는 흠칠 눈을 떴다. 차츰 눈이 어둠에 익어 갔다. 며칠인가, 문틈으로 새어 들은 달빛이 철호의 옆에서 잠든 딸애의 머리에서부터 발끝까지 죽 파란 줄을 그었다. 철호는 다시 눈을 감았다. 길게 한숨을 쉬며 벽을 향해 돌아 누웠다.

"가자!"

또 어머니가 소리를 질렀다. 그러나 철호는 눈을 뜨지 않았다. 그도 마저 잠이 들어버린 것이었다.

그런데 이번에는 아랫방에서 명숙이가 눈을 떴다. 아랫목에 어머니와 윗목에 오빠 영호 사이에 누운 명숙은 어둠 속에 가만히 손을 내어밀었다. 어머니의 손을 더듬어 잡았다. 뼈 위에 겨우 가죽만이 씌워진 손이었다. 그 어머니의 손에서는 체온이 느껴지는 것이 아니라 축축히 습기가 미끈거렸다. 명숙은 어머니 쪽을 향하여 돌아 누웠다. 한쪽 손을 마저 내밀어서 두 손으로 어머니의 송장 같은 손을 감싸 쥐었다.

"가자!"

딸의 손을 느끼는지 못 느끼는지 어머니는 또 한 번 허공을 향해 가자고 소리질렀다.

"엄마!"

명숙의 낮은 소리였다. 명숙은 두 손으로 감싸 쥔 어머니의 여윈 손을 가만히 흔들었다.

"가자!"

"엄마!"

기어이 명숙은 흐느끼기 시작하였다. 명숙은 어머니의 손을 끌어다 자기의 입에 틀어막았다.

"엄마!"

숨을 죽여가며 참는 명숙의 울음은 한숨으로 바뀌며 어머니의 손가락을 입 안에서 잘근잘근 씹어 보는 것이었다.

"겁내지 마라."

옆에서 영호가 잠꼬대를 했다.

"가자!"

어머니는 명숙의 손에서 자기의 손을 빼어 가지고 저쪽으로 돌아누워 버렸다.

명숙은 다시 담요를 끌어다 머리 위까지 푹 썼다. 그리고 담요 속에서 흐득흐득 울고 있었다.

"엄마."

이번엔 윗방에서 어린 것이 엄마를 불렀다.

철호는 잠 속에서 멀리 그 소리를 들었다. 그러면서도 채 잠이 깨어지지는 않았다.

"엄마."

어린 것은 또 한 번 엄마를 불렀다.

"오 오, 왜 엄마 여기 있어."

아내의 반쯤 깬 소리였다. 어린 것을 끌어다 안는 모양이었다. 철호는 그 소리를 멀리 들으며 다시 곤히 잠들어 버렸다.

"오줌."

"오, 오줌 누겠니. 자 일어나. 착하지."

철호의 아내는 일어나 앉으며 어린 것을 안아 일으켰다. 구석에서 깡통을 끌어다 대어 주었다.

"참, 삼춘이 네 신발 사왔지. 아주 예쁜데. 볼래?"

깡통을 타고 앉은 어린 것을 뒤에서 안아 주고 있던 철호의 아내는 한 손으로 어린 것의 베개맡에 놓아두었던 신발을 집어다 보여주었다. 희미하게 달빛이 들이비쳤을 뿐인 어두운 방안에서는 그것은 그저 겨우 모양뿐 색채를 잃고 있었다.

"내꺼야? 엄마."

"그래. 네꺼야."

"예뻐?"

"참 예뻐. 빨강이야."

"응……."

어린 것은 잠에 취한 소리로 물으며 신발을 두 손에 받아 가슴에 안았다.

"자 이제 거기 놔두고 자야지."

"응, 낼 신어도 돼?"

"그럼."

어린 것은 오물오물 담요 속을 파고 들어갔다.

"엄마. 낼 신어도 돼?"

"그럼."

뭐든가 좀 좋은 것은 아껴야 한다고만 들어오던 어린 것은 또 한 번 이렇게 다짐하는 것이었다.

아내는 어린 것의 담요 가장자리를 꼭 꼭 눌러주고 나서 그 옆에 누웠다.

다들 다시 잠이 들었다. 어느 사이에 달빛이 비껴서 칼날 같은 빛을 철호의 가슴으로 옮겼다. 어린 것이 부시시 머리를 들었다. 배를 깔고 엎드렸다. 어린 것은 조그마한 손을 베개 너머로 내밀었다. 거기 가지런히 놓아둔 신발을 만져 보았다. 어린 것은 안심한 듯이 다시 베개를 베고 누웠다. 또 다시 조용해졌다. 한참 만에 또 어린 것이 움직거렸다. 잠이 든 줄만 알았던 어린 것은 또 엎드렸다. 머리말에 신발을 또 끌어당겼다. 조그마한 손가락으로 신발 코를 꼭 눌러보았다. 그리고는 이번에는 아주 자리 위에 일어나 앉았다. 신발을 무릎 위에 들어 올려 놓았다. 달빛에다 신발을 들이대어 보았다. 바닥을 뒤집어 보았다. 두 짝을 하나씩 두 손에 갈라들고 고무 바닥을 맞대어 보았다. 이번엔 발을 앞으로 내놓았다. 가만히 신발을 가져다 신었다. 앉은 채로 꼭 방바닥을 디디어 보았다.

"가자!"

어린 것은 깜짝 놀랐다. 얼른 신발을 벗었다. 있던 자리에 도로 모아 놓았다. 그리고 한 번 더 신발을 바라보고 난 어린 것은 살그머니 누웠다. 오물오물 담요 속으로 기어 들어갔다.

점심을 못 먹은 배는 오후 두 시에서 세 시 사이가 제일 견디기 힘들었다. 철호는 펜을 장부 위에 놓았다. 저쪽 구석에 돌아앉은 사환애를 바라보았다. 보리차라도 한 잔 더 마시고 싶었다. 그러나 두 잔까지는 사환애를 시켜서 가져오랄 수 있었으나 세 번까지는 부르기가 좀 미안했다. 철호는 걸상을 뒤로 밀고 일어섰다. 책상 모서리에 놓인 찻잔을 집어들었다. 그리고 출입문으로 나갔다. 복도의 풍로 위에서 커다란 주전자가 끓고 있었다. 보리차를 찻잔 하나 가득히 부었다. 구수한 냄새가 피어올랐다. 철호는 뜨거운 찻잔을 손가락으로 꼬집어 들고 조심조심 자기 자리로 돌아와 앉았다. 그리고 찻잔을 입으로 가져갔다. 후 불었다. 마악 한 모금 들이마시는 때였다.

"송 선생님, 전화입니다."

사환애가 책상 앞에 와 알렸다. 철호는 얼른 찻잔을 책 상 위에 내려놓았다. 그리고 과장 책상 앞으로 갔다. 수화기를 들었다.

"네, 송철호올시다. 네? 경찰서요?…… 전 송철호라는 사람인데요? 네? 송영호요? 네 바로 제 동생입니다. 무슨?…… 네? 네? 송영호가요? 제 동생이 말입니까? 곧 가겠습니다. 네, 네."

철호는 수화기를 걸었다. 그리고 걸어놓은 수화기를 멍하니 내려다보고 서 있었다. 사무실 안 사람들의 시선이 모두 철호에게로 쏠렸다.

"무슨 일인가. 동생이 교통사고라도?"

서류를 뒤적이던 과장이 앞에 서 있는 철호를 쳐다보며 물었다.

"네? 네, 저 과장님, 잠깐 다녀오겠습니다."

철호는 마시던 보리차를 그대로 남겨 둔 채 사무실을 나섰다.

영문을 모르는 동료들이 서로 옆의 사람의 얼굴을 힐끗 쳐다보는 것이었다.

철호는 전에도 몇 번 경찰서의 호출을 받은 일이 있었다.

양공주 노릇을 하는 누이동생 명숙이가 걸려 들면 그 신원보증을 해야 하는 철호였다. 그때마다 철호는 치안관 앞에서 낯을 못 들고 앉았다가 순경이 앞세우고 나온 명숙을 데리고 아무 말도 없이 경찰서 뒷문을 나서곤 하였다. 그럴 때면 철호는 울었다. 하나밖에 없는 누이동생이 정말 밉고 원망스러웠다. 철호는 명숙을 한 번 돌아다보는 일도 없이 전차 길을 따라 사무실로 걸었고, 또 명숙은 명숙이대로 적당한 곳에서 마치 낯도 모르는 사람처럼 딴 길로 떨어져 가버리곤 하는 것이었다.

그런데 이번에는 누이 동생이 아니라 남동생 영호의 건이라고 했다. 며칠전 밤에 취해서 지껄이던 영호의 말들이 머리를 스치고 지나갔다. 불안했다. 그런들 설마하고 마음을 다시 먹으며 철호는 경찰서 문을 들어섰다.

권총 강도.

형사에게서 동생 영호의 사건 내용을 들은 철호는 앞에 앉은 형사의 얼굴을 바보 모양 멍청히 바라보고 있을 뿐이었다. 점점 핏기가 가셔 가는 철호의 얼굴은 표정을 잃은 채 굳어가고 있었다.

어느 회사에서 월급을 줄 돈 천오백만 환을 찾아서 은행 앞에 대기시켰던 지프차에 싣고 마악 떠나려고 하는데 중절모를 깊숙이 눌러쓰고 색안경을 낀 괴한 두 명이 차 속으로 올라오며 권총을 내어들더라는 것이었다.

철호는 눈도 깜박하지 않고 그저 영호의 머리카락이 흐트러져 내린 이마를 바라보고 있었다.

"돌아가세요, 형님."

영호는, 등신처럼 서 있는 형이 도리어 민망한 듯이 조용히 말했다.

"수감해."

형사가 문간에 지키고 서 있는 순경을 돌아보았다.

영호는 그에게로 오는 순경을 향해 마주 걸어갔다. 영호는 뒷문으로 끌려나가다 말고 멈춰섰다. 그리고 뒤를 돌아보았다.

"형님. 어린 것 화신 구경이나 한 번 시키세요. 제가 약속했었는데."

뒷문이 쾅 닫혔다. 철호는 여전히 영호가 사라진 뒷문을 바라보고 서 있었다. 눈이 뿌옇게 흐려졌다. 아무것도 보이지 않았다.

"쏠 의사는 처음부터 없었던 것 같은데."

조서를 한 옆으로 밀어놓으며 형사가 중얼거렸다. 철호는 거기 걸상에 가만히 걸터앉았다.

"혹시 그와 같이 한 청년을 모르시나요?"

철호의 귀에는 형사의 말소리가 아주 멀었다.

"끝내 혼자서 했다고 우기는데, 그러나 증인이 있으니까 이제 차츰 사실대로 자백하겠지만."

여전히 철호는 말이 없었다.

경찰서를 나온 철호는 어디를 어떻게 걸었는지 알 수 없었다. 철호는 술 취한 사람 모양 허청거리는 다리로 자기 집이 있는 언덕길을 올라가고 있었다. 철호는 골목길 어귀에 들어섰다.

"가자!"

철호는 거기 멈춰 섰다. 고개를 뒤로 젖혔다. 그러나 그는 하늘을 쳐다보는 것이 아니었다. 하고 숨을 크게 내쉬는 철호는 울고 있었다. 눈물이 코 속으로 흘러서 찜찜하니 목구멍을 넘어갔다.

"가자, 가자. 어딜 가잔 거야? 도대체 어딜 가잔 거야?"

철호는 꽥 소리를 지르고 있었다. 거기 처마 밑에 모여 앉아서 소꿉질을 하던 어린애들이 부시시 일어서며 그를 쳐다보았다 철호는 그 앞을 모른 체 지나쳐버렸다.

"오빤 어딜 그렇게 돌아다뉴?"

철호가 아랫방에 들어서자 윗방 구석에서 고리짝을 열어 놓고 뒤지고 있던 명숙이가 역한 소리를 했다. 윗방에는 넝마 같은 옷가지들이 한 무더기 쌓여 있었다. 딸애는 고리짝 옆에 쪼그리고 앉아서 명숙이가 뒤져 내놓는 헌 옷들을 무슨 진귀한 것이나처럼 지켜보고 있었다. 철호는 아내가 어딜 갔느냐고 물어보려다 말고 그대로 윗방 아랫목에 털썩 주저앉아 버렸다.

"어서 병원에 가보세요."

명숙은 여전히 고리짝을 들추며 돌아앉은 채 말했다.

"병원엘?"

"그래요."

"병원에라니?"

"언니가 위독해요. 어린애가 걸렸어요."

"뭐가?"

철호는 눈앞이 아찔했다.

점심 때부터 진통이 시작되었는데 영 해산을 못하고 애를 썼단다. 그런데 죽을 악을 쓰다 보니까 어린애의 머리가 아니라 팔부터 나왔다고 한다. 그래 병원으로 실어갔는데, 철호네 회사에 전화를 걸었더니 나가고 없더라는 것이었다.

"지금쯤은 아마 애기를 낳았거나, 그렇지 않으면……."

명숙은 흰 헝겊들을 골라 개켜서 한 옆으로 젖혀 놓으며 말했다. 아마 어린애의 기저귀를 고르고 있는 모양이었다. 그런데 이상했다. 좀전에 아찔했던 정신이 사르르 풀리며 온몸의 맥이 쏙 빠져나갔다. 철호는 오래간만에 머릿속이 깨끗이 개이는 것을 느꼈다.

말라리아를 앓고 난 다음 날처럼 맥은 하나도 없으면서 머리는 비상히 깨끗했다. 뭐 놀랄 일이 있느냐 하는 심정이 되었다. 마치 회사에서 무슨 사무를 한 뭉텅이 맡았을 때와 같은 심사였다. 철호는 호주머니에서 담배를 꺼내어 물었다. 언제나 새로 사무를 맡아 시작하기 전에 하는 버릇이었다. 철호는 일어섰다. 그리고 문을 열었다.

"어딜 가슈?"

명숙이가 돌아보았다.

"병원에."

"무슨 병원인지도 모르면서."

철호는 참 그렇다고 생각했다.

"S병원이야요."

"……."

철호는 슬그머니 문밖으로 한 발을 내디디었다.

"돈을 가지고 가야지 뭐."

"…… 돈."

철호는 다시 문안으로 들어섰다. 우두커니 발부리를 내려다보고 서 있었다.

명숙이가 일어섰다. 그리고 아랫방으로 내려갔다. 벽에 걸어놓았던 핸드백을 열었다.

"옛수."

백 환짜리 한 다발이 철호 앞 방바닥에 던져졌다. 명숙은 다시 돌아서서 백을 챙기고 있었다. 철호는 명숙의 뒷모습을 물끄러미 바라보고 있었다. 철호의 눈이 명숙의 발 뒤축에 머물렀다. 나일론 양말이 계란만치 구멍이 뚫렸다. 철호는 명숙의 그 구멍 뚫린 양말 뒤축에서 어떤 깨끗함을 느끼고 있었다. 오래간만에 참으로 오래간만에 철호는 명숙에 대한 오빠로서의 애정을 느꼈다.

"가자."

어머니가 또 외마디 소리를 질렀다.

철호는 눈을 발 밑에 돈다발로 떨구었다. 허리를 꾸부렸다. 연기가 든 때처럼 두 눈이 싸하니 쓰렸다.

"아버지 병원에 가? 엄마 애기 났어?"

"그래."

철호는 돈을 저고리 호주머니에 구겨 넣으며 문을 나섰다.

"가자."

골목을 빠져나가는 철호의 등 뒤에서 또 한 번 어머니의 소리가 들려 왔다.

아내는 이미 죽어 있었다.

"네. 그래요."

철호는 간호원보다도 더 심상한 표정이었다. 병원의 긴 복도를 휘청휘청 걸어서 널따란 현관으로 나왔다. 시체가 어디 있느냐고 묻지도 않았다. 무엇인가 큰일이 한 가지 끝났다는 그런 기분이었다. 아니 또 어찌 생각하면 무언가 해야 할 일이 많이 생긴 것 같은 무거운 기분이기도 했다. 그러면서도 그 해야 할 일이 무엇인지는 좀처럼 생각이 나질 않았다. 그저 이제는 그리 서두를 필요도 없어졌다는 생각만으로 철호는 거기 병원 현관에 한참이나 우두커니 서 있었다.

이윽고 병원의 큰 문을 나선 철호는 전차 길을 따라서 천천히 걸었다. 자전거가 휙 그의 팔굽을 스치고 지나갔다. 그는 멈춰 섰다. 자기도 모르게 그는 사무실 쪽으로 걸어가고 있었다. 여섯 시도 더 지났을 무렵이었다. 이제 사무실로 가야할 아무 일도 없었다. 그는 전차 길을 건넜다. 또 한참 걸었다. 그는 또 멈춰 섰다. 또 걸었다. 그저 걸었다. 집으로 돌아가자는 생각도 아니면서 그의 발길은 자동기계처럼 남대문 쪽을 향해 걷고 있었다. 문방구점, 라디오방, 사진관, 제과점. 그는 길가에 늘어선 이런 가게의 진열장을 하나 하나 기웃거리며 걷고 있었다. 그러면서도 무엇이 있는지 하나도 보이지는 않았다. 그러던 철호는 또 우뚝 섰다. 그는 거기 눈앞에 걸린 간판을 쳐다보고 있었다. 장기판만한 판에 빨간 페인트로 치과라고 써 있었다. 철호는 갑자기 자기 이가 쑤시는 것을 느꼈다. 아침부터 아니 벌써 전부터 홀떡홀떡 쑤시는 충치가 갑자기 아파 왔다. 양쪽 어금니가 아래 위 다 쑤셨다. 사실은 어느 것이 정말 쑤시는 것인지조차도 분간할 수가 없었다. 철호는 호주머니에 손을 넣어 보았다. 만 환 다발이 만져졌다.

철호는 치과 간판이 걸린 층계 이층으로 올라갔다.

치과 걸상에 머리를 젖히고 입을 아 벌리고 앉았다. 의사는 달가닥달가닥 소리를 내며 이것 저것 여러 가지 쇠꼬치를 그의 입에 넣었다 꺼냈다 하였다. 철호는 매시근하니 잠이 왔다. 아무런 생각도 하지 않고 입을 크게 벌린 채 눈을 감고 있었다.

"좀 아팠지요? 뿌리가 꾸부러져서."

의사가 집게에 뽑아든 이를 철호의 눈앞에 가져다 보여주었다. 속이 시꺼멓게 썩은 징그러운 이 뿌리에 뻘건 살점이 묻어 나왔다. 철호는 솜을 입에 문 채 머리를 좌우로 흔들어 보였다. 사실 아프지도 아무렇지도 않았다.

"됐습니다. 한 삼십 분 후에 솜을 빼버리슈. 피가 좀 나올 겁니다."

"이쪽을 마저 빼 주시오."

철호는 옆의 타구에 침을 뱉고 나서 또 한쪽 볼을 눌러보였다.

"어금니를 한 번에 두 개씩 빼면 출혈이 심해서 안 됩니다."

"괜찮습니다."

"아니, 내일 또 빼지요."

"다 빼주십시오. 한몫에 몽땅 다 빼 주십시오."

"안됩니다. 치료를 해가면서 한 개씩 빼야지요."

"치료요? 그럴 새가 없습니다. 마악 쑤시는 걸요."

"그래도 안 됩니다. 빈혈증이 일어나면 큰일납니다."

하는 수 없었다. 철호는 치과를 나왔다. 또 걸었다. 잇몸이 멍하니 아픈 것같기도 하고 또 어쩌면 시원한 것 같기도 했다. 그는 한손으로 볼을 쓸어 보았다.

그렇게 얼마를 걷던 철호는 거기에 또 치과 간판을 발견하였다. 역시 이층이었다.

"안 될텐데요."

거기 의사도 꺼렸다. 철호는 괜찮다고 우겼다. 한쪽 어금니를 마저 빼었다. 이번에는 두 볼에다 다 밤알 만큼씩한 솜덩어리를 물고 나왔다. 입안이 찝찔했다. 간간이 길가에 나서서 피를 뱉았다. 그때마다 시뻘건 선지피가 간 덩어리처럼 엉겨서 나왔다. 남대문을 오른쪽에 끼고 돌아서 서울역이 보이는 데까지 왔을 때 으스스 몸이 한 번 떨렸다. 머리가 횡하니 비어 버린 것 같다고 생각했다. 바로 그때에 번쩍하고 거리에 전등이 들어왔다. 눈앞이 한 번 환해졌다. 다음 순간에는 어찌된 셈인지 좀 전에 전등이 켜지기 전보다 더 거리가 어두워졌다. 철호는 눈을 한 번 꾹 감았다. 다시 떴다. 그래도 매한가지였다. 이건 뱃속이 비어서 그렇다고 철호는 생각했다. 그는 새삼스레, 점심도 저녁도 안 먹은 자기를 깨달았다. 뭐든가 좀 먹어야겠다고 생각 했다. 구수한 설렁탕 생각이 났다. 입안에 군침이 하나 가득히 고였다. 그는 어느 전주 밑에 가서 쭈그리고 앉아서 침을 뱉았다. 그런데 그것은 침이 아니라 진한 피였다. 그는 다시 일어섰다. 또한번 오한이 전신을 간질이고 지나갔다. 다리가 약간 떨리는 것 같았다. 그는 속히 음식점을 찾아내어야겠다고 생각했다. 서울역 쪽으로 허청허청 걸었다.

"설렁탕."

무슨 약 이름이거나 한 것처럼 한마디 일러 놓고는 그는 식탁 위에 엎드려 버렸다. 또 입안으로 하나 찝찔한 물이 고였다. 철호는 머리를 들었다. 음식점 안을 한 바퀴 휘 둘러보았다. 머리가 아찔했다. 그는 일어섰다. 그리고 문 밖으로 급히 걸어 나갔다. 음식점 옆 골목에 있는 시궁창에 가서 쭈그리고 앉았다. 울컥하고 입안엣 것을 뱉았다. 그러나 이번에는 주위가 어두워서 그것이 핀지 또는 침인지 알 수 없었다. 철호는 저고리 소매로 입술을 닦으며 일어섰다. 이를 뺀 자리가 쿡 한 번 쑤셨다. 그러자 뒤이어 거기서 호응이나 하듯이 관자놀이가 또 쑤셨다. 철호는 아무래도 좀 이상하다고 생각하엿다. 이제 빨리 집으로 돌아가 누워야겠다고 생각했다. 그는 다시 큰길로 나왔다. 마침 택시가 한 대 왔다. 그는 손을 한 번 흔들었다.

철호는 던져지듯이 털썩 택시 안에 쓰러졌다.

"어디로 가시죠?"

택시는 벌써 구르고 있었다.

22

이
범
선

오
발
탄

"해방촌."

자동차는 스르르 속력을 늦추었다. 해방촌으로 가자면 차를 돌려야 하는 까닭
이었다. 운전사는 줄지어 달려오는 자동차의 사이가 생기기를 노리고 있었다.
저만치 자동차의 행렬이 좀 끊겼다. 운전사는 핸들을 잔뜩 비틀어 쥐었다. 운전
사가 몸을 한편으로 기울이며 마악 핸들을 틀려는 때였다. 뒷자리에서 철호가
소리를 질렀다.

"아니야. S병원으로 가."

철호는 갑자기 아내의 죽음을 생각했던 것이었다. 운전사는 다시 휙 핸들을
이쪽으로 틀었다. 운전사 옆에 앉아 있는 조수 애가 한 번 철호를 돌아보았다. 철
호는 뒷자리 한구석에 가서 몸을 틀어 박은 채 고개를 뒤로 젖히고 눈을 감고 있
었다. 차는 한국은행 앞 로터리를 돌고 있었다. 그때에 또 뒤에서 철호가 소리를
질렀다.

"아니야. ×경찰서로 가."

눈을 감고 있는 철호는 생각하는 것이었다. 아내는 이미 죽었는데 하고. 이번
에는 다행히 차의 방향을 바꿀 필요가 없었다. 그냥 달렸다.

"×경찰서 앞입니다."

철호는 눈을 떴다. 상반신을 번쩍 일으켰다. 그러나 곧 또 털썩 뒤로 기대고 쓰
러져버렸다.

"아니야. 가."

"×경찰서 앞입니다. 손님."

조수 애가 뒤로 모을 틀어돌리고 말했다.

"가자."

철호는 여전히 눈을 감고 있었다.

"어디로 갑니까."

"글쎄 가."

"허 참 딱한 아저씨네."

"……"

5) 잘못 쏜 총알

"취했나?"

운전사가 힐끔 조수 애를 쳐다보았다.

"그런가 봐요."

"어쩌다 오발탄⁵⁾ 같은 소년이 걸렸어. 자기 갈 곳도 모르게."

운전사는 기어를 넣으며 중얼거렸다. 철호는 까무룩히 잠이 들어가는 것 같은 속에서 운전사가 중얼거리는 소리를 멀리 듣고 있었다. 그리고 마음 속으로 혼자 생각하는 것이었다. ─ 아들 구실, 남편 구실, 애비 구실, 형 구실, 오빠 구실, 또 계리사 사무실 서기 구실, 해야 할 구실이 너무 많구나. 너무 많구나. 그래 난 네 말대로 아마도 조물주의 오발탄인지도 모른다. 정말 갈 곳을 알 수가 없다. 그런데 지금 나는 어디건 가긴 가야 한다 ─.

철호는 점점 더 졸려왔다. 다리가 저린 것처럼 머리의 감각이 차츰 없어져 갔다.

"가자."

철호는 또한번 귓가에 어머니의 소리를 들었다고 생각하며 푹 모로 쓰러지고 말았다.

차가 네 거리에 다다랐다. 앞의 교통 신호대에 빨간 불이 켜졌다. 차가 섰다. 또 한 번 조수 애가 뒤를 돌아보며 물었다.

"어디로 가시죠?"

그러나 머리를 푹 앞으로 수그린 철호는 아무 대답도 없었다. 따르릉 벨이 울렸다. 긴 자동차의 행렬이 움직이기 시작했다. 철호가 탄 차도 목적지를 모르는 대로 행렬에 끼어서 움직이는 수밖에 없었다. 철호의 입에서 흘러내린 선지피가 홍건히 그의 와이셔츠 가슴을 적시고 있는 것을 아무도 모르는 채, 교통 신호대의 파란불 밑으로 차는 네거리를 지나갔다.

해답

1. 실향민인 어머니가 고향을 그리워하는 마음과 이북에서 아쉬움 없이 살았던 지주로서의 삶을 그리워하는 것. 2. 조물주의 오발탄

23

꺼삐딴 리, 전광용

전광용(全光鏞, 1919~1988) ●● 함남 북청에서 태어났다. 1939년 〈동아일보〉에 동화 〈별나라 공주와 토끼〉가 입선, 1955년 〈조선일보〉 신춘문예에 〈흑산도〉가 당선되어 등단 하였다. 그는 대학 시절 연극 활동에 깊은 관심을 기울였으며, 이후 대학 교수와 소설가의 일을 병행하면서 많지 않은 작품을 발표하면서도 정교한 구조의 작품을 쓴 것으로 평가된 다. 실향민이지만 실향을 주제로 한 작품은 많지 않으며, 다양한 주제의 작품을 면밀한 계 획과 치밀한 필치로 그렸다.

주요 작품으로 〈동혈 인간〉〈지층〉〈해조도〉〈사수〉〈태백산맥〉〈나신〉〈젊은 소용돌이〉〈 곽 서방〉 등이 있다.

23

꺼삐딴 리, 전광용

수술실에서 나온 이인국
(李仁國) 박사는 응접실 소
파에 파묻히듯이 깊숙이 기대어 앉았다.

그는 백금 무테 안경을 벗어 들고 이마의 땀을 닦았다. 등골에 축축이 밴 땀이
잦아 들어감에 따라 피로가 스며 왔다. 두 시간 이십 분의 집도. 위장 속의 균종
(菌腫) 적출[1]. 환자는 아직 혼수 상태에서 깨지 못하고 있다.

수술을 끝낸 찰나 스쳐 가는 육감 그것은 성공 여부의 적중률을 암시하는 계
시 같은 것이다. 그러나 오늘은 웬일인지 뒷맛이 꺼림칙하다.

그는 항생질 의약품이 그다지 발달하지 않았던 일제 시대부터 개복 수술에 최
단 시간의 기록을 세웠던 것을 회상해 본다.

맹장염이나 포경 수술, 그 정도의 것은 약과다. 젊은 의사들에게 맡겨 버리면
그만이다. 대수술의 경우에는 그렇게 방임할 수만은 없다. 환자 측에서도 대개
원장의 직접 집도를 조건부로 입원시킨다. 그는 그것을 자랑으로 삼아 왔고 스

---

1) 세균으로 인해 생기는 종기를 수술해 제거함

스로 집도[2]하는 쾌감을 느꼈었다.

그의 병원 부근은 거의 한 집 건너 병원이랄 수 있을 정도로 밀집한 지대다. 이름 없는 신설 병원 같은 것은 숫제 비 장날 시골 전방처럼 한산한 속에 찾아오는 손님을 기다리고 있는 형편이다.

그러나 이인국 박사는 일류 대학 병원에까지 손을 쓰지 못하여 밀려오는 급환자들 틈에 끼여 환자의 감별에는 각별한 신경을 쓰고 있다.

그것은 마치 여관 보이가 현관으로 들어서는 손님의 옷차림을 훑어보고 그 등급에 맞는 방을 순간적으로 결정하거나 즉석에서 서슴지 않고 거절하는 경우와 흡사한 것이라고나 할까.

이인국 박사의 병원은 두 가지의 전통적인 특징을 가지고 있다.

병원 안이 먼지 하나도 없이 정결하다는 것과, 치료비가 여느 병원의 갑절이나 비싸다는 점이다.

그는 새로운 환자의 초진(初診)에서는 병에 앞서 우선 그 부담 능력을 감정하는 데서부터 시작한다. 신통하지 않다고 느껴지는 경우에는 무슨 핑계를 대든가, 그것도 자기가 직접 나서는 것이 아니라 간호원더러 따돌리게 하는 것이다.

그렇게 중환자가 아닌 한 대부분의 경우, 예진(豫診)은 젊은 의사들이 했다. 원장은 다만 기록된 진찰 카드에 따라 환자의 증세와 아울러 경제 제도를 판정하는 최종 진단을 내리면 된다.

상대가 지기(知己)나 거물급이 아닌 한 외상이라는 명목은 붙을 수가 없었다. 설령, 있다 해도 이 양면 진단은 한 푼의 미수(未收)[3]나 결손도 없게 한, 그의 인생을 통한 의술 생활의 신조요 비결이었다.

그러기에 그의 고객은, 왜정 시대는 주로 일본인이었고, 현재는 권력층이 아니면 재벌의 셈속에 드는 축이어야만 했다.

그의 일과는 아침에 진찰실에 나오자 손가락 끝으로 창틀이나 탁자 위를 훑어 무테 안경 속 움푹한 눈으로 응시하는 일에서 출발한다.

이때 손가락 끝에 먼지만 묻으면 불호령이 터지고, 간호원은 하루 종일 원장의 신경질에 부대껴야만 한다.

2) 수술을 하기 위해 칼을 잡음   3) 받지 못함

　아무튼 그의 단골 고객들은 그의 정결한 결벽성에 감탄과 경의를 표해 마지않는다.

　1·4 후퇴시 청진기가 든 손가방 하나를 들고 월남한 이인국 박사다. 그는 수복되자 재빨리 셋방 하나를 얻어 병원을 차렸다. 그러나 이제는 평당 50만 환을 호가하는 도심지에 타일을 바른 2층 양옥을 소유하게 되었다. 그는 자기 전문인 외과 외에 내과, 소아과, 산부인과 등 개인 병원을 집결시켰다. 운영은 각자의 호주머니 셈속이었지만, 종합 병원의 원장 자리는 의젓이 자기가 차지하고 있다.

　이인국 박사는 양복 조끼 호주머니에서 십팔금 회중 시계를 꺼내어 시간을 보았다.

　2시 40분!

　미국 대사관 브라운 씨와의 약속 시간은 이십 분밖에 남지 않았다. 이 시계에도 몇 가닥의 유서 깊은 이야기가 숨어 있다. 이인국 박사는 시계를 볼 때마다 참말 '기적'임에 틀림없었던 사태를 연상하게 된다.

　왕진 가방과 38선을 넘어온 피난 유물의 하나인 시계, 가방은 미군 의사에게서 얻은 새것으로 갈아 매어 흔적도 없게 된 지금, 시계는 목숨을 걸고 삶의 도피행을 같이 한 유일품이요, 어찌 보면 인생의 반려(伴侶)이기도 한 것이다.

　밤에 잘 때에도 그는 시계를 머리맡에 풀어놓거나 호주머니에 넣은 채로 버려두지 않는다. 반드시 풀어서 등기 서류, 저금 통장 등이 들어 있는 비상용 캐비닛 속에 넣고야 잠자리에 드는 것이었다. 거기에는 또 그럴 만한 연유가 있었다. 이 시계는 제국 대학을 졸업할 때 받은 영예로운 수상품이다. 뒤쪽에는 자기 이름이 새겨져 있다.

　그 후 삼십여 년, 자기 주변의 모든 것이 변하여 갔지만 시계만은 옛모습 그대로다. 주변뿐만 아니라 자기 자신은 얼마나 변한 것인가. 이십대 홍안을 자랑하던 젊음은 어디로 사라진 것인지 머리카락도 반백이 넘었고 이마의 주름은 깊어만 간다. 일제 시대, 소련국 점령하의 감옥 생활, 6·25 사변, 삼팔선, 미군 부대, 그 동안 몇 차례의 아슬아슬한 죽음의 고비를 넘긴 것인가.

　'월삼 17석'[4]

　4) 삼팔선을 넘은지 17년

23

전광용

꺼삐딴 리

　우여곡절 많은 세월 속에서 아직도 제 시간을 유지하는 것만도 신기하다. 시간을 보고는 습성처럼 째각째각 소리에 귀기울이는 때의 그의 가느다란 눈매에는 흘러간 인생의 축도가 서리는 것이었다. 그 속에서도 각모(角帽)[5]와 쓰메에리[6] 학생복을 벗어버리고 신사복으로 갈아입던 그날의 감회를 더욱 새롭게 해주는 충동을 금할 길 없는 것이었다.

　이인국 박사는 수술 직전에 서랍에 집어넣었던 편지에 생각이 미쳤다.

　미국에 가 있는 딸 나미. 본래의 이름은 일본식의 나미코다. 해방 후 그것이 거슬린다기에 나미로 불렀고 새로 기류계[7]에 올릴 때에는 코(子)를 완전히 떼어 버렸다.

　나미창! 딸의 모습은 단란하던 지난날의 추억과 더불어 떠올랐다.

　온 집안의 재롱둥이였던 나미, 그도 이젠 성숙했다.그마저 자기 옆에서 떠난 지금, 새로운 정에서 산다고는 하지만 이인국 박사는 가끔 물밀어 오는 허전한 감을 금할 길이 없었다.

　아내는 거제도 수용소에 있을 때 죽었고, 아들의 생사는 지금껏 알 길이 없다.

　서울에서 다시 만나 후처로 들어온 혜숙(蕙淑), 이십 년의 연령차에서 오는 세대의 거리감을 그는 억지로 부인해 본다. 그러나 혜숙의 피둥피둥한 탄력에 윤기가 더해가는 살결에 비해 자기의 주름 잡힌 까칠한 피부는 육체적 위축함마저 느끼게 하는 때가 없지 않았다.

　그들 사이에서 난 돌 지난 어린것, 앞날이 아득한 이 핏덩이만이 지금의 이인국 박사의 곁을 지켜주는 유일한 피붙이다.

　이인국 박사는 기대와 호기에 가득 찬 심정으로 항공 우편의 피봉[8]을 뜯었다.

　전번 편지에서 가타부타 단안은 내리지 않고 잘 생각해서 결정하라고 한 그후의 경과다.

　'결국은 그렇게 되고야 마는 건가⋯⋯.'

　그는 편지를 탁자 위에 밀어 놓았다. 어쩌면 이러한 결말은 딸의 출국 이전에서부터 이미 싹튼 것인지도 모른다는 생각이 들었다.

　대학에서 영문과를 택한 딸, 개인 지도를 하여 준 외인 교수, 스칼라십을 얻어

5) 긱진 모자　6) 밴드 칼라　7) 호적　8) 겉봉투

준 것도 그고, 유학 절차의 재정 보증인을 알선해 준 것도 그가 아닌가. 우연한
일은 아니다.

　그러한 시류에 따라 미국 유학을 해야만 한다고 주장한 것은 오히려 아버지
자기가 아닌가.

　동양학을 연구하고 있는 외인 교수. 이왕이면 한국 여성과 결혼했으면 좋겠다
던 솔직한 고백에, 자기의 학문을 위한 탁월한 견해라고 무심코 찬의를 표한 것
도 자기가 아니던가. 그것도 지금 생각하면 하나의 암시였음이 분명하지 않은
가.

　이인국 박사는 상아로 된 오존 파이프를 앞니에 힘을 주어 지그시 깨물며 눈
을 감았다.

　꼭 풀 쑤어 개 좋은 일을 한 것만 같은 몸서리가 느껴졌다.

　'더러운 년 같으니, 기어코…….'

　그는 큰기침을 내뱉었다.

　그의 생각은 왜정 시대 내선 일체(內鮮一體)의 혼인론이 떠돌던 이야기에 꼬
리를 물었다. 그때는 그것을 비방하거나 굴욕처럼 느끼지는 않다. 오히려 당
연한 것으로 해석했고 어찌 보면 우월한 것으로 생각하지 않았던가. 그런데 이
경우는…….

　그는 딸의 편지 구절을 곱씹었다.

　'애정에 국경이 있어요?'

　이것은 벌써 진부하다. 아비도 학창 시절에 그런 풍조는 다 마스터했다. 건방
지게, 이게 새삼스레 아비에게 설교조로…… 좀더 솔직하지 못하고…….

　그러니 외딸인 제가 그런 국제 결혼의 시금석이 되겠단 말인가.

　'아무튼 아버지께서 쉬 한 번 오신다니 최종 결정은 아버지의 의향에 따라 결
정할 예정입니다만…….'

　그래 아버지가 안 가면 그대로 정하겠단 말인가.

　이인국 박사는 일대 잡종(一大雜種)[9]의 유전 법칙이 떠오르는지 머리를 내저
었다. '흰둥이 손자' 생각만 해도 징그럽다.

9) 순수품종에서 얻은 최초의 것

23

전광용

꺼삐딴리

그는 내던졌던 사진을 다시 집어들었다.

대학 캠퍼스 같은 석조전의 거대한 건물, 그 앞의 정원, 뒤쪽에 짝을 지어 걸어가는 남녀 학생, 이 배경 속에 딸과 그 외인 교수가 나란히 어깨를 짚고 서서 웃음을 짓고 있다.

'흥 놀기는 잘들 논다……'

응, 신음 소리를 치며 그는 자리에서 일어섰다. 아무튼 미스터 브라운을 만나 이왕 가는 길이면 좀더 서둘러야겠다. 그 가장 대우가 좋다는 국무성 초청 케이스의 혹정 여부를 빨리 확인해야겠다는 생각이 조바심을 쳤다.

그는 아내 혜숙이 있는 살림방 쪽으로 건너갔다.

"여보, 나미가 기어코 결혼하겠다는구려."

"그래요……."

아내의 어조에는 별다른 감동이나 의아도 없음을 이인국 박사는 직감했다.

그는 가능한 한 혜숙이 앞에서 전실 소생의 애들 이야기를 하는 것을 삼가 왔다.

어떻게 보면 나미의 미국 유학을 간접적으로 자극한 것은 가정 분위기의 소치[10]라는 자격지심이 없지 않기도 했다.

나미는 물론 혜숙을 단 한 번도 어머니라고 불러 준 일이 없었다.

혜숙이 또한 나미 앞에서 어머니라고 버젓이 행세한 일도 없었다.

지난날의 간호원과 오늘의 어머니, 그 사이에는 따져서 표현할 수 없는 미묘한 감정들이 복제되어 있었다.

"선생님의 일이라면 무엇이든지 돕겠어요."

서울에서 이인국 박사를 다시 만났을 때 마음속 그대로 털어놓은 혜숙의 첫마디였다.

처음에는 혜숙이도 부인의 별세를 몰랐고, 이인국 박사도 혜숙이의 혼인 여부를 참견하지 않았다.

혜숙은 곧 대학 병원을 그만두고 이리로 옮겨 왔다.

나미는 옛정이 다시 살아 혜숙을 언니처럼 따랐다.

10) (~ 인해) 일어난 일

이들의 혼인이 익어 갈 때 이인국 박사는 목에 걸리는 딸의 의향을 우선 듣기로 했다.

딸도 아버지의 외로움을 동정하고 있었다. 자기 자신 아버지의 시중이 힘에 겨웠고 또 그 사이 실지의 아버지 뒤치다꺼리를 혜숙이 해왔으므로 딸은 즉석에서 진심으로 찬의를 표했다.

그러나 시간이 흐를수록 혜숙과 나미의 간격은 벌어졌고, 혜숙은 남편과의 정상적인 가정 생활에서 나미가 장애물이 되는 것 같은 느낌을 차츰 가지게 되었다.

혜숙 자신도 처음에는 마음놓고 이인국 박사를 남편이랍시고 일대일로 부르진 못했다.

나미의 출발, 그 후 어린애의 해산, 이러한 몇 고개를 넘는 사이에 이제 겨우 아내답게 늠름히 남편을 대할 수 있고 이인국 박사 또한 제대로의 남편의 체모로 아내에게 농을 걸 수 있게끔 되었다.

"기어코 그 외인 교수와 가까워지는 모양인데."

이인국 박사는 안내의 얼굴을 직시하지는 못하고 마치 독백하듯이 뇌까렸다.

"할 수 있어요. 제 좋다는 대로 해야지요."

마치 남의 이야기를 하는 것처럼 이인국 박사에게는 들려 왔다.

"글쎄, 하기는 그렇지만……."

그는 입맛만 다시며 더 이상 계속하지 못했다.

잠을 깨어 울고 있는 어린것에게 젖을 물리고 있는 아내의 젊은 육체에서 자극을 느끼면서 이인국 박사는 자기 자신이 죄를 지은 것만 같은 나미에 대한 강박 관념을 금할 길이 없었다.

저 어린것이 자라서 아들 원식(元植)이나 또 나미 정도의 말상대가 될래도 아직 이십여 년의 세월이 흘러야 한다.

그때 자기는 칠십이 넘는 할아버지다.

현대 의학이 인간의 평균 수명을 연장하고, 암 같은 고질이 아닌 한 불의의 죽음은 없다 하지만, 자기 자신이 의사이면서 스스로의 생명 하나를 보장할 수 없다.

'마누라는 눈 앞에서 나는 새 놓치듯이 죽이지 않았던가.'

아무리 해도 조놈이 대학을 나올 때까지는 살아야 한다. 아무렴, 때가 때인 만큼 미국 유학까지는 내 생전에 시켜주어야지.

하기야 그런 의미에서도 일찌감치 미국 혼반을 맺어 두는 것도 그리 해로울

건 없지 않나. 아무렴 우리보다는 낮게 사는 사람들인데. 남 좀 보기 체면이 안
서서 그렇지.

그는 자위인지 체념인지 모를 푸념을 곱씹었다.

"여보, 저걸 좀 꾸려요."

이인국 박사의 말씨는 점잖게 가라앉았다.

"뭐 말이에요?"

아내는 젖꼭지를 물린 채 고개만을 돌려 되묻는다.

"저 병 말이오."

그는 화장대 위에 놓은 골동품을 가리켰다.

"어디 가져 가셔요?"

"저 미 대사관 브라운 씨 말이야. 늘 신세만 졌는데……."

아내가 꼼꼼히 싸놓은 포장물을 들고 이인국 박사는 천천히 현관을 나섰다.
벌써 석간 신문이 배달되었다.

아무리 생각해도 그것은 분명 기적임에 틀림없는 일이었다. 간헐적으로 반복
되어 공포와 감격을 함께 휘몰아치는 착잡한 추억.늘 어제일 마냥 생생하기만
하다.

1945년 8월 하순.

아직 해방의 감격이 온 누리를 뒤덮어 소용돌이칠 때였다.

말복(末伏)도 지난 날씨언만 여전히 무더웠다. 이인국 박사는 이 며칠 동안 불
안과 초조에 휘둘려 잠도 제대로 자지 못했다. 무엇인가 닥쳐올 사태를 오들오
들 떨면서 대기하는 상태였다.

그렇게 붐비던 환자도 얼씬하지 않고 쉴 사이 없던 전화도 뜸하여졌다. 입원
실은 최후의 복막염 환자였던 도청의 일본인 과장이 끌려간 후 텅 비었다.

조수와 약제사는 궁금증이 나서 고향에 다녀오겠다고 떠나갔고 서울 태생인
간호원 혜숙만이 남아 빈집 같은 병원을 지키고 있었다.

이 층 삼 조 다다미방에 혼도시[11]와 유카다[12] 바람에 뒹굴고 있던 이인국 박
사는 견디다 못해 부채를 내던지고 일어났다.

11) 일본식 팬티   12) 일본식 가운

그는 목욕탕으로 갔다. 찬물을 퍼서 대야째로 머리에서부터 몇 번이고 내리부
었다. 등줄기가 시리고 몸이 가벼워졌다.

그러나 수건으로 몸을 닦으면서도 무엇인가 짓눌려 있는 것 같은 가슴속의 갑
갑증을 가서 낼 수는 없었다.

그는 창문으로 기웃이 한 길가를 내려다보았다. 우글거리는 군중들은 아직도
소음 속으로 밀려가고 있다.

굳게 닫혀 있는 은행 철문에 붙은 벽보가 한길을 건너 하얀 윤곽만이 두드러
져 보인다.

아니 그곳에 씌어 있는 구절.

'친일파, 민족 반역자를 타도하자.'

옆에 붙은 동그라미를 두 겹으로 친 글자가 그대로 눈앞에 선명하게 보이는
것만 같다.

어제 저물녘에 그것을 처음 보았을 때의 전율이 되살아왔다.

순간 이인국 박사는 방쪽으로 머리를 홱 돌렸다.

'나야 괜찮겠지……'

혼자 뇌까리면서 그는 다시 부채를 들었다. 그러나 벽보를 들여다보고 있을
때 자기와 눈이 마주치는 순간, 일그러지는 얼굴에 경멸인지 통쾌인지 모를 웃
음을 비죽이 흘리면서 아래 위로 훑어보던 그 춘석이 녀석의 모습이 자꾸만 머
릿속으로 엄습하여 어두운 밤에 거미줄을 뒤집어쓴 것처럼 께름텁텁하기만 했
다.

그깐놈 하고 머리에서 씻어 버리려 해도 거머리처럼 자꾸만 감아 붙는 것만
같았다.

벌써 육 개월 전의 일이다.

형무소에서 병보석으로 가출옥되었다는 중환자가 업혀서 왔다.

횅뎅그런 눈에 앙상하게 뼈만 남은 몸을 제대로 가누지도 못하는 환자. 그는
간호원의 부축으로 겨우 진찰을 받았다.

청진기의 상아 꼭지를 환자의 가슴에서 등으로 옮겨 두 줄기의 고무줄에서 감
득되는 숨소리를 감별하면서도, 이인국 박사의 머릿속은 최후 판정의 분기점을
방황하고 있었다.

입원시킬 것인가, 거절할 것인가…….

환자의 몰골이나 업고 온 사람의 옷매무새로 보아 경제 정도는 뻔한 일이라 생각되었다.

그러나 그것보다도 더 마음에 켕기는 것이 있었다. 일본인 간부급들이 자기 집처럼 들락날락하는 이 병원에 이런 사상범을 입원시킨다는 것은 관선 시의원이라는 체면에서도 떳떳치 못할뿐더러, 자타가 공인하는 모범적인 황국 신민(皇國新民)[13]의 공든 탑이 하루아침에 무너지는 결과를 가져오는 것이라는 생각이 들었다.

순간 그는 이런 경우의 가부 결정에 일도양단[14]하는 자기 식으로 찰나적인 단안을 내렸다.

그는 응급 치료만 하여 주고 입원실이 없다는 가장 떳떳하고도 정당한 구실로 애걸하는 환자를 돌려 보냈다.

환자의 집이 병원에서 멀지 않은 건너편 골목 안에 있다는 것은 후에 간호원에게서 들었다. 그러나 그쯤은 예사로운 일이었기에 그는 그대로 아무렇지도 않게 흘려 버렸다.

그런데 며칠 전 시민 대회 끝에 있는 해방 경축 시가 행진을 자기도 흥분에 차 구경하느라고 혜숙이와 함께 대문 앞에 나갔다가, 자위대 완장을 두르고 대열에 끼인 젊은이와 눈이 마주쳤다.

이쪽을 노려보는 청년의 눈에서 불똥이 튀는 것 같은 살기를 느꼈다.

무슨 영문인지 모르고 어리벙벙하던 이인국 박사는, 그것이 언젠가 입원을 거절당한 사상범 환자 춘석이라는 것을 혜숙에게서 듣고야 슬금슬금 주위의 눈치를 살피며 집으로 기어 들어왔다.

그 후 그는 될 수 있는 대로 거리로 나가는 것을 피하였지마는 공교롭게도 어제 저녁에 그 벽보 앞에서 마주쳤었다.

갑자기 밖이 와자지껄 떠들어대었다. 머리에 깍지를 끼고 비스듬히 누워서 갈피를 잡을 수 없는 생각에 골몰하던 이인국 박사는 일어나 앉아 한길 쪽에 귀를 기울였다. 들끓는 소리는 더 커갔다. 궁금증에 견디다 못해 그는 엉거주춤 꾸부린 자세로 밖을 내다보았다. 포도[15]에 뒤끓는 사람들은 손에 손에 태극기와

13) 황제의 백성 / 일본 백성 14) 머뭇거리지 않고 과감하게 15) 포장 도로

적기(赤旗)[16]를 들고 환성을 울리고 있었다.

'무엇일까?'

그는 고개를 갸웃하며 다시 자리에 주저앉았다.

계단을 구르며 급히 올라오는 발자국 소리가 들려 왔다. 혜숙이다.

"아마 소련군이 들어오나 봐요. 모두들 야단법석이에요……."

숨을 헐떡이며 이야기하는 혜숙이의 말에 이인국 박사는 아무 대꾸도 없이 눈만 껌벅이며 도로 앉았다. 여러 날에 라디오에서 오늘 입성 예정이라고 했으니 인제 정말 오는가 보다 싶었다.

혜숙이 내려간 뒤에도 이인국 박사는 한참 동안 아무 거동도 못 하고 바깥쪽을 내다보고만 있었다.

무엇을 생각했던지 그는 움찔 자리에서 일어났다. 그리고는 벽장문을 열었다. 안쪽에 손을 뻗쳐 액자들을 끄집어내었다.

'국어 상용[國語(日語) 상용]의 가(家)'

해방되던 날 떼어서 집어넣어 둔 것을 그 동안 깜박 잊고 있었다.

그는 액자의 뒤를 열어 음식점 면허장 같은 두터운 모조지를 빼내어 글자 한 자도 제대로 남지 않게 손끝에 힘을 주어 꼼꼼히 찢었다.

이 종잇장 하나만 해도 일본인과의 교제에 있어서 얼마나 떳떳한 구실을 할 수 있었던 것인가. 야릇한 미련 같은 것이 섬광처럼 머릿속을 스쳐갔다.

환자도 일본말 모르는 축은 거의 오는 일이 없었지만 대의 관계는 물론 집안에서도 일체 일본말만을 써왔다. 해방 뒤 부득이 써 오는 제 나라 말이 오히려 의사 표현에 어색함을 느낄 만큼 그에게는 거리가 먼 것이었다.

마누라의 솔선 수범하는 내조지공도 컸지만 애들까지도 곧잘 지켜 주었기에 이 종잇장을 탄 것이 아니던가. 그것을 탄 날은 온 집안이 무슨 경사나 난 것처럼 기뻐들 했다.

"잠꼬대까지 국어로 할 정도가 아니면 이 영예로운 기회야 얻을 수 있겠소." 하던 국민 총력 연맹 지부장의 웃음 띤 치하 소리가 떠올랐다.

그 순간, 자기 자신은 아이들을 소학교로부터 일본 학교에 보낸 것을 얼마나

16) 붉은 기 / 공산주의를 상징

다행으로 여겼던 것인가.

그는 후 한숨을 내뿜었다. 그리고는 지금 통장의 잔액을 깡그리 내주던 은행 지점장의 호의에 새삼 고마움을 느끼는 것이었다.

그것마저 없었더라면…… 등골에 오싹하는 한기가 느껴 왔다.

무슨 정치가 오든 그것만 있으면 시내 사람의 절반 이상이 굶어 죽기 전에야 우리 집 차례는 아니겠지. 그는 손금고가 들어 있는 안방 단스[17]를 생각하면서 혼자 중얼거렸다.

이인국 박사는 무슨 일이 일어나도 꼭 자기만은 살아남을 것 같은 막연한 기대를 곱씹고 있다.

주위가 어두워 왔다.

지축이 흔들리는 것 같은 동요와 소름이 가까워졌다. 군중들의 환호성이 터져 나왔다. 만세 소리가 연방 계속되었다.

세상 형편을 알아보려고 거리에 나갔던 아내가 돌아왔다.

"여보, 당꾸[18] 부대가 들어왔어요. 거리는 온통 사람들 사태가 났는데 집안에 처박혀 뭘 하구 있어요……."

어둠 속에서 아내의 음성은 격했으나 감격인지 당황인지 알 길이 없었다.

'계집이란 저렇게 우둔하구두 대담한 것일까…….'

이인국 박사는 엷은 어둠 속에서 마누라 쪽을 주시하면서 입맛을 다셨다.

"불두 엽때 안 켜구."

마누라가 전등 스위치를 틀었다. 이인국 박사는 백 촉 전등이 너무 환한 것이 못마땅했다.

"불은 왜 켜는 거요?"

"그럼 켜지 않구 캄캄한데…… 자 어서 나가 봅시다."

마누라가 이끄는 데 따라 이인국 박사는 마지못하면서 시침을 떼고 따라 나섰다.

헤드라이트의 눈부신 광선. 탱크 부대의 진주는 끝을 알 수 없이 계속되고 있다.

17) 서랍장 / 함   18) 탱크

이인국 박사는 부신 불빛을 피하면서 가로수에 기대어 섰다. 박수와 환호성, 만세 소리가 그칠 줄 모르는 양안(兩岸)[19]을 끼고 탱크는 물밀듯 서서히 흘러간다. 위뚜껑을 열고 반신을 내민 중대가리의 병정은 간간이 '우라아' 하면서 손을 내혼들고 있다.

이인국 박사는 자기와는 아무 관련도 없는 이방 부대라는 환각을 느끼면서 박수도 환성도 안 나가는 멋쩍은 속에서 멍하니 쳐다보고만 있다. 그는 자기의 거동을 주시하지나 않나 해서 주위를 두리번거렸다.

그러나 아무도 그에게는 관심을 두는 일없이 탱크를 향하여 목청이 터지도록 거듭 만세만 부르고 있지 않은가.

'어떻게 되겠지……'

그는 밑도 끝도 없는 한마디를 뇌이면서 유유히 집으로 들어왔다.

민요 뒤에 계속 되던 행진곡이 그치고 주둔군 사령관의 포고문이 방송되고 있다.

이인국 박사는 라디오 앞에 다가앉아 귀를 기울였다.

시민의 생명 재산은 절대 보장한다. 각자는 안심하고 자기의 직장을 수호하라. 총기 일본도 등 일체의 무기 소지는 금하니 즉시 반납하라는 등의 요지였다.

그는 문득 단스 속에 넣어 둔 엽총에 생각이 미치었다. 그러면 저거도 마쳐야 하는 것일까. 영국에 쌍발, 손때 묻은 애완물같이 느껴져 누구에게 단 한 번 빌려 주지 않았던 최신형 특제품이었다.

이인국 박사는 다이얼을 돌렸다. 대체 서울에서는 어떻게들 하고 있는 것일까.

거기도 마찬가지다. 민요가 아니면 행진곡이 나오고 그러다가는 건국 준비 위원회의 누구인가의 연설이 계속된다.

대체 앞으로 어떻게 될 것인가 궁금증을 해결할 방법이 없다.

해방 직후 이삼 일 동안은 자기도 태연하였지만 뻔질나게 드나들던 몇몇 친구들도 소련군 입성이 보도된 이후부터는 거의 나타나질 않는다. 그렇다고 자기 자신이 뛰어다니며 물을 경황은 더욱 없다.

19) 하천의 양쪽

밤이 이슥해서야 중학교와 국민학교를 다니는 아들딸이 굉장한 구경이나 한 것처럼 탱크와 로스케[20]의 이야기를 늘어놓으며 돌아왔다.

그들은 아버지의 심중은 아랑곳없다는 듯이 어머니, 혜숙이와 함께 저희들 이 야기에만 꽃을 피우고 있었다.

앞일은 대체 어떻게 전개될 것인지 뛰어넘을 수가 없는 큰 바다가 가로놓인 것만 같았다. 풀어낼 수 있는 실마리가 전연 다듬어지지 않는 뒤헝클어진 상념 속에서 그래도 이인국 박사는 꺼지려는 짚불을 불어 일으키는 심정으로 막연한 한 가닥의 기대만을 끝내 포기하지 않은 채 천장을 멍청히 쳐다보고만 있었다.

지난 일에 대한 뉘우침이나 가책 같은 건 아예 있을 수 없었다.

자동차 속에서 이인국 박사는 들고 나온 석간을 펼쳤다.

일면의 제목을 대강 훑고 난 그는 신문을 뒤집어 꺾어 삼면으로 눈을 옮겼다

'북한 소련 유학생 서독으로 탈출'

바둑돌 같은 굵은 활자의 제목. 왼편 전단을 차지한 외신 기사. 손바닥만한 사 진까지 곁들여 있다.

그는 코허리에 내려온 안경을 올리면서 눈을 부릅떴다.

그의 시각은 활자 속을 헤치고 머릿속에는 아들의 환상이 뒤엉켜 들이차 왔 다. 아들을 모스크바로 유학시킨 것은 자기의 억지에서였던 것만 같았다.

출신 계급, 성분, 어디 하나나 부합될 조건이 있었단 말인가. 고급 중학을 졸업 하고 의과 대학에 입학된 바로 그해다.

이인국 박사는 그때나 지금이나 자기의 처세 방법에 대하여 절대적인 자신을 가지고 있다.

"애, 너 그 노어[21] 공부를 열심히 해라."

"왜요?"

아들은 갑자기 튀어나오는 아버지의 말에 의아를 느끼면서 반문했다.

"야 원식아, 별수없다. 왜정 때는 그래도 일본말이 출세를 하게 했고 이제는 노어가 또 판을 치지 않니. 고기가 물을 떠나서 살 수 없는 바에야 그 물 속에서 살 방도를 궁리해야지. 아무튼 그 노서아 말 꾸준히 해라."

20) 러시아인   21) 러시아어

아들은 아버지 말에 새삼스러이 자극을 받는 것 같진 않았다.

"내 나이로도 인제 이만큼 뜨내기 회화쯤은 할 수 있는데, 새파란 너희 낫세[22]로야 그걸 못 하겠니?"

"염려 마세요, 아버지……."

아들의 대답이 그에게는 믿음직스럽게 여겨졌다.

이인국 박사는 심각한 표정으로 말을 이었다.

"어디 코큰 놈이라구 별것이겠니, 말 잘해서 진정이 통하기만 하면 그것들두 다 그렇지……."

이인국 1박사는 끝내 스텐코프 소좌의 배경으로 요직에 있는 당 간부의 추천을 받아 아들의 소련 유학을 결정 짓고야 말았다.

"여보, 보통으로 삽시다. 거저 표나지 않게 사는 것이 이런 세상에선 가장 편안할 것 같아요, 이제 겨우 죽을 고비를 면했는데 또 쟤까지 그 '높이 드는' 복판에 휘몰아 넣으면 어쩔라구……."

"가만있어요, 호랑이두 굴에 가야 잡는 법이오. 무슨 세상이 되든 할 대로 해 봅시다."

"그래도 저 어린것을 어떻게 노서아까지 보낸단 말이오."

"아니, 중학교 야들도 가지 못해 골들을 싸매는데, 대학생이 못 가 견딜라구."

"그래도 어디 앞 일을 알겠소……."

"괜한 소리, 쟤가 소련 바람을 쏘이구 와야 내게 허튼 소리 하는 놈들도 찍소리를 못 할 거요. 어디 보란 듯이 다시 한 번 살아 봅시다."

아들의 출발을 앞두고, 걱정하는 마누라를 우격다짐으로 무마시키고 그는 아들의 유학을 관철하였다.

'흥 혁명 유가족두 가기 힘든 구멍을 이인국의 아들이 뚫었으니 어디 두구 보자…….'

그는 만장의 기염을 토하며 혼자 중얼거리고는 희망에 찬 미소를 풍겼다.

그 다음해에 사변이 터졌다.

잘 있노라는 서신이 계속하여 왔지만 동란 후 후퇴할 때까지 소식은 두절된

22) 나이

대로였다.

마누라의 죽음은 외아들을 사지로 보낸 것 같은 수심에도 그 원인이 있었다고 그는 생각하고 있다.

이인국 박사는 신문 다치키리 속에 채워진 글자를 하나도 빼지 않고 다 훑어 내려갔다.

그러나 아들의 이름에 연관되는 사연은 한마디도 없었다.

'이 자식은 무얼 꾸물꾸물하느라고 이런 축에도 끼지 못한담…… 사태를 판별하고 임기 응변의 선수를 쓸 줄 알아야지, 멍추 같이…….'

그는 신문을 포개어 되는대로 말아 쥐었다.

'개천에서 용마가 난다는데 이건 제 애비만도 못한 자식이야.'

그는 혀를 찍찍 갈겼다.

'어쩌면 가족이 월남한 것조차 모르고 주저하고 있는 것이나 아닐까. 아니 이 제는 그쪽에도 소식이 가서 제게도 무언중의 압력이 퍼져 갈 터인데…… 역시 고지식한 놈이 아무래도 모자라…….'

그는 자동차에서 내리자 건가래침을 내뱉었다.

'독또오루 리, 내가 책임지고 보장하겠소. 아들을 우리 조국 소련에 유학시키 시오.'

스텐코프의 목소리가 고막에 와부딪는 것만 같았다.

자위대가 치안대로 바뀐 다음 날이다. 이인국 박사는 치안대에 연행되었다.

시멘트 바닥에 무릎을 꿇고 앉은 그는 입술이 파랗게 질려 있었다. 하반신이 저려 오고 옆구리가 쑤신다. 이것만으로도 자기의 생애를 통한 가장 큰 고역이 라고 그는 생각하고 있다. 그러나 그것보다는 앞으로 닥쳐올 얘기할 수 없는 사 태가 공포 속에 그를 휘몰았다.

지나가고 지나오는 구둣발 소리와 목덜미에 퍼부어지는 욕설을 들으면서 꺽 이듯이 축 늘어진 그의 머리는 들릴 줄을 몰랐다.

시간만이 흘러가고 있었다.

그의 머릿속에는 짓눌렸던 생각들이 하나씩 꼬리를 치켜들기 시작했다.

'이럴 줄 알았더라면 어디든지 가 숨거나, 진작으로 남으로라도 도피했을 걸…… 그러나 이 판국에 나를 감싸줄 사람이 어디 있담. 의지할 곳은 다 나와 같 은 코스를 밟았거나 조만간에 밟을 사람들이 아닌가. 일본인! 가장 믿었던 성벽

이 다 무너지고 난 지금 누구를……'

'그래도 어떻게 되겠지……'

이 막연한 기대는 절박한 이 순간에도 그에게서 완전히 떠나 버리지는 않았다.

'다행이다. 인민 재판의 첫 코에 걸리지 않은 것만 해도.. 끌려간 사람들의 행방은 전혀 알 길이 없다. 즉결 처형을 당했다는 소문도 떠돈다. 사흘의 여유만 더 있었더라면 나는 이미 이곳을 떴을지도 모른다. 다 운명이다. 아니 그래도 무슨 수가 있겠지……'

"쪽발이 끄나풀, 야 이 새끼야."

고함 소리에 놀라 이인국 박사는 흠칫 머리를 들었다.

때도 묻지 않은 일본 병사 군복에 완장을 찬 젊은이가 쏘아 보고 있다. 춘석이다.

이인국 박사는 다시 쳐다볼 힘도 없었다. 모든 사태는 짐작되었다.

이제는 죽는구나, 그는 입 속으로 뇌까렸다.

"왜놈의 밑바시, 이 개새끼야."

일본 군용화가 그의 옆구리를 들이찬다.

"이 새끼, 어디 죽어 봐라."

구둣발은 앞뒤를 가리지 않고 전신을 내지른다.

등골 척수에 다급한 충격을 받자 이인국 박사는 비명을 지르고 꼬꾸라졌다.

그는 현기증을 일으켰다. 어깻죽지를 끌어 바로 앉혀도 몸을 가누지 못하고 한쪽으로 쓰러졌다.

"민족과 조국을 팔아먹은 이 개돼지 같은 놈아, 너는 총살이야, 총살…….

어렴풋이 꿈 속에서처럼 들려 왔다. 그러나 그에게는 그 말도 아무런 반항을 일으키지 못했다.

시간이 얼마나 흘렀을까. 자기 앞자락에서 부스럭거리는 감촉과 금속성의 부스럭거리는 소리를 듣고 어렴풋이 정신을 차렸다.

노란 털이 엉성한 손목이 시계줄을 끄르고 있다. 그는 반사적으로 앞자락의 시계 주머니를 부둥켜 쥐면서 손의 임자를 힐끔 쳐다보았다. 눈동자가 파란 중 대가리 소련 병사가 시계 줄을 거머쥔 채 이빨을 드러내고 히죽이 웃고 있다.

그는 두 손으로 있는 힘을 다해 양복 안주머니를 감싸 쥐었다.

"홍…… 야뽄스키……."

병사의 눈동자는 점점 노기를 띠어 갔다.

"아니, 이것만은!"

그들의 대화는 서로 통하지 않는 대로 손아귀와 눈동자의 대결은 그대로 지속되고 있었다.

병사는 됫박만한 손으로 이인국 박사의 손가락 끝에서 시계를 채어 냈다. 시계줄은 끊어져 고리가 달린 끝머리가 이인국 박사의 손가락 끝에서 달랑거렸다.

병사는 밖으로 나가 버렸다.

"죽음과 시계……."

이인국 박사는 토막난 푸념을 되풀이하고 있다.

양쪽 팔목에 팔뚝 시계를 둘씩이나 차고도 만족이 안 가 자기의 회중 시계까지 앗아 가는 그 병정의 모습을 머릿속에 똑똑히 되새겨 갈 뿐이다.

감방 속을 빼곡히 찼다.

그러나 고참자와 신입자의 서열은 분명했다. 달포가 지나는 사이에 맨 안쪽 똥통 위에 자리잡았던 이인국 박사는 삼분지 이의 지점으로 점차 승격되었다.

그는 하루종일 말이 없었다. 범인 속에 섞여 있던 감방 밀정이 출감된 다음 날부터 불평만을 늘어놓던 축들이 불려 나가 반송장이 되어 들어왔지만, 또 하루 이틀이 지나자 감방 속의 분위기는 여전히 불평과 음식 이야기로 소일되었다.

이인국 박사는 자기의 죄상이라는 것을 폭로하기도 싫었지만 예전에 고등계 형사들에게서 실컷 얻어들은 지식이 약이 되어 함구령이 지상 명령이라는 신념을 일관하고 있었다.

그는 간밤에 출감한 학생이 내던지고 간 노어 회화 책을 첫장부터 꼼꼼히 뒤지고 있을 뿐이다.

등골이 쏘고 옆구리가 결려 온다. 이것으로 고질이 되는가 하는 생각이 없지 않다. 아침저녁으로 기온이 사뭇 내려가고 있다. 아무리 체념한다면서도 초조감을 막을 길 없다.

노어 책을 읽으면서도 그의 청각은 늘 감방 속의 이야기를 놓치지 않고 있다.

그들이 예측하는 식대로의 중형으로 치른다면 자기의 죄상은 너무도 어마어마하다. 양곡 조합의 쌀을 몰래 팔아먹은 것이 칠 년, 양민을 강제로 보국대에 동원했다는 것이 십 년, 감정적인 즉결이 아니라 법에 의한 처단이라고 내대지만

이 난리 판국에 법이고 뭣이고 있을까. 마음에만 거슬리면 총살일 판인데……

'친일파, 민족 반역자, 반일 투사 치료 거부, 일제의 간첩 행위……'

이건 너무도 어마어마한 죄상이다. 취조할 때 나열하던 그대로 한다면 고작해야 무기 징역, 사형감인지도 모른다.

그는 방안을 둘러보며 후 큰 숨을 내쉬었다.

처마 밑에 바싹 달라붙은 환기창에서 들이비치던 손수건만한 햇살이 참대자처럼 길어졌다가 실오리만큼 가늘게 떨리며 사라졌다. 그 창살을 거쳐 아득히 보이는 가을 하늘이 잊었던 지난 일을 한 덩어리로 얽어 휘몰아 오곤 했다. 가슴이 짜릿했다.

밖의 세계와는 영원한 단절이다.

그는 눈을 감았다. 마누라, 아들, 딸, 혜숙이, 누구누구…… 그러다가 외과계의 원로 이인국 박사에 이르자, 목구멍이 타는 것 같이 꽉 막혔다.

그는 헛기침을 하고 침을 삼켰다.

'그럼, 어쩐단 말이야, 식민지 백성이 별수 있었어. 날구 뛴들 소용이 있었느냐 말이야, 어느 놈은 일본놈한테 아첨을 안 했어. 주는 떡을 안 먹은 놈이 바보지. 흥, 다 그놈이 그놈이었지.'

이인국 박사는 자기 변명을 합리화시키고 나면 가슴이 좀 후련해 왔다.

거기다 어저께의 최종 취조 장면에서 얻은 소련 고문관의 표정은 그에게 일루의 희망을 던져 주는 것이 있었다. 물론 그것이 억지의 자위일지도 모른다고 생각되었지만.

아마 스텐코프 소좌라고 했지. 그 혹부리 장교, 직업이 의사라고 했을 때, 독또오루 독또오루 하고 고개를 기웃거리던 순간의 표정, 그것이 무슨 기적의 예감 같기만 했다.

이인국 박사는 신음 소리에 놀라 눈을 떴다.

복도에 켜져 있는 엷은 전등 불빛이 쇠창살을 거처방 안에 줄무늬를 놓으며 비쳐 들어왔다. 그는 환기창 쪽을 올려다보았다. 아직도 동도 트지 않은 깜깜한 밤이다.

생똥 냄새가 코를 찌른다. 바짓가랑이 한쪽이 축축하다. 만져 본 손을 코에 갖다 댔다. 구역질이 난다. 역시 똥 냄새다.

옆에 누운 청년의 앓는 소리는 계속되고 있다. 찬찬히 눈여겨보았다. 청년 궁둥이도 젖어 있다.

'설산가 보다.'

그는 살창문을 흔들며 교화 소원을 고함쳐 불렀다.

"뭐야!"

자다가 깬 듯한 흐린 소리가 들려 왔다.

"환자가…… 이거, 봐요."

창살 사이로 들여다보는 소원의 얼굴은 역광 속에서 챙 붙은 모자 밑의 둥그스름한 윤곽밖에 알려지지 않는다.

이인국 박사는 청년의 궁둥이께를 손가락으로 가리키며 들여다보고 있다.

"이거, 피로군, 피야."

그는 그제서야 붉은빛을 발견하곤 놀란 소리를 쳤다.

"적리야, 이질……."

그는 직업 의식에서 떠오르는 대로 큰 소리를 질렀다.

"뭐, 적리?"

바깥 소리는 확실히 납득이 안 간 음성이다.

"피똥 쌌소, 피똥을…… 이것 봐요."

그는 언성을 더욱 높였다.

"응, 피똥……."

아우성 소리에 감방 안의 사람들은 하나 둘 눈을 뜨며 저마다 놀란 소리를 쳤다.

"적리, 이건 전염병이오, 전염병."

"뭐. 전염병……."

그제서야 교화소원이 문을 열고 들어왔다.

얼마 후 환자는 격리되었고 남은 사람들은 똥을 닦느라고 한참 법석을 치고 다시 잠을 불러일으키질 못했다.

이튿날 미결감 다른 감방에서 또 같은 증세의 환자가 두셋 발생했다. 날이 갈수록 환자는 늘기만 했다.

이 판국에 병만 나면 열의 아홉은 죽는 길밖에 없다고 생각한 이인국 박사는 새로운 위험에 사로잡히기 시작했다.

저녁 후 이인국 박사는 고문관실로 불려 나갔다.

"동무는 당분간 환자의 응급 치료실에서 일하시오."

이게 무슨 청천 벽력 같은 기적일까, 그는 통역의 말을 의심했다.

소련 장교와 통역관을 번갈아 쳐다보고 있는 그의 눈동자는 생기를 띠어 갔다.

"알겠소 엥……."

"네."

다짐에 따라 이인국 박사는 기쁨을 억지로 감추며 평범한 어조로 대답했다.

'글쎄 하늘이 무너져도 솟아날 구멍은 있다니까.'

그는 아무 표정도 나타내지 않으려고 이를 악물었다.

죽어 넘어진 송장이 개 치우듯 꾸려져 나가는 것을 보고 이인국 박사는 꼭 자기 일 같이만 느껴졌다.

'의사, 이것은 나의 천직이다.'

그는 몇 번이고 감격에 차 중얼거렸다. 그는 있는 힘을 다해 자기 담당의 환자를 치료했다. 이러한 일은 그의 실력이 혹부리 고문관의 유다른 관심을 끌게 한 계기를 만들어 주었다.

사상범을 옥사시키는 경우는 책임자에게 큰 문책이 온다는 것은 훨씬 후에야 그가 안 일이다.

소련 군의관에게 기술이 인정된 이인국 박사는 계속 병원에서 근무하게 되었다. 그러나 죄상 처벌의 결말에 대해서는 알 길이 없었다.

그는 이 절호의 기회를 최대한으로 활용하고 싶었다. 이제는 죽어도 여한이 없을 것만 같았다.

이렇게 하여 이 보이지 않는 구속에서까지 완전히 벗어날 수는 없을까.

그는 환자의 치료를 하면서도 늘 스텐코프의 왼쪽 빰에 붙은 오리알 만한 혹을 생각하고 있었다.

불구라면 불구로 볼 수 있는 그 혹을 가지고 고급 장교에까지 승진했다는 것은, 소위 말하는 당성(黨性)이 강하거나 그렇지 않으면 전공(戰功)이 특별했음에 틀림없다는 생각이 들었다.

그것 하나만 물고 늘어지면 무엇인가 완전히 살아날 틈새기가 생길 것만 같았다.

이인국 박사의 뜨내기 노어도 가끔 순시하는 스텐코프와 인사말을 주고받을 수 있을 정도로 진전되었다.

이 안에서의 모든 독서는 금지되었지만 노어 교본과 당사(黨史)[23]만은 허용되었다.

이인국 박사는 마치 생명의 열쇠나 되는 듯이 초보 노어 책을 거의 암송하다시피 했다.

크리스마스를 전후하여 장교들의 주연이 베풀어지는 기회가 거듭되었다.

얼근히 주기를 띤 스텐코프가 순시를 돌았다.

이인국 박사는 오늘의 이 기회를 놓치지 않겠다고 마음먹었다.

수일 전 소군 장교 한 사람이 급성 맹장염이 터져 복막염으로 번졌다.

그 환자의 실을 뽑는 옆에 온 스텐코프에게 이인국 박사는 말 절반 손짓 절반으로 혹을 수술하겠다는 의사를 표명했다.

스텐코프는 '하라쇼'를 연발했다.

그 후 몇 번 통역을 사이에 두고 수술 계획에 대한 자세한 의사를 진술할 기회가 생겼다.

이인국 박사는 일본인 시장의 혹을 수술하던 일을 회상하면서 자신있는 설복을 했다.

'동경 경응 대학 병원에서도 못하겠다는 것을 내가 거뜬히 해치우지 않았던가.'

그는 혼자 머릿속에서 자문 자답하면서 이번 일에 도박 같은 심정으로 생명을 걸었다.

소련 군의관을 입회시키고 몇 차례의 예비 진단이 치러졌다.

수술일은 왔다.

이인국 박사는 손에 익은 자기 병원의 의료 기재를 전부 운반하여 오게 했다.

군의관 세 사람이 보조하기로 했지만 집도는 이인국 박사 자신이 했다. 야전 병원의 젊은 군의관들이란 그에게 있어선 한갓 풋내기로밖에 보이지 않았다.

그는 수술을 진행하는 동안 그들 군의관들을 자기 집 조수 부리듯 했다. 집도 이후의 수술대는 완전히 자기 진단하의 왕국이라고 생각되었다.

23) 공산당 역사

그러나 아까 수술 직전에 사인한, 실패되는 경우에는 총살에 처한다는 서약서가 통일된 정신을 순간순간 흐려 놓곤 했다.

수술대에 누운 스텐코프의 침착하면서도 긴장에 찼던 얼굴, 그것도 전신 마취가 끝난 후 삼 분이 못 갔다.

간호부는 가제로 이인국 박사의 이마에 내 맺힌 땀방울을 연방 찍어내고 있다.

기구가 부딪는 금속성과 서로의 숨소리만이 고촉의 반사등이 내리비치는 방 안의 질식할 것 같은 침묵을 헤살 짓고 있다.

수술은 예상 이상의 단시간으로 끝났다.

위생복을 벗은 이인국 박사의 전신은 땀으로 흠뻑 젖었다.

완치되어 퇴원하는 날 스텐코프는 이인국 박사의 손은 부서져라 쥐면서 외쳤다.

"꺼비딴[24] 리, 스바씨보[25]."

이인국 박사는 입을 헤벌리고 웃기만 했다. 마음의 감옥에서 해방된 것만 같았다.

"아진, 아진…… 오첸 하라쇼."[26]

스텐코프는 엄지손가락을 높이 들면서 네가 첫째라는 듯이 이인국 박사의 어깨를 치며 칭찬했다.

다음 날 스텐코프는 이인국 박사를 자기 방으로 불렀다.

그가 이인국 박사에게 스스로 손을 내밀어 예절적인 악수를 청한 것은 이것이 처음이었다.

'적과 적이 맞부딪치면서 이렇게 백팔십 도로 전환될 수가 있을까. 노랑 대가리도 역시 본심에서는 하나의 인간임에는 틀림없는 것이 아닌가.'

"내일부터는 집에서 통근해도 좋소."

이인국 박사는 막혔던 둑이 터지는 것 같은 큰 숨을 삼켜 가면서 내쉬었다.

이번에는 이인국 박사가 스텐코프의 손을 잡았다.

"스바씨보, 스바씨보."

24) 최고, 우두머리의 러시아어 25) 고맙습니다 26) 아주 좋아

"혹 나한테 무슨 부탁이 없소?"

이인국 박사는 문득 시계가 머리에 떠올랐다.

그러면서도 곧이어 이 마당에 그런 이야기를 꺼낸다는 것은 오히려 꾀죄죄하게 보이지 않을까 하는 생각이 뒤따랐다. 그러나 아무래도 그 미련이 가셔지지 않았다.

이인국 박사는 비록 찾지 못하는 경우가 있더라고 솔직히 심중을 털어놓으리라고 마음먹었다.

그는 통역의 보조를 받아 가며 시간과 장소를 정확히 회상하면서 시계를 약탈당한 경위를 상세히 설명했다.

스텐코프는 혹이 붙었던 뺨을 쓰다듬으면서 긴장된 모습으로 듣고 있었다.

"염려없소, 독또우루[27] 리. 위대한 붉은 군대가 그럴 리가 없소. 만약 있었다 하더라도 그것은 무슨 착각이었을 것이오. 내가 책임지고 찾도록 하겠소."

스텐코프의 얼굴에 결의를 띤 심각한 표정이 스쳐 가는 것을 이인국 박사는 똑바로 쳐다보았다.

'공연한 말을 끄집어내어 일껏 잘되어 가는 일이 부스럼을 만드는 것은 아닐까.'

그는 솟구치는 불안과 후회를 짓눌렀다.

"안심하시오, 독또우리 리, 하하하."

스텐코프는 말을 큰 웃음으로 넌지시 말끝을 막았다.

이인국 박사는 죽음의 직전에서 풀려나 집으로 향했다.

어느 사이 저렇게 노어로 의사 표시를 할 수 있게 되었느냐고 스텐코프가 감탄하더라는 통역의 말을 되뇌이면서……

차가 브라운 씨의 관사 앞에 닿았다.

성조기를 보면서 이인국 박사는 그날의 적기(赤旗)와 돌려온 시계를 생각하고 있었다.

응접실에 안내된 이인국 박사는 주인이 나오기를 기다리면서 방안을 둘러보았다. 대사관으로는 여러 번 찾아갔지만 집으로 찾아온 것은 이번이 처음이다.

27) 의사 / 닥터

삼 년 전 딸이 미국으로 갈 때부터 신세진 사람이다.

벽 쪽 책꽂이에는 〈조선왕조실록(朝鮮王朝實錄)〉 〈대동야승(大東野乘)〉 등 한적(漢籍)이 빼곡히 차 있고 한쪽에는 고서의 질책(帙册)이 가지런히 쌓여져 있다.

맞은편 책상 위에는 작은 금동 불상 곁에 몇 개의 골동품이 진열되어 있다. 십이 폭 예서(隷書) 병풍 앞 탁자 위에 놓인 재떨이도 세월의 때묻은 백자기다.

저것들도 다 누군가가 가져다 준 것이 아닐까 하는 데 생각이 미치자 이인국 박사는 얼굴이 화끈해졌다.

그는 자기가 들고 온 상감진사(象嵌辰砂)[28] 고려 청자 화병에 눈길을 돌렸다. 사실 그것을 내놓는 데는 얼마간의 아쉬움이 없지 않았다. 국외로 내어 보낸다는 자책감 같은 것은 아예 생각해 본 일이 없는 그였다.

차라리 이인국 박사에게는 저렇게 많으니 무엇이 그리 소중하고 달갑게 여겨지겠느냐는 망설임이 더 앞섰다.

브라운 씨가 나오자 이인국 박사는 웃으며 선물을 내어놓았다. 포장을 풀고 난 브라운 씨는 만면에 미소를 띠며 기쁨을 참지 못하는 듯 탱큐를 거듭 부르짖었다.

"참 이거 귀중한 것입니다."

"뭐 대단한 것이 아닙니다만 그저 제 성의입니다."

이인국 박사는 안도감에 잇닿은 만족을 느끼면서 브라운 씨의 기쁨에 맞장구를 쳤다.

브라운 씨가 영어 반 한국말 반으로 섞어 하는 이야기를 들으면서 이인국 박사는 흐뭇한 기분에 젖었다.

"닥터 리는 영어를 어디서 배웠습니까?"

"일제 시대에 일본말 식으로 배웠지요. 예를 들면 '잣도 이즈 아 캇도' 식으루요."

"그런데 지금 발음은 좋은데요. 문법이 아주 정확한 스텐더드 잉글리시입니다."

그는 이 말을 들을 때 문득 스텐코프의 말이 연상됐다. 그러고 보면 영국에 조

28) 무늬를 파고 화합물로 채우는 기술

상을 가진다는 브라운 씨는 알(R) 발음을 그렇게 나타내지 않는 것 같게 여겨졌다.

"얼마 전부터 개인 교수를 받고 있습니다."

"아, 그렇습니까?"

이인국 박사는 자기의 어학적 재질에 은근히 자긍을 느꼈다.

브라운 씨가 부엌 쪽으로 갔다오더니 양주 몇 병이 놓인 쟁반이 따라 나왔다.

"아무 거라도 마음에 드는 것으로 하십시오."

이인국 박사는 워드카 한 잔을 신통한 안주도 없이 억지로라도 단숨에 들이켜야 속이 시원해 하던 스텐코프를 브라운 씨 얼굴에 겹쳐 보고 있다.

그는 혈압 때문에 술을 조절해야 하는 자기 체질에 알맞게 스카치 한 잔을 홅듯이 조금씩 목을 축이면서 브라운 씨의 이야기를 들었다.

"그거, 국무실에서 통지 왔습니다."

이인국 박사는 뛸 듯이 기뻤으나 숫구치는 흥분을 억제하면서 천천히 손을 내밀어 악수를 청했다.

"탱큐, 탱큐."

어쩌면 이것은 수술 후의 스텐코프가 자기에게 하던 방식 그대로인지도 모른다는 생각이 들었다.

이인국 박사는 지성이면 감천이라고, 나의 처세법은 유에스에이에도 통하는구나 하는 기고만장한 기분이었다.

청자병을 몇 번이고 쓰다듬으면서 술잔을 거듭하는 브라운 씨도 몹시 즐거운 표정이었다.

"미국에 가서의 모든 일도 잘 부탁합니다."

"네, 염려 마십시오. 떠나실 때 소개장을 써드리지요."

"감사합니다."

"역사는 짧지만, 미국은 지상의 낙토입니다. 양국의 우호와 친선에 도움이 되기를 바랍니다……."

"탱큐……."

다음날 휴전선 지대로 같이 수렵하러 가기로 약속하고 이인국 박사는 브라운 씨 대문을 나섰다.

이번 새로 장만한 영국제 쌍발 엽총의 총신을 머리에 그리면서 그의 몸은 날기라도 할 듯이 두둥실 가벼웠다. 이인국 박사는 아까 수술한 환자의 경과가 궁금했으나 그것은 곧 씻겨져 갔다.

그의 마음 속에는 새로운 포부와 희망이 부풀어올랐다.

신체 검사는 이미 끝난 것이고 외무부 출국 수속도 국무성 통지만 오면 즉일될 수 있게 담당 책임자에게 교섭이 되어 있지 않은가? 빠르면 일주일 내에 떠나게 될지도 모른다는 브라운 씨의 말이 떠올랐다.

대학을 갓 나와 임상 경험도 신통치 않은 것들이 미국에만 갔다 오면 별이라도 딴 듯이 날치는 꼴이 사나왔다.

'어디 나두 댕겨오구 나면 보자!'

문득 딸 나미와 아들 원식의 얼굴이 한꺼번에 망막으로 휘몰아 왔다. 그는 두 주먹을 불끈 쥐며 얼굴에 경련을 일으키듯 긴장을 띠다가 어색한 미소를 흘려 보냈다.

'흥, 그 사마귀 같은 일본놈들 틈에서도 살았고, 닥싸귀 같은 로스케 속에서 살아났는데, 양키라고 다를까…… 혁명이 일겠으면 일구, 나라가 바뀌겠으면 바뀌구, 아직 이 이인국의 살 구멍은 막히지 않았다. 나보다 얼마든지 날뛰던 놈들도 있는데, 나쯤이야……'

그는 허공을 향하여 마음껏 소리치고 싶었다.

'그러면 우선 비행기 회사에 들러 형편이나 알아볼까……'

이인국 박사는 캘리포니아 특산 시가를 비스듬히 문 채 지나가는 택시를 불러 세웠다.

그는 스프링이 튈 듯이 부스에 털썩 주저앉았다.

"반도 호텔로……"

차창을 거쳐 보이는 맑은 가을 하늘이 이인국 박사에게는 더욱 푸르고 드높게만 느껴졌다.

해답

1. 금시계 2. 북한에서는 소련이 세계의 중심이라 생각했기 때문에 3. 출세 지향적이고 출세나 치부에 도움이 되는 환자를 선택하고 그 환자를 잘 돌봄으로써 목표를 이루려고 한다.

24

닳아지는 살들, 이호철

이호철(李浩哲, 1932~) ●● 함남 원산에서 출생했다. 1956년 〈문학예술〉에 〈탈향〉〈나
상〉이 추천되어 등단. 월남자인 자신의 체험을 토대로 월남자가 가지는 생활의 곤궁 뿌리
뽑힌 의식의 방황 등을 소재로 분단 문제와 소시민의 삶을 나타내는 작품 등을 주로 썼다.
주요 작품에는 〈판문점〉〈소시민〉〈큰 산〉〈문〉〈살〉〈인생 대리점〉〈그 겨울의 긴 계곡〉
등이 있다.

24

닳아지는 살들, 이호철

오월의 어느 날 저녁이었
다. 맏딸이 또 밤 열두 시에
돌아온대서 벌써부터 기다리고들 있었다. 서성대는 사람은 없으나 언제나처럼
누구인가를 기다리고 있는 분위기는 감돌고 있었다.

은행 두취(고위 관직 혹은 우두머리)로 있다가 현역에서 은퇴하고 명예역으로
이름만 걸어 놓고 있는(지금도 거기에서 매달 들어오는 수입으로 한 달 살림은
넉넉했다.) 칠십이 넘은 주인은 연한 남색 명주옷을 단정하게 입고 응접실 소파
에 기대어 앉아 있었다. 단정하게 입긴 입었으나 어쩐지 헐렁헐렁해 보이고 축
늘어진 앉음새는 속이 허하여 혼자 힘으로 일어설 힘조차 없을 것처럼 보였다.
귀가 멀고 반백치였다. 그러나 허연 살결의 넓적한 얼굴은 훨씬 젊어 보이고 서
양 사람의 풍격(風格, 풍치와 품격)을 느끼게 하였다. 며느리 정애(貞愛)와 막내
딸 영희(英姬)가 옆자리에 앉아 있었다. 며느리의 한복 차림을 싫어하는 왕년의
시아버지의 뜻대로, 정애는 봄 스웨터에 통이 좁은 까만 바지 차림이고 영희는
원피스를 입고 있었다. 며느리와 시누이는 사이 좋은 자매를 연상케 하였다. 세
사람은 모두 넓은 창문 너머 어두운 들을 내다보고 있었다. 정애는 시아버지의

한 팔을 부축하고 앉았고 영희는 옆에 턱을 받치고 앉았다.

바깥은 어둡고 뜰 변두리의 늙은 나무들은 바람에 불려 서늘한 소리를 내었다. 처마 끝 저편에 퍼진 하늘엔 별이 총총하게 박혀 있으나, 아스므레한 기운에 잠겨 있다. 집은 전체로 조용하고 썰렁하다.

꽝 당 꽝 당.

먼 어느 곳에선 이따금 여운이 긴 쇠붙이 두드리는 소리가 들려 왔다. 밀 거리의 철공장이나 대장간에서 벌겋게 단 쇠를 쇠망치로 두드리는 소리 같았다. 근처에 그런 곳은 없을 것이었다. 그렇다면 굉장히 먼 곳일 것이었다.

꽝 당 꽝 당.

단조로운 소리이면서 송곳처럼 쑤시는 구석이 있는, 밤중에 간헐적(間歇的, 일정한 시간 간격을 두고 반복되는)으로 들려 오는 그 소리는 이상하게 신경을 자극했다.

"참, 저거 무슨 소리유?"

영희가 미간을 찌푸리면서 말했다.

"글쎄, 무슨 소릴까……."

정애가 심드렁하게 대답했다.

"이 근처에 철공장은 없을 텐데."

"……."

정애는 표정으로만 수긍을 했다.

꽝 당 꽝 당.

그 쇠붙이의 쇠망치에 부딪히는 소리는 여전히 간헐적으로 이어지고 있었다. 밤 내 이어질 셈이다. 자세히 그 소리만 듣고 있으려니까 바깥의 선들대는 늙은 나무들도 초여름 밤의 바람에 불려서 그런 것이 아니라, 그 소리의 여운에 울려 흔들리고 있는 것이었다. 그 소리는 이 방 안의 벽 틈서리를 쪼개고도 있는 것이었다. 형광등 바로 위의 천장에 비수가 잠겨 있을 것이었다. 초록빛 벽 틈서리에서 어머니는 편안하시다. 돌아가서 편안하시다. 형편없이 되어 가는 집안 꼴을 감당하지 않아서 편안하시다. 꽝 당 꽝 당, 저 소리는 기어이 이 집을 주저앉게 하고야 말 것이다. 집지기 구렁이(한 집안을 보호한다고 여겨진 구렁이. 이 구렁이가 나가면 그 집안의 운수도 다한다)도 눈을 뜨고 슬금슬금 나타날 때가 되었을 것이다. 그리고 향연이다. 마지막 향연이다. 유감이 없이 이별을 고해야 할 것이다. 모두 유감이 없이 이별을 고해야 할 것이다.

영희가 갑자기 작위적인 구석이 느껴지게 필요 이상으로 깔깔대며 웃었다. 정애가 화들짝 놀랐다.

"참, 언니, 내가 지금 무슨 생각을 했는지 아우?"

하곤,

"아버지 팔을 그렇게 부축하고 있으니까 며느리 같지가 않구 딸 같아요."

하고 말했다.

정애는 약간 수줍어하는 듯한 표정을 지었다. 아버지는 물론 못 듣고 있었다. 제 코 앞 사마귀만 주무르고 있었다.

영희가 계속 다급하게 말을 이었다. 목소리가 높아지고 조급해 있었다. 그 쇠붙이 두드리는 소리가 듣기 싫어서 안 들으려고 억지로 말하고 있는 셈이었다.

꽝 당 꽝 당.

그러나 그 쇠붙이 소리는 같은 삼십 초 가량의 간격으로 이어지고 있었다. 뾰족뾰족한 삼십 초다. 영희 목소리의 밑층 넓은 터전으로 잠겨 그 소리는 더욱 윤기를 내고 있었다.

"그러니까 우리 집두 적당히 민주적인 집안인 셈이겠죠? 시아버지와 며느리 사이가 이쯤 되어 있으니."

잠시 사이를 두었다가 더 목소리를 높여,

"그렇지만 진력이 안 나우? 올켄? 도대체 무엇인지 굉장히 빠진 게 있어. 큰 나사못이래도 좋고, 받들어 주는 기둥이래도 좋고, 그런 것 말이야요. 아이, 안 그렇수?"

정애는 시아버지를 닮아 있었다. 시아버지와는 다른 성격으로 백치가 되어 있었다. 대화란 피차 신경을 긁어 놓기 위해서, 밤낮 할 짓 없이 이렇게 앉아 있는 사람들끼리 잊어버렸던 일을 불러일으켜 피차 골치를 앓게 하기 위해서, 쓸모없는 사변을 위해서 태어난 것은 아니라고, 그렇게 믿고 있는 듯 보였다.

"오늘 저녁두 또 열두 시유?"

영희가 또 말했다. 계속해서,

"오빠 또 이 층이겠수?"

하곤,

"참, 그인 아직 안 돌아왔죠?"

그이란 선재(善載)일 것이었다. 아직 약혼까지는 안 됐으나 결국은 그렇게 낙착되리라고 피차 각오하고 있고, 주위에서도 다 그렇게 알고 있는 터였다. 이북으로 시집을 가서 이젠 이십 년 가까이 만나지 못한 언니의 시동생이라니 그렇게 알 밖에 없었다. 1·4 후퇴 때 월남을 하여 험한 세상을 떠난 늙은 어머니가 그를 몹시 아껴 주고 측은해 하였다. 제 맏딸의 시동생이라는 연줄을 생각해서였을 것이었다. 역시 칠십이 되어 노망도 들만 했지만, 맏딸의 이모저모를 선재에게 되풀이되풀이 물어 보는 눈치였다. 임종 때도 온 가족이 다 모여 있었지만 선재를 기어이 확인하고서야 안심을 하였다. 어쩌면 맏딸 대신으로 삼았을 것이었다. 결국 이러는 사이에 이 층의 구석방을 차지해 버렸다. 때로는 일이만 환 들여놓는 수도 있었지만 이즈음에 와서는 그것도 뚝 끊어졌다. 처음 한동안은 불결한 사람으로 느껴지고 천티가 흐른다고 생각했으나, 자기가 팔자 드센 여자, 시집을 안 가야 할 여자로 막연하게 자처하고 있는 사이에, 어느 새 그와도 익숙해졌다. 어느 수산물 회사에 있다고 하나, 그 자상한 내력을 알 만큼 익숙한 것은 물론 아니었다.

"어째서 하필이면 열두 시유?"

영희가 말했다.

"글쎄."

정애가 대답했다.

"정말 돌아오기나 하면 오죽 좋겠수."

영희가 말했다.

"글쎄 그러기나 하면."

정애가 대답했다.

"생각하면 참 우스워 죽겠어."

영희가 웃지도 않고 웃는 시늉만을 했다. 그러기를 멈추고 장난치듯이 말했다.

"숫제 우리 모두 헤어져 버립시다. 어떻게든 살게는 되겠지, 뭐. 뿔뿔이 헤어져 버려. 그까짓 뭐 어때요? 쉬울 것 같애. 차라리."

차라리 한번 그렇게 해 보자는 셈으로 익살맞게 눈을 치켜올려 떴다.

  마침 성식(成植)이 층층다리를 내려와 안 복도로 통하는 문을 살그머니 열었다. 정애와 영희의 시선과 부딪치자 영희 쪽을 향해,

  "왜들 그러구 앉았어?"

  영희는 히죽이 웃으면서 좀 가시가 돋친 소리로 말했다.

  "오빤 여전히 파자마 차림이로구려, 또 언니를 기다리지 않우?"

  성식은 대답이 없이 아버지의 건너편 의자에 앉았다.

  영희가 말했다.

  "오빠, 오늘두 열두 시유, 글쎄."

  곧 이어서,

  "같이 안 기다릴라우?"

  성식은 대답이 없이 신문을 펼쳐 들었다.

  "이 집 젊은 주인이니까 같이 기다려야지 뭐, 안 그렇수, 언니?"

  하곤 아버지 쪽을 향해 손짓을 섞어 큰소리로

  "아버지, 오빠두 기다려 준대요, 오빠두."

  아버지는 후들짝 놀란 얼굴을 하며 딱히 알아듣지 못한 눈치나 머리를 끄덕였다.

  뚜렷하게 내색은 안 내지만 오빠가 선재와 자기와의 일에 철저히 방관적인 것을 영희는 알고 있다. 선재를 경멸하고 있는 눈치다. 딱히 선재를 사랑하고 있는 것도 아닌데 오빠의 그런 투가 영희의 자존심을 긁어 놓았다. 그리고 그것이 차라리 선재를 자기의 어느 구석과 굳게 연결시켜 놓는 것이다.

  "오빠, 그이 몇 시에 돌아온단 말 못 들었수?"

  성식은 미간을 찡그리면서 머리를 가로 저었다.

  "오빠, 그이가 말끝마다 오빠를 긁어 놓고 있는 것을 알우?"

  성식은 안경알이 한 번 차게 번쩍했다.

  "왜 그러는지 알우? 알 테지 뭐, 난 요새 오빠와 선재 씨를 요모조모로 비교해 봐요, 오빠가 아니꼬운 점이 많아."

  "……."

  "서른네 살, 낯색이 해말갛구, 긴 다리가 바싹 여위구, 낮이나 밤이나 파자마 차림, 음악을 공부한다고 하다가 대학은 미술 대학을 나오구, 미국을 두어 번 다녀온 후론 취직할 염(念, 무엇을 하려는 생각)도 않구, 그렇다구 딱히 할 일도 없

구, 막연하게 작곡가를 꿈꾸고 있구. 그 다음 오빠를 설명할 얘기가 또 뭐 있을
까?"

안경알만 또 번쩍했다. 가슴이 또 답답해 왔다. 복도로 나와 버렸다.

쾅 당 쾅 당.

잠시 잊어버렸던 그 소리는 다시 광물성의 딴딴한 것으로 번쩍번쩍 달려들었
다. 방안에서보다 더 크게 육중하게 지축을 흔들듯이달려들었다. 가슴에서 카바
이드[1] 냄새가 났다. 목욕탕 문이 열려 있고 휑하게 불이 켜져 있었다. 불을 끌까
하다가 역시 켜 두는 것이 좋을 듯하여 그냥 두었다.

이북에 있는 언니가 열두 시에 돌아오다니, 그러한 것은 물론 찬찬하게 따져
볼 성질의 것은 못 되었다. 그러나 어느 때부터인지는 딱히 알 수 없지만, 이렇게
기다리는 일에는 이젠 익숙해져 있었다. 아버지는 이 년 전부터 귀가 멀어 있었
다. 귀가 멀면서 말수가 적어졌다. 말로 할 수 있는 것을 대개는 눈짓이나 표정으
로 뜻을 전하곤 했다. 그러면서 차츰 머리가 텅 비어지고 반백치가 되어 간 것이
었다. 집안 전체를 통어(統御, 거느려서 제어함)해 나가는 줄이 끊어지면서, 식
모는 훨씬 자유스러워지고 활달해지고 뻔뻔해졌다. 이 집에서 가장 문문해(쉽게
다룰 만하다) 보인다는 셈인지 선재에게 곧잘 농을 걸기도 하였다. 그런 것도 영
희의 자존심을 긁어 놓았다. 부성부성하게 부은 듯한 약간의 얽은 얼굴에 짙은
화장을 하고 얼룩덜룩한 원피스 차림으로 외출이 잦았다. 4·19 데모나 5·16
때는 하루 종일 밖에 나가 있었다. 설마 데모에는 가담 안 했을 터이지만, 시장을
보아 가지고 들어설 때는 넓은 터전의 냄새를 거칠게 풍기면서 있었다.

살그머니 부엌문을 열었다.

"하필이면 밤 열두 시야. 낮 열두 시면 어때서, 미쳐두 좀 곱게나 미치지."

식모가 혼자 푸념을 하고 있었다.

영희는 흠칫했다.

"뭐? 뭐야? 너, 이제, 뭐라 그랬어?"

식모는 돌아보곤 키들대며 웃기부터 했다.

1) 물과 작용하면 가스를 발생하는 고체 탄화칼슘

"너, 이제 뭐라 그랬느냐 말야?"

"아무것도 아니에유."

식모가 말했다.

"너두 이 집에 살면 이 집 식구 아니냐? 좀 어울려 들면 못 쓰니, 못 써? 못 써? 누군 너만큼 몰라서 이러는 줄 아니?"

영희의 눈에서는 드디어 눈물이 비어져 나왔다.

"누가 어쨌시유? 그저 혼자 해 본 얘긴 걸유."

오빠는 가는 흰 테 안경을 쓰고 여전히 신문을 보고 있었다. 한 손에는 코카콜라 통을 들고 있었다. 하얀 살결의 여윈 다리에 털이 무성했다.

아버지는 그냥 전의 자세 그대로였다. 오빠와 한자리에 앉으면 으레 그렇듯 정애의 아름다운 얼굴엔 우수가 서려 있었다. 머리를 갸웃이 바깥쪽으로 돌리고, 되도록 오빠와 시선이 마주치는 것을 피하고 있었다. 참 알 수 없는 일이었다. 시집살이의 가장 요긴한 사람인 제 남편을 외면하고 피하면서도 어떻게 시아버지나 시누이에게는 그토록 충실할 수 있는지 영희로서는 납득이 가지 않았다.

마침 큰 벽시계가 열 시를 치고 있었다. 그 여운이 긴 시계 치는 소리는 방안을 이상하게 술렁술렁하게 만들었다. 사방의 벽이 부풀었다 수축했다 서서히 운동을 하였다. 늙은 주인의 허한 눈길이 시계 쪽으로 향해 있었다. 시계 치는 소리가 들리지 않을 텐데 기묘한 일이었다. 영희는 풀썩 올케 앞에 앉아 머리를 올케 무릎에 파묻고 그 신묘한 아버지의 시선이 우습다는 셈인지 키들키들 웃다가 시계 치는 소리가 멎자 잠시 조용했다. 머리를 들고 잠긴 목소리의 조용한 어조로, 그러나 차츰 격해지면서,

"언니, 언닌 정말 늘 이러구 있을 참이유? 답답허잖우? 오빠란 사람은 저렇게 맹물이구, 대낮에두 파자마나 입구 뒹굴구, 코카콜라나 빨구 앉았구."

순간 정애와 성식이 머리를 동시에 들었다. 성식의 손에서 스르르 신문이 빠져나가며 또 안경알이 불빛에 번쩍했다. 정애는 제 남편과 눈이 마주치자 차디차게 외면을 했다. 미간을 찡그리며,

"아니, 왜 또 이러우?"

영희는 맨 마룻바닥에 무릎을 꿇고 올케의 손을 더욱 힘 주어 잡았다.

"아버진 이렇게 병신이 되구, 대체 우리가 이토록 지키고 있는 게 뭐유? 난 스

물 아홉이 아니유? 올켄 내가 스물 아홉 먹은 노처녀라는 것을 언제 한 번이나 새겨 둔 일이 있수? 올케가 이젠 이 집안의 주인 아니유? 이 집안의 가문과 가풍과…… 언니, 언니, 언닌 대관절 무슨 명분으루 이 집을 이토록 지키고 있는 거유?"

성식이 코카콜라 통을 놓았다. 담배를 꺼냈다. 이런 일엔 익숙해진 듯하였다. 그러나 가느다랗게 긴 손가락이 가늘게 떨고 있었다. 정애의 남편이나 영희의 오빠는 없고 찬 안경알만이 있었다.

"아니, 정말 왜 또 이러우?"

시계를 쳐다보던 노인도 말귀는 못 알아들어도 눈을 크게 벌려 뜨고 영희를 건너다보았다. 그러나 여전히 허한 눈길이었다.

"언니, 정말 빨리 이 집 내놓구 이사합시다. 교외에다가 조그만 집이나 사서… 전셋집들은 다 내놓아 정리하구, 아버진 하루 빨리 세상 떠나시도록 하구 올켄 이혼을 하구……."

"……."

"그리구 저 기집앤 내보내구, 우리 둘이……."

"……."

영희는 다시 안으로 잠겨 드는 소리로 말했다.

"언니, 난 요새, 모르겠어요. 직면해 있는 건 올케두 알고 있잖수? 어찌 그렇게 모른 체만 할 수 있수, 그저 그렇게 돼 가나 부다, 내버려두면 그렇게 돼 가나 부다, 그렇게 아무렇게나 내버려 둘 성질은 아니잖수?"

"……."

꽝 당 꽝 당.

쇠붙이의 쇠망치에 부딪는 소리가 조용해진 틈서리로 파고들어 왔다.

식모가 응접실 문을 열었다. 영희는 정애의 한 손을 잡고 있었다. 성식은 다시 신문을 펼쳐 들고 있었다. 딱히 신문을 보고 있는 눈치는 아니고 불빛에 안경알만 번쩍였다. 늙은 주인은 그냥 어두운 밖을 내다보고 있었다. 결국 이렇게 그들은 누구인가를 기다리고 있는 셈이었다. 늙은 주인은 맏딸을, 정애는 아직 한 번도 본 일이 없는 맏시누이를, 영희는 언니를, 성식은 누님을 기다리고 있는 셈이었다. 그러나 사실은 그 누구도 분명하게 기다리고 있다는 의식은 없었다. 도대체 그건 말이 안 되는 소리였다. 그저 모두가 막연하게 기다리고 있다고 생각하고 있을 뿐이었다. 그런 것이라도 없으면 한 집안에서 한 가족이라고 살 명분이 없게 되는 셈이었다. 이젠 이런 일에 적당히 익숙해진 터였다. 그리고 이젠 이런 일에 모두 넌덜머리를 낼만도 하였다. 결국 이 기다림의 향연은 늙은 주인이 역시 아직은 이 집안의 주인이라는 것을 암시해 보여 주는 대목이기도 했다. 맏딸이 돌아온다는 고집을 부리면 맞이할 준비들을 해야 하는 것이었다. 그렇게 기다리는 자세를 취하고 있으면 돌아올 것 같은 실감이 나기도 하였다.

식모는 잠시 그냥 서 있었다. 어쩐지 한 번 소리를 내어 가볍게 웃어 보고 싶었으나,

"영희 언니, 밖에서 찾아요."

하고 말했다.

영희가 화들짝 놀라며 일어섰다. 뒷머리를 두어 번 내리 쓰다듬으며 밖으로 나갔다.

불빛에 있다가 나와서 밖은 새까마했다. 고무신을 끌고 조심조심 큰문 앞으로 다가갔다. 문을 열었다. 골목길이 휑하게 뚫리고, 그 끝 큰길과 맞닿은 어귀에 잡화상 불이 안온하게 환했다. 차츰 주변의 음영이 잔잔하게 부풀어올랐다. 형광등 불빛에 비해 그 불그스름한 잡화상의 전등 불빛은 따뜻한 가라앉음을 느끼게 해주었다. 영희는, 무엇인가 그리워진다고 생각하였다.

옆 담벼락에 누군가 기대어 서 있었다. 또 술이 엉망으로 취한 선재였다. 직감으로 술이 만취한 것을 알자, 영희는 또렷한 저항감이 달콤한 것이 되어 온몸 구석구석으로 퍼졌다. 술 안 먹은 선재보다는 이렇게 술에 취한 선재가 훨씬 좋은 것이었다.

선재 등뒤로 다가가 입술을 지그시 깨물며 어깨에 한 손을 얹었다. 꽤 따뜻한 솜씨라고 스스로 느꼈다.

"술이 많이 취했군요?"

하곤 말을 이었다.

"왜 들어오지 못하구 밤낮 나부터 찾아요. 뭘 꺼릴 게 있다구, 그런 건 선재씨답지 않아요."

선재는 엉거주춤하게 돌아서며 별 뜻이 없이 허붓하게 한번 웃기부터 했다. 술 취한 사람치고는 또렷한 소리로 내던지듯이 말했다.

"나, 마셨어, 우습지? 우습지 않아? 참 영희에게 뭐 좀 따져 봐야겠어."

"따져 보나 마나지, 뭘."

영희도 비죽이 웃으면서 이렇게 받곤 팔깍지를 끼었다. 어두운 속에서 선재는 한 번 끗뚤하고 넘어질 듯하다가 말했다.

"우리 나가자, 당장 나가자, 이 집을 나가자, 어때?"

"그래, 나가요. 어차피 나가게 될 걸, 뭐."

영희가 조용히 말했다.

"오늘 밤 당장 나가, 지금 당장."

"⋯⋯."

영희는 가볍게 웃었다.

"정말이란 말야, 정말 정말이란 말야."

선재가 말했다.

무엇이 정말이라는 것인지는 모르겠지만 분명히 정말은 정말이라고 영희도 생각했다.

꽝 당 꽝 당.

쇠붙이에 쇠망치 부딪치는 소리는 여전히 계속되고 있었다. 바깥에 나와서 이렇게 술이 취한 선재와 마주 서 있어 그 쇠붙이 소리는 훨씬 자극성이 덜해져 있었다. 차라리 따뜻한 초여름 밤의 가락을 띠고 있었다.

"정말이야, 정말"

선재가 또 말했다.

"알아요, 글쎄."

영희가 속삭이듯이 말했다.

오빠나 정애와 마주 앉으면 으레 자기가 하고 있는 소리를, 지금은 선재가 그다운 가락으로 하고 있고 영희는 듣고 있는 편이 되어 있었다. 술 취한 선재와 이렇게 마주 서니까 그 수다한 언어라는 것이 값 싸게 생각되었다.

선재는 갑자기 모가지를 앞으로 길게 내 빼어 들며 토할 몸짓을 했다. 두어 번 꽥꽥거리더니 토하기 시작했다. 영희가 재빨리 두 손을 오므려 선재의 입에 가져다 댔다. 끈적끈적한 것이 두 손에 담겨졌다. 영희는 웬일인지 웃음이 복받쳐 올라와 킬킬대고 웃으면서, 그것을 길 한옆에 버리고 벽돌담에 손바닥을 두어 번 문질렀다. 어둠 속에서도 선재의 눈에 눈물이 배어져 있었다. 그것을 문질러 주었다. 선재는 또 한 번 허붓하게 웃었다. 한 팔로는 선재의 전신을 부축하고 한 손으로는 등을 두들겨 주었다. 감미가 곁들인 기묘한 서글픔이 전신으로 퍼졌다. 건장한 사내를 이렇게 부축해 주고 있다는 알이 찬 실감이 와 안겼다. 동시에, 결국은 이렇게 낙착되고 있구나, 이렇게 되는구나 하고 생각했다. 서서히 영희는 흥분되고 있었다. 선재의 등을 두들겨 주면서 한쪽 볼을 그 등에 차악 대었다. 육중한 온기가 느껴지고 심장 뛰는 소리가 요란하고 나무들 사이로 하늘엔 별이 총총했다.

꽝 당 꽝 당.

쇠붙이 소리는 평범하게 멀었다. 근육이 좋은 사나이가 앉아서 혹은 서서 두드리고 있을 것이었다. 불꽃이 튀기기도 하고 튀지 않기도 할 것이었다. 그 근처 뜰에는 사람들이 둘러앉아서 이 거리의 이야기를 하고 있을 것이었다. 오 월 밤이 익으면서 저녁밥도 적당히 삭아지고(속에서 소화되고), 모여 앉아서 얘기하기가 좋을 것이었다. 담뱃불이 두서넛 발갛게 타고 있을 것이었다.

"저 소리 들려요?"

영희가 말했다.

"무슨 소리?"

선재는 어눌한 목소리로 되물었다. 그의 등에 한쪽 귀가 파묻혀 있어서, 그의 목소리는 귀에 들어오기 전에 전신 안으로 와랑와랑하게 퍼져 들기부터 했다.

"저 쇠붙이 뚜드리는 소리."

선재는 잠시 어리둥절하게 귀를 기울이는 눈치다가,

"응, 들려. 왜?"

"……."

영희는 가볍게 웃었다.

선재를 부축하고 들어오다가 층층다리 밑에 잠시 버려두고 응접실에 들렀다. 아버지가 한 번 쳐다보았다. 정애는 쓸쓸하게 한 번 웃었다. 성식은 여전히 신문을 들고 있었다.

"또 취했어요."

영희가 말했다. 남자가 취해 들어오면 여자란 짜증을 내게 마련이라는 셈으로, 스스로 생각해도 어이가 없게 그런 투가 서려 있었다. 정애는 말없이 다시 한

번 웃었다. 영희는 정애의 그 무엇이나 다 알고 있는 듯한 웃음을 대하자 약간 낯을 붉혔다.

마침 식모가 황급하게 문을 열었다. 웃음을 터뜨리지 않으려 애쓰면서 말했다.

"언니 언니, 아이 저걸 어쩌우? 현관 복도에다가 글쎄."

또 토한 모양이었다. 순간 집안은 큰일이나 난 듯이 술렁술렁해졌다. 영희가 달려나가고 식모가 목욕탕 쪽으로 뛰어가고 문 여닫히는 소리가 울렸다. 스위치를 눌러 복도 불을 켜고 수도에서는 물이 솟구쳤다. 식모는 꽤 좋은 모양이었다.

응접실은 다시 횅했다.

비로소 정애가 남편을 바라보았다. 역시 찬 안경알만이 눈에 들어왔다. 웬 을씨년스러움이 뒷등을 짜르르하게 타고 내려갔다. 시아버지는 잠시 요란 법석을 피우는 복도 쪽을 내다보며 며느리에게 눈짓만으로 무슨 일이냐고 물었다. 정애가 위층을 가리키며 선재가 돌아왔다는 것을 알려 주었다.

양치질 소리가 나더니 끙끙거리면서 층층다리를 올라가고 있었다. 정애는 그 소리를 차곡차곡 접어두듯이 듣고 있었다. 선재라는 사람이 꽤 좋게 생각되었다. 식모의 웃음소리가 들렸다. 식모도 같이 작업에 참여한 모양이었다. 몇 번 뒹구는 듯한 소리도 나고 영희의 숨을 죽인 웃음소리도 들렸.

일순간 집안이 다시 조용해졌다. 위층에서 문 닫히는 소리가 들리고 식모의 말소리가 짤막하게 나고 층층다리를 쿵쾅거리면서 내려오고 있었다. 성식이 천천히 일어서더니 말없이 나가려고 하였다.

"여보."

하고 정애가 불렀다.

"이 층으로 가요?"

안경알에 가려 표정을 알 수 없는 성식은 대답이 없이 그냥 이 편을 내려다보고 기어이 나갔다. 정애는 와들와들 떨릴 만큼 갑자기 조급해졌다. 층층다리를 또 올라가고 있었다. 정애는 까닭도 없이 화들짝 놀라졌다. 그것은 아득한 곳을 올라가고 있는 듯싶었다. 천천히 올라가고 있었다. 몇 시간이 걸려 올라가는 듯싶었다. 친아버지 같기만 한 시아버지의 팔을 더욱 힘 주어 잡으며 정애의 눈은 피곤한 듯이 감겼다.

식모가 응접실 문을 열었다. 불빛이 싸늘하게 하얗다. 정애가 혼자 이상하게 울고 있다가 머리를 들었다. 늙은 주인은 뜰을 내다보고 있었다. 식모는 한참 동안 그냥 서 있었다. 문을 닫으려는데 정애가 물었다.

"언니, 안 내려오니?"

"좀 있다가 내려온대요."

"왜?"

"……."

"알았다."

'알았을까? 정말 알긴 알았을까? 알았을 거야.' 식모는 이렇게 생각했다. 눈이 마주치자 피차 화가 난 듯이 마주 쳐다보았다. 늙은 주인도 식모와 정애를 번갈아 쳐다보았다. 여느 때답지 않게 뚜렷뚜렷한 눈길이었다.

드나들지 않아서 모르고 있었는데 정작 들어와 보니 초라하게 좁은 방이었다. 쌉쓰름하게 독신자의 냄새가 났다. 불을 켤까 하다가 그대로가 좋은 듯하여 선재를 침대에 눕히고 뜰로 향한 창문을 열었다. 아래 응접실 불빛이 여기까지 약간 반사되고 있었다. 영희는 아직 흥분 속에 있었다. 일정한 흥분의 바로미터를 그냥 유지하고 싶었다. 그 흥분이 가시기 전에 일을 치르고 싶었다. 원피스를 벗었다. 침대에 걸터앉아 선재를 흔들었다.

"이것 봐요, 눈 떠요, 자면 싫어요."

선재는 끙끙거리며 저리 비키라는 셈으로 한 손을 내젓다가 눈을 뜨고 영희의 얼굴을 보자 일순간 조용하게 올려다보았다. 자연스럽게 영희를 끌어안았다. 영희는 순하게 응하면서 속삭였다. 땀에 젖은 남자의 머리카락 냄새가 났다.

"취하면 싫어요, 지금 이런 경우엔 취하지 말아요."

선재는 아직 정신이 몽롱했다. 그러나 술은 차츰 깨고 있었다.

"정말 정말이야, 정신 차려요, 정신 안 차리문 나 억울해요."

"음, 술 깼어, 정신 차리구 있어."

비로소 선재가 말했다.

꽝 당 꽝 당, 그 소리는 계속되고 있었다. 퍽 가까이에서 들리고 있었다. 뚫린 창문은 흡사 그렇게 뚫려진 구멍 같았다. 뚫린 구멍 저편으로 초여름 밤이 쾌적하게 기분이 좋았다.

"취하지 말아요."

영희가 또 말했다.

"안 취했어."

선재가 대답했다.

"거짓말."

영희는 마음속으로 꺄득꺄득 웃었다.

"정말 취하지 말아요, 정신 차리고 샅샅이 썹어요. 하나라도 놓치면 싫어
요……."

"……."

선재는 영희를 끌어안으며 몸을 한 번 뒤챘다. 그 김에 영희의 몸도 빙그르르
돌며 한옆에 모로 뉘어졌다. 온 몸에 꼭 알맞은 공간이다.

"오늘이 며칠이죠?"

영희가 속삭였다.

"몰라."

선재가 받았다.

"그런 걸 모르면 어떻게 해요?"

영희가 속삭였다.

이런 경우의 사내가 대개 그렇듯, 선재는 조급해져 있었다. 영희는 요런 상태
를 조금이라도 더 유지하고 싶었다.

"왜 이리 급해요, 급하게 서둘지 말아요, 우리 얘기부터 해요."

자세를 취할 듯한 선재를 밑에서 끌어안으며 영희가 달래듯이 말했다. 선재는
다시 거북이 등이 올려 솟구듯 어두므레한 속에서 움질움찔 일어나고 있었다.

"이것 봐요, 얘기부터 해요."

"무슨 얘기."

"오늘이 며칠이죠?"

"몰라."

"모르면 어떻게 해요?"

"……."

"열두 시에 언니가 돌아온대요."

"……."

"정말 정말이야요, 늘 답답하지요? 선재 씨도 그렇죠?"

영희의 목소리는 차츰 애처로워지고 갸날퍼지고 있었다. 눈을 감고 있었다.

"모두 무엇을 놓치고 있어요. 큰 배경을 놓치고 있어요. 뿔뿔이 떨어져 있어요. 그렇죠? 그렇죠? 그래서 답답하죠?"

잠시 눈을 떴다. 뚫린 창 저편으로 오 월 밤이 보였다. 부끄러웠다. 다시 눈을 감았다.

"어마나, 이러지 말아요. 나, 내려가야 해요. 언닐 같이 가디려야 해요. 내일 아침 피차 쑥스러워지면 어떻게 해요? 쑥스럽지 않겠죠, 어마나 정말이군요? 여자가 남자보다 아름답다는 건 이런 때 보면 알아요."

입만 쉴 사이 없이 움직일 뿐이다.

"자꾸 쫓아오구 있었어요. 나, 오늘 저녁 내내 도망을 하구 있었어요. 혼자 감당하기가 어떻게나 무섭던지 그런 걸 누가 감당해 주나요? 그 놈의 쇠망치 소리 말이야요, 딴딴한 쇠망치 소리 말이야요."

맏딸이 세라복(선원 복장을 본따서 흰 칼라를 단 학생복)을 입고 있다, 세라복을 입고 애들을 주렁주렁 달고 있다, 새하얀 깃에서 바닷물 냄새가 난다, 손에는 정구 라켓을 들고 있다, '이겼어요, 이겼어요, 아버지.' 하며 매달린다. '어떻게 이겼니?' '이렇게 이겼지요, 뭐.' 맏딸은 라켓을 휘두른다, 집안은 맏딸이 있어서 웅성웅성하다, 이 방 저 방마다 문이 요란하게 여닫힌다, 성식이가 숫돌에다 칼을 갈고 있다, 꽝꽝한 햇볕에 숫돌과 칼이 번쩍번쩍한다, 모든 것이 번쩍번쩍한다, 정문은 휑하게 열려 있다, 바람이 제멋대로 들어왔다 나갔다 한다, 뜰의 나무들도 기름이 올라 미끈미끈하다, 흙 냄새 나뭇잎 냄새가 뒤범벅이 되어 물씬물씬하다, 바둑이는 뜰 한가운데 자빠져 있다, 불만이 없어서 짖을 거리가 없다, 영희가 아장아장한 작은 발로 개를 한 번 걸어찬다, 개는 영희를 올려다보며 약간 얕본다, 그러나 몇 발자욱 피해 주기는 한다, 영희가 까덱까덱 웃는다, 따라가서 또 한 번 걸어찬다, 개는 완연하게 노여운 기색으로 끙끙거리며 곁눈질로 영희를 살피다가 두어 번 애걸하듯, 원망하듯 부당하게 이유 없이 차인 것을 넋두리하듯 짖는다, 다시 영희가 까덱까덱 웃는다, 개도 웃으면서 하품을 하면서 꽁지를 흔든다, 오줌이 마렵다, 며늘아 오줌이 마렵다, 식모애가 문을 열고 호젓하게 서 있다, 신 살구알 내음새가 난다, 버르장머리가 없다, 머리칼이 까만 아내는 뜰에서 장미꽃을 따고 있다, 허리에 살이 올라 있다, 등의자에서 영희가 울고 있다, 금시 숨이 넘어가도록 울고 있다, 마음대로 울도록 집안이 들썩들썩하도록 내버려 둘 모양이다, 세라복을 입은 맏딸이 아내에게 말한다, '어머니, 우리두 라일락꽃을 심어요, 어머니.' '그래라.' 하고 아내가 자신 있게 대답한다, '심자 꾸나, 못 심을 까닭이야 없지 않니? 무슨 일이라도 하고 싶은 일은 못 할 일이야 있겠니? 나이 든 식모가 가생이(가장자리)로 지나간다, 아내가 말한다, '어멈, 어 딜 가우? 어멈은 대뜸 우그러들며 무엇이라고 대답한다, (오줌이 마렵구나.) 머 리가 까만 어머니가 뽕나무에 올라가 있다, 풋풋한 뽕밭 냄새가 코에 시리다, 서 쪽 산에 걸린 붉은 해가 굉장히 크다, '어머니, 저 해 좀 봐.' 어머니는 들은 체도 안 한다, '어머니, 저 해 좀 봐, 저 해.' 해는 중천에 있을 때보다 훨씬 가까운 거 리에 있다, 해의 키가 커져서 손발이 생겨서 성큼성큼 이편으로 올 것 같다, 서산 그늘이 우– 소리가 나듯 달려오고 있다, 엎뎌 있던 보리밭이, 그늘에 쏠려 일어 선다, 은행나무 위의 까치집이 반짝반짝한다, 죽은 어머니를 끌어안고 울다가 아버지는 뜰에 나와서 또 울고 있다, 죽은 어머니의 풀어진 머리카락이 길다, 머 리카락이 길어서 어머니 같지가 않다, 지붕 위에 수염이 시커먼 사람이 올라가 서 이상한 고함을 지른다, 사방이 찌렁찌렁 울린다, 밑에서 아버지가 울다가 그 사람을 쳐다본다, 마을 사람들이 웅성거리며 몰려온다, 갓을 쓰고 흰 두루마기 를 입고 차례차례로 와서 절을 한다, 집안은 물씬물씬 국수 국물 냄새로 찬다, 웅 성웅성해서 좋기도 하고 어머니가 죽었대서 서러워지기도 한다, 아버지가 자꾸 운다, 아버지 울지 마 울지 마, 이십 년만에 양복을 입고 돌아온다, 아버지는 또 운다, 아버지 울지 마 울지 마, 며늘아 오줌이 마렵구나, 오줌이 마려워……. 글 쎄, 그러면 그렇지.

영희가 문을 열었다.

"오빠 자우?" 하고 물었다. "자지 않죠? 자지 않겠지, 뭐."

성식은 침대에 비스듬히 누운 채 들어서는 영희를 건너다보았다. 안경을 벗고 있어서 더 바싹 여위어 보였다. 푸르스름한 불빛이 바닷속처럼 썰렁했다. 방이 넓어서 천장도 더 횅하게 높아 보였다. 침대 가장자리에 앉자 영희가 조용히 불 렀다.

"오빠."

성식은 그냥 쳐다보기만 했다.

"오빠."

성식은 눈을 조금 벌려 떴다.

"······지금 내가 어떻게 보이우?"

하곤 곧 이어서

"오빠······ 나, 결혼했어, 오늘 밤 지금 막······ 뭐 어떠우?"

성식은 또 안경을 찾았다. 눈길을 피하며 영희가 그것을 집어 주었다. 성식은 안경을 쓰고도 몸을 가누기가 어려운 듯했다.

"오빠, 이왕 그렇게 될 걸 뭐, 어차피 이젠 이런 형식으루 될밖에 없잖수, 누구나 다 자기 혼자의 문제밖에 안 남아 있는 걸. 안 그렇수? 어쩌다가 우리가 모두 이렇게 됐을까, 오빠."

성식은 천장을 올려다보았다.

"오빠, 아무 할 말이 없수? 무슨 일을 저질러야 오빤 열을 올릴 수가 없수? 말을 할 수가 있수? 대관절."

성식은 그냥 말도 없이 물끄러미 천장을 올려다보았다. 영희는 보일 듯 말 듯 쓰디쓰게 한 번 웃었다.

꽝 당 꽝 당.

그 쇠붙이 소리가 또 뾰족하게 돋아 올랐다. 영희는 몸을 한 번 흠칫 추우며(추스리며),

"아이 저 놈의 소린 그냥 들리네."

성식은 어느 새 담배를 피우고 있다.

밤은 깊어질수록 더욱 새하얗게 투명해졌다. 방안의 불빛도 더욱이 하얘지고 늙은 주인은 여전히 코앞의 사마귀를 주무르고 있었다. 선재와 식모는 저저금(제각기) 제 방에서 잠이 들었다. 영희는 연분홍색 파자마 차림으로 까만 선글라스를 썼다 벗었다 하고 있었다. 정애는 천장을 올려다보고 단정하게 앉아 있었다.

꽝 당 꽝 당.

그 쇠붙이 두드리는 소리도 띠글띠글하게(여러 개의 가늘거나 작은 물건 가운데서 몇 개가 두드러지게 굵거나 크게) 계속 투명했다. 이미 간헐적으로 이어지는 것이 아니라 조급하게 계속되고 있었다. 후방에다가 든든한 것을 두고 탐색전을 벌이는 소리 같았다. 영희는 선글라스를 썼다 벗었다 하면서 말했다.

"언니, 정말 저거 무슨 소리유?"

24
이
호
철

닳
아
지
는
살
들

"글쎄, 무슨 소릴까?"

정애가 대답했다.

"근처에 철공장은 없을 텐데,"

"……"

정애가 대답이 없자 영희는 선글라스를 접으며 말했다.

"언닌 저런 소리 들으면 이상한 생각이 안 드우?"

"무슨 생각?"

"글쎄, 무슨 생각이냐고 물으면 선뜻 대답할 수는 없지만, 우리와는 다른 무엇인가 싱싱한 것이 서서히 부풀어서 우릴 잡아먹을 것 같은…… 얘기가 우습지만……."

"……"

영희는 가느다랗게 콧노래를 시작했다. 발까지 달싹달싹하며 장단을 맞추었다. 정애가 보일 듯 말 듯하게 상을 찡그렸다.

영희가 또 화들짝 놀라듯이 말했다.

"우리가 왜 자지 않구 이렇게 앉아 있수? 붙어 앉아 있어 보아도 진력만 나구, 저저끔 제 방에 혼자 떨어져 있으면 무섭구, 바스락대는 나무 잎새 소리에조차 후들짝후들짝 놀라구, 한밤중에 응접실에 내려와 보면 한두 사람은 으레 이렇게 붙어 앉아 있구, 불이 환하구, 푸욱 잠이나 들 수 있으면 오죽 좋겠수?"

영희는 이것저것 자꾸 지껄이고 싶은 모양이었다.

"참, 언니도 그런 일 겪었수? 어릴 때 제삿날 저녁 말이요. 부엌엔 웅성웅성 아주머니들이 들끓구, 불을 많이 때서 온돌방은 덥구, 애들끼리 장난을 하다가 설핏 잠이 들지 않겠수? 얼마쯤 자다가 깨 보면 여전히 방은 덥구, 뜨락과 부엌과 마루에서는 사람들이 웅성거리구 방안엔 불이 훤하구, 그런데 아무도 없이 혼자 잠이 들어 있었거든요. 물론 입은 채로지요. 깨 보니까 마루에 부엌과 다른 방에서 웅성웅성 사람들이 들끓는데 제 방만은 아무도 없지 않겠수? 아득해서 혼자만 이렇게 있다는 것을 알려야 할 텐데 알려지는 않구 답답해서 답답해서."

"……"

"누구인가는 이렇게 투명한 밤일수록 엽기(獵奇, 기괴한 일이나 물건에 호기심을 가지고 즐겨 찾아다니는)적인 생각 있지 않수? 안나 카레리나를 자처해 본다든가 장 발장이 되어 본다든가 하면 괜찮다고 합디다만 어떨까, 그렇게라두 해

볼까 봐, 어머나 벌써 열한 시 사십오 분이유, 언니."

늙은 주인의 코 앞 사마귀를 만지는 모양은 푸념을 하는 어린애처럼 보였다. 손에 땀이 나 있고 초저녁보다 조급해 있었다. 이따금 눈이 휘둥그래져서 두리 번거리며 영희와 정애를 번갈아 쳐다보았다. 그 눈빛은 기묘하게 예리한 것을 담고 있었다. 영희도 말을 멈추고 아버지의 그 시선을 좇고 정애도 마찬가지였 다. 역시 늙은 주인은 아직은 이 집안의 가장인 모양이었다.

"참 언니, 우리 집이 어쩌다가 이렇게 되었을까? 때로 잠자리에 누워서 잠은 안 오구 점점 더 샛맑아 올 때 있지 않수? 우리 집이 어쩌다가 이렇게 되었을까, 한번 본격적으로 따져 보자, 이렇게 따져 보기로 하거든요. 마음속 한구석으로 는 아주 단조로운, 힘이 들지 않는 생각, 하나, 둘, 셋, 넷, 다섯, 여섯, 일곱…… 이렇게 무한정 세어 나가구, 눈은 바깥의 밤하늘을 내다보구, 다른 한구석으로 는 찬찬하게 떠올려 가면서 일 년 전은 우리 집이 어떠했었나, 아버지는, 오빠는, 올케는? 이 년 전은 우리 집이 어떠했었나, 이렇게 따져 올라가 보거든요. 그러면 아무것도 이상해진 것은 없는 것 같아요. 하나도 이상한 구석은 없는 것 같아요. 그렇지만 십 년 전은 어떠했나? 이십 년 전은? 이렇게 생각하다가 다시 일 년 전 이나 오늘로 돌아오면 훨씬 차이가 생겨지는 걸. 아주 뚜렷하게 말이야요."

영희의 목소리는 잔잔하게 여느 때 없이 아름다웠다. 정애는 조용히 머리를 수그리고 한 손으로 이마를 가리고 있었다. 영희는 두 손으로 턱을 받치고 천장 을 올려다보며 지껄이다가 정애를 쳐다보곤 눈을 벌려 뜨며 말했다.

"애개, 언니 우우?"

일순 조용했다.

꽝 당 꽝 당. 쇠붙이 두드리는 소리가 뾰조록히 돋아 올랐다.

충충다리를 내려오는 발자국 소리가 들렸다. 조심스럽게 내려오는 소리이나 쿵쿵 온 집채가 흔들리듯이 울리고 있었다. 아득한 곳을 내려오는 소리 같았다. '복도에 불을 켜 둘 걸, 괜히 죽였지.' 영희는 몸서리를 치면서 이렇게 힘을 주어 속으로 중얼댔다. 어쩐지 어두운 속을 내려오는 모습보다는 환한 속을 내려오는 모습을 떠올리는 것이 좋을 성싶었다. 누구라도 상관이 없었다. 물론 오빠일 것 이다.

문이 열리고 안경을 쓴 오빠가 들어서고 있었다. 안경알이 차게 번쩍였다. 역시 혼자는 못 견디겠는 모양이었다. 영희를 대하기가 난처할 것이었다. 그러나 역시 혼자 있느니보다는 나을 성싶으니까 내려왔을 것이었다.

"오빠, 아직 안 잤수?"

차악 감겨드는 정겨운 목소리로 영희가 물었다. 성식은 한 쪽 볼이 약간 추켜 올려지며 어쩔 줄을 몰라했다. 겁겁하게(성질이 급하여 참을성이 없게) 비실비실 피하는 듯한 몸짓을 하며 정애와 영희를 번갈아 쳐다보았다. 영희가 신경질 적으로 말했다.

"오빠, 언니두 알아요. 다 얘기했는 걸 뭐, 그런 게 뭐 그리 대단하우?"

이상한 일이었다. 정애와 마주 앉으면 명주실을 뽑아 내듯 단단한 소리가 나와지고, 오빠만 끼우면 차게 맵게 신랄해지고 싶은 것이었다. 성식은 안경알 속에서 한 번 웃는 듯하였다.

영희가 화들짝 놀라며 말했다.

"오빠 웃구 있수?"

"……."

"오빠 웃구 있수? 이제 웃었수?"

"……."

성식은 무엇을 털어 내기나 하려는 듯이 상을 찡그리면서 뒤로 물러가려고 하였다. 정애는 얼이 빠진 사람처럼 영희와 남편을 건너다보고 있었다.

순간 벽시계가 열두 시를 치기 시작했다. 세 사람은 일제히 시계 쪽으로 시선을 돌렸다. 방안이 술렁술렁해졌다. 시계를 쳐다보던 세 사람의 시선이 다시 늙은 주인 쪽으로 향했다. 코앞의 사마귀를 만지던 늙은 주인이 어리둥절하게 아들과 며느리와 딸을 번갈아 쳐다보았다.

복도로 통한 문이 열리며 방안의 불빛이 복도 건너편 흰 벽에 말갛게 삐어져 나갔다. 열두 시가 다 쳤다. 네 사람의 시선이 그 쪽으로 옮겨졌다. 조용했다. 왼편 벽으로부터 서서히 식모가 나타났다. 히히히히 하고 이상한 웃음을 띄우고 서 있었다. 제딴에 미안하다는 뜻인 셈이었다.

"벤소에 갔었시유."

하고 말했다.

순간 영희가 발작이나 일으킨 듯이 아버지 쪽으로 달려갔다. 한 손으로 식모를 가리키며, 한 손으로는 아버지를 부축해 일으켜 세우며 쪼개지는 듯한 큰소리로 말했다.

"아부지, 자 봐요. 언니가 왔어요, 언니가… 정말 열두 시가 되었으니까 언니가 왔어요. 이제 정말 우리 집 주인이 나타났군요. 됐지요? 아부지 자, 어때요? 됐지요? 아부지."

식모가 이번엔 소리를 내며 웃었다.

"정말이에요, 아부지, 저렇게 언니가 왔어요. 그렇게도 기다리시던 언니가 왔어요."

이렇게 소리를 지르면서도 식모를 내다보는 영희의 눈길은 적의(敵意, 적대감)로 타오르고 있고, 아버지는 영희의 부축을 받으며, 저리 비키라는 것인지, 혹은 어서 들어오라는 것인지 분간이 안 가게 한 손을 들어 허공에다 대고 허우적거리고, 성식과 정애도 엉거주춤하게 의자에서 일어서 있었다.

꽝 당 꽝 당.

그 쇠붙이 소리는 밤 내 이어질 모양이었다.

해답

1. 쇠붙이 소리 2. 순간 벽시계가 열두 시를 치기 시작하는 부분

25

젊은 느티나무, 강신재

강신재(康信哉, 1924~   ) ●● 서울에서 태어났다. 이화여전을 중퇴하고 결혼하였다. 단편 〈얼굴〉〈정순이〉를 김동리가 추천함으로써 등단하였다. 초기에는 일상의 잔잔함과 남녀 간의 애정을 감각적으로 그린 작품을 발표하였으며, 《임진강의 민들레》이후 사회의식이 드러나는 작품을 쓰면서 역사적 전망의 경향으로 나아갔다.

  대표작에 《이 찬란한 슬픔을》〈포말〉〈해방촌 가는길〉〈절벽〉〈파도〉〈그들의 행진〉등이 있다.

25

젊은 느티나무, 강신재

1.

그에게는 언제나 비누
냄새가 난다.

아니, 그렇지는 않다. 언제나라고는 할 수 없다.

그가 학교에서 돌아와 욕실로 뛰어가서 물을 뒤집어쓰고 나오는 때면 비누
냄새가 난다. 나는 책상 앞에 돌아앉아서 꼼짝도 하지 않고 있더라도 그가 가까
이 오는 것을 – 그의 표정이나 기분까지라도 넉넉히 미리 알아차릴 수 있다.

티셔츠로 갈아입은 그는 성큼성큼 내 방으로 걸어 들어와 아무렇게나 안락의
자에 주저앉든가, 창가에 팔꿈치를 집고 서면서 나에게 빙긋 웃어 보인다.

"무얼 해?"

대개 이런 소리를 던진다.

그런 때에 그에게서 비누 냄새가 난다. 그리고 나는 나에게 가장 슬프고 괴로
운 시간이 다가온 것을 깨닫는다. 엷은 비누의 향료와 함께 가슴 속으로 저릿한
것이 퍼져 나간다 – 이런 말을 하고 싶었던 것이다.

"뭘해?"

하고, 한마디를 던져 놓고는 그는 으레 눈을 좀더 커다랗게 뜨면서 내 얼굴을

건너다본다.

그 눈동자는 내 표정을 살피려는 것 같기도 하고 어쩌면 그보다도, 나에게 쾌활하게 웃고 떠들라고 권하고 있는 것 같기도 하다. 또 어쩌면 단순히 그 자신의 명랑한 기분을 나타내고 있는 것에 불과한지도 모른다.

어느 편일까?

나는 나의 슬픔과 괴롬과 있는 대로의 지혜를 일점에 응집시켜 이 순간 그의 눈 속을 응시하지 않을 수 없다.

나는 알고 싶은 것이다.

그의 눈 속에 과연 내가 무엇으로 비치는가?

하루 해와, 하룻밤 사이, 바위를 씻는 파도 소리 같이, 가슴에 와 부딪고 또 부딪고 하던 이 한 가지 상념에 나는 일순 전신을 불살라 본다.

그러나 매일 되풀이하며 애를 쓰지만 나는 역시 알 수가 없다. 그의 눈의 의미를 헤아릴 수가 없다. 그래서 나의 괴롬과 슬픔은 좀더 무거운 것으로 변하면서 가슴속으로 가라앉아 버리는 것이다.

그리고 다음 찰나에는 나는 그만 나의 자연스러운 위치 – 그의 누이 동생이라는, 표면으로 보아 아무 시스러움도 불안정함도 없는 나의 위치로 돌아가 있지 않으면 안 될 것을 깨닫는다.

"인제 오우?"

나는 이렇게 묻는다.

그가 원한 듯이 아주 쾌활한 어투로, 이 경우에 어색하게 군다는 것이 얼마만한 추태인가를 나는 알고 있다.

내 목소리를 듣고는 그도 무언지 마음 놓였다는 듯이,

"응, 고단해 죽겠어. 뭐 먹을 거 좀 안 줄래?"

두 다리를 쭈욱 뻗고 기지개를 켜면서 대답을 한다.

"에에, 성화라니깐, 영작 숙제가 막 멋지게 씌어져 나가는 판인데……."

나는 그렇게 투덜거려 보이면서 책상 앞에서 물러난다.

"어디 구경 좀 해. 여류 작가가 될 가능성이 있는가 없는가 보아줄게."

그는 손을 내밀며 몸까지 앞으로 썩하니 기울인다.

"어머나, 싫어!"

나는 노트를 다른 책들 밑에다 잘 감추어 두고 아래층으로 내려가서 냉장고 문을 연다.

뽀오얗게 얼음이 내뿜은 코카콜라와 크래커, 치즈 따위를 쟁반에 집어 얹으면서 내 가슴은 비밀스런 즐거움으로 높다랗게 고동치기 시작한다.

그는 왜 늘 내 방에 와서 먹을 것을 달라고 할까? 언제나 냉장고 앞을 그냥 지나 버리고는 나에게 와서 달라고 조른다.

어떤 게으름뱅이라도 냉장고 문을 못 열 까닭은 없고, 또 누구를 시키는 것이 좋겠다면 부엌 사람들께 한마디하는 편이 나을 것이다.

군소리를 지껄대거나 오래 기다리게 하거나 그렇지 않더라도 줄곧 먹을 것을 엎지르거나 내려뜨리거나 하는 나를 움직이기보다는 쉬울 것이 확실하다.

(어쩐 셈인지 나는 이런 따위 일이 참말 서툴다. 좀 얌전하고 재빠르게 보이려고 하여도 도무지 그렇게 되질 않는다.)

쟁반을 들고 돌아와 보면 그는 창 밖의 덩굴장미께로 시선을 던지고 옆얼굴을 보이며 앉아 있다. 무엇을 생각하는지, 내가 곁에 있을 때는 보이지 않는 조용히 가라앉은 눈초리를 하고 있다. 까무레한 피부와 꽤 센 윤곽을 가진 그의 얼굴을 이런 각도에서 볼 때 나는 참 좋아진다. 나에게는 보이려 하지 않는, 혼자만의 표정도 무언지 가슴에 와 부딪는다.

그의 머리통은 아폴로의 그것처럼 모양이 좋다. 아주 조금 곱슬거리는 머리카락이 몇 올 앞이마에 드리워 있다.

"고수머리는 사납다던데."

언젠가 그렇게 말하였더니,

"아니, 그렇지 않아. 숙희, 정말 그렇지 않아."

하고, 그는 진심으로 변명을 하려 드는 것이었다. 나는 그저 농담을 하였을 뿐이었는데…….

오늘도 그는 그렇게 내 방에서 쉬고 나더니,

"정구[1] 칠까?"

하며 자리에서 일어섰다.

"응."

1) 테니스

"아니, 참 내일부터 중간 시험이라구 하쟎았든가?"

"괜찮아. 그까짓 거······."

사실 시험이고 무엇이고 없었다. 나는 옷 서랍을 덜컹거리며 흰 쇼츠²⁾와 곤색 셔츠를 끄집어내었다.

"괜히 낙제하려구."

하면서도 그는 이내 라킷을 가지러 방을 나갔다.

햇볕은 따가웠으나 나뭇잎들의 싱싱한 초록 사이로 서늘한 바람이 지나가곤한다. 우리는 뒷산 밑 담장께로 걸어갔다. 낡은 돌담의 좀 허수룩한 귀퉁이를 타고 넘어서 옆집 코트로 미끄러져 들어간다.

옆집이라고 하는 것은 구왕가에 속한다는 토지의 일부인데 기실 집이라고는 까마득히 떨어져서 기와집이 두어 채 늘어서 있고 이쪽은 휘엉하니 비어 있는 공터였다.

그 낡은 기와집에 사는 사람들은 이 공터를 무슨 뜻에선지 매일 쓸고 닦고 하여서 장판처럼 깨끗이 거두어 오고 있었다.

"아깝게시리······. 테니스 코트나 만들면 좋겠는데, 응 그러면 어떨까?"

어느 날 돌담에 가 걸터앉아서 내려다보던 끝에 그런 제의를 했다.

처음에는 그는 움직이려 하지 않았으나 결국 건물께로 걸어가서 이야기를 해보았다.

이튿날 우리는 석회를 들고 가 금을 그었다. 또 며칠 후에는 네트를 치고 땅을 깎아 아주 정식으로 코트를 만들어 버렸다.

그렇게까지 할 줄은 몰랐을 주인이 야단을 치면 걷어 버리자고 주춤거리며 일을 했는데 호호백발의 할아버지인 그 집주인은 호령을 하지 않을 뿐더러 가끔 지팡이를 끌고 나와 플레이를 구경하는 것이었다.

이렇게 나이 많은 노인네의 표정은 언제나 나에게는 판정하기 어려운 것이지만 특히 이 할아버지의 경우는 그러하였다. 구태여 말한다면 웃고 있는 것 같기도 하고 신기해 하고 있는 것 같기도 했지만 또 동시에 하늘 밖의 일을 생각하는 듯 아득해 보이기도 하였으니 기묘했다.

2) 반바지

한두 번은 담을 넘는 나의 기술을 적이 바라보고 분명히 무슨 말을 할 듯이 하더니 그만 입을 봉하고 말았다. 말을 했자 들을 법하지도 않다고 짐작을 대었는지 알 수 없었다. 어쨌든 그곳은 아주 좋은 우리의 놀이터인 것이다.

물리학 전공의 그는 상당히 공부에도 몰리고 있는 눈치였으나 운동을 싫어하는 샌님도 아니었다.

테니스를 나는 여기 오기 전에도 하고 있었지만 기술이 부쩍 는 것은 대부분 그의 덕분이다. 그가 내 시골 학교의 코치보다도 더 훌륭한 솜씨를 갖고 있음을 알았을 때의 나의 만족이란 이루 말할 수도 없는 것이었다.

머리가 둔한 사람이 나는 도저히 좋아질 수 없지만 또 운동을 전연 모른다는 사람도 매력적이라고 생각할 수 없다. 스포츠는 삶의 기쁨을 단적으로 맛보여 준다. 공을 따라 이리저리 뛰면서 들이마시는 공기의 감미함이란 아무것에도 비할 수 없다.

나는 오늘 도무지 컨디션이 좋지가 못하였다. 이렇게 엉망진창인 때면 엉망진창인 대로, 또 턱없이 좋으면 좋은 그대로 적당히 이끌고 나가 주는 그의 솜씨가 적이 믿음직해질 따름이었다.

"와아, 참 안 된다. 퇴보일로인가 봐."

"괜찮아. 아주 더워지기 전에 지수랑 불러서 한번 시합을 할까?"

하늘이 리라빛으로 물들 무렵 우리는 볼들을 주어 들고 약수터께로 갔다.

바위 틈으로 뿜어 나는 물은 이가 시리도록 차갑고 광물질적으로 쌉쓰름하다.

두 손으로 표주박을 만들어 떠내 가지고는 코를 틀어막고 마신다. 바위 위로 연두색 버들잎이 적이 우아하게 늘어지고, 빨간 꽃을 다닥다닥 붙인 이름 모를 나무도 한 그루 가지를 펼친 것으로 보아, 이런 마심새를 하라는 샘터는 아닌 모양 같지만 우리는 늘 그렇게 하여 왔다.

"약수라니 많이 마셔. 약의 효험이나 좀 볼지 아나?"

"멋 때매?"

"멋 때매는? 정구 좀 잘 치게 되나 보려구 그러지."

이렇게 시끌덤벙 떠들던 샘가였다.

그런데 오늘 바위 언저리에는 조그만 표주박이 하나 놓여 있었다. 필시 그 할아버지가 갖다 놓아둔 것이 분명하였다.

25

"오늘부터 얌전히 마셔야 해."

"산신령님이 내려다보신다."

정말 한동안 음전[3]하게 앉아서 쉬었다. 그리고 그는 허리를 굽혀 표주박으로 물을 떴다. 그는 그것을 내 입가에 대어 주었다. 조용한, 낯선 표정을 하고 있었다. 나에게는 보이는 일이 없는, 자기 혼자만의 얼굴의 하나인 것 같았다.

나는 아주 조금만 마셨다. 그리고 얼굴을 들어 그를 바라다보고 있었다. 그는 나머지를 천천히 자기가 마셨다.

그리고 표주박을 있던 자리에 도로 놓았으나 아주 짧은 사이 어떤 강한 감정의 움직임이 그 얼굴을 휘덮은 것 같았다. 그는 내 쪽을 보지 않았다.

나는 돌연 형언하기 어려운 혼란 속에 빠져들어 갔으나 한 가지의 뚜렷한 감각을 놓쳐 버리지는 않았다. 그것은 기쁨이었다.

나는 라킷을 둘러메고 담장께로 걸어갔다.

〈오빠.〉

그는 나에게는 그런 명칭을 가진 사람이었다.

〈오빠.〉

그것은 나에게 있어 무리와 부조리의 상징 같은 어휘이다.

그 무리와 부조리에 얽힌 존재가 나다.

나는 키보다 높은 담장 위에서 뛰어내렸다. 그리고 뒤도 안 돌아보고 정원 안을 걸어갔다.

운동화를 벗어 들고 맨발로 걷는다. 까실까실하면서도 부드러운 잔디의 촉감이 신이나 양말을 신고 디딜 생각을 없이 한다.

"발바닥에 징을 박아 줄까? 어디든지 구두 안 신고 다니게 말야."

그는 옆에 있을 때면 이런 소리를 한다.

"맨발로 물 위를 걸으면 고향에 온 것 같아. 아니 내가 나 자신에게 돌아온 것 같은 그런 말이 드는 걸……."

나는 중얼중얼 그런 소리를 지껄이는 것이나 저녁 이맘때가 되면 별안간 거의 수습할 수 없을 만큼 감정이 엉클리곤 하므로 그 뒤로는 할멈처럼 입을 봉하

3) 말이나 행동이 의젓하고 점잖음

고 아무런 대꾸도 하질 않는다.

시무룩해 가지고 테라스 앞에 오면 – 그 안 넓은 방에 깔린 자색 양탄자, 이곳 저곳에 놓인 육중한 가구, 그 안에 깃들인 신비한 정적, 이런 것들을 넘겨다 보면 – 그리고 주위에 만발한 작약, 라일락의 향기, 짙어진 풀내가 한데 엉겨 뭉긋한 이 속에 와서 서면 – 나는 내 존재의 의미가 별안간 아프도록 뚜렷이 보랏빛 공기 속에 떠 있는 것을 보는 것이다.

내가 잠시 지녔던 유쾌함과 행복은 끝내 나의 것일 수는 없고, 그것은 그대로 실은 나의 슬픔과 괴로움이었다는 기묘한 도착(倒錯)[4]을, 나는 어떻게도 처리할 길이 없다.

오누이…….

동생…….

이런 말은 내 맘속에 혐오와 공포를 자아낸다.

싫다.

확실히 내가 느껴 온 기쁨과 즐거움은 이런 범주내에서 허용될 수 있는 것이 아니었다.

날마다 경험하는 이 보랏빛 공기 속에서의 도착은 참 서글픈 감촉을 갖고 있었다. 나는 그의 곁에 더 오래 머무를 용기조차 없어진다.

검은 눈을 끔껌벅이면서 그는 또 농담이라도 할 것이다. 내게 더 웃고 더 쾌활해지라고 무언중에 명령할 것이다.

그가 내게 해 줄 수 있는 일은 그것뿐이다.

오늘 나는 가슴속에 강렬한 기쁨을 안았던 까닭에 비참함도 더 한층 큰 것만 같았다.

나는 그곳에 한동안 서 있었다. 그리고 볼을 불룩하니 해 가지고 마루로 올라 갔다.

번들거리는 마룻바닥에 부연 발자국이 남아난다. 그렇게 마루가 더럽혀지는 것이 어쩐지 약간 기분 좋다. 몸을 씻고는 옷을 갈아입으면서 창으로 힐끗 내다 보았더니 그는 등나무 밑 걸상에 앉아 있었다. 무릎 위에 팔꿈을 짚고 월계 숲께

---

4) 상하가 거꾸로되어 어긋남

로 시선을 던진 모양이 무언지 고독한 자세 같아 보였다. 그도 조금은 괴로운 것
일까? 흠, 그러나 무슨 도리가 있담? 까닭 없이 그에 대해 잔인해지면서 나는 그
렇게 혼자말을 하였다.

나는 방에 불도 켜지 않고 밖에서 보이지 않을 구석에 가깝히 앉아 내다보고
있었다.

주위가 훨씬 어두워진 연에 그는 벤치에서 일어났다. 그리고 사라지기 전에
한참 내 창문께를 보며 서 있었다.

나는 어느때까지나 불을 켜지 않았다.

저녁을 먹으러 내려가지도 않았다.

그 대신에 그가 마시다 만 코오크의 잔을 집어들었다. 그리고 가깝히 입술을
대었다. 아까 그가 내가 마신 표주박에 입술을 대었듯이⋯⋯.

2

〈그〉를 무어라고 부르면 마땅할까.

오빠라고 불러야 한다는 것이 나의 운명이다.

재작년 늦겨울 새하얀 눈과 얼음에 뒤덮여서 서울의 집들이 마치 얼음 사탕
처럼 반짝이던 날 므슈 리에게 손목을 끌리다시피 하며 이곳에 도착한 나에게
엄마는 그를 이렇게 소개했다.

"숙희의 오빠애요. 인사를 해. 이름은 현규라고 하고."

저 진보랏빛 양탄자 위에 서서 나는 그의 얼굴을 바라보았다.

"문리과 대학의 수재란다. 우리 숙희두 시골서는 꽤 재원이라고들 하지만 서
울 왔으니까 좀 어리벙벙할 테지. 사이좋게 해 줘요."

엄마의 목소리는 가벼웠으나 눈에는 두려움이 어려 있는 것 같았다. 엄마는
열심히 청년의 큰 눈을 주시하고 있었다.

V네크의 다갈색 스웨터를 입고 그보다 엷은 빛깔의 셔츠 깃을 내 보인 그는,
짙은 눈썹과 미간 언저리에 약간 위압적인 느낌을 갖고 있었으나 큰 두 눈은 서
늘해 보였고, 날카로움과 동시에 자신(自信)에서 오는 너그러움, 침착함 같은 것
을 갖고 있는 듯해 보였다. 전체의 윤곽이 단정하면서도 억세고, 강렬한 성격의
사람일 것 같았다. 다만 턱과 목 언저리의 선이 부드럽고 델리캣하여 보였다.

'키도 어깨 폭도 표준형인 듯하고 – 흐웅, 우선 수재 비슷해 보이기는 하는 걸
– .'

하고 나는 마음 속으로 채점을 하였다. 물론 겉 보매만으로 사람을 평가할 만
큼 나는 어리석은 계집애는 아니었지만.

내가 그의 눈을 쏘아보자, 그는 눈이 부신 사람 같은 표정을 하면서 입술 한쪽
으로 조금 웃었다. 그것은 약간 겸연쩍은 것 같기도 하였지만, 혼자 고소[5]하고
있는 것 같이도 보였다. 자기를 재어 보고 있는 내 맘속을 환히 들여다보는 때문
일까? 그러자 나는 반대로 날카로운 관찰을 당하고 있는 듯한 긴장을 느꼈다.

그러나 그는 지극히 단순한 태도로,

"참 잘 왔어요. 집이 이렇게 너무 쓸쓸해서 아주 좋지 못했는데……."

하고 한 손을 내밀어서 내 손을 잡았다.

나를 도무지 어린애로만 보았다는 증거일 게고 또 아마 엄마의 감정을 존중
한 결과였을 것이다.

아닌 게 아니라 엄마의 얼굴에는 일순 안도와 만족의 표정이 물결처럼 퍼져
갔다. 나는 이 청년이 엄마에게 어떤 존재인지를 짐작하였다. 말하자면 그들 인
공적(?) 모자 관계에 있어서는 항상 세심한 배려가 상호간에 베풀어져야 하는 것
이다.

므슈 리는 매우 대범한 성질이어서 만사를 복잡하게 받아들이지는 않는 것
같았다. 그는 그저 미소를 띠고 우리를 바라다볼 뿐이고, 내가 고단할 게라는 소
리를 몇 번이나 하였다.

어쨌든 그는 그로부터 나를 숙희라고, 쉽고도 간단하게 불러오고 있다.

"헤이, 숙!"

하기도 한다. 그리고 나에게 무조건 관대하였다. 지나칠 만큼. 그래서 때로는
섭섭할 만큼.

그러므로 그가 이즈음 내 방에 와서 배가 고프다고 한다거나 손 같은 데에 약
을 발라 달라고 하게 된 것은 나에게는 대단히 귀중한 변화인 것이다.

그것은 어쨌든 내 편에서는 그를 오빠라고는 도저히 부를 수 없었다. 처음에

5) 쓴웃음

는 너무 생소하여서, 그리고 나중에는 또 다른 이유들로.

이것은 므슈 리를 아버지라고 부르기 어렵기보다는 몇 갑절이나 힘든 일이었다. 나는 자기가 대단한 고집쟁이인지, 또는 부끄럼쟁이인지 분간할 수 없다. 나의 이런 곤란을 그도 엄마도 어느 정도 알고 있는 모양으로 요즈음은 내가 그 말을 피하려고 이리저리 애를 쓰지 않고도 적당한 대답을 할 수 있도록 저 편에서 고려하여 말을 걸어 준다. 이런 의미에서 사양 없이 나를 곤경에 몰아넣곤 하는 것은 므슈 리 한 사람뿐이다.

서울 와서 일년 남짓 지내는 새에 나는 여러 모로 조금씩 달라진 것 같다. 멋을 내는 방법도 배웠고 키가 커지고 살결도 희어졌다. 지난 사월에는 미스 E여고에 당선되어서 하룻동안 학교의 퀸 노릇을 하였다. 바스트가 약간 모자랄 거라고 나는 생각하고 있었는데 압도적으로 표가 많이 나와서 내가 오히려 놀랐다. 엄마는 좋아서 어쩔 줄 몰랐고 므슈 리는 기막히게 비싼 팔목시계를 사 주었다.

그(현규)는 별 말을 하지 않았다. 농담조차 하지 않았다. 축하한다고 한번 그것도 아주 거북살스런 투로 말하고는 무언지 수줍은 것 같은 얼굴을 하고 있었다. 그런 것을 보니까 나는 썩 기분이 좋았다.

삶의 기쁨이란 말을 나는 이제 이해한다.

이 집의 공기는 안락하고 쾌적하고, 엄마와 므슈 리와의 관계로 하여 약간 로맨틱한 색채가 감돌고 있기도 하다. 서울의 중심에서 떨어진 S촌의 숲속의 환경도 내 마음에 들고, 므슈 리가 오래 전부터 혼자 살아 왔다는 담장이덩굴로 온통 뒤덮인 낡은 벽돌집도 기분에 맞는다.

그(현규)는 엄마에게 예절 바르고 친절하고, 므슈 리는 내가 건강하고 행복스런 얼굴만 하고 있으면 어느 때고 지극히 만족해 하고 있다. 그는 어느 사립 대학의 경제학 교수인데 약간 뚱뚱하고 약간 호인다워 보인다. 불란서와 아무 관계도 없는 그를 므슈라고 속으로 부르고 있는 까닭은 어느 불란서 영화에서 본 한 불쌍한 아버지의 모습과 그가 닮아 있기 때문이다. 므슈 리는 불쌍하지 않다. 오히려 지금은 참 행복하다. 그러나 이렇게 호의 덩어리 같은 사람은 자칫하면 ― 주위가 나쁘면 ― 엉망으로 불행해질 것 같이 보이는 것이다.

괴테의 베르테르 같은 청년의 비극에는 날카로운 아름다움이 있다. 그러나 우리 므슈 리 같은 타입의 슬픔에는 오직 비참만이 있을 듯하다. '우리 엄마가 그의 곁에 와 준 것은 얼마나 다행한 일이었을까!'

엄마는 줄곧 집에만 들어앉아 있으나 행복해 보였고 예부터 특징이던 부드러운 목소리가 한층 더 부드러워진 것 같다. 다만 엄마는 엄마의 행복에 대해서 한편으로 죄스러움 같은 것을 느끼고 있는 듯한 눈치로서 그래서 바깥으로 나다니지도 않고 큰 소리로 웃는 일도 없는 것 같았다. 그러나 그는 늘 고운 옷을 입고 있었고 엷게 화장을 하고 있었다. 이 일도 내 마음에 흡족하였다.

그러나 이곳에는 뜻하지 않은 괴로움이 또한 있었다. 현규에 대한 감정은 언제나 내 맘을 무겁게 하고 있다. 너무나 고통스럽게 여겨질 때에는 여기 오지를 말았더면 하고 혼자 중얼대는 일도 있다. 그러나 그 생각은 오래 가지 않는다. 나는 만약 내 생애에서 한 번도 그를 만나는 일이 없이 죽고 말 경우라는 것을 생각해 보면 가슴이 서늘해지기까지 한다. 아무 일도 이루어지지 않아도 좋았다. 나는 그를 만났다는 일만으로 세상의 어느 여자보다도 행복한 것이다.

그의 곁에서 호흡하고 있는 기쁨을 무엇으로 바꿀 수 있을까?

그러나 나는 여전히 슬프고 초조한 것도 사실이다. 정직히 말한다면 내 기분은 일분마다 달라진다.

므슈 리가 요즘 외국을 여행중인 것은 내게는 하나의 구원과도 같다.

아침마다 행복 그것 같은 얼굴로 인사를 하지 않아도 좋고 저녁마다 시간에 식당에 내려가지 않아도 좋기 때문이다.

"돌아오실 때까지 눈감아 줘, 응 엄마, 시간 지키는 거 나 질색인 줄 알잖우? 먹고 싶은 때 먹고 안 먹고 싶은 때 안 먹고 그렇게, 응?"

므슈 리가 떠나는 즉시로 나는 엄마에게 이렇게 교섭을 하였다. 사실 현규의 얼굴을 보는 일이 두려운 때가 점점 찾아오는 것만 같다.

그는 대개 엄마와 함께 저녁을 드는 모양이었다.

3

예절바른 그가 식당에서 엄마의 상대를 하고 있을 동안 나는 멍하니 창가에 앉아서 저물어 가는 하늘을 바라다보고 있다.

군데군데 작은 집들이 몰려 있는 촌락과, 풀숲과 번득이는 연못 같은 것들이 있는 넓은 들판 너머에 무겁게 빛나며 강이 흐르고 있다. 강은 날씨와 시간에 따라 푸라치니같이 반짝이기도 하고 안개처럼 온통 보얗게 흐려 버리기도 한다.

25
강신재

젊은 느티나무

하늘이 보랏빛으로부터 연한 잿빛으로 변하여 가는 무렵이면 그 강도 부드러운 회색 구름과 한덩이가 되었다.

나는 여러 가지 감정이 뒤범벅이 된 혼란 상태에서 자기를 건져내야 한다고 어두운 강물을 바라보며 늘 생각하는 것이었다. 마음 가는 대로 몸을 내맡길 수 없는 것이 나의 입장이고 또 그 마음 가는 일 자체에 대해서도 분열된 생각을 수습할 수가 없었다.

현규를 사랑한다는 일 가운데 죄의식은 없었다. 그런 것은 있을 수 없었다. 그러나 엄마와 므슈 리를 그런 의미에서 배반하는 것은 곧 네 사람 전부의 파멸을 의미하는 것이었다. 파멸이라는 말의 캄캄하고 무서운 음향 앞에 나는 떨었다.

이곳에 오기 전에 나는 시골 외할아버지 집에 있었다. 삼사 년 전까지는 엄마와도 함께, 그리고 그 후로는 할머니, 할아버지와 단 셋이서, 일하는 사람들은 여럿 있었고 과수원을 지키는 개도 여러 마리, 그 중에는 내가 특별히 귀여워한 진돗개 복동이도 있었지만 나는 언제나 못 견딜 만큼 적적하였다. 엄마가 서울로 떠난 후에는 마음이 막 쓰라린 것을 참아야 했지만 그 엄마가 같이 있었을 때에라도 나는 우리의 생활에서 마음 든든하다거나 정말로 유쾌하다거나 하는 느낌을 가져 본 일은 없다.

젊고 아름다운 엄마가 언제나 조용히 집안에서 세월을 보내고 있는 일은 내게 어떤 고통을 주었다. 그 무릎 위에는 늘 내게 지어 입힐 고운 헝겊 조각이나 털실 같은 것이 얹혀 있었지만, 그리고 그 입에서는 늘 나에 관한 이야기가 흘러 나왔지만 나는 그것이 불만이고 불안하기조차 하였다.

그런 걸 만들어 주지 않아도 좋으니 다른 애들 엄마처럼 집안 살림에 볶이어서 때로는 악도 쓰고 나더러 야단도 치고 어린애도 둘러 업고 다니고 ─ 말하자면 그녀 자신의 생활을 하고 있으면 나도 흐뭇할 것 같았다. 할아버지도 나에게와 마찬가지로 엄마에게도 그저 유하고 부드럽기만 하였다.

엄마의 그림자 같은 생활은 언제부터 시작되었는지 기억할 수 없다. 사변과 함께 우리가 시골 할아버지 댁으로 내려가던 때 그러니까 지금부터 십 년쯤 전에도 이미 그랬고 또 그보다 전 서울서 국민학교에 입학하던 즈음에도 역시 그런 느낌이던 것을 잊지 않고 있다.

〈아버지〉에 관하여 나는 아무것도 모른다. 〈돌아가셨다〉는 설명을 언젠가 들은 적이 있었으나 어쩐지 정말 같지 않다는 인상으로 남아 있었다. 사변 후에,

"너의 아버지는 돌아가셨다."

하고 할머니가 일러 주셨는데 이때의 말투에는 특별한 것이 깃들여 있어서 그 후로는 그것이 진심이거니 여기고 있다. 아마 나의 엄마와 아버지는 내가 아주 어릴 때부터 별거하고 있었고 그러는 사이 그들은 다시 만나는 일도 없이 사별하고 만 모양이었다. 어쨌든 나는 내 부친에 관해서 아무런 지식도 감정도 갖고 있지 않다. 〈윤〉이라는 내 성이 그로부터 물려받은 유일의 것이지만 흔한 성이라고 느낄 뿐이다.

므슈 리가 피난지에서 할아버지의 과수원을 찾아온 것은 어떤 경위를 지난 뒤였는지 나는 알 수 없다. 그날 나뭇가지에 걸터앉아서 사과를 베어먹고 있노라니까 좀 뚱뚱한 낯선 신사가 걸어왔다. 대문 앞에서 망설이듯이 멈추었다가 모자를 벗어 들고 걸어 들어왔다. 나무 밑을 지나갈 적에 사과씨를 떨구었더니 발을 멈추고 쳐다보았으나 웃지도 않고 그냥 가 버렸다. 도무지 어수선하기만 하다는 얼굴이었다. 나중에 방안에서 정식으로 인사를 하였는데 그때의 판단으로는 나무 위로부터 환영받은 일은 까맣게 기억하지 못하는 것 같았다.

그는 하룻밤 체류하지도 않고 되돌아갔다. 그리고 할아버지와 할머니에게는 대단히 중요한 의논 거리가 생긴 모양이었다. 밤에 가끔 사과밭 사이를 혼자 걷는 엄마를 보게 되었다.

므슈 리는 한 번 더 다녀갔다. 그리고 얼마 후에 엄마는 상경하였다.

"애초에 그렇게 혼인을 정했더면 애 고생을 안 시키는 걸……."

어느 날 옆방에서 할머니가 우시며 수군수군 그런 소리를 하시는 걸 듣고 놀랐다.

"그럼 우리 숙희는 안 태어났을 것 아뇨? 공연한 소릴……."

"그저 팔자 소관이죠. 경애가 생각을 잘못 먹었다느니보다도……."

애어멈이라고 하지 않고 그렇게 엄마의 이름을 대는 것을 듣고 나는 엄마의 젊은 시절을 생각하며 미소지었다.

그림자처럼 앉아서 내 블라우스 같은 것을 매만지는 엄마를 보는 서글픔은 이제 없어졌다. 엄마가 그럭저럭 행복해진 듯한 것은 기뻤으나 뼈저리게 쓸쓸한 것도 사실이었다. 나는 밤낮 커단 소리로 노래값 부르고 있었다. 산모퉁이 길을 학교에서 돌아오는 때에도 사과나무의 흰 꽃 밑에서, 또 빨간 봉선화가 핀 마당에서도,

"이애야, 그렇게 큰 소릴 내면 남들이 웃는다."

할머니는 가끔 진정으로 그런 소리를 하셨다. 재작년 늦은 겨울 므슈 리가 내려와서 나를 데려가겠다고 우겨댔을 때에 제일 놀란 사람은 나 자신이었다. 두 분 노인네도 더러 망설였다. 그러나 므슈 리의 끈기 있는 태도에 양보를 하는 수밖에 없는 눈치여서, 노인네들은 그만 풀이 없었다. 나는 므슈 리가 할머니 할아버지에게,

"무엇보다 엄마가 그걸 원하고 있으니까요. 말은 안 하지만 절실히 바라고 있는 걸 내가 아니까요."

하고, 열심히 이야기하는 것을 보다가 그만 싱그레 웃고 말았다. 나 보기에 할아버지 할머니는 이미 설복되어서, 므슈 리가 만약 그 연설을 잠시 끊기만 한다면 이내 대답을 할 것 같은데 그는 마치 그들이 결단코 나를 놓지는 않으리라고 굳이 믿는 사람처럼 애걸복걸을 하는 것이었다. 그가 말을 하면서 나를 힐끗 보았을 때 나는 조그맣게 끄떡여 보였다. 그랬더니 그는 말을 뚝 끊고 벙글 웃더니 손수건을 꺼내서 이마를 닦았다.

이래서 나는 서울 E여고로 전학을 하였다.

나는 생각한다.

므슈 리와 엄마는 부부이다. 내가 그를 아버지라고 부르기 어려운 것은 거의 그런 말을 발음해 본 적이 없는 습관의 탓이 크다.

나는 그를 좋아할 뿐더러 할아버지 같은 이로부터 느끼던 것의 몇 갑절이나 강한 보호 감정? 부친다움 같은 것도 느끼고 있다.

그러나 나는 그의 혈족은 아니다.

현규와도 마찬가지다. 그와 나는 그런 의미에서는 순전한 타인이다. 스물 두 살의 남성이고 열 여덟 살의 계집아이라는 것이 진실의 전부이다. 왜 나는 이 일을 그대로 알아서는 안 되는가?

나는 그를 영원히 아무에게도 주기 싫다. 그리고 나 자신을 다른 누구에게 바치고 싶지도 않다. 그리고 우리를 비끄러매는 형식이 결코 〈오누이〉라는 것이어서는 안 될 것을 알고 있다.

나는 또 물론 그도 나와 마찬가지로 같은 일을? 같은 즐거움일 수는 없으나 같은 이 괴로움을.

이 괴롬과 상관이 있을 듯한 어떤 조그만 기억, 어떤 조그만 표정, 어떤 조그

만 암시도 내 뇌리에서 사라지는 일은 없다. 아아, 나는 행복해질 수는 없는 걸까? 행복이란 사람이 그것을 위하여 태어나는 그 일을 말함이 아닌가?

초저녁의 불투명한 검은 장막에 싸여 짙은 꽃향기가 흘러든다. 침대 위에 엎드려서 나는 마침내 느껴 울고 만다.

4

"숙희야, 나 이런 것 주웠는데……."

일요일 아침 아래층으로 내려가니까 소파에 앉아 있던 엄마가 손에 쥐었던 봉투 같은 것을 들어 보였다.

"뭔데?"

나는 가까이 갔다.

그리고 좀 겸연쩍어졌지만 하는 수 없이,

"어디서 주웠소, 이걸?"

하면서, 손을 내밀어 그것을 잡으려고 하였다.

"잠깐……. 거기 좀 앉아 보아."

엄마는 짐짓 긴장한 낯빛을 감추려고 하면서 앞의 의자를 가갖켰다.

나는 속으로 픽 하고 웃음이 나왔으나 잠자코 거기에 가 걸터앉았다.

지수는 K장관의 아들이다. 언덕 아래 만리 장성 같은 우스꽝한 담을 둘러친 저택에 살고 있다. 현규랑 함께 정구를 치는 동무이고 어느 의과 대학의 학생인데 큼직큼직하고 단순하게 생겨 있었다. 지이프차에다가 유치원으로부터 고등학교까지의 동생들을 그득 싣고 자기가 운전을 하여 가곤 한다.

나도 두어 번 그 차를 얻어 탄 일이 있다. 한 번은 현규와 함께였으니까 사양할 것도 없었고 다른 한 번은 시내에서 돌아오는 길목이라 굳이 싫다는 것도 이상할 것 같아서 탔다.

"작은 학생들이 오늘은 하나도 없군요."

"나 있는 데까지 시간 안에 오는 놈은 태워 가지고 오고 그 밖엔 뿔뿔이 재주대로 돌아오깁니다. 기차나 마찬가지죠."

그러한 그가 걸맞지 않게 적이 섬세한 표현으로 러브레터를 써 보냈다고 해서 나는 우습게 생각하는 것은 아니다. 그러나 엄마의 엄숙한 표정은 역시 약간

넌센스가 아닐 수 없었다.

"글쎄, 이게 어디서 났을까?"

"등나무 밑 걸상에서."

"오라, 참 게다 났었군."

"오오라, 참이 아니야. 숙희는 만사에 좀더 조심성이 있어야 해요. 운동을 하구 난 담에두 그게 뭐야? 라킷은 밤낮 오빠가 치워놓던데."

흐흥 하고 나는 웃었다.

"편지 보낸 사람에게 첫째 미안한 일 아니야?"

"참 그래. 엄마 말이 옳아."

그리고 나는 편지를 잡아채었다.

"귀중한 물건인가? 엄마 좀 읽어 봄 안 되나?"

"읽어 봐두 괜찮아. 안 되는 거라면 게다 놔둘까? 감추지."

나는 조금 성가셔졌다.

"그럼 안심이군. 사실은 벌써 읽어 봤어."

"아이, 엄마두."

"그런데 엄마가 얘기하고 싶은 건 숙희가 자기 주위에 일어나는 일들을 ─ 이런 편지에 관한 거라든지 또 그 밖의 일들을, 혼자 처리하지 말고 그 요점갭이라도 엄마한테 의논해 주었으면 좋겠어. 그건 그렇게 해야만 하는 거야."

듣고 있는 사이에 나는 점점 우울해져서 잠시라도 속히 이 자리에서 떠나고 싶은 생각밖에는 없어졌다.

"엄마가 언제나 숙희 편에 서서 생각하리라는 건 알고 있겠지?"

"웅."

나는 선 대답을 해 놓고 천천히 밖으로 걸어나갔다.

〈엄마의 아들을 사랑하고 있어요.〉

이렇게 말한다면 엄마는 어떤 모양으로 내 편에 서 줄까?

엄마 힘에는 미치지 않는 일이었다. 므슈 리의 힘에도 미치지 않는 일이었다.

나는 편지를 주머니에 구겨 넣고 아침 이슬로 무릎까지 폭삭 적시면서 경사진 풀밭을 걸어 내려갔다. 되도록 사람을 만나지 않을 방향으로 ─ 멀리 늪이 바라다 보이는 쪽으로 천천히 걸음을 옮겨갔다. 아카시아의 숲이니 보리밭이니 잡목 곁을 지나갔다.

현규와의 사이는 요즘 어느때보다도 비관적인 상태에 놓여 있는 것 같았다. 나는 그와 마주치기를 피하고 있는 것 같았다. 나는 그와 마주치기를 피하고 있었다. 웃고 농담을 하고 아무것도 아닌 체 헤어지는 고통이 참기 어려운 것이다. 그가 예사 얘기를 하여도 나는 공연히 화를 냈다. 그러면 그는 상대를 안 해 주었다.

머리 위에서 새들이 우짖었다. 하늘은 깊은 바닷물 속 같이 짙푸르고 나무 잎새들은 빛났다. 여름이 무르익어 가고 있었다. 상수리 숲이 늪의 방향을 가려 버렸으므로 나는 풀 위에 앉아 턱을 괴고 생각에 잠겼다.

세계적인 발레리나가 되어 보석처럼 번쩍이면서 무대 위에서 그를 노려보아 줄까?(한 번도 귀담아 들은 적은 없지만 내 발레 선생은 늘 나에게 야심을 가지라고 충동을 한다.) 그러면 그는 평범한 못생긴 와이프를 데리고 보러 왔다가 가슴이 아파질 터이지. 아주 짧은 동안 그것은 썩 좋은 생각인 듯 내 맘속에 머물렀다. 그리고는 물거품처럼 사라져 없어졌다. 그리고는 이어 그에게 아무것도 바라지를 말고 식모처럼 그저 봉사만 하는 일에 감사를 느끼자는 생각이 떠올랐다. 그러자 슬픈 마음이 들기도 전에 발등 위로 눈물이 한 방울 굴러 떨어졌다.

나는 일어나서 돌아가려고 하였다. 그때 와삭거리고 풀 헤치는 소리가 등 뒤에서 나며 늘씬하게 생긴 세터가 한 마리 나타났다. 그 줄을 쥐고 지수가 걸어왔다. 건강한 체구에 연회색 스포츠 웨어가 잘 어울린다. 그의 뒤에서 열 살 전후의 사내애와 계집아이가 둘 장난을 치겐서 달려나왔다. 지수는 나를 보고 좀 당황한 듯하였으나 이내 흰 이를 보이고 웃으면서 다가왔다.

"안녕하셨어요? 산봅니까?"

"네, 돌아가는 길이애요."

아이들은 우리를 새에 두고 떠들어대면서 잡기 내기를 한다. 지수는 한 아이를 붙들어 세터를 맨 줄을 들려주고는 어서 앞으로들 가라고 손짓하였다.

우리는 잠자코 한동안 함께 걸었다. 아카시아의 숲새 길에서 그는 앞을 향한 채 불쑥,

"편지 보아 주셨소?"

하고, 겸연쩍은 듯한 소리를 내었다.

"네."

"회답은 안 주세요?"

나는,

"네. 어떻게 써야 할지 모르겠어요."

했다.

그는 성급하게 고개를 끄떡거렸다. 귀가 좀 빨개진 것 같았다.

"그러나 여하간 제 의사를 알아주시긴 했겠죠?"

나는 그렇다고 하였다. 그리고 이야기를 끝내기 위해서 현규가 가까이 또 정구를 치자고 하더라는 말을 했다.

"네, 가죠."

그도 단번에 기운을 회복하며 대답하였다.

그는 휘파람을 불기 시작했다. 그의 휘파람을 들으며 집 가까이까지 왔다.

"오늘 대단히 기뻤습니다. 감사합니다."

그는 조금 슬픈 어조로 인사를 하였다. 그리고 내 어깨로 기어오르는 풀벌레를 떨구어 주었다.

"안녕히 가세요. 그리구 연습 많이 하세요. 저희들 팀은 아주 세졌으니깐요."

그는 다른 일을 생각하고 있는 듯 입술을 문 채 끄떡끄떡 하였다.

잡석을 접은 좁단 층계를 뛰어오르자, 나는 곧장 내 방으로 올라갔다. 지수가 하듯이 휘파람을 불고 있었다. 어쨌건 기운을 잃어서는 안 된다는 생각이었다. 내 팔뚝이나 스커어트에는 아직도 풀과 이슬의 냄새가 묻어 있는 듯했다. 나는 기운차게 반쯤 열린 도어를 밀치고 들어선다.

뜻밖에도 거기에는 현규가 이쪽을 보며 서 있었다. 내가 없을 때에 그렇게 들어오는 일이 없는 그라 해서 놀란 것은 아니었다. 그는 몹시 화를 낸 얼굴을 하고 있었다. 너무도 맹렬한 기세에 나는 주춤한 채 어떻게 할지를 모르고 있었다.

"어딜 갔다 왔어?"

낮은 목소리에 힘을 주고 말한다.

"……."

"편지를 거기 둔 건 나 읽으라는 친절인가?"

그는 한 발 한 발 다가와서, 내 얼굴이 그 가슴에 닿을 만큼 가까이 섰다.

"……."

"어디 갔다 왔어?"

나는 입을 꼭 다물었다.

죽어도 말을 할까 보냐고 생각했다.

별안간 그의 팔이 쳐들리더니 내 뺨에서 찰각 소리가 났다.

화끈하고 불이 일었다. 대번에 눈물이 빙글 돌았으나 그는 거들떠보지도 않고 방을 나가 버렸다.

나는 멍청하니 창 밖으로 시선을 던졌다.

연회색 셔츠를 입은 지수가 숲새 길을 걸어가고 있는 것이 보였다. 그리고 조금 전에 지수가 풀벌레를 털어 주던 자리도 손에 잡힐 듯이 내려다보였다.

전류 같은 것이 내 몸 속을 달렸다. 나는 깨달았다. 현규가 그처럼 자기를 잃은 까닭을. 부풀어오르는 기쁨으로 내 가슴은 금방 터질 것 같았다. 나는 침대 위에 몸을 내던졌다. 그리고 새우처럼 팔다리를 꼬부려 붙였다. 소리내며 흐르는 환희의 분류가 내 몸 속에서 조금도 새어나가지 못하도록.

5

나는 어떻게 하면 좋을까?

밤에 우리는 어두운 숲 속을 산보하였다.

어두운 숲 속에서 우리는 손을 잡고 걸었다.

그리고 나는 그에게 안겨 버렸다.

나는 어떻게 하면 좋을까?

어떻게 해야 할지 점점 더 알 수 없어진다.

여하간 나는 숲 속에 가는 일을 그만두어야 한다.

지금 확실히 말할 수 있는 일은 그것뿐이다.

학교에서 돌아오니까 엄마가 기다린다고 안방으로 가라고 했다. 요즈음 인사도 않고 나가고 들어오던 나는 우선 가슴이 철컥 내려앉았다.

"인제 오니? 그런데 얼굴이 파랗구나. 어디 나쁜 것 아닌가?"

엄마는 내 이마에 손을 얹어 보았다.

"오빠는 밤 늦어야 돌아오고 숙희도 이렇게 부르지 않음 보기 어렵고……."

엄마는 조금 웃었다. 아무것도 알지 못하는 웃음 같았다.

"…… 편지가 왔는데 어쩌면 엄마가 미국에 가야 할지 모르겠어. 그렇게 되면 일 년이나 아마 그쯤은 못 돌아올 것 같은데 숙희하고 오빠를 버리고 가기도 어렵고……. 그래 싫다고 몇 번이나 회답을 냈지만…….

엄마는 조금 외면을 하였다.

"어떨까? 오빠는 찬성을 해 주었는데."

그러면서 내 눈 속을 들여다보았다.

"나도 좋아요."

우리는 그러면 구체적으로 어떻게 할지는 내일이라도 의논하지. 큰댁 할머니더러 와 계셔 달랄까? 그래도 미덥잖긴 마찬가지고…….

큰댁의 꼬부랑 할머니는 사실 오나 마나 마찬가지였다. 엄마가 없는 이 집에서 어떤 일이 일어나려고 하는 걸까?

현규와 단 둘이 있어야 할 일을 생각하니 얼굴에서 핏기가 가시었다. 아무도 막아낼 수 없는, 운명적인 사건이, 이미 숲속에 가지 않는 것쯤으로는 어찌할 수도 없는 벅찬 일이 생기고야 말 것이다.

잠을 잘 수 없었다. 내 온 신경은 가엾은 상처처럼 어디를 조금만 건드려도 피를 흘렸다.

며칠이 지나니까 나는 더 견딜 수 없어졌다. 할머니한테 갔다 온다고 우겨대어서 서울을 떠났다.

다시는 그곳에 돌아가지 않으리라고 결심하였다. 다시는 학교에 다니지도 않으리라고 마음먹었다. 내 삶은 일단 여기서 끝막았다고 그렇게 생각을 가져야만 이 모든 일이 수습될 것 같이 여겨졌다. 그것은 칼로 살을 도려내는 듯한 아픔이었다. 그러나 다른 무슨 일을 내 머리로 생각해 낼 수 있었을까?

날이면 날마다 나는 뒷산에 올라갔다. 한 시간 남짓한 거리에 여승들의 절이 있다. 나는 절이라는 곳이 몹시 싫었으나 거기를 좀더 지나가겐 맘에 드는 장소가 나타났다. 들장미의 덤불과 젊은 나무들의 초록이 바람을 바로 맞는 등성이였다.

바람을 받으면서 앉아 있곤 하였다. 젊은 느티나무의 그루 사이로 들장미의 엷은 훈향이 흩어지곤 하였다.

터키즈블루의 원피스 자락 위에 흰 꽃잎은 찬란한 하늘 밑에서 이내 색이 바래고 초라하게 말려들었다.

그리고 있다가 시선을 들었다. 다음 찰나에 나는 나도 모르게 일어서 있었다.

현규였다.

그는 급한 비탈을 올라오고 있었다. 입을 일자로 다물고 언젠가처럼 화를 낸 것 같은 얼굴이었다. 아니 일자로 다문 입은 좀 슬퍼 보여서 화를 낸 것 같은 얼굴은 아니었다.

그가 이삼 미터의 거리까지 와서 멈추었을 때 나는 내 몸이 저절로 그 편으로 내달은 것 같은 착각을 느꼈다. 사실은 그와 반대로 젊은 느티나무 둥치를 붙든 것이었다.

"그래, 숙희, 그 나무를 놓지 말어. 놓지 말고 내 말을 들어."

그는 자기도 한두 걸음 뒤로 물러서면서 말하였다. 그 얼굴에는 무언지 참담한 것이 있었다.

"숙희는 돌아와서 학교에 가야 해. 무엇이고 다 잊고 공부를 해야 해. 나도 그렇게 할 작정이니까. 우리는 헤어져 있어야 해. 헤어져서 공부해야 해. 어머니가 떠나시려면 비용도 들 테니까 집은 남 빌려 주자고 말씀드렸어. 내가 갈 곳도 생각해 놓고. 숙희도 어머니 친구 댁에 가 있으면 될 거야. 그렇게 헤어져 있어야 하지만, 숙희, 우리에겐 길이 없는 것은 아니야. 내 말을 알아 들어줄까?"

그는 두 발로 땅을 꾹 딛고 서서 말하였다. 나는 느티나무를 붙들고 가늘게 떨고 있었다.

"그때 숲 속에서의 일은 우리에게는 어찌할 수도 없는 진실이었다. 우리는 이 일을 부정하고는 살아가지도 못할 게다. 우리는 만나기 위해서 헤어지는 것이야. 우리에겐 길이 없지 않어. 외국엘 가든지……."

그는 부르쥔 손등으로 얼굴을 닦았다.

"내 말을 알어 줄까, 숙희?"

나는 눈물을 그득 담고 끄덕여 보였다. 내 삶은 끝나 버린 것이 아니었다. 나는 그를 더 사랑하여도 되는 것이었다.

"이제는 집에 돌아오겠다고 약속해 주겠지? 내일이건 모레건 되도록 속히……."

나는 또 끄덕여 보였다.

"고마워, 그럼."

그는 억지로처럼 조금 미소하였다.

그리고 빙글 몸을 돌려 산비탈을 달려 내려갔다.

바람이 마주 불었다.

나는 젊은 느티나무를 안고 웃고 있었다. 펑펑 울면서 온 하늘로 퍼져 가는 웃음을 웃고 있었다. 아아, 나는 그를 더 사랑하여도 되는 것이었다.

해답

1. 젊고 싱그러운 사랑   2. 느티나무로 표상되는 초록색은 주인공의 미래가 밝고 희망적으로 전개될 것을 암시한다.

26

서울, 1964년 겨울, 김승옥

김승옥(金承鈺, 1941~　) ●● 일본 오사카에서 태어났으나 전남 순천에서 어린 시절을 보냈다. 바닷가의 체험은 나중에 그의 소설의 주요 모티프가 되었다. 대학 시절 〈산문 시대〉 동인으로 활동하면서 김현, 최하림, 이청준, 서정인 들과 교류하였는데, 이 동인들은 이후 우리 문학의 주된 산맥이 되었다. 〈한국일보〉 신춘 문예에 〈생명 연습(生命練習)〉이 당선되면서 등단하였다. 도시적 삶에 적응하려는 모습을 그린 작품이 많았는데, 그 대표작이 〈서울, 1964년 겨울〉 〈무진 기행〉 〈누이를 이해하기 위하여〉 〈건〉 〈환상 수첩〉 등이다. 그 밖에 〈역사〉 〈내가 훔친 여름〉 〈60년대식〉 〈야행〉 등을 잇따라 발표하여 문학적 성과를 쌓았다.

26

서울, 1964년 겨울, 김승옥

1964년 겨울을 서울에서 지냈던 사람이라면 누구나 알고 있겠지만, 밤이 되면 거리에 나타나는 선술집 ― 오뎅과 군참새와 세 가지 종류의 술등을 팔고 있고, 얼어붙은 거리를 휩쓸며 부는 차가운 바람이 펄럭거리게 하는 포장을 들치고 안으로 들어서게 되어 있고, 그 안에 들어서면 카바이드[1] 불의 길쭉한 불꽃이 바람에 흔들리고 있고, 염색한 군용(軍用) 잠바를 입고 있는 중년 사내가 술을 따르고 안주를 구워 주고 있는 그러한 선술집에서, 그날 밤, 우리 세 사람은 우연히 만났다. 우리 세 사람이란 나와 도수 높은 안경을 쓴 안(安)이라는 대학원 학생과 정체를 알 수 없었지만 요컨대 가난뱅이라는 것만은 분명하여 그의 정체를 꼭 알고 싶다는 생각은 조금도 나지 않는 서른 대여섯 살짜리 사내를 말한다. 먼저 말을 주고받게 된 것은 나와 대학원생이었는데, 뭐 그렇고 그런 자기 소개가 끝났을 때는 나는 그가 안씨라는 성을 가진 스물다섯 살짜리 대한민국 청년, 대학 구경을 해보지 못한 나로서는 상상이 되지 않는 전

1) 물과 작용하면 가스를 발생하는 고체 탄화칼슘

공(專攻)을 가진 대학원생, 부잣집 장남이라는 걸 알았고, 그는 내가 스물다섯 살짜리 시골 출신, 고등학교는 나오고 육군 사관학교를 지원했다가 실패하고 나서 군대에 갔다가 임질에 한 번 걸려 본 적이 있고, 지금은 구청 병사계(兵事係)에서 일하고 있다는 것을 아마 알았을 것이다.

자기 소개는 끝났지만, 그리고 나서는 서로 할 얘기가 없었다. 잠시 동안은 조용히 술만 마셨는데, 나는 새카맣게 구워진 참새를 집을 때 할 말이 생겼기 때문에 마음속으로 군참새에게 감사하고 나서 얘기를 시작했다.

"안 형, 파리를 사랑하십니까?"

"아니오. 아직까진……" 그가 말했다. "김 형은 파리를 사랑하세요?"

"예."

라고 나는 대답했다.

"날 수 있으니까요. 아닙니다. 날 수 있는 것으로서 동시에 내 손에 붙잡힐 수 있는 것이니까요. 날 수 있는 것으로서 손안에 잡아본 것이 있으세요?"

"가만 계셔 보세요."

그는 안경 속에서 나를 멀거니 바라보며 잠시 동안 표정을 꼼지락거리고 있었다. 그리고 말했다. "없어요. 나도 파리밖에는……."

낮엔 이상스럽게도 날씨가 따뜻했기 때문에 길은 얼음이 녹아서 흙물로 가득했었는데 밤이 되면서부터 다시 기온이 내려가고 흙물은 우리의 발밑에서 다시 얼어붙기 시작했다. 쇠가죽으로 지어진 내 검정 구두는 얼고 있는 땅바닥에서 올라오고 있는 찬 기운을 충분히 막아내지 못하고 있었다. 사실 이런 술집이란, 집으로 돌아가는 길에 잠깐 한잔하고 싶은 생각이 든 사람이나 들어올 데지, 마시면서 곁에 선 사람과 무슨 얘기를 주고받을 데는 되지 못하는 곳이다. 그런 생각이 문득 들었지만 그 안경쟁이가 때마침 나에게 기특한 질문을 했기 때문에 나는 '이 놈 그럴 듯하다'고 생각되어 추위 때문에 저려 드는 내 발바닥에 조금만 참으라고 부탁했다.

"김 형, 꿈틀거리는 것을 사랑하십니까?"

하고 그가 내게 물었던 것이다.

"사랑하구 말구요."

나는 갑자기 의기 양양해져서 대답했다. 추억이란 그것이 슬픈 것이든지 기쁜 것이든지 그것을 생각하는 사람을 의기 양양하게 한다. 슬픈 추억일 때는 고즈

넉이 의기 양양해지고 기쁜 추억일 때는 소란스럽게 의기 양양해진다.

"사관학교 시험에서 미역국을 먹고 나서도 얼마 동안, 나는 나처럼 대학 입학 시험에 실패한 친구 하나와 미아리에 하숙하고 있었습니다. 서울은 그때가 처음이었죠, 장교가 된다는 꿈이 깨어져서 나는 퍽 실의에 빠져 있었습니다. 그때 영영 실의해 버린 느낌입니다. 아시겠지만 꿈이 크면 클수록 실패가 주는 절망감도 대단한 힘을 발휘하더군요. 그 무렵 재미를 붙인 게 아침의 만원된 버스간이었습니다. 함께 있는 친구와 나는 하숙집의 아침 밥상을 밀어 놓기가 바쁘게 미아리 고개 위에 있는 버스 정류장으로 달려갑니다. 개처럼 숨을 헐떡거리면서 말입니다. 시골에서 처음으로 서울에 올라온 청년들의 눈에 가장 부럽고 신기하게 비치는 게 무언지 아십니까? 부러운 건 뭐니뭐니 해도, 밤이 되면 빌딩들의 창에 켜지는 불빛, 아니 그 불빛 속에서 이리저리 움직이고 있는 사람들이고, 신기한 건 버스간 속에서 일 센티미터도 안 되는 간격을 두고 자기 곁에 예쁜 아가씨가 서 있다는 사실입니다. 때로는 아가씨들과 팔목의 살을 대고 있기도 하고 허벅다리를 비비고서 있을 수도 있어서 그것 때문에 나는 하루 종일 시내 버스를 이것저것 갈아타면서 보낸 적도 있습니다. 물론 그날 밤에는 너무 피로해서 토했습니다만……."

"잠깐, 무슨 얘기를 하시자는 겁니까?"

"꿈틀거리는 것을 사랑한다는 얘기를 하려던 참이었습니다. 들어보세요. 그친구와 나는 출근 시간의 만원 버스 속을 스리꾼들처럼 안으로 비집고 들어갑니다. 그리고 자리를 잡고 앉아 있는 젊은 여자 앞에 섭니다. 나는 한 손으로 손잡이를 잡고 나서, 달려오느라고 좀 멍해진 머리를 올리고 있는 손에 기댑니다. 그리고 내 앞에 앉아 있는 여자의 아랫배 쪽으로 천천히 시선을 보냅니다. 그러면 처음엔 얼른 눈에 뜨이지 않지만 시간이 조금 가고 내 시선이 투명해지면서부터 나는 그 여자의 아랫배가 조용히 오르내리는 것을 볼 수 있습니다……."

"오르내린다는 건……호흡 때문에 그러는 것이겠죠?"

"물론입니다. 시체의 아랫배는 꿈쩍도 하지 않으니까요. 하여튼…… 나는 그 아침의 만원 버스간 속에서 보는 젊은 여자 아랫배의 조용한 움직임을 보고 있으면 왜 그렇게 마음이 편안해지고 맑아지는지 모르겠습니다. 나는 그 움직임을 지독하게 사랑합니다."

"퍽 음탕한 얘기군요."

라고 안은 기묘한 음성으로 말했다. 나는 화가 났다. 그 얘기는, 내가 만일 라디오의 박사 게임 같은 데에 나가게 돼서 '세상에서 가장 신선한 것은?'이라는 질문을 받게 되었을 때, 남들은 상추니 오월의 새벽이니 천사의 이마니 하고 대답하겠지만 나는 그 움직임이 가장 신선한 것이라고 대답하려니 하고 일부러 기억해 두었던 것이었다.

"아니 음탕한 얘기가 아닙니다."

나는 강경한 태도로 말했다.

"그 얘기는 정말입니다."

"음탕하지 않다는 것과 정말이라는 것 사이엔 어떤 관계가 있죠?"

"모르겠습니다. 관계 같은 것은 난 모릅니다. 요컨대……."

"그렇지만 고 동작은 '오르내린다'는 것이지 꿈틀거린다는 것은 아니군요. 김 형은 아직 꿈틀거리는 것을 사랑하지 않으시구먼."

우리는 다시 침묵 속으로 떨어져서 술잔만 만지작거리고 있었다. 개새끼, 그게 꿈틀거리는 게 아니라고 해도 괜찮다, 하고 나는 생각하고 있었다. 그런데 잠시 후에 그가 말했다.

"난 지금 생각해 봤는데, 김 형의 그 오르내림도 역시 꿈틀거림의 일종이라는 결론을 얻었습니다."

"그렇죠?"

나는 즐거워졌다.

"그것은 틀림없는 꿈틀거림입니다. 난 여자의 아랫배를 가장 사랑합니다. 안 형은 어떤 꿈틀거림을 사랑합니까?"

"어떤 꿈틀거림이 아닙니다. 그냥 꿈틀거리는 거죠. 그냥 말입니다. 예를 들면 ……데모도 ……."

"데모가? 데모를? 그러니까 데모……."

"서울은 모든 욕망의 집결지입니다. 아시겠습니까?"

"모르겠습니다."

라고 나는 할 수 있는 한 깨끗한 음성을 지어서 대답했다.

그 때 우리의 대화는 또 끊어졌다. 이번엔 침묵이 오래 계속되었다. 나는 술잔을 입으로 가져갔다. 내가 잔을 비우고 났을 때 그도 잔을 입에 대고 눈을 감고 마시고 있는 게 보였다. 나는 이젠 자리를 떠나야 할 때가 되었다고 다소 서글픈 기분으로 생각했다. 결국 그렇고 그렇다. 또 한 번 확인된 것에 지나지 않다고 생각하면서, '자 그럼 다음에 또……'라고 말할까 '재미있었습니다'라고 말할까, 궁리하고 있는데 술잔을 비운 안이 갑자기 한 손으로 내 한쪽 손을 살며시 잡으면서 말했다.

"우리가 거짓말을 하고 있었다고 생각하지 않으십니까?"

"아니오." 나는 좀 귀찮은 생각이 들었다.

"안 형은 거짓말을 했는지 모르지만 내가 한 얘기는 정말이었습니다."

"난 우리가 거짓말을 하고 있었던 것 같은 느낌이 듭니다."

그는 붉어진 눈두덩을 안경 속에서 두어 번 끔벅거리고 나서 말했다.

"난 우리 또래의 친구를 새로 알게 되면 꼭 꿈틀거림에 대한 얘기를 하고 싶어집니다. 그래서 얘기를 합니다. 그렇지만 얘기는 오 분도 안 돼서 끝나 버립니다."

나는 그가 무슨 이야기를 하고 있는지 알 듯하기도 했고 모를 것 같기도 했다.

"우리 다른 얘기합시다."

하고 그가 다시 말했다.

나는 심각한 얘기를 좋아하는 이 친구를 골려 주기 위해서, 그리고 한편으로는 자기의 음성을 자기가 들을 수 있는 취한 사람의 특권을 맛보고 싶어서 얘기를 시작했다.

"평화 시장 앞에서 줄지어 선 가로등 중에서 동쪽으로부터 여덟 번째 등은 불이 켜져 있지 않습니다……."

나는 그가 좀 어리둥절해 하는 것을 보자 더욱 신이 나서 얘기를 계속했다.

"…… 그리고 화신 백화점 육 층의 창들 중에서는 그 중 세 개에서만 불빛이 나오고 있었습니다.……"

그러자 이번엔 내가 어리둥절해질 사태가 벌어졌다. 안의 얼굴에 놀라운 기쁨이 발하기 시작했기 때문이다.

그가 빠른 말씨로 얘기하기 시작했다.

"서대문 버스 정류장에는 사람이 서른두 명 있는데 그 중 여자가 열일곱 명이고 어린애는 다섯 명, 젊은이는 스물한 명, 노인이 여섯 명입니다."

"그건 언제 일이지요?"

"오늘 저녁 일곱 시 십오 분 현재입니다."

"아."

하고 나는 잠깐 절망적인 기분이었다. 그 반작용인 듯 굉장히 기분이 좋아져서 털어놓기 시작했다.

"단성사 옆골목의 첫번째 쓰레기통에는 초콜릿 포장지가 두 장 있습니다."

"그건 언제?"

"지난 십사일 저녁 아홉 시 현재입니다."

"적십자 병원 정문 앞에 있는 호도나무의 가지 하나는 부러져 있습니다."

"을지로 삼가에 있는 간판 없는 한 술집에는 미자라는 이름을 가진 색시가 다섯 명 있는데, 그 집에 들어온 순서대로 큰 미자, 둘째 미자, 셋째 미자, 넷째 미자, 막내 미자라고 합니다."

"그렇지만 그건 다른 사람들도 알고 있겠군요. 그 술집에 들어가 본 사람은 꼭 김 형 하나뿐이 아닐 테니까요."

"아 참, 그렇군요. 난 미처 그걸 생각하지 못했는데. 난 그 중에 큰 미자와 하룻저녁 같이 잤는데 그 여자는 다음날 아침 일수(日收)[2]로 물건을 파는 여자가 왔을 때 내게 팬티 하나를 사주었습니다. 그런데 그 여자가 저금통으로 사용하고 있는 한 되들이 빈 술병에는 돈이 백십 원 들어 있었습니다."

"그건 얘기가 됩니다. 그 사실은 완전히 김 형의 소유입니다."

우리의 말투는 점점 서로를 존중해 가고 있었다.

"나는……."

하고 우리는 동시에 말을 시작하기도 했다. 그럴 때는 번갈아서 서로 양보했다.

"나는……."

이번에는 그가 말할 차례였다.

"서대문 근처에서 서울역 쪽으로 가는 전차의 트롤리[3]가 내 시야에서 꼭 다섯 번 파란 불꽃을 튀기는 것을 보았습니다. 그건 오늘 밤 일곱 시 십오 분에 거길 지나가는 전차였습니다."

"안 형은 오늘 저녁엔 서대문 근처에서 살고 있었군요."

2) 하루 수입 3) 전차의 꼭대기에 전기를 통하게 하는 바퀴

"예 서대문 근처에서만……."

"난 종로 이가 쪽입니다. 영보 빌딩 안이 있는 변소 문의 손잡이 조금 밑에는 약 이 센티미터 가량의 손톱 자국이 있습니다."

하하하하, 하고 그는 소리 내어 웃었다.

"그건 김 형이 만들어 놓은 자국이겠지요?"

나는 무안했지만 고개를 끄덕이지 않을 수 없었다. 그건 사실이었다.

"어떻게 아세요?"

하고 나는 그에게 물었다.

"나도 그런 경험이 있으니까요."

그가 대답했다.

"그렇지만 별로 기분 좋은 기억이 못 되더군요. 역시 우리는 그냥 바라보고 발견하고 비밀히 간직해 두는 편이 좋겠어요. 그런 짓을 하고 나서는 뒷맛이 좋지 않더군요."

"난 그런 짓을 많이 했습니다만 오히려 기분이 좋았……."

좋았다고 말하려고 했는데, 갑자기 내가 했던 모든 그것에 대한 혐오감이 치밀어서 나는 말을 그치고 그의 의견에 동의하는 고갯짓을 해버렸다.

그러나 그 때 나는 이상스럽다는 생각이 들었다. 내가 약 삼십 분 전에 들은 말이 틀림없다면 지금 내 옆에서 안경을 번쩍이고 앉아 있는 친구는 틀림없는 부잣집 아들이고 높은 공부를 한 청년이다. 그런데 왜 그가 이래야만 되는가?

"안 형이 부잣집 아들이라는 것은 사실이겠지요? 그리고 대학원 학생이라는 것도……."

내가 물었다.

"부동산만 해도 대략 삼천만 원쯤 되면 부자가 아닐까요? 물론 내 아버지 재산이지만 말입니다. 그리고 대학원생이라는 건 여기 학생증이 있으니까……."

그러면서 그는 호주머니를 뒤적거리면서 지갑을 꺼냈다.

"학생증까진 필요 없습니다. 실은 좀 의심스러운 게 있어서요. 안형 같은 사람이 추운 밤에 싸구려 선술집에 앉아서 나 같은 친구나 간직할 만한 일에 대해서 얘기하고 있다는 것이 이상스럽다는 생각이 방금 들었습니다."

"그건 ……그건……."

그는 좀 열띤 음성으로 말했다.

"그건……그렇지만 먼저 물어 보고 싶은 게 있는데요. 김 형이 추운 밤에 밤거리를 다니는 이유는 무엇입니까?"

"습관은 아닙니다. 나 같은 가난뱅이는 호주머니에 돈이 좀 생겨야 밤거리에 나올 수 있으니까요."

"글쎄 밤거리에 나오는 이유는 무엇입니까?"

"하숙방에 들어앉아서 벽이나 쳐다보고 있는 것보다는 나으니까요."

"밤거리에 나오면 뭔가 좀 풍부해지는 느낌이 들지 않습니까?"

"뭐가요?"

"그 뭔가가. 그러니까 생(生)이라고 해도 좋겠지요. 김 형이 왜 그런 질문을 하는지 그 이유를 조금은 알 것 같습니다. 내 대답은 이렇습니다. 밤이 됩니다. 난 집에서 거리로 나옵니다. 난 모든 것에서 해방된 것을 느낍니다. 아니, 실제로는 그렇지 않을지도 모르지만 그렇게 느낀다는 말입니다. 김 형은 그렇게 안 느낍니까?"

"글쎄요."

"나는 사물의 틈에 끼여서가 아니라 사물을 멀리 두고 바라보게 됩니다. 안 그렇습니까?"

"글쎄요. 좀……."

"아니 어렵다고 말하지 마세요. 이를테면 낮엔 그저 스쳐 지나가던 모든 것이 밤이 되면 내 시선 앞에서 자기들의 벌거벗은 몸을 송두리째 드러내 놓고 쩔쩔 맨단 말입니다. 그런데 그게 의미가 없는 일일까요? 그런, 사물을 바라보며 즐거워한다는 일이 말입니다."

"의미요? 그게 무슨 의미가 있습니까? 난 무슨 의미가 있기 때문에 종로 이가에 있는 빌딩들의 벽돌 수를 헤아리는 일을 하는 게 아닙니다. 그냥……."

"그렇죠? 무의미한 겁니다. 아니 사실은 의미가 있는지도 모르지만 난 아직 그걸 모릅니다. 김 형도 아직 모르는 모양인데 우리 한번 함께 그거나 찾아볼까요. 일부러 만들어 붙이지는 말고요."

"좀 어리둥절하군요. 그게 안 형의 대답입니까? 난 좀 어리둥절한데요. 갑자기 의미라는 말이 나오니까."

"아 참, 미안합니다. 내 대답은 아마 이렇게 된 것 같군요. 그냥 뭔가 뿌듯해지는 느낌이 들기 때문에 밤거리로 나온다고."

그는 이번엔 목소리를 낮추어서 말했다.

"김 형과 나는 서로 다른 길을 걸어서 같은 지점에 온 것 같습니다. 만일 이 지점이 잘못된 지점이라고 해도 우리 탓은 아닐 거예요."

그는 이번엔 쾌활한 음성으로 말했다.

"자, 여기서 이럴 게 아니라 어디 따뜻한 데 가서 정식으로 한잔씩 하고 헤어집시다. 난 한 바퀴 돌고 여관으로 갑니다. 가끔 이렇게 밤거리를 쏘다니는 밤엔 꼭 여관에서 자고 갑니다. 여관엘 찾아든다는 프로가 내게는 최고죠."

우리는 각기 계산하기 위해서 호주머니에 손을 넣었다. 그때 한 사내가 우리에게 말을 걸어왔다. 우리 곁에서 술잔을 받아 놓고 연탄불에 손을 쬐고 있던 사내였는데, 술을 마시기 위해서 거기에 들어온 것이 아니라 불이 쬐고 싶어서 잠깐 들렀다는 꼴을 하고 있었다. 제법 깨끗한 코트를 입고 있었고 머리엔 기름도 얌전하게 발라서 카바이드의 불꽃이 너풀댈 때마다 머리칼의 하이라이트가 이리저리 움직이고 있었다. 그러나 어디선지는 분명하지는 않았지만 가난뱅이 냄새가 나는 서른 대여섯 살짜리 사내였다. 아마 빈약하게 생긴 턱 때문이었을까. 아니면 유난히 새빨간 눈시울 때문이었을까. 그 사내가 나나 안(安) 중의 어느 누구에게라고 할 것 없이 그냥 우리 쪽을 향하여 말을 걸어 온 것이다.

"미안하지만 제가 함께 가도 괜찮을까요? 제게 돈은 얼마 있습니다만……."

이라고 그 사내는 힘없는 음성으로 말했다.

그 힘없는 음성으로 봐서는 꼭 끼워 달라는 건 아니라는 것 같았지만, 한편으로는 우리와 함께 가고 싶은 생각이 간절하다는 것 같기도 했다. 나와 안은 잠깐 얼굴을 마주 보고 나서,

"아저씨 술값만 있다면……."

이라고 내가 말했다.

"함께 가시죠."

라고 안도 내 말을 이었다.

"고맙습니다."

하고 그 사내는 여전히 힘없는 음성으로 말하면서 우리를 따라왔다.

안은 일이 좀 이상하게 되었다는 얼굴을 하고 있었고, 나 역시 유쾌한 예감이 들지는 않았다. 술좌석에서 알게 된 사람끼리는 의외로 재미있게 놀게 되는 것을 몇 번의 경험으로 알고 있었지만, 대개의 경우, 이렇게 힘없는 목소리로 끼여

드는 양반은 없었다. 즐거움이 넘치고 넘친다는 얼굴로 요란스럽게 끼여들어야
만 일이 되는 것이었다. 우리는 갑자기 목적지를 잊은 사람들처럼 사방을 두리
번거리면서 느릿느릿 걸어갔다. 전봇대에 붙은 약 광고판 속에서는 예쁜 여자가
춥지만 할 수 있느냐는 듯한 쓸쓸한 미소를 띠고 우리를 내려다보고 있었고, 어
떤 빌딩의 옥상에서는 소주 광고의 네온사인이 열심히 명멸[4]하고 있었고, 소주
광고 곁에서는 약 광고의 네온사인이 하마터면 잊어버릴 뻔했다는 듯이 황급히
꺼졌다간 다시 켜져서 오랫동안 빛나고 있었고, 이젠 완전히 얼어붙은 길 위에
는 거지가 돌덩이처럼 여기저기 엎드려 있었고, 그 돌덩이 앞을 사람들이 힘껏
웅크리고 빠르게 지나가고 있었다. 종이 한 장이 바람에 쉭 날리어 거리의 저쪽
에서 이쪽으로 날아오고 있었다. 그 종잇조각은 내 발밑에 떨어졌다. 나는 그 종
잇조각을 집어들었는데 그것은 '미희(美姬) 서비스, 특별 염가(特別廉價)'라는
것을 강조한 어느 비어 홀의 광고지였다.

"지금 몇 시쯤 되었습니까?"

라고 힘없는 아저씨가 안에게 물었다.

"아홉 시 십 분 전입니다."

라고 잠시 후에 안이 대답했다.

"저녁들은 하셨습니까? 난 아직 저녁을 안 했는데, 제가 살 테니까 같이 가시
겠어요?"

하고 힘없는 아저씨가 이번엔 나와 안을 번갈아 보며 말했다.

"먹었습니다."

하고 나와 안은 동시에 대답했다.

"혼자서 하시죠."

라고 내가 말했다.

"그만두겠습니다."

힘없는 아저씨가 대답했다.

"하세요. 따라가 드릴 테니까요."

안이 말했다.

4) 켜졌다 꺼졌다 함 / 깜박거림

"감사합니다. 그럼……."

우리는 근처의 중국 요릿집으로 들어갔다. 방으로 들어가서 앉았을 때, 아저 씨는 또 한 번 간곡하게 우리가 뭘 좀 들 것을 권했다. 우리는 또 한 번 사양했다. 그는 또 권했다.

"아주 비싼 걸 시켜도 괜찮겠습니까?"

라고 나는 그의 권유를 철회시키기 위해서 말했다.

"네, 사양 마시고."

그가 처음으로 힘있는 목소리로 말했다.

"돈을 써 버리기로 결심했으니까요."

나는 그 사내에게 어떤 꿍꿍이속이 있는 것만 같은 느낌이 들어서 좀 불안했 지만, 통닭과 술을 시켜 달라고 했다. 그는 자기가 주문한 것 외에 내가 말한 것 도 사환에게 청했다. 안은 어처구니없는 얼굴로 나를 보았다. 나는 그때 마침 옆 방에서 들려오고 있는 여자의 불그레한 신음 소리를 듣고만 있었다.

"이 형도 뭘 좀 드시죠?"

라고 아저씨가 안에게 말했다.

"아니 전……."

안은 술이 다 깬다는 듯이 펄쩍 뛰고 사양했다.

우리는 조용히 옆방의 다급해져 가는 신음 소리에 귀를 기울이고 있었다. 전 차의 끽끽거리는 소리와 홍수 난 강물 소리 같은 자동차들의 달리는 소리도 희 미하게 들려 오고 있었고 가까운 곳에선 이따금 초인종 울리는 소리도 들렸다. 우리의 방은 어색한 침묵에 싸여 있었다.

"말씀드리고 싶은 게 있는데요."

마음씨 좋은 아저씨가 말하기 시작했다.

"들어 주시면 고맙겠습니다……오늘 낮에 제 아내가 죽었습니다. 세브란스 병원에 입원하고 있었는데……."

그는 이젠 슬프지도 않다는 얼굴로 우리를 빤히 쳐다보며 말하고 있었다.

"네에에."

"그거 안되셨군요."

라고 안과 나는 각각 조의를 표했다.

"아내와 나는 참 재미있게 살았습니다. 아내가 어린애를 낳지 못하기 때문에 시간은 몽땅 우리 두 사람의 것이었습니다. 돈은 넉넉하지 못했습니다만 그래도 돈이 생기면 우리는 어디든지 같이 다니면서 재미있게 지냈습니다. 딸기철엔 수원에도 가고, 포도철에 안양에도 가고, 여름이면 대천에도 가고, 가을엔 경주에도 가보고, 밤엔 영화 구경, 쇼 구경하러 열심히 극장에 쫓아다니기도 했습니다……"

"무슨 병환이셨던가요?"

하고 안이 조심스럽게 물었다.

"급성 뇌막염이라고 의사가 그랬습니다. 아내는 옛날에 급성 맹장염 수술을 받은 적도 있고, 급성 폐렴을 앓은 적도 있다고 했습니다만 모두 괜찮았는데 이번의 급성엔 결국 죽고 말았습니다…… 죽고 말았습니다."

사내는 고개를 떨구고 한참 동안 무언지 입을 우물거리고 있었다. 안이 손가락으로 내 무릎을 찌르며 우리는 꺼지는 게 어떻겠느냐는 눈짓을 보냈다. 나 역시 동감이었지만 그때 그 사내가 다시 고개를 들고 말을 계속했기 때문에 우리는 눌러 앉아 있을 수밖에 없었다.

"아내와는 재작년에 결혼했습니다. 우연히 알게 되었습니다. 친정이 대구 근처에 있다는 얘기만 했지 한 번도 친정과는 내왕이 없었습니다. 난 처갓집이 어딘지도 모릅니다. 그래서 할 수 없었어요."

그는 다시 고개를 떨구고 입을 우물거렸다.

"뭘 할 수 없었다는 말입니까?"

내가 물었다. 그는 내 말을 못 들은 것 같았다. 그러나 한참 후에 다시 고개를 들고 마치 애원하는 듯한 눈빛으로 말을 이었다.

"아내의 시체를 병원에 팔았습니다. 할 수 없었습니다. 난 서적 외판원에 지나지 않습니다. 할 수 없었습니다. 돈 사천 원을 주더군요. 난 두 분을 만나기 얼마 전까지도 세브란스 병원 울타리 곁에 서 있었습니다. 아내가 누워 있을 시체실이 있는 건물을 알아보려고 했습니다만 어딘지 알 수 없었습니다. 그냥 울타리 곁에 앉아서 병원의 큰 굴뚝에서 나오는 희끄무레한 연기만 바라보고 있었습니다. 아내는 어떻게 될까요? 학생들이 해부 실습하느라고 톱으로 머리를 가르고 칼로 배를 째고 한다는데 정말 그러겠지요?"

우리는 입을 다물고 있을 수밖에 없었다. 사환이 다쿠앙과 양파가 담긴 접시를 갖다 놓고 나갔다.

"기분 나쁜 얘길 해서 미안합니다. 다만 누구에게라도 얘기하지 않고서는 견딜 수 없었습니다. 한 가지만 의논해 보고 싶은데, 이 돈을 어떻게 하면 좋을까요? 저는 오늘 저녁에 다 써버리고 싶은데요."

"쓰십시오."

안이 얼른 대답했다.

"이 돈이 다 없어질 때까지 함께 있어 주시겠어요?"

사내가 말했다. 우리는 얼른 대답하지 못했다.

"함께 있어 주십시오."

사내가 말했다. 우리는 승낙했다.

"멋있게 한번 써 봅시다."

라고 사내는 우리와 만나 후 처음으로 웃으면서, 그러나 여전히 힘없는 음성으로 말했다.

중국집에서 거리로 나왔을 때는 우리는 모두 취해 있었고, 돈은 천 원이 없어졌고, 사내는 한쪽 눈으로는 울고 다른 쪽 눈으로는 웃고 있었고, 안은 도망갈 궁리를 하기에도 지쳐 버렸다고 내게 말하고 있었고, 나는 "악센트 찍는 문제를 모두 틀려 버렸단 말야, 악센트 말야"라고 중얼거리고 있었고, 거리는 영화에서 본 식민지의 거리처럼 춥고 한산했고, 그러나 여전히 소주 광고는 부지런히, 약 광고는 게으름을 피우며 반짝이고 있었고, 전봇대의 아가씨는 '그저 그래요'라고 웃고 있었다.

"이제 어디로 갈까?"

하고 아저씨가 말했다.

"어디로 갈까?"

안이 말하고,

"어디로 갈까?"

라고 나도 그들의 말을 흉내 냈다.

아무 데도 갈 데가 없었다. 방금 우리가 나온 중국집 곁에 양품점의 쇼윈도가 있었다. 사내가 그쪽을 가리키며 우리를 끌어당겼다. 우리는 양품점 안으로 들어갔다.

"넥타이를 하나 골라 가져. 내 아내가 사주는 거야."

사내가 호통을 쳤다.

우리는 알록달록한 넥타이를 하나씩 들었고, 돈은 육백 원이 없어져 버렸다. 우리는 양품점에서 나왔다.

"어디로 갈까?"

라고 사내가 말했다.

갈 데는 계속해서 없었다. 양품점의 앞에는 귤장수가 있었다.

"아내는 귤을 좋아했다."

고 외치며 사내는 귤을 벌여 놓은 수레 앞으로 돌진했다. 돈 삼백 원이 없어졌다.

우리는 이빨로 귤껍질을 벗기면서 그 부근에서 서성거렸다.

"택시!"

사내가 고함쳤다.

택시가 우리 앞에서 멎었다. 우리가 차에 오르자마자 사내는,

"세브란스로!"

라고 말했다.

"안 됩니다. 소용없습니다."

안이 재빠르게 외쳤다.

"안 될까?"

사내는 중얼거렸다.

"그럼 어디로?"

아무도 대답하지 않았다.

"어디로 가시는 겁니까?"

라고 운전수가 짜증난 음성으로 말했다.

"갈 데가 없으면 빨리 내리쇼."

우리는 차에서 내렸다. 결국 우리는 중국집에서 스무 발짝도 더 벗어나지 못하고 있었다.

거리의 저쪽 끝에서 요란한 사이렌 소리가 나타나서 점점 가깝게 달려들었다. 소방차 두 대가 우리 앞을 빠르고 시끄럽게 지나쳐 갔다.

"택시!"

사내가 고함쳤다.

택시가 우리 앞에 멎었다. 우리가 차에 오르자마자 사내는,

"저 소방차 뒤를 따라갑시다."

라고 말했다.

나는 귤 껍질 세 개째를 벗기고 있었다.

"지금 불구경하러 가고 있는 겁니까?"

라고 안이 아저씨에게 말했다.

"안 됩니다. 시간이 없습니다. 벌써 열 시 반인데요. 좀더 재미있게 지내야죠. 돈은 이제 얼마 남았습니까?"

아저씨는 호주머니를 뒤져서 돈을 모두 털어냈다. 그리고 그것을 안에게 건네줬다. 안과 나는 세어 봤다. 천구백 원하고 동전이 몇 개, 십 원짜리가 몇 장이 있었다.

"됐습니다."

안은 다시 돈을 돌려주면서 말했다.

"세상엔 다행히 여자의 특징만 중점적으로 내보이는 여자들이 있습니다."

"내 아내 얘깁니까?"

라고 사내가 슬픈 음성으로 물었다.

"내 아내의 특징은 잘 웃는다는 것이었습니다."

"아닙니다. 종삼(鐘三)[5]으로 가자는 얘기였습니다."

안이 말했다.

사내는 안을 경멸하는 듯한 웃음을 띠며 고개를 돌려 버렸다. 그러는 사이에 우리는 화재가 난 곳에 도착했다. 삼십 원이 없어졌다. 화재가 난 곳은 아래층인 페인트 상점이었는데 지금은 미용 학원 이층에서 불길이 창으로부터 뿜어 나오고 있었다. 경찰들의 호각 소리, 소방차들의 사이렌 소리, 불길 속에서 나는 탁탁 소리, 물줄기가 건물의 벽에 부딪쳐서 나는 소리. 그러나 사람들의 소리는 아무것도 나지 않았다. 사람들은 불빛에 비쳐 무안당한 사람들처럼 붉은 얼굴로 정물처럼 서 있었다.

우리는 발밑에 굴러 있는 페인트 통을 하나씩 궁둥이 밑에 깔고 웅크리고 앉아서 불구경을 했다. 나는 불이 좀더 오래 타기를 바랐다. 미용 학원이라는 간판

5) 종로 3가

에 불이 붙고 있었다. '원'자에 불이 붙기 시작했다.

"김 형, 우리 얘기나 합시다."

하고 안이 말했다.

"화재 같은 건 아무것도 아닙니다. 내일 아침 신문에서 볼 것을 오늘 밤에 미리 봤다는 차이밖에 없습니다. 저 화재는 김 형의 것도 아니고 내 것도 아니고 이 아저씨 것도 아닙니다. 그렇기 때문에 난 화재엔 흥미가 없습니다. 김 형은 어떻게 생각하십니까?"

"동감입니다."

물줄기 하나가 불타고 있는 '학'으로 달려들고 있었다. 물이 닿는 곳에선 회색 연기가 피어 올랐다. 힘없는 아저씨가 갑자기 힘차게 깡통으로부터 일어섰다.

"내 아냅니다."

하고 사내는 환한 불길 속을 손가락질하며 눈을 크게 뜨고 소리쳤다.

"내 아내가 머리를 막 흔들고 있습니다. 골치가 깨질 듯이 아프다고 머리를 막 흔들고 있습니다. 여보……."

"골치가 깨질 듯이 아픈 게 뇌막염의 증세입니다. 그렇지만 저건 바람에 휘날리는 불길입니다. 앉으세요. 불 속에 아주머님이 계실 리가 있습니까?"

라고 안이 아저씨를 끌어 앉히며 말했다. 그러고 나서 안은 나에게 나지막하게 속삭였다.

"이 양반, 우릴 웃기는데요."

나는 꺼졌다고 생각하고 있던 '학'에 다시 불이 붙고 있는 것을 보았다. 물줄기가 다시 그곳으로 뻗어 가고 있었다. 그러나 물줄기는 겨냥을 잘 잡지 못하고 이러 저리 흔들리고 있었다. 불은 날쌔게 '용'자를 훑고 있었다. 나는 '미'까지 어서 불붙기를 바라고 있었고 그리고 그 간판에 불이 붙은 과정을 그 많은 불구경꾼들 중에서 나 혼자만 알고 있기를 바랐다. 그러나 그때 문득 나는 불이 생명을 가진 것처럼 생각되어서, 내가 조금 전에 바라고 있던 것을 취소해 버렸다.

무언가 하얀 것이 우리가 웅크리고 앉아 있는 곳에서 불타고 있는 건물 쪽으로 날아가는 것이 보였다. 그 비둘기는 불 속으로 떨어졌다.

"무엇이 불 속으로 날아 들어갔지요?"

내가 안을 돌아다보며 물었다.

"예 뭐가 날아갔습니다."

안은 나에게 대답하고 나서 이번엔 아저씨를 돌아다보며,

"보셨어요?"

하고 그에게 물었다.

아저씨는 잠자코 앉아 있었다. 그때 순경 한 사람이 우리 쪽으로 달려왔다.

"당신이다."

라고 순경은 아저씨를 한손으로 붙잡으면서 말했다.

"방금 무엇을 불 속에 던졌소?"

"아무것도 안 던졌습니다."

"뭐라구요?"

순경은 때릴 듯한 시늉을 하며 아저씨에게 소리쳤다.

"내가 던지는 걸 봤단 말요. 무얼 불 속에 던졌소?"

"돈입니다."

"돈?"

"돈과 돌을 수건에 싸서 던졌습니다."

"정말이오?"

순경은 우리에게 물었다.

"예, 돈이었습니다. 이 아저씨는 불난 곳에 돈을 던지면 장사가 잘 된다는 이상한 믿음을 가졌답니다. 말하자면 좀 돌았다고 할 수 있는 사람이지만 나쁜 짓을 결코 하지 않는 장사꾼입니다."

안이 대답했다.

"돈은 얼마였소?"

"일 원짜리 동전 한 개였습니다."

안이 다시 대답했다.

순경이 가고 났을 때 안이 사내에게 물었다.

"정말 돈을 던졌습니까?"

"예."

우리는 꽤 오랫동안 불꽃이 튀는 탁탁 소리에 귀를 기울이고 있었다. 한참 후에 안이 사내에게 말했다.

"결국 그 돈은 다 쓴 셈이군요……자, 이젠 약속이 끝났으니 우린 가겠습니다. 안녕히 계십시오."

라고 나는 아저씨에게 작별 인사를 했다.

안과 나는 돌아서서 걷기 시작했다. 사내가 우리를 쫓아와서 안과 나의 팔을 반쪽씩 붙잡았다.

"나 혼자 있기가 무섭습니다."

그는 벌벌 떨며 말했다.

"곧 통행 금지 시간이 됩니다. 난 여관으로 가서 잘 작정입니다."

안이 말했다.

"난 집으로 갈 겁니다."

내가 말했다.

"함께 갈 수 없겠습니까? 오늘 밤만 같이 지내 주십시오. 부탁합니다. 잠깐만 저를 따라와 주십시오."

사내는 말하고 나서 나를 붙잡고 있는 자기의 팔을 부채질하듯이 흔들었다. 아마 안의 팔에 대해서도 그렇게 했으리라.

"어디로 가자는 겁니까?"

나는 아저씨에게 물었다.

"여관비를 구하러 잠깐 이 근처에 들렀다가 모두 함께 여관으로 갔으면 하는 데요."

"여관에요?"

나는 내 호주머니 속에 든 돈을 손가락으로 계산해 보며 말했다.

"아닙니다. 폐를 끼쳐 드리고 싶지 않습니다. 잠깐만 절 따라와 주십시오."

"돈을 빌리러 가는 겁니까?"

"아닙니다. 받아야 할 돈이 있습니다."

"이 근처에요?"

"예, 여기가 남영동이라면."

"아마 틀림없는 남영동인 것 같군요."

내가 말했다.

사내가 앞장을 서고 안과 내가 그 뒤를 쫓아서 우리는 화재로부터 멀어져 갔다.

"빚 받으러 가기에는 시간이 너무 늦었습니다."

안이 사내에게 말했다.

"그렇지만 저는 받아야만 합니다."

우리는 어느 어두운 골목길로 들어섰다. 골목의 모퉁이를 몇 개인가 돌고 난 뒤에 사내는 대문 앞에 전등이 켜져 있는 집 앞에서 멈췄다. 나와 안은 사내로부터 열 발짝쯤 떨어진 곳에서 멈췄다. 사내가 벨을 눌렀다. 잠시 후에 대문이 열리고, 사내가 대문 앞에 선 사람과 말하는 소리가 들렸다.

"주인 아저씨를 뵙고 싶은데요."

"주무시는데요."

"그럼 아주머니는?"

"주무시는데요."

"꼭 뵈어야겠는데요.

"기다려 보세요."

대문이 다시 닫혔다. 안이 달려가서 사내의 팔을 잡아 끌었다.

"그냥 가시죠?"

"괜찮습니다. 받아야 할 돈이니까요."

안이 다시 먼저 서 있던 곳으로 걸어왔다. 대문이 열렸다.

"밤 늦게 죄송합니다."

사내가 대문을 향해 고개를 숙이며 말했다.

"누구시죠?"

대문은 잠에 취한 여자의 음성을 냈다.

"죄송합니다. 이렇게 너무 늦게 찾아와서 실은……."

"누구시죠? 술 취하신 것 같은데……."

"월부 책값 받으러 온 사람입니다."

하고, 사내는 비명 같은 높은 소리로 외쳤다.

"월부 책값 받으러 온 사람입니다."

이번엔 사내는 문기둥에 두 손을 짚고 앞으로 뻗은 자기 팔 위에 얼굴을 파묻으며 울음을 터뜨렸다.

"월부 책값 받으러 온 사람입니다. 월부 책값……."

사내는 계속해서 흐느꼈다.

"내일 낮에 오세요."

대문이 탕 닫혔다.

사내는 계속해서 울고 있었다. 사내는 가끔 '여보'라고 중얼거리며 오랫동안 울고 있었다. 우리는 여전히 열 발짝쯤 떨어진 곳에서 그가 울음을 그치기를 기다리고 있었다. 한참 후에 그가 우리 앞으로 비틀비틀 걸어왔다. 우리는 모두 고개를 숙이고 어두운 골목길을 걸어서 거리로 나왔다. 적막한 거리에는 찬바람이 세차게 불고 있었다.

"몹시 춥군요."

라고 사내는 우리를 염려한다는 음성으로 말했다.

"추운데요. 빨리 여관으로 갑시다."

안이 말했다.

"방을 한 사람씩 따로 잡을까요?"

여관에 들어갔을 때 안이 우리에게 말했다.

"그게 좋겠지요?"

"모두 한방에 드는 게 좋겠어요."

라고 나는 아저씨를 생각해서 말했다.

아저씨는 그저 우리 처분만 바란다는 듯한 태도로, 또는 지금 자기가 서 있는 곳이 어딘지도 모른다는 태도로 멍하니 서 있었다. 여관에 들어서자 우리는 모든 프로가 끝나 버린 극장에서 나오는 때처럼 어찌할 바를 모르고 거북스럽기만 했다. 여관에 비한다면 거리가 우리에게 더 좋았던 셈이었다. 벽으로 나누어진 방들, 그것이 우리가 들어가야 할 곳이었다.

"모두 같은 방에 들기고 하는 것이 어떻겠어요?"

내가 다시 말했다.

"난 아주 피곤합니다."

안이 말했다.

"방은 각각 하나씩 차지하고 자기로 하지요."

"혼자 있기가 싫습니다."

라고 아저씨가 중얼거렸다.

"혼자 주무시는 게 편하실 거예요."

안이 말했다.

우리는 복도에서 헤어져 사환이 지적해 준, 나란히 붙은 방 세 개에 각각 한 사람씩 들어갔다.

"화투라도 사다가 놉시다."

헤어지기 전에 내가 말했지만,

"난 아주 피곤합니다. 하시고 싶으면 두 분이나 하세요."

하고 안은 말하고 나서 자기의 방으로 들어가 버렸다.

"나도 피곤해 죽겠습니다. 안녕히 주무세요"

라고 나는 아저씨에게 말하고 나서 내 방으로 들어갔다. 숙박계엔 거짓 이름, 거짓 주소, 거짓 나이, 거짓 직업을 쓰고 나서 사환이 가져다 놓은 자리끼를 마시고 나는 이불을 뒤집어 썼다. 나는 꿈도 안 꾸고 잘 잤다

다음날 아침 일찍 안이 나를 깨웠다.

"그 양반 역시 죽어 버렸습니다."

안이 내 귀에 입을 대고 그렇게 속사였다.

"예?"

나는 잠이 깨끗이 깨어 버렸다.

"방금 그 방에 들어가 보았는데 역시 죽어 버렸습니다."

"역시 ……"

나는 말했다.

"사람들이 알고 있습니까?"

"아직까진 아무도 모르는 것 같습니다. 우선 빨리 도망해 버리는 게 시끄럽지 않을 것 같습니다."

"사실이지요?"

"물론 그렇겠죠."

나는 급하게 옷을 주워 입었다. 개미 한 마리가 방바닥을 내 발이 있는 쪽으로 기어오고 있었다. 그 개미가 내 발을 붙잡으려고 하는 것 같은 느낌이 들어서 나는 얼른 자리를 옮겨 디디었다.

밖의 이른 아침에는 싸락눈이 내리고 있었다. 우리는 할 수 있는 한 빠른 걸음으로 여관에서 멀어져 갔다.

"난 그가 죽으리라는 것을 알고 있었습니다."

안이 말했다.

"난 짐작도 못했습니다."

라고 나는 사실대로 이야기했다.

"난 짐작하고 있었습니다."

그는 코트의 깃을 세우며 말했다.

"그렇지만 어떻게 합니까?"

"그렇지요. 할 수 없지요. 난 짐작도 못 했는데……."

내가 말했다.

"짐작했다고 하면 어떻게 하겠어요?"

그가 내게 물었다.

"씨팔것, 어떻게 합니까? 그 양반 우리더러 어떡하라는 건지……."

"그러게 말입니다. 혼자 놓아두면 죽지 않을 줄 알았습니다. 그게 내가 생각해 본 최선의, 그리고 유일한 방법이었습니다."

"난 그 양반이 죽으리라는 짐작도 못 했으니까요. 씨팔것, 약을 호주머니에 넣고 다녔던 모양이군요."

안은 눈을 맞고 있는 어느 앙상한 가로수 밑에서 멈췄다. 나도 그를 따라가서 멈췄다. 그가 이상하다는 얼굴로 나에게 물었다.

"김 형, 우리는 분명히 스물다섯 살짜리죠?"

"난 분명히 그렇습니다."

"나도 그건 분명합니다."

그는 고개를 한번 기웃했다.

"두려워집니다."

"뭐가요?"

내가 물었다.

"그 뭔가가, 그러니까……."

그가 한숨 같은 음성으로 말했다.

"우리가 너무 늙어 버린 것 같지 않습니까?"

"우린 이제 겨우 스물다섯 살입니다."

나는 말했다.

"하여튼……."

하고 그가 내게 손을 내밀며 말했다.

"자, 여기서 헤어집시다. 재미 많이 보세요."

하고 나도 그의 손을 잡으며 말했다.

우리는 헤어졌다. 나는 마침 버스가 막 도착한 길 건너편의 버스 정류장으로 달려갔다. 버스에 올라서 창으로 내어다 보니 안은 앙상한 나뭇가지 사이로 내리는 눈을 맞으며 무언가 곰곰이 생각하고 서 있었다.

해답

1. 개미   2. 자기 중심적으로 고립된 채 타인과 인간관계를 맺지 않고 사는 현대 도시인의 고독하고 개별화된 삶을 드러낸다.

27

눈길, 이청준

이청준(李淸俊, 1939~   ) ●● 전남 장흥에서 태어났다. 1956년 〈사상계〉에 〈퇴원〉이 당선되어 등단하였다. 그의 작품은 추리 소설적 기법과 액자 소설을 즐겨 쓰며, 이 형식적 특성을 통해 주제를 심화해 가는 독특한 견지를 열었다. 즉 이야기가 중첩되면서 서사적 사건과 바깥의 이야기, 또는 작가의 갋이 융해되면서 주제 의식을 강화해 간다. 그는 작품 속에서 장인(匠人)의 세계를 매우 개성적으로 포착하면서 지난 일을 오늘의 삶으로 조명해 보는 진지함에 침잠케 하는 마력을 발휘하는 특성을 지닌다.

주요 작품에 〈임부〉〈별을 보여 드립니다〉〈소문의 벽〉〈조율사〉〈매잡이〉〈잔인한 도시〉〈서편제〉〈자서전을 쓰십시다〉〈선학동 나그네〉〈비화 밀교〉〈키 작은 자유인〉《당신들의 천국》《낮은 데로 임하소서》〈아리아리 강강〉《자유의 문》《이제 우리들의 잔을》 등이 있다.

눈길, 이청준

1.

"내일 아침 올라가야겠어요."

점심상을 물러나 앉으면서 나는 마침내 입 속에서 별러 오던 소리를 내뱉어 버렸다.

노인과 아내가 동시에 밥숟가락을 멈추며 나의 얼굴을 멀거니 건너다본다.

"내일 아침 올라가다니. 이참에도 또 그렇게 쉽게?"

노인은 결국 숟가락을 상 위로 내려놓으며 믿기지 않는다는 듯 되묻고 있었다.

나는 이제 내친걸음이었다. 어차피 일이 그렇게 될 바엔 말이 나온 김에 매듭을 분명히 지어 두지 않으면 안 되었다.

"예, 내일 아침에 올라가겠어요. 방학을 얻어 온 학생 팔자도 아닌데, 남들 일할 때 저라고 이렇게 한가할 수가 있나요. 급하게 맡아 놓은 일도 한두 가지가 아니고요."

"그래도 한 며칠 쉬어 가지 않고… 난 해필 이런 더운 때를 골라 왔길래 이참에는 며칠 좀 쉬어 갈 줄 알았더니……."

"제가 무슨 더운 때 추운 때를 가려 살 여유나 있습니까."

"그래도 그 먼 길을 이렇게 단걸음에 되돌아가기야 하겠냐. 넌 항상 한동자로만 왔다가 선걸음에 새벽길을 나서곤 하더라마는…… 이번에는 너 혼자도 아니고…… 하룻밤이나 차분히 좀 쉬어 가도록 하거라."

"오늘 하루는 쉬었지 않아요. 하루를 쉬어도 제 일은 사흘을 버리는 걸요. 찻길이 훨씬 나아졌다곤 하지만 여기선 아직도 서울이 천리 길이라 오는 데 하루 가는 데 하루……."

"급한 일은 우선 좀 마무리를 지어 놓고 오지 않구선……."

노인 대신 이번에는 아내 쪽에서 나를 원망스럽게 건너다보았다.

그건 물론 나의 주변머리를 탓하고 있는 게 아니었다. 내게 그처럼 급한 일이 없다는 걸 그녀는 알고 있었다.

서울을 떠나올 때 급한 일들은 미리 다 처리해 둔 것을 그녀에게는 내가 말을 해 줬으니까. 그리고 이번에는 좀 홀가분한 기분으로 여름 여행을 겸해 며칠 동안이라도 노인을 찾아보자고 내 편에서 먼저 제의를 했었으니까. 그녀는 나의 참을성 없는 심경의 변화를 나무라고 있는 것이었다.

그리고 그 매정스런 결단을 원망하고 있는 것이었다. 까닭 없는 연민과 애원기 같은 것이 서려 있는 그녀의 눈길이 그것을 더욱 분명히 하고 있었다.

"그래, 일이 그리 바쁘다면 가 봐야 하기는 하겠구나. 바쁜 일을 받아 놓고 온 사람을 붙잡는다고 들을 일이겠냐."

한동안 입을 다물고 앉아 있던 노인이 마침내 체념을 한 듯 다시 입을 열었다.

"항상 그렇게 바쁜 사람인 줄은 안다마는, 에미라고 이렇게 먼길을 찾아와도 편한 잠자리 하나 못 마련해 주는 내 맘이 아쉬워 그랬던 것 같구나."

말을 끝내고 무연스런 표정으로 장죽 끝에 풍년초를 꾹꾹 눌러 담기 시작한다.

너무도 간단한 체념이었다.

담배통에 풍년초를 눌러 담고 있는 그 노인의 얼굴에는 아내에게서와 같은 어떤 원망기 같은 것도 찾아볼 수 없었다. 당신 곁을 조급히 떠나고 싶어하는 그 매정스런 아들에 대한 아쉬움 같은 것도 엿볼 수가 없었다.

성냥불도 붙이려 하지 않고 언제까지나 그 풍년초 담배만 꾹꾹 눌러 채우고 앉아 있는 눈길은 차라리 무표정에 가까운 것이었다.

나는 그 너무도 간단한 노인의 체념에 오히려 불쑥 짜증이 치솟았다.

나는 마침내 자리를 일어섰다. 그리고는 그 노인의 무표정에 밀려나기라도 하듯 방문을 나왔다.

장지문 밖 마당가에 작은 치자나무 한 그루가 한낮의 땡볕을 견디고 서 있었다.

2.

지열이 후끈거리는 뒤꼍 콩밭 한가운데에 오리나무 무성한 묘지가 하나 있었다. 그 오리나무 그늘에 숨어 앉아 콩밭 아래로 내려다보니 집이라고 생긴 게 꼭 습지에 돋아 오른 여름 버섯 형상을 닮아 있었다.

나는 금세 어디서 묵은 빚 문서라도 불쑥 불거져 나올 것 같은 조마조마한 기분이었다.

애초의 허물은 그 빌어먹을 비좁고 음습한 단칸 오두막 때문이었다. 묵은 빚이 불거져 나올 것 같은 불편스런 기분이 들게 해 오는 것도 그랬고, 처음 예정을 뒤바꿔 하루만에 다시 길을 되돌아 갈 작정을 내리게 한 것 역시 그러했다. 하지만 내게 빚은 없었다. 노인에 대해선 처음부터 빚이 있을 수 없는 떳떳한 처지였다.

노인도 물론 그 점에 대해선 나를 완전히 신용하고 있었다.

"내 나이 일흔이 다 됐는디, 이제 또 남은 세상이 있으면 얼마나 길라더냐."

이가 완전히 삭아 없어져서 음식 섭생[1]이 몹시 불편스러워진 노인을 보고 언젠가 내가 지나가는 말처럼 권해 본 일이 있었다. 싸구려 가치[2]라도 해 끼우는 게 어떻겠느냐는 나의 말 선심에 애초부터 그래 줄 가망이 없어 보여 그랬던지 노인은 단자리에서 사양을 해 버리는 것이었다.

"이럭저럭 지내다 이대로 가면 그만일 육신, 이제 와 늘그막에 웬 딴 세상을 보겠다고……"

한번은 또 치질기가 몹시 심해져서 배변이 무척 힘들어하시는 걸 보고 수술 같은 걸 권해 본 일도 있었다.

1) 건강의 유지에 힘씀 2) 틀니

노인은 그 때도 역시 비슷한 대답이었다.

"나이를 먹어도 아녀자는 아녀자다. 어떻게 남의 눈에 궂은 데를 보이겠더냐. 그냥저냥 참다 갈란다."

남은 세상이 얼마 길지 못하리라는 체념 때문에도 그랬겠지만, 그보다 노인은 아무것도 아들에겐 주장하거나 돌려 받을 것이 없는 당신의 처지를 감득[3]하고 있는 탓에도 그리 된 것이었다.

고등학교 1학년 때 형의 주벽으로 가계가 파산을 겪은 뒤부터, 그리고 마침내 그 형이 세 조카아이와 그 아이들의 홀어머니까지를 포함한 모든 장남의 책임을 내게 떠맡기고 세상을 떠난 뒤부터 일은 줄곧 그렇게만 되어 온 셈이었다.

고등학교와 대학교와 군영 3년을 치러 내는 동안 노인은 내게 아무것도 낳아 기르는 사람의 몫을 못 했고, 나는 또 나대로 그 고등학교와 대학과 군영의 의무를 치르고 나와서도 자식놈의 도리는 엄두를 못 냈다. 노인이 내게 베푼 바가 없어서가 아니라 그럴 처지가 못 되었기 때문이다. 나는 나대로 형이 내게 떠맡기고 간 장남의 책임을 감당하기를 사양치 않을 수가 없었기 때문이었다.

노인과 나는 결국 그런 식으로 서로 주고받을 것이 없는 처지였다. 노인은 누구보다 그것을 잘 알고 있었다. 그렇기 때문에 내게 대해선 소망도 원망도 있을 수 없었다.

그런 노인이었다. 한데 이번에는 웬일인지 노인의 눈치가 이상했다. 글쎄 그 가치나 수술마저 한사코 사양을 해 온 노인이, 나이 여든에서 겨우 두 해가 모자란 늘그막에 와서야 새삼스레 다시 딴 세상 희망이 생긴 것일까.

노인은 아무래도 엉뚱한 꿈을 꾸고 있는 것 같았다. 그것은 너무나 엄청난 꿈이었다.

지붕 개량 사업이 애초의 허물이었다.

"집집마다 모두 도단 아니면 기와들을 얹는단다."

노인은 처음 남의 말을 하듯이 집 이야기를 꺼냈다. 어제 저녁 때 노인과 셋이서 잠자리를 들기 전이었다. 밤이 이슥해서 형수는 뒤늦게 조카들을 데리고 이웃집으로 잠자리를 얻어 나가 버리고, 우리는 노인과 셋이서 그 비좁은 오두

3) 느껴서 알고 있음

막 단칸방에다 잠자리를 함께 폈다.

어기영차! 어기영…… 그때 어디선가 밤일을 하는 남정들의 합창 소리가 와자하게 부풀어올랐다. 귀를 기울이고 듣고 있다가 무슨 소리냐니까 노인이 문득 생각난 듯이 귀띔을 해 왔다.

"동네가 너도나도 집들을 고쳐 짓느라 밤잠을 안 자고 저 야단들이구나."

농어촌 지붕 개량 사업이라는 것이었다. 통일벼가 보급된 후로는 집집마다 그 초가 지붕 개초[4]가 어렵게 되었단다. 초봄부터 시작된 지붕 개량 사업은 그래저래 제격이었다. 지붕을 개량하면 정부 보조금 5만원을 얻는다는 것이었다. 모심기가 시작되기 전 봄철 한때 하고 모심기가 끝난 초여름께부터 지금까지 마을 집들 거의가 일을 끝냈단다.

나는 처음 그런 노인의 이야기를 들었을 때 무턱대고 가슴부터 덜렁 내려앉고 있었다. 노인에 대한 빚 생각이 처음으로 머리 속에 떠오른 순간이었다. 이 노인이 쓸데없는 소망을 지니면 어쩌나. 하지만 나는 곧 마음을 가라앉혔다. 무엇보다도 나는 노인에 대해서 빚이란 게 없었다. 노인이 그걸 잊었을 리 없었다. 그리고 그런 아들에게 섣부른 주문을 내색할 리 없었다. 전부터도 그 점만은 안심을 할 만한 노인의 성깔이었다. 한데다가 그 노인이 설령 어떤 어울리잖을 소망을 지닌다 해도 이번에는 그 집 꼴이 문제 밖이었다. 도대체가 기와고 도단이고 지붕을 가꿀 만한 집 꼴이 못 되었다. 그래저래 노인도 소망을 지녀 볼 엄두를 못 낸 모양이었다. 이야기하는 말투가 영락없이 남의 일이었다.

하지만 사실은 그게 오해였다. 노인의 속마음은 그게 아니었다.

"관에서 하는 일이라면 이 집에도 몇 번 이야기가 있었겠군요?"

사태를 너무 낙관한 나머지 위로 겸해 한마디 실없는 소리를 내 놓은 것이 나의 실수였다.

노인은 다시 자리를 일어나 앉았다. 그리고 머리맡에 놓아 둔 장죽 끝에다 풍년초 한 줌을 쏘아 박기 시작했다.

"왜 우리 집이라 말썽이 없었더라냐."

노인은 여전히 남의 말을 옮기듯 덤덤히 말했다.

4) 짚으로 지붕을 해 올림

"이장이 쫓아와 뜸을 들이고, 면에서 나와서 으름장을 놓고 가고…… 그런 일이 한두 번뿐이었으면야…… 나중엔 숫제 자기들 쪽에서 사정 조로 나오더라."

"그래 어머닌 뭐라고 우겼어요?"

나는 아직도 노인의 진심을 모르고 있었다.

"우길 것도 뭣도 없는 일 아니겠냐. 지놈들도 눈깔이 제대로 박힌 인간들인 것인디… 사정을 해 오면 나도 똑같이 사정을 했더니라. 늙은이도 사람인디 나라고 어디 좋은 집 살고 싶은 맘이 없었소. 맘으로야 천 번 만 번 우리도 남들같이 기와도 입히고 기둥도 갈아내고 하고는 싶지만 이 집 꼴을 좀 들여다보시오들, 이 오막살이 흙집 꼴에다 어디 기와를 얹고 말 것이 있었소……."

"그랬더니요?"

"그랬더니 몇 번 더 발길을 스쳐 가더니 그 담엔 흐지부지 말이 없더라. 지놈들도 이 집 꼴을 보면 사정을 모를 청맹과니5)들이라더냐?"

노인은 그 거칠고 굵은 엄지손가락 끝으로 뜨거운 장죽 끝을 눌러 대고 있었다.

"그 친구들 아마 이 동네를 백 퍼센트 지붕 개량으로 모범 마을을 만들고 싶어 그랬던 모양이군요."

나는 왠지 기분이 씁쓸하여 그런 식으로 그만 이야기를 얼버무려 넘기려고 하였다.

그런데 그게 오히려 결정적인 실수였다.

"하기사 그 사람들도 그런 소리들을 하더라. 오늘 밤일을 하고 있는 저 집을 끝내고 나면 이제 이 동네에서 지붕 개량을 안 한 집은 우리하고 저 아랫동네 순심이네 두 집밖엔 안 남는다니까 말이다."

"그래도 동네 듣기 좋은 모범 마을 만들자고 이런 집에까지 꼭 기와를 얹으라 하겠어요."

"그래 말이다. 차라리 지붕에 기와나 도단만 얹으랬으면 우리도 두 눈 딱 감고 한번 저질러 보고 싶기도 하더라마는, 이런 집은 아예 터부터 성주6)를 다시 할 집이라 그렇제……."

5) 겉보기엔 멀쩡하지만 앞을 못 보는 눈 / 그런 사람   6) 기둥을 세움

모범 마을이 꼬투리가 되어서 이야기가 다시 엉뚱한 곳으로 번지고 있었다. 나는 비로소 다시 가슴이 섬찟해 왔다. 하지만 이미 때가 너무 늦고 말았다.

"하기사 말이 쉬운 지붕 개량이제 알속은 실상 새 성주를 하는 집도 여러 집 된단다."

한번 이야기를 꺼낸 노인이 거기서부터는 새삼 마을 사정을 소상하게 털어놓기 시작했다.

그 지붕 개량 사업이라는 것은 알고 보니 사실 융통성이 꽤나 많은 일이었다. 원칙은 그저 초가 지붕을 벗기고 기와나 도단을 얹은 것이었지만, 기와의 하중을 견뎌 내기 위해선 기둥을 몇 개쯤 성한 것으로 갈아 넣어야 할 집들이 허다했다. 그걸 구실로 대부분의 사람들은 성주를 새로 하듯 집들을 터부터 고쳐 지어 버렸다. 노인에게도 물론 그런 권유가 여러 번 들어왔다. 기둥이 허술해서 기와를 못 얹는다는 건 구실일 뿐이었다. 허술한 기둥을 구실로 끝끝내 기와 얹기를 미뤄 온 집이 세 가구가 있었는데 이 날 밤에 또 한 집이 새 성주를 위해서 밤일을 벌이고 있다는 것이었다. 노인이 기와 얹기를 단념한 것은 집 기둥이 너무 허약해서가 아니었다. 노인은 새 성주가 겁이 나 일을 단념할 수밖에 없었던 것이다. 허술한 기둥만 믿을 수가 없었다.

일은 아직도 낙관할 수 없었다. 나는 불시에 다시 그 노인에 대한 나의 빚만을 생각하고 있었다.

노인도 거기서 한동안은 그저 꺼져 가는 장죽불에만 신경을 쏟고 있었다. 하더니 이윽고는 더 이상 소망을 숨기기가 어려운 듯 가는 한숨을 삼키는 것이었다. 그리고는 그 한숨 끝에다 무심결인 듯 덧붙이고 있었다.

"이참에 웬만하면 우리도 여기다 방 한 칸쯤이나 더 늘여 내고 지붕도 도단으로 얹어 버리면 싶긴 하더라만……."

마침내 노인이 당신의 소망을 내비친 것이었다.

"오늘 당할지 내일 당할지 모를 일이기는 하다만, 날짐승만도 못한 목숨이 이리 모질기만 하다 보니 별의별 생각이 다 드는구나. 저런 옷궤 하나도 간수할 곳이 없어 이리 밀치고 저리 밀치다 보면 어떤 땐 그저 일을 저질러 버리고 싶은 생각이 꿀떡 같아지기도 하고…."

노인은 결국 그런 식으로 당신의 소망을 분명히 해 버리고 만 셈이었다. 지금은 아니더라도 적어도 그런 소망을 지녔던 것만은 분명히 한 것이다.

나는 이제 할 말이 없었다. 눈을 감은 채 듣고만 있었다. 노인에 대해선 빚이 없음을 골백번 속으로 다짐하고 있었다.

"이번에는 면에서도 그냥 흐지부지 지나가 주더라만 내년엔 또 이번처럼 어떻게 잠잠해 주기나 할는지. 하기사 면 사람들 무서워 집을 고친다고 할 수도 없는 노릇이제, 늙은이 냄새가 싫어 그런지 그래도 한데서 등짝 붙이고 누울 만한 방 놔두고 밤마다 남의 집으로 잠자릴 얻어 다니는 저것들 에미 꼴도 모른 체하지는 못할 일이니라."

내가 아예 대꾸를 않으니까 노인은 이제 혼잣말 비슷이 푸념을 계속했다. 듣다 보니 그 노인의 머리 속엔 이미 꽤 구체적인 계획표까지 마련되어 있었던 것 같았다.

"나라에서 보조금을 5만원이나 내 주겠다. 일을 일단 저지르고 들었더라면 큰 돈이야 얼마나 더 들 일이 있었을라더냐……. 남정네가 없어 남들처럼 일손을 구하기가 쉽진 못했겠지만 네 형수가 여름 한철만 밭을 매 주기로 했으면 건넛집 용석이 아배라도 그냥 모른 체하지는 않았을 것이다……."

흙일을 돌볼 사람은 그 용석이 아버지에게 부탁을 하고 기둥을 갈아 낼 나무가대는 이장네 산에서 헐값으로 몇 개를 부탁해 볼 수가 있었다는 것이다.

노인의 장죽 끝에는 이제 불기가 꺼져 식어 있었다.

노인은 연신 그 불이 꺼진 장죽을 빨아 대면서, 한사코 그 보조금 5만원과 이웃의 도움이 아까워서라도 일을 단념하기가 아쉬웠다는 투였다.

하지만 노인은 그러면서도 끝끝내 내게 대한 주장이나 원망의 빛을 보이진 않았다. 이야기의 형식은 어디까지나 과거의 일로서 그런 생각을 해봤을 뿐이고, 그럴 뻔했다는 말일 뿐이었다. 그리고 그런 식으로 나에 대해선 어떤 형식으로도 직접적인 부담감을 느끼게 하지 않으려는 식이었다. 말하는 목소리도 끝끝내 그 체념 기가 짙은 특유의 침착성을 잃지 않은 채였다.

"하지만 다 소용없는 일이다. 세상일이 그렇게만 같이만 된다면야 나이 먹고 늙은 걸 설워 안 할 사람이 있을라더냐. 나이를 먹으면 애기가 된다더니 이게 다 나이 먹고 늙어 가는 노망기 한 가지제."

종당에는 그 당신의 은밀스런 소망조차도 당신 자신의 실없는 노망기 탓으로 돌리고 있었다.

하지만 나는 이제 노인의 내심을 못 알아 볼 리 없었다. 한마디 말참견도 없이 눈을 감고 잠이 든 체 잠잠히 누워만 있던 아내까지도 그것을 분명히 눈치채고 있었다.

"당신, 어젯밤 어머니 말씀에 그렇게밖에 응대해 드릴 방법이 없었어요?"

오늘 아침 아내는 마당가로 세숫물을 떠 들고 나왔다가 낮은 소리로 추궁을 해 왔다. 그때 나는 아내에게 그저 쓸데없는 참견 말라는 듯 눈매를 잔뜩 깎아 떠 보였었다. 아내는 그러는 나를 차라리 경멸 조로 나무랐다.

"당신은 참 엉뚱한 데서 독해요. 늙은 노인네가 가엾지도 않으세요. 말씀이라도 좀더 따뜻하게 위로를 드릴 수 있었을 텐데 말예요."

아내도 분명 노인의 말뜻을 알아듣고 있었다. 그리고 나보다도 노인의 일을 걱정하고 있었다. 노인에 대한 나의 속마음도 속속들이 모두 읽고 있는 게 당연했다. 내일 아침으로 서둘러 서울로 되돌아가겠노라는 나의 결정에 아내가 은근히 분개하고 나선 것도 그런 사연을 모두 알고 있었기 때문이었다. 한다고 그년들 무슨 뾰족한 수가 있을 수가 있는가.

어쨌든 노인이 이제라도 그 집을 새로 짓고 싶어하고 있는 건 분명했다. 아무래도 알 수가 없는 일이었다. 아닌 게 아니라 나이를 먹으면 노인들은 모두 어린애가 되어 가는 것일까. 노인은 정말로 내게 빚이 없다는 사실을 잊어버리고 만 것일까. 노인의 말처럼 그건 일테면 노망기가 분명했다. 그런 염치도 못 가릴 정도로 노인은 그렇게 늙어 버린 것이었다. 하지만 나는 굳이 노인의 그런 노망기를 원망할 필요도 없었다. 문제는 서로간의 빚의 문제였다. 노인에 대해 빚이 없다는 사실만이 내게는 중요했다. 염치가 없어져서건 노망을 해서건 노인에 대해 내가 갚아야 할 빚만 없으면 그만인 것이다.

─ 빚이 있을 리 없지. 절대로! 글쎄 노인도 그걸 알고 있으니까 정면으로는 말을 꺼내지 못하질 않던가 말이다.

어디선가 계속 무덥고 게으른 매미 울음소리가 들려왔다.

나는 비로소 자신을 굳힌 듯 오리나무 그늘에서 몸을 힘차게 일으켜 세웠다. 콩밭 아래로 흘러 뻗은 마을이 눈앞으로 멀리 펼쳐져 나갔다. 거기 과연 아직 초가 지붕을 이고 있는 건 노인네의 그 버섯 모양의 오두막과 아랫동네의 다른 한 채가 전부였다.

─ 빌어먹을! 그 지붕 개량 사업인지 뭔지 하필 이런 때 법석들이지?

아무래도 심기가 편할 수는 없었다. 나는 공연히 그 지붕 개량 사업 쪽에다 애꽃은 저주를 보내고 있었다.

3.

해가 훨씬 기운 다음에야 콩밭을 가로질러 노인의 집 뒤꼍으로 뜰을 들어서려다 보니, 아내는 결국 반갑지 않은 화제를 벌여 놓고 있었다.

"이 나이에 내가 살면 얼마나 더 좋은 세상을 살겠다고 속없이 새 방 들이고 기와 지붕을 덮자겠냐… 집 욕심 때문이 아니라 나 간 뒷일이 안 놓여 그런다…."

뒤꼍에서 안뜰로 발길을 돌아 나서려는데, 장지문을 반쯤 열어 젖힌 안방에서 노인의 말소리가 도란도란 흘러나오고 있었다.

"날씨가 선선한 봄 가을철이나, 하다못해 마당에 채일(차일)이라도 치고들 지내는 여름철만 되더라도 걱정이 덜하겠다마는, 한겨울 추위 속에서나 운 사납게 숨이 딸깍 끊어져 봐라. 단칸방 아랫목에다 내 시신 하나 가득 늘여 놓으면 그 일을 어쩔 것이냐."

이번에도 또 그 집에 관한 이야기였다. 노인을 어떻게 위로한다는 것일까. 아니면 아내는 노인의 소망을 더 이상 어떻게 외면할 수가 없도록 노골화시켜 버리고 싶은 것일까.

답답하게 눈치만 보고 도는 그 나에 대한 아내의 원망은 그토록 뿌리가 깊고 지혜로웠더란 말인가. 노인의 이야기는 아내가 거기까지 유도해 내고 있었던 게 분명했다. 노인은 이제 그 아내 앞에 당신의 집에 대한 소망을 분명한 목소리로 털어놓고 있었다.

그리고 이젠 당신의 소망에 대한 솔직한 사연을 말하고 있었다. 노인의 그 오랜 체념이 습관과 염치를 방패삼아 어물어물 고비를 지나가려던 내 앞에 노인의 소망이 마침내 노골적인 모습을 드러내 온 것이었다. 노인의 소망은 이미 짐작하고 있었지만, 설마하면 그렇게 분명한 대목까지는 만나게 될 줄 몰랐던 일이었다. 나는 마치 마지막 희망이 무너진 느낌이었다. 하지만 그 노인의 설명에는 나에게는 마침내 분명해진 것이 있었다. 노인이 갑자기 그 집에 대한 엉뚱한 소망을 지니게 된 당신의 내력이었다. 노인은 아직도 당신의 삶을 위해서는 새삼스런 소망을 지니지 않고 있었다. 노인의 소망은 당신의 사후에 내력이 있었다.

"떠돌아들어 살아오긴 했어도, 난 이 동네 사람들한테 못할 일은 한 번도 안 해 보고 살아 온 늙은이다. 궂은 밥 먹고 궂은 옷 입고 궂은 잠자리 속에 말년을 보냈어도 난 이웃이나 이 동네 사람들한테 궂은 소리는 안 듣고 늙어 왔다. 이 소리가 무슨 소린고 하니 나 죽고 나면 그래도 이 동네 사람들, 이 늙은이 주검 위에 흙 한 삽, 뗏장 한 장씩은 덮어 주러 올 거란 말이다. 늙거나 젊거나 그렇게 내 혼백 들여다봐 주러 오는 사람들을 어찌할 것이냐. 사람은 죽어 이웃이 없는 것보다 더 고단한 것도 없는 법인디, 오는 사람 마다할 수 없고 가난하게 간 늙은이가 죽어서라도 날 들여다봐 주러 오는 사람들한테 쓴 소주 한 잔 대접해 보내고 싶은 게 죄가 될 거나. 그래서 그저 혼자서 궁리해 본 일이란다. 숨 끊어지는 날 바로 못 내가 묻으면 주검하고 산 사람들이 방 하나뿐 아니냐. 먼 데서 온 느그들도 그렇고… 그래서 꼭 찬바람이나 막고 궁둥이 붙여 앉을 방 한 칸만 어떻게 늘여 봤으면 했더니라마는…… 그게 어디 맘 같은 일이더냐. 이도 저도 다 늙고 속없는 늙은이 노망일 테이제……."

노인의 소망은 바로 그 당신의 죽음에 대한 대비에서 비롯된 것이었다.

알 만한 노릇이었다. 살림이 망쪼나고 옛 살던 동네를 나와 떠돌기 시작하면서부터 언제나 당신의 죽음에 대한 대비를 게을리해 오지 않던 노인이었다. 동네 뒷산 양지 바른 언덕 아래다 마을 영감 한 분에게 당신의 집터(노인은 당신의 무덤 자리를 늘 그렇게 말했다)를 미리 얻어 놓고 겨울철에도 날씨가 좋으면 그곳을 찾아가 햇볕 바래기를 하다가 내려온다던 노인이었다. 노인은 이제 당신의 죽음에 마지막 준비를 서두르고 있는 것이었다. 나는 더 노인의 이야기를 엿듣고 있을 수가 없었다. 발길을 움직여 소리 없이 자리를 피해 버리고 싶었다.

한데 그때였다. 쓸데없는 일에 공연히 감동을 잘하는 아내가 아무래도 견딜 수가 없어진 모양이었다.

"전에 사시던 집은 터도 넓고 칸 수도 많았다면서요?"

아내가 느닷없이 화제를 바꾸고 나섰다. 별달리 노인을 달랠 말이 없으니까, 지나간 일이나마 그렇게 넓게 살던 옛집의 기억을 상기시켜서라도 노인을 위로하고 싶어진 것이리라. 그것은 노인도 한때 번듯한 집 살림을 해 온 기억을 되돌이키게 해서 기분을 바꿔 드리고 싶어서이기도 했겠지만, 그 외에도 그것은 또 언제나 가난한 살림만을 보고 가게 하는 부끄러운 며느리 앞에 당신의 자존심을 얼마간이나마 되살려 내게 할 가외의 효과도 있을 수 있었다. 어쨌거나 나는 당

분간 다시 자리를 피할 필요가 없어지고 있었다.

"옛날 살던 집이야, 크고 넓었제. 다섯 칸 겹집에다 앞뒤 터가 운동장이었더니라…… 하지만 이제 와서 그게 다 무슨 소용이냐. 남의 집 된 지가 20년이 다 된 것을……."

"그래도 어머님은 한때 그런 좋은 집도 살아 보셨으니 추억은 즐거운 편이 아니시겠어요? 이 집이 답답하고 짜증나실 땐 그런 기억이라도 되살려 보세요."

"기억이나 되살려서 어디다 쓰게야. 새록새록 옛날 생각이 되살아나다 보면 그렇지 않아도 심사가 어지러운 것을."

"하긴 그것도 그러실 거예요. 그렇게 넓은 집에 사셨던 생각을 하시면 지금 사시는 형편이 더 짜증스러워지기도 하시겠죠. 뭐니뭐니 해도 지금 형편이 이렇게 비좁은 단칸방 신세가 되고 마셨으니 말씀예요…."

노인과 아내는 잠시 그렇게 위론지 넋두린지 분간이 가지 않는 소리들을 주고받고 있었다. 한동안 그렇게 오가는 이야기를 듣다 보니, 나는 그 아내의 동기가 다시 조금씩 의심스러워지고 있었다. 아내의 말투는 그저 노인을 위로하기 위해서가 아니었다. 노인을 위로해 드리기는커녕 심기만 점점 더 불편스럽게 하고 있었다. 노인에게 옛집을 상기시켜 드리는 것은 당신의 불편스런 심기를 주저앉히기보다 오늘을 더욱더 비참스럽게 느끼게 만들고 있었다. 집을 고쳐 짓고 싶은 그 은밀스런 소망을 자꾸만 밖으로 후벼 대고 있었다. 아내의 목적은 차라리 그쪽에 있었던 것 같았다.

아내에 대한 나의 판단은 과연 크게 빗나가지 않았다.

"방이 이렇게 비좁은데 그럼 어머니, 이 옷장이라도 어디 다른 데로 좀 내놓을 수 없으세요? 이 옷장을 들여놓으니까 좁은 방이 더 비좁지 않아요."

아내는 마침내 내가 가장 거북스럽게 시선을 피해 오던 곳으로 화제를 끌어들이고 있었다.

바로 그 옷궤 이야기였다. 17, 8년 전, 고등학교 일 학년 때였다. 술버릇이 점점 사나워져 가던 형이 전답을 팔고 선산을 팔고, 마침내는 그 아버지 때부터 살아온 집까지 마지막으로 팔아 넘겼다는 소식이 들려왔다. K시에서 겨울 방학을 보내고 있던 나는 도대체 일이 어떻게 되어 가는지 알아보고 싶어 옛 살던 마을을 찾아가 보았다. 집을 팔아 버렸으니 식구들을 만나게 될 기대는 없었지만, 그래도 달리 소식을 알아 볼 곳이 없었기 때문이었다. 어스름을 기다려 살던 집 골목을 들어서니 사정은 역시 K시에서 듣고 온 대로였다. 집은 텅텅 비어진 채였고 식구들은 어디론지 간 곳이 없었다. 나는 다시 골목 앞에 살고 있던 먼 친척간 누님을 찾아갔다. 그런데 그 누님의 말을 들으니, 노인이 뜻밖에 아직 나를 기다리고 있다는 것이었다.

"여기가 어디냐. 네가 누군디 내 집 앞 골목을 이렇게 서성대고 있어야 하더란 말이냐."

한참 뒤에 어디선가 누님의 소식을 듣고 달려온 노인이 문간 앞에서 어정어정 망설이고 있는 나를 보고 다짜고짜 나무랐다. 행여나 싶은 마음으로 노인을 따라 문간을 들어섰으나 집이 팔린 것은 분명해 보였다.

그날 밤 노인은 옛날과 똑같이 저녁을 지어 내왔고, 거기서 하룻밤을 함께 지냈다. 그리고 이튿날 새벽 일찍 K시로 나를 다시 되돌려 보냈다. 나중에야 안 일이지만 노인은 거기서 마지막으로 내게 저녁밥 한 끼를 지어 먹이고 당신과 하룻밤을 재워 보내고 싶어, 새 주인의 양해를 얻어 그렇게 혼자서 나를 기다리고 있었다는 것이었다. 언젠가 내가 다녀갈 때까지는 내게 하룻밤만이라도 옛집의 모습과 옛날의 분위기 속에 자고 가게 해 주고 싶어서였는지 모른다. 하지만 문간을 들어설 때부터 집안 분위기는 이사를 나간 빈집이 분명했었다.

한데도 노인은 그때까지 매일같이 그 빈집을 드나들며 먼지를 털고 걸레질을 해 온 것이었다. 그리고 그때 노인은 아직 집을 지켜 온 흔적으로 안방 한쪽에다 이불 한 채와 옷궤 하나를 예대로 그냥 남겨 두고 있었다.

이튿날 새벽 K시로 다시 길을 나설 때서야 비로소 집이 팔린 사실을 시인해 온 노인의 심정으로는 그날 밤 그 옷궤 한 가지나마 옛집 살림살이의 흔적으로 남겨서 나의 괴로운 잠자리를 위로하고 싶었음이 분명했던 것이다. 그러한 내력이 숨겨져 온 옷궤였다.

떠돌이 살림에 다른 가재 도구가 없어서도 그랬겠지만, 이 20년 가까이를 노인이 한사코 함께 간직해 온 옷궤였다. 그만큼 또 나를 언제나 불편스럽게 만들어 온 물건이었다. 노인에게 빚이 없음을 몇 번씩 스스로 다짐하고 있다가도 그 옷궤만 보면 무슨 액면가 없는 빚 문서를 만난 듯 기분이 새삼 꺼림칙스러워지곤 하던 물건이었다.

이번에도 물론 마찬가지였다. 노인의 방을 들어선 순간에 벌써 기분을 불편스럽게 해 오던 옷궤였다. 그리고 끝내는 이틀 밤을 못 넘기고 길을 다시 되돌아갈 작정을 내리게 한 것도 알고 보면 바로 그 옷궤의 허물이 컸을지 모른다.

아내도 물론 그 옷궤에 관한 내력을 내게서 들을 만큼 듣고 있었다. 아내가 옷궤의 내력을 알고 있는 여자라면, 그 옷궤에 관한 나의 기분도 짐작을 못할 그녀가 아니었다. 더욱이 내가 바깥에서 두 사람의 이야기를 엿듣고 있는 걸 알고서 그랬을 수도 있었다.

나는 어느새 그 콧속을 후비는 못된 버릇이 되살아날 만큼 긴장을 하고 있었다. 생각지도 않았던 곳에서 갑자기 묵은 빚 문서가 튀어나올 것 같은 조마조마한 기분이었다. 노인이 치사하게 그 묵은 빚 문서로 나를 궁지에 몰아 넣으려 덤빌 수도 있었다.

— 그래 보라지. 누가 뭐래도 내겐 절대로 빚진 게 없으니까. 그래 본들 없는 빚이 생길 리가 있을라구.

나는 거의 기구를 드리듯 눈을 감고 기다렸다.

하지만 다행스러운 것은 아직도 그 무심스러워 보이기만 한 노인의 대꾸였다.

"옷궤를 내 놓으면 몸에 걸칠 옷가지는 다 어디다 간수하고야? 어디다 따로 내 놓을 데가 있는 것도 아니지만, 그걸 어디다 내놓을 데가 생긴다고 해도 그것 말고는 옷가지 나부랑일 간수해 둘 데는 있어얄 것 아니냐."

알고 그러는지 모르고 그러는지 노인은 그리 그 옷궤 쪽에는 신경을 쓰고 있지 않은 것 같았다.

"옷이야 어떻게 못을 박아 걸더라도, 사람이 우선 좀 발이라도 뻗고 누울 자리가 있어야잖아요. 이건 뭐 사람보다도 옷장을 모시는 꼴이지 뭐예요."

아내는 거의 억지를 부리고 있었다.

옷궤에 대한 노인의 집착심을 시험에 보기 위한 수작임이 분명했다.

하지만 노인의 반응은 여전히 의연했다.

"그건 네가 모르는 소리다. 그 옷궤라도 하나 없으면 이 집을 누가 사람 사는 집이라 할 수 있겠냐. 사람 사는 집 흔적으로 해서라도 그건 집안에 지녀야 할 물건이다."

"어머님은 아마 저 옷장에 그럴 만한 사연이 있으신가 보군요. 시집 오실 때 해 오신 건가요?"

노인의 나이가 너무 높다 보니 아내는 때로 그 노인 앞에 손주딸처럼 버릇이 없어지기도 했지만, 이번에는 숫제 장난기 한 가지였다.

"내력은 무슨……."

노인은 이제 그것으로 그만 입을 다물어 버리고 말았다. 옷궤 이야기는 더 이상 들추고 싶지가 않은 모양이었다.

하지만 아내도 이젠 그쯤에서 호락호락 물러설 여자가 아니었다. 노인이 입을 다물어 버리자 아내도 그만 거기서 할 말을 잃은 듯 잠시 침묵을 지키고 있더니 이윽고는 다시 공세를 펴기 시작했다.

"하긴 어쨌거나 어머님 마음이 편하진 못하시겠어요. 뭐니뭐니해도 옛날에 사시던 집을 지켜 오시는 게 최선이었는데 말씀예요. 도대체 그 집은 어떻게 해서 팔리게 되었어요?"

다시 그 집 얘기였다. 그 역시 모르고 묻는 소리가 아니었다. 아내는 그 옷궤의 내력과 함께 집이 팔리게 된 사정에 대해서도 모두 알고 있었다. 하면서도 그녀는 다시 노인에게 그것을 되풀이시키려 하고 있었다. 옷궤를 구실로 그 노인의 소망을 유인해 내려는 그녀 나름의 노력의 연장이었다.

하지만 노인의 태도도 아직은 아내에 못지않게 끈질긴 데가 있었다.

"집이 어떻게 팔리기는…… 안 팔아도 좋은 집을 장난 삼아서 팔았을라더냐. 내 집 지니고 살 팔자가 못 돼 그리 된 거제……."

알고도 묻는 소릴 노인은 또 노인대로 내력을 얼버무려 넘기려고 하였다.

"그래도 사정은 있었을 게 아녜요? 그 집을 지을 때 돌아가신 아버님이 몹시 고생을 하셨다고 하던데요."

"집이야 참 어렵게 장만한 집이었지야. 남같이 한 번에 지어 올린 집이 아니고 몇 해에 걸쳐서 한 칸씩 두 칸씩 살림 형편 좋아서 늘여 간 집이었더니라. 그렇게 마련한 집이 결국은 내 집이 못 되고… 그런다고 이제 그런 소린 해서 다 뭣을 하겠냐. 어차피 내 집이 못 될 운수라 그리 된 일을 이런 소리 곱씹는다고 팔려 간 집 다시 내 집이 되어 돌아올 것도 아니고."

"하지만 그리 어렵게 장만한 집이라 애석한 생각이 더할 게 아녜요. 지금 형편도 그럴 수밖에 없고요. 어떻게 되어 그리 되고 말았는지 그때 사정이라도 좀 말씀해 보세요."

"그만둬라. 다 소용없는 일이다. 이제는 거럭저럭 세월이 흘러서 기억도 많이 희미해진 일이고……."

한사코 이야기를 피하려는 노인에게 아내는 마침내 마지막 수단을 동원하고 있었다.

"좋아요. 어머님께선 아마 지난 일로 저까지 공연히 속을 상하게 할까 봐 그러시는 모양인데요. 그래도 별로 소용이 없으세요. 저도 사실은 이야기를 대강 다 들어 알고 있단 말씀예요."

"이야기를 들어? 누구한테서?"

노인이 비로소 조금 놀라는 기미였다.

"그야 물론 저 사람한테지요."

노인의 물음에 아내가 대답했다. 눈에는 보이지 않았지만, 밖에서 엿듣고 있는 나를 지목한 말투가 분명했다. 짐작대로 그녀는 벌써부터 내가 밖에서 엿듣고 있는 낌새를 알아차리고 있었음이 분명했다.

"제가 알고 있는 건 그 집을 팔게 된 사정뿐만도 아니에요. 어머님께서 저 사람한테 그 팔려 간 집에서 마지막 밤을 지내게 해 주신 일도 모두 알고 있단 말씀예요. 모른 척하고 있기는 했지만 저 옷장 말씀예요. 그날 밤에도 어머님은 저 헌 옷장 하나를 집안에다 아직 남겨 두고 계셨더라면서요. 아직도 저 사람한테 어머님이 거기서 살고 계신 것처럼 보이시려고 말씀이에요."

아내는 차츰 목소리가 떨려 나오고 있었다.

"그렇담 어머님, 이제 좀 속 시원히 말씀해 보세요. 혼자서 참아 넘기시려고만 하지 마시고 말씀이라도 하셔서 속을 후련히 털어 놔 보시란 말씀이에요. 저흰 어머님 자식들 아닙니까. 자식들한테까지 어머님은 어째서 그렇게 말씀을 참아 넘기시려고만 하세요."

아내의 어조는 이제 거의 울먹임에 가까웠다.

노인도 이젠 어찌할 수가 없는지, 한동안 묵묵히 대꾸가 없었다.

나는 온통 입안의 침이 다 마르고 있었다. 노인의 대꾸가 어떻게 나올지 숨도 못 쉰 채 당신의 다음 말만 기다리고 있었다.

하지만 그 아내나 나의 조바심하고는 아랑곳도 없이 노인은 끝내 내 심기를 흐트리지 않았다.

"그래 그 아그(아이)도 어떻게 아직 그날 밤 일을 잊지 않고 있더냐?"

"그래요. 그리고 그날 밤 어머님은 저 사람이 집을 못 들어가고 서성대고 있으니까 아직도 그 집이 안 팔린 것처럼 저 사람을 안으로 데려다가 저녁까지 한 끼지어 먹이셨다면서요?"

"그럼 됐구나. 그렇게 죄다 알고 있는 일을 뭐하러 한사코 나한테 되뇌게 하려느냐."

"저 사람은 벌써 잊어 가고 있거든요. 저 사람한테선 진짜 얘기를 들을 수도 없고요. 사람이 독해서 저 사람은 그런 일 일부러 잊어요. 그래 이번엔 어머님한테서 진짜 이야길 듣고 싶은 거예요. 저 사람 얘기 말고 어머님의 그날 밤 진짜 심경을 말씀이에요."

"심정이나마나 저하고 별다른 대목이 있었을라더냐. 사세 부득해서 팔았다곤 하지만 아직은 그래도 내 발길이 끊이지 않은 집인데, 그 집을 놔 두고 그 아그가 그래 발길을 주춤주춤 어정대고 서 있더구나……."

아내의 성화를 견디다 못해 노인은 결국, 마지못한 어조로 그날 밤 일을 돌이키고 있었다. 어조에는 아직도 그날 밤의 심사가 조금도 실려 있지 않은 채였다.

"그래 저를 나무래서 냉큼 집안으로 데리고 들어갔더니라. 그리고 더운 밥 지어 먹여서 그 집에서 하룻밤을 재워 가지고 동도 트기 전에 길을 되돌려 떠나 보냈더니라."

"그래 그때 어머님 마음이 어떠셨어요?"

"마음이 어떻기는야. 팔린 집이나마 거기서 하룻밤 저 아그를 재워 보내고 싶어 싫은 곪고 드나들며 마당도 쓸고 걸레질도 훔치며 기다려 온 에미였는디, 더운 밥 해 먹이고 하룻밤을 재우고 나니 그만만 해도 한 소원은 우선 풀린 것 같더구나."

"그래 어머님은 흡족한 기분으로 아들을 떠나 보내셨다는 그런 말씀이시겠군요. 하지만 정말로 그게 그렇게 될 수가 있었을까요? 어머님은 정말로 그러게 흡족한 마음으로 아들을 떠나 보내실 수 있으셨을까 말씀이에요. 아들은 다시 학교로 돌아가는 길이었다 하더라도 어머님 자신은 그때 변변한 거처 하나 마련해 두시질 못하셨을 처지에 말씀이에요."

"나더러 또 무슨 이야길 더 하라는 것이냐."

"그때 아들을 떠나 보내실 때 어머님 심경을 듣고 싶어요. 객지 공부 가는 어린 아들을 그런 식으로 떠나 보내시면서 어머님 자신도 거처가 없이 떠도셔야 했던 그때 처지에서 어머님이 겪으신 심경을 말씀예요."

"그만두거라. 다 쓸데없는 노릇이니라. 이야기를 한들 그때 마음이야 네가 어찌 다 알아들을 수가 있겠냐."

노인은 다시 이야기를 사양했다.

그러나 그 체념 기가 완연한 노인의 어조에는 아직도 혼자 당신의 맘속으로만 지녀 온 어떤 이야기가 남아 있을 것 같았다.

나는 이제 더 이상 기다리고 있을 수가 없었다. 아내는 그런 나의 기미를 눈치채고 있었다 하더라도 노인만은 아직 그걸 알지 못하고 있었다. 노인의 말을 그쯤에서 그만 중단시켜야 했다. 아내가 어떻게 나온다 하더라도 내게까지 그것을 알게 하고 싶지는 않을 노인이었다. 내 앞에선 더 이상 노인의 이야기가 계속될 수가 없었다.

나는 이윽고 헛기침을 한 번 하고서 그 노인의 눈길이 닿고 있는 장지문 앞으로 모습을 불쑥 드러내고 나섰다.

4.

위험한 고비는 그럭저럭 모두 지나가고 있었다.

저녁상을 들일 때 노인은 언제나처럼 막걸리 한 되를 가져오게 하였다. 형의 술버릇 때문에 집안 꼴이 그 지경이 되었는데도 노인은 웬일로 내게 술 걱정을 그리 하지 않았다. 집에만 가면 당신이 손수 막걸리 한 되씩을 미리 마련해다 주곤 하였다.

— 한잔 마시고 잠이나 자거라.

그러면서 언제나 잠을 자기를 권하는 것이었다.

이 날 저녁도 마찬가지였다.

"그래, 정 내일 아침으로 길을 나설라냐?"

저녁상이 들어왔을 때 노인은 그렇게 조심스런 목소리로 나의 내심을 한 번 더 떠왔을 뿐이었다.

"가야 할 일이 있으니까 가겠다는 거 아니겠어요."

나는 노인에게 공연히 짜증 기가 치민 목소리로 퉁명스럽게 대꾸했다.

노인은 그것으로 그만이었다.

"그래 알았다. 저녁하고 술이나 한잔하고 일찍 쉬거라."

아침부터 먼 길을 나서려면 잠이라도 일찍 자 두라는 것이었다. 나는 말없이 노인을 따랐다. 저녁 겸해서 술 한 되를 비우고 그리고 술기를 못 견디는 사람처럼 일찌감치 잠자리를 펴고 누웠다.

형수님이 조카들을 데리고 잠자리를 찾아 나가자 이날 밤도 우리는 세 사람 합숙이었다.

어쨌거나 이제 위태로운 고비는 그럭저럭 거의 다 넘겨 가는 셈이었다. 눈을 붙였다. 깨고 나면 그것으로 모든 건 끝나는 것이었다. 지붕이고 옷궤고 더 이상 신경을 쓸 일이 없어진다. 노인에게 숨겨진 빚 문서가 있을까. 하지만 이날 밤만 무사히 넘기고 나면 노인의 어떤 빚 문서도 그것으로 영영 휴지가 되는 것이다.

— 잠이나 자자. 빚이고 뭐고 잠들면 그만이다. 노인에게 빚은 내가 무슨 빚이 있단 말인가…….

나는 제법 홀가분한 기분으로 눈을 감고 잠을 청했다. 술기 탓인지 알알한 잠기운이 이내 눈꺼풀을 덮어 왔다.

그렇게 얼마쯤 아늑한 졸음기 속을 헤매고 난 때였을까. 나는 웬일인지 문득 잠기가 서서히 엷어져 가고 있었다. 그리고 아직도 그 어렴풋한 선잠기 속에 도란도란 조심스런 노인의 말소리가 들려오고 있었다.

"그날 밤사 말고 갑자기 웬 눈이 그리도 많이 내렸던지 잠을 잤으면 얼마나 잤겠느냐마는 그래도 잠시 눈을 붙였다가 새벽녘에 일어나 보니 바깥이 왼통 환한 눈 천지로구나… 눈이 왔더라도 어쩔 수가 있더냐. 서둘러 밥 한술씩 끓여다가 속을 덥히고 그 눈길을 서둘러 나섰더니라…….."

나는 다시 정신이 번쩍 들고 말았다. 어찌된 일인지 노인이 마침내 그날 밤 이야기를 아내에게 가닥가닥 털어놓고 있는 중이었다.

"처지가 떳떳했으면 날이라도 좀 밝은 다음에 길을 나설 수 있었으련만, 그땐 어찌 그리 처지가 부끄럽고 저주스럽기만 했던지… 그래 할 수 없이 새벽 눈길을 둘이서 나섰지만, 사오 리나 되는 장처 차부까지 산길이 멀기는 또 얼마나 멀더냐."

기억을 차근차근 더듬어 나가고 있는 노인의 몽롱한 목소리는 마치 어린 손주아이에게 옛얘기라도 들려주고 있는 할머니의 그것처럼 아늑한 느낌마저 깃들고 있었다.

아내가 결국엔 노인을 거기까지 유도해 냈음이 분명했다.

— 이야기를 한들 네가 어찌 다 알아들을 수가 있겠냐…….

낮결에 노인이 말꼬리를 한 가닥 깔고 넘은 기미를 아내가 무심히 들어 넘겼을 리 없었다.

그날 밤 – 아니 그날 새벽 – 아내에겐 한 번도 들려 준 일이 없는 그날 새벽의 서글픈 동행을, 나 자신도 한사코 기억의 피안으로 사라져 가 주기를 바라 오던 그 새벽의 눈길의 기억을 노인은 이제 받아 낼 길이 없는 묵은 빚 문서를 들추듯 허무한 목소리로 되씹고 있었다.

"날은 아직 어둡고 산길은 험하고, 미끄러지고 넘어지면서도 차부까지는 그래도 어떻게 시간을 대어 갈 수가 있었구나……."

이야기를 듣고 있는 나의 머리 속에도 마침내 그날의 정경이 손에 닿을 듯 역력히 떠올랐다. 어린 자식놈의 처지가 너무도 딱해서였을까. 아니 어쩌면 노인 자신의 처지까지도 그 밖엔 달리 도리가 없었을 노릇이었는지 모른다. 동구 밖까지만 바래다 주겠다던 노인은 다시 마을 뒷산의 잿길까지만 나를 좀더 바래 주마 우겼고, 그 잿길을 올라선 다음에는 새 신작로가 나설 때까지만 산길을 함께 넘어 가자 우겼다. 그럴 때마다 한 차례씩 애시린 실랑이를 치르고 나면 노인과 나는 더 이상 할 말이 있을 수가 없었다. 아닌 게 아니라 날이라도 좀 밝은 다음이었으면 좋았겠는데, 날이 밝기를 기다려 동네를 나서는 건 노인이나 나나 생각을 하지 않았다. 그나마 그 어둠을 타고 마을을 나서는 것이 노인이나 나나 마음이 편했다. 노인의 말마따나 미끄러지고 넘어지면서, 내가 미끄러지면 노인이 나를 부축해 일으키고, 노인이 넘어지면 내가 당신을 부축해 가면서, 그렇게 말없이 신작로까지 나섰다. 그러고도 아직 그 면소 차부까지는 길이 한참이나 남아 있었다. 나는 결국 그 면소 차부까지도 노인과 함께 신작로를 걸었다.

아직도 날이 밝기 전이었다.

하지만 그러고 우리는 어찌 되었던가.

나는 차를 타고 떠나가 버렸고, 노인은 다시 그 어둠 속의 눈길을 되돌아선 것이다.

내가 알고 있는 건 거기까지뿐이었다.

노인이 그후 어떻게 길을 되돌아갔는지는 나로서도 아직 들은 바가 없었다. 노인을 길가에 혼자 남겨 두고 차로 올라서 버린 그 순간부터 나는 차마 그 노인을 생각하기 싫었고, 노인도 오늘까지 그 날의 뒷 얘기는 들려 준 일이 없었다. 한데 노인은 웬일로 오늘사 그날의 기억을 끝까지 돌이키고 있었다.

"어떻게 어떻게 장터 거리로 들어서서 차부가 저만큼 보일 만한 데까지 가니까 그때 마침 차가 미리 불을 켜고 차부를 나오는구나. 급한 김에 내가 손을 휘저어 그 차를 세웠더니, 그래 그 운전수란 사람들은 어찌 그리 길이 급하고 매정하기만 한 사람들이더냐. 차를 미처 세우지도 덜하고 덜크렁덜크렁 눈 깜짝할 사이에 저 아그를 훌쩍 실어 담고 가 버리는구나."

잠잠히 입을 다문 채 듣고만 있던 아내가 모처럼 한 마디를 끼어 들고 있었다.

나는 갑자기 다시 노인의 이야기가 두려워지고 있었다. 자리를 차고 일어나 다음 이야기를 가로막고 싶었다. 하지만 나는 이미 그럴 수가 없었다. 사지가 말을 들어 주지 않았다. 온몸이 마치 물을 먹은 솜처럼 무겁게 가라앉아 있었다. 몸을 어떻게 움직여 볼 수가 없었다. 형언하기 어려운 어떤 달콤한 슬픔, 달콤한 피곤기 같은 것이 나를 아늑히 감싸 오고 있었다.

"어떻게 하기는야. 넋이 나간 사람마냥 어둠 속에 한참이나 찻길만 바라보고 서 있을 수밖에야…… 그 허망한 마음을 어떻게 다 말할 수가 있을거나……."

노인은 여전히 옛 얘기를 하듯 하는 그 차분하고 아득한 음성으로 그날의 기억을 더듬어 나갔다.

"한참 그러고 서 있다 보니 찬바람에 정신이 좀 되돌아오더구나. 정신이 들어 보니 갈 길이 새삼 허망스럽지 않았겠냐. 지금까진 그래도 저하고 나하고 둘이서 함께 헤쳐 온 길인데 이참에는 그 길을 늙은것 혼자서 되돌아서려니… 거기다 아직도 날은 어둡지야… 그대로는 암만 해도 길을 되돌아설 수가 없어 차부를 찾아 들어갔더니라. 한 식경이나 차부 안 나무 걸상에 웅크리고 앉아 있으려니 그제사 동녘 하늘이 훤해져 오더구나…… 그래서 또 혼자 서두를 것도 없는 길을 서둘러 나섰는디, 그때 일만은 언제까지도 잊혀질 수가 없을 것 같구나."

"길을 혼자 돌아가시던 그때 일을 말씀이세요?"

"눈길을 혼자 돌아가다 보니 그 길엔 아직도 우리 둘 말고는 아무도 지나간 사람이 없지 않았겠냐. 눈발이 그친 신작로 눈 위에 저하고 나하고 둘이 걸어온 발자국만 나란히 이어져 있구나."

"그래서 어머님은 그 발자국 때문에 아들 생각이 더 간절하셨겠네요."

"간절하다뿐이었겠냐. 신작로를 지나고 산길을 들어서도 굽이굽이 돌아온 그 몹쓸 발자국들에 아직도 도란도란 저 아그의 목소리나 따뜻한 온기가 남아 있는 듯만 싶었제. 산비둘기만 푸르륵 날아올라도 저 아그 넋이 새가 되어 다시 되돌아오는 듯 놀라지고, 나무들이 눈을 쓰고 서 있는 것만 보아도 뒤에서 금세 저 아

그 모습이 뛰어나올 것만 싶었지야. 하다 보니 나는 굽이굽이 외지기만 한 그 산길을 저 아그 발자국만 따라 밟고 왔더니라. 내 자석아, 내 자석아, 너하고 둘이 온 길을 이제는 이 몹쓸 늙은것 혼자서 너를 보내고 돌아가고 있구나!"

"어머님 그때 우시지 않았어요?"

"울기만 했겄냐. 오목오목 디더 논 그 아그 발자국마다 한도 없는 눈물을 뿌리며 돌아왔제. 내 자석아, 내 자석아, 부디 몸이나 성히 지내거라. 부디부디 너라도 좋은 운 타서 복 받고 살거라……. 눈앞이 가리도록 눈물을 떨구면서 눈물로 저 아그 앞길만 빌고 왔제……."

노인의 이야기는 이제 거의 끝이 나 가고 있는 것 같았다. 아내는 이제 할 말을 잊은 듯 입을 조용히 다물고 있었다.

"그런디 그 서두를 것도 없는 길이라 그렁저렁 시름없이 걸어온 발걸음이 그래도 어느 참에 동네 뒷산을 당도해 있었구나. 하지만 나는 그 길로는 차마 동네를 바로 들어설 수가 없어 잿등 위에 눈을 쓸고 아직도 한참이나 시간을 기다리고 앉아 있었더니라……."

"어머님도 이젠 돌아가실 거처가 없으셨던 거지요."

한동안 조용히 입을 다물고 있던 아내가 이제 더 이상 참을 수가 없어진 듯 갑자기 노인을 추궁하고 나섰다. 그녀의 목소리는 이제 울먹임 때문에 떨리고 있었다.

나 역시도 이젠 더 이상 노인을 참을 수가 없었다. 이제나마 노인을 가로막고 싶었다. 아내의 추궁에 대한 그 노인의 대꾸가 너무도 두려웠다. 노인의 대답을 들을 수가 없었다. 하지만 그 역시도 불가능한 일이었다.

나는 아직도 눈을 뜰 수가 없었다. 불빛 아래 눈을 뜨고 일어날 수가 없었다. 사지가 마비된 듯 가라앉아 있는 때문만이 아니었다. 졸음기가 아직 아쉬워서도 아니었다. 눈꺼풀 밑으로 뜨겁게 차 오르는 것을 아내와 노인 앞에 보일 수가 없었다. 그것이 너무도 부끄러웠기 때문이었다. 아내는 이번에도 그러는 나를 알고 있었던 것 같았다.

"여보, 이젠 좀 일어나 보세요. 일어나서 당신도 말을 좀 해보세요."

그녀가 느닷없이 나를 세차게 흔들어 깨웠다. 그녀의 음성은 이제 거의 울부짖음에 가까웠다. 그래도 나는 일어날 수가 없었다. 뜨거운 것을 숨기기 위해 눈꺼풀을 꾹꾹 눌러 참으면서 내처 잠이 든 척 버틸 수밖에 없었다.

음성이 아직 흐트러지지 않고 있는 건 오히려 그 노인뿐이었다.

"가만 두거라. 아침 길 나서기도 피곤할 것인디 곤하게 자고 있는 사람 뭣하러 그러냐."

노인은 일단 아내의 행동을 말려 두고 나서 아직도 그 옛얘기를 하는 듯한 아득하고 차분한 음성으로 당신의 남은 이야기를 끝맺어 가고 있었다.

"그런디 이것만은 네가 잘못 안 것 같구나. 그 때 내가 뒷산 잿등에서 동네를 바로 들어가지 못하고 있었던 일 말이다. 그건 내가 갈 데가 없어 그랬던 건 아니란다. 산 사람 목숨인데 설마 그때라고 누구네 문간방 한 칸이라도 산 몸뚱이 깃들일 데 마련이 안됐겠냐. 갈 데가 없어서가 아니라 아침 햇살이 활짝 펴져 들어 있는디, 눈에 덮인 그 우리집 지붕까지도 햇살 때문에 볼 수가 없더구나. 더구나 동네에선 아침 짓는 연기가 한참인디 그렇게 시린 눈을 해 갖고는 그 햇살이 부끄러워 차마 어떻게 동네 골목을 들어설 수가 있더냐. 그놈의 말간 햇살이 부끄러워서 그럴 엄두가 안 생겨나더구나. 시린 눈이라도 좀 가라앉히고자 그래 그러고 앉아 있었더니라⋯⋯."

 해답

1. 나는 노인으로부터 아무런 경제적 도움을 받지 못했으니까 빚이 없다. **2.** 노인은 방이 둘쯤 되는 집을 짓고 싶어 했다.

28

삼포 가는 길, 황석영

황석영(黃晳映, 1943~   ) ●● 근대화 과정, 또는 군대 제도나 전쟁 등의 상황에 의한 인간성 상실과 황폐화 문제를 주로 다루었으며, 소설을 통해 이를 극복하기 위한 방법을 다양하게 모색하였다. 주요 작품으로 〈삼포 가는 길〉〈장길산〉〈무기의 그늘〉〈아우를 위하여〉 등이 있다.

28
삼포 가는 길, 황석영

영달은 어디로 갈 것인가 궁리해 보면서 잠깐 서 있었다. 새벽의 겨울 바람이 매섭게 불어왔다. 밝아 오는 아침 햇볕 아래 헐벗은 들판이 드러났고, 곳곳에 얼어붙은 시냇물이나 웅덩이가 반사되어 빛을 냈다. 바람 소리가 먼데서부터 몰아쳐서 그가 섰는 창공을 베면서 지나갔다. 가지만 남은 나무들이 수십여 그루씩 들판가에서 바람에 흔들렸다.

그가 넉달 전에 이곳을 찾았을 때에는 한참 추수기에 이르러 있었고 이미 공사는 막판이었다. 곧 겨울이 오게 되면 공사가 새 봄으로 연기될 테고 오래 머물 수 없으리라는 것을 그는 진작부터 예상했던 터였다. 아니나다를까. 현장 사무소가 사흘 전에 문을 닫았고, 영달이는 밥집에서 달아날 기회만 노리고 있었던 것이다.

누군가 밭고랑을 지나 걸어오고 있었다. 해가 떠서 음지와 양지의 구분이 생기자 언덕의 그림자나 숲의 그늘로 가려진 곳에서는 언 흙이 부서지는 버석이는 소리가 들렸으나 해가 내려쪼인 곳은 녹기 시작하여 붉은 흙이 질척해 보였다. 다가오는 사람이 숲 그늘을 벗어났는데 신발 끝에 벌겋게 붙어 올라온 진흙 뭉치가 걸을 때마다 뒤로 몇 점씩 흩어지고 있었다. 그는 길가에 우두커니 서서 담배를 태우고 있는 영달이 쪽을 보면서 왔다. 그는 키가 훌쩍 크고 영달이는 작달막했다. 그는 팽팽하게 불러 오른 맹꽁이 배낭을 한 쪽 어깨에 느슨히 걸쳐 메고 머리에는 개털 모자를 귀까지 가려 쓰고 있었다. 검게 물들인 야전 잠바의 깃 속에 턱이 반 남아 파묻혀서 누군지 쌍통을 알아볼 도리가 없었다. 그는 몇 걸음 남겨 놓고 서더니 털모자의 챙을 이마빡에 붙도록 척 올리면서 말했다.

"천씨네 집에 기시던 양반이군."

영달이도 낯이 익은 서른 댓 되어 보이는 사내였다. 공사장이나 마을 어귀의 주막에서 가끔 지나친 적이 있는 얼굴이었다.

"아까 존 구경 했시다."

그는 털모자를 잠근 단추를 여느라고 턱을 치켜들었다. 그러고 나서 비행사처럼 양쪽 뺨으로 귀가리개를 늘어뜨리면서 빙긋 웃었다.

"천가란 사람, 거품을 물구 마누라를 개패듯 때려잡던데."

영달이는 그를 쏘아보며 우물거렸다.

"내…… 그런 촌놈은 참."

"거 병신 안 됐는지 몰라, 머리채를 질질 끌구 마당에 나와선 차구 짓밟구……. 야 그 사람 환장한 모양이더군."

이건 누굴 엿먹이느라구 수작질인가, 하는 생각이 들어서 불끈했지만 영달이는 애써 참으며 담뱃불이 손가락 끝에 닿도록 쭈욱 빨아 넘겼다. 사내가 손을 내밀었다.

"불 좀 빌립시다."

"버리슈."

담배 꽁초를 건네주며 영달이가 퉁명스럽게 말했다. 하긴 창피한 노릇이었다. 밥값을 떼고 달아나서가 아니라, 역에 나갔던 천가 놈이 예상 외로 이른 시각인 다섯 시쯤 돌아왔고 현장에서 덜미를 잡혔던 것이었다. 그는 옷만 간신히 추스르고 나와서 천가가 분풀이로 청주댁을 후려 패는 동안 방아실에 숨어 있었다. 영달이는 변명 삼아 혼잣말 비슷이 중얼거렸다.

"계집 탓할 거 있수, 사내 잘못이지."

"시골 아낙네치곤 드물게 날씬합디다. 모두들 발랑 까졌다구 하지만서두."

"여자야 그만이었죠. 처녀 적에 군용차두 탔답니다. 고생 많이 한 여자요."

"바가지한테 세금두 내구, 거기두 줬겠구만."

"뭐요? 아니 이 양반이…….."

사내가 입김을 길게 내뿜으며 껄껄 웃어제꼈다.

"거 왜 그러시나. 아, 재미 본 게 댁뿐인 줄 아쇼? 오다가다 만난 계집에 너무 일심 품지 마셔."

녀석의 말버릇이 시종 그렇게 나오니 드러내 놓고 화를 내기도 뭣해서 영달이는 픽 웃고 말았다. 개피떡이나 인절미를 전방으로 호송되는 군인들께 팔았다는 것인데 만은 열차를 타며 사내들 틈을 누비던 계집이 살림을 한답시고 들어앉아 절름발이 천가 여편네 노릇을 하려니 따분했을 것이었다. 공사장 인부들이나 떠돌이 장사치를 끌어들여 하숙도 치고 밥도 파는 사람인데, 사내 재미까지 보려는 눈치였다. 영달이 눈에 청주댁이 예사로 보였을 리 만무했다. 까무잡잡한 얼굴에 곱게 치떠서 흘기는 눈길하며, 밤이면 문밖에 나가 앉아 하염없이 불러대는 〈흑산도 아가씨〉라든가, 어쨌든 나중엔 거의 환장할 지경이었다.

"얼마나 있었소?"

사내가 물었다. 가까이 얼굴을 맞대고 보니 그리 흉악한 몰골도 아니었고, 우선 그 시원시원한 태도가 은근히 밉질 않다고 영달이는 생각했다. 그가 자기보다는 댓살쯤 더 나이 들어 보였다. 그리고 이 바람 부는 겨울 들판에 척 걸터앉아서도 만사 태평인 꼴이었다. 영달이는 처음보다는 경계하지 않고 대답했다.

"넉 달 있었소. 그런데 노형은 어디루 가쇼?"

"삼포에 갈까 하오."

사내는 눈을 가늘게 뜨고 조용히 말했다. 영달이가 고개를 흔들었다.

"방향 잘못 잡았수. 거긴 벽지나 다름없잖소. 이런 겨울철에."

"내 고향이오."

사내가 목장갑 낀 손으로 코 밑을 쓱 훔쳐냈다. 그는 벌써 들판 저 끝을 바라보고 있었다. 영달이와는 전혀 사정이 달라진 것이다. 그는 집으로 가는 중이었고 영달이는 또 다른 곳으로 달아나는 길 위에 서 있었기 때문이었다.

"참…… 집에 가는군요."

사내가 일어나 맹꽁이 배낭을 한쪽 어깨에다 걸쳐 매면서 영달이에게 물었다.

"어디 무슨 일자리 찾아가쇼?"

"댁은 오라는 데가 있어서 여기 왔었소? 언제나 마찬가지죠."

"자, 난 이제 가 봐야겠는걸."

28

황석영

삼포 가는 길

그는 뒤도 돌아보지 않고 질척이는 둑길을 향해 올라갔다. 그가 둑 위로 올라 서더니 배낭을 다른 편 어깨 위로 바꾸어 매고는 다시 하반신부터 차례로 개털 모자 끝까지 둑 너머로 사라졌다. 영달이는 어디로 향하겠다는 별 뾰죽한 생각 도 나지 않았고, 동행도 없이 길을 갈 일이 아득했다. 가다가 도중에 헤어지게 되 더라도 우선은 말동무라도 있었으면 싶었다. 그는 멍청히 섰다가 잰걸음으로 사 내의 뒤를 따랐다. 영달이는 둑 위로 뛰어올라 갔다. 사내의 걸음이 무척 빨라서 벌써 차도로 나가는 샛길에 접어들어 있었다. 차도 양쪽에 대빗자루를 거꾸로 박아 놓은 듯한 앙상한 포플라들이 줄을 지어 섰는 게 보였다. 그는 둑 아래로 달 려 내려가며 사내를 불렀다.

"여보쇼, 노형!"

그가 멈춰 서더니 뒤를 돌아보고 나서 다시 천천히 걸어갔다. 영달이는 달려 가서 그 뒤편에 따라붙어 헐떡이면서

"같이 갑시다, 나두 월출리까진 같은 방향인데……."

했는데도 그는 대답이 없었다. 영달이는 그의 뒤통수에다 대고 말했다.

"젠장, 이런 겨울은 처음이오. 작년 이맘 때는 좋았지요. 월 삼천 원짜리 방에 서 작부랑 살림을 했으니까. 엄동설한에 정말 갈데 없이 빳빳하게 됐는데요."

"우린 습관이 되어 놔서."

사내가 말했다.

"삼포가 여기서 몇 린 줄 아쇼? 좌우간 바닷가까지만도 몇 백리 길이요. 거기 서 또 배를 타야 해요."

"몇 년 만입니까?"

"십 년이 넘었지. 가 봤자…… 아는 이두 없을 거요."

"그럼 뭣하러 가쇼?"

"그냥…… 나이 드니까, 가보구 싶어서."

그들은 차도로 들어섰다. 자갈과 진흙으로 다져진 길이 그런 대로 걷기에 편 했다. 영달이는 시린 손을 잠바 호주머니에 처박고 연방 꼼지락거렸다.

"어이 육실허게는 춥네. 바람만 안 불면 좀 낫겠는데."

사내는 별로 추위를 타지 않았는데, 털모자와 야전 잠바로 단단히 무장한 탓 도 있겠지만 원체가 혈색이 건강해 보였다. 사내가 처음으로 다정하게 영달이에 게 물었다.

"어떻게 아침은 자셨소?"

"웬걸요."

영달이가 열적게 웃었다.

"새벽에 몸만 간신히 빠져나온 셈인데……."

"나두 못 먹었소. 찬샘까진 가야 밥술이라두 먹게 될 거요. 진작에 떴을 걸. 이젠 겨울에 움직일 생각이 안 납디다."

"인사 늦었네요. 나 노영달이라구 합니다."

"나는 정가요."

"우리두 기술이 좀 있어 놔서 일자리만 잡으면 별 걱정 없지요."

영달이가 정씨에게 빌붙지 않을 뜻을 비췄다.

"알고 있소, 착암기[1] 잡지 않았소? 우리넨, 목공에 용접에 구두까지 수선할 줄 압니다."

"야 되게 많네. 정말 든든하시겠구만."

"십 년이 넘었다니까."

"그래도 어디서 그런 걸 배웁니까?"

"다 좋은 데서 가르치고 내보내는 집이 있지."

"나두 그런데나 들어갔으면 좋겠네."

정씨가 쓴웃음을 지으며 고개를 저었다.

"지금이라두 쉽지. 하지만 집이 워낙에 커서 말요."

"큰집……."

하다 말고 영달이는 정씨의 얼굴을 쳐다봤다. 정씨는 고개를 밑으로 숙인 채 묵묵히 걷고 있었다. 언덕을 넘어섰다. 길이 내리막이 되면서 강변을 따라서 먼 산을 돌아 나간 모양이 아득하게 보였다. 인가가 좀처럼 보이지 않는 황량한 들판이었다. 마른 갈대밭이 헝클어진 채 휘청대고 있었고 강 건너 곳곳에 모래 바람이 일어나는 게 보였다. 정씨가 말했다.

"저 산을 넘어야 찬샘골인데. 강을 질러가는 게 빠르겠군."

"단단히 얼었을까."

1) 바위에 구멍 뚫는 기계

강물은 꽁꽁 얼어붙어 있었다. 얼음이 녹았다가 다시 얼곤 해서 우툴두툴한 표면이 그리 미끄럽지는 않았다. 바람이 불어, 깨어진 살얼음 조각들을 날려 그들의 얼굴을 따갑게 때렸다.

"차라리, 저쪽 다릿목에서 버스나 기다릴 걸 잘못했나 봐요."

숨을 헉헉 들이키던 영달이가 투덜대자 정씨가 말했다.

"자주 끊겨서 언제 올지도 모르오. 그보다두 현금을 아껴야지. 굶어두 돈 있으면 든든하니까."

"하긴 그래요."

"월출 가면 남행열차를 탈 수는 있소. 거기서 기차 탈려오?"

"뭐…… 돼가는대루. 그런데 삼포는 어느 쪽입니까?"

정씨가 막연하게 남쪽 방향을 턱짓으로 가리켰다.

"남쪽 끝이오."

"사람이 많이 사나요, 삼포라는 데는?"

"한 열 집 살까? 정말 아름다운 섬이오. 비옥한 땅은 남아 돌아 가구, 고기두 얼마든지 잡을 수 있구 말이지."

영달이가 얼음 위로 미끄럼을 지치면서 말했다.

"야아 그럼, 거기 가서 아주 말뚝을 박구 살아 버렸으면 좋겠네."

"조오치, 하지만 댁은 안될 걸."

"어째서요."

"타관 사람이니까."

그들은 얼어붙은 강을 건넜다. 구름이 몰려들고 있었다.

"눈이 올 거 같군. 길 가기 힘들어지겠소."

정씨가 회색으로 흐려 가는 하늘을 걱정스럽게 올려다보았다. 산등성이로 올라서자 아래쪽에 작은 마을의 집들이 점점이 흩어져 있는 게 한 눈에 들어왔다. 가물거리는 지붕 위로 간신히 알아볼 만큼 가느다란 연기가 엷게 퍼져 흐르고 있었다. 교회의 종탑도 보였고 학교 운동장도 보였다. 기다란 철책과 철조망이 연이어져 마을 뒤의 온 들판을 둘러싸고 있는 것도 보였다. 군대의 주둔지인 듯했는데, 마을은 마치 그 철책의 끝에 간신히 매어 달려 있는 것 같았다.

그들은 읍내로 들어갔다. 다과점도 있었고, 극장, 다방, 당구장, 만물 상점 그리고 주점이 장터 주변에 여러 채 붙어 있었다. 거리는 아침이라서 아직 조용했

다. 그들은 어느 읍내에나 있는 서울 식당이란 주점으로 들어갔다. 한 뚱뚱한 여
자가 큰 솥에다 우거지국을 끓이고 있었고 주인인 듯한 사내와 동네 청년 둘이
떠들어대고 있었다.

"나는 전연 눈치를 못 챘다구, 옷을 한 가지씩 빼어다 따루 보따리를 싸 놨던
모양이라."

"새벽에 동네를 빠져나간 게 틀림없습니다."

"어젯밤에 윤하사하구 긴밤을 잔다구 그래서, 뒷방에서 늦잠자는 줄 알았지
뭔가."

"새벽에 윤하사가 부대루 들어가자마자 뛴 겁니다."

"옷값에 약값에 식비에…… 돈이 보통 들어간 줄 아나, 빚만 해두 자그마치 오
만 원이거든."

영달이와 정씨가 자리에 앉자 그들은 잠깐 얘기를 멈추고 두 낯선 사람들의
행색을 살펴보았다. 영달이는 연탄 난로 위에 두 손을 내려뜨리고 비벼대면서
불을 쬐었다. 정씨가 털모자를 벗으면서 말했다.

"국밥 둘만 말아 주쇼."

"네, 좀 늦어져두 별일 없겠죠?"

뚱뚱한 여자가 국솥에서 얼굴을 들고 미리 웃음으로 얼버무리며 양해를 구했
다.

"좌우간 맛있게만 말아 주쇼."

여자가 국자를 요란하게 놓고는 한숨을 내리쉬었다.

"개쌍년 같으니!"

정씨도 영달이처럼 난로를 통째로 껴안을 듯이 바싹 다가앉아서 여자를 물끄
러미 올려다보았다.

"색시가 도망을 쳤지 뭐예요. 그래서 불도 꺼졌고, 국거리도 없어서 인제 막
시작을 했답니다." 하고 나서 여자가 남자들에게 외쳤다.

"아니 근데 당신들은 뭘 앉아서 콩이네 팥이네 하구 있는 거에요? 냉큼 가서
잡아오지 못하구선, 얼마 달아나지 못했을 테니 따라가서 머리채를 끌구 와요."

주인 남자가 주눅이 든 목소리로 대답했다.

"필요 없네. 아무래도 월출서 기차를 탈 테니까 정거장 목만 지키면 된다구."

"그럼 자전거 타구 빨리 가서 기다려요."

28
황석영

삼포 가는 길

"이거 원 날씨가 이렇게 추워서야."

"무슨 얘기예요, 그 백화라는 년이 돈 오만 원이란 말요."

마을 청년이 끼어들었다.

"서울식당이 원래 백화 땜에 호가 났던 거 아닙니까. 그 애가 장사는 그만이었죠."

"군인들이 백화라면, 군화까지 팔아서라두 술을 마실 정도였으니까."

뚱뚱이 여자가 빈정거렸다.

"웃기네 그래 봤자 지가 똥갈보라. 내 장사 수완 덕이지 뭐. 그년 요새 좀 아프다는 핑계루…… 이건 물을 긷나, 밥을 제대루 하나, 손님을 받나, 소용없어. 그년두 육 개월이면 찬샘 바닥서 진이 모조리 빠진 거예요. 빚이나 뽑아 내면 참한 신마이[2]루 기리까이[3]할려던 참이었어. 아, 뭘해요? 빨리 가서 역을 지키라니까."

마누라의 호통에 주인 사내가 깜짝 놀란 듯이 어깨를 움츠렸다.

"알았대니까……."

"얼른 갔다 와요. 내 대포 한턱 쓸게."

남자들 셋이 우르르 밀려 나갔다. 정씨가 중얼거렸다.

"젠장, 그 백화 아가씨라두 있었으면 술이나 옆에서 쳐 달랠걸."

"큰일예요, 글쎄 저녁마다 장정들이 몰려오는데……."

"아가씨 서넛은 있어야지."

"색시 많이 두면 공연히 번거러워요. 이런 데서야 반반한 애 하나면 실속이 있죠, 모자라면 꿰다 앉히구…… 왜 좀 놀다 갈려우? 내 불러다 주께."

"왜 이러슈, 먼 길 가는 사람이 아침부터 주색 잡다간 저녁에 이 마을서 장사지내게."

"자 국밥이오."

배추가 아직 폭 삭질 않아서 뻣뻣했으나 그런 대로 먹을 만하였다. 정씨가 국물을 허겁지겁 퍼넣고 있는 영달에게 말했다.

"작년 겨울에 어디 있었소?"

2) 신출내기, 풋내기의 일본어   3) 매매, 거래의 일본어

들고 있던 국그릇을 내려놓고 영달이는

"언제요?"

하고 나서 작년 겨울이라고 재차 말하자 껄껄 웃기 시작했다.

"좋았지 정말, 대전 있었읍니다. 옥자라는 애를 만났었죠. 그땐 공사장에서 별볼일두 없었구 노임두 실했어요."

"살림을 했군."

"의리있는 여자였어요. 애두 하나 가질 뻔했었는데, 지난 봄에 내가 실직을 하게 되자, 돈 모으면 모여서 살자구 서울루 식모 자릴 구해서 떠나갔죠. 하지만 우리 같은 떠돌이가 언약 따위를 지킬 수 있나요. 밤에 혼자 자다가 일어나면 그 애 때문에 남은 밤을 꼬박 새우는 적두 있읍니다."

정씨는 흐려진 영달이의 표정을 무심하게 쳐다보다가, 창 밖으로 고개를 돌리고는 조용하게 말했다.

"사람이란 곁에서 오랫동안 두고 보지 않으면 저절로 잊게 되는 법이오."

뒤란으로 나갔던 뚱뚱이 여자가 호들갑을 떨면서 돌아왔다.

"아유 어쩌나…… 눈이 올 것 같애. 하늘에 먹구름이 잔뜩 끼고, 바람이 부는군. 이놈의 두상이 꼴에 도중에서 가다 말고 돌아올 게 분명하지."

정씨가 뚱뚱보 여자의 계속될 수다를 막았다.

"월출까지는 몇 리요?"

"한 육십 리 돼요."

"뻐스는 있나요?"

"오후에 두 대쯤 있지요. 이년을 따악 잡아갖구 막차루 돌아올 텐데…… 참, 어디까지들 가슈?"

영달이가 말했다.

"바다가 보이는 데까지."

"바다? 멀리 가시는군. 요 큰길루 가실 거유?"

정씨가 고개를 끄덕이자 여자는 의자에 궁둥이를 붙인 채로 앞으로 다가 앉았다.

"부탁 하나 합시다. 가다가 스물 두엇쯤 되고 머리는 긴데다 외눈 쌍까풀인 계집년을 만나면 캐어 봐서 좀 잡아오수, 내 현금으루 딱, 만 원 내리다."

정씨가 빙그레 웃었다. 영달이가 자신 있다는 듯이 기세 좋게 대답했다.

28

황석영

삼포 가는 길

"그럭허슈, 대신에 데려오면 꼭 만 원 내야 합니다."

"암 내다뿐이요. 예서 하룻밤 푹 묵었다 가시구려."

"좋았어."

그들은 일어났다. 문을 열고 나오는 그들의 뒷덜미에다 대고 여자가 소리쳤다.

"머리가 길구 외눈 쌍꺼풀이예요. 잊지 마슈."

해가 낮은 구름 속에 들어가 있어서 주위는 누런 색안경을 통해서 내다본 것처럼 뿌옇게 보였다. 바람이 읍내의 신작로 한복판에서 회오리 기둥을 곤두세우고 있었다. 그들은 고개를 처박고 신작로를 따라서 올라갔다. 영달이가 담배 한 갑을 샀다. 들판을 스치고 지나가는 바람소리가 날카롭게 들려 왔다.

그들이 마을 외곽의 작은 다리를 건널 적에 성긴 눈발이 날리기 시작하더니 허공에 차츰 흰 색이 빡빡해졌다. 한 스무 채 남짓한 작은 마을을 지날 때쯤 해서는 큰 눈송이를 이룬 함박눈이 펑펑 쏟아져 내려왔다. 눈이 찰지어서 걷기에는 그리 불편하지 않았고 눈보라도 포근한 듯이 느껴졌다. 그들의 모자나 머리카락과 눈썹에 내려앉은 눈 때문에 두 사람은 갑자기 노인으로 변해 버렸다. 도중에 그들은 옛 원님의 송덕비를 세운 비각 앞에서 잠깐 쉬어 가기로 했다. 그 앞에서 신작로가 두 갈래로 갈라져 있었던 것이다. 함석판에 뼁끼[4]로 쓴 이정표가 있긴 했으나, 녹이 슬고 벗겨져 잘 알아볼 수도 없었다. 그들은 비각 처마 밑에 웅크리고 앉아서 담배를 피웠다. 정씨가 하늘을 올려다보며 감탄했다.

"야 그놈의 눈송이 탐스럽기도 하다. 풍년 들겠어."

"눈 오는 모양을 보니, 근심 걱정이 싹 없어지는데……."

"첨엔 기분두 괜찮았지만, 이렇게 오다가는 길 가기가 그리 쉽지 않겠는걸."

"까짓 가는 데까지 가구 내일 또 갑시다. 저기 누가 오는군."

흰 두루마기를 입고 중절모를 깊숙이 내려쓴 노인이 조심스럽게 걸어오고 있었다. 노인의 모자챙과 접힌 부분 위에 눈이 빙수처럼 쌓여 있었다. 정씨가 일어나 꾸벅하면서

"영감님 길 좀 묻겠습니다요."

4) 페인트

"물으슈."

"월출 가는 길이 아랩니까, 저 윗길입니까?"

"윗길이긴 하지만…… 재가 있어 놔서 아무래두 수월친 않을 거야, 아마 교통도 두절된 모양인데."

"아랫길은요?"

"거긴 월출 쪽은 아니지만 고을 셋을 지나면 감천이라구 나오지."

영달이가 물었다.

"감천에 철도가 닿습니까?"

"닿다마다."

"그럼 감찬으루 가야겠구만."

정씨가 인사를 하자 노인은 눈이 가득 쌓인 모자를 위로 들어 보였다. 노인은 윗길 쪽으로 가다가 마을을 향해 꺾어졌다. 영달이는 비각 처마 끝에 회색으로 퇴색한 채 매어져 있는 새끼줄을 끊어 냈다. 그가 반으로 끊은 새끼줄을 정씨에게도 권했다.

"감발5) 치구 갑시다."

"견뎌 날까."

새끼줄로 감발을 친 두 사람은 걸음에 한결 자신이 갔다. 그들은 아랫길로 접어들었다. 길은 차츰 좁아졌으나, 소 달구지 한 대쯤 지날 만한 길은 그런 대로 계속되었다. 길 옆은 개천과 자갈밭이었꼬 눈이 한 꺼풀 덮여 있었다. 뒤를 돌아보면, 길 위에 두 사람의 발자국이 줄기차게 따라왔다.

마을 하나를 지났다. 그들은 눈 위로 이리저리 뛰어 다니는 아이들과 개들 사이로 지나갔다. 마을의 가게 유리창마다 성에가 두껍게 덮여 있었고 창 너머로 사람들의 목소리가 들려 왔다. 두 번째 마을을 지날 때엔 눈발이 차츰 걷혀 갔다. 그들은 구멍가게에서 소주 한 병을 깠다. 속이 화끈거렸다.

털썩, 눈 떨어지는 소리만이 가끔씩 들리는 송림 사이를 지나는데, 뒤에 처져서 걷던 영달이가 주첨 서면서 말했다.

"저것 좀 보슈."

5) 미끄러지지 않게 발을 잡음

"뭘 말요?"

"저쪽 소나무 아래."

쭈그려 앉은 여자의 등이 보였다. 붉은 코우트 자락을 위로 쳐들고 쭈그린 꼴이 아마도 소변이 급해서 외진 곳을 찾은 모양이다. 여자가 허연 궁둥이를 쳐들고 속곳을 올리다가 뒤를 힐끗 돌아보았다.

"오머머!"

여자가 재빨리 코우트 자락을 내리고 보퉁이를 집어 들면서 투덜거렸다.

"개새끼들 뭘 보구 지랄야."

영달이가 낄낄 웃었고, 정씨가 낮게 소곤거렸다.

"외눈 쌍꺼풀인데 그래."

"어쩐지 예감이 이상하더라니……."

여자는 어딘가 불안했는지 그들에게로 다가오기를 꺼려하며 주춤주춤했다. 영달이가 말했다.

"잘 만났는데 백화 아가씨, 참샘에서 뺑소니치는 길이구만."

"무슨 상관야, 내 발루 내가 가는데."

"주인 아줌마가 댁을 만나면 잡아다 달라던데."

여자가 태연하게 그들에게로 걸어 나왔다.

"잡아가 보시지."

백화의 얼굴은 화장을 하지 않았는데도 먼길을 걷느라고 발갛게 달아 있었다. 정씨가 말했다.

"그런 게 아니라…… 행선지가 어디요? 이 친구 말은 농담이구."

여자는 소변 보다가 남자들 눈에 띄인 일보다는 영달이의 거친 말솜씨에 몹시 토라져 있었다. 백화가 걸음을 빨리하며 내쏘았다.

"제따위들이 뭐라구 잡아가구 말구야. 뜨내기 주제에."

"그래 우리두 너 같은 뜨내기 신세다. 참샘에 잡아다 주고 여비라두 뜯어 써야겠어."

영달이가 여자의 뒤를 바싹 쫓아가며 농담이 아님을 재차 강조했다. 여자가 휙 돌아서더니, 믿을 수 없을 만큼 재빠르게 영달이의 앞가슴을 밀어냈다. 영달이는 미처 피할 겨를도 없이 눈 위에 궁둥방아를 찧고 나가 떨어졌다. 백화가 한 팔은 보퉁이를 끼고, 다른 쪽은 허리에 척 얹고 서서 영달이를 내려다보았다.

"이거 왜 이래? 나 백화는 이래봬도 인천 노랑집에다, 대구 자갈마당, 포항 중앙대학, 진해 칠구, 모두 겪은 년이라구. 조용히 시골 읍에서 수양하던 참인데…… 야아, 내 배 위로 남자들 사단 병력이 지나갔어. 국으로 가만있다가 조용한 데 가서 한 코 달라면 몰라두 치사하게 뚱보 돈 먹자구 나한테 공갈 때리면 너 죽구 나 죽는 거야."

영달이는 입을 벌린 채 일어설 줄을 모르고 백화의 일장 연설을 듣고 있었다. 정씨는 웃음을 참느라고 자꾸만 송림 쪽으로 고개를 돌렸다. 영달이가 멋쩍게 궁둥이를 털면서 일어났다.

"우리두 의리가 있는 사람들이다. 치사하다면, 그런 짓 안해."

세 사람은 나란히 눈 쌓인 길을 걸었다. 백화가 말했다.

"그럼 반말 놓지 말라구요."

영달이는 입맛을 쩍쩍 다셨고, 정씨가 물었다.

"어디까지 가오?"

"집에요."

"집이 어딘데……."

"저 남쪽이예요. 떠난 지 한 삼 년 됐어요."

영달이가 말했다.

"애네들은 긴밤 자다가두 툭하면 내일 당장에라두 집에 갈 것처럼 말해요."

백화는 아까와 같은 적의는 나타내지 않았다. 백화는 귀 옆으로 흘러내리는 머리카락을 자꾸 쓰다듬어 올리면서 피곤한 표정으로 영달이를 찬찬히 바라보았다.

"그래요. 밤마다 내일 아침엔 고향으로 출발하리라 작정하죠. 그런데 마음뿐이지, 몇 년이 흘러요. 막상 작정하고 나서 집을 향해 가보는 적두 있어요. 나두 꼭 두 번 고향 근처까지 가 봤던 적이 있어요. 한 번은 동네 어른을 먼발치서 봤어요, 나 이름이 백화지만 가명이예요. 본명은…… 아무에게도 가르쳐 주지 않아."

정씨가 말했다.

"서울 식당 사람들이 월출역으루 지키러 가던데……."

"이런 일이 한두 번인가요 머. 벌써 그럴 줄 알구 감천 가는 길루 왔지요. 촌놈들이니까 그렇지, 빠른 사람들은 서너 군데 길목을 딱 막아 놓아요. 나 그 사람들께 손해 끼친 거 하나두 없어요. 빚이래야 그치들이 빨아먹은 나머지구요. 아유, 인젠 술하구 밤이라면 지긋지긋해요. 밑이 쭉 빠져 버렸어. 어디 가서 여승이나 됐으면…… 냉수에 목욕재계 백 일이면 나두 백화가 아니라구요, 씨팔."

걸을수록 백화는 말이 많아졌고, 걸음은 자꾸 쳐졌다. 백화는 여러 도시에서 한창 날리던 시절이 얘기를 늘어놓았다. 여자가 결론지은 얘기는 결국 화류계의 사랑이란 돈 놓고 돈 먹기 외에는 모두 사기라는 것이었다. 그 여자는 자기 보퉁이를 꾹꾹 찌르면서 말했다.

"아저씨네는 뭘 갖구 다녀요? 망치나 톱이겠지 머. 요 속에는 헌 속치마 몇 벌, 빤스, 화장품, 그런 게 들었지요. 속치마 꼴을 보면 내 신세하구 똑같아요. 하두 빨아서 빛이 바래구 재봉실이 나들나들하게 닳아 끊어졌어요."

백화는 이제 겨우 스물 두 살이었지만 열 여덟에 가출해서, 쓰리게 당한 일이 많기 때문에 삼십이 훨씬 넘은 여자처럼 조로[6]해 있었다. 한 마디로 관록이 붙은 갈보였다. 백화는 소매가 헤진 헌 코우트에다 무릎이 튀어나온 바지를 입었고, 물에 불은 오징어처럼 되어 버린 낡은 하이힐을 신고 있었다. 비탈길을 걸을 때, 영달이와 정씨가 미끄러지지 않도록 양쪽에서 잡아 주어야 했다. 영달이가 투덜거렸다.

"고무신이라두 하나 사 신어야겠어. 댁에 때문에 우리가 형편없이 지체 되잖나."

"정 그러시면 두 분이서 먼저 가면 될 거 아녜요. 내가 고무신 살 돈이 어딨어?"

"우리두 의리가 있다구 그랬잖어. 산 속에다 여자를 떼놓구 갈 수야 없지. 그런데…… 한 푼두 없단 말야?"

백화가 깔깔대며 웃었다.

"여자 밑천이라면 거기만 있으면 됐지, 무슨 돈이 필요해요?"

"저러니 언제 한 번 온전한 살림 살겠나 말야!"

"이거 봐요. 댁에 같은 훤칠한 내 신랑감들은 제 입에 풀칠두 못해서 떠돌아다니는데, 내가 어떻게 살림을 살겠냐구."

6) 빨리 늙음

영달이는 백화의 입담을 감당할 수가 없었다. 세 사람은 감천 가는 도중에 있는 마지막 마을로 들어섰다. 마을 어귀의 얼어붙은 개천 위로 물오리들이 종종걸음을 치거나 주위를 선회하고 있었다. 마을의 골목길은 조용했고, 굴뚝에서 매캐한 청솔 연기 냄새가 돌담을 휩싸고 있었는데 나직한 창호지의 들창 안에서는 사람들의 따뜻한 말소리들이 불투명하게 들려 왔다. 영달이가 정씨에게 제의했다.

"허기가 져서 떨려요. 감천엔 어차피 밤에 떨어질 텐데, 여기서 뭣 좀 얻어먹구 갑시다."

"여긴 바닥이 작아 주막이나 가게두 없는 거 같군."

"어디 아무 집이나 찾아가서 사정을 해보죠."

백화도 두 손을 코우트 주머니에 찌르고 간신히 발을 떼면서 말했다.

"온몸이 얼었어요. 밥은 고사하고, 뜨뜻한 아랫목에서 발이나 녹이구 갔으면."

정씨가 두 사람을 재촉했다.

"얼른 지나가지. 여기서 지체하면 하룻밤 자게 될 테니, 감천엘 가면 하숙두 있구, 우리를 태울 기차두 있단 말요."

그들은 이 적막한 산골 마을을 지나갔다. 눈 덮인 들판 위로 물오리 떼가 내려앉았다가는 날아오르곤 했다. 길가에 퇴락한 초가 한 간이 보였다. 지붕의 한 쪽은 허물어져 입을 벌렸고 토담도 반쯤 무너졌다. 누군가가 살다가 먼 곳으로 떠나간 폐가임이 분명했다. 영달이가 폐가 안을 기웃해 보며 말했다.

"저기서 신발이라두 말리구 갑시다."

백화가 먼저 그 집의 눈 쌓인 마당으로 절뚝이며 들어섰다. 안방과 건넌방의 구들장은 모두 주저앉았으나 봉당은 매끈하고 딴딴한 흙바닥이 그런 대로 쉬어 가기에 알맞았다. 정씨도 그들을 따라 처마 밑에 가서 엉거주춤 서 있었다. 영달이는 흙벽 틈에 삐죽이 솟은 나무 막대나 문짝, 선반 등속의 땔 만한 것들을 끌어모아다가 봉당 가운데 쌓았다. 불을 지피자 오랫동안 말라 있던 나무라 노란 불꽃으로 타올랐다. 불길과 연기가 차츰 커졌다. 정씨마저도 불가로 다가앉아 젖은 신과 바지 가랑이를 불길 위에 갖다 대고 지그시 눈을 감았다. 불이 생기니까 세 사람 모두가 먼 곳에서 지금 막 집에 도착한 느낌이 들었고, 잠이 왔다. 영달이가 긴 나무를 무릎으로 꺾어 불 위에 얹고, 눈물을 흘려 가며 입김을 불어 대는 모양을 백화는 이윽히 바라보고 있었다.

"댁에…… 괜찮은 사내야. 나는 아주 치사한 건달인 줄 알았어."

"이거 왜 이래. 괜히 나이롱 비행기 태우지 말어."

"아녜요. 불때는 꼴이 제법 그럴 듯해서 그래요."

정씨가 싱글벙글 웃으면서 영달에게 말했다.

"저런 무딘 사람 같으니, 이 아가씨가 자네한테 반했다…… 그 말이야."

"괜히 그러지 마슈. 나두 과거에 연애해 봤소. 계집년이란 사내가 쐬빠지게 해 줘두 쪼끔 벌릴까 말까 한단 말입니다. 이튿날 해만 뜨면 말짱 헛것이지."

"오머머. 어디 가서 하루살이 연애만 해본 모양이네. 여보세요, 화류계 연애가 아무리 돈에 운다지만 한 번 붙으면 순정이 무서운 거예요. 내가 처음 이 길 들어서서 독하게 사랑해본 적두 있었어요."

지붕 위의 눈이 녹아서 투덕투덕 마당 위에 떨어지기 시작했다. 여자는 나무 막대기를 불 속에 넣고 휘저으면서 갑자기 새촘한 얼굴이 되었다. 불길에 비친 백화의 얼굴은 제법 고왔다.

"그런데…… 몇 명이었는지 알아요? 여덟 명이었어요."

"진짜 화류계 연애로구만."

"들어봐요. 사실은 그 여덟 사람이 모두 한 사람이나 마찬가지였거든요."

백화는 주점 〈갈매기집〉에서의 나날을 생각했다. 그 여자는 날마다 툇마루에 걸터앉아서 철조망의 네 귀퉁이에 높다란 망루가 서 있는 군대 감옥을 올려다보았던 것이다. 언덕 위에 흰 뺑끼로 칠한 반달형 퀀셋[7] 막사와 바라크[8]가 늘어서 있었고 주위에 코스모스가 만발해 있어, 그 안에 철장이 있고 죄지은 사람들이 하루 종일 무릎을 꿇고 있으리라고는 믿어지질 않았다. 하루에 한 번씩, 긴 구령 소리에 맞춰서 붉은 줄을 친 군복에 박박 깎인 머리의 군 죄수들이 바깥으로 몰려나왔다. 죄수들이 일렬로 서서 세면과 용변을 보는 모습이 보였었다. 그들은 간혹 대여섯 명씩 무장 헌병의 감시를 받으며 작업을 하러 내려오는 때도 있었다. 등에 커다란 광주리를 메고 고개를 숙인 채로 그들은 줄을 지어 걸어왔다.

"처음에 부산에서 잘못 소개를 받아 술집으로 팔렸었지요. 거기에 갔을 땐 벌

7) 반원형의 간이 건물   8) 가건물 / 임시 막사

써 될대루 되라는 식이어서 겁나는 것두 없었구요. 나이는 어렸지만 인생살이가 고달프다는 것두 깨달았단 말예요."

어느 날 그들은 마을의 제방공사를 돕기 위해서 삼십여 명이 내려왔다.

출감이 멀지 않은 사람들이라 성깔도 부리지 않았고 마을 사람들도 그리 경원 [9]하지 않았다. 그들이 밖으로 작업을 나오면 기를 쓰고 찾는 것은 물론 담배였다. 백화는 담배 두 갑을 사서 그들 중의 얼굴이 해사한 죄수에게 쥐어 주었다. 작업하는 열흘간 백화는 그들의 담배를 댔다. 날마다 그 어려뵈는 죄수의 손에 몰래 쥐어 주고는 했다. 다음부터 백화는 음식을 장만해서 감옥 면회실로 그를 만나러 갔다. 옥바라지 두 달 만에 그는 이등병 계급장을 달고 백화를 만나러 왔다. 하룻밤을 같이 보내고 병사는 전속지[10]로 떠나갔다.

"그런 식으로 여덟 사람을 옥바라지했어요. 한 달, 두 달 하다 보면 그이는 앞 사람들처럼 하룻밤을 지내구 떠나가군 했어요."

백화는 그런 일 때문에 갈매기집에 있던 시절, 옷 한가지도 못해 입었다. 백화는 지나간 삭막한 삼 년 중에서 그때만큼 즐겁고 마음이 평화로왔던 시절은 없었다. 그 여자는 새로운 병사를 먼 전속지로 떠나 보내는 아침마다 차부[11]로 나가서 먼지 속에 버스가 가리울 때까지 서 있곤 했었다. 백화는 그 뒤부터 부대 근처를 전전하며 여러 고장을 흘러 다녔다.

아직 초저녁이 분명한데 날씨가 나빠서인지 곧 어두워질 것 같았다. 눈은 더욱 새하얗게 돋보였고, 사위는 고요한데 나무 타는 소리만이 들려 왔다.

"감옥뿐 아니라, 세상이란 게 따지면 고해 아닌가……"

정씨는 벗어서 불가에다 쬐고 있던 잠바를 입으면서 중얼거렸다.

"어둡기 전에 어서 가야지."

그들은 일어났다. 아직도 불길 좋게 타고 있는 모닥불 위에 눈을 한 움큼씩 덮었다. 산천이 차츰 희미하게 어두워졌다. 새들이 이리 저리로 깃을 찾아 숲에 모여들고 있었다. 영달이가 백화에게 물었다.

"그래 이젠 어떡할 셈요, 집에 가면……"

백화가 대답을 않고 웃기만 했다. 정씨가 말했다.

9) 멀리함   10) 근무 지역   11) 정류장 / 터미널

"시집 가야지 뭐."

"시집은 안 가요. 이제 와서 무슨 시집이에요. 조용히 틀어박혀 집의 농사나 거들지요. 동생들이 많아요."

사방이 어두워지자 그들도 얘기를 그쳤다. 어디에나 눈이 덮여 있어서 길을 잘 분간할 수가 없었다. 뒤에 처졌던 백화가 눈덮인 길의 고랑에 빠져 버렸다. 발이라도 삐었는지 백화는 꼼짝 못하고 주저앉아 신음을 했다. 영달이가 달려들어 싫다고 뿌리치는 백화를 업었다. 백화는 영달이의 등에 업히면서 말했다.

"무겁죠?"

영달이는 대꾸하지 않았다. 백화가 어린애처럼 가벼웠다. 등이 불편하지도 않았고 어쩐지 가뿐한 느낌이었다. 아마 쇠약해진 탓이리라 생각하니 영달이는 어쩐지 대전에서의 옥자가 생각나서 눈시울이 화끈했다. 백화가 말했다.

"어깨가 참 넓으네요. 한 세 사람쯤 업겠어."

"댁이 근수가 모자라니 그렇다구."

그들은 일곱 시쯤에 감천 읍내에 도착했다. 마침 장이 섰었는지 파장된 뒤인데도 읍내 중앙은 흥청대고 있었다. 전 부치는 냄새, 고기 굽는 냄새, 곰국 냄새가 풍겨왔다. 영달이는 이제 백화를 옆에서 부축하고 있었다. 발을 디딜 때마다 여자가 얼굴을 찡그렸다. 정씨가 백화에게 물었다.

"어느 방향이오?"

"전라선이에요."

"나는 호남선 쪽인데. 여비는 있소?"

"군용차를 사정해서 타구 가면 돼요."

그들은 장터 모퉁이에서 아직도 따뜻한 온기가 남아 있는 팥시루떡을 사 먹었다. 백화가 자기 몫에서 절반을 떼어 영달에게 내밀었다.

"더 드세요. 날 업구 왔으니 기운이 배나 들었을 텐데."

역으로 가면서 백화가 말했다.

"어차피 갈 곳이 정해지지 않았다면 우리 고향에 함께 가요. 내 일자리를 주선해 드릴게."

"내야 삼포루 가는 길이지만, 그렇게 하지?"

정씨도 영달이에게 권유했다. 영달이는 흙이 덕지덕지 달라붙은 신발 끝을 내려다보며 아무 말이 없었다. 대합실에서 정씨가 영달이를 한쪽으로 끌고 가서 속삭였다.

"여비 있소?"

"빠듯이 됩니다. 비상금이 한 천 원쯤 있으니까."

"어디루 가려우?"

"일자리 있는 데면 어디든지……."

스피커에서 안내하는 소리가 웅얼대고 있었다. 정씨는 대합실 나무 의자에 피곤하게 기대어 앉은 백화 쪽을 힐끗 보고 나서 말했다.

"같이 가시지. 내 보기엔 좋은 여자 같군."

"그런 거 같아요."

"또 알우? 인연이 닿아서 말뚝 박구 살게 될지. 이런 때 아주 뜨내기 신셀 청산해야지."

영달이는 시무룩해져서 역사 밖을 멍하니 내다보았다. 백화는 뭔가 쑤군대고 있는 두 사내를 불안한 듯이 지켜보고 있었다. 영달이가 말했다.

"어디 능력이 있어야죠."

"삼포엘 같이 가실라우?"

"어쨌든……."

영달이가 뒷주머니에서 꼬깃꼬깃한 오백 원짜리 두 장을 꺼냈다.

"저 여잘 보냅시다."

영달이는 표를 사고 삼립빵 두 개와 찐 달걀을 샀다. 백화에게 그는 말했다.

"우린 뒷 차를 탈 텐데…… 잘 가슈."

영달이가 내민 것들을 받아 쥔 백화의 눈이 붉게 충혈되었다.

그 여자는 더듬거리며 물었다.

"아무도…… 안 가나요."

"우린 삼포루 갑니다. 거긴 내 고향이오."

영달이 대신 정씨가 말했다. 사람들이 개찰구로 나가고 있었다. 백화가 보퉁이를 들고 일어섰다.

"정말, 잊어버리지…… 않을게요."

백화는 개찰구로 가다가 다시 돌아왔다. 돌아온 백화는 눈이 젖은 채 웃고 있었다.

"내 이름 백화가 아니예요. 본명은요…… 이점례예요."

여자는 개찰구로 뛰어나갔다. 잠시 후에 기차가 떠났다.

그들은 나무 의자에 기대어 한 시간쯤 잤다. 깨어 보니 대합실 바깥에 다시 눈발이 흩날리고 있었다. 기차는 연착이었다. 밤차를 타려는 시골 사람들이 의자마다 가득 차 있었다. 두 사람은 말없이 담배를 나눠 피웠다. 먼 길을 걷고 나서 잠깐 눈을 붙였더니 더욱 피로해졌던 것이다. 영달이가 혼잣말로

"쳇, 며칠이나 견디나……."

"뭐라구?"

"아뇨, 백화란 여자 말요. 저런 애들……. 한 사날두 시골 생활 못 배겨나요."

"사람 나름이지만 하긴 그럴 거요. 요즘 세상에 일이 년 안으루 인정이 휙 변해 가는 판인데……."

정씨 옆에 앉았던 노인이 두 사람의 행색과 무릎 위의 배낭을 눈 여겨 살피더니 말을 걸어 왔다.

"어디 일들 가슈?"

"아뇨, 고향에 갑니다."

"고향이 어딘데……."

"삼포라구 아십니까?"

"어 알지, 우리 아들놈이 거기서 도자를 끄는데……."

"삼포에서요? 거 어디 공사 벌릴 데나 됩니까. 고작해야 고기잡이나 하구 감자나 매는데요."

"어허! 몇 년 만에 가는 거요?"

"십 년."

노인은 그렇겠다며 고개를 끄덕였다.

"말두 말우 거긴 지금 육지야. 바다에 방둑을 쌓아 놓구, 추럭이 수십 대씩 돌을 실어 나른다구."

"뭣 땜에요?"

"낸들 아나, 뭐 관광 호텔을 여러 채 짓는담서 복잡하기가 말할 수 없데."

"동네는 그대루 있을까요?"

"그대루가 뭐요. 맨 천지에 공사판 사람들에다 장까지 들어섰는 걸."

"그럼 나룻배두 없어졌겠네요."

"바다 위로 신작로가 났는데, 나룻배는 뭐에 쓰오. 허허 사람이 많아지니 변고

지, 사람이 많아지면 하늘을 잊는 법이거든."

작정하고 벼르다가 찾아가는 고향이었으나, 정씨에게는 풍문마저 낯설었다. 옆에서 잠자코 듣고 있던 영달이가 말했다.

"잘 됐군. 우리 거기서 공사판 일이나 잡읍시다."

그때에 기차가 도착했다. 정씨는 발걸음이 내키질 않았다. 그는 마음의 정처를 잃어버렸던 때문이었다. 어느 결에 정씨는 영달이와 똑같은 입장이 되어 버렸다.

기차는 눈발이 날리는 어두운 들판을 향해서 달려갔다.

 해답

1. 불우하고 고생을 많이 했으며 삶에 지쳐 있고 고향을 떠나 타지에 나와 있는 신세로 미래에 대한 희망이 없는 인물들이다. 2. 개발로 인한 마음의 고향을 잃어버린 현대인의 모습이다. 3. 삼포

29

뫼비우스의 띠, 조세희

조세희(趙世熙, 1942~   ) ●●● 경기 가평에서 태어났다. 1965년 〈경향신문〉에 〈돛대 없는 장선(葬船)〉이 당선되어 등단하였다. 이후 작품 활동을 하지 않다가 1975년 〈문학사상〉에 〈칼날〉을 발표하면서 작품 활동을 재개하였다. 이후 '난장이' 연작을 쓰면서 문단의 주목을 받았다. 부정성을 드러내는 형식에 있어서의 세련됨과 서정적 문체는 그의 소설을 한결 힘 있는 것으로 만든다. 1970년대 산업사회의 별리를 가장 예민하고 감동적으로 포착한 작가로 정평이 나 있다.
주요 작품에는 '난장이' 연작을 비롯해서 〈나무 한 그루 서 있거라〉〈모두 네 잎 토끼풀〉〈모독〉〈어린 왕자〉《하얀 저고리》 등이 있다.

29
모비우스의 띠, 조세희

수학 담당 교사가 교실로 들어갔다.
학생들은 그의 손에 책이 들려 있지 않은 것을 보았다.
학생들은 교사를 신뢰했다.

이 학교에서 학생들이 신뢰하는 유일한 교사였다.

그가 입을 열었다.
"제군, 지난 1년 동안 고생 많았다. 정말 모두 열심히들 공부해 주었다.
그래서 이 마지막 시간만은 입학 시험과 상관이 없는 이야기를 하고 싶었다.
나는 몇 권의 책을 뒤적여보다가 제군과 함께 이야기해보고 싶은 것을
발견했다.
일단 내가 묻는 형식을 취하겠다. 두 아이가 굴뚝 청소를 했다.
한 아이는 얼굴이 새까맣게 되어 내려왔고,
또 한 아이는 그을음을 전혀 묻히지 않은 깨끗한
얼굴로 내려왔다.

 제군은 어느 쪽의 아이가 얼굴을 씻을 것이라고 생각하는가?"

학생들은 교단 위에 서 있는 교사를 바라보았다.
아무도 얼른 대답을 하지 못했다.

잠시 후에 한 학생이 일어섰다.
"얼굴이 더러운 아이가 얼굴을 씻을 것입니다."
"그런데, 그렇지가 않다."
교사가 말했다.

"왜 그렇습니까?"
다른 학생이 물었다.

교사는 말했다.

"한 아이는 깨끗한 얼굴, 한 아이는 더러운 얼굴을 하고 굴뚝에서 내려왔다.

 얼굴이 더러운 아이는 깨끗한 얼굴의 아이를 보고 자기도 깨끗하다고 생각한다.
 이와 반대로 깨끗한 얼굴을 한 아이는 상대방의 더러운 얼굴을 보고 자기도 더럽다고 생각할 것이다."

 학생들이 놀람의 소리를 냈다. 그들은 교단 위에 서 있는 교사에게서 눈을 떼지 않았다.

 "한 번만 더 묻겠다."
교사가 말했다.
 "두 아이가 굴뚝 청소를 했다. 한 아이는 얼굴이 새까맣게 되어 내려왔고, 또 한 아이는 그을음을 전혀 묻히지 않은 깨끗한 얼굴로 내려왔다.
 제군은 어느 쪽의 아이가 얼굴을 씻을 것이라고 생각하는가?"

똑같은 질문이었다. 이번에는 한 학생이 얼른 일어나 대답했다.

"저희들은 답을 알고 있습니다.
얼굴이 깨끗한 아이가 얼굴을 씻을 것입니다."
학생들은 교사의 말을 기다렸다.
교사는 말했다.
"그 답은 틀렸다."
"왜 그렇습니까?"
"더 이상의 질문을 받지 않을 테니까 잘 들어주기 바란다. 두 아이는 함께 똑같은 굴뚝을 청소했다.
따라서 한 아이의 얼굴이 깨끗한데 다른 한 아이의 얼굴은 더럽다는 일은 있을 수가 없다."
교사는 분필을 들고 돌아섰다. 그는 칠판 위에다 뫼비우스의 띠 라고 썼다.

"제군이 이미 교과서를 통해서 알고 있는 것이지만,
이것 역시 입학 시험과는 상관없는 이야기니까 가벼운 마음으로 들어주기 바란다. 면에는 안과 겉이 있다.
예를 들자. 종이는 앞뒤 양면을 갖고 지구는 내부와 외부를 갖는다. 평면인
종이를 길쭉한 직사각형으로 오려서 그 양끝을 맞붙이면 역시 안과 겉 양면이 있게 된다. 그런데 이것을 한번 꼬아 양끝을 붙이면 안과 겉을 구별할 수 없는, 즉 한쪽 면만 갖는 곡면이 된다. 이것이 제군이 교과서를 통해서 잘 알고 있는 뫼비우스의 띠이다. 여기서 안과 겉을 구별할 수 없는 곡면을 생각해 보자."

앉은뱅이는 콩밭으로 들어갔다. 아직 날이 저물기 전이어서 잘 여문 콩대를 몇 개 골라 꺾을 수 있었다. 콩밭에 잡초가 너무 많았다. 앉은뱅이는 꺾은 콩대를 가슴에 까고 밭고랑 사이를 기었다. 조용해서 잡초의 씨앗 떨어지는 소리까지 그는 들을 수 있었다. 말이 콩밭이지 잡초밭이나 마찬가지였다. 앉은뱅이는 황톳길을 나와 콩대를 빼었다. 나무 타는 냄새가 좋았다. 날은 금방 저물기 시작했다. 그가 콩밭으로 들어가기 전에 불을 붙여놓은 나무들이 빨갛게 타들어갔다.

그는 깨어진 철판을 불 위에 놓고 콩을 까넣었다. 바짝 마른 나무는 연기 한 줄기 내지 않고 잘 탔다. 그 나무는 몇 시간 전까지만 해도 꼽추네 마루로 깔려 있었던 것이다.

사람들이 꼽추네 집을 무너뜨렸다. 쇠망치를 든 사나이들이 한쪽 벽을 부수고 뒤로 물러서자 북쪽 지붕이 거짓말처럼 내려앉았다. 그들은 더 이상 꼽추네 집에 손을 대지 않았고, 미루나무 옆 털여뀌풀 위에 앉아 있던 꼽추는 일어서면서 하늘만 보았다. 그의 부인은 네 아이와 함께 종자로 남겨두었던 옥수수를 떴다.

쇠망치를 든 사나이들은 다음 집으로 건너가기 전에 꼽추네 식구들을 말없이 바라보았다. 아무도 덤벼들지 않았고, 아무도 울지 않았다. 이것이 그들에게 무서움을 주었다.

주위가 어두워왔다. 앉은뱅이는 먹이를 찾아나선 몇 마리의 쏙독새가 들판에 낮게 날으는 날개 소리를 들었다. 그는 철판 위에 계속 콩을 까넣었다. 나무 타는 냄새와 콩 익는 냄새가 좋았다. 호수 건너편으로 한떼의 사람들이 지나가고 있었다. 아파트 공사장 인부들이었다. 앉은뱅이는 호숫가 들판을 가로지른 그들의 실루엣[1]이 버스 정류장 쪽으로 이어지는 것을 보았다.

그는 꼽추의 발짝 소리를 기다리면서 철판을 불 위에서 끌어내렸다. 꼽추의 발짝 소리는 들리지 않았다. 꼽추의 부인, 큰 아이, 작은아이 모두 잘 참았다.

그는 익은 콩을 입 안에 넣고 씹었다. 꼽추네 마루는 아주 잘 탔다. 동네 사람들이 참지 못하고 쇠망치를 든 한 사나이들에게 울면서 달라붙었다.

사람들은 집단 행동에 대해서는 책임을 지지 않아도 되는 것으로 믿고 있었다.

그들은 쇠망치를 든 한 사나이를 끌어내어 치고 받았다. 그는 몇 분 뒤에 피를 흘리며 일어나 한 쪽 팔을 흔들더니 입에 물고 있던 피를 확 뱉어냈다. 부러진 앞니들이 피에 섞여 나왔다.

앉은뱅이는 쇠망치를 든 사나이들이 다가오자 코스모스가 한창인 길 옆으로 비켜 앉으며 집을 가리켰다. 앉은뱅이네 식구들은 꼽추네 식구들보다 대가 약했다. 부인은 펌프대 뒤쪽에 쪼그리고 앉더니 때묻은 치마를 올려 얼굴을 감쌌다.

1) 형상 / 윤곽

아이들은 그 옆에서 연신 두 눈을 쓸어내렸다. 지붕과 벽은 순식간에 내려앉고 먼지만 올랐다.

앉은뱅이는 꼽추가 다가오는 발짝 소리를 들었다. 꼽추는 들고 온 플라스틱통을 불기가 닿지 않을 곳에 놓았다. 통에 휘발유가 가득 들어 있었다. 꼽추는 이 무거운 통을 들고 어두운 십리 벌판길을 걸어왔다. 그 벌판 끝 공터에는 약장수들이 은박지에 싼 산토닌2)을 팔고 있었다.

그들은 폐차장에서 망가진 승용차를 사 몰고 다녔다. 차 안에는 나왕 각목, 단단한 돌, 맥주병, 긴 못, 숫돌에 날카롭게 긴 장검들을 실었다. 사범이라는 사람이 사용하는 도구였다. 그는 손으로 돌과 맥주병을 깨고, 나왕 각목을 부러뜨리고, 나무에 박아 끝을 구부린 긴 못으로 이를 뽑았다. 그가 날카로운 장검을 손아귀에 넣어 나일론 끈으로 묶고, 그 칼끝을 배에 대어 눌러 뺄 때 사람들은 온몸 피부 조직이 칼날 밑에서 짓이겨지는 착각을 느끼고는 했다.

사범은 아무렇지도 않았다.

그의 힘은 무서웠다. 꼽추는 그에게서 휘발유를 얻었다. 승용차의 구조도 자세히 살펴보았다. 앉은뱅이는 꼽추가 어둠 속에 잠겨 있는 동네 쪽으로 고개를 돌리고 서 있는 것을 보았다. 꼽추가 주저앉자 그는 철판을 밀어주었다. 꼽추는 콩을 입으로 가져가다 말고 낮게 물었다.

"무슨 소리지?"

"응?"

"무슨 소리가 났어."

두 사람은 잠깐 숨소리를 죽였다.

"새가 날아다니는 소리야."

앉은뱅이가 말했다.

"쏙독새가 먹이를 찾아 날고 있어."

"밤에?"

"낮엔 잠을 잔다구. 나무에 혹처럼 붙어서 잠을 자는 새야."

꼽추는 입으로 가져가던 콩을 철판 위에 놓았다. 앉은뱅이는 꼽추가 떨리는

2) 구충제

손으로 담배를 피워 무는 것을 보았다.

"왜 그래?"

앉은뱅이가 물었다.

"아무것도 아냐."

꼽추가 말했다.

"겁이 나서 그래?"

"무서울 건 없어."

"마음이 내키지 않으면 들어가."

꼽추는 고개를 저었다. 꼽추네 아이들은 천막 안에서 잠을 잤다. 그 아이들은 잠들기 전에 천막 앞에다 불을 피웠다. 앉은뱅이네 아이들이 저희 집 부엌 문짝을 가져와 불 위에 놓았다. 다 부서져 팔 수도 없는 것이었다.

천막 안은 캄캄했다. 불 앞에 모여 섰던 동네 사람들이 흩어져가자 집들이 들어섰던 어수선한 땅은 어둠에 싸였다. 어른들은 한 줄기 부연 불빛을 따라갔다.

방범 초소 앞 공터에 승용차가 서 있었고, 사나이는 차 안에서 몇 사람이 건네준 종이쪽지와 인감증명을 들여다보았다. 사나이는 밖으로 돈을 내밀었다.

사람들은 차 앞에 쪼그리고 앉아 돈을 세었다.

앉은뱅이는 철판을 다시 불 위에 올려놓고 콩을 까넣었다. 그는 꼽추가 콩이라도 먹는 것을 보고 싶었다. 그는 꼽추가 지난 며칠 동안 무엇을 먹는 것을 본 적이 없다.

"나올 때가 됐잖아?"

꼽추가 물었다. 그의 담배는 바짝 타들어가 두 손가락 끝에 걸려 있었다.

"됐어."

앉은뱅이가 말했다.

"그자가 날 죽이지만 않게 해줘. 살이 피둥피둥 찐 친구야. 그 몸무게로 눌러오면 난 숨도 한번 제대로 못 쉬고 뻗을 거야."

"그러면서 날더러 들어가래?"

"자네가 들어가면 다른 방법을 써야지."

"다른 방법?"

"묻지 마."

앉은뱅이는 고개를 돌렸다. 그의 시야를 아파트 건물들이 가렸다. 벌판 서쪽 끝에서 동쪽 끝까지 잔뜩 들어선 아파트의 골조들이 시꺼먼 모습으로 서 있었다.

꼽추가 두 손으로 모래흙을 퍼 불 위에 뿌렸다. 앉은뱅이는 철판을 끌어내렸다. 그는 꼽추가 불을 다 끌 때까지 묵묵히 보고만 있었다. 마지막 한 점의 불까지 덮어버리자 주위는 어둠에 싸였다.

"불을 껐어."

꼽추가 말했다. 앉은뱅이는 동네 쪽으로 고개를 돌렸다. 승용차의 불빛이 밤하늘을 몇 번 휘둘러 젓더니 서서히 움직이기 시작했다.

"먹어."

앉은뱅이가 철판을 밀어놓으며 말했다. 꼽추는 철판을 콩밭으로 차버렸다. 그는 휘발유가 든 플라스틱 통을 들고 앞서 걸었다. 앉은뱅이는 급히 그의 뒤를 따라갔다. 길이 움푹 파인 곳에 물이 괴어 있었다. 물 가운데 디딤돌이 두 개 놓여 있어 꼽추는 어림짐작으로 그것들을 밟고 건너뛰었다. 그는 앉은뱅이를 기다렸다. 앉은뱅이는 물웅덩이를 피해 길가 잡초 위로 기어 꼽추가 서 있는 곳으로 갔다. 그는 길 한가운데 자리를 잡고 반듯이 앉았다. 그리고 양쪽 주머니에 꼭꼭 감아넣었던 전깃줄을 꺼내 친구에게 보였다. 꼽추는 고개를 끄덕이고 바른쪽 콩밭으로 들어가 숨었다. 앉은뱅이는 사방이 너무 조용해 겁이 났다. 그래서 친구에게 말을 걸었다.

"오늘 시세 알아봤어?"

"응."

꼽추는 보이지 않고 목소리만 들려왔다.

"얼마래?"

"삼십팔만 원."

앉은뱅이는 더 이상 말할 기분이 나지 않았다.

"앞을 봐."

꼽추가 콩밭 속에서 말해왔다. 앉은뱅이는 두 줄기의 불빛이 밤하늘을 휘저으며 다가오는 것을 보았다. 불빛 이외에는 아무것도 보이지 않았다. 눈을 감았다.

밝은 불빛은 앉은뱅이의 망막에 진한 어둠만 남겼다. 그는 꼼짝을 하지 않았다.

완충기가 그의 턱을 밀어붙이더니 승용차는 멎었다. 욕을 퍼부어대는 사나이의 목소리가 들려왔다.

꼽추는 바른쪽 콩밭에서 몸을 찰싹 붙였다. 사나이가 문을 열고 나왔다.

앉은뱅이는 옆으로 몸을 들더니 눈이 부신 얼굴로 사나이를 올려다보았다.

"이봐, 왜 그래?"

사나이가 외쳤다. 앉은뱅이가 작은 목소리로 뭐라고 중얼거리고 있었다.

사나이는 허리를 굽히며 물었다.

"뭐라구?"

"죽고 싶다구."

앉은뱅이가 말했다.

"내 위로 차를 몰아가. 나를 상관하지 말구."

그 목소리가 아주 작아 사나이는 앉은뱅이 옆에 쭈그리듯 앉았다.

"이유나 알자. 도대체 왜 그러는 거야?"

"나를 알겠어?"

"알잖구. 나에게 입주권을 팔았잖아."

"그래, 당신이 십육만 원에 사갔지."

"나를 원망할 건 없어. 나는 시에서 주는 이주 보조금보다 만 원이나 더 준거야."

"아무도 원망하진 않아."

앉은뱅이가 말했다.

"우린 그 돈으로 전세 들었던 사람을 내보낼 수 있었어."

"이봐, 길을 비키게."

사나이가 말했다. 앉은뱅이는 얼굴을 돌렸다.

"전세돈 빼주니까 끝이야."

"아파트 입주 능력이 없어서 팔아버린 것 아냐? 그런데 이제 와서 무슨 이야길 하는 거야?"

"집이 헐린 걸 봤지?"

"봤어."

사나이의 목소리가 거칠어졌다.

"우리집이 없어졌어."

앉은뱅이의 목소리는 여전히 작았다.

"당신은 나에게 이십만 원을 더 줘야 돼."

"뭐라구?"

"아무것도 모른다고 그럴 수가 있어? 삼십팔만 원짜리를 십육만 원에 사다 이십만 원씩이나 더 받고 넘긴다는 건 말이 안 돼. 나에게 이십만 원을 줘도 이만 원의 이익을 보는 것 아냐? 더구나 당신은 우리 동네 입주권을 몰아 사버렸지?"

"비켜!"

사나이가 몸을 일으켰다.

"비키지 않으면 집어던질 테야."

"마음대로 해."

아주 짧은 수간 앉은뱅이는 정신을 잃었었다. 사나이의 구둣발이 그의 가슴을 차버렸던 것이다. 앉은뱅이는 너무 약했다. 사나이는 앉은뱅이의 얼굴을 큰 주먹으로 몇 번 쥐어박더니 번쩍 들어 풀숲으로 내던졌다.

그는 거꾸로 처박히듯 내던져진 앉은뱅이가 길 위로 기어나오려고 곰지락거리는 것을 확인하고 돌아섰다. 방해물이 기어나오기 전에 빨리 지나가야 했다.

그는 승용차 안으로 들어가기 위해 몸을 굽혔다. 순간, 검은 그림자가 그의 명치 밑을 힘껏 차왔다. 사나이의 큰 몸이 힘없이 나가떨어졌다. 콩밭에 숨어 있던 꼽추가 차 안으로 들어가 있다 죽을 힘을 다해 사나이를 차버렸던 것이다.

"돈을 줄게!"

사나이는 말을 하고 싶었다. 그러나 그는 말을 할 수가 없었다. 꼽추가 그의 입에 큰 반창고를 붙인 뒤였다. 몸도 움직일 수가 없었다. 그의 몸은 전깃줄로 꽁꽁 묶여 있었다. 사나이는 꼽추가 앉은뱅이를 차 앞으로 끌고 가는 것을 보았다. 불빛에 드러난 앉은뱅이의 얼굴은 피투성이였다. 꼽추가 그의 얼굴을 씻어주었다. 앉은뱅이는 울고 있었다.

"내가 뻗는 꼴을 보고 싶었지?"

앉은뱅이가 말했다.

"그렇지 않다면 좀더 빨리 나왔어야 했어. 자넨 내가 뻗는 꼴을 보고 싶었던 거야."

"그만둬."

꼽추가 몸을 돌려 걸으며 말했다. 저자를 차에 태워야 돼. 그리고 가방을 찾아야지.

"태워."

앉은뱅이가 따라오며 말했다. 사나이는 온몸을 뒤틀다 지쳐 조용히 누워 있었다.

꼽추가 차 안으로 들어가 밤하늘을 일직선으로 가르며 커져 있던 두 줄기의 불을 꺼버렸다. 엔진도 껐다. 그는 운전석 밑에서 검정색 가방을 찾았다.

밖에서는 앉은뱅이가 사나이의 등을 받쳐 밀어 앉혔다. 꼽추가 나와 허리를 끼어안아 일으켰다. 두 친구는 사나이의 몸을 떠받치듯 밀어 운전석으로 올려 앉혔다.

"나를 저자 옆에 앉혀줘."

앉은뱅이가 말했다. 꼽추가 그를 안아 바른쪽 좌석에 앉혀주었다. 자신은 뒤쪽으로 들어가 검정색 가방을 열었다. 사나이는 보기만 했다.

"돈과 서류야."

꼽추가 말했다.

"보여줘."

앉은뱅이가 말했다. 사나이는 앉은뱅이와 꼽추가 자기의 모든 것을 갖고 있다는 것을 알았다.

"우리 건 벌써 팔아 버렸어."

앉은뱅이가 가방 안을 뒤적이면서 말했다. 사나이는 두 눈만 껌벅거렸다.

"잘 봐."

"우리 이름이 이 공책에 적혀 있어. 그런데 연필로 그어버린 거야. 이건 팔았다는 뜻이야."

앉은뱅이가 쳐다보자 사나이가 고개만 끄덕였다.

"삼십팔만 원에?"

사나이가 다시 고개를 끄덕였다.

"돈을 세어봐."

꼽추가 말했다. 앉은뱅이가 돈을 세기 시작했다. 그는 꼭 이십만 원씩 두 뭉치의 돈만 꺼냈다.

"이건 우리 돈야."

앉은뱅이가 말했다. 사나이는 다시 고개만 끄덕였다. 그는 앉은뱅이가 뒷좌석의 친구에게 한 뭉치의 돈을 넘겨주는 것을 보았다. 앉은뱅이의 손이 부들부들 떨렸다. 꼽추의 손도 마찬가지로 떨렸다. 두 친구의 가슴은 더 떨렸다.

앉은뱅이는 앞가슴을 풀어헤쳐 돈뭉치를 넣더니 단추를 잠그고 옷깃을 여몄다.

꼽추는 윗옷 바른쪽 주머니에 넣었다. 꼽추의 옷에는 안주머니가 없었다.

돈을 챙겨넣자 내일 할 일들이 머리에 떠올랐다. 앉은뱅이의 머리에도 내일 할 일들이 떠올랐다. 아이들은 천막 안에서 잠을 자고 있었다.

"통은 가져와."

앉은뱅이가 말했다. 그의 손에는 마지막 전깃줄이 들려 있었다. 밖으로 나온 꼽추는 콩밭에서 플라스틱 통을 찾았다. 그는 친구의 얼굴만 보았다. 그

이외에는 정말 아무것도 보지 않았다. 그는 승용차 옆을 떠나 동네를 향해 걷기 시작했다. 유난히 조용한 밤이었다. 그는 이따금 걸음을 멈추고 앉은뱅이가 기어오는 소리를 듣기 위해 귀를 기울였다.

앉은뱅이는 승용차 안에서 몸을 굴려 밖으로 떨어져나올 것이다. 그는 문을 쾅 닫고 아주 빠르게 손을 놀려 어둠 깔린 황톳길 위를 기어올 것이다.

꼽추는 자기의 평상 걸음과 손을 빠르게 놀렸을 때의 앉은뱅이의 속도를 생각하면서 걸었다.

동네 입구로 들어선 꼽추는 헐린 외딴집 마당가로 가 펌프의 손잡이를 눌렀다.

그는 두 손으로 물을 받아 입을 축였다. 그 손을 윗옷 바른쪽 주머니에 대어보았다. 앉은뱅이가 가쁜 숨을 몰아쉬며 기어오고 있었다. 꼽추는 앞으로 다가가 앉은뱅이의 얼굴을 들여다보았다. 어두워서 잘 보이지 않았다.

앉은뱅이의 몸에서는 휘발유 냄새가 났다. 꼽추가 펌프를 찧어 앉은뱅이의

얼굴을 씻어주었다. 앉은뱅이는 얼굴이 쓰라려 눈을 감았다. 그러나 이런 아픔쯤은 아무것도 아니었다. 그는 가슴 속에 들어 있는 돈과 내일 할 일들을 생각했다. 그가 기어온 황톳길 저쪽 끝에서 불길이 솟아올랐다. 그는 일어서려는 친구를 잡아 앉혔다.

쇠망치를 든 사람들이 왔을 때 꼽추네 식구들은 정말 잘 참았다. 앉은뱅이네 식구는 꼽추네 식구들보다 대가 약했다. 앉은뱅이는 갑자기 일어서려고 한 친구가 마음에 들지 않았다. 폭발 소리가 들려 왔을 때는 앉은뱅이도 놀랐다.

그러나 그것도 잠깐뿐이었다. 불길도 자고 폭발 소리도 자버렸다.

어둠과 침묵이 두 사람을 싸고 있었다. 꼽추가 앞서 걸었다. 앉은뱅이가 그
뒤를 따랐다.

"살 게 많아."

그가 말했다.

"모터가 달린 자전거와 리어카를 사야 돼. 그 다음에 강냉이 기계를 사야지.
자네는 운전만 하면 돼. 내가 기어다니는 꼴을 보지 않게 될 거야."

앉은뱅이는 친구의 반응을 기다렸다. 꼽추는 말이 없었다.

"왜 그래?"

앉은뱅이는 급히 따라가 꼽추의 바짓가랑이를 잡았다.

"이봐, 왜 그래?"

"아무것도 아냐."

꼽추가 말했다.

"겁이 나서 그래?"

앉은뱅이가 물었다.

"아무렇지도 않아."

꼽추가 말했다.

"묘해. 이런 기분은 처음야."

"그럼 잘 됐어."

"잘 된 게 아냐."

앉은뱅이는 이렇게 차분한 친구의 목소리를 처음 들었다.

"나는 자네와 가지 않겠어."

"뭐!"

"자네와 가지 않겠다구."

"갑자기 무슨 소릴 하는 거야? 내일 삼양동이나 거여동으로 가자구. 그곳엔 방
이 많아. 식구들을 안정시켜 놓고 우린 강냉이 기계를 끌고 나오면 되는 거야.

모터가 달린 자전거를 사면 못 갈 곳이 없어. 갈현동에 갔었던 일 생각나? 몇
방을 튀겼었는지 벌써 잊었어? 밤 아홉시까지 계속 돌려댔었잖아. 그들은 강냉이
를 먹기 위해 튀기러 오는 게 아냐. 옛날 생각이 나서 아이들을 앞세우고 올 뿐
야. 그런 델 찾아다니면 돼. 우린 며칠에 한 번씩 집에 돌아가 여편네가 입을 벌
릴 정도의 돈을 쏟아 놓아줄 수가 있다구. 그런데 자네는 무슨 생각을 하는 거

야?"

"나는 사범을 따라갈 생각야."

"그 약장수?"

"응."

"미쳤어? 그 나이에 무슨 약장사를 하겠다는 거야?"

"완전한 사람은 얼마 없어. 그는 완전한 사람야. 죽을 힘을 다해 일하고 그 무서운 대가로 먹고 살아. 그가 파는 기생충약은 가짜가 아냐. 그는 자기의 일을 훌륭히 도와줄 수 있는 내 몸의 특징을 인정해 줄 거야."

꼽추는 이렇게 말하고 한마디 덧붙였다.

"내가 무서워하는 것은 자네의 마음야."

"그러니까, 알겠네."

앉은뱅이가 말했다.

"가. 막지 않겠어. 나는 아무도 죽이지 않았어."

"어쨌든."

꼽추가 돌아서면서 말했다.

"무슨 해결이 나야 말이지."

어둠이 친구를 감싸 앉은뱅이는 발짝 소리밖에 듣지 못했다. 조금 있자 발작 소리도 들리지 않았다. 그는 아이들이 잠든 천막을 찾아 기어가기 시작했다.

울지 않겠다고 이를 악물었다. 그러나 흐르는 눈물은 어쩔 수 없었다. 그는 이 밤이 또 얼마나 길까 생각했다.

교사는 두 손을 교탁 위에 얹었다. 그는 제자들을 향해 말했다.

"끝으로 내부와 외부가 따로 없는 입체는 없는지 생각해보자. 내부와 외부를 경계지을 수 없는 입체, 즉 뫼비우스의 입체를 상상해보라. 우주는 무한하고 끝이 없어 내부와 외부를 구분할 수 없을 것 같다. 간단한 뫼비우스의 띠에 많은 진리가 숨어 있는 것이다. 내가 마지막 시간에 왜 굴뚝 이야기나 하고, 띠 이야기를 하는지 제군은 생각해주리라 믿는다. 차차 알게 되겠지만 인간의 지식은 터무니없이 간사한 역할을 맡을 때가 많다. 제군은 이제 대학에 가 더 많은 것을 배우게 될 것이다. 제군은 결코 제군의 지식이 제군이 입을 이익에 맞추어 쓰여지는 일이 없도록 하라. 나는 제군을 정상적인 학교 교육을 받은 사람, 사물을 옳게 이해할 줄 아는 사람으로 가르치려고 노력했다. 이제 나의 노력이 어떠했나 자신을 테스트해볼 기회가 온 것 같다. 다른 인사말은 서로 생략하기로 하자."

"차렷!"

반장이 벌떡 일어서며 소리쳤다.

"경례!"

교사는 상체를 굽혀 답례하고 교단에서 내려왔다. 그는 교실에서 나갔다.

겨울 해는 이미 기울어 교실 안이 어두워왔다.

해답

1. 뫼비우스의 띠는 누가 가해자인지 피해자인지를 쉽게 알 수 없는 왜곡된 현실의 상징이다. 다른 한편으로는 뫼비우스의 띠는 안과 밖의 구별이 없다는 점에서 빈부의 격차 없이 평등하게 살고자 하는 사람들의 희망을 의미하는 것으로 볼 수 있다. 2. 사기당한 돈을 되찾기 위해서

30

그 여자네 집, 박완서

박완서(朴婉緒, 1931~) ●● 경기도 개풍에서 태어났다. 1970년 〈여성동아〉에 〈나목
(裸木)〉이 당선되어 등단함. 그녀의 작품은, 사회의식과 역사의식이 투철한 토대에서 부조
리에 대한 비판을 주조로 하고 있다. 그런 한편, 분단 현실에 대한 진단과 대응을 소설화
하는 특징을 가지고 있다. 대표작에 〈엄마의 말뚝〉〈그 가을의 사흘 동안〉〈그 해 겨울은
따뜻했네〉〈휘청거리는 오후〉〈나목〉〈황혼〉〈미망〉 등이 있다.

그 여자네 집, 박완서

지난 여름 작가 회의에서 북한 동포 돕기 시 낭송회를 한 적이 있다. 시인들만 참석하는 줄 알았더니 각계 원로들도 자기가 평소에 애송하던 시를 낭송하는 순서가 있다고, 나한테도 한편 낭송해 달라고 했다. 내가 원로 소리를 듣게 된 것이 당혹스러웠지만, 북한 돕기라는 데 핑계를 둘러대고 빠질 만큼 빤질빤질하지는 못했나 보다. 하겠다고 했다. 그러나 거역할 수 없는 명분보다 더 중요한 것은 낭송하고 싶은 시가 있었다는 게 아니었을까. 그 무렵 나는 김용택의 '그 여자네 집'이라는 시에 사로잡혀 있었다. 김용택은 내가 좋아하는 시인 중의 한 사람일 뿐 가장 좋아하는 시인이라고는 말 못 하겠다. 마찬가지로 '그 여자네 집'이 그의 많은 시 중 빼어난 시인지 아닌지도 잘 모르겠다.

'그 여자네 집'은 다음과 같다.

가을이면 은행나무 은행잎이 노랗게 물드는 집
해가 저무는 날 먼 데서도 내 눈에 가장 먼저 뜨이는 집
생각하면 그리웁고

바라보면 정다운 집
어디 갔다가 늦게 집에 가는 밤이면
불빛이, 따뜻한 불빛이 검은 산 속에 살아 있는 집
그 불빛 아래 앉아 수를 놓으며 앉아 있을
그 여자의 까만 머릿결과 어깨를 생각만 해도
손길이 따뜻해져오는 집

살구꽃이 피는 집
봄이면 살구꽃이 하얗게 피었다가
꽃잎이 하얗게 담 너머까지 날리는 집
살구꽃 떨어지는 살구나무 아래로
물을 길어오는 그 여자 물동이 속에
꽃잎이 떨어지면 꽃잎이 일으킨 물결처럼 가 닿고
싶은 집
샛노란 은행잎이 지고 나면
그 여자
아버지와 그 여자
큰 오빠가
지붕에 올라가
하루종일 노랗게 지붕을 이는 집
노란 집

어쩌다가 열린 대문 사이로 그 여자네 집 마당이 보이고
그 여자가 마당을 왔다갔다하며
무슨 일이 있는지 무슨 말인가 잘 알아들을 수 없는 말소리와
옷자락이 언뜻언뜻 보이면
그 마당에 들어가서 나도 그 일에 참여하고 싶은 집

마당에 햇살이 노란 집
저녁 연기가 곧게 올라가는 집

뒤안에 감이 붉게 익은 집
참새떼가 지저귀는 집
눈 오는 집
아침 눈이 하얗게 처마 끝을 지나
마당에 내리고
그 여자가 몸을 웅숭크리고
아직 쓸지 않은 마당을 지나
뒤안으로 김치를 내러 가다가 "하따, 눈이 참말로 이쁘게도 온다이이" 하며
눈이 가득 내리는 하늘을 바라보다가
속눈썹에 걸린 눈을 털며
김칫독을 열 때
하얀 눈송이들이 김칫독 안으로
내리는 집
김칫독에 엎드린 그 여자의 등허리에
하얀 눈송이들이 하얗게 하얗게 내리는 집
내가 목화송이 같은 눈이 되어 내리고 싶은 집
밤을 새워, 몇밤을 새워 눈이 내리고
아무도 오가는 이 없는 늦은 밤
그 여자의 방에서만 따뜻한 불빛이 새어나오면
발자국을 숨기며 그 여자네 집 마당을 지나 그 여자의 방 앞
뜰방에 서서 그 여자의 눈 맞은 신을 보며
머리에, 어깨에 쌓인 눈을 털고
가만히, 내리는 눈송이들도 들리지 않는 목소리로
가만 가만히 그 여자를 부르고 싶은 집

그
여
자
네 집

30

박완서

그
여자네
집

어느날인가
그 어느날인가 못밥을 머리에 이고 가다가 나와 딱
마주쳤을 때
"어머나" 깜짝 놀라며 뚝 멈추어 서서 두 눈을 똥그랗게 뜨고
나를 쳐다보며 반가움을 하나도 감추지 않고
환하게, 들판에 고봉[1]으로 담아놓은 쌀밥같이
화아안하게 하얀 이를 다 드러내며 웃던 그
여자 함박꽃 같던 그
여자

그 여자가 꽃 같은 열아홉살까지 살던 집
우리 동네 바로 윗동네 가운데 고샅 첫 집
내가 밖에서 집으로 갈 때
차에서 내리면 제일 먼저 눈길이 가는 집
그 집 앞을 다 지나도록 그 여자 모습이 보이지 않으면
저절로 발걸음이 느려지는 그 여자네 집
지금은 아, 지금은 이 세상에 없는 그 집
내 마음 속에 지어진 집
눈 감으면 살구꽃이 바람에 하얗게 날리는 집
눈내리고, 아 눈이, 살구나무 실가지 사이로
목화송이 같은 눈이 사흘이나
내리던 집
그 여자네 집
언제나 그 어느 때나 내 마음이 먼저
가
있던 집

1) 위로 수북하게 담음 / 곱배기

그

여자네

집

생각하면, 생각하면 생. 각. 을. 하. 면……

　내가 '녹색평론'에서 그 시를 처음 읽고 깜짝 놀란 것은, 이건 바로 우리 고향
의 마을과 곱단이와 만득이 이야기다 싶었기 때문이다. 지금은 칠순이 훨씬 넘
은 장만득 씨는 아직도 문학 청년 기질을 가지고 있다. 불과 몇 년 전까지만 해도
신춘 문예 철만 되면 가슴이 울렁거린다고 했다. 가슴이 울렁거린 게 아니라 응
모도 해 봤으리라고 나는 넘겨 짚고 있다. 그 울렁거림이 얼마나 참을 수 없는 울
렁거림이라는 걸 알기 때문이다. 만일 그 시가 김용택이라는 유명한 시인의 시
가 아니라 처음 들어 보는 시인의 시였다면 나는 장만득 씨가 가명으로 등단을
했으리란 걸 의심치 않았을 것이다. 나는 그 시를 읽고 또 읽었다. 처음에 희미했
던 영상이 마치 약물에 담근 인화지처럼 점점 선명해졌다. 숨어 있던 수줍은 아
름다움까지 낱낱이 드러내자 나는 마침내 그리움과 슬픔으로 저린 마음을 주체
할 수가 없어서 혼자서 느릿느릿 포도주 한 병을 비웠다.
　곱단이는 범강장달이[2] 같은 아들을 내리 넷이나 둔 집의 막내이자 고명딸이
었다. 부지런한 농사꾼의 아버지와 착실한 아들들은 가을이면 우리 마을에서 제
일 먼저 이엉을 이었다. 다섯 장정이 휘딱 해치울 일이건만 제일 먼저 곱단이네
지붕에 올라앉아 부산을 떠는 건 만득이였다. 만득이는 우리 동네의 유일한 읍
네 중학생이라 품앗이 일에서는 저절로 제외되곤 했건만 곱단이네가 일손이 모
자라는 집도 아닌데 제일 먼저 달려들곤 했다. 곱단이 작은 오빠하고 만득이는
친구 사이였다. 그래도 마을 사람들은 만득이가 곱단이네 집이라면 발벗고 나서
고 싶어하는 게 친구네 집이라서가 아니라 그 여자, 곱단이네 집이기 때문이라
는 걸 알고 있었다. 부엌에서 더운 점심을 짓느라 연기가 곧게 올라가는 따뜻한
가을날, 곱단이네 지붕에 제일 먼저 뛰어올라 깃발처럼 으스대는 만득이를 보고
동네 노인들은 제 색시가 고우면 처갓집 말뚝에도 절을 한다더니만, 하고 혀를

---

2) 키가 크고 기운이 셈

그 여자네 집

찼지만 그건 곧 만득이가 곱단이 신랑이 되리라는 걸 온 동네가 다 공연하게 인정하고 있다는 증거였다.

둘 사이는 그들보다 어린 우리 또래들 사이에도 선망의 대상이었다. 우리들은 연애를 건다고 말하면서 야릇하게 마음 설레곤 했다. 40년대의 보수적인 시골 마을에서도 젊은 남녀가 부모 몰래 사랑을 나누는 일이 없었던 건 아니었나 보다. 누가 누구하고 바람이 났다던가, 눈이 맞았다던가, 심지어는 배가 맞았다는 소문까지 날 적이 있었다. 그건 부모가 얼굴을 못 들고 다닐만한 스캔들이었고, 그 뒤끝에도 거의 다 너절하거나 께적지근한 것이었다.

곱단이하고 만득이가 좋아하는 것을 바람났다고 말하지 않고, 연애 건다고 말한 것은 그런 스캔들과 차별 짓고 싶은 마음에서였을 것이다. 마을 사람들로서는 일종의 애정이요 동경이었다. 남자들은 서당에서 한문 공부를 하고, 여자들은 어깨 너머로 언문을 해독할 수 있을 정도로 까막눈은 면했다 하나 읍에서 이십여 리나 떨어진 이 마을에서 신식학교 교육은 아직 먼 풍문이었다. 그러나 기회만 닿으면 자식에게만은 시켜 보고 싶은 거였다. 연애에 대해서도 비슷한 생각을 가졌던 것 같다. 도시에서 배운 사람들이 하는 개화된 풍속에 대한 거역할 수 없는 호기심을 가지고 있었다. 젊은 사람들 사이에서뿐만 아니라 사사건건 트집잡기 전부터 둘이 짝이 된다면 얼마나 보기 좋은 한 쌍이 될까 눈을 가느스름히 뜨고 상상하는 것만으로 즐거워한 게 노인들이었기 때문이다. 만득이나 곱단이네나 일 년 계량하기에 모자라지도 넘치지도 않을 만한 토지를 가진 자작농이었고, 인품이 후하여 어려운 살필 줄 아는 집안이었다. 만득이는 위로 누나들만 있었고, 곱단이는 오빠들만 있어서, 기다리던 귀한 아들딸이었다. 제 집에서 귀히 여기는 자식은 남들도 한 번 볼 거 두 번 보면서 덕담을 아끼지 않는 법이다. 그들 또한 그러하였다.

곱단이는 시골 아이답지 않게 살갗이 희고, 맑은 눈에 속눈썹이 길었다. 나는 그녀의 속눈썹이 얼마나 길었는지 표현할 말을 몰랐었는데 김용택의 시 중에서 마침내 가장 알맞은 말을 찾아 냈다. 함박눈이 내려 앉아서 쉴 만큼 길었다. 함박눈은 녹아 이슬 방울이 되고 촉촉이 젖은 눈썹이 그녀의 검은 눈동자에 그늘을 드리우면, 목석의 애간장이라도 녹일 듯 애틋한 표정이 되곤 했다. 만득이는 총명하여 하나를 가르치면 열을 알았고, 생긴 것 또한 관옥같았다. 촌구석에서는 드문 일들이었다. 만득이가 개천에서 난 용이라면 곱단이는 진흙탕에 핀 연꽃이었다. 누가 먼저랄 것도 없이 둘이 장차 신랑 각시가 되면 얼마나 어여쁜 한 쌍이 될까 하는 소리가 저절로 나왔다. 이구동성으로 두 사람의 천생연분을 점친 것이다. 양가의 처지 또한 서로 기울지도 넘치지도 않았고, 어른들은 소박하고 정직하여 남들이 사윗감 며느리감으로 점찍어 준 아이들을 어려서부터 눈여겨보며 아름답고 늠름하게 자라는 걸 서로 기특해 하며 귀여워하였다. 곱단이와 만득이는 우리 마을의 화초요 꿈이었다. 그러나 한두 번이라도 중매를 서 본 사람은 알 것이다. 남 보기에는 하늘이 정해 준 배필처럼 어울리는 한 쌍이어 그들을 맺어 주는 것에 거의 소명 의식 같은 걸 느끼고 중매에 나서지만 본인은 의외로 냉담한 경우가 많다는 것을, 남자가 여자가 서로 연정을 느끼는 건 신의 장난질처럼 인간의 계획 밖의 일이다. 남이 나서서 잘 되기를 꾀하거나 도와 주려고 하면 되레 어깃장을 놓은 속성까지 있는 것 같다.

그러나 만득이와 곱단이는 마을 사람들의 꿈을 배반하지 않았다. 곱단이가 만득이를 보면 유난히 부끄럼을 타기 시작한 게 그 증거였다. 곱단이가 만득이 때문에 방구리를 깨트린 일은 두고두고 동네 사람들의 입초시에 오르내렸다. 위말 아랫말 합쳐야 이십여 호밖에 안 되는 작은 마을이라 우물이 하나밖에 없었다. 물 긷는 일은 전적으로 아낙네들 몫이었고, 물동이를 이고도 동이를 손으로 잡는 법 없이 두 손을 자유롭게 놀리며, 고개도 이리저리 돌려 볼 것 다 보고 다닐 수 있어야 비로소 살림에 관록이 붙은 주부였다. 계집애들은 엄마들의 그런 솜씨에 찬탄의 눈길을 보내는 한편, 언젠가는 자기들도 그런 최고의 경지에 도달하지 않으면 안 된다는 압박감을 가졌음 직하다. 계집애들은 어려서부터 물동이를 이고 싶어했다. 아이들도 능히 일 수 있는 작은 물동이를 방구리라고 했다. 방구리는 실용보다는 딸애들의 놀이 기구에 가까워서 깨뜨리기도 잘했다. 계집애를 얕볼 때, 쬐그만 계집애란 말 대신 방구리만한 계집애로 통하는 게 우리 마을이었다.

곱단이는 귀한 딸이고 올케가 둘씩이나 있어서 물동이 같은 거 안 이어도 됐건만 자기 몫의 방구리는 가지고 있었고, 동무들이 하는 건 다 해보고 싶은 나이였다. 그러나 머리에 인 방구리 손잡이를 양손으로 움켜잡지 않고는 한 발자국도 못 떼는 초보였다. 그렇게 방구리로 물을 길어 가는데 저만치서 만득이가 오는 게 보였다. 만득이는 방구를 들어 주려고 급히 달려오고 그걸 본 곱단이는 에구머니나, 흘러내린 치마말기를 추켜올리려고 급히 방구리 손잡이를 놓아 버린 것이다. 방구리가 깨진 건 말할 것도 없다. 곱단이가 열너덧 살 가슴이 살구씨만큼 부풀어 올랐을 무렵이었다. 저고리를 짧게 입고 치마말기로 가슴을 동일 때라 임질을 할 때면 겨드랑과 가슴이 드러나게 돼 있었다. 그 무렵의 우리 고장의 풍습으로는 젊은 여자들도 거기에 대한 수치감이 별로 없었다. 임을 이고 가는 엄마 뒤에 업힌 아이가 겨드랑 밑으로 엄마의 앞가슴을 더듬거나 끌어당겨 빨기까지 하는 모습도 흔히 볼 수 있었다. 가슴에 대한 수치심도 일종의 문화 현상이 아닐까. 그 시절엔 엄마의 가슴은 아이들의 밥그릇 정도로 여겼던 반면 배꼽을 드러내는 건 수치스럽게 여겼다. 처녀는 좀 달랐겠지만 그런 풍토에서 방구리를 깨뜨리면서까지 가슴을 가리고 싶어했던 것은 예사스러운 일이 아니었다.

우리 마을에서 만득이가 제일 먼저 읍내 중학교로 진학하자 곱단이는 아버지를 졸라 십 리 밖에 새로 생긴 소학교 분교에 입학했다. 방구리 사건이 있고 나서였다. 분교를 간이 학교라고 불렀고, 입학하는 데는 연령 제한 같은 것도 없었다. 남학생 중에는 아이 아범도 있을 정도였다. 중학교도 마찬가지였나 보다. 만득이도 소학교만 나오고 몇 년 집에서 농사를 거들다가 서울로 시집간 큰누나가 신식 교육의 필요성을 역설해서 상급 학교에 가게 됐으니 늦공부인 셈이었다.

간이 학교는 우리 마을에서 읍으로 가는 도중에 있는 긴내골이라는 오십여호가 넘는, 인근에서는 가장 큰 마을에 있었다. 고개를 두 번 넘고 시냇물을 한 번 건너야 했다. 만득이와 곱단이가 등하굣길을 자연스럽게 같이 했을 것은 말할 것도 없다. 겉으로 보기에 두 사람이 유별나 보이지는 않았다. 늘 곱단이가 한참 뒤져서 걷고 만득이는 휘적휘적 앞서 가다가 기다려 주곤 했다. 부부가 같이 외출을 해도 나란히 걷지를 못하고 아내가 한참 뒤에서 걷는 걸 예절처럼 알던 시대였다. 곱단이보다 갈 길이 곱절이 되는 만득이가 갑갑한 곱단이의 걸음걸이를 참지 못하고 횡하니 먼저 가 버릴 적도 있었다.

들을 적시는 개울물이 도처에 그물망처럼 퍼져 있는, 물이 흔한 고장이었지만 다리를 통해 건너야 하는 긴내골의 시냇물은 유난히 아름다운 강이었다. 물은 깊지 않았지만 골이 깊어서 길에서 수면까지 비스듬히 가파른 둔덕에는 잗다란 들꽃들이 봄 여름 가을 내 쉼 없이 피었다 지곤 했고, 흰 자갈과 잔모래와 꽃 그림자 사이를 무리 지어 유영하는 물고기들과 장난치듯 부서지는 잔물결은 수정처럼 투명했다. 그 시냇물에는 흙 다리가 놓여 있었다. 양쪽 둔덕을 두 개의 기둥목으로 가로질러 놓고, 그 사이를 새끼줄이나 칡넝쿨 같은 것으로 엮고는 진흙으로 빤빤하게 싸 바른 흙다리는 마치 오솔길의 연속처럼 편안했다. 그러나 비가 많이 오거나 봄의 해토 무렵엔 흙다리 곳곳에 구멍이 뚫리기도 하고 미끌거리기도 했다. 그런 불편은 잠깐, 곧 누군가의 손길로 감쪽같이 보수가 되곤 했지만 문제는 장마중이거나 미처 보수를 하기 전이었다. 특히 계집애들은 구멍 난 흙다리를 건너기를 무서워했다. 차라리 둔덕을 내려가 신발 벗고 점벙점벙 강물로 들어가는 게 안심스러웠다. 물이 불어 봤댔자 허리 정도밖에 안 찼지만 그럴 때는 앞서서 작대기로 물의 깊이를 알려 주고 계집애들을 인도하는 게 남학생들의 중요한 사내 구실이었다. 그러나 만득이는 곱단이가 사내 녀석들하고 치마를 배꼽위까지 걷어올리고 속바지를 적셔 가며 물을 건너는 걸 참을 수 없어 했다. 등굣길은 물론 하굣길까지 어떻게든 시간을 맞춰 지키고 있다가 구멍 뚫린 흙다리 위로 건너게 해 주었다. 흙다리를 건너면서 곱단이가 얼마나 무섬을 타고, 앙탈을 하고, 그러면 만득이는 그걸 다 받아 주며 다독거리느라 길지도 않은 흙다리 위에서 둘이 몇 번씩이나 서로 얼싸안는다는 소문이 자자하게 퍼지곤 했다. 그러나 구닥다리 노인들도 그런 소문을 망신스러워하지 않고 귀엽게 여겼다. 둘은 어차피 혼인할 테고 둘이 서로 좋아하는 것은 아름다운 한 쌍의 새가 부리를 비비는 것처럼 예쁘게만 보였다. 흙다리가 아니라 연애 다리라는 소리도 악의라곤 없었다.

중학교 상급반으로 오르면서 만득이는 문학에 눈을 뜨게 된 것 같다. 한동안 그는 '오뇌의 무도'라는 시집을 책가방에 넣지 않고 옆구리에 끼고 다닌 적이 있는데 그게 그렇게 멋있어 보일 수가 없었다. 학교 문턱에도 못 가 본 이도 남자들은 한문을 다 읽을 줄 알았다. 서당이 마을 사내들의 의무교육 기관처럼 돼 있었다. '오뇌의 무도'[3]라고 붙여서 읽을 수는 있어도 그게 무슨 뜻인지 확 오는 게 아니었다. 글자는 한자건만 그 낱말이 불러일으키는 이미지는 이국적이고 하이칼라한 것이었다. 어디서 흘러들어온 말인지 하이칼라란 말이 우리 마을 젊은이들 사이에서 한창 유행할 때였다. 어딘지 이국적이고 약간 겉멋 들어 보이는 건 뭐든지 하이칼라라고 했다.

---

3) 1921년 김억에 의해 발행된 한국 최초의 번역 시집

마을 젊은이들 사이에 춘원 바람을 일으킨 것도 만득이였다. '흙', '단종애사', '무정' 같은 춘원의 책이 젊은이들 사이를 돌며 나달나달해질 때까지 읽혔다. 책은 나달나달해졌지만 거기 한번 맛들인 청년들의 눈빛은 별처럼 빛났다. 그러나 곧 춘원이 창씨 개명에 앞장서고 청년들을 전쟁터로 내모는 연설을 했다는 말을 퍼뜨려, 청년들을 실의에 빠뜨리고 헷갈리게 만든 것도 만득이였다. 그가 마을 청년들의 정신의 맥을 쥐었다 폈다 한다고 해도 과언이 아니었다. 2차 세계 대전이 말기에 접어들면서 마을의 형편도 날로 어려워지고 있었지만, 젊은이들의 정신의 기갈은 그보다 더 심각하였기 때문에 먹혀들기도 그만큼 쉬웠다. 만득이가 퍼뜨린 책 때문에 마음이 통하게 된 젊은이들이 모여서 문학 얘기도 하고 세상 돌아가는 일에, 울분을 토로하기도 하는 모임이 자연히 형성되었는데, 거기서도 중심 인물은 물론 만득이였다. 그러나 고작 만학의 중학생이었다. 식민지 청년의 의식있는 모임이라기보다는 만득이의 지적 허영심을 충족시키는 장이었다. 그는 가끔 자기가 쓴 시를 비장한 어조로 읽어 주곤 했는데 그 중 곱단이가 눈물이 글썽일 정도로 좋아하는 시가 나중에 알고 보니 임화의 시 뒷부분이었다.

오늘도 연기는
구름보다도 높고,
누구이고 청년이 몇,
너무나 좁은 하늘을
넓은 희망의 눈동자 속 깊이
호수처럼 담으리라,
벌리는 팔이 아무리 좁아도,
오오! 하늘보다 너른 나의 바다.

이런 시였는데 팔을 벌리고 '오오! 하늘보다 너른 나의 바다'할 때는 어쩌나 격정적으로 목메어 부르는지 곱단이는 그 때마다 만득이를 더 넓은 세상으로 내놓아야 할 것 같아 가슴이 떨린다고 했다.

곱단이는 나에게 가끔 만득이가 보낸 편지를 보여 줄 적이 있었다. 누가 보여 달랜 것도 아닌데 보여 주는 게 계면쩍었던지 혼자 보기 아까워서……라는 말을 덧붙이곤 하였다. 연애 편지를 혼자 보기 아까워한다는 건 실상 말이 안 되는 소리다. 그건 보여줘도 무관한 담백한 편지라는 뜻도 되지만, 곱단이 보기에 그럴 듯한 문학적 표현을 자랑하고 싶어서이기도 했을 것이다. 그 중 아직도 생각나는 것은 곱단이네 울타리 밑의 꽈리나무를 '꼬마 파수꾼들이 초롱불을 빨갛게 켜 들고 서 있는 것 같다'고 표현한 거였다. 당시 우리 동네 집들은 거의 다 개나리로 뒤란 울타리를 치고 살았다. 그리고 뉘 집이나 울타리 밑에서 꽈리가 자생했다. 봄에서 여름에 걸쳐서는 거기에 꽈리나무가 있다는 것도 모를 정도로 전혀 눈에 안 띄는 잡초나 다름없었다. 꽈리가 거기 있다는 걸 알게 되는 건 풀숲이 누렇게 생기를 잃고 난 후였다. 익은 꽈리는 단풍보다 고왔고, 아닌 게 아니라 초롱처럼 자리를 내주고, 들에서는 고추가 다홍빛으로 물든 감잎도 더 고운 감한테 자리를 내주고, 들에서는 고추가 다홍빛으로 물들 때였다. 꽈리란 심심한 계집애들이 더러 입 안에서 뽀드득대는 것 외엔 아무짝에도 쓸모 없는 하찮은 잡초에 불과했다. 우리 집 울타리 밑에도 꽈리가 지천으로 자라고 있었다.

그렇게 흔해빠진 꽈리 중 곱단이네 꽈리만이 초롱에 불 켜 든 꼬마 파수꾼이 된 것이다. 만득이는 어쩌면 그리움에 겨워 곱단이네 울타리 밑으로 개구멍을 내려다 말고 발갛게 초롱불을 켜 든 꼬마 파수꾼 때문에 이성을 찾은 거나 아닐까. 그렇지 않고서야 그 흔해빠진 꽈리 중에서 곱단이네 꽈리만을 그렇게 특별한 꽈리로 만들 수는 없는 일이었다.

우리 마을엔 꽈리뿐 아니라 살구나무도 흔했다. 살구나무가 없는 집이 없었다. 여북해야 마을 이름도 행촌리였겠는가. 봄에 살구나무는 개나리와 함께 온 동네를 꽃대궐처럼 화려하게 꾸며 주었지만, 열매는 시금털털한 개살구였다. 약에 쓰려고 약간의 씨를 갈무리하는 집이 있긴 해도 열매는 아이들도 잘 안 먹어서 떨어진 자리에서 썩어 갔다. 아름다운 마을이었다. 살구꽃이 흐드러지게 필 무렵엔 자운영과 오랑캐꽃이 들판과 둔덕을 뒤덮었다. 장운영은 고루 질펀하게 피고, 오랑캐꽃은 소복소복 무리를 지어 가며 다문다문 피었다. 살구가 흙에 스며 거름이 될 무렵엔 분분히 지는 찔레꽃이 외진 길을 달밤처럼 숨가쁘게 그윽하게 만들었다.

'그 여자네 집'을 읽으면서 돌이켜 보니 행촌리의 그 흔한 살구나무 중에서도 곱단이네 살구나무는 특별났던 것 같다. 다 같은 초가집 중에서도 만득이에겐 곱단이네 지붕이 유난히 샛노랬던 것처럼, 그 흔해빠진 꽈리나무 중에서 곱단이네 꽈리나무만이 특별났던 것처럼.

곱단이네는 행촌리 윗말 첫 집이었다. 뒷동산에서 흘러내린 개울물이 곱단이네를 휘돌아 아랫말로 흐르면서 만득이네 문전옥답 논배미를 지나게 돼 있었다. 곱단이네 살구나무는 곱단이 아버지가 딸과 딸의 동무들을 위해 튼튼한 그네를 매 줄 정도로 큰나무였다. 만득이는 아마 개울물이 하얗게 하얗게 실어나르는 살구꽃을 연서처럼 울렁거리며 바라보았을 것이다.

1945년 봄에도 행촌리에 살구꽃이 피고, 꽈리꽃, 오랑캐꽃, 자운영이 피었을까. 그럴 리 없건만 괜히 안 피고 말았을 거 같다. 그 꽃들이 피어나기 전에 만득이와 곱단이의 연애도 끝나고 말았을까. 만학이던 만득이는 읍내의 사 년제 중학교를 졸업하자마자 징병으로 끌려나갔다. 며칠 간의 여유는 있었고, 양가에서는 그 사이에 혼사를 치르려고 했다. 연애 못 걸어 본 총각도 씨라도 남기려고 서둘러 혼처를 구해 혼사를 치르는 일이 흔할 때였다. 더군다나 만득이는 외아들이었고, 사주단자는 건네지 않았어도 서로 연애 건다는 걸 온 동네가 다 아는 각싯감이 있었다. 그러나 그는 한사코 혼사 치르기를 거부했다. 그건 그의 사랑법이었을 것이다. 남들이 다 안 알아 줘도 곱단이한테만은 그의 사랑법을 이해시키려고, 잔설이 아직 남아 있는 이른 봄의 으르름 달밤을 새벽닭이 울 때까지 곱단이를 끌고 다녔다고 한다. 곱단이가 그의 제안에 마음으로부터 승복했는지 안 했는지 알 길이 없다. 그러나 끌려다니지를 않고 어디 방앗간 같은 데서 밤을 지냈다고 해도 만득이의 손길이 곱단이의 젖가슴도 범하질 못하였으리라는 걸 곱단이의 부모도, 마을 사람들도 믿었다. 그런 시대였다. 순결한 시대였는지, 바보 같은 시대였는지는 모르지만, 그 때 우리가 존중한 법도라는 건 그런 거였다.

만득이에 대문에 일본 깃대와 출정 군인의 집이라는 깃발이 만장처럼 처량히 휘날리고, 그 집 사랑에서 며칠씩 술판이 벌어져도 밀주 단속에도 안 걸리고……, 그렇게 그까짓 열흘 눈 깜박할 새가 지나가 만득이는 마침내 입영을 하게 됐다. 만득이가 꼭 살아올 테니 기다리라고 곱단이를 설득하기는 어렵지 않았을 것이다. 곱단이가 딴 데 시집 갈 아이도 아니거니와 식구들 역시 딴 데 시집 보낼 엄두라도 낼 사람들이 아니었으므로, 설득에 그렇게 오랜 시간이 걸린 것은, 그럴 것이면 왜 혼사를 치르고 나서 떠나면 안 되냐는 곱단이의 지당한 생각 때문이었을 것이다. 곱단이는 이름처럼 마음씨도 비단결 같은 처녀였지만 옳다고 생각하는 걸 굽힐 만큼 호락호락하진 않았으니까. 사위스러워서 아무도 입에 올리진 않았지만 마을 사람들은 만득이가 사지(死地)로 가고 있다는 걸 알기 때문에 과부 안 만들려는 그의 깊은 마음을 내심 여간 대견히 여기는 게 아니었다. 만득이와 곱단이는 요샛말로 하면 마을의 마스코트라고나 할까. 둘 다 행복해지지 않으면 재앙이라도 내릴 것처럼 지켜 주고 싶어했고, 만득이의 처사는 그런 소박한 인심에도 거슬리지 않는 최선의 것이었다.

만득이가 떠난 후에도 마을 청년들은 앞서거니 뒤서거니 징병이나 징용으로 끌려가 마을에 남자라고는 중늙은이 이상만 남게 되었다. 곱단이의 오빠들도 도시로 나가 공장에 취직한 셋째 오빠와 부모님을 모시는 큰오빠 빼고 두 오빠가 징용으로 나가 아들 부잣집이 허룩해졌다. 장정만 데려가는 게 아니라 양식 공출도 극악해져 그 풍요하던 마을도 앞으로 넘길 보릿고개 걱정이 태산 같았다. 궂은 날 부침질만 해도 서로 나누느라 한 채반은 부쳐야 했던 인심도 스스로 금 가기 시작할 무렵이었다. 아우 나쁜 소식이 염병보다 더 흉흉하고 걷잡을 수 없이 온 동네를 휩쓸었다. 전에도 여자 정신대에 대해서 아주 모르고 있었던 것은 아니다. 일본 본토나 남양 군도에 가서 일하고 싶은 처녀들은 지원하면 보내 주고 나중에 집에 송금도 할 수 있다는 면사무소의 공문이 한바탕 돈 후였지만 그럴 생각이 있는 집은 한 집도 없었고, 설마 돈벌이를 강제로 보내리라고는 아무도 짐작을 못 했다. 그러나 들려오는 소문은 그게 아니어서 몇 사람씩 배당을 받은 면사무소 노무과 서기들과 순사들이 과년한 딸 가진 집을 위협도 하고 다짜고짜 끌어가는 일까지 있다고 했다. 설마설마하는 사이에 더 나쁜 일이 생겼다. 그건 같은 면 내에서 생긴 일이기 때문에 소문이 아니라 실제 상황이었다. 동구 밖에서 감춰놓은 곡식을 뒤지려고 나타난 면서기와 순사를 보고 정신대를 뽑으러 오는 줄 지레짐작을 한 부모가 딸애를 헛간 짚더미 속에 숨겼다고 했다. 공출 독려반들은 날카로운 창이 달린 장대로 곡식을 숨겨 두었음 직한 곳이면 닥치는 대로 찔러 보는 게 상례였다. 헛간의 짚가리로 창을 들이대는 것과 그 부모네들이 안 된다고 비명을 지른 것은 거의 동시였다. 창 끝에 처녀의 살점이 묻어 나왔다고도 하고, 꿰진 창자가 묻어 나왔다고도 하고, 처녀는 그 자리에서 죽었다고도 하고, 피를 많이 흘리면서 달구지로 읍내 병원으로 실려 갔는데 죽었는지 살았는지 모른다고도 했다. 아무튼 그 소문의 파문은 온 면 내의 딸 가진 집을 주야로 가위눌리게 했다. 끔찍한 일이었다.

도시에서 군수 공장에 다니는 곱단이의 오빠가 종아리에 각반을 차고 징 달린 구두를 신은 중년 남자를 데리고 내려왔다. 신의주에 있는 중요한 공사판에서 측량 기사로 있는, 한번 장가 갔던 남자라고 했다. 곱단이 부모로부터 그 흉흉한 소문을 듣고 급하게 구해온 곱단이의 신랑감이었다. 첫 장가 든 부인이 십 년이 가깝도록 아이를 못 낳아 내치고, 새장가를 든다는 그는 곱단이의 그 고운 얼굴 보다는 별로 크지 않은 엉덩이만 유심히 보면서, 글쎄, 아이를 잘 낳을 수 있을 까? 연방 고개를 갸우뚱, 그닥 탐탁지 않아했다고 한다. 그러나 워낙 총각이 씨가 마른 시대였다. 게다가 지금 그 늙은 신랑감이 하고 있는 일은 군사적인 중요한 일이라 징용은 절로 면제된다고 한다. 곱단이네는 그 고운 딸을 번갯불에 콩 궈 먹듯이 그 재취 자리로 보내 버렸다.

곱단이가 어떤 심정으로 그 혼사에 응했는지는 알 길이 없다. 피를 보면 멀쩡 한 사람도 정신이 회까닥해진다고 하지 않는가? 피 묻은 소문도 마찬가지였다. 곱단이네 식구뿐 아니라 마을 사람들도 이성을 잃고 말았다. 만득이와 곱단이의 연애를 어여삐 여기고, 스스로 증인이 된 마을 어른들도 이제 곱단이를 위해 할 수 있는 일은 일본군한테 내주지 않는 일뿐이었다. 더군다나 곱단이 어머니는 피가 무서워 닭 모가지 하나 못 비트는 착하디 착한 위인이었다. 그 피 묻은 소문 에 살이 떨려 우두망찰했을 것이다. 곱단이는 만득이와의 언약을 저버리고 딴 데로 시집을 가느니 차라리 죽고 싶었을 것이다. 그러나 그녀도 스스로 제 목숨 을 끊을 만큼 모질지는 못했다. 죽은 것과 마찬가지로 넋을 놓아 버리는 게 고작 이었을 것이다. 곱단이네서 혼자를 치르고 사흘 만에 신랑을 따라 집을 떠나는 곱단이는 사자(死者)를 분단장해 놓은 것처럼 섬뜩하니 표정이라곤 없었다.

멀고 먼 신의주로 시집 가 첫 근친도 오기 전에 해방이 되었다. 그녀는 열아홉 에 떠난 지붕 노란 집에 다시 돌아오지 못했다. 우리 고장은 아슬아슬하게 38이 남이 되어 북조선의 신의주와는 길이 막히고 말았다. 만득이는 살아서 돌아왔 다. 그 이듬해 만득이는 같은 행촌리 처녀인 순애와 혼사를 치렀다. 순애는 투덕 투덕 복 있게 생긴 처녀였지만 곱단이에겐 댈 것도 아니었다. 혼사 날 마을 풍속 대로 신랑을 달았는데 군대나 징용 갔다가 심성이 거칠 대로 거칠어져 돌아온 청년들이 어찌나 호되게 신랑 발바닥을 때렸던지 만득이가 엉엉 울었다고 한다. 만득이 또한 군대 가서 고초를 겪을 만큼 겪었는데 그까짓 장난삼아 치는 매를 못 견디어 울었을까? 울고 싶어, 실컷 울고 싶었을 것 같다. 이렇게 만득이의 일 거수일투족을 곱단이와 연관지어 생각하고 싶은 게 아직도 두 사람의 어여쁜 사

랑을 못 잊어 하는 마을 사람들의 심정이었으니 그리고 시집 간 순애의 마음도
편치는 않았을 것이다. 그러나 두 사람은 마을 사람들이 금실을 확인해 볼 겨를
도 없이 곧 서울로 세간을 냈다. 외아들이었지만 서울 누나가 동생의 일자리를
구해 놓고 데려갔다.

6·25 전쟁 후 38선 대신 그어진 휴전선은 행촌리를 휴전선 이북 땅으로 만들
어 놓았다. 그 동안 서로 만나지는 못했어도 귀향길에 만득이가 순애하고 곧잘
산다는 소식 정도는 들을 수 있었는데 그나마 못 듣게 되었다. 6·25 전쟁 때 죽
지 않았으면 같은 서울 하늘 밑 어디메 살아 있겠거니, 문득문득 생각이 나던 것
도 잠시 만득이는 내 기억 속에 아주 사라져 버렸다. 서울살이라는 게 촌수 닿는
친척도 결혼 청첩장이나 부고나 받아야 마지못해 챙길 정도로, 이해 관계가 닿
지 않는 인간 관계는 지딱지딱 잊게 돼 있었다.

만득이를 서울에서 다시 만난 지는 채 십 년도 안 된다. 지금은 돌아가셨지만
그 때까지는 생존해 계시던 삼촌이 우리 고향 군민회에 가 보고 싶다고 하셔서
모시고 간 자리에서였다. 실향민들이 마음을 달래려는 자리가 흔히 그렇듯이 노
인네들 천지였다. 매년 열리는 군민회의라지만 삼촌처럼 처음 간 분은 서로 알
아보는 데도 한참 시간이 걸렸다. 알아보는 걸 도와 주려는 주최측의 배려로 면
단위로 나눠서 자리를 잡았고, 우리끼리 다시 리 단위로 무리를 만들었다. 행촌
리는 나하고 삼촌하고 낯모르는 노부부 네 사람밖에 없었다. 그 이듬해 돌아가
신 삼촌은 그때도 이미 여든 가까운 연세여서 고향의 흙 냄새 대신 고향 사람 채
취라도 맡고 싶은 마음에 느닷없이 군민회 나들이를 하고 싶어한 것 같다. 죽을
날이 가까우면 안 하던 짓을 하게 되는 걸 자손들은 가벼운 망령 정도로 취급했
다. 오죽해야 조카가 모시고 가게 됐을까. 행촌리 노신사도 삼촌을 알아보는 것
같지 않았다. 그냥 어른 대접으로 행촌리 살던 아무개라고 공손하게 인사를 했
지만 나는 별로 귀담아듣지 않아 못 알아들었다. 나중에 그가 나에게 명함을 주
며 인사를 청하지 않았으면 아마 끝까지 못 알아보았을 것이다. 무슨 전업사 대
표 장만득으로 돼 있는 명함을 받고나서야 뭔가 이상해서 다시 한 번 쳐다보니,
젊은 날의 그가 어디 숨어 있다가 고개를 내밀었듯이 분명하게 떠올랐다. 몸집
도 별로 불지 않고 얼굴도 잘 늙지 않는 동안이었다. 나하고 그는 그닥 친한 사이
가 아니었다. 그는 곱단이 것이었으므로 당시의 우리 또래들은 다들 그를 소 닭
보듯 하는 걸 예절로 알았다. 그건 장만득 씨도 마찬가지였을 것이다. 그는 워낙

마을에서 유명했지만, 유명 인사가 팬을 알아보란 법은 없다. 나는 그에게 하나
도 안 변했다고 말하고 나서 쑥스럽게 웃었다. 한참 동안 못 알아본 주제에 그건
말도 안 되는 소리였기 때문이다.

순애를 떠올리는 건 더욱 불가능했다. 이 유복하고 금실 좋아 보이는 노부부
중 한쪽이 순애인지도 자신이 없었다. 오히려 순애 쪽에서 나에게 아는 척을 하
며 하나도 안 변했다고 해 줘서 순애려니 했다. 나는 학교 다닌답시고 학교도 안
다니는 집에서 바느질이나 배우는 나보다 나이 많은 애들하고 동무한 적이 없었
다. 만득이하고 순애는 보기 좋은 부부였다. 그냥 헤어지기는 섭섭하여 서로 전
화 번호를 교환했는데 뜻밖에도 순애가 자주 전화를 해서 점심도 같이 하고 쇼
핑도 같이 하는 교분이 이어졌다. 그 여자는 장만득 씨가 아직도 곱단이를 못 잊
고 있다는 얘기를 하소연했다.

아우님, 다들 나더러 팔자 좋다고 하지만 나 같은 빛 좋은 개살구도 없다우. 아
우님이니까 얘기야, 딴 사람들한테 아무리 얘기해 봤댔자 나만 이상한 사람 되
지 누가 내 속을 알겠수. 돈 잘 벌고 생전 외도라곤 모르고, 애들한테 잘 하고, 나
한테도 죄지은 것 없이 죽는 시늉도 하라면 하는 남편이 어디 있냐고들 하지만,
아마 나처럼 지독한 시앗을 보고 사는 년도 없을 거유. 곱단이 년이 내 남편한테
찰싹 붙어 있다는 걸 번연히 알면서도 머리채를 잡을 수가 있나, 망신을 줄 수가
있나, 미칠 노릇이라우. 그래도 내가 아우님을 만났게 망정이지. 그렇지 않았으
면 이 억울한 사정을 누구한테 말이라도 할 수 있겠수. 그 영감 지금도 글쎄 그년
한테 연애 편지를 쓴다니까요. 설마라고? 나도 처음엔 설마했지. 지도 쑥스러운
지 시를 쓴다고 합디다. 내가 몰래 훔쳐봤더니 뭐 '그대 어깨가 살구꽃 내리네.'
아니면 '살구꽃은 해마다 피는데, 우리 임은 왜 한 번 가고 다시 아니 오시나.'
이 따위가 연애 편지지 그래 시란 말이유. 그뿐인 줄 알아요? 우리가 작년 중국
여행을 갔을 적에도 얼마나 내 오장을 뒤집었다구요. 속 모르고 따라간 나도 배
알 빠진 년이지만, 백두산 구경하고 나서, 단동인가 어디서 배를 타고 북한 땅 가
까이까지 가 보는 압록강 유람선 관광이라는 걸 했는데, 정말 저 쪽 북한 땅 강가
에 놀이 나온 아이들까지 보이게 배가 가까이 가니까 나도 마음이 좀 이상해집
디다. 그냥 뱃놀이를 편하게 즐기는 건 다 중국 사람들이고, 표정이 심각하게 굳
어지는 건 다들 남한 사람들이더라구요. 그 정도는 당연한 거지. 근데 우리 영감
은 별안간 뱃전에다 고개를 떨구고 소리내어 엉엉 울지를 않겠수. 머리가 허연

늙은이가 온몸을 들먹이면서. 분단의 슬픔이라구? 어이고, 그게 아니라 거기서
보이는 땅이 신의주였어요. 곱단이 년 사는 데가 닿을 듯 닿을 듯, 닿지는 않으니
까 미치겠는 거지 뭐. 당장 강으로 밀어 처넣고 싶더라구요. 헤엄쳐서 어서 그년
한테 가라구요. 그뿐일 줄 알아요. 여기서 돈 잘 벌고 사업 잘 하다가 느닷없이
아이들은 여기서 키우고 싶지 않다면서 미국으로 이민을 가잔 적이 다 있었다니
까요. 지나 내나 영어 한 마디 못 하는 주제에 이민을 가자는 속셈이 뭐였겠수?
뻔하지. 미국 시민권을 얻으면 북한을 마음대로 드나든다면서요. 내가 그 꼬임
에 넘어갈 성싶어요? 가려면 혼자 가라구, 가서 그년 데려다 잘 살아 보라고 했더
니 나를 정신병자 취급하면서 주저앉습니다. 아이들한테는 끔찍한 양반이니까
요. 실상 그거 하나 믿고 여지껏 서러운 세상 견딘 거죠.

　간추리면 대강 그런 얘기였다. 아닌 게 아니라 그런 얘기는 곱단이와 만득이
가 연애 걸던 시절을 아는 사람 아니면 도저히 먹혀들 것 같지 않은 이야기였다.
그러나 그 여자 레퍼토리는 그 몇 가지의 에피소드에 국한돼 있었다. 아직도 만
득이가 곱단이 생각만 한다는 증거를 더는 대지 못했고, 나도 비슷한 얘기를 하
도 여러 번 들으니까 넌더리가 나면서 그 여자보다는 장만득 씨가 불쌍해질 무
렵 그 여자의 부음을 듣게 됐다. 장만득 씨가 상처를 한 것이다. 고혈압으로 몇
년째 약을 복용하고 있었는데, 돌연 쓰러진 후 의식을 회복하지 못한 채 사흘 만
에 숨을 거두었다고 했다. 문상을 가서 그 여자의 영정 사진을 보고 섬뜩했다. 이
십대 후반으로밖에 안 보이는 사진이었다. 요샌 영정 사진도 너무 늙은 건 보기
싫다고, 아주 늙기 전에 찍어 놓는다고는 하지만 칠순의 남편이 눈물을 떨구고
있는 앞에 이십대의 사진은 너무했다 싶었다. 자식들이 문상객들의 그런 눈치를
채고, 어머니는 평소에도 나 죽거든 늙어 빠진 영정 쓰지 말라고 부탁하시더니,
돌아가신 후에 보니까 손수 마련해 놓으신 영정 사진이 있더라고 했다. 나는 나
도 모르게 그 여자의 젊었을 적과 곱단이의 젊었을 적을 머릿속으로 비교하고
있었다. 댈 것도 아니었다. 내 상상 속에서 곱단이는 더욱 요요해지고, 그 여자는
젊다는 것 외엔 흔한 얼굴 그대로였다. 그리고 그제야 그 여자가 불쌍해졌다. 아
아, 저 여자는 일생 얼마나 지독한 연적(戀敵)과 더불어 산 것일까. 생전 늙지도,
금도 가지 않는 연적이란 얼마나 견디기 어려운 적이었을까.

　그 여자가 죽고 나서 만득이를 따로 만날 일이 있을 리 없었다.

　그를 우연히 만난 것은 그가 상처하고 나서도 이삼 년 후 엉뚱하게 정신대 할

머니를 돕기 위한 모임에서였다. 뜻밖이었지만, 생전의 그의 아내로부터 귀에 못이 박이게 주입된 선입관이 있는지라 그가 그 모임에 나타난 것도 곱단이하고 연결지어서 생각되는 걸 어쩔 수가 없었다. 모임이 끝난 후 그가 보이지 않자 나는 마치 범인을 뒤쫓듯이 허겁지겁 행사장을 빠져 나와 저만치 어깨를 축 늘어뜨리고 걸어가는 그를 불러 세웠다. 그리고 다짜고짜 따지듯이 재취 장가를 들었느냐고 물었다. 그는 아니라고 말하고 나서 앞으로도 할 생각이 없다고, 묻지도 않은 말까지 덧붙이는 것이었다.

왜요? 곱단이를 못 잊어서요? 여긴 왜 왔어요? 정신대에 그렇게 한이 맺혔어요? 고작 한 여자 때문에. 정신대만 아니었으면 둘이서 혼인했을 텐데 하구요? 참 대단하십니다.

내 퍼붓는 말에 그는 대답 대신 앞장서서 근처 찻집으로 갔다. 그 나이에 아직도 싱그러움이 남아 있는 노인을 마치 순애의 넋이 씐 것처럼 꼬부장한 마음으로 바라다보았다. 그가 나직나직 말했다.

내가 곱단이를 아직도 잊지 못한다는 건 순전히 우리 집사람이 지어 낸 생각이에요. 난 지금 곱단이 얼굴도 생각이 안 나요. 우리 집사람이 줄기차게 이르집어 주지 않았으면 아마 이름도 잊어버렸을 거예요. 내가 곱단이를 그리워했다면 그건 아마 누구에게나 있을 수 있는 젊은 날에 대한 아련한 향수였겠지요. 아름다운 내 고향에서 보낸 젊은 날을 문득문득 그리워하는 것도 죄가 되나요. 내가 유람선 위에서 운 것도 저게 정말 북한 땅일까? 남의 나라에서 바라보니 이렇게 지척인데 내 나라에선 왜 그렇게 멀었을까? 그게 서럽고 부끄러워 나도 모르게 눈물이 받친 거지. 거기가 신의주라는 건 별로 중요하지 않았어요.

오늘 여기 오게 된 것도, 글쎄요. 내가 한 짓도 내가 설명할 수 있을 것 같지 않지…… 아마 얼마 전 우연히 일본 잡지에서 정신대 문제를 애써 대수롭게 여기지 않으려는 일본 사람들의 생각을 읽고 분통이 터진 것과 관계가 있겠죠. 강제였다는 증거가 있느냐, 수적으로 한국에서 너무 부풀려 말한다, 뭐 이런 투였어요. 범죄 의식이 전혀 없더군요. 그걸 참을 수가 없었어요. 비록 곱단이의 얼굴은 생각나지 않지만 나는 지금도 생생하게 느낄 수가 있어요. 곱단이가 딴 데로 시집 가면서 느꼈을, 분하고 억울하고 절망적인 심정을요, 나는 정신대 할머니처럼 직접 당한 사람들의 원한에다 그걸 면한 사람들의 한까지 보태고 싶었어요. 당한 사람이나 면한 사람이나 똑같이 그 제국주의적 폭력의 희생자였다고 생각해요. 면하긴 했지만 면하기 위해 어떻게들 했나요? 강도의 폭력을 피하기 위해 얼떨결에 십 층에서 뛰어내려 죽었다고 강도는 죄가 없고 자살이 되나요? 삼천 리 강산 방방곡곡에서 사랑의 기쁨, 그 향기로운 숨결을 모조리 질식시켜 버리니 그 천인공노할 범죄를 잊어버린다면 우리는 사람도 아니죠. 당한 자의 한에다가 면한 자의 분노까지 보태고 싶은 내 마음 알겠어요? 장만득 씨의 눈에 눈물이 그렁해졌다.

해답

1. 만득이가 징병으로 끌려감 2. 자신이 전쟁터로 가기 때문에 곱단이를 과부로 만들지 않기 위해 3. 징병, 징용, 정신대

31

우리들의 일그러진 영웅, 이문열

이문열(李文烈, 1948~　　) ●● 서울에서 태어나 고향 영양과 서울, 밀양 등지를 전전하며 어린 시절을 보냈다. 1977년 〈매일신문〉에 〈나자레를 아십니까〉가 입선하였다. 1979년 〈동아일보〉에 〈새하곡〉이 당선되어 등단하였다.

대표작으로는 〈사람의 아들〉〈젊은날의 초상〉〈레테의 연가〉〈필론의 돼지〉〈익명의 섬〉〈금시조〉 등이 있다.

31

우리들의 일그러진 영웅, 이문열

벌써 30년이 다 돼 가지
만, 그해 봄에서 가을까지
의 외롭고 힘들었던 싸움을 돌이켜 보면 언제나 그때처럼 막막하고 암담해진다.
어쩌면 그런 싸움이야말로 우리 살이[生]가 흔히 빠지게 되는 어떤 상태이고, 그
래서 실은 아직도 내가 거기서 벗어나지 못했기 때문에 받게 되는 느낌인지도
모르겠다.

자유당 정권이 아직은 그 마지막 기승을 부리고 있던 그해 3월 중순, 나는 그
때껏 자랑스레 다니던 서울의 명문 국민학교를 떠나 한 작은 읍(邑)의 별로 볼
것 없는 국민학교로 전학을 가게 되었다. 공무원이었다가 바람을 맞아 거기까지
날려간 아버지를 따라 가족 모두가 이사를 가게 된 까닭이었는데, 그때 나는 열
두 살에 갓 올라간 5학년이었다.

그 전학 첫날 어머님의 손에 이끌려 들어서게 된 Y국민학교는 여러 가지로 실
망스럽기 그지없었다. 붉은 벽돌로 지은 웅장한 3층 본관을 중심으로 줄줄이 늘
어섰던 새 교사(校舍)만 보아 온 내게는, 낡은 일본식 시멘트 건물 한 채와 검은
타르를 칠한 판자 가교사(假校舍) 몇 채로 이루어진 그 학교가 어찌나 초라해 보
이는지 갑자기 영락한 소공자(少公子)의 비애(悲哀) 같은 턱없는 감상에 젖어들

기까지 했다. 크다는 것과 좋다는 것은 무관함에도 불구하고, 한 학년이 열여섯 학급이나 되는 학교에서 공부해 온 탓인지 한 학년이 겨우 여섯 학급밖에 안 된다는 것도 그 학교를 까닭 없이 얕보게 했고, 남녀가 섞인 반에서만 공부해 온 눈에는 남학생반 여학생반이 엄격하게 나뉘어져 있는 것도 촌스럽게만 보였다.

거기다가 그런 내 첫인상을 더욱 굳혀 준 것은 교무실이었다. 내가 그때껏 다녔던 학교의 교무실은 서울에서도 손꼽는 학교답게 넓고 번들거렸고, 거기 있는 선생님들도 한결같이 깔끔하고 활기에 찬 이들이었다. 그런데 겨우 교실 하나 넓이의 그 교무실에는 시골 아저씨들처럼 후줄그레한 선생님들이 맥없이 앉아 굴뚝같이 담배 연기만 뿜어 대고 있는 것이었다.

나를 데리고 교무실로 들어서는 어머니를 알아보고 다가오는 담임선생님도 내 기대와는 너무도 멀었다. 아름답고 상냥한 여선생님까지는 못 돼도 부드럽고 자상한 멋쟁이 선생님쯤은 될 줄 알았는데, 막걸리 방울이 튀어 하얗게 말라붙은 양복 윗도리 소매부터가 아니었다. 머리 기름은 커녕 빗질도 안해 부스스한 머리에 그날 아침 세수를 했는지가 정말로 의심스런 얼굴로 어머님의 말씀을 듣는 둥 마는 둥 하고 있는 그가 담임선생이 된다는 게 솔직히 그렇게 실망스러울 수가 없었다. 그 뒤 일 년에 걸친 악연(惡緣)이 그때 벌써 어떤 예감으로 와 닿았는지 모를 일이었다.

그 악연은 잠시 뒤 나를 반 아이들에게 소개할 때부터 모습을 드러냈다.

"새로 전학 온 한병태다. 앞으로 잘 지내도록."

담임선생은 그 한 마디로 소개를 끝낸 뒤 나를 뒤쪽 빈 자리에 앉게 하고 바로 수업에 들어갔다. 새로 전학 온 아이에 대해 호들갑스럽게 느껴질 정도로 자랑 섞인 소개를 늘어놓던 서울 선생님들의 자상함을 상기하자 나는 야속한 느낌을 억누를 길이 없었다. 대단한 추켜세움까지는 아니더라도, 최소한 내가 가진 자랑거리는 반 아이들에게 일러주어, 그게 새로 시작하는 그들과의 관계에 도움이 되기를 바랐다.

그때 내게는 나름으로 내세울 만한 게 몇 있었다. 첫째로 공부 – 일등은 그리 자주 못했지만, 그래도 나는 그 별난 서울의 일류 학교에서도 반에서 다섯 손가락 안에는 들었다. 선생님뿐만 아니라 아이들과의 관계에서도 내 이익을 지켜 주는 데 적지 않은 몫을 하던 내 은근한 자랑거리였다. 또 나는 그림에도 남다른 솜씨가 있었다. 역시 전국의 어린이 미술대회를 휩쓸었다 할 정도는 아니었어도, 서울시 규모의 대회에서 몇 번의 특선은 따낼 만했다. 내 성적과 아울러 그 점도 어머니는 몇 번이나 강조하는 듯했는데, 담임선생은 그 모두를 무시해 버린 것이었다. 내 아버지의 직업도 경우에 따라서는 내게 힘이 될 만했다. 바람을 맞아도 호되게 맞아 서울에서 거기까지 날려가기는 했어도, 내 아버지는 그 작은 읍으로 봐서는 몇 손가락 안에 들 만큼 직급 높은 공무원이었다.

야속스럽기는 아이들도 담임선생님과 마찬가지다. 서울에서는 새로운 전입생이 들어오면 아이들은 쉬는 시간이 되기 바쁘게 그를 빙 둘러싸고 이것저것 묻기 마련이었다. 공부를 잘하는가, 힘은 센가, 집은 잘 사는가, 따위로 말하자면 나중 그 아이와 맺게 될 관계의 기초가 될 자료 수집인 셈이다. 그런데 그 새로운 급우들은 새로운 담임선생과 마찬가지로 그런 쪽으로는 별로 관심이 없었다. 쉬는 시간에는 저만치서 힐끗힐끗 훔쳐보기만 하다가 점심시간이 되어서야 몇 명 몰려와 묻는다는 게 고작 전차를 타봤는가, 남대문을 보았는가 따위였고, 부러워하거나 감탄한다는 것도 기껏 나만이 가진 고급한 학용품 따위였다.

하지만 30년이 가까워지는 오늘까지도 그 전학 첫날을 생생하게 기억하도록 만든 것은 아무래도 엄석대(嚴石大)와의 만남이 될 것이다.

"모두 저리 비켜!"

아이들이 나를 둘러싸고 앞서 말한 그런 실없는 것들이나 묻고 있는데, 문득 그들 등뒤에서 그런 소리가 나지막이 들려 왔다. 잘 모르는 나에게는 담임선생이 들어온 것이나 아닐까 생각이 들 만큼 어른스런 변성기(變聲期)[1]의 목소리였다. 아이들이 움찔하며 물러서는데 나까지 놀라 돌아보니 가운데 맨 뒤쪽에 한 아이가 버티고 앉아 우리 쪽을 지그시 바라보고 있었다.

아직 같은 반이 된 지 한 시간밖에 안 됐지만 그 아이만은 나도 알아볼 수 있었다. 담인 선생님과 내가 처음 교실로 들어왔을 때 차렷, 경례를 소리친 것으로 보아 급장인 듯한 아이였다. 그러나 내가 그를 엇비슷한 육십 명 가운데 금방 구분해 낼 수 있었던 것은 그가 급장이어서라기보다는 다른 아이들과 머리통 하나는 더 있어 뵐 만큼 큰 앉은키와 쏘는 듯한 눈빛 때문이었다.

"한병태랬지? 이리 와 봐."

1) 사춘기의 생리현상으로 목소리가 달라지는 시기

31

이문열

우리들의 일그러진 영웅

그가 좀 전과 똑같은, 나지막한 힘 실린 목소리로 말했다. 손끝하나 까딱하지 않았으나 나는 하마터면 일어날 뻔했다. 그만큼 그의 눈빛은 이상한 힘으로 나를 끌었다.

하지만 나는 서울에서 닳은 아이다운 영악함으로 마음을 다잡아먹었다. 이게 첫싸움이다—그런 생각이 들며 버티는 데까지 버텨 볼 작정이었다. 처음부터 호락호락해 보여서는 앞으로 지내기 어려워진다는 나름의 계산도 있었지만, 다른 아이들의 까닭 모를, 저의 절대적인 복종을 보자 야릇한 오기가 난 탓이가도 했다.

"왜 그래?"

내가 아랫도리에 힘을 주며 깐깐하게 묻자 그가 피식 웃었다.

"물어 볼 게 있어."

"물어 볼 게 있다면 네가 이리로 와."

"뭐?"

일순 그의 눈꼬리가 치켜 올라는 것 같더니 이내 별소리 다 듣는다는 듯 다시 피식 웃었다. 그런 다음 더는 입을 열지 않고 나를 가만히 보았는데, 그 눈길이 너무도 쏘는 듯해 맞받기가 몹시 어려웠다. 하지만 이미 내친 김이었다. 이것도 싸움이다 싶어 안간힘을 다해 버티고 있는데 그 아이 곁에 앉아 있던 키 큰 아이 둘이 일어나 내게로 왔다.

"일어나 임마."

둘 다 금세 덤벼들기라도 할 듯 성난 기색이었다. 아무리 가늠해 봐도 힘으로는 어느 쪽도 당해 내기 어려울 것 같은 녀석들이었다. 나는 얼결에 벌떡 일어났다. 그 중에 하나가 와살스레 그런 내 옷깃을 잡으며 소리쳤다.

"임마 엄석대가 오라고 하잖아? 급장2)이."

내가 엄석대란 이름을 들은 건 그때가 처음이었다. 그 이름을 듣는 순간 내 기억에 새겨졌는데—아마도 그것은 그 이름을 말하는 아이의 말투가 유별났기 때문일지도 몰랐다. 무언가 대단히 높고 귀한 사람의 이름을 부르고 있다는, 그래서 당연히 존경과 복종을 바쳐야 한다는 그런 느낌을 주는 것이었다.

2) 예전에 반장을 부르던 말

그게 다시 나를 까닭 모르게 움츠러들게 했지만 그래도 물러설 수는 없었다. 백여 개의 눈초리가 나를 지켜보고 있는 까닭이었다.

"너희들은 뭐야?"

"나는 체육 부장이고, 쟨 미화 부장(美化部長)이다."

"그런데 너희가 왜……."

"엄석대가, 급장이 와보라고 하잖아?"

내가 그에게 가서 대령해야 되는 유일한 이유가 그가 엄석대이고 급장이기 때문이란 걸 두 번이나 되풀이 듣게 되자 비로소 나는 심상찮은 느낌이 들었다.

그때껏 서울에서 내가 겪었던 급장들은 하나같이 힘과는 거리가 멀었다. 집안이 넉넉하거나 운동을 잘해 거기서 얻은 인기로 급장이 되는 수도 있었으나 대개는 성적순으로 급장 부급장이 결정되었고, 그 역할도 급장이란 직책이 가지는 명예를 빼면 우리와 선생님 사이의 심부름꾼에 가까웠다. 드물게 힘까지 센 아이가 있어도 그걸로 아이들을 억누르거나 부리려고 드는 법은 거의 없었다. 다음 선거가 있을 뿐만 아니라, 아이들도 그런 걸 참아 주지 않는 까닭이었다. 그런데 나는 그날 새로운 성질의 급장을 만나게 된 것이었다.

"급장이 부르면 다야? 급장이 부르면 언제든 달려가서 대령해야 하느냐구?"

그래도 나는 서울내기다운 강단으로 마지막 저항을 해보았다. 그때 알 수 없는 일이 벌어졌다. 그런 말이 떨어지자마자 구경하고 있던 아이들이 갑자기 큰소리로 웃어 댔다. 내가 무슨 바보 같은 소리를 했다는 듯, 그때껏 나를 을러 대던 두 녀석과 엄석대까지를 포함한 쉰 몇 명 모두가 홍소(哄笑)[3]였다. 나는 어리둥절했다. 겨우 정신을 가다듬어 내가 한 말 어디가 그들을 웃게 만들었는지를 생각해 보고 있는데 미화 부장이라는 녀석이 웃음을 참으며 물었다.

"그럼, 급장이 부르는데 안 가? 어디 학교야? 어디서 왔어? 너희 반에는 급장도 없었어?"

그런데 그 무슨 어이없는 의식의 굴절[4]이었을까. 나는 문득 무엇인가 큰 잘못을 하고 있다는 느낌, 특히 담임선생님이 부르시는데 뻗대고 있었던 것과 흡사한 착각이 일었다. 어쩌면 그때까지도 멈춰지지 않고 있던 아이들의 왁자한 웃

3) 입을 크게 벌리고 떠들썩하게 웃음 4) 생각이 바뀜

음에 압도된, 굴종5)에의 미필적 고의(未必的故意)6) 섞인 착각이었는지도 모르겠다.

내가 머뭇머뭇 그에게 다가가자 엄석대는 그 동안의 웃음을 사람 좋아 뵈는 미소로 바꾸며 물었다.

"나한데 잠깐 오기가 그렇게도 힘들어?"

목소리도 전과 달리 정이 뚝뚝 묻어나는 듯했다. 나는 그 너그러움에 하마터면 감격해 펄쩍 뛰며 머리를 저을 뻔했다. 의식 밑바닥으로 가라앉기는 해도 아직은 나를 강하게 지배하고 있는 어떤 거부감이 겨우 그런 체신머리없는 짓거리를 막아 주었다.

엄석대는 확실히 놀라운 아이였다. 그는 잠깐 동안에 내가 그에게 억지로 끌려갔다는 느낌을 깨끗이 씻어 주었을 뿐만 아니라 내가 담임선생님에게 품었던 야속함까지도 풀어 주었다.

"서울 무슨 국민학교랬지? 얼마나 커? 물론 우리 학교와는 댈 수 없을 만큼 좋겠지?"

먼저 그렇게 물어 주어 3학년은 20반도 넘고 60년 가까운 전통이 있으며 그해 입시에서는 경기중학교(京畿中學校)만도 90명이나 들어간 서울의 학교를 자랑할 수 있게 해주었다.

"공부는 어땠어? 거기서 몇 등이나 했지? 다른 건 뭘 잘해?"

그렇게 물어 줌으로써 내가 4학년 때 국어 과목에서 우등상을 탄 것이며(그때 이미 그 학교는 과목별로 우등상을 주었다), 또한 그 전해 가을 경복궁에서 열린 어린이 미술대회에서 특선한 걸 자연스럽게 자랑할 수 있도록 해주었다.

그것만도 아니었다. 마치 내 마음 속을 읽었거나 한 듯 석대는 내 아버지의 직업과 우리 집안의 살림살이도 물어 주었다. 그 덕분에 나는 또한 특별히 내세운다는 느낌을 아이들에게 주지 않고도 군청에서 군수 다음가는 자리에 있는 내 아버지의 라디오가 있고 시계는 기둥 시계까지 셋이나 되는 우리 집의 넉넉함을 아이들 앞에 드러낼 수 있었다.

"좋오아 – 그럼……"

5) 제 뜻을 굽혀 복종함   6) 자기의 행위로 말미암아 어떤 범죄 결과가 일어날 수 있음을 알면서도 그 결과의 발생을 인정하여 받아들이는 심리상태

이런저런 얘기를 다 듣고 난 엄석대는 어른처럼 팔짱을 끼고 무언가를 생각하는 눈치더니 제 줄 앞에 앞엣자리를 가리키며 말했다.

"너는 저기 앉도록 해. 저게 네 자리야."

그 갑작스런 지시에 나는 약간 정신이 들었다.

"선생님이 저기 앉으라고 하셨는데……."

문득 되살아나는 서울에서의 기억으로 그렇게 대꾸했지만, 얼마 전의 투지는 되살아나지 않았다. 엄석대는 내 말을 못 들은 척 넘어갔다.

"어이, 김영수, 여기 한병태와 자리 바꿔."

석대가 그 자리에 앉았던 아이에게 그렇게 말하자 그 아이는 두 말 없이 책가방을 챙겼다. 그 아이의 철저한 복종이 다시 묘한 힘으로 나를 몰아, 잠시 머뭇거린 것으로 저항에 갈음하고 나도 자리를 옮겼다. 하지만 참으로 알 수 없는 일은 그날만도 두 번이나 더 있었다. 한 번은 바로 그 점심시간 때였다. 석대와 나의 대화가 끝난 뒤에 석대가 도시락을 책상 위로 올려놓자 아이들도 모두 도시락을 펼치기 시작했는데 그 중에 대여섯 명이 무언가를 들고 석대에게로 갔다. 그애들이 석대의 책상 위에 내려놓는 걸 보니 찐 고구마와 달걀, 볶은 땅콩, 사과 같은 것들이었다. 뒤이어 맨 앞줄의 아이 하나가 사기 컵에 물을 떠다 공손히 놓는 것까지 모두가 소풍가서 담임선생님께 하듯 했다. 그런데 석대는 고맙다는 말한 마디 없이 그것들을 받았다. 기껏해야 달걀을 가져온 아이에게 빙긋 웃어준게 전부였다. 또 한 번은 다섯째 쉬는 시간에 내 옆 분단의 두 아이가 무슨 일인가로 싸워 한 아이가 코피가 난 때였다. 구경하던 아이들은 모든 걸 제쳐놓고 먼저 석대부터 찾았다. 마치 서울 아이들이 무슨 큰일을 만났을 때 먼저 선생님부터 찾는 것과 비슷했고, 얼마 뒤 불려온 석대가 한 일도 선생님과 크게 다르지 않았다. 코피가 난 아이는 구급함(救急函)에서 꺼낸 솜으로 코를 막은 다음 고개를 뒤로 젖혀 기대 있게 했고, 코피를 나게 한 아이는 몇 대 쥐어박은 뒤 교단 위에 팔을 들고 꿇어앉아 있게 했다. 두 아이 모두 신통하리만치 고분고분 석대의 말을 따랐는데, 더 이상한 건 여섯째 시간 수업을 들어온 담임선생님이었다. 석대의 보고를 가만히 듣고 있다가 흑판 지우개를 터는 막대기로 벌 서고 있는 아이의 손바닥을 몇 차례 호되게 때려 줌으로써 내게는 월권이라고만 생각되는 석대의 처리를 그 어떤 말보다도 확실하고 강력하게 추인(追認)[7]해 버리는 것이었다.

31

이문열

우리들의 일그러진 영웅

   그날 내가 다시 그 새로운 환경과 질서에 대해 다시 곰곰하게 생각하기 시작한 것은 수업이 끝나고 집으로 돌아온 뒤였다. 학교에서는 내가 갑자기 던져지게 된 그 환경의 지나친 생소함에서 온 어떤 정신적인 마비와, 또한 갑자기 나를 억눌러 오는 그 질서의 강력함이 주는 위압감[8]이, 내 머리 속을 온통 짙은 안개 같은 것으로 채워 몽롱하게 만들어 버린 탓에 아무것도 생각할 수가 없었던 것이다.

   열두 살은 아직도 아이의 단순함에 지배되기 쉬운 나이지만, 그리고 아직은 생생한 낮의 기억들이 은근히 의식의 굴절과 마비를 강요하고 있었지만 나는 아무래도 그 새로운 환경과 질서에 그대로 편이 될 수는 없다는 기분이 들었다. 그러기에는 그때껏 내가 길들어 온 원리―어른들 식으로 말하면 합리와 자유―에 너무도 그것들이 어긋나기 때문이었다. 직접적으로 제대로 겪어 보지 못했으나, 그 새로운 질서와 환경들을 수락한 뒤의 내가 견디어야할 불합리와 폭력은 이미 막연한 예감을 넘어, 어김없이 이루어지게 되어 있는 어떤 끔찍한 예정처럼 보였다.

   하지만 싸운다는 것도 실은 막막하기 그지없었다. 먼저 어디서부터 시작해야 할지가 그러했고, 누구와 싸워야 할지가 그러했고, 무엇을 놓고 어떻게 싸워야 할지가 그러했다. 뚜렷한 것은 다만 무엇인가 잘못되어 있다는 것뿐―다시 한 번 어른들 식으로 표현한다면, 불합리와 폭력에 기초한 어떤 거대한 불의가 존재한다는 확신뿐―거기에 대한 구체적인 이해와 대응은 그때의 내게는 아직 무리였다. 솔직히 털어놓으면, 마흔이 다 된 지금에조차도 그런 일에는 온전한 자신을 갖지 못하고 있다.

   형이 없는 내가 아버지에게 엄석대를 이야기하게 된 것은 아마도 그런 막막함 때문이었을 것이다. 나는 먼저 그날 내가 겪고 본 엄석대의 짓거리를 얘기한 뒤 앞으로 내가 어떻게 해야 할 것인가를 아버지에게 물으려 했다. 하지만 아버지의 반응은 뜻밖이었다. 겨우 엄석대가 그날 한 일들을 모두 얘기한 내가 막 충고를 바라는 물음을 던지려는 아버지가 불쑥 감탄 섞어 말했다.

   "거, 참 대단한 아이로구나. 엄석대라고 그랬지? 벌써 그만하다면 나중에 인물이 돼도 큰 인물이 되겠다."

도무지 불의의 존재 가치를 인정하지 않는 것 같은 소리였다. 합리적으로 선거되고 우리의 자유를 제한한 적이 없던 서울의 급장 제도를 얘기했던 것 같다. 그러나 아버지에게는 그 합리와 자유에 대한 내 애착이 나약의 표지로만 이해되는 것 같았다.

"약해 빠진 놈. 너는 왜 언제나 걔를 뺀 나머지 아이들 가운데만 있으려고 해? 어째서 너 자신은 급장이 될 수 없다고 믿어? 만약 네가 급장이 되었다고 생각해 봐. 그보다 더 멋진 급장 노릇이 어디 있겠어?"

그리고는 반 아이들이 빠져 있는 불행한 상태니 그런 상태를 만들어 낸 제도 또는 그 제도의 그릇된 운용에 화낼 것 없이 엄석대가 차지하고 있는 급장 자리를 노려보도록 권하는 것이었다.

가엾으신 어른. 이제니까 나는 당신을 이해할 듯도 하다. 그때 당신은 중앙 부서의 노른자위 자리에서 시골의 군청 총무 과장으로 떨려나 굴욕과 무력감을 짓씹고 계실 때였다. 장관의 초도 순시에 달려나가 마중하지 않고 자기 일만 보고 있었다고 직속 국장의 과잉 충성에 찍혀 그리된 만큼 힘에 대한 갈증은 그 어느 때보다 크셨을 것이다. 어렸을 적에는 내가 똑똑한 것과 밖에 나가 다른 아이를 때리고 돌아오는 것을 일쑤 혼동하던 어머니를 늘상 호되게 나무라곤 하시던 그런 합리적인 분이셨는데.

하지만 그 같은 내막을 알 길 없던 그때의 나는 그저 아버지의 그런 돌변이 어리둥절할 뿐이었다. 학교의 선생님 다음으로 내 의사 결정에 영향을 줄 수 있는 이가 그렇게 나와 더욱 혼란이 가중됐을 것이다. 나는 내가 싸우는 데 필요한 방책을 듣기는커녕 그 싸움이 필요한가 아닌가를 판단하는 불의(不義)의 존재 자체마저 헷갈리게 되어 버린 셈이었다.

그럼에도 불구하고 나는 그런 아버지의 충고를 제법 귀담아 들었던 듯싶다. 다음날 나는 등교하자마자 그 가능성을 살펴보기 시작했는데, 그러나 그 충고는 현실적으로 아무런 쓸모가 없었다. 우선 급장 선거는 한 학기에 한 번 하는 서울과 달리 거기서는 그 이듬해 봄에야 있을 거라는 얘기였고, 또 그때는 반(班)이 어떻게 갈릴지 알 수 없어 준비를 한댔자 5학년이나 되어 갑자기 흘러들어온 내가 그 선거에서 이길 가능성은 거의 없었다. 설령 이길 수 있다 해도 그 동안을 다른 아이들과 같이 굴욕에 시달릴 일이 꿈 같았으며 — 거기다가 엄석대로 내가 느긋이 다음 해를 준비하도록 기다려 주지 않았다.

비록 내 굴복으로 끝나기는 했으나 전학 첫날의 그 작은 충돌은 엄석대에게 꽤 강한 인상과 더불어 어떤 경계심을 일으켰음에 틀림없었다. 그는 첫날의 승리가 못 미더웠던지 다음날 한 번 더 그걸 확인하려 들었다. 역시 점심시간의 일이었다.

내가 바쁘게 도시락 뚜껑을 여는데 앞줄에 앉은 아이가 나를 돌아보며 말했다.

"오늘은 네가 물 당번이야. 엄석대가 먹을 물 떠다 주고 와서 밥 먹어."

"뭐야?"

나는 자신도 모르게 목소리를 높였다. 그 애는 찔끔하며 석대 쪽을 보더니 빈정거리듯 내 말을 받았다.

"너 귀먹었어? 급장이 목메지 않도록 물 한 컵 갖다 주란 말이야. 오늘이 네가 당번이니깐."

"그 당번 누가 정했어? 어째서 우리가 급장에게 물을 떠다 바쳐야 하느냔 말이야? 급장이 뭐 선생님이야? 급장은 손도 발도 없어?"

나는 더욱 격해 소리치듯 그렇게 따졌다. 그도 그럴 것이 서울에서라면 그 따위 심부름은 참을 수 없는 모욕에 속했다. 욕설을 퍼붓지 않는 것만도 내 딴에는 많이 참은 셈이었다. 그런 내 서슬에 그 아이가 다시 주춤할 때였다. 문득 등 뒤에서 귀에 익은 엄석대의 목소리가 나를 위압하듯 들려왔다.

"어이, 한병태, 잔소리 말고 물 한 컵 떠 와."

"싫어. 난 못해!"

나는 그 또한 매몰차게 거절했다. 이미 약이 오를 대로 오른 내 눈에는 엄석대조차 보이지 않았다 그러자 엄석대는 거칠게 도시락 뚜껑을 닫고는 험한 얼굴로 내게 다가왔다.

"요 새끼, 요거 쬐그만 게 안 되겠어."

석대는 눈을 부라리며 그렇게 얼러 대더니 주먹까지 울러대며 소리쳤다.

"어서 일어나! 가서 물 떠 오지 못해!"

그는 힘으로라도 나를 굴복시키려고 마음을 굳힌 듯했다. 금세라도 큰 주먹을 내지를 것 같은 그 무서운 기세에 그제야 덜컥 겁이 난 나는 몸을 일으켰다. 그러나 아무래도 그 심부름만은 할 수 없어 잠깐 멈칫거리고 있는데 문득 좋은 생각이 떠올랐다.

"좋아. 그럼 먼저 선생님께 물어 보고 떠다주지. 급장이면 한반 아이라도 물을 떠다 바쳐야 하는지 말이야."

나는 그렇게 말하고 성큼성큼 걸었다. 그가 담임선생님에게 잘 보이려고 애쓰는 눈치를 알아차리고 걸어 본 승부였다. 내 스스로도 놀랄 만한 효과가 있었다.

"서!"

내가 몇 발자국 떼놓기도 전에 석대가 빽 소리를 질렀다. 그리고 이어 으르렁거리듯 덧붙였다.

"알았어. 그만둬. 너 같은 새끼 물 안 먹어도 돼."

얼핏 보면 나의 한바탕 멋진 승리였다. 하지만 실은 그것이야말로 그 뒤 반 년이나 이어갈 내 외롭고 고달픈 싸움의 시작이었다.

사실 그 전 일 년을 거의 아무에게도 저항받지 않고 그 반을 지배해 온 석대에게는 그런 내가 얄밉고도 분했을 것이다. 그날의 내 행동은 단순한 저항을 넘어 중대한 도전으로 보이기조차 했을 것이다. 더군다나 그는 마음만 먹으면 얼마든지 나를 혼내 줄 힘도 이쪽 저쪽으로 넉넉했다. 급장으로서 담임선생님으로부터 위임받은 합법적인 권한과 전 학년을 통틀어 가장 센 주먹이 그것이었다.

그러난 그는 성급하게 주먹을 휘두르기는커녕 직접적으로 적의조차 드러내지 않았다. 숙제 검사나 청소 검사같이 담임선생으로부터 물려받은 권한을 행사할 때도 그걸 내세워 나를 불리하게 만드는 법도 없었다. 지금 와서 돌이켜 봐도 으스스할 만큼 아이답지 않은 침착성과 치밀함이었다.

내게 대한 박해와 불리는 항상 그에게서 멀찌감치 떨어진 곳에서 왔다. 대수롭지 않은 일로 싸움을 거는 것도 석대와는 전혀 가까워 뵈지 않는 아이였고, 반 아이들이 떼 지어 나를 골리거나 놀려대는 것도 언제나 석대가 없을 때였다. 아이들이 까닭없이 적의를 보이며 놀이에 나를 끼워 주지 않는 것도, 저희끼리 모여 무엇인가를 재미있게 떠들다가 내가 다가가면 굳은 얼굴로 입을 다물어 버리는 것도 마찬가지였다. 틀림없이 그 원인은 석대에게 있는 것 같은데도 그는 그 근처 어디에서도 눈에 띄지 않았다. 어른들에게는 별 것 아니게 보일 테지만 아이들에게는 중요하기 짝이 없는 정보 ─ 이를테면, 어떤 공터에 약장수가 자리잡았고, 어디에 서커스단이 천막을 쳤으며, 공설 운동장에서는 언제 소싸움이 벌어지고, 강변에서는 언제 문화원의 공짜 영화가 상영되는가 따위의 소식에서도 나는 언제나 따돌려졌는데, 그것도 겉으로는 석대와 무관했다.

오히려 석대 자신이 내게 다가오는 것은 대개 한 구원자나 해결사로서일 때가 많았다. 맞싸우기에는 아무래도 자신이 서지 않는 아이로부터 시비가 걸려 진땀을 빼고 있을 때 나타나 말려 주는 것도 석대였고, 외톨이로 돌다가 겨우 아이들과의 놀이에 끼어들 수 있게 되는 것도 석대가 거기 있어 가능했다.

그러나 석대의 침착함이나 치밀성에 못지 않는 게 그런 면에 대한 내 예민한 감각이었다. 나는 진작부터 아이들의 박해와 석대의 구원 사이를 연결하고 있는 보이지 않는 끈을 직감으로 느끼고 있었으며, 결국은 그것이 나를 그의 질서 안으로 편입시키기 위한 음흉한 술책임도 차갑게 뚫어보고 있었다. 따라서 그가 베푸는 구원이나 해결도 언제나 고마움으로 나를 감격시키기보다는 야릇한 치욕감으로 떨게 했다. 그때마다 내 마음 속에서는 한층 더 치열하게 적의가 타올랐으며 — 그리하여 그것은 그 뒤의 길고 힘든 싸움을 내가 견뎌 낼 수 있게 해준 힘이 되었다.

싸움인 이상 열두 살의 아이가 먼저 생각할 수 있는 승리는 말할 것도 없이 물리적인 힘에 의한 것이었다. 석대의 키는 나보다 머리통 하나는 더 컸고 힘도 그만큼은 더 세었다. 듣기로 호적이 잘못되어 우리와 같은 학교에 다닐 뿐 석대의 나이는 우리보다 적어도 두셋은 많다는 것이었다. 거기다가 싸움의 기술도 타고났다 싶을 만큼 남달랐다. 그는 벌써 4학년 때 중학생과 싸워 이긴 적이 있을 만큼 날래고 대담했다.

따라서 내가 처음 시도한 것은 모두가 그의 편이 되어 있는 반 아이들을 그로부터 떼어 내는 것이었다. 특히 뒷줄에 앉은 그와 비슷한 몸집의 아이들 서넛은, 그들만 떼 내어 힘을 합쳐도 석대를 어떻게 해볼 수 있으리란 계산에서 내가 가장 공을 들인 축이었다. 그러나 그쪽도 내 뜻대로는 되지 않았다. 어머니의 꾸중을 들어가며 무리하게 타낸 용돈으로 아이들의 일시적인 환심을 살 수 있었지만 그들을 석대로부터 떼어 내는 일은 번번이 실패였다. 어느 정도 내게 호감을 보이다가도 석대에게 적대적인 부추김만 하면 아이들은 어김없이 긴장으로 굳어졌고, 다음날부터는 나를 피하기 일쑤였다. 그들은 석대에게 어떤 본능적인 공포 같은 걸 품은 듯했다.

그러나 이제 와서 생각해 보면, 그 실패는 석대의 남다른 통솔력 못지않게 나의 잘못도 큰 원인이 된 듯싶다. 아무리 아이들이 정신 속이라고 해도, 어른들의 정의와 자유에 대한 열망에 상응하는 부분은 있었을 것이다. 그런데 나는 내 개인적인 감정과 조급으로 그들을 대의(大義)로 깨우치거나 설득하는 대신 눈앞의 이익으로 매수하려고 들었을 뿐이다. 거기다가 기껏 더할 게 있다면 어른들의 선동에 해당되는 저급하면서도 교활한 정치 기술 정도였을까.

하지만 석대와의 싸움에서 가장 결정적인 패배는 내가 은근히 믿었던 공부 쪽에서 왔다. 그와의 싸움을 시작하면서부터 나는 먼저 성적으로 그를 납작하게 만들어 놓으리라고 별러 왔다. 때마침 사월 중순의 일제 고사가 한 달 전부터 예고되고 있어서 기회까지 마련되어 있는 셈이었다.

내가 그쪽에서만은 자신을 가졌던 데는 그만한 까닭이 있었다.

서울의 국민학교와 그 학교의 격차로 보아 거기서의 일등은 쉬울 것으로 보인 데다 내 눈에는 아무래도 석대가 공부하는 아이로는 비치지 않았기 때문이었다. 지금도 나는 상대편이 정신의 사람인가 육체의 사람인가를 한눈으로 가늠하려는 버릇이 있고 또 대개의 경우는 그 가늠이 맞아떨어지는데 어쩌면 그 버릇은 그때부터 시작된 것이나 아닌지 모르겠다.

나는 은근히 날짜까지 손꼽아 가며 일제 고사를 기다렸으나 결과는 참으로 뜻밖이었다. 놀랍게도 석대는 평균 98.5로 우리 반에서는 물론 전 학년에서 1등이었다. 나는 평균 92.6으로 우리 반에서는 겨우 2등을 차지했지만 전 학년으로는 10등 바깥이었다. 주먹의 차이만큼은 안돼도 그쪽 역시 상대가 안 되는 싸움이 되어 버린 것이었다. 그 뚜렷한 결과 앞에서는 이상해도 어쩔 수 없고 분해도 어쩔 수 없었다.

그런데도 나는 거의 스스로도 알 수 없는 어둡고도 수상쩍은 일정에 휩싸여 그 가망 없는 싸움에 매달렸다. 주먹에서도, 편 가르기에서도, 공부에서도 가망이 없어진 내가 그 다음으로 눈독을 들인 것은 석대의 약점 — 특히 아이들을 상대로 하고 있으리라고 확신되는 못된 짓거리였다. 어른들의 싸움에서 이래저래 수단이 다했을 때 그 비열한 추문 폭로 작전(醜聞暴露作戰)의 원형을 나는 일찍도 터득한 셈이었다.

내가 석대의 나쁜 짓을 캐 모으려 한 것은 그것으로 먼저 담임선생과 그를 떼어놓기 위함이었다. 나는 그의 힘 중에서 싸움 솜씨에 못지않게 많은 부분이 담임선생의 신임에서 왔다는 것 알고 있었다. 청소 검사, 숙제 검사, 심지어는 처벌권까지 석대에게 위임하는 담임선생의 그 눈먼 신임이 그의 폭력에 합법성을 부

31

이문열

우리들의 일그러진 영웅

여해 그를 그토록 강력하게 우리 위에 군림하게 했다 ─ 그렇게까지 조리 있는 설명은 못하겠지만 어쨌든 그런 면에서는 나도 제법 눈이 밝았던 것 같다.

하지만 그쪽도 곧 쉽지는 않았다. 교실을 꽉 찍어 누르는 듯한 분위기나 아이들의 어둡고 짓눌린 듯한 표정으로 보아서는 틀림없이 파 보기만 하면 그의 죄상들이 쏟아져 나올 것 같은데도 도무지 마땅한 게 걸리지 않았다. 그는 분명히 아이들을 때리고 괴롭혔지만 대개는 담임선생의 추인(追認)을 끌어낼 수 있는 꼬투리를 가지고 있었고, 또 대가 없이 아이들의 것을 먹고 썼지만 그 형식은 언제나 아이들의 자발적인 증여[9]였다.

오히려 석대를 관찰하면서 더 자주 확인하게 되는 것은 담임선생이 그를 신임하지 않을 수 없는 까닭들이었다. 그에게 맡겨진 우리 반의 교내 생활은 다른 반보다 모범적이었다. 그의 주먹은 주번(週番) 선생님들이나 6학년 선도(善導)들의 형식적인 단속보다 훨씬 효율적으로 우리 반 아이들의 군것질이나 그 밖의 자질구레한 교칙 위반을 막았다. 그에게 맡겨진 청소 검사는 우리 교실을 그 어떤 교실보다 깨끗하게 하였으며, 우리의 화단을 드러나게 환하게 했다. 또 그에게 맡겨진 실습 감독은 우리의 실습지에서 가장 많은 수확을 안겨 주었으며, 그의 강제 할당으로 우리 반의 비품은 그 어느 반보다 넉넉했고, 특히 교실 벽은 값진 액자들로 넘쳐날 판이었다. 그가 이끌고 나가는 운동 팀은 모든 반(班) 대항 경기에서 우리 반에 우승을 안겨 주었고, '돈내기'란 어른들의 작업 방식을 흉내 낸 그의 작업 지휘는 담임선생들이 직접 나서서 아이들을 부리는 반보다 훨씬 더 빨리, 그리고 번듯하게 우리 반에 맡겨진 일을 끝내 주게 했다. 별로 대단한 건 아니지만, 그가 주먹으로 전학년을 휘어잡아 적어도 우리 반 아이가 다른 반 아이에게 얻어맞는 일은 없게 된 것도 담임선생으로서는 그리 불쾌하지 않았을 것이다.

그럼에도 불구하고 나는 모반(謀叛)[10]의 열정과도 비슷한, 가망이 없을수록 더 치열해지는 비뚤어진 집착으로 그 힘든 싸움을 계속해 나갔다. 눈과 귀를 온통 석대에게만 모아 그의 잘못을 캐내는 일이었다.

지금도 잘 알 수 없는 것은 그런 내게 대한 석대의 반응이었다. 그때는 그럭저

9) 남에게 금품을 줌 10) 자기 나라를 배반하고 남의 나라를 좇기를 꾀함

럭 전학 간 지 석 달에 가까웠고, 그 동안 이런저런 내 바둥거림도 아이들을 통해 그의 귀에 들어갔을 법하건만 그는 조금도 처음과 달라지지 않았다. 그때껏 버티고 있는 나를 미워하는 기색을 보이기는커녕 초조해 하는 눈치조차 없었다. 실로 두어 살의 나이 차이만으로는 설명이 안 되는, 비상하다고밖에 할 수 없는 참을성이었다. 앞서 말한 그 모반의 열정 같은 것이 아니었다면 나는 아마도 그쯤서 그에게 무릎을 꿇고 말았을 것이다.

하지만 기다리고 기다린 보람이 있어 끝내는 내게도 때가 왔다. 학교 뚝길에 아카시아꽃이 하얗게 피었던 걸로 미루어 그해 유 월 초순의 어느 날이었다. 윤병조란 세탁소집 아이가 신기한 물건을 학교로 가지고 와 교실에서 아이들에게 자랑을 했다. 우리가 '둥글 라이타'라고 부르던 원형의 금도금된 고급 라이터였다. 그 라이터가 이손 저손 옮아다니며 작은 소동을 일으키고 있는데, 어딘가 잠시 나갔다 돌아온 석대가 그걸 보고 불쑥 손을 내밀었다.

"어디 봐."

그때껏 낄낄거리기도 하고 감탄의 소리를 내기도 하며 시끌벅적하던 아이들이 이내 조용해지며 라이터가 석대의 손바닥에 놓였다. 한참을 들여다보던 석대가 표정 없이 병조에게 물었다.

"누구 거냐?"

"울 아버지 거."

병조가 문득 기어들어가는 목소리로 그렇게 대답했다. 석대도 약간 소리를 낮춰 물었다.

"얻었어?"

"아니, 그냥 가져왔어."

"네가 가져온 걸 누가 알아?"

"내 동생밖에 몰라."

그러자 석대가 희미한 웃음을 머금으며 새삼 그 라이터를 이모저모 뜯어보았다.

"야, 이거 좋은데."

이윽고 석대가 그 라이터를 쥔 채 가만히 윤병조를 바라보며 그렇게 말했다.

진작부터 유심히 그쪽을 바라보고 있던 나는 그 말에 갑자기 긴장이 되었다. 그 동안 살펴본 바로는 석대가 방금 한 그 말은 보통 사람들이 쓸 때와 뜻이 달랐다. 석대는 아이들의 가진 것 중에 탐나는 물건이 있으면 '야, 거 좋은데'로 달라는 말을 대신했다. 아이들은 대개 그 말 한 마디에 손에 든 것을 석대에게 넘겼으나, 그래도 버티는 아이가 있으면 다음 번 석대의 말은 '것 좀 빌려 줘'였다. 그 바른 뜻은 '내놔, 임마'쯤 될까. 그리 되면 누구도 그걸 내놓지 않고는 못 배겼다. 그것이 석대가 언제나 아이들로부터 '뺏는' 게 아니라 '얻음'뿐인 일의 진상이었다. 그렇지만 묵시적(默示的)[11] 강요나 비진의(非眞意)[12]의 의사 표시의 개념을 알 길이 없는 나는 그것이 아무런 흠 없는 증여(贈與)로만 알아 왔는데, 그날은 그런 최소한의 형식도 갖출 수 있을 것 같지 않았다.

예상대로 병조는 아무래도 그것만은 안 되겠다는 듯 울상을 지으면서도 강경하게 말했다.

"이리 줘, 울 아버지 돌아오시기 전에 제자리에 갖다 놔야 돼."

"너희 아버지 어디 가셨는데?"

병조의 내민 손을 본 체 만 체 석대가 은근하게 물었다.

"서울. 내일이면 돌아오셔."

"그래애……."

석대가 그렇게 말꼬리를 끌며 다시 한 번 라이터를 쳐다보다가 갑자기 무슨 생각이 났는지 힐끗 내 쪽을 돌아보았다. 그가 결정적인 약점을 보여 주기를 기대하며 유심히 그쪽을 살펴보고 있던 나는 그의 갑작스런 눈길이 찔끔했다. 그 눈길 어디엔가 성가시다는 듯하기도 하고 화난 듯하기도 한 빛이 숨겨져 있어 더욱 그랬는지도 모를 일이었다. 하지만 그건 그야말로 일순이었다. 석대는 곧 아무렇지 않은 표정으로 라이터를 병조에게 돌려주며 말했다.

"그럼 안 되겠구나. 좀 빌렸으면 했는데……."

나는 석대가 너무도 쉽게 그 라이터를 포기하는 데 저으기[13] 실망했다. 그걸 만지작거리며 들여다보던 그 끈끈한 눈길은 분명 예사 아닌 그의 탐심(貪心)[14]을 내비치고 있었는데, 간단히 절제하고 돌아설 줄 아는 그가 새삼 두렵기까지 했다.

그렇지만 결국 그에게도 한계가 있었다. 그날 수업을 끝내고 집으로 돌아가는

11) 말없는 가운데 은연중에 자기의 의사를 나타내 보이는 것 12) 거짓으로 꾸민 의미
13) 적이의 비표준어 14) 욕심

길이었다. 병조가 아침과는 달리 걱정 가득한 얼굴로 어깨를 축 늘어뜨린 채 왁 자하게 교문을 나서는 아이들에게서 몇 발자국 떨어져 걷고 있는 게 보였다. 그 걸 보자 나는 대뜸 짚이는 게 있었다.

마침 사는 동네가 비슷해서 그와 함께 걸어도 괜찮을 듯했지만 나는 굳이 제 법 거리를 두고 뒤따랐다. 어디선가 숨어서 보고 있는 것만 같은 석대의 눈을 의 식해서였다. 그러다가 아이들이 이길 저길 흩어져 제 동네로 가버리고 병조만 터덜터덜 걷고 있는 걸 보고서야 나는 걸음을 빨리했다.

"어이, 윤병조."

금세 그 곁에 바짝 따라붙은 내가 그렇게 이름을 부르자 무언가 골똘한 생각 에 잠겨 느릿느릿 걷고 있던 병조가 화들짝 놀라 돌아보았다.

"너 석대에게 라이터 뺏겼지?"

나는 틈을 주지 않고 대뜸 그렇게 물었다. 병조가 재빨리 주위를 돌아본 뒤 풀 죽은 소리로 말했다.

"뺏기지는 않았지만…… 빌려줬어."

"그게 바로 뺏긴 거 아냐? 더구나 너희 아버지가 낼 돌아오신다며?"

"동생보고 아무 말 못하게 하지 뭐."

"그럼 넌 아버지의 라이터를 훔쳐 석대에게 바치겠단 말이니? 너희 아버지가 그 귀한 걸 잃어버리고 가만 있을까?"

그러자 병조의 얼굴이 한층 어둡게 일그러졌다.

"실은 나도 그게 걱정이야. 그 라이터는 일본 계신 삼촌이 아버지께 선물로 주 신 거그든."

이윽고 병조는 그렇게 털어놓았으나 이어 아이답지 않은 한숨을 푹 내쉬며 덧 붙였다.

"그렇지만 어떻게 해? 석대가 달라는데."

"빌려 준 거라며? 빌려 줬음 돌려받으면 되잖아?"

나는 병조의 그 어이없는 체념이 밉살스러워 그렇게 빈정거려 보았다. 그러나 녀석은 제 걱정에 빠져 내가 빈정거리고 있다는 것조차 느끼지 못하고 곧이곧대 로 내 말을 받았다.

"안 돌려 줄 거야."

"그래? 그럼 그게 어디 빌려 준 거야? 뺏긴 거지."

"······."

"그러지 말고 – 차라리 선생님께 일르지 그래? 아버지한테 혼나는 것보담은 낫잖아?"

"그건 안돼!"

병조의 목소리가 갑자기 높아졌다. 고개까지 세차게 흔드는 게 여간 강경하지 않았다.

그곳 아이들의 심리 중에서 아무래도 내가 잘 알 수 없는 부분에 다시 부딪치게 된 것이었다.

"석대가 그렇게 무서워?"

나는 이번에야말로 그걸 확실히 알아 낼 기회라 생각하고 슬쩍 녀석의 자존심부터 건드려 보았다. 소용없는 일이었다. 눈은 갑작스런 굴욕감으로 새파란 불길이 이는 듯했지만, 대답은 단호하기 그지없었다.

"넌 몰라. 모르면 가만 있어."

그렇지만 소득이 전혀 없었던 것은 아니었다. 나는 그 말을 끝으로 조개처럼 입을 다물고 걷기만 하는 그를 뒤따라가며 부추겨, 적어도 그가 그 라이터를 석대에게 준 것이 아니라 빼앗긴 것이라는 부분만은 명백하게 했다. 실은 그거야말로 석대의 증거 있는 비행(非行)을 찾고 있는 내게는 더할 나위 없는 호재(好材)[15]였다.

다음날 아침 나는 학교에 가기 바쁘게 교무실로 담임선생을 찾아갔다. 그리고 별로 비겁한 짓을 하고 있다는 느낌 없이 윤병조의 일을 일러바침과 어울려 그동안 내가 보고 들은 그 비슷한 사례들을 모조리 얘기했다. 서울서 온 아이의 똑똑함을 여지없이 보여 준 셈이었지만 담임선생의 반응은 뜻밖이었다.

"무슨 소리야? 너 분명히 알고 하는 말이야?"

그렇게 묻고 담임선생의 표정에서 내가 먼저 읽을 수 있었던 것은 귀찮음이었다. 나는 그게 안타까워 그때까지 짐작일 뿐인 석대의 다른 잘못들까지 늘어놓기 시작했다. 그러나 담임선생은 귀담아 들으려고도 않고 짜증난 목소리로 나를 쫓아냈다.

---

15) 좋은 재료 / 시세를 등귀시키는 원인이되는 조건

"알았어. 돌아가. 내 이따가 알아보지."

나는 그런 담임선생의 반응이 못 미덥긴 했지만, 어쨌든 조사해 보겠다는 말에 한 가닥 기대를 가지고 수업 시작을 기다렸다. 그런데 조회 시간이 얼마 안 남은 자습 시간의 일이었다. 급사 아이가 뒷문께로 와 석대를 손짓해 부르더니 작은 소리로 일러 주었다. 한 이태 전에 그 학교를 졸업하고 급사로 눌러앉은 아이였는데, 그를 보자 나는 갑자기 불안해졌다. 내가 담임선생께 석대의 잘못들을 일러바칠 때 그가 멀지 않은 등사기(謄寫機)[16] 앞에서 무언가를 등사하고 있던 게 떠올랐기 때문이었다.

아니나 다를까, 제자리로 돌아온 석대는 잠깐 무언가를 생각하다가 주머니에서 라이터를 꺼내 들고 윤병조 앞으로 갔다.

"니네 아버지 오늘 돌아오신댔지? 자 이거 아버지께 돌려드려."

그렇게 말하며 라이터를 병조에게 돌려준 석대는 이어 한층 소리를 높여 덧붙였다.

"혹시 잘못해 불이라도 낼까 봐 내가 잠시 맡아 뒀지. 애들은 그런 거 가지고 노는 게 아니야. 야."

반 아이들이 다 들을 수 있을 만큼 큰소리였다. 처음 어리둥절해 하던 병조의 얼굴이 활짝 퍼졌다.

담임선생이 여느 때보다 굳은 표정으로 교실에 들어선 것은 그로부터 채 오 분도 안 돼서였다.

"엄석대."

담임선생은 교탁에 올라서기 바쁘게 엄석대를 불렀다. 그리고 태연한 얼굴로 대답과 함께 일어난 그에게 손을 내밀며 말했다.

"라이터 이리 가져와."

"네?"

"윤병조 아버님 것 말이야."

그러자 엄석대는 안색 하나 변함없이 대꾸했다.

"벌써 윤병조에게 돌려줬습니다. 혹시 불장난이라도 할까 봐 맡아 두었다가."

---
16) 복사기

"뭐라고?"

담임선생이 힐끗 나를 쏘아보더니 그래도 확인한답시고 다시 윤병조를 불렀다.

"엄석대 말이 맞아? 라이터 어딨어?"

"네, 여기 있습니다."

윤병조가 얼른 그렇게 대답했다. 나는 그 말에 그저 아득했다. 어디서부터 어떻게 돌변한 그 상황을 설명해야 될지 몰라 멍청해 있는데 담임선생이 내 이름을 부르는 소리가 들렸다.

"어떻게 된 거야?"

담임선생은 이미 묻고 있다기보다는 나무라는 투였다.

"아침에 돌려줬습니다. 조금 전에…….."

나는 펄쩍 뛰듯 일어나 그렇게 소리쳤다. 선생님이 나를 믿지 않고 있다고 생각하자 자신도 모르게 목소리가 떨렸다.

"시끄러워. 아무것도 아닌 걸 가지고……."

담임선생이 그렇게 내 말을 끊었다. 그 바람에 나는 급사 아이가 와서 석대에게 알려 줬다는 중요한 말을 덧붙일 수 없었다. 하기는 급사 아이가 석대에게 꼭 그 말을 일러 주었다는 증거도 없었지만.

그때 담임선생이 나를 버려두고 반 아이 모두를 향해 물었다.

"엄석대가 너희들을 괴롭힌다는데 정말이야? 너희들 중 그런 일 당한 적 없어?"

말이 난 김이니 짚고 넘어가자는 투였다. 아이들의 얼굴이 일순 묘하게 굳었다. 그걸 본 담임선생은 이번에는 제법 신경 써주는 척 목소리를 부드럽게 해 물었다.

"여기서는 무슨 말을 해도 괜찮다. 엄석대를 겁낼 건 없어. 말해봐, 어디. 무얼 빼앗기거나 잘못 없이 얻어맞은 사람, 누구든 좋아."

하지만 손을 들거나 일어나는 아이는커녕 그럴까 망설이는 아이도 보이지 않았다. 이상한 안도 같은 걸 엿보이며 한동안 그런 아이들은 살펴보던 담임선생이 한번 더 물었다.

"아무도 없어? 들리기에는 적잖은 모양이던데."

"없습니다."

석대 곁에 있는 아이들 몇을 중심으로 반 아이들의 절반 가량이 얼른 그렇게 소리쳤다. 담임선생이 한층 더 밝아진 얼굴로 다짐받듯 물음을 되풀이했다.

"정말이야? 정말로 그런 일 없어?"

"예에? 없습니다아."

이번에는 나와 석대를 뺀 아이들 전체가 목청껏 소리쳤다.

"알았어. 그럼 조회 시작한다."

담임선생은 처음부터 그런 결과를 짐작했다는 듯이나 그렇게 일을 매듭짓고 출석부를 폈다. 나를 여럿 앞에 불러내 꾸중하지 않는 게 오히려 다행이다 싶을 만큼 석대 아이들 쪽만을 믿어 버리는 것이었다.

뒤이어 수업이 시작되었지만 그 어이없는 역전(逆轉)[17)]에 망연해져 있는 내 귀에 담임선생의 말소리가 들어올 리 없었다. 다만 전에 없이 의기양양해서 선생의 질문마다 도맡아 대답하고 있는 석대의 목소리만이 이상한 웅웅거림으로 머리 속을 울려 왔다. 그러다가 겨우 담임선생의 목소리를 알아듣게 된 것은 첫 시간 수업이 끝난 뒤였다.

"한병태, 잠깐 교무실로 와."

담임선생은 애써 평온한 표정을 지으며 그렇게 말하고 나갔으나 뒷모습은 어딘가 성나 있는 듯했다. 기계적으로 자리에서 일어나 그 뒤를 따랐다.

"새끼, 알고 보니 순 고자질쟁이구나."

누군가의 적의에 찬 말이 후비듯 내 고막을 파고들었다.

"남의 잘못을 윗사람에게 일러바치는 것은 좋지 못한 짓이다. 거기다가 너는 거짓말까지 했어."

담임선생은 화를 삭이느라 거푸 담배를 빨아들이고 있다가 내가 들어가자 그렇게 나무랐다. 그리고 내가 하도 기가 막혀 얼른 대꾸하지 못하는 걸 스스로의 잘못을 승인하는 것으로 알았는지 한 마디 덧붙였다.

"네가 서울에서 오고 공부도 잘한다기에 기대했는데 솔직히 실망했다. 나는 이 년째 이 반(班) 담임을 맡아 왔지만 아직 이런 일은 없었어. 순진한 아이들이 너를 닮을까 겁난다."

17) 형세가 뒤집힘

그러잖아도 교실을 나올 때 들은 적의에 찬 빈정거림도 은근히 악에 받쳐 있던 나는 담임선생의 그 같은 단정적인 말에 하마터면 고함이라도 지를 뻔했다. 하지만 갑작스런 위기 위식이 오히려 그런 앞 뒤 없는 흥분에서 나를 건져냈다. 어떻게든 이 일을 바로잡지 못하면 이제는 정말 끝장이다―그런 절박감에 사로잡혀 나는 거의 필사적으로 정신을 가다듬었다.

"내가 선생님께 말씀드린 걸 급사가 석대에게 일러주었습니다. 석대는 그 말을 듣고, 바로 선생님께서 들어오시기 직전에……."

내가 겨우 교실에서 못했던 그 말을 생각해 내고 그에게 더듬거렸다.

"그럼 아이들은 어찌된 거야? 육십 명 모두가 입을 모아 그런 일은 없다고 했잖아?"

선생이 그래도 아직, 하는 투로 그렇게 나를 몰아세웠다. 하지만 이미 말한 대로 나도 필사적이었다.

"아이들이 엄석대를 겁내 그렇습니다."

"나도 그럴지 모른다고 생각해서 두 번 세 번 물어 보았어."

"그렇지만 엄석대가 보고 있는 데서……."

"그럼 아이들이 나보다 엄석대를 더 겁낸단 말이지?"

그때 내 머리 속이 번쩍 하듯 한 가지 좋은 생각이 떠올랐다.

"엄석대가 없는 곳에 하나씩 불러 물어 보시거나 자기 이름을 밝히지 않고 적어 내게 해보십시오. 그러면 틀림없이 엄석대가 한 나쁜 일들이 쏟아져 나올 것입니다."

나는 확신에 차서 소리지르듯 말했다. 곁에 있던 다른 선생님들이 이상하다는 눈길로 나와 담임선생님을 힐끗 훔쳐보았다.

내가 확신에 차게 된 것은 서울에 있을 때 선생님들이 종종 그 방법을 써서 도저히 해결될 수 없는 문제들까지 해결하는 걸 보았기 때문이었다. 이를테면 언제 어디서 잃어버렸는지 모르는 물건까지 그 방법으로 찾아내곤 했다.

"이제는 60명 모두를 밀고자(密告者)로 만들라는 뜻이군."

담임선생이 어이없다는 듯 곁의 선생을 돌아보고 한숨 쉬듯 말했다. 곁의 선생도 나를 흘겨보며 맞장구를 쳤다.

"서울 선생들이 애들 상대로 못할 짓을 자주 했나 보군요. 그거 참……."

나는 내가 생각해 낸 방법이 그렇게도 풀이될 수 있다는 게 도무지 이해할 수 없었다. 그저 모두가 석대만을 편들고 있으며, 그래서 내 말은 무엇이든 나쁘게만 받아들이고 있다는 게 속상하고 분하기 그지없었다. 갑자기 숨이 콱 막히고 걷잡을 수 없이 눈물이 쏟아졌다.

전혀 기대한 적은 없지만 그 눈물이 의외의 효과를 냈다. 내가 갑자기 숨을 헉헉거리며 줄줄 눈물만 쏟아내고 있자 담임선생이 약간 놀란 듯한 기색으로 그런 나를 올려보았다. 그러다가 한참 뒤 책상 모서리에 담배를 비벼 끄며 조용히 말했다.

"좋아, 한병태. 네 말대로 다시 해보자. 돌아가 있어."

드디어 어느 정도는 그도 문제의 심각성을 인식한 것 같은 표정이었다.

그래도 얕보이기는 싫어 내가 눈물자국을 깨끗이 씻고 교실로 돌아가니 분위기가 이상했다. 아이들은 쿵쾅거리고 뛰어다닐 쉬는 시간인데도 교실 안은 연구수업(研究授業)이라도 받고 있는 듯 조용했다. 그게 이상해 아이들이 눈길을 모으고 있는 탁자 쪽을 보니 거기 엄석대가 나와 서 있었다. 조금 전까지 무슨 얘기를 했는지 내가 들어서자 아이들을 보며 주먹만 높이 흔들어 보였다. 너희들 알았지 —꼭 그렇게 말하고 있는 것 같았다.

다음 시간 담임선생은 아예 수업을 포기한 듯 시험지 크기의 백지만 한 뭉치 달랑 들고 교실로 들어왔다. 그리고 엄석대가 차렷, 경례의 구령을 마치기 바쁘게 그를 불러 말했다.

"급장은 교무실로 가 봐, 거기 내 책상 위에 그리다 온 학급 저축 실적 도표를 마저 그리도록 다른 것은 해두었으니까 막대만 붉은색으로 그려 세우면 돼."

엄석대가 나간 뒤 아이들에게 말하는 태도도 그전 시간과는 사뭇 달랐다.

"이번 시간에 여러분과 처리할 것은 엄석대 문제인데 — 지난 시간에 선생님이 묻는 방법에 잘못이 있었다. 이제 다시 묻는다. 여러분과 엄석대 사이에 아무런 문제도 없나? 단 이번에는 팔을 들고 일어나거나 큰소리로 말할 필요는 없다. 이름도 적지 말고 여기 이 시험지에 여러분이 당한 일만 쓰면 된다. 선생님이 알기로는 여러분 중에 엄석대에게 죄 없이 얻어맞은 사람도 많고 학용품이나 돈을 뺏긴 사람도 많다. 아무리 작더라도 그런 일이 있으면 모두 여기에 써라. 이것은 무슨 고자질이나 뒤돌아서서 흉을 보는 것과는 다르다. 학급을 위해서 그리고 여러분을 위해서 하는 일인 만큼 어느 누구의 눈치도 볼 것 없고 의논하거나 간섭받아서도 안 된다. 모든 일은 이 선생님이 책임지고 여러분을 지켜주겠다."

그리고 스스로 백지를 아이들에게 한 장 한 장 나누어주는 것이었다.

나는 그동안 그에게 품었던 야속함이나 원망이 눈 녹듯 스러짐을 느꼈다. 그리고 이번에야, 하는 기분으로 내가 아는 엄석대의 잘못을 모두 썼다.

그런데 여전히 알 수 없는 것은 아이들이었다. 한참 쓰다가 문득 주위를 둘러보니 열심히 쓰고 있는 것은 오직 나뿐이었다. 다른 아이들은 모두 서로서로를 흘금거릴 뿐 연필조차 잡고 있지 않았다.

오래잖아 담임선생도 그 눈치를 알아차린 듯했다. 무언가를 잠시 생각하더니 아이들을 얽고 있는 마지막 굴레를 풀어 주었다. 그들 틈에 섞여 있는 눈에 보이지 않는 석대 편의 감시자들을 무력하게 만든 것이었는데 — 내가 보기에도 옳은 듯했다.

"아마도 내가 또 잘못한 것 같다. 내가 알고 싶은 것은 엄석대 개인의 잘못이 아니다. 나는 우리 반 모두가 안고 있는 문제를 알고 싶을 뿐이다. 따라서 하필 엄석대가 아니라도 좋다. 누구든, 무엇이든 잘못이 있는 사람은 모두 적어 내도록. 급우의 잘못을 알고도 숨겨주는 사람은 잘못한 그 사람보다 더 나쁠 수도 있다."

선생님이 다시 그렇게 말하자 이번에는 여기저기서 연필을 잡는 아이들이 생겨났다. 그걸 보고 나도 저으기 마음이 놓였다. 이제는 그 동안 감춰져 왔던 석대의 나쁜 짓들이 모두 드러날 것이다 — 나는 그렇게 믿으며, 그때껏 망설이던 짐작까지도 분명한 것인 양해서 석대의 죄상으로 백지의 나머지를 채워 나갔다.

이윽고 수업 시간이 끝난 걸 알리는 종이 울리자 담임선생님은 아이들에게 나눠 주었던 백지들을 도로 거두어 말없이 교실을 나갔다. 아무런 선입견이 없음을 보여 주려는 듯 어느 누구에게도 눈길 한 번 주는 법이 없었다.

나는 은근히 기대하면서 그 결과가 나오기를 기다렸다. 내가 교무실로 불려간 사이 석대가 아이들을 상대로 어떤 짓을 했는지 몰라도 이번만은 그의 모든 죄상이 어김없이 백일하게 드러날 줄 나는 굳게 믿었다.

우리들의 그 무기명(無記名) 고발장을 다 읽고 오느라 그랬는지, 다음 시간 선생님은 한 10분쯤 늦게 교무실로 돌아왔다. 그러나 내 기대와는 달리 그는 자신이 읽은 것에 대해서는 한 마디 내비치지도 않고 수업에 들어갔다.

다음 시간, 다음 시간도 마찬가지였다. 선생님은 마치 아무 일도 없었던 것처럼 수업만 해나갈 뿐이었다. 수업중 이따금 나와 눈길이 마주칠 때도 있었으나 그때조차도 특별한 조짐은 아무것도 느껴지지 않았다. 그러다가 종례까지 끝난 뒤에야 비로소 담임선생은 날 불렀다.

그때 나는 이미 까닭 모를 불안에 두어 시간이나 시달린 뒤였다. 처음 아이들로부터 자신이 없는 동안 교실에서 일어난 일을 들을 때만 해도 석대의 얼굴은 드러나게 어두웠다. 셋째 넷째 시간만 해도 여전히 풀이 죽어 있었는데 — 점심 시간이 지나자 갑자기 달라졌다. 전처럼 오만하고 자신에 찬 태도로 되돌아가 이따금씩 내게 가엾다는 듯한 눈길을 보내는 것이었다. 내가 까닭 모를 불안에 시달리기 시작한 것은 바로 그 때문이었다.

"우선 이걸 봐라."

내가 주뼛거리며 교무실로 들어서자 담임선생은 먼저 그 무기명(無記名) 고발 장 뭉치부터 내게 내밀었다. 나는 떨리는 손으로 그걸 받아 하나씩 들춰 보았다. 담임선생님의 거듭된 당부에도 불구하고 절반은 백지였는데, 놀라운 것은 무언 가가 쓰여진 그 나머지 절반의 내용이었다.

정확히 헤어 서든 두 장 중에 열다섯 장이 나의 이런저런 잘못들을 들추고 있었다. 등하교(登下校) 길에서의 군것질, 만화 가게 출입 같은 것에서 교문 아닌 뒤쪽 철조망으로 학교를 빠져나간 것이며 남의 오이밭에서 대나무 지주를 걷어 찬 것, 다리 밑에 묶어 둔 말 엉덩이에서 말총 뺀 것 따위 그 시절에 저지를 법한 자질구레한 비행(非行)들이 내 기억 속보다 더 가지런하게 거기 나열되어 있는 것이었다. 담임선생이 서울의 선생보다 추하고 멍청하다고 한 말을 몇 배나 튀겨 적어 놓았는가 하면, 이웃집에 사는 윤희라는 6학년 여자아이와 몇 번 논 걸 내가 그 여자애와 '삐꾸쳤다'는 상스런 말로 일러바치고 있기도 했다.

내 다음으로 많은 것은 약간 저능의 기미가 있는 김영기란 아이의, 악성(惡 性)[18]에 따른 비행(非行)이라기보다는 저능에 기인된 실수 대여섯 개였다. 그 다음이 고아원생인 이희도란 아이의 나쁜 짓 서넛에도 누구 무엇 하는 식이었는 데, 기막힌 것이 엄석대였다. 그의 비행이 적힌 시험지는 단 한 장, 내가 쓴 것뿐 이었다.

읽기를 마친 나는 억울하거나 분하기보다는 깊이 모를 허탈에 빠져들었다. 아

18) 나쁜 성질

니, 무언가 단단하고 높은 벽이 코앞을 콱 막아선 듯해 그저 아뜩하고 막막했다. 담임선생의 조용조용한 목소리가 멀리 하늘 위에서 뿌려지는 것처럼 그런 내 귓전을 맴돌았다.

"짐작은…… 간다. 모든 게 ─ 맘에 차지 않겠지. 서울식과는…… 많이 다를 거야. 특히 엄석대가 급장으로서 하는 일은 어떻게 보면 못돼먹고 ─ 거칠기도 하겠지. 하지만 그게 바로…… 이곳의 방식이다. 자치회가 있고, 모든 게 토론과 투표에 의해 결정되고 ─ 급장은 다만 심부름꾼인 그런 학교도 있다는 건 나도 안다. 아니 서울 아이들같이 모두가 똑똑하면…… 오히려 학급은 그렇게 운영되는 게 마땅하겠지. 그러나 거기서 좋았다고…… 그게 어디든 그대로 되는 건 아니다. 이곳은 이곳의 방식이 있고…… 너는 먼저 거기 적응할 필요가 있어. 서울에서의 방식이 무조건 옳고 이곳은 무조건 틀렸다는 식의 생각은 버려야 해. 굳이 그게 옳다고 고집하고 싶다면…… 너의 태도라도 바꿔. 네 편이 되어 주지 않는다고 반 아이들 모두와 싸우려 하거나 ─ 외톨이로 빙빙 겉돌아서는 안돼. 봤지? 오늘…… 60명 중에 네 편은 단 하나도 없었어. 네가 꼭 석대를 급장 자리에서 쫓아내고…… 우리 반을 서울에서 네가 있던 반처럼 만들고 싶었다면…… 먼저 그 아이들을 네 편으로 만들었어야지. 석대가 이미 그 아이들을 휘어잡고 있어서 어찌해 볼 수가 없었다고 말할지도 모르겠지만 ─ 그래도 너는 내게 달려오기 전에 아이들로부터 먼저 네 편으로 돌려놨어야 했어. 그게 안 되니까 내게 왔다고 할지 모르지만…… 그리고…… 아이들이 어리석으니까 선생인 내가 고쳐 놓아야 한다고 생각할지 모르지만 ─ 그건 틀렸어. 설령 네가 옳더라도…… 나는 반 아이들 모두의 지지를 받고 있는 석대를 지지할 수밖에 없다. 네가 반드시 믿고 있을 것처럼…… 아이들의 그 지지란 것이 실상은 석대의 위협이나 속임수에 넘어간 거짓된 것일지라도…… 마찬가지야. 나는 어쨌든…… 아이들을 그렇게 만든 석대의 힘을…… 존중하지 않을 수 없어. 지금껏 흐트러짐 없이 잘돼 나가던 우리 반을…… 막연한 기대만으로는 흩어버릴 수 없기 때문이지. 거기다가…… 어쨌거나 석대는 전(全) 학년에서 가장 공부 잘하고…… 통솔력 있는…… 모범적인 급장이다. 무턱대고 비뚤어진 눈으로만 보지 말고…… 그의 장점도 ─ 인정할 줄 알아야 한다. 그리고…… 무엇보다도 그 아이들 속으로 들어가…… 그들과 함께 새로…… 시작해 보아라. 석대와 경쟁하고 싶다면…… 정당하게 경쟁해라, 알겠니……."

담임선생의 말은 곧 끝날 것 같으면서도 한참이나 이어졌다. 만약 그가 소리 높여 꾸짖었더라면 아마도 나는 어떻게든 맞서 달리 나를 주장하려 들었을 것이다. 아니 성난 얼굴이었거나 조금이라도 나를 미워하는 기색이 있었더라도 기억에서처럼 그렇게 조용히 듣고 앉아 있지만은 않았을 것이다. 그러나 자신의 감정을 억누르고 나를 이해하려 애쓰는 듯한 그 목소리와 진정으로 나를 염려하는 듯한 그의 눈길은 내게서 그런 기력마저 빼앗아 가버렸다. 나는 넋 나간 사람처럼 한참을 더 그 무정하고 성의 없는 담임선생의 이상한 논리 앞에 앉았다가 이윽고 쥐어짜다만 빨래 같은 몸과 마음이 되어 거기서 풀려났다.

만약 싸움이란 게 공격 정신이나 적극적인 방어 개념으로만 되어 있다면 석대와의 싸움은 그날로 끝이었다. 그러나 불복종이나 비타협도 싸움의 한 형태로 볼 수 있으면 내 외롭고 고단한 싸움은 그 뒤로도 두어 달은 더 이어진다. 어른들 식으로 표현한다면, 어리석은 다수(多數) 혹은 비겁한 다수에 의해 짓밟힌 내 진실이 무슨 모진 한(恨)처럼 나를 버텨 나가게 해준 것이었다.

이미 내 수단이 다하고 궁리가 막힌 게 다 드러난 셈이건만 신중한 석대는 그날 이후도 직접으로는 나와의 싸움에 나서지 않았다. 그러나 그 공격은 전보다 몇 갑절이나 더 집요하고 엄중했고, 따라서 내게는 그때부터 전보다 몇 갑절이나 더 괴롭고 고단한 학교생활이 시작되었다.

가장 괴로웠던 것은 그날을 시작으로 시도 때도 없이 걸려 오는 주먹 싸움이었다. 그 무렵 어떤 학급이든 공부의 석차처럼 주먹 싸움의 등수가 매겨져 있기 마련이었고, 내 체력과 강단이 차지할 수 있는 원래의 싸움 등수는 대략 열서너 번째가 되었다. 그런데 갑작스레 그 등수가 무시되고, 그때껏 내가 이긴 걸 인정하고 있던 아이들이 공공연히 시비를 걸어오는 것이었다. 말할 것도 없이 나는 그런 도전에 힘을 다해 맞섰다. 그러나 나의 싸움 등수는 하루하루 뒤로 밀려나기 시작했다. 힘으로든 강단으로든 분명히 이겨 낼 수 있는 상대인데도 막상 싸움이 붙으면 결과는 나의 참패로 끝났다. 전 같으면 울거나 달아남으로써 진 것을 자인할 녀석들이 무엇을 믿는지 끝까지 버텨 냈고 떼지어 둘러서서 일방적으로 그 녀석만 응원하는 아이들은 은근히 내 기를 죽여 놓았다. 그러다 흙바닥에서 엉겨붙게 되면 나는 어느새 알지 못할 손길의 도움에 밀려 깔려 버리기 일쑤였다. 라이터 사건이 있고 한 한 달도 채 되기 전에 나는 반에서 아주 제쳐 논 조무래기 몇을 빼고는 싸움에서 꼴찌나 다름없게 되어 버렸다……

그 다음으로 괴로운 것은 친구 문제였다. 벌써 전학 온 지 한 학기가 지났건만 나는 그때껏 단 한 사람의 친구도 만들 수 없었다. 라이터 사건이 있기 전만 해도 내가 애써 다가가면 마지못해 놀아주는 아이들이 있었고, 우리 집까지 따라와 준 것도 그럭저럭 대여섯은 되었다. 그러나 그 사건 뒤로는 학교에서뿐만 아니라 동네에서조차 나와 어울리려는 반 아이들이 없었다. 그전의 따돌림과는 견줄 수도 없을 만큼 철저한 소외였다.

오늘날처럼 설비 잘 된 어린이 놀이터도 없고 혼자서도 견뎌 낼 수 있는 TV나 전자 오락은커녕 마땅한 읽을거리나 장난감마저 흔치 않던 그 시절에 친구가 없다는 것은 하나의 큰 형벌이었다. 그 무렵 학교에서의 점심시간이나 수업 전과 방과 후의 놀이에도 끼지 못한 나는 교실 창가나 운동장 구석 그늘진 곳에 붙어 서서 아이들이 패를 갈라 뛰노는 걸 물끄러미 바라보는 게 고작이었다. 겨우 갓 난아이 머리통만한 고무공으로 하는 그 축구가 어찌 그렇게도 재미나 보였던지. 쩜뿌(방망이 없이 하는 소프트볼 같은 놀이)나 8자 놀이를 하며 이빨이 쏟아질 듯 웃어대던 그 아이들은 또 얼마나 즐겁고 행복해 보였던지.

집으로 돌아와도 사정은 조금도 나아지지 않았다. 그때는 다른 나라 사람들만 큼이나 멀어 보이던 딴 반(班) 아이들에 끼여 괄시를 받거나 상급생을 따라다니 며 졸병질을 하지 않으면, 하급생들을 모아 마음에도 없는 대장 노릇을 하는 게 내가 동네에서 기껏 할 수 있는 선택의 범위였다. 더 있다면 어두컴컴한 만화 가게 골방에 처박히는 것과 네 살이나 터울 지는 아우와의 싸움질로 어머니의 허파를 뒤집는 일 정도였을까.

한 번은 이런 일도 있었다. 옆반에 새로 석대보다 더 크고 힘센 아이가 전학와 서 석대와 방과 후 학교 옆 솔밭에서 겨뤄 보기로 한 바람에 우리 반 전체가 똘똘 뭉쳐 성원을 가게 되었을 때였다. 반(班)이라는 동료 집단에 함께 소속된 까닭인 지, 나도 석대 편이 되어 아이들을 따라 나섰다. 아이들도 그날만은 그런 나를 못 본 체해, 나는 별일 없이 그들과 하나가 될 수 있었고, 싸움이 석대의 승리로 끝 이 나고도 한동안 그런 분위기는 이어졌다. 개선한 영웅을 맞아들이듯 석대를 둘러싼 아이들 중에 하나가 힘든 싸움으로 땀에 젖고 흙투성이가 된 석대를 위해 가까운 냇가로 멱감으러 갈 것을 제안하고 아이들도 일제히 찬성해 나도 슬그머니 끼어들었다. 그런데 냇가에 이르러서야 나를 발견한 석대가 가볍게 눈살을 찌푸리자 분위기는 일변했다.

"어이, 한병태. 넌 왜 왔어?"

눈치 빠른 녀석 하나가 그렇게 쏘아붙인 걸 시작으로 아이들이 나를 몰아대기 시작했다.

"정말, 언제 끼어들었지?"

"임마, 누가 널보고 응원해 달랬어?"

나는 갑자기 콧등이 시큰하며 눈물이 핑 돌았다. 뚜렷하지는 않았지만 나는 그때 이미 소외된 자의 서러움 또는 그 쓰디쓴 외로움을 맛보고 있었던 것이나 아니었던지.

하지만 주먹 싸움의 등수가 터무니없이 뒤로 밀리거나 아이들로부터 소외되는 것이 못잖게 괴로운 것은 합법적이고 공공연한 박해였다. 앞서 내비친 적이 있듯, 어른들의 세계에서와 마찬가지로 아이들의 세계에서도 지켜야 할 규범들은 있기 마련이고, 또한 어른들이 그 누구도 그런 그걸 다 지키며 살아가지는 못하듯 아이들 역시 그 모든 걸 다 지켜 내기는 어렵다. 털어서 먼지 안 나는 사람 없다는 말처럼, 엄격히 보면 아이들도 어른들의 범법(犯法)이나 부도덕(不道德)에 견줄 만한 자질구레한 비행(非行)들을 수없이 저지르며 하루하루를 보내고 있다. 학칙, 교장 선생님의 훈시, 주훈(週訓), 담임선생님의 말씀과 자치회의 결정 같은 걸 지키지 않거나 부모님과 웃어른의 당부, 일반 윤리 및 사회가 통념으로 어린이에게 요구하는 행동 양식을 어기는 것인데, 나는 바로 그러한 규범들의 가장 엄격한 적용을 받았다.

조금만 손톱이 길어도, 며칠만 이발이 늦어져도 나는 어김없이 위생 불량자의 명단에 올랐고, 옷솔기가 터지거나 단추 하나만 떨어져도 복장 위반자로 벌을 받아야 했다. 재수없게 주번 선생님에게만 걸리지 않으면 되는 등학교길의 군것질도 내게는 모두가 범죄를 구성했으며, 동네 만화 가게의 골방에 숨어서 읽는 만화도 담임선생의 귀에 들어가 어김없이 꾸중을 듣게 되었다. 요컨대 딴 아이들이 다 하는, 그리고 어쩌다 재수없이 걸려도 가벼운 꾸중으로 끝날 뿐인, 그런 자질구레한 잘못들도 내가 하면 엄청난 비행(非行)으로 여럿 앞에 까발려져 성토당하고, 자치회의 기록에 올려지고, 담임선생의 매질이 되거나 변소 청소 같은 벌로 끝을 보았다. 언제나 고발자는 따로 있었지만 그 뒤에 있는 것은 틀림없이 석대였다.

성의 없고 무정한 담임선생의 위임으로 대개의 경우 그 같은 규칙 위반의 감찰권과 처벌권을 아울러 가지고 있는 석대는 아이들의 고발이 있을 때마다 겉으로 공정하게 그 권한을 행사했다. 예를 들면 입에 혀같이 노는 자기 졸병들도 나하고 같이 걸리면 여럿 앞에서 일단 똑같은 벌을 주었다. 그러나 그와 상대만이 알게 되어 있는 집행에서는 나와 달랐고, 그게 나를 더욱 이 갈리게 했다. 다같이 벌로 변소 청소를 하게 되어도 그쪽은 대강 쓸기만 하면 합격 판정을 내려 집으로 보냈지만 나는 물로 바닥의 때까지 깨끗이 씻어 내야 겨우 집으로 돌아갈 수 있게 되는 때가 바로 그랬다.

어디까지나 짐작이기는 하지만, 석대는 그 밖에도 자신이 가진 합법적인 권한을 악용해 적극적으로 나를 불리하게 만들기도 했다. 다른 아이들에게는 그 전날 가만히 알려 주어 나만 갑자기 당하는 꼴이 되는 위생 검사나, 학교 오는 길에 말수레를 따라 걷다가 쇠고리에 걸려 옷이 찢긴 때와 같은 날만 골라 느닷없이 복장검사를 하는 따위가 그 예였다. 그 바람에 나는 마침내 우리 반에서뿐만 아니라 학년 전체에 다 알려질 만큼 말썽 많은 불량스런 아이가 되어 버렸다.

학교생활이 그 모양이 되고 나니 공부들 제대로 될 리가 없었다. 어떻게든 그 학교에서는 일 등을 차지하리라던 전학 초기의 내 장한 결심과는 달리, 내 성적은 차츰차츰 떨어져 한 학기가 끝났을 때는 경우 중간을 웃돌 뿐이었다.

물론 그렇다고 내가 가만히 앉아 당하고 있었던 것만은 아니었다. 나름대로는 있는 힘과 꾀를 다 짜내 그런 상태를 개선해 보려고 애썼다. 그 가운데 하나가 부모님을 동원하는 것이었다. 담임선생에 대한 기대를 온전히 거둔 뒤 나는 먼저 아버지에게 내가 빠져 있는 외롭고 힘든 싸움을 털어놓고 도움을 구했다. 그러나 무력감(無力感)으로 전 같지 않게 비뚤어져 있던 아버지는 무정하고 성의 없는 담임선생과 크게 다르지 않았다.

"못난 자식. 누구 일을 누구더러 해 달라는 거야? 힘이 모자라면 돌도 있고 막대기도 있잖아? 그보다 공부부터 이겨 놓고 봐. 그래도 아이들이 안 따르나……."

내가 감정을 앞세워 상황을 잘 성명하지 못한 것도 있고, 아버지가 내 일을 아이들 세계에 흔히 있는 사소한 다툼쯤으로 쉽게 여기신 탓도 있겠지만, 나는 아버지의 그 같은 역정에 더 어떻게 말해 볼 기력을 잃고 말았다.

그래도 나를 이해하려고 애쓰며 안달하고 부지런을 떤 것은 어머니였다. 곁에서 듣고 있다가 아버지를 매섭게 몰아붙인 어머니는 이어 내게 여러 가지를 가만가만 묻더니 다음날 새벽같이 학교로 달려갔다. 나는 그런 어머니에게 다시 은근한 기대를 걸어 보았지만 결국은 부질없는 짓이었다.

"너는 애가 왜 그래 좀스럽고 샘이 많으니? 그리고 공부는 또 그게 뭐야? 도대체 너 왜 그래? 거기다가 엄마한테 거짓말까지 하고……. 오늘 네 담임선생님 만나 두 시간이나 얘기했다. 엄석댄가 하는 걔도 만나 봤지. 순하면서도 아이답지 않고 속이 트인 애더구나. 공부도 전교에서 일등이고……."

내가 학교에서 돌아가자마자 어머니는 나를 기다렸다는 듯이나 그렇게 나무라기 시작했다. 그리고 이어 한 반 시간을 좋게 담임선생과 비슷한 잔소리를 늘어놓았으나 내 귀에는 그 이상 한 마디도 들어오지 않았다. 그때 나를 사로잡고 있던 것은 절망을 넘어 허탈에 가까운 감정이었다. 그런데도 내가 그 뒤로도 한참이나 더 싸움을 버텨 낸 걸 돌이켜 보면 지금에 와서조차 스스로가 대견스럽게 느껴질 때가 있다.

하지만 이윽고는 그 싸움도 끝날 날이 왔다. 그렇게 한 학기를 채우자 나는 차츰 지쳐 가기 시작했다. 처음의 그 맹렬하던 투지는 간 곳 없어지고, 무슨 한(恨)처럼 나를 지탱시켜 주던 미움도 차차 무디어져 갔다. 그리하여 새 학기가 시작되면서 나는 은근히 내 굴복을 표시하기에 마땅한 기회를 기다렸지만 괴로운 것은 그런 기회조차 쉬이 나타나지 않는 것이었다.

그도 그럴 것이 나는 그때껏 힘들여 싸웠으나, 한 번도 석대와 직접으로 맞부딪쳐 본 적은 없었다. 언제나 나를 괴롭힌 것은 그 아닌 다른 아이 또는 그 동아리였고, 아니면 이런저런 규칙이거나 반장이란 직책이 지닌 합법적인 권한이었다. 개별적으로 석대는 내게 말을 걸기는커녕 오래 마주보는 일조차 없었던 것이다.

그 바람에 나는 이미 저항의 의사를 모두 버리고도 괴롭게 반(班)을 겉돌고 있는데 드디어 때가 왔다. 다음날 장학관의 순시가 있어 대청소가 벌어진 날이었다. 그날 우리는 오전 수업만 마친 뒤 교실은 말할 것도 없고 화단이며 운동장에 실습지까지 나누어 각자가 청소해야 할 몫을 받았다.

워낙 쓸고 닦아 다듬어야 할 곳이 많다 보니 나눠진 몫도 많아, 내게 돌아온 것은 화단 쪽으로 난 창틀 두 개였다. 창살 사이로 가로 세로 한 자 남짓한 유리창이 여덟 장 박힌 미닫이창이라 창틀 둘을 합치면 작은 유리로는 서른두 장을 닦아야 하는 셈이었다. 평소로 봐서는 많은 편이었지만 교실과 복도의 마룻바닥은 마른 걸레로 닦고 양초까지 먹일 정도로 대청소라 결코 부당하다고 할 수 없는 할당이었다.

그런데 문제는 담임선생에게서부터 비롯됐다. 다른 반 담임들은 모두 팔을 걷어붙이고 나서 청소를 지휘하고 감독했건만 우리 반 담임은 겨우 일만 자신이 나서서 몫몫이 나누어 주었을 뿐, 검사는 여느 때처럼 석대에게 맡기고 일찌감치 없어져 버린 까닭이었다.

석대에게 맞서서 있을 때 같으면 담임선생의 그런 무책임한 위임부터가 거슬렸겠지만 그날 나는 오히려 그걸 다행으로 여겼다. 그럴 때 일을 잘하는 것도 석대의 눈에 드는 길이라는 걸 나는 잘 알고 있었다. 실은 그 얼마 전까지만 해도 석대의 검사를 받아야 하는 게 까닭 없이 고까워 그가 검사를 해주는 청소는 아무렇게나 해치우곤 하던 나였다.

그날 나는 정말로 공을 들여 내가 맡은 창문을 닦았다. 먼저 물걸레로 유리창이며 창틀에 더께 앉은 먼지와 때를 씻어 내고 이어 마른 수건으로 깨끗이 물기를 닦았다. 그리고 신문지, 하얀 습자지(習字紙)[19]의 순으로 입김을 호호 불어가며 잔 먼지들을 없애 나갔다.

공을 들인 만큼 시간도 많이 걸려 내가 두 개의 창틀 유리를 말끔히 했을 때는 반 아이들 태반이 자기 몫의 청소를 끝낸 뒤였다. 석대는 그 아이들과 어울려 마당에서 공놀이를 하고 있었다. 석대편이 몇 명을 접어주지만 그래도 언제나 석대 편이 우세한 그런 축구 시합이었다.

내가 청소 검사를 맡으러 왔다고 하자 석대는 마침 몰고 있던 공을 자기 편에게로 차주고 선선히 앞장을 섰다. 담임선생의 성실한 대리인다운 태도였다. 그가 눈으로 내가 닦은 창틀을 훑어보는 동안 나는 가슴 두근거리며 결과를 기다렸다. 스스로 보기에도 내가 닦은 유리 창틀은 곁의 창틀과는 비교도 안될 만큼 말갛고 깨끗했다. 나는 만약 기분이 좋아진 그가 부드럽게 대해 주면 내 쪽에서 적당히 그의 호감을 살 수 있는 맞장구를 쳐 내가 생각을 바꾼 걸 넌지시 알릴 참이었다. 그런데 결과는 뜻밖이었다.

"안 되겠는데. 여기 얼룩이 그대로 있어 다시 닦아."

19) 연습장

한동안 유리 창틀을 살펴본 석대가 그렇게 말하고는 다시 운동장으로 뛰어나 갔다. 나는 피가 한꺼번에 얼굴에 확 치솟는 듯한 느낌으로 무언가를 항의하려 했으나 석대는 어느새 저만치 달려가고 있었다.

나는 간신히 속을 누르고 먼저 두 개의 창틀부터 다시 한 번 살펴보았다. 정말로 왼쪽 창틀 유리 몇 장에 물이 흐른 듯한 자국이 어렴풋이 비쳤다. 나는 막대 놓고 항의하지 않은 걸 다행으로 여기며 정성들여 그 얼룩을 지웠다. 그러다 보니 그 밖에도 다른 얼룩이나 점 같은 것들도 눈에 띄어 제법 시간이 흐른 뒤에야 다시 석대에게 검사를 맡으러 갈 수가 있었다.

그때는 이미 교실뿐만 아니라 실습지 정리를 맡은 아이들까지 모두 일을 끝낸 뒤여서 시합판이 한창 열기를 뿜고 있는 중이었다. 선수들도 제법 발 빠른 아리들로 골라 열한 명 대 열세 명으로 고정되어 있었고, 공은 어디서 났는지 가죽으로 된 진짜 축구공이었다. 나는 한창 불이 붙은 시합판을 깨기 싫어 한참을 기다리다가 석대가 한 골을 넣은 걸 보고서야 다가가 검사 맡으러 왔음을 알렸다.

이번에도 석대는 조금도 지체 없이 놀이에서 빠져나왔다. 그러나 결과는 마찬가지였다.

"여기 아직 파리똥이 그대로 있잖아? 이 구석 먼지하고 다시 닦아."

이번에는 나는 참지 못하고 가느다랗게 항의했다. 옆의 창틀과 견주어 보라는 말이었는데, 석대는 내가 가리키는 창틀과 견주어 보라는 말이었는데, 석대는 내가 가리키는 창틀을 돌아보지도 않고 냉담하게 말을 잘랐다.

"걔는 걔고, 너는 너야. 어쨌든 이 창틀 청소는 합격시켜 줄 수 없어."

마치 나는 반드시 엄격한 검사를 받아야 하는 별종이라는 투의 말이었다.

그렇게 나오면 하는 수 없었다. 나는 다시 창틀에 올라가 서른두 장 유리창 구석구석을 살피며 이번에는 칭찬은커녕 불합격을 면하기 위해 정성을 다 쏟았다.

세 번째도 석대는 무언가 트집을 잡아 또 딱지를 놓았다. 나는 마음에도 없는 미소까지 지으며 그의 호감을 사려고 애써 보았지만 소용없는 일이었다. 그는 불합격의 뜻만 밝히고는 초가을이라고는 해도 아직도 따가운 햇살 아래의 그때껏 뛰고 뒹군 아이들을 데리고 가까운 냇가로 나가 버렸다.

나는 네 번째로 창틀에 올라가 다시 유리창에 달라붙었다. 그러나 온몸에서 맥이 싹 빠져 손가락 하나 까닥하고 싶지 않았다. 넋 나간 사람처럼 멀거니 뒷문 솔숲 사이로 사라지는 석대와 아이들을 바라보다가 그대로 슬그머니 창틀에 주저았았다. 이미 합격 불합격은 내 노력에 달린 것이 아니라 석대의 마음에 달려 있다는 것 안 이상 헛수고를 하고 싶지 않아서였다.

어느덧 해는 서편으로 뉘엿해지고 교정에는 인적이 드물어졌다. 아이들은 하나도 보이지 않고 띄엄띄엄 퇴근하는 선생님들의 발자국 소리만 유난히 크게 들릴 뿐이었다. 나는 그 사이 몇 번인가 모든 걸 팽개치고 집으로 달려가 버리고 싶은 충동을 느꼈다. 이미 모든 저항을 포기한 뒤이긴 해도 그냥 참아 넘기기에는 너무 심한 횡포였다. 그러나 다음날 석대의 말만 듣고 여럿 앞에서 나를 불러 내 매질할 담임선생과 또 그걸 고소하게 바라볼 석대의 얼굴을 떠올리자 그런 충동은 이내 잦아들었다. 대신 좀 비굴하기는 하지만 아이답지 않게 고급한 책략을 생각해 내면서 오히려 석대가 더 늦게 오기를 바라게 되었다. 내가 괴로워하는 걸 보고 싶다면 보여주마. 네가 돌아오면 눈물이라도 흘리며 괴로워해 주마. 그렇게라도 네 앙심을 풀 수 있다면 ? 그게 내가 생각해 낸 책략이었다.

석대와 아이들이 다시 뒷문께에 나타난 것은 교정 서쪽의 아름드리 히말라야시다 그늘이 운동장을 온전히 가로지른 뒤였다. 그런데 그게 어찌된 일이었을까. 멱을 감았는지 젖은 머리칼들을 반짝이며 와자하게 운동장으로 들어서는 그들을 보자, 별로 애 쓸 것도 없이 내 눈에서 갑자기 눈물이 쏟아졌다. 얼마 전의 책략 따위는 까맣게 잊은, 마음 깊은 곳에서 우러나는 진짜 눈물이었다.

얼핏 들으면 느닷없고 이상하게 느껴질지 모르지만, 이제 와서 냉정히 따져 보면 그때의 그 눈물을 전혀 설명할 수 없는 것은 아니다. 저항을 포기한 영혼, 미움을 잃어버린 정신에게서 괴로움이 짜낼 수 있는 것은 슬픔의 정조(情調)뿐이다.

나는 그때 아마도 스스로의 무력함이 슬퍼서 울었고, 그 외로움이 슬퍼서 울었을 것이다. '

"어이, 한병태."

그 갑작스런 눈물은 걷잡을 수 없이 흐느낌으로 변해 내가 창틀을 붙들고 울고 있을 때 가까운 곳에서 그런 소리가 들렸다. 눈물을 씻고 그쪽을 보니 아이들을 저만치 떼어놓고 석대 혼자 창틀 아래로 와서 나를 올려다보고 있었다. 전에 없이 너그럽고 - 신비스러워 뵈기까지 하는 얼굴이었다.

"이제 돌아가도 좋아. 유리창 청소 합격."

샘솟는 내 눈물로 이내 뿌옇게 흐려진 그 얼굴 쪽에서 다시 그런 부드러운 목소리가 들렸다. 짐작컨대 그는 내 눈물의 본질을 꿰뚫어보았음에 틀림이 없다. 거기서 이제는 결코 뒤집힐 리 없는 자신의 승리를 확인하고 나를 외롭고 고단한 싸움에서 풀어 준 것이었다. 그러나 내게는 그 너그러움이 오직 감격스러울 뿐이었다. 이튿날 나는 그 감격을 아끼던 샤프 펜슬로 그에게 나타냈다…….

너무도 허망하게 끝난 싸움이고 또한 그만큼 어이없이 시작된 굴종이었지만, 그 굴종의 열매는 달았다. 오래고 끈질긴 반항 끝에 이루진 굴종의 열매라 특히 더 달았는지도 모를 일이었다. 내가 그의 질서 안으로 편입된 게 확인되면서 석대의 은혜는 폭포처럼 쏟아졌다.

석대가 먼저 내게 베푼 것은 주먹 싸움의 서열을 바로잡아 준 것이었다. 그의 그늘에서 부당하게 내 순위를 가로채 간 녀석들 가운데 몇몇은 호된 값을 치르고 내게 그 순위를 내놓아야 했다. 석대는 그새 나를 얕볼 대로 얕보게 된 아이들이 제 힘도 헤아려 보지 않고 내게 함부로 이 새끼 저 새끼 하는 걸 보면 느닷없이 녀석을 윽박질렀다.

"야, 너 정말 병태에게 이겨? 싸워서 이길 자신 있느냐구?"

그리고는 다시 내게 넌지시 권하듯 말했다.

"병태, 너 다시 한 번 안 싸워 볼래? 저런 병신 같은 새끼한테 영영 죽어지낼 작정이야?"

그러면 거기 힘을 얻은 나는 그가 마련해 준 공정한 링에서 싸움을 벌였고, 그 동안 맺힌 양심은 내 주먹을 한층 맵게 해주어 번번이 통쾌한 승리를 내게 안겨 주었다. 그 기세에 겁먹은 아이들은 싸워 보지도 않고 손을 들었으며 ― 그 바람에 나는 몇 번 싸우지도 않고 원래의 내 주먹 서열보다도 오히려 두세 등급 높은 열두 번째로 올라설 수 있었다.

동무들과 놀이도 되찾았다. 내가 석대에게서 사면받은 게 알려지자 아이들도 더 나를 피하려 들지 않았다. 오히려 석대가 나를 남달리 생각하는 걸 눈치채고 놀이 같은 데서 서로 자기편을 만들려고 애를 썼다. 한 학기의 외로움과 쓰라림을 한꺼번에 씻어 줄 만한 반전(反轉)이었다.

나를 우리 학급에서뿐만 아니라 학교 전체에서도 유명한 말썽꾼으로 만들었던 크고 작은 규칙 위반의 문제도 더는 나를 괴롭히지 않았다. 아무것도 아닌 잘못까지도 시시콜콜히 물고 늘어지던 고발자들은 자취를 감추고 나는 차츰 모범생으로 변해 갔다. 우리가 지켜야 할 규범들이 갑자기 줄어든 것도 아니고 내 자신이 변한 것도 없건만, 담임선생도 돌아온 탕아를 맞는 아버지처럼 그런 나를 따뜻이 반겨 주었다.

그렇게 되자 공부도 차츰 제자리로 돌아왔다. 2학기가 절반도가기 전에 나는 십 등 안으로 들어섰고, 겨울 방학 전의 일제 고사에서는 마침내 이 등을 되찾았다. 그리고 성적을 되찾은 것을 끝으로 제법 심각했던 아버지와 어머니의 걱정도 없어졌다. 나는 다시 그분들의 사랑스럽고 똘똘한 맏아들로 돌아갔다.

따지고 보면 그 모든 것은 기실 석대가 내게서 빼앗아갔던 것들이었다. 냉정히 말하면 나는 내 것을 되찾은 것뿐이고, 한껏 석대를 보아준댔자 꼭 필요하지는 않은 곳에 약간의 이자를 보태 준 것에 지나지 않았다. 그러나 한 번 굴절을 겪은 내 의식에는 모든 것이 하나같이 석대의 크나큰 은총으로만 느껴졌다.

거기 비해 석대가 대가로 요구하는 것은 생각 밖으로 적었다. 다른 아이들에게는 그렇지 않았던 듯도 싶지만, 그는 내게서 무엇을 빼앗기는커녕 달라는 법조차 없었다. 내가 맘이 내켜 맛난 것이나 귀한 학용품을 갖다 줘도 그는 받으려하지 않았고, 어쩌다 받게 되면, 반드시 그 몇 배로 돌려주었다. 그래서 오히려 더 잦은 것은 내가 그에게서 무엇을 얻어 쓴 것 같은 기억이었다. 그것들이 하나같이 다른 아이들에게서 거둬들인 것이어서 꺼림칙하기는 했어도.

또 석대가 내게 무슨 의무를 지우거나 무엇을 강제하지 않았다. 때로 아이들은 무언가 석대가 지운 부당한 의무와 강제를 이행하느라 고통스러워하는 듯했건만, 나는 한 번도 그런 적이 없었다. 그 바람에 그 소극적인 특전—의무와 강제의 면제—은 본래의 뜻 이상으로 나를 자주 감격시켰다.

그가 내게 바라는 것은 오직 내가 그의 질서에 순응하는 것, 그리하여 그가 구축해 둔 왕국을 허물려 들지 않는 것뿐이었다. 실은 그거야말로 굴종이며, 그의 질서와 왕국이 정의롭지 못하다는 전제와 결합되면 그 굴종은 곧 내가 치른 대가 중에서 가장 값비싼 대가가 될 수도 있으나 이미 자유와 합리의 기억을 포기한 내게는 조금도 그렇게 느껴지지 않았다.

하기야 나중에—그러니까 내가 그의 질서에 온전히 길들여지고 그의 왕국에 비판 없이 안주하게 되었을 때—그가 베푼 은총의 대가로 내가 지불해야 했던 게 한 가지 더 있기는 했다. 그것은 바로 나의 그림 솜씨였다. 나는 미술 실기(實技) 시간만 되면 다른 아이들이 한 장을 그리는 동안 두 장을 그려야 했다. 그림 솜씨가 시원찮은 석대를 위해서였는데, 그 바람에 '우리들의 솜씨'난(欄)에는 종종 내 그림 두 장이 석대의 이름과 내 이름을 달고 나란히 붙어 있곤 했다. 그러나 그것도 석대가 원해서 그랬는지, 내가 자청해서 그랬는지조차 뚜렷하게 기억나지 않을 만큼 강요받은 흔적은 보이지 않는다. 짐작으로 그의 왕국에 안주한 한 신민(臣民)으로 자발적으로 바친 조세가 부역에 가까운 것인 성싶다.

저 화려한 역사책의 갈피에서와는 달리 우리 반(班)의 혁명은 갑작스럽고 약간은 엉뚱한 방향에서 왔다. 그 이듬해 담임선생이 갈린 지 채 한 달도 안돼 그렇게도 굳건해 보였던 석대의 왕국은 겨우 한나절로 산산조각이 나고 그 철권(鐵拳)의 지배자는 한낱 범죄자로 전락해 우리들의 세계에서 사라져 간 것이었다. 그렇지만 내게는 그 혁명의 발단이나 결과를 얘기하기 전에 먼저 고백해 둘 일이 하나 있다. 그것은 바로 석대의 왕국을 뿌리째 뒤흔든 계기가 된 그의 엄청난 비밀을 내가 진작부터 알고 있었다는 점이었다.

아마도 그해 십이 월 초순의 일이었던 걸로 기억된다. 일제 고사를 친 날이었는데, 시험을 공정하게 보인다는 뜻에서 이례적으로 자리를 막 뒤섞는 바람에 내 곁에는 박원하라는 공부 잘하는 아이가 앉게 되었다. 여러 과목 중에서도 특히 산수가 뛰어난 아이로 석대와 가깝기로도 열 손가락 안에 들었다. 언제나 산수가 모자라 걱정인 내게는 그 아이가 내 곁에 앉은 게 든든하게 느껴졌다.

그런데 두 시간째 산수 시험 기간이 되어 나는 우연히 박원하가 이상한 짓을 하는 걸 보게 되었다. 응용 문제 하나가 막힌 내가 꼭 컨닝을 하겠다는 뜻에서라기보다 그 애는 답을 썼나 안 썼나가 궁금해 힐끗 훔쳐 보니, 이미 답안지를 다 채운 그 애가 이름을 지우개로 지우고 있었다. 나는 문득 수상쩍은 느낌이 들었다. 답이야 지웠다 새로 쓰는 수도 있지만 자기 이름을 잘못 써서 지우는 수는 없었기 때문이었다.

그 바람에 나는 시간이 얼마 안 남았다는 것도 잊고 박원하가 하는 짓을 유심히 살폈다. 그 애는 힐끔힐끔 시험 감독을 나온 딴 반(班) 담임을 훔쳐보며 방금 말끔히 지운 곳에 얼른 이름을 다 써넣었는데 놀랍게도 그 이름은 엄석대의 것이었다. 이름을 써넣고야 겨우 여유를 찾은 그 애가 사방을 슬그머니 돌아보다 나와 눈이 마주치자 찔끔했다. 그러나 그 눈꼬리에 곧 웃음기가 비치는 게 나를 경계하거나 두려워하는 것 같지는 않았다.

"너 아까 뭘 했니?"

쉬는 시간이 되자마자 나는 박원하에게 가만히 물어 보았다. 원하가 비실비실 웃으며 대답했다.

"이번에는 ─ 산수가 내 차례였어."

"산수가 네 차례라니? 그럼 다른 과목도 누가 그러는 거야?"

나는 놀랍고도 어이없어 다시 그렇게 물었다. 박원하가 잠깐 사방을 둘러보더니 소리를 낮춰 말했다.

"몰랐어? 지난 시간 국어 시험은 아마도 황영수가 했을 걸."

"뭐야? 그럼 너희들은……."

"엄석대의 점수를 받는 거지 뭐. 너는 미술을 대신 그려 주니까 눈치 봐서 두 장을 그려내면 되지만 시험은 그게 안 되잖아? 석대하고 점수를 바꾸는 수밖에……."

그제서야 나는 엄석대가 그토록 놀라운 평균 점수를 얻어내는 비결을 알아차렸다. 내가 별 생각 없이 그려 준 그림도 사실은 석대의 전 과목 수(秀)를 돕고 있었다는 것도.

"전 과목 모두 시험마다 그래?"

나는 놀란 가슴을 진정시키며 다시 물었다. 박원하는 공범자끼리의 은근한 말투로 내가 묻는 대로 숨김없이 대답해 주었다.

"전 과목 모두는 아니야. 대개 두 과목쯤은 제 스스로 공부해 오지, 이번에는 자연과 사회만 진짜 엄석대의 실력이야. 그러나 시험마다 그 과목도 바꾸고 대신 이름을 써낼 아이도 바뀌."

"그럼, 그 두 과목을 뺀 나머지 시험에서 엄석대가 받은 점수는 어때?"

"한 팔십 점 안팎일 거야."

"그렇다면 이번 산수 시험의 경우 너는 십오 점 이상 손해 보잖아?"

"할 수 없지 뭐. 다른 애들도 다 그러니까. 거기다가 석대는 차례를 공정하게 돌리기 때문에 손해는 모두 비슷해. 따라서 석대만 빼면 우리끼리의 성적순은 실력대로야. 너같이 재수 좋은 애가 우리 앞에 끼어들지 않는다면 말이야."

원하가 우리라고 하는 것은 석대가 특별히 우대하는 예닐곱을 가리키는 말이었다. 공부로는 반에서 가장 윗길인 동아리로 끼어든 지 얼마 되지는 않지만 나도 그 중의 하나였다.

"그런데…… 아직 석대가 그걸 네게 말해 주지 않았어? 이상한데……."

그 엄청난 비밀이 준 충격으로 멍해 있는 나를 보다가 원하가 갑자기 걱정스

634 한국 현대 단편소설 33

런 얼굴이 되어 물었다. 그러다가 이내 스스로를 안심시키듯 덧붙였다.

"뭐, 이제야 말해 줘도 괜찮겠지. 너도 석대의 그림을 대신 그려주고 있으니까. 그건 미술 실기 시험 대신 쳐주는 셈이잖아. 거기다가 곧 석대와 시험지를 바꿔야 할지도 모르고……."

하지만 그때 이미 나는 갑작스럽고도 세찬 유혹에 휘말려 제정신이 아니었다.

그 유혹이란 방금 알아낸 이 엄청난 비밀로, 어느 누구도 용서할 리 없는 무서운 비행(非行)의 이 움직일 수 없는 증거로, 이미 끝난 석대와의 싸움을 뒤집어보자는 것이었다. 담임선생이 아무리 무정하고 성의 없다 해도 석대의 그 같은 비행까지는 묵인하지 않을 것 같았다. 그리하여 석대를 잡기만 한다면 지금껏 그를 두둔해 온 담임선생에게 멋진 앙갚음이 될 뿐만 아니라, 나를 믿지 않고, 윽박지르기만 한 아버지, 어머니에게도 멋진 앙갚음이 될 것이었다. 억눌러 참고는 있어도 실은 괴로워하고 있음에 틀림없는 아이들에게 나는 새로운 영웅으로 떠오를 것이고, 쓰라림으로 포기해야 했던 자유와 합리의 지배가 되살아날 것에 대해서는 나는 분명 가슴 두근거렸다.

그러나 다시 수업 시작을 알리는 종소리가 나고 시험 감독으로 들어온 담임선생의 얼굴을 보게 되면서부터 들떠 있던 내 마음은 조금씩 가라앉기 시작했다. 이미 있는 것은 모두가 심드렁하고 새로움과 변화는 오직 귀찮고 성가실 뿐이라는 듯한 그의 표정에서 라이터 사건 때의 참담한 실패가 떠오른 까닭이었다. 움직일 수 없는 증거를 코앞에 들이대지 않는 한 그의 둔감과 무관심의 벽을 허물 수 있는 일은 아무것도 없을 성싶었다.

거기서 나는 다시 아이들을 돌아보았다. 움직일 수 없는 증거가 돼줄 수 있는 것은 그들이었으나, 그들이 갑자기 내 편이 되어 그때껏 묵인하고 협조해 오던 석대의 그 같은 비행(非行)을 담임선생에게 밝혀 주리라는 보장 또한 그리 많아 보이지는 않았다. 거기다가, 어떤 의미에서도 그들도 석대의 공범자들이 아닌가. 석대와 힘을 합쳐 담임선생의 공정한 채점을 방해해 오지 않았는가 — 하는 생각이 들자 나는 더욱 자신이 없어졌다. 그때 분명히 석대에게 라이터를 빼앗겨 놓고도 담임선생이 묻자 빌려 주었을 뿐이라며 시치미를 떼던 병조의 얼굴이 머릿속에 생생히 떠오르고, 모처럼 석대를 마음 놓고 고발할 기회를 주었건만 오히려 내 자신의 자질구레한 잘못들만 가득 적혀 있던 시험지들이 섬뜩하게 눈앞에 되살아났다.

그때는 이미 두 달 가까이나 맛들인 굴종의 단 열매나 영악스런 타산도 나를 말렸다. 사실 이런저런 어른들 식의 정신적인 허영을 빼면 석대의 질서 아래 있다고 해서 내게 불리할 것은 아무것도 없었다. 이미 말했듯, 나의 끈질기고 오랜 저항은 오히려 훈장이 되어 내게 여러 가지 특전으로 되돌아온 까닭이었다. 어떤 면에서 나는 어린이 자치회와 다수결의 지배를 받았던 서울에서보다 더 많은 자유를 누렸고 반(班) 아이들에 대한 영향력에 있어서도 서울에서의 내 위치였던 분단장급보다 크면 컸지 적지는 않았다. 성적에 있어서도 — 석대가 그런 식으로 계속 다른 아이들의 발목을 잡아 주는 게 내게 유리할 수도 있었다. 일 등을 넘보지 않는 한 이등은 그리 힘들이지 않고도 내 차지가 될 것이기 때문이었다.

그러나 내가 담임선생에게 달려가는 걸 결정적으로 막은 것은 다름 아닌 석대 그 자신이었다. 두 가지 상반된 유혹에 시달리면서도 그날 시험이 다 끝날 때까지 마음을 정하지 못한 내가 복잡한 머릿속으로 종회를 기다리고 있을 때 석대가 불쑥 내 책상 앞으로 다가와 말했다.

"야, 한병태. 오늘 일제 고사도 끝났고 하니까 우리 어디 놀러 가는 거 어때?"

그가 내 마음 속을 들여다보았을 리는 없었지만 제풀에 놀란 내가 펄쩍 일어나며 물었다.

"추운데 어딜?"

"미포(米浦)쯤이 어때? 거기 춥지 않게 놀 수 있는 곳을 알아."

미포는 학교에서 오 리쯤 떨어진 솔숲 끝의 냇가였다. 어른들의 눈으로는 폭격에 반쯤 부서진 일제 때의 공장 건물 몇 채가 있을 뿐인 황량한 곳이었으나 아이들에게는 바로 그 부서진 공장이 좋은 놀이터가 되었다.

"그래 좋아."

"우리 모두 가자."

나보다 곁에 듣고 있던 아이들이 더 신이 나 그렇게 떠들며 나섰다. 나도 그걸 마다할 구실이 없었다. 수상쩍게 보이지 않기 위해서도 찬동하지 않을 수 없었는데, 그걸로 종회 뒤에 따로이 담임선생을 만날 길은 절로 막혀 버렸다.

떨떠름하게 따라나서긴 해도, 그 오후는 오래오래 기억에 뚜렷할 만큼 별나고도 재미있었다. 석대는 한꺼번에 거의 모두가 따라나서는 반 아이들 중에서 여남은 명만 추렸다. 얼핏 보기에는 마구다지로 추리는 것 같았으나 나름으로 어떤 기준을 두었음에 분명했다.

"너희들 돈 가진 거 있지?"

미포에 도착해 양지 바른 어떤 부서진 공장 건물에 자리잡자마자 석대가 아이들을 돌아보며 물었다. 그 중에 대여섯이 주머니를 털어 그 당신 우리들에게 꽤 많은 돈인 삼백칠십 환을 모아 바쳤다. 석대는 그 중에서 둘을 지목해 그 돈으로 과자와 사이다를 사오게 하고 다시 아이들을 돌아보며 물었다.

"저쪽 건너 마을에 사는 게 누구누구야?"

그러자 이번에도 대여섯 명이 나섰다.

"너희들은 지금 집에 가서 땅콩하고 고구마를 가져와. 급장하고 아이들 모두가 자연 관찰 나왔다구 하면 집에서도 암말 않고 줄 거야."

석대는 그렇게 시켜 그 애들을 보내고 마지막으로 나머지 대여섯을 돌아보며 말했다.

"너희들은 나무를 주워 와. 햇볕이 따뜻하지만 곧 쌀쌀해질 거야. 고구마와 땅콩도 구워야 하구."

그때 이미 제법 석대의 질서에 길들여 있던 나는 내 자신도 당연히 그 나머지에 포함된 줄 알았다. 그래서 그들과 함께 나무를 주워 모으러 가려는데 석대가 나를 불러세웠다.

"한병태, 너는 여기 남아. 거들어 줄 게 있어."

나는 거기서 다시 한 번 까닭 없이 찔끔했지만 그게 순전히 호의에서 나온 것임은 이내 알 만했다. 돌 몇 개를 옮겨 불 피울 자리를 만든 걸로 제 일을 끝내고 줄곧 나와 얘기만 했다. 나는 이런저런 심부름에서 빼내 준 것 이상의 뜻이 있는 것 같았다. 이를테면 나도 석대 밑이기는 하지만 그 애들과 같은 졸병은 아니라든가 하는.

이윽고 여기저기로 흩어져 갔던 아이들이 돌아오자 지붕이 날아간 그 부서진 공장은 세상에서 가장 즐거운 놀이터가 되었다. 겨울 아이들에게 잘 핀 모닥불보다 더 재미있고 신나는 놀이감이 있을까. 거기다가 그 불에 구워먹을 땅콩과 고구마가 수북이 쌓여 있고, 또 그게 익을 때까지 입을 다시고도 남을 과자와 사이다가 있었다.

우리는 거기서 해질 때까지 먹고 마시고 웃고 떠들었다. 말타기도 하고 술래잡기도 하고 노래 자랑도 했다. 그리고 배꼽을 움켜잡고 만들던 '케셰라' 악단의 연주 – 한 녀석은 바지를 내리고 여물지도 않은 고추를 꺼내 그 살가죽을 잡아당겨 한 뼘이나 되게 한 뒤, 그걸 현(絃)으로 삼고 검지를 활로 삼아 바이올린을 켜는 시늉을 했다. 한 녀석은 두 손을 묘하게 움켜잡아 만든 손나팔로 제법 진짜 나팔 비슷한 소리를 냈고, 다른 한 녀석은 불룩한 배를 드러내 북 대신 철석거리고 쳤다. 그 곁에서 몸을 비꼬며 가수 흉내를 내는 녀석에다 물구나무서기와 공중제비를 번갈아 하며 주위를 돌던 녀석.

그런데 한 가지 특기할 일은 그 오후 갑자기 전보다 갑절이나 내게 은근해진 석대의 태도였다. 그는 나를 다른 아이들과 사뭇 격을 달리해 대접했고, 그곳에서의 놀이도 거의 나를 위한 잔치처럼 진행시켰다. 아니, 그 이상 그날만은 숫제 나를 자신과 동격으로 올려놓았다는 편이 옳겠다. 지나친 비약이 될지 모르지만, 어쩌면 그 무서운 아이는 내게서 어떤 좋지 못한 낌새를 느끼고 권력의 미각(味覺)으로 나를 구워 삶으려 한 것이나 아니었는지 모르겠다.

여하튼 나는 석대가 맛보인 그 특이한 단맛에 흠뻑 취했다. 실제로 그날 어둑해서 집으로 돌아가는 내 머릿속에는 그의 엄청난 비밀을 담임선생에게 일러바쳐 무얼 어째 보겠다는 생각 따위는 깨끗이 씻겨지고 없었다. 나는 그의 질서와 왕국이 영원히 지속되길 믿었고 바랐다. 그런데 그로부터 채 넉 달도 되기 전에 그 믿음과 바람은 모두 허망하게 무너져 버리고 몰락한 석대는 우리들의 세계에서 사라지게 되고 마는 것이었다.

혁명이라 부리기에는 너무 갑작스럽고 또 약간 엉뚱하기도 한 그 기묘한 혁명의 발단과 경과는 이러했다.

6학년으로 올라가면서 우리는 본격적인 중학 입시 준비에 들어가고 담임선생도 거기에 맞춰 바뀌었다.

새로 우리 반을 맡게 된 선생님은 사범학교를 나오신 지 몇 해 안 된 젊은 분이었다. 아직 경험은 많지 않지만 그 유능함과 성실함이 인정되어 특별히 입시반 담임으로 발탁된 것이었다.

여럿 가운데서 뽑혀 오신 분인 만큼 새 담임선생님은 첫날부터 남다른 데가 있었다. 작은 일도 지나쳐 보거나 흘려듣는 일이 없는 만큼이나 느낌도 예민해 첫 종회 시간에 이미 그분은 우리를 은근히 몰아세웠다.

"이 반은 왜 이리 활기가 없어? 어릿어릿하며 눈치나 슬슬 보구……."

그런 그의 남다른 관찰력은 반을 맡은 지 사흘 만에 문제의 핵심에 다가들고 있었다. 그날 6학년 들어 새로운 급장 선거가 있었는데, 석대가 61표 중 59표로 당선되자 담임선생은 벌컥 화를 냈다.

"이따위 선거가 어디 있어? 무효표와 당선자 본인의 표를 빼면 전원 일치잖아? 선거 다시 해."

그리고 재빨리 실수를 알아차린 석대가 손을 쓴다고 써 다음 선거에서 51표로 떨어뜨리려도 마찬가지였다.

"이건 뭐야? 엄석대를 빼면 나머지 아홉 전부 한 표씩이잖아? 도대체 경쟁자가 없는 선거가 무슨 소용 있어?"

그렇게 화를 내며 엄석대와 우리를 번갈아 쏘아보는 것이었다. 그분도 명백한 선거 결과를 어쩔 수가 없어 엄석대를 급장으로 인정하기는 했지만 어쩌면 그 기묘한 혁명은 이미 거기서부터 시작됐다고 할 수 있었다.

"이 못난 것들. 그저 겁만 많아 가지고……"

"눈알 똑바로 두어! 사내 자식들이 흘금흘금 눈치는 무슨……"

다음날부터 담임선생은 틈틈이 우리를 그렇게 몰아세우는 한편, 좀 어렵다 싶은 문제만 석대를 불러내 풀게 했다. 석대는 어떤 위기감을 느낀 듯했다. 제딴에는 기를 쓰고 대비하는 것 같았지만 담임선생님을 만족시키기에는 많이 모자라 보였다. 첫 평가 시험이 있었던 다음날 석대에게 준 핀잔이 그 한 예였다.

"엄석대 너는 어째 시험은 잘 치면서 시간 중에는 그게 뭐야? 영 알 수 없는 놈이잖아."

하지만 그분도 석대가 하고 있는 엄청난 속임수에까지는 생각이 미치지 않는 모양이었다. 언제나 의혹의 눈을 번쩍이면서도, 석대가 이미 확보하고 있는 권위나 우리 학급을 움직이는 기존 질서는 인색하게나마 인정을 해주었다.

그럼에도 불구하고 담임선생님의 그 같은 태도는 아이들에게 적지 않은 영향을 주었다. 담임선생님이 석대의 편이 아니라는 것, 전번 담임선생처럼 석대를 턱없이 믿기는커녕 오히려 무언가를 의심하고 있다는 것이 점점 명백해지자, 그 전해 내가 그렇게 움직여 보려고 해도 꿈쩍 않던 아이들이 절로 꿈틀대기 시작했다. 감히 정면으로 도전하지 못해도 조그마한 반항들이 심상찮게 일었고, 무슨 일이 일어나도 석대보다 담임선생님을 먼저 찾는 아이들이 하나둘 늘어갔다.

거듭거듭 말하자면 석대는 참으로 무서운 아이였다. 우리보다 나이가 많다 해도 기껏 열대여섯의 소년에 지나지 않았건만, 그는 참아야 할 때와 물러서야 하는 것을 아는 듯했다. 그쪽으로 본능적으로 발달된 감각을 가진 아이 같았다. 그

전 같으면 주먹부터 내지르고 볼 일은 가벼운 눈 흘김으로 대신하고, 눈흘김으로 대할 일은 너그러운 미소로 대신하며 어렵게 버텨 나갔다. 눈치 빠른 아이들이 '공납(貢納)'[20]을 게을리 해도 응징을 자제했고, '야, 그거 좋은데'와 '그거 좀 빌려줘'란 말은 아예 쓰지도 않았다.

내 생각에, 그때 석대는 시험지 바꿔치기의 위험도 충분히 알고 있었으리라 본다. 그러나 그것만은 그만둘 수가 없었을 것이다. 이미 호랑이 등에 올라탄 격이 되어 끝 가는 데까지 달려 보는 수밖에 없었다. 공부 쪽을 포기하는 것도 생각할 수 없는 길은 아니지만, 그러기에는 '전교 일 등 엄석대'의 이 년에 가까운 세월의 부담이 너무 컸다……

그리하여 마침내 일이 터진 것은 삼 월 말의 첫 일제 고사 성적이 발표되던 날이었다. 그날 새파랗게 날선 얼굴로 조례를 들어온 담임선생님은 대뜸 우리들의 성적부터 불러 준 뒤에 차갑게 말했다.

"엄석대는 평균 98점으로 전(全) 학년에서 일 등을 했고, 나머지는 모두가 전 학년 십 등 밖이다. 나는 오늘 이 수수께끼를 풀어야겠다."

그리고는 갑자기 매서운 목소리로 엄석대를 불렀다.

"교단 모서리를 짚고 엎드려 뻗쳐."

엄석대가 애서 태연한 표정을 지으며 교탁 앞으로 나가자 담임선생님은 아무런 앞 뒤 설명 없이 그렇게 명령했다. 그리고 엄석대가 엎드리자 출석부와 함께 들고 온 굵은 매로 그의 엉덩이를 모질게 내리쳤다.

갑자기 찬물 끼얹은 듯 조용해진 교실 안은 매질 소리와 신음을 참는 석대의 거친 숨소리로 가득했다. 나로서는 처음 보는 모진 매질이었다. 제법 어린애 팔목만 하던 매는 금세 끝이 갈라지고 조각조각 떨어져 나갔다. 그러나 그런 모진 매질보다 더욱 내게 충격적인 것은 석대가 매를 맞고 있다는 그 자체였다.

석대도 매를 맞는다. 저토록 비참하고 무력하게 ─ 그것은 나뿐만 아니라 우리 반 아이들 모두에게 충격이었을 것이다. 그리고 그때 담임선생님의 손에 들린 매는 반 토막으로 비틀면서도 어지간히 견디던 석대도 마침내는 교실 바닥에 엎어지며 괴로운 신음을 뱉어냈다.

---

20) 백성이 조정에 바치는 공물

담임선생은 그때를 기다리고 있었던 듯했다. 쓰러진 석대를 버려두고 교탁으로 가더니 석대의 시험지를 찾아 다시 엎드려 뻗쳐를 하고 있는 석대 곁으로 갔다.

"엄석대, 여기를 잘 봐. 여기 이름 쓴 데 지우개 자국이 보이지?"

그제서야 나는 담임선생님이 드디어 석대의 비밀을 눈치챘음을 알았다. 그러자 문득 석대를 향한 동정이나 근심보다는 일의 결말이 더 궁금해지기 시작했다. 석대가 그 전 라이터 사건 때처럼 자신의 잘못을 부인하고 아이들도 그때처럼 입을 모아 그를 뒷받침해 준다면 어떻게 될까 하는 것이었다.

"잘못……했습니다."

한참 뒤에 들리는 석대의 대답은 실망스럽게도 그랬다. 아무래도 그는 열대여섯 살의 소년에 지나지 않았고, 또 굴복하기 쉬운 육체를 지닌 인간이었다. 어쩌면 담임선생님의 그 모진 매질은 다른 번거로운 절차 없이 그에게서 바로 그 말을 끌어내기 위함이었는지도 모를 일이었다.

석대의 그 같은 말이 들리자 아이들 사이에는 다시 한 차례 눈에 보이지 않는 동요가 있었다. 석대도 항복을 한다 — 결코 있을 것 같지 않던 그런 일이 눈앞에서 벌어진 데서 온 충격 때문이었을 것이다. 나도 그랬다. 그 말을 듣는 순간 자신도 모르게 몸을 움찔했을 정도였다.

그 담임선생님이 받은 유능하다는 평판은 두뇌가 조직적이고 치밀하다는 뜻이나 아니었는지 모르겠다. 바라던 굴복을 받아 내자 담임선생님은 석대에게 거의 생각할 틈을 주지 않고 다음 단계로 들어갔다.

"좋아, 그럼 교탁 위로 올라가 꿇어앉고 손 들어."

담임선생님은 금세라도 모진 매를 다시 시작할 듯 석대에게로 다가가며 그렇게 명령했다. 뒷일로 미뤄 보면 그때 아마 석대는 기습과도 같은 매질에 잠시 얼이 빠졌던 듯싶다. 채찍에 몰린 맹수처럼 어기적거리며 교탁 위로 올라가 두 손을 들고 꿇어앉았다.

그런 석대를 보며 나는 또 한 번 이상한 경험을 했다. 그 전의 석대는 키나 몸집이 담임선생님과 비슷하게 보였고, 따로 떼어 놓고 생각하면 오히려 석대 쪽이 더 큰 것처럼 느껴지기까지 했다. 그런데 교탁 위에 꿇어앉은 석대는 갑자기 자그마해져 있었다. 어제까지의 크고 건장했던 우리 반 급장은 간 곳 없고 우리 또래의 평범한 소년 하나가 볼품없이 벌을 받고 있을 뿐이었다. 거기 비해 담임선생님은 키와 몸집이 갑자기 갑절은 늘어난 듯했다. 그리하여 무슨 전능한 거인(巨人)처럼 우리를 내려보고 서 있는 것이었다. 이또한 짐작에 지나지 않지만, 그 같은 느낌은 다른 아이들에게도 마찬가지였을 것이고, 어쩌면 담임선생님은 처음부터 그걸 노렸는지 모를 일이었다.

"박원하, 황영수, 이치규, 김문세……."

이어 담임선생은 다시 여섯 명의 아이들을 불러냈다. 모두 번갈아 가며 석대의 대리 시험을 쳐준 우리 반의 우등생들이었다. 낯이 하얗게 질린 그 애들이 쭈뼛거리며 교탁 앞으로 나서자 담임선생님이 약간 풀어진 목소리로 말했다.

"나는 너희들이 지난 한 달의 각종 시험에서 번갈아가며 자신의 이름을 지우고 딴 이름을 써서 낸 걸 알고 있다. 어쩔래? 맞고 입을 열래? 좋게 물을 때 바로 댈래? 그게 누구야? 누구와 시험 점수를 바꾼 거야?"

그런데 담임선생님의 그 같은 물음이 채 끝나기도 전이었다. 그때껏 초점을 잃고 반쯤 감겨져 있던 석대의 눈이 번쩍 치켜떠지며 갑자기 무서운 빛을 뿜었다. 들고 있는 팔의 무게로 처져 있던 그의 어깨도 어느새 꿋꿋하게 세워져 있었다. 그걸 본 아이들이 움찔했다. 그러나 대세는 이미 기울어진 뒤였다. 아이들은 이미 석대가 약한 걸 보았고 따라서 서슴없이 강한 담임선생님을 택했다.

"엄석댑니다."

아이들이 입을 모아 그렇게 대답하자 석대는 괴로운 듯 눈을 질끈 감았다. 분명히 석대의 입은 굳게 다물어져 있었지만 나는 몸 속 깊은 곳에서 우러나는 그 신음 소리를 들은 듯했다.

"좋아, 그럼 어째서 그런 짓을 하게 됐는지 황영수부터 말해 봐."

담임선생님은 한층 목소리를 부드럽게 해서 달래듯 말했다. 매를 축 늘어뜨리고 말하는 품이, 너희들은 바로 대답하기만 하면 용서해 줄 수도 있다는 것 같았다. 거기 희망을 건 아이들이 석대의 존재는 거의 무시한 채 제각기 이유를 댔다. 때릴까 겁이 나서, 아무것도 아닌 걸 위반으로 걸어 벌주기 때문에, 놀이에서 따돌림받기 싫어서 따위의 대개 나도 겪은 이유들이었다.

"그래, 그 동안 기분들이 어땠어?"

담임선생님이 다시 그렇게 물었다. 이번에도 아이들은 숨김없이 속을 털어놓았다. 잘못했습니다. 죄스러웠습니다가 절반, 선생님께 들킬까 봐 겁났습니다가 절반이었다. 그런데 참으로 알 수 없는 것은 담임선생님이었다. 마지막 아이의 말이 끝나는 순간 그의 표정이 험하게 일그러졌다.

"그래?"

담임선생님은 비꼬듯 내뱉으며 그들 여섯을 차갑게 쏘아보다가 갑자기 우리 모두가 흠칫할 만큼 목소리를 높였다.

"모두 교단을 짚고 엎드려 뻗쳐!"

그리고는 한 사람 앞에 열 대씩을 매질해 나가기 시작했다. 맞는 동안에 두어 번씩은 몸이 교실 바닥으로 내려앉을 만큼 모진 매질이었다.

매질이 끝나자 교실 안은 한동안 그들의 훌쩍거림으로 시끄러웠다.

"모두 일어나!"

이윽고 훌쩍거림이 잦아들자 담임선생님은 그들 여섯을 일으켜 세우고 간신히 성을 가라앉힌 목소리로 말했다..

"나는 되도록 너희들에게는 손을 안 대려고 했다. 석대의 강압에 못 이겨 시험지를 바꿔 준 것 자체는 용서할 수 있었다. 그러나 그 동안 너희들이 느낌이 어떠했는가를 듣게 되자 그냥 참을 수가 없었다. 너희들은 당연한 너희들의 몫을 빼앗기고도 분한 줄 몰랐고, 불의의 힘 앞에 굴복하고도 부끄러운 줄 몰랐다. 그것도 한 학급의 우등생인 너희들이…… 만약 너희들이 계속해 그런 정신으로 살아간다면 앞으로 맛보게 될 아픔은 오늘 내게 맞은 것과는 견줄 수 없을 만큼 클 것이다. 그런 너희들이 어른이 되어 만들 세상은 상상만으로도 끔찍하다…… 모두 교단 위에 손들고 꿇어 앉아 다시 한 번 스스로를 반성하도록."

아마도 그때 담임선생님은 우리에게 지나치게 어려운 걸 가르치려고 들었던 것이나 아닌지 모르겠다. 우리 중 누구도 그 자리에서는 그 말의 참뜻을 알아듣지 못했고, 더러는 삼십 년이 지난 지금에조차 그 말을 다 이해한 것 같지는 않다.

담임선생님이 드디어 자리에 앉아 있는 우리 모두에게로 돌아선 것은 그 여섯이 눈물로 범벅진 얼굴이 되어 교단 위에 나란히 꿇어앉은 다음이었다.

"지금껏 선생님이 알아챈 것은 석대와 저 아이들이 시험지를 바꾸어 공정한 채점을 방해한 것뿐이다. 하지만 그것만으로는 아직 넉넉하지 못하다. 우리 반을 새롭게 만들어 나가기 위해서는 먼저 그릇된 지난날부터 정리돼야 한다. 내 짐작으로는 그 밖에도 석대가 한 나쁜 짓들이 많이 있을 것이다. 이제 1번부터 차례로 자신이 알고 있는 석대의 잘못이나 석대에게 당한 괴로운 일들을 있는 대로 모두 얘기해 주기 바란다."

이번에도 시작은 부드러운 목소리였다. 그러나 다시 눈을 흡뜨고 쏘아보는 석대의 눈길에 흠칫해진 아이들이 머뭇거리자 그 목소리에는 이내 날이 섰다.

"5학년 때 담임선생님께 작년에 있었던 일을 얘기 들었다. 그분의 말씀으로는 그때 아무도 석대의 잘못을 써내 주지 않아 이 학급에 아무런 문제가 없는 줄 알고 계속해 석대를 믿게 되었다고 하셨다. 오늘 나도 마찬가지다. 너희들이 석대의 딴 잘못들을 알려 주지 않는다면 이제 시험지 바꾼 일의 벌은 끝났으니 나머지는 지금까지 지내온 대로 다시 석대에게 맡길 수밖에 없다. 그래도 좋겠나? 1번 우선 너부터 말해 봐."

그 말은 금세 효과를 냈다. 실은 아이들도 내가 늘 얕봤던 것처럼 맹탕은 아니었다. 다만 서로 힘을 합칠 줄 몰랐을 뿐, 마음 속에서 불태우던 분노와 굴욕감은 한참 석대와 맞서고 있을 때의 나와 크게 다르지 않음에 분명했다. 변혁에 대한 열렬한 기대도, 그리하여 이제 문턱까지 이른 변혁이 다시 뒷걸음질치려 하자 용기를 짜서 거기 매달렸다.

"석대는 내 연필깎기를 빌려가 돌려주지 않았습니다. 단속 주간이 아닌데도 쇠다마(구슬)를 뺏어가고……."

1번 아이가 그렇게 입을 열자 2번 3번도 아는 대로 털어놓기 시작했다. 봇물처럼 쏟아지기 시작한 석대의 비행(非行)은 끝없이 이어졌다. 여자애들의 치마를 들추게 시켰다든가, 비누를 바른 손으로 수음(手淫)을 하게 했다는 따위 성적(性的)인 것도 있었으며 장삿집 애들은 매주 얼마씩 돈을 바치게 하고, 농사짓는 집 아이들에게는 과일이나 곡식을, 대장간 아이에게는 엿으로 바꿀 철물을 가져오게 하는 따위 경제적인 수탈도 있었다. 돈 백 환을 받고 분단장을 시켜 준 일이며, 환경 정리를 한다고 비품 구입비를 거두어 일부를 빼돌린 게 밝혀지고, 그 전해 한 학기 자신이 직접 나서지 않고도 나를 괴롭힌 과정도 대강은 드러났다.

그런데 한 가지 묘한 것은 그런 것을 고발하는 아이들의 태도였다. 처음에는 마지못해 선생님만 쳐다보고 머뭇머뭇 밝히다가 한 번호 한 번호 뒤로 물릴수록 차츰 목소리가 커지면서 눈을 번쩍이며 쏘아보는 석대를 향해 말하기 시작했다. 그리고 나중에는 '임마' '새끼' 같은 전에는 감히 입 끝에 올려 보지도 못한 엄청난 욕들을 섞어 선생님께 고발한다기보다는 석대에게 바로 퍼대는 것이었다.

이윽고 39번 내 차례가 왔다.

"저는 잘 모릅니다."

내가 선생님을 쳐다보고 그렇게 말하자 일순 교실 안은 조용해졌다. 그러나 그것도 잠시 담임선생님보다 먼저 아이들이 와 하고 내게 덤벼들었다.

"너 정말 몰라?"

"저 새끼, 순 석대 꼬붕이……."

"넌 임마, 쓸개도 없어?"

아이들은 담임선생님만 없으면 그대로 내게 덮칠 듯한 기세로 퍼부어 댔다. 나는 그들이 뿜어 대는 살기와도 같은 흉맹한 기운에 섬뜩했으나 그대로 버텼다.

"정말로 모릅니다. 전학 온 지 얼마 안 돼서……."

내가 그들 쪽은 보지도 않고 선생님만 바라보며 그렇게 되뇌이자 아이들은 한층 험한 기세로 나를 몰아세웠다. 그때 알 수 없는 눈길로 나를 가만히 살피던 선생님이 그런 아이들을 진정시켰다.

"알겠어. 다음, 40번."

내가 석대의 비행에 대해 잘 모른다고 한 것은 오직 진심과 오기가 반반 섞인 것이었다. 내가 마지막 서너 달을 석대와 유난히 가깝게 지낸 것은 사실이었지만 그때도 그는 어찌된 셈인지 자신의 치부만은 애써 감추었다. 첫 한 학기 그에게서 받는 피해도 모두 간접적인 것이어서 내게는 증거가 없었으며 ― 또 대강은 이미 딴 아이들의 입으로 들추어진 터였다. 거기다가 5학년 한 해 학급에서의 내 위치 자체가 구석구석 숨겨진 석대의 비행을 알아내기에는 묘하게 불리했다. 그 한 해의 절반은 내가 석대의 유일한 적대자였기 때문에, 그리고 다른 절반은 내가 그의 한 팔처럼 되었기 때문에 속을 터놓고 지낼 친구들을 얻을 수가 없었고, 그래서 어디엔가 불의(不義)가 존재한다는 막연한 느낌뿐, 교실 구석에서 은밀하게 벌어지는 일들은 잘 알 수가 없었던 것이다.

오기는 그날 내 앞까지의 아이들이 석대를 고발하는 태도 때문에 생긴 것이었다. 석대의 나쁜 짓을 까발리고 들춰내는 데 가장 열성적이고 공격적인 아이들은 대개 두 부류였다. 하나는 간절히 석대의 총애를 받기 원했으나, 이런저런 까닭으로 끝내는 실패한 부류였고, 다른 하나는 그날 아침까지도 석대 곁에 붙어 그 숱한 나쁜 짓에 그의 손발 노릇을 하던 부류였다. 한 인간이 회개하는 데 꼭 긴 세월이 필요한 것은 아니며, 백정도 칼을 버리면 부처가 될 수 있다고도 하지만 나는 아무래도 느닷없는 그들의 정의감이 미덥지 않았다. 나는 지금도 갑작스레 개종자(改宗者)나 극적인 전향 인사(轉向人士)[21]는 믿지 못하고 있다. 특히 그들이 남 앞에 나서서 설쳐 대면 설쳐 댈수록. 내가 굳이 석대를 고발하려 들면 거리가 전혀 없는 것은 아니었지만, 그날 끝내 입을 다문 것은 아마도 그런 아이들에 대한 반발로 오기가 생긴 때문이었다. 내 눈에는 그 애들이 석대가 쓰러진 걸 보고서야 덤벼들어 등을 밟아 대는 교활하고도 비열한 변절자로밖에 비춰지지 않았다.

마지막 61번 아이가 고발을 끝냈을 때는 어느새 첫째 시간 수업이 끝났음을 알리는 종이 울리고 있었다. 그러나 담임선생님은 그 종소릴 무시하고 우리에게 말했다.

"좋다. 너희들이 용기를 되찾은 걸 선생님은 다행으로 생각한다. 이제 앞으로의 일은 너희 손에 맡겨도 될 것 같아 마음 든든하다. 그렇지만 너희들도 값을 치러야 한다. 첫째로는 너희들의 지난 비겁의 값이고, 둘째로는 앞으로의 삶에 주는 교훈의 값이다. 한 번 잃은 것은 결코 찾기가 쉽지 않다. 이 기회에 너희들이 그걸 배워 두지 않으면 앞으로도 또 이런 일이 벌어져도 너희들은 나 같은 선생님만 기다리고 있게 될 것이다. 괴롭고 힘들더라도 스스로 일어나 되찾지 못하고 언제나 남이 찾아 주기만을 기다리게 된다."

그렇게 말을 맺은 담임선생님은 청소 도구함 쪽으로 가서 참나무로 된 걸렛대를 하나 빼내 들었다. 그리고 다시 교단 앞에 서더니 나직이 명령했다.

"1번부터 한 사람씩 차례로 나와."

그날 우리 모두에게 돌아온 매는 한 사람 앞에 다섯 대씩이었다. 앞에 아이들을 때릴 때와 다름없이 모진 매질이어서 교실은 또 한 번 울음바다를 이루었다.

"자, 이제 선생님이 너희들을 위해 해 줄 수 있는 일은 다 끝났다. 모두 제자리로 돌아가라. 엄석대도. 그리고 이제부터는 너희들끼리 의논해서 다른 그 어떤 반(班)보다 훌륭한 반을 만들어 봐. 너희들은 이미 회의 진행 방법도 배웠고, 의사를 결정짓는 과정과 투표에 대해서도 알 것이다. 지금부터 나는 그냥 곁에 앉아 지켜보기만 하겠다."

21) 사상·신념·주장 따위를 다른 것으로 바꾼 사람

매질을 끝낸 선생님은 갑자기 지친다는 표정으로 그렇게 말하고 교실 한 구석에 있는 교사용 의자에 가 앉았다. 손수건을 꺼내 이마에 흐르는 땀을 닦는 것만 보아도 우리가 당한 매질이 얼마나 호된 것이었나를 알 수 있었다.

그곳 아이들은 학급 자치회의 운영 방식을 전혀 모르거나 까맣게 잊어버렸는 걸로 알았는데 막상 기회가 주어지니 그렇지도 않았다. 분위기가 약간 어색하고 행동들이 서툴기는 해도 그런 대로 서울 아이들 흉내는 낼 줄 알았다. 쭈뼛거리며 말을 더듬던 것도 잠시, 아이들은 이내 자신을 회복해 동의(同意)하고 재청(再請)하고 찬성하고 투표했다. 그래서 결정된 게 먼저 임시 의장단을 구성하고 그들의 선거 관리 아래 자치회 의장단이자 학급의 임원진을 새로 뽑는다는 것이었다.

해명이 좀 늦은 듯한 감이 있지만, 어떻게 보면 아무래도 혁명적이 못 되는 석대의 몰락을 내가 굳이 혁명이라고 표현한 것은 실로 그 때문이었다. 비록 구체제(舊體制)에 해당되는 석대의 질서를 무너뜨린 힘과 의지는 담임선생님에게 빚졌어도 새로운 제도의 질서를 건설한 것은 틀림없이 우리들 자신의 힘과 의지였다. 거기다가 되도록 그날의 일을 우리들의 자발적인 의지와 스스로의 역량에 의해 쟁취된 것으로 기억되게 하려고 애쓰신 담임선생님의 심지 깊은 배려를 존중하여 나는 이런저런 구차한 수식어를 더해 가면서까지도 굳이 혁명이란 말을 썼던 것이다.

임시 의장은 부급장이던 김문세가 거수 표결로 뽑혔고, 김문세의 재청에 의해 검표(檢票) 및 기록을 맡을 임시 의장단이 번거로운 선거 없이 무더기로 선출되었다. 다섯 번이나 선거하는 대신 일정한 숫자로 끝나는 번호를 가진 아이들에게 그 일을 맡기자는 임시 의장의 의견을 아이들이 받아들여 번호의 끝자리 숫자가 5인 다섯 명을 역시 거수 표결로 한꺼번에 결정한 것이었다.

뒤이어 두 시간에 걸친 선거가 실시되었다. 전에는 급장·부급장·총무만 선거로 뽑았으나 이번에는 자치회의 부장(部長)들과 학급의 분단장까지 선거로 뽑게 되었다. 그 뒤 한동안 우리 반을 혼란스럽게 했던 선거 만능 풍조의 시작이었다.

그런데 급장 선거의 개표가 거의 끝나갈 무렵이었다. 추천 제도 없이 바로 하게 된 그 선거라 반 아이 절반쯤의 이름이 흑판 위에서 도토리 키재기를 하고 있는데, 갑자기 거세게 교실 뒷문이 열리는 소리가 들렸다. 모두 흑판 위에 붙어가는 정(正)자에 정신이 팔려 있다가 놀라 돌아보니 엄석대가 그 문을 나가다 말고 우리를 무섭게 흘겨보며 소리쳤다.

"잘해 봐, 이 새끼들아."

그리고 잽싸게 복도로 뛰어 달아나는 것이었다. 우리들이 하는 양을 살피느라 잠깐 엄석대를 잊고 있었던 담임선생님이 급하게 그의 이름을 부르며 뒤쫓아 나갔으나 끝내 붙잡지 못했다.

그 갑작스런 일에 아이들은 잠깐 흠칫했지만 개표는 다시 계속돼 곧 결과가 나왔다 . 김문세가 16표, 박원하가 13표, 황영수가 11표, 그리고 5표 4표 3표 하나씩에 1표짜리가 대여섯 나오더니 무효 둘로 전체 61표가 찼다.

석대의 표는 단 하나도 없었다. 아마도 석대는 그런 굴욕적인 개표 결과가 확정되는 걸 참고 기다리지 못해 뛰쳐나갔을 것이다. 그러나 뛰쳐나간 것은 그 굴욕의 순간으로부터만은 아니었다. 그 뒤 그는 영영 학교와 우리들에게로 돌아오지 않았다.

그런데 부끄럽지만, 여기서 한 가지 밝혀 두고 싶은 것은 그 무효 표 2표의 내역이다. 한 표는 틀림없이 석대 자신의 것이었고 다른 한 표는 바로 내 것이었다. 그러나 그걸 곧 여러 혁명에서 보이는 반동(反動)과 동질로 볼 수는 없는 것이 이미 나는 무너져 내린 석대의 질서에 연연해 하거나, 그 힘에 향수플 품고 그런 것은 아니었다. 그때는 이미 담임선생님이 은연중에 불 지핀 그 혁명의 열기가 내게도 서서히 번져와, 나도 새로 건설될 우리 반에 다른 아이들 못지않은 기대를 가지게 되었다.

하지만 막상 그 우리 반을 이끌 지도자를 선택해 될 순간이 되자 나는 갑자기 난감해졌다. 공부에서건 싸움에서건 또 다른 재능에서건 남보다 나은 아이치고 석대가 받을 비난에서 자유로울 수 있는 아이는 아무도 없었다. 오히려 대리시험으로 석대가 그전 담임선생님의 믿음과 총애를 훔치는 걸 돕거나 석대의 보이지 않는 손발이 되어 그의 불의(不義)한 질서가 가차없이 위압하게 만들어 준 것은 바로 그들이었다. 내가 혼자서 그렇게 힘겹게 석대에게 저항하고 있을 때 가장 나를 괴롭게 한 것도 그들이었고, 갑작스런 반전으로 내가 석대의 가장 가까운 측근이 되었을 때 가장 많이 부러워하거나 시기한 것도 그들이었다.

그렇다고 6학년이면서도 아직 구구단도 제대로 외지 못하는 돌대가리나 싸움도 하기 전에 눈물부터 보여 앞줄의 꼬맹이들에게까지 업신여김을 당하는 허풍

선이를 급장으로 세울 수도 없었다. 그 아침까지도 석대가 보장해 주는 특전에 만족해 있던 나 자신을 내 세울 수는 더욱 없고 ─ 그래서 정직하게 던진 표가 무효를 가장한 기권표였다. 변혁을 선뜻 낙관하지 못하는 내 불행한 허무주의는 어쩌면 그때부터 싹튼 것이나 아닌지 모르겠다.

하지만 내 기분이야 어찌 됐건 그날의 선거는 모두가 순조롭게 진행되었고 우리는 분단장까지 분단원의 투표로 뽑을 만큼 철저하게 우리 손으로 우리의 대표를 뽑았다. 우리를 규율하는 질서도 많은 부분이 새롭게 개편되었다. 서울에서의 기억이 무색할 만큼 모든 것은 토의와 표결에 붙여지고, 그 결과 학교와 담임 선생님으로부터 오는 것 이외에는 어떠한 강제도 철폐되었다. 석대가 물러난 지 얼마 안 돼 4·19가 있었지만 ─ 그러나 ─ 그게 어린 우리에게 어떤 영향을 미쳤다고는 감히 말하지 못하겠다.

물론 혁명에 따르는 혼란과 소모는 우리에게도 있었다. 아니 그저 단순히 있었다는 것 이상으로, 우리는 그 뒤 몇 개월에 걸쳐 처음과 끝을 온전히 우리의 힘만으로는 달성하지 못한 그 혁명의 값을 안팎으로 호되게 물어야 했다.

교실 안에서 우리에게 가장 많은 혼란과 소모를 강요한 것은 의식의 파행(跛行)이었다. 선생님의 격려와 근거 없는 승리감에 취한 우리 중에 일부는 지나치게 앞으로 내달았고, 아직도 석대의 질서가 주던 중압에서 깨어나지 못한 아이들은 또 너무 뒤처져 미적거렸다. 임원진으로 뽑힌 아이들도 마찬가지였다. 어른들 식으로 표현하면, 한쪽은 너무도 민주의 대의에 충실해 우왕좌왕했고, 또 한쪽은 석대의 권위주의를 청산하지 못한 채 은근히 작은 석대를 꿈꾸었다. 거기다가 새로 생긴 건의함(建議涵)은 올바른 국민 탄핵제도(國民彈劾制度)의 기능을 하기보다는 밀고와 모함으로 일 주일에 하나씩 임원들을 갈아치웠다.

학교 밖에서 우리를 괴롭힌 것은 대담하고 잔혹하기 이를 데 없는 석대의 보복이었다. 석대가 떠단 뒤로 한 달 가까이 우리 교실은 매일같이 어딘가 한 모퉁이는 자리가 비었다. 석대가 길목을 막고 있는 동네의 아이들이 결석하기 때문이었는데, 그때 그 아이들이 입게 되는 피해는 하루 결석 정도로 그치지 않았다. 어딘가 후미진 곳으로 끌려가 한나절 배신의 대가를 치르었고 그렇게까지는 안 돼도 가방이 예리한 칼에 찢기거나 책과 도시락이 든 채 수채구덩이에 던져졌다.

나중에는 석대를 몰아낸 걸 아이들이 공공연히 후회할 만큼 그 보복은 끈질기고 집요했다.

그렇지만 시간이 흐르면서 안팎의 도전들은 차츰 해결되어 갔다.

먼저 해결된 것은 석대 쪽이었는데, 그 해결을 유도한 담임선생님의 방식은 좀 특이했다. 우리에게 거의 불가항력적이었건만 어찌된 셈인지 담임선생님은 석대 때문에 결석한 아이들을 그 어느 때보다 호된 매질과 꾸지람으로 다루었다.

"다섯 놈이 하나한테 하루 종일 끌려다녀? 병신 같은 자식들."

"너희들은 두 손 묶어 놓고 있었어? 멍청한 놈들."

그렇게 소리치며 마구다지 매질을 해댈 때는 마치 사람이 갑자기 변한 것처럼 보였다. 우리는 영문을 몰랐으나 그 효과는 오래잖아 나타났다. 우리 중에서도 좀 별나고 당찬 소전거리 아이들 다섯이 마침내 석대와 맞붙은 일이었다. 석대는 전에 없이 표독을 떨었지만 상대편 아이들도 이판사판으로 덤비자 결국은 혼자서 다섯을 당해 내지 못하고 꽁무니를 뺐다. 선생님은 그 아이들에게 그 당시 한창 인기였던 케네디 대통령 〈용기 있는 사람들〉이란 책 한 권씩을 나눠 주며 우리 모두가 부러워할 만큼 여럿 앞에서 그들을 추켜 세웠다. 그러자 다음 날 미창(米倉) 쪽에서도 똑같은 일이 벌어지고 그 뒤 석대는 두 번 다시 아이들 앞에 나타나지 않았다.

거기 비해 우리 내부에서 일어나는 혼란을 대하는 담임선생님의 태도는 또 앞서와 전혀 달랐다. 잘못된 이해나 엇갈리는 의식 때문에 아무리 교실 안이 시끄럽고 학급의 일이 갈팡질팡해도 담임선생님은 철저하게 모르는 척했다. 토요일 오후 자치회가 끝없는 입씨름으로 서너 시간씩 계속돼도, 급장·부급장이 건의함을 통해 밀고된 대단하지 않은 잘못으로 한 달에 한 번씩 갈리는 소동이 나도 언제나 가만히 지켜보고 있을 뿐 충고 한 마디 하는 법이 없었다.

그 바람에 우리 학급이 정상으로 돌아가는 데는 거의 한 학기가 다 소비된 뒤였다. 여름 방학이 지나자 벌써 서너 달 앞으로 닥친 중학 입시가 말깨나 할 만한 아이들의 주의를 온통 그리고 끌어들인 까닭도 있지만, 그보다는 경험의 교훈이 자정 능력(自淨能力)을 길러 준 덕분이 아닌가 한다. 서로 다투고 따지고 부대끼고 시달리는 그 대여섯 달 동안에 우리는 차츰 스스로가 스스로를 규율한다는 게 어떤건가를 배우게 된 것이었다. 하지만 그때껏 그런 우리를 지켜보기만 했던 담임선생님의 깊은 뜻을 이해하는 데는 아직도 훨씬 더 많은 세월이 지나야 했다.

학교생활이 정상으로 돌아감과 아울러 굴절되었던 내 의식도 차츰 원래대로 회복되어 갔다. 다시 어른들 식으로 표현하면, 새로운 급장 선거에서 기권표를 던질 때만 해도 머뭇거리던 내 시민 의식(市民意識)은 오래잖아 자신과 희망을 가지게 되었고 자유와 합리에 대한 예전의 믿음도 이윽고 되살아났다. 가끔씩 ─ 이를테면, 내가 듣기에는 더할 나위 없는 의견 같은데도 공연히 떠드는 게 좋아 씨알도 먹히지 않는 따지기로 회의만 끝없이 늘여 놓은 아이들을 볼 때나, 다 같이 힘을 합쳐야 할 작업에 요리조리 빠져나가 우리 반이 딴 반에 뒤지게 만드는 아이들을 보게 될 때와 같은 ─ 석대의 질서가 가졌던 편의 효용성을 떠올릴 때가 있었지만 그것도 금지돼 있기에 더 커지는 유혹 같은 것에 지나지 않았다.

석대는 미창(未倉) 쪽 아이들과의 싸움이 있고 난 뒤 우리들뿐만 아니라 그 작은 읍에서도 사라져 버렸다. 얼마 후 들리는 소문으로는 서울에 있는 어머니를 찾아갔다는 것이었다. 남편이 일찍 죽자 어린 석대를 할머니, 할아버지에게 놓고 개가(改嫁)[22] 해 버렸다던 그의 어머니였다.

그 뒤 내 삶도 숨가빴다. 학교와 부모의 성화 속에 남은 학기를 어떻게 보냈는지조차 모르게 입시 공부에 허덕이며 보낸 덕으로 나는 겨우 괜찮은 중학에 들어갈 수 있었고, 그 때를 시작으로 경쟁과 시험 속에 십 년이 흘러갔다. 따라서 한동안은 제법 생생했던 석대의 기억은 차차 희미해지고, 힘들게 힘들게 일류 고등학교와 일류 대학을 거쳐 사회에 나왔을 때는 짧은 악몽 속에서나 퍼뜩 나타났다 사라지는 의미 없는 환영에 지나지 않게 되어 있었다. 하지만 내가 석대를 잊게 된 것은 반드시 내 삶이 숨가쁘고 힘겨웠기 때문만은 아니었다. 그보다는 그 동안의 내 환경이 그 시절을 상기시킬 요소가 거의 없었다. 일류와 일류, 모범생의 집단을 거쳐 자라가는 동안 나는 두 번 다시 그 같은 억눌림 또는 가치 박탈의 체험을 안 해도 좋았기 때문이었다. 재능과 노력, 특히 정신적인 능력과 학문에 대한 천착의 깊이로 모든 서열이 정해지고, 자율과 합리에 지배되는 곳들만을 지나와 그때까지도 석대는 여전히 부정(不定)의 이미지에 묻혀 있을 수밖에 없었다.

---

22) 사별, 이혼 후 다른 사람에게 다시 시집가는 일 / 재가

31

이문열

우리들의 일그러진 영웅

그러다가 ─석대가 다시 내 의식 표면으로 떠오르기 시작한 것은 군대를 거쳐 사회에 나온 내가 한 십 년 가까이 생활의 진창에 짓이겨진 뒤였다. 처음 일류 학교 출신답게 대기업에 들어갔던 나는 이태 만에 모래 위에 세운 궁궐같이만 느껴지는 그곳을 떠나 고급 세일즈로 재출발했다. 근무하기에 자유롭지 못한 집단 속에서 젊음과 재능을 낭비하고 싶지 않아서였다. 나는 머지않아 닥쳐올 세일즈 맨의 시대를 꿈꾸며 삼 년 가까이 이 나라의 대기업들이 만든 갖가지 허위와 과대 선전에 찬 상품들을 열심히 팔았다. 약품과 보험과 자동차의 상품 카탈로그를 한 가방 넣어 뛰어다니는 사이에 이 나라의 70년대 후반과 내 청춘의 끄트머리가 함께 지나갔다. 그리하여 결국 이 나라의 세일즈맨은 그 자체가 한 고객에 지나지 않거나, 기껏해야 내구연한(耐久年限)[23]이 이 년을 넘지 않은 대기업의 일회용 소모품에 지나지 않음을 깨달았을 때는 벌써 삼십 대고 중반으로 접어든 협수룩한 가장(家長)이 되어 있었다.

나는 그제서야 놀라 주위를 돌아보았다. 모래 위의 궁궐같이만 느껴지던 대기업은 점점 번창하기만 했고, 거기 남아 있던 옛 동료들은 계장으로 과장으로 올라가 반짝반짝 윤기가 돌았다. 어떤 동창은 부동산에 손을 대 벌써 건물 임대료만으로 골프장을 드나들고 있었고, 오퍼상(商)인가 뭔가 하는 구멍가게를 열었던 친구는 용도가 가늠 안 가는 어떤 사품으로 떼돈을 움켜 거들먹거렸다. 군인이 된 줄 알았던 동창이 난데없이 중앙 부처의 괜찮은 직급에 앉아 있었으며, 재수(再修)마저 실패해 따라지 대학으로 낙착을 보았던 녀석은 어물쩡 미국 박사가 되어 제법 교수티를 냈다.

나는 급했다. 그때 이미 내 관심은 그런 성공의 마뜩치 못한 과정이나 그걸 가능하게 한 사회 구조가 아니라 그들이 누리고 있는 그 과일 쪽이었다. 한 마디로 말해, 나도 어서 빨리 그들의 풍성한 식탁 모퉁이에 끼어들고 싶었다. 그러나 그 급함이 나를 한층 더 질퍽한 생활의 진창에다 패댕이를 쳤다. 겨우겨우 마련한 열아홉 평 아파트 팔고 이돈저돈 마구다지로 끌어내 벌인 어떤 수상쩍은 모험사업의 대리점은 잘 수습됐다는 게 나를 두 칸 전세방에 들어앉은 실업자로 만들어 버리는 것으로 끝났다.

23) 사용 기간

실업자가 되어 한 발 물러서서 보니 세상이 한층 잘 보였다. 내가 갑자기 낯선, 이상한 곳으로 전학 온 듯한 느낌을 가지게 된 것은 그 무렵이었다. 그전 학교에서의 성적이나 거기서 빛났던 내 자랑들은 아무런 소용이 없는, 그들만의 질서로 다스려지는 어떤 가혹한 왕국에 내던져진 느낌 — 그리고 거기서 엄석대는 아득한 과거로부터 되살아났다.

이런 세상이라면 석대는 어디선가 틀림없이 다시 급장이 되었을 것이다 — 나는 그렇게 단정했다. 공부의 석차도 싸움의 순위도 그의 조작에 따라 결정되고, 가짐도 누림도 그의 의사에 따라 분배되는 어떤 반, 때로 나는 운 좋게 그 반을 찾아내 옛날처럼 석대 곁에서 모든 걸 함께 누리는 꿈을 꾸다가 서운함 속에 깨어나기까지 했다.

다행히도 실제 세상은 그때의 우리 반과 꼭 같지는 않아 그래도 내가 일류 대학과 거기서 닦은 지식을 써주는 곳이 아직은 더러 남아 있었다. 그 중에 내가 하나 찾아낸 곳이 사설(社說) 학원이었다. 그곳도 꼭 옛날의 성적대로 되는 것은 아니고 뒤늦게 출발한 강사(講師) 생활이라 적응에 고생은 좀 됐지만, 어쨌든 나는 거기서 다시 아내와 아이들을 보살필 만한 수입은 벌어들일 수 있었다. 그리고 몇 달 지나지 않아서는 제법 내 집 마련의 꿈까지 키울 수 있을 만큼 살이는 펴졌다. 하지만 석대에 대한 나의 그런 단정은 조금도 변하지 않았다.

이따금씩 만나는 국민학교 동창들도 심상찮게 그런 내 단정을 뒷받침해 주었다.

"엄석대 그 친구, 역시 물건이더구만, 그라나다 뒷자석에 턱 제끼고 앉아 가는 걸 봤지."

"고향에 갔다가 엄석대 개 때문에 기분 꽉 잡쳤어. 고향 친구들 불러 술 한 잔 하는데 온통 개 얘기뿐이더군. 무얼 하는지 젊은 녀석 둘을 달고 와 중앙통을 돈으로 휩쓸고 간 모양이지."

녀석들은 감탄조로 그렇게 말했지만, 나는 오히려 그들이 석대를 일부러 왜소하게 만들고 있는 듯한 느낌마저 들었다.

우리들의 석대는 그렇게 작아서는 안 되었다. 그렇게 속된 성공으로 그쳐서는 이미 실패의 예감이 짙은 내 삶을 해명할 길이 없어지고 마는 것이었다. 또 우리들의 석대는 그렇게 쉽게 그의 힘과 성공이 눈에 띄어서도 안 되었다. 보다 은밀하고 깊은 곳에 숨어 지금의 이 반(班)을 주물러 대고 있어야 했고, 그래서 내가 자유와 합리의 기억을 포기하기만 하면 다시 그의 곁에 불러 앉혀 주어야 했다. 내 재능의 일부만 바치면 그는 전처럼 거의 모든 것을 내게 줄 수 있어야 했다.

그런데…… 끝내는 나도 그를 만나고 말았다. 바로 지난 여름의 일이었다. 입시반(入試班) 때문에 겨우 사흘 얻은 휴가로 나는 아내와 아이들을 데리고 강릉으로 갔다. 딴에는 마음먹고 나선 피서길이라 굳이 돈을 아끼려는 것은 아니었으나 마침 새마을 표가 매진돼 어쩔 수 없이 타게 된 우등 칸은 고생스럽기 그지없었다. 따로 좌석을 사기에는 아직 어려서 하나씩 데리고 앉은 아이들이 칭얼대는 데다 통로는 입석객(立席客)이 들어차 에어컨도 제 구실을 못했기 때문이었다. 그래서 강릉에 도착하기 바쁘게 기차를 빠져나와 출구 쪽으로 가는데, 문득 등 뒤에서 귀에 익은 외침 소리가 들려 왔다.

"놔, 이거 못 놔?"

무심코 소리 나는 쪽을 돌아보니 대여섯 발자국 뒤에 사복 형사인 듯싶은 두 사람에게 양팔을 잡힌 어떤 건장한 젊은 남자가 그들을 뿌리치려고 애쓰려 지르는 고함이었다. 미색 정장에 엷은 갈색 넥타이를 점잖게 맸으나 왼쪽 소매는 그 실랑이로 벌써 뜯겨져 있었다. 나는 그런 그의 선글라스 낀 얼굴이 이상하게 눈에 익어 자신도 모르게 발걸음을 멈추었다.

"튀어 봤자 벼룩이야. 역 구내에 쫙 깔렸어."

형사 한 사람이 차갑게 내뱉으며 허리춤에서 반짝반짝하는 수갑을 꺼냈다. 그걸 보자 붙잡힌 남자는 더욱 거세게 몸부림쳤다.

"이 새끼가 아직도 정신 못 차려?"

보다 못한 다른 형사가 그렇게 쏘아붙이며 한 손을 뺀 남자의 입가를 쳤다. 그 충격에 선글라스가 벗겨져 날아갔다. 그러자 비로소 온전히 드러난 그 남자의 얼굴, 아 그것은 놀랍게도 엄석대였다. 삼십 년 가까운 세월이 지났건만 한눈에 알아볼 수 있는 우뚝한 콧날, 억세 뵈는 턱, 그리고 번쩍이는 눈길…….

나는 못 볼 것을 본 사람처럼 질끈 두 눈을 감았다. 그런 내 눈앞에 교탁 위에서 팔을 들고 꿇어앉아 있던 이십육 년 전 그날의 석대가 떠올랐다. 몰락한 영웅의 비장미(悲壯美)도 뭐도 없는 초라하고 무력한 우리들 중의 하나가.

"여보, 당신 왜 그러세요?"

영문도 모르고 내 곁에 붙어 섰던 아내가 가만히 옷깃을 당기며 걱정스레 물었다. 나는 그제서야 눈을 뜨고 다시 석대 쪽을 보았다. 그 사이 수갑을 받은 석대는 두 손으로 피묻은 입가를 씻으며 비척비척 끌려가고 있었다. 내 곁을 지날 때 힐끗 나를 곁눈질했지만 조금도 나를 알아보는 것 같지는 않았다……

– 그날 밤 나는 잠든 아내와 아이들 곁에서 늦도록 술잔을 비웠다. 나중에는 눈물까지 두어 방울 떨군 것 같은데, 그러나 그게 나를 위한 것이었는지 그를 위한 것이었는지, 또 세계와 인생에 대한 안도에서였는지 새로운 비관(悲觀)에서였는지는 지금에조차 뚜렷하지 않다.

해답

- -

1. 자유당 정권   **2.** 성적, 그림 솜씨, 아버지가 공무원이라는 것   **3.** 자유와 합리의 지배
4. 자기와 공범자라 여겨 안심하고 비밀을 털어 놓았다.

32

한계령, 양귀자

양귀자(梁貴子, 1955~   ) ●● 1978년 〈다시 시작하는 아침〉으로 「문학 사상」 신인상에 당선되어 등단한 이후 우리 현실에 대한 애정 어린 관찰과 시각으로 소외되고 고통받는 사람들의 삶을 위로하는 작품들을 발표하였다.

주요 작품으로 〈원미동 사람들〉〈희망〉〈나는 소망한다 내게 금지된 것을〉〈모순〉 등이 있다.

전화에서 흘러나오는 여자의 목소리는 지독히도 탁하고 갈라져 있었다. 얼핏 듣기에는 여자인지 남자인지 구분하기가 힘들 정도였다. 그 목소리를 듣자 나는 곧 기억의 갈피를 젖히고 음성의 주인공을 찾아보기 시작했다. 내게 전화를 건 적이 있는 그런 굵은 목소리의 여자는 두 사람쯤이었다. 한 명은 사보 편집자였고 또 한 명은 출판인이었다. 두 사람 다 만나본 적은 없었지만 아무래도 활동적이고 거침이 없는 여걸이 아니겠냐는 선입견을 가지고 있는 터였다.

두 사람 중의 하나라면 사보 편집자이기가 십상이라고 속단한 채 나는 전화 저편의 여자가 순서대로 예의를 지켜가며 나를 찾는 것에 건성으로 대꾸하고 있었다. 가스레인지를 켜놓고 무언가를 끓이고 있던 중이어서 내 마음은 급하기 짝이 없었다. 급한 내 마음과는 달리 여자는 쉰 목소리로 또 한번 나를 확인하고 나더니 잠깐 침묵을 지키기까지 하였다. 그리고는 대단히 자신없는 목소리로 이렇게 말하였다.

"혹시 전주에서…… 철길 옆동네에서 살지 않았나요?"

수필이거나 꽁트거나 뭐 그런 종류의 청탁 전화려니 여기고 있던 내게는 뜻밖의 질문이었다. 그러나 어김없이 맞는 말이기는 하였다. 나는 전주 사람이었고 전주에서도 철길 동네 사람이었다. 주택가를 관통하며 지나가던 어린 시절의 그 철길은 몇 년 전에 시 외곽으로 옮겨지긴 하였지만 지금도 철로연변의 풍경이 내 마음에는 고스란히 남아 있었다. 그렇다는 대답을 듣고 나서도 전화 속의 목소리는 또 한번 뜸을 들였다.

"혹시 기억하는지 모르겠지만 난 박은자라고, 찐빵집 하던 철길 옆의 그 은자 인데……."

잊었더라도 할 수 없다는 듯이, 그리고 이십 년도 훨씬 전의 어린 시절 동무 이름까지야 어찌 다 기억할 수 있겠느냐는 듯이 목소리는 한층 더 자신이 없었다.

박은자. 그러나 나는 그 이름을 또렷이 기억하고 있었다. 얼마큼이나 또렷하게 기억하고 있는가 하면 전화 속의 목소리가 찐빵집 어쩌고 했을 때 이미 나는 잡채 가닥과 돼지 비계가 뒤섞여 있는 만두속 냄새까지 맡아 버린 뒤였다. 하지만 나는 만두 냄새가 난다고 말하지는 않았다. 세월이 그간 내게 가르쳐준 대로 한껏 반가움을 숨기고, 될 수 있으면 통통 튀지 않는 음성으로 그 이름을 분명히 기억하고 있음을 알렸을 뿐이었다. 그렇게 했음에도 반기는 내 마음이 전화선을 타고 날아가서 그녀의 마음에 꽂힌 모양이었다. 쉰 목소리의 높이가 몇 계단 뛰어오르고, 그러자니 자연 갈라지는 목소리의 가닥가닥마다에서 파열음이 튀어나오면서 폭포수처럼 말이 쏟아져나오기 시작했다.

"반갑다. 정말 얼마 만이냐? 난 네가 기억하지 못할 줄 알았거든. 전화 할까 말까 꽤나 망설였는데…… 그런데 자꾸 여기저기에 네 이름이 나잖아? 사람들한테 신문을 보여주면서 야가 내 친구라고 자랑도 많이 했단다. 너 옛날에 만화책 좋아할 때부터 내가 알아봤어. 신문사에 전화했더니 네 연락처 알려주더라. 벌써 한 달 전에 네 전화번호 알았는데 이제서야 하는 거야. 세상에, 정말 몇 년 만이니?"

정확히 이십오 년 만에 나는 은자의 목소리를 듣고 있는 중이었다. 철길 옆 찐빵집 딸을 친구로 사귀었던 때가 국민학교 2학년이었으므로 꼭 그렇게 되었다. 여기저기 이름 석자를 내걸고 글을 쓰다 보면 과거 속에 묻혀 있던, 그냥 잊은 채 살아도 아무 지장이 없을 이름들이 전화 속에서 튀어나오는 경우가 더러 있었다. 물론 반갑기야 하고 추억을 떠올리게도 하지만 단지 그것뿐이었다. 서로 살아가는 행로가 다르다는 엄연한 사실을 확인하면서도 겉으로는 한번 만나자거나 자주 연락을 취하자거나 하는 식의 말치레만으로 끝나는 일회성의 재회였다.

그렇지만 찐빵집 딸 박은자의 전화를 받으리라고는 상상도 하지 않았었다.

그 애가 설령 어느 지면에서 내 이름과 얼굴을 발견했다손 치더라도 나를 기억할 수 있겠느냐고 전혀 자신없어 한 것은 오히려 내 쪽이었다. 만에 하나 기억을 해냈다 하더라도 신문사에 전화를 해서 내 연락처를 수소문할 이유는 전혀 없었다. 우리들은 그저 60년대의 어느 한 해 동안 한 동네에 살았을 뿐이었다. 지금와서 돌이켜보면 나에게는 그 한 해가 커다란 위안이었지만 그 애에게는 지겨운 나날이었을 게 분명했다.

그 뜻밖의 전화는 이십오 년이란 긴 세월을 풀어놓느라고 길게 이어졌다. 무엇보다도 먼저 나는 그 애에게 왜 가수가 되지 않았느냐고 물을 참이었다. 검은 상처의 블루스를 너만큼 잘 부르는 사람은 아직 보지 못했노라고 말해주고 싶었다. 하지만 좀처럼 말할 기회가 주어지지 않았다. 어디어디에서 너의 짧은 글을 읽었다는 것과 네가 내 친구라는 사실을 믿지 않던 주위 사람들의 어리석음과 네 이름을 발견할 때의 기쁨이 어떠했는가를 그 애는 몇 번씩이나 되풀이 말하였다. 그런 이야기 끝에 은자가 먼저 자신의 직업을 밝혔다.

"난 어쩔 수 없이 여태도 노래로 먹고 산단다. 아니, 그런데 넌 부천에 살면서 '미나 박'이란 이름도 들어보지 못했니? 네 신랑이 샌님이구나. 너를 한 번도 나이트 클럽이나 스탠드바에 데려가지 않은 모양이네. 이래 봬도 경인지역 밤업소에서는 미나박 인기가 굉장하다구. 부천 업소들에서 노래 부른 지도 벌써 몇 년째란다. 내 목소리 좀 들어봐. 완전 갔어. 얼마나 불러제끼는지. 어쩔 때는 말도 안 나온단다. 솔로도 하고 합창도 하고 하여간 징그럽게 불러댔다."

그제서야 난 전화에서 흘러나오는 쉰 목소리의 다른 모습들을 떠올릴 수 있었다. 가수들의 말하는 음성이 으레 그보다 훨씬 탁했었다. 목소리가 그 지경이 될 만큼 노래를 불렀구나 생각하니 갑자기 가슴이 뜨거워졌다. 노래를 빼놓고 무엇으로 은자를 추억할 것인지 나는 은근히 두려웠던 것이다. 노래와는 전혀 무관한 채 보통의 주부가 되어 있다가 내게 전화를 했더라면 어떤 기분이었을까. 비록 텔레비전에 자주 출연하는 인기 가수가 아니더라도, 밤업소를 전전하는 무명 가수로 살아왔더라도 그 애가 노래를 버리지 않았다는 것이 내게는 중요했다. 그래서 나는 슬쩍 검은 상처의 블루스나 버드나무 밑의 작은 음악회, 그리고 비오는 날 좁은 망대 안에서 들려주었던 가수들의 세계 따위, 몇가지 옛 추억을 그 애에게 일깨워주었다. 짐작대로 은자는 감탄을 연발하면서 기뻐하였다. 그렇게 세세한 일까지 잊지 않고 있는 나의 끈질긴 우정을 그녀는 거의 까무라칠 듯한 호들갑으로 보답하면서 마침내는 완벽하게 옛 친구의 자리로 되돌아갔다.

그 밖에도 나는 아주 많은 부분을 기억하고 있었다. 그해 여름 장마 때 하천으로 떠내려오던 돼지의 슬픈 눈도, 노상 속치마 바람이던 그 애의 어머니도, 다방 레지로 취직되었던 그 애 언니의 매끄러운 종아리도, 그 외의 더 많은 것들도 나는 말해줄 수 있었다. 그럴 수밖에 없는 것이 몇 년 전 나는 은자를 주인공으로 하는 유년 시절에 관한 소설을 한 편 발표한 적이 있었다. 소설을 쓰는 일이 과거를 되살려 불러낼 수도 있다는 것과 쓰는 작업조차도 감미로울 수 있다는 깨달음을 안겨준 소설이었다. 마치 흑백사진의 선명한 명암 대비처럼 유난히 삶과 죽음의 교차가 심했던 유년의 한때를 글자 하나하나로 낚아 올려내던 그때의 작업만큼 탐닉했던 글쓰기는 경험해 본 적이 없었다. 육친의 철저한 보호 속에 갇혀 있다가 굶주림과 탐욕과 애증이 엇갈리는 세계로의 나아감, 자아의 뾰쪽한 새 잎이 만나게 되는 혼돈의 세상을 엮어 나가던 그 사이사이 나는 몇 번씩이나 눈시울을 붉히곤 했었다. 은자는 그때 이미 나보다 한 발 앞서 세상 가운데에 발을 넣고 있었다. 유행가와 철길과 죽음이 그 애의 등을 떠밀어서 은자는 자꾸만 세상 깊은 곳으로 나아가고 있었다. 그 애가 세상과 익숙한 것을 두고 나의 어머니는 '마귀 새끼'라는 호칭까지 붙여줄 지경이었으니까. 흡사 유황불이 이글거리는 지옥의 아수라장처럼 무섭기만 했던 그 세상에서 나는 벌써 몇 십 년을 살고 있는가. 아니, 살아내고 있는가……

그러나 나는 은자에게 소설 이야기는 하지 않았다. 사실은 할 기회도 없었다. 어떻게 해서 밤업소 가수로 묶이고 말았는지를 설명하고 지금처럼 먹고 살 만큼 되기까지 어떤 우여곡절을 겪었는지 대충 말하는 데만도 시간이 많이 걸렸다. 나는 고작해야 십 몇 년 전에 텔레비전 전국 노래자랑에 출전하지 않았느냐고, 그런 말을 들은 적이 있다는 것만 알려줄 수 있었을 뿐이었다.

"맞아. 그때 장려상인가 받았거든. 그리고 작곡가 선생님이 취입시켜 준다길래 부지런히 쫓아다녔는데 밑천이 있어야 곡을 받지. 아까 전주 관광호텔 나이트 클럽에서 잠깐 노래 부른 적이 있다고 했지? 그때가 스무 살이었어. 돈 좀 마련해서 취입하려고 거기서 노래 부른 거라구. 그러다 영영 밤무대 가수가 되고 말았어. 아무튼 우리 만나자. 보고싶어 죽겠다. 니네 오빠들은 다 뭐 해? 참, 니네 큰오빠 성공했다는 소식은 옛날에 들었지. 암튼 장해. 넌 어때? 빨리 만나고 싶다. 응?"

전화로는 아무래도 이십오 년을 다 풀어놓을 수가 없다는 듯이 은자는 만나기를 재촉했다. 거절할 수도 없는 것이 매일 밤 바로 부천의 어느 나이트 클럽에서 노래를 한다는 것이었다. 그녀의 무대는 밤 여덟 시에 한 번, 그리고 열 시에 또 한 번 있었으므로 나는 아홉 시쯤에 시간 약속을 해서 나가야 했다. 작가라서 점 잖은 척해야 한다면 다른 장소에서 만날 수도 있다고 그녀는 말하였다. 그래 놓고도 작가라면 술집 답사 정도는 예사가 아니겠느냐고 제법 나를 부추기기도 하였다.

물론 나 역시 은자를 만나고 싶었다. 그러나 당장 오늘이나 내일로 시간을 정하라는 그녀의 성화에는 따를 수 없었다. 밤 아홉 시면 잠자리에 들어야 할 딸도 있었고, 그 딸이 잠든 뒤에는 오늘이나 내일까지 꼭 써놓아야 할 산문이 두 개나 있었다. 이십오 년이나 만나지 않았는데 하루나 이틀 늦어진다고 무엇이 잘못되겠느냐, 매일 밤 부천에서 노래를 부른다면 기어이 만날 수는 있지 않겠느냐고 말을 했더니 은자는 갑자기 펄쩍 뛰었다.

"오늘이 수요일이지? 이번 주 일요일까지면 계약 끝이야. 당분간은 부천뿐 아니라 경인지역 밤업소 못 뛴단 말야. 어쩌다 보니 돈을 좀 모았거든. 찐빵집 딸이 성공해서 신사동에다 카페 하나 개업한다니까. 보름 후에 오픈이야. 이번 주일 아니면 언제 만나겠니? 넌 내가 안 보고싶어? 아휴, 궁금해 죽겠다. 일단 한번 보자. 얼굴이라도 보게 잠깐 나왔다가 들어가면 되잖아? 너네 집이 원미동이랬지? 야, 걸어와도 되겠다. 그 옛날 전주로 치면 우리 집서 오거리까지도 안 되는데 뭘. 그땐 맨날 뛰어서 거기까지 놀러갔었잖아?"

넌 내가 보고싶지도 않아?라고 소리치는 은자의 쉰 목소리가 또 한번 내 가슴을 뜨겁게 하였다. 그 닷새 중에 어느 하루, 밤 아홉 시에 꼭 가겠노라고 약속을 한 뒤에서야 우리는 비로소 그 긴 전화를 끊었다. 수화기를 내려놓으면서 나도 모르는 사이에 긴 한숨이 흘러나왔다. 이십오 년을 넘나드느라고 나는 지쳐 있었다. 그리고 현실로 돌아왔을 때 그제서야 나는 가스레인지의 푸른 불꽃과 끓고 있는 냄비가 생각났다. 황급히 달려가 봤을 때는 벌써 냄비 속의 내용물이 바삭바삭한 재로 변해 버린 뒤였다.

이상한 일이었다. 난데없는 은자의 전화가 아니더라도 나는 요즘 들어 줄곧

32

양귀자

한계령

그 시절의 고향 풍경을 떠올리고 있었다. 하필 이런 때에 불현듯 그 시절의 은자가 나타난 것이었다. 고향에 대한 잦은 상념은 아마도 그곳에서 들려오는 큰오빠의 소식 때문일 것이었다. 때로는 동생이, 때로는 어머니가 전해주는 이야기들은 어떤 가족의 삶에서나 다 그렇듯이 미주알고주알 시작부터 끝까지가 장황했지만 뜻은 매양 같았다. 항상 꼿꼿하기가 대나무 같고 매사에 빈틈이 없어 도무지 어렵기만 하던 큰오빠의 말수가 점점 줄어들고 있다는 소식이 고작이었다. 자식들도 대학을 다닐 만큼 다 컸고 흰머리도 꽤 생겨났으니 늙어가는 모습 중의 하나일 것이라고, 식구들은 그렇게 여겼을 뿐이었다.

그때가 작년 봄이었을 것이다. 술이 들어가기 전에는 거의 온종일 말을 잊은 채 어디 먼 곳만을 쳐다보고 있는 날이 잦다고 어머니의 근심어린 전화가 가끔씩 걸려 왔다. 건강이 좋지 않아 절제해 오던 술이 폭음으로 늘어난 것은 그 다음부터였다. 때로는 며칠씩 집을 나가 연락도 없이 떠돌아다니기도 하였다. 온 식구가 발을 동동 구르며 애를 태우고 있으면 큰오빠는 홀연히 귀가하여 무심한 얼굴로 뜨락의 잡초를 뽑고 있기도 하였다. 그렇게 열심히 매달려 왔던 사업도 저만큼 던져놓은 채 그는 우두망찰[1] 먼 곳의 어딘가에 시선을 붙박아두고 있는 사람처럼 보였다. 어머니는 그런 큰오빠를 설명하면서 곧잘 "진이 다 빠져 버린 것 같아……"라고 말하였다. 동생은 또 큰오빠의 뒷모습을 보면 눈물이 핑 돌 만큼 애닯다고 말하였다. 아닌 게 아니라 전화 저편의 어머니도 진이 빠진 목소리였고, 동생 또한 목메인 음성이곤 하였다. 그것은 마치 믿고 있던 둑의 이곳저곳에서 물이 새고 있다는 보고를 듣는 것처럼 나에게도 허망한 느낌을 불러일으켰다.

그렇지 않아도 세상살이의 올곧지 못함에 부대껴 오던 나날이었다. 나는 자연 튼튼하고 믿음직스러웠던 원래의 둑을 그리워하지 않을 수 없었다. 이제는 결코 젊다고 할 수 없는 나이의 그가, 더욱이 몇 년 전의 대수술로 건강마저 염려스러운 그가 겪고 있는 상심(傷心)의 정체를 나는 알 것도 같았다. 아니, 정녕 모를 일인 것처럼 여겨지기도 하였다. 그를 짓누르고 있던 장남의 멍에가 벗겨진 것은 겨우 몇 해 전이었다. 아버지가 없었어도 우리 형제들은 장남의 어깨를 밟고 무

1) 갑작스러운 일로 어떨떨하여 어찌할 바를 모름

사히 한 몫의 사람으로 커 올 수 있었다. 우리들이 그의 어깨에, 등에 매달려 있던 때 그는 늠름하고 서슬퍼런 장수처럼 보였었다. 은자도 알 것이었다. 내 큰오빠가 얼마나 멋졌던가를. 흡사 증인(證人)이 되어주기나 하려는 듯 홀연히 나타난 은자를, 그 애의 쉰 목소리를 상기하면서 나는 문득 마음이 편안해졌다.

그러나 그날 밤에도, 다음 날 밤에도 나는 은자가 노래를 부르는 클럽에 가지 않았다. 그렇다고 그 애의 전화를 잊은 것은 절대 아니었다. 잊기는커녕 틈만 나면 나는 철길 동네의 풍경 속으로 걸어들어가곤 했다. 멀리는 기린봉이 보이고, 오목대까지 두 줄로 달려가던 레일 위로는 햇살이 눈부시게 반짝이며 미끄러지곤 했었다. 먼지 앉은 잡초와 시궁창물로 채워져 있던 하천을 건너면 곧바로 나타나던 역의 저탄장.[2] 하천은 역의 서쪽으로도 뻗어 있었고 그곳의 뚝방동네는 홍등가여서 대낮에도 짙은 화장의 여인네들이 둑길을 서성이곤 했었다.

동네에서 우리 집은 아들 부자집으로 일컬어졌었다. 장대 같은 아들이 내리 다섯이었다. 그리고 순서를 맞추어 밑으로 딸 둘이 더 있었다. 먹는 입이 많아서 어머니는 겨울 김장을 두 접씩 하고도 떨어질까 봐 노상 걱정이었다. 둥근 상에 모여 앉아 머리를 맞대고 숟가락질을 하다 보면 동작 느린 사람은 나중에 맨밥을 먹어야 했다. 단 한 사람, 우리 집의 유일한 수입원인 큰오빠만큼은 언제나 따로 상을 받았다. 그 많은 식구들을 책임지고 있는 가장답게 큰오빠는 건드리다가 만 듯한 밥상을 물렸고 그러면 그 밥상이 우리 형제의 별식으로 차례가 오곤 했었다.

학교에서 나누어 주는 옥수수빵 외에는 밀떡이나 쑥버무리가 고작인 우리들의 군것질 대상에서 은자네 찐빵이나 만두는 맛이 기가 막혔다. 그 애의 부모들이 평소 위생 관념에는 젬병이어서 어머니는 그집 빵이라면 거저 주어도 먹지 말라고 신신당부를 했었지만 오빠들은 몰래 은자네 집을 드나들며 빵을 사먹곤 했었다. 비오는 날, 오빠들이 서로서로의 옹색한 용돈을 털어내어 내게 시키는 심부름은 대개 두 가지였다. 은자네 찐빵을 사오는 일과 만화가게에서 만화를 빌려오는 일이었다. 돈을 보태지 않았으니 응당 심부름은 내 몫이었다. 은자네 집에 빵을 사러 가면 은자는 제 엄마 몰래 두어 개쯤 더 얹어주었고 만화가게까

---

2) 석탄을 저장하는 곳

지 우산을 받쳐주며 따라오기도 했었다. 그 우산 속에서 은자는 목청을 다듬어 노래를 불렀다. 오빠들 몫으로 전쟁 만화를, 내 몫으로는 엄희자의 발레리나 만화를 빌려 품에 안고 돌아오는 길에 나는 은자의 노래를 듣고 또 듣곤 했었다. 우리 집 대문 앞에까지 왔는데도 노래가 미처 끝나지 않았으면 제자리에 서서 끝까지 다 들어주어야만 집에 들어갈 수 있었다.

사는 모양새야 우리 집보다 더 옹색하고 구질구질한 은자네였지만 그래도 그 애는 잔돈푼을 늘 지니고 있어서 우리 또래 아이들 중에서는 제일 부자였다. 가게에서 찐빵 판 돈을 슬쩍슬쩍 훔쳐내다가 제 아버지에게 들켜 아구구구, 죽는 소리를 내며 두들겨맞는 은자를 나는 종종 볼 수 있었다. 은자 아버지는 은자만이 아니라 처녀인 그 애 큰언니도, 그 애의 어머니도 곧잘 때렸고 그래서 그 애네 집 앞을 지나노라면 아구구구, 숨넘어가는 비명쯤은 예사로 들을 수 있었다. 은자가 가수의 꿈을 안고 밤도망을 쳤을 때 그 애 아버지는 이미 이 세상 사람이 아니었다. 만약 살아 있었다면 은자도 어린 나이에 밤도망을 칠 엄두는 못 냈을 것이었다. 가수가 되어 성공하면 돌아오겠노라던 은자는 그 뒤 철길 옆 찐빵집으로 금의환향하지는 못했다. 그 애가 성공하기도 전에 찐빵가게는 문을 닫았고 내가 기억하기만도 그 자리에 양장점·문구점·분식센터·책방 등이 차례로 들어섰다. 그리고 지금, 은자네 찐빵가게가 있던 자리는 자취도 없이 사라졌다. 철길이 옮겨진 뒤 말짱히 포장되어 4차선 도로로 변해 버린 그곳에서 옛 시절의 흙냄새라도 맡아 보려면 아스팔트를 뜯어내고 나서야 가능할 것이었다.

금요일 정오 무렵 다시 은자에게서 전화가 왔다. 첫마디부터가 오늘 저녁에는 꼭 오라는 다짐이었다. 이미 두 번째 전화여서 그 애는 스스럼없이, 진짜 꾀복쟁이[3] 친구처럼 굴고 있었다.

"일어나자마자 너한테 전화하는 거야. 어젯밤에는 너 기다린다고 대기실에서 볶음밥 불러 먹었단다. 오늘은 꼭 오겠지? 네 신랑이 못 가게 하대? 같이 와. 내가 한 잔 살 수도 있어. 그집 아가씨 하나가 말야, 네 소설도 읽었다더라. 작가 선생이 오신다니까 팔짝팔짝 뛰고 난리야."

그리고 나서 그 애는 아들만 둘을 두었다는 것과 악단 출신의 남편과 함께 사

3) 어린시절 친구 / 죽마고우

는 지금의 집이 꽤 값 나가는 아파트라는 사실을 알려주었다. 그 애의 전화를 받고 난 뒤 내내 파리가 윙윙거리던 그 애의 찐빵가게만 떠올리고 있었던 것을 알고 있었다는 듯이 은자는 한창 때 열 군데씩 겹치기를 하던 시절에는 수입이 얼마였던가까지 소상히 일러주었다. 그 애가 잘 살고 있다는 것은 어쨌든 기분 좋은 일이었다. 그래 봤자 얼마나 부자일까마는 여태까지도 돼지비계 섞인 만두속 같은 퀴퀴한 냄새를 풍기고 있다면 얼마나 막막한 삶일 것인가.

"오늘 꼭 와야 된다. 니네 자가용 있지? 잠깐 몰고 나오면…… 뭐라구? 돈 벌어다 어데 쌓아두니? 유명한 작가가 자가용도 없어서야 체면이 서냐? 암튼 택시라도 타고 횡 왔다 가. 기다린다야."

그 애는 제멋대로 나를 유명한 작가로 만들어 놓았다. 그리곤 자가용이 없다는 내 말에 은자는 혀까지 끌끌 찼다. 짐작하건대 그 애는 나의 경제적 지위를 다시 가늠해 보기 시작했을 것이었다. 은자는 그만큼 확신을 가지고 자가용이 있느냐고 물었으니까. 어쩌면 그 애는 스스로가 오너드라이버란 사실을 말하고 있는 건지도 몰랐다. 은자는 내가 과거의 찐빵집 딸로만 자기를 기억하고 있는 것을 몹시 안타깝게 여기고 있었다. 얼마나 달라졌는가를, 지금은 어떤 계층으로 솟구쳤는가를 설명하는 쉰 목소리는 무척 진지하였다. 만나기만 한다면야 그 애의 달라진 현실을 확실히 알 수가 있을 것이었다. 만남을 회피하지 않고 오히려 간곡하게 재회를 원하는 그녀의 현실을 나는 새삼 즐겁게 받아들였다. 언젠가의 첫 여고 동창회가 열렸던 때를 기억하고 있는 까닭이었다. 서울 지역에 살고 있는 동창 명단 중에 불참자가 반 이상이었다. 물론 피치 못한 이유가 있어서 불참한 경우도 있겠지만 졸업 후의 첫 만남에 당당하게 나타날 만한 위치가 아니라는 자괴심이 대부분의 이유였을 것이다.

은자의 전화가 있고 난 뒤 곧바로 전주에서 시외전화가 걸려 왔다. 고춧가루는 떨어지지 않았느냐, 된장 항아리는 매일 볕에 열어두고 있느냐 등을 묻는, 자식의 안부보다는 자식의 밑반찬 안부를 주로 묻는 친정어머니의 전화였다. 나는 어머니에게 은자의 소식을 전했다. 이름을 언뜻 기억하지 못했어도 찐빵집 딸이라니까 얼른 "박센 딸?" 하고 받으시는데 목소리에 기운이 없었다. 어머니의 전화는 예사롭게 밑반찬 챙기는 것만으로 그칠 것 같지는 않았다. 따라서 나 역시 은자의 이야기를 길게 늘어놓을 일도 아니었다. 모녀는 잠깐 침묵을 지켰다. 어머니 쪽에서 무슨 말이 나오리라 기다리면서 나는 한편으로 전화 곁의 메모판을 읽어가고 있었다. 20매, 3일까지. 15매, 4일 오전중으로 꼭. 사진 잊지 말 것. 흘려쓴 글씨들 속에 나의 삶이 붙박여 있었다. 한때는 내 삶의 의지였던 어머니의 나직한 한숨 소리가 서울을 건너고 충청도를 넘어 전라도땅의 한 군데에서 새어나왔다.

"아버지 추도 예배 때 못 오것쟈?"

어머니는 겨우 그렇게 물었다. 노상 바쁘다니까, 이제는 자식의 삶을 지휘할 수 없다는 것을 잘 아니까 어머니는 오월이 가까워오면 늘 이렇게 묻는다. 그러나 오늘의 전화는 그것만도 아닐 것이다. 나는 잘 알고 있었다. 어젯밤에도 큰오빠는 어머니의 치마폭에 그 쇳조각 같은 한탄과 허망한 세월을 털어놓으며, 몸이 못 버텨주는 술기운으로 괴로워하며, 그 두 사람이 같이 뛰었던 과거의 행로들을 추억하자고 졸랐을 것이다. 어려웠던 시절의 뼈아픈 고생담을 이야기하면서, 춥고 긴 겨울밤을 뜬눈으로 지새며 앞날을 걱정했던 그 시절의 암담함을 일일이 들추어가면서 큰오빠는 낙루도 서슴지 않았으리라. 어머니는 그런 큰아들 때문에 가슴이 미어지도록 슬펐을 것이다. 그렇지만 나는 끝내 입을 열지 않았다.

"네 큰오빠, 어제 산소갔더란다. 죽은 지 삼십 년이 다 돼가는 산소는 뭐 헐라고 쫓아가 쌓는지. 땅 속에 묻힌 술꾼 애비랑 청주 한 병을 다 비우고 왔어야……."

큰오빠가 공동묘지에 묻혀 있던 아버지를 당신의 고향땅에 모신 것도 벌써 오래 전의 일이었다. 추석날이면 나는 다섯 오빠 뒤를 따라 시(市)의 끝에 놓인 공동묘지를 찾아가곤 했었다. 큰오빠는 줄줄이 따라오는 동생들의 대열을 단속하면서 간혹 "니네들 아버지 산소 찾아낼 수 있어?"하고 묻곤 했었다. 대열 중에서는 아무 대답도 나오지 않았다. 찾을 수 있거나 찾지 못하거나 간에 큰형 앞에서는 피식 멋적게 웃는 것이 대화의 전부인 오빠들이었다. 똑같은 크기의 봉분들이 산 전체를 빽빽하게 뒤덮고 있는 공동묘지에 들어서면 큰오빠는 한 번도 멈추지 않고 단숨에 아버지가 누운 자리를 찾아냈다.

세월이 흐르고 하나씩 집을 떠나는 형제들 때문에 성묘 행렬에 구멍이 생기기 시작하던 무렵, 큰오빠는 아버지 묘의 이장을 서둘렀다. 지금에 와서는 단 한 번도 형제들 모두가 아버지 산소를 찾아간 적은 없었다. 산다는 일은 언제나 돌연한 변명으로 울타리를 치는 것에 다름 아니니까. 일년에 한 번, 딸기가 끝물일 때 맞게 되는 아버지의 추도식만은 온 식구가 다 모이도록 되어 있었다. 그 유일한 만남조차도 때때로 구멍난 자리를 내보이곤 하였지만.

"박센 딸은 웬일루?"

전화를 끊으려다 말고 어머니는 가까스로 은자에 대한 호기심을 나타냈다. 기어이 가수가 된 모양이라고, 성공한 축에 끼였달 수도 있겠다니까 어머니는 "박센이 그 지경으로 죽었는데 그 딸이 무슨 성공을……" 하고는 나의 말을 묵살하였다. 은자의 언니를 다방 레지로 취직시킨 것에 앙심을 품은 망대지기 청년이 장인이 될지도 모를 박씨를 살해한 사건은 그해 가을 도시 전체를 떠들썩하게 했었다. 어머니는 아직도 찐빵집 가족들을 마귀로 여기고 있는 모양이었다. 유황불에서 빠져나올 구원의 사다리는 찐빵집 식구들에게만은 영원히 차례가 가지 않으리라고 믿는지도 몰랐다. 살아남은 자의 지독한 몸부림을 당신만큼은 더할 나위 없이 잘 알면서도 짐짓 그렇게 말하는 건지도 모를 일이었다.

어머니와의 통화는 언제나 그렇지만 마음을 심란하게 만들었다. 늦은 밤이나 이른 아침에 울리는 전화벨 소리가 가슴을 철렁 내려앉게 하듯이 요즘에는 고향에서 걸려오는 전화 또한 온갖 불길함을 예상하게 만들었다. 될 수 있는 한 외출을 삼가고 집에만 박혀 있는 나에겐 전화가 세상과의 유일한 통로인 셈이었다. 아마 전화가 없었다면 이만큼이나 뚝 떨어져 있을 수도 없을 것이다. 싫든 좋든 많은 이들을 만나야 하고 찾아가야 했으리라. 그런 의미에서 전화는 세상을 연결시키는 통로이면서 동시에 차단시키는 바람벽이기도 하였다. 고향에 대해서도 예외는 아니었다. 일년에 한 번쯤이나 겨우 찾아가면서 그다지 격조함을 느끼지 못하는 이유는 전화가 있기 때문이었다. 또한 찾아가지 않아도 되게끔 선뜻 나서서 제 할 일을 해버리는 것도 전화였다.

마음이 심란한 까닭에 일손도 잡히지 않았다. 대충 들춰 보았던 조간들을 끌어당겨 꼼꼼히 기사들을 읽어 나가자니 더욱 머리가 띵해 왔다. 신문마다 서명자 명단이 가지런하게 박혀 있고 일단 혹은 이단 기사들의 의미 심장한 문구들이 명멸하였다. 봄이라 해도 날씨는 무더웠다. 창가에 앉으면 바람이 시원했다. 이층이므로 창에 서면 원미동 거리가 한눈에 내려다보였다. 행보사진관 엄씨가 세 딸을 거느리고 시장길로 올라가고 있는 게 보였다. 써니전자의 시내 아빠는 요즘 새로 산 오토바이 때문에 늘 싱글벙글이었다. 지금도 그는 시내를 태우고 동네를 몇 바퀴씩 돌고 있었다. 냉동오징어를 궤짝째 떼어 온 김반장네 형제슈

퍼는 모여든 여자들로 시끄러웠다. 김반장의 구성진 너스레에 누가 안 넘어갈 것인가. 오늘 저녁 원미동 사람들은 모두 오징어요리를 먹게 될 모양이었다. 그들이 아니더라도 거리는 소란스럽기 짝이 없었다. 부천시 원미동이 고향이 될 어린아이들이, 훗날 이 거리를 떠올리며 위안을 받을 꼬마치들이 쉴새없이 소리 지르고, 울어대고, 달려가고 있었다.

얼마를 그렇게 창가에 있었지만 쓰다 만 원고를 붙잡고 씨름할 기분은 도무지 생겨나지 않았다. 이제 다시 전화벨이 울린다면 그것은 분명코 저 원고를 챙겨 가야 할 충실한 편집자의 전화일 것이 분명했다. 그럼에도 불구하고 나는 불현 듯 책꽂이로 달려가 창작집 속에 끼여 있는 유년의 기록을 들추었다. 그 소설은 낮잠에서 깨어나 등교 시간인 줄 알고 신발을 거꾸로 꿰어 신은 채 달려가는 이야기로부터 시작되고 있었다. 눈물주머니를 달고 살았던 그때, 턱없이 세상을 무서워하면서 또한 끝도 없이 세상을 믿었던 그때의 이야기들은 매번 새롭게 읽혀지고 나를 위안했다. 소설 쓰는 것을 업으로 삼는 자가 자기가 쓴 소설을 읽으며 위안을 받는다는 사실을 어떻게 설명해야 할지 모른다. 깊은 밤 한창 작업에 붙들려 있다가도 마음이 편치 않으면 나는 은자가 나오는 그 소설을 읽었다. 시간을 거꾸로 돌려서, 자꾸만 뒷걸음쳐서 달려가면 거기에 철길이 보였다. 큰오빠는 젊고 잘생긴 청년이었고 밑의 오빠들은 까까중머리의 남학생이었다. 장롱을 열면 바느질통 안에 아버지 생전에 내게 사주었다는 연지 찍는 붓솔도 담겨 있었다. 아직 어린 딸에게 하필이면 화장도구를 사주었는지 지금에 와서 생각하면 알 듯도, 모를 듯도 싶은 장난감이었다.

네 큰오빠가 아니었으면 다 굶어죽었을 거여. 어머니는 종종 이런 말로 큰아들의 노고를 회상하곤 했지만 그 말은 사실이었다. 떠도는 구름처럼 세상 저편의 일만 기웃거리며 살던 아버지는 찌든 가난과, 빚과, 일곱이나 되는 자식을 남겨 놓고 갑자기 세상을 떠났었다. 가장 심하게 난리 피해를 당했던 당신의 고향 마을에서도 몇 안 되는 생존자로 난리를 피한 아버지였다. 보리짚단 사이에서, 뒤뜰의 고구마움에서 숨어 살며 지켜온 목숨이었는데 도시로 나와 아버지는 곧 이승을 떠나 버렸다. 목숨을 어떻게 마음대로 하랴마는 어머니에게 있어 그것은 결코 용서 못할 배반이었다. 나는 그래도 연지붓솔이나 받아보았다지만 내 밑의 여동생은 돌을 갓 넘기고서 아버지를 잃었다.

아버지 살았을 때부터 야간대학을 다니면서 생계를 돕던 큰오빠는 어머니와 함께 안간힘을 쓰며 동생들을 거두었다. 아침이면 우리들은 차마 입을 뗄 수 없어 수도 없이 망설이다가 큰오빠에게 손을 내밀었다. 회비·참고서값·성금·체육복값 등등 내야 할 돈은 한없이 많았는데 돈을 줄 사람은 하나밖에 없었다. 밑으로 딸린 두 여동생들에겐 관대하기만 했던 큰오빠의 마음을 이용해서 오빠들은 곧잘 내게 돈 타오는 일을 떠맡기곤 했었다. 밑으로 거푸 물려줘야 할 책임이 있는 셋째오빠의 푸대자루 같은 교복이, 윗형 것을 물려받아서 발목이 드러나는 교복바지의 넷째오빠가, 한번도 새옷을 입은 적이 없다고 불만인 다섯째오빠의 울퉁불퉁한 머리통이 골목길에 모여서서 나를 기다렸다. 나는 오빠들이 일러준 대로 기성회비·급식값·재료비 따위를 큰오빠 앞에서 줄줄 외우고 있는 중이었다. 공장에서 돈을 찍어내도 모자라겠다. 그러면서 큰오빠는 지갑을 열었다.

자라면서 나 역시 그러했지만 오빠들은 큰형을 아주 어려워했다. 아무리 맛있는 음식이라도 큰형이 있으면 혀의 감각이 사라진다고 둘째가 입을 열면 셋째도, 넷째도, 다섯째도 맞장구를 쳤다. 여름의 어떤 일요일, 다섯 아들이 함께 모여 수박을 먹으면 큰오빠만 푸아푸아 시원스레 씨를 뱉아내고 나머지는 우물쭈물하다가 씨를 삼켜 버리기 예사였다. 두레박으로 물을 길어올려 등멱이라도 하게 되면 큰오빠 등허리는 어머니만이 밀 수 있었다. 둘째는 셋째가, 셋째는 넷째가 서로서로 품앗이를 하여 등멱을 하고 난 뒤 큰오빠가 "내 등에도 물 좀 끼얹어라." 하면 모두들 쩔쩔매었다. 우리 형제들뿐만 아니라 동네 사람들도 큰오빠를 예사롭게 대하지 않았다. 인조속치마를 펄럭이고 다니면서 동네의 온갖 일을 다 참견하곤 하던 은자 엄마도 큰오빠가 지나가면서 인사를 하면 허둥지둥 찐빵 가게로 들어갈 궁리부터 했으니까.

기다린다아, 고 길게 빼면서 끊었던 은자의 전화를 의식한 탓인지 나는 그날 따라 일찍 저녁밥을 마쳤다. 서두르지 않더라도 아홉 시까지는 그 애가 일한다는 새부천클럽에 갈 수가 있었다. 작은방에서 책을 읽고 있던 남편은 아이야 자기도 재울 수 있으니 가 보라고 권하기도 하였다. 소설의 주인공이 부천의 한 클럽에서 노래를 부르고 있다는 사실에 대해 그 역시 은자에게 흥미가 많은 사람이었다. 시간은 자꾸 흘러가고 있었다. 아홉 시가 가까워오자 아이는 연신 하품을 하기 시작했다. 재울 것도 없이 고단한 딸애는 금방 쓰러져 꿈나라로 갈 것이었다. 집 앞 큰길에는 귀가하는 이들이 타고 온 택시가 심심치 않게 빈차로 나가곤 하였다. 일어서서 집을 나가 택시만 타면 되었다. 택시기사에게 "시내로 갑시다"라고 이르기만 하면 되었다. 그런데도 얼른 몸을 일으킬 수가 없었다.

여덟 시 무대를 끝내고 은자는 내가 올까 봐 입구 쪽만 주시하며 있을 것이었다. 아홉 시를 알리는 시보가 울리고 텔레비전에서 저녁 뉴스가 시작될 때까지도 나는 그대로 있었다. 아이는 마침내 잠이 들었고 남편은 낚시 잡지를 뒤적이면서 월척한 자의 함박 웃음을 부러운 듯이 들여다보고 있었다. 몇 가지 낚시도구를 사들이고, 낚시에 관한 정보를 놓치지 않으려고 귀를 모으면서, 매번 지켜지지 않을 낚시 계획을 세우는 그는 단 한 번의 배낚시 경험밖에 없는 사람이었다. 단 한 번의 경험은 그를 사로잡기에 충분하였다. 어느 주말 홀연히 떠나가 낚싯대를 드리우게 되기까지는 그 자신 풀어야 할 매듭이 많은 사람이었다. 어떤 때 그는 마치 낚시꾼이 되기 직전의 그 경이로움만을 탐하는 것처럼 보이기도 하였다. 봉우리를 향하여 첫발을 떼는 자들이 으레 그렇듯 그는 세상살이의 고단함에 빠질 때마다 낚시터의 꾼들 속에 자기를 넣어두고 싶어하였다. 나는 그가 뒤적이는 낚시잡지의 원색화보를 곁눈질하면서 미구에 그가 낚아올릴 물고기를 상상해 보았다. 상상 속에서 물고기는 비늘을 번뜩이며 파닥거리고 시계는 은자의 두 번째 출연 시간을 가리키며 째깍거리고 있었다.

다음 날 아침 어김없이 은자의 전화가 걸려왔다. 토요일이었다. 이제 오늘밤과 내일밤뿐이었다. 은자도 그것을 강조하였다.

"설마 안 올 작정은 아니겠지? 고향 친구 한번 만나보려니까 되게 힘드네. 야, 작가 선생이 밤무대 가수 신세인 옛 친구 만나려니까 체면이 안 서대? 그러지 마라. 네 보기엔 한심할지 몰라도 오늘의 미나 박이 되기까지 참 숱하게도 넘어지고 또 넘어지고 했으니까."

그렇게 말할 만도 하였다. 고상한 말만 골라서 신문에 내고 이렇게 해야 할 것 아니냐, 저렇게 되면 곤란하다, 라고 말하는 게 능사인 작가에게 밤무대 가수 친구가 웬말이냐고 볼멘 소리를 해볼 만도 하였다. 나는 아무런 대꾸도 할 수 없었다. 박은자에서 미나 박이 되기까지 그 애는 수없이 넘어지고 또 넘어진 모양이었다. 누군들 그러지 않겠는가. 부천으로 옮겨와 살게 되면서 나는 그런 삶들의 윤기 없는 목소리를 많이 듣고 있었다. 딱히 부천이어서가 아니라 내가 부천 사람이어서 그랬을 것이었다. 창가에 붙어앉아 귀를 모으고 있으면 지금이라도 넘어져 상처입은 원미동 사람들의 이야기를 들을 수 있었다. 넘어졌다가 다시 일어나고, 또 넘어지는 실패의 되풀이 속에서도 그들은 정상을 향해 열심히 고개를 넘고 있었다. 정상의 면적은 좁디좁아서 아무나 디딜 수 있는 곳이 아니라는 엄연한 현실도 그들에게는 단지 속임수로밖에 납득되지 않았다. 설령 있는 힘을 다해 기어올랐다 하더라도 결국은 내리막길을 마주해야 한다는 사실 또한 수긍하지 않았다. 부딪치고, 아등바등 연명하며 기어나가는 삶의 주인들에게는 다른 이름의 진리는 아무런 소용도 없는 것이었다. 그들에게 있어 인생이란 탐구하고 사색하는 그 무엇이 아니라 몸으로 밀어가며 안간힘으로 두들겨야 하는 굳건한 쇠문이었다. 혹은 멀리 보이는 높은 산봉우리였다.

은자는 마침내 봉우리 하나를 넘었다고 믿는 사람 중의 하나였다. 노래로는 도저히 먹고 살 수 없어서 노래를 그만둔 적도 있었다고 했다. 처음의 전화 이후, 아니 더 정확히 말하면 내가 허겁지겁 달려오지 않으리란 것을 그 애가 눈치 챈 이후 은자는 하나씩 둘씩 자신의 과거를 털어놓곤 했었다. 싸구려 흥행단에 끼여 일본 공연을 갔던 적이 있었는데 돌아오지 않을 작정으로 마지막 공연날, 단체에서 이탈해 무작정 낯선 타국땅을 헤맨 경험도 있다는 말은 두 번째 전화에서 들었던가. 그런데 오늘은 더욱 비참한 과거 하나를 털어놓았다. 악단 연주자였던 지금의 남편을 만나 살림을 차린 뒤 극장식 스탠드바의 코너를 하나 분양받았다가 빚더미에 올라앉게 되었던 모양이었다. 은자는 주안·부평·부천 등을 뛰어다니며 겹치기를 하고 남편 역시 전속으로 묶여 새벽까지 기타줄을 튕겨야 했다고 하였다. 첫아이를 임신하고 있는 중이었으나 부른 배를 내민 채 술집 무대에 설 수가 없었다. 코르셋으로, 헝겊으로 배를 한껏 조이고서야 허리가 쑥 들어간 무대 의상을 입을 수가 있었다. 한 달쯤 그렇게 하고 났더니 뱃속에서 들려오던 태동이 어느 날부터인가 사라져 버렸다. 이상하긴 했지만 그런 대로 또 보름 가량 배를 묶어놓고 노래를 불렀다. 그러고 나서야 병원에 갔다가 아이가 이미 오래 전에 숨졌다는 사실을 알게 되었다면서 은자는 이렇게 말하였다.

"유명하신 작가한테는 소설 같은 이야기로밖에 안 들리겠지? 아무리 슬픈 소설을 읽어봐도 내가 살아온 만큼 기막힌 이야기는 없더라. 안 그러면 무슨 소리인지 도통 못 알아먹을 소설뿐이고. 너도 읽으면 잠만 오는 소설을 쓰는 작가야? 하긴 네 소설은 아직 못 읽어봤지만 말야. 인제 읽어야지. 근데, 너 돈 좀 벌었니?"

은자가 내 소설들을 읽지 않았다는 것은 참으로 다행한 일이었다. 바로 어젯밤에도 나는 '읽으면 잠만 오는' 소설을 쓰느라 밤새 진을 빼고 있었는지도 모를 일이었다. 그래놓고도 대단한 일을 한 사람처럼 이 아침 나는 잠잘 궁리만 하고 있는 중이었다. 그런데 은자 또한 이제부터 몇 시간 더 자야 한다고 말하는 것이었다. 귀가시간은 언제나 새벽이 다 되어서라고 했다. 그 애나 나나 밤일을 한다는 하나의 공통점이 있다는 사실을 떠올리며 나는 씁쓰레하게 웃어 버렸다.

은자는 졸음이 묻어 있는 목소리로 다시 오늘 저녁을 약속했다. 주말의 무대는 평일과 달라서 여덟 시부터 계속 대기중이어야 한다고 했다. 합창 순서도 있고 백코러스로 뛸 때도 있다면서 토요일밤의 손님들은 출렁이는 무대를 좋아하므로 시종일관 변화무쌍하게 출연진을 교체시키는 법이라고 일러주었다.

"무대에 올라도 잠깐잠깐이야. 자정까진 거기 있으니까 아무때나 와도 좋아. 오늘하고 내일까지는 그 집에 마지막 서비스를 하는 거지 뭐. 내 노래 안 듣고 싶어? 옛날엔 노래 잘 들어줬잖니? 그리고 말야, 입구에서 미나 박 찾아왔다고 말하면 잘 모실 테니까 괜히 새침떠느라고 망설이지 마라."

물론 가겠노라고, 어제는 정말 짬이 나지 않았노라고 자신있게 입막음을 하지도 못한 채 나는 어영부영 전화를 끊었다. 처음 그 애가 "혹시 은자라고, 철길 옆에 살던……"하면서 전화를 걸어왔을 때의 무작정한 반가움은 웬일이지 그 이후 알 수 없는 망설임으로 바뀌어져 있었다.

은자는 내 추억의 가운데에 서 있는 표지판이었다. 은자를 기둥으로 하여 이십오 년 전의 한 해를 소설로 묶는 뒤로는 더욱 그러하였다. 기록한 것만을 추억하겠다고 작정한 바도 없지만 나의 기억은 언제나 소설 속 공간에서만 맴을 돌았다. 일년에 한번, 아버지 추도식에 참석하기 위해 고속버스를 타고 전주에 갈 때마다 표지판이 아니면 언뜻 알아볼 수 없을 만큼 달라져 있는 고향의 모습이 내게는 낯설기만 하였다. 이제는 사방팔방으로 도로가 확장되어 여관이나 상가 사이에 홀로 박혀 있는 친정집도 예전의 모습을 거의 다 잃고 있었다. 옛집을 부수고 새로이 양옥으로 개축한 친정집 역시 여관을 지으려는 사람이 진작부터 눈독을 들이고 있는 중이었다. 집 앞을 흐르던 하천이 복개되면서 동네는 급격히 시가지로 편입되기 시작하였다. 그나마 철길이 뜯기면서는 완벽하게 옛 모습이 스러져 버렸다. 작은 음악회를 열곤 하던 버드나무도 베어진 지 오래였고 찐빵 가게가 있던 자리로는 차들이 씽씽 달려가곤 했다. 아무래도 주택가 자리는 아니었다. 예전에는 비록 정다운 이웃으로 둘러싸인 채 오순도순 살아왔다 하더라도 지금은 아니었다. 은성장여관, 미림여관, 거부장호텔 등이 이웃이 될 수는 없었다. 게다가 한창 크는 아이들이 있었다. 우리 형제들은 물론, 조카들까지 제 아버지에게 이사를 하자고 졸랐었다. 하지만 큰오빠는 좀체 집을 팔 생각을 굳히지 못하였다. 집을 팔라는 성화가 거세면 거셀수록 그는 오히려 집 수리에 돈을 들이곤 하였다. 그 동네에서 마지막까지 버티고 있는 유일한 사람이 바로 큰오빠였다.

일년에 한 번씩 타인의 낯선 얼굴을 확인하러 고향 동네에 가는 일은 쓸쓸함 뿐이었다. 이제는 그 쓸쓸함조차도 내 것으로 남지 않게 될 것이었다. 누구라 해도 다시는 고향으로 돌아가지 못할 것이었다. 고향은 지나간 시간 속에 있을 뿐이니까. 누구는 동구밖의 느티나무로, 갯마을의 짠냄새로, 동네를 끼고 흐르는 긴 강으로 고향을 확인하며 산다고 했다. 내게 남은 마지막 표지판은 은자인 셈이었다. 보이는 것들은, 큰오빠까지도 다 변하였지만 상상 속의 은자는 언제나 같은 모습이었다. 은자만 떠올리면 옛 기억들이, 내게 남은 고향의 모든 숨소리가 손에 잡힐 듯이 다가오곤 하였다. 허물어지지 않은 큰오빠의 모습도 그 속에 온전히 남아 있었다. 내가 새부천클럽에 가서 은자를 만나 버리고 나면 그때부터는 어떤 표지판에 기대어 고향을 찾아갈 수 있을 것인지 정말 알 수 없었다.

은자의 지금 모습이 어떤지 나는 전혀 떠올릴 수가 없다. 설령 클럽으로 찾아간다 하여도 그 애를 알아볼 수 있을지 자신할 수도 없었다. 내 기억 속의 은자는 상고머리에, 때 낀 목덜미를 물들인 박씨의 억센 손자국, 그리고 터진 겨드랑이 사이로 내보이던 낡은 내복의 계집아이로·붙박여 있었다. 서른도 훨씬 넘은 중년 여인의 그 애를 어떻게 그려낼 수 있는가. 수십 년간 가슴에 품어온 고향의 얼굴을 현실 속에서 만나고 싶지는 않다, 라고 나는 생각하였다. 만나 버린 뒤에는 내게 위안을 주었던 유년의 소설도, 소설 속의 한 시대도 스러지고야 말리라는 불안감을 떨쳐 버릴 수가 없었다. 그렇다 하더라도 이미 현실로 나타난 은자를 외면할 수 있을는지 그것만큼은 풀 수 없는 숙제로 남겨둔 채 토요일밤을 나는 원미동 내 집에서 보내고 말았다.

일요일 낮 동안 나는 전화 곁을 떠나지 못하였다. 이제 은자는 가시돋친 음성으로 나의 무심함을 탓할 것이었다. 그녀의 질책을 나는 고스란히 받아들일 작정이었다. 나는 그 애가 던져올 말들을 하나하나 상상해 보면서 전화를 기다렸다. 오전에는 그러나 한 번도 전화벨이 울리지 않았다. 일요일은 언제나 그랬다.

약속을 못 지킨 원고가 있더라도 일요일에까지 전화를 걸어 독촉해 올 편집자는 없었다. 전화벨이 울린다면 그것은 분명 은자라고 나는 생각하였다.

오후가 되어서 이윽고 전화벨이 울렸다. 그러나 수화기에선 쉰 목소리 대신에 귀에 익은 동생의 목소리가 흘러나왔다. 고향에서 들려오는 살붙이의 음성은 모든 불길한 예감을 젖히고 우선 반가웠다. 여동생이 전하는 소식은 역시 큰오빠에 관한 우울할 삽화들뿐이었다. 마침내 집을 팔기로 하고 계약서에 도장을 찍었다는 것과, 한 달 남은 아버지 추도 예배는 마지막으로 그 집에서 올리기로 했다는 이야기였다. 계약서에 도장을 찍은 것은 어제였는데 큰오빠는 종일토록 홀로 술을 마셨다고 했다. 집을 팔기 원했으나 지금은 큰오빠의 마음이 정처없을 때라서 식구들 모두 조마조마한 심정이라고 동생은 말하였다.

집을 팔았다고는 하지만 훨씬 좋은 집으로 옮길 수 있는 힘이 큰오빠에게 있으므로 걱정할 일은 아니었다. 하지만 큰오빠는 어제 종일토록 홀로 술을 마셨다고 했다. 나도, 그리고 동생도 걱정하지 않을 수 없을 만큼.

"이번 추도 예배는 한 사람이라도 빠지면 안 되겠어. 내가 오빠들한테도 모두 전화할 거야. 그렇지 않아도 큰오빠 요새 너무 약해졌어. 여관숲이 되지만 않았어도 그 집 안 팔았을 텐데. 독한 소주를 얼마나 마셨는지 오늘 아침엔 일어나지도 못했대. 좋은 술 다 놓아두고 왜 하필 소주야? 정말 모르겠어. 전화나 한번 해봐. 그리고 추도식 때 꼭 내려와야 해. 너무들 무심하게 사는 것 같아. 일년 가야 한 번이나 만날까, 큰오빠도 그게 섭섭한 모양이야……"

그 집에서 동생들을 거두었고 또한 자식들을 길러냈던 큰오빠였다. 그의 생애 중 가장 중요했던 부분이 거기에 스며 있었다. 큰오빠는, 신화를 창조하며 여섯 동생을 가르쳤던 큰오빠는 이미 한 시대의 의미를 잃은 사람이 되고 말았다. 이십오 년 전에는 젊고 잘생긴 청년이었던 그가 벌써 쉰 살의 나이로 늙어가고 있었다. 이십오 년을 지내오면서 우리 형제 중 한 사람은 땅 위에서 사라졌다. 목숨을 버린 일로 큰오빠를 배신했던 셋째 말고는 모두들 큰오빠의 신화를 가꾸며 살고 있었다. 여태도 큰형을 어려워하는 둘째오빠는 큰오빠의 사업을 돕는 오른팔의 역할을 묵묵히 수행하면서 한편으로는 화훼에 일가견을 이루고 있었다. 내과전문의로 개업하고 있는 넷째오빠도, 행정고시에 합격하여 고급 공무원이 된 공부벌레 다섯째오빠도 큰오빠의 신화를 저버리지 않았다. 고향의 어머니와 큰오빠가 보기에는 거짓말을 능수능란하게 지어낼 뿐인, 책만 끼고 살더니 가끔

글줄이나 짓는가보다는 나 또한 궤도 이탈자는 결코 아닌 셈이다. 아버지가 세상을 뜨던 해에 고작 한 살이었던 내 여동생은 벌써 두 아이의 엄마가 되어 음악 선생으로 일하고 있는 중이었다.

그러나 정작 큰오빠 스스로가 자신이 그려놓은 신화에 발이 묶이고 말았다. 공장에서 돈을 찍어내서라도 동생들을 책임져야 했던 시절에는 우리들이 그의 목표였다. 새로운 사업을 시작할 때마다 실패할 수 없도록 이를 악물게 했던 힘은 그가 거느린 대가족의 생계였다. 하지만 지금은 동생들이 모두 자립을 하였다. 돈도 벌 만큼 벌었다. 한때 그가 그렇게 했듯이 동생들 또한 젊고 탱탱한 활력으로 사회 속에서 뛰어가고 있었다. 저들이 두 발로 달릴 수 있게 된 것은 누구 때문인가, 라고는 묻고 싶지 않지만 노쇠해 가는 삶의 깊은 구멍은 큰오빠를 무너지게 하였다. 몇 년 전의 대수술로 겨우 목숨을 건진 이후부터는 눈에 띄게 큰오빠의 삶이 흔들거렸었다. 이것도 해선 안 되고 저것도 위험하며 이러저러한 일은 금하여라, 는 생명의 금칙이 큰오빠를 옥죄었다. 열심히 뛰어 도달해 보니 기다리는 것은 허망함뿐이더라는 그의 잦은 한탄을 전해들을 때마다 나는 큰오빠가 잃은 것이 무엇인가를 생각해보지 않을 수 없었다. 내가 수없이 유년의 기록을 들추면서 위안을 받듯이 그 또한 끊임없이 과거의 페이지를 넘기며 현실을 잊고 싶어하는지도 모를 일이었다. 그러면서 한 발자국 한 발자국씩 이 시대에서 멀어지는 연습을 하는지도.

머지않아 여관으로 변해 버릴 집을 둘러보며, 집과 함께 해온 자신의 삶을 안주삼아 쓴 술을 들이키는 큰오빠의 텅빈 가슴을 생각하면 무력한 내 자신이 안타까웠다. 아버지 산소에 불쑥불쑥 찾아가서 죽은 자와 함께 한 병의 술을 비우는 큰오빠의 마음을 알 수 있을 것도 같았다. 한 인간의 뼈저린 고독은 살아 있는 자들 중 누구도 도울 수 없다는 것, 오직 땅에 묻힌 자만이 받아 줄 수 있다는 것은 의미 심장하였다. 동생은 마지막으로 어머니의 결심을 전해주고 전화를 끊었다. 말하자면 그것은 어머니가 큰아들을 위해 할 수 있는 유일한 방법인 셈이었다.

"오늘 아침부터 엄마, 금식 기도 시작했어. 큰오빠가 교회에 나갈 때까지 아침 금식하고 기도하신대. 몇 달이 걸릴지 몇 년이 걸릴지, 노인네 고집이니 어련하겠수."

교회만 다니게 된다면, 그리하여 주님을 맞아들이기만 한다면 당신이 견뎌온 것처럼 큰오빠 또한 허망한 세상에 상처받지 않으리라 믿는 어머니였다. 어쨌거나간에 나로서는 어머니의 금식기도가 가까운 시일 안에 끝나지길 비는 수밖에 다른 도리가 없었다. 동생의 전화를 받고 난 다음 나는 달력을 넘겨서 추도식 날짜에 붉은 동그라미를 두 개 둘러놓았다.

오후가 겨울도록 은자에게서는 아무런 연락도 없었다. 지난 밤에도 나타나지 않은 옛 친구를 더 이상은 알은 체 않겠다고 다짐한 것은 아닌지 슬그머니 걱정이 되기도 하였다. 오늘밤의 마지막 기회까지 놓쳐버리면 영영 그 애의 노래를 듣지 못하리라는 생각도 나를 초조롭게 하였다. 그 애가 나를 애타게 부르는 것에 답하는 마음으로라도 노래만 듣고 돌아올 수는 없을까 궁리를 하기도 했다. 진달래가 흐드러지게 피었더라고, 연초록 잎사귀들이 얼마나 보기 좋은지 가만히 있어도 연초록물이 들 것 같더라고, 남편은 원미산을 다녀와서 한껏 봄소식을 전하는 중이었다. 원미동 어디에서나 쳐다볼 수 있는 길다란 능선들 모두가 원미산이었다. 창으로 내다보아도 얼룩진 붉은 꽃무더기가 금방 눈에 띄었다. 진달래꽃을 보기 위해서는 꼭 산에까지 가야만 된다는 법은 없었다. 나는 딸애 몫으로 사준 망원경을 꺼내어 초점을 맞추었다. 원미산은 금방 저만큼 앞으로 걸어와 있었다. 진달래는 망원경의 렌즈 속에서 흐드러지게 피어났고 새순들이 돋아난 산자락은 푸른 융단처럼 부드러웠다. 그 다음에 그가 길어온 약수를 한 컵 마시면 원미산에 들어갔다 나온 자나 집에서 망원경으로 원미산을 살핀 자나 다를 게 없었다. 망원경으로 원미산을 보듯, 먼 곳에서 은자의 노래만 듣고 돌아온다면…….

마침내 나는 일요일밤에 펼쳐질 미나 박의 마지막 무대를 놓치지 않겠다고 작정하였다. 검은 상처의 블루스를 다시 듣게 된다면 더 이상 바랄 게 없겠지만 미나 박의 레퍼터리가 어떤 건지는 짐작할 수 없었다. 미루어 추측하건대 그런 무대에서는 흘러간 가요가 아니겠느냐는 게 짐작의 전부였다. 그렇다 하더라도 내 귀가 괴로울 까닭은 없었다. 나는 이미 그런 노래들을 좋아하고 있었다. 얼마 전 택시에서 흘러나오는, 끝도 없이 이어지는 트로트 가요의 메들리가 그렇게 듣기 좋을 수가 없었다. 부천역에서 원미동까지 오는 동안만 듣고 말기에는 너무 아쉬웠다. 그래서 나는 택시기사에게 노래 테이프의 제목까지 물어두었다. 아직까지 그 테이프를 구하지는 못했지만 구성지게 흘러나오는 옛 가요들을 어째서 술좌석마다 빠지지 않고 앵코르되는지 이제는 확실하게 이해할 수 있었다.

　새부천 나이트클럽은 의외로 이층에 있었다. 막연히 지하의 음습한 어둠을 상상하고 있었던 나는 입구의 화려하고 밝은 조명이 낯설고 계면쩍었다. 안에서 들려오는 요란한 밴드 소리, 정확히 가려낼 수는 없지만 수많은 사람들이 어우러져 내는 소음들 때문에 나는 불현듯 내 집으로 돌아가고 싶어졌다. 이런 줄도 모르고 아까 집 앞에서 지물포 주씨에게 좋은 데 간다고 대답했던 게 우스웠다. 가게 밖에 진열해 놓은 벽지들을 안으로 들이던 주씨가 늦은 시각의 외출이 놀랍다는 얼굴로 물었다. "어데 가십니껴?" 봄철 장사가 꽤 재미있는 모양, 요샌 얼굴 보기 힘든 주씨였다. 한겨울만 빼고는 언제나 무릎까지 닿는 반바지 차림인 주씨의 이마에 땀이 번들거리고 있었다. 가죽문을 밀치고 나오는 취객들의 이마에도 땀이 번뜩거리는 것을 나는 보았다. 계단을 내려가는 취객들의 어지러운 발자국 소리를 세고 있다가 나는 조심스럽게 가죽문을 밀고 안으로 들어섰다.

　기대했던 대로 홀 안은 한껏 어두웠다. 살그머니 들어온 탓인지 취흥이 도도한 홀 안의 사람들 가운데 나를 주목한 이는 한 사람도 없었다. 구석에 몸을 숨기고 서서 나는 무대를 쳐다보는 중이었다. 이제 막 여가수 한 사람이 스포트라이트를 받으며 등장하는 중이었다. 은자의 순서는 끝난 것인지, 지금 등장한 여가수가 바로 은자인지 나로서는 전혀 알 도리가 없었다. 내가 서 있는 자리에서 무대까지는 꽤 먼 거리였고 색색의 조명은 여가수의 윤곽을 어지럽게 만들어 놓기만 하였다. 짙은 화장과 늘어뜨린 머리는 여가수의 나이조차 어림할 수 없게 하였다. 이십오 년 전의 은자 얼굴이 어땠는가를 생각해 보려 애썼지만 내 머릿속은 캄캄하기만 하였다. 노래를 들으면 혹시 알아차릴 수도 있을 것 같아 나는 긴장 속에서 여가수의 입을 지켜보았다. 서서히 음악이 흘러나오기 시작하였다. 악단의 반주는 암울하였으며 느리고 장중하였다. 이제까지의 들떠 있던 무대 분위기는 일시에 사라지고 오직 무거운 빛깔의 음악만이 좌중을 사로잡았다.

　그리고 탁 트인 음성의 노래가 여가수의 붉은 입술에서 흘러나오기 시작하였다. '저 산은 내게 우지 마라, 우지 마라 하고 발 아래 젖은 계곡 첩첩산중…….' 가수의 깊고 그윽한 노랫소리가 홀의 구석구석으로 스며들면서 대신 악단의 반주는 점차 희미해져 갔다. 나는 자신도 모르게 한 걸음 앞으로 나가서 노래를 맞아들이고 있었다. 무언지 모를 아득한 느낌이 내 등허리를 훑어내리고, 팔뚝으로 번개처럼 소름이 돋아났다. 나는 오싹 몸을 떨면서 또 한 걸음 앞으로 나갔다.

32

가수는 호흡을 한껏 조절하면서, 눈을 감은 채 노래를 이어가고 있었다. '저 산은 내게 잊으라, 잊어버리라 하고 내 가슴을 쓸어내리네…….'

가수의 목소리는 그윽하고도 깊었다. 거기까지 듣고 나서야 나는 비로소 저 노래를 예전부터 알고 있었다는 데 생각이 미쳤다. 분명 몇 번 들은 적이 있었다. 그랬음에도 전혀 처음 듣는 것처럼 나는 노래에 빠져 있었다. 아니, 노래가 나를 몰아대었다. 다른 생각을 할 틈도 없이 노래는 급류처럼 거세게 흘러 들이닥쳤다. '아, 그러나 한줄기 바람처럼 살다 가고파. 이 산 저 산 눈물구름 몰고다니는 떠도는 바람처럼…….' 여가수의 목에 힘줄이 도드라지고 반주 또한 한껏 거세어졌다. 나는 훅, 숨을 들이마셨다. 어느 한순간 노래 속에서 큰오빠의 쓸쓸한 등이, 그의 지친 뒷모습이 내게로 다가왔다. 그 모습을 보지 않으려고 나는 눈을 감았다. 눈을 감으니까 속눈썹에 매달려 있던 한 방울의 눈물이 볼을 타고 흘러내렸다.

노래의 제목은 '한계령'이었다. 그러나 내가 알고 있었던 한계령과 지금 듣고 있는 한계령 사이에는 커다란 차이가 있었다. 노래를 듣기 위해 이곳에 왔다면 나는 정말 놀라운 노래를 듣고 있는 셈이었다. 무대 위에서 혼신의 힘을 다해 노래를 부르는 저 여가수가 은자 아닌 다른 사람일지라도 상관없는 일이었다. 나는 온몸으로 노래를 들었고 여가수는 한순간도 나를 놓아주지 않았다. 발 밑으로, 땅 밑으로, 저 깊은 지하의 어딘가로 불꽃을 튕기는 전류가 자꾸 쏟아져내리는 것 같았다. 질펀하게 취하여 흔들거리고 있는 테이블의 취객들을 나는 눈물 어린 시선으로 어루만졌다. 그들에게도 잊어버려야 할 시간들이, 한줄기 바람처럼 살고 싶은 순간들이 있을 것이었다. 어디 큰오빠뿐이겠는가. 나는 다시 한 번 목이 메었다. 그때, 나비넥타이의 사내가 내 앞을 가로막고 정중하게 고개를 숙였다.

"테이블로 안내해드릴까요?"

웨이터의 말대로 나는 내가 앉아야 할 테이블이 어딘가를 생각했다. 그리고는 막막한 심정으로 뒤를 돌아다보았다. 뒤는, 내가 돌아본 그 뒤는 조명이 닿지 않는 컴컴한 공간일 뿐이었다. 아마도 거기에는 습차고 얼룩진 벽이 있을 것이었다. 나는 웨이터에게 무언가를 말하려고 하였다. 하지만 아무런 말도 나오지 않았다. '저 산은 내게 내려가라, 내려가라 하네. 지친 내 어깨를 떠미네…….' 더듬거리고 있는 내 앞으로 한계령의 마지막 가사가 밀물처럼 몰려오고 있었다.

집에 돌아와서야 나는 내가 만난 그 여가수가 은자라는 것을 확신하였다. 넘어지고 또 넘어지고, 많이도 넘어져가며 그 애는 미나 박이 되었지 않은가. 울며울며 산등성이를 타오르는 그 애, 잊어버리라고 달래는 봉우리, 지친 어깨를 떨구고 발 아래 첩첩산중을 내려다보는 그 막막함을 노래부른 자가 은자였다는 것을 그제서야 깨달은 것이었다.

그날 밤, 나는 꿈속에서 노래를 만났다. 노래를 만나는 꿈을 꿀 수도 있다는 사실을 그 밤에 나는 처음 알았다. 노래 속에서 또한 나는 어두운 잿빛 하늘 아래의 황량한 산을 오르고 있는 한 무리의 사람들도 만났다. 그들은 모두 지쳐 있었고 제각기 무거운 짐꾸러미를 어깨에 메고 있었다. 짐꾸러미의 무게에 짓눌려 등은 휘어졌는데, 고개마루는 가파르고 헤쳐야 할 잡목은 억세기만 하였다. 목을 축일 샘도 없고 다리를 쉴 수 있는 풀밭도 보이지 않는 거친 숲에서 그들은 오직 무거운 발자국만 앞으로 앞으로 옮길 뿐이었다.

그들 속에 나의 형제도 있었다. 큰오빠는 앞장을 섰고 오빠들은 뒤를 따랐다. 산봉우리를 향하여 한 걸음씩 옮길 때마다 두고 온 길은 잡초에 뒤섞여 자취도 없이 스러져 버리곤 하였다. 그들을 기다려주는 것은 잊어버리라는 산울림, 혹은 내려가라고 지친 어깨를 떠미는 한줄기 바람일 것이었다. 또 있다면 그것은 잿빛 하늘과 황토의 한 뼘 땅이 전부일 것이었다. 그럼에도 등을 구부리고 짐꾸러미를 멘 인간들은, 큰오빠까지도 한사코 봉우리를 향하여 무거운 발길을 옮겨 놓고 있었다.

그리고 사흘이 지났다. 은자는 늦은 아침, 다시 쉰 목소리로 내게 나타났다.

"전라도말로 해서 너 참 싸가지 없더라. 진짜 안 와버리대?"

고향의 표지판답게 그녀는 별 수 없이 전라도말로 나의 무심함을 질타하였다. 일요일밤에 새부천클럽으로 찾아갔다는 말은 하지 않은 채 나는 그냥 웃어버렸다. 물론 한계령을 부른 가수가 바로 너 아니었느냐는 물음도 하지 않았다.

"내가 지금 바쁜 몸만 아니면 당장 쫓아가서 한바탕 퍼부어 주겠지만 그럴 수도 없으니, 어쨌든 앞으로 서울 나올 일 있으면 우리 카페로 와. 신사동 로타리 바로 앞이니까 찾기도 쉬워. 일주일 후에 오픈할 거야. 이름도 정했어. 작가 선생 마음에 들는지 모르겠다. '좋은 나라'라고 지었는데, 네가 못마땅해도 할 수 없어. 벌써 간판까지 달았는걸 뭐."

좋은 나라로 찾아와. 잊지 마라. 좋은 나라. 은자는 거듭 다짐하며 전화를 끊었다. 그녀가 카페 이름을 '좋은 나라'로 지은 것에 대해 나는 조금도 못마땅하지 않았다. 얼마나 좋은 이름인가. 다만 내가 그 좋은 나라를 찾아갈 수 있을는지, 아니 좋은 나라 속에 들어가 만날 수 있게 될는지 그것이 불확실할 뿐이었다.

해답

1. 감동적이었다. **2.** 과거 : 가장으로서 동생들 뒷바라지에 힘씀, 현재 : 병과 싸우며 중년의 허탈감에 빠져 있음

33
자전거 도둑, 김소진

김소진(金昭晉, 1963~1997) ● ● 강원도 철원에서 출생하였다. 1991년 단편 〈쥐잡기〉로 문단에 데뷔하였으며, 민중의 구어(口語)응 개성적 문체로 담아 내면서 1970년대 이후 한국 사회의 문제점들을 사실적으로 그렸다는 평가를 받는다. 췌장암으로 1997년에 타계하였다.

주요 작품으로는 〈고아떤 뺑덕 어멈〉〈눈사람 속의 검은 항아리〉 등이 있다.

33
자전거 도둑, 김소진

자전거에 도둑이 생겼다.

정확히 표현하자면 나 몰래 훔쳐 타는 얌체족이었다. 내 골반뼈 높이에 맞춰 놓은 자전거 안장이 엉덩이 밑 선으로 밀려가 있었고 바퀴 틈새에는 방금 묻어난 것 같은 황톳물이 군데군데 배어 있곤 하는 게 바로 그 증거였다.

누군지는 몰라도 현관문 밖의 도시가스 연결 파이프에 쇠줄로 붙들어 매놓은 자전거의 자물쇠를 풀고 몰고 다닌 다음 내가 퇴근해 돌아오기 전에 얌전히 제자리에 갖다 놓곤하는 모양이었다. 신문사 일이라는 게 저녁 늦게 끝나기가 일쑤인데다 퇴근 후 술자리를 워낙 좋아하는 나로서는 낮에 무슨 일이 일어나는지 알 도리가 없다.

가만히 생각해 보니 자전거를 산 지 얼마 되지 않아 자전거를 고정시킬 쇠줄의 열쇠 하나를 잃어버렸다. 하지만 살 때부터 열쇠를 세 개씩이나 받아뒀기에 이내 그 사실을 잊어버리고 지냈다.

나는 내 자전거를 훔쳐 타는 범인으로 일찌감치 이웃집 아이인 봉근이를 찍고 있었다. 맞벌이 부부인 그 집 부모는 하루종일 집을 비우기 일쑤였다. 봉근이 아버지는 공치는 날이 더 많은 도배공이었고 엄마는 봉제공이었다. 둘이서 벌어들이는 수입이 여간 쏠쏠치 않을 텐데 어쩌나 무섭게들 움켜쥐는지 외아들인 봉근이가 그토록 졸라대는 눈치건만 헌 자전거 한 대 마련해 주질 않았다. 자존심까지 구겨 가며 다른 또래 아이들 자전거를 빌려 타거나 자기보다 힘이 약한 아이 같으면 종주먹을 들이대는 시늉을 해 뺏아 타는 그 애의 모습을 몇 번 본 적이 있었다.

새도시에서는 자전거가 몹시 요긴했다. 곳곳에 자전거 전용도로가 잘 닦여 있어 운동기구로도 쓰임새가 좋을 뿐더러, 은행이나 할인 판매점 같은 편의시설들이 걷기도 차 타기도 어정쩡해 자전거가 없으면 허드레 다리품을 팔 일이 잦은 곳이 바로 새도시였다.

처음에는 새로 뺀 자동차 못지않게 걸레질도 가끔씩 해 가며 사뭇 귀염을 받던 자전거였다. 그러나 몇 달이 지나자 어느덧 그 자전거는 소박맞은 이처럼 문 옆에 다소곳이 먼지 답쌔기를 뽀얗게 뒤집어 쓴 채 서 있어야만 했다. 그러다가 출퇴근 때마다 후다닥 곁을 스치고 지나가는 나의 시큰둥한 눈길에 밟히는 처지가 되고 말았다.

자전거를 건드리는 손은 봉근이가 아니었다. 어느 날 몸이 아파 신문사에 조퇴 보고를 하고 돌아온 날 그 의문은 우연찮게 풀렸다. 약방까지 자전거를 타고 갈까 싶었는데 이미 누군가 쇠줄을 풀고 한발 앞서 자전거를 끌고 나가버린 거였다. 나는 경의선과 나란히 뻗은 자전거 전용도로 쪽으로 나가보았다.

텔레비전 광고에 나오는 모델의 방금 샴푸한 것처럼 하늘하늘한 머리채와 몸에 착 달라붙는 하얀 옷자락을 휘날리며 유유자적하게 자전거를 모는 사람이 눈에 띄었다. 누굴까? 나는 먼 거리에서도 그 자전거가 새로 장만한 내 자전거임을 알 수 있었다.

내 자전거 위에 허락도 없이 올라탄 사람은 뜻밖에도 젊은 여자였다. 까만 타이즈 바지 차림에 흰 남방셔츠를 입고 있어 늘씬한 몸매가 훤히 드러났다. 자전거 페달을 밟는 엉덩이와 허벅지의 굴곡에 탄력이 붙어 보였다.

멀찍이서긴 했지만 난 내 앞을 바람처럼 스쳐 지나가는 그 아가씨의 얼굴이 낯설지 않다는 생각이 들었다. 이사온 지 얼마 되지 않아 아파트 관리업체지정 변경에 관한 결의를 한다고 해서 불려나간 반상회 자리였을 것이다. 나중에 아주머니들이 수군거리는 말을 얼핏 귀동냥하니 문촌마을 스포츠센터에서 에어로빅 강사를 한다는 거였다. 바로 내 위인 꼭대기층에 산다고 들었다. 어쩐지 이따

금씩 거실에서 에어로빅 연습을 하는지 콩콩거리는 소리가 규칙적으로 울리곤
했다.

흐흠, 자전거 도둑이라!

그 날 저녁 난 묘한 흥분감에 사로잡혔다. 손깍지로 머리를 감싸고 거실 바닥을
뒹굴던 나는 불현듯 2차 세계대전 종전 뒤에 유럽을 휩쓸었던 네오 리얼리즘[1] 운
동의 대표적 영화로 꼽히는 이탈리아 비토리오 데 시카 감독의 "자전거 도둑"에
나오는 장면들을 떠올렸다. 그러다가 상체를 벌떡 일으켰다. 오늘밤도 그 비디
오를 한번 더 볼까? 나는 테이프를 손가락으로 콕콕 찍으며 잠시 망설였다. 그러
다가 어느새 반나마 남은 발렌타인 십칠 년짜리 병목을 휘어잡았다. 잔속에서
빛나고 있는 육면체의 투명한 얼음조각들 위로 사십도의 뜨거운 원액을 끼얹고
는 허겁지겁 빈 속으로 쏟아부었다. 젠장, 난 이 영화 앞에서 왜 이리 갈피를 못
잡는 걸까. 위잉…… 철커덕.

……이차대전이 끝나고 폐허로 변한 로마. 오랫동안 직업을 구하지 못해 헤매
다니던 안토니오 리치는 어느 날 일자리를 구하게 된다. 길거리에 포스터를 붙
이는 일이다. 그 일에는 자전거가 필수적이다. 오랜만에 일자리를 구하게 돼 당
당히 아내 마리아 앞에 선 안토니오는 그녀를 설득해 몇 안 되는 헌 옷가지를 전
당포에 맡기고 드디어 자전거를 구한다. 어린 아들 브루노는 출근하는 아버지를
따라나선다.

그러나 어느 모퉁이에서 잠시 자리를 비운 사이 누가 자전거를 훔쳐 타고 달
아난다. 안토니오는 쫓아가다 실패하고 경찰에 신고하지만 경찰은 그런 하찮은
일에 신경쓸 겨를이 어디 있냐는 듯 시큰둥한 반응을 보인다. 허탈해진 안토니
오는 자전거포를 뒤지다 어느 젊은이가 자기 자전거를 타고 달리는 것을 목격한
다. 기를 쓰고 쫓아가지만 또 허사이다. 우여곡절 끝에 자신의 자전거를 훔친 젊
은이의 집을 기어코 찾고야 만다. 하지만 안토니오는 빈민가에 있는 그 젊은이
의 허름한 집을 보고 절망에 빠진다. 자신처럼 가난한데다 젊은이는 그를 보자
충격을 받았는지 간질을 일으키며 길가에 나뒹굴어 버둥거린다. 경찰이 왔으나

---

1) 신사실주의

딱 부러지는 증거도 없다. 안토니오의 우유부단한 태도에 실망한 아들이 그와 다투다 없어진다. 안토니오는 강가에서 어린애가 빠졌다는 얘기를 듣고 불길한 예감에 사로잡혀 황급히 아들을 찾아 나선다. 그러나 아들은 다친 데 없이 다시 그의 앞에 나타난다.

……스쳐 지나가려는데 경기장에서는 축구경기가 한창 무르익고 있다. 안토니오의 눈에는 경기장 밖에 즐비하게 세워놓은 자전거들이 한가득 클로즈업돼 들어온다. 아들 부르노에게 먼저 집에 가 있으라고 이르고는 자전거 한 대를 잽싸게 훔쳐 달아나지만 곧 주인에게 붙잡힌다. 어디선가 경찰이 온다. 아들의 면전에서 봉변을 당하는 안토니오의 처지를 가련하게 여긴 자전거 주인이 선처를 베푸는 바람에 안토니오는 철창신세를 면하고 풀려난다. 긴 그림자가 드리워지는 석양의 거리를 아들은 뒤따르고 안토니오는 어깨가 축 늘어진 허탈한 모습으로 하염없이 걸어간다…….

이 영화를 볼 때마다 난 무엇보다 외로움을 느꼈다. 아들이 지켜보는 앞에서 아버지의 권위를 깡그리 무시당한 안토니오의 무너진 등이 견딜 수 없어 콧등이 시큰해졌고, 그보다는 무너져 내리는 아버지의 뒷모습을 목격해야 하는, 그럼으로써 평생 씻을 수 없는 내면의 상처를 끌어 안고 살아갈 어린 아들 브루노 때문에 나는 혀를 깨물어야 했다.

왜? 왜냐고? 그건 빌어먹을, 내가 바로 또 다른 브루노였으니깐.

이 망할 놈의 기억, 저 비디오 테이프를 찢어 버려야 하는 건데. 나는 다시 거칠게 발렌타인의 병목을 잡아챘다.

한 평도 채 안 되는 구멍가게는 중풍으로 쓰러져 정상적 건강상태가 아니었던 아버지의 유일한 수입원이자 생존 이유였다. 때문에 그 구멍가게에 대한 아버지의 몰두와 자존심은 각별했다.

한번은 내가 아버지가 가게를 잠깐 비운 사이에 겉에 허연 인공 설탕가루를 묻힌 '미키대장군'이라는 카라멜을 하나 아무 생각없이 널름 집어먹은 적이 있었다. 하나에 이 원, 다섯 개에 십 원이었다. 잠시 뒤에 돌아온 아버지는 단박에 그 사실을 알아채고는 불같이 화를 내며 내 목덜미에 당수를 한 대 세게 내려꽂는 것이었다. 그 카라멜 곽 안에 미키대장군이 몇 개 들어 있는지조차 훤히 꿰차고 있는 아버지였다.

"이런 민한 종간나래! 얌생이처럼 기러케 쏠라닥질을 허자면 이 가게 안에 뭐이가 하나 제대로 남아나겠니, 응?"

그리고 나서는 좀 머쓱했는지 입이 한 발쯤 튀어나와 뾰로통해서 서 있는 내게 미키대장군 네 개를 집어 내미는 거였다. 어차피 짝이 맞아야 파니까, 하면서 억지로 내 손아귀에 쥐어주었다. 나는 그 무허가 불량식품인 카라멜 네 개가 끈끈하게 녹아내릴 때까지 먹지 않고 쥔 채 서 있었다.

"닐큼 털어넣지 못하겠니, 으잉?"

목덜미에 아버지의 가벼운 당수를 한 대 더 얹은 다음에야 한입에 털어넣고 돌아서 나왔다. 아버지도 가게 일을 수월하게 보려면 잔심부름꾼인 나를 무시하고는 아쉬울 때가 많을 터였다. 워낙 짧은 밑천으로 가게를 꾸려가자니 아버지는 물건 구색을 맞추느라 하루에도 많을 때는 세 번까지 시장통 도매상으로 정부미 포대를 거머쥐고 종종걸음을 쳐야 했고, 막내인 나는 빈번히 아버지의 뒤로 팔을 늘어뜨린 채 졸졸 따를 수밖에 없었다.

그땐 그게 죽도록 싫었다. 하마 시장통에서 야구 글러브를 끼거나 조립용 신형무기 장난감 상자를 든 반 친구를 만나거나, 심지어 과외나 주산학원을 가는 여자아이들을 만나는 날에는 정말 그 자리에서 혀를 빼물고 죽고 싶은 생각뿐이었다. 더군다나 아버지가 주로 물건을 떼오곤 하는 수도상회의 혹부리염감의 손녀는 이 학년인가, 삼 학년 땐가 우리 반 부반장을 지냈던 나미라는 여자아이여서 서로 안면이 없지도 않았다. 어쩌다 그 애가 헐렁한 동냥자루 같은 포대를 손아귀에 틀어쥐고 멀뚱히 계산대 옆에 서 있는 내 앞으로 모른 체하며 스쳐 지나갈 때면 나는 사팔뜨기인 양 뒤틀어진 눈을 아래로 깔아야 했다.

그렇잖아도 머리통만 몸집에 비해 컸다 뿐이지 선병질[2]적인데다 깡마른 내가 엄마가 군데군데 왕바늘로 기워줄 만큼 낡은 정부미 포대에 잡동사니 같은 물건들을 쓸어 담아 어깨에 늘어뜨린 채 동화 속의 당나귀처럼 혀를 빼물고 헉헉거리며 가파른 산동네 길을 오르는 정경을 떠올릴 때면 지금도 처연한 감정을 모면할 길이 없었다.

어느 날이었다. 아버지와 나는 앞서거니 뒤서거니 하면서 그 정부미 자루를

2) 허약한 상태

날라왔다. 그런데 집에 도착해 한숨을 돌린 뒤 자루를 풀고 물건을 정리해 보니 스무 병이 와야 할 진로소주가 두 병이 모자란 채 열 여덟 병만 온 것이었다.

아버지의 얼굴은 맞보기가 민망할 정도로 금세 하얗게 질렸다. 왜냐하면 그 덜 온 두 병을 빼고 나면 나머지 것들을 몽땅 팔아봤자 결국 본전치기일 뿐이었기 때문이다. 아버지는 내 등을 떼밀어 물건을 받아 온 수도상회의 혹부리영감한테 내려보냈다. 아버지는 말주변도 말주변이었지만 중풍 후유증 때문에 약간의 언어장애가 있어 일부러 나를 보냈던 것이다.

"뭐 하러 왔네?"

가게 안에 북적거리는 손님들에게 셈을 치러 주느라 몇 번이고 주판알을 고르는 데 바쁜 혹부리영감의 눈길을 잡아두는 데 성공한 나는 더듬더듬 자초지종을 말했다. 그러나 귓등에 연필을 꽂은 채 심술이 덕지덕지 모여 이뤄진 듯한 왼쪽 이마빡의 눈깔사탕만한 혹을 어루만지며 듣던 혹부리영감은 풍기 때문에 왼쪽으로 힐끗 돌아간 두터운 입술을 떠들쳐 굵은 침방울을 내 얼굴에 마구 튀겼다. 애초 자기 눈 앞에서 까보이지 않은 것은 인정할 수 없다며 막무가내였다. 나중엔 아버지까지 함께 내려가서 하소연을 해봤지만 돌아온 대답은 정 그렇게 우기면 거래를 끊겠다는 협박성 경고뿐이었다. 거래가 끊긴다면 아버지한테는 큰 타격이 아닐 수 없었다.

혹부리 영감은 아버지한테 무슨 큰 특혜를 내려주듯이 거래를 터준다고 허락을 놓았다. 같은 함경도 동향이기 때문이라는 말을 덧붙이면서, 하긴 혹부리 영감한테는 매번 소주 열 병 안짝에다 새우깡 열 봉지, 껌 대여섯 개, 빵 예닐곱 개 등 일반 소매가격 구매자보다 더 많은 물건을 떼어가지도 않으면서 부득부득 도매값으로 해 달라고 통사정을 해쌓는 아버지 같은 사람 하나쯤 거래를 끊어도 장부상 거의 표가 나지 않을 것이었다.

결국 아버지는 자신의 과오를 인정하지 않을 수 없었다. 당신의 자그마한 구멍가게로 돌아와 나머지 열 여덟 병의 진로소주를 넘나간 사람처럼 쓰다듬던 아버지는 기어코 아들인 내 앞에서 눈물을 보이고 말았다. 아! 아버지 한 닷새쯤 지났을까, 아버지와 나는 다시 그 수도상회로 물건을 떼러 갔다. 아버지는 또 고만고만한 물건들로 구색을 맞춰 골랐고 혹부리영감은 일일이 헤아린 다음 우리 부자가 가져온 정부미 자루에 집어넣으라고 손짓을 했다. 아버지와 나는 허겁지겁 물건들을 자루에 휩쓸어 담았다. 평소와 달리 아버지의 손은 약간 떨려서 헛손질을 많이 해 일부러 나한테 훼방질을 놓는 사람 같았다.

내가 그 이유를 모를 리가 있겠는가. 아버지는 그 혹부리영감의 눈을 속여 미리 진로 소주 두 병을 은밀히 자루에 더 넣어두었던 것이다. 셈을 치르고 문턱을 가까스로 나서려는 순간, 이게 무슨 운명의 조화런가, 혹부리영감이 우리를 불러 세우는 것이었다.

"거 영감, 이보우다. 그 포대 좀 풀어 다시 한번 헤아려 봅세. 계산이래 안 맞아."

나는 그때 겁에 질린 송아지처럼 눈에 흰자위가 유난히 많아진 아버지의 눈동자를 지금도 똑똑히 기억한다. 아버지는 어린 아들인 내가 무슨 구세주라도 돼 주었으면 하는 간절한 눈으로 내 얼굴을 쳐다봤던 것 같았다. 그러나 난들 달리 뾰족한 수가 있을 턱이 없지 않은가.

결국 혹부리영감은 두 병이 더 들어간 것을 밝혀냈고 아버지에게 해명을 요구했다. 나는 내가 희생양이 돼야 함을 느꼈다.

"예, 맞아요. 그건 말예요. 제가 영감님 몰래 넣은 건데요,…… 왜냐하면 접때 접때 우리 집에서 사실 두 병을 빠뜨리고 갔기 때문에 응, 쌤쌤[3]이어서요

나는 이상하게도 맘이 편하고 당당했다. 나도 모르게 입가로 번져 나온 미소를 단속하느라 손바닥으로 입을 몇 번인가 틀어막기도 했다. 혹부리영감은 얼굴에 별다른 표정을 짓지 않고는 고개를 끄덕거렸다. 일단 직접적 책임을 모면한 아버지는 헤설픈 표정으로 날 쳐다 볼 뿐이다.

그러나 한편으로는 그 혹부리 영감이 당신과는 이제 거래 끝이야 하고 선언할까봐 전전긍긍하는 얼굴이었다. 아버지처럼 이북 출신인 그 영감은 시장통에서 신용 하나는 보증수표나 다름없었지만 성질이 불 같고 매몰차기로 소문이 자자한 위인이었기에 그런 상황은 쉽게 상상해 볼 수 있었다.

"내레 이까짓 걸루다 당신하고 거래를 끊지는 않갔어. 다 물정 모르는 아이들이 저지른 짓인데 으잉?"

"아유, 고맙습네다 영감님. 그저 어떻게 헤헤 우리 아이가 평소에는 그렇게 민한 애가 아닌데 어쩌다."

---

3) 동등함 / 같음

"단."

혹부리 영감이 아버지의 말끝을 가로챘다.

"내 앞에서 저 아이를 호되게 가르치는 꼴을 뵈주라우. 내가 그깟 술 두 병이 아까워서 기러는 게 아니야. 하지만 기렇게 따끔하게 가르치는 건 바로 자식에게 말이야, 부모된 도리를 다하는 것 아니갔슴매? 내 이 자리서 이녁이 하는 깜냥⁴⁾을 두고 보고서리 까짓것 그 술 두 병은 거저라두 주갔어. 내 이제껏 남한테 콩알 반쪼가리도 거저 준 적은 없지만서두, 이건 경우가 다르다우 아암."

"호되게라믄…… 어떠케?"

"쯔쯧, 이녁도 함경도 아바이 출신이믄 부랄값도 못하는 자식이 잘못을 저질렀을 때 어드러케 다루는지는 알 만하잖소? 그걸 왜 내게 묻소 으웅? 아안 그렇소?"

"야! 간나야, 니 다시는 이런 민한 짓이래, 하겠니, 안 하겠니? 어서 말 좀 해보라우."

짐짓 호령을 하는 아버지의 손이 부들부들 떨며 허공 높이 허우적거렸다. 단한 대에 내 뺨은 무섭게 부풀어오르며 감각을 잃어갔다.

"길티 기게 바로 진짝 교육이야."

혹부리영감의 격려를 받은 아버지는 고개를 돌려 그에게 굽신거린 다음 또 한차례 내 뺨을 기세좋게 올려붙였다. 그러나 이 지독한 연극을 지켜보면서 나는 아픔을 거의 느끼지 못했던 것 같다. 머리 속에서 뭔가가 맑아지는 느낌뿐이었다. 그리고 투시해버리고 말았다. 어린 나이에도. 아버지의 눈 속에 흐르지도 못하고 괴어 있는 눈물을. 차라리 죽는 한이 있어도 애비라는 존재는 되지 말자. 아마도 나는 그때 그런 끔찍한 다짐을 했는지도 모른다.

"저 혹시 위층 천이백사호에 사시지 않으세요?"

경의선 서울역발 막차를 타고 오던 나는 능곡역을 지날 때쯤 읽고 있던 신문을 주섬주섬 챙긴 다음 앞에 앉은 아가씨에게 조심스레 말을 걸었다. 바로 그 에어로빅 강사를 한다는 여자였다. 퇴근길인 모양이었다. 창가 쪽에서 눈길을 거

4) 일을 해 낼 능력

둔 그녀가 씨익 웃어보였다.

"예. 저도 뵌 적이 있어요. 인사가 늦었네요."

"헤헤, 그렇죠 뭐, 다들 바쁘니깐."

"어딜 다녀오세요?"

"주부들 좀 가르치는데, 여기 말고 신촌에서도 저녁에 한 타임 뛰고 있어요."

"요즘도 에어로빅 많이들 허긴 허죠."

나는 갑자기 목이 컬컬해졌다. 백마역에서 내려 고개를 숙인 채 또박또박 마을버스 쪽으로 걸어가는 그녀에게 다가섰다.

"저, 어쩌세요? 실례가 아니라면, 간단히 목이나 축이며 인사나 나누죠?"

역 광장 둘레로 불을 환히 밝힌 포장마차가 서너 군데 눈에 띄었다. 여자가 느닷없이 킥 하며 웃음을 참는 시늉을 하는 바람에 난 긴장이 확 풀리고 말았다.

"그러지죠, 뭐."

"여기 우선 맥주 두 병부터 주시고요, 골뱅이 하나 무쳐주세요."

"맵지 않았으면 좋겠어요, 아주머니?"

"정식인사도 드리기 전인데, 이런 말씀 드려도 어떨는지 모르겠네요."

"……."

"다름이 아니고, 자전거를 아주 잘 타신다고요, 헤헤."

여자가 얼른 손으로 입가를 가리며 웃었다. 벌어진 손가락 틈새로 가지런한 잇바디[5]가 비쳤다.

"호호, 고맙네요. 인사가 늦었어요. 자전거 도둑 서미헵니다."

"아, 서미혜 씨요? 아무튼 이거 반갑습니다. 전 김승호라고 합니다."

"범인이 뜻밖이라서 놀라셨겠다? 제가 오후에 강습을 나가느라고 빈 시간대에 잠깐잠깐 허락도 맡지 않고 그동안 실례를 했어요. 언짢으셨다면 늦었지만 용서를 구할게요."

"아유, 용서라뇨? 천만에요. 이거 너무 기분이 좋더라구요. 이런 미인이 제 자전거를 길들이고 계실 줄이야. 제가 참, 자전거가 못된 게 그렇게 유감이더라구요."

5) 치열

"어머, 보기보담 유머를 잘 하시네요. 기자시라며요?"

"네가 써 붙이고 다녔나요?"

"말투를 들어보니 그런 것 같고…… 또 아파트 사람들이 다 알고 있던데요 뭐."

"말투가 어때서요?"

"왜 그런 것 있잖아요? 말꼬리가 왠지 암튼, 이 자전거가 맘에 쏙 들었는데 당분간 제가 좀더 길들여도 되겠죠?"

나는 그녀의 호감을 느낄 수 있었다.

"암요. 감히 바라던 바죠. 전 자전거 도둑을 좋아하거든요. 원래, 내가 좋아하는 비디오 중에 자전거 도둑이라는 제목이 있어요. 아마 언제 한 번 보시면 재밌을 거예요."

나는 순간 그녀가 얼굴 한구석에서 낯빛을 고쳐잡는 걸 놓치지 않았다.

"이거 자전거 도둑이 된 제 입장에선 아주 흥미로운 제목인데요. 꼭 보여주실 거죠?"

"물론입니다. 그리고 제 것은 새 자전거니깐 길을 아주 순하게 잘 들여주세요."

"첨엔 아주 늙수그레한 아저씬 줄 알았어요. 맨날 허겁지겁 역으로 뛰어나 다니고."

"이것 땜에요?"

나는 벗겨진 내 이마를 장난스레 손바닥으로 훑어내렸다.

"하지만 내가 딴 사람보다 머리숱이 적은 게 아니라구요. 보시다시피 머리 면적이 넓다 보니 밀도가 떨어져서 듬성듬성해 보일 뿐이거든요. 그렇게 이해하시는 편이 훨씬 쉽고 논리적일 걸요?"

여자의 하얗고 고른 잇바디가 또 드러났다.

'자전거 도둑 나왔나요?'

현관 바닥에 떨어진 메모가 뒤늦게 눈에 띄었다. 나는 메모지를 주워 읽은 다음 손아귀에서 구깃구깃 둥그렇게 뭉쳐 휴지통에 던져 넣었다. 대충 씻고 나온 다음 라면이라도 끓여 먹으려고 냄비 따위를 덜그럭거리던 참이었다. 거실 한가운데 바짓주머니에 두 손을 쑤셔 넣은 채 입맛을 쩝쩝 다시며 우두커니 서 있다가 후다닥 운동화를 꿰찼다.

'딩동, 딩동디잉.'

초인종을 눌렀는데도 한 십여 초간 응답이 없었다.

'사람을 불러놓고 어딜 갔나?'

나는 뒤돌아서서 백마역 쪽으로 서서히 진입을 하는 경의선 막차의 불빛을 바라보았다. 그냥 갈까? 마침 안에서 슬리퍼를 찍찍 끄는 소리가 들렸다. 신발 끄는 소리가 그쳤다. 아마 올빼미눈처럼 뚫린 외부 감시구멍으로 보는 모양이었다. 나는 일부러 그 구멍 앞에서 양볼에 바람을 잔뜩 넣고 눈동자를 부릅뜬 장난기 스런 표정을 지어 보였다. 안에서 킥 하고 웃음을 터뜨리는 소리가 들렸다.

"어머, 오셨어요? 아유, 내 정신 좀 봐. 손님을 초대해 놓곤 집 안이 이렇게 엉망이어서"

"이거 참 다음에 다시 올까요?"

"아뇨! 잠깐만 기다리, 아니 일단 들어오셔요."

서미혜는 연습중이었는지 몸에 착 달라붙는 에어로빅 옷차림에다 수건으로 머리를 감싸고 있었다.

"식사는 어떻게?"

"아 예, 대충 그럭저럭"

"아직 안 드셨을 것 같아, 제가 생태찌개를 끓여 놨는데."

"아 뭐, 그렇다면야 염치불구하고."

나는 뒤통수를 긁적긁적하며 계면쩍다는 표정을 지었다.

"와우, 거울 한번 되게 크네요?"

공기밥을 비우고 난 뒤 거실 벽 한 면을 차지한 유리 앞에 다가서며 내가 탄성을 지르자,

"밑에서 좀 콩콩거리는 소리가 들려 신경쓰이시죠? 제가 집에서 가끔 연습을 하거든요."

"괜찮아요. 수면제 삼아 들으니까요, 뭐."

"어머, 무덤덤하신 성격인가봐. 술도 한 잔 하실래요?"

"한 잔? 좋죠. 와우 발렌타인 십칠 년짜리네요. 쩝쩝. 내가 제일 좋아하는 건데 이거."

"접대용이에요. 근데 그건 뭐죠?"

"아, 이거요? 저번에 얘기한 자전거 도둑 비디오 테이프요. 관심이 많은 것 같아서 빼 드리려고요."

"아, 드디어 빌리셨군요."

"빌린 건 아니고 얼음 많이 넣지 마세요. 밍밍한 칵테일은 질색이거든요. 이런저런 이유로 제가 하나 장만한 거예요. 세계 영화사의 십대 명화 중 하나로 꼽히거든요."

"어느 나라 거죠?"

"전후 이탈리아의 네오 리얼리즘이라고."

"네오 리얼리즘? 러브 스토린가 보죠?"

"그런 건 아니구요. 뭐랄까? 사회성이 짙은 고발주의 영화라고나 할까요."

"고발주의요? 에이 따분하겠네요. 하지만 승호 씨가 골랐다니 한 번 봐야지요. 예의상으로라도 말예요. 커튼 칠까요?"

"좋을 대로요."

비디오를 보기 전부터 난 얼근한 기분을 느끼고 있었다. 특히 목덜미에. "자전거 도둑"을 한두 번 본 것도 아닌데 내가 왜 이리 처음 보는 영화처럼 설레고 있을까? 내가 테이프를 비디오 안에 밀어 넣고 화면을 처음으로 돌려 놓는 사이에 미혜는 옷을 갈아 입고 나오겠다며 얼른 안방으로 들어갔다. 거실 한구석에 멀쑥하게 서 있는 스탠드등에 볼그족족한 불이 들어왔다. 안방에서 나오는 미혜는 삐에로처럼 두리벙한 옷차림이었다. 나는 내 곁으로 다가오는 그녀를 향해 도발적인 눈길을 던졌다.

"이상해요?"

"뭘?"

"아니, 그냥. 그럼 됐어요."

소파에 비스듬히 몸을 누이고 발렌타인 십칠 년짜리 황금빛 원액이 그득히 담긴 칵테일잔을 기울이다 말고 입술을 뗀 나는 들릴락 말락한 짧은 신음을 터뜨렸다. 카학.

미혜는 과일을 담은 큰 쟁반을 들고 다가와서는 내 옆에 나란히 다소곳이 앉았다. 나는 물어보지도 않은 채 리모콘의 플레이 스위치를 힘주어 눌렀다. 흑백 화면이 돌아가기 시작했다. 그러나 내 머리 속은 내내 혼란스러웠다. 무슨 함정이 있는 건 아닐까? 나는 눈동자를 이리저리 돌려 방 구석을 둘러봤지만 걸리는

게 없었다. 스탠드와 비디오 겸용 텔레비전 한 대, 그리고 이인용 소파가 전부였
다. 미혜가 졸린 듯한 자세로 옆이마를 가만히 내 어깨 위로 포개왔다. 누군가가
떨고 있었다. 내 어깨가 아니면 그녀의 관자놀이인 듯했다. 화면에서는 도둑맞
은 자전거를 뒤쫓던 안토니오가 범인으로 찍은 빈민가의 젊은이가 길가에 쓰러
져 몸을 비틀고 있었다.

"재미없죠?"

미혜는 대답없이 고개를 빤히 쳐들고 내 눈을 바라본 다음 빙긋이 웃었다.

"재미없죠?"

나는 또 뜸을 들이다가 건성으로 물어봤다. 왜냐하면 그건 너도 다 본 것이잖
아. 이 말이 목젖까지 치솟았지만 발렌타인 원액을 따라 식도를 타고 흘러내려
갔다. 나는 갈수록 차분해지는 기분이었다. 왜냐하면 난 화면을 보면서 딴 생각
에 몰두할 수 있었기 때문이다. 딴 생각이란…….

혹부리영감에겐 도무지 어울리지 않는 그의 손녀딸 나미가 떠올랐다. 피부가
투명하리만큼 희고 티 한 점 없이 깨끗한 얼굴.

내가 아버지와 함께 혹부리영감한테서 그 된경을 치르는 사이에 그 애는 마당
으로 난 쪽문을 열고 나와서 힐끗 아버지와 날 번갈아 쳐다본 다음 고개를 홱 돌
리고는 진열장에서 초콜릿인가 카라멜인가를 집어들고는 다시 그 쪽문을 통해
다람쥐처럼 뛰어들어갔다. 그렇게 빨리 사라져준 것이 그때는 얼마나 고마웠는
지…….

— 죽이고 말겠어!

나는 혹부리영감에 대해 그렇게 이를 갈았다. 그리고 그의 죽음을 재촉하는
데 일조를 하고 말았다.

"재밌군요."

이번엔 미혜가 코맹녕이 소리로 물어왔다. 나는 그녀의 어깨에 팔을 걸쳤다.
의외로 맞춤하게 품안에 들어왔다.

"난 저 영화를 보면서 꼭 누구를 생각하거든."

나는 어느새 미혜에게 말을 놓고 있었다. 그녀도 그것을 자연스럽게 받아들였
다.

"헤어진 애인이라도 있으세요?"

"이런, 저기 무슨 여자들이 나온다고 그래?"

"그럼요?"

"내가 어렸을 적에 죽음으로 몰아넣은 사람이 있었지. 혹부리영감이라고."

"예에?"

나는 일부러 장난기를 얹어 말했을 뿐인데 그녀는 몸을 후드득 떨며 깜짝 놀라는 시늉을 했다. 그 바람에 그녀의 어깨 위에 얹혀진 내 팔에 순간적으로 힘이 들어갔다.

감촉이 좋았다.

"왜죠?"

"왜, 내가 사람을 죽였다니깐 무서워져?"

"그게 아니라요…… 왠지 궁금하잖아요. 그럴 것 같지 않아 보이는 사람인데……."

"사람 죽이긴, 생각하기 나름인데……."

나는 피곤한 듯이 엄지와 검지로 두 눈두덩을 지그시 누르고 있었다.

내가 그 혹부리영감에게 복수를 하는 방법은 딱 한 가지가 있을 뿐이었다. 그 영감탱이가 그토록 애지중지하는 수도상회를 분탕질내는 수밖에는 없는 것이었다.

그러나 의심 많은 혹부리영감은 가게로 들어가는 모든 출입문에는 자물쇠를 두세 개씩 걸어놓았다. 더군다나 그 수도상회는 바로 파출소 앞에 있어서 한밤중이라고 해서 함부로 문짝을 뜯거나 해서 들어갈 수가 없었다. 여차직하면 파출소에서 순경들이 뺏다 방망이를 들고 뛰어나올 판이었다.

그러나 나는 수도상회의 급소를 알고 있었다. 혹부리영감이 번게탄이며 목탄 창고를 짓느라고 원래 가게의 처마 밑으로 자그마하게 의지간[6]을 한 칸 들여놓았다. 그 밑으로 바로 하수도 맨홀이 지나가고 있었다. 학교 앞 도랑물이 인수천으로 흘러들도록 연결된 맨홀이었다. 그 입구는 물론 학교 뒷문 문방구점 앞에 있었다. 그 길이는 장장 사오십 보는 족히 되었다. 그러나 그걸 마다할 내가 아니

6) 처마 밑에 잇대어 지은 조그만 집

었다. 하수구 통과에 관한 한 몸집 작고 참을성 많은 나는 챔피언감이었다. 아직도 동네에서 나보다 더 깊숙히 하수구 안으로 들어갔다 나온 아이는 전체 학년을 통틀어도 없었다.

그리고 얼마나 많은 연습을 했던가! 나는 라면상자 같은 협소한 공간에 들어가 어떨 땐 반나절씩 꼼짝 않고 참는 연습을 했다. 왠지 하수구 안은 공기가 부족할 것 같아서였다.

그리고 어느 날 나는 칠흑처럼 어두운 밤 팬티만 남기고 옷을 홀라당 벗어 봉지에 넣은 다음 문을 닫은 문방구집 대문 쓰레기통 옆에 놓았다. 그리고는 머리 위로 비닐 정부미 포대를 뒤집어 쓰고 으슥한 밤을 택해 아가리를 잔뜩 벌리고 있는 학교 뒷문쪽 하수구 속으로 기어들어갔다. 기어들자 마자 거미줄이 얼굴을 덮치는 바람에 등짝으로 소름이 쫙 훑고 지나갔다.

고개를 두 무릎 사이로 한껏 쑤셔 박고 오리걸음으로 한 발짝씩 떼었다. 악취가 코를 찔렀고 바닥은 생각보다 미끈덩거렸다. 하지만 내 입가에는 야릇한 미소가 떠나지 않았다. 급히 꺾어지는 길목인 것으로 보아 천우약국 앞쯤으로 짐작되는 곳에서 쓰레기하고 토사물들이 두텁게 쌓여 있어 직접 손으로 헤쳐내고 엉금엉금 기어나가야 했다.

술취한 몇 사람인가가 비틀거리는 발걸음으로 머리 위를 저벅저벅 밟고 지나갔다. 답답했다. 속이 차츰 메스꺼워지면서 이마가 어지러워졌다. 어쩌면 이 안에서 죽을지도 모른다는 생각이 퍼뜩 머리를 스쳤다. 그러자 그동안 자신만만하던 복수심 대신에 시커멓고 덩치 큰 공포심이 밀려들었다. 몇 번이고 본능적으로 머리를 쳐들다가 둔중한 시멘트 맨홀에 머리를 찧었다. 아버지와 함께 그 숯탄 창고에 드나들 때 보니 그곳을 지나는 대여섯 개의 시멘트 맨홀 중 하나가 두터운 합판과 비닐장판으로 뒤덮여 있는 걸 보았다. 나는 손을 머리 위로 쳐들고 자꾸 휘저어 보았다. 드디어 딱딱한 시멘트 대신 몰캉한 판대기가 감촉됐다. 나는 자신도 모르게 벌떡 일어섰다.

수도상회 안에 가득 쟁여 있는 물건들이 무방비 상태로 가지런히 놓인 채 나를 기다리고 있었다. 나는 속에서 뭔가가 지글지글 끓어오르는 것을 느꼈다. 그러나 시간이 그리 많지 않을 터였다. 나는 내가 생각해봐도 믿기지 않을 만큼 차분하고 침착했다. 조금만 무슨 일이 닥쳐도 얼굴이 빨개지고 가슴이 두근두근하는 새가슴이었지만 웬일인지 가슴조차 평온한 맥박을 유지하고 있었다.

나는 혹부리영감이 허군한 날 깔고 앉는 얄팍한 꽃무늬 방석을 집어 올렸다. 그리고는 방석을 덮어씌운 채 병따개를 이용해 진로소주는 물론이고 이상하게 생긴 양주병 마개들을 소리나지 않게 따거나 비튼 다음 진열장 위아래 가릴 것 없이 부어댔다. 그렇게 한 십 분간 소리나지 않게 돌아다닌 것으로 수도상회 물건의 대부분이 절단이 났다. 이제는 다시 도망쳐야 할 시간이 되었다는 생각이 들었다.

그러나 왠지 성이 차지 않았다. 아랫배에서는 꾸르륵거리는 소리가 연달아 났다. 나는 진열대에 발을 올려놓고 대들보에 매달려 있는 '수도상회'라고 쓰인 한글 간판을 끄집어 내렸다. 그 간판은 혹부리영감이 월남을 하기 전에 자신의 고향에서 역시 대물림으로 벌이던 잡화점을 꾸릴 때 쓰던 전통있는 간판이라는 말을 들은 바가 있었기 때문이다. 아무튼 영감탱이가 애지중지하는 물건은 다 작살을 내야만 했다. 나는 떼어낸 간판을 하수구 안으로 깊숙히 내던졌다. 생각같아서는 그 자리에서 뽀개버리고 싶었지만 그러자면 그 소리 때문에 영감탱이네 식구가 잠을 깰지도 몰랐다.

막 돌아서려는 내 눈에 혹부리영감이 맨날 보물단지처럼 끌어안고 사는 시커먼 돈궤가 눈에 들어왔다. 물론 당일 벌어들인 그 안의 돈들은 이미 영감이 다 계산을 마치고 나서 텅텅 비어 있었다. 나는 꾸르륵거리는 아랫배를 움켜쥐고 그 궤 쪽으로 다가섰다. 그리고는 한동안 참았던 굵직한 대변을 그 위에 질펀하게 싸질렀다. 하수구 냄새 때문에 잠깐 감각을 잃었던 내 코였지만 어린애답지 않게 굵게 늘어진 똥줄기에서는 몹시 구린 냄새가 진동했다.

하수구를 되짚어 나와 학교 뒷문 개구멍을 통해 수위 아저씨들이 가끔씩 사용하는 비품창고 안으로 들어간 나는 세면대에서 몸을 대충 씻었다. 집에 돌아와서도 수돗가에서 계속 비누칠을 해대며 살갗을 수세미로 빡빡 문질렀다. 혹시나 남아 있을 하수구 냄새를 걱정해서였다.

아버지가 내 등목소리에 선잠이 달아났는지 부엌 앞 나무의자에 나와 앉아 담배를 빼물었다.

"더위를 물었니?"

"……!"

"중복 되기 전에 인절미라도 해먹였어야 하는데 후유."

"주무세요, 아부지."

"내일 비라도 오려나…… 하수구 냄새가 솔솔 코끝을 스치니……."

"……!"

그 다음날부터 시장통이 한바탕 난리를 겪은 것은 말할 것도 없었다. 사람들은 모였다 하면 수도상회가 절단난 얘기를 주고받았다. 평소 주위 사람들에게 곰살궂게 대하지 못해서 그런지 혹부리영감이 당한 것에 대해 고소해 하는 사람들도 꽤 되었다.

"물건에 손을 하나도 대지 않았다는대두. 글쎄 어떤 놈 성깔인지 똥이 한바가지였데 끌낄."

"뭔 조홧속이런가 잉?"

"그 영감 얼굴이 충격깨나 받았는지 축이 가서 말이 아니더라구. 한편으로 그 고린 영감 잘코사니고, 쾌재도 나지만 당하고 나니까 안쓰럽데 거……."

열흘 남짓 문을 닫고 있던 수도상회가 다시 문을 열었지만 그 걸걸한 혹부리영감의 목소리가 들리지 않아서 그런지 가게에 활기가 돌아 보이지 않았다. 마침 펌프장 돌아 교회 올라가는 모퉁이에 수퍼마켓인가 하는 커다란 가게가 새로 생겨 플라스틱 바가지며 비누통을 공짜로 사람들에게 나눠주고 값도 허턱 싸게 매겨버리는 바람에 더욱 그러했는지도 몰랐다.

장사에 뜻이 없어 놀고 먹는 아들한테 맡긴 가게가 시원찮게 돌아가자 얼마만에 혹부리영감이 다시 가게에 나오긴 했지만 예전보다 입이 더 돌아가고 눈에 총기도 사라지고 가끔씩 계산도 틀리게 한다는 소문이 들리더니 한 해를 넘기지 못하고 혹부리영감이 며칠 자리 보전을 하다 돌아간 이후 아예 문을 닫고 말았다.

"정말이에요? 정말 차암, 재밌다. 그치?"

여자는 그렇게 말하면서 눈물을 글썽이고 있었다. 화면은 꺼져 있었다.

"……!"

나는 갑자기 눈물을 흘리는 여자의 얼굴을 보고 있자니 걷잡을 수 없는 기분이 돼버렸다. 술기운이 일시에 목덜미로 뻣뻣하게 밀려들고 있었다. 그때 내 손아귀 안으로 도톰한 살덩이가 한가득 미끄러져 들어왔다. 나는 짧은 숨을 토하며 고개를 천천히 옆으로 돌렸다.

"무슨 생각을 하지?"

나는 땀기운이 솟은 등을 지고 돌아누운 자세로 물어보았다.

"승호 씨, 그 청년 생각나?"

"누구……?"

"그 꼬마의 아버지가 뒤쫓아갔을 때 길가에서 간질병으로 나뒹굴던 창백한 청년……."

"으응, 그 자전거 도둑? 그런데?"

"많이 닮았다…… 울 오빠……."

"오빠를……?"

그녀의 목소리가 축축히 젖어가고 있었다.

"오래 전에 죽었어요. 아니 죽였지, 내가."

"……?"

미혜는 자신의 오빠에 대해서 내가 듣던 말던 주저리주저리 엮어 갔다.

"……손이 귀한 집안이라서 오빠가 태어나자 온 집안이 경사났다고 법석을 떨었다고 하더군요. 사진 봤죠? 민석 오빠 사진. 아직도 내 수첩 속에 소중히 들어 있는 거. 귀엽고 눈빛이 초롱한 아이였는데, 학교 들어가서 얼마 안돼 간질이 도졌대요 그만…… 집안엔 그런 내력이 없는데 옥수수 튀긴 강냉이를 잘못 집어 먹고 그랬다는 말도 있고…… 유전이라는 말도 있고 그때부터 집안에는 내내 음울한 기운이 떠나질 않았어요.

오빠 어릴 적부터 아버지 자전거를 무척이나 잘 탔어요. 짐칸 달린 묵직한 자전거 있죠? 어린 날 태우고도 잘 달렸으니까. 한번은 안장을 두 손으로 붙잡고 자전거 뒤에 매달려 가는데 오빠가 자꾸 부들거리면서 이상해지는 거예요. 고개를 뒤로 깔딱 젖혀 마치 나를 보려고 하는 듯하다가도 술먹은 사람처럼 비틀거리며 페달을 밟고. 그게 간질발작 징후인지는 나중에 알았죠. 오빤 갑자기 자전거 핸들을 놓쳤고 나는 길가에 나뒹그러졌어요. 사람들이 몰려들고 입에 버글버글 게거품을 문 오빠는 사지를 죽어가는 개구락지처럼 비틀고, 아주 끔찍했거든요. 나는 어쩔 줄 몰라 구경꾼처럼 서 있기만 했어요. 팔꿈치하고 무릎이 다 까졌지만 난 아픈 줄도 몰랐어요. 누군가 오빠의 입에다 손수건을 갖다 물리더군요. 혀 깨물지 말라고.

그게 발작의 시초였고, 이후로 어머닌 남부끄럽다며 오빠를 다락 속에 몰아넣고 키웠어요. 자라면서 가위를 많이 눌렸어요. 벽장 속에서 온몸에 털난 짐승이 기어나와 내 목을 조르는 꿈이었거든요. 물론 그 짐승은 민석 오빠였죠. 아마 무의식에 그렇게 자리잡았을 거예요. 학교 다니면서 반 친구 아이들을 집에 데리고 온 적이 없어요. 뒤뜰이 넓어 여름철에 평상을 나무 그늘 속에 갖다놓고 둘러앉아 얘기하면 정말 좋은 곳인데.

밤중에 벽지를 사그락사그락 긁는 소리 있죠? 아버진 그 소리에 신경이 닳아 끊어져 술을 가까이 하시다 결국 오래 못 사셨어요. 그 다락 속의 오빠는 콜라만 보면 기가 넘어가도록 환장을 했어요. 콜라는 바깥세상의 맛을 다 뭉쳐놓은 것 같았나 봐요. 톡 쏘는 그 맛 때문이었을 거예요. 엄마는 기가 승해지면 더 발작을 해, 안 된다고 반찬에다 일체 자극적 양념을 하지 않은 상을 봐서 하루에 두 끼씩 굶어 죽지 않을 만큼의 양만 올려보냈지요. 오빤 밥도 콜라에 말아먹고 어쩔 땐 며칠씩 콜라만 비운 채 상을 벽장 밖으로 몰리곤 하더라구요.

스무 살이 넘었지만 성장을 멈춘 것 같은 민석 오빠는 웅크리고 앉으면 꼭 어린애 같았어요. 하루에 한 번씩 휠체어를 타고 뒤뜰을 천천히 돌면서 햇빛 구경을 하거든요. 어쩔 땐 그 휠체어의 뒤를 내가 밀었어요. 뒤뜰에 있는 우물을 그냥 지나치려면 난리를 떨었어요. 우물 앞에서 고개를 숙여 한동안 우묵한 속을 들여다보곤 했죠. 질질 새는 침이 우물 속으로 빠지는 모습을 지켜보자면 그냥 휠체어를 우물 속으로 밀어넣고 싶은 충동을 느낄 때가 한두 번이 아니었어요.

……나이에 따른 몸의 호르몬 작용은 속일 수 없었나 봐요. 이성에 대한 그리움 같은 감정도 없진 않았을 테고…… 아마 다락 틈새로 눈을 박고…… 그랬을 거예요. 그날은 학교에서 돌아온 내가 체력장 때문에 너무 피곤해서 가방을 방에 내던진 채 그대로 잠이 들었나 봐요. 꿈결인지 어쩐지 자꾸 숨이 가빠져서…….

눈을 떠 보니 그 오빠의 일그러진 얼굴이 바로 코 앞에서 떠오르는 거예요. 깜짝 놀라 와락 밀치고 일어나보니 내 몸에는 벌써 실오라기 하나 얹어 있지 않았거든요. 그때의 그 수치심이란…… 나는 내 발가벗은 몸뚱아리를 훑어보며 몸을 비비 꼬고 있던 민석 오빠에게 물건을 닥치는 대로 집어 던지며 소리를 고래고래 질렀어요. 오빠도 그제서야 제 정신이 돌아왔는지 얼굴이 빨개져 허겁지겁 다락으로 기어올라가려 했지만 번번히 미끄러지면서 버둥거리는 거예요. 마침내 비명소리를 듣고 달려온 엄마한테 함께 죽고 말자며 휘둘러대는 다듬이 방망이질에 늑신나게 얻어맞고 며칠간은 곡기마저 끊고 지냈어요.

하루는 엄마가 친정일로 고향에 가시면서 오빠 밥을 잘 차려주라고 신신당부를 했어요. 무서우면 친구들을 데리고 와서 자라고 하더군요. 다락 문을 잠그는 자물쇠와 열쇠를 건네주면서, 밥을 줄 때를 빼고는 절대 열어주지 말라고 했어요. 나는 밥 때뿐만 아니라 한번도 다락문을 열어주지 않았어요. 왜냐하면 친구를 불러 와서 잔 게 아니라 내가 아예 친구네집에 가서 일주일을 보냈거든요. 민석 오빠는 하루에 한 번쯤은 마당에 나가 햇볕을 쬐야만 살 수가 있는데……

일 주일 뒤에 돌아온 엄마가 다락문을 열어보니 걸레처럼 축 늘어진 민석 오빠가 뒹굴어져 나왔어요. 아직 숨이 끊어지진 않았지만 며칠 못 갔어요. 내가 죽인 거나 다름이 없죠 뭐. 다락 벽지 안쪽이 손톱에 긁혀 남김없이 거덜나 있었어요.

그 이후로 난 그 집이 견딜 수가 없었어요. 그래서 가출을 시작했죠……."

"듣고 있어요?"

"으응."

"졸린가 봐……."

"아냐…… 나 가볼게. 내일 아침까지 넘겨야 할 기사가 있어서. 미안해."

도망치듯 서둘러 빠져나온 뒤론 거진 달포쯤 그녀를 만나지 못했다. 사건이 많이 터져 신문사 일에도 바빴고 왠지 그녀를 찾고 싶은 마음이 생기질 않았다. 그때 들은 오빠 얘기 때문인지, 자꾸만 그녀가 나에게 함정을 파고 있을 것 같다는 생각이 들었다. 그러다가 어느 일요일 아침 내 자전거 안장에 손가락을 한번 그어보았더니 먼짓덩어리가 새까맣게 묻어나는 거였다. 나는 새까매진 손가락 끝을 입김으로 몇 번 분 다음 바지 가랑이에 쓱쓱 문질렀다. 자전거 길들이기가 끝났나?

철로변 자전거 전용도로 쪽으로 눈길을 줬다. 나는 눈을 크게 떴다. 마침 그녀가 그 긴 머리칼을 휘날리며 페달을 힘차게 밟는 모습이 눈에 들어온 것이다. 나는 발끝으로 바닥을 톡톡 쪼며 바지춤을 한껏 추스려 올렸다.

나는 자전거 전용도로의 경계석 위에 엉덩이를 걸치고 앉았다가 그녀가 나타나는 순간 몸을 일으켰다. 바지 주머니에 손을 찔러 넣은 채. 그녀가 가까이 오면 손을 흔들며 인사말을 건넬 요량이었다.

7) 봉사 / 장님   8) 일을 중간에 그만 둠

― 미혜, 오랜만이야.

아냐! 너무 싱거워. 좀 야하게 할까.

― 섹시한 아침이군! 낄낄.

그런데 그녀가 날 발견하지 못한 걸까? 아니, 그럴 리가 없지. 갑자기 청맹과니[7]라도 됐다면 몰라도. 내가 분명히 손까지 번쩍 들었는데……

그녀는 분명 나를 봤지만 아주 차가운 눈길로, 아니 차갑다기보다는 낯선 사람을 대하는 눈길로 스쳐갔다. 실수였을까?

그러나 난 그녀가 타고 스쳐간 자전거에 물끄러미 눈길이 닿는 순간 퍼뜩 깨달았다. 나는 호주머니에서 나와 그녀를 향해 움직이려다 중동무이[8]로 멈춰 버린 내 오른손바닥을 뒤집어 맥없이 바라봤다. 자꾸 헛웃음이 나오려 했다. 아하! 그렇구나. 그녀에게 또 다른 자전거가 생겼구나. 그렇지! 다른 자전거를 훔치는 도중이군. 내가 그걸 왜 몰랐을까.

나는 서둘러 허둥지둥 자전거 전용 도로를 벗어나 달아나기 시작했다.

해답

1. 겁이 많고 조심스럽다. 2. 자전거 도둑, 간질, 오빠로 이어지는 연상 작용 속에서 그녀 스스로 자전거 도둑이 됨으로써 오빠와 자신을 동일시하려는 심리적 욕구가 작용한 것이다.

7차 교육과정에 수록된 작품 선정

수능 · 내신에 꼭 필요한 필독서

한국 현대 단편 소설

김동인 외 32인 지음 | 신영재 · 임성옥 · 채대일 편집

33

▌부 록

- ● 핵심 정리
- ● 등장 인물의 성격
- ● 작품 개관
- ● 문 제

약간만 힘을 주어 잡아당기면
부록이 쉽게 분리됩니다.

출판
서관 **맑은창**

7차 교육과정에 수록된 작품 선정

수능 · 내신에 꼭 필요한 필독서

한국 현대 단편 소설

김동인 외 32인 지음 | 신영재 · 임성옥 · 채대일 편집

33

▎부 록

1. 핵심 정리
2. 등장 인물의 성격
3. 작품 개관
4. 문 제

차 례

1

배따라기_김동인*

1. 핵심 정리

* 갈래 : 단편소설, 액자소설
* 배경 : 일제시대 평양, 영유
* 성격 : 낭만적, 비극적
* 시점 : 외부 이야기(1인칭 관찰자 시점)
        내부 이야기(전지적 작가 시점)
* 주제 : 인간의 나약성에 대한 운명론적 비극

2. 등장인물의 성격

* 형 : 아내를 사랑하나 질투심이 많아 지극을 초래한다.
* 동생 : 배따라기 노래를 잘 부르고 외모가 준수하고 늠름하다.
        형의 오해와 형수의 자살로 인해 방랑 생활을 한다.
* 아내 : 성격이 밝고 친절하나 형의 오해를 받고 자살한다.
* 나 : 대동강 변을 거닐다 한 사내의 이야기를 듣게 된다.

3. 작품 개관

1921년에 발표된 소설로 오해가 빚은 형제간의 파멸의 이야기다. 이 작품은 극단적인 마를 추구하는 "나"의 미의식과 오해, 질투로 아내와 아우를 잃고 회한의 유랑을 계속하는 "그"의 비극적 운명을 그린 두 개의 이야기로 구성되어 있고 두 이야기는 배따라기의 곡조 속에서 하나가 된다.

작가는 친형제 간이라 하더라도 불륜으로 오해받을 수 있다는 가정 아래 보이지 않는 힘에 조종되는 운명적 인간상을 나타내는 듯하다.

◉ 문제

01 — 배따라기 내부 이야기에서 아내가 왜 자살을 했는지 쓰시오.

02 — 형이 장에 가서 아내에게 주려고 사온 선물은?

03 — 무엇 때문에 형은 아우와 아내를 의심했는가?

04 — 배따라기 노래가 작품 속에서 하는 역할은 무엇인가?

05 — 인간 사회에서 믿음이란 중요한 역할을 한다. 살아오면서 친구나 가족을 믿지 않아 생겼던 오해를 서술해 보시오. (200자 내외)

2 운수 좋은 날_ 현진건*

1. 핵심 정리
* 갈래 : 단편소설, 사실주의 소설
* 배경 : 일제 강점기 서울, 어느 겨울 비오는 날
* 성격 : 반어적, 사실적
* 시점 : 전지적 작가 시점
* 주제 : 일제 강점하의 도시 하층민의 비참한 삶

2. 등장인물의 성격
* 김첨지 : 가난한 인력거 꾼
* 아내 : 병든 중년 여자
* 치삼 : 김첨지의 친구

3. 작품 개관
이 작품은 1920년대 도시 하층 노동자의 삶을 날카로운 관찰로 생생하게 그려 놓은 작품이다. 일제 강점하 서울 동소문 안에 사는 인력거꾼 김첨지의 어느 하루를 담아 보이면서 당시 도시 하층민의 비참한 생활상을 비극적으로 드러내고 있는 것이다.

거칠고 투박하지만 생동감이 넘치고 사실적인 문체를 보여주고 있으며 신(新)문화에 수용되는 과정을 학생이나 양복쟁이와 같은 인물들을 등장시켜 표현함으로써 당시의 급변하는 사회상의 일면을 제시하고 있다.

● 문제

01— 이 소설의 주제를 제목과 연관지어 말해 보자.

02— 이 작품에서 비극성을 극대화하기 위해 쓰인 소재는 무엇인가?

03— 김첨지는 어느 시대 어떤 계층을 대표하는 인물인가?

04— "새침하게 흐린 품이 눈이 올 듯하더니 눈은 아니 오고 얼다만 비가 추적추적 내리는 날이었다."는 이 소설에서 어떤 분위기를 조성하며 무엇을 암시하는가?

05— 김첨지의 대화에 나오는 욕설과 비속한 말이 이 소설에 기여하는 바가 무엇인가?

3

화수분_ 전영택*

1. 핵심 정리

* 갈래 : 단편소설, 액자소설
* 배경 : 일제 강점기 서울과 양평
* 성격 : 사실주의, 인도주의
* 시점 : 1인칭 관찰자 시점(부분적으로 1인칭 주인공 시점과 전지적 작가 시점이 나타남)
* 주제 : 가난한 부부의 사랑과 어린 아이의 생명을 지키려는 고귀한 노력

2. 등장인물의 성격

* 화수분 : 서술자의 행랑에 세들어 살고 있는 사람으로 착한 성품을 지니긴 하였으나 가난에서 벗어나지 못함.
* 어멈 : 남편처럼 순박하고 선량한 인물로 가난을 운명으로 받아들이고 살아간다.
* 나 : 집주인으로 화수분일가에 연민을 느끼나 적극적으로 돕지는 못한다.

3. 작품 개관

일제 강점기를 배경으로 가난한 하층민의 삶을 사실적으로 그려낸 소설이다. 일제 강점기 초기의 겨울로 접어들 무렵 서술자인 나의 행랑채에 세든 가난한 부부의 삶에 대한 관찰로부터 내용이 시작된다. 서술자는 시대 현실을 직접적으로 비판하지는 않고 화수분 일가의 비참한 삶과 죽음을 담담하게 제시함으로써 하층민의 고단한 삶을 어루만지면서 인간 사랑의 큰 의미를 일깨우고 있다.

일제 강점기의 암울한 현실을 고발한 작품으로도 읽을 수 있지만 가난한 삶을 운명으로 받아들이고 살아가는 인물들의 자식에 대한 애정을 인도주의적 관점에서 형상화하고 있는 작품이다.

● 문제

01 — 화수분의 의미는 무엇인가?

02 — 화수분이란 이름을 지어준 작가의 의도는 무엇이었을까?

03 — 이 작품을 통해 작가가 고발하려는 시대적 상황에 대해 간략히 서술하시오.

04 — 이 글에서 등장하는 서술자인 "나"는 화수분 일가에 연민을 느끼지만 적극적으로 돕지는 못한다. 그 결과 화수분 부부는 비극적 생을 마감하게 된다. 작가 – 서술자가 되어 화수분 부부를 위로하는 편지글을 쓰시오.(제문 형식도 상관없음)

4 홍염_ 최학송*

1. 핵심 정리
* 갈래 : 단편소설, 경향소설
* 배경 : 1920년대 어느 겨울 간도 조선인 이주지
* 성격 : 사실주의적, 현실 고발적
* 시점 : 전지적 작가 시점
* 주제 : 일제 강점기 하의 조선 이주민의 비참한 삶과 저항

2. 등장인물의 성격
* 문서방 : 간도로 이주하며 중국인의 땅을 경작하는 가난한 소작인. 딸을 빼앗기고 아내를 잃은 뒤 순박한 성격에서 저항적이며 적극적인 성격으로 변한 입체적 인물.
* 문서방의 처 : 딸을 빼앗긴 후 병을 얻어 목숨을 잃은 가련한 여인.
* 용례 : 문서방의 외동딸로 문서방이 인가에게 진 빚을 갚지 못하자 인가에게 잡혀감.

3. 작품 개관
일제의 경제 수탈로 궁핍을 면치 못하던 1920년대 서간도를 배경으로 그곳에 가는 조선인들의 비참하고 억눌린 삶을 그리고 있다. 작가의 간도 체험에 근거한 박진감 넘치는 묘사를 통해 극한적 상황을 효과적으로 보여주고 있다. 만주인 지주에게 딸을 빼앗긴 문서방의 모습에는 식민지 시대에 만주로 이민을 떠난 유랑민들의 상황이 전형적으로 드러나고 있다. 서두 부분의 공간적 배경인 간도의 겨울은 문서방 가족의 빈궁을 상징적으로 보여주고 있으며 결말 부분의 타오르는 불길은 문서방의 분노를 보여주는 것이다.

●문제

01─ 불의 상징적 의미와 이미지에 대해 설명하시오.

02─ 발달 부분에 보여지는 바람의 상징적인 의미를 가장 적절하게 말한 것은?

03─ 문서방의 행위를 토대로 정당하다고 판단되어지는 일에 방화나 살인 이 동원되어도 무방한지에 대해 서술하시오.(500자 내외)

5

봄봄_ 김유정*

1. 핵심 정리

* 갈래 : 단편소설, 향토소설
* 배경 : 1930년대 강원도 산골
* 성격 : 토속적, 향토적, 해학적
* 시점 : 1인칭 주인공 시점
* 주제 : 시골 남녀의 진솔한 사랑

2. 등장인물의 성격

* 나 - 머순이와 혼인하기로 약속하고 점순이네 집에 들어와 머슴살이
  를 하는 청년, 남의 말을 잘 믿고 순박하고 우직하다.
* 점순이 - 나와 결혼할 여자로 키가 작고 모로만 자란다.
  결혼에 대해서 나보다 적극적이고 당찬 태도를 보인다.
* 장인 - 지주를 대신해서 소작인을 관리하는 마름, 인색하고 욕심 많
  다.
* 구장 - 동네 이장으로 유식한 척하기를 좋아하는 성격으로 우유부단
  하게 행동한다.

3. 작품 개관

김유정의 작품 중 가장 해학적인 작품이다. 우직하고 순진한 나와 인색
하고 욕심 많은 장인 사이의 갈등이 해학적으로 잘 표현된 작품이다.

장인인 봉필은 지주를 대신하여 소작인을 관리하는 마름으로 동네 사람
들로부터 욕을 많이 먹고 살아간다. 그런 장인이 나를 사위삼겠다고 했으
니 그건 분명 나의 노동력을 착취하기 위함이다. 그런 사실을 나만 모르고
있다가 차츰차츰 깨달아 가는 과정을 보여준다.

어수룩한 주인공인 나를 1인칭 서술자로 설정, 점순과 나, 나와 장인어

른, 그 밖의 구장, 뭉태를 통해 강자와 약자 사이를 토속적이고 향토적으로
표현한 수작이다.

◉ 문제

01 ─ 이 글에서 나의 처지를 드러냄과 동시에 당시 농촌의 시대상을 반영
하는 단어는 무엇인가요?

02 ─ 장인어른의 성격을 쓰시오.

03 ─ 점순이에 대한 나의 애정이 비유적으로 드러난 단어를 쓰시오.

04 ─ 싸움을 하면서 '나'가 장인에게 갖게 된 감정이 직접적으로 표현된
문장을 찾아 4 어절로 쓰시오.

05 ─ 소설에서 점순이는 이중적인 태도를 보인다. '나'에게는 장인의 수염
을 잡아채지 그냥 둬하고 장인과의 싸움을 부추기고 장인과 싸움을
할 때는 장인의 편을 든다. 자신이 점순이의 입장이라면 어떻게 행동
할지 구체적으로 써 보자. (300자 내외)

6 날개_ 이 상*

1. 핵심 정리

* 갈래 : 단편소설, 심리소설
* 배경 : 1930년대 어느 날 경성
* 성격 : 고백적, 상징적
* 시점 : 1인칭 주인공 시점
* 주제 : 식민지 지식인의 분열된 의식과 자기 극복 의지

2. 등장인물의 성격

* 나 - 직업 없는 지식인으로 매춘하는 아내에게 얹혀 살지만 이면에는
  사회로 복귀하고자 하는 희망이 남아 있다.
* 아내 - 나에 비해 적극적이고 현실적이다.

3. 작품 개관

나는 조선의 전형적인 지식인으로서 직업 없이 방에서 지내면서 아내에게 모든 경제권을 맡기고 폐인의 생활을 하고 있다.

나는 1930년대 무기력한 지식인의 삶을 보여주고 있는데 하루 종일 방 안에서 빈둥대다가 거리를 쏘다니고 찻집에 앉아 차를 마시는 나의 모습은 식민지 시대를 살아가는 무기력한 지식인의 삶을 적나라하게 보여주고 있다.

그러나, 내가 아내가 준 돈을 버리고 일종의 탈출의 성격을 지닌 외출을 하면서 자아의 정체성을 의미하는 날개가 돋기를 염원하는 것은 무의미한 삶의 도정에서 생의 의미 찾기를 포기하지 않았음을 드러내는 것이다.

● 문제

01 — 나와 아내의 방을 묘사해 보자.

02 — 나와 아내의 성격을 말해 보자.

03 — 이 소설의 끝에는 내가 미쯔비시 옥상에서 '날개야, 다시 돋아라. 날자, 날자, 날자, 한 번만 더 날자꾸나, 한 번만 더 날아보자꾸나.' 라고 생각한다. 이 후의 행동을 상상해서 써 보자. (500자 내외)

메밀꽃 필 무렵_ 이효석*

1. 핵심 정리

* 갈래 : 단편소설
* 배경 : 오후부터 밤중까지, 봉평 장터에서 대화로 가는 산길
* 성격 : 서정적, 낭만적, 사실적
* 시점 : 전지적 작가 시점
* 주제 : 떠돌이의 삶을 통해 본 인간 본연의 애정

2. 등장인물의 성격

* 허생원 : 주인공. 서정적인 일면도 있음. 유랑의 원형을 가진 떠돌이 인생. 과거의 추억 속에 살아가는 외로운 장돌뱅이. 성서방 네 처녀를 만나기 전에는 죽을 때까지 장터에 남겠다는 낭만 주의적 성향의 인물. 소심하고 숫기가 없는 인물.
* 조선달 : 보조적 인물. 원만한 성격.
* 동이 : 행동에서 허생원의 친자식으로 암시되는 인물. 의부의 행패로 가출한 애숭이 장사꾼으로 솔직하고 순박한 청년

3. 작품 개관

일제 강점기 한국 단편소설의 배미로서 떠돌이 인간의 삶을 통해 본 인간의 혈육의 정과 운명에 대한 확인을 형상화하는 예술 작품이다.

토속적인 어휘 구사와 서정적이고도 환상적인 묘사가 일품이다. 주인공인 허생원은 하룻밤 인연으로 성서방네 처녀와 인연을 맺고 이후 그 여인을 평생 만나지 못하는데 우연히 봉평 장터에서 동이라는 사내를 만나게 되고 이 사람이 자기의 아들이라는 것을 확신하게 된다는 내용이다.

작품의 중심 구조는 허생원과 동이 사이의 갈등과 해소에 있는데 작가는 치밀하게 계산된 과거와 현재의 사건을 구조적으로 배치하고 적절한

공간적 배경과 향토적 어휘를 구사하면서 갈등을 해소하고 있다.

남녀간의 만남과 헤어짐 그리고 부자간의 정이라고 하는 두 가지 이야기를 근간으로 하여 일생을 길 위에서 살아가는 한 장돌뱅이의 삶과 애환을 통해 인간의 근원적인 애정을 다룬 작품이다.

● 문제

01 — 동이가 살아온 과정을 쓰시오.

02 — 이 소설에서 친자 확인의 매개 역할을 하는 것은 무엇인가?

03 — 결말 부분에서 나귀와 나귀새끼의 관계가 암시하는 바를 쓰시오.

04 — 싸움을 하면서 '나'가 장인에게 갖게 된 감정이 직접적으로 표현된 문장을 찾아 4 어절로 쓰시오.

8 백치 아다다_ 계용 묵

1. 핵심 정리

* 갈래 : 단편소설
* 배경 : 1930년대 평안도 어느 마을과 신미도
* 성격 : 비극적
* 시점 : 전지적 작가 시점
* 주제 : 불구와 돈에 의해 파멸되는 여인의 비극적 삶

2. 등장인물의 성격

* 아다다 : 김초시의 딸, 벙어리이며 백치 '확실'이라는 이름이 있으나
  '아다다' 소리만 발음되기에 붙여진 이름
* 수룡 : 가난한 노총각. 아다다를 꾀어 신미도에 가서 함께 삶, 밭을 살
  돈을 물에 버렸다고 아다다를 죽임.
* 어머니 : 아다다의 어머니 그녀를 구박하며 천대함

3. 작품 개관

'확실'이라는 이름이 있음에도 불구하고 벙어리이기 때문에 아다다란
별명이 오히려 이름이 되어 버린 비극의 여인에 관한 이야기이다. 벙어리
이며 백치이기에 구박과 천대를 받으며 살지만 정신적 행복을 추구하며
살다 비극적 결말을 맞이하게 된다. 물질적 풍요와 인간적인 삶 중 어느
것이 더 소중한 행복의 근거가 되는 것인가를 극명하게 대립시켜 수룡이
로 대변되는 물질을 향한 소유의 집념과 아다다로 대변되는 존재 자체에
대한 순수한 집념이 선명하게 제시된다. 그러나 아다다는 운명의 굴절 속
에서 끝내 죽음이라는 비극에 이르게 된다. 백치인 아다다기에 죽음의 결
말처리는 더 강한 비극성을 드러낸다.

● 문제

01— 이 소설을 통해 작가가 궁극적으로 말하고자 한 것은 무엇인지 쓰시오.

02— 아다다가 돈을 버리는 행위는 무엇 때문인가?

03— 돈과 행복의 비례 관계를 이 소설에 입각하여 전반부를 쓰고 자신의 가치관에 입각하여 후반부를 쓰시오. (800자 내외)

9 벙어리 삼룡이_ 나도향*

1. 핵심 정리

* 갈래 : 단편소설
* 배경 : 일제 강점기 남대문 밖 연화봉 마을
* 성격 : 낭만적, 사실적
* 시점 : 전지적 작가 시점
* 주제 : 신분적, 육체적 불구자인 벙어리의 사랑과 분노

2. 등장인물의 성격

* 삼룡 : 벙어리이나 충직한 머슴, 새아씨에 대한 사랑을 방화 행위로 표출하고 있다.
* 오생원 : 동네 사람들의 존경을 받는 인물이나 자식에 대한 근심을 가지고 있다.
* 오생원 아들 : 포악하고 무모한 성격으로 새아씨와 삼룡이를 비인간적으로 대한다.
* 새 아씨 : 몰락한 양반의 딸로 돈에 팔려 시집을 와서 남편에게 학대를 받는다.

3. 작품 개관

불구자이며 머슴인 삼룡이와 아름다운 외모를 지닌 주인 아씨의 설정은 애초부터 이루어질 수 없다는 점에서 다분히 비극적이다. 그러나 아씨를 위한 삼룡의 사랑과 죽음은 이작품의 낭만성을 고조시킨다. 이 소설은 1인칭 서술자 '나'가 등장해서 15년 전의 이야기를 회상하는 액자소설의 형태를 지니고 있는데 이러한 서술자의 존재는 비일상적인 삼룡이의 행위와 그와 관련된 소설의 전개에 신빙성을 부여하는 기능을 한다.

● 문제

01— 이 소설에서 불이 상징하는 의미를 쓰시오.

02— 이 글에서 오생원의 아들과 삼룡, 새아씨의 갈등과 분규의 결정적인 계기를 이루는 소재는 무엇인가?

03— 이 소설의 결말에서 삼룡은 죽는다. 일반적으로 주인공의 죽음은 비극으로 보이지만 이 소설은 그렇지 않는 느낌을 준다. 그 이유를 서술하시오.

10 🌱 치숙_ 채만식*

1. 핵심 정리
* 갈래 : 단편소설, 풍자소설
* 배경 : 일제 강점기 서울
* 성격 : 풍자적,비판적
* 시점 : 1인칭 관찰자 시점
* 주제 : 일제 강점 하에서 일제에 순응하려는 나와 사회주의 사상을 가진 아저씨와의 갈등

2. 등장인물의 성격
* 나 : 보통학교 4학년을 마치고 일본인 밑에서 사환으로 있는 소년. 일제치하 현실에 잘 순응하는 청년이다.
* 아저씨(치숙) : 대학을 나온 뒤 사회주의 운동을 하다가 감옥살이를 하고 이제는 병이 들어서 폐인이 되다시피한 지식인.

3. 작품 개관
　일본인 상점의 점원 생활을 하고 있는 내가 사회주의 운동 때문에 옥살이를 하고 나온 주인공 치숙의 생활고에 빠진 생을 포착하여 독백 형식으로 서술하고 있는 작품이다. 이 소설은 정교한 묘사나 치밀한 구성 대신 함축적인 대화로 서술되고 있으며, 문체는 대체로 풍자적이고 반어적인 특성을 드러내고 있다.

　작가는 나의 시선을 통해서 아저씨의 비현실적인 사고방식을 비난하고 있는데, 이는 나의 생활방식을 은근히 비판하면서 오히려 아저씨에 대해서는 동정심을 갖게 하는 효과를 낸다.

　작가는 나에 대한 칭찬과 아저씨를 향한 비난을 결말로 가서 상호 역전하는 방식으로 자신의 세계관을 피력하고 있다. 그러나 사회주의인 아저

씨를 적극적으로 긍정하지는 않는다.

● 문제

01 — 이 글에서 나는 아저씨를 어떻게 대하고 있는가?

02 — 이 글에 나타난 아주머니의 인물됨을 정리해 보자.

03 — 치숙에서는 나의 말을 통해 아저씨를 희화적으로 묘사하지만 실제로 풍자가 되는 대상은 바로 나이다. 소위 말하는 이중 풍자의 모습을 보여주는, 자신을 칭찬하면서 비판의 대상이 되게 하는 이야기를 꾸며 보시오(300자 내외)

11 돌다리_ 이태준*

1. 핵심 정리

* 갈래 : 단편소설
* 배경 : 1930년대 시골
* 성격 : 사실적 교훈적 비판적
* 시점 : 전지적 작가 시점
* 주제 : 서구적 물질주의 가치관에 대한 비판

2. 등장인물의 성격

* 아버지 : 일생 동안 농사만 지어 온 농부로, 땅에 대해 강한 애착심을
　　　　 지니고 있다. 물질적인 것보다 인정과 의리를 소중히 여기는
　　　　 인물로 자신의 주견이 매우 분명하다.
* 어머니 : 아들과 함께 살기를 바라는 평범하고 소박한 촌부이다.
* 창섭(아들) : 서울에 살고 있는 의사이다. 누이의 죽음에 충격을 받아
　　　　　　 의사가 되지만 현재는 의술을 중요하게 여기기보다 돈은
　　　　　　 버는 관심이 많다. 서구의 물질 지향적인 가치관을 가진
　　　　　　 인물이다.

3. 작품 개관

　일제 말기에 발표된 작품으로 한 늙은 농부의 땅에 대한 집념과 그로 인해 아들과 갈등이 벌어지는 과정을 보여주고 있다. 병원 확장을 위해 땅을 팔자고 하는 아들에 대해 아버지는 땅이 천지 만물의 근거라는 논리를 내세워 반대한다. 아들은 땅을 오로지 금전적 가치로만 생각하고 사고 팔 수 있는 자산이라고 보는 반면 아버지에게 땅은 자기의 추억과 노력, 피땀이 담겨 있는 곳이자 모든 가치의 원천이 되는 살아 있는 생명과 같은 것이다. 따라서 아버지는 땅을 팔고 서울로 올라가자는 아들의 제안을 거부한

다. 아버지에게 돌다리란 단순한 아니라 가족과 일제치하의 어려운 현실에서 꿈을 잃지 않고 민족성을 지키려는 의지의 표현이다.

◉ 문제

01—이 글에서 아들이 농토를 팔 것을 권유하는 것이 순전이 자기의 욕심 때문만은 아니라는 것을 보여주는 명분으로 내세우는 것이 무엇인지 찾아 간략히 쓰시오.

02—결국에는 아들의 태도가 소극적으로 바뀐다. 그 이유를 추측하여 간단히 쓰시오.

03—이 작품의 제목인 돌다리의 의미를 설명하시오.

04—당에 대한 아버지의 생각이 단적으로 드러난 구절을 찾아 쓰시오.

05—부모님을 서울로 모시겠다는 자식과 고향에서 혼자라도 살겠다는 보모님의 생각은 늘 대립적이었다. 가까이서 부모님을 모셔야 효가 된다. 멀리서 생활하더라도 편안한 곳에 계셔야 한다는 의견 중 어느 한 근거를 들어 진정한 효의 의미를 서술하시오. (500자 내외)

12 별_ 황순원*

1. 핵심 정리

* 갈래 : 단편소설
* 배경 : 가을 무렵 대동강변의 어느 마을
* 성격 : 동화적 신비적 낭만적
* 시점 : 3인칭 전지적 작가 시점
* 주제 : 삶과 죽음에 대한 인식의 성숙

2. 등장인물의 성격

* 아이 : 누이를 적대하다가 그 누이를 통해 어머니의 실체를 인식해 나
        가는 인물로 미성숙에서 성숙한 인물로 성장해 나가는 인물
* 누이 : 어머니처럼 소년을 보살펴 주는데 소년의 '모성 고착'의 원인을
        제공함과 동시에 그를 성숙으로 이끄는 인물이기도 함.
* 의붓어머니 : 진심으로 누이를 위해 주는 착한 여자

3. 작품 개관

　죽은 어머니의 이미지를 찾아 헤매는 소년의 마음의 방황을 그린 작품
이다. 어렸을 때 여읜 어머니의 아름다운 이미지를 찾아 헤매는 소년은 현
실 속에서 어머니의 영상을 찾으려는 강한 집념에서 벗어나지 못한다. 성
장소설인 이 작품은 누이의 죽음이라는 경험을 겪은 후에야 모성으로부터
벗어나 삶과 죽음에 대한 인식이 성숙하게 되는 사내아이를 주인공으로
하고 있다.

　9개의 일화로 진행되는 사내아이의 누이에 대한 미움은 사실은 미움이
아니라 죽은 어미에 대한 깊은 그리움의 역설적 표현이었던 것이다. 누이
의 동생에 대한 섬세한 마음 씀씀이와 그에 대한 동생의 거부 심리가 섬세
하게 그려진 이 소설은 한 편의 서정시와 동화를 떠올리게 하는 수작이다.

◉ 문제

01—소년이 누이를 미워하게 된 원인은 무엇인가?

02—별이 상징하는 것은 무엇인가?

03—누이의 죽음이 아이의 의식 변화에 어떻게 작용하고 있는지 쓰시오.

13 성황당_ 정비석*

1. 핵심 정리

　* 갈래 : 단편소설
　* 배경 : 일제 강점기 천마령 부근의 산골
　* 성격 : 낭만적, 토속적
　* 시점 : 전지적 작가 시점
　* 주제 : 자연과 합일된 인간의 모습

2. 등장인물의 성격

　* 순이 : 원시적인 특성을 지닌 인물. 그녀는 비합리적인 사고와 자연 친
　　　　　화사상을 지니고 있다. 순박한 산골 아낙네로 숯 굽는 일을 도
　　　　　우며 성황당을 의지하고 사는 정적 인물이다.
　* 현보 : 순이와 마찬가지로 자연을 떠나서는 살 수 없다고 생각하는 원
　　　　　초적인 인간이다. 자연의 일부분이라고 할 수 있으며 김주사의
　　　　　고발로 경찰서에 끌려갔다 나오기도 하는 정적 인물이다.
　* 김주사 : 일제하에서 산림간수를 하면서 유부녀인 순이를 겁탈하려다
　　　　　　가 뜻대로 되지 않자 권력을 이용해서 현보를 수감시킴. 순이
　　　　　　집에 찾아와서 행패를 부리다가 칠성이에게 혼이 남.
　* 칠성 : 탄광에서 일하는 젊은이로 유부녀인 순이에게 마음을 두어 그
　　　　　녀에게 옷을 해주고 유혹한다.

3. 작품 개관

　이 작품은 1930년대 유행처럼 번졌던 암울한 현실과 지식인의 갈등과
고뇌를 그린 내용에서 벗어나 순박하고 토속적인 원초적 생명력을 다루고
있다. 천마령 부근에서 숯 굽는 일을 하며 몸도 마음도 자연과 합일되어
있는 현보와 순이 그리고 순이를 둘러싼 김주사와 칠성이의 원색적 애정

소설로 많은 독자의 관심을 끌었다.

성황당은 문명에 때묻지 않은 인물들이 벌이는 본능적 애정이 자연적 배경과 조화되어 자연스럽게 발산되게 함으로써 원시적 삶의 아름다움을 잘 보여 주었다.

● 문제

01 순이와 현보가 최상의 가치로 믿는 대상이 무엇인지 써보자.(2가지)

02 순이가 산 속으로 되돌아온 것은 결국 무엇 때문인지 말해보자.

03 칠성이가 순이의 마음을 얻기 위해 선물한 것은 무엇인가?

04 이 작품에서 성황당은 자연과 인간이 일체화된 경지의 모습을 보여 준다. 현대인들이 보면 미신적이라며 웃을 수 있지만 순이가 산골로 되돌아오게 된 큰 이유 중의 하나가 성황님이다. 미신적인 요소보다는 마을과 개인의 안녕을 지켜주는 긍정적 요소라는 점에 착안하여 현대사회에서 성황당 같은 존재의 필요성에 대하여 서술해 보자. (300자 내외)

14 🪴 사하촌_ 김정한*

1. 핵심 정리

* 갈래 : 단편 소설, 농민 소설
* 배경 : 시간적 : 1930년대 어느 여름
   공간적 : 보광사 절 밑의 성동리라는 농촌마을
   사회적 : 지주와 친일파의 횡포, 극심한 가뭄
* 성격 : 사실적, 현실참여적, 저항적
* 시점 : 작가 관찰자 시점
* 주제 : 부조리한 농촌현실과 농민들의 저항의지

2. 등장인물의 성격

* 치삼 노인, 들깨, 칠한이 또줄이, 봉구, 고서방 등 : 절땅을 소작하며
   고생하는 성동리 사람들
* 보광사 중, 순사 군청 주사, 간평원 등 : 성동리 농민을 학대 착취하는
   계층

3. 작품 개관

　보광사라는 절의 논을 소작하면서 살아가는 성동리 마을 농민 문제를
그린 소설로 일제 강점기의 모순된 농촌 현실 속에서 지주의 무자비한 횡
포와 가뭄이라는 자연 재해로 고통을 겪으며 농민스스로 힘을 합쳐야 할
필요성을 자각해 가는 과정을 사실적으로 그리고 있다.
　농민들의 자각을 농촌 계몽 소설에서 흔히 보이듯이 지식인들의 농촌
계몽 운동에 의해 선동되는 것이 아니라 농민들이 자발적으로 깨닫는다는
데 의의가 있다. 그래서 사하촌은 지나친 관념성, 목적성을 벗어난 뛰어난
농민소설로 평가받고 있다.

⊙ 문제

01— 이 소설의 배경이 되는 자연 재해는 무엇인가?

02— 소설의 마지막 장면에서 성동리 주민들이 짚단을 들고 절로 가는 것은 무엇을 의미하는가?

03— 이 소설의 갈등 구조는 소작농인 성동리 주민들과 소작농을 학대, 착취하는 보광사 중, 순사, 군청주사, 농사 조합의원들 간의 대립 양상으로 이루어진다. '지렁이도 밟으면 꿈틀한다.'는 속담을 생각하여 성동리 주민들이 앞으로 해야 할 행동에 대해 '자신이 성동리 주민이다.'라는 입장에서 서술해 보자.(300자 내외)

15 🌱 역마_ 김동리*

1. 핵심 정리

1. 핵심 정리
* 갈래 : 단편소설
* 배경 : 전라도와 경상도 경계인 화개장터
* 성격 : 무속적, 운명적
* 시점 : 전지적 작가 시점
* 주제 : 운명에의 순응과 그에 따른 인간의 구원

2. 등장인물의 성격

* 성기 : 역마살을 타고난 인물. 계연과의 사랑이 좌절되고 방랑의 운명
  에 순응하고 고향을 떠남
* 옥화 : 성기의 모친. 화개장터에서 주막을 운영하면서 아들의 역마살
  을 없애려 하지만 실패하고 운명으로 받아들인다.
* 체장수 : 옥화의 부친. 역마살이 낀 인물
* 계연 : 체장수의 딸, 옥화의 이복 자매

3. 작품 개관

역마살이란 한 곳에 정착하지 못하고 길 위를 떠도는 삶을 의미한다. 화개장터라는 공간적 배경을 설정하여 나그네처럼 왔다 가 버리는 인물들과 그들과의 관계 속에서 운명을 극복하려는 옥화의 모습이 잘 나타난다. 작가는 운명에의 순응이라는 대전제를 앞에 두고 옥화를 내세워 운명을 극복하려 하지만 결국 실패로 끝나고 운명에 순응한다는 지극히 한국적 소설이다.

옥화의 아들 성기는 어머니의 노력에도 불구하고 계연과의 사랑이 결실을 맺지 못하자 엿판을 짊어지고 고향을 떠나게 된다. 성기의 아버지가,

32

할아버지가 그랬던 것처럼.

● 문제

01 — 옥화가 계연을 떠나보내는 이유를 써 보자.

02 — 이 소설에서 중심 사건의 주요원인을 제공하는 인물은 누구인가?

03 — 헤어짐과 방랑의 운명을 나타내며 만남과 헤어짐을 나타내는 소재는 무엇인가?

04 — 성기는 왜 하동 쪽을 향하는가?

16

제1과 제1장_ 이무영*

1. 핵심 정리

* 갈래 : 단편소설, 농촌소설
* 배경 : 1930년대 후반기 샌터라는 시골
* 성격 : 목가적
* 시점 : 전지적 작가 시점
* 주제 : 흙에 대한 애정과 농촌의 현실

2. 등장인물의 성격

* 김수택 : 농촌 출신 지식인
* 김노인 : 흙을 오로지 흙을 만지면서 살아온 전형적 농민
* 아 내 : 농촌생활에 적응하려고 애쓰는 인물

3. 작품 개관

이 작품은 흙의 노예로 이어지는 일종의 연작소설로 작가의 자전적 체험을 기록하고 있다.

귀농 지식인을 주인공으로 다루어 농촌 현실을 그리고 있는 작품이다. 마지막 장면에서 볏섬지기를 둘러싸고 아버지와 아들이 드러내는 표면적 갈등은 소작료를 가혹하게 거두어 가는 지주에 대한 반감에서 비롯된 것으로 이러한 이면적 갈등은 당대 농촌 현상이 지닌 문제를 제기하는 것이라 볼 수 있다.

주인공 수택은 농촌의 삶 속에서 인간 본연의 모습을 발견하게 된다. 그는 흙냄새 속에서 살아가는 사람이 되어 삶을 새롭게 시작하는 것 이다.

◎ 문제

01― 귀농하기 전 주인공 수택의 직업은 무엇인가

02― 주인공 수택이 귀농하게 되는 결정 요인이자 농촌생활을 상징하는
핵심어는?

03― 이 소설의 제목 제1과 제1장이 의미하는 바는 무엇인가

17

🌱 모범 경작생_ 박영준*

1. 핵심 정리

*갈래 : 단편소설, 사실적 농민소설
*배경 : 1930년대 궁핍한 어느 농촌
*성격 : 사실주의적 고발적
*시점 : 전지적 작가 시점
*주제 : 일제 강점기의 농촌의 모순과 농민들의 삶의 애환

2. 등장인물의 성격

*길 서 : 마을에서 유일하게 보통학교까지 나온 모범 청년 모범 경작생
　　　　으로 뽑혀 일제의 정책적 혜택을 받는 인물, 자신의 입신과 이
　　　　익만을 위해서 관리들의 비위를 맞추는 기회주의자
*의 숙 : 성두의 누이동생이자 길서의 애인
*성 두 : 일제의 농업 정책이 가져온 현실에 대한 반감을 가지고 있으며
　　　　간도 이민까지 고려할 정도로 심각한 경제적 어려움에 처해 있
　　　　다.

3. 작품 개관

　일제시대 관료와 지주의 가혹한 농민 수탈과 거기에 영합하여 살아가는
인물의 왜곡된 형태를 비판하고 있는 소설이다.

　표면적 갈등은 길서와 성두 사이의 인물 간 갈등이지만 그 이면에는 일
제와 일제에 협력하는 관료 등 지배 계층과 농민 사이에 계급적 갈등이 숨
겨져 있음을 알아야 한다. 일제의 편에서 보면 모범 경작생이지만 농민들
의 눈에는 이기적 배신자이다.

　작품 제목 모범 경작생은 표면적 의미와는 달리 지주와 친일 관료의 착
취를 간접적으로 도와주면서 뽐내고 살아가는 길서의 처세를 풍자하는 반

어적 의미를 담고 있다.

● 문제

01 — 모범 경작생의 의미를 일제의 관점과 농민의 관점에서 서술해 보자.

02 — 쪼개진 '모범 경작생' 말뚝이 상징하는 의미를 써 보자.

03 — 길서가 의숙에게 주려고 일본에서 사온 과일은?

18 두 파산 _ 염상섭

1. 핵심 정리

* 갈래 : 단편소설, 세태소설
* 배경 : 해방 직후 서울 황토현 부근
* 성격 : 사실적 세태 비판적
* 시점 : 작가 관찰자 시점
* 주제 : 해방 직후 물질 만능의 세태 풍자

2. 등장인물의 성격

* 정례 모친 : 초등학교 앞에서 문방구점을 차려 놓고 생계를 유지하지만 이것이 여의치 못해 빚을 지고 친구 김옥임에게 가게를 넘긴다.
* 김옥임 : 오로지 돈놀이에 매달려 친구까지도 저버리는 정신적 파산자
* 정례 부친 : 가난하면서도 새로 찾은 나라를 위해 정치 일선에 나서기도 함. 김옥임을 속여 집문서를 찾을 궁리를 한다.
* 옥임의 남편 : 일제시대 고위 관료를 지낸 친일파
* 교장 : 옥임의 부탁으로 정례 모친의 가게를 뺏는 일을 도와 준다.

3. 작품 개관

광복 직후 물질 만능 주의적 세태를 사실적인 시각으로 묘사한 작품이다. 해방 직후 성실하게 살아가는 정례 모친의 경제적 파산이나 고리대금 업자로 살아가면서 정신적으로 황폐해진 김옥임을 통해 당시의 혼란한 사회상을 잘 보여준다.

작가는 두 여인을 일방적으로 부정하거나 비난하기보다는 두 여인이 왜 이러한 상황에 빠지게 되었는지 심리적인 측면과 사회적 정황을 균형적

시각으로 보여줌으로써 사실적이고도 깊이 있는 인식을 하도록 유도한다.

◉ 문제

01— 제목 두 파산의 의미를 써 보자.

02— 문방구점은 결국 누구의 소유가 되었는가?

03— 친구 사이에 우정과 돈의 의미를 각자 생각해서 서술해 보자.(300자 내외)

19 🌱 비 오는 날_ 손창섭*

1. 핵심 정리

* 갈래 : 단편소설, 전후소설
* 배경 : 한국 전쟁 시기 피난지 부산의 빈민촌
* 성격 : 사실적
* 시점 : 전지적 작가 시점
* 주제 : 전쟁이라는 극한 상황이 가져다 준 인간의 무기력한 삶

2. 등장인물의 성격

* 동욱 : 전쟁 피해자로 무기력한 인물
* 동옥 : 동욱의 여동생 소아마비로 신체 불구자 생계 유지를 위해 초상
       화를 그린다.
* 원구 : 작품의 서술자로 동욱의 친구. 동욱 남매에게 온정을 베푸는 인
       물

2. 작품 개관

　전쟁을 피해 부산으로 내려와 미군을 상대로 초상화를 주문받아 소개하며 살아가는 무기력한 인물 동욱과 그의 동생인 동옥. 그들에게 동정적이며 늘상 걱정하는 서술자. 원구가 주요 등장인물이다. 특히 동옥은 소아마비가 있는 신체 불구자인데 오빠가 주선해 오는 사람의 초상화를 그려 생계를 꾸려 나간다.

　이 작품은 서술자의 취향에 따라 냉소적인 관찰과 우울한 배경 제시로 내용이 채워져 있다. 낡아 빠진 동욱 남매의 거처나 무덤 속 같은 방안의 배경은 이 소설 제목이기도 한 비오는 날의 우울하고 음산한 분위기와 어우러져 전쟁이라는 극한 상황이 가져다준 인간의 무기력한 삶의 모습과 분위기를 효과적으로 형상화하고 있다.

◉ 문 제

01— 우울하고 음산한 분위기를 고조시키는 배경을 찾아 1음절로 써 보
자.

02— 동옥이 사람들에게 적대적인 태도를 보인 이유는?

03— 원구가 동욱의 집을 다시 찾았을 때 두 남매는 어디론가 떠나 버리고
없다. 동옥 남매가 어디서 어떻게 살아갈지 상상해서 써 보자.(500자
내외)

불신시대_ 박경리*

1. 핵심 정리

　＊갈래 : 단편소설

　＊배경 : 시간적 배경 : 6 · 25 전쟁 직후

　　　　　공간적 배경 : 서울

　＊성격 : 현실비판적 자전적

　＊시점 : 3인칭 작가 관찰자 시점

　＊주제 : 전후 사회의 타락한 현실 비판

　　　　　(혼란기의 부정적 사회에 대한 분노와 고발)

2. 등장인물의 성격

　＊진영 : 한국전쟁 중 남편을 잃고 한 점 혈육인 아들(문수)마저 거리에
　　　　　서 넘어져 의사의 무성의(엑스레이도 찍지 않고 약도 준비 않
　　　　　는)로 죽게 되는 비극의 여인. 아들 죽음으로 사회를 불신하게
　　　　　된다.

　＊어머니 : 남편과 외아들마저 잃고 딸 진영에게 의지한 채 살아가는 무
　　　　　　기력한 여인

　＊여승 : 시주로 받아 온 쌀을 팔려고 하는 인물

　＊갈월동 아주머니 : 진영이 신앙으로 의지하려 했던 인물이나 진영의
　　　　　　　　　　　돈을 갈취한다.

3. 작품 개관

　한국전쟁을 겪은 한 여인의 기구한 삶을 통해 현실을 자각한다는 내용
이다. 이 작품에서 의사나 종교가들이 위선과 허위의 세계를 살아가는 인
물들로 그려진 것은 시대 분위기에 대응하는 개인의 행동이다. 이러한 인
물의 성격은 전쟁으로 인한 인간성의 황폐화를 우회적으로 형상화한 것이

다.

　제목인 불신시대는 이 사회가 믿을 만한 곳이 아니라는 점을 진영이 깨닫게 된다. 전체적으로 진영의 시선을 통해 사회의 타락을 비판하고 있으나 외부적 피해의식이 강하고 감상적 경향이 짙은 것은 단점으로 지적된다.

● 문제

01─ 이 소설에서 종교란 어떤 의미를 지니는가?

02─ 진영이 절에서 위패와 사진을 찾아오는 이유는 무엇인가?

03─ 진영의 태도가 전환되는 곳은 어디인가?

04─ 올바른 종교의 기능은 인간의 정신의 편안함을 제공하는 것이며, 올바른 의사의 자세는 인간의 육체적 고통을 해소시켜 주는 것이다. 이 소설을 읽고 여기에 등장하는 의사와 스님이 올바른 행동을 했는지 지적하고 그들이 가져야 할 바른 자세에 대해 서술해 보자.(500자 내외)

1. 핵심 정리

*갈래 : 단편소설, 본격소설, 전후소설
*배경 : 일제 말부터 6·25전쟁까지 어느 한적한 시골마을
*성격 : 사실적, 상징적
*시점 : 3인칭 작가 관찰자 시점과 전지적 작가 시점 (혼합형)
*주제 : 민족의 비극과 초월의 의지 (수난의 현실과 그 극복 의지)

2. 등장인물의 성격

*박만도(아버지) : 순박한 시골 사람. 일제 식민지의 희생자. 직선적이
　　　　　　　고 급한 성격이나 의지가 굳고 낙천적임. 왼팔이 없
　　　　　　　다. 지극히 평범한 사람이나 만주 징용에서 불구가
　　　　　　　됨.
*박진수(아들) : 6·25의 희생자. 순박한 시골 청년으로 주어진 운명을
　　　　　　　극복하면서 살아가려는 한국의 토속적인 인간성이 엿
　　　　　　　보이는 긍정적 인물.

3. 작품 개관

　아버지인 만도는 일제시대 징용에 끌려갔다가 팔을 하나 잃는다. 아들 진수는 한국전쟁에 참전했다가 다리를 하나 잃는다. 즉 2대에 걸친 수난이 아버지와 아들을 통해 보여지는 민족사적 비극이다. 간결한 문체 위에 이야기하는 시간의 사건과 과거 회상의 사건이 서로 적절히 교차되어 흥분과 격정이 고조되는 미적 쾌감을 가능케 한다. 한국 현대사가 당면했던 역사적 비극과 그 극복 의지를 조그만 마을에 사는 부자를 통해 보여준다. 이를 효과적으로 나타내기 위해 외나무다리가 등장하고 있다. 아버지가 아들을 업고 다리를 건넘으로써 시련 극복의 모습을 보여준다.

● 문제

01─ 만도가 아들을 위해 집으로 사가지고 간 것은 무엇인가?

02─ 아들을 기다리는 만도의 마음을 쓰시오.

03─ 만도와 진수의 부상이 의미하는 것은 무엇인가?

04─ 나라가 강하지 못하면 백성들이 피해를 보기 마련이다. 만도의 팔이
나 진수의 다리 모두 힘없는 나라의 백성으로 살아가기 때문에 생긴
상처이다. 이런 관점에서 국가의 중요성에 대해 서술하시오. (500자
이내)

22 오발탄_ 이범선*

1. 핵심 정리

* 갈래 : 단편소설, 전후소설
* 성격 : 현실 고발적, 비판적, 사실적
* 배경 : 6 · 25전쟁 직후 서울 해방촌 일대
* 시점 : 작가 관찰자 시점
* 주제 : 전쟁으로 파멸해 가는 인간상과 내면의 허무 표출

2. 등장인물의 성격

* 철호 : 계리사 사무실 서기. 가난하고 힘든 현실을 살아가면서 양심을 지키려고 애쓰는 인물
* 영호 : 철호의 동생. 사회적 모순이 반발하여 한탕주의로 살아가려는 인물
* 어머니 : 전쟁통에 정신 이상이 됨
* 명숙 : 철호의 여동생. 가난을 벗어나고자 양공주가 된다.
* 아내 : 명문 여대 음악과 출신으로 말없이 남편을 뒷바라지 한다. 만삭의 몸이나 가난 때문에 죽음

3. 작품 개관

1959년 발표된 소설로 전후 한국사회의 빈곤과 부조리를 고발했다는 점에서 문제작으로 평가받고 있다.

오발탄은 삶의 방향을 상실한 주인공 철호가 자신의 존재를 비극적으로 규정한 것이다. 철호 일가는 궁핍과 분단된 현실 때문에 온전한 삶을 살지 못한다. 해방촌의 빈민굴에서 고향을 그리다가 미쳐 버린 어머니, 생활고에 시달리다가 가족들을 위해 양공주가 되어 버린 누이, 학업을 중단하고 입대했다가 상이 군인이 되어 돌아온 영호, 영양 실조로 누렇게 뜬 딸과 만

삭인 아내가 철호의 가족이다.

　이런 부정적인 상황은 개선되지 않고 악화된다. 동생은 강도질을 하다가 잡히고 아내는 병원에서 죽는다. 이 작품은 당시의 사람들이 어떤 삶의 자세를 취하든 그들을 사회적 낙오자로 만들어 버리는 것은 황폐하고 궁핍한 전후 현실임을 고발하고 있다.

　그러나 등장 인물들이 부정적인 현실을 타개할 수 있는 가능성이나 전망을 제시하지 못하고 있는 까닭에 이 작품의 비극성은 심화된다.

● 문제

01 — 어머니가 말하는 "가자"의 의미를 써 보자.

02 — 철호는 사람의 방향을 잃고 갈 곳을 찾지 못하는 자신의 신세를 어떻게 말하는지 본문에서 찾아 써 보자.

23 꺼삐딴 리_ 전광용*

1. 핵심 정리

*갈래 : 단편소설, 풍자소설
*성격 : 비판적, 풍자적
*배경 : 해방과 6 · 25를 전후한 시기의 북한과 남한
*시점 : 전지적 작가 시점
*주제 : 시류에 따라 변질적으로 순응해 가는 기회주의적 인간 비판

2. 등장인물의 성격

*이인국 : 외과 의사. 일제말기 - 광복 - 소련군 진주 - 한국전쟁의 과정
이라는 역사적 수난기에 카멜레온처럼 상황에 따라 적절히
변신하는 인물의 전형
*주변 인물 : 아들과 딸. 스텐코프(소련인), 브라운(미국인) 등의 인물

3. 작품 개관

시대 상황에 따라 재빠르게 변신하는 이인국 박사의 모습을 통해 일제
강점기에서 6 · 25전쟁에 이르는 격동기의 현대 한국사를 보여줌으로써
인간의 기회주의적 속성을 고발하고 풍자한 작품이다.

주인공 이인국 박사는 일제 강점기에 의학대학을 나와 친일파로 득세를
한다. 광복이 되자 소련군의 진주로 인해 친일파 처단 정책으로 감옥에 갇
히지만 스텐코프소좌의 환심을 사 풀려난다. 한국전쟁 중 월남하여 병원
을 개업하고 친미파가 되어 큰돈을 벌어들인다. 꺼삐딴 리라는 제목을 통
해 주인공의 출세와 영달에 눈먼 기회주의가의 최고봉인 동시에 한국 사
회의 지도층 인사임을 암시하고 있다.

● 문제

01 — 이 소설은 이인국 박사를 중심으로 보여진다. 이인국 박사가 의과대학을 졸업할 때 우등상으로 받은 것은 무엇인가?

02 — 이인국 박사가 해방 후 북쪽에서 자식들을 소련에 유학 보낸 이유는 무엇 때문인가?

03 — 환자를 대하는 이인국 박사의 태도는 어떠한가?

04 — 이인국 박사를 통해 시류에 영합하는 한 인물의 전형을 볼 수 있다. '우리'라는 의식보다는 '나'라는 의식이 강한 개인주의적 삶에 충실한 인간이다. 우리는 대한민국의 국민으로 올바른 삶을 살아가야 한다. 어떠한 삶이 올바른 삶이 될 것인지 이인국 박사의 삶에 비추어 서술해 보자.(500자 내외)

24 닳아지는 살들_ 이호철

1. 핵심 정리
*갈래 : 단편소설, 분단소설
*배경 : 5월의 어느 날 저녁부터 자정까지 어느 실향민의 가정
*성격 : 현실 고발적, 연극적
*시점 : 전지적 작가시점
*주제 : 분단으로 인한 실향민 가정의 비극

2. 등장인물의 성격
*아버지 : 은행에서 퇴직한 70세 노인 거의 백치 상태로 맏딸을 기다린다.
*영 희 : 29살의 노처녀 가족들의 의미없는 삶에 불만을 토로한다.
*성 식 : 아내와의 애정이 결핍된 채 2층 방에서 칩거하는 작곡가 지망생
*정 애 : 성식의 아내 남편에서 정이 없으며 시아버지를 모시는 역할밖에 하지 못하는 인물
*선 재 : 이집 맏딸의 시사촌 동생 영희의 연인

3. 작품 개관
이 작품은 엇갈리고 상호 무관심하며 무기력한 인간관계를 형상화한 데 있다. 이러한 인간관계는 전쟁의 상처와 불안감을 반영한 것이라고 볼 수 있다.

이 작품에서 온 가족의 기다림은 복합적인 의미를 지니고 있다. 기다림은 아버지에게는 절실한 그리움을 의미하지만 다른 가족들에는 타성에 젖은 습관적 행위일 뿐이다. 또 현실적으로 그 행위는 매번 실패의 좌절이 끝나는 시도이기도 하다. 그럼에도 불구하고 기다림의 행위가 결코 끝나

지 않을 것으로 설정된 데에서 이산가족의 아픔이라는 묵중한 주제 의식을 읽을 수 있다. 결국 가족 간의 유대감은 점점 마모되어 제목 그대로 살이 닳아지는 아픔만이 남게 될 것이다.

● 문제

01 ─ 이 소설에서 가족들을 짓누르는 정신적 고뇌를 상징하는 표현을 찾아 2어절로 써 보자.

02 ─ 이 소설에서 긴장감이 최고조에 이르는 부분은?

03 ─ 우리 나라의 전쟁과 분단은 수없이 많은 이산가족을 만들어 냈다. 한 가족이면서 헤어져 살아야 하는 아픔이 잘 나타나도록 특정 대상을 만들어 편지글을 써 보자.(300자 내외)

젊은 느티나무_ 강신재 *

1. 핵심 정리

  * 갈래 : 단편소설
  * 배경 : 서울 중심에서 떨어진 S촌과 느티나무가 있는 시골
  * 성격 : 회고적, 서정적, 감각적
  * 시점 : 1인칭 주인공 시점
  * 주제 : 현실의 굴레를 극복하고 순수한 사랑을 성취하는 청춘 남녀의
    아름다운 모습

2. 등장인물의 성격

  * 숙희 : 18세의 소녀 주인공이며 서술자. 이복 오빠 현규를 사랑하는 순
    수한 여고생
  * 현규 : 스물두 살의 대학생. 이복 동생 숙희를 이성으로 느끼며 사랑에
    빠져 고민하나 순수한 의지로 극복한다.
  * 엄마 : 젊어서 남편과 사별하고 므슈 리와 재혼한 교양있는 부인
  * 므슈 리 : 현규의 아버지이자 숙희의 새아버지. 성격이 부드럽지만 과
    묵한 경제학 교수
  * 지수 : 현규의 친구이자 장관의 아들. 숙희를 좋아하며 연애편지를 보
    낸 일로 현규의 질투심을 불러일으킨다.

3. 작품 개관

  금지된 사랑이야기를 담고 있는 작가의 대표작이다. 어머니의 재혼으로
인하여 남매가 된 청춘 남녀 현규와 숙희가 이루어 가는 사랑의 아픔. 그
리고 재회에 대한 의지가 나타난다. 이 작품의 기본 골격은 만남과 떠남
그리고 만남의 가능성으로 요약된다.
  두 남녀의 만남은 부모의 재혼에 의한 것이어서 애초부터 두 사람의 사

랑은 시련을 안고 있는 것이었다. 그러나 두 남녀의 순수하고 강력한 열정은 체념과 좌절을 극복하고 다시 만날 가능성을 확인한다.

● 문제

01— 젊은 느티나무가 상징하는 것은?

02— 이 작품 전체를 지배하는 색조와 나의 관계를 설명해 보자.

03— "이루어 질 수 없는 사랑"이란 제목으로 슬픈 이야기를 써 보자. (800자 내외)

26 🌱 서울, 1964년 겨울_ 김승옥*

1. 핵심 정리

＊갈래 : 단편소설

＊배경 : 1964년 어느 겨울 서울 거리

＊성격 : 현실 고발적, 사실적

＊시점 : 1인칭 주인공 시점

＊주제 : 뚜렷한 가치관을 갖지 못한 사람들의 방황과 연대감 상실로 인한 절망감

2. 등장인물의 성격

＊나 : 육사 시험에 실패하고 구청 병사계에 근무하는 스물다섯 살의 시골 출신 사내로 소외감과 고독감을 느끼며 살아간다.

＊안 : 스물다섯 살의 부잣집 장남이며 대학원생으로 삶을 냉소하면서도 자기 구원을 시도하는 인물

＊사내 : 30대 중반의 월부 책장수. 죽은 마누라 시체를 병원 해부 실습용으로 팔고 절망에 빠진 인물

3. 작품 개관

1964년 황량하고 추운 겨울. 서로 알지 못하는 세 남자가 우연히 만나 하룻밤을 함께 보내면서 발생한 일을 그리고 있다. 그들은 서로에 대해 알려하지 않는 무관심으로 일관하는데, 이는 현대 도시사회의 익명성과 단절성을 상징적으로 보여주는 것이다. 날 수 있는 것으로서 손 안에 잡아본 것은 파리밖에 없다는 점에서 공통점을 가지고 있는 안과 나는 상실과 좌절을 경험한 인물이고 장례 비용이 없어 급성 뇌막염으로 죽은 아내의 시체를 병원에 팔고 4천원을 받은 사내는 일상적 삶에 상실감을 느낀 인물이다. 이 세 사람은 우연한 만남과 헤어짐을 통해 열려 있는 공동의 광장으

로 나아가지는 못하고 개인의 폐쇄적인 회로 속에 갇혀 있는 단절된 인간관계를 보여준다. 세 사내가 여관에 와서도 각각 다른 방을 쓰게 되고 안씨의 경우 외판원 사내가 자살할 것이라 짐작하면서도 이를 말리지 않는 사실에서 인간적 유대가 없는 현대사회에서 소외는 극대화되면서 인간관계의 단절로 이어지는 것이다.

◉ 문제

01 — 작품 끝부분에서 나의 심리상태를 나타내는 객관적 상관물을 써 보자.

02 — 이 작품에서 구체적인 이름을 사용하는 대신 "나", "안", "사내" 등으로 익명화시킨 것이 가져오는 효과를 써 보자.

03 — 만일 밤길을 걸어가다가 어떤 사람이 골목에 쓰러져 있는 것을 목격했다면 어떻게 할 것인지 구체적으로 서술해 보자.(300자 내외)

27

🌱 **눈길_** 이청준*

1. 핵심 정리

*갈래 : 단편소설, 순수소설, 액자소설
*배경 : 여름 하루 낮과 밤(현재), 눈 내리는 겨울(과거 회상)
*성격 : 귀향형 소설, 회상적, 상징적
*시점 : 1인칭 주인공 시점
*주제 : 눈길에서의 추억을 통한 어머니와의 인간적 화해

2. 등장인물의 성격

*나 : 어머니를 노인이라 칭하며 매정하게 대하는 매몰찬 성격의 인물
*노인 : 자식에게 자신의 의견을 강하게 표현하지 못하고 늘 모든 것을
        미안해 하는 인고적 인물
*아내 : 남편의 태도를 나무라고 원망하며 남편보다는 노인을 이해하는
        인물, 남편과 노인 사이에 갈등을 풀어가는 인물

3. 작품 개관

눈길에서 노인, 즉 어머니는 전통적인 가족관계 또는 고향에서의 삶을
상징한다고 볼 수 있다. 소설의 겉이야기의 주인공인 나는 어머니를 부정
하는 것이 가능한 근대인이다. 나는 부모와 자식 간의 관계도 자신과 이해
관계를 통해서 파악할 수 있을 만큼 자본주의식 사고방식에 물든 사람이
다. 이러한 내가 소설 속의 속 이야기의 주인공은 노인을 만나려고 고향에
간다. 고향에서 나는 자기 자신보다도 오로지 아들만을 위해서 살아온 노
인의 삶을 갖은 합리화를 통해 부정하려 들지만 결국 뜨거운 눈물을 흘리
며 거역할 수 없는 아늑함과 달콤함 속으로 빨려 들어가게 된다.
현재의 노인과 아내의 대화를 통해 나의 과거 회상이 들춰지고 노인의
큰 사랑을 깨우치게 된다.

● 문제

01— 내가 반복적으로 말하고 있는 빛이란 무엇인가?

02— 노인의 소망을 써 보자.

03— 이제까지 살아오면서 느낀 부모님의 사랑을 이야기 형태로 써 보자.
(500자 내외)

28

삼포 가는 길 _ 황석영

1. 핵심 정리

*갈래 : 단편소설
*성격 : 사실적, 현실 비판적
*배경 : 1970년대의 겨울날 공사장에서 철도역까지 눈덮인 길
*시점 : 전지적 작가 시점
*주제 : 산업화 과정에서 소외된 하층민들의 애완과 연대 의식

2. 등장인물의 성격

*정씨 : 교도소에서 출감, 공사장 노동자로 살아가는 이물 고향인 삼포
　　　로 가려 하지만 변해 버린 고향 소식에 돌아갈 곳을 상실하고 만
　　　다.
*영달 : 일자리를 찾아 정처 없이 떠도는 노동자 무뚝뚝한 성격이지만
　　　마음은 따뜻한 인물이다.
*백화 : 술집 작부로 산전수전 다 겪으며 살아왔지만 따뜻한 마음씨를
　　　버리지 않는 인물

3. 작품 개관

1970년대 이후 급속하게 진행되었던 산업화 과정 속에서 농촌 해체와
고향을 잃고 떠도는 사람들의 삶의 모습을 그리고 있는 작품이다. 소설 속
의 인물들은 노동자, 술집 작부 등으로 산업화 피해를 가장 많이 받았던 하
층계급에 속하는 인물 유형들이다.

제목으로 쓰인 삼포는 가공의 지명이지만 이들에게는 고된 삶을 벗어나
안식을 누릴 수 있는 이상적 공간으로서 의미를 지닌다. 그러나 삼포는 현
실에 존재하지 않는다. 그 곳 역시 급속한 산업화 과정에서 예외가 될 수
없었다.

이 소설이 고향 상실의 아픔을 보여준다고 하는 것이 이 때문이다. 또한 등장인물들이 서로 각기 다른 삶을 살아왔지만 근대화에 떠밀려 고향을 등진 채 이곳 저곳을 유랑하는 사람들이며 미래에 대한 희망이 없다는 점에서 공통된다. 처음에는 서먹서먹한 관계였던 인물들은 여정이 끝날 무렵에는 인간적인 정을 나누는 관계로 변한다. 이것은 산업화 사회를 이끌어 가는 중요한 민중의 연대 의식이기도 하다.

● 문제

01 — 이 글에 나타난 세 인물의 공통점을 써 보자.

02 — 정시로 대변되는 현대인의 모습을 간략히 설명해 보자.

03 — 이 글에서 인간이 그리워하는 마음의 고향은 어디인가?

04 — 각자가 생각하는 "고향"의 의미를 써 보자.

29

뫼비우스의 띠_ 조세희 *

1. 핵심 정리

*갈래 : 단편소설, 연작소설

*배경 : 1970년대 도시 재개발 지역

*성격 : 현실 고발적, 상징적

*시점 : 3인칭 전지적 작가 시점

*주제 : 산업화의 진행과정에서 인간의 가치가 소외되는 사회 현실

2. 등장인물의 성격

*수학 선생님 : 지식만 전달하는 것이 아니라 세상을 올바르게 이해하는 방법을 가르친다.

*곱추 : 사기당한 돈을 되찾기 위해 앉은뱅이와 함께 행동하는 철거민

*앉은뱅이 : 입주권을 파는 과정에서 부동산업자로부터 사기당한 돈을 돌려받기 위해 부동산 업자를 납치한 후 차와 함께 불태워 버림

3. 작품 개관

연작 소설 난쟁이가 쏘아올린 작은 공의 다른 작품들처럼 난쟁이를 주인공으로 하여, 산업화로 말미암은 도시 빈민의 비극적 삶의 현실을 비판적 시선으로 그리고 있다. 안쪽과 바깥쪽이 구별되지 않는 뫼비우스의 띠와 같이 우리가 진실이라 여기는 것이 그렇지 않을 때가 있음이 제시되어 있으며 명확히 흑백으로 구분되지 않는 현실에 대한 작가의 세계 인식이 담겨 있다.

또한 사물과 세계를 이해하려 할 경우 현실 비판의 안목이 필요함을 역설하고 있다. 그러나 다른 작품들과는 달리 수학교사가 학생들에게 이야기하는 과정 속에서 제시되는 일종의 액자 소설 형태를 보여준다는 점이

특징이다.

　앞부분은 독자들에 대한 한 작가의 문제 제기, 중간부분은 현실에 적용하는 일화, 마지막 부분은 주제의식의 정리로 이해할 수 있을 것이다.

◉ 문제

01 — 제목의 "뫼비우스의 띠"가 의미하는 것은 무엇인지 생각해 보자.

02 — 꼽추와 앉은뱅이가 사나이를 죽이려고 결심한 이유는 무엇인지 생각해 보자.

03 — 꼽추와 앉은뱅이의 행동에서 잘못된 점은 없는지 생각해 보고 있다면 왜 잘못되었는지 구체적으로 써 보자.(300자 내외)

30 그 여자네 집_ 박완서*

1. 핵심 정리

*갈래 : 단편소설
*배경 : 과거 — 일제 말 행촌리 현재 — 1988년경 서울
*성격 : 회고적, 고발적
*시점 : 1인칭 관찰자 시점
*주제 : 일제의 폭력주의와 분단의 시대상황에 의해 파괴된 개인의 삶에 대한 고발과 그에 대한 한과 분노

2. 등장인물의 성격

*만득 : 곱단이에 대한 애정을 적극적으로 표현하는 잘생긴 마을 청년. 일제 강점기에 징병으로 끌려갔다 돌아온 후 순애와 결혼
*곱단 : 만득이와 사랑하는 사이였으나 정신대에 끌려가지 않기 위해 다른 남자와 결혼
*순애 : 징병에서 돌아온 만득이와 혼인. 평생 연적으로 곱단이를 품고 살아갔다.
*나 : 이 작품의 서술자로 만득이와 곱단이 순애와 같은 마을에서 살았다.

3. 작품 개관

1인칭 서술자인 내가 김용택의 시 '그 여자네 집' 이란 작품을 통해 어린 시절 같은 마을에 살았던 만득이와 곱단이의 사랑이야기를 떠올린다. 일제의 잔혹한 만행으로 두 사람은 헤어졌지만, 애틋한 사랑이야기는 언제까지나 서술자의 가슴에 남아 있다. 우연히 만난 늙은 만득이와 그의 아내 순애를 통해 우리의 아픈 현대사가 개인의 삶에 어떤 영향을 끼쳤는가가 잘 보여지는 작품이다. 일제 강점기, 사랑과 헤어짐 그리고 분단이라는 상황을 통해 개인의 비극을 민족의 비극으로 승화시킨 작품이라 할 수 있겠다.

◉ 문제

01—만득이와 곱단이가 헤어지게 되는 계기가 되는 사건은?

02—만득이는 사랑하는 곱단이가 있으면서 혼인을 하지 않고 징병을 간다. 그 이유를 써 보자.

03—이 글에서 두드러지게 나타나는 일제 만행을 써 보자.

04—이 글을 읽은 후 일제의 정신대 피해 여성에게 적절한 피해 보상을 했는지, 하지 않았다면 어떻게 해야 적절한 보상이 될 수 있는지 각자의 생각을 써 보자.(100자 내외)

🌱 우리들의 일그러진 영웅_ 이문열*

1. 핵심 정리

*갈래 : 단편소설
*배경 : 자유당 정권말기 시골의 한 초등학교 학급
*성격 : 현실 비판적, 상징적
*시점 : 1인칭 주인공 시점
*주제 : 절대 권력의 허구성과 부조리한 현실에 이기적으로 대응하는
　　　소시민적 근성 비판

2. 등장인물의 성격

*나(한병태) : 합리적, 민주적, 사고를 지닌 성격으로 엄석대의 권위에
　　　　　　도전하지만, 현실의 부조리함에 좌절하는 인물.
*엄석대 : 절대 권력을 지니려 하며, 반 아이들의 이기적 속성을 교묘히
　　　　이용할 줄 아는 인물
*아버지 : 현실의 가치를 긍정하는 인물
*5학년 담임 : 방관자적, 현실 순응형 인물
*6학년 담임 : 개혁적 의지를 실천하는 인물로 민주적 절차와 방법을
　　　　　　존중함

3. 작품 개관

　시골 초등학교 교실을 배경으로 하여 그곳에서 벌어지는 아이들의 관계
를 통해 사회의 축도를 그리고자 했던 작가의 의도가 반영되어 있는 작품
이다. 작품 속에서 교실 안은 한국사회이며 엄석대는 절대 권력을 휘두르
는 독재자의 모습이다.

　그리고 새로운 권력이 생겨날 때마다 거기에 빌붙는 학생들의 행동은
당시를 살아가는 보통 사람들의 삶을 석대의 횡포에 항거하지만 결국 현

실에 순응하고 마는 한병태의 모습에서 나약한 지식인의 모습을 보게 된다.

새로운 선생님은 석대의 권력을 무너뜨리는 존재이지만 역시 하나의 새로운 독재 권력일 뿐이다. 작가는 이 작품을 통해 독재 권력을 비판하려는 의도를 가졌다기보다는 독재 권력의 형성과 거기에 작용하는 민중의 수동적 근성에 대한 묘사를 시도했다고 보는 것이 적절하다.

◉ 문제

01—이 작품의 시대적 배경을 알 수 있게 해주는 구절을 찾아 2어절로 써보자.

02—이 글에서 나의 자랑거리를 세 가지 찾아 써 보자.

03—내가 위험을 무릅쓰고 석대와 대결해서 얻으려 하는 것이 무엇인지이 글에서 찾아 3어절로 써 보자.

04—나에 대한 박원화의 태도는 어떠한가?

05—나(한병태)는 고발자로 엄석대는 독재자로 등장한다. 하지만 독재는학생들이 아닌 새로운 담임 선생님의 등장으로 무너진다. 그때까지엄석대를 따르던 아이들이 그를 비난하게 되고 그는 학교를 떠난다.여기서 나타나는 우리 반 아이들의 태도를 비판하고 바람직한 모습을제시해 보자.(500자 내외)

1. 핵심 정리

*갈래 : 단편소설, 연작소설

*배경 : 1980년대 서울과 부천

*성격 : 회상적 애상적

*시점 : 1인칭 주인공 시점

*주제 : 산업화 시대의 소시민적 삶에 대한 위로와 소박한 꿈에 대한 그리움

2. 등장인물의 성격

*나 : 꽤 성공한 작가인 그녀는 온갖 고생을 하면서 지냈던 어린 시절의 아련한 추억을 깨뜨리고 싶지 않아서 친구인 은자와 만나는 것을 망설이는 미묘한 심리의 소유자.

*은자 : 주인공인 나의 어릴 때 친구 만두가게 주인의 딸로 노래를 잘 불렀다.

*큰오빠 : 어린 나이에 가장이 되어 온갖 고생을 하면서 동생을 성공적으로 길러냈다. 앞만 보고 열심히 살아왔지만 중년의 나이에 이른 어느 날 문득 자신의 삶을 돌아보고는 깊은 회의에 빠져듦.

3. 작품 개관

산업화시대 소시민들의 가족사와 옛 추억을 통해 잊혀져 가는 시절에 대한 기억과 삶의 고통을 이겨내는 사람들의 모습이 형상화되어 있다. 액자식 구성을 하고 있는 이 작품은 과거와 현재를 오가며 어릴적 단짝 동무였던 '은자' 그리고 가족을 위해 헌신해 온 큰오빠의 삶의 의미를 되새기며 정신적 여유를 잃어 가는 현대인의 삶에 대해 성찰하고 있다.

큰오빠와 은자를 통해서 동시대를 살아가고 있는 이웃들의 힘들고 고단한 삶을 바라보는 작가의 따뜻한 시선이 대중가요 '한계령'이라는 노래와 절묘하게 어울려 감동을 더하고 있다.

⊙ 문제

01 — 은자의 노래 '한계령'을 들은 나의 심리는 어떠했을까?

02 — 큰오빠의 삶을 과거와 현재로 나누어 설명해 보자.

03 — 자신이 노래를 듣고 감동적이 있는지, 있다면 어떤 노래를 듣고 감동했는지 구체적으로 서술해 보자.(300자 내외)

33 자전거 도둑_ 김소진*

1. 핵심 정리

*갈래 : 단편소설, 액자소설
*배경 : 과거 : 나와 서미혜의 유년기 고향
         현재 : 1990년대 서울 주변의 도시
*성격 : 회고적 사실적
*시점 : 1인칭 주인공 시점
*주제 : 유년 시절의 기억이 남긴 상처

2. 등장인물의 성격

*나(김승호) : 신문 기자로 어릴 적 아버지와의 갈등으로 인한 상처를
             안고 살아간다.
*서미혜 : 에어로빅 강사로 어린 시절 오빠를 자신이 죽게 했다는 죄책
         감으로 상처를 지니고 살아가는 인물이다.

3. 작품 개관

이 이 소설은 유년 시절 아픈 기억이 개개인의 가슴에 남긴 상처를 그린
작품이다.

나는 아버지에게 수모를 준 혹부리 영감의 가게를 난장판으로 만들어
놓아 결국 그를 죽게 했다는 죄의식을 갖고 있고 서미혜는 간질환자인 오
빠를 방치함으로써 죽게 만들었다는 죄책감을 갖고 있다는 점에서 이들은
비슷한 상처를 지니고 있다. 둘 다 간접 살인을 저질렀다는 공통점이 있긴
하나 나는 강자인 혹부리 영감을 서미혜는 약자인 오빠를 죽음에 이르게
했다는 점이 다르다.

결국 나의 상처는 어느 정도 치유가 되었지만 서미혜의 상처는 치유되
지 못한 채 끊임없는 죄책감을 유발한다. 서미혜는 자신이 죽음으로 몰아

넣었던 오빠의 죽음을 상기하며 자기 자신을 위로하는 방법으로 자전거를 몰래 타고 있는 것이다.

◉ 문제

01—이 소설에 나타난 아버지의 성격을 써 보자.

02—미혜가 자전거를 훔쳐타는 이유를 말해 보자.

03—이제까지 살아오면서 좋지 않은 추억을 가지고 있다면 무엇인지 구체적으로 서술해 보자.